U0576661

中國古典文學基本叢書

柳宗元集

第四册

中華書局

柳宗元集卷四十二

古今詩

同劉二十八院長述舊言懷感時書事奉寄澧州張員外使君五十二韻之作因其韻增至八十通贈二君子

〔韓曰〕劉二十八，禹錫也。初與公同爲監察御史，故曰院長。張員外，署也。貞元十九年與韓吏部、李方叔三人爲幸臣所讒，俱爲縣令南方，後至澧州刺史。公此詩貶永州司馬後作也。

弱歲遊玄圃，〔韓曰〕東方朔十洲記：崑崙山有三角，一角正西北，名玄圃臺。〔孫曰〕弱歲，謂弱冠也。增城、縣圃、閬風，崑崙之山三重也。縣圃出美玉，以喻京城多賢才。先容幸棄瑕。〔孫曰〕漢鄒陽傳：以左右先爲之容也。容，文采也。〔韓曰〕禮記：瑜不揜瑕。名勞長者記，〔韓曰〕陳平門多長者車。文許後生誇。〔韓曰〕語：後生可畏。鷃翼嘗披隼，鷃，音晏。隼，音筍。〔集注〕莊子：斥鷃，小鳥也。說文：隼，祝鳩也。傳云：鷃披隼翼。蓬心類倚麻。〔一〕〔孫曰〕莊子：夫子猶有蓬之心也夫！注云：蓬非直達者也。荀子：蓬生麻中，不扶自直。繼酬天禄署，「酬」，當作「讎」。謂校讎也。〔孫曰〕天禄，閣名。漢世以藏秘書。天禄，獸也，因以爲名。張署貞元中舉進士博學宏詞，爲校書郎。公亦爲集賢殿正字。〔韓曰〕漢揚雄校讎天禄閣。俱尉甸侯家。〔孫曰〕甸侯，謂甸服、侯服也。署爲京兆武功尉，公亦爲藍田縣尉。憲府初收迹，〔二〕〔韓曰〕謝靈運晉書：漢官尚書爲中臺，御史爲憲臺，謁者爲外臺，是爲三臺。又御史所居之地，漢謂之御史府。〔孫曰〕署至武功拜監察御史。公亦自集賢殿正字入爲監察御史。丹墀共拜嘉。〔韓曰〕張衡西京賦：青瑣丹墀。注：丹墀，階也，以丹塗之。〔孫曰〕左氏：敢不拜嘉。分行參瑞獸，〔孫曰〕參，間也。瑞獸，獬廌。傳點亂宫鴉。執簡寧循枉，〔三〕〔孫曰〕左傳：齊南史氏聞太史盡死，執簡以往。簡，謂簡策。〔韓曰〕沈約爲御史中丞，彈奏王源文云：臣輒奉白簡以聞。任昉爲中丞彈曹景宗亦云：謹奉白簡。又崔篆御史箴曰：簡上霜凝。蓋御史劾奏以簡也。持書每去邪。〔孫曰〕漢有治書侍御史，後曰持書。後漢書：蔡邕舉高第，補侍御史，又轉持書御史，遷尚書。持書，亦御史職也。鸞凰標魏闕，〔韓曰〕周禮：乃縣治象之法于象魏。鄭司農注云：象魏，闕也。莊子：身在江湖之上，心游魏闕之下。熊武負崇牙。〔韓曰〕周官：熊虎爲旗。熊武，即熊虎也。牙，謂牙旗。宋鄭鮮祭牙文：崇牙既建，義鋒增厲。辨色宜相顧，傾心自不譁。金爐仄流月，紫殿啓晨椵。音遐。〔韓曰〕赤色，謂曉起日光射殿宇也。漢紀云：神光降集紫殿。〔孫曰〕言金爐之仄，如流月之狀；紫殿之啓，如晨椵之色。自「弱歲遊玄圃」至此，皆敘其與張歷仕及同爲御史之意。

未竟遷喬樂，〔孫曰〕未竟，未終也。詩：出自幽谷，遷于喬木。俄成失路嗟。〔孫曰〕貞元十九年，署自監察御史貶爲郴州臨武縣令。還如渡遼水，〔韓曰〕李白詩：屈平顦顇滯江潭，亭伯流離放遼海。更似謫長沙。〔韓曰〕漢賈誼事文帝，爲絳、灌、馮敬之屬妬害之，謫長沙王太傅。别怨秦城暮，〔孫曰〕言别於長安。途窮越嶺斜。〔孫曰〕越嶺，卽謂郴州。訟庭閑枳棘，〔孫曰〕後漢仇香爲考城主簿，縣令王渙謂曰：「枳棘非鸞鳳所棲，百里豈大賢之路。」候吏逐麏麚。〔四〕一作「麞麚」。麏，音君。麞也。麋，音眉。麚，音加。牡鹿。三載皇恩暢，千年聖曆遐。〔韓曰〕張自貞元十九年癸未貶官，至元和元年乙酉憲宗卽位，爲三年矣，故云。朝宗延駕海，〔五〕〔韓曰〕「朝宗」，字見禹貢。〔孫曰〕駕海，猶航海也。師役罷梁滏。〔六〕則加切。〔孫曰〕水名。莊四年左氏：楚令尹鬭祁除道梁滏，營軍臨隨。〔韓曰〕梁滏，作橋於滏水上。京邑搜貞幹，〔孫曰〕署自臨武量移江陵掾，自江陵掾入爲京兆府司錄參軍。南宮步渥洼。音蛙。〔孫曰〕署自司錄遷尚書刑部員外郎。〔韓曰〕漢武帝元鼎四年秋，馬生渥洼水中，因以名馬。世推材是梓，〔七〕一作「杍」。〔孫曰〕梓，良木。書：若作梓材。人仰驥中騂。〔童曰〕騂騮，駿馬也。欻刺苗人地，仍逾贛石崖。〔孫曰〕署自員外出爲虔州刺史，虔屬江南道，古三苗之地。贛，縣名，屬虔州。音紺，又音貢。有章、貢二水合流于此，因以名縣。「崖」，與「涯」同音。禮容垂璍琫，璍，音必。一作「琕」。必遈切。玉也。琫，莫孔切。〔孫曰〕詩：璍琫容刀。璍，佩刀下飾。琫，上飾。戍備響錏鍜。上音鴉，下音瑕。〔童曰〕說文：錏鍜，頸鎧。寵卽郎官舊，威從太守加。〔韓曰〕張仍以刑曹爲澧守。建旟翻鷙鳥，〔孫曰〕周禮司常云：州里建旟。又云：鳥隼爲旟。剝鳥皮毛置之竿頭爲之也。鷙鳥，卽謂鳥隼也。署爲州刺史，故建旟。旟，音余。負弩繞文蛇。〔孫曰〕漢書司馬相如奉使西南夷，至蜀，縣令負弩矢先驅。文蛇，謂畫爲蛇文。册府榮八命，〔八〕〔韓曰〕周禮宗伯：以九儀正邦國，八命作牧。注：謂侯伯有功德者，加命得專征伐於諸侯。鄭司農云：一州之牧。王之三公亦八命。中闈盛六珈。音加。「闈」，一作「闌」。〔韓曰〕詩云：君子偕老，副笄六珈。珈，婦人首飾之盛者也。韓吏部作張公墓誌云：娶河東柳氏子。則公蓋與張爲親，故言及中闈也。肯隨胡質矯，〔孫曰〕晉陽秋曰：胡質爲荆州刺史，其子威自京都來省之。告歸，質賜其絹一疋。威跪曰：「大人清白，不審於何得此絹？」質曰：「是吾俸禄之餘，以爲汝糧耳。」其父子清慎如此。方惡馬融奢。〔孫曰〕後漢馬融，達生任性，不拘儒者之節。居宇器服，多存侈飾。常坐高堂，施絳紗帳，前授生徒，後列女樂。嘗爲南郡太守，大將軍梁冀奏融在郡貪濁，免官。褒德符新換，〔孫曰〕漢文帝二年九月，初與郡守爲銅虎符、竹使符。師古曰：與郡守爲符者，謂各分其半，右留京師，左以與之。今郡守多用分符、合符事，謂此。〔韓曰〕署自虔州遷澧州刺史，故曰「符新換」。懷仁道併遮。〔九〕〔韓曰〕寇恂嘗爲潁川太守，後從車駕擊隗囂。至潁川，百姓遮道曰：「願復借寇君一年。」乃留恂。〔孫曰〕謂署赴澧州，虔人懷其仁惠，遮道留之。俗嫌龍節晚，〔韓曰〕周禮掌節：凡邦國之使節，山國用虎節，土國用人節，澤國用龍節，皆以金爲之。使節者，卿大夫聘於天子諸侯，行道所執之信也。朝訝介圭賒。〔孫曰〕詩：以其介圭，入覲于王。介圭，大圭也。賒，遠也。言其入覲之晚。禹貢輸苞匭，〔韓曰〕禹貢：苞匭菁茅。苞，橘柚也。匭，匣也。荆州所貢。澧屬山南道，卽古荆州之地。周官賦秉秅。〔一〇〕宅加切。〔韓曰〕周禮秋官掌客：凡諸侯之禮，上公，車米眡生牢，牢十車，車秉有五籔。車禾眡死牢，牢十車，車三秅。注引聘禮曰：十斗曰斛，十六斗曰籔，十籔曰秉。每車秉有五籔，則二十四斛也。四秉曰筥，十筥曰稯，十稯曰秅。每車三秅，則三十稯。雄風呑七澤，〔孫曰〕楚辭：宋玉曰：「此特大王之雄風也。」司馬相如子虛賦：楚有七澤，其一雲夢。異産控三巴。〔一一〕

〔韓曰〕華陽國志曰：武王克商，以其宗姬於巴，爵之以子。漢末益州牧劉璋以墊江以上爲巴郡，江州至臨江爲永寧郡，朐忍至魚復爲固陵郡，巴遂分矣。璋復改永寧爲巴郡，以固陵爲巴東，徙龐羲爲巴西太守，是爲三巴。又樂史寰宇記於渝州記云：閬、白二水東西流，三曲如「巴」字，是謂三巴。其説不同。然詩意則謂張爲澧州，屬山南東道，而劉璋所分三巴之地屬山南西道及劍南道，山南、劍南二道相接，故曰控三巴也。**即事觀農稼，因時展物華。秋原被蘭葉，春渚漲桃花。令肅軍無擾，程懸市禁賁。**〔童曰〕程，法也。賁，貸也。音奢。**不應虞竭澤，**〔孫曰〕史記：孔子曰：「竭澤涸魚，則蛟龍不合陰陽。」虞，防也。**寧復歎棲苴。**鉏加切，今作「葅」字。〔孫曰〕詩：如彼歲旱，草不潰茂，如彼棲苴。注云：苴，水中浮草。言天下之人，如旱歲之草，皆枯槁無潤澤，如樹上之棲苴。**蹀躞騶先駕，**蹀，音牒。躞，音燮。馬行貌。騶，音鄒。説文：廄御也。**籠銅鼓報衙。**〔童曰〕籠銅，鼓聲。**染毫東國素，**〔韓曰〕韋誕：非紈素不下筆。素，帛也。**濡印錦溪砂。**〔童曰〕砂，丹砂也。本草：丹砂多出蠻洞錦州界。**貨積舟難泊，人歸山倍畬。**音賒。〔童曰〕火種田也。**吴歈工折柳，**〔韓曰〕梁元帝纂要曰：齊歌曰謳，吴歌曰歈。宋玉招魂云：吴歈蔡謳，秦大吕。古樂府有折楊柳曲。桓伊善笛，撰折楊柳尤爲奇妙，後人不能盡傳其指訣也。歈，音俞。**楚舞舊傳芭。**〔二〕〔韓曰〕文選：越艷楚舞。後漢傅毅舞賦云：宋玉曰：激楚結風，陽阿之舞，材人之窮觀，天下之至妙。〔孫曰〕楚辭禮魂曰：盛禮兮會鼓，傳芭兮代舞。芭，巫者所持香草。**隱几松爲曲，**〔孫曰〕孟子：隱几而卧。隱，據也。於靳切。松爲曲者，以松爲曲几。**傾樽石作汙。**音蛙，今作「窊」字。〔孫曰〕禮記：汙樽而杯飲。鑿地曰汙。石作汙者，以石爲汙樽也。**寒初榮橘柚，**〔童曰〕橘小者曰柚。**夏首薦枇杷。祀變荊巫禱，**〔三〕〔孫曰〕史記封禪書：

荆巫，祠堂下、巫先、司命、施糜之屬。蓋荆楚之俗好巫也。風移魯婦髽。〔韓曰〕禮記檀弓：魯婦人之髽而弔也，自敗於臺駘始也。蓋魯襄公四年，左傳：邾人伐鄫，臧紇救鄫，侵邾，敗於狐駘。國人逆喪者皆髽，魯於是乎始髽。髽，側加切。說文云：喪髻也。已聞施愷悌，還覩正奇衺。〔韓曰〕周禮：比長各掌其比之治，視有罪奇衺則相及。注：衺，猶惡也。音斜。自「未竟遷喬樂」至此，皆敘張出爲南方令及改刺二州之意。

慕友慚連璧，〔孫曰〕晉書：夏侯湛幼有盛才而美容觀，與潘岳友善。每行止，同輿接茵，京都謂之連璧。言姻喜附葭。〔韓曰〕漢書中山靖王傳：今羣臣非有葭莩之親。顏師古曰：葭，蘆也。莩者，其筩中白皮至薄者也。張壻於柳氏，則與公爲親矣。沉埋全死地，流落半生涯。入郡腰恒折，〔孫曰〕陶潛曰：吾不能爲五斗米折腰，拳拳事鄉里小人。逢人手盡叉。〔一四〕〔韓曰〕馬援傳云：豈有知其無成，而但萎腇咋舌叉手從族乎？敢辭親恥汙，唯恐長疵瘕。古牙切。〔張曰〕病也。善幻迷冰火，幻，胡辦切。怪也。〔韓曰〕列子：窮數達變因形移易者，謂之化，謂之幻。齊諧笑柏塗。〔一五〕音茶。〔孫曰〕莊子：齊諧者，志怪者也。注云：齊國俳諧之書。東方朔傳：時有幸倡郭舍人問朔隱語，有曰「老柏塗」。朔曰：「老者，人所敬也；柏者，鬼之庭也；塗者，漸洳徑也。」師古曰：柏者，言鬼神尚幽暗，故以松柏之樹爲庭府。漸洳，浸濕也。東門牛屢飯，〔孫曰〕王逸注楚辭云：甯戚修德不用，退而商賈齊東門外。桓公夜出，甯戚方飯牛，叩角而商歌。桓公聞之，知其賢，舉爲客卿。〔韓曰〕：甯戚飯牛見淮南子。中散蝨空爬。〔韓曰〕晉嵇康爲中散大夫，山濤爲吏部郎，舉康自代。康遺濤絶交書曰：性復多蝨，把搔無已。蝨，音瑟。逸戲看猿鬭，殊音辨馬撾。〔一六〕張瓜切。〔童曰〕馬撾，馬箠也。左氏：繞朝贈士會以策。注：撾也。渚行狐作孽，〔一七〕魚列切，與

「螿」同。〔集注〕妖孽也。説文：魚獸蟲蝗之怪謂之孽。莊子：孽狐爲之祥。林宿鳥爲瘥。音嗟。〔童曰〕病也。同病憂能老，新聲厲似姱。〔一八〕苦瓜切。好貌。豈知千仞墜，祗爲一毫差。守道甘長絶，明心欲自剄。音鴉。〔孫曰〕自剄，自刎也。見吳語。貯愁聽夜雨，隔淚數殘葩。梟族音常聒，〔張曰〕梟，堅堯切。妖鳥。豺羣喙競呀。「喙」，一作「啄」。〔童曰〕呀，虚牙切。張口貌。岸蘆翻毒蜃，磎竹鬭狂麏。磎，音溪。麏，音麻。〔孫曰〕麏牛，獸名。重千斤，出巴中。野鶩行看弋，江魚或共扠。瘴氛恒積潤，〔童曰〕氛，祥氣。訛火亟生煆。〔童曰〕訛火，野火也。煆，虚加切。火氣。耳静煩喧蟻，〔韓曰〕晉殷仲堪傳：父師嘗患耳聰，聞床下蟻動，謂之牛鬬。魂驚怯怒蛙。〔韓曰〕韓非子：越王伐吳。欲人之輕死也，出見怒蛙，乃爲之式。從者曰：「奚敬於此？」王曰：「爲其有氣故也。」風枝散陳葉，霜蔓綖寒瓜。「綖」，一作「縋」。霧密前山桂，冰枯曲沼遐。音遐。〔童曰〕荷葉。爾雅：芙蕖，其葉蕸。思鄉比莊舃，〔孫曰〕史記陳軫傳：越人莊舃仕楚執圭，有頃而病。楚王曰：「舃故越人，今仕楚執圭，貴富矣，亦思越不？」中謝對曰：「凡人之思故，在其病也。彼思越則越聲。」使人往聽之，猶尚越聲也。遯世遇眭夸。「遇」，一作「慕」。〔韓曰〕北史隱逸傳：眭夸，趙郡高邑人，高尚不仕，寄情丘壑。眭，息隨切。漁舍茨荒草，茨，覆也。村橋卧古槎。鉏加切。〔童曰〕水中浮木。御寒衾用罽，音計。〔孫曰〕説文：西胡毳布，蓋氊類也，織毛爲之。挹水勺仍椰。音耶。挹，音邑。酌也。〔孫曰〕異物志云：椰子，木名，出交州。樹高五六丈，無枝條，其葉如束蒲，背面相似。在其上，實如瓠，横破之可作椀。或微長如括蔞子，從破之可爲爵。〔韓曰〕交州記曰：椰子中有漿，飲之得醉。故後人取其殼爲酒器。如酒中有毒，則酒沸起。但今人皆漆其裏，則全失用椰子意矣。

窗蠹惟潛蝎，胡葛切。〔童曰〕蠹，蟲也。甍涎競綴蝸。〔童曰〕甍，屋棟。莫耕切。引泉開故竇，護藥插新笆。音巴。〔童曰〕竹籬也。樹怪花因槲，胡谷切。〔童曰〕木槲花，南方所有，多生於古樹朽壤中。蟲憐目待蝦。〔韓曰〕嶺表録異：海鏡，蟹爲腹。水母，蝦爲目。水母者，閩人謂之蛇。渾然凝潔，大如覆帽，腹如懸絮，有口而無目。常有蝦隨之，食其涎，浮涎水上。人或取之，則欻然而没。乃蝦有所見耳。驟歌喉易嗄，〔一九〕所嫁、於邁二切。〔韓曰〕聲敗也。老子：號而不嗄。饒醉鼻成皻。音查。〔童曰〕鼻上皰也。曳捶牽羸馬，〔張曰〕捶，卽箠也。垂簑牧艾豭。音加。〔孫曰〕左氏傳：盍歸吾艾豭。豭，雄豕也。已看能類鼈，〔韓曰〕爾雅：鼈三足曰能。能，奴來切。猶訝雉爲鷨。音華。〔童曰〕鷨，鳥名。似雉。誰采中原菽，〔韓曰〕詩：中原有菽，庶民采之。徒巾下澤車。〔二〇〕〔孫曰〕周禮有巾車。陶淵明辭：或命巾車。馬援傳曰：吾從弟少游，常哀吾多大志，曰：「士生一世，但取衣食裁足，乘下澤車，馭款段馬。」注：車人爲車，行澤者欲短轂，短轂則利也。俚兒供苦筍，傖父饋酸樝。〔集注〕傖，士衡切。楚人别種也。又晉陽秋云：吳人謂中國人爲傖。樝，音查。果也。説文云：似梨而酢。勸策扶危杖，邀持當酒茶。道流徵裋褐，禪客會袈裟。香飯舂菰米，〔韓曰〕菰，音孤。草名。廣雅云：蔣菰，其米謂之雕胡，可炊以爲飯。珍蔬折五茄。音加。〔韓曰〕五茄，藥名。本草云：葉可作蔬菜食。〔補注〕筆墨閒録曰：子厚長韻，屬對最精。如以「死地」對「生涯」，「中原菽」對「下澤車」，「右言」對「左轄」，皆的對。至於「香飯舂菰米，珍蔬折五茄」，假「菰」爲孤獨之「孤」，以對「五」也。方期飲甘露，〔韓曰〕宋録曰：新安王子鸞、豫章王子尚詣曇濟道人於八公山。濟設茶茗，尚味之，曰：「此甘露也，何言茶茗？」更欲吸流霞。〔二一〕〔孫曰〕抱朴子：項曼都修道山中，忽遊紫府，飲流霞一杯。

忽思家，爲上帝所斥。河東呼爲斥仙人。屋鼠從穿穴，林狙任攫拏。狙，七余切。猿狙也。春衫裁白紵，朝帽掛烏紗。屢歎恢恢網，〔童曰〕老子：天網恢恢。音魁。頻摇肅肅罝。〔童曰〕罝，亦網也。詩：肅肅兔罝。衰榮困蓂莢，〔三〕〔孫曰〕帝王世紀曰：堯時有草，夾階而生，每月朔日生一莢，至望日則落一莢，月小則餘一莢。王者以是占曆，名曰蓂莢。盈缺幾蝦蟆。〔孫曰〕禮記禮運曰：月三五而盈，三五而缺。五經通義曰：月中有兔與蟾蜍。蟾蜍，卽蝦蟆也。路識溝邊柳，城聞隴上笳。〔孫曰〕笳，謂卷蘆葉吹之。共思捐珮處，〔三〕〔孫曰〕楚辭湘君篇曰：捐余玦兮江中，遺余珮兮澧浦。王逸注云：屈原既放逐，常思念君，設欲遠去，猶捐玦珮置於水涯，冀君求己，示有還意。澧浦，今澧州也。署爲其州刺史，故及之。千騎擁青緺。古華切。〔韓曰〕綬也。東郭先生拜二千石，佩青緺，出宮門，行謝主人。自「慕友慙聯璧」至此，皆自敍其貶黜之意。

校勘記

〔一〕蓬心類倚麻　「類」，音辯、詁訓、游居敬本作「賴」。句下注「夫子猶有蓬之心也夫」。「也」下原脱「夫」字，據莊子逍遥遊補。

〔二〕憲府初收迹句下注　「公亦自集賢殿正字入爲監察御史」。陳景雲柳集點勘云：「柳子始除正字，繼調藍田尉，由尉擢御史，非自正字入臺也。」按：陳説是。

〔三〕執簡寧循枉句下注　「齊南史氏聞太史盡死」。「南史」下原脱「氏」字，據左傳襄公二十五年補。

〔四〕候吏逐麇麚句下注　「麚，音加。牡鹿」。「牡」原作「牝」，據詁訓本改。

〔五〕朝宗延駕海　「駕」原作「架」，據蔣之翹本及全唐詩改。　句下注「『朝宗』，字見禹貢」。「字」原作「事」，據詁訓、世綵堂本及尚書禹貢改。

〔六〕師役罷梁溠句下注　「楚令尹鬬祁除道梁溠」。「祁」原作「奇」，據世綵堂本及左傳改。

〔七〕世推材是梓　「推」，濟美堂、蔣之翹本作「帷」。

〔八〕册府榮八命　世綵堂本注：「『八』，一作『三』。」　句下注「謂侯伯有功德者」。「功」下原脱「德」字，據周禮春官大宗伯注補。

〔九〕懷仁道併遮句下注　「願復借寇君一年」。「借」上原脱「復」字，據後漢書卷一六寇恂傳補。

〔一〇〕周官賦秉秅句下注　「車米眂生牢」，「車禾眂死牢」。二「眂」字原均作「眩」，據世綵堂本及周禮秋官掌客改。　「每車秉有五籔」。「秉」上原脱「每車」二字，據周禮補。

〔一一〕異産控三巴句下注　「以其宗姬於巴，爵之以子」。此句原誤作「封其子宗姬於巴」，據華陽國志巴志改。　「徙龐羲爲巴西太守」。「羲」原作「義」，據世綵堂本及華陽國志巴志改。

〔一二〕楚舞舊傳芭句下注　「天下之至妙」。「妙」原作「藝」，據文選傅武仲舞賦改。

〔一三〕祀變荆巫禱句下注　「施麋之屬」。「麋」原作「縻」，取校諸本同，據史記卷二八封禪書改。

〔一四〕逢人手盡叉句下注　「而但萎腇咋舌叉手從族乎」。「族」原作「俗」，據後漢書卷二四馬援傳改。

〔一五〕齊諸笑柏塗句下注　「漸洳徑也」。「洳」原作「汨」，據漢書卷六五東方朔傳改。
〔一六〕殊音辨馬撾「辨」，濟美堂、蔣之翹本作「辧」。
〔一七〕渚行狐作蜮句下注　「蜮狐爲之祥」。按：此注不切合正文文意。陳景雲柳集點勘：「狐即射工也。與李建書云：永州於楚爲最南，僕閑即出遊，遊復多恐。近水即畏射工沙虱，含怒竊發，中人形影，動成瘡痏。」陳説是。
〔一八〕新聲厲似姱　「厲」，音辯、詁訓、游居敬本作「麗」。「似」，何焯校本改作「以」。
〔一九〕驟歌喉易嗄句下注　「號而不嗄」。「不」原作「易」，據世綵堂本及道德經玄符改。
〔二〇〕徒巾下澤車句下注　「吾從弟少游」。「弟」上原脱「從」字，據詁訓本及後漢書馬援傳補。
〔二一〕更欲吸流霞句下注　「飲流霞一杯」。「杯」下原衍「酒」字，據抱朴子祛惑删。
〔二二〕衰榮困蓂莢　「困」，蔣之翹本及全唐詩作「因」。
〔二三〕共思捐珮處句下注　「常思念君」。「念」下原脱「君」字，據詁訓本及楚辭湘君王逸注補。

弘農公以碩德偉材屈於誣枉左官三歲復爲大僚天監昭明人心感悦宗元竄伏湘浦拜賀末由謹獻詩五十韻以畢微志

〔集注〕弘農公，楊憑也。字虚受，一字嗣仁，虢州弘農人。先是御史中丞李夷簡彈憑前爲江西觀察貪污僭修，貶臨賀尉。其後自外入爲王傅。公是時爲永州司馬，作詩以獻之。

知命儒爲貴，〔童曰〕孔子曰：不知命無以爲君子。時中聖所臧。〔張曰〕禮記：君子之中庸也，君子而時中。臧，善也。處心齊寵辱，遇物任行藏。關識新安地，〔孫曰〕漢武帝紀：元鼎三年冬，徙函谷關於新安。應劭曰：時樓船將軍楊僕數有大功，耻爲關外民，上書乞徙東關，以家財給其用度。武帝亦好廣關，於是徙關於新安，去弘農三百里。〔韓曰〕新安，縣名，隸河南府。封傳臨晉鄉。〔孫曰〕楊氏譜：楊朗爲秦將，有功，封臨晉君。〔韓曰〕臨晉縣屬河中府。挺生推豹蔚，〔韓曰〕易：君子豹變，其文蔚也。蔚然，文章之貌。遐步仰龍驤。〔一〕〔韓曰〕魏書：陳琳曰：「今將軍龍驤虎步，高下在心。」驤，躍也。榦有千尋竦，精聞百鍊剛。〔二〕堅鐵也。〔韓曰〕文選：何意百鍊剛，化爲繞指柔。茂功期舜禹，〔童曰〕書：時乃功，懋哉。「懋」，與「茂」通。高韻狀羲黃。「狀」，一作「上」，又作「挾」。足逸詩書囿，鋒摇翰墨場。雅歌張仲德，〔孫曰〕詩：侯誰在矣，張仲孝友。張仲，周賢臣。頌祝魯侯昌。〔韓曰〕魯頌四篇，皆頌僖公也。其閟宫云：俾爾熾而昌。俾爾昌而熾。俾爾昌而大。憲府初騰價，〔孫曰〕貞元中憑爲監察御史，故云。神州轉耀鋩。〔孫曰〕鄒衍言：九州之外，有神州赤縣。此言神州，謂京師也。右言盈簡策，〔三〕〔韓曰〕起居舍人一曰右史，即禮記所謂「言則右史書之」者也。唐制，起居郎掌録天子起居法度。天子御正殿，則郎居左，舍人居右。有命，俯陛以聽，退而書之，季終以授史官。此謂憑嘗爲起居舍人也。左轄備條綱。〔韓曰〕唐制，左丞掌管轄諸司，糾正省内，通判都省事。左司員外，掌副左丞所管諸司事者也。故亦稱左轄。此謂憑嘗爲左司員外郎也。響切晨趨佩，煙濃近侍香。司儀六禮洽，〔韓曰〕周禮：司徒修六禮以節民性。謂冠一、婚

二、喪三、祭四、鄉五、相見六也。此謂憑嘗爲禮部郎中也。論將七兵揚。〔韓曰〕周禮：司徒掌五兵。至魏置五兵尚書，謂中兵、外兵、騎兵、别兵、都兵爲五。晉太康中，乃分中兵、外兵各爲左右，與舊五兵爲七曹。後魏遂爲七兵尚書。此謂憑嘗爲兵部郎中也。合樂來儀鳳，〔韓曰〕書：簫韶九成，鳳凰來儀。儀，匹也。尊祠重餼羊。〔韓曰〕論語：子貢欲去告朔之餼羊。子曰：「賜也，爾愛其羊，我愛其禮。」注云：牲生曰餼。二句皆謂憑嘗爲太常少卿也。卿材優柱石，〔孫曰〕襄二十六年左氏：晉卿不如楚，其大夫則賢，皆卿材也。公器擅巖廊。〔孫曰〕漢書：虞舜之時，臨於巖廊之上。晉灼曰：巖廊，巖峻之廊。

峻節臨衡嶠，〔孫曰〕貞元十八年九月，憑自太常少卿爲湖南觀察使。衡嶠，衡山也，在衡州，屬湖南道。和風滿豫章。〔孫曰〕永貞元年十一月，憑自湖南遷江西觀察使。江西觀察使治洪州。豫章卽洪州郡名也。人歸父母育，郡得股肱良。〔孫曰〕漢書季布傳：河東，吾股肱郡，故特召君尔。書：股肱良哉。細故誰留念？煩言肯過防。〔孫曰〕左傳：嘖有煩言。璧非真盜客，〔韓曰〕史記：張儀嘗從楚相飲，已而楚相亡璧，門下意張儀，曰：「儀貧無行，必此盜相君之璧。」共執儀，掠笞數百，不服，釋之。金有誤持郎。〔孫曰〕史記：直不疑爲郎，事文帝。其同舍有告歸，誤持同舍郎金去。已而金主覺，妄意不疑。不疑謝有之，買金償。後告歸者至而歸金，亡金郎大慙。憑性素簡傲，接下脱略，人多怨之。及歷二鎮，尤事奢侈。龜虎休前寄，〔韓曰〕龜，印也。衞宏漢舊儀：列侯、丞相、將軍，皆黄金印、龜鈕。中二千石，亦銀印、龜鈕。虎，符也。漢文帝初與郡守爲銅虎符。曰「休前寄」者，謂去官也。貂蟬冠舊行。〔韓曰〕貂蟬，冠也。晉太始中，通直散騎常侍亦武冠。右貂蟬二句，謂憑元和初解江西觀察，召還爲左散騎常侍。

貂，丁聊切。**訓刑方命吕，**〔韓曰〕謂憑自散騎爲刑部侍郎也。周書：吕命，穆王訓夏贖刑，作吕刑。孔穎達曰：吕侯見命爲天子司寇，以穆王命，作書，訓暢夏禹贖刑之法，以訓告天下也。**理劇復推張。**〔孫曰〕謂憑元和四年自刑部爲京兆也。張謂張敞，漢宣帝時爲京兆尹。京兆典京師，長安中浩穰，於三輔尤爲劇，入守者皆以罪過罷，唯趙廣漢及敞爲久任。**直用明銷惡，還將道勝剛。敬逾齊國社，**〔四〕〔韓曰〕史記：漢石慶爲齊相，齊國慕其家行，大治，爲立石相社。**恩比召南棠。**〔孫曰〕詩：甘棠，美召伯也。召伯之教，明於南國。蔽芾甘棠，勿翦勿伐，召伯所茇。蓋國人被其德，故思其人而愛其樹也。

希怨猶逢怒，〔補注〕論語：怨是用希。詩：逢彼之怒。謂憑雖能希怨，而猶不免逢人之怒者也。**多容競忤彊。火炎侵琬琰，**〔五〕上音宛，下音剡。〔孫曰〕尚書：火炎崑岡，玉石俱焚。琬琰，玉圭名。**鷹擊謬鸞凰。**〔孫曰〕言憑誤遭彈擊也。憑爲京尹，其年七月，御史中丞李夷簡奏憑前在江西日贓罪及他不法事。詔刑部尚書李鄘、大理卿趙昌即臺參訊，貶臨賀尉。先是夷簡自御史出，官在巡屬，憑頗疎縱，不顧接之，夷簡切齒。及憑歸朝，修第於永寧里，功作併興，又廣畜妓妾於永樂里之别宅，謗議頗讙。故夷簡舉劾，將欲殺之。及下獄，置對數日，未得其事。夷簡持之益急，上聞，且貶焉。**刻木終難對，**〔孫曰〕漢書路温舒傳：俗語曰：畫地爲獄議不入，刻木爲吏期不對。顔師古注曰：畫獄木吏尚不入對，況真實乎。又司馬遷報任少卿書曰：士有畫地爲牢勢不入，削木爲吏議不對，定計於鮮也。**焚芝未改芳。**〔韓曰〕抱朴子曰：慮巫山之失火，恐芝艾之併焚。**遠遷逾桂嶺，**〔六〕〔韓曰〕謂憑自京尹貶臨賀尉也。臨賀屬賀州，隸廣南道。桂嶺，賀州山名。**中徙滯餘杭。**〔韓曰〕謂憑繼徙餘杭長史也。杭州，餘杭郡。**顧土雖懷趙，**

〔孫曰〕史記，廉頗一爲楚將無功，曰：「我思用趙人。」廉頗本趙將故也。知天詎畏匡。〔童曰〕論語：子畏於匡。曰：「天之未喪斯文也，匡人其如予何？」論嫌齊物誕，〔韓曰〕莊子有齊物篇。誕，虛誕也。騷愛遠遊傷。〔孫曰〕楚辭有遠遊章。屈原之所作也。

麗澤周羣品，〔孫曰〕易：麗澤兑。注：麗，猶連也。澤，謂德澤。重明照萬方。〔孫曰〕易：重明以麗乎正，乃化成天下。〔韓曰〕篇首題云「三歲復爲大僚」，蓋憑自元和四年己丑貶，至七年壬辰爲三歲。是歲立遂王宥爲皇太子，肆赦。故此又有「麗澤周羣品，重明照萬方」之句。斗間收紫氣，〔孫曰〕晉書：吳之未滅也，斗、牛之間常有紫氣。吳平之後，紫氣愈明。豫章人雷煥曰：「此寶劍之精，上徹于天耳。在豫章豐城。」張華卽補煥爲豐城令，掘獄中，果得雙劍也。臺上掛清光。〔童曰〕清光，鏡也。福爲深仁集，妖從盛德禳。秦民啼畎畝，〔孫曰〕謂秦民思之也。周士舞康莊。〔童曰〕康莊，大道。爾雅：四達謂之衢，五達謂之康，六達謂之莊。采綬還垂艾，〔孫曰〕晉灼注漢書：「盭綬」。盭，草名，出琅邪平昌縣。似艾，可染緑，因以爲綬名。〔韓曰〕焦贛易林曰：二千石官，白艾綬也。華簪更截肪。音方。〔孫曰〕魏文帝與鍾繇書曰：竊見玉書，稱美玉白如截肪。「華簪更截肪」，謂以玉爲簪也。高居遷鼎邑，〔孫曰〕左氏：武王克商，遷九鼎于洛邑。「遷鼎邑」，卽謂洛陽也。遥傳好書王。〔七〕〔孫曰〕史記：賈誼爲梁懷王太傅。梁懷王，文帝之少子，愛而好書，故令賈誼傅之。又漢書：景帝子河間獻王，修學好古，實事求是。從民得善書，必爲好寫與之，留其真。故得書多，與漢朝等。是時，淮南王安亦好書。〔韓曰〕二句謂憑自杭州召還，遷諸王傅，居洛陽也。集有祭憑文云：「入傅王國，嘉聲聿興。」謂此。碧樹環金谷，〔孫曰〕晉書：石崇有別館在河陽之金谷，一名梓澤。丹霞映上陽。〔孫曰〕上陽，宮名。留歡唱容與，要醉對清涼。〔孫曰〕謂憑爲王傅，「留歡」「要醉」，與之爲好也。故友仍同里，常僚每合堂。淵龍過許劭，冰鯉弔王祥。公自注云：許侍郎尹河南，許司業分司東都，王舍人居憂在洛，皆弘農公平生親友。〔孫曰〕後漢許劭，汝南平輿人。兄虔亦知名。汝南人稱平輿淵有二龍焉。此喻許孟容、許司業也。晉書：王祥性至孝。後母朱氏嘗欲生魚，時天寒冰凍，祥解衣將割冰求之，冰忽自解，雙鯉躍出，持之以歸。此喻王仲舒也。玉漏天門靜，〔孫曰〕張衡漏水轉渾天儀制曰：以銅爲器，再疊差置實以清水，下各開孔，以玉虬吐漏水入兩壺，左爲晝，右爲夜。銅駝御路荒。〔韓曰〕華延儁洛陽記曰：兩銅駝在宮之南街，東西相向，高九尺，洛陽謂之銅駝陌。〔補注〕筆墨閒録云：此對妙同於老杜矣。澗瀍秋瀲灩，〔韓曰〕澗、瀍二水名。書：我乃卜澗水東、瀍水西，惟洛食。瀲灩，水動貌。上力驗切，下灩音艷。嵩少暮微茫。〔韓曰〕戴延之西征記曰：嵩山其東謂太室，西謂少室。嵩，其總名，卽中岳也，在洛中。遵渚徒云樂，〔孫曰〕詩：鴻飛遵渚。注：鴻，大鳥，不宜與鳧鷖之屬飛而遵渚。以喻周公今與凡人處東都之邑，失其所也。憑今亦居東都，故公又引此詩以喻之。沖天自不遑。〔韓曰〕淳于髡説齊威王曰：「國中有大鳥，三年不蜚又不鳴。」王曰：「此鳥不飛則已，一飛沖天。」降神終入輔，〔孫曰〕詩：維嶽降神，生甫及申。種德會明敭。〔孫曰〕書：皋陶邁種德。又曰：明明揚側陋。「揚」，亦作「敭」。

獨棄傖人國，傖人，注見前詩。難窺夫子牆。〔童曰〕論語：夫子之牆數仞。通家殊孔李，〔孫曰〕後漢孔融，年十歲隨父詣京師。時河南尹李膺以簡重自居，不妄接士，勑外非通家不得白。融造門，語門者曰：「我是李君通家子弟。」膺見之，問曰：「高明祖父嘗與僕有恩舊乎？」融曰：「先君孔子與公先人李老君同德比義而相師友，則融與君累世通家。」衆坐莫不歎息。舊好卽潘楊。〔八〕〔孫曰〕潘岳懷舊賦曰：余十二而獲見於父友東武戴侯楊君，始見知名，遂申之以姻好。楊君名肇，以女妻岳。公娶憑弟凝之女，故及之。世議排張摯，〔韓曰〕史記：張摯，字長公，釋之之子，官至大夫，免。以不能取容當世，故終身不仕矣。時情棄仲翔。〔韓曰〕吳志：虞翻，字仲翔，孫權以爲騎都尉。數犯顔諫諍，權不悦。又性不協俗，多見謗毁，坐徙丹陽縣尉。不言縲絏枉，〔童曰〕論語：雖在縲絏之中，非其罪也。徒恨纆徽長。〔九〕「徽」，一作「牽」。〔童曰〕易：係用徽纆。纆，墨繩。賈賦愁單閼，烏合切。〔韓曰〕賈誼貶長沙，作鵩賦曰：單閼之歲，鵩集予舍。單閼，太歲在卯也。鄒書怯大梁。〔孫曰〕鄒陽事梁孝王，介於羊勝、公孫詭之間。勝等疾陽，惡之孝王。王怒，下陽吏，將殺之。陽乃從獄中上書，王立出之。炯心那自是？昭世懶佯狂。〔孫曰〕史記：箕子乃佯狂爲奴。鳴玉機全息，〔童曰〕玉，謂珮也。懷沙事不忘。〔孫曰〕屈原既放逐，乃作懷沙之賦，自投汨羅而死。戀恩何敢死？垂淚對清湘。〔孫曰〕公在永州，州有湘水。自「獨棄傖人國」已下，皆公自敍己意。

校勘記

〔一〕遐步仰龍驤　「遐」，詁訓本作「高」。

〔二〕精聞百鍊剛　「剛」原作「鋼」，據詁訓本改。　句下注「何意百鍊剛，化爲繞指柔」。「何意」原作「誰知」，「剛」原作「鋼」，「爲」原作「作」，據文選卷二五劉越石重贈盧諶改。

〔三〕右言盈簡策句下注　「季終以授史官」。「終」原作「冬」，據詁訓本及新唐書卷四七百官志改。

〔四〕敬逾齊國社句下注　「爲立石相社」。「社」，詁訓本及史記卷一〇三萬石張叔列傳作「祠」。

〔五〕火炎侵琬琰句下注　「尚書：火炎崑岡」。「書」下原衍「篇」字，據尚書胤征删。

〔六〕遠遷逾桂嶺句下注　「臨賀屬賀州」。「賀」原作「廣」，據詁訓、世綵堂本及新唐書卷四三上地理志改。

〔七〕遥傳好書王句下注　「梁懷王，文帝之少子」。「文」原作「武」，據詁訓、世綵堂本及史記卷八四屈原賈生列傳改。「故得書多」。「書」下原脱「多」字，據漢書卷五三景十三王傳補。

〔八〕舊好即潘楊句下注　「公娶憑弟凝之女」。詁訓本韓醇注作「公爲楊憑之壻」。按：本書卷四〇祭楊憑詹事文有「子壻謹以清酌庶羞之奠，昭祭於丈人之靈」句，卷三〇與楊京兆憑書有「獨恨不幸獲託姻好而早凋落」句，疑子厚係娶憑女而非凝女，原注恐誤。可參看本書卷一三亡妻弘農楊氏誌「醴泉生今禮部郎中凝」句下韓注。

〔九〕徒恨纆徽長　「徽」，世綵堂本作「牽」，并注云：「『纆牽長』，出戰國策。一本以『牽』爲『徽』，非。」

酬韶州裴曹長使君寄道州吕八大使因以見示二十韻一首并序

〔集注〕裴韶州，名字未詳。題云曹長，必嘗與公同在禮部者。吕道州名温，字化光，元和三年十月自御史知雜貶均州刺史，再貶道州刺史。公此詩永州作。筆墨閒録云：酬韶州裴使君二十韻尤見奇險之功，蓋「山」字韻不比「退」字之多也。

韶州幸以詩見及，往復奇麗，邈不可慕，用韻尤爲高絶，余因拾其餘韻酬焉。凡爲韶州所用者置不取，其聲律言數如之。

金馬嘗齊入，〔一〕〔孫曰〕漢武時有東門京者，善相馬，鑄作銅馬法獻之。有詔立於魯班門外，因號曰金馬門，賢才待詔於此。〔韓曰〕公孫弘傳：待詔金馬門。銅魚亦共頒。〔孫曰〕唐志云：高祖入長安，罷隋竹使符，頒銀菟符。其後改爲銅魚符，易守令則給之。共頒，言温與裴同出爲刺史也。疑山看積翠，〔孫曰〕疑山，謂九疑山也。在道州。湞水想澄灣。〔二〕〔孫曰〕湞，水名。陟盈切。説文：水出南海龍川，西入溱。在今韶州界。灣，水曲也。標榜同驚俗，〔孫曰〕後漢書：海内希風之流，共相標榜。注云：標榜，猶相稱揚也。清明兩照姦。乘軺參孔僅，公自注曰：韶州嘗隨潘户部出征賦。〔孫曰〕漢書食貨志：孔僅，南陽大冶。武帝時，鄭當時進言之，爲大農丞。貞元二十一年七月，以户部侍郎潘孟陽爲度支鹽鐵副使，以裴爲屬。孔僅以喻孟陽也。按節服侯狦。〔三〕所姦切。公自注曰：道州昔使絶域，遂無猾夏之虞。〔孫曰〕按節，持節也。節以竹爲之，柄長八尺，以髦牛尾爲旄三重，取象竹節，因以爲名。漢書匈奴傳：虚閭權渠單于子稽侯狦號呼韓邪單于。貞元二十年五月，以史館修撰秘書監張薦爲入吐蕃弔祭使，以温爲副。賈傅辭寧切，〔韓曰〕賈誼爲長沙王太傅，過湘水，以文弔屈原。虞童髮未鬖。音班。髮半白。〔韓曰〕虞童，虞翻也。翻年十二，客有候其兄，不過翻，翻追與之書，客奇之。秉心方的的，騰口任顛顛。音顔。〔韓曰〕争貌。韓子曰：

其鬭嚬嚬。

聖理高懸象，〔童曰〕易：懸象著明，莫大乎日月。爰書降罰鍰。〔四〕〔孫曰〕史記：張湯掘熏得鼠及餘肉，劾鼠掠治，傳爰書，訊鞫論報。注云：爰，換也。謂以文書代換其口詞。書：其罰百鍰。注云：六兩曰鍰。鍰，黄鐵也，一曰錢也。此謂温得罪貶斥。德風流海外，和氣滿人寰。禦魅恩猶貸，〔孫曰〕文十八年左氏：投之四裔以禦魑魅。注云：魑魅，山林異氣所生，爲人害者。「恩猶貸」，公自言雖被竄謫，猶未至死，是爲寬貸也。思賢淚自潸。所班切。〔孫曰〕思賢，謂思裴、吕也。詩：潸然出涕。說文：潸，涕流貌。存亡均寂寞，〔五〕零落間惸鰥。〔六〕〔韓曰〕惸，渠云切。獨也。鰥，孤頑切。孟子：老而無妻曰鰥。

夙志隨憂盡，殘肌觸瘴瘝。〔童曰〕瘝，痹也。五還切。月光摇淺瀨，風韻碎枯菅。〔童曰〕茅也。海俗衣猶卉，〔韓曰〕書：島夷卉服。注：南海島夷草服，葛越。卉，草也。葛越，南方布名。山夷髻不鬟。〔孫曰〕鬟，謂曲髮爲髻也。泥沙潛虺蜮，〔孫曰〕詩：爲鬼爲蜮。蜮，水弩。榛莽鬭豺貘。音蠻。〔童曰〕狼屬，似狸。循省誠知懼，安排祇自憪。〔七〕音閑。〔童曰〕說文：愉也。食貧甘莽鹵，〔孫曰〕詩：自我徂尔，三歲食貧。被褐謝斕斒。上音闌，下逋閑切。〔孫曰〕色不純貌。後漢書：「衣裳斑斕，語言侏離」是也。遠物裁青罽，音計。〔童曰〕織毛爲之。時珍饌白鷴。長捐楚客珮，見前詩注。未賜大夫環。〔孫曰〕說文云：環，璧也。肉好若一謂之環。宣二年穀梁傳注：禮三諫不聽則去，待放於境。三年君賜之環則還，賜之玦則往。〔韓曰〕荀子：召人以瑗，絶人以玦，反絶以環。注亦云：古者臣有罪，待放於境，三年不敢去。與之環則還，與之玦則絶。異政徒云仰，高蹤不可攀。空勞慰頷頷，妍唱劇妖嫺。音閑。〔童曰〕妖嫺，謂閑雅。

校勘記

〔一〕金馬嘗齊入句下注　「公孫弘傳」。「弘」原作「洪」，據漢書卷五八公孫弘傳改。

〔二〕湞水想澄灣句下注　「西入溱」。「溱」原作「秦」，據世綵堂、濟美堂、蔣之翹本及説文改。

〔三〕按節服侯雛句下注　「貞元二十年五月」。「二十年」原作「二十五年」，據舊唐書卷一三德宗紀下改。

〔四〕爰書降罰鍰句下注　「史記：張湯掘熏得鼠及餘肉」。按：此注引文實出自漢書卷五九張湯傳。史記卷一二二酷吏列傳作「張湯掘窟得盜鼠及餘肉」。

〔五〕存亡均寂寞　「存」，音辯、世綵堂、游居敬、濟美堂、蔣之翹本及全唐詩作「在」。

〔六〕零落間惸鰥　「零」，詁訓本作「寥」。

〔七〕安排袛自憪　「憪」，世綵堂、濟美堂、何焯校本作「癇」。

酬婁秀才將之淮南見贈之什

〔韓曰〕婁秀才，圖南也，侍中師德之後。集有送其之淮南序。二詩與序當同時作。

遠棄甘幽獨，〔韓曰〕公自言得罪遷斥也。誰言值故人？〔一〕好音憐鎩羽，〔韓曰〕詩：載好其音。又：懷我好音。鎩，音殺。殘也。又所介切。選：鎩翮由時至。好音以喻圖南，鎩羽以自喻。濡沫慰窮鱗。〔孫曰〕莊子：魚相與處於陸，相呴以濕，相濡以沫。困志情惟舊，〔二〕「困」，一作「同」。相知樂更新。〔孫曰〕楚辭九歌：樂莫樂兮新相知。浪遊輕費日，醉舞詎傷春？風月歡寧間，星霜分益親。已將名是患，還用道爲鄰。機事齊飄瓦，〔孫曰〕莊子：有機事者必有機心。又曰：雖有忮心，不怨飄瓦。嫌猜比拾塵。〔韓曰〕家語：孔子窮於陳蔡之間，顏回得米而爨之。孔子望見回攫甑中飯而食之。飯熟進孔子，孔子曰：「今夢見先君，食潔欲饋。」回曰：「不可。向者炱煤入甑中，棄食不祥，因攫而食之。」孔子歎曰：「所信者目，所恃者心。今心目不足信而恃矣。」煤，煙塵也。因拾煙塵，孔子疑惑。高冠余肯賦，〔孫曰〕楚辭：高余冠之岌岌兮，長余珮之陸離。長鋏子忘貧。〔韓曰〕史記：馮驩聞孟嘗君好士，躡屩而歸之。孟嘗置傳舍十日，問傳舍長曰：「客何爲？」長答曰：「馮先生甚貧，猶有一劍耳，又蒯緱。彈其劍而歌曰：長鋏歸來乎，食無魚。」鋏，古協切。晼晚驚移律，晼，音宛。〔童曰〕晼晚，日昳。睽攜忽此辰。開顏時不再，絆足去何因？〔童曰〕絆，音半。羈絆也。海上銷魂別，〔孫曰〕江淹賦：黯然銷魂，惟別而已。天邊弔影身。祇應西澗水，〔孫曰〕西澗，永州水名。寂寞但垂綸。

校勘記

〔一〕誰言值故人　「言」，全唐詩作「云」，并注：「一作『言』。」

〔二〕困志情惟舊句下注「『困』一作『同』」。陳景雲柳集點勘：「『困』，一作『同』爲是。禮記鄭注：同志曰友。又子厚有送秀才序，言相識在未第之前。則有舊久矣。」按：陳説疑是。

酬婁秀才寓居開元寺早秋月夜病中見寄

客有故園思，〔孫曰〕客謂婁秀才圖南也。瀟湘生夜愁。〔孫曰〕瀟湘，二水名，在永州界。病依居士室，〔孫曰〕維摩居士丈室。夢繞羽人丘。〔韓曰〕楚辭遠遊云：仍羽人於丹丘兮，留不死之舊鄉。注云：山海經有「羽人之國」，「不死之民」。或曰：人得道身生羽毛也。丹丘，晝夜常明。味道憐知止，〔孫曰〕老子：知足不辱，知止不殆。遺名得自求。壁空殘月曙，音樹。「署」同。門掩候蟲秋。〔補注〕張文潛嘗論公此聯爲集中第一。洪駒父則云：明月江山夜，候蟲天地秋，最爲奇警。謬委雙金重，〔一〕〔補注〕文選擬四愁詩曰：佳人遺我緑綺琴，何以贈之雙南金。難徵雜珮酬。〔二〕〔孫曰〕詩：知子之好之，雜珮以報之。注：雜珮，珩、璜、琚、瑀，衝牙之屬。碧霄無枉路，〔孫曰〕枉路，猶言徑路也。徒此助離憂。

校勘記

〔一〕謬委雙金重句下注「文選擬四愁詩曰：佳人遺我緑綺琴」。「曰」上原脱「詩」字，「佳」原作「美」，據文選張孟揚擬四愁詩補改。

〔二〕難徵雜珮酬句下注「知子之好之」。「知」原作「之」，據詁訓本及詩鄭風女曰雞鳴改。

初秋夜坐贈吴武陵

〔孫曰〕武陵，永州流人，來永州在元和三年。公有此贈，又有簡武陵詩。

稍稍雨侵竹，翻翻鵲驚叢。美人隔湘浦，〔孫曰〕美人，謂吴武陵。一夕生秋風。積霧杳難極，滄波浩無窮。相思豈云遠，即席莫與同。若人抱奇音，朱絃緪枯桐。〔孫曰〕禮記：清廟之瑟，朱絃而疏越。朱絃，謂以朱絲爲絃也。楚辭：緪瑟兮交鼓。緪，古鄧切。急張也。枯桐，謂琴也。清商激西顥，音浩。泛灩凌長空。自得本無作，天成諒非功。希聲閟大樸，〔韓曰〕老子：大音希聲。聾俗何由聰！

晨詣超師院讀禪經

〔補注〕詩眼云：子厚晨詣超師院讀禪經詩，一段至誠潔清之意，參然在前。「真源了無取，妄跡世所逐。遺言冀可冥，繕性何由熟」，真妄以喻佛理，言行以盡薰修，外此亦無詞矣。「道人庭宇静，苔色連深竹」，蓋遠勝「竹徑通幽處，禪房花木深」。「日出霧露餘，青松如膏沐」。予家舊有大松，偶見露洗而霧披，真如洗沐未乾，染以翠色，然後知此語能傳造化之妙。「澹然離言説，悟悦心自足」，蓋言因指而見月，遺經而得道，於是終焉。其本末立意遣詞，可謂曲盡其妙，無毫髮遺恨也。

汲井漱寒齒，清心拂塵服。閒持貝葉書，〔孫曰〕西域有貝多樹，國人以其葉寫經，故曰貝葉書。步出東齋讀。真源了無取，妄跡世所逐。遺言冀可冥，「遺」，一作「遣」。繕性何由熟？〔孫曰〕莊子：繕性於俗。注云：繕，治也。道人庭宇静，〔童曰〕道人，即謂超師。苔色連深竹。〔補注〕筆墨閒録云：山谷學徒筆此詩於扇，作「翠色連深竹」。「翠色」語好，而「苔色」義是。日出霧露餘，青松如膏沐。〔孫曰〕詩：豈無膏沐，誰適爲容？「如膏沐」者，言霧露之餘，松柏皆如洗沐也。澹然離言説，悟悦心自足。

贈江華長老

〔韓曰〕江華，道州縣名。

老僧道機熟，默語心皆寂。去歲别春陵，沿流此投跡。〔韓曰〕道州，即古之春陵。自道沿流亦可至永，故云「沿流此投跡」。室空無侍者，巾屨唯掛壁。一飯不願餘，跏趺便終夕。〔童曰〕跏，音加。屈足坐也。趺，音夫。足也。風窗疏竹響，露井寒松滴。偶地即安居，滿庭芳草積。

巽上人以竹間自採新茶見贈酬之以詩

〔韓曰〕巽上人，重巽也。時居永州龍興寺。此詩公在永州作。

芳叢翳湘竹，〔孫曰〕芳叢，茶樹也。零露凝清華。復此雪山客，晨朝掇靈芽。〔張曰〕掇，丁活切。采也。蒸煙俯石瀨，音賴。〔韓曰〕水流石上。咫尺凌丹崖。圓方麗奇色，圭璧無纖瑕。「璧」，一作「玉」。呼兒爨金鼎，餘馥延幽遐。滌慮發真照，還源蕩昏邪。猶同甘露飯，佛事薰毗耶。〔韓曰〕維摩詰經：時化菩薩以滿鉢香飯與維摩詰，飯香普薰毗耶離城及三千大千世界。時維摩詰語舍利弗等，諸大聲聞仁者可食如來甘露味飯。大悲所薰，無以限意食之，使不消也。咄此蓬瀛侶，〔孫曰〕蓬萊、方丈、瀛州，海中三神山。蓬瀛侶，謂仙人也。無乃貴流霞。流霞事見前第一詩注矣。

零陵贈李卿元侍御簡吴武陵

〔韓曰〕零陵，永州郡名。吴武陵，公前有詩贈之者。集又有小丘記云：李深源、元克己同游。深源、克己，李卿、元侍御也。時在元和四年九月，此詩有「朔雲」「窮秋」之語，意亦是時作矣。

理世固輕士，棄捐湘之湄。陽光竟四溟，「竟」，一作「競」。〔童曰〕陽光，謂日。竟，滿也。敲石安所施？〔孫曰〕敲石，擊石出火也。選潘安仁詩：欻如敲石火，瞥若截道飇。敲，口交切。鎩羽集枯榦，低昂互鳴悲。朔雲吐風寒，〔一〕寂歷窮秋時。君子尚容與，小人守兢危。慘悽日相視，離憂坐自滋。樽酒聊可酌，放歌諒徒爲！惜無協律者，窈眇絃吾詩。〔孫曰〕窈眇，琴聲。

校勘記

〔一〕朔雲吐風寒　詁訓本此句作「朔風吐雲寒」。

界圍巖水簾

〔補注〕公自永州召還，經巖下作。筆墨閒録云：此詩奇麗工壯，始言水簾之狀，不甚言，但發二語云：「忽如朝玉皇，天冕垂前旒。」簡而工矣。

界圍匯湘曲，〔童曰〕匯，回也。胡對切，又上聲。青壁環澄流。〔孫曰〕選琴賦：丹崖嶮巇，青壁萬尋。懸泉粲成簾，羅注無時休。韻磬叩凝碧，〔一〕鏘鏘徹巖幽。丹霞冠其巔，想像凌虛游。靈境不可狀，鬼工諒難求。忽如朝玉皇，天冕垂前旒。〔孫曰〕言水簾之狀，如冕旒之垂。楚臣昔南逐，有意仍丹丘。〔韓曰〕楚辭屈原遠游章：仍羽人於丹丘。我今始北旋，〔三〕新詔釋縲囚。〔孫曰〕元和十年，詔追公等赴上都。采真誠眷戀，〔孫曰〕莊子：古者謂是采真之遊。許國無淹留。再來寄幽夢，遺貯催行舟。

校勘記

〔一〕韻磬叩凝碧　「凝」，世綵堂本作「疑」。

〔二〕我今始北旋　「我今」，取校諸本均作「今我」。

古東門行〔一〕

〔韓曰〕鮑明遠樂府詩嘗有東門行。東門，謂長安城門也。觀詩意，蓋以諷當時盜殺武元衡事。元衡爲相，宅在京師靖安里。元和十年六月，將朝，出里東門，有賊自暗中突出射之，從者散走，遂遇害。詳見本篇注。

漢家三十六將軍，〔孫曰〕漢景帝三年，七國反。上乃拜中尉周亞夫爲太尉，將三十六將軍往擊吳、楚。東方靁動橫陣雲。〔孫曰〕史記天官書：陣雲如立垣。〔韓曰〕先是王承宗拒命，上怒，削其官爵，討之。會淄青、盧龍數表請赦，乃詔浣雪，畀以故地。及元濟反，承宗與李師道上書請宥，使人白事中書，元衡叱去。承宗怒，與師道謀殺元衡。故此詩首引七國事，謂元衡之變亦起於削地也。雞鳴函谷客如霧，〔孫曰〕史記：孟嘗君夜半至函谷關，關法，雞鳴而出客。孟嘗君恐秦追至，客之居下坐者能爲雞鳴，而雞盡鳴，遂得出。函谷，秦關也。貌同心異不可數。赤丸夜語飛電光，〔孫曰〕前漢尹賞傳：長安中姦猾浸多，閭里少年羣輩殺吏，受賕報仇，相與探丸爲彈，得赤丸者斫武吏，得黑丸者斫文吏，白者主治喪。徼巡司隸眠如羊。〔二〕「眠」，一作「眼」，一作「很」，皆非是。〔孫曰〕漢書百官表：中尉掌徼巡。注云：徼，遮繞也。司隸，謂司隸校尉，掌察三輔。〔韓曰〕徼巡司隸不舉職而眠如羊，故不知有變。四皓謂「太子將兵，無異以羊將狼」。蓋弱不能以敵强，況又眠耶？此謂元衡入朝，出靖安里第，夜漏未盡，賊乘暗呼曰：「滅燭！」射殺元衡，而邏司傳譟，莫知主名也。當街一叱百吏走，馮敬胸中函匕首。匕，卑履切。〔孫曰〕賈誼傳：陛下之臣，雖有悍如馮敬者，適啓其口，匕首已陷其胸矣。如淳云：馮敬，無擇子，名忠直，爲御史大夫，奏淮南厲王誅之。通俗文曰：匕首，劍屬。〔韓曰〕此謂賊始一呼，而徒御格鬭不勝，皆駭走，遂害元衡也。兇徒側耳潛愜心，悍臣破膽皆杜口。〔三〕魏王臥内藏兵符，〔四〕〔孫曰〕史記：魏安釐王使將軍晉鄙將十萬衆救趙，實持兩端以觀望。王弟信陵君無忌之客侯生曰：「嬴聞晉鄙之兵符在王臥内，而如姬最幸，力能竊之。公子誠一開口請如姬，如姬必許諾，則得虎符，奪晉鄙軍，北救趙而西却秦，此五伯之伐也。」「臣客朱亥，力士，可與俱。晉鄙不聽，可使擊殺之。」子西掩袂真無辜。〔孫曰〕左氏哀十六年傳：白公殺子西、子期于朝而劫惠王，子西以袂掩面而死。〔韓曰〕此謂盜殺武元衡而朝堂不知也。羗胡轂下一朝起，〔孫曰〕司馬相如諫疏曰：陛下好陵阻險，射猛獸，卒然遇軼材之獸，駭不存之地，是胡越起於轂下，而羗夷接軫也。敵國舟中非所擬。〔孫曰〕吳起諫武侯曰：「君不修德，舟中之人盡爲敵國也。」安陵誰辨削礪功？〔五〕當作「工」。〔孫曰〕史記袁盎列傳：梁孝王欲求爲嗣，袁盎進説，其後語塞。以此怨盎，使人刺盎安陵郭門外。梁孝王世家：褚先生曰：王使人殺盎，刺者刺之，置其劍，劍著身。視其劍，新治。問長安中削礪工，工曰：

「深郎某子來治此劍。」以此知而發覺之。韓國詎明深井里？〔六〕〔孫曰〕史記刺客傳：聶政，河内軹縣深井里人。嚴仲子事韓哀侯，與韓相俠累有郤，請政爲之報仇。政刺殺俠累，因自皮面抉眼，自屠出腸。韓取尸暴於市而問，莫知誰子。其姊嫈聞而往哭之，曰：「是軹深井里聶政也。以妾在，重自刑以絶從，妾奈何畏歿身之誅，終滅賢弟之名。」遂死于尸旁。〔韓曰〕此謂當時元衡爲賊所殺，初不知主名，吏卒不敢窮捕。後下詔積錢東、西市以募告者，而王士則、王士平始以賊聞也。絶臏斷骨那下補，〔七〕「下」，一作「可」。〔韓曰〕臏，音穠。秦、晉謂肌曰臏。或作「膿」。「膿」，唐韻作「咽」，項也。萬金寵贈不如土。

校勘記

〔一〕古東門行題下注　「宅在京師靖安里」。「靖」原作「静」，據詁訓本及新唐書卷一五二武元衡傳改。

〔二〕儌巡司隸眠如羊　「眠如羊」，詁訓本作「如眠羊」。句下注「儌，遮繞也」。「遮繞也」原作「巡儌」，據漢書卷一九百官公卿表顔師古注改。

〔三〕悍臣破膽皆杜口　「杜」，世綵堂、濟美堂本作「吐」。

〔四〕魏王卧内藏兵符句下注　「實持兩端以觀望」。「端」下原脱「以觀望」三字，據史記卷七七魏公子列傳補。

〔五〕安陵誰辨削礪功句下注　「當作『工』」。吴汝綸柳州集點勘：「『功』改『工』。」近是。「使人刺盎安陵郭門外」。「郭」原作「國」，據詁訓、世綵堂本及史記卷一〇一袁盎列傳改。「褚先生曰」。「褚先生」原作「太史公」，據史記卷五八梁孝王世家改。按：「褚先生曰」以下注文係東漢元、成間博士褚少孫對史記梁孝王世家所作之補文，非太史公史記正文。「刺者刺之」。「刺者」原在「刺之」下，據史記梁孝王世家改。「梁郎某子來治此劍」。「梁郎某子」原作「梁孝王子某」，據史記梁孝王世家改。按：梁郎，史記索隱謂「梁國之郎，是孝王官屬」，非指梁孝王。原注誤。

〔六〕韓國詎明深井里句下注　「重自刑以絶從」。「刑」上原脱「自」字，據詁訓本及史記卷八六刺客列傳補。

〔七〕絶曩斷骨那下補句下注　「曩，或作『臙』。『臙』，唐韻作『咽』，項也」。音辯、游居敬本、全唐詩及樂府詩集作「臙」。全唐詩并注：「一作『曩』，一作『咽』。」按：臙，似是「咽」字之誤，指咽喉。疑作「咽」是。

寄韋珩

〔韓曰〕珩，正卿之子。集有答珩示韓愈相推以文墨事書。

初拜柳州出東郊，〔孫曰〕元和十年三月，以公爲柳州刺史。道旁相送皆賢豪。迴眸炫晃别羣玉，〔孫曰〕羣玉，羣賢也。獨赴異域穿蓬蒿。炎煙六月咽口鼻，胸鳴肩舉不可逃。〔韓曰〕六月，公過嶺。桂州西南又千里，灕水鬬石麻蘭高。〔孫曰〕灕，音離，水名。出陽海山，即桂江也。蘭麻，山名，在今桂州理定縣。今本作「麻蘭」，恐誤。陰森野葛交蔽日，懸蛇結虺如蒲萄。到官數宿賊滿野，縛壯殺老啼且號。飢行夜坐設方略，籠銅枹鼓手所操。〔童曰〕籠銅，鼓聲。枹，擊鼓杖也。音膚。奇瘡釘骨狀如箭，鬼手脱命争纖毫。今年噬毒得霍疾，〔童曰〕霍疾，謂霍亂。支心攪腹戟與刀。邇來氣少筋骨露，蒼白瀄汩盈顛毛。〔一〕瀄，側瑟切。汩，越筆切。〔孫曰〕瀄汩，水流貌。國語：班序顛毛，以爲民紀統。注云：顛，頂。毛，髮也。君今矻矻又竄逐，〔二〕〔童曰〕爾雅：矻，固也，石堅也。口骨切。辭賦已復窮詩騷。神兵廟略頻破虜，〔韓曰〕時用兵討淮蔡，故云。四溟不日清風濤。聖恩儻忽念行葦，十年踐踏久已勞。〔三〕〔孫曰〕詩：敦彼行葦，牛羊勿踐履。注云：行道也。公得罪至是十餘年矣。幸因解網入鳥獸，〔四〕〔孫曰〕史記：湯出，見野張網四面，祝曰：「自天下四方，皆入吾網。」湯曰：「嘻，盡之矣！」乃去其三面。莊子曰：入獸不亂羣，入鳥不亂行。畢命江海終遊遨。願言未果身益老，起望東北心滔滔。〔孫曰〕東北，珩所謫處。

校勘記

〔一〕蒼白瀄汩盈顛毛句下注　「班序顛毛，以爲民紀統」。「紀統」原作「統紀」，據國語齊語倒轉。

〔二〕君今矻矻又竄逐句下注「爾雅：矻，固也」。陳景雲柳集點勘：「似不切本義。漢書王褒傳注：『矻矻，健作貌。』下『辭賦』句正言其馳騁翰墨之勤也。」按：漢書卷六四下王褒傳尚有應劭注：「矻矻，勞極貌。」亦可參考。

〔三〕十年踐踏久已勞　「踏」，詁訓、蔣之翹本及全唐詩作「蹈」。

〔四〕幸因解網入鳥獸　「鳥」，詁訓本作「禽」。句下注「見野張網四面」。「見野」原作「野見」，據世綵堂、濟美堂、蔣之翹本及史記卷三殷本紀倒轉。「入獸不亂羣，入鳥不亂行」。「獸」原作「鳥」，「鳥」原作「獸」，據莊子山木篇改。

奉和楊尚書郴州追和故李中書夏日登北樓十韻之作依本詩韻次用

〔孫曰〕尚書名於陵，字達夫，元和十一年四月，自户部侍郎判度支貶郴州刺史，坐供軍有闕也。先是貞元中李吉甫爲郴州刺史，有北樓詩十韻，至是於陵和之，公亦和焉。郴，音琛。

郡樓有遺唱，新和敵南金。〔一〕〔孫曰〕選詩：佳人遺我緑綺琴，何以贈之雙南金。南金，良金也。境以道情得，人期幽夢尋。層軒隔炎暑，迴野恣窺臨。鳳去徽音續，〔孫曰〕詩：大姒嗣徽音。徽，美也。

芝焚芳意深。〔二〕芝焚，見上獻弘農公詩注。〔孫曰〕鳳去以比吉甫，芝焚以比楊尚書也。游鱗出陷浦，唳鶴繞仙岑。〔三〕風起三湘浪，雲生萬里陰。宏規齊德宇，麗藻競詞林。静契分憂術，閑同遲客心。〔童曰〕遲，音值。待也。驊騮當遠步，〔童曰〕驊騮，良馬名。鶗鴂莫相侵。鶗，音題，又大系切。鴂，古穴切。〔孫曰〕離騷曰：恐鵜鴂之先鳴兮，使夫百草爲之不芳。「鵜」，亦作「鶗」。「鶗鴂」，一作「杜鵑」。常以立夏鳴，鳴則衆芳皆歇。〔韓曰〕張平子思玄賦云：恃己知而華予兮，鶗鴂鳴而不芳。謂恃己之芳華，冀時知我，而鶗鴂之鳴，使衆草不芳。猶讒邪所蔽，不得進也。今日登高處，還聞梁父吟。〔韓曰〕陸士衡雜擬詩：齊僮梁父吟。注：梁父吟，樂府曲名也。諸葛亮躬耕隴畝，好爲梁父吟。

校勘記

〔一〕新和敵南金句下注　「佳人遺我緑綺琴，何以贈之雙南金」。「佳」原作「美」，「遺」原作「贈」，「贈」原作「報」，據文選張孟陽擬四愁詩改。

〔二〕鳳去徽音續芝焚芳意深句下注　「鳳去以比吉甫，芝焚以比楊尚書也」。陳景雲柳集點勘：「鳳去，謂吉甫去官；芝焚，則傷其逝。陸士衡歎逝賦：芝焚而蕙歎。『芳意深』者，殆即蕙歎意乎？」

〔三〕唳鶴繞仙岑　陳景雲柳集點勘：「劉夢得和楊侍郎初至郴州題郡齋詩有『城頭鶴立』之語，自注：『蘇躭傳云：後化爲仙鶴，止城東北隅樓上。』案躭，郴人，詩中『鶴唳』句，蓋用躭事。以此句例之上二句，亦必切本州故事，但未詳所出耳。又，『陷浦』，亦不曉其義，或『陷』字有誤。」

楊尚書寄郴筆知是小生本樣令更商搉使盡其功輒獻長句

截玉銛錐作妙形，〔孫曰〕截玉銛錐，謂錐之可截玉者。銛，利也。音纖。貯雲含霧到南溟。〔孫曰〕南溟，南海。謂郴州也。尚書舊用裁天詔，本注：漢以尚書郎作詔文。〔孫曰〕漢官儀曰：尚書郎主作文書起草，夜更直五日於建禮門内。内史新將寫道經。〔韓曰〕晉書：王羲之爲會稽内史，山陰有道士好養鵝，羲之往觀，意甚悅，固求市之。道士云：「爲寫道德經，當舉羣相贈。」羲之欣然寫畢，籠鵝而歸。〔孫曰〕内史以比楊尚書。曲藝豈能裨損益，〔孫曰〕曲藝，小藝。謂書學也。微辭祇欲播芳馨，〔孫曰〕芳馨，謂楊尚書治行。桂陽卿月光輝徧，〔孫曰〕桂陽，郴州。書云：卿士惟月。毫末應傳顧兔靈。〔孫曰〕楚辭：夜光何德，死則又育。厥利維何，而顧兔在腹。言月中有兔，居月之腹。顧，望也。詩意謂此筆當是顧兔之毫。

南省轉牒欲具江國圖令盡通風俗故事

「江」字，一本作「注」。

聖代提封盡海壖，而緣切。〔孫曰〕漢書食貨志：提封萬井。李奇注曰：提，舉也。舉四封之内也。海壖，江海邊地。狼荒猶得紀山川。〔童曰〕狼荒，荒遠之地。華夷圖上應初録，風土記中殊未傳。〔孫曰〕晉書：周處有風土記十卷。椎髻老人難借問，〔韓曰〕前漢書西南夷傳：自滇以北，此皆椎髻。注云：謂髻如椎之形也。椎，直追切。黄茆深峒敢留連？〔韓曰〕峒，徒弄切。山穴也。下有柳州峒氓詩，蓋柳州之民多有居嵓峒間者。南宫有意求遺俗，〔童曰〕南宫，南省也。試檢周書王會篇。〔韓曰〕周武王時，遠國歸款。周史集其事爲王會篇。見今汲冢周書第五十九篇。

與浩初上人同看山寄京華親故

〔集注〕浩初，潭州人，龍安海禪師弟子。自臨賀至柳州謁公。集又有浩初上人欲登仙人山詩及送浩初序。

海畔尖山似劍鋩，秋來處處割愁腸。〔一〕〔補注〕東坡曰：退之詩：水作青羅帶，山爲碧玉簪。子厚詩：海畔尖山似劍鋩，秋來處處割愁腸。陸道士云：二公當時不相計，會好做成一屬對。子瞻爲之對曰：繫懣豈無羅帶水，割愁還有劍鋩山。又曰：僕自東武適文登，並海行數日，道傍諸峯真若劍鋩。誦子厚詩，知海山多奇峯也。若爲化得身千億，〔童曰〕十萬曰億。散上峯頭望故鄉。〔二〕

校勘記

〔一〕秋來處處割愁腸句下注　「二公當時不相計」。「計」上原脱「相」字，據詁訓本及東坡題跋補。「割愁還有劍鋩山」。「有」原作「皆」，據詁訓、世綵堂、濟美堂本及東坡題跋改。

〔二〕散上峯頭望故鄉　「上」，濟美堂、蔣之翹本作「作」。

再至界圍巖水簾遂宿巖下〔一〕

發春念長違，中夏欣再覿。〔韓曰〕公元和十年春正月自永召還，過巖下，故云「發春念長違」。是年三月出刺柳州，五月復經從，故云「中夏欣再覿」。是時植物秀，杳若臨玄圃。〔韓曰〕東方朔十洲記：崑崙有三角，一角正西北，名玄圃臺。〔孫曰〕層城、閬風、玄圃皆在崑崙。歊陽訝垂冰，〔童曰〕歊，熱氣出貌。許嬌切。白日驚雷雨。笙簧潭際起，鸛鶴雲間舞。〔孫曰〕鸛，古玩切。詩：鸛鳴于垤。鸛鶴，水鳥，皆見此水簾而舞。古苔凝青枝，陰草濕翠羽。蔽空素彩列，激浪寒光聚。的皪沉珠淵，的，丁歷切。皪，音歷。〔韓曰〕的皪，白貌。班孟堅東都賦：賤奇麗而不珍，捐金於山，沉珠於淵。鏘鳴捐珮浦。〔二〕〔孫曰〕楚辭：遺余珮兮澧浦。幽巖畫屏倚，新月玉鈎吐。夜涼星滿川，忽疑眠洞府。一作「恍惚迷洞府」。

校勘記

〔一〕再至界圍巖水簾遂宿巖下　詁訓本「宿」上無「遂」字。

〔二〕鏘鳴捐珮浦句下注「遺余珮兮澧浦」。「遺」原作「捐」，據詁訓本及楚辭九歌湘君改。

詔追赴都迴寄零陵親故

〔韓曰〕自此篇下至霸亭上詩，皆元和十年北還道中作。

每憶纖鱗遊尺澤，翻愁弱羽上丹霄。〔童曰〕丹霄，青雲也。岸傍古堠應無數，次第行看別路遥。

過衡山見新花開却寄弟〔一〕

故國名園久別離，今朝楚樹發南枝。〔孫曰〕大庾嶺上梅，南枝落，北枝開。晴天歸路好相逐，正是峯前迴鴈時。〔二〕〔孫曰〕衡山有五峯：紫蓋、天柱、芙蓉、石廩、祝融等。孔安國尚書注：鴻鴈之屬，九月而南，正月而北。左思蜀都賦曰：木落南翔，冰泮北徂。

校勘記

〔一〕過衡山見新花開却寄弟　陳景雲柳集點勘：「味詩意蓋已北還，而弟尚留永，故寄詩促其行耳。以祭從弟宗直文參証，似所寄即宗直也。」

〔二〕正是峯前迴鴈時句下注　「木落南翔，冰泮北徂」。「冰泮」原作「水判」，據文選左思蜀都賦改。

汨羅遇風

〔童曰〕說文：長沙汨羅淵，屈原所沉之水。汨，莫歷切。

南來不作楚臣悲，〔韓曰〕屈原投汨羅而死。公方召回，故云「不作楚臣悲」。重入脩門自有期。〔一〕〔孫曰〕楚辭招魂曰：魂兮歸來，入脩門些。注云：脩門，郢城門。爲報春風汨羅道，莫將波浪枉明時。

校勘記

〔一〕重入脩門自有期句下注　「魂兮歸來」。「歸來」原作「來歸」，據詁訓本及楚辭宋玉招魂倒轉。

朗州竇常員外寄劉二十八詩見促行騎走筆酬贈〔一〕

〔孫曰〕竇常字中行，元和七年冬，自水部員外郎爲朗州刺史。先是劉禹錫與公同貶，今例召至京師，常有此寄，公因酬贈。

投荒垂一紀，〔韓曰〕公自永貞元年謫永州司馬，至是元和十年爲十一年，故云「垂一紀」。十二年曰一紀。新詔下荆扉。疑比莊周夢，〔孫曰〕莊子：莊周夢爲胡蝶，栩栩然胡蝶也。自喻適志與不知周也。俄然覺，則蘧蘧然周也。不知周之夢爲胡蝶與？胡蝶之夢爲周與？情如蘇武歸。〔孫曰〕蘇武使匈奴，留十九年不遣，至昭帝立，乃得歸。賜環留逸響，賜環，見上酬裴韶州詩注。五馬助征騑。〔二〕音非。〔韓曰〕墨客揮犀云：世謂太守爲五馬。或云：詩曰：「孑孑干旟，在浚之都。素絲組之，良馬五之。」鄭注謂周禮：「州里建旟。」漢太守比州長，法御五馬，故云。或曰：古乘駟馬車，至漢太守出則增一馬。見漢官儀也。又古今風俗通曰：王逸少出守永嘉，庭列五馬，綉鞍金勒，出則控之，故永嘉有五馬坊。〔孫曰〕古樂府：使君從南來，五馬立踟躕。五馬，言常也。〔童曰〕騑、驂，旁馬也。助征騑，卽謂促其行騎也。不羨衡陽鴈，春來前後飛。

校勘記

〔一〕朗州竇常員外寄劉二十八詩見促行騎走筆酬贈　何焯義門讀書記：「重校呂本有『因以奉呈』四字。按四字當有，末二句乃呈劉也。」

〔二〕五馬助征騑句下注　「州里建旟」。「里」原作「長」，據周禮春官大宗伯司常改。

離觴不醉至驛却寄相送諸公

無限居人送獨醒，〔韓曰〕楚辭：屈原曰：衆人皆醉而我獨醒，衆人皆濁而我獨清。可憐寂寞到長亭。〔韓曰〕庾子山江南賦：十里五里，長亭短亭。五里一短亭，十里一長亭也。〔孫曰〕長亭短亭，乃傳舍也。荊州不遇高陽侶，〔一〕〔孫曰〕漢書酈食其曰：吾高陽酒徒，非儒人也。一夜春寒滿下廳。〔童曰〕下廳，猶下舍也。

校勘記

〔一〕荊州不遇高陽侶句下注　「漢書：酈食其曰：吾高陽酒徒，非儒人也」。陳景雲柳集點勘：「荊州不遇高陽侶，此用世説山季倫爲荊州酣醉高陽池事。舊注但云漢酈食其語，未爲得解。」按：陳説是。事見晉書卷四三山濤傳附山簡傳。

北還登漢陽北原題臨川驛〔一〕

〔孫曰〕漢陽，在唐屬郢州。

驅車方向闕，迴首一臨川。多壘非余耻，〔韓曰〕禮記：四郊多壘，卿大夫之辱也。無謀終自憐。亂松知野寺，餘雪記山田。惆悵樵漁事，今還又落然。

校勘記

〔一〕北還登漢陽北原題臨川驛題下注「漢陽，在唐屬郢州」。陳景雲柳集點勘：「注『漢陽屬郢州』。案：唐沔州治漢陽，隸鄂岳觀察使所統，非郢州屬縣。注誤。時王師伐蔡，分道並進，鄂部正當東南一面，故有『多壘』句，言蔡寇未平也。」按：據新唐書卷四一地理志。漢陽本沔州漢陽郡，武德四年改鄂州江夏郡屬縣。

附：題淳于髡墓　劉禹錫

生爲齊贅婿，死作楚先賢。應以客卿葬，故臨官道邊。寓言本多興，放意能合權。我有一石酒，置君墳樹前。

善謔驛和劉夢得酹淳于先生

〔孫曰〕驛在襄州之南，卽淳于髡放鵠之所，今訛爲善謔驛。

水上鵠已去，〔孫曰〕史記：齊王使淳于髡獻鵠于楚。出邑門，道飛其鵠，徒揭空籠，造詐成詞，往見楚王曰：「齊王使臣來獻鵠，過水上，不忍鵠之渴，出而飲之，去我飛亡。吾欲刺腹而死，恐人議王以鳥獸之故令士自殺。吾欲買而代之，是不信而欺吾王也。」楚王曰：「齊有信士若此哉！」厚賜之，財倍鵠在也。亭中鳥又鳴。〔一〕〔孫曰〕史記又曰：齊威王喜隱，髡說之以隱曰：「國中有大鳥止王之庭，三年不飛又不鳴，王知此鳥何也？」王曰：「不飛則已，一飛沖天；不鳴則已，一鳴驚人。」辭因使楚重，見上注。名爲救齊成。〔韓曰〕威王八年，楚大發兵加齊。齊王使髡之趙請救。趙王與之精兵十萬，革車千乘，楚聞之，夜引兵而去。荒壠遽千古，羽觴難再傾。〔二〕〔韓曰〕宋玉招魂：瑤漿蜜酌，實羽觴些。注：觴，酒器也。插羽於其上。劉伶今日意，〔孫曰〕劉伶，以譬禹錫。異代是同聲。〔童曰〕易：同聲相應。

校勘記

〔一〕亭中鳥又鳴　「亭」，詁訓本作「庭」。按：此句典故似出自史記卷一二六滑稽列傳淳于髡説齊威王事（詳句下孫注），作「庭」近是。

〔二〕羽觴難再傾句下注　「瑶漿蜜酌，實羽觴些」。「觴」下原脱「些」字，據楚辭宋玉招魂補。

詔追赴都二月至灞亭上

〔韓曰〕灞，音霸，水名，在京城之左。此將入京時作也。

十一年前南渡客，四千里外北歸人。詔書許逐陽和至，驛路開花處處新。

李西川薦琴石

〔孫曰〕元和八年正月，以山南東道節度使李夷簡爲西川節度使。薦，藉也。

遠師騶忌鼓鳴琴，〔韓曰〕史記田敬仲世家：騶忌子以鼓琴見威王。去和南風愜舜心。〔一〕〔集注〕家語：舜作五絃之琴以歌南風。文中子曰：子騃而鼓南風。釣者曰：嘻！非今日事也。其有虞氏之心乎。從此他山千古重，〔孫曰〕詩：他山之石，可以爲錯。殷勤曾是奉徽音。〔孫曰〕徽音，美音也。詩：太姒嗣徽音。

校勘記

〔一〕去和南風愜舜心句下注「子駿而鼓南風」。「鼓」原作「歌」，據詁訓本及文中子中説禮樂篇改。

同劉二十八哭呂衡州兼寄江陵李元二侍御〔一〕

〔孫曰〕元和六年九月，衡州刺史呂温卒。元侍御名稹，是時稹自東臺監察御史貶江陵士曹參軍。〔韓曰〕李、元二侍御，即前李深源、元克己也。

衡岳新摧天柱峯，〔韓曰〕衡山，南岳也。天柱乃衡山諸峯之一。公意借以喻衡州耳。士林顦顇泣相逢。祇令文字傳青簡，〔孫曰〕上古以竹簡寫書。〔韓曰〕後漢吳祐傳：祐父恢欲殺青簡寫經書。注云：殺青簡者，以火炙簡令汗，蓋取其易書復不蠹，謂之殺青，亦謂之汗簡。不使功名上景鍾。〔韓曰〕周禮：鳧氏爲鍾。鍾帶謂之篆，篆間謂之枚，枚謂之景。〔孫曰〕景鍾，大鍾也。襄十九年左氏：季武子「作林鍾而銘魯功」是也。三畝空留懸磬室，〔孫曰〕僖二十六年左氏：齊侯謂展喜曰：室如懸磬，野無青草，何恃而不恐？九原猶寄若堂封。〔二〕〔韓曰〕

禮記檀弓：文子曰：「武也得從先大夫於九原。」注：晉卿大夫之墓地在九原。又夫子曰：「吾見封之若堂者矣。」注：封，築土爲壟，堂形，四方而高。遥想荆州人物論，幾回中夜惜元龍。〔孫曰〕魏志：陳登字元龍，爲廣陵太守，年三十九卒。後許汜、劉備並在荆州牧劉表坐，表與共論天下人。汜曰：「陳元龍湖海之士，豪氣不除。」備曰：「元龍文武膽志，當求之於古耳，造次難得比也。」時李、元二侍御皆在江陵，故用此事。

校勘記

〔一〕同劉二十八哭吕衡州兼寄江陵李元二侍御題下注　「李、元二侍御，即前李深源、元克己也」。陳景雲柳集點勘：「深源、克己皆零陵遷客，與江陵無涉。又深源嘗歷太府卿，非侍御也。此所寄者，乃李景儉耳。景儉由御史謫江陵掾，與元稹同幕。稹有哭吕衡州詩，亦見集中。蓋亦吕之宿好，而景儉則尤其死友。故子厚兼寄元、李二人。」

〔二〕九原猶寄若堂封句下注　「吾見封之若堂者矣」。「若」上原衍一「有」字，據禮記檀弓上删。

附：劉二十八詩

一夜風霜凋玉芝，蒼生望絶士林悲。空懷濟世安人略，不見男婚女嫁時。遺草一函歸太史，旅壙三尺近要離。朔方徙歲行將滿，欲爲君刊第二碑。

奉酬楊侍郎丈因送八叔拾遺戲贈詔追南來諸賓二首

〔韓曰〕楊侍郎名於陵。

貞一來時送彩牋，〔補注〕彩牋，卽楊侍郎戲贈之什也。一行歸鴈慰驚弦。〔補注〕一行歸鴈，以況南來諸賓。驚弦，言初自遷謫而歸。翰林寂寞誰爲主，〔一〕〔孫曰〕潘岳詩：如彼翰林鳥，雙飛一朝隻。翰林，鳥棲之林。鳴鳳應須早上天。〔孫曰〕鳴鳳，以喻楊侍郎，言早上天爲翰林衆鳥之主。

校勘記

〔一〕翰林寂寞誰爲主句下注「翰林，鳥棲之林」。按：此注不切正文。陳景雲柳集點勘：「拾遺名歸厚，字貞一，行八，侍郎於陵之族叔。元和七年自拾遺貶國子主簿，晚歷典大州，太和中卒。劉夢得祭文中有『一斥不復，君門邈然』語，蓋自拾遺左官後回翔於外久矣。則侍郎送之南行，而詔追諸公相值於途，正其遷謫失意時也。『翰林寂寞』，卽用其家子雲翰林主人及『惟寂惟寞』之語以比貞一。言今雖垂翅，行當沖霄。故以鳴鳳上天儗之。」陳說是。翰林主人及「惟寂惟寞」語，見漢書卷八七下揚雄傳。

六言〔一〕

一生判却歸休，謂著南冠到頭。〔孫曰〕左傳：有南冠而縶者。胡廣曰：南冠，楚冠也。秦滅楚，以賜執法近臣，號柱後惠文冠。冶長雖解縲紲，〔童曰〕論語：子謂公冶長可妻也，雖在縲紲之中，非其罪也。無由得見東周。〔孫曰〕見，猶至也。東周，洛陽也。言不得至洛陽也。

校勘記

〔一〕六言　按：即奉酬楊侍郎丈因送八叔拾遺戲贈詔追南來諸賓二首之二。此處似不應另加「六言」二字爲題，全唐詩删此二字爲是。

商山臨路有孤松往來斫以爲明好事者憐之編竹成援遂其生植感而賦詩

援，籬也。音爰。〔韓曰〕公赴柳州道中作，蓋有自況之意。

孤松停翠蓋，託根臨廣路。不以險自防，遂爲明所誤。幸逢仁惠意，重此藩籬護。猶有半心存，時將承雨露。

衡陽與夢得分路贈別〔一〕

〔韓曰〕劉夢得集有重至衡陽傷柳儀曹詩，引云：元和乙未歲，與故人柳子厚臨湘水爲別，柳浮舟適柳州，余登陸赴連州。後五年，予從故道出桂嶺，至前別處，而君殁於南中，因賦詩以投弔。詩云：憶昨與故人，湘江岸頭別。我馬映林嘶，君帆轉山滅。馬嘶循故道，帆滅如流電。千里江蘺春，故人今不見。元和乙未，卽十年也。

十年顦顇到秦京，誰料翻爲嶺外行。〔孫曰〕元和十年二月，公召至京師，三月出爲柳州刺史。伏波故道風煙在，〔韓曰〕漢武帝紀：南越相呂嘉反，遣伏波將軍路博德出桂陽，下湟水。公適柳，劉適連，皆過桂嶺而去。故所經乃伏波故道。〔孫曰〕後漢：伏波將軍馬援南征交趾。翁仲遺墟草樹平。〔韓曰〕魏志：明帝鑄銅人二，號曰翁仲。又水經注：鄗南千秋亭壇廟之東，枕道有兩石翁仲，南北相對。此言翁仲，謂墓前石人也。直以慵疏招物議，休將文字占時名。今朝不用臨河別，垂淚千行便濯纓。〔童曰〕孟子：滄浪之水清兮，可以濯我纓。

校勘記

〔一〕衡陽與夢得分路贈别題下注　「憶昨與故人」。「昨」原作「昔」，據詁訓本及劉賓客文集改。

附：再授連州至衡州酬柳柳州贈别　劉夢得

〔韓曰〕公前有衡陽與夢得分路贈别詩，此夢得所以酬之。

去國十年同赴召，渡湘千里又分歧。重臨事異黄丞相，〔孫曰〕漢書：黄霸爲潁川太守，徵守京兆尹。坐發民治馳道，乏軍興，有詔歸潁川太守官。夢得初貶連州，今又刺連州，故曰重臨。三黜名慚柳士師。〔韓曰〕論語：柳下惠爲士師，三黜。禹錫初貶連州刺史，再貶朗州司馬，又除連州，是爲三黜。歸目併隨迴鴈盡，愁腸正遇斷猿時。桂江東過連山下，〔孫曰〕桂江，即漢時號灕水者，在柳州城外。連山，即連州也。相望長吟有所思。〔孫曰〕選詩有君子有所思篇。

重别夢得

二十年來萬事同，〔孫曰〕貞元九年公與禹錫同舉進士，其後出處略同，至是二十三年矣。今朝岐路忽西東。皇恩若許歸田去，晚歲當爲隣舍翁。

附：答　劉夢得

弱冠同懷長者憂，臨歧回想盡悠悠。耦耕若便遺身世，〔童曰〕論語：長沮桀溺耦而耕。耦耕，並耕也 黄髮相看萬事休。

三贈劉員外

信書成自誤，經事漸知非。今日臨歧別，一作「臨湘別」。何年待汝歸？〔一〕

校勘記

〔一〕何年待汝歸　「待」原作「休」，據取校諸本改。　句下原有孫注，誤刊於此，今據取校諸本移至下面劉夢得答詩「會待休車騎」句下。

附：答　劉夢得

年方伯玉早，〔一〕〔孫曰〕蘧瑗字伯玉。莊子曰：蘧伯玉行年六十而六十化。恨比四愁多。〔二〕〔韓曰〕張衡出爲河間相，鬱鬱不得志，爲四愁詩。詩見文選。會待休車騎，〔孫曰〕文選謝脁休沐重還道中詩曰：還邛歌賦似，休汝車騎非。相隨出罻羅。〔三〕〔孫曰〕禮記王制：鳩化爲鷹，然後設罻羅。注：罻，小網也。

校勘記

〔一〕年方伯玉早句下注　「蘧伯玉行年六十而六十化」。陳景雲柳集點勘：「案詩作于元和十年，劉年四十五，柳更少二歲，均未逮伯玉知非之年，故云爾。舊注誤引莊子『行年六十』之文。」

〔二〕恨比四愁多句下注　「張衡出爲河間相，鬱鬱不得志，爲四愁詩」。陳景雲柳集點勘：「案張衡四愁詩中有『我所思兮在桂林，欲往從之湘水深』語，時劉、柳皆渡湘而南，故云『多』也。」

〔三〕相隨出罻羅句下注　「禮記王制」。「王制」原作「月令」，據禮記王制改。按：注引文見王制篇，非月令篇。

再上湘江

〔孫曰〕湘水出零陵陽海山，至巴丘入江。

好在湘江水，今朝又上來。不知從此去，更遣幾時回？〔一〕

校勘記

〔一〕更遣幾時回　「時」，音辯、世綵堂、游居敬、濟美堂、蔣之翹本及全唐詩作「年」。

清水驛叢竹天水趙云余手種一十二莖〔一〕

別本此詩次善謔驛後。

簷下疏篁十二莖，襄陽從事寄幽情。〔孫曰〕襄陽從事，即謂天水趙也。祇應更使伶倫見，寫盡雌雄雙鳳鳴。〔孫曰〕漢書律曆志：黄帝使伶倫取竹嶰谷，制十二筩，以聽鳳之鳴。其雄鳴爲六，其雌鳴亦六。

校勘記

〔一〕清水驛叢竹天水趙云余手種一十二莖　「清水驛」，世綵堂、濟美堂本作「青水驛」。又，世綵堂本在「趙云」下注：「吕本『云』作『公』。」

長沙驛前南樓感舊

公自注云：昔與德公別於此。

海鶴一爲別，〔孫曰〕海鶴以譬德公。存亡三十秋。〔孫曰〕貞元初至此。今來數行淚，獨上驛南樓。

桂州北望秦驛手開竹逕至釣磯留待徐容州

〔韓曰〕舊史：元和十年，以長安令徐俊爲容管經略使。徐容州，即俊也。公是年三月出爲柳州，而徐之除在公後。故公先至桂州，留詩以待之。

幽徑爲誰開？美人城北來。〔孫曰〕美人，謂徐容州。王程儻餘暇，〔孫曰〕王程，王事也。一上子陵臺。〔韓曰〕後漢：嚴光字子陵，隱於釣，後人名其釣處爲嚴陵瀨焉。

登柳州城樓寄漳汀封連四州

〔集注〕永貞元年，公與韓泰、韓曄、劉禹錫、陳諫、凌準、程异、韋執誼，皆以附王叔文貶，號八司馬。凌準、執誼皆卒貶所。异先用。餘四人，元和十年與公皆例召至京師，又皆出爲刺史。公爲柳州，泰爲漳州，曄爲汀州，禹錫爲連州，諫爲封州。公六月到柳，此詩是年夏所作也。

城上高樓接大荒，〔孫曰〕山海經有大荒經。海天愁思正茫茫。驚風亂颭芙蓉水，颭，式冉切。〔孫曰〕芙蓉，荷花。密雨斜侵薜荔牆。薜，蒲計切。荔，郎計切。〔韓曰〕楚辭：貫薜荔之落蘂。注云：薜荔，香草也，緣木而生。嶺樹重遮千里目，〔一〕江流曲似九回腸。〔補注〕劉僴云：一本作「雲駛去如千里馬，江流曲似九回腸。」未知孰是。〔孫曰〕司馬遷與任安書：腸一日而九回。共來百越文身地，〔孫曰〕莊子：越人斷髮文身。〔韓曰〕越世家：文身斷髮，披草萊而邑焉。猶自音書滯一鄉。

校勘記

〔一〕嶺樹重遮千里目　「目」，音辯、世綵堂、濟美堂本作「月」。世綵堂本注：「『月』一作『目』」。

柳州寄丈人周韶州

越絶孤城千萬峯，〔孫曰〕越絶，書名。言越之絶境。空齋不語坐高春。〔一〕〔孫曰〕淮南子曰：日經于泉隅，是謂高春；頓于連石，是謂下春。高春，日晏也。印文生綠經旬合，硯匣留塵盡日封。梅嶺寒煙藏翡翠，〔童曰〕梅嶺，今大庾嶺是也。桂江秋水露鰅鱅。鰅，音娛，魚皮有文。鱅，音庸，魚名。〔孫曰〕楚辭大招曰：鰅鱅短狐，王虺騫只。說文云：狀如犁牛。丈人本自忘機事，〔二〕〔補注〕莊子：有機事者，必有機心。爲想年來憔悴容。

校勘記

〔一〕空齋不語坐高春句下注　「頓于連石，是謂下春」。「下」原作「小」，據淮南子天文訓改。

〔二〕丈人本自忘機事句下注　「有機事者，必有機心」。「心」原作「械」，據莊子天地改。按：莊子天地原文是：有機械者必有機事，有機事者必有機心。

登柳州峨山

一本作「岷山」，非是。〔孫曰〕峨山，見公柳州山水諸記。

荒山秋日午，獨上意悠悠。如何望鄉處，西北是融州。〔孫曰〕融州，在柳州北三十里。

得盧衡州書因以詩寄

臨蒸且莫歎炎方，〔孫曰〕臨蒸，衡州縣名，後改爲衡陽。爲報秋來鴈幾行。林邑東迴山似戟，〔孫曰〕林邑，漢象林縣，馬援鑄銅柱處。牂牁南下水如湯。〔孫曰〕牂牁，係船杙也。華陽國志云：楚頃襄王時遣莊蹻伐夜郎，至且蘭，椓船於岸而步戰。既滅夜郎，以且蘭有椓船牂牁處，乃改其名爲牂牁。史記云：牂牁江廣數里，出番禺城下。蒹葭淅瀝含秋霧，〔一〕〔韓曰〕詩：蒹葭蒼蒼，白露爲霜。〔孫曰〕陸機草木疏云：蒹，水草。葭，蘆葦。淅，音析。瀝，音歷。橘柚玲瓏透夕陽。非是白蘋洲畔客，〔二〕〔韓曰〕南史：柳惲爲吴興太守，嘗爲江南曲云：汀洲采白蘋，日落江南春。還將遠意問瀟湘。

校勘記

〔一〕蒹葭淅瀝含秋霧　何焯義門讀書記：「『霧』，鼓吹作『雨』。」

〔二〕非是白蘋洲畔客句下注　「南史：柳惲爲吴興太守」。「惲」原作「渾」，據世綵堂本及南史卷三八柳元景傳附柳惲傳改。

答劉連州邦字

〔童曰〕答連州刺史劉禹錫詩，猶紀其經途之意，蓋初到柳州時作也。

連璧本難雙，〔孫曰〕潘岳、夏侯湛號爲連璧。詳見上注。分符刺小邦。分符，亦見上注。崩雲下灘水，〔韓曰〕灘水出零陵。劈箭上潯江。〔韓曰〕柳州州治在潯江北。負弩啼寒狖，〔孫曰〕漢司馬相如傳：縣令負弩矢先驅。狖，余救切。獸名，似猿。〔童曰〕狖，鼠屬，善旋。鳴枹驚夜狵。〔韓曰〕枹，音膚。擊鼓杖也。狵，音尨。説文：犬多毛也。遥憐郡山好，謝守但臨窗。〔韓曰〕謝守，指安石也。安石嘗爲吳興太守。

嶺南江行

瘴江南去入雲煙，望盡黄茆是海邊。山腹雨晴添象跡，〔一〕潭心日暖長蛟涎。〔孫曰〕南方池塘溝港中往往有蛟，或於長江内吐涎。人爲涎制不得去，遂没江中。射工巧伺游人影，〔韓曰〕博物志：江南有射工蟲，長一二寸，口中有弩形，氣射人，不治則殺人。毛詩：爲鬼爲蜮。陸機疏云：蜮，一名射影。南人將入水，先以瓦石投水中令水濁，然後入。又春秋莊公十八年，有蜮。疏云：含沙射人影也。颶母偏驚旅客船。〔二〕〔孫曰〕嶺表志云：

南海夏秋，雲物有暈如虹者，謂之颶母，必有颶風。嶺南録異記云：嶺嶠夏秋雄風曰颶，發日午，至夜半止。仆屋偃樹，飄屋瓦若飛蝶。累年一發，或一歲再三。颶，音具。從此憂來非一事，豈容華髮待流年。

校勘記

〔一〕山腹雨晴添象跡　何焯義門讀書記：「近峯聞略：廣西象州，雨後山中遍成象迹，而實非有象也。」

〔二〕颶母偏驚旅客船句下注　「飄屋瓦若飛蝶」。「飄」原作「颶」，據蔣之翹本改。

柳州峒氓

「峒」，與「洞」通。

郡城南下接通津，異服殊音不可親。青箬裹鹽歸峒客，〔韓曰〕箬，而灼切。楚人謂竹皮曰箬，可以茨舟。峒，山穴也。綠荷包飯趁虚人。〔孫曰〕嶺南人呼市爲虚。蓋市之所在，有人則滿，無人則虚。而嶺南村市滿時少，虚時多，故謂之虚。出青箱紀録。鵝毛禦臘縫山罽，音計，織毛也。〔孫曰〕邕管溪洞不産絲纊，民多以木綿、茆花、鵝毛爲被。彼人家家養鵝，二月至十月擘取耎毳，積以禦寒。雞骨占年拜水神。〔韓曰〕漢書郊祀志：粵祠雞卜自此始。李奇曰：持雞骨卜，如鼠卜。愁向公庭問重譯，音亦。〔韓曰〕前漢紀：越裳氏重譯獻白雉。欲投章甫作文身。〔韓曰〕禮記儒行：孔子居魯，冠章甫之冠。莊子：宋人資章甫而適越，越人斷髮文身，無所用之。

酬徐二中丞普寧郡内池館即事見寄

〔韓曰〕徐中丞即前望秦驛詩云徐容州者也。按地理志，容州普寧郡防禦經略。而徐俊爲容管經略，當是俊也。然題云「中丞」，考之史不載也。

鵷鴻念舊行，〔孫曰〕鵷鴻，公自喻。鵷，音宛。虚館對芳塘。落日明朱檻，繁花照羽觴。羽觴，見上詩注。泉歸滄海近，樹入楚山長。榮賤俱爲累，相期在故鄉。

酬賈鵬山人郡内新栽松寓興見贈二首

〔孫曰〕郡謂柳州。

芳朽自爲别，〔童曰〕朽，枯也。别，異也。言芳朽各異耳。無心乃玄功。〔孫曰〕玄功，天功。夭夭日放花，〔童曰〕詩：桃之夭夭。夭夭，桃花貌。榮耀將安窮？青松遺澗底，〔孫曰〕文選古詩：離離山上苗，鬱鬱澗底松。擢蒔兹庭中。〔童曰〕蒔，時吏切。别種也。積雪表明秀，寒花助葱蘢。盧紅切。〔童曰〕葱蘢，翠色。

幽貞夙有慕，〔一〕〔童曰〕易：幽人貞吉。〔韓曰〕顏延年詩：幼壯困孤介，末暮謝幽貞。謂幽静貞吉之道也。夙，素也。持以延清風。

其二

無能常閉閤，偶以静見名。〔二〕奇姿來遠山，〔孫曰〕奇姿，謂所栽松。忽似人家生。勁色不改舊，芳心與誰榮？喧卑豈所安，任物非我情。清韻動竽瑟，諧此風中聲。

校勘記

〔一〕幽貞夙有慕　「幽貞」，世綵堂、濟美堂、蔣之翹本及全唐詩作「貞幽」。

〔二〕偶以静見名　「見」，詁訓本作「得」。

種柳戲題

柳州柳刺史，種柳柳江邊。談笑爲故事，推移成昔年。垂陰當覆地，聳幹會參天。好作思人樹，〔孫曰〕定九年左氏：思其人猶愛其樹。慚無惠化傳。

柳州二月榕葉落盡偶題

〔補注〕藝苑雌黄云：閩、廣有木名榕，音容。子厚集有柳州二月榕葉落盡詩云：榕葉滿庭鶯亂啼。坡詩：卧聞榕葉響長廊。又云：卽今榕葉下亭皐。卽此木也。其木大而多陰，可蔽百牛，故字書有「寬庇廣容」之説。

宦情羈思共悽悽，春半如秋意轉迷。山城過雨百花盡，榕葉滿庭鶯亂啼。

浩初上人見貽絶句欲登仙人山因以酬之

〔韓曰〕仙人山在柳州。

珠樹玲瓏隔翠微，〔孫曰〕珠樹，亦言樹木之美耳。病來方外事多違。〔孫曰〕方外，謂遊方之外。仙山不屬分符客，分符，見上詩注。一任凌空錫杖飛。

雨中贈仙人山賈山人

〔韓曰〕賈山人，卽前賈鵬也。

寒江夜雨聲潺潺，鉏山切。曉雲遮盡仙人山。遥知玄豹在深處，〔一〕〔孫曰〕列女傳：陶答子妻曰：南山有玄豹，隱霧雨七日不下食。下笑羈絆泥塗間。

校勘記

〔一〕遥知玄豹在深處句下注「南山有玄豹，隱霧雨七日不下食」。「七」原作「十」，據劉向古列女傳陶答子妻改。按：古列女傳載陶答子妻諫答子云：「妾聞南山有玄豹，霧雨七日而不下食者何也？欲以澤其毛而成文章也。故藏而遠害。犬彘不擇食以肥其身，坐而須死耳。」

别舍弟宗一

〔韓曰〕公之從兄弟見於集者有宗一、宗玄、宗直，其世系皆不可得而詳矣。

零落殘魂倍黯然，〔一〕〔孫曰〕江淹賦曰：黯然銷魂，唯别而已。雙垂别淚越江邊。一身去國六千里，萬死投荒十二年。〔韓曰〕自永貞元年乙酉至元和十一年丙申也。桂嶺瘴來雲似墨，〔二〕洞庭春盡水如天。欲知此後相思夢，長在荆門郢樹煙。〔孫曰〕荆、郢，宗一將遊之處。

校勘記

〔一〕零落殘魂倍黯然　「魂」，蔣之翹本及全唐詩作「紅」。全唐詩并注云：「一作『魂』。」

〔二〕桂嶺瘴來雲似墨　「桂」原作「松」，據取校諸本改。

奉和周二十二丈酬郴州侍郎衡江夜泊得韶州書并附當州生黄茶一封率然成篇代意之作

〔韓曰〕郴州侍郎，楊於陵也。韶州，即周二十二丈。

丘山仰德耀，天路下征騑。音非。夢喜三刀近，〔一〕〔孫曰〕晉書：王濬爲廣漢太守，夢懸三刀於其卧屋梁上，須臾又益一刀。驚覺，意甚惡之。主簿李毅曰：三刀爲州字，又益一者，明府其臨益州乎？書嫌五載違。凝情江月落，屬思嶺雲飛。會入司徒府，還邀周掾歸。〔二〕

校勘記

〔一〕夢喜三刀近句下注　「夢懸三刀於其卧屋梁上，須臾又益一刀」。「梁上」下原脱「須臾又益一刀」六字。又「三刀爲州字，又益一者，明府其臨益州乎」。「字」下原脱「又益一者」四字，「臨」字下原脱「益」字。以上均據晉書卷四二王濬傳補。

〔二〕還邀周掾歸　世綵堂本句下注：「後漢袁安爲司徒，辟周榮爲掾。」

殷賢戲批書後寄劉連州并示孟崙二童〔一〕

公自注云：家有右軍書，每紙背庾翼題云：王會稽六紙，二月三十日嘗觀。〔孫曰〕按晉史：王羲之字逸少，咸康中爲右軍將軍、會稽内史。庾翼爲安西將軍。〔韓曰〕因話録云：柳柳州書，後生多師效，就中尤長於章草，爲時所寶，湖湘以南童稚悉學其書，頗有能者。以此觀之，蓋有之矣。公與夢得聞問最數，殷賢戲題其書後，故舉庾翼事爲寄。蓋劉家子弟當有學其書者。孟、崙二童必夢得之子。殷賢雖不能詳，亦必夢得家子弟也。

書成欲寄庾安西，紙背應勞手自題。聞道近來諸子弟，臨池尋已厭家雞。〔孫曰〕王羲之曾與人書云：張芝臨池學書，池水盡黑，使人耽之若是，未必後之也。王僧虔論書云：庾征西翼書，少時與右軍齊名。右軍後進，庾猶不分。在荆州與都下人書曰：小兒輩賤家雞，皆學逸少書，須吾還叱之。〔補注〕後山亦嘗用此事作詩云：不解征西諸子弟，却憐野鶩厭家雞。

校勘記

〔一〕殷賢戲批書後寄劉連州并示孟崙二童題下注　「王會稽六紙，二月三十日嘗觀」。「日」下原脱「嘗觀」二字，據詁訓本補。「就中尤長於章草」。「章草」原作「草草」，據詁訓、世綵堂、濟美堂、蔣之翹本改。

附：酬柳柳州家雞之贈　劉夢得

日日臨池弄小雛，〔孫曰〕小雛，禹錫以喻孟、崙也。還思寫論付官奴。〔韓曰〕褚遂良撰王右軍書目，正書五卷，第一樂毅論四十四行，書賜官奴。又行書五十八卷，其第十九有與官奴小女書。官奴，蓋羲之女也。是時柳未有子，故夢得以此戲之。柳家新樣元和脚，〔一〕〔韓曰〕柳公權元和間有書名。「元和脚」者，指公權也。〔補注〕復齋謾録云：夢得此句，人竟不曉。高子勉舉以問山谷，山谷曰：取其字製之新。昔元豐中晁無咎作詩文極有聲，陳無己戲之曰：聞道新詞能入樣，相州紅纈鄂州花。蓋相州纈鄂州花也。則「柳家新樣元和脚」者，其亦類此歟？且盡薑芽斂手徒。

校勘記

〔一〕柳家新樣元和脚句下注　「『元和脚』者，指公權也」。何焯義門讀書記：「注言『元和間有書名。元和脚者，指公權也』。按趙璘因話録云：『元和中，柳柳州書，後生多師效，就中尤長於章草，爲時所珍。湖湘以南童稚悉學其書，頗有能者。長慶以來，柳尚書公權又以博聞彊識，工書，不離近侍。柳氏言書者，近世有此二人。』是子厚先擅書名于元和之証。且未有乞書于子厚而反稱公權者也。注非。」

重贈二首

聞説將雛向墨池，〔一〕劉家還有異同詞。〔孫曰〕漢書：劉向父子俱好古，博見彊志，過絶於人。歆以爲左丘明親見夫子，而公羊、穀梁在七十子後，傳聞之與親見，其詳略不同。歆數以難向，向不能非間也。如今試遣隈墻問，已道世人那得知。〔韓曰〕晉史：謝安問王獻之曰：「君書何如君家尊？」答曰：「固當不同。」安曰：「外論不爾。」答曰：「人那得知。」

校勘記

〔一〕聞説將雛向墨池　「説」，世綵堂、濟美堂、蔣之翹本作「道」。

其二

世上悠悠不識真，薑芽盡是捧心人。〔韓曰〕莊子：西施病心而曠其里。其里之醜人見而美之，歸亦捧其心而曠其里。里之富人見之，堅閉門而不出。曠，蹙頞也。扶真切。若道柳家無子弟，往年何事乞西賓？〔孫曰〕班固西都賦：有西都賓問於東都主人。

附：答前篇

劉夢得

小兒弄筆不能嗔，涴壁書牕且賞勤。〔一〕〔韓曰〕羲之爲會稽，子敬七八歲，羲之從後掣其筆不脫，歎曰：「此兒書後當有大名。」子敬出戲，見北館新築土壁白淨，子敬取箒沾泥汁，書方丈大字，觀者如堵。涴壁事本此。涴，烏卧切。聞彼夢熊猶未兆，〔孫曰〕詩：維熊維羆，男子之祥。女中誰是衞夫人？〔韓曰〕衞夫人，名鑠，字茂猗，隸書尤善。右軍少師之，在書法入妙品。按公墓誌云：子男二人，長曰周六，始四歲。蓋生於元和十一年。此詩作於周六未生時，柳未有子，故夢得又戲之以衞夫人也。

校勘記

〔一〕涴壁書牕且賞勤句下注　「見北館新築土壁白淨」。「築」原作「白」，據濟美堂本改。「書方丈大字」。「大」原作「一」，據晉書卷八〇王羲之傳附王獻之傳改。

附：答後篇

劉夢得

昔日慵工記姓名，〔韓曰〕項籍少時，學書不成，季父梁怒之。籍曰：「書足以記姓名而已。」遠勞辛苦寫西京。〔孫曰〕謂寫班固西都賦也。近來漸有臨池興，臨池事見上。爲報元常欲抗行。〔韓曰〕王右軍云：「吾書比之鍾繇，當抗行。比張芝，猶鴈行也。」繇，字元常。

疊前

小學新翻墨沼波，羡君瓊樹散枝柯。〔補注〕瓊樹枝柯，意以喻夢得子弟。在家弄土唯嬌女，〔一〕〔孫曰〕左思嬌女詩曰：「吾家有嬌女，皎皎頗白皙。握筆利彤管，篆刻未期益。執書愛綈素，誦習矜所獲。」空覺庭前鳥跡多。〔孫曰〕謂弄土之跡猶鳥篆也。〔韓曰〕蒼頡觀鳥跡，因而遂滋，則謂之字。詩意謂小女學書，其紙散落庭中，覺鳥跡之多也。

校勘記

〔一〕在家弄土唯嬌女　「在」，全唐詩作「左」。「土」，全唐詩作「玉」。吴汝綸柳州集點勘：「『土』

疑爲『玉』。」

疊後

事業無成恥藝成，〔韓曰〕禮記：德成而上，藝成而下。南宮起草舊連名。〔一〕〔韓曰〕公與夢得嘗同爲禮部員外郎。勸君火急添功用，趁取當時二妙聲。「時」一本作「初」。〔孫曰〕晉書：衞瓘爲尚書令，與尚書郎索靖俱善草書，時人號爲一臺二妙。

校勘記

〔一〕南宮起草舊連名句下注「公與夢得嘗同爲禮部員外郎」。陳景雲柳集點勘：「案：柳子官禮部，劉爲屯田員外郎，非儀曹也。以皆爲尚書省屬，故云爾。南宮乃通謂尚書，不專指禮部。如祭楊凝郎中文中有『南宮起草』語，凝未嘗官禮部，即其証也。又唐人語多如此，注家未詳攷耳。」

銅魚使赴都寄親友

自注云：嶺南支郡無綱官，考典帳典等，悉附都府至京。〔韓曰〕柳州作。

行盡關山萬里餘，到時閭井是荒墟。附庸唯有銅魚使，〔韓曰〕禮記王制注：附庸，小城也。附庸者，以國事附於大國。唐武德初，改太守爲刺史，加號爲使持節，而實無節，但頒銅魚符焉。此後無因寄遠書。

韓漳州書報徹上人亡因寄二絶〔一〕

〔孫曰〕韓漳州名泰。靈徹字源澄，會稽人。貞元中遊京師，名振輦下。緇流疾之，造飛語，因得罪，徙汀州。會赦歸東越，吳、楚間諸侯多賓禮招延之。元和十一年卒於宣州開元寺，年七十一。

早歲京華聽越吟，〔二〕〔韓曰〕越吟，見上注。徹會稽人，故用此事。劉夢得嘗爲靈徹文集序，紀其行云：好篇章，從越客嚴維學爲詩。聞君江海分逾深。他時若寫蘭亭會，莫畫高僧支道林。〔孫曰〕王羲之爲會稽内史，會稽有佳山水，名士多居之。孫綽、李充、許詢、支遁等皆以文義冠世，並築室東土，與羲之同好。道林，支遁字也。蘭亭在會稽山陰縣。〔韓曰〕蘭亭修褉，遁與焉。故後人寫修褉圖，遁亦在其列。

其二

頻把瓊書出袖中，〔孫曰〕選詩：置之懷袖中，三歲字不滅。獨吟遺句立秋風。〔孫曰〕遺句，謂靈徹詩也。桂江日夜流千里，揮淚何時到甬東。〔孫曰〕甬東，地名，在會稽句章縣東海洲中。

校勘記

〔一〕韓漳州書報徹上人亡因寄二絶題下注　「靈徹字源澄」。「源澄」原作「澄源」，據劉夢得文集卷二三澈上人文集紀改。

〔二〕早歲京華聽越吟句下注　「好篇章，從越客嚴維學爲詩」。「章」原作「什」，「維」字上原脱「嚴」字，據劉夢得文集澈上人文集紀改補。

柳州城西北隅種甘樹

手種黄甘二百株，春來新葉徧城隅。方同楚客憐皇樹，〔一〕〔韓曰〕楚辭橘頌章：后皇嘉樹，橘徠服兮。受命不遷，生南國兮。王逸注云：言皇天后土，生美橘樹，異於衆木。來服，習南土便其性也。屈原自喻材德如橘樹，亦異於衆也。不學荆門利木奴。〔二〕〔孫曰〕襄陽李衡種甘橘千株。臨死，敕兒曰：「汝母惡吾治家，故窮。然吾州里有千頭木奴，不責汝衣食，歲止一匹絹，亦可足用爾。」吳末，橘成，歲得絹數千匹。幾歲開花聞噴雪，何人摘實見垂珠？若教坐待成林日，滋味還堪養老夫。

校勘記

〔一〕方同楚客憐皇樹句下注　「楚辭橘頌章」。「橘頌」原作「惜往日」，據世綵堂、蔣之翹本及楚辭屈原九章改。

〔二〕不學荆門利木奴　「門」，取校諸本均作「州」。

聞徹上人亡寄侍郎楊丈

〔韓曰〕徹上人，靈徹也。詳見上注。楊侍郎名於陵。

東越高僧還姓湯，〔孫曰〕文選：惠休上人姓湯。今靈徹亦姓湯，故云還姓湯也。幾時瓊珮觸鳴璫。空花一散不知處，誰采金英與侍郎。〔一〕〔孫曰〕休上人贈鮑照侍郎詩曰：玳枝兮金英，緑葉兮紫莖。不入君玉杯，低采還自榮。想君不相艷，酒上視塵生。當令芳意重，無使盛年傾。

校勘記

〔一〕誰采金英與侍郎句下注　「緑葉兮紫莖」。「紫莖」，兩漢魏晉南北朝詩作「金莖」。「不入君玉杯」。「君玉杯」，世綵堂本作「金玉杯」，兩漢魏晉南北朝詩作「君王杯」。

段九秀才處見亡友吕衡州書迹

一本止作「段秀才處」。〔韓曰〕吕衡州，名温。集有吕衡州誄云：元和六年八月卒。段九秀才，弘古也。吕衡州集亦有贈段九秀才詩。公集又有祭段弘古文及墓誌，亦云與吕温游。

交侣平生意最親，〔一〕衡陽往事似分身。袖中忽見三行字，〔孫曰〕選詩：「置之懷袖中，三歲字不滅」也。拭淚相看是故人。

校勘記

〔一〕交侣平生意最親　吴汝綸柳州集點勘：「『侣』當作『吕』，子厚用事最精切。」按：文選卷二一顔延年五君詠向常侍云：「交吕既鴻軒，攀嵇亦鳳舉。」

柳州寄京中親故

〔韓曰〕元和十三年秋作。

林邑山聯瘴海秋，牂牁水向郡前流。林邑、牂牁并見上注。勞君遠問龍城地，〔韓曰〕龍城，柳州郡名。正北三千到錦州。〔孫曰〕錦州，屬江南西道，至長安三千五百里。

種木槲花

上苑年年占物華，〔一〕〔童曰〕上苑，禁苑。飄零今日在天涯。祇應長作龍城守，〔二〕〔韓曰〕柳州，龍城郡。剩種庭前木槲花。

校勘記

〔一〕上苑年年占物華　「占」，世綵堂本作「種」，濟美堂、蔣之翹本作「古」。

〔二〕祇應長作龍城守　「應」，音辯、游居敬本及全唐詩作「因」。吴汝綸柳州集點勘：「『應』誤『因』。」

摘櫻桃贈元居士時在望仙亭南樓與朱道士同處

海上朱櫻贈所思，〔孫曰〕古樂府有君子有所思篇。樓居況是望仙時。〔孫曰〕史記封禪書：公孫卿曰，

「仙人好樓居。」蓬萊羽客如相訪，〔孫曰〕蓬萊、方丈、瀛洲，海中三山，仙人居之。不是偷桃一小兒。〔韓曰〕漢武帝內傳：帝好長生，七夕，西王母降其宮。有頃，素桃七枚，以四枚與帝，自食三枚。時東方朔從殿東廂朱鳥牖中窺母，母謂帝曰：「此窺牖兒嘗三來偷吾此桃者。」〔孫曰〕漢武故事又云：東郡獻短人。帝呼東方朔，朔至，短人指朔謂上曰：「王母種桃，三千年一著子，此兒不良，已三過偷之矣。」言仙人若訪元、朱二士，見此櫻桃，固非如東方朔偷桃者也。

酬曹侍御過象縣見寄

〔韓曰〕象縣，柳州縣名。

破額山前碧玉流，騷人遥駐木蘭舟。春風無限瀟湘憶，〔一〕欲採蘋花不自由。〔孫曰〕柳惲詩：汀洲採白蘋。

校勘記

〔一〕春風無限瀟湘憶　「憶」，世綵堂、濟美堂、蔣之翹本及全唐詩作「意」。蔣之翹本并注云：「『意』，一作『思』，去聲。」按：作「意」近是。

柳宗元集卷四十三

古今詩

法華寺石門精室三十韻〔一〕

〔韓曰〕集有永州法華寺新作西亭記，云：寺居永州，地最高。

拘情病幽鬱，〔二〕曠志寄高爽。願言懷名緇，東峯旦夕仰。始欣雲雨霽，尤悦草木長。道同有愛弟，〔童曰〕愛弟，公之弟也。披拂恣心賞。松谿窅窱入，〔童曰〕窅窱，深邃貌。詩作「窈窕」。窅，胡了切。窱，它弔切。石棧夤緣上。蘿葛綿層甍，〔孫曰〕蘿，女蘿，今兔絲是也。甍，屋棟。謨耕切。「葛」，一作「蔦」，音鳥。詩：蔦與女蘿。莓苔侵標牓。〔童曰〕莓苔，草名。密林互對聳，絶壁儼雙敞。塹峭出蒙籠，墟崄臨滉瀁。〔張曰〕崄，高峻貌。滉瀁，水貌。崄，爲檢切。滉，胡廣切。瀁，餘兩切。又古文「漾」字。稍疑地脈斷，悠若天梯往。結構罩群崖，迴環驅萬象。小劫不逾瞬，〔韓曰〕維摩經：或有衆生樂久住世而可度者，菩薩即演七日爲一劫。又云：世尊世界名大莊嚴劫曰莊嚴，佛壽二十小劫。大千若在掌。〔韓曰〕維摩經又云：

菩薩斷取三千大千世界，如陶家輪著右掌中，擲過恒河沙世界之外。體空得化元，觀有遺細想。喧煩困蠛蠓，〔童曰〕蠛蠓，小蟲也。上音蔑，下母總切。跼蹐疲魍魎。上音罔，下音兩。寸進諒何營，尋直非所枉。〔孫曰〕孟子：枉尺直尋者，以利言也。探奇極遥矚，窮妙閲清響。〔三〕理會方在今，神開庶殊曩。兹游苟不嗣，浩氣竟誰養？道異誠所希，名賓匪余仗。超攄藉外奬，俛默有内朗。鑑爾揖古風，「鑑」，一作「鑒」。終焉乃吾黨。潛軀委韁鎖，〔四〕〔孫曰〕班固自叙曰：貫仁義之羈絆，繫名聲之韁鎖。韁，馬羈也。音薑。高步謝塵坱。〔童曰〕坱，亦塵也。倚朗切。蓄志徒爲勞，追蹤將焉倣？〔五〕淹留值頹暮，眷戀睇遐壤。映日雁聯軒，翻雲波泱漭。〔童曰〕泱漭，大水貌。泱，於黨切。漭，莫朗切。殊風紛已萃，鄉路悠且廣。羈木畏漂浮，離旌倦摇蕩。昔人歎違志，出處今已兩。何用期所歸，浮圖有遺像。幽蹊不盈尺，虚室有函丈。〔孫曰〕禮記：席間函丈。函，猶容也。微言信可傳，申旦稽吾顙。〔孫曰〕申旦，謂旦暮也。

校勘記

〔一〕法華寺石門精室三十韻　「室」，詁訓、蔣之翹本及全唐詩作「舍」。按：本卷有自衡陽移桂十餘本植零陵所住精舍詩。「精舍」即佛舍。作「舍」近是。

〔二〕拘情病幽鬱　「幽」，詁訓本作「憂」。

〔三〕窮妙閲清響　「閲」，詁訓本及全唐詩作「閟」。

〔四〕潛軀委韁鎖句下注　「繫名聲之韁鎖」。「聲」原作「利」，據漢書卷一〇〇上敍傳改。

〔五〕追蹤將焉做　「蹤」原作「縱」，據音辯、世綵堂、游居敬、蔣之翹本改。

遊朝陽巖遂登西亭二十韻

〔孫曰〕永泰元年，元結自道州以事至永州，愛其郭中有水石之異，泊舟尋之，得巖與洞，以其東向，遂以朝陽命名焉。〔韓曰〕西亭，即法華寺西亭。按始得西山宴游記云：元和四年九月二十八日登法華西亭。詩是時作。

謫棄殊隱淪，〔韓曰〕桓譚新論曰：天下神人五，一曰神仙，二曰隱淪。登陟非遠郊。所懷緩伊鬱，詎欲肩夷巢？〔一〕〔韓曰〕伯夷、巢父，皆遁世者。高巖瞰清江，幽窟潛神蛟。開曠延陽景，迴薄攢林梢。攢，徂丸切。西亭構其巔，音顛。反宇臨呀庨。〔童曰〕呀，張口貌。庨，宮室高貌。呀，虚加切。庨，虚交切。它本或作「呀哮」。背瞻星辰興，下見雲雨交。惜非吾鄉土，得以蔭菁茆。〔二〕〔孫曰〕書：苞匭菁茆。蔭菁茆，謂爲此西亭也。

羈貫去江介，〔孫曰〕昭十九年穀梁傳：羈貫成童。注：羈貫，謂交午翦髮以爲飾。「貫」，與「丱」同。〔韓曰〕西都賦：與江介之湫湄。江介，江之左也。世仕尚函崤。〔三〕〔韓曰〕西都賦：左據函谷二崤之阻。〔孫曰〕函，函谷關。

崤，山名也。今俗呼爲土殽、石殽，在虢州界。故墅即灃川，〔孫曰〕灃，長安水名。詩所謂灃水東注者也。數畝均肥磽。臺館集荒丘，「集」，一作「葺」。池塘疏沉坳。〔童曰〕坳，地不平也。於交切。會有主組戀，遂貽山林嘲。〔孫曰〕北山移文：南岳獻嘲。薄軀信無庸，〔童曰〕庸，用也。瑣屑劇斗筲。〔童曰〕論語：斗筲之徒，何足算也。因居固其宜，厚羞久已包。庭除植蓬艾，隟牖懸蠨蛸。〔韓曰〕東山詩注云：蠨蛸，長踦也。疏云：河内人謂之喜母，俗云喜子是也。所賴山水客，〔四〕扁舟枉長梢。〔童曰〕梢，船尾木。挹流敵清觴，〔童曰〕挹，酌也。掇野代嘉肴。適道有高言，取樂非絃匏。逍遥屏幽昧，澹薄辭喧呶。女交切。晨雞不余欺，風雨聞嘐嘐。〔孫曰〕詩：風雨瀟瀟，雞鳴嘐嘐。二字并音膠。再期永日閑，提挈移中庖。

校勘記

〔一〕詎欲肩夷巢　「肩」，世綵堂本作「堅」。

〔二〕得以蔭菁茆句下注　「書：苞匭菁茆」。「書」原作「詩」，據尚書禹貢改。

〔三〕世仕尚函崤句下注　「左據函谷二崤之阻」。「阻」原作「間」，據文選班固西都賦改。

〔四〕所賴山水客　「水」，全唐詩作「川」。

湘口館瀟湘二水所會〔一〕

〔韓曰〕九域志：瀟水在零陵，湘水在祁陽，皆永州縣。此館當在永州也。

九疑濬傾奔，〔孫曰〕九疑，山名，在永州界。臨源委縈迴。〔孫曰〕臨源，嶺名。九疑、臨源，瀟、湘所出。會合屬空曠，〔孫曰〕會合，謂合流於湘口館也。泓澄停風雷。高館軒霞表，危樓臨山隈。茲辰始澂霽，〔童曰〕澂，清也。與「澄」同。纖雲盡褰開。天秋日正中，水碧無塵埃。杳杳漁父吟，叫叫羈鴻哀。境勝豈不豫，慮分固難裁。升高欲自舒，彌使遠念來。歸流駛且廣，〔童曰〕駛，疾也。音史。汎舟絶沿洄。

校勘記

〔一〕湘口館瀟湘二水所會題下注「瀟水在零陵」。「瀟水」下原脱「在零陵」三字，據詁訓本補。

登蒲洲石磯望横江口潭島深迴斜對香零山

〔韓曰〕香零山在永州。

隱憂倦永夜，凌霧臨江津。猿鳴稍已疏，登石娱清淪。日出洲渚静，〔一〕澄明晶無垠。〔二〕〔童曰〕晶，精光也。子丁切。浮暉翻高禽，沉景照文鱗。雙江匯西奔，詭怪潛坤珍。孤山乃北時，〔三〕〔孫曰〕孤山，謂香零山。「時」當作「峙」字。森爽棲靈神。洄潭或動容，島嶼疑摇振。陶埴兹擇土，〔童曰〕埴，謂土黏，可作瓦器。蒲魚相與鄰。信美非所安，〔補注〕王粲登樓賦：信美而非吾土兮，曾何足以少留。羈心屢逡巡。紆結良可解，紆鬱亦已伸。「已」，一作「以」。高歌返故室，自調非所欣。調，音綱。

校勘記

〔一〕日出洲渚静　「静」，音辯、游居敬本作「浄」。

〔二〕澄明皛無垠　「皛」，蔣之翹本及全唐詩作「晶」。蔣并注：「晶，音了。諸本作『晶』，非是。」

〔三〕孤山乃北時句下注　「『時』當作『峙』字」。音辯、詁訓、游居敬本及全唐詩作「峙」，是。

南澗中題

〔韓曰〕公永州諸記，自朝陽巖東南水行至袁家渴，自渴西南行不能百步得石渠，石渠既窮爲石澗。石澗在南。集又有石澗記，即此詩所題者也。〔補注〕筆墨閒録云：南澗詩平淡有天工，在與崔策登西山詩上，語奇故也。

秋氣集南磵，與「澗」同。獨遊亭午時。迴風一蕭瑟，林影久參差。始至若有得，稍深遂忘疲。羈禽響幽谷，寒藻舞淪漪。〔孫曰〕詩：河水清且淪漪。注云：小風水成文，轉如輪，其狀漪然也。去國魂已游，〔一〕懷人淚空垂。孤生易爲感，失路少所宜。索寞竟何事？徘徊祇自知。誰爲後來者，當與此心期。〔補注〕東坡嘗題此詩後云：柳子厚南遷後詩，清勁紆徐，大率類此。又云：柳儀曹南澗詩，憂中有樂，樂中有憂，蓋絶妙古今矣。然老杜云：王侯與螻蟻，同盡隨丘墟。儀曹何憂之深也。

校勘記

〔一〕去國魂已游　「游」，蔣之翹本及全唐詩作「遠」。陳景雲柳集點勘：「『游』一作『遠』，恐皆誤，似當作『逝』。楚辭：魂一夕而九逝。又懲咎賦及哭凌準詩中皆用『魂逝』語。」

遊石角過小嶺至長烏村

〔韓曰〕在永州作。

志適不期貴，道存豈偷生？〔一〕久忘上封事，〔韓曰〕漢光武紀：詔百寮并上封事。注云：宣帝始令羣臣得奏封事，以知下情。復笑昇天行。〔韓曰〕古樂府有昇天行，謂學仙也。竄逐宦湘浦，〔韓曰〕謂在永州。摇心劇懸旌。〔二〕〔孫曰〕史記蘇秦傳：心揺揺然如懸旌。始驚陷世議，終欲逃天刑。歲月殺憂慄，慵疏寡將迎。追遊疑所愛，〔三〕且復舒吾情。石角恣幽步，長烏遂遐征。磴迴茂樹斷，〔童曰〕磴，磴道也。丁鄧切。景晏寒川明。曠望少行人，時聞田鸛鳴。〔孫曰〕詩：鸛鳴于垤。注：鸛，致雨之鳥。風篁冒水遠，〔四〕霜稻侵山平。稍與人事間，益知身世輕。爲農信可樂，居寵真虚榮。喬木餘故國，〔五〕〔孫曰〕孟子：所謂故國者，非謂有喬木之謂也。願言果丹誠。四支反田畝，釋志東皋耕。〔六〕〔韓曰〕隋末，王績字無功，至唐貞觀中爲大樂丞。挂冠歸田，葛巾聯牛，躬耕東皋。每著書，自稱東皋子。見呂才東皋子集序。一本作「澤志東皋耕」。

校勘記

〔一〕志適不期貴道存豈偷生　「不期貴」，詁訓本作「不自期」。全唐詩注：「一作『不自期』。」「豈」，詁訓本作「貴」。全唐詩注：「一作『貴』。」疑詁訓本誤。

〔二〕揺心劇懸旌句下注　「心揺揺然如懸旌」。「揺揺」原作「悠悠」，據音辯、世綵堂本及史記卷六九蘇秦列傳改。

〔三〕追遊疑所愛　鄭定、世綵堂本注：「『疑』一作『款』。」

〔四〕風篁冒水遠　鄭定、世綵堂本注：「『冒』一作『映』。」

〔五〕喬木餘故國　鄭定、世綵堂本注：「『餘』一作『望』。」句下注「非謂有喬木之謂也」。「非」下原脱「謂」字，據孟子梁惠王下補。

〔六〕釋志東皋耕句下注　「王績字無功」。「績」原作「勣」，「無」原作「元」，據世綵堂本及新唐書卷一九六隱逸王績傳改。

與崔策登西山

〔韓曰〕策字子符。集有送崔九序，卽此人也。序云：廢居八年，崔子幸來覲余。詩蓋是時作也。

鶴鳴楚山静，露白秋江曉。連袂渡危橋，縈迴出林杪。西岑極遠目，毫末皆可了。重疊九疑高，微茫洞庭小。九疑、洞庭，并見上注。迥窮兩儀際，〔童曰〕易繫辭：太極生兩儀。高出萬象表。馳景泛頹波，遥風逓寒篠。〔童曰〕篠，竹名，可以爲箭。音小。謫居安所習？稍厭從紛擾。生同胥靡遺，〔孫曰〕莊子：胥靡登高而不懼，遺死生也。壽等彭鏗夭。〔孫曰〕彭祖姓籛名鏗，壽八百歲。蹇連困顛踣，愚蒙怯幽眇。非令親愛疏，誰使心神悄？偶兹遁山水，得以觀魚鳥。吾子幸淹留，緩我愁腸繞。

構法華寺西亭

〔韓曰〕集有永州法華寺新作西亭記，云：余時謫爲永州司馬外常員，而心得無事，乃取官之禄秩以爲亭。其高且廣，蓋方丈者二焉。

竄身楚南極，山水窮險艱。步登最高寺，蕭散任疏頑。西垂下斗絶，欲似窺人寰。反如在幽谷，榛翳不可攀。命童恣披翦，葺宇横斷山。割如判清濁，〔一〕飄若昇雲間。遠岫攢衆頂，〔童曰〕攢，聚也。徂丸切。澄江抱清灣。〔童曰〕灣，水曲。夕照臨軒墮，〔二〕棲鳥當我還。菡萏溢嘉色，〔孫曰〕爾雅：荷，芙蕖，其華菡萏，其實蓮，其根藕，其中的，的中薏。篔簹遺清斑。〔三〕〔韓曰〕篔簹，竹名。異物志曰：篔簹，生於水邊，長數丈，圍一尺五六寸，一節相去六七尺或一丈。廬陵界有之，始興以南又多。篔，音云。簹，音當。「清」，一作「漬」。神舒屏羈鎖，志適忘幽潺。〔四〕棄逐久枯槁，迨今始開顔。賞心難久留，離念來相關。北望間親愛，南瞻雜夷蠻。置之勿復道，且寄須臾閑。

校勘記

〔一〕割如判清濁　何焯校本「割」作「豁」。全唐詩注：「『割』一作『豁』。」

〔二〕夕照臨軒墮　鄭定、世綵堂本注：「『照』一作『陽』。」

〔三〕篔簹遺清斑　「斑」原作「班」，據音辯、游居敬、蔣之翹本改。

〔四〕志適忘幽孱　「幽」，詁訓本作「憂」。「孱」，蔣之翹、何焯校本及全唐詩作「孱」。蔣并注云：「孱，鉏山切。諸本皆從水，非是。孱，劣也。冀州人多謂懦弱爲孱。」

夏夜苦熱登西樓

苦熱中夜起，登樓獨褰衣。山澤凝暑氣，星漢湛光輝。火晶燥露滋，晶，音精。野靜停風威。探湯汲陰井，〔韓曰〕論語：見不善如探湯。煬竈開重扉。〔孫曰〕莊子：煬者避竈。憑欄久徬徨，流汗不可揮。莫辯亭毒意，〔一〕仰訴璿與璣。〔補注〕筆墨閒録曰：此以刺當時之政也。諒非姑射子，靜勝安能希？〔二〕〔孫曰〕莊子：藐姑射之山，有神人居焉。大浸稽天而不溺，大旱金石流土山焦而不熱。希，望也。〔韓曰〕列子：姑射山在海河洲中，山上有神人焉，吸風飲露，不食五穀。射，音亦。

校勘記

〔一〕莫辯亭毒意　「辯」，世綵堂本作「辨」。何焯校本改「辯」爲「辨」。蔣之翹本注：「列子：亭之毒之。注：化育之意。亭謂品其形，毒謂成其質。」

〔二〕静勝安能希句下注「大旱金石流土山焦而不熱」。「土」原作「火」，據音辯本及莊子逍遥遊改。音辯本并注：「老子：静勝熱。」

覺衰

久知老會至，不謂便見侵。今年宜未衰，稍已來相尋。齒疏髮就種，〔韓曰〕左氏：盧蒲嫳曰：「余髮如此種種，余奚能爲？」種種，髮短也。種，音踵。奔走力不任。咄此可奈何，未必傷我心。彭聃安在哉？周孔亦已沉。古稱壽聖人，曾不留至今。但願得美酒，朋友常共斟。是時春向暮，桃李生繁陰。日照天正緑，杳杳歸鴻吟。出門呼所親，扶杖登西林。高歌足自快，商頌有遺音。〔一〕〔孫曰〕莊子曰：曳縱而歌商頌，聲滿天地，若出金石。

校勘記

〔一〕商頌有遺音句下注「曳縱而歌商頌」。「縱」原作「縱」，據世綵堂本及莊子讓王改。蔣之翹本作「蹝」，亦可解。

遊南亭夜還敘志七十韻〔一〕

〔韓曰〕詩云「岷兕既云捕」，元和元年擒西川劉闢也。又云「吴虜亦已𪊨」，二年誅浙西李錡也。浙西平在十一月，而此詩有「秋月高」之語，其三年秋歟？

夙抱丘壑尚，〔童曰〕夙，早也。率性恣遊遨。〔童曰〕禮記：率性之謂道。注云：率，循也。中爲吏役牽，十祀空悁勞。〔張曰〕悁，忿也，憂悒也。音淵，又音絹。外曲徇塵轍，私心寄英髦。〔二〕進乏廊廟器，退非鄉曲豪。天命斯不易，鬼責將安逃？屯難果見凌，剥喪宜所遭。神明固浩浩，〔三〕衆口徒嗷嗷。

投跡山水地，〔孫曰〕謂永州也。放情詠離騷。〔四〕〔韓曰〕屈原離騷也。賈誼傳注：離，遭也。憂動曰騷。遭憂而作是辭。再懷曩歲期，容與馳輕舠。〔孫曰〕詩：誰謂河廣，曾不容舠。舠，小舟。音刀。虚館背山郭，前軒面江皋。重疊間浦溆，〔童曰〕「浦溆」出楚辭。溆，水浦也。音敍。邐迤驅巖嶅。〔童曰〕嶅，山多小石。音敖。積翠浮澹灩，始疑負靈鼇。〔孫曰〕楚辭天問：鼇戴山抃，何以安之？叢林留衝飈，石礫迎飛濤。曠朗天景霽，樵蘇遠相號。〔韓曰〕樵，取薪也。蘇，取草也。漢書：樵蘇後爨，師不宿飽。左太冲魏都賦：樵蘇往而無忌。澄潭湧沉鷗，半壁跳懸猱。奴刀切。鹿鳴驗食野，〔韓曰〕詩：呦呦鹿鳴，食野之苹。魚樂知觀濠。〔孫曰〕莊子與惠子游於濠梁之上，莊子曰：儵魚出游從容，是魚樂也。孤賞誠所悼，暫欣良足褒。

留連俯櫺檻，〔童曰〕櫺，窗櫺。檻，闌也。注我壺中醪。朵頤進芰實，〔韓曰〕易：觀我朵頤。朵頤，嚼也。芰，菱也。音騎。擢手持蟹螯。〔五〕〔孫曰〕晉書畢卓傳：左手持蟹螯，右手持酒盃。螯，蟹之大足也。炊稻視爨鼎，鱠鮮聞操刀。「聞」，一作「閔」。野蔬盈頃筐，〔韓曰〕詩：采采卷耳，不盈頃筐。頃筐，畚屬，易盈之器。頗雜池沼芼。〔韓曰〕左氏：澗溪沼沚之毛。芼，草也。芼，音毛，又去聲。緬慕鼓枻翁，嘯咏哺其糟。〔孫曰〕楚辭漁父章：屈原曰：「衆人皆醉，惟我獨醒。」漁父曰：「衆人皆醉，何不餔其糟而歠其醨？」屈原曰云云。漁父莞爾而笑，鼓枻而去。鼓枻者，叩船鳴也。枻，楫也。枻，音曳。退想於陵子，三咽資李螬。〔韓曰〕孟子曰：陳仲子豈不誠廉士哉！處於於陵，三日不食。井上有李，螬食實者過半矣，匍匐往將食之，三咽，然後耳有聞目有見也。螬，蟲名，音曹。斯道難爲偕，沉憂安所韜？

曲渚怨鴻鵠，〔孫曰〕怨，謂哀鳴也。環洲彫蘭皐。〔童曰〕皐，葛之白花。音臯。暮景迴西岑，北流逝滔滔。徘徊遂昏黑，遠火明連艘。〔童曰〕艘，船總名。艘，音騷。木落寒山靜，江空秋月高。斂袂戒還徒，善游矜所操。〔六〕〔孫曰〕列子：顏回問仲尼曰：吾嘗濟乎觴深之淵，津人操舟若神，吾問焉，曰：「操舟可學邪？」曰：「善游者數能。」趣淺戢長枻，〔童曰〕戢，斂也。乘深屏輕篙。曠望援深竿，哀歌叩鳴艚。〔童曰〕艚，船也。音曹。中川恣超忽，漫若翔且翺。淹泊遂所止，野風自飉飉。音騷。澗急驚鱗奔，蹊荒飢獸嘷。

入門守拘縶，悽慼憯鬱陶。慕士情未忘，懷人首徒搔。内顧乃無有，德輶甚鴻毛。〔孫曰〕詩：德輶如毛。輶，輕也。名竊久自欺，食浮固云叨。〔七〕〔孫曰〕禮記坊記：君子與其使食浮於人也，寧使人浮於食。食，謂禄也。在上曰浮。問牛悲釁鍾，〔補注〕齊宣王坐於堂上，有牽牛而過堂下者，曰：「將以釁鍾。」釁者，殺牲以血塗其釁隙。說彘驚臨牢。〔八〕〔孫曰〕莊子：祝宗人玄端以臨牢筴，說彘曰：「汝奚惡死，吾將三月豢汝，十日戒，三日齋，藉白茆，加汝肩尻乎彫俎之上，則汝爲之乎？」爲彘謀曰：「不如食以糟糠，而錯之牢筴之中。」說，音稅。永遁刀筆吏，〔韓曰〕曹參傳：蕭何、曹參皆起秦刀筆吏。師古曰：刀所以削書。古者用簡牒，故吏皆以刀筆自隨。寧期簿書曹？

中興遂羣物，裂壤分鞬櫜。〔孫曰〕左傳：右屬櫜鞬。櫜鞬，盛弓矢之器。鞬，居言切。櫜，音皋。岷凶既云捕，〔孫曰〕岷，蜀山名。謂元和元年十月劉闢伏誅。吳虜亦已鏖。〔九〕〔孫曰〕謂二年十一月李錡伏誅。〔韓曰〕霍去病傳：合短兵，鏖皋蘭下。師古曰：鏖，謂苦擊而多殺也。鏖，於刀切。扞禦盛方虎，〔孫曰〕方叔、召虎，周宣王二臣名。謨明富伊咎。〔韓曰〕謂伊尹、皋陶也。「咎」，與「皋」同。披山窮木禾，〔孫曰〕山海經曰：崑崙山上有木禾，長五尋，大五圍。郭璞云：木禾，粱類者也。駕海逾蟠桃。〔一〇〕〔韓曰〕史記：東至于蟠木。注：海外經曰：東海中有山焉，名曰度索。上有大桃樹，屈蟠三千里。重來越裳雉，〔孫曰〕周成王時，越裳氏獻白雉，重九譯而至。再返西旅獒。〔韓曰〕書：西旅獻獒。左右抗槐棘，〔孫曰〕周禮：左九棘，孤卿大夫位焉。右九棘，公侯伯子男位焉。面三槐，三公位焉。縱横羅雁羔。〔韓曰〕周禮：卿執羔，大夫執雁。三辟咸肆宥，〔一一〕〔張曰〕左氏：夏有亂政而作禹刑，商有亂政而作湯刑，周有亂政而作九刑。三辟之興，皆叔世也。肆宥，赦也。春秋「肆大眚」是也。衆生均覆燾。徒刀切。

安得奉皇靈，在宥解天弢。〔一二〕〔孫曰〕莊子：聞在宥天下，不聞治天下也。又曰：解其天弢，墮其天袠。弢，音叨。歸誠慰松梓，陳力開蓬蒿。卜室有鄠杜，〔一三〕〔孫曰〕漢宣帝尤樂杜、鄠之間。杜、鄠，長安上邑。鄠，音户。名田占灃澇。〔一四〕〔韓曰〕灃水出鄠南。澇水出鄠北。公與許孟容書云：「先墓在城南。」又「城西有數頃田，樹果數百株」。其此耶？澇，音勞。磻谿近餘基，〔孫曰〕磻谿，在鳳翔界。阿城連故濠。一作「壕」。螟蛑願親燎，〔一五〕〔孫曰〕詩：去其螟螣，及其蟊賊，無害我田稺。田祖有神，秉畀炎火。荼堇甘自薅。〔孫曰〕詩：周原膴膴，堇荼如飴。荼、堇，草名。薅，除草也。薅，呼豪切。飢食期農耕，寒衣俟蠶繰。及骭足爲温，〔韓曰〕甯戚歌曰：「短布單衣纔至骭。」骭，脛骨，或曰脅也。骭，音旰。滿腹寧復饕？〔孫曰〕莊子：偃鼠飲河，不過滿腹。饕，貪財也。饕，音叨。安將蒯及菅，〔孫曰〕左氏云：詩曰：雖有絲麻，無棄菅蒯。蒯，苦怪切。菅，音姦。誰慕粱與膏？弋林敺雀鷃，〔一六〕漁澤從鰌魛。〔童曰〕鰌、魛，魚名，飲而不食。鰌，音囚。魛，音刀。觀象嘉素履，〔韓曰〕易履卦，素履，往無咎。陳詩謝干旄。〔孫曰〕詩：干旄，美好善也。方託麋鹿羣，敢同騏驥槽？處賤無溷濁，固窮匪淫慆。〔孫曰〕書：無即慆淫。慆，慢也。踉蹌辭束縛，悦懌换煎熬。登年徒負版，〔一七〕〔韓曰〕語：式負版者。注：負版者，持邦國之圖籍。興役趨伐鼛。〔孫曰〕周禮：以鼛鼓鼓役事。鼛，大鼓也。長丈五尺。音皋。目眩絶渾渾，耳喧息嘈嘈。〔童曰〕廣雅：嘈，呹聲也。音曹。兹焉畢餘命，富貴非吾曹。長沙哀糾纆，〔一八〕〔孫曰〕賈誼爲長沙王太傅，作鵩賦曰：夫禍之與福兮，何異糾纆。漢陰嗤桔槔。〔一九〕〔孫曰〕莊子：子貢南遊於楚，過漢陰，見一丈人，方將爲圃畦，鑿隧而入井，抱甕而出灌。子貢曰：「有械於此，鑿木爲機，後重前輕，挈水若抽，其名爲槔。」爲圃者忿然而笑曰：『吾非不知，羞而不爲也。』苟伸擊壤情，〔孫曰〕逸士傳曰：堯時有壤父擊於康衢。王充論衡曰：堯時百姓無事，有五十之民，擊壤於塗，觀者曰：『大哉！堯之德也。』擊壤者曰：『堯何力於我也？』機事息秋毫。〔孫曰〕莊子：漢陰丈人曰：『有機械者必有機事。』

海霧多蓊鬱，越風饒腥臊。寧唯迫魑魅，所懼齊焄蒿。本注：『蒿』與『蒿』同。〔孫曰〕禮記：焄蒿悽愴。注云：氣也。焄，音勳。蒿，悲嬌切。知罃懷褚中，〔三〕〔韓曰〕左氏傳：知罃在楚，鄭賈人有欲置諸褚中以出。既謀之未行，而楚人歸之。賈人如晉，知罃善視之，如實出己。知罃，音作智鶯。范叔戀綈袍。〔孫曰〕史記：范雎字叔，變姓名入秦爲相。魏須賈使秦，雎敝衣見賈，賈取綈袍賜之。及見，雎數其罪三，曰：『公之所以得無死者，以綈袍戀戀有故人之意，故釋公。』綈，音題。伊人不可期，〔孫曰〕伊人，謂褚中、綈袍者。慷慨徒忉忉。〔孫曰〕詩：無思遠人，勞心忉忉。忉忉，憂心貌。

校勘記

〔一〕遊南亭夜還敍志七十韻題下注　『浙西平在十一月』。『十一月』原作『十二月』，據詁訓本及新唐書卷七憲宗紀改。　『而此詩有『秋月高』之語』。『高』下原衍一『明』字，今删。

〔二〕私心寄英髦　『髦』原作『旄』，據取校諸本改。按：詩小雅：烝我髦士。髦，英俊之意。作『髦』是。

〔三〕神明固浩浩　『明』，音辯、詁訓、游居敬本作『期』。何焯義門讀書記：『神明，謂君心也。』按：作

「明」近是。

〔四〕放情詠離騷句下注「賈誼傳注：離，遭也。憂動曰騷」。「注」原作「云」，「動」原作「勤」，據詁訓本及漢書卷四八賈誼傳顔師古注改。

〔五〕擢手持蟹螯句下注「螯，蟹之大足也」。「足」原作「者」，據音辯本改。

〔六〕善游矜所操句下注「列子：顔回問仲尼曰」。「曰」上原脱「顔回問仲尼」五字，據列子黄帝補。按：此注引文亦見莊子達生篇。

〔七〕食浮固云吻句下注「禮記坊記」。「坊記」上原脱「禮記」二字，據禮記坊記補。

〔八〕説龕驚臨牢句下注「祝宗人玄端以臨牢莢」。「端」原作「瑞」，據取校諸本及莊子達生改。

〔九〕吴虜亦已鏖句下注「謂二年十一月李錡伏誅」。「十一月」原作「十月」，據新唐書卷七憲宗紀改。

〔一〇〕駕海逾蟠桃句下注「名曰度索，上有大桃樹，屈蟠三千里」。「索」原作「素」，「屈蟠」原作「蟠屈」，據史記卷一五帝本紀「東至于蟠木」句集解改。「鏖皋蘭下」。「皋蘭」原作「蘭皋」，據漢書卷五五霍去病傳倒轉。

〔一一〕三辟咸肆宥「三」原作「五」，據音辯、詁訓、世綵堂、游居敬本及全唐詩改。句下注「夏有亂政而作禹刑，商有亂政而作湯刑」。「湯」上原脱「禹刑商有亂政而作」八字，據世綵堂本及左傳昭公六年補。

〔一二〕在宥解天弢句下注「不聞治天下也」。「下」下原脱「也」字，據莊子在宥補。「墮其天袠」。「袠」原作「袲」，據莊子知北遊改。

〔一三〕卜室有鄠杜　「卜」原作「十」，據音辯、詁訓、游居敬、蔣之翹本及全唐詩改。按：此句與下句「名田占澧滂」相對，據文義作「卜」是。

〔一四〕名田占澧滂　「澧」原作「澧」，據音辯、世綵堂、游居敬、濟美堂、蔣之翹本及全唐詩改。按：遊朝陽巖詩有「故墅即澧川」句，作「澧」是。句下注「又城西有數頃田，樹果數百株」。「田」原作「汩」，「樹」下原脱「果數百株」四字，據本書卷三〇寄許京兆孟容書改。

〔一五〕螟蛑願親燎句下注　「詩：去其螟螣，及其蟊賊，無害我田穉」。「去」上原脱「詩」字，「穉」原作「稺」，據世綵堂本及詩小雅甫田補改。

〔一六〕弋林敺雀鷃　「弋」原作「戈」，據音辯、詁訓、游居敬、蔣之翹本及全唐詩改。按：此句與下句「漁澤從鰌魛」相對，據文義作「弋」是。

〔一七〕登年徒負版　「徒」下全唐詩注：「一作『從』。」

〔一八〕長沙哀糾纆　「纆」原作「纏」，據音辯、世綵堂、游居敬、蔣之翹本及全唐詩改。吴汝綸柳州集點勘：「『纆』誤『纏』。」作「纆」是。句下注「夫禍之與福兮，何異糾纆」。「禍」上原脱「夫」字，「福」下原脱「兮」字，「纆」原作「纏」，據賈誼鵩鳥賦補改。

〔一九〕漢陰嗤桔槹句下注　「子貢南遊於楚，過漢陰，見一丈人，方將爲圃畦」。「南」上原脱「子貢」二字，「一」原作「二」，據莊子天地改。

〔二〇〕知罄懷褚中　「褚」原作「楮」，據取校諸本及左傳成公三年改。

韋道安

〔韓曰〕公嘗爲韋道安傳，集載其題而亡其文。今觀此詩，則公所以爲之傳者，亦必指是事無疑也。

道安本儒士，頗擅弓劍名。二十遊太行，暮聞號哭聲。疾驅前致問，有叟垂華纓。〔童曰〕説文云：纓，冠繫也。言「我故刺史，失職還西京。偶爲羣盜得，毫縷無餘贏。貨財足非恡，二女皆娉婷。二字并平聲。蒼黃見驅逐，誰識死與生？便當此殞命，休復事晨征」。一聞激高義，眥裂肝膽横。挂弓問所往，趫捷超崢嶸。〔童曰〕趫，善走。崢嶸，山峻貌。趫，音喬。見盗寒磵陰，羅列方忿爭。一矢斃酋帥，餘黨號且驚。麾令遞束縛，纆索相拄撑。〔童曰〕纆，黑索。彼姝久褫魄，〔一〕〔孫曰〕詩：彼姝者子。謂二女也。張平子東京賦：奪氣褫魄。褫，奪也。褫，音雉。刃下俟誅刑。却立不親授，〔孫曰〕孟子：男女授受不親，禮也。諭以從父行。捃收自擔肩，轉道趨前程。夜發敲石火，山林如晝明。父子更抱持，涕血紛交零。頓首願歸貨，納女稱舅甥。〔孫曰〕甥，壻也。孟子：「帝館甥于貳室」是也。道安奮衣去，義重利固輕。師婚古所病，〔二〕〔孫曰〕桓六年左氏：齊侯欲以文姜妻鄭太子忽，忽辭。及其敗戎師也，又請妻之。忽曰：「今以君命奔齊之急而受室以歸，是以師婚也，民其謂我何？」遂辭諸鄭伯。合姓非用兵。

揭來事儒術，十載所能逞。〔三〕慷慨張徐州，〔孫曰〕徐泗濠節度使張建封。朱邸揚前旌。〔孫曰〕朱邸，謂長安邸舍。投軀獲所願，前馬出王城。〔孫曰〕貞元十三年十月，建封來朝，道安從之。轅門立奇士，〔韓曰〕項籍傳：羽見諸侯，將入轅門。張晏曰：軍行以車爲陳，轅相向爲門。顏師古曰：周禮掌舍：王行則設車宮轅門也。淮水秋風生。君侯既即世，〔孫曰〕十六年六月，建封卒。麾下相𢾭傾。〔四〕〔韓曰〕項籍傳：戲下騎從者八百餘人。師古曰：戲，大將之旗也。音許宜，又音許爲。漢書通以戲爲旌麾，指「麾」字。立孤抗王命，鐘鼓四野鳴。橫潰非所壅，逆節非所嬰。舉頭自引刃，顧義誰顧形。〔孫曰〕是月，軍中立建封子愔爲兵馬留後。〔韓曰〕觀詩意，建封死，軍亂，立愔爲留後，而道安自殺也。

烈士不忘死，〔五〕所死在忠貞。咄嗟徇權子，翕習猶趨榮。我歌非悼死，所悼時世情！

校勘記

〔一〕彼姝久褫魄句下注　「張平子東京賦」。「東」原作「西」，據詁訓本及文選張平子東京賦改。

〔二〕師婚古所病句下注　「桓六年左氏」。「桓」原作「威」，據詁訓本及左傳桓公六年改。

〔三〕十載所能逞　世綵堂本注：「『十』一作『千』，『逞』一作『呈』。」

〔四〕麾下相敧傾　「麾」，詁訓本作「戲」。

〔五〕烈士不忘死　世綵堂本注：「『忘』一作『妄』。」按：與下句相聯，疑作「妄」是。

哭連州凌員外司馬

〔孫曰〕凌準字宗一，杭州富陽人。永貞元年十一月，謫連州司馬員外置同正員。元和三年卒。注詳於誌矣。

廢逐人所棄，遂爲鬼神欺。才難不其然，〔童曰〕子曰：才難，不其然乎？卒與大患期。凌人古受氏，〔韓曰〕周官，凌人爲掌冰之官。後因以爲氏。吳世夸雄姿。〔一〕〔孫曰〕吳志：凌統字公績，事孫權爲偏將軍。二子烈、封。寂寞富春水，〔二〕〔孫曰〕寂寞，謂統後無其人也。富春，晉世改曰富陽。英氣方在斯。〔孫曰〕在斯，謂在準也。六學誠一貫，〔童曰〕六學，六藝。精義窮發揮。〔三〕〔孫曰〕易繫：精義入神，以致用也。又說卦曰：發揮於剛柔而生爻。著書逾十年，幽賾靡不推。〔四〕賾，深也。〔韓曰〕誌云：著漢後春秋二十餘萬言，又著六經解圍人文集未就。天庭掞高文，萬字若波馳。〔五〕〔孫曰〕準年二十，以書干丞相，丞相以聞。試其文，日萬言，擢爲崇文館校書郎。記室征西府，宏謀耀其奇。〔六〕〔孫曰〕建中初，準以金吾兵曹爲邠寧節度使掌書記。涇原之亂，以謀畫佐節度使韓遊瓌有大功。輶軒下東越，列郡蘇疲羸。〔七〕輶軒，輕車。〔孫曰〕邠寧府喪，準罷職爲浙東廉使判官。撫循疲人，按驗汚吏，吏人敬愛。東越，卽謂浙東也。輶，音由。宛宛凌江羽，來棲翰林枝。〔孫曰〕準在浙東治名聞于上，召爲翰林學士。孝文留弓劍，中外方危疑。抗聲促遺詔，定命由陳辭。〔八〕〔韓曰〕貞元二十三年正月，德宗崩，邇臣議秘三日乃下遺詔。準獨抗危辭以語同列王伾，畫其不可者十六七，乃以旦日發喪。徒隸肅曹官，征賦參有司。〔韓曰〕準自翰林參度支，調發出納，姦利衰止。

出守烏江滸，〔孫曰〕永貞元年九月，準坐王叔文黨，出爲和州刺史。烏江，卽和州也。滸，水涯。老遷湟水湄。〔九〕〔韓曰〕準由和州降連州司馬。湟水，連州也。高堂傾故國，葬祭限囚羈。仲叔繼幽淪，狂叫唯童兒。〔孫曰〕高堂，北堂也。準母卒於家，準不得歸。二弟繼死。準二子曰夷仲、永仲。一門既無主，焉用徒生爲！舉聲但呼天，孰知神者誰？泣盡目無見，〔韓曰〕準母死哭泣，遂喪其明。腎傷足不持。溘死委炎荒，〔童曰〕溘，奄忽也。渴答切。臧獲守靈帷。平生負國譴，〔一〇〕駭骨非敢私。蓋棺未塞責，〔韓曰〕劉毅云：丈夫兒蹤迹，不可尋常使混羣小中，蓋棺事方定矣。孤旐凝寒颸。〔童曰〕颸，輕風也。音思。

念昔始相遇，腑腸爲君知。進身齊選擇，失路同瑕疵。本期濟仁義，今爲衆所嗤。滅名竟不試，「竟」，今本作「競」，誤。世義安可支！〔一一〕恬死百憂盡，苟生萬慮滋。顧余九逝魂，與子各何之？我歌誠自慟，非獨爲君悲！

校勘記

〔一〕吴世兮雄姿句下注　「二子烈、封」。「烈」原作「列」，「封」下原衍一「之」字，據三國志卷五五吴書凌統傳改删。

〔二〕寂寞富春水　世綵堂本注：「『寞』一作『寥』。」　句下注「富春，晉世改曰富陽」。「富陽」原作「富春」，據世綵堂、蔣之翹本及晉書卷一五地理志改。

〔三〕精義窮發揮句下注　「又説卦曰」。「曰」上原脱「説卦」二字，據周易説卦補。

〔四〕幽賾靡不推句下注　「誌云：著漢後春秋二十餘萬言，又著六經解圍人文集未就」。「漢後」原作「後漢」，「二」原作「三」，「未就」原作「也」，據本書卷十故連州員外司馬凌君權厝誌改。

〔五〕萬字若波馳句下注　「凖年二十」。「二十」原作「三十」。又，「試其文，日萬言」。「日」原作「曰」，「言」下原衍一「詩」字。以上均據故連州員外司馬凌君權厝誌改。

〔六〕宏謀耀其奇句下注　「爲邠寧節度使掌書記」。「掌書」原作「書掌」，「書」下原脱「記」字，據音辯、詁訓本及故連州員外司馬凌君權厝誌改補。

〔七〕列郡蘇疲羸句下注　「爲浙東廉使判官」。「廉使」原作「觀察」，據詁訓本及故連州員外司馬凌君權厝誌改。

〔八〕定命由陳辭句下注　「邇臣議秘三日乃下遺詔」。「三日」原作「五日」。又，「晝其不可者十六七」。「十六七」原作「十七八」。以上均據詁訓本及故連州員外司馬凌君權厝誌改。

〔九〕老遷湟水湄　世綵堂本注：「『老』一作『左』。」何焯校本批注：「重校，『老』一作『左』。」按：貶官爲「左遷」。凌準自和州刺史貶爲連州司馬員外，疑作「左」是。

〔一〇〕平生負國譴　世綵堂本注：「『負』一作『罹』。」

〔一一〕世義安可支　世綵堂本注：「『義』一作『議』。」何焯義門讀書記：「『義』作『議』。」

旦攜謝山人至愚池

〔韓曰〕愚溪詩序云溪有愚池，即此也。

新沐换輕幘，〔一〕〔韓曰〕楚辭漁父篇：新沐者必彈冠。曉池風露清。〔二〕自諧塵外意，況與幽人行。〔三〕霞散衆山迥，天高數雁鳴。機心付當路，〔集注〕莊子：有機事者必有機心。孟子：夫子當路於齊。聊適羲皇情。〔孫曰〕陶淵明高卧北窗，自號羲皇上人。

校勘記

〔一〕新沐换輕幘　「輕」，詁訓本作「巾」。

〔二〕曉池風露清　「露」，音辯、詁訓、游居敬本作「霧」。

〔三〕況與幽人行　「況」，詁訓本作「向」。

獨覺

覺來窗牖空，寥落雨聲曉。良游怨遲暮，末事驚紛擾。爲問經世心，古人誰盡了？〔一〕

校勘記

〔一〕古人誰盡了　「誰」，全唐詩作「難」。

首春逢耕者

南楚春候早，餘寒已滋榮。土膏釋原野，〔孫曰〕國語：陽氣俱蒸，土膏其動。膏，土潤也。百蟄競所營。〔孫曰〕蟄，藏也。莊子：蟄蟲始作。蟄，直立切。綴景未及郊，穡人先耦耕。〔一〕園林幽鳥囀，渚澤新泉清。農事誠素務，羈囚阻平生。故池想蕪没，遺畝當榛荆。慕隱既有繫，圖功遂無成。聊從田父言，款曲陳此情。眷然撫耒耜，迴首煙雲横。

校勘記

〔一〕穡人先耦耕　「耦」原作「偶」，據音辯、詁訓、游居敬本改。

溪居

久爲簪組累，幸此南夷謫。閑依農圃鄰，偶似山林客。曉耕翻露草，夜榜響溪石。〔孫曰〕榜，進船也。北孟切。一作「塝」，池畔也。蒲浪切。來往不逢人，長歌楚天碧。

夏初雨後尋愚溪〔一〕

〔補注〕觀公前後諸詩序，溪居之勝可見矣。公歿未幾，而故址廢焉。劉夢得集有傷愚溪詩三首，其引云：「子厚之謫永州，得勝地，結茆樹蔬，爲沼沚，爲臺榭，目曰愚溪。子厚歿三年，有僧遊零陵，告余曰：『愚溪無復曩時矣！』一聞僧言，悲不能自勝，遂以所聞爲七言以寄恨。」今附于後。

悠悠雨初霽，獨繞清溪曲。引杖試荒泉，解帶圍新竹。沉吟亦何事？寂寞固所欲。幸此息營營，嘯歌静炎燠。

校勘記

〔一〕夏夜雨後尋愚溪　「愚」原作「漁」，據取校諸本改。題下注「子厚歿三年」。「子厚」，劉夢得文集及全唐詩作「柳子」。

附

傷愚溪三首

劉禹錫

溪水悠悠春自來，草堂無主燕飛回。隔簾唯見中庭草，一樹山榴依舊開。

其二

草聖數行留斷壁，〔一〕木奴千樹屬鄰家。唯見里門通德榜，殘陽寂歷出樵車。〔二〕

其三

柳門竹巷依依在，野草青苔日日多。縱有鄰人解吹笛，山陽舊侶更誰過！

校勘記

〔一〕草聖數行留斷壁　「斷」，劉夢得文集及全唐詩作「壞」。

〔二〕殘陽寂歷出樵車　「歷」，劉夢得文集及全唐詩作「寞」。

入黃溪聞猿

〔韓曰〕黃溪在永州。下有從韋使君黃溪祈雨詩，此篇豈亦其時作耶？

溪路千里曲，哀猿何處鳴？孤臣淚已盡，虛作斷腸聲。

韋使君黃溪祈雨見召從行至祠下口號〔一〕

〔孫曰〕時永州刺史韋中丞。〔韓曰〕黃溪記云：溪距州治七十里，由東屯南行六百步至黃神祠。即此也。祠所從來，記具之矣。

驕陽愆歲事，良牧念菑畬。〔孫曰〕易曰：不耕穫，不菑畬。詩注：田一歲曰菑，二歲曰新田，三歲曰畬。列騎低殘月，鳴笳度碧虛。稍窮樵客路，遥駐野人居。谷口寒流淨，叢祠古木疏。〔二〕〔孫曰〕史記：吳廣之次所旁叢祠中。張晏云：叢，鬼所憑焉。焚香秋霧濕，奠玉曉光初。肸蠁巫言報，〔三〕〔補注〕肸蠁，出禮記。肸，思乙切，又許訖切。蠁，音享，又音向。精誠禮物餘。惠風仍偃草，靈雨會隨車。〔孫曰〕詩：靈雨既零。注云：靈，善也。後漢：鄭弘爲淮陰太守，政不煩苛。天旱行春，隨車致雨。俟罪非真吏，〔韓曰〕賈誼謫長沙王太傅，爲賦弔屈原，其詞曰：恭承嘉惠兮，竢罪長沙。公爲永州員外司馬，故曰「非真吏」。翻慚奉簡書。〔孫曰〕詩：豈不懷歸，畏此簡書。簡書，謂韋使君之召。

校勘記

〔一〕韋使君黄溪祈雨見召從行至祠下口號題下注「由東屯南行六百步至黄神祠」。「東」下原脱「屯」字，據本書卷二九游黄溪記補。

〔二〕叢祠古木疏句下注「吴廣之次所旁叢祠中」。「所」上原衍「近」字，據史記卷四八陳涉世家删。

〔三〕肸蠁巫言報「肸」原作「盻」，據音辯、世綵堂、游居敬、蔣之翹本及全唐詩改。句下注「肸蠁，出禮記」。按：漢書卷五七上司馬相如傳有「衆香發越，肸蠁布寫」句，疑「禮記」乃「漢書」之誤。「肸蠁」一詞，亦見文選左思蜀都賦及吴都賦。

郊居歲暮

屏居負山郭，歲暮驚離索。野迴樵唱來，庭空燒燼落。世紛因事遠，心賞隨年薄。默默諒何爲，徒成今與昨。

秋曉行南谷經荒村

杪秋霜露重，晨起行幽谷。黄葉覆溪橋，荒村唯古木。寒花疏寂歷，幽泉微斷續。機心久已忘，何事驚麋鹿？

雨後曉行獨至愚溪北池

宿雲散洲渚，曉日明村塢。〔一〕高樹臨清池，風驚夜來雨。予心適無事，偶此成賓主。

校勘記

〔一〕曉日明村塢　「明」，詁訓、濟美堂本作「鳴」。

中夜起望西園值月上

覺聞繁露墜，開户臨西園。寒月上東嶺，泠泠疏竹根。石泉遠逾響，山鳥時一喧。倚榼遂至旦，〔一〕寂寞將何言？

校勘記

〔一〕倚榼遂至旦　「旦」原作「日」，據音辯、詁訓、鄭定、世綵堂、游居敬本及全唐詩改。又，鄭定、世綵堂本注：「『至』一作『達』。」

零陵春望

〔韓曰〕零陵，永州郡名。

平野春草綠，晚鶯啼遠林。〔一〕日晴瀟湘渚，雲斷岣嶁岑。〔孫曰〕岣嶁，衡山别名。音矩縷。又上音古右切，下音九后切。仙駕不可望，世途非所任。凝情空景慕，萬里蒼梧陰。〔二〕〔韓曰〕舜崩於蒼梧之野。葬於江南九疑，是爲零陵。

校勘記

〔一〕晚鶯啼遠林　「晚」，鄭定、世綵堂、濟美堂、蔣之翹、何焯校本及全唐詩作「曉」，近是。

〔二〕萬里蒼梧陰句下注　「舜崩於蒼梧之野。葬於江南九疑」。「崩於」原作「葬」，「於江南」上原脱

「葬」字，據史記卷一五帝本紀補改。

從崔中丞過盧少府郊居

〔孫曰〕中丞崔公，永州刺史也。

寓居湘岸四無鄰，世網難嬰每自珍。〔韓曰〕選：世網嬰我身。蒔藥閑庭延國老，〔一〕〔韓曰〕本草：甘草，名國老。謂其於諸藥物中爲君也。開罇虛室值賢人。〔韓曰〕魏志徐邈傳：鮮于輔云：醉客謂酒清爲聖人，濁者爲賢人。泉迴淺石依高柳，逕轉垂藤間綠筠。聞道偏爲五禽戲，〔二〕〔韓曰〕後漢華佗言：吾有一術名五禽之戲，一曰虎，二曰鹿，三曰熊，四曰猨，五曰鳥。體有不快，起作一禽之戲，以當導引。出門鷗鳥更相親。〔三〕〔孫曰〕列子：海上之人有好鷗鳥者，每旦之海上，從鷗鳥游，鷗鳥之至者百住而不止。

校勘記

〔一〕蒔藥閑庭延國老句下注 「謂其於諸藥物中爲君也」。「物」原作「衆」，據詁訓本改。

〔二〕聞道偏爲五禽戲句下注 「五曰鳥」。「鳥」原作「鳳」，據詁訓本及後漢書卷八二下方術列傳華佗傳改。「體有不快，起作一禽之戲，以當導引」。按：華佗傳原文作：「亦以除疾，兼利蹏足，以當導引。體有不快，起作一禽之戲，怡而汗出，因以著粉，身體輕便而欲食。」

〔三〕出門鷗鳥更相親句下注「鷗鳥之至者百住而不止」。「百住」原作「往」，據列子黄帝改。按：列子張湛注：「『住』當作『數』。」張説是。

夏晝偶作

南州溽暑醉如酒，隱机熟眠開北牖。〔一〕日午獨覺無餘聲，山童隔竹敲茶臼。

校勘記

〔一〕隱机熟眠開北牖　「机」，蔣之翹本及全唐詩作「几」。

雨晴至江渡

江雨初晴思遠步，日西獨向愚溪渡。渡頭水落村逕成，〔一〕撩亂浮槎在高樹。〔童曰〕槎，水中浮木。鉏加切。

校勘記

〔一〕渡頭水落村逕成　「逕」，詁訓本作「徑」。

江雪

千山鳥飛絶，萬逕人蹤滅。孤舟簑笠翁，獨釣寒江雪。〔補注〕洪駒父詩話云：東坡曰：鄭谷詩「江上晚來堪畫處，漁人披得一蓑歸。」此村學中詩也。子厚云「孤舟蓑笠翁，獨釣寒江雪」。信有格哉！殆天所賦，不可及也。

冉溪

〔注曰〕冉溪，卽愚溪也。元和五年，公易其名爲愚溪。

少時陳力希公侯，〔童曰〕論語：陳力就列。許國不復爲身謀。風波一跌逝萬里，〔童曰〕跌，失足也。徒結切。壯心瓦解空縲囚。〔孫曰〕漢書：徐樂曰：「天下之患，在於土崩，不在瓦解。」縲囚終老無餘事，願卜湘西冉溪地。却學壽張樊敬侯，種漆南園待成器。〔孫曰〕後漢：樊重字君雲，嘗欲作器物，先種梓漆，時人嗤之。然積以歲月，皆得其用。重封壽張侯，謚曰敬。

法華寺西亭夜飲〔一〕

本注云：賦得酒字。〔童曰〕集有法華寺西亭夜飲賦詩序，此其詩也。序見二十四卷。

祇樹夕陽亭，〔二〕〔韓曰〕祇樹，取諸經中祇樹給孤獨園者也。共傾三昧酒。霧暗水連堦，月明花覆牖。〔補注〕筆墨閒録云：「平野青草緑，曉鶯啼遠林。日晴瀟湘渚，雲斷岣嶁岑」；又云「菡萏溢嘉色，篔簹遺清斑」；又，「霧暗水連堦，月明花覆牖」；其句律全似謝臨川。莫厭罇前醉，相看未白首。

校勘記

〔一〕法華寺西亭夜飲題下注　「本注云：賦得酒字」。「賦」上原脱「本注云」三字，據音辯本補。

〔二〕祇樹夕陽亭句下注　「取諸經中祇樹給孤獨園者也」。「孤」下原脱「獨」字，據鄭定、世綵堂、蔣之翹本補。

戲題石門長老東軒

〔韓曰〕前有法華寺石門精室詩，又法華寺西亭記云，「有僧曰覺照」，豈卽此長老耶？

石門長老身如夢，旃檀成林手所種。〔一〕〔童曰〕旃檀，香名。坐來念念非昔人，萬偏蓮花爲誰用？〔張曰〕誦妙法蓮華經也。如今七十自忘機，貪愛都忘筋力微。莫向東軒春野望，花開日出雉皆飛。〔二〕〔韓曰〕古樂府有雉朝飛操。吴兢樂府古題要解云：牧犢子所作也。牧犢子年七十無妻，出野見雉雄雌相隨，因援琴而歌以自傷。長老亦年七十，公豈以是戲之耶？

校勘記

〔一〕旃檀成林手所種　蔣之翹本注：「『旃』當作『栴』。集韻：栴檀，香木也。」按：蔣説是。

〔二〕花開日出雉皆飛句下注　「吴兢樂府古題要解云」。「兢」原作「競」，「古」上原脱「樂府」二字，「解」上原脱「要」字，據新唐書卷五七藝文志補改。「牧犢子所作也。牧犢子年七十無妻」。按：唐徐堅等著初學記樂部下所載與此注同，四部叢刊本樂府詩集與此有異。樂府詩集雉朝飛操題下注引崔豹古今注説，「雉朝飛者，犢沐子所作也。齊宣王時處士泯宣，年五十無妻」，云云。

茆簷下始栽竹

瘴茆葺爲宇，溽暑恒侵肌。適有重膇疾，〔一〕〔孫曰〕成六年左氏：有沉溺重膇之疾。膇，足腫。直類切。

蒸鬱寧所宜？東鄰幸導我，樹竹邀涼颸。欣然愜吾志，荷鍤西巖垂。楚壤多怪石，墾鑿力已疲。江風忽云暮，輿曳還相追。蕭瑟過極浦，旖旎附幽墀。〔張曰〕旖旎，旌旗從風貌。旖，音倚。旎，乃倚切。貞根期永固，貽爾寒泉滋。夜窗遂不掩，羽扇寧復持？〔韓曰〕諸葛亮乘素輿，葛巾，持白羽扇。清泠集濃露，枕簟凄已知。網蟲依密葉，〔韓曰〕選沈休文詩：網蟲垂戶織，夕鳥傍簷飛。「網」，一作「細」。曉禽棲迴枝。豈伊紛囂間，重以心慮怡？嘉爾亭亭質，〔二〕自遠棄幽期。〔三〕不見野蔓草，〔孫曰〕詩：野有蔓草。蓊蔚有華姿。諒無凌寒色，〔四〕一作「雲色」。豈與青山辭？

校勘記

〔一〕適有重膇疾句下注　「成六年左氏」。「成」原作「威」，據左傳改。

〔二〕嘉爾亭亭質　鄭定、世綵堂本注：「『嘉』一作『喜』。」

〔三〕自遠棄幽期　「鄭定、世綵堂本注：「『棄』一作『契』。」何焯義門讀書記：「『棄』作『契』。」

〔四〕諒無凌寒色　「寒色」，鄭定本作「雲氣」。世綵堂本注亦云「一作『雲氣』。」

種仙靈毗

〔孫曰〕藥名，本草所謂淫羊藿者是也。

窮陋闕自養，癘氣劇囂煩。〔童曰〕癘，謂疾疫。音厲。隆冬乏霜霰，先見切。日夕南風温。杖藜下庭際，曳踵不及門。門有野田吏，〔一〕慰我飄零魂。及言有靈藥，近在湘西原。〔二〕〔韓曰〕湘西原，即在永州。服之不盈旬，蹩躠皆騰騫。〔集注〕蹩躠，跛也。説文云：旋行貌。字出莊子，云「蹩躠爲仁」。騰騫，猶飛騰也。蹩，蒲結切。躠，音薛。笑抃前即吏，爲我擢其根。蔚蔚遂充庭，英翹忽已繁。〔童曰〕英，華也。翹，高貌。晨起自採曝，杵臼通夜喧。靈和理内藏，攻疾貴自源。壅覆逃積霧，伸舒委餘暄。〔三〕

奇功苟可徵，寧復資蘭蓀？〔童曰〕蓀，香草。息昆切。我聞畸人術，〔四〕〔韓曰〕莊子：子貢問孔子曰：「敢問畸人？」曰：「畸人者，畸於人而侔於天。」畸，謂不耦於人，闕於禮教也。又云：奇異也。畸，居宜切。一氣中夜存。〔孫曰〕孟子：梏之反覆，則其夜氣不足以存。能令深深息，呼吸還歸跟。〔五〕〔孫曰〕莊子：其息深深。又曰：真人之息以踵。跟，踵也。跟，音根。疎放固難效，且以藥餌論。痿者不忘起，〔孫曰〕韓王信傳：如痿人不忘起，盲者不忘視。痿，風痹病也。儒隹切。窮者寧復言？神哉輔吾足，幸及兒女奔。

校勘記

〔一〕門有野田吏　「野田」，鄭定、世綵堂本注：「呂作『田野』。」何焯義門讀書記：「『吏』疑『更』。」

〔二〕近在湘西原句下注　「湘西原，即在永州」。「永」上原無「即在」二字，「州」下原有「也」字，據詁訓本删補。

〔三〕伸舒委餘暄　「伸」原作「神」，據音辯、詁訓、鄭定、世綵堂、游居敬本及全唐詩改。

〔四〕我聞畸人術句下注　「畸於人而侔於天」。「畸」原作「略」，「侔」原作「詳」，據音辯本及莊子大宗師改。

〔五〕呼吸還歸跟句下注　「真人之息以踵」。「踵」原作「足」，據音辯、世綵堂、濟美堂、蔣之翹本及莊子大宗師改。

種朮

守閑事服餌，採朮東山阿。東山幽且阻，疲苶煩經過。疲，音皮。苶，乃結切。戒徒斸靈根，〔孫曰〕國語：土膏其動。膏，潤澤之氣。〔童曰〕斸，説文云：斫也。陟玉切。封植閟天和。違爾澗底石，徹我庭中莎。土膏滋玄液，松露墜繁柯。南東自成畝，〔韓曰〕詩：南東其畝。繚繞紛相羅。晨步佳色媚，夜眠幽氣多。離憂苟可怡，孰能知其他？爨竹茹芳葉，寧慮瘵與瘥？〔童曰〕瘵、瘥，病也。瘵，側界切。瘥，蒼何切。留連樹蕙辭，〔韓曰〕楚辭屈原離騷經：余既滋蘭之九畹兮，又樹蕙之百畝。婉娩採薇歌。〔孫曰〕伯夷、叔齊隱於首陽山，作歌曰：登彼西山兮，採其薇矣。以暴易暴兮，不知其非矣。悟拙甘自足，激清愧同波。〔一〕〔孫曰〕莊子：與道同波。單豹且理内，高門復如何？〔二〕〔韓曰〕莊子：魯有單豹者，巖居而水飲，不與民共利，行年七十，而猶有嬰兒之色。不幸遇餓虎，餓虎殺而食之。有張毅者，高門縣薄，無不走也，行年四十，而有内熱之病以死。豹養其内而虎食其外，毅養其外而病攻其内。單，音善。

校勘記

〔一〕激清愧同波「愧」，詁訓本作「貴」。

〔二〕高門復如何句下注「行年七十，而猶有嬰兒之色」。「有」上原脱「猶」字，「兒」原作「孩」，據莊子達生補改。

種白蘘荷

〔孫曰〕白蘘荷，蕁苴也。春初生葉，似甘蕉，根似薑而肥。其根莖堪爲葅，治蠱毒。蘘，人羊切。

皿蟲化爲癘，〔一〕〔孫曰〕昭元年左氏：於文，皿蟲爲蠱。注云：皿，器也。器受蟲害者爲蠱。癘，音厲。夷俗多所神。銜猜每腊毒，〔孫曰〕國語：嗜味厚腊毒。腊，乾肉。謀富不爲仁。〔韓曰〕孟子：陽虎曰：爲富不仁矣，爲仁不富矣。蔬果自遠至，盃酒盈肆陳。言甘中必苦，何用知其真？華潔事外飾，尤病中州人。錢刀恐賈害，〔韓曰〕漢書食貨志：王莽造大錢并契刀、錯刀。錢名爲刀，以其利於民也。賈，音古。飢至益逡巡。

竄伏常戰慄，懷故逾悲辛。庶氏有嘉草，「氏」，一作「民」，恐非。攻襘事久泯。〔二〕〔孫曰〕周禮：庶氏掌除毒蠱，以攻説襘之，嘉草攻之。襘，古外切，又音會。泯，音民。〔童曰〕山海經：空桑之山，西望泯澤。炎帝垂靈編，〔孫曰〕今本草也。按本草，白蘘荷主中蠱。注云：中蠱者服其汁并卧其葉，卽呼蠱主姓名。言此殊足珍。崎嶇乃有得，託以全余身。紛敷碧樹陰，眄睞心所親。眄，音麪。睞，音賚。

校勘記

〔一〕皿蟲化爲癘「皿」，音辯、詁訓本及全唐詩作「血」。全唐詩并注：「一作『皿』。」

〔二〕攻襘事久泯句下注「庶氏掌除毒蠱」。「毒蠱」原作「蠱毒」，據音辯本及周禮秋官庶氏倒轉。

新植海石榴

弱植不盈尺，遠意駐蓬瀛。〔孫曰〕蓬萊、瀛洲，海中山名。此海石榴也，故有蓬瀛之句。月寒空堦曙，幽夢綵雲生。糞壤擢珠樹，〔一〕〔韓曰〕列子：渤海之東，有大壑焉。其中有五山，珠玕之樹叢生。博物志：三珠樹生赤水之上。莓苔插瓊英。〔孫曰〕詩：尚之以瓊英乎而。注云：瓊英，石似玉者。此言「瓊英」，則瓊玉之英華也。

芳根閟顔色，徂歲爲誰榮？

校勘記

〔一〕糞壤擢珠樹句下注　「有大壑焉」。「大」上原脱「有」字，據世綵堂本及列子湯問補。

戲題堦前芍藥

凡卉與時謝，妍華麗兹晨。欹紅醉濃露，〔一〕窈窕留餘春。孤賞白日暮，〔二〕暄風動摇頻。夜窗藹芳氣，幽卧知相親。願致溱洧贈，〔孫曰〕詩：溱與洧，方涣涣兮，維士與女，伊其相謔，贈之以芍藥。洧，榮美切。悠悠南國人。

校勘記

〔一〕欹紅醉濃露　「欹」，全唐詩作「攲」。按：欹，歎美辭。與「攲」别。説文：凡口出者皆從欠，若吹、欷、歔、歐、歎之類。攲，不齊貌。據詩意，作「攲」近是。

〔三〕孤賞白日暮　「白」原作「自」，據取校諸本改。

始見白髮題所植海石榴樹

幾年封植愛芳叢，韶艷朱顏竟不同。從此休論上春事，看成古木對衰翁。

植靈壽木〔一〕

〔孫曰〕漢書：孔光，平帝時爲太師，賜靈壽杖。孟康曰：扶老杖也。服虔曰：靈壽，木名。師古曰：木似竹，有枝節，長不過八九尺，圍三四寸，自合杖制，不須削治。

白華鑒寒水，〔二〕怡我適野情。前趨問長老，重復欣嘉名。蹇連易衰朽，〔孫曰〕易：往蹇來連。連，難也。力善切。方剛謝經營。〔孫曰〕詩：旅力方剛，經營四方。敢期齒杖賜？〔孫曰〕周禮：共王之齒杖。注云：王所以賜老者之杖。聊且移孤莖。叢萼中競秀，分房外舒英。柔條乍反植，勁節常對生。循翫足忘疲，稍覺步武輕。安能事翦伐，〔韓曰〕詩：蔽芾甘棠，勿翦勿伐。持用資徒行。〔童曰〕論語：以吾從大夫之後，不可徒行也。

校勘記

〔一〕植靈壽木題下注　「孔光，平帝時爲太師」。「平帝」原作「明帝」，據世綵堂本及漢書卷八一孔光傳改。

〔二〕白華鑒寒水　「鑒」，詁訓本及全唐詩作「照」。

自衡陽移桂十餘本植零陵所住精舍

〔韓曰〕精舍，謂永州龍興寺也。公至永州時，卽居此寺。後四五年則居愚溪矣。

謫官去南裔，〔童曰〕裔，邊也。清湘繞靈岳。〔孫曰〕靈岳，謂衡山也。衡山爲南岳。晨登蒹葭岸，霜景霽紛濁。離披得幽桂，芳本欣盈握。火耕困煙燼，〔孫曰〕火耕，卽畬田也。漢武帝紀：江南之地，火耕水耨。應劭曰：燒草下水種稻。草與稻并生，高七八寸，因芟去，復下水灌，草死，獨稻長，所謂火耕水耨。薪採久摧剥。道旁且不顧，〔一〕岑嶺況悠邈。傾筐壅故壤，棲息期鸞鷟。〔童曰〕鸞與鸑鷟也。鷟，仕角切。路遠清涼宮，〔二〕一雨悟無學。〔三〕〔韓曰〕月中名廣寒清虚之府。清涼宮，指月而言也。謂月中有仙桂而清涼，此桂樹得一雨而霑澤之，則亦敷榮矣，何用學月中耶？南人始珍重，微我誰先覺？芳意不可傳，〔四〕丹心徒自渥。〔童曰〕詩：顔如渥丹。

校勘記

〔一〕道旁且不顧　「顧」，詁訓本作「顧」。吴汝綸柳州集點勘云：「『顧』，疑當作『顧』。」

〔二〕路遠清涼宫　鄭定、世綵堂本注：「『路遠』一作『遠植』。」

〔三〕一雨悟無學　鄭定、世綵堂本注：「『雨悟』一作『悟兩』。」

〔四〕芳意不可傳　「傳」，詁訓本作「得」。

湘岸移木芙蓉植龍興精舍

有美不自蔽，安能守孤根！盈盈湘西岸，秋至風露繁。麗影别寒水，穠芳委前軒。芰荷諒難雜，反此生高原。〔一〕〔韓曰〕蓮花，亦謂之芙蓉。楚辭云「集芙蓉以爲裳」是也。此詩所謂木芙蓉，則今之拒霜花，生於岸際，故云「芰荷諒難雜，反此生高原」。

校勘記

〔一〕反此生高原　吴汝綸柳州集點勘：「『反』，疑爲『及』。」

早梅

早梅發高樹，迥映楚天碧。朔吹飄夜香，繁霜滋曉白。〔一〕欲爲萬里贈，〔韓曰〕「贈」字，本陸凱詩「江南無所有，聊贈一枝春」者也。杳杳山水隔。寒英坐銷落，何用慰遠客？

校勘記

〔一〕繁霜滋曉白 「白」，濟美堂、蔣之翹本作「日」。

南中榮橘柚

〔孫曰〕謝玄暉詩云：南中榮橘柚，寧知鴻鴈飛。

橘柚懷貞質，受命此炎方。〔一〕〔韓曰〕楚辭橘頌：后皇嘉樹，橘徠服兮。受命不遷，生南國兮。王逸云：南國，謂江南也。橘受命於江南，不可移徙。種於北地，則化而爲枳。永州在唐屬江南道，故云。密林耀朱綠，晚歲有餘芳。殊風限清漢，飛雪滯故鄉。攀條何所歎？北望熊與湘。〔童曰〕熊與湘，二山名。

校勘記

〔一〕受命此炎方句下注 「楚辭橘頌」。「橘頌」原作「惜往日章」，據世綵堂本及楚辭改。

紅蕉

〔孫曰〕廣志曰：芭蕉一曰芭苴，或曰甘蕉。

晚英值窮節，緑潤含朱光。以兹正陽色，「陽」，一作「陰」。窈窕凌清霜。遠物世所重，旅人心獨傷。回暉眺林際，戚戚無遺芳。〔一〕「戚戚」，一作「摵摵」。

校勘記

〔一〕戚戚無遺芳句下注　「『戚戚』，一作『摵摵』」。詁訓、蔣之翹本及全唐詩作「摵摵」。吴汝綸柳州集點勘在「摵摵」下注云：「誤『戚戚』，校改。」按：作「摵摵」是。

巽公院五詠

〔韓曰〕巽公，重巽也，居永州龍興寺。集有送巽上人序。〔補注〕筆墨閒録云：退之虢州三堂二十一詠，子厚巽公院五詠，取韻各精切，非復縱肆而作。隨其題覯之，其工可知也。

淨土堂

結習自無始，淪溺窮苦源。〔一〕流形及茲世，始悟三空門。華堂開淨域，〔二〕圖像焕且繁。清泠焚衆香，〔三〕微妙歌法言。〔四〕稽首媿導師，超遥謝塵昏。

曲講堂

寂滅本非斷，文字安可離！曲堂何爲設？高士方在斯。聖默寄言宣，分别乃無知。趣中即空假，名相與誰期？〔五〕顧言絶聞得，忘意聊思惟。

禪堂

發地結菁茆，〔孫曰〕書：包匭菁茆。此云「結菁茆」，謂以菁茆茨屋。團團抱虚白。〔孫曰〕莊子：虚室生白。山花落幽户，中有忘機客。〔補注〕筆墨閒録云：此聯不襯篇名，知是禪室也。涉有本非取，照空不待析。

萬籟俱緣生，窅然喧中寂。〔張曰〕窅，深也。音杳。心境本同如，〔六〕鳥飛無遺跡。

芙蓉亭

新亭俯朱檻，嘉木開芙蓉。清香晨風遠，溽彩寒露濃。瀟洒出人世，低昂多異容。嘗聞色空喻，〔韓曰〕多心經云：色卽是空，空卽是色。造物誰爲工？留連秋月晏，〔七〕迢遞來山鍾。

苦竹橋

危橋屬幽徑，繚繞穿疎林。迸籜分苦節，輕筠抱虛心。俯瞰涓涓流，仰聆蕭蕭吟。差池下煙日，嘲哳鳴山禽。嘲，陟交切。哳，陟轄切。一本作「哳」。諒無要津用，棲息有餘陰。

校勘記

〔一〕淪溺窮苦源　何焯義門讀書記：「『淪溺』一作『論極』。」

〔二〕華堂開淨域　何焯義門讀書記：「『華堂』一作『龍華』。」

〔三〕清泠焚衆香　「泠」原作「冷」，據取校諸本改。

〔四〕微妙歌法言　「微」原作「徽」，據取校諸本改。

〔五〕名相與誰期　「與誰」，詁訓、鄭定、世綵堂本作「誰與」。

〔六〕心境本同如　「境」，鄭定本作「鏡」。世綵堂本注：「『境』一作『鏡』。」「同」，全唐詩作「洞」，疑是。

〔七〕留連秋月晏　「晏」，詁訓本作「夜」。

梅雨

〔孫曰〕四時纂要云：梅熟而雨曰梅雨，江東呼爲黄梅雨。〔補注〕筆墨閒録云：「此詩不減老杜。」

梅實迎時雨，蒼茫值晚春。愁深楚猿夜，夢斷越雞晨。〔孫曰〕莊子：越雞不能伏鵠卵。越雞，小雞。海霧連南極，江雲暗北津。素衣今盡化，非爲帝京塵。〔孫曰〕陸士衡詩：京洛多風塵，素衣化爲緇。謝朓詩云：誰能久京洛，緇塵染素衣。

零陵早春〔一〕

問春從此去，幾日到秦原？憑寄還鄉夢，慇懃入故園。

校勘記

〔一〕零陵早春　何焯義門讀書記："邵武本作『春懷故園』。"

田家三首

〔補注〕筆壘閒録云："田家詩「雞鳴村巷白」云云，又「里胥夜經過」云云，絶有淵明風味。"

蓐食徇所務，〔韓曰〕左氏："秣馬蓐食。"蓐食，晨炊。蓐，音辱。驅牛向東阡。〔孫曰〕阡，謂阡陌。南北曰阡，東西曰陌。雞鳴村巷白，夜色歸暮田。札札耒耜聲，飛飛來烏鳶。竭兹筋力事，持用窮歲年。盡輸助徭役，〔一〕徭，音摇。聊就空自眠。〔二〕子孫日已長，〔三〕世世還復然。

其二

籬落隔煙火，農談四鄰夕。庭際秋蟲鳴，疎麻方寂歷。蠶絲盡輸税，機杼空倚壁。里胥夜經過，雞黍事筵席。各言官長峻，文字多督責。東鄉後租期，車轂陷泥澤。公門少推恕，鞭扑恣狼籍。努力慎經營，肌膚真可惜。迎新在此歲，唯恐踵前跡。

其三

古道饒蒺藜，縈迴古城曲。蓼花被堤岸，陂水寒更渌。是時收穫竟，落日多樵牧。風高榆柳疎，霜重梨棗熟。行人迷去住，野鳥競棲宿。田翁笑相念，昏黑慎原陸。今年幸少豐，無厭饘與粥。饘，諸延切。

校勘記

〔一〕盡輸助徭役　何焯義門讀書記：「『徭役』一作『淫侈』。」

〔二〕聊就空自眠　鄭定、世綵堂本注：「『自』一作『舍』。」

〔三〕子孫日已長　「已」，音辯、詁訓、世綵堂、游居敬本作「以」。

行路難三首

〔韓曰〕三詩意皆有所諷，上篇謂志大如夸父者竟不免渴死，反不若北方之短人，亦足終天年。蓋自謂也。中篇謂人才衆多，則國家不能愛養，逮天下多事，則狼顧而歎無可用之才。蓋言同輩諸公一時貶黜之意也。下篇謂物適其時則無有不貴，及時異事遷，則貴者反賤。蓋言其前日居朝行而今日貶黜之意也。當是貶永州後作也。

君不見，夸父逐日窺虞淵，〔孫曰〕列子：夸父不量力，欲追日景，逐之於隅谷之際。注曰：隅谷，虞淵，日所入處。跳踉北海超崑崙。跳，徒彫切。踉，吕唐切。披霄决漢出沆漭，〔一〕沆，下黨切。漭，母黨切。瞥裂左右遺星辰。〔童曰〕杜子美云：千騎常瞥裂。瞥，匹蔑切。須臾力盡道渴死，〔孫曰〕夸父渴欲飲，走飲河渭。河渭不足，將北走飲大澤，未至，道渴而死。棄其杖，尸膏肉所浸，生鄧林。鄧林彌廣數千里。狐鼠蜂蟻争噬吞。〔二〕北方竫人長九寸，〔三〕〔孫曰〕列子：東北極有人名竫人，長九寸。山海經曰：東海之外有小人國，名曰竫人。竫，疾郢切，又一音争。開口抵掌更笑喧。啾啾飲食滴與粒，〔四〕生死亦足終天年。睢盱大志小成遂，〔五〕睢，許規切。盱，音吁。坐使兒女相悲憐。

其二

虞衡斤斧羅千山，〔孫曰〕周禮：虞衡作山澤之材。注云：虞衡，掌山林之官。掌山澤者謂之虞，掌川林者謂之衡。〔韓曰〕周禮又云：山虞掌山澤之禁令。林衡掌巡林麓之禁令。工命採斫杙與椽。〔六〕〔童曰〕杙，橛。音弋。

深林土剪十取一，百牛連鞅摧雙轅。〔童曰〕鞅，牛羈也。萬圍千尋妨道路，〔童曰〕圍，繞也。東西蹶倒山火焚。遺餘毫末不見保，躪躒磵壑何當存？躪，音吝。躒，音歷。磵，音澗。羣材未成質已夭，突兀㟃豁空巖巒。㟃，許交切。諸韻無從山旁者。唯集韻有「庨」字云。庨豁，宮殿高貌。豁，呼括切。巖，魚咸切。巒，音鸞。柏梁天災武庫火，〔韓曰〕漢武帝太初元年十一月，柏梁臺災。晉惠帝元康五年閏十月，武庫火。累代異寶，一時蕩盡。左氏：人火曰火，天火曰災。匠石狼顧相愁冤。君不見，南山棟梁益稀少，愛材養育誰復論！

其三

飛雪斷道冰成梁，侯家熾炭雕玉房。〔童曰〕雕玉房，以雕玉飾房也。蟠龍吐耀虎喙張，熊蹲豹躑争低昂。〔韓曰〕古者屑炭和作獸形。龍虎熊豹，皆言炭之形也。蹲，音存。躑，直炙切。攢巒叢崿射朱光，崿，五各切。丹霞翠霧飄奇香。美人四向迴明璫，〔童曰〕璫，耳珠。雪山冰谷晞太陽。星躔奔走不得止，奄忽雙燕棲虹梁。風臺露榭生光飾，死灰棄置參與商。〔七〕〔韓曰〕莊子：心若死灰。韓安國曰：死灰獨不然乎？左氏：辰爲商星，參爲晉星，參商，相去之遠也。揚子曰：吾不覩參辰之相比也。王正長雜詩：王事離我志，殊隔過商參。盛時一去貴反賤，桃笙葵扇安可當！〔八〕〔集注〕東坡云：不知桃笙爲何物，偶閱方言，簞，宋、魏之間謂之笙，乃悟桃笙，以桃竹爲簞也。梁簡文帝答湘南王獻簞書云：五離九折，出桃枝之翠筍。乃謂桃枝竹簞也。桃竹出巴、渝間，杜子美有桃竹杖歌。詩話云：余按唐萬年尉段公路北户録云：瓊州紅籐簞，方言謂之笙，或曰𥲤篨，亦曰行唐。沈約奏彈歙令仲文秀恣横云：令吏輸六尺笙四十領。何東坡忘此耶？又左思太冲吳都賦云：桃笙象簞，韜於筒中。注云：桃笙，桃枝簞也。吳人謂簞爲笙。劉夢得亦有詩云：蕙風香麈尾，月露濡桃笙。葵扇，出晉謝安傳：安鄉人有蒲葵扇五萬，安乃取其中者捉之。京師士庶競市，價增數倍。

校勘記

〔一〕披霄決漢出沆漭　何焯義門讀書記：「『決』疑『抉』。」

〔二〕狐鼠蜂蟻爭噬吞　世綵堂本注：「『蜂』，一作『螻』。」

〔三〕北方竫人長九寸句下注　「東海之外有小人國」。「人國」原作「山人」，據山海經大荒東經改。

〔四〕啾啾飲食滴與粒　何焯義門讀書記：「『啾啾』作『啾嘍』。」

〔五〕睢盱大志小成遂　「小」，四部叢刊本樂府詩集柳宗元行路難作「少」。何焯校本改「小」爲「少」，疑是。

〔六〕工命採斫杙與椽　鄭定、世綵堂本注：「『杙與』，一作『戕爲』。」何焯義門讀書記：「『杙與』作

『戕爲』。」

〔七〕死灰棄置參與商句下注「王正長雜詩」，「正」原作「志」；「殊隔過商參」，「商參」原作「參商」，據文選王正長雜詩改。按：文選李善注：臧榮緒晉書云，王瓚字正長。

〔八〕桃笙葵扇安可當「當」，樂府詩集柳宗元行路難作「常」。音辯本注及何焯義門讀書記：「『當』合作『常』。」按：聯繫上句詩意，作「常」近是。句下注「梁簡文帝答湘南王獻簟書云」。「簡文」下原脫「帝」字，據詁訓本補。按：查全梁文，此題作「答南平嗣王餉舞簟書」。又「余按唐萬年尉段公路北户録云」。「户」原作「方」，據新唐書卷五八藝文志改。

聞籍田有感

〔孫曰〕元和五年十月，憲宗詔來年正月十六日東郊籍田，敕有司修撰儀注。

天田不日降皇輿，〔一〕〔韓曰〕張衡東京賦云：躬三推於天田，修帝籍之千畝。〔孫曰〕楚辭：恐皇輿之敗績。皇輿，天子車也。留滯長沙歲又除。〔孫曰〕賈誼貶長沙王傅，公以誼況己也。宣室無由問釐事，〔孫曰〕後歲餘，文帝思賈誼，徵之至。入見，上方受釐，坐宣室。上因感鬼神事，而問鬼神之本。誼具道所以然之故。釐，祭餘肉也。釐音禧。周南何處託成書？〔孫曰〕司馬遷自敍：太史公留滯周南。執遷手泣曰：「今天子封泰山，而余不得從行，是命也夫！汝爲太史，無忘吾所欲論著矣！」元和五年十月，憲宗詔來年正月十六日東郊籍田，敕有司修撰儀注，公自言留滯永州，如太史公之不得從行也。

校勘記

〔一〕天田不日降皇輿句下注「修帝籍之千畝」。「之」原作「於」，據文選張平子東京賦改。

跂烏詞

〔孫曰〕跂，舉一足也。〔韓曰〕此詞及下籠鷹、放鷓鴣，皆以自況。

城上日出羣烏飛，鵶鵶争赴朝陽枝。〔韓曰〕鵶鵶，烏聲。詩：梧桐生矣，于彼朝陽。朝陽，日初出處。刷毛伸翼和且樂，爾獨落魄今何爲？〔張曰〕落魄，不檢也，又不得志貌。魄，音託，又音旁各切。無乃慕高近白日，〔一〕三足妬爾令爾疾？〔孫曰〕五經通義云：日中有三足烏。〔韓曰〕春秋元命包云：日中有三足烏。無乃飢啼走路旁，貪鮮攫肉人所傷？〔二〕〔孫曰〕漢書：黄霸爲潁川太守，嘗欲有所司察，擇長年廉吏遣行，屬令周密。吏出，不敢舍郵亭，食於道旁，烏攫其肉。翹肖獨足下叢薄，〔三〕〔孫曰〕莊子：肖翹之物。獨足，一足也。口銜低枝始能躍。還顧泥塗備螻蟻，仰看棟梁防燕雀。左右六翮利如刀，〔四〕〔孫曰〕揚子：鷦鵬沖天，不在六翮乎？踊身失勢不得高。支離無趾猶自免，〔五〕〔韓曰〕莊子：支離疏者。上有大役，則支離以有常疾不受功；上與病者粟，則受三鍾與十束薪。夫支離其形者，猶足以養其身，終其天年，又況支離其德者乎？又，魯有兀者叔山無趾，踵見仲尼，曰：「吾唯不知務而輕用吾身，吾是以亡足。今吾來也，猶有尊足者存，吾是以務全之也。」努力低飛逃後患。

校勘記

〔一〕無乃慕高近白日　「近」，詁訓本作「競」。

〔二〕貪鮮攫肉人所傷句下注　「嘗欲有所司察，擇長年廉吏遣行，屬令周密」。「司」原作「伺」，「吏」上原脱「廉」字，「行」下原脱「屬令周密」四字，據漢書卷八九循吏傳黄霸傳改補。

〔三〕翹肖獨足下叢薄　「翹肖」，音辯本作「肖翹」。按：莊子胠篋有「肖翹之物」句，作「肖翹」近是。

〔四〕左右六翮利如刀句下注　「鶬鴰沖天，不在六翮乎」。「鴰」原作「鵬」，「在」原作「任」，據揚子法言寡見改。

〔五〕支離無趾猶自免句下注　「夫支離其形者，猶足以養其身，終其天年，又況支離其德者乎」。「身」原作「生」，上脱「其」字，下脱「終其天年又況支離其德者乎」十一字，據莊子人間世改補。「踵見仲尼」。「見」上原脱「踵」字，據莊子德充符補。「吾是以亡足」。「是」原作「足」，「足」原作

「是」，據詁訓、世綵堂、濟美堂、蔣之翹本及莊子德充符改。

籠鷹詞

淒風淅瀝飛嚴霜，〔韓曰〕秋風曰淒風。淅瀝，風聲。蒼鷹上擊翻曙光。雲披霧裂虹蜺斷，霹靂掣電捎平岡。〔一〕〔韓曰〕傅玄蜀都賦曰：鷹則流星曜景，奔電飛光。掣，挽也。尺裂切。砉然勁翮剪荆棘，〔孫曰〕砉然，羽翮之聲。莊子：砉然嚮然。砉，呼鶪切，又霍虢、呼歷二切。下攫狐兔騰蒼茫。爪毛吻血百鳥逝，〔二〕獨立四顧時激昂。炎風溽暑忽然至，〔三〕〔童曰〕月令：季夏之月，土潤溽暑。羽翼脱落自摧藏。草中狸鼠足爲患，一夕十顧驚且傷。但願清商復爲假，〔韓曰〕孟秋之月，涼風至，則鷹乃祭鳥也。拔去萬累雲間翔。「累」，一作「里」。

校勘記

〔一〕霹靂掣電捎平岡句下注　「鷹則流星曜景」。「曜」原作「擢」，據詁訓本及傅玄蜀都賦改。「奔電飛光」。「電」原作「雷」，據詁訓、世綵堂、濟美堂、蔣之翹本及傅玄蜀都賦改。

〔二〕爪毛吻血百鳥逝　「百」，詁訓本作「衆」。

〔三〕炎風溽暑忽然至句下注「季夏之月」。「季」原作「孟」，據詁訓本及禮記月令改。

放鷓鴣詞

楚越有鳥甘且腴，嘲嘲自名爲鷓鴣。〔集注〕鷓鴣，鳥名，出南越。其鳴自呼，南飛不北。徇媒得食不復慮，〔孫曰〕媒，謂所以致鷓鴣者。機械潛發罹罝罦。〔童曰〕罝罦，網也。罝，音嗟。罦，音孚。羽毛摧折觸籠籞，音語。煙火煽赫驚庖厨。鼎前芍藥調五味，〔一〕〔孫曰〕司馬相如賦：芍藥之和具而後御之。芍藥，香藥。膳夫攘腕左右視。齊王不忍觳觫牛，〔韓曰〕孟子：齊宣王坐於堂上，有牽牛而過堂下者，曰：「將以釁鐘。」王曰：「吾不忍其觳觫，若無罪而就死地。」簡子亦放邯鄲鳩。〔二〕〔孫曰〕列子：邯鄲之民以正月之旦獻鳩於簡子，簡子厚賞之。客問其故，簡子曰：「正旦放生，示有恩也。」〔韓曰〕孔叢子亦曰：「元日有人獻鳩於簡子，簡子厚賞之，而放其鳩。」邯鄲，趙地。二子得意猶念此，「二子」，他本作「二君」，或又作「二臣」。況我萬里爲孤囚？破籠展翅當遠去，同類相呼莫相顧。〔補注〕筆墨閒録云：蓋以自況其欲遠儔類也。

校勘記

〔一〕鼎前芍藥調五味句下注「芍藥之和具而後御之」。「御」下原脱「之」字，據詁訓本及漢書卷五七上司馬相如傳引子虛賦補。

〔二〕簡子亦放邯鄲鳩句下注「邯鄲之民以正月之旦獻鳩於簡子」。「獻」上原脱「以正月之旦」五字，據列子説符補。

龜背戲

〔韓曰〕其制不可詳，觀詩意，乃亦博棋之類爾。〔孫曰〕狀如龜背，因以爲名。

長安新技出宫掖，喧喧初徧王侯宅。玉盤滴瀝黄金錢，皎如文龜麗秋天。〔童曰〕麗，著也。易云：日月麗乎天。八方定位開神卦，六甲離離齊上下。投變轉動玄機卑，星流霞破相參差。四分五裂勢未已，出無入有誰能知？乍驚散漫無處所，須臾羅列已如故。徒言萬事有盈虚，終朝一擲知勝負。〔韓曰〕劉毅家無儋石之儲，樗蒲一擲百萬。脩門象棋不復貴，〔孫曰〕楚辭招魂章：魂兮歸來，入脩門些。又云：菎蔽象棋，有六博些。注：脩門，郢城門。一本作「循門」，非是。魏宫粧奩世所棄。〔孫曰〕世説：彈棋始自魏宫内粧奩之戲，文帝於此技特妙，能用手巾角拂之。豈如瑞質耀奇文，願持千歲壽吾君。〔孫曰〕史記：龜千年遊蓮葉之上。廟堂巾笥非余慕，〔韓曰〕莊子：楚有神龜，死已三千歲矣，王巾笥而藏之廟堂之上。錢刀兒女徒紛紛。錢刀，見上白蘘荷詩注。

聞黄鸝

〔孫曰〕黄鸝，卽倉庚也。一名摶黍。

倦聞子規朝暮聲，〔孫曰〕子規，卽鶗鴂，一名杜鵑。不意忽有黄鸝鳴。一聲夢斷楚江曲，滿眼故園春意生。〔補注〕苕溪詩話云：感物懷土，不盡之意，備見於此兩句中，不在多也。一本「意生」作「草緑」。目極千里無山河，一本「目極」作「故園」。麥芒際天摇青波。王畿優本少賦役，務閑酒熟饒經過。此時晴煙最深處，舍南巷北遥相語。翩日迥度昆明飛，〔孫曰〕昆明，池名。凌風邪看細柳翥。〔一〕〔童曰〕翥，飛舉也。章恕切。我今誤落千萬山，身同傖人不思還。〔韓曰〕傖，楚人别種。音助耕切。鄉禽何事亦來此，令我生心憶桑梓。〔二〕〔韓曰〕詩：維桑與梓，必恭敬止。閉聲迴翅歸務速，西林紫椹行當熟。〔孫曰〕説文：椹，桑實也。詩：食我桑椹，懷我好音。椹，食荏切。

校勘記

〔一〕凌風邪看細柳翥　「邪」，詁訓、世綵堂本作「斜」。

〔二〕令我生心憶桑梓　「生心憶桑梓」，音辯、游居敬本作「心憶桑梓間」。吴汝綸柳州集點勘在「令我心憶桑梓間」句下注：「『心』上校增『生』字，删『間』字。」是。

渾鴻臚宅聞歌效白紵

〔孫曰〕白紵，古歌詞名。起於吴地，疑爲吴曲。

翠帷雙卷出傾城，〔韓曰〕漢書：李延年歌曰：北方有佳人，絶世而獨立。一顧傾人城，再顧傾人國。龍劍破匣霜月明。〔韓曰〕龍泉、太阿，皆劍名也。龍藻，亦劍光彩也。晉雷煥得寶劍，入水，化爲龍而去。朱脣掩抑悄無聲，金簧玉磬宫中生。〔韓曰〕笙有十三簧，象鳳之身。吕氏春秋曰：堯命夔拊石擊石，象上帝玉磬之音，以舞百獸。下沉秋火激太清，〔一〕天高地迥凝日晶。子丁切。羽觴蕩漾何事傾？〔二〕〔韓曰〕宋玉招魂：瑤漿蜜勺，實羽觴些。

校勘記

〔一〕下沉秋火激太清　「火」，音辯、詁訓、世綵堂、游居敬本作「水」。蔣之翹本作「火」，并注云：「詩：七月流火。注：心星也。」

〔二〕羽觴蕩漾何事傾句下注　「瑤漿蜜勺，實羽觴些」。「觴」下原脱「些」字，據詁訓本及楚辭宋玉招魂補。

楊白花〔一〕

〔孫曰〕南史：楊白花，武都仇池人。少有勇才，容貌瓌偉，魏胡太后逼幸之。白花懼禍，會父大眼卒，白花擁部曲南奔於梁。太后追思不已，爲作楊白花歌，使宫人晝夜連臂蹋足歌之，聲甚悽斷。楊白花位至太子左衛率。〔補注〕許彦周詩話曰：子厚樂府楊白花，言婉而情深，古今絶唱也。

楊白花，風吹渡江水。坐令宫樹無顔色，摇蕩春光千萬里。茫茫曉日下長秋，〔二〕〔孫曰〕長秋，皇后宫。哀歌未斷城鴉起。〔三〕

校勘記

〔一〕楊白花題下注　「魏胡太后逼幸之」。「胡」上原脱「魏」字，據南史卷六三王神念傳補。「使宫人晝夜連臂蹋足歌之」。「足」原作「蹄」，據梁書卷三九王神念傳附楊華傳改。

〔二〕茫茫曉日下長秋　「秋」，全唐詩注：「一作『林』。」

〔三〕哀歌未斷城鴉起　「城」，詁訓本作「晨」。

漁翁

〔補注〕東坡云：詩以奇趣爲宗，反常合道爲趣。熟味此詩有奇趣。然其尾兩句，雖不必亦可。

漁翁夜傍西巖宿，〔韓曰〕集中有西山宴游記。西巖，卽西山也。曉汲清湘燃楚竹。煙銷日出不見人，欸乃一聲山水淥。〔一〕〔補注〕山谷嘗書元次山欸乃曲，云：欸，音媼。乃，音靄。湘中棹歌聲。子厚漁父詞有「欸乃一聲山水淥」之句，誤書「欵欠」，後生多承誤，妄用之，可笑。苕溪漁隱曰：又元次山集欸乃曲注云：欸，音襖。乃，音靄。棹船之聲。洪駒父詩話謂欸音靄，乃音襖。遂反其音，是不曾看次山集及山谷碑而妄爲之音耳。迴看天際下中流，巖上無心雲相逐。〔二〕〔韓曰〕陶淵明歸去來辭：雲無心以出岫。

校勘記

〔一〕欸乃一聲山水淥　「欸」原作「欵」，據蔣之翹本及全唐詩改。按：欸乃，是棹船戛軋之聲。作「欸」是。　「淥」，世綵堂、濟美堂、蔣之翹本及全唐詩作「緑」。　句下注「湘中棹歌聲」，「棹」原作「節」，據音辯、世綵堂、濟美堂、蔣之翹本改。

〔二〕巖上無心雲相逐句下注　「雲無心以出岫」。「以」原作「而」，據詁訓本及陶淵明歸去來辭改。

飲酒

〔補注〕筆墨閒録云：飲酒詩絶似淵明。

今旦少愉樂，〔一〕起坐開清樽。舉觴酹先酒，本注云：始爲酒者也。酹，音耒。先，息見切。遺我驅憂煩。〔二〕須臾心自殊，頓覺天地暄。連山變幽晦，淥水函晏温。〔三〕藹藹南郭門，〔韓曰〕集有與楊誨之書云：「吾待子郭南亭上」，而此云「南郭門」，亦永州也。樹木一何繁。清陰可自庇，竟夕聞佳言。盡醉無復辭，偃卧有芳蓀。彼哉晉楚富，〔四〕〔孫曰〕孟子：曾子曰：晉楚之富，不可及也，彼以其富，我以吾仁。此道未必存。〔五〕

校勘記

〔一〕今旦少愉樂　「旦」，全唐詩作「夕」。

〔二〕遺我驅憂煩　「遺」，世綵堂、濟美堂、蔣之翹本及全唐詩作「爲」，近是。

〔三〕淥水函晏温　「淥」，世綵堂、濟美堂、蔣之翹本及全唐詩作「緑」。

〔四〕彼哉晉楚富句下注　「曾子曰：晉楚之富」。「晉」上原脱「曾子曰」三字，據孟子公孫丑下補。

〔五〕此道未必存　「必」，詁訓本作「嘗」。

讀書

幽沉謝世事，俛默窺唐虞。上下觀古今，起伏千萬途。遇欣或自笑，感戚亦以吁。縹帙各舒散，〔童曰〕縹，帛青白色。疋沼切。前後互相逾。〔一〕瘴痾擾靈府，日與往昔殊。臨文乍了了，徹卷兀若無。〔二〕〔韓曰〕集有與許京兆書云：「往時讀書，自以不至底滯，今皆頑然無復省錄。每讀古人一傳，數紙已後，則再三伸卷，復觀姓氏，旋又廢失。」卽此所謂「徹卷兀若無」者也。竟夕誰與言？「竟」字今本多誤作「競」。但與竹素俱。〔韓曰〕選張景陽雜詩：游思竹素園。注：竹素，皆古人所用書，文言「游思」，古人典籍也。倦極更倒臥，〔三〕熟寐乃一蘇。欠伸展肢體，〔韓曰〕禮記：君子欠伸撰杖屨。吟咏心自愉。得意適其適，非願爲世儒。道盡卽閉口，蕭散捐囚拘。巧者爲我拙，智者爲我愚。書史足自悅，安用勤與劬？貴爾六尺軀，勿爲名所驅！

校勘記

〔一〕前後互相逾　世綵堂本注：「『前後』一作『得失』。」

〔二〕徹卷兀若無句下注「集有與許京兆書」。「許」原作「楊」，據詁訓本及本書卷三〇寄許京兆孟容書改。

〔三〕倦極更倒臥 「更」，全唐詩作「便」。世綵堂本注：「『更』一作『便』。」

感遇二首

〔韓曰〕永州作也。

西陸動涼氣，〔孫曰〕昭四年左氏：日在北陸而藏冰，西陸朝覿而出之。陸，道也。驚烏號北林。棲息豈殊性，集枯安可任！〔一〕〔孫曰〕晉語云：暇豫之吾吾，不如鳥烏。人皆集於苑，己獨集於枯。「集」，一作「棲」。鴻鵠去不返，勾吳阻且深。〔二〕「吳」，一作「昊」。〔韓曰〕月令：孟春之月，其帝太昊，其神勾芒。徒嗟日沉湎，丸鼓騖奇音。〔三〕〔孫曰〕漢書史丹傳：元帝留好音樂，或置鼙鼓殿下，天子自臨軒檻上，隤銅丸以擿鼓，聲中嚴鼓之節。東海久搖蕩，南風已駸駸。〔童曰〕駸，馬行疾。七林切。坐使青天暮，小星愁太陰。〔孫曰〕詩：嘒彼小星，三五在東。太陰，月也。衆情嗜姦利，居貨捐千金。〔四〕〔孫曰〕史記呂不韋傳：奇貨可居。危根一以振，齊斧來相尋。〔五〕〔孫曰〕漢書引易：喪其齊斧。齊斧，利斧。齊，側皆切。攬衣中夜起，攬，音覽。一作「擥」。感物涕盈襟。微霜衆所踐，誰念歲寒心？

其二

旭日照寒野，鷽斯起蒿萊。〔孫曰〕詩：弁彼鷽斯，歸飛提提。注云：鷽，卑居。卑居，雅烏也。小而多羣，腹下白。鷽，音豫。啁啾有餘樂，飛舞西陵隈。迴風旦夕至，〔韓曰〕爾雅：迴風曰飄。零葉委陳荄。音陔。所棲不足恃，鷹隼縱横來。

校勘記

〔一〕集枯安可任　「集」，詁訓本作「棠」。句下注「不如烏烏」。「烏」原作「鳥」，據世綵堂、濟美堂、蔣之翹本及國語晉語改。

〔二〕鴻鵠去不返勾吴阻且深句下注　「孟春之月，其帝太昊，其神勾芒」。按：此注與正文不切。何焯義門讀書記：「『鴻鵠高飛，一舉千里』，高祖楚歌之詞。勾吴，則泰伯也。」史記卷三一吴太伯世家：「太伯之奔荆蠻，自號勾吴。」集解宋忠曰：「勾吴，太伯始所居地名。」詩中「勾吴」，似指地名。

〔三〕丸鼓鶩奇音句下注　「隤銅丸以擿鼓」。「擿」原作「撾」，據詁訓本及漢書卷八二史丹傳改。

〔四〕居貨捐千金　「捐」，音辯、游居敬本作「損」。吴汝綸柳州集點勘注：「『損』，『捐』誤。」

〔五〕齊斧來相尋句下注 「漢書引易：喪其齊斧」。按：漢書卷九九下王莽傳：「此經所謂『喪其齊斧』者也！」易巽卦上九爻辭作「喪其資斧」。經典釋文曰：「子夏傳及衆家并作『齊斧』。」

詠史

燕有黃金臺，〔孫曰〕上谷郡圖經曰：黃金臺在易水東南十八里。燕昭王置千金於臺上，以延天下之士。遠致望諸君。〔韓曰〕望諸君，樂毅也。嗛嗛事强怨，〔孫曰〕晉語：嗛嗛之德，不足就也。嗛嗛之食，不足狃也。注云：嗛嗛，猶小小。嗛，音歉，口玿切。三歲有奇勳。〔韓曰〕史記：燕昭王以子之之亂而齊大敗燕，昭王怨齊，未嘗一日而忘報齊也。樂毅爲魏使燕，因委質爲臣。昭王以毅爲上將軍伐齊，下齊七十餘城，皆爲郡縣。悠哉闢疆理，東海漫浮雲。寧知世情異，嘉穀坐熇焚。〔孫曰〕昭王卒，子惠王立。齊田單縱反間於燕曰：「齊之所忌，唯患他將之來。」惠王乃使騎劫代將，而召樂毅。毅畏誅，遂西降趙。趙封毅於觀津，號曰望諸君。熇，呼堯切。致令委金石，誰顧蠢蠕羣。蠢，尺尹切。蠕，而尹切。風波歘潛構，歘，許勿切。遺恨意紛紜。豈不善圖後，交私非所聞。爲忠不内顧，晏子亦垂文。

詠三良

〔孫曰〕文六年左氏：秦伯任好卒，以子車氏之三子奄息、仲行、鍼虎爲殉，皆秦之良也。〔韓曰〕詩黄鳥，哀三良也。國人刺穆公以人從死而作是詩。疏云：秦本紀云，穆公卒，葬於雍，從死者百七十人。然則死者多矣。主傷善人，故言哀三良也。

束帶值明后，顧盼流輝光。〔一〕一心在陳力，鼎列夸四方。〔孫曰〕鼎列，鼎足而列也。款款効忠信，恩義皎如霜。生時亮同體，死没寧分張？壯軀閉幽隧，猛志填黄腸。〔二〕〔韓曰〕漢書霍光傳：賜光梓宫、便房、黄腸題湊各一具。蘇林曰：以柏木黄心致累棺外，故曰黄腸。殉死禮所非，〔孫曰〕禮記：子車死於衛，其妻與其家大夫謀以殉葬。陳子亢曰：「以殉葬，非禮也。」況乃用其良？〔補注〕東坡作秦穆公墓篇則云：「昔公生不誅孟明，豈有死之日而忍用其良？乃知三子殉公，意亦猶齊之二子從田横。古人感一飯尚能殺其身，今人不復見此等，乃以所見疑古人。」云云。霸基弊不振，晉楚更張皇。疾病命固亂，魏氏言有章。〔三〕〔孫曰〕宣十五年左氏：魏武子有嬖妾，無子。武子疾，命其子顆必嫁是。疾病，則曰「必以爲殉」。及卒，顆嫁之。曰：「疾病則亂，吾從其治也。」從邪陷厥父，吾欲討彼狂。〔四〕〔孫曰〕彼狂，謂穆公子康公也。一作「彼康」。

校勘記

〔一〕顧盼流輝光　「盼」原作「眄」，據詁訓本及全唐詩改。按：眄，怒視。盼，顧盼。作「盼」是。

〔二〕猛志填黄腸句下注　「賜光梓宮、便房、黄腸題湊各一具」。「光」下原脱「淬宫便房」四字，據漢書卷六八霍光傳補。「以柏木黄心致累棺外」。「棺」下原脱「外」字，據霍光傳蘇林注補。

〔三〕魏氏言有章句下注　「則曰『必以爲殉』」。「以」上原脱「必」字，據詁訓、世綵堂、濟美堂、蔣之翹本及左傳宣公十五年補。

〔四〕吾欲討彼狂　「狂」，詁訓本作「康」。

詠荆軻

燕秦不兩立，太子已爲虞。〔孫曰〕燕太子丹謂其太傅鞠武曰：「且燕、秦不兩立，願太傅圖之。」鞠武乃薦田光於太子。光言荆軻可用。千金奉短計，匕首荆卿趨。〔孫曰〕荆軻曰：樊將軍，秦購之金千斤，邑萬家，誠得樊將軍首獻秦王，秦王必悦，臣乃得有以報。太子豫求天下之利匕首，得趙人徐夫人匕首，取之百金，裝爲遣荆軻。窮年徇所欲，兵勢且見屠。微言激幽憤，怒目辭燕都。朔風動易水，揮爵前長驅。〔孫曰〕荆軻將入秦，至易水之上，爲歌曰：風蕭蕭兮易水寒，壯士一去兮不復還。函首致宿怨，獻田開版圖。〔孫曰〕荆軻斬樊於期之首，及獻燕督亢之地圖，函封以入于秦。炯然耀電光，掌握罔正夫。〔一〕「正」，一作「匹」。造端何其鋭，臨事竟趑趄。長虹吐白日，〔孫曰〕漢書：鄒陽曰：「荆軻慕燕丹之義，白虹貫日，太子畏之。」蒼卒反受誅。〔韓曰〕秦王見燕使者咸陽宮。發圖，圖窮而匕首見。荆軻因左手把其袖，而右手持匕首揕之。秦王驚，自引起。軻逐秦王。時侍醫夏無且以其所奉藥囊提荆軻，秦王拔劍斷之，斷其右股。於是左右前斬荆軻。按劍赫憑怒，風雷助號呼。慈父斷子首，狂走無容軀。〔二〕〔孫曰〕荆軻既死，秦王大怒，詔王翦伐燕，代王嘉乃遺燕王喜書曰：秦所以追尤燕急者，以太子丹故也。今誠殺丹獻之秦王，秦兵必解。其後秦將李信追丹，丹匿衍水中，燕王乃斬丹獻之。後五年，秦卒滅燕。夷城芟七族，〔孫曰〕鄒陽又云：荆軻揕七族，要離燔妻子。臺觀皆焚汚。始期憂患弭，卒動災禍樞。秦皇本詐力，事與桓公殊。奈何效曹子，曹沫事見佩韋賦注。實謂勇且愚。世傳故多謬，〔三〕太史徵無且。〔韓曰〕太史公曰：「世言荆軻傷秦王，非也。始公孫季功、董生與夏無且遊，具知其事，爲余道之如是。」且，子余切。

校勘記

〔一〕掌握罔正夫句下注　「『正』一作『匹』」。按：匹夫，似指秦始皇。據詩意，疑作「匹」是。

〔二〕狂走無容軀句下注　「代王嘉乃遺燕王喜書曰」。「嘉」原作「喜」，「燕王」下原脱「喜」字，據史記卷八六刺客列傳荆軻傳改補。

〔三〕世傳故多謬「故」，詁訓本作「固」。

掩役夫張進骸

〔補注〕詩眼云：公哭呂衡州詩，足以發明呂溫之俊偉；哭凌員外詩，書盡凌準平生；掩役夫張進骸，既盡役夫之事，又反覆自明其意。此一篇筆力規模，不減莊周、左丘明。

生死悠悠爾，一氣聚散之。偶來紛喜怒，奄忽已復辭。爲役孰賤辱？爲貴非神奇。一朝纊息定，〔一〕〔孫曰〕喪大記：屬纊以俟絶氣。纊，今之新綿，易動摇，置之口鼻之上，以爲候。枯朽無妍媸。生平勤皁櫪，剉秣不告疲。〔二〕〔孫曰〕詩：乘馬在廐，摧之秣之。既死給槥櫝，〔三〕〔韓曰〕高祖紀：令士卒從軍死者爲槥。服虔曰：音衞。應劭曰：小棺也。今謂之櫝。舊本皆作「轊櫝」。轊，乃車軸頭也，非是。葬之東山基。奈何值崩湍，蕩析臨路垂。髐然暴百骸，〔童曰〕髐，髑髏貌。古堯切。「骸」，一作「體」。散亂不復支。從者幸告余，從，才用切。睠之涓然悲。猫虎獲迎祭，〔韓曰〕禮記：古之君子，使之必報之。迎猫，爲其食田鼠也；迎虎，爲其食田豕也，迎而祭之也。犬馬有蓋帷。〔孫曰〕禮記：仲尼之畜狗死，使子貢埋之，曰：吾聞之也，敝帷不棄，爲埋馬也；敝蓋不棄，爲埋狗也。佇立唁爾魂，豈復識此爲？畚鍤載埋瘞，〔孫曰〕瘞，亦埋也。於計切。溝瀆護其危。我心得所安，不謂爾有知。掩骼著春令，〔韓曰〕月令：孟春之月，掩骼埋胔。骼，各百切。茲焉適其時。及物非吾輩，〔四〕一作「事」。聊且顧爾私。

校勘記

〔一〕一朝纊息定句下注　「屬纊以俟絶氣」。「絶」下原脱「氣」字，據禮記喪大記補。

〔二〕剉秣不告疲　「剉」，詁訓本作「摧」。世綵堂本注：「『剉』一作『莝』。」按：剉，折傷。莝，斬芻，即鍘碎芻草。作「莝」或「摧」是。句下注「摧之秣之」。「摧」原作「剉」，據詩小雅甫田之什改。按：該詩鄭箋：「『摧』，今『莝』字也。」

〔三〕既死給槥櫝句下注　「令士卒從軍死者爲槥」。「士」上原脱「令」字，「軍」下原脱「死」字，據漢書卷一下高帝紀補。

〔四〕及物非吾輩句下注　「一作『事』」。蔣之翹本及全唐詩作「事」。按：「吾事」與下句「爾私」相對，作「事」近是。

省試觀慶雲圖詩

晏元獻家本有此詩，今附于此。〔韓曰〕公貞元五年舉進士第，此詩九年所作也。

設色初成象，〔一〕卿雲示國都。〔韓曰〕慶雲，一曰卿雲。見西京雜記。九天開祕祉，〔二〕百辟贊嘉謨。抱日依龍衮，非煙近御爐。〔三〕〔補注〕史記天官書：若煙非煙，若雲非雲，郁郁紛紛，蕭索輪囷，是謂卿雲。又瑞應圖曰：非氣非煙，五色氛氳，謂之慶雲。高標連汗漫，向望接虛無。〔四〕裂素榮光發，〔五〕舒華瑞色敷。恒將配堯德，〔韓曰〕史記稱堯曰：就之如日，望之如雲。垂慶代河圖。

校勘記

〔一〕設色初成象　「初」，英華作「方」，全唐詩作「既」。

〔二〕九天開祕祉　「祕祉」，英華作「秘旨」。

〔三〕非煙近御爐句下注　「是謂卿雲」。「卿」原作「慶」，據史記卷二七天官書改。

〔四〕向望接虛無　「向」，英華作「迥」，全唐詩、何焯校本作「迥」。按：作「迥」是。「迥望」即遠望之意，與上句「高標」正相對。

〔五〕裂素榮光發　「榮」，英華作「雲」。

春懷故園

九扈鳴已晚，〔一〕說文曰：九扈，農桑候鳥。〔孫曰〕昭十七年左氏：郯子曰：少昊之立，九扈爲九農正，扈民無淫者也。春扈鳻鶞，夏扈竊玄，秋扈竊藍，冬扈竊黄，棘扈竊丹，行扈唶唶，宵扈嘖嘖，桑扈竊脂，老扈鷃鷃。崔豹古今注云：春扈趣民耕種，夏扈趣民耘除，秋扈趣民收斂，冬扈趣民蓋藏，棘扈掌民百藥，行扈晝爲民驅鳥，宵扈夜爲民除獸，桑扈爲竊驅雀，老扈趣民收麥。楚鄉農事春。悠悠故池水，空待灌園人。〔集注〕於陵子辭卿相而桔槔灌園。戴宏爲河間相，自免歸而灌蔬，以經教授。向秀與吕安灌園山陽，收餘利以供酒食之費。范丹學通三經，常自賃灌園。

校勘記

〔一〕九扈鳴已晚句下注　「說文曰：九扈，農桑候鳥」。按：以上九字原誤刊在「九扈爲九農正」句下，今移于孫注之前。「扈民無淫者也」。「無」原作「不」，據左傳改。「春扈趣民耕種」。「扈」下原衍一「氏」字。又「桑扈爲竊驅雀，老扈趣民收麥」。「桑扈」下原脱「爲竊驅雀老扈」六字。以上均據左傳昭公十七年賈逵注删補。

柳宗元集卷四十四

非國語序〔一〕

〔韓曰〕國語，左丘明所作，其文不主於經，號曰「外傳」。自遭秦火，至漢建安、黄武間，諸儒損益之者不一。公非之之意，於其序見之，大抵欲合於理而已。集中有與吕道州書論非國語云：「身編夷人，名列囚籍，以道之窮也，而施乎事者無日，故乃挽引，强爲小書，以志乎中之所得焉。」又與吴武陵書云：「若國語之説，僕病之久，嘗難言於世俗，今因其閒也而書之。」又云：「伏而不出者累月，方示足下。」書當元和三四年間，公時在永州作。其間載國語斷截不詳者，輒附益之，庶其理易見焉。

左氏國語，其文深閎傑異，固世之所耽嗜而不已也。而其説多誣淫，不概於聖。〔二〕〔孫曰〕揚子：參差不齊，一概諸聖。注云：一以聖人之道概平之。余懼世之學者溺其文采而淪於是非，是不得由中庸一作「是不知得由中庸」。以入堯、舜之道。本諸理，作非國語。

校勘記

〔一〕非國語序題下注　「名列囚籍」，「列」原作「在」。「以志乎中之所得焉」，「乎」原作「其」。據本書卷三一與呂道州論非國語書改。

〔二〕不概於聖句下注　「參差不齊，一概諸聖」。「概」上原脱「一」字，據揚雄法言序補。

非國語上三十一篇

滅密〔一〕此已下周語。

恭王遊於涇上，〔韓曰〕「恭王」，諸本皆作「昭王」，以國語諸本考之，皆作「恭王」。且周之世系，恭王在穆王之後，而昭王在穆王之前，國語之敍亦止自穆王以來，則爲恭王無疑矣。「恭」，史記作「共」，語作「恭」。密康公從，有三女奔之。其母曰：「必致之王。衆以美物歸汝，何德以堪之？小醜備物，終必亡。」康公不獻。一年，王滅密。

非曰：康公之母誠賢耶？則宜以淫荒失度命其子，焉用懼之以數？且以德大而後堪，則納三女之奔者，德果何如？若曰「勿受之」，則可矣。教子而媚王以女，非正也。左氏以滅密徵之，無足取者。

校勘記

〔一〕滅密　按：非國語於每篇之前先引一段國語原文，然後以「非曰」進行批判。諸本節録國語詳略不一，大凡音辯本最簡（游居敬本同），蔣之翹本較詳，詁訓、世綵堂、濟美堂本與百家注本大致相同。本書以底本百家注本爲據，一般不加增删，僅於必要時與國語原書對勘，并出校記。

不藉

宣王不藉千畝。虢文公諫曰：「云云。將何以求福用人？」王不聽。三十九年，戰于千畝，王師敗績于姜氏之戎。〔一〕〔韓曰〕藉，借也，借民力以爲之。天子藉田千畝，諸侯百畝，自厲王流于彘，藉田禮廢。宣王卽位，不復遵古，故虢文公諫之。文公，文王母弟也。「用人」，國語作「用民」也。

非曰：古之必藉千畝者，禮之飾也。其道若曰：吾猶耕云爾。〔二〕一作「吾猶耕乎云爾」。又曰：吾以奉天地宗廟。則存其禮誠善矣。然而存其禮之爲勸乎農也，則未若時使而不奪其力，節用而不殫其財，通其有無，和其鄉閭，則食固人之大急，不勸而勸矣。啓蟄也得其耕，〔孫曰〕左氏傳：啓蟄而郊。注云：啓蟄，建寅之月。時雨也得其種，苗之猥大也得其耘，〔孫曰〕漢書：江皋河瀕，雖有惡種，無不猥大。猥，盛也。實之堅好也得其穫，〔孫曰〕詩：既堅既好，不稂不莠。注云：盡堅好矣，盡齊美矣。京庾得其貯，〔孫曰〕詩：曾孫之庾，如坻如京。京，高丘也。「京庾」，一作「尔庾」。老幼得其養，取之也均以薄，藏之也優以固，則三推之道〔韓曰〕推，進也。禮記：天子三推。推，徒回切。存乎亡乎，皆可以爲國矣。彼之不圖，而曰我特以是勸，則固不可。今爲書者曰：「將何以求福用人？」夫福之求，不若行吾言之大德也；「德」，一作「福」。人之用，不若行吾言之和樂以死也。敗于戎，而引是以合焉，夫何怪而不屬也？又曰「戰于千畝」者，吾益羞之。〔黄曰〕三老五更之禮，教孝意也。三代三恪之立，象賢意也。餼羊不去，告朔意也。明堂不毁，行政意也。耤田之舉，其爲勸率之意深矣。子厚獨曰亡是亦足以爲國，愚恐無逸之書，人主不復聞，農桑之殿最，何以加於守令乎？

校勘記

〔一〕王師敗績于姜氏之戎句下注「文公，文王母弟也」。按：宣王去文王二百餘年，虢文公焉能爲文王母弟？國語韋昭注引「賈侍中云：文公，文王母弟虢仲之後，爲王卿士」。韓注誤。

〔二〕吾猶耕云爾　詁訓本「耕」下無「云」字，蔣之翹本「云」作「耘」。

三川震〔一〕

幽王二年，西周三川皆震。伯陽父曰：「周將亡矣！夫天地之氣，不失其序；若過其序，民亂之也。陽伏而不能出，陰迫而不能蒸，於是有地震。今三川實震，是陽失其所而鎮陰也。陽失而在陰，源必塞。〔二〕源塞，國必亡。若國亡，不過十年，數之紀也。夫天之所棄，不過其紀。」是歲也，三川竭，岐山崩。幽王乃滅，周乃東遷。〔韓曰〕伯陽父，周大夫也。

自「天地之氣」已下新附。

非曰：山川者，特天地之物也。陰與陽者，氣而遊乎其間者也。自動自休，自峙自流，是惡乎與我謀？自鬬自竭，自崩自缺，是惡乎爲我設？彼固有所逼引，而認之者不塞則惑。夫釜鬲而爨者，〔孫曰〕爾雅：鼎欵足者謂之鬲。欵足，曲脚也。鬲，音盲。必涌溢蒸鬱以糜百物；〔童曰〕糜，爛也。畦汲而灌者，必衝盪濆激以敗土石。是特老圃者之爲也，〔三〕一本云「是特老婦老圃者之爲也」。猶足動乎物，又況天地之無倪，〔童曰〕倪，端倪。陰陽之無窮，以澒洞轇轕乎其中，〔四〕〔童曰〕澒，音汞，諸韻皆胡洞切。并云水銀也，無別義。今獨孤及觀海詩：澒洞吞百谷。杜子美詩：澒洞不可掇。杜詩中用澒洞不一。淮南子：澒濛鴻洞，莫知其門。許慎注：澒，讀如項羽之「項」。鴻，讀如子贛之「贛」。洞，讀如同遊之「同」。今按唐人用「澒洞」二字，若出於淮南子，音合依本處注。轇轕，音膠葛。或會或離，或吸或吹，如輪如機，其孰能知之？〔五〕且曰：「源塞，國必亡。」「人乏財用，不亡何待？」〔六〕則又吾所不識也。且所謂者天事乎？抑人事乎？若曰天者，則吾既陳於前矣；人也，則乏財用而取亡者，不有他術乎？而曰是川之爲尤！又曰「天之所棄，不過其紀」。愈甚乎哉！吾無取乎爾也。

校勘記

〔一〕三川震　按：蔣之翹本依國語順序將本篇移至料民篇之後。

〔二〕陽失而在陰源必塞　蔣之翹本及國語周語「源」上有「川」字。

〔三〕是特老圃者之爲也句下注　「一本云『是特老婦老圃者之爲也』」。按：據上文，似有「老婦」二字是。

〔四〕以澒洞轇轕乎其中句下注　「澒洞不可掇」。「掇」原作「絶」，據音辯、鄭定、世綵堂、濟美堂本及杜工部集卷二自京赴奉先縣詠懷五百字改。

〔五〕其孰能知之　詁訓本「孰」下無「能」字。

〔六〕人乏財用不亡何待　按：此亦伯陽父語。

料民

宣王料民于太原，仲山父諫曰：「民不可料也。夫古者不料民而知其少多。王治農于藉，〔一〕蒐于農隙，〔二〕耨獲亦於藉，獮於既烝，狩於畢時，是皆習民數也，又何料焉！不謂其少而大料之，是示少而惡事也。臨政示少，諸侯避之。治民惡事，無以賦令。且無故而料民，天之所惡也，害於政而妨於嗣。」一作「後嗣」。王卒料之。〔三〕及幽王，乃廢滅。〔韓曰〕國語無「廢」字。料，數也。自「民不可料」至「無以賦令」，新附。

非曰：「吾嘗言，聖人之道，〔四〕不窮異以爲神，不引天以爲高，故孔子不語怪與神。君子之諫其君也，以道不以誣，務明其君，非務愚其君也。誣以愚其君則不臣。一作「罔不拒」。仲山氏果以職有所協，〔童曰〕協，合也。不待料而具，而料之者政之尨也，姑云爾而已矣，又何以示少惡事爲哉？〔孫曰〕示少，示以寡少也。惡事，厭惡政事，不能修之之意。況爲大妄以諉乎後嗣！〔集注〕賈誼傳：尚有可諉者。胡建傳：執事以諉上。諉，累也。諉，女恚切。惑于神怪愚誣之說，而以是徵幽之廢滅，則是幽之悖亂不足以取滅，而料民者以禍之也。仲山氏其至于是乎？蓋左氏之嗜誣斯人也已！何取乎爾也？

校勘記

〔一〕王治農于藉　「農」原作「戎」，據蔣之翹本及國語周語改。

〔二〕蒐于農隙　「蒐」原作「搜」，據蔣之翹本及國語周語改。

〔三〕王卒料之　「王」原作「乎」，據音辯、世綵堂本及國語周語改。

〔四〕吾嘗言聖人之道　鄭定、世綵堂本句下注：「『言』，一作『聞』。」

神降于莘

〔孫曰〕莘，虢地。

周惠王十五年，有神降于莘。王問於內史過曰：「今是何神也？」對曰：「昔昭王娶於房，曰房后，實有爽德，協于丹朱。丹朱馮身以儀之，生穆王焉。實臨周之子孫而禍福之。夫神壹，不遠徙遷。若由是觀之，其丹朱之神乎？」王曰：「其誰受之？」對曰：「在虢土。」王曰：「然則何爲？」對曰：「臣聞之，道而得神，是謂逢福；淫而得神，是謂貪禍。今虢少荒，其亡乎！」王曰：「吾其若之何？」對曰：「使太宰以祝史帥狸姓，奉犧牲粢盛玉帛往獻焉，無有祈也。」王曰：「虢其幾何？」對曰：「昔堯臨民以五，〔韓曰〕五年一巡狩。今其胄見，神之見也，不過其物。若由是觀之，不過五年。」〔韓曰〕狸姓，丹朱之裔。謂神不歆非類，故帥以往。舊本止載「有神降于莘，使帥狸姓以獻焉」兩句。今如前附益之，庶可見非之之意也。

非曰：力足者取乎人，力不足者取乎神。所謂足，足乎道之謂也，堯、舜是矣。周之始，固以神矣，況其微乎？彼鳴乎莘者，〔一〕以焄蒿悽愴，〔韓曰〕焄，音薰，香氣。焄蒿悽愴，見禮記。妖之淺者也。天子以是問，卿以是言，則固已陋矣。而其甚者，乃妄取時日，莽浪無狀，而寓之丹朱，〔韓曰〕莽浪，無根源也。并如字。則又以房后之惡德與丹朱協，而憑以生穆王，而降于虢，以臨周之子孫，於是遂帥丹朱之裔以奉祠焉；又曰堯臨人以五，今其冑見，〔孫曰〕冑，後也。虢之亡，不過五年。斯其爲書也，不待片言而迂誕彰矣！

校勘記

〔一〕彼鳴乎莘者　「鳴」原作「鳴」，據取校諸本改。

聘魯

定王八年，使劉康公聘於魯。發幣於大夫，季文子、孟獻子皆儉，叔孫宣子、東門子家皆侈。歸，王問魯大夫孰賢？對曰：「季、孟其長處魯乎？叔孫、東門其亡乎？若家不亡，身必不免。」王曰：「幾何？」對曰：「東門之位不若叔孫而泰侈焉，不可以事二君。叔孫之位不若季孟而亦泰侈焉，不可以事三君。若皆蚤世，猶可，若登年以載其毒，必亡。」〔韓曰〕登年，多歷年也。載，行也。毒，害也。必亡，家必亡也。自「發幣於大夫」至「身不免」，及「登年以載其毒，必亡」，皆新附。

非曰：泰侈之德惡矣，其死亡也有之矣，而孰能必其時之蚤暮耶？設令時之可必，又孰能必其君之壽夭耶？若二君而壽，三君而夭，則登年載毒之數如之何而准？

叔孫僑如

簡王八年，魯成公來朝，使叔孫僑如僑，音橋。先聘且告。見王孫説，與之語。説言于王曰：「魯叔孫之來也，必有異焉。其享覲之幣薄而言諂，殆請之也。若請之，必欲賜也。魯執政唯强，故不懽焉，而後遣之。且其狀方上而鋭下，宜觸冒人，王其勿賜。若貪陵之人來而盈其願，是不賞善也。」自「簡王」至「來朝」、自「魯叔孫來」至「後遣之」皆新附。王孫説，周大夫也。

非曰：諸侯之來，王有賜予，非以貨其人也，以禮其國也。苟叔孫之來，不度於禮，不儀於物，則罪也。王而刑之，誰曰不可？若力之不能而姑勿賜，未足以懲夫貪凌者也，不若與之。今使王逆詐諸侯而蔑其卿，苟興怨於魯，未必周之福也。且夫惡叔孫者，泰侈貪凌則可矣，方上而鋭下，非所以得罪於天子。

郄至「郄」，亦作「郤」，音乞逆切。

晉既克楚于鄢，使郤至告慶于周。「告慶」，舊本作「獻捷」。未將事，王叔簡公飲之酒，相說也。明日，王叔子譽諸朝。郤至見邵桓公，與之語。邵公以告單襄公曰：「王叔子譽溫季，以爲必相晉國，相晉國必大得諸侯，勸二三君子必先導焉，可以樹。」襄公曰：「人有言曰『兵在其頸』，其郤至之謂乎！君子不自稱也。云云。在太誓曰：『民之所欲，天必從之。』王叔欲郤至，能勿從乎？」郤至歸，明年死難。及伯輿之獄，王叔陳生出奔晉。自「晉克楚」至「可以樹」新附。

非曰：單子罪郤至之伐當矣。因以列數舍鄭伯、下楚子、逐楚卒，咸以爲姦，則是後之人乘其敗追合之也。〔一〕〔韓曰〕周語：邵公初告單襄公，謂「郤至曰：『吾有三伐：勇而有禮，反之以仁。吾三逐楚軍之卒，勇也；見其君必下而趨，禮也；能獲鄭伯而赦之，仁也。若是而知晉國之政，楚、越必朝。』」襄公曰：「且郤至何三伐之有？夫仁、禮、勇，皆民之爲也。以義死用謂之勇；奉義順則謂之禮；畜義豐功謂之仁。姦仁爲佻，姦禮爲羞，姦勇爲賊。有三姦以求替其上，遠於德政矣。」公謂三姦之說，自郤至死難後，後人追合之也。左氏在晉語言免胄之事，則曰「勇以知禮」，於此焉而異，吾何取乎？〔二〕〔韓曰〕晉語：厲公六年，鄢之戰，郤至以韎韋之跗注，三逐楚平王卒，見王必下奔。退戰，王使工尹襄問之以弓，曰：「方事之殷也，有韎韋之跗注，君子也。厲見不穀而下，無乃傷乎？」郤至甲胄而見客，免胄而聽命，曰：「君之外臣至，以寡君之靈，間蒙甲胄，不敢當拜君命之辱，爲使者故，敢三肅之。」君子曰：「勇而知禮。」公謂左丘明前日既載其三姦之事，而於此所書又如此，固已自異也。郤氏誠良大夫，不幸其宗侈而亢，兄弟之不令，而智不能周，强不能制，遭晉厲之淫暴，讒嬖竊構以利其室，卒及於禍。吾嘗憐焉！今夫執筆者以其及也，而必求其惡以播於後世，然則有大惡幸而得終者，則固掩矣。世俗之情固然耶？其終曰：「王叔欲郤至，能勿從乎？」斯固不足譏也已。

校勘記

〔一〕則是後之人乘其敗追合之也句下注「周語：邵公初告單襄公」。「邵公」上原脱「周語」二字，據詁訓本補。「謂郤至曰」。「郤至」下原脱「曰」字。又，「能獲鄭伯而赦之」。「赦」原作「救」。均據音辯、詁訓本及國語周語改。「以義死用謂之勇」。「死用」，取校諸本注皆作「死國」。

〔二〕吾何取乎句下注「三逐楚平王卒」。「楚平王」原作「楚成王」，據音辯、詁訓、濟美堂、蔣之翹本及國語晉語改。按：世綵堂本及左傳成公十六年作「楚共王」。又，「固己自異也」。「固」原作「國」，據詁訓、世綵堂、濟美堂本改。

柯陵之會

〔孫曰〕柯陵，鄭西地名。

柯陵之會，〔韓曰〕春秋魯成公十七年書：公會尹子、單子、晉侯、齊侯、宋公、衞侯、曹伯、邾人伐鄭。六月乙酉，同盟于柯陵。單襄公見晉厲公視遠步高。單，音善。晉郤錡見，其語犯；錡，音倚，又音奇。郤犨見，其語迂；犨，嗤周切。郤至見，其語伐；齊國佐見，其語盡。魯成公見，言及晉難及郤犨之譖。單子曰：「晉將有亂，其君與三郤其當之乎？」魯侯曰：「敢問天道乎，抑人故也？」對曰：「夫合諸侯，民之大事也。其君在會，步言視聽必皆無謫，則可以知德矣。晉侯爽二，吾是以云。〔韓曰〕「爽」，當爲「喪」。喪二，視與步也。今郤伯之語犯，叔迂，季伐。犯則陵人，迂則誣人，伐則掩人，其誰能忍之？雖齊國子亦將與焉。立於淫亂之國，而好盡言以招人過，招，音搖。怨之本也。」簡王十二年，晉殺三郤。十三年，晉侯弑。齊人殺國武子。自「魯侯曰」至「能忍之」，自「立於淫亂」至「國武子」，皆新附。

非曰：是五子者，雖皆見殺，非單子之所宜必也。而曰合諸侯，人之大事，於是乎觀存亡。若是，則單子果巫史矣。視遠步高、犯、迂、伐、盡者，皆必乎死也，則宜死者衆矣！夫以語之迂而曰宜死，則單子之語，迂之大者，獨無謫邪？

晉孫周

晉孫談之子周適周。單襄公單，音善。以告頃公曰：「必善晉周，將得晉國。其行也文，能文則得天地。天地所祚，小而後國。夫敬，文之恭也；忠，文之實也；信，文之孚也；仁，文之愛也；義，文之制也；智，文之興也；勇，文之帥也；〔一〕教，文之施也；孝，文之本也；惠，文之慈也；讓，文之材也。此十一者，夫子皆有焉。天六地五，數之常也。」〔韓曰〕國語注：天有六氣：陰、陽、風、雨、晦、明。地有五行：金、木、水、火、土也。舊本皆作「天五地六」，非是。云云。「成公之歸也，吾聞晉之筮之也，遇乾之否，曰『配而不終』。君三出焉。一既往矣，後之不知，其次必此。且成公之生也，其母夢神規其臀以黑，曰：『使有晉國，三而畀驩之孫。』故名之曰黑臀。於今再矣。晉襄公曰驩，〔二〕此其孫也，而令德孝恭，非此而誰？必早善晉子，其當之也。」頃公許諾。自「晉孫談」至「適周」，自「將得晉國」至「文之材也」，自「成公之歸」至「許諾」，皆新附。

非曰：單子數晉周之德十一，而曰合天地之數，豈德義之言邪？又徵卦、夢以附合之，皆不足取也。

校勘記

〔一〕勇文之帥也　「帥」原作「師」，據詁訓、蔣之翹本及國語周語改。

〔二〕晉襄公曰驩　「晉襄公」原作「單襄公」，據世綵堂本改。按：單襄公名朝，晉襄公名驩。

穀洛鬭

靈王二十二年，穀、洛鬭，將毀王宮。〔韓曰〕穀、洛，二水名也。鬭者，兩水激，有似於鬭也。王欲壅之，太子晉諫。云云。王卒壅之。及景王，多寵人，亂於是乎始生。景王崩，王室大亂。及定王，王室遂卑。

非曰：穀、洛之說，與三川震同。天將毀王宮而勿壅，則王罪大矣，奚以守先王之國？壅之誠是也。彼小子之譊譊者，又足記耶？王室之亂且卑，在德，而又奚穀、洛之鬭而徵之也？〔黄曰〕人君所畏者天，惟天命可以警之。今言三川之震，付之不知，穀、洛之溢，可壅而不害，則天自天，人自人，靡所敬忌，人主何憚而不爲？獨不見姚崇不信災異，卒開明皇很天之心而爲天寶之亂乎？

大錢

景王將鑄大錢。單穆公曰：「不可。云云。可先而不備，謂之怠；可後而先之，謂之召災。」

非曰：古今之言泉幣者多矣。〔韓曰〕錢者，金幣之名。古曰泉，後轉曰錢。是不可一貫，以其時之升降輕重也。幣輕則物價騰踊，物價騰踊則農無所售，皆害也。就而言之，孰爲利？曰：幣重則利。曰：奈害農何？曰：賦不以錢，而制其布帛之數，則農不害；以錢，則多出布帛而賈，則害矣。今夫病大錢者，吾不知周之時何如哉？其曰「召災」，則未之聞也。左氏又於內傳曰：「王其心疾死乎？」其爲書皆類此矣。

無射

王將鑄無射，單穆公曰：「不可。」〔一〕

非曰：鍾之大不和於律，樂之所無用，則王妄作矣。單子詞曰：「口內味，耳內聲，內，諾答切，又音納。出集韻。聲味生氣。氣在口爲言，在目爲明。言以信名，明以時動。名以成政，動以殖生。政成生殖，樂之至也。若視聽不和，而有震眩，則味入不精。不精則氣佚，氣佚則不和。於是有狂悖之言，有眩惑之明，有轉易之名，有過慝之度。出令不信，刑政放紛。」「紛」，一作「族」，非是。而伶州鳩〔韓曰〕伶，司樂官。州鳩，其名也。又曰：「樂以殖財。」又曰：「離人怒神。」嗚呼！是何取於鍾之備也？吾以是怪而不信。或曰：移風易俗則何如？曰：聖人既理定，知風俗和恒而由吾教，於是乎作樂以象之。後之學者述焉，則移風易俗之象可見，非樂能移風易俗也。曰：樂之不能化人也，則聖人何作焉？曰：樂之來，由人情出者也，其始非聖人作也。聖人以爲人情之所不能免，因而象政令之美，使之存乎其中，是聖人飾乎樂也。所以明乎物無非道，而政之不可忘耳。孟子曰：「今之樂猶古之樂也。」「與人同樂，則王矣。」吾獨以孟子爲知樂。

校勘記

〔一〕單穆公曰不可　「單穆公」原作「單襄公」，世綵堂本注：「據國語，乃單穆公」。今據蔣之翹本及國語周語改。

律

王問律於伶州鳩，對曰：云云。

非曰：律者，樂之本也，而氣達乎物，凡音之起者本焉。而州鳩之辭曰：「律呂不易，無姦物也。和平則久，久固則純，純明則終，〔一〕終復則樂，所以成政。」吾無取乎爾。又曰：

「姬氏出自天黿，大姜之姪徒結切，又直質切。所憑神也。歲在周之分野。月在農祥，后稷之所經緯也。武王欲合是而用之。」斯爲誣聖人亦大矣。〔韓曰〕國語云：王問七律者何？州鳩曰：我姬出自天黿，及析木者有建星及牽牛焉，則我皇妣大姜之姪、伯陵之後逢公之所馮神也。歲之所在，則我有周之分野也。月之所在，辰馬農祥也，我太祖后稷之所經緯也。王欲合是五位三所而用之。注：天黿，卽玄枵星，齊之分野。周之皇妣王季之母大姜者，逢伯陵之後，齊女也，故言出自天黿。歲星在鶉火。鶉火，周之分野也。辰馬，房心星也，房星晨正而農事起，故謂之農祥。稷播百穀，故農祥后稷之經緯。謂武王欲合是五位：歲、月、日、星、辰，三所：逢公所馮神，周分野所在，后稷所經緯而用之。公非之以爲誣。又曰：「王以夷則畢陳，黃鍾布戎，太簇布令，無射布憲，施舍於百姓。」吾知其來之自矣，〔韓曰〕語又云：故以七同其數，而以律和其聲，於是乎有七律。王以二月癸亥夜陳未畢而雨，以夷則之上宫畢之，以黃鍾之下宫布戎于牧之野，以太簇之下宫布令于商，以無射之上宫布憲施舍於百姓。是大武之聲也。州鳩之愚，信其傳，而以爲武用律也。孔子語賓牟賈之言大武也，曰：「武始自北出，再成而滅商，三成而南，四成而南國是疆，五成而分周公左、召公右，六成復綴，以崇天子，夾振之而四伐，盛威於中國。」則是大武之象也。「致右憲左」，「久立於綴」，皆大武之形也。夷則、黃鍾、太簇、無射，大武之律變也。

校勘記

〔一〕純明則終　「則」原作「以」，據音辯、詁訓、鄭定、世綵堂本及國語周語改。

城成周

劉文公與萇弘萇，音長。欲城成周，告晉。魏獻子爲政，將合諸侯。衛彪傒見單穆公曰：「萇弘其不没乎！萇叔必速及，魏子亦將及焉。若得天福，其當身乎？若劉氏，則子孫實有禍。」是歲，魏獻子焚死。二十八年，殺萇弘。及定王，劉氏亡。〔韓曰〕在敬王十年。劉文公，王卿士。萇弘，周大夫萇叔也。衛彪傒，衛大夫也。魏獻子，晉正卿魏舒也。

非曰：彪傒天所壞之説，吾友化光銘城周，其後牛思黯作頌忠，〔一〕一作「訟忠」。萇弘之忠悉矣，學者求焉。若夫「當身」「速及」之説，巫之無恒者之言也，追爲之耳。〔二〕〔韓曰〕吾友化光，吕温也。温，字和叔，一字化光。思黯，牛僧孺之字也。化光古東周城銘并序云：魯昭公三十二年，萇叔合諸侯之大夫城成周。衛彪傒曰：「天之所壞，不可支也。」萇弘違天，必受其咎。」異歲，周人殺萇弘。左氏明證以爲世規，俾持顛之臣沮其勝氣，非所以勵尊王、垂大訓也。予經其地而作是銘。銘曰：文、武受命，肇興西土，周公作洛，始會風雨。居中正本，拓統開祚，盛則駿奔，衰則夾輔。平王東遷，九鼎已輕，二伯之後，時無義聲。大夫萇弘，言抗其傾，坐致諸侯，廓崇王城。雖微遠猷，實被令名，宜福而禍，何傷於明？立臣之本，委質定分，爲仁不卜，臨義不問。無天無神，唯道是信。國危必扶，國威必振。求而不獲，乃以死殉，興亡治亂，在德非運。罪之違天，不可以訓，升墟覽古，慨然遐憤。勒名頹隅，以勸大順。

校勘記

〔一〕牛思黯作頌忠　「頌忠」，音辯、詁訓、游居敬本作「訟忠」。按：英華雜文類引牛僧孺原文作「訟忠」，且訟忠原文結尾有「是知丘明謬聞偏見，失聖之旨甚遠，恐史册久謬誣惑，爲臣者將求事之，得不以文字申訟哉」之語，據此，當以「訟忠」爲是。

〔二〕追爲之耳句下注　「魯昭公三十二年」。「三十二年」原誤作「二十二年」，據詁訓、鄭定、世綵堂本、英華及左傳、吕和叔文集改。又，「異歲，周人殺萇弘」。「異歲」原作「是歲」。按：萇弘死于周敬王二十八年，即魯哀公三年，上距城成周十八年。今據詁訓、鄭定、世綵堂本、英華及吕和叔文集改。又，「居中正本，拓統開祚」。「正本」原作「本正」；「統」原作「闕」，據英華及吕和叔文集改。

問戰此已下魯語。

長勺之役，曹劌始衞切。問所以戰於嚴公。云云。公曰：「小大之獄，必以情斷之。」劌曰：「可以一戰。」嚴公，國語作莊公。

非曰：劌之問洎嚴公之對，皆庶乎知戰之本矣。而曰夫「神求優裕於饗」，「不優，神不福也」。是大不可。方鬭二國之存亡，以決民命，不務乎實，而神道焉是問，則事幾殆矣。既問公之言獄也，〔一〕則率然曰「可以一戰」，亦問略之尤也。苟公之德可懷諸侯，〔二〕而不事乎戰則已耳；既至於戰矣，徒以斷獄爲戰之具，則吾未之信也。劌之辭宜曰：君之臣謀而可制敵者誰也？將而死國難者幾何人？難，乃旦切。士卒之熟練者衆寡？器械之堅利者何若？趨地形得上游以延敵者何所？然後可以言戰。若獨用公之言而恃以戰，則其不誤國之社稷無幾矣。申包胥之言戰得之，語在吴篇中。〔黄曰〕子厚非魯公君臣不知治人，而求卜於神，是矣，謂斷獄爲不足以戰，則未必然。僂者怒於一笑而齊侯辱，御者忿於一羹而華元敗，赦食馬者足以出秦繆公，遺翳桑者足以赦趙宣子，事以一端起，則言亦因之。使治獄者不由公道，戮及非辜，怨結士卒，一戰取衄，安知無如羊斟之類乎？東萊吕伯恭曰：子羔爲衞政，刖人之足。衞亂，子羔走郭門，刖者守門曰：「於此有室。」子羔入，追者罷。子羔將去，謂刖者曰：「吾親刖子之足，此乃子報我之時也，何足逃我？」刖者曰：「君之治臣也先，後臣以法，欲臣之免於法也，臣知之。獄決罪定，臨當論刑，君愀然不樂見於顔色，臣又知之。此臣之所以脱君也。」子羔一有司耳，有哀矜之意，人猶報之若是，況莊公君臨一國，獄必以情，人之思報，豈子羔比耶？宗元乃曰「以斷獄爲戰之具，吾未之信」，歷舉將、臣、士卒、地形之屬，宗元之言，皆所謂戰，而非所以戰也。」

校勘記

〔一〕既問公之言獄也　「既問」，鄭定本作「聞」。世綵堂本注：「『既問』一作『聞』。」

〔二〕亦問略之尤也苟公之德可懷諸侯　鄭定、世綵堂本句下注：「重校：『問略』，一作『閣略』；一作『略之尤公也苟知德可以懷諸侯』。」

躋僖公

夏父弗忌爲宗，蒸，將躋僖公。云云。展禽曰：「夏父弗忌必有殃。」「若血氣强固，將壽寵得没。雖壽而没，不爲無殃。」其葬也，焚，煙徹其上。〔一〕〔韓曰〕弗忌，魯大夫。宗，宗伯，掌國祭祀之禮者。蒸，祭也，躋者，升也。弗忌欲升僖公於閔公之上也，謂明者爲昭，其次爲穆，而不以次。宗有司皆曰非昭穆而不聽。柳下惠以爲必有殃，而其言近誣，故公謂非所宜云。

非曰：由「有殃」以下，非士師所宜云者，誣吾祖矣。

校勘記

〔一〕煙徹其上句下注「宗，宗伯，掌國祭祀之禮者」。「宗宗伯」原作「大宗伯」；據詁訓、鄭定、世綵堂、濟美堂、蔣之翹本改。

莒僕

莒太子僕殺紀公，〔韓曰〕紀公生僕及季佗，既立僕，而又愛季佗而黜僕，故弒之。以其寶來奔。宣公使僕人以書命季文子，里革遇之而更其書。明日，有司復命，公詰之，僕人以里革對。公執之，里革對曰：「毁則者爲賊，掩賊者爲藏，竊寶者爲宄，用宄之財者爲姦。使君爲藏、姦者，不可不去也；臣違君命者，不可不殺也。」公曰：「寡人實貪，非子之罪也。」乃舍之。〔韓曰〕里革，魯大夫克也。自「明日」以下新附。

非曰：里革其直矣！曷若授僕人以入諫之爲善？公之舍革也美矣！而僕人將君命以行，遇一夫而受其更，釋是而勿誅，則無以行令矣。若君命以道而遇奸臣更之，則何如？

仲孫它它，徒何切。

季文子無衣帛之妾，無食粟之馬，仲孫它諫。云云。文子以告孟獻子，孟獻子囚之七日。自是子服之妾，衣不過七升之布，馬餼不過稂莠。〔韓曰〕季文子，季孫行父也，相魯宣公、成公。仲孫它，孟獻子之子子服它也。布八十縷爲升。

非曰：它可謂能改過矣。然而父在焉，而儉侈專乎己，何也？七升之布，大功之縗也，居然而用之，未適乎中庸也已。

羵羊羵，音墳。

季桓子穿井，得土缶，中有羊焉。使人問仲尼曰：「吾穿井獲狗，何也？」仲尼曰：「以丘所聞者，羊也。」

非曰：「君子於所不知，蓋闕如也。」孔氏惡能窮物怪之形也？是必誣聖人矣。史之記地坼犬出者有之矣。〔一〕〔韓曰〕晉五行志：隆安初，輔國將軍孫無終家于既陽，地中聞犬子聲，尋而地坼，有二犬子，皆白色，一雄一雌，取而養之，皆死。後無終爲桓玄所滅。近世京兆杜濟穿井獲土缶，中有狗焉。投之于河，化爲龍。

校勘記

〔一〕史之記地坼犬出者有之矣句下注「隆安初，輔國將軍孫無終家于既陽」。「隆安初」原作「大興中」，據晉書卷二八五行志中改。

骨節專車　楛矢

吳伐越，隳會稽，「隳」，國語作「墮」。獲骨節專車。吳子使好來聘，且問之仲尼。仲尼曰：「丘聞之，昔禹致羣臣於會稽之山，防風氏後至，禹殺而戮之。其骨節專車，此爲大矣。」〔韓曰〕骨一節，其長專車。專，擅也。仲尼在陳，有隼集于陳侯之庭而死。楛矢貫之，石砮，其長尺有咫。楛，音苦。陳惠公使人以隼如仲尼之館問之。仲尼曰：「隼之來也遠矣，此肅慎氏之矢也。」〔一〕〔韓曰〕肅慎，北夷之國。砮，石中矢鏃也。乃乎切。自「吳子」已下新附。

非曰：左氏，魯人也。或言事孔子，宜乎聞聖人之嘉言，爲魯語也，盍亦徵其大者，書以爲世法？今乃取辨大骨、石砮以爲異，其知聖人也亦外矣。言固聖人之耻也。孔子曰：「丘少也賤，故多能鄙事。」

校勘記

〔一〕此肅慎氏之矢也　「慎」原作「謹」，避宋孝宗趙昚諱，今改正。「矢」原作「隼」，據詁訓、世綵堂本及國語魯語改。

輕幣

齊語。

天下諸侯知桓公之非爲己動也，是故諸侯歸之。桓公知諸侯之歸己也，故使輕其幣而重其禮。故天下諸侯罷馬以爲幣，罷，音疲。縷綦以爲奉，〔孫曰〕注云：奉，藉也，所以藉玉之藻也。縷綦，以縷織綦，不用絲，取易共也。鹿皮四箇。國語作「分」，諸本皆作「箇」。諸侯之使，垂櫜而入，稛載而歸。〔韓曰〕稛，豢也。唐韻從耒，力準切。集韻：苦隕切。自「天下」至「歸己也」新附。

非曰：桓公之苟能弔天下之敗，衞諸侯之地，貪強忌服，戎狄縮匿，君得以有其國，人得以安其堵，雖受賦於諸侯，樂而歸之矣，又奚控焉？悉國之貨以利交天下，若是耶，則區區齊人，惡足以奉天下？己之人且不堪矣，〔一〕又奚利天下之能得？若竭其國，勞其人，抗其兵，以市伯名於天下，又奚仁義之有？予以謂桓公之伯不如是之弊也。〔二〕「謂」，一作「爲」。〔黄曰〕桓公之不王而伯，惟其假仁義之名，其實則爲利耳。考管子之書，若通魚鹽；若賦金鐵；若作錢幣；若殺商賈；欲寶困京，則式璧也；欲傾魯、梁，則服綈也；欲致諸侯之寶，則多具石璧也；欲下代王之衆，則貴買狐白也。朝夕汲汲，惟利爲謀。其用厚禮以交諸侯，蓋市四鄰之歡心，亦僞而不誠也。子厚乃以爲公之仁義，必無利交之事，子厚固誠齊人乎？

校勘記

〔一〕己之人且不堪矣　「矣」原作「焉」，據取校諸本改。

〔二〕予以謂桓公之伯不如是之弊也　「謂」，音辯、詁訓、游居敬本作「爲」。句下注「桓公之不王而霸」。「桓公」原作「威公」，避宋欽宗趙桓諱，今改正。

卜此已下晉語。

獻公卜伐驪戎，史蘇占之曰：「勝而不吉。」

非曰：卜者，世之餘伎也，道之所無用也。聖人用之，吾未之敢非。〔一〕然而聖人之用也，蓋以驅陋民也，非恒用而徵信矣。爾後之昏邪者神之，恒用而徵信焉，反以阻大事。要言，卜史之害於道也多，〔二〕而益於道也少，雖勿用之可也。左氏惑於巫而尤神怪之，乃始遷就附益以成其說，雖勿信之可也。

校勘記

〔一〕吾未之敢非　「之」原作「知」，據音辯、鄭定、世綵堂、游居敬、蔣之翹本改。

〔二〕要言卜史之害於道也多　「言」，世綵堂本作「之」。鄭定本注：「『言』一作『之』。」

郭偃與前伐驪戎事相屬。

郭偃曰：「夫口，三五之門也。口以紀三辰，言以宣五行。是以讒口之亂，不過三五。」少則三，若多則五也。

非曰：舉斯言而觀之，則愚誣可見矣。

公子申生

申生曰：「棄命不敬；作令不孝；間父之愛而嘉其貺，有不忠焉；廢人以自成，有不貞焉。」〔韓曰〕申生，晉獻公太子也。獻公將黜之而立奚齊，諸臣使圖之，申生曰：「云云。吾其止也。」

非曰：申生於是四者咸得焉。昔之儒者，有能明之矣，故予之辭也略。

狐突

公使太子伐東山，〔一〕〔韓曰〕獻公十七年。太子，申生也，獻公欲黜之，欲使爲此行而觀之。狐突御戎。至于稷桑，翟人出逆。申生欲戰，狐突諫曰：「不可。」申生曰：「君之使我非歡也，抑欲測吾心也。不戰而反，我罪茲厚；我戰雖死，猶有名焉。」果戰，敗翟于稷桑而反，讒言益起。狐突杜門不出。君子曰：「善深謀。」自「公使太子」至「果戰」新附。

非曰：古之所謂善深謀，居乎親戚輔佐之位，則納君於道；否則繼之以死，唯己之義所在莫之失之謂也。今狐突，以位，則戎禦也；以親，則外王父也。申生之出，未嘗不從，覩其將敗而杜其門，則姦矣！而曰「善深謀」，則無以勸乎事君也已。丕鄭曰：「君爲我心。」里克曰：「中立。」晉無良臣，故申生終以不免。

校勘記

〔一〕公使太子伐東山句下注「獻公十七年」。「十七年」原作「十八年」，據蔣之翹本及國語晉語、史記卷三九晉世家改。

虢夢

虢公夢在廟，有神面白毛、虎爪，執鉞立于西阿之下。云云。公覺，且使國人賀夢。舟之僑告諸其族曰：「衆謂虢不久，吾今知之。」以其族行，適晉。自「公覺」至「知之」新附。

非曰：虢，小國也而泰，以招大國之怒，政荒人亂，亡夏陽而不懼，而猶用兵窮武以增其讎怨，所謂自拔其本者。亡，孰曰不宜？又惡在乎夢也？舟之僑誠賢者歟？則觀其政可以去焉。由夢而去，則吾笑之矣。

童謡

獻公問於卜偃曰：「攻虢何月也？」對曰：「童謡有之，曰丙之辰，云云。」

非曰：童謡無足取者，君子不道也。

宰周公

葵丘之會，獻公將如會，〔韓曰〕魯僖公九年，齊桓公盟諸侯於葵丘。遇宰周公，曰：「君可無會也。夫齊侯將施惠出責，是之不果，而暇晉是皇。」公乃還。〔韓曰〕暇，謂不暇以晉爲務也。宰孔曰：「晉侯將死矣。景霍以爲城，而汾、河、涑、澮以爲淵，戎狄之民實環之，汪是土也，苟違其違，誰能懼之？」〔韓曰〕上違，違去也。其違，違道也。是歲，獻公卒。自「君可無會」至「是皇」，自「景霍」至「懼之」，新附。

非曰：凡諸侯之會霸主，小國，則固畏其力而望其庥焉者也；大國，則宜觀乎義，義在焉則往，以尊天子，以和百姓。今孔之還晉侯也，曰「而暇晉是皇」，則非吾所陳者矣。又曰「汪是土也，苟違其違，誰能懼之？」則是恃乎力而不務乎義，非中國之道也。假令一失其道以出，而以必其死，爲書者又從而徵之，其可取乎？

荀息

里克欲殺奚齊，〔韓曰〕晉獻公寵驪姬，既殺太子申生而立奚齊，公子重耳奔狄，夷吾奔秦。至是獻公卒，里克欲殺奚齊而逆重耳。荀息曰：「吾有死而已。先君問臣於我，我對以忠貞。」既殺奚齊，荀息將死之，人曰：「不如立其弟而輔之。」荀息立卓子。里克又殺卓子，荀息死之。君子曰：「不食其言矣。」〔一〕自「既殺」至「卓子」新附。

非曰：夫「忠」之爲言，中也；「貞」之爲言，正也。息之所以爲者有是夫？問君之惑，排長嗣而擁非正，其於中正也遠矣。或曰：「夫已死之不愛，死君之不欺也。抑其有是，而子非之耶？」曰：「子以自經於溝瀆者舉爲忠貞也歟？」〔二〕或者：「左氏、穀梁子皆以不食其言，不食其言，〔三〕然則爲信可乎？」曰：「又不可。不得中正而復其言，亂也，惡得爲信？」曰：「孔父、仇牧，是二子類耶？」曰：「不類。」曰：「不類，則如春秋何？」〔四〕曰：「春秋之類也，以激不能死者耳。〔五〕〔韓曰〕春秋桓公二年，書宋督弒其君與夷及其大夫孔父。莊公十二年，書宋萬弒其君捷及其大夫仇牧。至僖公十年，書里克弒其君卓及其大夫荀息。其法皆同。孔子曰：『與其進不保其往也。』春秋之罪許止也，隱忍焉耳。〔韓曰〕昭公十九年，許世子止弒其君買。左氏云：許悼公瘧。五月，飲太子之藥而卒。太子奔晉。書曰「弒其君」。君子曰：「盡心力以事君，舍藥物可也。」其類荀息也亦然，皆非聖人之情也。枉許止以懲不子之禍，〔六〕進荀息以甚苟免之惡，忍之也。吾言春秋之情，而子徵其文，不亦外乎？故凡得春秋者，宜是乎我也。此之謂信道哉！」〔韓曰〕公集中有與元饒州論春秋書，亦及春秋書荀息之事，云「某嘗著非國語六十餘篇，其一篇爲息發也，今録以往」。卽此也。書意皆與此篇同。

校勘記

〔一〕不食其言矣句下注　「自『既殺』至『卓子』新附」。「既」上原衍「克」字，今删。

〔二〕子以自經於溝瀆者舉爲忠貞也歟　「自經」原作「自涇」，據取校諸本改。

〔三〕或者左氏穀梁子皆以不食其言不食其言　世綵堂、濟美堂、蔣之翹本無重出「不食其言」四字。

〔四〕曰不類曰不類則如春秋何　詁訓、世綵堂本無重出「曰不類」三字。

〔五〕以激不能死者耳句下注　「春秋桓公二年」。「桓公」原作「威公」，避宋欽宗趙桓諱，今改正。

〔六〕枉許止以懲不子之禍　「枉」原作「杜」，據取校諸本改。

柳宗元集卷四十五

非國語下三十六篇

狐偃

里克既殺卓子，使屠岸夷告重耳曰：「子盍入乎？」〔韓曰〕屠岸夷，晉大夫也。舅犯曰：「不可。云云。」秦穆公使公子縶弔重耳曰：「時不可失。」舅犯曰：「不可。云云。」

非曰：狐偃之爲重耳謀者，亦迂矣。國虛而不知入，以縱夷吾之昏殆，而社稷幾喪。徒爲多言，無足采者。且重耳，兄也；夷吾，弟也。重耳，賢也；夷吾，昧也。弟而昧，入猶可終也；兄而賢者，又何慄焉？「慄」，一作「怯」。使晉國不順而多敗，百姓之不蒙福，兄弟爲豺狼以相避於天下，由偃之策失也。而重耳乃始倀倀焉遊諸侯，倀，丑良切。陰蓄重利，以幸其弟死，獨何心歟？僅能入，而國以霸，斯福偶然耳，「偶」，一作「禍」。非計之得也。若重耳早從里克、秦伯之言而入，則國可以無嚮者之禍，而兄弟之愛可全，而有分定焉故也。夫如是，一有

「足」字。以爲諸侯之孝，〔一〕又何戮笑於天下哉？〔韓曰〕初，里克及秦穆公既告重耳，又使告公子夷吾于梁。重耳以舅犯之言不入，夷吾以冀芮之言而入，是爲惠公。惠公之惡，後篇可見矣。

校勘記

〔一〕以爲諸侯之孝句上注　「一有『足』字」。按：「以」上有「足」字是。

輿人誦

惠公入而背内外之賂。輿人誦之曰：「云云。得之而狃，女九切。終逢其咎；喪田不懲，禍亂其興。」既，里、丕死，〔一〕丕，音丕。一云「死禍」。公隕於韓。郭偃曰：「善哉！夫衆口，禍福之門也。」

非曰：惠公、里、丕之爲也，則宜咎禍及之矣，又何以神衆口哉？其曰「禍福之門」，則愈陋矣。

校勘記

〔一〕既里夆死　「夆」下原脱「死」字，據取校諸本補。　句下注「一云『死禍』」。按：據國語晉語，作「死禍」是。

葬恭世子

惠公出恭世子而改葬之，臭達於外。「臭」，與「臭」同。國人頌之曰：「云云。歲之二七，其靡有徵兮。〔孫曰〕「靡有徵」，一作「無有徵者」。若翟公子，吾是之依兮；安撫國家，〔一〕爲王妃兮。」郭偃曰：「十四年，君之冢嗣其替乎？其數告於人矣。公子重耳其入乎？其魄兆於人矣。〔孫曰〕魄，形也。兆，見也。若入，必霸於諸侯，其光耿於民矣。」〔二〕〔韓曰〕恭世子，申生也。翟公子，重耳也。「翟」，與「狄」同。耿，猶照也。耿，古迥切，與「炯」同。

非曰：衆人者言政之善惡，則有可采者，以其利害也，又何以知君嗣二七之數與重耳之伯？是好事者追而爲之，未必偃能徵之也，況以是故發耶！〔三〕「是」，一作「臭」。

校勘記

〔一〕安撫國家　「安」，音辯、游居敬本作「鎮」。按：據國語晉語，作「鎮」是。柳宗元父名柳鎮，爲避諱，改用「安」字。

〔二〕其光耿於民矣 「光耿」原作「耿光」，據國語晉語改。

〔三〕況以是故發耶句下注 「『是』一作『臭』」。按：據文意，作「臭」近是。

殺里克

惠公既殺里克而悔之，曰：「芮也使寡人過殺社稷之鎮。」〔韓曰〕芮，冀芮也。鎮者，重也。郭偃聞之曰：「不謀而諫者，冀芮也，不圖而殺者，君也。〔一〕不謀而諫不忠，不圖而殺不祥。不忠受君之罰，不祥罹天之禍。受君之罰死戮，罹天之禍無後。」〔二〕文公殺懷公于高梁。秦人殺冀芮而施之。

非曰：芮之陷殺克也，其不祥宜大於惠公。而異其辭，以配君罰天禍，〔三〕皆所謂遷就而附益之者也。

校勘記

〔一〕郭偃聞之曰不謀而諫者冀芮也不圖而殺者君也 「曰」下原脱「不謀而諫者冀芮也不圖而殺者君也」十五字，據世綵堂、蔣之翹本及國語晉語補。

〔二〕罹天之禍無後句下注 「文公殺懷公于高梁」。音辯本「文公」上有「元注云」三字。何焯校本

注：「二句亦非自注，下句則國語本文也。」

〔三〕以配君罰天禍　詁訓本「罰」下無「天禍」二字。

獲晉侯

秦穆公歸，至於王城，〔韓曰〕晉惠公五年，秦帥師侵晉，獲晉侯以歸。王城，秦地。合大夫而謀曰：「殺晉君與逐出之，與以歸與復之，孰利？」公子縶曰：「殺之利。」縶，丁立切。公孫枝曰：「不可。」公子縶曰：「吾將以重耳代之。晉君之無道莫不聞，〔一〕重耳之仁莫不知。殺無道，立有道，仁也。」公孫枝曰：「耻一國之士，又曰『余納有道以臨汝』，無乃不可乎？不若以歸，要晉國之成，〔二〕復其君而質其適子，質，脂利切。使子父代處秦，〔三〕國可以無害。」

非曰：秦伯之不霸天下也，以枝之言也。且曰「納有道以臨汝」，何故不可？縶之言殺之也，則果而不仁；其言立重耳，則義而順。當是時，天下之人君莫能宗周，而能宗周者則大國之霸基也。向使穆公既執晉侯，以告于王曰：「晉夷吾之無道莫不聞，重耳之仁莫不知，且又不順，既討而執之矣。」於是以王命黜夷吾而立重耳，咸告于諸侯曰：「吾討惡而進仁，既得命于天子矣，吾將達公道於天下。」則天下諸侯無道者畏，〔四〕有德者莫不皆知嚴恭欣戴而霸秦矣。「莫不」，一本作「慕」字。周室雖卑，猶是王命，命穆公以爲侯伯，則誰敢不服？夫如是，秦之所耻者「耻」，一作「集」。亦大矣。〔五〕棄至公之道，一作「至公大中之道」。而不知求，姑欲離人父子，而要河東之賂，〔韓曰〕是役也，秦取晉河東之地而置官司。其舍大務小、違義從利也甚矣。霸之不能也以是夫！

校勘記

〔一〕晉君之無道莫不聞　「君之」原作「之君」，據何焯校本及國語晉語改。

〔二〕不若以歸要晉國之成　國語晉語「要」上有「以」字。

〔三〕使子父代處秦　「子父」原作「父子」，據何焯校本及國語晉語改。

〔四〕則天下諸侯無道者畏　詁訓本「諸」上無「則天下」三字。

〔五〕夫如是秦之所耻者亦大矣　何焯校本「夫」下增一「不」字。

慶鄭

丁丑，斬慶鄭，乃入絳。〔一〕〔孫曰〕初，秦侵晉，晉師潰，惠公號慶鄭曰：「載我。」慶鄭曰：「忘善而背德，又廢吉卜，何我之載？」君遂止于秦。秦既歸惠公，惠公歸，故斬之。止，獲也。

非曰：慶鄭誤止公，罪死可也，而其志有可用者。坐以待刑，而能舍之，〔韓曰〕惠公未至，蛾晳謂慶鄭曰：「君之止，子之罪也。今君將來，子何俟？」慶鄭曰：「君若來，將待刑以快君志。」及惠公入，蛾晳欲舍之，惠公不可。則獲其用亦大矣。晉君不能由是道也，悲夫！若夷吾者，又何誅焉？

校勘記

〔一〕丁丑斬慶鄭乃入絳句下注「又廢吉卜」。「吉」原作「去」，據蔣之翹本及國語晉語改。

乞食於野人

文公在狄十二年，將適齊，行過五鹿，〔韓曰〕五鹿，衞邑。野人舉塊以與之。公子怒，欲鞭之。子犯曰：「天賜也。人以土服，又何求焉？十有二年，必獲此土。有此其以戊申乎？」〔一〕「人」，國語作「民」。

非曰：是非子犯之言也，後之好事者爲之。若五鹿之人獻塊，十二年以有衞土，則涓人疇枕楚子以塊，〔孫曰〕吳語：楚靈王徬徨於山林之中，乃見其涓人疇，王枕其股以寢於地。王寐，疇枕王以塊而去之。後十二年其復得楚乎？〔二〕何没而不云也，而獨載乎是？戊申之云，尤足怪乎！

校勘記

〔一〕有此其以戊申乎　「乎」上原有「云」字，據國語晉語删。

〔二〕後十二年其復得楚乎　「乎」，詁訓本改作「子」。

懷嬴

秦伯歸女五人，懷嬴與焉。〔韓曰〕晉文公重耳過秦，而秦歸之女也。懷嬴，故子圉妻。子圉，惠公夷吾子也，質於秦，逃歸而立爲懷公，故曰懷嬴。

非曰：重耳之受懷嬴，不得已也。其志將以守宗廟社稷，阻焉，則懼其不克也。其取者大，〔一〕故容爲權可也。秦伯以大國行仁義交諸侯，而乃行非禮以强乎人，豈習西戎之遺風歟？〔黄曰〕國之命在禮。人倫之教化，尤嚴於有國之初。子厚謂文公取國爲大，納懷嬴爲小，愚謂明人倫、立教化，正始之大者也。人倫不明，教化不立，雖取威定伯，何益於久遠哉？穆公之納懷嬴失矣，然公悔過于殽，幾於聖賢用心。則在重耳者，猶可不受；今也安然聽之，可以志在國家社稷而藉口乎？

校勘記

〔一〕其取者大　「取」，詁訓本作「妻」，「者」下無「大」字。

筮

公子親筮之，曰：「尚有晉國。」得貞屯、悔豫皆八。筮史占之，皆曰：「不吉。」〔一〕司空季子曰：「吉。云云。」

非曰：重耳雖在外，晉國固戴而君焉；又況夷吾死，圉也童昏以守內，秦、楚之大以翼之，大夫之强族皆啓之，〔二〕而又筮焉是問，則末矣。季子博而多言，皆不及道者也，又何載焉！

校勘記

〔一〕筮史占之皆曰不吉　「皆曰」原作「曰皆」，據蔣之翹本及國語晉語改。

〔二〕大夫之强族皆啓之　「皆」，詁訓本作「以」。

董因

董因迎公於河，公問焉，曰：「吾其濟乎？」對曰：「歲在大梁，云云。」

非曰：晉侯之入，取於人事備矣，因之云可略也。大火、實沈之説贅矣。〔一〕〔韓曰〕大梁、大火、實沈，皆星名也。

校勘記

〔一〕大火實沈之說贅矣　按：音辯本此句下注云：「晉語：董因曰：『歲在大梁，將集天行。元年始受實沈之星也。實沈之虛，晉人是居，所以興也。今君當之，無不濟矣。君之行也，歲在大火，是謂大辰。』」蔣之翹本把「董因曰」以下全段文字作爲正文，接在正文「對曰」以後。

命官

胥、籍、狐、箕、欒、郤、柏、先、羊舌、董、韓，〔一〕實掌近官。〔韓曰〕十一族，晉之舊姓近官朝廷者。諸姬之良，掌其中官。〔童曰〕諸姬，同姓。中官，内官。異姓之能，掌其遠官。〔童曰〕遠官，縣鄙也。

非曰：官之命，宜以材耶？抑以姓乎？文公將行霸，而不知變是弊俗，以登天下之士，而舉族以命乎遠近，則陋矣。若將軍大夫必出舊族，或無可焉，猶用之耶？必不出乎異族，或有可焉，猶棄之耶？則晉國之政可見矣。

校勘記

〔一〕胥籍狐箕欒郤柏先羊舌董韓　「柏」原作「栢」，據音辯、游居敬、蔣之翹本及國語晉語改。

倉葛

周襄王避昭叔之難，〔一〕居於鄭地氾。晉文公迎王入于成周，遂定之于郟。王賜公南陽陽樊、溫、原、州、陘、絺、鉏、攢茅之田。陽人不服，公圍之，將殘其民。倉葛呼曰：「君補王闕，以順禮也。陽人未狎君德而未敢承命，君將殘之，無乃非禮乎？」公曰：「是君子之言也。」乃出陽人。自「周襄王」至「之田」，自「君補」以下，新附。

非曰：於周語既言之矣，又辱再告而異其文，抑有異旨耶？其無乎，則耄者乎？

校勘記

〔一〕周襄王避昭叔之難　「昭」原作「貽」，據蔣之翹本及國語晉語改。按：昭叔，即襄王弟王子帶。食邑于甘，亦稱甘昭公。

觀狀

文公誅觀狀以伐鄭。鄭人以名寶行成，公弗許。鄭人以詹與晉，〔一〕晉人將烹之，詹曰：「天降禍鄭，使淫觀狀，棄禮違親。云云。」〔韓曰〕初，晉文公過曹，曹共公不禮焉。聞其駢脅，欲觀其狀。則觀狀是曹，非鄭也。而注云：鄭復效曹觀公駢脅之狀，故伐之。是又從而爲之辭也，此公所以非之。

非曰：觀晉侯之狀者，曹也。今於鄭胡言之，則是多爲誣者且耄，故以至乎是。其説者云：「鄭效曹也。」是乃私爲之辭，不足以蓋其誤。

校勘記

〔一〕鄭人以詹與晉　「詹」原作「瞻」，據蔣之翹本及國語晉語改。按：取校諸本及史記均作「瞻」。

救饑

晉饑，公問於箕鄭曰：「救饑何以？」對曰：「信。」公曰：「安信？」對曰：「信於君心，信於名，信於令，信於事。」

非曰：信，政之常，不可須臾去之也，奚獨救饑耶？其言則遠矣。夫人之困在朝夕之内，而信之行在歲月之外。是道之常，〔一〕非知變之權也。其曰「藏出如入」則可矣，鄭又云：「於是乎民知君心，貧而不懼，藏出如入，何匱之有？」而致之言若是遠焉，〔二〕何哉？或曰：「時之信未洽，故云以激之也。信之速於置郵，子何遠之耶？」曰：夫大信去令，故曰信如四時恒也，恒固在久。若爲一切之信，則所謂未孚者也。彼有激乎則可也，而以爲救饑之道，則未盡乎術。

校勘記

〔一〕是道之常　「是」，詁訓本作「大」。

〔二〕而致之言若是遠焉　「致」，詁訓本改作「鄭」。

趙宣子

趙宣子言韓獻子於靈公，「獻子」，諸本多誤作「宣子」。以爲司馬。河曲之役，趙孟使人以其乘車干行，獻子執而戮之。〔韓曰〕宣子，趙衰之子宣孟盾也。韓獻子，韓厥也。干行，犯其軍列也。趙孟，即宣子。

非曰：趙宣子不怒韓獻子而又褒其能也，誠當。然而使人以其乘車干行，陷而至乎戮，是輕人之死甚矣！彼何罪而獲是討也？孟子曰：「殺一不辜而得天下，君子不爲。」是所謂無辜也歟？或曰：「戮，辱也，非必爲死。」曰：雖就爲辱，猶不可以爲君子之道。舍是其無以觀乎？吾懼司馬之以死討也。

伐宋

宋人殺昭公，趙宣子請師以伐宋。云云。曰：「是反天地而逆民則也，天必誅焉。晉爲盟主而不修天罰，將懼及焉。」

非曰：盟主之討殺君也，宜矣。若乃天者，則吾焉知其好惡而暇徵之耶！古之殺奪有大於宋人者，而壽考佚樂不可勝道，天之誅何如也？宣子之事則是矣，而其言無可用者。

鉏麑

〔集注〕舊本此篇「賢可書乎」之後，有「今左氏多爲文辭」一節，嘗怪其意不相屬。以別本考之，乃脱祈死、長魚矯二篇。而「左氏多爲文辭」者，乃公非長魚矯後辭也。益此二篇，然後公六十七篇之文方足矣。

靈公虐，趙宣子驟諫。公患之，使鉏麑賊之。〔韓曰〕鉏麑，力士也。賊，殺也。鉏，床魚切。麑，音倪。晨往，則寢門辟矣，盛服將朝，早而假寐。麑退而歎曰：「趙孟敬哉！夫不忘恭敬，社稷之鎮也。賊國之鎮不忠，受命而廢之不信。」觸庭之槐而死。

非曰：麑之死善矣。〔一〕然而趙宣子爲政之良，諫君之直，其爲社稷之衞也久矣，麑胡不聞之，乃以假寐爲賢耶？不知其大而賢其小歟！一有「向」字。使不及其假寐也，則固以殺之矣。是宣子大德不見赦，而以小敬免也。麑固賊之悔過者，賢可書乎？

校勘記

〔一〕麑之死善矣　音辯、游居敬本「善」上有「固」字。

祈死

反自鄢，范文子謂其宗祝曰：「君驕泰而有烈，〔一〕吾恐及焉。凡吾宗祝爲我祈死，先難爲免。」七年夏，范文子卒。自「君驕」而下，新附。〔孫曰〕范文子，范燮也。鄢之役，晉伐鄭，楚救之，大夫欲戰，文子不欲。欒武子不聽，遂與戰，大勝之。此文子自鄢歸，懼難而祈其死。

非曰：死之長短而在宗祝，則誰不擇良宗祝而祈壽焉？文子祈死而得，亦妄之大者。

校勘記

〔一〕君驕泰而有烈　「驕」下原脱「泰」字，據國語晉語補。

長魚矯

長魚矯既殺三郤，乃脅欒、中行，云云。公曰：「一旦而尸三卿，不可益也。」對曰：「亂在内爲宄，在外爲姦。御宄以德，御姦以刑。今治政而内亂，不可謂德；除鯁而避强，不可謂刑。德刑不立，姦宄並至。臣脆弱，不能忍俟也。」乃奔狄。三月，厲公殺。自「對曰」至「不忍俟也」，新附。〔孫曰〕三郤，郤至、郤錡、郤犨也。欒，欒書。中行，中行偃也。

非曰：厲公，亂君也；矯，亂臣也。假如殺欒書、中行偃，則厲公之敵益衆，其尤可盡乎？今左氏多爲文辭，以著其言而徵其效，若曰矯知幾者然，則惑甚也夫。

戮僕

晉悼公四年，會諸侯於雞丘。魏絳爲中軍司馬。公子揚干亂行於曲梁，魏絳斬其僕。自「晉悼」至「司馬」，新附。揚干，悼公弟也。

非曰：僕，稟命者也。亂行之罪在公子。公子貴，一無「貴」字。一無「公子貴」三字，而作兩「貢」字，非是。不能討，而稟命者死，非能刑也。使後世多爲是以害無罪，問之，則曰魏絳故事，不亦甚乎！然則絳宜奈何？止公子以請君之命。「止」，一作「正」，非是，當作「止」。止，執也。〔黄曰〕以軍政論之，殺貴大，賞貴小。當殺，雖貴重必殺之，是刑上究也。賞及牛童、馬圉，是賞下流也。不責宣子而戮其使，不治揚干而戮其僕，已爲有禮，又安得謂之殺無辜乎？若子厚必請君命，則又不然。投機之會，間不容息，方欲作士氣以決一戰，而每每稟命，是非失火之家，必白大人而後救之乎？

叔魚生

叔魚生，其母視之曰：「云云。必以賄死。」楊食我生，食，音異。我，音俄。叔向之母聞其號也，曰：「終滅羊舌氏之宗。」

非曰：君子之於人也，聽其言而觀其行，猶不足以言其禍福，以其有幸有不幸也。今取赤子之形聲，以命其死亡，則何耶？或者以其鬼事知之乎？則知之未必賢也。是不足書以示後世。

逐欒盈〔一〕

平公六年，箕遺及黄淵、嘉父作亂，父，音甫。不克而死，公遂逐羣賊，云云。陽畢曰：「君掄賢人之後，〔童曰〕掄，擇也。有常位於國者而立之，亦掄逞志虧君以亂國者之後而去之。」云云。去，羌吕切。使祁午、陽畢適曲沃，逐欒盈。〔二〕〔韓曰〕箕遺、黄淵、嘉父，皆晉大夫，欒盈之黨。欒盈，欒黶之子，欒書之孫也。欒書，厲公八年弑厲公，卽立悼公，故陽畢以盈爲亂國者之後而去之。畢，晉大夫也。

非曰：當其時不能討，後之人何罪？盈之始，良大夫也，有功焉，而無所獲其罪。陽畢以其父殺君而罪其宗，〔三〕一朝而逐之，激而使至乎亂也。且君將懼禍懲亂耶？則增其德而修其政，賊斯順矣。反是，順斯賊矣，況其胤之無罪乎？

校勘記

〔一〕逐欒盈　蔣之翹本據國語晉語將此篇改移在叔魚生之前。

〔二〕使祁午陽畢適曲沃逐欒盈句下注「欒書，厲公八年弑厲公」。「八年」原作「七年」，據左傳成公十八年及史記卷一四十二諸侯年表第二改。按：魯成公十八年，即晉厲公八年，晉欒書、中行偃弒厲公。作「八年」是。

〔三〕陽畢以其父殺君而罪其宗　「殺」，音辯、游居敬、蔣之翹本作「弒」。何焯義門讀書記：「其王父非其父也。」

新聲

平公說新聲，師曠曰：「公室其將卑乎？君之明兆於衰矣。」

非曰：耳之於聲也，猶口之於味也。苟說新味，亦將卑乎？欒之說，吾於無射既言之矣。

射鷃

射，食亦切。鷃，於諫切。

平公射鷃不死，使豎襄搏之，失。公怒，拘將殺之。叔向曰：「君必殺之。昔吾先君唐叔射兕于徒林，殪，以爲大甲。今君嗣吾先君，射鷃不死，搏之不得，是揚吾君之耻者也。君其必速殺之，勿令遠聞。」君忸怩于顏，忸怩，愧顏也。忸，女六切。怩，音尼。乃趣舍之。自「昔吾先君」至「殺之」，新附。叔向，羊舌肸也。趣，音娶。

非曰：羊舌子以其君明暗何如哉？若果暗也，則從其言，斯殺人矣。明者固可以理諭，胡乃反徵先君以耻之耶？是使平公滋不欲人諫己也。

趙文子

秦后子來奔，趙文子曰：「公子辱於敝邑，必避不道也？」對曰：「有焉。」文子曰：「猶可以久乎？」對曰：「國無道而年穀和熟，鮮不五稔。」文子視日，曰：「朝不及夕，誰能俟五？」后子曰：「趙孟將死矣。怠偷甚矣，〔童曰〕偷，苟也。非死逮之，必有大咎。」自「秦后子」至「五稔」，新附。

非曰：死與大咎，非偷之能必乎爾也。偷者自偷，死者自死。若夫大咎者，非有罪惡，則不幸及之，偷不與也。左氏於內傳曰：「人主偷必死。」亦陋矣。

醫和

平公有疾，秦景公使醫和視之。趙文子曰：「醫及國家乎？」對曰：「上醫醫國，其次疾人，固醫官也。」文子曰：「君其幾何？」對曰：「若諸侯服，不過三年；不服，不過十年。過是，晉之殃也。」自「平公」至「視之」，自「文子曰君其幾何」已下，新附。

非曰：和，妄人也。非診視攻熨之專，而苟及國家，去其守以施大言，誠不足聞也。其言晉君曰：「諸侯服，不過三年；不服，不過十年。」凡醫之所取，在榮衞合脈理也，然則諸侯服，則榮衞離、脈理亂，以速其死；不服，則榮衞和、脈理平，以延其年耶？

黄熊〔一〕

晉侯夢黄熊入于寢門，子産曰：「鮌殛于羽山，化爲黄熊以入于羽淵，實爲夏郊。云云。」

非曰：鮌之爲夏郊也，禹之父也，非爲熊也。熊之説，好事者爲之。凡人之疾，魄動而氣蕩，視聽離散，於是寐而有怪夢，罔不爲也，夫何神奇之有？

校勘記

〔一〕黄熊　蔣之翹本題作「黄能」，并於「晉侯夢黄能入於寢門」句下注云：「能，奴來切，亦作『熊』。能，三鼈也。」按：左傳昭公七年作「黄熊」，國語晉語作「黄能」。據説文，能，獸名，熊屬。爾雅釋魚：鼈三足，能。可參看本書卷一四天對「化而爲黄能，巫何活焉」句下注。

韓宣子憂貧

韓宣子憂貧，叔向賀之曰：「欒武子無一卒之田，云云。〔孫曰〕上大夫一卒之田。行刑不疚，以免於難。及桓子驕泰奢侈，云云。宜及於難，而賴武子之德，以没其身。及懷子改桓之行，修武子之德，而離桓子之罪，以亡于楚。云云。」

非曰：叔向言貧之可以安，則誠然；其言欒書之德，則悖而不信。以下逆上，亦可謂行刑耶？〔孫曰〕謂欒書弑厲公也。前之言曰：欒書「殺厲公以厚其家」，今而曰：「無一卒之田」；前之言曰：「欒氏之誣晉國久矣」，用書之罪以逐盈，今而曰：「離桓之罪，以亡于楚」，則吾惡乎信？且人之善惡，咸繫其先人，已無可力者，以是存乎簡策，是替教也！

圍鼓

中行穆子〔孫曰〕中行穆子，荀吳也。帥師伐翟，圍鼓。鼓人或請以城畔，穆子不受，曰：「夫以城來者，必將求利於我。夫守而二心，姦之大者也。」自「以城來」已下，新附。鼓，白翟別邑。

非曰：城之畔而歸己者有三：有逃暴而附德者，有力屈而愛死者，有反常以求利者。逃暴而附德者庥之，曰：德能致之也；力屈而愛死者，與之以不死，曰：力能加之也。皆受之。反常以求利者，德力無及焉，君子不受也。穆子曰：「夫以城來者，必將求利於我。」是焉知非嚮之二者耶？

具敖

范獻子聘於魯，〔孫曰〕范獻子，士鞅也。問具山、敖山，魯人以其鄉對。曰：「不爲具、敖乎？」曰：「先君獻、武之諱也。」〔韓曰〕獻公名具，伯禽之曾孫。武公名敖，獻公之子。獻子歸，曰：「人不可以不學。吾適魯而名其二諱，爲笑焉，〔一〕唯不學也。」

非曰：諸侯之諱，國有數十焉，尚不行於其國，他國之大夫名之，無慚焉可也。魯有大夫公孫敖，魯之君臣莫罪而更也，又何鄙野之不云具、敖？

校勘記

〔一〕吾適魯而名其二諱爲笑焉　「焉」原作「矣」，據蔣之翹本及國語晉語改。

董安于

下邑之役，〔孫曰〕下邑，晉之邑也。董安于多。簡子賞之，辭曰：「云云。今一旦爲狂疾，而曰必賞汝，是以狂疾賞也，不如亡。」趣而出，乃釋之。〔劉曰〕多，功多也。戰功曰多。安于，趙簡子家臣。狂疾，言戰爲凶事，猶人之有狂疾相殺也。

非曰：功之受賞也，可傳繼之道也。君子雖不欲，亦必將受之。今乃遁逃以自潔也，則受賞者必耻。受賞者耻，則立功者怠，國斯弱矣。君子之爲也，動以謀國。吾固不悦董子之潔也。其言若懟焉，則滋不可。懟，徒對、杜罪二切。

祝融此已下鄭語。

史伯曰：「夫黎，爲高辛氏火正，以淳燿敦大，天明地德，光照四海，故命之曰祝融。其功大矣！夫成天地之大功者，其子孫未嘗不彰，虞、夏、商、周是也。其後皆爲王公侯伯。祝融亦能昭顯天地之光明，以生柔嘉材者也。其後八姓，於周未有侯伯。佐制物於前代者，昆吾爲夏伯矣，〔一〕〔韓曰〕昆吾，祝融之孫。陸終第一子名樊，爲己姓，封於昆吾。昆吾，衛也。夏衰，昆吾爲夏伯。大彭、豕韋爲商伯矣。〔二〕〔孫曰〕大彭，陸終第三子曰籛，爲彭姓，封於大彭，謂之彭祖。豕韋，彭姓之別，封於豕韋者也。商衰，二國相繼爲商伯。當周未有，融之興者，其在芈姓乎？」〔韓曰〕芈，音弭。楚姓也。史伯，周太史也。自「黎爲高辛」至「功大矣」，自「虞夏商周」已下，新附。

非曰：以虞、舜之至也，又重之以幕，能聽協風以成樂物生，而其後卒以殄滅。武王繼之以陳，覆墜之不暇。堯之時，〔三〕祝融無聞焉。祝融之後，昆吾、大彭、豕韋，世伯夏、商。今史伯又曰：「於周未有侯伯」，必在楚也。則堯、舜反不足祐耶？故凡言盛之及後嗣者皆勿取。

校勘記

〔一〕昆吾爲夏伯矣句下注　「封於昆吾」。「於」上原脱「封」字，據蔣之翹本及國語鄭語注補。

〔二〕大彭豕韋爲商伯矣句下注　「封於豕韋者也」。「封」下原脱「於」字，「者」上原衍「彭」字，據國語鄭語注删補。

〔三〕堯之時　「時」，詁訓本作「後」。

褒神

桓公曰：「周其弊乎？」史伯對曰：「殆於必弊者也。今王棄高明昭顯，而好讒慝暗昧，惡角犀豐盈，而近頑童窮固。云云。訓語有之，曰：『夏之衰也，褒人之神化爲二龍，以伺于王庭。〔一〕云云。』天之生此久矣，其爲毒也大矣。申、繒、西戎方强，王欲殺太子以成伯服，必求之申，申人弗畀，必伐之。若伐申，而繒與西戎會以伐周，周不守矣。」〔韓曰〕申，姜姓，太子宜臼之舅也。繒，姒姓。繒，慈陵切。申之與國也。西戎亦黨於申。王，幽王也。自「今王」已下，新附。

非曰：史伯以幽王棄高明顯昭，而好讒慝暗昧，近頑嚚窮固，黜太子以怒西戎、申、繒，於彼以取其必弊焉可也；而言褒神之流禍，是好怪者之爲焉，非君子之所宜言也。

校勘記

〔一〕褒人之神化爲二龍以伺于王庭　「伺」原作「同」，據蔣之翹本改。

嗜芰已下楚語。

〔孫曰〕芰，菱也。芰，音技。一作「艾」字，非是。

屈到嗜芰。屈，居勿切。將死，戒其宗老曰：〔孫曰〕家臣曰老。宗老，爲宗人者。「苟祭我，必以芰。」及祥，宗老將薦芰，屈建命去之，去，羌吕切。曰：「國君有牛享，大夫有羊饋，士有豚犬之奠，庶人有魚炙之薦。籩豆脯醢，則上下共之。不羞珍異，不陳庶侈，夫子其以私欲干國之典？」遂不用。〔孫曰〕屈到，楚卿。屈建，到之子。自「國君」已下，新附。

非曰：門内之理恩掩義。父子，恩之至也，而芰之薦不爲愆義。屈子以禮之末，忍絶其父將死之言，吾未敢賢乎爾也。苟薦其羊饋，而進芰於籩，是固不爲非。禮之言齋也，曰：「思其所嗜。」屈建曾無思乎？且曰違而道，吾以爲逆也。

祀

王曰：「祀不可已乎？」對曰：「祀所以昭孝、息民、撫國家、定百姓，不可以已。夫民氣縱則底，〔童曰〕縱，放也。底，著也。底則滯，〔童曰〕滯，廢也。滯久不振，〔童曰〕不振，懼也。生乃不殖。」〔韓曰〕王，楚昭王。對，楚平王之子子期之對也。

非曰：夫祀，先王所以佐教也，未必神之。今其曰「昭孝」焉，則可也；自「息民」以下，咸無足取焉爾。

左史倚相

王孫圉聘于晉，定公饗之。趙簡子鳴玉以相，問於王孫圉曰：「楚之白珩猶在乎？其爲寶也幾何矣？」對曰：「未嘗爲寶。楚之所寶者，曰觀射父，又有左史倚相，能使上下說于鬼神，順道其欲惡，使神無有怨痛於楚國。」自「聘于晉」至「觀射父」，新附。

非曰：圉之言楚國之寶，使知君子之貴於白珩可矣，而其云倚相之德者則何如哉？誠倚相之道若此，則覡之妄者，〔一〕〔孫曰〕男巫曰覡。又何以爲寶？非可以夸於敵國。

校勘記

〔一〕誠倚相之道若此則覡之妄者句下注「男巫曰覡」。「男」原作「女」，據國語改。按：國語楚語下：「在男曰覡，在女曰巫。」

伍員 吳語。員，音云。

伍員伏劍而死。〔孫曰〕魯哀十一年死。〔韓曰〕伍員，伍奢之子子胥也，名員，事吳王夫差。夫差起師以伐越王勾踐，勾踐起師逆之，夫差將許越成，申胥諫之，不聽。夫差乃大戒師伐齊。申胥又諫曰：「昔天以越授吳，而王弗受。會伐齊，越人恐來襲我。」不聽，遂伐齊，敗齊師於艾陵。既勝，乃訊申胥。申胥釋劍而對曰：「員不忍稱疾辟易，以見王之親爲越之擒也，員請先死。」遂自殺。其後越果滅吳。

非曰：伍子胥者，非吳之暱親也。其始交闔閭以道，故由其謀。〔一〕今於嗣君已不合，言見進則讒者勝，國無可救者。於是焉，去之可也。出則以孥累於人，而又入以即死，是固非吾之所知也。然則員者果很人也歟？

校勘記

〔一〕故由其謀　「謀」原作「禮」，據取校諸本改。

柳先生曰：宋、衞、秦，皆諸侯之豪傑也。左氏忽棄不録其語，其謬耶？〔一〕吳、越之事無他焉，舉一國足以盡之，而反分爲二篇，務以相乘，凡其繁蕪曼衍者甚衆，背理去道，以務富其語。凡讀吾書者，可以類取之也。越之下篇尤奇峻，而其事多雜，蓋非出於左氏。「雜蓋」字，一本作「反盭」。吾乃今知文之可以行於遠也。以彼庸蔽奇怪之語，而黼黻之，金石之，用震曜後世之耳目，而讀者莫之或非，反謂之近經，則知文者可不慎耶？嗚呼！余黜其不臧，以救世之謬，凡六十七篇。〔補注〕東坡報江季恭書云：非國語，鄙意不然之，但未暇著論耳。子厚之學，大率以禮樂爲虛器，以天人爲不相知，云云。雖多，皆此類也。至於時令、斷刑、貞符皆非是。予謂學者不可不知。

校勘記

〔一〕左氏忽棄不録其語其謬耶　世綵堂本注：「『謬耶』一作『何也』。」

柳宗元集外集卷上

賦文誌

披沙揀金賦〔一〕求寶之道，同乎選才。

進士時作。

〔孫曰〕劉義慶世説：陸士衡文如披沙揀金，往往見寶。又見鍾嶸詩品。公外集賦三首，皆貞元五年以後舉

沙之爲物兮，視汙若浮，金之爲寶兮，恥居下流。沉其質兮，五材或闕，〔二〕〔孫曰〕左氏：天生五材，民并用之，廢一不可，誰能去兵？耀其光兮，六府以修。〔三〕〔孫曰〕書：六府孔修。又曰，水、火、金、木、土、穀惟修。然則抱成器之珍，必將有待，當慎擇之日，則又何求？配珪璋而取貴，豈泥滓而爲儔！滓，壯仕切。

披而擇之，斯焉見寶。盪浸淫而顧眄，〔四〕指炫熀而探討。炫，熒絹切。熀，户廣切。探，音貪。動而愈出，幽以即明，〔五〕涅而不緇，〔孫曰〕論語：不曰白乎？涅而不緇。緇，黑色。既堅且好。〔六〕〔孫

曰」詩：既堅既好。

潛雖伏矣，〔孫曰〕詩：潛雖伏矣，亦孔之昭。獲則取之。翻混混之濁質，見熠熠之殊姿。〔七〕熠，弋入切。久暗未彰，固亦將君是望；〔八〕〔孫曰〕左氏：寡君將君是望，敢不稽首！先迷後得，〔孫曰〕易：先迷，後得主利。孰謂棄予如遺！〔孫曰〕詩：將安將樂，棄予如遺。

其隱也，則雜昏昏，淪浩浩，晦英姿兮自保，〔九〕和光同塵兮，合於至道；其遇也，則散奕奕，動融融，煥美質兮其中，〔一〇〕明道若昧兮，契彼玄同。

儻俯拾而不棄，諒致美於無窮。欲蓋而彰，〔孫曰〕左氏：或求名而不得，或欲蓋而名彰。將炯爾而見素，〔一一〕不索何獲，〔孫曰〕昭二十七年左氏：上國有言曰，不索何獲。遂昭然而發蒙。

觀其振拔汙塗，積以錙銖，碎清光而競出，〔一二〕耀真質而特殊。〔一三〕錐處囊而纖光乍比，〔韓曰〕趙平原君曰：「賢者之處世也，譬如錐之處囊中，其末立見。」劍拭土而異彩相符。〔韓曰〕雷煥得豐城劍，取南昌西山下土拭之，送一劍并土與張華。華以南昌土不如華陰土，報雷煥書兼華陰土一斤致煥，煥將拭劍，轉精明也。用之則行，斯爲美矣；求而必得，不亦説乎！

豈獨媢旭日以晶熒，〔一四〕晶，音精。熒，惠扃切。帶長川之清淺。皎如珠吐，疑剖蚌之乍分；粲若星繁，似流雲之初卷。是以周德思比，而岐昌卽詠；〔一五〕陸文可侔，陸機事見題注。而昭明是選。〔孫曰〕梁昭明太子集文選。

若然者，可以議披沙之所託，明揀金之所裁。良工何遠，善價爰來。揥以增光，寧謝滿籯之學；〔韓曰〕漢韋賢曰：「遺子黃金滿籯，不如教子一經。」汰之愈朗，詎慚擲地之才。〔一六〕〔韓曰〕晉孫綽字興公，作天台山賦示范榮期曰：「此賦擲地，必爲金石聲也。」客有希採掇於求寶之際，庶斯文之在哉！

校勘記

〔一〕披沙揀金賦題下注　「求寶之道，同乎選才」。蔣之翹本「求」上有「柳自注以」四字，「才」下有「爲韻」二字。英華、全唐文「求」上有「以」字，「才」下有「爲韻」二字。

〔二〕五材或闕　「材」原作「才」，據英華、全唐文、何焯校本改。句下注「天生五材，民并用之，廢一不可」。「材」原作「才」，「廢」原作「闕」，據左傳襄公二十七年改。

〔三〕耀其光兮六府以修　「光」，英華作「德」。「兮」，英華作「而」，并注：「一作『兮』。」

〔四〕盪浸淫而顧眄　「眄」，音辯、詁訓本及英華、游居敬、何焯校本及全唐文均作「盼」。

〔五〕幽以即明　英華「幽」上有「將去」二字。何焯義門讀書記：「上增『將去』二字。」疑是。

〔六〕涅而不緇既堅且好　英華「既」上有「實」字，「且」上有「而」字。全唐文「且」作「既」。何焯義門讀書記：「作『實既堅而且好』。」

〔七〕翻混混之濁質見熠熠之殊姿　「混混」，英華作「渾渾」，并注：「一作『混混』。」何焯義門讀書記：

「『混混』作『渾渾』。」「熠熠」，英華作「燿燿」，并注：「一作『熠熠』。」

〔八〕久暗未彰固亦將君是望　「未彰」，英華作「處固」，并注：「一作『未彰』。」「固亦」，英華作「亦冀」。

〔九〕晦英姿兮自保　「姿」，英華作「精」，并注：「一作『姿』。」「保」，英華作「寶」，并注：「一作『保』。」

〔一〇〕焕美質兮其中　「兮」，音辯、詁訓、英華及游居敬本作「乎」。

〔一一〕將炯爾而見素　「將」，英華作「故」。「爾」，音辯、詁訓及游居敬本作「然」。

〔一二〕碎清光而競出　「碎」，英華作「研」，并注：「一作『碎』。」「光」，英華作「暉」，并注：「一作『光』。」

〔一三〕耀真質而特殊　「耀」，英華作「暉」。「真」，世綵堂本作「直」。何焯校本注：「『真』，大字本作『直』。」「特」，英華作「將」，全唐文作「持」。

〔一四〕豈獨媚旭日以晶熒　「獨」，英華作「徒」，何焯校本作「特」。

〔一五〕是以周德思比而岐昌即詠　「德思」，英華作「詩作」，并注：「二字一作『德思』。」「岐昌」，英華作「祈招」。何焯義門讀書記：「『岐昌』作『祈招』。」按：「祈招」，逸詩篇名。左傳昭公十二年：「昔穆王欲肆其心，周行天下，將皆必有車轍馬跡焉。祭公謀父作祈招之詩，以止王心，王是以獲没於祇宫。」作「祈招」近是。

〔一六〕汰之愈朗詎慚擲地之才　「朗」原作「即」，據取校諸本改。句下注「作天台山賦示范榮期曰：

『此賦擲地，必爲金石聲也』」。「曰」上原衍「期」字，「金」下原脱「石」字，據晉書卷五六孫楚傳附孫綽傳刪補。按：此爲孫綽語，非出范榮期口，故刪「期」字。孫綽語原文是：「卿試擲地，當作金石聲也。」

迎長日賦〔一〕三王迎日，禮用夏郊。

〔韓曰〕出禮郊特牲。天子適四方，先柴。郊之祭也，迎長日之至也。註云：易説曰：三王之郊，一用夏正。夏正，建寅之月也。此言迎長日者，建卯而晝夜分，分而日長也。故賦謂「寅方」「卯位」以此焉。

惟饗帝以事天，必推策而迎日。策，蓍也。寅方肇建，俟啓蟄以展儀；〔孫曰〕桓九年左氏：凡祀，啓蟄而郊。啓蟄，謂建寅之月。卯位將初，爰用牲而協吉。〔二〕送烈烈之凝氣，〔孫曰〕詩：冬日烈烈。導遲遲之陽律。〔三〕〔孫曰〕詩：春日遲遲。猶分可愛之輝，〔四〕〔孫曰〕文七年左氏：賈季曰：趙衰，冬之日。趙盾，夏之日。註云：冬日可愛，夏日可畏。式佇寅賓之質。〔五〕〔韓曰〕書：寅賓出日。註云：寅敬賓導秩序也。稽之虞典，期匪疾而匪徐；行以夏時，〔孫曰〕論語：行夏之時。契惟精而惟一。

職在馮相，〔六〕〔韓曰〕周禮春官馮相氏：冬夏致日，春秋致月，以辨四時之序。事傳小正。〔韓曰〕禮記禮運：孔子曰：我欲觀夏道，是故之杞，而不足徵也，吾得夏時焉。註云：得夏四時之書。其書存者有小正。符上春以備儀，必修其始；先仲春而有事，故謂之迎。

時也淑景初延，幽陽潛啓。當四時之首位，用三代之達禮。探賾索隱，得郊祀之元辰；極往知來，正邦家之大體。

事冠前古，儀標後王。皮弁乍臨，〔韓曰〕郊特牲：祭之日，王皮弁以聽祭報，示民尊上也。土圭之影猶積；〔韓曰〕周禮：土方氏掌土圭之法，以致日景。註云：日景者，夏至景尺有五寸，冬至景丈三尺，其間則日有長短。泰壇既罷，〔七〕〔韓曰〕禮記：燔柴於泰壇，祭天也。〔孫曰〕廣雅曰：圜丘、泰壇祭天，方丘、泰折祭地。玉漏之聲漸長。〔八〕〔韓曰〕張衡漏水轉渾天儀制曰：以銅爲器，再疊差置，實以清水，下各開孔，以玉虯吐漏水入兩壺，右爲夜，左爲晝。變熙熙之純曜，流杲杲之晴光，〔孫曰〕詩：其雨其雨，杲杲出日。璧影始融，麗景才凝於城闕；〔九〕輪形尚疾，斜暉未駐於康莊。〔一〇〕

是知迎長日之儀，實王心之所共；〔一一〕兆南郊之位，乃陽事之所用。〔一二〕故可以知上下之際，〔一三〕見天人之交，動浮光於俎豆，〔一四〕散微照於苞茅。周流金石，暉照陶匏。〔孫曰〕禮記：器用陶匏，以象天地之性也。異乎天紀不修，〔孫曰〕書：俶擾天紀。註云：紀，謂時日。秦伯尚矜其泰時；〔韓曰〕以秦本紀及封禪書考之，秦襄公作西時，祠白帝。至文公作鄜時，宣公作密時，靈公作吳陽上時，祭黄帝，下時祭炎帝，獻公作畦時，祀白帝。皆未嘗立泰時。至漢武元鼎中始立泰時，祠太一，則泰時乃漢立也，賦云「秦矜泰時」，恐誤。日官失職，〔孫曰〕左傳：天子有日官，諸侯有日御。晉侯徒繼乎夏郊。〔韓曰〕左氏昭公七年，鄭子産聘於晉，晉侯有疾。韓宣子逆客，曰：「寡君疾今三月矣，今夢黄熊入於寢門，其何厲鬼也？」對曰：「昔堯殛鯀於羽山，其神化爲黄熊，以入於羽淵，實爲夏郊，三代祀之。晉爲盟主，其或未之祀也乎？」韓子祀夏郊，晉侯有間。

於以迎之，則無爲者。〔一五〕委照將久，〔一六〕豈三舍之足憑；〔孫曰〕淮南子：魯陽與韓戰，酣，日暮，援戈揮之，日反三舍。延光可期，胡再中之云假！〔一七〕〔孫曰〕漢書：文帝時，新垣平言：「臣候日再中。」居頃之，日卻復中，乃更以十七年爲元年。〔韓曰〕風俗通曰：成帝問劉向：「俗説文帝及後徵到期不得立，日爲再中。」向曰：「文帝少即位，不容再中。」自然應以繁祉，錫之純嘏。〔孫曰〕詩：天錫公純嘏。禮儀允洽於人神，正朔克周於戎夏。

今我后再新古禮，與天地相參。應戩穀之宜，〔孫曰〕詩：俾爾戩穀。受之千億；奉郊祀之報，至於再三。然則迎長日恭祀事，並虞夏而何慚！

校勘記

〔一〕迎長日賦題下注　「三王迎日，禮用夏郊」。蔣之翹本「三」上有「柳自注以」四字，「郊」下有「爲韻」二字。英華、全唐文此注作「以三王郊禮日用夏正爲韻」。又「郊之祭也」。「祭」原作「至」，據禮記郊特牲改。

〔二〕爰用牲而協吉　「吉」原作「告」，據音辯、詁訓、世綵堂、游居敬、濟美堂、蔣之翹本及全唐文改。

〔三〕導遲遲之陽律　「導」，全唐文作「遵」。

〔四〕猶分可愛之輝句下注　「文七年左氏」。「七年」原作「九年」，據左傳改。

〔五〕式佇寅賓之質句下注　「寅敬賓導秩序也」。「導」下原脱「秩序」二字，據尚書堯典注補。

〔六〕職在馮相句下注　「春秋致月」。「春秋」原作「秋冬」，據周禮春官馮相氏改。

〔七〕泰壇既罷句下注　「方丘、泰折祭地」。「丘泰」原作「折太」，據禮記祭法改。

〔八〕玉漏之聲漸長　「漸」英華作「潛」，并注：「一作『漸』。」

〔九〕麗景才凝於城闕　「才」，英華作「欲」，并注：「一作『才』。」

〔一〇〕斜暉未駐於康莊　「於」，英華作「乎」，并注：「一作『於』。」

〔一一〕實王心之所共　英華在「實王心之」下注：「四字一作『聖王』二字。」蔣之翹本注：「『王』一作『皇』。」

〔一二〕兆南郊之位乃陽事之所用　英華「位」上有「正」字，「乃」作「乘」。

〔一三〕故可以知上下之際　英華「際」上有「分」字。何焯義門讀書記：「『際』字上有『分』字。」

〔一四〕動浮光於俎豆　英華「光」上有「晨」字。何焯義門讀書記：「『光』字上有『晨』字。」

〔一五〕於以迎之則無爲者　「爲」，英華、全唐文作「違」。英華并注：「一作『爲』，非。」何焯義門讀書記：「『無爲』作『無違』。」

〔一六〕委照將久　「久」，詁訓本作「入」，疑是。

〔一七〕胡再中之云假句下注「俗説文帝及後徵到期不得立」。「及」下原脱「後」字，「到」原作「後」，據風俗通德論改補。

記里鼓賦

〔一〕聖人立制，智者研精。

〔韓曰〕題見晉書輿服志。記里鼓車，駕四，形制如司南車。又見葛洪所集西京雜記。〔孫曰〕崔豹古今注曰：大章車，所以識道里也，起於西京，亦曰記里車。車上有二層，皆有木人，行一里，下層擊鼓，行十里，上層擊鐲。尚方故事，有作車法。

異哉鼓之設也，恢制度於天邑。〔二〕佐大禮於時行卽行，贊盛容而立之斯立。觀其象，可以守威儀之三千；〔韓曰〕禮記：禮儀三百，威儀三千，待其人然後行。節其音，可以表吉行之五十。〔韓曰〕賈捐之傳：鸞旗在前，屬車在後，吉行日五十里。配和鸞以入用，〔三〕〔孫曰〕桓二年左氏：錫鸞和鈴，昭其聲也。注云：鈴在馬額，鸞在鑣，和在衡。並司南而爲急。取車制如司南之義，詳見題註。若乃郊薦之儀既陳，封禪之禮攸執，經千里之分寸可候，〔四〕度四方而禮容是集。施五擊於華山之野，知霧氣已籠；用百發乎南山之陽，〔孫曰〕詩：殷其雷，在南山之陽。識雷聲所及。先聖有作，後王式遵。啓玄機以求舊，運巧智而攸新。相彼良工，自殊昧道之士；眷茲木偶，應異迷途之人。齊步武而無佚，差遠近而有倫。遵大路，罔愆乎禮典；聽希聲，〔孫曰〕老子：大音希聲。克正於時巡。

雖道有環回，地分險易，固善應而莫實，〔五〕諒知幾而有爲。于僞切。載考載擊，所辨於長亭短亭。〔韓曰〕庾子山哀江南賦：十里五里，長亭短亭。謂五里一短亭，十里一長亭。匪疾匪徐，足分乎有智無智。〔孫曰〕世說：魏武帝過曹娥碑，碑背上題作「黄絹幼婦外孫齏臼」。楊脩便解，魏武行三十里方悟。魏武歎曰：我才不如卿。有智無智，較三十里。

觀其妙矣，孰測其微細？觀其徼矣，〔孫曰〕老子：常無欲以觀其妙，常有欲以觀其徼。詎知其啓閉！音不衰而得度，〔孫曰〕左氏傳：一鼓作氣，再而衰。響其鏜而有制。〔韓曰〕鏜，音湯。詩曰：擊鼓其鏜。於以翊龍御，於以引天旋。異銅渾之儀，亦可敍紫微之星次；殊玉漏之制，而能涉黄道之日躔。〔六〕周物之智斯設，極深之幾是研。〔孫曰〕易曰：夫易，聖人所以極深而研幾也。鄙繁音之坎坎，〔孫曰〕坎坎，鼓聲。詩，坎其擊鼓，宛丘之下。陋促節之闐闐。

妙出人謀，思由神假。〔七〕時然後擊，賛賞典於今茲；動惟其常，契同文於古者。

由是皇衢以正，帝道斯盛。恭出震以成威，膺御乾而啓聖。

我后得以昭文物，展聲明，不僁於素，僁，音愆。可舉而行。宜乎騁墨妙，呈筆精，固敢先三雅而獻賦，庶將開萬國之頌聲。

校勘記

〔一〕記里鼓賦　「記」，英華作「數」。　題下注「聖人立制，智者研精」。蔣之翹本「聖」上有「柳自注以」四字，「精」下有「爲韻」二字。英華、全唐文「聖」上有「以」字，「精」下有「爲韻」二字。又，「上層擊鐲」。「擊」原作「記」，據世綵堂本改。

〔二〕恢制度於天邑　吴汝綸柳州集點勘：「『恢制度』上疑脱一句。」

〔三〕配和鸞以入用句下注　「錫鸞和鈴」。「鸞」原作「齡」，「鈴」原作「鸞」，據左傳改。

〔四〕經千里之分寸可候　「之」，英華、全唐文作「而」。

〔五〕固善應而莫實　「實」，何焯校本及全唐文作「失」，近是。

〔六〕而能涉黄道之日躔　「涉」，音辯、英華、游居敬、蔣之翹本及全唐文作「步」，近是。

〔七〕思由神假　「思」，英華作「巧」。

吾子〔一〕

曰：「吾子來也，以有餘而欲及人乎？」曰：「然。」「若用子而能使竭忠孝乎？」曰：「否。夫無忠而忠見，無孝而孝聞，曷若使不見而忠，無聞而孝，肅然已出，熙然已及，夫已也渾然矣乎！」

校勘記

〔一〕吾子　蔣之翹本題下注：「闕文。揚雄法言有吾子篇。云『降周迄孔，成于王道，然後誕章乖離，諸子圖徽，譔吾子』。」

劉叟傳

魯有劉叟者，嘗以御龍術進於魯公。云云。劉叟曰：「歲不雨，無以出終無以入。〔一〕民枯然視天，卿士大夫絶智，謀山川、禱神祇以祈，皆不應。〔二〕臣投是龍於尺地之内，〔三〕不踰晷，雷浮上下，雷浮東西，〔四〕於是先之以風，騰之以雲，從之以雨。如君之意，欲一邑足之，欲一國足之，欲天下足之。」魯公曰：「斯龍也其神乎？是則寡人之國非敢用。」〔五〕劉叟曰：「臣聞避風雨，禦寒暑，當在未寒暑乎？是故事至而後求，曷若未至而先備。」於是魯公止劉叟而内龍。明年，果大旱，命劉叟出龍，果大雨。

校勘記

〔一〕無以出終無以入　「終」，永州本外集作「繇」，并注：「一作『繇』。」何焯校本作「繇」。按：繇，即「由」字。

〔二〕謀山川禱神祇以祈皆不應　「祇」原作「祈」，據取校諸本改。「皆」，取校諸本均作「咸」。

〔三〕臣投是龍於尺地之内　「地」，文淵閣五百家本及何焯校本作「池」，疑是。

〔四〕雷浮上下雷浮東西　二「浮」字，取校諸本均作「孚」。按：「浮」，可通「孚」。

〔五〕是則寡人之國非敢用　詁訓本「用」下有「也」字。

河間傳

河間，淫婦人也，不欲言其姓，故以邑稱。始婦人居戚里，有賢操。自未嫁，固已惡羣戚之亂尨，羞與爲類，獨深居爲翦製縷結。既嫁，不及其舅，獨養姑，謹甚，未嘗言門外事。又禮敬夫賓友之相與爲肺腑者。

其族類醜行者謀曰：「若河間何？」其甚者曰：「必壞之。」乃謀以車衆造門，邀之遨嬉，且美其辭曰：「自吾里有河間，戚里之人日夜爲飭厲，一有小不善，惟恐聞焉。今欲更其故，以相效爲禮節，願朝夕望若儀狀以自惕也。」河間固謝不欲。姑怒曰：「今人好辭來，以一接新婦來爲得師，何拒之堅也？」辭曰：「聞婦人之道，〔一〕以貞順靜專爲禮。若夫矜車服，耀首飾，族出讙鬧，以飲食觀游，非婦人宜也。」姑强之，乃從之游。〔二〕過市，或曰：市少南入浮圖祠，〔三〕有國工吳叟始圖東南壁，甚怪。可使奚官先辟道乃入觀。〔四〕觀已，延及客位，具食帷牀之側。聞男子欬者，河間驚，跣走出，〔五〕召從者馳車歸。泣數日，愈自閉，不與衆戚通。戚里乃更來謝曰：「河間之遽也，猶以前故，得無罪吾屬耶？向之欬者，爲膳奴耳。」曰：「數人笑於門，如是何耶？」羣戚聞且退。

期年，乃敢復召，邀於姑，必致之，與偕行，遂入隄隄州西浮圖兩池間，〔六〕隄，口溉切，又何開切。叩檻出魚鼈食之，河間爲一笑，衆乃歡。俄而，又引至食所，空無帷幕，廊廡廓然，河間乃肯入。先，壁羣惡少於北牖下，降簾，使女子爲秦聲，倨坐觀之。有頃，壁者出宿選貌美陰大者主河間，乃便抱持河間。河間號且泣，〔七〕婢夾持之，或諭以利，或罵且笑之。河間竊顧視持己者甚美，〔八〕左右爲不善者已更得適意，鼻息咈然，意不能無動，力稍縱，主者幸一遂焉。因擁致之房，河間收泣甚適，自慶未始得也。至日仄，食具，其類呼之食。〔九〕曰：「吾不食矣。」且暮，駕車相戒歸，〔一〇〕河間曰：「吾不歸矣。必與是人俱死。」羣戚反大悶，不得已，俱宿焉。〔一一〕夫騎來迎，莫得見，左右力制，明日乃肯歸。持淫夫大泣，齧臂相與盟而後就車。

既歸，不忍視其夫，閉目曰：「吾病甚。」〔一二〕與之百物，卒不食。餌以善藥，揮去。心怦怦披耕切，又音抨。恒若危柱之絃。夫來，輒大罵，〔一三〕終不一開目，愈益惡之，夫不勝其憂。數日，乃曰：「吾病且死，非藥餌能已，爲吾召鬼解除之，然必以夜。」其夫自河間病，言如狂人，思所以悅其心，度無不爲。時上惡夜祠甚，夫無所避。〔一四〕既張具，河間命邑人告其夫召鬼祝詛，〔一五〕上下吏訊驗，笞殺之。將死，猶曰：「吾負夫人！吾負夫人！」河間大喜，不爲服，闢門召所與淫者，倮逐爲荒淫。倮，力果切。

居一歲，所淫者衰，益厭，乃出之。召長安無賴男子，晨夜交於門，猶不慊。苦簟切。又爲酒壚西南隅，己居樓上，微觀之，鑿小門，以女侍餌焉。凡來飲酒，大鼻者，少且壯者，美顏色者，善爲酒戲者，皆上與合。且合且窺，恐失一男子也，猶日呻呼懵懵以爲不足。積十餘年，病髓竭而死。自是雖戚里爲邪行者，聞河間之名，則掩鼻蹴頞皆不欲道也。〔一六〕

柳先生曰：天下之士爲脩潔者，有如河間之始爲妻婦者乎？天下之言朋友相慕望，有如河間與其夫之切密者乎？河間一自敗於强暴，誠服其利，歸敵其夫猶盜賊仇讎，不忍一視其面，卒計以殺之，無須臾之慼。則凡以情愛相戀結者，得不有邪利之猾其中耶？亦足

知恩之難恃矣！朋友固如此，況君臣之際，尤可畏哉！余故私自列云。〔一七〕

校勘記

〔一〕聞婦人之道　「婦」下原脱「人」字，據永州本外集補。

〔二〕族出讙鬧以飲食觀游非婦人宜也姑强之乃從之游　「非婦人宜也姑强之」，永州本外集作「非禮甚矣，何以師爲？新婦不足辱也。姑不聽，强之。河間俛矉登車」。

〔三〕市少南入浮圖祠　「浮圖」下原脱「祠」字，據永州本外集補。

〔四〕可使奚官先辟道乃入觀　永州本外集「使」上無「可」字。「辟」原作「壁」，據永州本外集改。

〔五〕跣走出　「走」原作「足」，據音辯、詁訓、世綵堂、游居敬本改。

〔六〕遂入隥隥州西浮圖兩池間　「兩」下原脱「池」字，據永州本外集補。

〔七〕河間號且泣　「號」上原衍「聞」字，據音辯、世綵堂、濟美堂、蔣之翹本及永州本外集删。

〔八〕河間竊顧視持己者甚美　永州本外集「竊」下無「顧」字，疑是。

〔九〕其類呼之食　「類」上原脱「其」字，據永州本外集補。

〔一〇〕且暮駕車相戒歸　「且」原作「旦」，據音辯、詁訓、游居敬本及永州本外集改。

〔一一〕不得已俱宿焉　「俱」，永州本外集作「留」。

〔一二〕閉目曰吾病甚　「病」下原脱「甚」字，據永州本外集補。

〔一三〕夫來輒大駡　「來」，永州本外集作「入」。

〔一四〕時上惡夜祠甚夫無所避　「甚」，音辯、游居敬本作「其」。

〔一五〕河間命邑人告其夫召鬼祝詛　「人」，取校諸本均作「臣」。

〔一六〕則掩鼻蹙頞皆不欲道也　永州本外集「鼻」作「耳」，「也」作「之」。

〔一七〕余故私自列云　「余」下原脱「故」字，據取校諸本補。

筝郭師墓誌〔一〕

〔韓曰〕郭師，時之善筝者，故以是稱焉。誌云「丁酉之年秋既季，月闕其圜於是始」，蓋元和十二年九月十六日也。又云「仁人我哀埋勿棄」，以是日葬也。公時在柳州，劉夢得集有與公書云：「發書，得筝郭師墓誌一篇，以爲其工獨得於天姿，使木聲絲聲均其所自出，抑折愉繹，學者無能如。」又云：「郭師與不可傳者死矣，絃張柱差，枵然貌存。中有至音，含糊弗聞。噫！人亡而器存，布在方策者是已。余之伊鬱也，豈獨爲郭師發耶？想足下因僕書，重有慨耳。」蓋覩郭師之事，覩公之文而有感也。

郭師名無名，無字。父爽，雲中大將。無名生善音，能鼓十三絃。〔二〕〔韓曰〕阮瑀箏賦曰：箏長六尺以應律。絃十有二象十二時，柱高三寸象三才。唐史音樂志云：箏本秦聲也。制與瑟同而絃少。案：京房造五音準，如瑟，十三絃，此乃箏也。今雅樂清樂箏並十有二絃，他樂皆十有三絃。郭師所能者，蓋十三絃者也。其爲事天姿獨得，推七律三十五調，切密邃靡，布爪指，運掌擊，〔三〕〔韓曰〕「擊」舊作「緊」，胥山沈公謂當作「擊」，音於煥切。儀禮曰：鉤中指，結於擊，掌後節中也。又音牽，音慳。擊也牽也。使木聲絲聲均其所自出，屈折愉繹，學者無能知。〔四〕自去乳，不近葷肉，以是慕浮圖道。既失父母，即棄去兄弟，自髡緇入代清涼山，〔孫曰〕代，謂代州。又南來楚中，然遇其故器，不能無撫弄。

吳王宙刺復州，〔孫曰〕太宗子吳王恪，恪子琨，琨子祇，祇子巘，巘子宙，皆嗣爲王。或以告，乃延入，强之，宙號知聲音，抃蹈以爲神奇。會宙貶賀州，遂以來。性愛酒，不能已，因縱髮爲黄老術。薛道州伯高抵宙以書，必致之，至與坐起。伯高，褒邪人也，嗜其音，至善處，輒自爲擊節。教閽管謹視出入。餌仄柏，不食穀。三年，變服遁逃九疑叢祠中，〔五〕〔孫曰〕神之依叢木者謂叢祠。拔取之益善，親遇，終不屑。卒乘暴水入小船，下岣嶁山，〔祝曰〕岣嶁，山名。嶁，力主反。求道籙，會歐陽師死，不果受。張誠副嶺南，又强與偕。誠死，至是抵余。時已得骨髓病，日猶鼓音四五行。居數日，益篤。既病，自爲歌。死三日，葬州北崗西。志其詞曰：

雲州生，柳州死，年五十，〔六〕病骨髓，天與之音今止矣。〔七〕丁酉之年秋既季，〔孫曰〕元和十二年季秋也。月闕其團於是始。〔孫曰〕謂九月十六日也。心爲浮圖形道士，仁人我哀埋勿棄。

校勘記

〔一〕箏郭師墓誌題下注　「學者無能如」。「如」原作「知」。又「絃張柱差」。「差」原作「羗」。以上均據劉賓客文集及全唐文改。

〔二〕能鼓十三弦句下注　「阮瑀箏賦曰」。「瑀」原誤作「瑶」，據阮瑀箏賦改。「案京房造五音準，如瑟」。「如」原作「此」，據舊唐書卷二九音樂志改。「今雅樂清樂箏并十有二弦」。「今雅樂清樂」，舊唐書音樂志作「雜樂」。

〔三〕布爪指運掌擥　何焯義門讀書記：「潘云：『擥』，烏貫切，與『腕』同。玉篇作『擥』。」又句下注「儀禮曰：鉤中指，結於擥，掌後節中也」。按：儀禮無此文，唯儀禮士喪禮「設決，麗于擥」句下有鄭玄注：「擥，手後節中也。」「設握者以綦繫鉤中指，由手表與決帶之餘連結之。」「古文『麗』亦爲『連』，『擥』作『捥』。」據此，正文「運掌擥」中「擥」似應作「擥」，即手腕。

〔四〕屈折愉繹學者無能知　世綵堂本注：「『屈』一作『抑』，『知』一作『如』。」何焯校本及全唐文「知」作「如」。按：劉賓客文集及全唐文中劉禹錫與柳子厚書，轉述柳文時作「抑折愉繹，學者無能如」。據此，作「如」是。

〔五〕變服逭逃九疑叢祠中　「變」下原脱「服」字，據取校諸本補。

〔六〕年五十　何焯校本注：「重校『年』下有『半』字。」何焯在「年」下增一「半」字。

〔七〕天與之音今止矣　「止」，音辯、游居敬本及全唐文作「已」。

趙秀才羣墓誌

嬰，臼死信孤乃立，〔一〕〔韓曰〕趙氏在春秋時事晉，至景公三年，大夫屠岸賈殺趙朔、趙同、趙括、趙嬰齊，滅其族。趙朔妻，成公姊，有遺腹，走公宫匿。趙朔客曰公孫杵臼，杵臼謂朔友人程嬰曰：「胡不死？」嬰曰：「朔婦有遺腹，若幸而男，吾奉之。」後果生男。屠岸賈索之，嬰與杵臼謀，乃取他人子，使杵臼負而匿。諸將遂索杵臼殺之。程嬰與趙氏真孤俱匿山中。居十五年，景公疾，卜云：大業之後不遂者爲祟。於是召趙孤及程嬰，復與趙田邑如故。王侯世家天水邑。羣字容成系是襲，祖某父某仕相及。一本，止作「祖仕相及」。嗟然秀才胡伋伋？體貌之恭藝始習。娶於赤水禮猶執，南浮合浦遽遠集。元和庚寅神永戢，〔韓曰〕庚寅，元和五年。問年二紀益以十。〔孫曰〕年三十四也。僕夫返柩當啓蟄，〔孫曰〕左氏：啓蟄而郊。啓蟄，建寅之月，蓋正月也。

瀟湘之交瘞原隰。稚妻號叫幼女泣，和者悽欷行路悒。追初憫夭銘茲什。

校勘記

〔一〕嬰曰死信孤乃立句下注　「走公宮匿」。「宮」下原脱「匿」字，據史記卷四三趙世家補。又「嬰曰：朔婦有遺腹」。「朔」上原脱「嬰曰」二字，據詁訓本及史記趙世家補。又「居十五年」。「居」原作「至」，據史記趙世家改。

太府李卿外婦馬淑誌

〔韓曰〕公集有與李睦州書，名字皆不得而詳。然公誌及其私，必與公相厚者。元和五年，公時與李俱在永州，故云卒於湘水之東。誌是時作也。漢書：齊悼惠王，其母，高祖微時外婦也。顔師古曰：謂與旁通者。其云外婦，本此。

氏曰馬，字曰淑，生廣陵。〔孫曰〕廣陵，揚州。母曰劉，客倡也。淑之父曰攄，既孕而卒，故淑爲南康謳者。李君爲睦州，詆狂寇見誣，左官爲循州録，過而慕焉，〔孫曰〕李爲睦州刺史，元和二年，爲李錡所誣，得罪，貶循州。納爲外婦，偕竄南海上。及移永州，〔孫曰〕更大赦，李量移永州。州之騷人多李之舊，日載酒往焉。聞其操鳴絃爲新聲，撫節而歌，莫不感動其音，美其容，〔一〕以忘其居之遠而名之辱，方幸其若是也。〔二〕元和五年五月十九日，積疾卒於湘水之東，葬東崗之北垂，年二十四。銘曰：

容之丰兮藝之功，隱憂以舒和樂雍。佳冶彫殞逝安窮！諧鼓瑟兮湘之滸，〔童曰〕謂湘靈鼓瑟也。嗣靈音兮永終古。〔孫曰〕湘靈鼓瑟。今淑之死，能嗣其音也。

校勘記

〔一〕莫不感動其音美其容　詁訓本「動」上無「感」字。

〔二〕方幸其若是也　「若」，詁訓本作「居」。

柳宗元集外集卷下

表啓

爲文武百官請復尊號表六首〔一〕

〔韓曰〕公正集中有爲京兆府請復尊號表三，又有爲耆老請復尊號表二，皆在貞元十九年間，蓋爲德宗復聖神文武之號作也。其事已詳於正集之注，今又有表六，蓋在正集之表前作。

臣等言：臣竊觀前代之盛，列辟之英，〔孫曰〕司馬相如曰：歷選列辟，以迄於今。咸保鴻名而崇明號，或配其德，或昭其功，蓋所以揚耿光，〔孫曰〕書：以覲文王之耿光，以揚武王之大烈。耿光，光明也。彰淳懿而示遠也。其有暗然不耀，後嗣何觀？蔽而不揚，羣臣之罪。

伏惟皇帝陛下由正統而臨祚，承聖緒而受圖，稟高明之姿於天，侔博厚之德於地。〔祝曰〕禮記：博厚配地，高明配天。端教化之本，制刑禮之中，聲震八區，威加六合。運玄造之化，〔二〕靡有不通；成陰騭之功，莫之能測，是用光膺聖神文武之號。〔孫曰〕建中元年正月，羣臣上尊號曰聖神文武皇帝。其後雖逢阨運，〔韓曰〕興元元年正月，以朱泚之亂去尊號。今睹昌期，〔三〕誠我武之掃清，〔祝曰〕書：我武惟揚，侵于之疆。猶自咎而抑損，同罪己之義，〔孫曰〕左氏：禹、湯罪己，其興也勃焉。明愛人之仁。羣臣等上順聖心，以成恭德，而退懷大懼，謂掩全功，五年於兹，〔韓曰〕自興元元年甲子，至貞元四年戊辰，爲五年矣。若墜冰谷。〔孫曰〕貞元五年十月，百寮請復尊號，不允。方今百職皆理，庶績其凝，〔祝曰〕書皋陶謨之詞。凝，成也。人用咸和，〔孫曰〕書：用咸和萬民。咸和，皆和也。俗惟丕變。陳師鞠旅，〔孫曰〕兵法，二千五百人爲師，五百人爲旅。無犯塞之虞；畫界分疆，〔四〕無專地之患。四海寧一，〔五〕萬類蕃滋，薄刑溢不寃之聲，〔六〕〔孫曰〕漢書：于定國爲廷尉，民自以不寃。逋賦蒙勿收之惠。西戎有穰歲之報，南極見壽星之祥，靈貺屢加，天恩允答。豈宜固爲菲薄，〔七〕以掩盛明？尊號之崇，願復如舊。况臣等親奉平明之理，久蒙覆露之恩，恥德美之不彰，憂罪戾之將及。

伏惟陛下復循舊典，俯徇羣情，〔八〕誠天地神祇内外臣庶之所望也。臣等無任屏營悃懇之至。〔九〕

校勘記

〔一〕爲文武百官請復尊號表六首　按：此六表文苑英華及全唐文均列爲崔元翰作。文苑英華辯證卷五：「唐德宗興元元年幸奉天，削去徽號，貞元五年六月百官請復舊，即此六表也。是時崔元翰爲禮部員外郎，歷知制誥。唐書稱其詔令温雅，則類表云元翰作是矣。况又總目明言取之類表乎？本卷乃誤作常袞。袞于建中初卒，至是已十年矣。又柳文收此表，或入正集，或入外集。按宗元年譜，貞元五年方十七歲，八年始貢京師，其誤可知。」

〔二〕運玄造之化　英華、全唐文此句作「運造化之柄」。

〔三〕今睹昌期　「今」，英華、全唐文作「尋」。

〔四〕畫界分疆　「分」，取校諸本均作「封」。

〔五〕四海寧一　「一」，英華、全唐文作「謐」。

〔六〕薄刑濫不寃之聲句下注　「民自以不寃」。「以」下原衍「爲」字，據漢書卷七一于定國傳删。

〔七〕豈宜固爲菲薄　「菲薄」原作「薄菲」，據取校諸本倒轉。

〔八〕伏惟陛下復循舊典俯徇羣情　「徇」原作「循」，據取校諸本改。「情」，英華、全唐文作「心」。

〔九〕臣等無任屏營悃懇之至　「懇」，英華、全唐文作「欵」。英華、全唐文此句下尚有「謹詣朝堂奉表陳請以聞臣誠勤誠懇頓首頓首謹言」二十一字。

第二表

臣等言：臣等前詣朝堂上表，伏請復加尊號，奉被還旨，未遂懇誠，拳拳顒顒，不勝大願。臣等伏以崇明號，昭盛德，爰自中古，實爲上儀，以至於我祖宗，莫不膺茲典禮。伏惟皇帝陛下有廣運之德，弘照微之仁，〔一〕燭幽以明，威遠以武。惠澤之被，誠浹洽於八方；浹，即協切。英聲之揚，宜越軼於千古。軼，徒結切。而乃久爲抑損，以守謙恭，事有曠而不遵，禮有缺而未備。臣等又以爲不私與己，是謂至公。〔二〕有美之而莫敢辭，有非之而莫敢隱，必推於物，而順於人。既以徇於羣心，又思叶於中典，〔三〕此皆聖人之事也。〔四〕且夫虛而失實，則誇曜而誣；質而不華，則朴略而固。所以王度資於潤飾，〔孫曰〕昭十二年左氏：思我王度，式如玉，式如金。王度，王之法度也。帝者務於恢崇。將以法日月之昭明，配天地之廣大，〔祝曰〕易：廣大配天地。聳遠方之觀聽，兼前代之規模。〔五〕然後表其全功，謂之盡善。不可以方當陛下臨位，羣臣在庭，而使鴻名不彰，盛典猶闕。既無以光昭衆美，又無以丕承舊儀，則臣等蒙恥於今，獲罪於後，實爲大懼，敢忘盡規？尊號之崇，願從羣議。伏惟陛下俯迴宸睠，察納愚誠，不惟臣等受恩，天下幸甚。無任區區懇迫之至。謹昧死重詣朝堂，奉表固請以聞。臣等誠懇誠勤，頓首頓首，謹言。

校勘記

〔一〕弘照微之仁　「照微」，英華、全唐文作「覆載」。

〔二〕是謂至公　「公」，英華、全唐文作「德」。

〔三〕又思叶於中典　「中典」，全唐文作「古帝」。按：第三表有「叶於古典」句。「中」字疑是「古」字之誤。

〔四〕此皆聖人之事也　「聖人」，英華、全唐文作「聖王」。

〔五〕聳遠方之觀聽兼前代之規模　「方」，英華、全唐文作「人」。「規」，取校諸本均作「軌」。何焯義門讀書記：「『軌』作『規』。」

第三表

臣等言：前再上表，〔一〕請加尊號，實以功德俱茂，典禮宜崇，然而不能鋪陳，無以動寤，愚誠雖竭，天鑒未迴。臣某等誠恐誠懼，頓首頓首。

臣等謹按白虎通曰：「號者，功之表也。」神農有教田事之勤，燧人有興火食之利，伏羲正五始，〔二〕〔孫曰〕白虎通云「正五行」。祝融續三皇，〔三〕〔孫曰〕白虎通曰：謂之祝融何？祝者，屬也。融者，續也。言能屬續三皇之道而行之，故謂之祝融也。人爲之名，以美其事。其後帝王之盛，洎我祖宗之明，咸因人心而順古道，雖損益咸異，〔四〕而表功明德一也。臣等是以遵有國之令典，採上古之遺文，察人心於謳謡，謳，烏侯切。觀天意於符瑞，敢以爲請，累表陳誠。曩者運丁艱難，時或順動，〔祝曰〕易：聖人以順動，故刑罰清而民服。陛下思成湯之罪己，〔孫曰〕左氏傳：禹、湯罪己，其興也勃焉。念周宣之側身，〔孫曰〕詩：雲漢，仍叔美宣王也。宣王遇災而懼，側身修行，欲銷去之。去徽號而不稱，垂炯戒而自儆。炯，古迥切。應天以德，示人以恭，聞於蠻貊戎夷，告於天地宗廟。是故咸知陛下之志，慕義而歸仁，潛感陛下之誠，通靈而助順。〔五〕今者君臣同德，〔六〕上下叶心，百職畢修，庶官以序，禮法明具，〔七〕教化流行，方内歡康。〔祝曰〕方内，言四方之内也。天下寧一，四人遵業，萬類樂生，嘉應休徵，神物靈貺，形於草木，著於星辰。而辭之以仁壽未臻，至化猶鬱，遂使德誠可紀，名號未崇。不告於明神，不示於殊俗，將何以知陛下之戡難？將何以表陛下之致平？下無以威於四方，上無以報於九廟，其不可一也。淳古之至化，邈而不追，〔八〕烈祖之盛儀，廢而不續，〔九〕其不可二也。庶正羣官，宗室支屬，西土耆長，太學諸生，黄冠之倫，緇衣之侶，萬衆伏闕，彌旬織路，而乃不從人心，以違公議，其不可三也。守謙恭卑讓之志，忽光大弘遠之圖，臣等誠雖至愚，以爲大謬。伏以常久之德，貞夫一也；〔一〇〕〔孫曰〕易：天下之動，貞夫一者也。元始之義，善之長也；〔韓曰〕易：元者，善之長也。并包覆露，天之大也；清淨玄默，道之妙也。睿智之周物，不可以不稱夫聖也；妙算之無方，不可以不稱夫神也；行仁義，修典法，歌詩頌，考文章，不可以不稱夫文也；却戎狄，翦暴逆，〔一一〕邊兵以整，禁衞以嚴，不可以不稱夫武也，而合於唐堯乃聖乃神乃武乃文之德。

臣等謹稽之乾符，叶於古典，〔一二〕侔德澤之廣，配功業之崇，昧冒萬死，伏請上尊號曰貞元大道聖神文武皇帝。臣等竭其精誠，發於交感，無以迴日，〔一三〕其能動天。無任屏營悃懇之至。謹復詣朝堂，奉表固請以聞。臣某等誠惶誠恐，頓首頓首。〔一四〕

校勘記

〔一〕臣等言前再上表　英華、全唐文「臣」下有「某」字，「前」上有「臣等」二字。

〔二〕伏羲正五始句下注　「白虎通云『正五行』」。按：白虎通德論卷一云：「伏羲仰觀象於天，俯察法於地，因夫婦正五行始定人道，畫八卦以治下。治下伏而化之，故謂之伏羲也。」據此，正文「正五始」，「始」字疑當作「行」字。

〔三〕祝融續三皇　「續」原作「績」，據英華、全唐文改。按：白虎通德論原文作「續」，作「續」是。又句下注「融者，續也。言能屬續三皇之道而行之」。二「續」字原均作「績」，「皇」作「王」，據白虎通德論卷一改。

〔四〕雖損益咸異　「咸」，音辯、詁訓本及英華、全唐文作「或」。

〔五〕通靈而助順　「通」，英華、全唐文作「垂」。

〔六〕今者君臣同德　「同」原作「周」，據音辯、詁訓、世綵堂、游居敬本改。

〔七〕禮法明具　「禮法」，英華、全唐文作「法令」。

〔八〕淳古之至化邈而不追　「追」原作「足」，據英華、全唐文改。英華并注：「柳集作『足』，非。」

〔九〕廢而不續　世綵堂本注：「『續』一作『纘』，又一作『績』。」何焯義門讀書記：「『續』作『纘』。」

〔一〇〕伏以常久之德貞夫一也句下注　「天下之動」。「動」原作「道」，據易繫辭下改。

〔一一〕却戎狄翦暴逆　「狄」，音辯、游居敬本作「夷」。英華、全唐文「却」上有「攘」字，「狄」作「夷」，「翦」上有「戡」字。

〔一二〕臣等謹稽之乾符叶於古典　「典」，全唐文作「帝」。

〔一三〕無以迴日　「無」，英華、全唐文作「庶」。

〔一四〕臣某等誠惶誠恐頓首頓首　英華、全唐文「頓首」下有「謹言」二字。

第四表

臣等言：去年〔韓曰〕貞元五年。九月，三度詣闕上表，〔一〕〔韓曰〕卽前所上之三表。請復上尊號，悃懇雖竭，精誠莫通。又懼於累塵聖聽，是用中輟，大願未畢，羣心靡寧。臣某等誠勤誠懇，頓首頓首。

臣等生逢昌運，早列清朝，獲覩文明，繼跡聖俊。〔二〕亦嘗考前載於史氏，訪遺儀於禮官，至於保鴻名尊號之榮，昭茂功盛德之美，皆烈祖之垂法，爲累代之成規，子孫之所宜丕承，臣下之所宜崇奉。陛下纂聖緒而臨下，遵令典以制中，則亦俯從公卿大夫之請，光膺聖神文武之號。間者陛下以禍亂之故，特貶損以自儆，以從一時之宜，信爲恭也。今乃欲遂變更而不復，以廢先祖之典則若專焉，〔三〕豈陛下或未之思？然臣等實以爲懼，雖欲行陛下之志，奈先祖之典法何？

伏惟陛下因於憂勞，深自咎責，命祝史告於天地，陳圭幣祠於祖宗，布於羣臣，聞於兆庶。固能降開祐之福，致感悦之誠，咸和以叶心，盡瘁而畢力。弼成神造，康濟艱難，寇逆掃除，暴强擾順。侯衞奉守屏之職，夷狄爲來庭之賓，兵戎不興，邊鄙不聳，文軌同於四海，貢賦修於九州。至若時候將愆，必惟思而内省；〔四〕皇情微軫，遂交感而潛通。陰陽和而風雨時，年穀熟而財用足，休祥數見，福應屢臻。〔五〕此皆天地祖宗垂靈錫祉，以成陛下之志，明無不答不享之咎也。陛下宜承天意，以悦神心，增修盛儀，再加明號，崇昭報之禮，表恢復之功。而辭以仁壽未臻，至化猶鬱，則若尚懷不足，以要天地祖宗，〔六〕雖有固讓之勤，而非重請之義。且夫號者其來尚矣，燧人、神農各旌其事，湯以其武而曰武王，〔七〕迨我祖宗崇尚古道，垂著新法。陛下獨爲辭讓，以守謙冲，則皇王將有愧於前，祖宗將不悦於後。而帝德是非之辯，固有所歸；國典異同之文，後難以守。且陛下本爲炯誡，炯，古逈切。一作「鑑誡」。以示敬恭，誠謙德也。今以先王之道而不敢不法，烈祖之訓而不敢不承，又謙德之大也。〔八〕若乃守獨善而遺公議，執小讓而忽宏規，違臣庶之心，廢祖宗之典，乃所以失陛下之恭德，又徒以掩陛下之全功。臣等誠雖至愚，〔九〕竊所不取。輒敢徵之國典，酌於經義，取夫貞者事之幹，元者善之長，以配聖謨神化之盛，文德武功之崇，叶紀年之嘉名，遵舊號之美稱，以如開元故事，謹冒萬死，請上尊號曰貞元聖神文武皇帝。

伏惟陛下沛然迴慮，俯徇羣情，然後聖德之光昭，玄功之茂著，後代得揚盛美而鑑至清，〔一〇〕是羣臣之願也。不勝懇迫之至。謹奉表詣闕，固請以聞。臣等誠歡誠懇，頓首頓首。〔一一〕

校勘記

〔一〕臣等言去年九月三度詣闕上表　英華、全唐文「臣」下有「某」字，「言」下有「臣等」二字。

〔二〕繼跡聖俊　「聖」，英華、全唐文作「賢」。

〔三〕以廢先祖之典則若專焉　何焯義門讀書記：「『則』作『刑』。」

〔四〕必惟思而內省　何焯義門讀書記：「『惟』作『懼』。」

〔五〕休祥數見福應屢臻　「見」，音辯、游居敬本作「應」。「應」，游居敬本作「慶」。

〔六〕以要天地祖宗　何焯義門讀書記：「『要』字不當義理。」

〔七〕湯以其武而曰武王　「其」，英華、全唐文作「甚」。按：史記卷三殷本紀：「於是湯曰『吾甚武』，號曰武王。」作「甚」近是。

〔八〕又謙德之大也　蔣之翹本注：「『大』下一有『者』字。」

〔九〕臣等誠雖至愚　「誠雖」，取校諸本作「雖誠」。

〔一〇〕後代得揚盛美而鑑至清　「盛美」原作「美盛」，據取校諸本倒轉。「清」，蔣之翹、游居敬本作「情」。「鑑」，英華、全唐文作「鏡」。

〔一一〕臣等誠勸誠懇頓首頓首　「誠懇」原作「謹懇」，據取校諸本改。又，英華、全唐文「頓首」下有

「謹言」二字。

策五表〔一〕

臣頎等言：〔孫曰〕頎，謂于頎。臣等伏以尊號未復，累具陳請，伏奉詔旨，固守謙恭。臣等上授天地神靈，〔二〕次奉祖宗典法，列經義而順古，因人心以從時。詞繁而不能陳明，誠竭而未蒙察納，德美盛而猶蔽，憲度缺而莫修，罪戾是憂，冰炭交集。臣某等誠惶誠恐，頓首頓首。

臣某等伏以先王之道，由大中而可久；近古之化，以彌文而益彰。然則守謹而爲恭，〔三〕不如立中而垂法；表樸而略禮，不如文明而化光。況於文質異時，而國家自有制度。豈直爲一王之法？固以遇三代之文。〔四〕其於規模，信爲弘遠。陛下嗣訓先祖，貽謀後聖，當踐修以纂承，寧變更而廢墜？臣等又伏讀詔書曰：「遐想哲王，則自燧人、神農、殷湯之時，有其事也。」又曰：「欽若典訓，則自代宗、肅宗、玄宗而上，有其儀也。」又曰：「所誡者滿，所尚者謙，守之以誠，期於終始。」臣等以爲，去鴻名而貶損，謙之始也；遵舊典而奉承，謙之終也。造次而未嘗違於禮，守之以誠也；敬恭而無或陷於專，所誡者滿也。又曰：「虛美崇飾，所不敢當。」伏惟皇帝陛下恤人之心，動天之德，致理之文教，戡亂之武功，〔五〕著於頌聲，光於史氏。上有其實，無虚美之嫌；下盡其誠，非崇飾之僞。又曰：「勉一乃心，共康庶政。」曩者公卿大夫侍御攜僕，〔孫曰〕書：左右攜僕。攜僕者，謂左右攜持器物之僕。或從扞牧圉，〔孫曰〕僖二十八年左氏：甯武子曰：「不有行者，誰扞牧圉？」注：牛曰牧，馬曰圉。或備持戈矛，蓋有同力之誠，而無離德之間。今者四岳羣后，九土庶邦，外自藩維，内及宗室，黄髮耆老，青衿諸儒，或僉以同辭，或遠而抗疏，一心之效也。羣材序進，百職交修，烽燧不驚，兵戎以息，鑽鑿不用，獄訟以衰，六氣和而風雨時，五穀昌而倉廩實，庶政之康也。誠由教化，以致雍熙，自當冠於皇王，寧復謝於堯、禹？宜加明號，以表成功。陛下雖以爲辭，臣等未知其説。

又伏奉詔旨，令臣等斷表。伏以君親一致，臣子一例，而春秋之義，不以父命辭王父命，〔六〕臣某等得遵先帝之典以陛下之詔，〔七〕「以」字下逸一字。謹昧冒萬死，伏請復上尊號如前。不勝惶懼懇迫之至。〔八〕

校勘記

〔一〕第五表　英華題下注：「爲文武百僚太子少保于頔以下作。」

〔二〕臣等上授天地神靈　「授」，英華、全唐文作「援」，疑是。

〔三〕然則守謹而爲恭　「謹」，英華、全唐文作「謙」。

〔四〕固以遇三代之文　「遇」，英華、全唐文作「過」，蔣之翹本作「遵」，游居敬本及何焯校本作「寓」。

〔五〕戡亂之武功　「亂」，取校諸本均作「難」。

〔六〕不以父命辭王父命　英華、全唐文「不」上有「以王父命辭父命」七字。按：有此七字近是。春秋公羊傳哀公三年：「不以父命辭王父命，以王父命辭父命，是父之行乎子也。」

〔七〕臣某等得遵先帝之典以陛下之詔句下注　「『以』字下逸一字」。世綵堂本、英華、全唐文「以」下有「違」字，何焯校本在「以」字下加一「違」字，并注云：「大字本（指鄭定本）有『違』字。」按：有「違」字是。

〔八〕不勝惶懼懇迫之至　英華、全唐文「至」下有「謹復詣朝堂奉表固請以聞臣頎等誠惶誠恐誠歡誠懇頓首頓首謹言」二十八字。

第六表

臣頎等言：臣等今月七日所上表，昨十五日下詔旨，加辭讓愈固。〔一〕臣等感謙沖於盛德，而私有舊典隳廢之憂；懼煩瀆於聖聽，而內懷微誠懇迫之切。進退兢惕，不知所措。臣某等誠惶誠恐，頓首頓首。

臣某等伏以事貴舉其中，名惡浮於實。〔一〕得其中，不宜變之而失正；有其實，不必避之以爲恭。況於祖宗之矩儀，國家之典制，陛下教尊道備，〔二〕德博化光，奚取於貶損而自卑，樸略而太簡者也？〔四〕昔漢宣帝謂元帝曰：「我漢家亦自有制度。」見漢元帝紀。諸葛孔明誠其主曰：「不宜妄自菲薄。」前史載之詳矣，幸陛下思之。臣等又以爲執小讓之賢，不足以方得宜合度之善；〔五〕去鴻名之敬，不足以補變法改作之專。陛下行之，將何所守？伏以高祖受其明命，〔六〕歷代承以聖德，至陛下又有下武繼文重熙累盛之美，不可謂德之不嗣也；躬上聖之姿，合至神之化，有戡禍亂、制夷狄之武，一無「有」字。修禮樂垂憲度之文，不可謂實之不孚也。比年以來，俗化斯厚，人少犯法，吏無舞文，獄犴將空，桔搴不用，〔七〕可謂人皆向善，〔八〕豈曰俗未勝殘？然若辭之，所未寤也。〔九〕況於尊號之美，陛下已受於初，去之卽由於艱虞，復之宜因於康靖。〔一〇〕徒示其罰，不旌其功，何以知區宇之削平？何以知宗廟之紹復？〔一一〕似非陛下之本意，但自欲改先祖之遺儀耳。內之臣庶，跋履山川，思報主恩，誓雪國恥，〔一二〕亦欲攄其宿憤，表其成勞，陛下猶掩鴻名，罔窮其事，〔一三〕則此等如有未盡，不以爲歡。倘陛下以自咎責之心，尚或未弭，則羣臣不能匡輔之罪，「匡」，一作「莊」。亦當未除。〔一四〕將何以蒙陛下之恩私？將何以受陛下之爵賞？君猶含垢，臣以偷榮，羣下之情，必深反側。

又無以示於萬古，無以威於四夷，皆非遠圖，且乖大體。臣等懷此數者，悢悢而不能自安，〔一五〕謹昧冒萬死，重違詔旨，伏請復上尊號，以如前表。伏惟皇帝陛下思聿脩無念之言，〔一六〕〔祝曰〕詩：無念爾祖，聿脩厥德。顧屈己從人之義，再膺大典，俯徇羣情，〔一七〕因來月謁太清宫太廟，郊祀上帝，〔孫曰〕貞元六年十月，百僚請復尊號，上曰：「春夏亢旱，宿麥不登。朕精誠祈禱，獲降甘雨。既致豐穰，告謝郊廟。倘因禋祀而受尊號，是有爲爲之。勿煩固請。」十一月庚午，祀南郊。遂以告祠，實臣等之至誠，實臣等之厚幸。不勝惶懼懇迫之至。謹復詣朝堂，奉表固請以聞。〔一八〕

校勘記

〔一〕昨十五日下詔旨加辭讓愈固　「加」，英華、全唐文作「如初」二字，疑是。

〔二〕臣某等伏以事貴舉其中名惡浮於實　音辯、世綵堂、英華、游居敬本及全唐文「以」下有「爲」字。世綵堂本、英華及全唐文「名」上有「立」字。

〔三〕陛下教尊道備　「教尊道備」，英華、全唐文作「道尊教備」，疑是。

〔四〕奚取於貶損而自卑樸略而太簡者也　「奚」原作「辭」，據英華、全唐文改。

〔五〕不足以方得宜合度之善　「宜」，英華、全唐文作「禮」。按：此句與下文「不足以補變法改作之事」相對應，作「禮」近是。

〔六〕伏以高祖受其明命　「其」，英華、全唐文作「玆」，近是。

〔七〕梏拲不用　「梏拲」，英華、全唐文作「桎梏」。

〔八〕可謂人皆向善　「向」，取校諸本均作「遷」。

〔九〕然若辭之所未寤也　「然若」，英華、全唐文作「若固」。按：前已上五表，德宗仍故作辭讓，此處作「若固」近是。

〔一〇〕去之即由於艱虞復之宜因於康靖　「即」，英華、全唐文作「既」，近是。

〔一一〕何以知宗廟之紹復　「復」上原脱「紹」字，據英華、全唐文補。英華注：「柳集作『復祀』。」按：今存柳集未見作「復祀」者。音辯本「復」字下注：「此下疑闕一字。」鄭定、世綵堂本及何焯校本「復」上有「興」字。游居敬、蔣之翹本在「復」字下留一空格，以示闕文。

〔一二〕誓雪國耻　「國」，英華、全唐文作「讐」。

〔一三〕罔窮其事　「罔窮」，英華、全唐文作「不彰」。

〔一四〕亦當未除　英華「亦」上有「是」字，「亦」下無「當」字。音辯、游居敬本「當未」作「未當」。

〔一五〕恨恨而不能自安　何焯義門讀書記：「『恨』當作『悢』。」陳景雲柳集點勘：「『恨恨』一作『悢悢』爲是。嵇康與山巨源書：顧此悢悢。注引廣雅曰：悢悢，悲也。」全唐文作「悢悢」。按：兩説皆可通。恨恨，懷恨不已之意。古詩有「生人作死別，恨恨那可論」句。悢悢，悲或惆悵之意。李陵與蘇武詩有「徘徊蹊路側，悢悢不能辭」句。

〔一六〕伏惟皇帝陛下思聿修無念之言「念」原作「忝」，據英華、全唐文改。句下注「無念爾祖聿脩厥德」。「念」原作「忝」，據詩大雅文王改。

〔一七〕俯徇羣情「情」，取校諸本作「心」。

〔一八〕奉表固請以聞　英華、全唐文「聞」下有「臣等誠惶誠恐誠勸誠懇頓首頓首謹言」十六字。

及大會議户部尚書班宏又請改所上尊號加奉道字故其文如後表

〔孫曰〕宏，衛州汲人。貞元五年二月，自户部侍郎遷本部尚書。

伏以睿智之周物而靡不通，不可以不稱夫聖也；妙算之無方而莫能測，不可以不稱夫神也；行仁義，修典法，歌詩頌，考文章，不可以不稱夫文也；攘却戎夷，戡翦暴逆，邊兵以整，禁衞以嚴，不可以不稱夫武也，而合於唐堯乃聖乃神乃武乃文之德。博施不息，而萬物以生；推功不宰，而萬化以成，合於書之「奉若天道」之義。〔一〕臣等謹稽之乾符，叶於古典，侔德澤之廣，配功業之崇，昧冒萬死，伏請上尊號曰聖神文武奉道皇帝。〔二〕〔孫曰〕此是改第三表。

校勘記

〔一〕合於書之奉若天道之義　按：尚書未見「奉若天道」語。仲虺之誥篇有「奉若天命」句，疑謂此。

〔二〕伏請上尊號曰聖神文武奉道皇帝句下注　「此是改第三表」。按：英華及全唐文此篇爲前崔元翰所作第三表之後半篇，未單獨成文，且文字與第三表相同者大部分删去。音辯、游居敬本題下注亦謂「此係改第三表」。

及大會議國子祭酒韓洄請歷數近日徵應祥瑞故又改其文如後表

〔孫曰〕貞元七年，以韓洄爲國子祭酒。

又伏見陛下以今年四月以來，方當雩祭之修，而有旱備之請。纔愆期而未害於物，深軫念而將卹其人，氣潛通而交感以和，澤旋流而滂霈思遠。〔一〕由是風雨時而霜雹不降，稼穡茂而蝗螟不生，農功以成，年穀大熟。休祥數見，福應屢臻。仁木連理而垂陰，嘉禾同穎而挺秀。壽星舒景炎之盛，芝草布葩英之重。白麐凝彩而雪暉，蒼烏取象於天色。將徧於郡國，相繼於歲時。右具如表。〔二〕

校勘記

〔一〕澤旋流而滂霈思遠　何焯校本注：「重校（鄭定本）『思』本作『斯』。」何焯改「思」爲「斯」。世綵堂本注：「『思』本作『斯』。」按：此句與上句「氣潛通而交感以和」相應，作「斯」近是。

〔二〕右具如表　按：英華及全唐文此篇附在上面崔元翰所作第六表後面，不單獨成篇。

爲崔中丞賀平李懷光表

〔韓曰〕懷光謀反，貞元元年爲其部將牛名俊斬首以獻，則公之表當是時作也。然公時年十三，不應有此文。中丞者，不詳其人矣。文又闕不全云。

臣某言：伏奉某月日敕，逆賊李懷光輿臺末人，〔孫曰〕方言：南楚凡罵庸賤曰臺。奚虜遺醜，〔韓曰〕懷光，渤海靺鞨人，醜類也。備聞兇險之行，頗有殘暴之名。陛下略其細微，假以符節，盡委朔方之地，〔一〕〔孫曰〕建中二年七月，以懷光爲朔方節度使。猶分禁衛之兵，〔二〕〔孫曰〕二年五月，詔懷光率神策及朔方軍討李惟岳。不感殊恩，〔三〕乃懷異望。間者饋貢不入，王師問罪。尋令舉軍赴敵，而乃終歲無功。〔四〕〔孫曰〕時馬燧、李抱真同討魏城未拔，朱滔、王武俊連兵救田悦。詔懷光統朔方兵一萬五千同討悦。懷光勇而無謀，爲滔等所敗。洎駕幸近郊，〔韓曰〕建中四年十月丁未，車駕至咸陽。戊申，幸奉天。敕還舊鎮，將掃猾夏之盜，因解奉天之圍，〔韓曰〕十一月，懷光引兵敗朱泚兵于醴泉。泚聞之，懼，引兵歸長安，由是奉天之圍解。豈伊人謀，蓋是天意。陛下但嘉其排難，不省其由，列爲上公，命作元帥。及躡寇滑汭，頓軍咸陽，〔五〕闕

校勘記

〔一〕盡委朔方之地句下注「建中二年七月，以懷光爲朔方節度使」。「二年」原作「元年」，據舊唐書卷一二德宗紀及通鑑卷二二七改。

〔二〕猶分禁衛之兵句下注「二年五月，詔懷光率神策及朔方軍討李惟岳」。按：史書未見載詔李懷光率朔方軍討李惟岳事。據新唐書卷七、舊唐書卷一二德宗紀載，建中三年五月辛卯，詔李懷光率神策及朔方軍討田悦。疑當指此。與下文「而乃終歲無功」句下注「詔懷光統朔方兵」「討悦」爲同一事。而李惟岳在此之前，即建中三年閏正月甲辰，已被成德軍兵馬使王武俊殺

死，傳首京師。原注疑誤。

〔三〕不感殊恩　「恩」，取校諸本均作「私」。

〔四〕而乃終歲無功句下注　「時馬燧、李抱真同討魏城未拔」。「馬」原作「李」，「抱真」上原脱「李」字，據新、舊唐書德宗紀改補。「詔懷光統朔方兵一萬五千同討悦」。「五千」原作「三千」，據新唐書卷二二四、舊唐書卷一二一李懷光傳改。

〔五〕及蹶寇滑汭頓軍咸陽　「滑」下原脱「汭」字，據取校諸本補。又，「滑」字疑是「渭」字之誤。按：據新、舊唐書李懷光傳，建中四年，李懷光解奉天之圍后，原以爲在奉天將受德宗隆重接見，不料盧杞等害怕李懷光接近皇帝於己不利，因説德宗令李懷光乘勝逐朱泚，刻日收復長安，不許進入奉天，德宗從之。李懷光怏怏不樂，屯軍咸陽陳濤斜，累月不進，并日益猜疑，遂陰連朱泚，最後終于反叛。咸陽陳濤斜地當渭水之北（尚書禹貢：「涇屬渭汭。」孔傳：「水北曰汭。」），故「滑汭」疑當作「渭汭」。

爲裴令公舉裴冕表〔一〕

〔孫曰〕大曆四年十二月戊戌，裴冕卒。八年，公始生，當無此表。裴令公，蓋裴遵慶也。〔韓曰〕按冕傳云：

大曆中，郭子儀言於代宗曰：「冕首佐先帝，驅馳靈武，有社稷勳。程元振忌其賢，遂加誣構，海内寃之。」與此表合。然此表當爲郭令公作，其云爲裴令公，非也。又傳云：時元載秉政，冕早所甄引，載德之。又貪其衰瘵，且下己，遂拜左僕射同中書門下平章事。不踰月卒。據元載之誅，在大曆十二年，而柳生於大曆八年，是時方五歲，而此表又當在載未誅之前，時公未生。或謂公集先侍御府君神道表云，「汾陽王居朔方，備禮延望」，恐此表乃其先人之作。然亦不可得而考。此決非公之文也明矣。

臣某言：聞忠邪不可以并立，善惡不可以同道。〔二〕吳任宰嚭而伍胥誅夷，〔三〕〔韓曰〕吳王夫差元年，以大夫伯嚭爲太宰，嘗以報越爲志。二年，悉精兵以伐越，敗之夫椒。越王勾踐使大夫種因太宰而行成。吳王將許之，伍子胥諫，不聽，遂自殺。吳王以鴟夷盛其尸，投之於江。嚭，普鄙切。楚任靳尚而屈平放逐，〔四〕〔韓曰〕屈原名平，事楚懷王爲三閭大夫。同列上官靳尚毁譖之，王乃疏原。原既放逐，遂投於汨羅江而死。遠惟前事，孰不痛心！

伏見澧州刺史裴冕明允忠肅，〔五〕道高德厚，匪躬無怠，〔六〕有蹇諤之風。〔祝曰〕易曰：王臣蹇蹇，匪躬之故。首佐先帝，〔七〕驅馳靈武，贊雲雷之業，成社稷之勳。〔八〕〔孫曰〕至德元載，玄宗幸蜀。至益昌，遥詔太子充天下兵馬元帥，以冕爲御史中丞兼左庶子，爲之副。是時冕爲河西行軍司馬，授御史中丞，詔赴朝廷，遇太子於平涼，具陳事勢，勸之朔方。七月，太子入靈武，冕與杜鴻漸、崔漪等勸進。甲子，以定策功，以冕爲中書侍郎平章事。程元振忌其直方，〔九〕遂加誣構，投謫荒裔，〔一〇〕天下稱寃，〔孫曰〕寶應元年四月，肅宗崩，以冕爲山陵使。冕以倖臣李輔國權盛，將附之，乃表輔國親昵術士中書舍人劉烜充山陵判官。烜坐法免，冕亦以議事與程元振相違，貶施州刺史，移澧州刺史。空懷醜正之悲，莫雪增嫌之恥。〔一一〕今姦邪屏退，聖政大明，〔一二〕〔孫曰〕廣德元年十一月，削元振官爵，放歸田里。百度惟貞，諸本作「大度」，誤。四門以穆。寰海之內，元元之人，莫不延首德音，思聞至化。願特令追冕列在天朝，俾之端揆庶寮，平章百姓。〔一三〕處詢謀之任，〔一四〕當燮理之權，必能協和萬邦，致君堯、舜。

臣位兼將相，職忝股肱，思進賢傑，共熙帝載。〔一五〕〔孫曰〕二年二月，以冕爲左僕射，兼御史大夫，充東都、河南、江南、淮南諸路轉運使。臣無任懇願之至。〔一六〕

校勘記

〔一〕爲裴令公舉裴冕表　陳景雲柳集點勘：「案『裴』當作『郭』，『舉』當作『雪』。此表乃汾陽幕下士邵説所作，見文苑英華。昔人有疑子厚父爲汾陽管記時作，亦非也。邵説舉進士，嘗事史思明父子，及歸順後，汾陽重其才，留之幕下，事詳舊史。」按：陳説是。此文實邵説所作，文苑英華卷六〇八、全唐文卷四五二載此文，題爲代郭令公請雪裴僕射表。又題下注「遂加誣構」。「構」原作「冓」，據新唐書卷一四〇裴冕傳改。

〔二〕聞忠邪不可以并立善惡不可以同道　英華、全唐文「聞」上有「臣」字，「道」作「羣」，近是。

〔三〕吴任宰嚭而伍胥誅夷　「誅」，英華、全唐文作「鴟」。又，句下注「悉精兵以伐越，敗之夫椒」。「之」上原脱「敗」字，據史記卷三一吴太伯世家補。

〔四〕楚任靳尚而屈平放逐句下注　「同列上官靳尚毁譖之，王乃疏原」。「毁」上原衍「共」字，據文意并參照史記卷八四屈原傳删。

〔五〕伏見澧州刺史裴冕明允忠肅　「忠肅」上原脱「明允」二字，據永州本外集及英華、全唐文補。世綵堂本注：「一作『忠肅明允』，一作『明允忠肅』。」何焯義門讀書記亦云：「或作『忠肅明允』或作『明允忠肅』。」

〔六〕匪躬無怠　「怠」原作「忌」，據英華、全唐文改。

〔七〕首佐先帝　「首」原作「道」，據英華、全唐文及新唐書卷一四〇裴冕傳改。

〔八〕成社稷之勳句下注　「是時冕爲河西行軍司馬」。「河西」原作「河東」，據新唐書卷一四〇、舊唐書卷一一三裴冕傳改。「七月，太子入靈武」。「七月」原作「十月」，據世綵堂、濟美堂本及通鑑卷二一八改。

〔九〕程元振忌其直方　「直方」，英華作「直道□方」（「方」上缺一字），全唐文作「直道剛方」。

〔一〇〕投譴荒裔　音辯、詁訓、游居敬本作「投荒譴裔」。

〔一一〕空懷醜正之悲莫雪增嫌之恥　「醜」原作「醞」，據世綵堂本、英華、全唐文及永州本外集改。

按：左傳昭公二十八年：「晉祁勝與鄔臧通室，祁盈將執之，訪於司馬叔游，叔游曰：鄭書有之，惡直醜正，實蕃有徒，無道立矣，子懼不免。」作「醜」是。「增嫌」，英華、全唐文作「盜憎」。陳景雲柳集點勘亦謂應作「盜憎」。按：左傳成公十五年：「初，伯宗每朝，其妻必戒之曰：盜憎主人，民惡其上，子好直言，必及於難。」據上下文意，疑作「盜憎」是。

〔一二〕聖政大明　「大明」，英華、全唐文作「文明」。

〔一三〕願特令追冕列在天朝俾之端揆庶寮平章百姓　英華、全唐文作「伏願特令冕列在朝廷，俾之臺座，端揆庶僚，平章百姓」。

〔一四〕處詢謀之任　「詢謀」，英華、全唐文作「訏謨」。

〔一五〕思進賢傑共熙帝載　「思進」，英華、全唐文作「竊思」。又句下注「二年二月，以冕爲左僕射，兼御史大夫」。「左」原作「右」，據舊唐書卷一一代宗紀改。

〔一六〕臣無任懇願之至　英華、全唐文無「臣」字，「願」作「迫」。

爲武中丞謝賜新茶表

〔韓曰〕武元衡字伯蒼，貞元二十年遷御史中丞。公時爲監察御史，乃其屬也。正集有爲武中丞謝賜櫻桃表，此當次其後。

臣某言：中使竇某至，奉宣聖旨，〔一〕賜臣新茶一斤者。天睠忽臨，時珍俯及，捧戴驚抃，以喜以惶。〔二〕中謝。臣以無能，謬司邦憲。大明首出，〔三〕〔孫曰〕貞元二十一年正月，德宗崩，順宗即位。易曰：首出庶物，萬國咸寧。得親仰於雲霄；渥澤遂行，忽先霑於草木。況茲靈味，成自遐方，照臨而甲坼惟新，〔四〕煦嫗而芬芳可襲，調六氣而成美，扶萬壽以效珍。豈可賤微，膺此殊錫？〔五〕銜恩敢同於嘗酒，滌慮方切於飲冰。〔韓曰〕莊子曰：朝受命而夕飲冰，我其內熱歟？撫事循涯，隕越無地。臣不任感戴忻抃之至。

校勘記

〔一〕奉宣聖旨　「旨」上原脱「聖」字，據英華補。

〔二〕捧戴驚抃以喜以惶　英華「驚抃」作「抃驚」，「喜」作「兢」。

〔三〕大明首出句下注　「貞元二十一年正月，德宗崩」。「二十一年」原作「二十年」，據世綵堂本及新唐書卷七德宗紀改。

〔四〕照臨而甲坼惟新　「坼」原作「拆」，據文淵閣五百家注本及何焯校本改。按：易解卦：「雷雨作而百果草木皆甲坼。」疏：「百果草木皆莩甲開坼，莫不解散也。」

〔五〕豈可賤微膺此殊錫　英華「可」作「臣」，并注：「集作『可』，非。」按：作「臣」近是。

爲裴中丞賀破東平表

〔孫曰〕元和十二年二月，李師道誅，東平盡平。時御史中丞裴行立爲桂管觀察使。

臣某言：月日得進奏官狀報，逆賊李師道以某月日克就梟戮，率土臣子慶抃無涯。中謝。臣聞負恩干紀者，鬼得而誅；〔一〕〔韓曰〕莊子：爲不善乎幽闇之中者，鬼得而誅之。犯順窮凶者，天奪其魄。〔童曰〕左氏襄公二十九年：鄭伯有使公孫黑如楚，辭曰：楚、鄭方惡，而使予往，是殺予也。伯有强使之，子晳怒，將伐伯有氏，大夫和之。十二月，鄭大夫盟於伯有氏，裨諶曰：「善之代不善，天命也，其焉辟？子產舉不踰等，則位班也；擇善而舉，則世隆也；天又除之，奪伯有魄。」不自妖孽，曷彰聖功？〔二〕伏惟陛下先天不違，與神合契，掩周宣中興之業，陋漢光再造之勳。靈旗四臨，氛沴皆散，凡在臣庶，盡覩升平。伏以師道席父祖以作威，〔孫曰〕大曆中，以李正己爲平盧、淄青節度使。傳其子納。納傳師道。苞海岳而專祿，恃東秦十二之險，〔孫曰〕漢高帝六年，田肯賀上曰：「秦形勝之國，帶河阻山，縣隔千里，持戟百萬，秦得百二焉。齊地方二千里持戟百萬，縣隔千里之外，齊得十二焉。此東、西秦也。」百二者，謂秦地險固，二萬人足以當諸侯百萬人。十二者，謂二十萬人，足當諸侯百萬人。言齊雖固，不如秦二萬乃當百萬人。誘臨淄三七之兵，〔孫曰〕史記：蘇秦説齊宣王曰：臨淄之中七萬户，不下户三男子，三七二十一萬，不待發於遠縣，而臨淄之卒固已二十一萬矣。竊據一方，歲踰五紀。朝宗之地，曠若外區；〔韓曰〕禹貢：海岱爲青州。青州東北據海，西南距岱也。又云：海岱及淮爲徐州。東至海，北至岱，南至淮也。以其淮海之所在，故曰朝宗。此言東海爲師道所據也。封祀之山，隔成異域。〔童曰〕謂東封泰山也。在兗州。累聖垂德，曾未悛心，〔孫曰〕書：惟受罔有悛心。悛，改也。餘孽滔天，果聞折首。〔祝曰〕易：有嘉折首，獲匪其醜。遂使云亭有主，知玉牒之將封；〔劉曰〕封禪書：炎帝封泰山，禪云云。黄帝封泰山，禪亭亭。後漢志曰：云云、亭亭，皆泰山下小山也。風俗通云：封泰山，封廣二丈，高九尺，下有玉牒書。遼海無虞，見石砮之已至。〔三〕〔韓曰〕國語：武王克商，通道於九夷八蠻，使各以其方賄來貢，使無忘職業。於是肅慎氏貢楛矢石砮，長尺有咫。砮，矢鏃也，以石爲之。砮，音奴。此皆陛下神籌獨得，「籌」，一作「算」。廟略無遺，〔四〕授任推盡力之誠，〔五〕縱捨有感心之化。金石可貫，龜筮必從，克成不戰之功，遂洽無爲之理。

臣謬司戎旅，遠守方隅，愧無横草之功，〔韓曰〕漢終軍當發使匈奴，軍自請曰：「軍無横草之功。」師古曰：言行草中，使草偃卧，故曰横草也。坐見覆盂之泰。〔六〕〔孫曰〕東方朔客難：連四海之外以爲帶，安於覆盂。抃蹈歡慶，倍萬恒情。

校勘記

〔一〕臣聞負恩干紀者鬼得而誅句下注　「爲不善乎幽闇之中者」。「闇」，詁訓本作「間」。按：莊子庚桑楚作「閈」。原文是：「爲不善乎顯明之中者，人得而誅之；爲不善乎幽閒之中者，鬼得而誅之。」

〔二〕不自妖孽曷彰聖功　何焯義門讀書記：「『自』作『有』。」疑是。

〔三〕遼海無虞見石砮之已至　陳景雲柳集點勘：「案鄆帥并領平盧一道，平盧，遼海地，又兼押蕃使，故有此二語。舊注未悉。」

〔四〕廟略無遺　「廟」，詁訓本作「妙」。

〔五〕授任推盡力之誠　「誠」，世綵堂本作「威」。

〔六〕坐見覆盂之泰句下注　「安於覆盂」。「於」原作「如」，據漢書卷六五東方朔傳改。

賀赦表〔一〕

〔韓曰〕表云「況乃順時布政，乘春導和」，此謂順宗嗣位肆赦也。蓋當公之世，人主嗣位肆赦，惟順宗一人耳。又云「謬當任用，職在藩維」，此必代桂、廣帥臣作。

臣某伏奉某月日恩制，〔二〕大赦天下。一人有慶，百度惟新，戴天履土，罔不欣抃。中謝。

某聞天地元功，〔三〕施雨露而育物；帝王繼統，昇日月以垂曜。羣品資始，萬方文明。

伏惟陛下嗣守鴻業，光膺駿命，淳化均於四序，大德合於二儀。保寧社稷，光宅區宇，弘孝慈以御下，崇恭儉以垂休，恩覃溪洞，〔四〕事冠千古。〔五〕況乃順時布政，乘春導和，敷作解之澤，〔六〕宣在宥之典。九族既睦，四門廣闢。而又洗滌幽縶，雷雨之施也；歸還流竄，羅網之釋也；移敍貶黜，覆載之仁也，蠲除逋債，政理之源也；褒寵勳賢，激勸之方也。廢金寶之貢，有以彰儉德；搜遺逸之士，有以表至公。元勳宿將，賞延子孫，庶尹卿士，榮周存歿，廣直言之路，啓進善之門，德超虞、夏，道掩軒、頊。必將平一殊俗，發揮大猷，億萬斯年，永荷天緒。

臣謬當任用，守職藩維，不獲奔赴闕庭，親覩盛禮。感悦歡抃，倍萬恒情。

校勘記

〔一〕賀赦表　此表英華及全唐文均列爲李吉甫作。

〔二〕臣某伏奉某月日恩制　全唐文「臣某」下有「言」字。

〔三〕某聞天地元功　「某」，全唐文作「臣」。「元」原作「成」，據英華、全唐文改。

〔四〕恩覃溪洞　「溪洞」，英華、全唐文及永州本外集作「浹旬」。

〔五〕事冠千古　「冠」，音辯、游居敬本作「貫」。「千」，英華、全唐文作「今」。

〔六〕敷作解之澤　「澤」，英華、全唐文作「恩」。

賀皇太子牋〔一〕

〔韓曰〕皇太子，乃元和七年所立遂王宥者。〔孫曰〕皇太子恒，憲宗第三子。

宗元惶恐言：伏奉六月七日制，元和聖文神武法天應道皇帝光受徽號，〔孫曰〕元和十四年七月，羣臣上尊號曰元和聖文神武法天應道皇帝。率土臣子，歡抃無涯。

伏惟皇太子殿下麗正居中，輔成昌運，消伏沴孽，〔二〕贊揚輝光。鴻名允升，〔三〕大慶周洽，表文武之經緯，著天道之運行。瑞景照臨，示重輪之發耀；〔四〕〔劉曰〕崔豹古今注曰：漢明帝爲太子，樂人作四歌贊德，其二曰月重輪。恩波下濟，見少海之增瀾。〔劉曰〕山海經曰：無臯之山，南望幼海。郭璞注曰：即少海也。昔天子比大海，太子爲少海。宗元忝守遐方，〔韓曰〕公時在柳州，其年十月，卒於柳。獲聞盛禮，踴躍之至，倍萬恒情。謹附牋賀。宗元惶恐，死罪死罪。〔五〕

校勘記

〔一〕賀皇太子牋　音辯、游居敬本題作「賀皇子牋」，英華題作「皇帝册尊號賀皇太子牋」。又，題下注「〔韓曰〕皇太子，乃元和七年所立遂王宥者。〔孫曰〕皇太子恒，憲宗第三子」。按：據舊唐書卷一六穆宗紀，穆宗是憲宗第三子，初名宥，元和元年八月封遂王，七年十月册爲皇太子，改名恒。

〔二〕消伏沴孽　「消」，英華作「削」，疑是。

〔三〕鴻名允升　「允」，英華作「載」，蔣之翹本作「永」。

〔四〕示重輪之發耀　英華「示」作「知」，「耀」作「輝」。

〔五〕踴躍之至倍萬恒情謹附牋賀宗元惶恐死罪死罪　此二十字英華作「不任抃躍之至」六字。

賀裴桂州啓

〔韓曰〕裴桂州，卽前中丞公行立也。行立爲桂管觀察使，在元和十三、四年間，時淮西已平，公前有爲賀淮西平赦表，此豈赦後有所封贈，故公以啓賀之歟？

宗元啓：伏承天恩，榮加寵贈，伏惟增感，抃慶罔極。某聞揚名以顯，孔聖於是作經；〔祝曰〕孔子曰：「揚名於後世，以顯父母。」大孝所尊，曾子以之垂訓。〔孫曰〕禮記：曾子曰：「大孝尊親。」雨露敷澤，日月垂光，盛德果驗於達人，〔孫曰〕昭七年左氏：聖人有明德者，若不當世，其後必有達人。積善必徵於餘慶。〔祝曰〕易：積善之家，必有餘慶。天下人子，羨慕無階。某特承恩眷，倍百恒品。恨以守官，〔三〕不獲奔走拜賀，無任展轉惶灼之至。

校勘記

〔一〕恨以守官　吴汝綸柳州集點勘：「『恨』疑爲『限』。」是。

與衞淮南石琴薦啓

〔韓曰〕衞淮南，次公也。以檢校工部尚書爲淮南節度使，在元和十二年淮、蔡平後。傳云：次公本善琴，方未顯時，京兆尹李齊運使子與之遊，請授之法，次公拒絶，因終身不復鼓琴。而公此文在柳州作，則衞時尚鼓琴也。史傳之載，過乎實矣。

疊石琴薦一。〔一〕元注云：出當州龍壁灘下。

右件琴薦，躬往採獲，〔二〕稍以珍奇，特表殊形，自然古色。

伏惟閤下禀夔、旦之至德，藴牙、曠之玄蹤，人文合宫徵之深，國器專瑚璉之重。〔童曰〕論語：子謂子貢：「汝，器也，瑚璉也。」注云：夏曰瑚，殷曰璉，宗廟之器也。藝深攫醳，〔孫曰〕史記田完世家：鄒忌子曰：「大絃濁以春温者，君也；小絃廉折以清者，相也；攫之深、醳之愉者，政令也。」醳，舒也。音釋：攫，厥縛切。將成玉燭之調；〔三〕爾雅：四氣和謂之玉燭。思叶歌謡，〔四〕足助薰風之化。〔韓曰〕舜作五絃之琴，以歌南風。曰：南風之薰兮，可以解吾民之愠兮。願以頑璞，上奉徽音，增響亮於五絃，應鏗鏘於六律。沉淪雖久，提拂未忘，倘垂不徹之恩，〔孫曰〕禮記：士無故不徹琴瑟。敢效彌堅之用。

校勘記

〔一〕疊石琴薦一句下注　「元注云：出當州龍壁灘下」。「出」上原無「元注云」三字，據音辯本補。蔣之翹本在此注下有按語云：「龍壁山在柳州東北。一統志云『石壁峭立，下臨灘瀨，中多秀石』是也。『當州』即本州之意爾。如以爲果出當州，則柳與當道路相去尚遠。唐地理志：柳屬嶺南，當屬劍南。況子厚亦未曾至其地，何以云『躬往採獲』也。當不辨而自明矣。」

〔二〕躬往採獲　「採」原作「探」，據取校諸本改。

〔三〕將成玉燭之調句下注　「四氣和謂之玉燭」。「氣」原作「時」，據爾雅釋天改。

〔四〕思叶歌謡　「思」原作「恩」，據取校諸本改。

答鄭員外賀啓〔一〕

李師道三代受恩，〔孫曰〕代宗永泰元年七月，以李正己爲平盧、淄青節度使。德宗建中二年七月卒，子納領軍務。貞元八年五月卒，子師古領留務。憲宗元和元年閏六月卒，弟師道領留務。是爲三代受恩。四兇負德。〔韓曰〕四兇，卽謂正己、納、師古、師道。聖朝含育，務在安人，不知覆載之寬弘，更縱豺狼之奸蠹。〔二〕王師一發，兇首已來，萬姓稱歡，四方無事。〔三〕

校勘記

〔一〕答鄭員外賀啓　蔣之翹本題下注：「以下二啓疑皆闕文」。何焯義門讀書記：「似非全篇。收處重校一本有『伏惟同增慰慶』六字。」

〔二〕更縱豺狼之奸蠹　「奸」原作「扞」，據音辯、游居敬本及全唐文改。「扞」，蔣之翹本作「悍」。

〔三〕萬姓稱歡四方無事　世綵堂本注：「一本有『伏惟同增慰慶』六字。」

答諸州賀啓

李師道累代負恩，不起悛革，餘蘗怙亂，蘗，魚列切。一本作「蠥」。更肆猖狂。王師暫勞，已致梟戮，率土歡抃，慶賀難勝。太平之功，自此而畢。〔一〕

校勘記

〔一〕太平之功自此而畢　世綵堂本句下注：「一本有『勞致書問悚息增深』八字。」何焯義門讀書記謂鄭定本有此八字。

外集補遺

萬年縣丞柳君墓誌并序

〔韓曰〕史表載虯後周中書侍郎美陽孝公，與誌稍戾，豈史誤耶？萬年公，貞元十二年卒，是年葬。誌是時作。

惟貞元十二年龍集景子〔孫曰〕倉龍太歲。三月日，〔一〕前萬年縣丞柳君，終於長安升平里之私第，享年五十。長子弘禮，承家當位，次曰傳禮，幼曰好禮，奉夫人洎仲父之命，考時定制，動合古道，三日而殯，三月而葬。〔孫曰〕王制：大夫、士、庶人三日而殯，三月而葬。粤五月十九日甲子，克開長安縣高陽原，祔於先塋，禮也。先時撰辰酌禮，撰，擇也。稱義備物，外姻畢至，〔孫曰〕左氏：士逾月，外姻至。宗人來會。從弟宗元受族屬之教，泣涕濡翰，書辭紀行。曰：

君諱元方，字某，解人也。系自周、魯，後得柳姓。〔二〕〔孫曰〕魯孝公子展之孫，以王父字爲謚，至展禽食采於柳下，因爲氏。魯爲楚滅，柳氏入楚。楚爲秦滅，柳氏遷晉之解縣。故柳氏爲河東解人。七代祖虯，後魏中書令，封美陽公。〔孫曰〕虯字仲盤，西魏大統中，爲中書侍郎。四葉至皇考惇，皇朝散大夫，資陽令。祖初，延州司馬。〔三〕考頤，宣州寧國丞。濟德克紹厥類，藏聰晦明，粹爲淑和。少孤，季父建，〔四〕〔孫曰〕頤三子：長元方，季卽建。建爲金部郎中。撫字訓道，通左氏春秋，貫歷代史，指畫羅列，接在視聽，嗜爲文章，辭富理精。以門廕出身，調補宣州溧水尉。網簿貢賦，〔五〕入於天府，特授同州馮翊尉。改京兆府雲陽主簿，轉長安主簿，遷萬年丞。端靖守貞，處劇不撓。秩滿居養素食貧，常好竺乾之道，自振塵昏之外，振，音展，極也。「外」，一作「表」。泊如也。既而嬰被沈疾，不克永壽。姻戚動懷，朋友道傷，僉曰：「天之報施善人，何如哉！」

君前娶河南獨孤氏，左司郎中緬之女，〔六〕〔孫曰〕緬之子三人：寔、寂、密。無子，早世。繼室以裴夫人，諫議大夫虬之女，〔孫曰〕虬，河東人。代宗時，爲諫議大夫。陰教內則，著於閨闈，有女三人焉。嗚呼，銘誌之來古矣，是不可闕，遂勒玄石，措於陰堂。〔童曰〕陰堂，壙中。銘曰：

振振吾宗，德之宅耶？惟君之德，至其賾耶？〔七〕德而不壽，命既厄耶？〔八〕松柏蒼耶？不朽石耶？

校勘記

〔一〕惟貞元十二年龍集景子三月日句中注　「倉龍太歲也」。「倉」，世綵堂、濟美堂本作「景」。蔣之翹本注：「『景』本作『丙』，避唐諱也。」

〔二〕後得柳姓句下注　「食采於柳下」。「柳」下原脱「下」字，據新唐書卷七三上宰相世系表三上補。

〔三〕祖初延州司馬　「祖」下原脱「初」字，據新唐書宰相世系表三上補。

〔四〕季父建句下注　「頤三子：長元方，季即建」。陳景雲柳集點勘：「案文云『季父建』，乃謂元方之季父，則建乃延州司馬初之季子，而頤之弟也。注誤甚。」按：陳説是。據宰相世系表三上，頤三子名元方、韜、褀，頤三弟名建、璟、瓌。

〔五〕網簿貢賦　「賦」，全唐文作「職」。

〔六〕左司郎中緬之女　「緬」，新唐書卷七五下宰相世系表五下作「愐」。

〔七〕惟君之德至其賾耶　「賾」，世綵堂本及全唐文作「頤」。

〔八〕命既厄耶　「命」，蔣之翹本及全唐文作「今」。

處士段弘古墓誌并序〔一〕

〔韓曰〕御史中丞，崔公能也。時爲永州刺史。公元和九年尚佐永州，故薦弘古於崔；迨其死，崔猶爲經紀其喪，可謂賢矣。公正集有祭弘古文，當其喪過永州時作，誌亦于是時作也。

段處士弘古，讀縱横書，〔孫曰〕漢志有縱横十二家。蓋蘇秦、張儀之書也。剛峭少合，尤濩落，〔孫曰〕濩落，大貌。莊子作「瓠落」，與「濩落」同。不事産。人或交之，度非義，輒去，以故年五十，不就禄。嘗以法家言，〔孫曰〕漢志有法家者流。抵御史大夫何士幹，延以上座，將用之。會士幹死，聞襄陽節度使于頔愛人大言，遂干以兵畫，一見喜甚，居月餘，視頔終不可與立功，又遁去。〔孫曰〕頔字允元。貞元十四年九月，以頔爲襄州刺史、山南東道節度使。隴西李景儉、〔祝曰〕景儉，字致用。東平吕温，〔二〕〔祝曰〕温，字化光。高氣節，尚道藝，聞其名，求見，大歡。留門下，或一歲，或半歲，與言，不知日出。〔三〕温卒，〔祝曰〕元和六年，温卒。景儉逐，〔孫曰〕元和三年十月，景儉貶江陵户曹參軍。前右拾遺張宿一作「道」。與然諾，〔四〕南見中山劉禹錫、河東柳宗元，二人者言於御史中丞崔公。公時降治永州，知其信賢，徼其去。徼，與邀通，遮也。又南抵好義容州扶風竇羣，〔孫曰〕元和八年四月，以羣爲容管經略使。途過桂，桂守舊知君，拒不爲禮。君憤怒，發病，不肯治，曰：「平生見大人，未嘗相下。今窮於此，年加老，接接無所容入也，益困於俗笑，〔五〕吾安用生爲？埋道邊耳！」居六月，死逆旅中。崔公爲出涕，命特贈賻，致其喪來永州，哭爲祭之。與喪具道里費，歸葬澧州安鄉縣黄山南麓上。

君之死，元和九年八月十六日，後某月日葬。祖某官，父某官。妻彭城劉氏。子知微、知章，皆未冠。銘曰：

廉不貪，直不倚。困者吾之，〔六〕〔孫曰〕困者，謂己及禹錫之屬皆窮困也。通者不以。〔孫曰〕言通達者則不用也。不懲其躓，卒以亢死。觀游非類，有賤非鄙。何以葬之？黄山南趾。

校勘記

〔一〕處士段弘古墓誌題下注　「公元和九年尚佐永州」。「佐」原作「在」，據詁訓本改。

〔二〕東平呂温　「平」原作「君」，據取校諸本改。

〔三〕與言不知日出　詁訓、蔣之翹本「與」上有「夜」字。

〔四〕前右拾遺張宿與然諾　按：舊唐書卷一五四、新唐書卷一七五張宿傳，均言張宿自布衣授左拾遺。疑「右」字乃「左」字之誤。

〔五〕益困於俗笑　「笑」下原衍「也」字，據取校諸本删。

〔六〕困者吾之　「吾」，全唐文作「安」，疑是。

潞州兵曹柳君墓誌〔一〕

〔韓曰〕誌云貞元二十一年七月葬。誌當是時作。

柳氏子某爲平陸丞，王父母之喪，寓於外，貞元二十一年，始葬於虢之閿鄉，窆〔祝曰〕説文：窆，葬下棺也。彼驗切。墨遇食，乃貽書其族尚書禮部員外郎宗元，使爲其誌。且曰：「吾之先，自魏已來，爲宰相者累世。〔孫曰〕慶爲魏侍中。自後四世爲宰相。我高祖諱萬齒，爲伊闕令，襲其先河間郡公曾祖諱某，浙州刺史，咸有懿德。洎於兵曹府君諱某，勤身惠志，好義能讓而同，故交者固；直而敬，故親者睦。凡舉明經者四，皆獲美仕。初爲陸渾主簿，次吳縣尉，次上黨丞，次潞州兵曹參軍。〔二〕其勾稽摘發，叱贊關決，無不勝職，加朝散大夫。某年月日終於官次，殯於州若干里。會世多難，家又貧窶，故不及夫事。嗚呼！我曾祖、王父葬於潁陽，我伯祖、叔祖洎伯父皆葬閿鄉皇天原望壽里。潁陽北臨澗，〔三〕其地陰狹，岸又數壞，〔四〕大懼不克久安神居。是以從他兆於茲，卜用七月六日甲子，將以具於玄堂之下，固故有望乎爾也」。於是刪其書爲文，置於鄄中，俾移於石上。

校勘記

〔一〕潞州兵曹柳君墓誌　「兵」下原衍「馬」字，據詁訓本刪。按：唐官制，十六衛有兵曹參軍、騎曹參軍，府有兵曹參軍，州有司兵參軍，無兵馬曹參軍；且誌文中有「次潞州兵曹參軍」句，可見作「兵曹」是。又題下注「誌云貞元二十一年七月葬」。「七月」原作「十月」。按：誌文中有「卜用七月六日甲子」句，作「七月」是。今據詁訓、世綵堂、濟美堂、蔣之翹本改。

〔二〕次潞州兵曹參軍　「潞」上原脱「次」字，據取校諸本補。

〔三〕潁陽北臨澗　「澗」原作「問」。按：潁陽北臨澗水，作「澗」是。今改。

〔四〕岸又數壞　「壞」，世綵堂、濟美堂本空缺，蔣之翹本作「潰」。

永州司功參軍譚隨亡母毛氏誌文

〔韓曰〕年月誌皆不載。據題云永州，公在永時作。

毛氏夫人，父曰儀禹，豐州别駕。〔一〕祖弘義，濟州户曹。夫人歸譚氏，曰損，爲鄧州司倉參軍。損父昌，爲常州録事參軍。祖曰元愛，爲左羽林大將軍、弘農男。惟譚洎毛氏，於周咸爲諸侯，譚入於莒，毛及魏爲后族，千歲復合。

夫人生丈夫子曰隨。隨謹愿好禮。始克於裴、柳爲姻。隨娶裴氏，今中書舍人次元之族弟也。女子嫁柳氏，曰從肇，曰余族兄也。余早承族兄之教，聞夫人之德，且曰隨之所以能立，洎吾嫂之所以令，皆夫人之訓。則宜有以文其聲詩，刻而措諸墓。夫人諱某，〔二〕壽若干，某年月日終，某月日祔於此。〔三〕誌曰：

周之列國，譚子、毛伯。合是二姓，從其匹敵。夫人有訓，乃策厥族。惟時善良，不享豐福。懿厥子姓，追號憲德。内言不出，孰表貞節。願垂休銘，永誌幽谷。

校勘記

〔一〕豐州别駕　「豐州」，世綵堂、濟美堂本作「豊州」。

〔二〕夫人諱某　「人」原作「子」，據取校諸本改。

〔三〕某月日祔於此　「月」上原有「年」字，據取校諸本删。

清河張府君墓石

貞元二十年六月日，清河張公諱曾，寢疾即世□莫亭嘉深里之私第，享年七十六。自屬纊至於移窆，朋從親暱，□州里士君子無不慟怛。嗚呼！仁賢之云亡也哉！

惟公受□□黄而分，歷代茂盛，源流益别，公即清河之緒。曾祖皇太子諮議郎諱崇，祖皇中府折衝諱操，父皇太子内直郎□□，公即内直郎嗣也。

早歲有節，克壯□心，拳拳禮容，執無倦怠。逮夫弱冠，遵道秉義，汪汪然不可得而親，不可得而友。挺出常度，機略内藴。時薊州刺史御史□□榮公□公才，最以從事，情以道契，三揖而進。□□塞軍營田判官，恭儉莅職，勳績明著。甄録奏聞，受遊□將軍守右領軍衛幽州開福府折衝都尉員外置同正員，賜騎都尉。公疎勢賊諂，心不苟合，恬淡爲頤年之用，視簪組爲伐性之具，遂辭名晦跡，高卧雲物，因家於三河邑，背郭而東，得林巒之勝致也。曁乎年逾不惑，以長子瓊佐鄭亭侯。嘉聲洋洋，多歷年數。由是閱實觀政，巾車以來，郡邑清暢，禮容大備。□釋我願，斯不返駕。每□人貞□，談真空微妙之性，探□原□賾之旨。浩浩方寸，洞豁塵境，不其致歟？嗟乎！大道無涯，天命有定，雖聖明不能越常運而超物外哉！公以疾起，無妄情，不嗜藥，禺禺居易，悔咎莫有，星歲幾周，大漸長往。嗚呼！天富其道而閼於壽，謂之何哉？

夫人北平田氏，□而得禮，有子二人。瓊等卜祔先塋，龜筮告吉，以其年十一月一日窆於任邱東北長邱鄉原，禮也。二嗣號擗，痛深泣血，哀告以先遠，有請以誌之。宗元承命不忤，刻之貞石。銘曰：

蘭茝其馨，金玉其貞。碎碎拆之，何神不明。茂旌其英，德立行成。悠悠銘旌，洋洋懿聲。孝子念孫，宅兆郊原。龜筮叶從，慶流後昆。

（録自全唐文卷九九三，作者闕名。原編者有按語云：「謹按：是文從邑志採入，文中有『宗元』字樣，志亦以爲柳宗元作，然詳其文筆不類，且本集未載，故入闕名」。）

上宰相啓

宗元啓：自古遭時立功，事或容易；至於今日，尤見其難。伏惟相公秉鈞見以覺羣迷，杓持操以祛衆惑，横議雷動，執心彌堅。雖石柱之當洪流，燭龍之照朔土，未足以爲喻也。自天寶之亂，六十餘年，侯伯多繼代之人，卒伍有要君之志，累聖含育，未議削平。夙居相位，動踰百數，各務固守，以保安寧。藏疾日滋，稔禍彌長，四海之内，敢望清夷？閣下奮忠勇之誠，挺貞明之志，以中興爲己任，視羣寇爲私讎。五年之間，六合無事，不圖至是，獲覩太平。某罪責未明，拘守荒服，慶抃徒至，稱賀無階。將盡力於縑紬，冀流芳於遐邇。報效之至，捨此無由。無任感激欣躍之至。

（録自宋乾道永州本柳柳州外集）

上裴桂州狀

使持節柳州諸軍事守柳州刺史柳宗元。

右宗元伏事旌棨恭守，條章安清，因酒喧呼，吐於和協，輒敢塵黷，惶懼伏深。伏蒙仁恩，特賜處置下情，不任悚戴屏營之至。限以守官，不獲奔走拜謝，伏增戰越。謹狀。

（録自宋乾道永州本柳柳州外集）

蘇州賀赦表

臣某言：伏奉二月十三日勅，下垂拱臨軒，親受典册，大赦天下，與人更始。中賀。伏惟元和聖文神武法天應道皇帝陛下，用人情爲田，播殖萬類。細徹微妙，靈通幽神。洗盪危疑，開釋罪罟。酬勞而盡傾府帑，貶用而大減租入。逋負除而餧者自活，力役省而耕者倍功。繼絶存亡，忠賢歆德於黄壤；棄瑕肆青，奪魄再麗於遺骸。極天地之歡心，盡帝皇之上事。疲史臣之筆，編簡難書；涸詩人之思，謳謡絶路。臣摠集黎老，伏讀德音，不寤微生，坐階仁壽。不勝慶抃之至。

（録自文苑英華卷五六〇。文苑英華編者按：「宗元未嘗爲蘇州，此篇當考。」）

送元暠師詩

侯門辭必服，忍位取悲增。去魯心猶在，從周力未能。家山餘五柳，人世遍千燈。莫讓金錢施，無生道自弘。（録自宋乾道永州本柳柳州外集）

永字八法頌

側不愧卧，〔一〕勒常患平。〔二〕努過直而力敗，趯宜峻而勢生。〔三〕策仰收而暗揭，掠左出而鋒輕。〔四〕啄倉皇而疾罨，磔趯趞以開撑。〔五〕（録自全唐文卷五八三）

校勘記

〔一〕側不愧卧　陶宗儀書史會要（以下簡稱「書史」）卷五作「勒不貴卧」。

〔二〕勒常患平　「勒常」，書史作「側嘗」。

〔三〕趯宜峻而勢生　「宜峻」，書史作「當蹲」。

〔四〕掠左出而鋒輕　「左」，書史作「右」。

〔五〕磔䟏趞以開撑　「趞」，書史作「趯」。

揚子新注五則。

揚子，漢揚雄所著法言也。序云：諸子各以其知舛馳，是非頗謬於經，故人時有問雄者，常用聖人之法應之。譔以爲十三卷，象論語，號曰法言。蔣之翹按：法言，東晉李軌已爲之注，甚略。子厚删定，雖增釋一二，而亦不能盡補其亡誤。故宋咸云：中有義易決者反疏之理，尚秘者則虛焉，闕文者弗能正，譌字者乃無辨，至於言不詁而事不屬，議失旨而舉失類，則其言無足取也。但以爲舊本所存，又果爲子厚之筆，姑存之。乃或者謂昌黎舊有論語筆解，而集亦弗録，此注不可以已矣乎？蓋論語諸解，大略亦見韓集遺文答侯生書中，故不贅。弗可例也。

學行篇

如將復駕其所説，則莫若使諸儒金口而木舌。

注云：金口木舌，鐸也。使諸儒駕孔子之説如木鐸也。鐸所以宣教令者也。文事木鐸，武事金鐸。法言之意，猶言使諸儒揚宣之爾。

修身篇

熒魂曠枯，糟莩曠沈。擿埴索塗，冥行而已矣。

注云：熒，明也。熒魂，司目之用者也。「糟」當爲「精」，莩如葭莩之莩，目精之表也。言魂之熒明，曠久則枯；精之輕浮，曠久則沈。不目日月，目之用廢矣，以至於索塗冥行而已矣。司馬光曰：修身而不由聖人，則爲棄人矣；視物而不見日月，則爲棄目矣。

又云：「糟」當爲「精」，言盲矇之患，神光久曠則枯，目精久曠則沈，〔一〕於是以杖擿地而求路，冥冥然行矣。此卽面牆之論。

孝至篇

勤勞則過於阿衡。

注云：阿衡之事，不可過也。過則反。謂王莽。

漢興二百一十載，而中天其庶矣乎！

注云：揚子極陰陽之數，此言知漢祚之方半耳。宋咸曰：柳子之論非也。蓋子雲覩新莽之强篡而立，復暴桀如是，天下思漢德未已，知劉氏之運未去，必有中興而王者。言庶幾乎近也。

（録自明刻蔣之翹輯注本柳河東集遺文）

校勘記

〔一〕目精久曠則沈　五百家本「精」下無「久曠」二字。

附録

舊唐書本傳

劉昫

柳宗元字子厚，河東人。後魏侍中濟陰公之系孫。曾伯祖奭，高宗朝宰相。〔一〕父鎮，太常博士，終侍御史。宗元少聰警絶衆，尤精西漢詩騷，下筆構思，與古爲侔。精裁密緻，璨若珠貝。當時流輩咸推之。登進士第，應舉宏辭，授校書郎、藍田尉。貞元十九年，爲監察御史。

順宗卽位，王叔文、韋執誼用事，尤奇待宗元，與監察呂溫密引禁中，與之圖事。轉尚書禮部員外郎。叔文欲大用之，會居位不久，叔文敗，與同輩七人俱貶。宗元爲邵州刺史，在道，再貶永州司馬。既罹竄逐，涉履蠻瘴，崎嶇堙厄，蘊騷人之鬱悼，寫情敍事，動必以文。爲騷文十數篇，覽之者爲之悽惻。

元和十年，例移爲柳州刺史。時朗州司馬劉禹錫得播州刺史，制書下，宗元謂所親曰：「禹錫有母年高，今爲郡蠻方，西南絶域，往復萬里，如何與母偕行？如母子異方，便爲永訣。吾於禹錫爲執友，胡忍見其若是？」即草章奏，請以柳州授禹錫，自往播州。會裴度亦奏其事，禹錫終易連州。

柳州土俗，以男女質錢，過期則没入錢主。宗元革其鄉法，其已没者，仍出私錢贖之，歸其父母。江、嶺間爲進士者，不遠數千里皆隨宗元師法；凡經其門，必爲名士。著述之盛，名動於時，時號柳州云。有文集四十卷。元和十四年十月五日卒，時年四十七。子周六、周七，纔三四歲。觀察使裴行立爲營護其喪及妻子還於京師，時人義之。

校勘記

〔一〕高宗朝宰相　「高宗」，各本原作「高祖」。舊唐書卷七七柳亨傳載，柳奭至永徽三年始爲中書令。新唐書卷七三上宰相世系表云：「奭字子燕，相高宗。」今據改。

新唐書本傳　宋　祁

蔣之翹按：朱元晦録韓愈新史本傳，取其行狀、墓誌、神道碑、舊史傳諸文，皆附注之。翹於柳集，亦仿其例。今以退之所撰墓誌、舊史本傳、資治通鑑所載，及他文别集凡有可以明子厚之本末行事者，則爲之參其異同攷其詳略而併著焉。至於某年有某詩，某年有某文，此向有文安禮所撰柳年譜及黄大輿韓柳文章譜，皆不傳，況其説已皆散見集中，茲特略之不復贅云。

柳宗元字子厚，其先蓋河東人。

宗元作故叔父殿中侍御史墓版云：柳氏之先，自黄帝及周魯，其著者無駭，以字爲展氏；禽以食采爲柳姓，厥後昌大，世家河東。

從曾祖奭爲中書令，得罪武后，死高宗朝。

墓誌云：七世祖爲拓跋魏侍中，封濟陰公。曾伯祖爲唐宰相，與褚遂良、韓瑗俱罪武后，死高宗朝。按奭字子燕，貞觀中累遷中書舍人，外孫爲皇后，遷中書侍郎，進中書令。皇后挾媚道覺，罷爲吏部尚書。后廢，貶愛州刺史。許敬宗等構奭通宫掖謀行鴆毒，與褚遂良朋黨罪大逆，遣使殺之。

父鎮，天寶末遇亂，奉母隱王屋山，常閑行求養，後徙於吳。肅宗平賊，鎮上書言事，擢左衛率府兵曹參軍。〔二〕佐郭子儀朔方府，三遷殿中侍御史。以事觸竇參，貶夔州司馬。還，終侍御史。

墓誌云：皇攷諱鎮，以事母，棄太常博士，求爲縣令江南，其後以不能媚權貴，失御史。權貴人死，乃復拜侍御史。號爲剛直，所與遊皆當世名人。鎮履歷詳見宗元作先侍御史府君神道表又先君石表陰先友記。

宗元少精敏絶倫，爲文章卓偉精緻，一時輩行推仰。

墓誌云：子厚少精敏，無不通達。

舊史云：宗元少聰警絶衆，尤精西漢詩騷，下筆構思，與古爲侔。精裁密緻，璨若珠貝。當時流輩咸推之。

第進士、博學宏辭科，授校書郎，調藍田尉。

宗元先侍御碑云：貞元九年，宗元得進士第。

又與楊誨之書云：吾年十七，求進士，四年乃得舉；〔三〕二十四求博學宏詞，二年乃得仕。乃爲藍田尉。

墓誌云：其父時，雖少年已自成人，能取進士第。其後以博學宏詞，授集賢殿正字。按新、舊史皆作「授校書郎」，非是。正集有太學諸生留陽城書可攷。

貞元十九年，爲監察御史裏行。善王叔文、韋執誼，二人者奇其才。及得政，引内禁近，與計事，擢禮部員外郎，欲大進用。

墓誌云：儁傑廉悍，議論證據今古，出入經史百子，踔厲風發，率常屈其座人。名聲大振，一時皆慕與之交，諸公要人争欲令出我門下，交口薦譽之。貞元十九年，由藍田尉拜監察御史。順宗即位，拜禮部員外郎。

通鑑云　初，翰林待詔王伾善書，山陰王叔文善棋，俱出入東宮，娛侍太子。與相依附。叔文因爲太子言：「某可爲相，某可爲將，幸異日用之。」密結翰林學士韋執誼及當時朝士有名而求速進者陸淳、呂温、李景儉、韓曄、韓泰、陳諫、柳宗元、劉禹錫等，定爲死友。而凌準、程异等又因其黨以進，日與遊處，蹤跡詭秘，莫有知其端者。順宗即位，韋執誼爲尚書左丞、同平章事。王叔文爲起居舍人、翰林學士。內與李忠言、牛昭容轉相交結。每事先下翰林，使叔文可否，然後宣于中書，韋執誼承而行之。外黨則韓泰、柳宗元等主采聽外事。謀議唱和，日夜汲汲如狂，互相推獎，曰伊、曰周、曰管、曰葛，素與往還者，相次拔擢，至一日除數人。

俄而叔文敗，貶邵州刺史，不半道，貶永州司馬。

舊史云：會居位不久，叔文敗，與同輩七人俱貶。

通鑑云：永貞元年秋，七月，王叔文既有母喪，韋執誼益不用其語。其軍國政事，權令皇太子純句當。時內外共疾王叔文黨與專恣，上亦惡之。八月，庚子，制令太子即皇帝位。壬寅，貶王伾開州司馬，〔三〕王叔文渝州司户。伾尋病死貶所。明年，賜叔文死。九月，己卯，貶神策行軍司馬韓泰爲撫州刺史，司封郎中韓曄爲池州刺史，禮部員外郎柳宗元爲邵州刺史，屯田員外郎劉禹錫爲連州刺史。十一月，壬申，貶中書侍郎、同平章事韋執誼爲崖州司馬。朝議謂叔文之黨或自員外郎出爲刺史，貶之太輕；己卯，再貶韓泰爲虔州司馬，韓曄爲饒州司馬，柳宗元爲永州司馬，劉禹錫爲朗州司馬；又貶河中少尹陳諫爲台州司馬，和州刺史凌準爲連州司馬，岳州刺史程异爲郴州司馬。既竄斥，地又荒癘，因自放山澤間，其堙厄感鬱，一寓諸文，倣離騷數十篇，讀者咸悲惻。倣離騷十數篇，見集一卷及八卷。

墓誌云：居閑益自刻苦，務記覽，爲詞章。汎濫渟蓄，爲深博無涯涘，而自肆於山水間。宗元遊山水諸記，見集二十九卷。按與李建書云：永州於楚爲最南，狀與越相類。僕悶卽出遊，遊復多恐。涉野則有蝮虺大蜂，仰空視地，寸步勞倦。近水卽畏射工沙蝨，含怒竊發，中人形影，動成瘡痏。〔四〕時到幽樹好石，暫得一笑。此所謂自肆於山水也。

雅善蕭俛，詒書言情云云。又詒京兆尹許孟容云云。然衆畏其才高，懲刈復進，故無用力者。二書俱見集三十卷。

國朝周思兼八司馬論云：元和之盛，君子莫不以其才自顯於世，而伾、文之黨獨憂愁抑鬱於遐荒之域，雖欲發憤以白其志，而竟以貶死者，其素行不足以取信於朝廷，而其材又天下之所忌也。夫行不足以取信，故君子不敢任其咎，以開其入仕之路。而材足以起人之忌，則小人亦從而交阻之。是以天下皆惜其材，坐視而莫爲之言。而其故人僚友，雖貴顯於朝廷，黜陟天下之士，而獨靳於一薦。如宗元於蕭翰林、許京兆、楊京兆諸人，雖致書累累數千言，亦終不能少爲之助。蓋疑而忌之者盈朝廷，而一人之力無所容其間。故寧屈其材，使之負怨以終其身；而不敢强人之忌，以起天下之謗。八司之黨，惟程异之材爲下，而元和之末猶得以自進於朝廷者，忌之者寡也。夫然後知劉、柳之名愈甚天下，而貶斥之禍愈不得以自伸也。惜哉！

宗元久汩振，其爲文，思益深。嘗著書一篇，號曰貞符，云云。見集一卷。宗元不得召，内閔悼，悔念往吝，作賦自儆，曰懲咎云云。見集二卷。

元和十年，徙柳州刺史。

墓誌云：「元和中，嘗例召至京師，又偕出爲刺史，而子厚得柳州。時劉禹錫得播州，宗元曰：『播非人所居，而禹錫親在堂，吾不忍其窮，無辭以白其大人，如不往，便爲母子永決。』即具奏欲以柳州授禹錫而自往播州。會大臣亦爲禹錫請，因改連州。」

舊史云：「時朗州司馬劉禹錫得播州刺史，制書下，宗元謂所親曰：『禹錫有母年高，今爲郡蠻方，西南絶域，往復萬里，如何與母偕行。如母子異方，便爲永訣。吾于禹錫爲執友，胡忍見其若是？』即草章奏，請以柳州授禹錫，自往播州。會裴度亦奏其事，禹錫終易連州。

墓誌云：嗚呼！士窮乃見節義，今夫平居里巷相慕悦，酒食遊戲相徵逐，詡詡强笑語以相取下，握手出肺肝相示，指天日涕泣，誓生死不相背負，真若可信。一旦臨小利害，僅如毛髮比。反眼若不相識，落陷穽不一引手救，反擠之，又下石焉者，皆是也。此宜禽獸夷狄所不忍爲，而其人自視以爲得計。聞子厚之風，亦可以少媿矣。

柳人以男女質錢，過期不贖，子本均，則沒爲奴婢。宗元設方計，悉贖歸之。尤貧者，令書傭，視直足相當，還其質。已沒者，出己錢助贖。

墓誌云：既至，歎曰：「是豈不足爲政邪？」因其土俗，爲設教禁，州人順賴。其俗以男女質錢，約不時贖，子本相侔，則沒爲奴婢。子厚與設方計，悉令贖歸。其尤貧力不能者，令書其傭，足相當，則使歸其質。觀察使下其法於他州，比一歲，免而歸者且千人。

餘政詳見羅池廟碑。

南方爲進士者，走數千里從宗元遊，經指授者，爲文辭皆有法。世號柳柳州。十四年卒，年四十七。

墓誌云：子厚以元和十四年十一月八日卒，以十五年七月十日歸葬萬年先人墓側。其歸葬也，費皆出觀察使河東裴君行立。行立有節概，重然諾，與子厚結交，子厚亦爲之盡，竟賴其力。葬子厚於萬年之墓者，舅弟盧遵。遵，涿人，性謹慎，學問不厭。自子厚之斥，遵從而家焉，逮其死不去。既往葬子厚，又將經紀其家，庶幾有始終者。

新史吳武陵傳云：初，柳宗元謫永州，而武陵亦坐事流永州，宗元賢其人。及爲柳州刺史，武陵北還，大爲裴度器遇。每言宗元無子，說度曰：「西原蠻未平，柳州與賊犬牙，宜用武人以代宗元，使得優游江湖。」又遺工部侍郎孟簡書曰：「古稱一世三十年，子厚之斥十二年，殆半世矣。霆砰電射，天怒也，不能終朝。聖人在上，安有畢世而怒人臣邪？且程、劉、二韓皆已拔拭，或處大州劇職，獨子厚與猿鳥爲伍，誠恐霧露所嬰，則柳氏無後矣。」度未及用，而宗元死。

宗元少時嗜進，謂功業可就。既坐廢，遂不振。然其才實高，名蓋一時。韓愈評其文曰：「雄深雅健似司馬子長，崔、蔡不足多也。」司馬遷、崔駰、蔡邕。

墓誌云：子厚前時少年，勇於爲人，不自貴重顧藉。謂功業可立就，故坐廢退。既退，又無相知有氣力得位者推挽，故卒死於窮裔。材不爲世用，道不行於時也。使子厚在臺省時，自持其身，已能如司馬刺史時，亦自不斥。斥時有人力能舉之，且必復用不窮。然子厚斥不久，窮不極，雖有出於人，其文學辭章必不能自力，以致必傳於後如今無疑也。雖使子厚得所願，爲將相於一時，以彼易此，孰得孰失？是必有能辨之者矣。

舊史云：貞元、大和之間，〔五〕以文學聳動搢紳之伍者，宗元、禹錫而已。其巧麗淵博，屬辭比事，誠一代之宏才。如俾之詠歌帝載，黼藻王言，足以平揖古賢，〔六〕氣吞時輩。而蹈道不謹，昵比小人，自致流離，遂隳素業。故君子羣而不黨，戒懼慎獨，正爲此也。既没，柳人懷之，託言降於州之堂，〔七〕人有慢者輒死。廟於羅池，愈因碑以實之云。羅池廟碑載韓集三十一卷。

贊曰：叔文沾沾小人，竊天下柄，與陽虎取大弓，春秋書爲盜無以異。宗元等橈節從之，徼幸一時，貪帝病昏，抑太子之明，規權遂私。故賢者疾，不肖者媢，一僨而不復，宜哉！彼若不傅匪人，自勵材猷，不失爲名卿才大夫，〔八〕惜哉！

（録自明刻蔣之翹本輯注柳河東集附録）

校勘記

〔一〕擢左衛率府兵曹參軍　「左」原作「右」，據新唐書本傳及柳宗元先侍御史府君神道表改。

〔二〕吾年十七求進士四年乃得舉　「進士」上原脱「求」字，「乃得舉」上原脱「四年」二字，據柳宗元與楊誨之第二書補。

〔三〕貶王伾開州司馬　「司馬」原作「司户」，據資治通鑑改。

〔四〕含怒竊發中人形影動成瘡痏　「動」上原脱「含怒竊發，中人形影」八字，據柳宗元與李翰林建書補。

〔五〕貞元大和之間　「大和」原作「元和」，據舊唐書卷一六〇史臣曰改。

〔六〕足以平揖古賢　「平」原作「手」，「古」原作「前」，據舊唐書卷一六〇史臣曰改。

〔七〕託言降於州之堂　「於」原作「柳」，據新唐書本傳改。

〔八〕不失爲名卿才大夫　「名」原作「明」，據新唐書卷一六八贊曰改。

柳先生年譜

文安禮

柳氏之先，自黄帝歷周魯孝公子夷伯展孫無駭生禽，爲魯士師，謚曰惠。食采於柳下，遂姓柳氏。楚滅魯，仕楚。秦并天下，柳氏遷於河東。秦末，柳下惠裔孫安，始居解縣。安孫隗，漢齊相。六世孫豐，後漢光禄勳。六世孫軌，晉吏部尚書。生景猷，晉侍中。二子耆、純。耆號西眷，純號東眷。耆，汝南太守。二子恭、璩。恭，後魏河東郡守，南徙汝、潁，遂仕江表。曾孫緝，宋州别駕，宋安郡守。〔一〕生僧習，與豫州刺史裴叔業據州歸於後魏，爲揚州大中正、尚書右丞、方輿公。五子：鷟、慶、虬、檜、鷟。慶，後魏侍中、左僕射、平齊公。於子厚爲七代祖。三子：機、旦、肅。旦，隋黄門侍郎、〔二〕新城男。於子厚爲六代祖。五子：燮、則、綽、

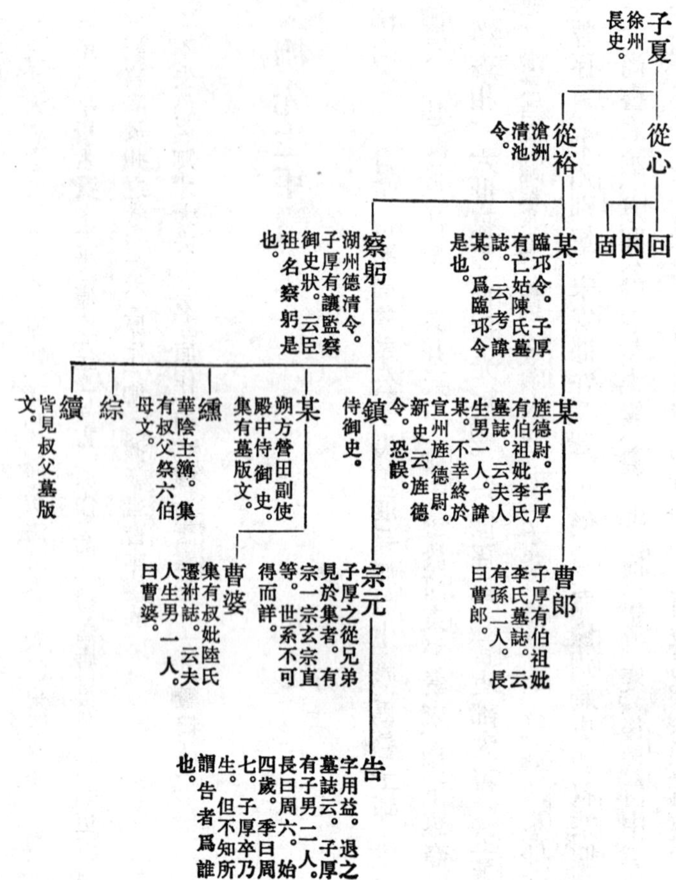
子夏 徐州長史。
從心
從裕 滄洲清池令。
回
因
固
某 臨邛令。子厚有亡姑陳氏墓誌。云考諱某。爲臨邛令是也。
察躬 湖州德清令。子厚有讓監察御史狀。云臣祖名察躬是也。
某 旌德尉。子厚有伯祖妣李氏墓誌。云夫人生男一人。諱某。不幸終於宣州旌德尉。新史云旌德令。恐誤。
鎮 侍御史。
某 朔方營田副使殿中侍御史。集有墓版文。
纁 華陰主簿。集有叔父祭六伯母文。
綜
續 皆見叔父墓版文。
曹郎 子厚有伯祖妣李氏墓誌。云有孫二人。長曰曹郎。
宗元 子厚之從兄弟見於集者。有宗一宗玄宗直等。世系不可得而詳。
曹婆 集有叔妣陸氏遷祔誌。云夫人生男一人。曰曹婆。
告 字用益。退之墓誌云。子厚有子男二人。長曰周六。始四歲。季曰周七。子厚卒乃生。但不知所謂告者爲誰也。

楷、亨。則，隋左衞騎曹參軍。生奭，唐中書令。新唐史宰相世系表云：奭字子燕。而列傳則云字子邵。按子厚有先侍御史府君神道表，云曾伯祖諱奭，字子燕。則當以世系表爲正。然奭於侍御史爲曾伯祖，則於子厚爲高伯祖矣。而新史子厚傳及韓退之子厚墓誌皆云曾伯祖奭，恐誤。楷，隋濟、房、蘭、廓四州刺史。於子厚爲五代祖。三子：融、子敬、子夏。〔三〕子夏，徐州長史。於子厚爲高祖。

大曆八年癸丑

子厚生。代宗之十一年也。

大曆十一年丙辰

集有先太夫人盧氏歸祔誌，云：「宗元始四歲，居京城西田廬中，先君在吳，家無書，太夫人教古賦十四首，皆諷傳之。」即此年也。

貞元元年乙丑

按唐本紀：德宗興元元年二月甲子，李懷光反。貞元元年八月甲戌，伏誅。是年有爲崔中丞賀平李懷光表。劉夢得作集序云：「子厚始以童子有奇名於貞元初。」

貞元五年己巳

與楊誨之書云：「吾年十七，求進士。」即此年也。有爲文武百官請復尊號表三首。

貞元六年庚午

是年有與權補闕書，註云：「時年十八。」爲文武百官請復尊號表三首，又大會議表二首。并見外集。

貞元八年壬申

是年，貢於京師。有送苑論詩序，云：「八年冬，余與馬邑苑言揚聯貢於京師。……是歲小司徒顧公守春官之缺，而權擇士之柄。明年春，同趨權衡之下。並就重輕之試。……二月丙子。有司題甲乙之科，揭於南宮，余與兄又聯登焉。」

貞元九年癸酉

是年登進士第。集有先侍御史府君神道表，云：「貞元九年，宗元得進士第。上問有司曰：『得無以朝士子冒進者乎？』有司以聞。上曰：『是故抗姦臣竇參者邪？吾知其不爲子求舉矣！』」是年，有送苑論詩序。

貞元十二年丙子

按唐史言：「宗元少精敏絕倫，爲文章卓偉精緻，一時輩行推仰。第進士博學宏辭科，授校書郎，調藍田尉。」其與楊誨之書云：「吾年二十四，求博學宏辭科。」即貞元十二年也。是歲，有終南山祠堂碑、太白山祠堂碑、邠寧進奏院記、與大理崔少卿啓、叔父殿中侍御史墓版文、殿中侍御史柳公墓表、叔妣陸氏夫人遷祔誌、萬年縣丞柳君墓誌、監察御史周君墓表。

貞元十四年戊寅

與楊誨之書云："二十四，求博學宏辭科，〔四〕二年乃得仕。"蓋此年也。

貞元十五年己卯

是年，有柳常侍行狀、亡妻弘農楊氏誌、國子司業陽城遺愛碣、與太學諸生書。書之首云："二十六日，集賢殿正字柳宗元。"則子厚是時蓋在書府也。有辯侵伐論，注云："在集賢院，爲徵天下兵討淮西作。"

貞元十六年庚辰

是年，有賀嘉瓜白兔等表、温縣主簿韓君墓誌、伯祖妣李夫人墓誌、亡姊裴氏夫人墓誌。

貞元十七年辛巳

是年，有南岳雲峯寺和尚碑、叔父祭六伯母文、亡姑陳氏夫人墓誌。

貞元十八年壬午

是年，有武功縣丞壁記、盩厔縣新食堂記、京兆府請復尊號表三首、爲耆老等請復尊號表、爲京畿父老上宰相狀、爲京畿父老上尹狀、亡友校書郎獨孤君墓誌。

貞元十九年癸未

是年，爲監察御史裏行。劉夢得集序云，「十有九年，爲材御史」是也。有讓監察御史狀、禇説、朝日説、爲李京兆祭楊郎中文、兵部楊君墓碣、弘農令柳府君墳前石表、送文暢上人序。〔五〕

貞元二十年甲申

是年，有監察使壁記、南嶽般舟和尚第二碑、〔六〕祭李中丞文、尚書户部郎中魏府君墓誌。

永貞元年乙酉

順宗以貞元二十一年正月丙申即位。三月癸巳，立廣陵郡王爲皇太子。有賀立皇太子表。八月庚子，立皇太子爲皇帝，自稱太上皇。有百寮賀表。辛丑，改元永貞。有賀改元赦表。乙巳，憲宗即位。有即位禮畢賀表、賀册太上皇后及禮畢表、請聽政表三首。是年，入尚書爲禮部員外郎。與蕭俛書云：「僕當時年三十三，甚少，自御史裏行得禮部員外郎，超取顯美，欲免世之求進者怪怒媢嫉，其可得乎？」蓋是年子厚年三十三也。以王叔文黨貶邵州刺史，又貶永州司馬。有陳給事行狀、户部侍郎王公太夫人劉氏墓誌、潞州兵曹柳君墓誌。〔七〕

元和元年丙戌

正月丁卯，大赦，改元。有賀改元赦表、劍門銘、嚴東川啓、先侍御史府君神道表、東明張先生墓誌、陸文通先生墓表、連州司馬凌君權厝誌、哭連州凌司馬詩。

元和二年丁亥

有懲咎賦、送趙大秀才往江陵序、〔八〕先太夫人盧氏歸祔誌。

元和三年戊子

有貞符、非國語、與呂道州書、與王參元書、答吳武陵書、同吳秀才贈李睦州詩序。〔九〕貞符序言：「臣所貶州流人吳武陵爲臣言董仲舒對三代受命之符。」而元和四年，有與楊京兆書，云：「去年吳武陵來，美其齒少，才氣壯健，可以興西漢之文章。」則吳武陵之來永州，蓋在是年也。有龍安海禪師碑、凌君墓後誌、〔一〇〕送婁圖南遊淮南序、酬婁秀才早秋月夜病中見寄、酬婁秀才將之淮南見贈之作、遊南亭夜還敍志七十韻、特進南公睢陽廟碑。〔一一〕

元和四年己丑

是年，子厚年三十七，在永州。有與裴塤蕭俛李建楊京兆許京兆等書。與蕭書云：「人生少得六七十者，今已三十七矣。」與李書云：「前過三十七年，與瞬息無異。」又云：「裴應叔、蕭思謙，各有書，足下求取觀之。」應叔，塤也。思謙，俛也。與楊京兆書云：「永州多火災，五年之間，四爲大火所迫。」答許京兆書云：「伏念得罪來五年，未嘗有故舊肯以書見及者。」則子厚自永貞元年貶，至是五年也。又有爲南承嗣請從軍狀、送南涪州量移澧州序、送内弟盧遵遊桂州序、寄桂州李中丞薦盧遵啓、新作法華寺西亭記、始得西山宴遊記、鈷鉧潭記、鈷鉧潭西小丘記、小丘西小石潭記、小姪女子墓塼記。

元和五年庚寅

是年有與揚州李相公第二啓、與楊誨之書、説車贈楊誨之、送從弟謀序、讀韓愈所作毛穎傳後題、太府李卿外婦馬淑誌、趙秀才羣墓誌、下殤女子墓塼記、聞籍田有感詩。

元和六年辛卯

有上西川武相公啓、再與楊誨之書、爲柳公綽謝上表、祭呂化光文、衡州刺史東平呂君誄、試大理評事柳君墓誌、同劉二十八哭呂衡州詩。

元和七年壬辰

有賀皇太子牋、〔一二〕上嶺南鄭相公啓、弘農公左官三歲復爲大僚獻詩五十韻、送崔策序、武岡銘、〔一三〕袁家渴記、石渠記、石澗記、小石城山記、永州刺史崔君權厝誌、祭崔使君文。

元和八年癸巳

有逐畢方文、黄溪記、鐵鑪步志、答韋中立書、吕侍御墓誌、祭吕敬叔文。

元和九年甲午

有因山賦、起廢答、段太尉逸事狀、與韓愈書、上河陽烏尚書啓、斥鼻亭神記、文宣王道州廟碑、南岳大明寺律和尚碑、湘源二妃廟碑、處士段弘古墓誌、詔追赴都迴寄零陵親故詩、過衡山見新花開却寄弟詩、汨羅遇風詩、北還登漢陽北原題臨川驛詩、界圍巖水簾詩、戲贈詔追南來諸賓詩。〔四〕

元和十年乙未

有詔追赴都二月至灞亭上詩，云：「十一年前南渡客，四千里外北歸人。」又酬竇員外見促行騎詩云：「投荒垂一紀，新詔下荆扉。」蓋子厚之貶，至是十一年也。退之墓誌云：「元和中，嘗例召至京師。又皆出爲刺史，而子厚得柳州。」有衡陽與夢得分路贈别詩、重别夢得詩、三贈詩、再上湘江詩。其贈别詩云：「十年顦顇到秦京，誰料翻爲嶺外行？」而夢得酬贈詩云：「去國十年同赴召，渡湘千里又分歧。重臨事異黄丞相，三黜名慚柳士師。」蓋夢得初貶連州，後赴召，例授播州。子厚以播地遠，夢得親老，欲拜疏以柳易播，會大臣亦有爲夢得言者，遂改授連州，故詩有「重臨」之語。子厚以是年三月徙柳州，六月到任。有柳州謝上表、柳州舉自代狀、柳州上中書門下狀、雷塘禱雨文、萬石亭記，〔一五〕記柳州山水近治可遊者、誌從父弟宗直殯、祭弟宗直文、先聖文宣王柳州廟碑、大鑒禪師碑。大鑒者，佛氏之第六祖也。東坡居士云：「柳子厚南遷，始究佛法。作曹溪、南嶽諸碑，妙絶古今。……長老重辨師，儒釋兼通，道學純備。以謂自唐至今，頌述祖師者多矣，未有通亮簡正如子厚者。……唐史：元和中，馬總自虔州刺史遷安南都護，徙桂管經略觀察使。……以碑考之，蓋自安南遷南海，非桂管也，可以正唐史之誤。」

元和十一年丙申

有井銘、祭井文、寄韋珩詩、別舍弟宗一詩、韓漳州書報澈上人亡因寄詩、聞澈上人亡寄楊侍郎丈詩。按劉夢得靈澈集序云：「元和十一年，終於宣州開元寺。」即此年也。別宗一詩云：「一身去國六千里，萬死投荒十二年。」自永貞元年至是，十二年矣。

元和十二年丁酉

有代李愬襄州謝上表、復大雲寺記、東亭記、祭楊詹事文、朗州司户薛君妻崔氏墓誌、〔一六〕筝郭師墓誌。其誌云：「丁酉之年秋既季。」即是年九月也。

元和十三年戊戌

有平淮夷雅、上裴門下啓、上襄陽李僕射啓、與邕管李中丞啓、爲裴中丞乞討黄賊上裴相狀、爲裴中丞伐黄賊轉牒、〔一七〕上李夷簡書、答杜温夫書、〔一八〕萬年令裴府君墓碣、襄陽丞趙君墓誌。上夷簡書云：「宗元曩者齒少心鋭，徑行高步，不知道之艱以陷乎大阨。窮躓隕墜，廢爲孤囚，日號而望，十四年矣。」獻淮夷雅表曰：「臣負罪竄伏，違尚書牋奏十有四年。」蓋自始貶至今，十四年也。韓退之羅池碑云：「侯爲州三年，……柳民既皆喜悦，嘗與其部將魏忠、謝寧、歐陽翼飲酒驛亭。謂曰：『吾棄於時而寄於此，與若等好也。明年吾將死，死而爲神。後二年，爲廟祀我』。及期而死。」其與部將飲酒驛亭，蓋此年也。

元和十四年己亥

是年，李師道伏誅。有賀破東平表、爲裴中丞賀破東平表、賀東平赦表、賀分淄青爲三道表、禮部賀册尊號表、爲裴中丞謝討黄賊表、答鄭員外賀啓、答諸州賀啓、上中書門下狀、上裴相狀、上裴中丞狀、訾家洲亭記、韋夫人墳記、嶺南鹽鐵李侍御墓誌、邕管李中丞墓誌、處士裴君墓誌、試大理評事裴君墓誌、秘書郎姜君墓誌。按唐史吳武陵傳云：「初宗元謫永州，而武陵亦坐事流永州，宗元賢其人。及爲柳州刺史，武陵北還，大爲裴度器遇。每言宗元無子，説度曰：『西原蠻未平，柳州與賊犬牙，宜用武人以代宗元，使得優遊江湖。』又遺工部孟簡書曰：『古稱一世三十年，子厚之斥十二年，殆半世矣。霆砰電射，天怒也，不能終朝。聖人在上，安有畢世而怒人臣耶？且程、劉、二韓皆已拔拭，或處大州劇職，獨子厚與猿鳥爲伍，誠恐霧露所嬰，則柳氏無後矣。』度未及用，而宗元死。」武陵此書，蓋在元和十一年。又三年，而子厚死矣。墓誌云：「子厚以元和十四年十月五日卒，年四十七。明年七月十日，歸葬萬年先人墓側。」

柳文年譜後序

昔之論文者，或謂文章以氣爲主，或謂文窮而益工。先生與楊憑書亦曰：「凡爲文，以神志爲主。」又云：「自貶官來無事，讀百家書，上下馳騁，乃少得知文章利病。」先生自妙齡秀發，連中異科，繼登臺省，旋遭斥逐，故予以先生文集與唐史參考，爲時年譜，庶可知其出處，與夫作文之歲月，得以究其辭力之如何也。紹興五年六月甲子，知柳州軍州事潞國文安禮序。

柳集久逸年譜，獨存其序。廣陵馬君嶰谷涉江購韓譜後未久，復收宋槧柳集殘帙，其中年譜完好，乃諸本所無，因與韓譜同梓。是譜辨柳奭爲柳子高伯祖，非曾伯祖，足訂前賢之疎。又陽城自國子司業出刺道州，唐史無年月，通鑑考異據柳子所作司業遺愛碣，謂在貞元十四年，譜則以遺愛碣及與太學諸生書并繫貞元十五年，與通鑑異。然諦觀碣文，則譜爲是也。集中與太學諸生書題下注「貞元十四年」，乃後人承通鑑之文而失之，當據譜釐正。至於譜文甚簡，蓋倣呂汲公韓譜體例，略具作者出處梗概，讀者更詳考之可也。雍正庚戌春日，長洲陳景雲識。

校勘記

〔一〕曾孫緝宋州別駕宋安郡守　陳景雲柳集點勘卷四據周書柳慶傳，謂「宋州別駕」當作「宋司州別駕」。又據宋書州郡志，「郡中無『宋安』，疑非『新安』即『東安』之譌」。

〔二〕且隋黄門侍郎　按：柳集卷一二先侍御史府君神道表作「且周中書侍郎」。

〔三〕三子融子敬子夏　廷桂柳先生年譜正誤謂「融」上「宜添『子』字」，近是。

〔四〕求博學宏辭科　「辭」下原脱「科」字，據柳集卷三三與楊誨之第二書補。

〔五〕送文暢上人序　陳景雲柳集點勘：「序中『夏官韓公』，謂韓皋也。按唐史，皋以貞元十一年自兵部侍郎改京兆尹，序稱『夏官』，必作于皋未改官前，譜系於十九年，誤也。」

〔六〕南嶽般舟和尚第二碑　施子愉柳宗元年譜定此篇爲元和三年作。是。陳景雲柳集點勘云：「般舟碑孫注：碑前云：永州司馬員外郎柳宗元撰并書，元和三年二月十九日僧景秀立。作譜者未見碑刻，但據般舟化去之歲，遂系以貞元二十年。」

〔七〕潞州兵曹柳君墓誌　施子愉柳宗元年譜定此篇作于貞元二十年，誤。按本篇誌文已明言「貞元二十一年」。

〔八〕送趙大秀才往江陵序　此篇當作于元和三年。序自可見。列爲二年者誤。

〔九〕同吳秀才贈李睦州詩序　陳景雲柳集點勘：「諸本皆作武陵。按武陵登第後流永州，不當有『秀才』之稱，恐誤。」

〔一〇〕凌君墓後誌　陳景雲柳集點勘：「凌準以元和四年册儲肆赦，始得返葬，則後誌之作當在四年。」

〔一一〕特進南公雎陽廟碑　施子愉柳宗元年譜：「碑云：『有子曰承嗣……歷施、涪二州。』當是南承嗣爲涪州刺史後所作。故以之系于是年（元和四年）。」

〔一二〕賀皇太子牋　陳景雲柳集點勘：「此牋乃元和十四年在柳州作，與賀憲宗受徽號表同上也。作譜者以元和七年有建儲事，遂誤系於此。」

〔一三〕武岡銘　陳景雲柳集點勘：「武岡銘爲潭帥柳公綽遷鄂岳作也。據唐史，公綽移鎮在八年，則此銘系於七年者亦誤也。」

〔一四〕詔追赴都迴寄零陵親故詩過衡山見新花開却寄弟詩汨羅遇風詩北還登漢陽北原題臨川驛詩界圍巖水簾詩戲贈詔追南來諸賓詩　陳景雲柳集點勘：「諸詩皆元和十年春作，譜系於九年，非也。柳子以九年冬奉詔追，至明年春始就道。」

〔一五〕萬石亭記　陳景雲柳集點勘：「萬石亭記乃十年正月五日在永州作，……非抵柳後文，當系至灊亭詩前。」

〔一六〕朗州司户薛君妻崔氏墓誌　施子愉柳宗元年譜定此篇爲元和十三年作。

〔一七〕爲裴中丞乞討黄賊上裴相狀爲裴中丞伐黄賊轉牒　陳景雲柳集點勘：「按桂管請討黄賊在元和十四年淄青既平之後，上裴相狀當系十四年謝討黄賊表前，而以轉牒次表後，今皆誤。又有祭纛、禡牙二文，並應次牒後，譜亦失載。」

〔一八〕答杜温夫書　陳景雲柳集點勘：「答杜温夫書系十三年亦誤。書云：『今而去我，道連而謁於潮，又得二周、孔。』連謂劉夢得，潮謂韓退之也。韓以十四年貶潮州，則是書必在韓抵潮後明矣。」

柳先生歷官紀并序

張敦頤

唐自開元貞觀後，以文章顯者，代不乏人，然猥并之氣，承於東漢習治之餘，未盡革也。

先生出焉，與韓文公相馳騁於貞元、元和間，議論粹然，一返於正。至今數百年，世所推尊者，必曰韓、柳，是先生與文公之名同也。名同則其道亦同，道同則其進退出處之迹亦宜同。及考其傳，求其立身之本末，容或小異，何也？試敍其略而言之。

先生少雋有奇名，年二十有一，登進士科。又四年，中博學宏辭科。明年，爲集賢殿正字，次授畿内藍田尉，滿罷，擢監察御史，時實貞元十九年也。永貞初，王叔文、韋執誼用事，奇其才，擢爲禮部員外郎。憲宗元和初，二公敗，先生出爲邵州刺史，道謫零陵。零陵，極南窮陋之區，先生居十年，披榛翦蕪，搜奇選勝，放於山水之間，而獨得其樂。如愚谿、鈷鉧潭、南澗、朝陽巖之類，往往猶在，皆先生昔日杖屨徜徉之地也。凡零陵花草泉石經先生題品者，莫不爲後世所慕，想見其風流；况在當時哉！至元和九年十二月，召赴京師，復出爲柳州刺史。先生至柳，因其俗而行其政令，州人賴之，號爲柳柳州。

嗚呼！先生文章氣燄，所以自期待者，豈一刺史而止哉！惜乎坐廢逐而道不克行於世，退之嘗言其事矣。此姑置而勿論。若夫立身行己之大節，視退之未得爲純全，兹學者所以每嘆息於斯也。乾道五年十月既望，新安張敦頤序。

先生諱宗元，字子厚，河東人。七世祖慶，爲拓拔魏侍中、左僕射，封濟陰公。次子旦，仕隋爲黄門侍郎。旦生楷，仕唐爲濟、房、蘭、廓四州刺史。楷三子：長曰融；次曰子敬，房州刺史；次曰子夏，徐州長史。子夏生從裕，清池令。從裕生察躬，德清令。察躬生鎮，中宗時爲侍御史，以不能媚權貴，失御史，後復得終其任，號爲剛直。先生卽鎮之長子也。已上并見唐宰相世系表。以大曆八年癸丑生，少精敏，無不通達。見退之所作墓誌銘。貞元初，以童子有奇名於時。時年十三，見劉夢得所撰先生文集序。五年，至京師，求進士舉。時年十七，見先生與楊誨之書。明年，與權補闕書言志。時年十八。補闕，權德輿也。至九年二月，始登進士科，嶄然見頭角，衆謂柳氏有子矣。見先生與楊誨之書及退之所撰墓誌銘。十二年，求博學宏詞科；十三年，中宏詞科。見先生與楊誨之書。十四年，爲集賢殿正字，有與太學諸生書，嘉其伏闕留陽城爲司業。十五年，淮西叛，徵天下兵討之，先生又作辨侵伐論。據文安禮所撰年譜云：「十四年，爲藍田尉。」考先生文集有與太學諸生書，嘉其留陽城爲司業。書首云：「集賢殿正字柳某。」考城自司業出刺道州，時正在十四年，則先生以是年爲正字，明矣。先生作侵伐論，謂在集賢院爲徵兵討淮西作。考淮西叛時，乃在十五年，是十四年至十五年爲正字，十六年方爲藍田尉，故當時有爲京兆府作賀嘉瓜、白兔等表，至十八年尚居尉職，爲陳南仲作武功縣丞壁記，又有盩厔縣新食堂記，明年乃爲御史也。且唐之畿赤，尉甚重，非初官所授，則先生爲正字，後授藍田尉，於敘次亦順，新、舊書本傳及退之所作墓誌銘，皆不言先生爲正字者，蓋略之爾。十六年，授校書郎，調藍田尉。雋傑廉悍，議論證據古今，出入經、史、百子，踔厲風發，率常屈其坐人。名聲大振，一時皆慕與之交，諸公要人，爭欲令出我門下，交口薦譽之。見退之所作先生墓誌銘。十九年，擢監察御史，以御史主祀事，作禮説以明禮義。見退之所作墓誌。禮説，見集中。明年，爲監察御史裏行，作監察使壁記。順宗永貞元年，王叔文、韋執誼等用事，二人者奇其才，引内禁近，與計事，遂擢爲禮部員外郎，且將大進用。元和初，憲宗卽位，會王叔文等敗，乃出爲邵州刺史，半道，又謫永州司馬。已上并載本傳及退之所作墓誌。

先生既竄斥，地又荒癘，因自放山澤間，其湮厄感鬱，一寓諸文，倣離騷數十篇，讀者咸悲惻。四年，貽蕭俛書言情，又貽許孟容書。然衆畏其才高，懲艾復進，故無用力者。見文安禮作先生年譜。二書載本集。五年，又與李建書，敍遷謫之懷。十年，嘗例召至京師，又偕出爲刺史，而先生得柳州。見退之所作墓誌。時劉禹錫得播州，先生曰：「播非人所居，而禹錫親在堂，吾不忍其窮，無辭以白其大人。如不往，便爲母子永訣。」卽具奏，欲以柳州授禹錫，而自往播。會大臣亦爲禹錫請，因改連州。事見新書本傳。以舊書及退之所作墓誌考之，大臣，謂裴度也。

先生既至柳，時六月二十七。歎曰：「是豈不足爲政耶？」因其土俗，設爲教禁，州人順賴。其俗以男女質錢，約不時贖，子本相侔，則没爲奴婢。先生爲設方計，悉令贖歸。其尤貧力不能者，令書其傭，足相當，則使歸其質；已没者，出己錢助贖。觀察使下其法於它州，比一歲，免而歸者且千人。衡湘以南爲進士者，走數千里，從先生爲師。凡經其門，必爲名士。已上并載新、舊唐書本傳，及退之所作墓誌。是年八月，州之先聖廟屋壞，先生乃完舊蓋新。十一月，廟成，先生自爲之碑焉。見先生所作柳州先聖廟碑。十四年，獻平淮夷雅，又上李夷簡書，有墜千仞之喻，而卒不報。病革，留書抵其友中山劉禹錫曰：「我不幸卒以謫死，以遺草累故人。」禹錫執書以泣，遂編次其文爲三十二通，行於世。先生以是年十月五日卒，年四十七。

先是十三年，與其部將魏忠、謝寧、歐陽翼飲酒驛亭，謂曰：「吾棄於時，而寄於此，與汝等好也。明年，吾將死；死而爲神。後三年，爲廟祀我。」果及期而死。至十五年孟秋辛卯，先生降於州之後堂，歐陽翼等見而拜之，其夕，夢翼而告曰：「館我於羅池。」其月丙辰廟成，韓愈爲碑以記之。見退之所作羅池廟碑。先生之喪，愈誌其墓，且以書弔。劉禹錫曰：「若人之不淑，吾嘗評其文，〔一〕雄深雅健似司馬子長，崔、蔡不足多也。安定皇甫湜於文章少所推讓，亦以退之言爲然。」見劉夢得所作先生文集序。

先生少嗜進，謂功業可就。既坐廢逐，遂不振。然其才實高，名蓋一時。見本傳。韓退之又云：「使子厚在臺省時，自持其身已能如司馬、刺史時，亦自不斥；斥時，有人力能舉之，且必復用不窮。然子厚斥不久，窮不極，雖有出於人，其文學辭章，必不能自以力傳於後如今無疑也。雖使子厚得所願，爲將相於一時，以彼易此，孰得孰失，必有能辨之者。」見退之所作墓誌。嗚呼！子厚少也勇於爲人，而卒不得施其才、行其道，茲命也夫？非退之孰知之！孰能明之！

校勘記

〔一〕吾嘗評其文　據劉禹錫河東先生集序上下文意，此處「吾」字當指昌黎韓愈。張敦頤摘録引文有錯亂。

柳子厚墓誌銘

韓愈

子厚諱宗元。七世祖慶，爲拓跋魏侍中，封濟陰公。曾伯祖奭，爲唐宰相，與褚遂良、韓瑗俱得罪武后，死高宗朝。皇考諱鎮，以事母棄太常博士，求爲縣令江南。其後，以不能媚權貴，失御史。權貴人死，乃復拜侍御史，號爲剛直。所與游皆當世名人。

子厚少精敏，無不通達。逮其父時，雖少年，已自成人，能取進士第，嶄然見頭角，衆謂柳氏有子矣。其後以博學宏詞授集賢殿正字，儁傑廉悍，議論證據今古，出入經史百子，踔厲風發，率常屈其座人，名聲大振，一時皆慕與之交。諸公要人争欲令出我門下，交口薦譽之。

貞元十九年，由藍田尉拜監察御史。順宗即位，拜禮部員外郎。遇用事者得罪，例出爲刺史。未至，又例貶州司馬。居閒，益自刻苦，務記覽，爲詞章，汎濫停蓄，爲深博無涯涘，而自肆於山水間。

元和中，嘗例召至京師。又偕出爲刺史，而子厚得柳州。既至，歎曰：是豈不足爲政邪？因其土俗，爲設教禁，州人順賴。

其俗以男女質錢，約不時贖，子本相侔，則没爲奴婢。子厚與設方計，悉令贖歸。其尤貧力不能者，令書其傭，足相當，則使歸其質。觀察使下其法於他州，比一歲，免而歸者且千人。衡湘以南，爲進士者，皆以子厚爲師。其經承子厚口講指畫爲文詞者，悉有法度可觀。其召至京師而復爲刺史也，中山劉夢得禹錫亦在遣中，當詣播州。子厚泣曰：「播州非人所居，而夢得親在堂，吾不忍夢得之窮，無辭以白其大人，且萬無母子俱往理。」請於朝，將拜疏，願以柳易播，雖重得罪，死不恨。遇有以夢得事白上者，夢得於是改刺連州。

嗚呼！士窮乃見節義。今夫平居里巷相慕悦，酒食游戲相徵逐，詡詡强笑語以相取下，握手出肺肝相示，指天日涕泣，誓生死不相背負，真若可信，一旦臨小利害，僅如毛髮比，反眼若不相識，落陷穽不一引手救，反擠之，又下石焉者，皆是也。此宜禽獸夷狄所不忍爲，而其人自視以爲得計，聞子厚之風，亦可以少媿矣。

子厚前時少年，勇於爲人，不自貴重顧藉，謂功業可立就，故坐廢退。既退，又無相知有氣力得位者推挽，故卒死於窮裔，材不爲世用，道不行於時也。使子厚在臺省時，自持其身已能如司馬、刺史時，亦自不斥。斥時，有人力能舉之，且必復用不窮。然子厚斥不久，窮不極，雖有出於人，其文學辭章，必不能自力以致必傳於後如今無疑也。雖使子厚得所願，爲將相於一時，以彼易此，孰得孰失，必有能辨之者。

子厚以元和十四年十一月八日卒，年四十七。以十五年七月十日歸葬萬年先人墓側。子厚有子男二人：長曰周六，始四歲；季曰周七，子厚卒乃生。女子二人，皆幼。其得歸葬也，費皆出觀察使河東裴君行立。行立有節槪，重然諾，與子厚結交，子厚亦爲之盡，竟賴其力。葬子厚於萬年之墓者，舅弟盧遵。遵，涿人，性謹慎，學問不厭。自子厚之斥，遵從而家焉，逮其死不去。既往葬子厚，又將經紀其家，庶幾有始終者。銘曰：

是惟子厚之室。既固既安，以利其嗣人。

祭柳子厚文

韓愈

維年月日，韓愈謹以清酌庶羞之奠，祭於亡友柳子厚之靈。

嗟嗟子厚，而至然邪！自古莫不然，我又何嗟？人之生世，如夢一覺。其間利害，竟亦何校？當其夢時，有樂有悲。及其既覺，豈足追惟？凡物之生，不願爲材。犧罇青黄，乃木之災。子之中棄，天脱馽羈。玉佩瓊琚，大放厥辭。富貴無能，磨滅誰紀？子之自著，表表愈偉。不善爲斲，血指汗顔。巧匠旁觀，縮手袖間。子之文章，而不用世。乃令吾徒，掌帝之制。子之視人，自以無前。一斥不復，羣飛刺天。嗟嗟子厚，今也則亡。臨絶之音，一何琅琅？徧告諸友，以寄厥子。不鄙謂余，亦託以死。凡今之交，觀勢厚薄。余豈可保？能承子託。非我知子，子實命我。猶有鬼神，寧敢遺墮？念子永歸，無復來期。設祭棺前，矢心以辭。嗚乎哀哉！尚饗。

柳州羅池廟碑

韓　愈

羅池廟者，故刺史柳侯廟也。柳侯爲州，不鄙夷其民，動以禮法。三年，民各自矜奮，曰：「茲土雖遠京師，吾等亦天氓，今天幸惠仁侯，若不化服，則我非人。」於是老少相教語，莫違侯令。凡有所爲，於其鄉閭，及於其家，皆曰：「吾侯聞之，得無不可於意否？」莫不忖度而後從事。凡令之期，民勸趨之，無或後先，必以其時。於是民業有經，公無負租，流逋四歸，樂生興事，宅有新屋，步有新船，池園潔修，豬牛鴨雞，肥大蕃息。子嚴父詔，婦順夫指，嫁娶葬送，各有條法，出相弟長，入相慈孝。先時，民貧以男女相質，久不得贖，盡沒爲隸。我侯之至，按國之故，以傭除本，悉奪歸之。大修孔子廟，城郭巷道，皆治使端正，樹以名木，柳民既皆悦喜。

嘗與其部將魏忠、謝寧、歐陽翼飲酒驛亭，謂曰：「吾棄於時，而寄於此，與若等好也。明年吾將死，死而爲神。後三年，爲廟祀我。」及期而死。三年孟秋辛卯，侯降於州之後堂，歐陽翼等見而拜之。其夕夢翼而告曰：「館我於羅池。」其月景辰，廟成，大祭，過客李儀醉酒，慢侮堂上，得疾，扶出廟門即死。明年春，魏忠、歐陽翼使謝寧來京師，請書其事於石。余謂柳侯生能澤其民，死能驚動福禍之，以食其土，可謂靈也已。作迎享送神詩遺柳民，俾歌以祀焉，而并刻之。

柳侯，河東人，諱宗元，字子厚，賢而有文章，嘗位於朝光顯矣，已而擯不用。其辭曰：

荔子丹兮蕉黄，雜肴蔬兮進侯堂。侯之船兮兩旗，度中流兮風泊之，待侯不來兮不知我悲。侯乘駒兮入廟，慰我民兮不嚬以笑。鵝之山兮柳之水，桂樹團團兮白石齒齒。侯朝出游兮暮來歸，春與猨吟兮秋鶴與飛。北方之人兮爲侯是非，千秋萬歲兮侯無我違。福我兮壽我，驅厲鬼兮山之左。下無苦濕兮高無乾秔，稌充羡兮蛇蛟結蟠。我民報事兮無怠其始，自今兮欽於世世。

祭柳員外文

劉禹錫

維元和十五年歲次庚子正月戊戌朔日，孤子劉禹錫銜哀扶力，謹遣所使黄孟萇具清酌庶羞之奠，敬祭于亡友柳君之靈。

嗚呼子厚！我有一言，君其聞否？惟君平昔，聰明絶人；今雖化去，夫豈無物？意君所死，乃形質耳；魂氣何託？聽余哀詞。嗚呼痛哉！嗟余不天，甫遭閔凶。未離所部，三使來弔。憂我衰病，諭以苦言。情深禮至，欵密重複。期以中路，更申顧言。途次衡陽，云有柳使。謂復前約，忽承訃書。驚號大叫，如得狂病。良久問故，百哀攻中。涕洟迸落，魂魄震越。伸紙窮竟，得君遺書。絶絃之音，悽愴徹骨。初託遺嗣，知其不孤，末言歸輤，從祔先域。凡此數事，職在吾徒。永言素交，索居多遠。鄂渚差近，表臣分深，想其聞訃，必勇於義。已命所使，持書徑行，友道尚終，當必加厚。退之承命，改牧宜陽。亦馳一函，候於便道。勒石垂後，屬于伊人。安平、宣英，會有還使。悉已如禮，形於具書。嗚呼子厚！此是何事？朋友凋落，從古所悲。不圖此言，乃爲君發。自君失意，沉伏遠郡。近遇國士，方伸眉頭。亦見遺草，恭辭舊府。志氣相感，必踰常倫。顧余負釁，營奉方重。猶冀前路，望君銘旌。古之達人，朋友則服。今有所厭，其禮莫申。朝晡臨後，出就别次。南望桂水，哭我故人。孰云宿草，此慟何極？嗚呼子厚，卿真死矣！終我此生，無相見矣！何人不達？使君終否。何人不老？使君夭死。皇天后土，胡寧忍此？知悲無益，奈恨無已。君之不聞，余心不理。含酸執筆，輒復中止。誓使周六，同於己子。魂兮來斯，知我深旨。嗚呼哀哉！尚饗。

重祭柳員外文

劉禹錫

嗚呼！自君之没，行已八月。每一念至，忽忽猶疑。今以喪來，使我臨哭。安知世上，真有此事？既不可贖，翻哀獨生。嗚呼！出人之才，竟無施爲。炯炯之氣，戢于一木。形與人等，今既如斯。識與人殊，今復何託？生有高名，没爲衆悲。異服同志，異音同歎。唯我之哭，非弔非傷。來與君言，不言成哭。千哀萬恨，寄以一聲。唯識真者，乃相知耳。庶幾儻聞，君儻聞乎？嗚呼痛哉！君有遺美，其事多梗。桂林舊府，感激主持。俾君内弟，得以義勝。平昔所念，今則無違。旅魂克歸，崔生實主。幼稚在側，故人撫之。敦詩、退之，各展其分。安平來賵，禮成而歸。其它赴告，咸復于素。一以誠告，君儻聞乎？嗚呼痛哉！君爲已矣，余爲苟生。何以言别，長號數聲。冀乎異日，展我哀誠。嗚呼痛哉！尚饗。

爲鄂州李大夫祭柳員外文

劉禹錫

嗚呼！至人以在生爲傳舍，以軒冕爲儻來。達於理者，未嘗惑此。昔余與君，諭之詳熟。孔子四科，罕能相備。惟公特立秀出，幾於全器。才之何豐，運之何否。大川未濟，乃失巨艦。長途始半，而喪良驥。搢紳之倫，孰不墮淚？昔者與君，交臂相得。一言一笑，未始有極。馳聲日下，鶩名天衢。射策差池，高科齊驅。攜手書殿，分曹藍曲。心志諧同，追歡相續。或秋月銜觴，或春日馳轂。甸服載期，同升憲府。察視之列，斯焉接武。君遷外郎，予侍內闈。出處雖間，音塵不虧。勢變時移，遭罹多故。中復賜環，上京良遇。曾不踰月，君又即路。遠持郡符，柳水之壖。居陋行道，疲人歌焉。予來夏口，忽復三年。離索則久，音貺屢傳。篋盈草隸，架滿文篇。鍾、索繼美，班、揚差肩。賈誼賦鵩，屈原問天。自古有死，奚論後先？痛君未老，美志莫宣。邅回世路，奄忽下泉。嗚呼哀哉！令妻早謝，穉子四歲。天喪斯文，而君永逝。翩翩丹旐，來自遐裔。聞君旅櫬，既及岳陽。寢門一慟，貫裂衷腸。執紼禮乖，出疆路阻。故人奠觴，莫克親舉。馳神假夢，冀獲晤語。平生密懷，願君遺吐。遺孤之才與不才，敢同己子之相許。嗚呼哀哉！尚饗。

祭柳子厚文

皇甫湜

嗚呼柳州！秀氣孤稟。弱冠游學，聲華籍甚。肆意文章，秋濤瑞錦。吹迴蟲濫，王風凜凜。連收甲科，驟閱班品。青衿縉紳，屬目斂衽。公卿之禄，若在倉廩。至駿難馭，太白易慘。華鐘始撞，一頓聲寢。梧山恨望，桂水愁飲。鬱鬱羣議，悠悠積稔。竟奄荒瘴，遂絶羈枕。

嗚呼柳州！命實在天。賢不必貴，壽不必賢。雖聖與神，無如命何。自古以然，相視咨嗟。歸葬秦原，即路江皐。聲容蔑然，相嘆增勞。惟有令名，日遠日高。式薦誠詞，以佐羞醪。尚饗。

祭柳州柳員外文

崔　羣

惟靈天姿秀異，才稱雋傑。早著嘉名，遠播芳烈。總六藝之要妙，踐九流之治切。鏌鋣鋒利，浮雲可決。騏驥逸步，飛塵可絶。閉匣不用，伏櫪何施？才命罕并，今古同悲。五嶺三湘，寒暑潛推。樂道忘憂，襟靈甚夷。掞藻揮毫，鸞翔是期。奈何終否，神也我欺。嗚呼！雕飛半空，羊角中戾。彼蒼難詰，善人斯逝。羣宿受交兮，行敦情契。遺文在篋，贈言猶佩。撫孤追往，泫然流涕。孑孑丹旐，翩翩素帷。鵩弔是月，龜從有時。路出長阡，將赴京師。旨酒一觴，哭君江湄。往矣子厚，魂期來斯。尚饗。

唐故柳州刺史柳君集

劉禹錫

八音與政通，而文章與時高下。三代之文，至戰國而病，涉秦、漢復起。漢之文，至列國而病，唐興復起。夫政厖而土裂，三光五嶽之氣分，太音不完，故必混一而後大振。初，貞元中，上方嚮文章，昭回之光，下飾萬物。天下文士，争執所長，與時而奮，粲焉如繁星麗天。而芒寒色正，人望而敬者，五行而已。河東柳子厚，斯人望而敬者歟！子厚始以童子有奇名於貞元初，至九年，爲名進士。十有九年，爲材御史。二十有一年，以文章稱首，入尚書，爲禮部員外郎。是歲，以疎儁少檢獲訕，出牧邵州，又謫佐永州。居十年，詔書徵，不用，遂爲柳州刺史。五歲，不得召歸。病且革，留書抵其友中山劉禹錫曰：「我不幸，卒以謫死，以遺草累故人。」禹錫執書以泣，遂編次爲三十通，行於世。子厚之喪，昌黎韓退之誌其墓，且以書來弔曰：「哀哉！若人之不淑。吾嘗評其文，雄深雅健，似司馬子長，崔、蔡不足多也。」安定皇甫湜，於文章少所推讓，亦以退之言爲然。凡子厚名氏與仕與年暨行己之大方，有退之之誌若祭文在，今附于第一通之末云。

唐柳先生集後序

穆修

唐之文章，初未去周、隋五代之氣。中間稱得李、杜，其才始用爲勝，而號專雄歌詩，道未極其渾備。至韓、柳氏起，然後能大吐古人之文，其言與仁義相華實而不雜。如韓元和聖德、平淮西，柳雅章之類，皆辭嚴義偉，製述如經。能崒然聳唐德於盛漢之表，蔑愧讓者，非二先生之文則誰與？予少嗜觀二家之文，常病柳不全見於世，出人間者，殘落纔百餘篇；韓則雖目其全，至所缺墜，亡字失句，獨於集家爲甚。志欲補其正而傳之，多從好事訪善本，前後累數十，得所長，輒加注竄。遇行四方遠道，或他書不暇持，獨賫韓以自隨。「賫」，或作「齎」。牋西切。幸會人所寶有，就假取正。凡用力於斯，已蹈二紀外，文始幾定。久惟柳之道，疑其未克光明於時，何故伏其文而不大耀也？求索之莫獲，則既已矣於懷。不圖晚節，遂見其書，聯爲八九大編，夔州前序其首，以卷別者凡四十有五。真配韓之鉅文歟！書字甚樸，不類今跡。蓋往昔之藏書也。從考覽之，或卒卷莫迎其誤脫，有一二廢字，由其陳故劘滅，讀無甚害，更資研證就真耳。因按其舊，録爲別本，與隴西李之才參讀累月，詳而後止。嗚呼！天厚予嗜多矣，始而饜我以韓，既而飫我以柳，謂天不吾厚，不誣也哉？世之學者，如不志於古則已；苟志於古，求踐立言之域，捨二先生而不由，雖曰能之，非予所敢知也。天聖元年秋九月，河南穆修伯長後序。

四明新本河東先生集後序

沈晦

學古文必自韓、柳始。兩家文字剥落，柳爲尤甚。國初文章，承唐末五代之弊，卑弱不振。至天聖間，穆修、鄭條之徒唱之，歐陽文忠、尹師魯和之，格力始回，天下乃知有韓、柳。韓文屢經名士手，頃余又爲讎勘，頗完悉。唯柳文簡古雅奥，不易刊削。年大來試爲紬繹，兩閲歲，然後畢見。凡四本：大字四十五卷所傳最遠，初出穆修家，云是劉夢得本；小字三十三卷，元符間京師開行，顛倒章什，補易句讀，訛正相半；曰曾丞相家本，篇數不多於二本，而有邢郎中、楊常侍二行狀，冬日可愛、平權衡二賦，共四首，有其目而亡其文；曰晏元獻家本，次序多與諸家不同，無非國語。四本中，晏本最爲精密。柳文出自穆家，又是劉連州舊物。今以四十五卷本爲正，而以諸本所餘作外集。參考互證，用私意補其闕，如「皇室主」宜加「黄」字，「馮翊王公」宜去「王」字，「緊」當作「掔」，「琊」當作「玴」，「鮑勛」當作「鮑信」，「改規」當作「段規」，「疥癘」宜爲「痎瘧」，「狠倖」宜爲「狠悻」，吴武陵初貶永州，貞符中宜如唐書去「量移」字，韓曄時猶未死，答元饒州書中宜於韓宣英上去「亡友」字，以唐書孝友傳校復讎議，以楚辭天問校天對，以左傳國語校非國語，以唐、宋類書唐人牋表校天論等篇，其見於唐書者，悉改從宋景文，凡漫乙是正二千處而贏。又釐革京兆請復尊號表，增入請聽政第二表、賀皇太子牋、省試慶雲圖詩，總六百七十四篇。鋟木流行，竢逸拾遺，猶俟後日。政和四年十二月望，胥山沈晦序。

柳州舊本河東先生集後序

李褫

柳侯子厚，實唐巨儒。文章光豔，爲萬世法。是猶景星慶雲之在天，無不欽而仰之。粵惟柳州，迺侯舊治。其如生爲利澤，殁爲福壽，以遺此土之民者，可謂博厚無窮。然自唐迄今，垂四百年，此邦寂未有以侯文刊而爲集者，殆非欽侯英靈而慰侯惠愛，覬其顰笑降鑒而廟食于柳人也。紹興載歲，殿院常公子正，被命守邦，至謁祠下。退而訪侯遺文，則茫然無有，獨得石刻三四，存於州治。自餘雖詩章記事，所以藻飾柳邦者，亦蔑如爾，又安得所謂全文備集者哉！因喟嘆久之，出舊所藏及旁搜善本，手自校正，俾鳩良工，創刊此集。其編次首尾，門類後先，文理差舛，字畫訛謬，無不畢理。且委僚屬助成其事，未克就，促召公對，眷眷相囑焉。褫雖不才，實獲躡蹤繼軌於公之後塵，而喜公樂善之心，付託之語，乃督餘工，助成一簣，豈惟不墜侯之偉文，抑亦成公之雅志焉。紹興四年三月初一日，右朝奉郎特差權發遣柳州軍州兼管内勸農事借紫金魚袋李褫序。

韓柳音釋序〔一〕

張敦頤

唐初文章，尚有江左餘習。至元和間，始粹然返於正者，韓、柳之力也。兩家之文，所傳寖久，舛剥殆甚。韓文屢經校正，往往鑿以私意，多失其真。余前任邵武教官日，會爲讎勘頗備，悉并考正音釋，刻於正文之下。惟柳文簡古不易校，其用字奥僻或難曉。給事沈公晦嘗用穆伯長、劉夢得、曾丞相、晏元獻四家本參考互證，凡漫乙是正二千餘處，往往所至稱善，今四明所刊四十五卷者是也。惟音釋未有傳焉。余再分教延平，用此本篇次撰集，凡二千五百餘字。其有不用本音而假借佗音者，悉原其來處；或不知來處，而諸韻、玉篇、説文、類篇亦所不載者則闕之。尚慮膚淺，弗辨南北語音之訛，其間不無謬誤，賴同志者正之。紹興丙子十月，新安張敦頤書。

校勘記

〔一〕韓柳音釋序　按宋史藝文志集部著録張敦頤柳文音辨一卷，疑本篇題目當作「柳文音辨序」。

柳文序

嚴有翼

唐之文章，無慮三變。武德以來，沿江左餘風，則以絺章繪句爲尚。開元好經術，則以崇雅黜浮爲工。至於法度森嚴，抵轢晉、魏，上軋周、漢，渾然爲一王法者，獨推大曆、貞元間。是時雖曰美才輩出，其能以六經之文爲諸儒倡者，不過韓退之而止耳，柳子厚而止耳。退之之文，史臣謂其與孟軻、揚雄相表裏，故後之學者，不復敢置議論。子厚不幸，其進於朝，適當王叔文用事之時。叔文工言治道，順宗在東宫，頗信重之，迨其踐祚，方欲有所施爲，然與文珍、韋皐等相忤，内外譏譖，交口詆誣，一時在朝，例遭竄逐，而八司馬之號紛然出矣。作史者不復審訂其是非，第以一時成敗論人，故黨人之名，不可湔洗。嗚呼子厚，亦可謂重不幸矣。尚賴本朝文正范公之推明之也，曰：劉禹錫、柳宗元、吕温，坐王叔文黨，貶廢不用，覽數君子之述作，體意精密，涉道非淺。如叔文狂甚，義必不交。叔文以藝進東宫，人望素輕，然傳稱知書，好論理道，爲太子所信。順宗卽位，遂見用，引禹錫等決事禁中。及讓罷中人兵權，牾俱文珍輩，又絶韋臯私請，欲斬劉闢，其意非忠乎？臯銜之，會順宗病篤，臯揣太子意，請監國而誅叔文，憲宗納臯之謀而行内禪，故當朝左右謂之黨人者，豈復見雪？唐書蕪駁，因其成敗而書之，無所裁正。孟子曰：「盡信書，不如無書。」吾聞夫子襃貶，不以一毫而廢人之業也。嗚呼！如范公之論人，可謂明且恕矣。死者有知，子厚豈不伸眉於地下！余嘗嗜子厚之文，苦其難讀，既稽之史傳以校其謁繆，又考之字書以證其音釋，編成一帙，名曰柳文切正。雖懸金於市，曾無吕氏之精；然置筆于藩，姑效左思之篤。後之君子，無或誚焉。紹興三十二年歲次壬午春三月十一日，建安嚴有翼序。

河東先生集題後

李　石

石所得柳文凡四本：其一得之於鄉人蕭憲甫，云京師閤氏本；其一得之於范東甫，云晏氏本；其一得之於臨安富氏子，云連州本；其一得之於范才叔之家傳舊本。閤氏本最善，爲好事者竊去。晏氏本，蓋東甫手校以授其兄偃刊之，今蜀本是也。才叔家本，似未經校正篇次，大不類富氏連州本，樸野尤甚。今合三本校之，以取正焉。如劉賓客序云，有退之之誌并祭文附于第一通之末，蓋以退之重子厚敍之意云爾也。蜀本往往只作「并祭文」，其他有率意改竄字句以害義理者尚多。此類或作字、一作字、衍字、去字，此三本之相爲用也。然亦未敢以爲全書，尚冀復得如閣氏本者而取正焉。方舟李石書。

重刊柳文後敍

葉　桯

按子厚年譜，永貞初自尚書禮部郎出爲邵州刺史，道貶永州司馬，元和中始召至京師，凡居永者十年。今考本集所載，見於遊觀紀詠，在永爲多，蒐訪遺蹟，僅獲一二，佗皆不可考。郡庠舊有文集，歲久頗剥落，因裒集善本，會同僚參校，凡編次之殽亂、字畫之譌誤，悉釐正之。獨詞旨有互見旁出者，兩存之以竢覽者去取。命工鋟木，歲餘，其書始就。噫！零陵號湖、湘佳郡，且多秀民，文物之盛，甲於他州，豈子厚之殘膏賸馥霑丐迨今而然耶？然則新是書以流布，豈特補是邦之闕遺而已，學者幸察其區區焉。乾道改元季冬丙子，吳興葉桯書。

柳文音義序

陸之淵

余讀韓、柳文，常思古人奇字，齟齬吾目，且梔吾喙也。開卷必與篇、韻俱檢閲，反切終日，不能通一紙。偶得二書釋音，如獲指南，猶恨字畫差小，不便老眼。至瀟山郡齋，屬廣文是正，將大其刻，以傳學者。一旦，廣文携音訓數帙示余曰：昌黎文有江山祝充音義，既反切難字，又注其所從出，亡以復加。惟子厚集諸家音義不稱是，自詭規模祝充，撰柳氏釋音，數月書成。余實濫觴權輿是書者，序引其意，詎敢以語言不工爲解？自小學不興，六書罔詔學者，平日簡牘間頗有不分點畫，不辨偏傍，任私意，失本原，雖以字學名世者，未免斯弊。若虞永興不知姓，顔平原不知名，況下二子者耶！甚者以弄「璋」爲「麞」，伏「臘」爲「獵」，金「根」爲「銀」，至於古文奇字，能不失句讀，辨重輕清濁者，幾何人哉？惟柳州内外集，凡三十三通，莫不貫穿經史，轇轕傳記，諸子百家，虞初稗官之言，古文奇字，比韓文不啻倍蓰，非博學多識前言者，未易訓釋也。廣文中乙丑年甲科，恬於進取，尚淹選調，生平用心於内，不求諸外，遂能會粹所長，成一家言，將與柳文並行不朽無疑矣。非刻意是書者，未必知論著之不易也。廣文諱緯，字仲寶，雲間人，姓潘氏。乾道三年十二月，吴郡陸之淵書。

柳文音義序〔一〕

潘緯

韓、柳文章齊驅，當代學士大夫之所宗師。其爲文高古，用字聱牙，讀者病之，而柳尤甚。緯典教羣舒，郡侯陸先生命之爲二集訓釋，偶見江山祝季賓經進韓文音善本，不復增損，因放以音子厚之文。又見建寧本近少訛舛，迺依其卷次，先之以諸韻玉篇定其音，次之以爾雅説文訓其義，而又參之以經傳子史，究其用字之源流，庶幾觀其書者，難字過目，無復含糊囁嚅之態。若夫推四聲子母相生之法，正五方言語不合之譌，愧非素習，雖窮年矻矻，僅能終篇；然曾何補於問學，爲之，猶賢乎已。其間校讎稽攷，有學正蔡疇元錫、望江吳㮚子寬與焉。義未詳則闕之，詎敢以爲全盡？竊有望於博雅君子之删潤也。乾道丁亥臘月，雲間潘緯書。

校勘記

〔一〕柳文音義序　按宋史藝文志經部小學類著録潘緯柳文音義三卷。

河東先生集記後

韓醇

世所傳昌黎文公文，雖屢經名儒手，余昔校以家集，其舛誤尚多有之，用爲之訓詁。柳柳州文，胥山沈公謂其參考互證，是正漫乙，若無遺者。余紬繹既久，稽之史籍，蓋亦有所未盡：南嶽律和尚碑以廣德先乾元，御史周君碣以開元爲天寶，則時日差矣。竇羣除左拾遺而表賀爲右拾遺；連山復乳穴而記題爲零陵郡，則名稱差矣。代令公舉裴冕狀，時柳州蓋未生；賀册尊號表，時已刺柳，而云禮部作。其他舛誤，類是不一。用各疏於篇，視文公集益詳。諸本所餘，復編爲一卷，附於外集之末，如胥山之識云。淳熙丁酉秋八月中澣，臨邛韓醇記。

柳文後跋

錢重

重讀柳文至吏商篇，首句曰：「吏而商也，污吏之爲商，不如廉吏之商，其爲利也博。」常疑其造端無含蓄，必有脱句。後得善本，乃云：「吏非商也，吏而商，污吏之爲商，不如廉吏之商」，其爲利也博。」於是欣然笑曰：此子厚之所以爲文也。且使子厚不首言「吏非商也」四字，則不足以見此文之作出於不得已，欲誘爲利而仕者之意。故古文或有脱字及訛舛處，能使一篇文意不貫、精神索然者信矣。子厚居愚溪幾十年，閒中捨尋遊山水外，往往沈酣於文字中，故其文至永尤高妙，爲後世學士大夫所宗師。重冒昧分教此邦，意爲柳文必有佳本，及取觀之，脱繆訛誤特甚，而又墨板歲久漫滅太半。今史君趙公，天族英傑，平生酷好古文，所謂落筆妙天下者也。一日，命重爲之是正，且俾盡易其板之朽弊者。然重吳興人也，來永幾五十程。柳文善本在鄉中士夫家頗多，而永反難得。所可校勘者，止得三兩本，他無從得之。其所是正，豈無遺恨？尚賴後之君子博求而精校之，庶子厚妙思寓於一字一句中者悉呈露，爲益不淺矣。紹熙辛亥仲秋一日，迪功郎永州州學教授錢重謹書。

柳文後跋

趙善愖

前輩謂子厚在中朝時所爲文，尚有六朝規矩，至永州，始以三代爲師，下筆高妙，直一日千里。退之亦云：「居閑益自刻苦，務記覽，爲詞章。」而子厚自謂貶官來無事，乃得馳騁文章。此殆子厚天資素高，學力超詣，又有佳山水爲之助，相與感發而至然耶！子厚居永最久，作文最多，遺言措意最古。衡、湘以南，士之經師承講畫爲文詞者，悉有法度可觀。意其故家遺俗，得之親授，本必精良，與它所殊。及到官，首取閱之，乃大不然，訛脱特甚。推原其故，豈非以子厚嘗居是邦，姑刻是集，傳疑承誤，初弗精校歟？抑永之士子，當時傳寫藏去，久而廢散，不復可考歟？因委廣文錢君多求善本訂正，且併易其漫滅者，視舊善矣。雖然，安知不猶有舛而未真、遺而未盡者乎！後之君子，好古博雅，當有以是正盡善云。紹熙二年八月旦，零陵郡守鄱國趙善愖跋。

題柳柳州集後

司空圖

金之精粗，效其聲皆可辨也，豈清於磬而渾於鐘哉！然則作者爲文、爲詩，格亦可見，豈當善於彼而不善於此邪？愚觀文人之爲詩，詩人之爲文，始皆繫其所尚，既專則搜研愈至，故能炫其工於不朽。亦猶力巨而鬭者，所持之器各異，而皆能濟勝以爲勍敵也。愚嘗覽韓吏部歌詩數百首，其驅駕氣勢，若掀雷抉電，撑抉於天地之間，物狀奇怪，不得不鼓舞而徇其呼吸也。其次皇甫祠部文集所作，亦爲遒逸，非無意於淵密，蓋或未遑耳。今於華下方得柳詩，味其探搜之致，亦深遠矣。俾其窮而克壽，玩精極思，則固非瑣瑣者輕可擬議其優劣。又嘗觀杜子美祭太尉房公文、李太白佛寺碑贊，宏拔清厲，乃其歌詩也。張曲江五言沈鬱，亦其文筆也。豈相傷哉？噫！後之學者徧淺，片詞隻句，不能自辨，已側目相詆訾矣。痛哉！因題柳集之末，庶俾後之詮評者，無或偏說，以蓋其全工。

跋柳柳州集

陸游

「此一卷集外文，其中多後人妄取他人之文冒柳州之名者，聊且裒類於此。子京。」右三十一字，宋景文公手書，藏其從孫晸家。然所謂集外文者，今往往分入卷中矣。淳熙乙巳五月十七日，務觀校畢。

郡齋讀書志（選一則）

晁公武

柳宗元集三十卷、集外文一卷。右唐柳宗元子厚也。後魏濟陰公某之裔。貞元九年進士，中博學宏詞科，授校書郎，終於柳州刺史。宗元少精敏絶倫，爲文章，卓偉精緻。既竄斥，堙厄感鬱，一寓諸文，倣離騷數十篇，讀者悲惻。在柳州，進士走數千里從學，經指授者，文辭皆有法，世號柳柳州。韓愈評其文曰：「雄深雅健似司馬子長，崔、蔡不足多也。」集中有御史周君碣，司馬温公考異以此碣爲周子諒碣，實開元二十五年，宗元作天寶時，誤。按：子諒以彈牛仙客杖流瀼州，死藍田。舊唐書紀、牛仙客傳及玄宗實録皆載之，而此碣殊疏略。（卷一七）

直齋書録解題（選三則）

陳振孫

柳柳州集四十五卷，外集二卷。唐禮部員外郎柳州刺史河東柳宗元子厚撰。劉禹錫作序，言編次其文爲三十二通，退之之誌若祭文，附第一通之末。今世所行本皆四十五卷，又不附誌文，非當時本也。或云，沈元用所傳穆伯長本。

柳先生集四十五卷，外集二卷，别録一卷，按文獻通考作二卷。摭異一卷，音釋一卷，附録二卷，事迹本末一卷。方崧卿既刻韓集於南安軍，其後江陰葛嶠爲守，復刊柳集以配之。别録而下，皆嶠所裒集也。别録者，龍城録及法言注五則。龍城，近世人僞作。

重校添注柳文四十五卷，外集二卷。姑蘇鄭定刊於嘉興，以諸家所注輯爲一編。曰集注，曰補注，曰章，曰孫，曰韓，曰張，曰董氏，而皆不著其名。其曰重校，曰添注，則其所附益也。

四庫全書總目提要（選三則）

紀昀

詁訓柳先生文集四十五卷、外集二卷、新編外集一卷。唐柳宗元撰；宋韓醇音釋。醇字仲韶，臨邛人，其始末未詳。宗元集爲劉禹錫所編，其後卷目增損，在宋時已有四本：一則三十三卷，爲元符間京師開行本；一則曾丞相家本；一則晏元獻家本；一則此四十五卷之本，出自穆修家，云即禹錫原本。案陳振孫書録解題曰：「劉禹錫作序，稱編次其文爲三十二通，退之之誌若祭文，附第一通之末。今世所行本皆四十五卷，又不附誌文，非當時本也。」考今本所載禹錫序，實作四十五通，不作三十二通，與振孫所説不符。或後人追改禹錫之序以合見行之卷數，亦未可知。要之，刻韓、柳集者自穆修始，雖非禹錫之舊，第諸家之本，亦無更古於是者矣。政和中，胥山沈晦。取各本參校，獨據此本爲正，而以諸本所餘者，別作外集二卷，附之於後，蓋以此也。至淳熙中，醇因沈氏之本，爲之箋註，又搜葺遺佚，別成一卷，附於外集之末，權知珍州事王咨爲之序。醇先作韓集全解，及是又註柳文，其書蓋與張敦頤韓柳音辯同時並出，而詳博實過之。魏仲舉五百家註，亦多引其説。明唐覲延州筆記嘗摘其註南霽雲碑，不知「洴城鑿穴之奇」句，本潘岳馬洴督誄。是誠一失，然不以害其全書也。

增廣註釋音辯柳集四十三卷　舊本題宋童宗説註釋、張敦頤音辯、潘緯音義。宗説，南城人，始末未詳。敦頤有六朝事蹟，已著録。緯字仲寶，雲間人。據乾道三年吳郡陸之淵序，稱爲乙丑年甲科，官濡山廣文，亦不知其終於何官也。之淵序，但題柳文音義。序中所述，亦僅及韓仿祝充韓文音義。傳柳氏釋音，不及宗説與敦頤，書中所註，各以童云、張云、潘云別之，亦不似緯自撰之體例。蓋宗説之註釋、敦頤之音辯，本各自爲書，坊賈合緯之音義，刊爲一編，故書首不以柳文音義標目，而別題曰增廣註釋音辯唐柳先生集也。其本以宗元本集、外集，合而爲一，分類排次，已非劉禹錫所編之舊。而不收王銍僞龍城録之類，則尚爲謹嚴。其音釋，雖隨文詮解，無大考證，而於僻音難字，一一疏通，以云詳博則不足，以云簡明易曉，以省檢閲篇、韻之煩，則於讀柳文者，亦不爲無益矣。舊有明代刊本，頗多譌字。此本爲麻沙小字版，尚不失其真云。

五百家註音辨柳先生文集二十一卷、外集二卷、新編外集一卷、龍城録二卷、附録八卷。宋魏仲舉編。其版式廣狹，字畫肥瘠，與所刻五百家註昌黎集纖毫不爽，蓋二集一時並出也。前有評論詁訓諸儒姓氏，檢核亦不足五百家。書中所引，僅有集注，有音釋，有解義，及孫氏、童氏、張氏、韓氏諸解，此外罕所徵引，又不及韓集之博。蓋諸家論韓者多，論柳者較少，故所取不過如此。特姑以五百家之名，與韓集相配云爾。書後外集二卷，新編外集一卷，乃原集未録之文，共二十五首。附録二卷，則羅池廟牒及崇寧、紹興加封誥詞之類，而法言註五則，亦在其中。又附以龍城録二卷，序傳碑記共一卷，後序一卷。而柳文綱目，文安禮年譜，則俱冠之卷首。其中如封建論後附載程敦夫論一篇，又揚雄酒箴、李華德銘、屈原天問、劉禹錫天論之類，亦俱採掇附入。其體例與韓集稍異。雖編次叢雜，不無繁贅，而旁搜遠引，寧冗毋漏，亦有足資考訂者。且其本槧鍥精工，在宋板中亦稱善本。今流傳五六百年，而紙墨如新，神明煥發，復得與昌黎集註先後同歸秘府，有類乎珠還合浦，劍會延津，是尤可爲寶貴矣。

楹書隅録(一則)

楊紹和

宋刊添註重校音辯唐柳先生文集四十五卷、外集二卷，二十四册、四函。　此本題添註重校音辨唐柳先生文集，每半葉九行，行十七字。按何義門讀書記云：「康熙丙戌，假吳子誠所收宋槧大字本柳集，緣失序文、目録，不知出於誰氏，合非國語二卷，共四十五卷，外集二卷附焉。　雖闕十之二，然近代所祖刊本，皆莫及也。」又云：「陳氏書録曰：『姑蘇鄭定刊於嘉興，以諸家所註，輯爲一編。曰集註，曰補註，何跋闕此六字，按書録補。曰章，曰孫，曰張，曰童氏，而皆不注其名，曰重校，曰添注，則其所附益也。』疑即鄭定所刊。」又校語中稱大字本者數條，證之此本，無不吻合，是即義門所據校、直齋所著録者也。　又予藏宋槧岳倦翁愧郯録，亦剞劂於禾中，其行式字數及板心所記刻工，若曹冠宗、曹冠英、丁松、王顯諸姓名，悉同此本，則爲鄭定嘉興所刊，愈無疑義。　愧郯録序署嘉定焉逢淹茂，此本必同時受梓，蓋鄭定之知嘉興，正在寧宗朝也。　斧季謂柳集傳世絶尠，故義門以得見殘帙爲幸。　此本通體完整，有鈔葉數十番。　彌足珍已。　往於江南獲百家註本，乃傳是樓故物。　此本卷首有秀水朱氏潛采堂圖書，則竹垞舊藏也。　同治丙寅購於都門，庚午山陽東郡楊紹和勰卿甫識。

寶禮堂宋本書録（一則）

潘宗周

河東先生集四十五卷外集二卷　十六册　宋廖瑩中刻韓、柳二集，周公謹志雅堂雜鈔、癸辛雜識屢稱其精好。明徐時泰東雅堂、郭雲鵬濟美堂刊本，相傳即覆廖刊，爲世推重。覆本且然，况其祖本？韓集舊藏豐順丁氏持静齋，知已散出，頻年蹤跡，迄無確耗。至柳集，則從未之前聞，意謂久已湮没矣。忽傳山陰舊家某氏有之，急倩書估往求，至則真廖氏原本也。各卷末有篆隸「世綵廖氏刻梓家塾」八字，木記作長方、橢圓、亞字形不等。全書字均端楷，純摹率更體。紙瑩墨潤，神采奕奕。公謹謂：廖氏諸書用撫州萆鈔清江紙造、油煙墨印刷，故能如是。愛不忍釋，遂斥鉅資留之。按卷首有劉禹錫序，次敍説，次凡例，次目録，編次與前本同。惟卷一、卷三十一、卷三十七八、卷四十、卷四十一二，與前本編次稍異。凡四十五卷，又外集二卷，惜卷三、四、五、十諸卷用覆本補配，精采稍遜。又卷三、四，卷六、七、八、九、十，各有一葉亦屬補配，神氣索然，蓋覆刻又在後矣。濟美堂本，版式相同於廖氏，注語大有增減。世傳覆廖本者，實爲讆言。陳景雲著韓集點勘，稱東雅堂刊韓集用世綵堂本，或因是而誤爲推測歟？韓集由丁氏持静齋歸於聊城楊氏海源閣。近遭兵燹，流入故都書肆，爲友人陳澄中所收。極欲得此，以爲兩美之合。世間瑰寶，余雅不願其離散，因舉以歸之。七百年僅存之秘籍，分而復合，亦書林之佳話也。

版式：半葉九行，行十七字。四周雙闌，版心細黑口雙魚尾。書名題河東卷幾，上間記字數葉號，下有「世綵堂」三字。下間記刻工姓名。

刻工姓名：有孫茂、李文、錢珙、蔡方、翁奕之、陳元清、同甫、從善諸人。又有何、孫、阮、方、馮、李、丁、范、陳、錢、元、介、文、才、奎、升、珙各單字。

宋諱：玄、朗、匡、筐、眶、胤、恆、貞、偵、楨、徵、讓、署、樹、豎、頊、勗、戌、煦、桓、完、莞、構、轂、雊、慎、敦、廓等字闕筆。亦有僅闕半筆者。又圜、旋二字，亦闕末筆，此却罕見。

藏印：項元汴印　項篤壽印　項子京家珍藏　墨林山人　項墨林鑑賞章　項墨林父秘笈之印　項氏萬卷堂圖籍印　天籟閣

退密　商丘宋犖收藏善本　牧翁鑑定　緯蕭草堂藏書記　沈印錫祚　載猷　雲間　雲間氏　紫玉玄居寶刻

宋乾道永州本柳柳州外集跋

莫繩孫

唐、宋志，柳集並三十卷。晁氏讀書志亦三十卷，外集一卷；趙希弁附志作四十五卷，外集二卷。陳氏書録解題所載凡三種，並四十五卷，外集二卷。天禄琳琅書目前編宋槧二：一爲魏仲舉集注本，正集二十一卷，外集二卷；一爲韓醇詁訓本，正集四十五卷，外集二卷。元槧三，並童宗説注釋本，正集四十三卷，外集二卷。後編宋槧四，元槧二，亦童注本，卷同。以上諸本，分卷各異，要以三十卷者爲最古。陳氏解題謂：「劉禹錫作序，言編次其文爲三十二通，退之之誌若祭文附第一通之末。今世行皆四十五卷，不附誌文，非當時本也。」是宋世所刊，已非劉氏之舊。四庫題要謂：「或後人追改劉序，以合見行之卷」。按劉集柳文序實作三十二通，則各本柳集所載劉序之作四十五，確爲後人追改。金陵市出此宋槧外集一卷，詩文凡四十三首，他本已闌入正集三十二，入外集才八首。又溢出送元暠師詩、上宰相啓、上裴桂州狀三首，則諸本正、外集皆不載，卷末有乾道改元吳興葉桯刊書跋，蓋桯官永州，刻之郡庠者也。所見柳集近十本，外集皆二卷，唯晁志作一卷，昭德于桯實同時，所𢍰或即此永州本也。是册爲曹楝亭氏舊藏，其藏書目注云三十二卷，乃合此外集曁附録計之，益足證永州本正集爲三十卷無疑。以此外集例之，其正集必有大異於諸本者，惜佚不可見矣。同治十二年太歲癸酉秋七月既望，獨山莫繩孫識于江甯旅邸。

宋乾道永州本柳柳州外集跋

劉壽曾

此宋乾道本柳州外集一卷、附録一卷，吳興葉桯刻於永州者，莫君仲武得於金陵市上，蒯君禮卿愛之，用西法𥌒照鋟諸木。仲武謂唐、宋志載柳集幷三十卷，晁昭德讀書志亦三十卷，外集一卷。疑昭德所弆即此永州本。柳集，以三十卷爲最古是也。劉夢得序柳集作三十二通，當是正集三十卷、外集一卷、目録一卷耳。余從禮卿得明吳人郭雲鵬本，載宋四明本跋，謂有「大字四十五卷本，出自穆修家，云是劉夢得本」。則宋人於四十五卷本已有疑詞矣。郭本外集分二卷，與此本次第多異，其可正此本之誤者，如謗譽「内是謗行於上」，「内」作「由」；河間傳「天下之言朋友相慕望者有如河間」下，有「與其夫之切密者乎河間」十字；賀踐祚表「湯文聰明」，「湯」作「漢」；賀赦表「歸還留竄」，「留」作「流」；謝設表「覃希遠人」，「希」作「布」；舉裴冕表「吳任宰嚭而五胥誅」，「五」作「伍」；賀竇羣除右拾遺表「抱蒙養正」，「抱」作「苞」，「以永其志」，「永」作「求」；爲王京兆賀雨表「臣即須祈禱」，無「臣」字；第二表「慙荷」下有「無極」；爲樊左丞讓官表「危身莫諭於曠職」，「諭」作「踰」，皆可據正。賀平李懷光表「頓軍咸陽」下有缺文；謝賜時服表「重劇丘山」奪四字，郭本亦同，恐是承譌已久。附録昌黎羅池廟碑「春與猨吟兮秋與鶴飛」，「與鶴」當乙轉，石本可徵也。其它文字，則勝於通行本者致多，讀者當自得之。文苑英華表類所收柳文，注「集作某」者，又多於此本合，益可證仲武三十卷本最古之説也。光緒己卯秋九月，儀徵劉壽曾識，江陰繆祐孫書。

辨僞雜録

第二卷

愈膏肓疾賦

此賦膚淺不類柳文，宜去之。（晏殊語。見本書本篇題下注）

校點者按：音辯、五百家、世綵堂、濟美堂、蔣之翹本題下注及王應麟困學紀聞卷一七柳州文可疑諸篇亦有此説。

其詞氣似柳少作，未謹潔奥峭耳。（何焯義門讀書記）

此非柳文，他唐人爲之耳。（吳汝綸柳州集點勘）

第五卷

饒娥碑

饒娥碑者，非子厚作也。……夫饒娥之死水上，究在何時，史無明文，而魏仲兕大曆間爲樂平令，鄭叔則建中初爲黜陟使，大曆、建中皆德宗年號，是饒娥死事時，子厚殆不過七八歲耳，自後足跡亦未親履饒州，子厚緣何爲此娥立碑？又娥死與未死，人各異説，據王伯厚所紀，仲兕碣不言娥死，宋景文新書亦爾，乃子厚失於傳聞，而史承其誤。以勢推之：饒娥父女打魚爲生，家中不聞更有他人，倘父女一時俱殁，則其家小小茅屋，那能歷久還存，堪比曩賢商容，徐待黜陟使表旌其閭乎？……又子厚最不喜推天引神，言之屢屢，而此碑言明日黿魚鼉蛟，浮死萬數，塞川不流，鄱旁小民，悲感怨號，以爲神奇；銘辭又云：奇行特出，神道莫酬，凡此皆與子厚平生意趣迥異，何況文實不高，銘稱引列女古跡，排比塞責，純屬帖括家數，不類子厚手筆乎？或者元萸爲饒州，與子厚通簡札，市人用此假子厚名，爲立此碑，亦未可知，然碑不可能爲子厚作，斷無疑義。（章士釗柳文指要上卷五）

第十九卷

伊尹五就桀贊

此篇疑他人文，不簡健。或欲示當時庸人自解與伾、文相結之失耶？（何焯義門讀書記）

第二十卷

壽州安豐縣孝門銘

王伯厚稱：柳文多有非子厚之文者，但未指壽州安豐縣孝門銘爲僞作。以理度之，子厚似不能爲此文。蓋顯認廬上産紫芝白芝爲神異，而又鼓吹人子毁殘肢體，孝理神化，此在退之諒已不肯爲此文，何況子厚一嚮側重唯物，義極明亮，胡乃忽爾高唱「天意神道，猶錫瑞物以表殊異」乎？此何其與天説及斷刑論「蒼蒼者焉能與吾事」，深相刺謬乎？（柳文指要上卷二〇）

舜禹之事

此文與下謗譽、咸宜等篇，恐是博士韋籌所作。（晏殊語。見本書本篇題下注）

校點者按：世綵堂、濟美堂、蔣之翹本題下注及王應麟困學紀聞卷一七柳州文可疑諸篇亦有此説。

舜禹之事，連同謗譽、咸宜共三首，人多以爲非子厚之文，晏同叔謂恐是博士韋籌所作，不知同叔根據何在？……吾細核之，此文決非贋作，以文中所涵各義，非子厚不能有也。又曰：子厚舜禹之事一文，在柳集南宋乾道永州本，已編入外集，是不信子厚能草此文者，其説殆起於宋時，與帝蜀黜魏之正統論有關。蓋爾時古文運動初興，志在與韓、柳同肩斯任，其不能使柳有違文章義法，及其似是而非之正閏論者，勢爲之也。於是不辨文理之是非得失，使如子厚舜禹之事等文，僞固僞，真亦僞，且覓博士韋籌之名代尸焉者，亦勢爲之。又曰：晏同叔疑爲贋作，實則此作不可能贋，何以故？以其中所含民本思想，不可能移植於韋籌一流人之腔子故。（柳文指要上卷二〇）

謗譽

此篇頗可觀，乃法韓、李者，其不出柳子決也。（何焯義門讀書記）

不以晏說爲然，辨之甚詳。至謗譽與咸宜，却不敢認定出柳手，亦不敢附和人說，謂文筆不類柳文。獨晏謂韋籌所爲，於何證之？殊苦未曉。（柳文指要上卷二〇）

舜禹之事、謗譽、咸宜共三首，晏元獻指爲韋籌所造，非子厚之作。吾既於舜禹之事，

吏商

此文與謗譽二篇亦相類，或非柳所作。（何焯義門讀書記）

第二十七卷

邕州馬退山茅亭記

柳文多有非子厚之文者，馬退山茅亭記見於獨孤及集。（王應麟困學紀聞卷一七柳州文可疑諸篇）

唐獨孤及至之，……大抵序記猶沿唐習，碑版敍事，稍見情實。仙掌、函谷二銘，琅邪

溪述、馬退山茅亭記、風後八陣圖記，是其杰作。（王士禎香祖筆記卷五）

邕州柳中丞作馬退山茅亭記，英華作獨孤常州文者近之。又曰：前此辛卯，爲天寶十載，至之有初晴抱琴登馬退山對酒望遠醉後作一篇，詩中有「王旅方伐叛，虎臣皆被堅，魯人著儒服，甘就南山田」之語，於時方討南詔，則此文亦出于至之，有可徵也。（何焯義門讀書記）

考唐史，元和五年擢鄧州刺史崔詠爲邕州刺史兼邕管經略使。至八年，始自邕移桂。足知辛卯歲邕州未嘗缺守，不當復有試官。又，「仲兄」，舊注「柳寬」，據寬誌，卒於辛卯八月，而是亭作於十月，則非寬明矣。按文苑，此記乃獨孤及作，編者誤入，而注家仍其誤，又從爲之辭。王應麟困學紀聞第據及集，惜未詳耳。（陳景雲柳集點勘）

案今之南寧卽邕州也。其附郭宣化有馬退山，作地志者，多援子厚此記。然王伯厚困學紀聞云此篇見獨孤及集。予據子厚爲其先侍御神道表述其言曰：「吾惟一子」。及子厚自云「代爲冢嗣」，則無仲兄矣。古人少以伯仲之稱稱其羣從者，且元和辛卯，子厚方在永州，此記似與游從之列而屬辭者。今注柳集者則云，仲兄蓋其從兄柳寬，字存諒，柳所爲故大理評事柳君墓誌並祭文者也。按誌云：寬卒於元和六年八月七日，而此記云冬十月作亭，其非寬矣。且寬與子厚之父鎮，於刺史楷，同爲高祖，則寬與子厚爲叔父行，非兄弟也。

況寬從事幕府，既罷，以游士而死於廣州，安得舉以實之？又按崔佑甫獨孤常州神道碑云：其捐館以大曆十二年，蓋丁巳之歲也。又云：壽五十三，則生於開元十三年乙丑也。又云：天寶末，以洞曉元經對策上第超拜華陰尉，著古函谷、仙掌二銘。按函谷銘序云：「唐興百三十有八載，余尉於華陰。」則天寶十三載，歲甲午也，及時年三十矣。又碑云：及爲殿中侍御史通理之第四子。倘此記屬及，則天寶十載，也未審及兄有試於邕者耶。此記本俗筆，但近閱昌黎集，朱子於後人僞作多取而周内之以屬之於韓，故姑筆於此，以見韓、柳二家之文，爲後人汨亂者多矣。（姚範援鶉堂筆記卷四三）

馬退山茅亭記，乃柳宗元作。後人誤入及集。士禎一例稱之，尤疏於考證矣。（見紀昀等四庫全書總目提要卷一五〇集部別集類三）

第三十四卷

上門下李夷簡相公陳情書

此書有可疑之點數四，聊試疏列：子厚被貶後，與親戚故舊之書，訴苦乞援，如致許孟容、楊憑、蕭俛及李建者，大抵申述往誼，情文並茂；而此書只如枯綆一條，往復纏繞，使讀者無所感動，此其一。書言廢爲孤囚十四年矣，則正是柳州易簀之歲，其時子厚讀書深造，心氣和平，在州亦自覺有社有人，勤民治事，大有習而安焉之勢，與初貶時之鬱躁心情，大相懸殊；於此而急切望救，致使用「呼憤自斃，没有餘恨」等語，頗失真讀書人本色，此其二。「士之死於門下者宜無先焉」：此何等語？豈信道有素、俯視一切如子厚其人，對世途顯者，遽脅肩諂笑信誓旦旦如此？此其三。何況李夷簡之於子厚，以往事言之，謂曰仇讎，良不爲過；蓋夷簡爲御史中丞時，與楊憑素有隙，憑由江西入爲京兆尹，夷簡公然劾憑江西姦贓及他不法，卽臺參訊，志在抵憑以死，適翰林學士李絳救之，始得以貶臨賀尉了事；夫憑爲子厚先友，又兼舅甥之宜，子厚豈得忘世仇而親匪人？此其四。李夷簡在襄陽，曾遣伻撫問子厚，子厚有啓謝之，存集中，此類事如對趙宗儒、武元衡等，所在多有，是與窮形盡相而向人乞哀，顯爲两事，不可以其一而例其二，此其五。據右五義，吾不信子厚上李夷簡相公書之爲真實，或者此書非致李夷簡而致李絳，此還略有情理可循，容細考之。（柳文指要上卷三四）

第三十六卷

上大理崔大卿應制舉不敏啓

子厚集中又有上大理崔卿啓等，亦塵俗凡陋，非子厚文。（沈作喆寓簡卷四）

第三十七卷

禮部賀册尊號表

賀册尊號表，時已刺柳，而云「禮部」作。（韓醇語。見本書附録河東先生集記後）

古今集中皆題云「禮部賀册尊號表」。非也。憲宗元和三年初加尊號睿聖文武皇帝，至元和十四年七月再上元和聖文神武法天應道皇帝，公是時已爲柳州刺史，表疏可見非禮部表也。當題云「柳州賀册尊號表」。（韓醇語。見本書本篇題下注）

校點者按：世綵堂、濟美堂、蔣之翹本題下注亦有此説。

禮部爲文武百寮請聽政表三首第二表、第三表

晏元獻本第二表注：據文苑英華，此表乃是林逢請聽政第三表。（見本書本篇題下注）

林逢請聽政表七首，第三表載柳宗元集中作第二表。晏元獻公云：柳集第二表，據文苑乃林逢第三表。而柳集又自別有第二表。第四表亦載柳集作第三表。詳表文云「兩河之寇盜雖除（柳集作「難除」，非。），百姓之瘡痍未合」，又云「成先帝之大功，繼中興之盛業」，乃穆宗、敬宗時事，宗元當憲宗元和十四年已卒，此二表柳集誤收何疑？（彭叔夏文苑英華辨證卷五）

校點者按：文苑英華卷五九九林逢宰臣等請聽政表第三表題下注云：「此篇柳宗元集中誤收作第二表。」晏元獻公云是林逢作，決非宗元。」第四表題下注云：「此篇亦誤入柳宗元集作禮部爲文武百寮請聽政第三表。按表文云，『兩河之寇盜雖除，百姓之瘡痍未合』，乃是穆宗、敬宗時事。宗元元和十五（當作「十四」）年卒，誤收何疑？」

第三表辭情懇到，非子厚似不解著斯語。……中唐兩河戰役，亟肆疲我，憲、穆、敬三朝，並無多少出入，叔夏遽謂表中數語，指穆宗、敬宗時事，難於涉及憲宗聽政之初，殊嫌武斷。何況穆宗初卽位時，兩河略定，形勢甚好，蕭俛、段文昌等，以爲漸宜銷兵，請密詔天下有兵處，每歲百人中，限八人逃死，上可其奏。又元稹草加裴度幽鎮兩道招討使制云：「肆朕小子，蒙受景靈，冀服於前，燕平於後，……斧鑕之刑坐迫，椒蘭之氣外薰，誰不自愛其生？焉能與亂同死？度宜開懷緩帶，以待其歸。」據此，穆宗初，有何「寇盜難除」、「瘡疾未

合」云云之急迫現象，足資未葬誓衆者乎？（柳文指要上卷三七）

第三十八卷

爲樊左丞讓官表

本事無可考，「樊」一作「韋」，然表未必爲子厚作，如其是也，事當在貞元末年。（柳文指要上卷三八）

代李愬襄州謝上任表

愬，隴右臨洮人。元和十二年夜入蔡州，擒吳元濟。十一月，有詔進檢校尚書右僕射，爲襄州刺史、山南東道節度使。然襄州與嶺表遼絶，而公自柳州爲作謝上表，恐非公之文。（韓醇語。見本書本篇題下注）

校點者按：世綵堂、濟美堂、蔣之翹本亦有此注。

子厚與李愬了無淵源，惟獻唐雅曾與通書；又柳州去襄州遼遠，未易交接，子厚將何從

爲李草此表乎？況表文平凡，稍通文墨者皆能下筆。吴摯甫主將此表删去，不爲無理。（柳文指要上卷三八）

校點者按：吴汝綸柳州集點勘删此文。

爲劉同州謝上表

予按子厚以元和十四年十月死柳州，而禹錫至文宗朝大和九年始遷同州，距子厚之死十七年矣，安得尚爲夢得作表？其文卑弱，作僞顯然。而編摩者疎謬不能删去，讀其書者，亦不復發擿，可嘆也。賓客集中自有同州刺史兼長春宫使謝表，甚善。（沈作喆寓簡卷四）

爲劉同州謝上表，不似公文，亦殊質健。（何焯義門讀書記）

代裴行立謝移鎮表

行立移鎮在公卒後，表蓋他人之文，誤編在此。（孫汝聽語。見本書本篇題下注）

校點者按：世綵堂、濟美堂本題下注與此相同。音辯本題下注云：「恐非宗元所作。」

代裴行立謝移鎮表，行立移鎮在後，亦他人之文。（王應麟困學紀聞卷一七柳州文可疑諸篇條）

校點者按：困學紀聞卷一七翁元圻注云：通鑑唐紀：憲宗元和十五年閏正月，穆宗卽位；二月，以桂管觀察使裴行立爲安南都護。子厚已前一年卒。

穆宗時行立移鎮，此在子厚卒後。此表爲他人所作無疑。（蔣之翹語。見柳集蔣之翹本本篇題下注）

校點者按：蔣之翹本柳集僅存題目及題下注，原文已删去。

穆宗卽位，子厚已卒，此非柳文。（吴汝綸柳州集點勘）

校點者按：吴汝綸柳州集點勘删此文。

代韋永州謝上表

據文苑，此表乃李邕作。（陳景雲柳集點勘）

校點者按：文苑英華卷五八五載此文，謂宗元所作。疑陳説有誤。

柳州謝上表

此表非公之作。蓋公之爲柳州，正月已召至京師，三月方出，而表謂「蒙聖恩除替，便

欲裂裳裹足，趨赴京師」。此自可見也。（韓醇語。見柳集詁訓本本篇題下注）

此表恐僞。（鄭定語。見宋刻殘本重校添注唐柳先生集題注）

校點者按：世綵堂本本篇題下注亦抄録此説。

柳子厚文集多假妄，如柳州謝上表云：「去年蒙恩追召，今夏始就歸途。襄陽節度使于頔與臣有舊，見臣暑月在道，相留就館，尋假職名，意欲厚臣，非臣所願。」予按于頔在鎮，跋扈日久。元和三年，聞憲宗英武，懼而入朝。九月拜司空。至八年二月，頔以罪貶，爲恩王傅。而子厚詔追赴都，乃是元和十年，頔之去襄陽久矣，豈得留子厚假職名哉？且謝上表不應言及，此文理不倫，定知其僞也。（沈作喆寓簡卷四）

李吉甫郴州刺史謝上表亦載柳集，以「郴」作「柳」。按新史吉甫傳，改郴移饒。舊史乃以「郴」作「柳」，是致柳集誤收。況宗元自有柳州謝表，其題作「謝除」，云「奉三月十三日制，六月二十七日上訖」。今此表題作「謝上」，又云「今月二十五日上訖」。考其日月、文理，皆非宗元事，其爲吉甫何疑？（彭叔夏文苑英華辨證卷五）

校點者按：文苑英華卷五八五載此文，亦以爲李吉甫作，然題目寫作「柳州刺史謝上表」。

柳州謝上表，其一乃李吉甫郴州謝上表也。（王應麟困學紀聞卷一七柳州文可疑諸篇）

此李吉甫郴州謝表，不類柳文。（何焯語。見何焯批校王荆石本）

此乃李吉甫文，周益公言編集者誤入是也。舊史言，陸贄作相，出吉甫爲明州長史。久之，遷忠州刺史，六年不徙官，以疾罷免。尋授柳州刺史。表云「左官一紀」，蓋通計貶明州後歲月也。又云「久停官秩」云云，停官卽史所言以疾罷免。及聞除替之命，自忠州東下，故表中有「歸過襄陽」語。則此表爲吉甫作無疑。又吉甫乃刺郴州，非柳也。柳集有和楊尚書追和故李中書詩，卽吉甫在郴州時作。舊史訛「郴」爲「柳」，至新史本傳已正之，柳集、文苑載此表並作「柳州」，正與舊史誤同。（陳景雲柳集點勘）

余考此表有云：「臣前歲以久停官秩，去年蒙聖恩除替，便欲裂裳裹足，趨赴京師。以舊疾所嬰，彌年未愈，逮及今夏，始就歸途。襄陽節度使于頔與臣早歲同官，臣當暑在道，懇留在館。」據舊書一四八吉甫本傳，「遇赦，起爲忠州刺史，時贄已謫在忠州，……六年不徙官，以疾罷免，尋授柳「郴」州刺史」，陸贄以貞元十一年四月謫忠州，吉甫以十九年十月去郴州（見金石補正六七），吉甫除郴刺，約在十六七年頃，正于頔官襄陽節度時也。又據舊書一五六，頔曾官駕部郎中，而吉甫嘗官駕部員外，早歲同官，殆卽指此。彭氏謂吉甫所作，信而有徵。矧宗元十年改柳州時，頔早除太子賓客，宗元比頔後一輩，安得云早歲同官？是篇應自柳集剔出，斷無疑矣。辨證五又言，「又第二表末云：謹遣當州軍事衙前虞侯王國清奉表陳賀以聞，正與吉甫郴州謝上表末語同」。今世綵堂本收此表，亦漏去末句。

（岑仲勉唐集質疑柳柳州外集條）

此非柳文。（吴汝綸柳州集點勘）

代廣南節度使舉裴中丞自代表

此表當是長慶後廣南節度使舉桂中丞仲武自代，非裴中丞也。亦他人作，誤録于此。（孫汝聽語。見本書本篇題下注）

校點者按：音辯、世綵堂、濟美堂、蔣之翹本題下注及陳景雲柳集點勘亦有此説。世綵堂本並注云：「一本注節度作鄭絪。非是。以桂仲武事與表合。絪爲廣南，乃元和五年也。」蔣之翹本及吴汝綸柳州集點勘均删去此篇。

奏薦從事表

此表不知爲誰作？管記恒文，使柳集失色，料非子厚筆。（柳文指要上卷三八）

代廣南節度使謝出鎮表

絪雖嘗在相位，然除廣帥非由政府出鎮，又時無專征獻俘事，不當有此作。疑是僖宗時宰相王鐸自請督軍誅剪羣盜，因除荆南節度使兼諸道兵馬都統，故謝表云爾。表中所言兇渠，蓋謂黃寇，專征即謂都統之命也。編者誤入，又訛「荆」爲「廣」，注家不辨，遂以鄭絪附會之。（陳景雲柳集點勘）

注云：「鄭絪傳：初拜中書侍郎，……轉門下侍郎。憲宗初，勵精求理，絪與杜黃裳同當國柄。黃裳多所關決，首建議誅惠琳，斬劉闢，及它制置。絪謙默，多無所事，由是出爲嶺南節度觀察使、廣州刺史。」注家之意，蓋以表内有「天德薦臨，遂加臺政，不能翊宣明聖，增日月之光，俾兇渠勦絶，人用康寧」等語，謂與傳合也。但細察之，疑點固不少。唐稱嶺南，廣南乃宋稱，今題廣南節度使，正與前引僞文舉裴中丞自代狀所題相同，是題目之不合者一。謝上表之首，當云某月日到州上任訖，今表無其語，是體裁之不合者二。倘謂絪剛奉詔，卽上表謝，則絪以元和五年三月，自太子賓客詔除廣州，宗元時方在永，官吏上任，於制不得久逗留，而謂數千里外托柳草此表乎？是時間之不合者三。表末云：「獻俘未遠，展效有期，希此微功，上答殊造」，嶺南時非用兵，絪並無專征之寄，是事實之不合者四。吕和叔集五有代鄭南海謝上表一首，長數百言，温卒元和六年，此正代絪所作，（當是絪過衡州，托其代作。）兩相比觀，真僞便判，更作僞者所不及知也。（岑仲勉唐集質疑柳柳州外集條）

廣南節度使者，舊注謂鄭絪，陳少章非之，謂絪除廣帥，非由政府出鎮。劍案：元和五年，絪以檢校禮部尚書出爲廣南節度使，何嘗非由政府出鎮？不知少章何以云然？至謂時無專征獻俘事，不當有此作，恐亦未然。表謂征勦兇渠，獻俘未遠，並不必指廣南有征討事。而自杜黄裳當國以來，朝廷節制藩鎮，用兵頻繁，凡一隅有功，恩綸可能兼及他鎮，以諸鎮相連，未必能獨外於戰伐也。況絪在朝爲黄裳所抑，凡有征討，往往不相關白，以致絪謙默多時，幾似左官外放。於是激發意氣，鋭圖展效，冀以轉移劇區，藉專閫以答殊恩，洗刷從前伐檀負乘之耻，理之所有，而亦情所不禁，姑爲少章之説申駁如此，以待詳考。又曰：表稱「臣幸以芻賤，累忝殊恩，天德薦臨，遂加台政」，此似由軍功起家，歷膺外任，遥領台政，以酬殊勳，其人蓋未必躬踐台席，在朝負端揆庶寮之責。此律以鄭絪、王鍔，出身詞科，周迴内轉，薦升宰輔，久乃外簡者，皆不相符。少章以鍔代絪，全憑臆度，荆南誤廣，亦遷就而云然，别無官書可憑，名家筆記可引，殊失考據家翔實穩稱標準。黄寇，指黄巢。（柳文指要上卷三八）

第三十九卷

爲廣南鄭相公奏百姓産三男狀

三九之爲廣南鄭相公奏百姓産三男狀，僅寥寥數十字，題目誤與前同。此等瑣節，與謝上表異，於其人之進退休戚無關。且永不隸嶺南，更非巡察、上謁所至，幕縱無材，亦未必千里外干人爲之。注家以爲元和六七年代鄭絪作，余則謂題目苟不誤者，斷非柳文。（岑仲勉唐集質疑柳柳州外集條）

爲薛中丞浙東奏五色雲狀

薛中丞，戎也。韓文公嘗誌其墓云。元和十二年拜越州刺史，兼御史中丞、浙東觀察使。此狀當在柳州作，然兩地相去遼絶，況五色雲事亦便當敷奏，而公自柳州爲作奏狀，亦可疑云。（韓醇語。見柳集詁訓本本篇題下注）

校點者按：百家注本題下注，孫汝聽謂「元和三年正月，以湖南觀察薛苹爲浙東觀察」。世綵堂本並録孫汝聽、韓醇二説，然未能注明二説出自孫、韓。

舊注「薛苹」，或云「薛戎」。按或説非也。子厚謫永之歲，苹自虢州遷湖南觀察，永州在所部。及三年苹移浙東後，子厚爲舊府代作。（陳景雲柳集點勘）

爲裴中丞奏邕管黄家賊事宜狀

奏邕管黄家賊事宜狀載柳宗元集，云代裴中丞作。按元和十一年裴行立爲桂帥，請發兵誅黄少卿，時宗元在柳州，代裴中丞論黄賊事表狀牒凡六篇，内一首卽此狀也。文苑乃以爲令狐楚作，楚時爲中書舍人，恐非。（彭叔夏文苑英華辨證卷五）

進農書狀

所進農書，諸本皆作三卷。公時蓋未第耳。（韓醇語。見柳集詁訓本本篇題下注）

唐史此敕在貞元五年正月。先是以正月晦日爲中和節，至是始易之。狀云「自陛下惟新令節」是也。則狀乃貞元五年進，與爲百官請復尊號諸表同。表出崔元翰筆，編者誤入。此狀亦非柳子作，但不能作者主名耳。（陳景雲柳集點勘）

第四十一卷

雷塘禱雨文

（此文）或載之於韓集，非是。（韓醇語。見本書本篇題下注）

外集卷上

河間傳

大字本不載此篇。（何焯語。見何焯批校王荆石本柳文）

校點者按：大字本卽指鄭定重校添注音辯唐柳先生集。

河間傳一篇，託辭比喻何苦。持論至此，傷忠厚之道。編之集外，宜矣。恐是後來文士僞作。（馬位秋窗隨筆）

外集卷下

爲文武百官請復尊號表六首

爲文武百官請復尊號六表，載柳宗元集中，而唐類表作崔元翰，文苑總目作類表，而本卷乃作常袞。按唐德宗興元元年幸奉天，削去徽號；貞元五年六月，百官請復舊，卽此六表是也（舊史載，貞元五年六月百官請復徽號，正指此事）。是時崔元翰爲禮部員外郎，歷知制誥，唐書稱其詔令温雅，則類表云元翰作是矣，況又總目明言取之類表乎？本卷乃誤作常袞。袞於建中初卒，至是已十年矣。又柳文收此表，或入正集，或入外集。按宗元年譜，貞元五年方十七歲（時其父以事忤宰相竇參被貶），八年始貢京師，其誤可知。（彭叔夏文苑英華辨證卷五）

百官請復尊號表六首，皆崔元翰作。（王應麟困學紀聞卷一七柳州文可疑諸篇）

及大會議户部尚書班宏又請改所上尊號加「奉道」字故其文如後表

此是改第三表。（孫汝聽語。見五百家注柳先生集本篇文後注）

校點者按：此篇英華及全唐文均未單獨成篇，而是作爲崔元翰所作爲文武百官請復尊號表第三表正文後半篇。

考六表之末，復有改文兩段：第一段題及大會議户部尚書班宏又請改所上尊號加奉道字故其文如後表；第二段題及大會議國子祭酒韓洄請歷數近日徵應祥瑞故又改其文如後表。按此數表，應是貞元五、六年所上，於時宗元未登仕版，其非柳作，復何疑焉？文安禮柳子厚年譜「貞元五年」下有爲文武百官請復尊號表三首，又「六年」下有爲文武百官請復尊號表三首，又大會議表二首。後來注家，殆皆誤信文說。然依舊史洄傳，則六年尚未除祭酒也。（岑仲勉唐集質疑柳柳州外集條）

及大會議國子祭酒韓洄請歷數近日徵應祥瑞故又改其文如後表

岑仲勉語。（見同上）

爲崔中丞賀平李懷光表

懷光謀反，貞元元年爲其部將牛名俊斬首以獻。則公之表當是時作也。然公時年十三，不應有此文。中丞者，不詳其人矣，文又闕不全云。（韓醇語。見五百家注柳先生集外集卷二本篇題下注）

校點者按：詁訓、世綵堂、濟美堂本題下注文與五百家本全同，然世綵、濟美本未注明此係韓注。疑非子厚所作，但新、舊史俱稱其「少精敏絶倫」，則時年十三亦可以成文矣。或少時擬作，亦未可知。姑爲存以俟攷焉。（蔣之翹語。見柳集蔣之翹本本篇題下注）

爲裴令公舉裴冕表

大曆四年十二月戊戌，裴冕卒。八年，公始生，當無此表。裴令公，蓋裴遵慶也。（孫甫語。見五百家注柳先生集外集卷二本篇題下注）

按冕傳云：「大曆中，郭子儀言於代宗曰：『冕首佐先帝，馳驅靈武，有社稷勳，程元振忌其賢，遂加誣構，海内冤之。』」與此表合。然此表當爲郭令公作，其云爲裴令公，非也。又傳云：「時元載秉政，冕早所甄引，載德之。又貪其衰瘵，且下己，遂拜左僕射、同中書門下平章事。」不踰月卒。據元載之誅，在大曆十二年，而柳生於大曆八年，是時方五歲，而此表又當在載未誅之前，時公未生。或謂公集先侍御府君神道表云：「汾陽王居朔方，備禮延望」，恐此表乃其先人之作。然亦不可得而考。此決非公之文也明矣。（韓醇語。見同上）

校點者按：世綵堂、濟美堂、蔣之翹本題下注與五百家本相同，然未注明此乃孫、韓注。蔣之翹本刪去本文。

爲裴令公舉裴冕表，邵説作。（王應麟困學紀聞卷一七柳州文可疑諸篇）

校點者按：文苑英華卷六〇八載此文，題爲代郭令公請雪裴僕射表，作者邵説。

此表乃汾陽幕下邵説作，見文苑英華。昔人有疑子厚父爲汾陽管記時作，亦非也。邵説舉進士，嘗事史思明父子，及歸順後，汾陽重其才，留之幕下。事詳舊史。（陳景雲柳集點勘）

爲裴令公舉裴冕表，此非公文。（吳汝綸柳州集點勘）

柳宗元集所收音辯詁訓評論諸人名氏

唐

燕山劉氏名眴。撰舊書傳。

蔣氏名偁。撰舊書贊。

中山劉氏名禹錫，字夢得。編纂柳集，作序并祭文。與公以文字往來，見集。

安定皇甫氏名湜，字持正。有祭公文。

東平呂氏名温，字和叔，一字化光。與公以文字往來，見集。

宋

河南宋氏名祁，字子京。撰新史本傳。餘議論見文集。

廬陵歐陽氏名脩，字永叔。撰新史紀志表，餘議論見集古録諸序并文集。

徂徠石氏名介，字守道。議論見唐鑑。

陽翟孫氏名甫，字之翰。議論見唐論斷。

成都范氏名祖禹，字純甫。議論見唐鑑。

橘林石氏名悉，字敏若。議論見唐史發揮。或云發揮鄭少微作。

建安王氏名崇，字次山。撰唐書訓辨十卷及注唐文八卷。

竇氏名苹。撰唐書音辯。

涑水司馬氏名光，字君實。議論見通鑑及考異幷文集。

京兆劉氏名恕，字道原。議論。

河東柳氏名開，字仲塗。議論見文集。

河南穆氏名修，字伯長。校柳集，作後序。

尹氏名洙，字師魯。議論見文集。

臨川晏氏名殊，字同叔。校正柳文集。

九江夏氏名竦，字子喬。議論見文集。

王氏名安國，字平甫。議論。

金陵王氏名安石，字介甫。議論見臨川文。

眉山蘇氏名洵，字明允。議論見老泉文集。

蘇氏名軾，字子瞻。議論見東坡文集。

蘇氏名轍，字子由。議論見潁濱文集。

蘇氏名過，字叔黨。議論見斜川文集。

南豐曾氏名鞏，字子固。議論見文集。

曾氏名肇，字子開。議論見文集。

淇水李氏名清臣，字邦直。議論見文集。

盱江李氏名覯，字泰伯。議論見文集。

豫章黄氏名庭堅，字魯直。議論見文集。

宛丘張氏名耒，字文潛。議論見文集。

淮海秦氏名觀，字少游。議論見文集。

北山陳氏名師道，字無己，一字履常。議論見文集。

濟北晁氏名補之，字无咎。議論見離騷諸序，餘見文集。

濟南李氏名廌，字方叔。議論見文集。

眉山唐氏名庚，字子西。議論見魯國文集。

龜山楊氏名時，字中立。議論見語録。

陳氏名長方，字齊之。議論見語録。

鄒氏名浩，字志完。議論見語録。

謝氏名諤，字昌國。議論見語録。

石氏名大任，字安世。議論見語録。

尹氏名焞，字彦明。議論見語録。

孔氏名武仲，字常父，議論見語録。

扶風馬氏名才，字子才。議論見文集。

蜀郡鄭氏名少微，字明舉。議論見文集。

朱氏議論見秀水閒居録。

張氏名舜民，字芸叟。議論見畫墁集。

王氏名得臣。議論見塵史。

張氏名俞，字少愚。議論。

沈氏名括，字存中。議論見筆談。

胥山沈氏名晦。校柳文，撰後序。

東萊吕氏名本中，字居仁。議論。

苕溪胡氏名仔。議論見漁隱叢話。

曾氏議論見筆墨閒録。

周氏字少隱。議論見楚辭贅説。

洪氏名芻，字駒父。議論見詩話、文集。

廣漢張氏名震，字真父。議論見文集。

東萊吕氏名祖謙，字伯恭。議論見文集。

永嘉陳氏名傅良，字君舉。議論見文集。

廬陵楊氏名萬里，字庭秀。議論見文集。

梅溪王氏名十朋，字龜齡。議論見文集。

洪氏名邁，字景盧。議論見文集。

龍溪汪氏名藻，字彦章。撰柳公永州祠堂記，餘議論見集。

曹氏名輔。撰祭公文。

黄氏名輸。有祭公文。

許氏名尹。有祭公文。

文氏名安禮。撰柳文年譜後序。

李氏名褫。撰柳文後序。

三山林氏名之奇，字少穎。議論見漢唐龜鑑。

眉山程氏名敦厚，字子山。著韓柳意釋，餘議論見金華文集。

臨邛宋氏名遠孫，字仲山。議論見語録及文集。

横浦張氏名九成，字子韶。議論見漢唐鱠及唐史摘實。

屏山劉氏名子翬，字彦冲。議論見奥論文集。

歷陽張氏名孝祥，字安國。議論見文集。

永嘉葉氏名適，字正則。議論見唐鈔。

西山邵氏名博，字公濟。議論見文集。

箕山晁氏名公遡，字子西。議論見集。

邛南許氏名有功，字敏夫。議論。

廣漢何氏名耕，字道夫。議論柳文。

觀堂劉氏名望之，字夷叔。議論見文集。

眉山劉氏名觀，字中遠。議論。

李氏名燾，字仁甫。議論。

資中李氏名石，字知幾。撰柳文後序，餘議論見方舟文集。

恭南馮氏名時行，字當可。議論見縉雲文集。

普慈文氏名讜，字詞源。補註。

陵陽喻氏名汝礪，字迪孺。議論見雜文。

導江王氏名咨，字夢得。議論見雪齋文集。

洪川姜氏名如晦，字彌明。議論見月溪文集。

眉山劉氏名貞，字子有。議論見橫舟文集。

李氏名㯳，字清叔。議論。

上舍黃氏名唐。著柳文雌黃五十篇。

眉山王氏名稱，字季平。

三江任氏名淵，字子淵。議論并解。

眉山孫氏名汝聽，字良臣。全解。

劉氏名崧，字公輔。全解。

臨邛韓氏名醇，字仲韶。全解。

南城童氏名宗説。全解。

新安張氏名敦頤。音辯。

武信王氏名儔，字尚友。補註。

陳氏名鶚，字一飛。音釋。

新添集注一家　續添補注一家

校點後記

柳宗元的著作，從劉禹錫編纂河東先生集之後，歷代曾編印過許多不同的版本。由於時代久遠，各種版本在傳寫刻印過程中，文字上都有一些訛、脱、衍、倒。我們校點出版柳宗元集新版本，目的是爲了儘可能地改正上述錯誤，分段加以新式標點，給閱讀和研究柳宗元著作，提供一個較好的版本。

劉禹錫編的河東先生集，共三十卷，至北宋時已很少流傳。據穆修在河東先生文集後序中說，他多年來想找一部完整的柳集而未得，直到晚年才見到一個本子，「聯爲八九大編，夔州前序其首，以卷別者凡四十有五」，且「書字甚樸，不類今跡」。從卷數來看，它已非劉禹錫原編舊本。這個本子，經穆修校定，曾于北宋仁宗天聖元年（公元一〇二三年）重新刊行，稱河東先生文集。

穆修校定的河東先生文集，用大字刊行，因爲它出自穆家，又盛傳是劉禹錫舊本，因而所傳最廣。據沈晦説，當時流傳的柳集，除了出自穆修家的四十五卷本，還有小字三十三卷本、曾丞相家本和晏元獻家本三種。沈晦在北宋徽宗政和四年（公元一一一四年）校定刊行四明新本河東先生集時，以爲出自穆修家的四十五卷本就是劉禹錫所編，所以便「以四十五卷本爲正，而以諸本所餘作外集」。他把幾種本子「參考互証」，還參校了有關書籍，加上自己的意見，共糾正錯誤二千多處。另外，「又釐革京兆請復尊號表，增入請聽政第二表、賀皇太子牋、省試慶雲圖詩」，全書「總六百七十四篇」（四明新本河東先生集後序）。從沈晦所説的情況來看，他爲校定和刊行柳集，是付出了辛勤的勞動的。但應該指出的是，沈晦認爲他所採用的「大字四十五卷」本，「是劉連州舊物」，這是一個誤會。陳景雲在柳集點勘序中也已經指出：「穆伯長舊本柳文序，本云所見『八九大編，夔州前序其首』，『書字甚樸，不類今跡』，蓋言『往昔之藏書』，初未嘗確指爲夔州手編本也。至沈胥山乃云大字本『出穆修家，云是劉夢得本』，殆讀穆序未審而失之。蓋劉本之亡久矣。」沈晦的這一誤會，對後來影響很大。直至今天，有些同志仍認爲四十五卷本出自劉禹錫手編。這個誤會，最早就是從沈晦開始沿襲下來的。

穆修本、沈晦本，以及北宋刊行的其它諸本，都早已亡佚，我們只能從他們僅存的序跋及有關史料中略窺其概貌。宋代從南渡以後的一百四五十年間，是校注柳文和刊行柳集最爲盛行的時期。此後，元、明、清各代，也屢有新本。但留傳至今比較早的柳集版本，只有新刊增廣百家詳補注唐柳先生文集（簡稱百家注本）、五百家注柳先生文集殘本（簡稱五百家注本）、重校添注音辯唐柳先生文集殘本（簡稱鄭定本）、世綵堂本河東先生集（簡稱世綵堂本）、增廣注釋音辯唐柳先生集（簡稱音辯本）、新刊詁訓唐柳先生文集（簡稱詁訓本）以及永州本柳柳州外集（簡稱永州本外集）等數種。這幾種本子，除了永州本外集㊀，都是四十五卷本。與此同時流傳的，還有三十三卷本，但今已少見。

南宋末年廖瑩中刻的世綵堂本，在柳集中一向以版刻精美見稱。但廖瑩中「其人乃粗涉文藝，全無學識者」（陳景雲韓集點勘書後）。他刻印此書，雖然也作了一些校勘工作，校正了若干文字訛誤，新添並改正了少數注解，但書中錯誤之處仍然不少，而且有些錯誤是他本所没有的。我們在這次對校中發現，世綵堂本的正文和注文，都與鄭定本基本相同，只是世綵堂本删去了各家注釋者的姓氏，並偶爾增添或改正了少數注文。可以說，它實際上是鄭定本的改頭換面。而鄭定本，則是五百家注本的重校添注本。鄭定的刻書態度是比較嚴肅的，凡是他校定或增注的文字，均標明「重校」或「添注」，而原有注文，一律保留原注者姓氏，這與廖瑩中的掠他人之美，適成鮮明的對照。

世綵堂本既以五百家注本爲祖本，那末五百家注本是不是也有所本呢？我們發現五百家注本與百家注本也基本上是相同的。二書不僅都同樣詳列各家注釋者姓氏，而且正文

㊀葉程所刻永州本外集，其正集柳州集爲三十卷本（已亡佚）。

及注釋，除少數刻誤外，也幾乎無大兩樣。稍有差異的是：（一）在卷首所列注釋者姓氏中，百家注本有「普慈文氏（名讜，字詞源）」、「武信王氏（名儔，字尚友）」，五百家注本無此二人；五百家注本所列「鶴山吕氏（名東，字伯陽）」、「建安蔡氏（名夢弼，字傅卿）」、「建安魏氏（名懷忠，字仲舉）」三人，則爲百家注本所無。其餘姓氏全同。百家注本所列注釋者姓氏爲一百零一人，而五百家注本連同編者魏仲舉自己在内，實爲一百零二人。又，百家注本于所列各家姓氏之後，尚附注「新添集注一家，續添補注一家」；而五百家注本附注則作「新添集注五十家，續添補注七十家」，二書實際並不存在這麽大的差數。從所收注文的實際家數來看，百家注本就不足百家，它號稱百家，已是虚誇人數；而五百家注本一下把注者説成五百家，則更是虚誇。魏仲舉所以要如此虚誇注釋者人數，這一方面固然是爲了湊合與所刻五百家注昌黎集並用「五百家注」之名，同時大概也因爲他是一個書商，想以此作爲射利的手段吧！（二）二書在注文上出入比較明顯的，主要是第十四卷天對一篇。在這篇中，百家注本所用「文（詞源）曰」固然爲五百家注本所無，而百家注本大量採用的「張（敦頤）曰」、「孫（汝聽）曰」、「童（宗説）曰」等，在五百家注本中也只有少數幾條；五百家注本主要採用的「蔡（夢弼）曰」、「嚴（有翼）曰」、「洪（興祖）曰」，則爲百家注本所未見。（三）百家注本只有正集，無外集及附録；卷首除詳列各家注釋者姓氏外，尚冠以劉禹錫所作序文一篇，唐書本傳一篇，並有四十五卷詳細目録。而五百家注本除正集（殘本）外尚有外集及附録（劉禹錫的序文及新史本傳都編入附録）；卷首除詳列各家注釋者姓氏外，有看柳文綱目六則和文安禮柳先生年譜，没有目録。

五百家注本成書於南宋慶元六年（公元一二〇〇年），編者係建安書商魏仲舉。百家注本成書的具體年代與編者姓氏，尚有待繼續進行考證。我們初步認爲，百家注本成書的時間，可能略早于五百家注本。理由是：第一，百家注本中的不少版刻錯字，在五百家注本中已有所改正；百家注本不誤而五百家注本有誤的情況雖偶爾也有一些，但並不多見。第二，百家注本與五百家注本均是坊刻，坊賈爲刻書牟利，虚誇注者人數，一般都由少到多；按注本發展來説，亦應當是由簡入繁。第三，宋代刻書很重視避諱。百家注中的「敦」字未缺筆，不避宋光宗趙惇諱（「敦」、「惇」音義均通）。據此，百家注本的成書年代，似當在宋光宗紹熙元年（公元一一九〇年）以前，至少比五百家注本要早十年以上。再從百家注本收録了韓醇詁訓的情況看，韓刻柳文詁訓在淳熙四年（公元一一七七年），那麽百家注本的編成，似當在淳熙四年至十六年（公元一一七七——一一八九年）之間。

經過反復比較，我們決定以百家注本作爲校點柳宗元集的底本，主要是因爲考慮到：

(一)百家注本是現存柳集宋刻本中時代較早而又較爲完整的本子。北京圖書館所藏原海源閣楊氏舊藏百家注本,正集四十五卷,均完好無缺,經鑑定爲宋刻蜀本,現在已經是海内孤本。北京圖書館所藏宋刻世綵堂本,雖然也比較完整,但時代至少要比百家注本晚出七八十年;且解放後已經排印出版,流傳比較廣泛。而其它南宋刻本,都已經殘缺不全。如五百家注的南宋原刻本,現僅存十一卷(卷十六至二十一、卷三十七至四十一),四庫全書文津閣本及文淵閣本亦僅存正集前二十一卷、外集三卷、附録四卷;鄭定本則僅存五卷(卷十八至二十、卷四十三至四十四)。永州本柳柳州外集是現存宋刻柳集中最早的版本(宋乾道元年永州郡庠刻),但一共只收録柳文四十三篇。此外,音辯本、詁訓本的南宋原刻本均已亡佚。北京圖書館所藏音辯本,經鑑定爲元刻建本;詁訓本則只有文津閣四庫全書本。(二)百家注本的注文比較詳細,而且在注文中保留了原注釋者的姓氏,便于讀者研究。五百家注本、鄭定本和世綵堂本的注文,基本上都是從百家注本沿襲下來的。世綵堂本對原有注文雖略有增删,但差别不大。而它把注文中原注者的姓氏一律删去,這就使書中的某些注文造成了不應有的混亂,給讀者研究柳文也帶來不便。至于音辯本和詁訓本,它們的注文雖也有一些自己的特點,但都遠没有百家注本豐富。(三)百家注本在注文中保存了前人沈晦、任淵、孫汝聽、劉崧、韓醇、童宗説、張敦頤、文讜、陳顥等人對柳文的訓詁、考証。他們的原著多已亡佚，我們從百家注本中尚能獲見一二。

由於百家注本無外集，我們以五百家注文津閣本的外集爲底本，並參考其它諸本，重新編成本書的外集。

根據現存柳集的版本情況，我們在校勘中儘量採擇善本對校。鑒于版本較多，我們把它們大別爲主要校本和參考校本兩類：

主要校本是：

（一）南宋原刻世綵堂本河東先生集（校勘記中簡稱世綵堂本）；

（二）元刻建本增廣注釋音辯唐柳先生集（簡稱音辯本）；

（三）四庫全書本新刊詁訓唐柳先生文集（簡稱詁訓本）；

（四）南宋原刻殘本及四庫珍本五百家注柳先生集（簡稱五百家注本）；

（五）南宋原刻殘本重校添注音辯唐柳先生文集（簡稱鄭定本）；

（六）宋乾道永州郡庠本柳柳州外集（簡稱永州本外集）；

（七）中華書局影印本文苑英華（簡稱英華）；

（八）宋原刻及明刻唐文粹（簡稱文粹）。

參考校本是：

(一)明刻蔣之翹輯注本唐柳河東集(簡稱蔣之翹本);
(二)明郭雲鵬刻濟美堂本唐柳先生集(簡稱濟美堂本);
(三)明游居敬校刻本柳文(簡稱游居敬本);
(四)清何焯批校王荆石先生批評柳文(簡稱何批王荆石本);
(五)何焯批校增廣注釋音辯唐柳先生集(簡稱何焯校本);
(六)清武英殿本全唐文;
(七)中華書局排印本全唐詩;
(八)四部叢刊本宋郭茂倩編樂府詩集。

在明刻柳集中,蔣之翹本比較有自己的特點。他對柳集作了比較認真的校勘,廣泛輯録舊本柳集注文,並新增了明人的注釋和評論。但美中不足的是,他改字未説明所本,所輯舊注也都未注明注者姓氏。郭雲鵬所刻濟美堂本,無論正文或注釋,實際是五百家注本的直接翻刻本。有人認爲濟美堂本係翻刻世綵堂本,這是僅從其版式着眼的皮相之談。游居敬本不帶注文,是「明人刻書之精品」(葉德輝書林清話),正文與音辯本基本相同,僅個别錯字作了校正。清初何焯校本,是一個較有價值的本子。它不僅校正了一些錯字,提出了一些有參考價值的意見,而且保存了多卷現已散佚的鄭定本的原文(何校稱作「大字本」或「重校」）。清代嘉慶年間成書的全唐文，廣泛吸取前人校勘柳集的成果，擇善而從，也具有相當參考價值。

除了上述主校本及參校本之外，我們在校勘過程中，還參考何焯的義門讀書記、陳景雲的柳河東集點勘、吴汝綸的柳州集點勘等書，吸取了他們的校勘成果。

關於本書的校例，也有幾點需要説明：

（一）本書校勘的重點是校正底本正文的訛、脱、衍、倒。凡底本正文不誤而它本有誤者，一般不予理會。底本注文與它本有異文而不傷原意者，一般亦不予理會；如傷原意或史實有誤者，經查對原書後進行必要的改正，並出校勘記加以説明。

（二）出校勘記包括以下幾種情況：諸本對校所校出的異文，凡能斷定底本錯誤者，一般都改字出校記；懷疑底本有誤它本不誤者，一般不改字，出校記對它本表明「疑是」；它本異文比底本原文較好者，一般出校記表明「近是」；底本不誤，它本異文有參考價值者，出校記列出異文；它本無異文，前人疑底本有誤而言之成理者，出校記摘引其説；它本無異文，而校者發現底本確實有誤者（包括注文中的年代、人名、地名、書名、史實等），經查閲有關資料後加以改正，並出校記説明。

（三）凡底本與它本異文屬于通用字者，一般不改字，亦不出校記。明顯的版刻錯字，少見的異體字，避諱的缺筆字，在校點時隨手逕改，不出校記。柳文避唐諱，後人刻書已經改正的，不再回改。

我們在校勘和標點的過程中，對校了柳集有代表性的多種版本，並且有選擇地吸取了前人校勘和標點的一些成果；對注文中所發現的不少問題，我們亦經過廣泛地查閱有關圖書資料，進行必要的處理。但由於我們的水平不高，一定還存在着不少缺點和錯誤。我們誠懇地希望能得到廣大讀者和專家們的批評指正，以便在再版時修改。

柳宗元集校點組由下列成員組成：張養吾（中央民族學院）、楊學通（中國人民大學）、彭建（北京市委宣傳部）、李秋媛（北京師範大學）、吴文治（中國人民大學）、賈敬顔（中央民族學院）、蕭清（中國人民大學）、董明（北京師範大學）。蕭璋曾參加過一些工作。

本書定稿由彭建、吴文治負責。李秋媛曾參加過部分定稿工作。

本書在校點過程中，曾得到北京圖書館、首都圖書館、北京師範學院、北京經濟學院、中華書局等單位的有關同志和專家的大力幫助，特在此表示謝意。

柳宗元集校點組

一九七八年九月

中國古典文學基本叢書

柳宗元集

第一册

中華書局

圖書在版編目(CIP)數據

柳宗元集/(唐)柳宗元著. —北京:中華書局,1979. 9
(2023. 11 重印)
(中國古典文學基本叢書)
ISBN 978-7-101-02443-2

Ⅰ. 柳… Ⅱ. 柳… Ⅲ. ①柳宗元(773~819)-古典散文-選集②柳宗元(773~819)-唐詩-選集 Ⅳ. I214. 22

中國版本圖書館 CIP 數據核字(1999)第 75929 號

責任印製:陳麗娜

中國古典文學基本叢書
柳 宗 元 集
(全 四 册)
〔唐〕柳宗元 著
*
中 華 書 局 出 版 發 行
(北京市豐臺區太平橋西里 38 號 100073)
http://www.zhbc.com.cn
E-mail:zhbc@zhbc.com.cn
大廠回族自治縣彩虹印刷有限公司印刷
*
850×1168 毫米 1/32 · 49¼印張 · 10 插頁 · 1000 千字
1979 年 9 月第 1 版 2023 年 11 月第 10 次印刷
印數:41651-42850 册 定價:198.00 元

ISBN 978-7-101-02443-2

新刊增廣百家詳補註唐柳先生文卷第一

唐雅　唐詩　貞符

獻平淮夷雅表一首

【詳註】詩曰宣王能興衰撥亂命召公平淮夷注云淮夷東國在淮浦而夷行也元和十二年十月癸酉平吳元濟在淮蔡故曰淮夷蓋公擬江漢之詩而作也與韓文公平淮西碑同時作先儒稱柳伯長云韓元和聖德平淮西柳雅章之類皆辭嚴義偉制述如經能崒然聳唐德於盛漢之表談藪云論柳文者皆以謂封建論退之所無淮西雅韓文不逮

臣宗元言臣負罪竄伏違尚書牋奏十有四年

【重校】禮部郎官掌尚書牋奏公永貞元年自禮部員外郎貶邵州刺史再貶永州司馬元和十

本書底本宋刻百家注本

五百家註音辯唐柳先生文集卷第十六

說

天說

黄曰韓文公登華而哭有悲絲泣岐之意惟沈顏能知之今其言曰人能殘元氣陰陽而殘人者則有功蓋有激而云柳子因而爲之說謂天地元氣陰陽不能賞功而罰禍要其歸欲以仁義自信其說當矣然曰天不能賞罰善惡者何自而亂退予韓文公曰今之言性者雜佛老而言正爲柳子設也韓曰劉禹錫云子厚作天說以折退之之言非所以盡天人之際故作天論三篇以極其辯然公繼與禹錫書云凡子之論乃吾天說注疏耳禹錫天論今附此後

韓愈謂柳子曰若知天之說乎吾爲子言天之說今夫人有疾痛倦辱饑寒甚者因仰而呼天

宋刻五百家注本

重校添註音辨唐柳先生文集卷第二十

銘雜題

沛國漢原廟銘 并序

韓曰漢惠帝即位詔有司爲高帝立原廟[illegible]在祀典

昔在帝堯光有四海元首萬邦時則爵禹稷

卨 童曰卨高辛氏之子[illegible] 佐命垂統股肱天下 [illegible]曰

書元首明哉股肱[illegible] 一人[illegible]天 聖[illegible]而有[illegible]作[illegible]元臣

[illegible]天而受命[illegible]年 [illegible]氏[illegible]

后稷[illegible]昔[illegible] [illegible]逆[illegible]德復[illegible]

宋刻鄭定本

行狀

段太尉逸事狀

太尉始為涇州刺史贈受大使假白孝德
涇區用汾陽王以副元帥居蒲汾
刺史王子晞為尚書領行營節度使
儀等為關治河中河元
度儀等為關治河中河元帥河中蒲州河也中郎王子晞為
書為姊子書姪子媸時為左常侍不領行營御度使

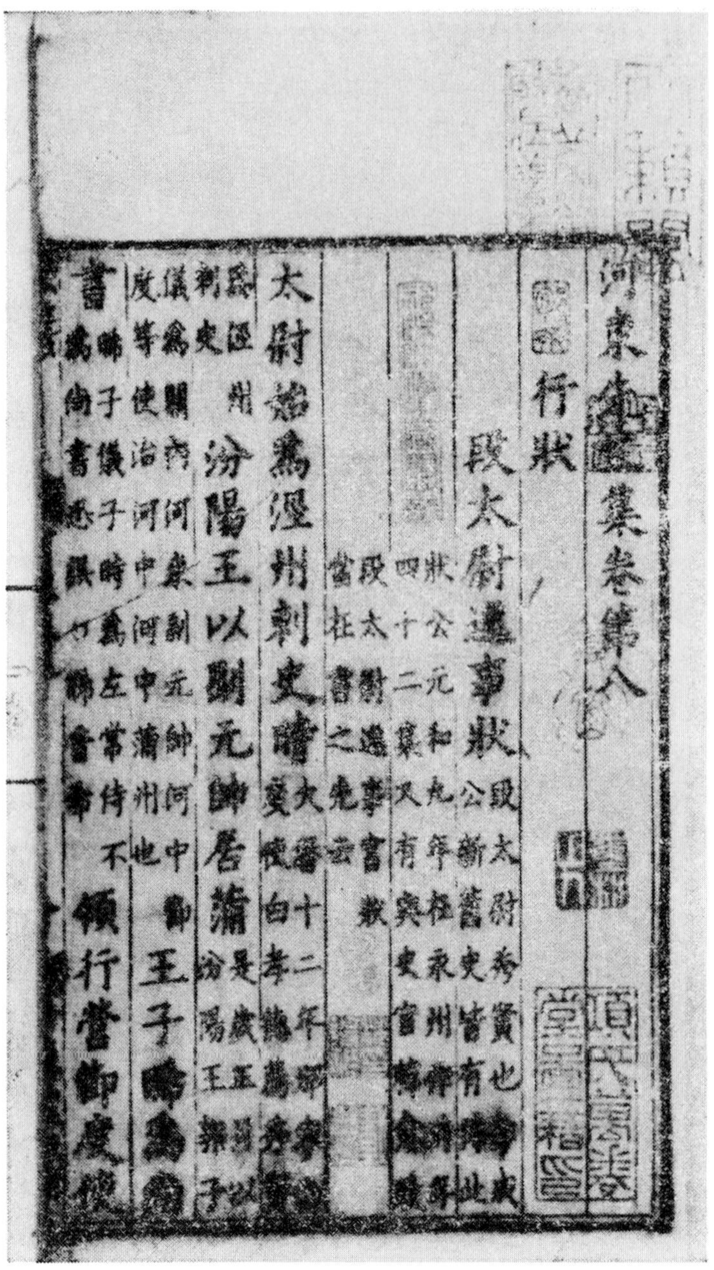

宋刻世綵堂本

前言

柳宗元（公元七七三——八一九年），字子厚，是我國唐代傑出的文學家和著名的思想家。他祖籍河東（今山西永濟），人稱柳河東；曾貶官柳州，因又稱柳柳州。他出身于官僚地主家庭，二十一歲中進士，二十六歲第博學宏詞科，授集賢殿書院正字，後又任藍田尉，監察御史裏行。貞元二十一年（公元八〇五年），與劉禹錫等一起參加主張政治革新的王叔文集團，升任禮部員外郎。不久，革新失敗，被貶爲永州（今湖南零陵縣）司馬。十年後，改貶爲柳州（今廣西柳州）刺史。又四年，病逝于柳州，年四十七歲。

柳宗元一生，經歷了代宗、德宗、順宗、憲宗四朝，但他的主要活動是在貞元、元和時期。這時經過歷時八年的安史之亂，唐王朝已開始走下坡路，爲舊時史家稱道的所謂盛唐時代已經一去不返。這場大亂以後，地主階級和農民階級的矛盾 地主階級内部各個階層和各個集團之間的矛盾，不僅没有緩和，而且都進一步激化了。藩鎮軍閥依然擁兵割據，並且從河北四鎮擴展到内地。這些藩鎮跨州連縣，「大者連州十餘，小者猶兼三四」，「既有其土地，又有其人民，又有其甲兵，又有其財賦」（新唐書兵志），「各擁勁卒數萬，治兵完城，自署文武將吏，不供貢賦」（資治通鑑卷二二三），父傳子繼，儼然成了與王朝中央分庭抗禮的獨立王國。在王朝中央内部，宦官專權也日甚一日。他們掌握中央禁軍，左右朝政，威懾皇帝，權傾海内。朝中宦官當權派和地方藩鎮軍閥既有矛盾，又相互勾結，狼狽爲奸，以鞏固自己的地位和既得利益。他們横征暴斂，恣行吞併土地，造成工商蕭條，農村凋敝。在地主階級（宦官當權派和藩鎮軍閥本身也是大地主）的殘酷壓迫和剥削下，廣大農民紛紛破産逃亡，農民起義不斷爆發。在階級矛盾激化、唐王朝危機日益深重的情況下，地主階級中一些有識見的人物，爲了維護唐王朝的統治和地主階級的長遠利益，起而要求抑制宦官和藩鎮的特權，維護以皇帝爲首的中央集權和國家的統一，革除一些喪失民心的弊政，使勞動人民的沉重負擔有所減輕，以利社會的安定和生産的恢復發展。柳宗元在順宗時和王叔文等一道所進行的政治革新，就是這種特定歷史環境的産物。

德宗貞元年間，柳宗元在任監察御史裏行時，就和王叔文等革新派人物結下了深厚友誼。王叔文當時爲東宫皇太子李誦的侍讀，經常利用機會和太子議論朝廷弊政，希望太子在卽帝位後能有所改革。太子李誦對王叔文的政見頗爲賞識，所以當貞元二十一年（公元八〇五年）正月繼承德宗李适卽帝位以後，立卽起用王叔文、王伾等革新派人物。柳宗元被擢升爲禮部員外郎，深受王叔文的器重，是革新派的核心人物。他們執政後，便實行一系列的革新措施，如罷黜罪惡昭著的貪官污吏，取締刼掠民財的「宫市」和「五坊小兒」，免除正税以外的苛捐雜税，把長期被藩鎮壟斷的鹽鐵轉運大權收歸中央，釋放部分宫女和女樂，裁減閑雜人員，並着手接管宦官兵權（因遭抵制未能實現），等等。這些措施，打擊了以宦官和藩鎮爲代表的腐朽勢力，具有一定的進步意義。但是，由於宦官和藩鎮的勢力相當强大，革新派缺乏廣泛、堅固的社會基礎，所以這次革新運動在他們的聯合反撲下，很快就夭折了。以宦官俱文珍（即劉貞亮）爲代表的宦官勢力，和以韋皋（劍南西川節度使）爲代表的藩鎮軍閥勢力勾結起來，逼迫順宗李誦把皇位讓給太子李純（憲宗）。接着便對革新派進行迫害，王叔文被殺，王伾被逼死，柳宗元、劉禹錫等八人被貶謫爲邊遠諸州司馬。這就是歷史上著名的「二王八司馬事件」。

政治上的失敗和被貶逐，在柳宗元的生活道路上是一個重大的轉折。在這以前，年青的柳宗元在政治上頗有一番抱負，嚮往於「勵材能，興功力，致大康于民，垂不滅之聲」（答貢士元公瑾論仕進書）。在理想幻滅以後，他便把自己的精力主要轉到了思想文化領域，認爲「賢者不得志于今，必取貴于後」（寄許京兆孟容書），渴望「能著書，斷往古，明聖法，以致無窮之名」（與顧十郎書）。他發奮鑽研經史諸子，「讀百家書，上下馳騁」（與楊京兆憑書），寫自己的體會，「以志乎中之所得」；遇到荒謬之處，他就常常「勇不自制」地進行批判，

「以救世之謬」（與呂道州温論非國語書）。他的文學性的散文和詩歌，大多是有感而發，或揭露社會黑暗，同情勞動人民的疾苦；或諷時傷世，矛頭實指向腐朽勢力；或「長吟哀歌，舒泄幽鬱，因取筆以書」（上李中丞獻所著文啓），以寄托他的悲憤。長期的貶謫流放生活，使他能比較深刻地觀察到社會的黑暗，體驗到勞動人民的疾苦，從而使他的作品有較豐富的思想内容。他留傳下來的七百多篇作品，絶大多數是在貶官以後寫的。其中有不少優秀篇章，在我國文學史和思想史上一直閃耀着光芒。

在政治思想方面，柳宗元主張融合先秦以來各家的政治學説，但他最推崇的是「堯、舜、孔子之道」。他的政治理想，是所謂「立仁義，裨教化」，「唯以中正信義爲志，以興堯、舜、孔子之道利安元元爲務」（寄許京兆孟容書）。他表示自己「好求堯、舜、孔子之志唯恐不得」，「遇行堯、舜、孔子之道唯恐不慊」（送婁圖南秀才遊淮南將入道序）。然而，他並不專宗一家，而是認爲楊、墨、申、商、刑名、縱横、釋、老等各家學説「皆有以佐世」，主張「咸伸其所長，而黜其奇衺」；他認爲這些學派都是「孔氏之異流」，「與孔子同道」，主張把這些學説「通而同之，搜擇融液」，使之完全符合于「聖人之道」（送元十八山人南遊序）。

柳宗元反對藩鎮割據、主張加强中央集權的思想，突出地反映在他的著名論文封建論中。他總結了秦漢以來中央集權和分封割據正反兩方面的經驗教訓，説明只有實行郡縣制，廢除「繼世而理」的分封世襲制，才能作到「有罪得以黜，有能得以賞」，才能「使賢者居上，不肖者居下」，國家才能長治久安。他把擁兵自重的藩鎮斥之爲「虐害方域」的「桀猾」「叛將」，有針對性地提出「善制兵，謹擇守」的建議，主張把兵權和郡縣官吏的任免權集中於王朝中央。

柳宗元主張任人唯賢，反對任人唯親，特别是反對宦官專權。在六逆論中，他批判了左傳把「賤妨貴、遠間親、新間舊」看作「亂之本」的傳統觀念，反對用人看貴賤、親遠、新舊，主張只根據「賢」「愚」作標準。在送崔子符罷舉詩序中，他主張選拔人才時不僅根據辭章，還必須「觀其行，考其智」，看是否德才兼備，可以「化人及物」。他認爲宰相的一個重要任務，就是廣泛地「擇天下之士，使稱其職」（梓人傳）。在晉文公問守原議和桐葉封弟辯中，柳宗元還借題發揮，反對宦官參政和專權。

柳宗元早年懷着「致大康于民」、「利安元元」的抱負，被貶逐以後所盼望的仍然是「生人之性得以安，聖人之道得以光」，並且以「仕雖未達，無忘生人之患」與朋友共勉（答周君巢餌藥久壽書）。他嚴厲抨擊貪官污吏們對勞動人民的騷擾，要求給他們「蕃生」「安性」的權利（種樹郭橐駝傳）。在捕蛇者説和田家等詩文中，他深刻地反映了勞動人民的疾苦，並寄予同情。針對當時「賄賂行而征賦亂」的不合理現象，他主張「定經界，覈名實」，實行「均賦」，適當減輕貧户負擔，增加富户賦税，以利社會的安定和生産的發展(答元饒州論政理書)。這種主張，雖然只是反映了中小地主階級的經濟利益和政治要求，但仍有其一定的積極意義。柳宗元在任柳州刺史時，在他的職權範圍内，也曾經作過一些對勞動人民有利的事。

在哲學思想方面，柳宗元的唯物主義和無神論思想，在我國哲學史上有重要的貢獻。

唐代中葉哲學上的唯物主義和唯心主義的鬥争，主要是圍繞着「天人之際」即人和天的關係問題而展開的。當時流行的神學天命論思想，適應宦官、藩鎮爲代表的腐朽勢力的要求，有利于維護他們的特權和既得利益；而唯物主義和無神論思想，則是革新派進行改革的思想武器。

柳宗元繼承並發揚了荀況、王充等人「元氣」一元論的唯物主義思想，認爲「天」同瓜果、草木等自然界一切物質的東西一樣，是由渾沌的「元氣」構成的，一切都統一于「元氣」，不存在離開「元氣」而獨立存在的有意志的「天」(天説)。他指出「天」是「無營以成」，「無功無作」，是「陽氣」的無限積聚而成；陰陽二氣在無邊無際的宇宙間相互作用，「吁炎吹冷，交錯而功」，推動着宇宙的運動發展(天對)。在非國語三川震一文中，他駁斥了把地震看作

「天人感應」的胡説，指出天地山川、陰陽二氣都是「自動自休，自峙自流」，「自門自竭，自崩自缺」，「或會或離，或吸或吹」，地震就是在這運動過程中形成的一種自然現象，就好像蒸氣的「涌溢蒸鬱」和水力的「衝盪濆激」一樣。這些試圖從自然界本身來説明自然界運動的觀點，含有樸素辯證法的因素，是非常可貴的。

柳宗元認爲自然界的「天」和社會人事「各行不相預」（答劉禹錫天論書），人的吉凶禍福，社會的興衰治亂，都非「天」所能主宰，而是「功者自功，禍者自禍」（天説）。他還認爲，要「變禍爲福」，決不能依靠「天命」，而是「在我人力」（愈膏肓疾賦）。在非國語中，他以大量篇幅批判了國語一書所宣揚的天命論，詳盡地闡述了他的無神論思想。他甚至在給皇帝歌功頌德的文章中，也大膽地駁斥了董仲舒等人宣揚「天人感應」的符瑞説是以「淫巫瞽史」之言來「誑亂後代」，並且指出皇帝「受命不于天，于其人」，「受命于生人之意」，否定「君權神授」的反動説教（貞符）。在斷刑論、時令論等著作中，他還深刻揭露了「賞以春夏」「刑以秋冬」那種把刑政制度神權化的荒唐。

對於歷代反動統治者宣揚天命論的反動目的，柳宗元也作了揭露。他指出：「力足者取乎人，力不足者取乎神。」（非國語神降于莘）「古之所以言天者，蓋以愚蚩蚩者耳。」（斷刑論）

在社會歷史觀方面，柳宗元認爲，歷史的發展，既非由「天」意决定，也不是「聖人」的意志所能左右，而有其客觀的必然趨勢。在封建論中，他以進化的歷史觀分析了人類社會的發展，指出分封制的産生「非聖人意也，勢也」。他認爲郡縣制之取代分封制，是不可改變的客觀趨勢。當然，由於歷史條件和階級的局限，他不可能揭示歷史發展的真正動力和客觀規律，他的歷史觀仍然是唯心主義的。從封建論和貞符等文看，他所説的「勢」，實際上是「生人之意」的另一説法。他把「生人之意」看作社會發展的决定因素，而不懂得决定社會發展的歸根到底是社會生産力的發展。但應指出，他在當時能提出上述觀點，否定「天」和「聖人」創造歷史，也是難能可貴的。

在我國文學史上，柳宗元佔有重要的地位。無論是在文學理論或文學創作上，他都作出了卓越的貢獻。

柳宗元是唐代古文運動的倡導者之一，對當時文風的改革起過重大的推動作用。唐代古文運動，是一次提倡樸實流暢的散文、反對辭藻華麗内容空洞的駢文的文學革新運動。柳宗元針對形式主義的駢儷文風的流弊，提倡「文者以明道」（答韋中立論師道書），强調文章要「輔時及物」（答吴武陵論非國語書）。他説：「文之用，辭令褒貶，導揚諷諭而已。」（楊評事文集後序）這就是説，要用文學這個武器來歌頌贊揚美好的事物，批判諷刺醜惡的事物。他指出，不顧内容，片面地講求辭藻華麗，就等於「用文錦覆陷阱」，是要害死人的。另一方面，他也很注重文采，認爲「言而不文則泥」，文采是「固不可少」的（答吳武陵論非國語書）。這表明了他主張思想性與藝術性的統一、内容與形式的統一。當然，他所主張的思想性，從本質上説是爲地主階級服務的。他所説的「明道」或「輔時及物」之類，指的就是要闡明堯、舜、孔子之道，要求文章能觸及時事，輔助朝政，以維護地主階級的統治。此外，柳宗元對作家思想品德的修養問題，寫作的態度問題，繼承與創新問題，文學源流與風格問題，藝術技巧問題，等等，也都發表了一些值得重視的意見。

柳宗元的文學創作，内容豐富，形式多樣。他把文章大别爲兩類：「辭令褒貶，本乎著述」；「導揚諷諭，本乎比興」。並認爲對這兩方面，古來文人「恒偏勝獨得，而罕有兼者」（楊評事文集後序）。事實上，他自己就二者兼能，既長于著述議論，又長于比興諷諭。他根據内容的需要，創造性地運用文學形式，在藝術上有較高的成就。

柳宗元的寓言散文，一般都短小精巧，含意深刻。他通過描寫老鼠、羆、蝜蝂、尸蟲、蝮蛇等形象，揭露當時社會各種醜類的可憎面目，嘻笑怒罵，痛快淋漓地加以諷刺和鞭撻。他把主要鋒芒指向那些竊據要職的宦官及其所豢養的幫凶爪牙，指斥他們「搖動禍機」，「譖下謾上」（罵尸蟲文），「陰妬潛狙」，「賊害無辜」（宥蝮蛇文）。他有一些寓言，通過描寫麋、驢、「海賈」、「溺者」等故事，幽默地對人們進行諷諭勸戒，意在言外，至今猶發人深省。寓言文學在戰國時期已有較大發展，但那時還只是在文章中用寓言故事作比喻，很少單獨以寓言作爲一種文學形式出現。柳宗元繼承和發展了前人的成就，使寓言完全形成爲一種獨特的文學形式，這是他的一個貢獻。

柳宗元寫的文學性傳記散文，大多取材于勞動人民，如種樹郭橐駝傳中的郭橐駝，捕蛇者説中的蔣氏，梓人傳中的楊潛，童區寄傳中的區寄，等等。他通過描寫這些人物，來寄託自己的政治主張，也不同程度地揭露了當時尖銳的階級矛盾。儘管這些作品仍有其局限性，但勞動人民的形象比較多地被寫進文學作家的傳記散文，反映了柳宗元創作的現實主義精神，這可以説是繼司馬遷史記之後的一個發展。

柳宗元的遊記散文，也很有特色。他對山水自然景物的描繪，準確精細，富有生機，能給人一種自然美的感受。他往往借景抒情，以寄託自己懷才不遇被貶逐遠荒的悲憤。

柳宗元在形式多樣的散文中，抒發他被貶逐後憂鬱憤懣之情的佔有相當數量。這些作品雖傷感情調較重，但其中有一些作品，在藝術技巧上是有可取之處的。例如愚溪對、答問等篇，他以「愚」「拙」自命，語多憤激，諷時傷世，並自慰自勵，作品構思巧妙，文辭優美。他用騷體寫的弔屈原文，亦以自弔，借懷古烈以明心迹。懲咎、閔生、夢歸諸賦，悲遠謫，懷故都，低迴鬱結，悽切動人。嚴羽説「唐人惟柳子厚深得騷學」（滄浪詩話）。由於柳宗元與屈原有着類似的生活遭遇，他以屈原作爲自己立身行事的楷模，因而他效屈騷作賦，就能與那些「引吭佯悲，極其摹仿」的人所作的賦有着根本的不同。

柳宗元不僅是傑出的散文家，而且也是著名的詩人。他留下的詩篇，數量雖不很多（一百六十多首），但造詣很深，無論古體或近體，都有一些佳作和警句。他的詩，平淡自然，明淨簡峭，感情真摯，耐人尋味。蘇軾説柳詩「温麗靖深」，「似淡而實美」，「發纖穠於簡古，寄至味於淡泊」，是道出了柳詩的特色的。

柳宗元是歷史上有貢獻的文學家、思想家，但終究是一千一百多年以前封建地主階級的文人，他不能不受時代和階級的局限。翻開他的全集，我們固然可以看到其中有相當數量的應酬之作，内容無甚可取；就是在優秀的作品中，也明顯地看到時代和階級的烙印。比如他爲了抑制豪族大地主的兼併活動，在答元饒州論政理書中提出了改革「兩税法」實行「均賦」的要求，以便使貧者、富者能合理地負擔賦税，但他又認爲「富室，貧之母也，誠不可破壞」。這就是他地主階級本性的反映，説明他的改革是以不「破壞」「富室」爲前提的。又如他對于宇宙本原的認識，對「天人感應」説的批判，都堅持了唯物主義觀點，但在對佛教的態度上，却没有能够堅持唯物主義無神論觀點。對於他的好佛要做具體分析，因爲他在被貶官後找不到出路，無可奈何地想從佛學中去尋求精神上的安慰，實際上他並不是真正篤信佛教教義，佔主導地位的仍然是唯物主義無神論思想。但不管怎樣，柳宗元好佛，不能不削弱其唯物主義無神論的戰鬥鋒芒。這些局限性，我們只有從柳宗元所處的時代和他所屬的階級去觀察，才能得到合理的解釋。

柳宗元的優秀作品，是我們應該繼承的珍貴的文化遺産。在他的全集中，既有精華，也有糟粕，我們必須用辯證唯物主義和歷史唯物主義的觀點去加以鑒别，根據毛澤東同志指出的，「剔除其封建性的糟粕，吸取其民主性的精華」（新民主主義論），批判地繼承這一份文化遺産，以利于發展我們今天的社會主義文化。

柳宗元集校點組

一九七八年九月

目録

第三卷　論

第四卷　議辯

第五卷　碑

第十卷　誌

第十一卷　誌碣誄

第十二卷　表誌

第十三卷　誌

第十七卷　傳

第二十卷　銘雜題

第二十一卷　題序

第二十二卷　序

第二十三卷　序别

第二十八卷　記

第三十一卷　書

第三十二卷　書

第三十五卷　啓

第三十六卷　啓

第三十七卷　表

第三十八卷　表

第三十九卷　奏狀

第四十卷　祭文

第四十一卷　祭文

第四十二卷　古今詩

第四十三卷　古今詩

第四十四卷

第四十五卷

外集

卷下　表啓

外集補遺

附錄

柳宗元集卷一

雅詩歌曲〔一〕

獻平淮夷雅表一首〔二〕

〔詳注〕詩曰：宣王能興衰撥亂，命召公平淮夷。注云：淮夷，東國，在淮浦而夷行也。元和十二年十月癸酉，平吳元濟。在淮蔡，故曰淮夷。蓋公擬江漢之詩而作也。與韓文公平淮西碑同時作。先儒穆伯長云：韓元和聖德、平淮西，柳雅章之類，皆辭嚴義偉，制述如經，能崒然聳唐德於盛漢之表。談藪云：論柳文者，皆以謂封建論退之所無，淮西雅韓文不逮。

臣宗元言：臣負罪竄伏，違尚書牋奏十有四年。〔童曰〕禮部郎官，掌尚書牋奏。公永貞元年自禮部員外郎貶邵州刺史，再貶永州司馬。元和十年，召至京師，又出爲柳州刺史。至是元和十三年爲十四年，故云。聖恩寬宥，〔補注〕周官：司刺掌三宥三赦之法：一宥曰不識，再宥曰過失，三宥曰遺忘。命守遐壤，〔孫曰〕謂元和十年三月爲柳州刺史也。懷印曳紱，紱，綬也。有社有人。〔孫曰〕論語：有民人焉，有社稷焉。臣宗元誠感誠荷，頓首頓首。

伏惟睿聖文武皇帝陛下，天造神斷，克清大憝，〔補注〕憝，惡也。書康誥曰：元惡大憝。此謂平吳元濟也。憝，徒對切。金鼓一動，萬方畢臣。太平之功，中興之德，推校千古，無所與讓。臣伏自忖度，〔補注〕「忖度」字見孟子。王曰：「詩云：它人有心，予忖度之。」度，徒各切。有方剛之力，〔孫曰〕詩：膂力方剛，經營四方。不得備戎行，音杭。致死命，況今已無事，思報國恩，一作「恩德」。獨惟文章。

伏見周宣王時稱中興，其道彰大，于後罕及。然徵於詩大、小雅，〔孫曰〕小雅，六月、采芑、車攻、吉日。大雅，嵩高、烝民、韓奕、江漢、常武。其選徒出狩，則車攻、吉日；〔韓曰〕詩小雅車攻，宣王復古也。宣王能内修政事，外攘夷狄，復文武之境土，修車馬，備器械，復會諸侯於東都，因田獵而選車徒焉。吉日，美宣王田也。能謹微接下，無不自盡以奉其上焉。命官分土，則嵩高、韓奕、烝人；〔三〕〔韓曰〕大雅嵩高，尹吉甫美宣王也。天下復平，能建國，親諸侯，褒賞申伯焉。韓奕，尹吉甫美宣王也。能錫命諸侯。烝民，尹吉甫美宣王也。任賢使能，周室中興焉。〔補注〕「烝民」作「烝人」，避唐諱也。南征北伐，則六月、采芑；〔韓曰〕小雅六月，宣王北伐也。采芑，宣王南征也。平淮夷，則江漢、常武。〔韓曰〕大雅江漢，尹吉甫美宣王也。能興衰撥亂，命召公平淮夷。常武，召穆公美宣王也。有常德以立武事，因以爲戒焉。鏗鍧炳耀，〔童曰〕鏗鍧，鐘鼓聲。鏗，丘耕切。鍧，呼宏切。盪人耳目。盪，音蕩。又去聲，他浪切。故宣王之形容與其輔佐，由今望之，若神人然。此無他，以雅故也。

臣伏見陛下自即位以來，平夏州，〔童曰〕永貞元年八月乙巳，憲宗卽位。其年冬，夏綏銀節度留後楊惠琳反。元和元年三月，夏州兵馬使張承金斬惠琳。夷劍南，〔四〕〔童曰〕永貞元年八月癸丑，劍南西川節度使韋皐卒，行軍司馬劉闢自稱留後。元和元年正月，命高崇文率李元奕、嚴礪、李康以討闢，擒闢以獻。十月，闢伏誅。取江東，〔童曰〕元和二年十月，鎮海軍節度李錡反，殺留後王澹。乙丑，命王鍔討之。癸酉，鎮海軍兵馬使張子良執錡以獻。十一月，錡伏誅。定河北。〔五〕〔童曰〕元和七年八月，魏博節度使田季安卒，其子懷諫自稱知軍府事。十月，魏博軍以田季安之將田興知軍事。是月，興以六州歸於有司。十一月，赦魏、博、貝、衛、澶、相六州，詔興充魏博節度使，賜名弘正。〔韓曰〕元和四年，成德軍節度使王承宗反。五年，赦之。至十一年，有罪，絶其朝貢，詔六道節度進討。十三年，承宗獻德、棣二州降。今又發自天衷，克翦淮右，〔六〕〔童曰〕元和九年閏八月，彰義軍節度吴少陽卒，其子元濟自稱知軍事。十月，命嚴綬、李光顏、李文通、烏重胤討之。十二年十月，克蔡州。十一月，元濟伏誅。而大雅不作。臣誠不佞，然不勝憤懣。懣，音悶。一作「踊懣」。一作「憤踊」。踊，音勇。伏以朝多文臣，不敢盡專數事，謹撰平淮夷雅二篇，雖不及尹吉甫、召穆公等，庶施諸後代，有以佐唐之光明。謹昧死再拜以獻。〔七〕臣宗元誠恐誠懼，頓首頓首，謹言。〔八〕

校勘記

〔一〕雅詩歌曲　本卷標目原作「唐雅、唐詩、貞符」。據本書總目及五百家、世綵堂本改。

〔二〕獻平淮夷雅表一首　英華題作「進平淮夷雅篇表」。文粹作「獻平淮西雅并表」。

〔三〕則嵩高韓奕烝人句下注　「親諸侯」。「親」原作「朝」，據詁訓本及詩嵩高序改。

〔四〕夷劍南句下注　「命高崇文率李元奕、嚴礪、李康以討闢，擒闢以獻」。按：新唐書卷一七〇高崇文傳及資治通鑑（以下簡稱通鑑）卷二三七，均言劉闢被擒以前，李康已因守城失陷被誅。擒闢之事，當與李康無關。

〔五〕定河北句下注　「至十一年，有罪，絶其朝貢，詔六道節度進討」。「十一年」原作「十年」，據通鑑卷二三九改。「六道」原作「六州」，據詁訓本改；世綵堂本作「六鎮」，亦是。

〔六〕克翦淮右句下注　「十月，命嚴綬、李光顔、李文通、烏重胤討之」。「十月」原作「九月」，據通鑑卷二三九改。

〔七〕謹昧死再拜以獻　英華此句下有「無任兢懼之至」六字。

〔八〕臣宗元誠恐誠懼頓首頓首謹言　文粹無此十三字。又，「頓首頓首」，詁訓本及英華作「死罪死罪」。

平淮夷雅二篇　并序

皇武，命丞相度董師集大功也。〔一〕〔孫曰〕元和十二年七月，以宰相裴度爲門下侍郎、同平章事，充淮西宣慰處置使。董，督也。

皇耆其武，〔童曰〕耆，致也。詩「耆定爾功」是也。音旨，又巨移切。于溵于淮。〔孫曰〕溵，水名。説文：水出潁川陽城少室山，東入潁。〔童曰〕唐溵水縣屬陳州。元和九年討蔡，以李光顔爲陳州刺史，充忠武軍都知兵馬使。始踰月，權本軍節度使。詔以其軍當一面，光顔乃壁溵水。其明年，大破賊時曲，又與烏重胤破賊小溵河。既巾乃車，〔二〕〔補注〕巾，飾也。周官有巾車之職。左氏傳云：巾車脂轄。「巾」，一作「徒」。環蔡其來。「其」，一作「具」。狡衆昏嚚，〔張曰〕狡衆，賊徒也。昏嚚，愚也。口不道忠信之言曰嚚。狡，古巧切。嚚，魚巾切。甚毒于酲。〔童曰〕酲，酒病也。音呈。狂奔叫呶，〔孫曰〕叫呶，讙聲也。詩：或不知叫號。載號載呶。呶，尼交切。亦作「譊」。以干大刑。「干」，一作「扞」。

皇咨于度，惟汝一德。曠誅四紀，〔三〕〔孫曰〕自吳少誠、少陽至元濟，凡五十年。其徯汝克。徯，待也。錫汝斧鉞，其往視師。師是蔡人，以宥以釐。音禧。

度拜稽首，廟于元龜。〔孫曰〕元龜，大龜也。廟于元龜者，謂以元龜卜之於廟也。既禡既類，禡，莫駕切。于社是宜。〔韓曰〕禡、類、宜，皆師祭也。詩：是類是禡。禮記：天子將出征，類乎上帝，宜乎社，造乎禰，禡于所征之地。金節煌煌，〔孫曰〕周禮：凡邦國之使節，山國用虎節，土國用人節，澤國用龍節，皆以金爲之。錫盾雕戈。〔四〕〔孫曰〕説文：銀鉛之間曰錫。盾，矛盾，所以扞身蔽目者。雕，琢也。説文：戈，平頭戟。盾，之允切。犀甲熊旂，〔孫曰〕周禮：函人爲甲，犀甲七屬。楚辭：操吴戈兮被犀甲。以犀爲鎧甲也。又周禮：熊虎爲旗。今作「旂」，通用。威命是荷。〔孫曰〕詩：百禄是何。注：何，任也。通作「荷」。〔童曰〕左傳昭七年：弗克負荷。荷，音作河。

度拜稽首，出次于東。天子餞之，〔孫曰〕是歲八月，度赴淮西，上御通化門送之。罍斝是崇。〔孫曰〕罍，説文云：龜目酒罇，刻木作雲雷之象。象施不窮也。斝，玉爵。夏曰琖，商曰斝，周曰爵。一説斝受六升。一音舉下切。鼎臑俎胾，〔韓曰〕臑，羊豕臂也。胾，大臠也。臑，奴侯切。胾，側吏切。五獻百籩。〔韓曰〕禮記：一獻質，三獻文，五獻察。凡百卿士，班以周旋。

既涉于滻，〔孫曰〕滻，水名，出京兆藍田關，入灞。〔章曰〕滻水在京兆，唐都於此。度之出討淮西，涉此水以往。滻，音産。乃翼乃前。孰圖厥猶，〔孫曰〕猶，謂謀猶。詩：王猶允塞。其佐多賢。〔韓曰〕度表馬總爲宣慰副使，韓愈爲行軍司馬，李正封、馮宿、李宗閔備幕府，皆朝廷之選。宛宛周道，〔孫曰〕周道，猶言大道也。詩：有棧之車，行彼周道。于山于川。遠揚邇昭，陟降連連。

我旆我旗，〔孫曰〕説文云：旆者，繼旐之旗，沛然而垂。于道于陌。〔孫曰〕阡陌，田間道。南北曰阡，東西曰陌。訓于羣帥，拳勇來格。〔孫曰〕詩巧言：無拳無勇，職爲亂階。注：拳，力也。格，至也。公曰徐之，無恃頟頟。〔黄曰〕頟頟，勇悍之貌。書：罔晝夜頟頟。鄂格切。式和爾容，惟義之宅。宅，居也。

進次于郾，〔童曰〕唐許州潁川郡有郾城縣，與蔡州爲鄰。裴度傳云：度屯郾城，勞諸軍，宣朝廷厚意，士奮于勇。李光顔傳云：十二年四月，敗賊于郾城，守將鄧懷金大恐，率諸將來服，開門待光顔入之，城自壞者五十版。郾，於幰、於歔二切。彼昏卒狂。裒兇鞠頑，〔五〕〔孫曰〕裒，聚也。鞠，告也。詩采芑曰：陳師鞠旅。鞠旅，謂告其師旅也。裒，蒲侯切。鞠，音掬。鋒蝟斧螗。〔六〕〔孫曰〕説文：蝟，蟲也。似豪猪而小。爾雅：蝟，毛刺是也。螗，蟬也。詩：如蜩如螗。赤子匍匐，厥父是亢。亢，拒也。〔童曰〕爾雅云：亢，鳥嚨。前漢：貫高絶亢而死。師古曰：亢者，總謂頸也。音剛。怒其萌芽，以悖太陽。〔補注〕太陽，日也。三山老人語録云：柳子厚平淮西雅曰：赤子匍匐，厥父是亢。怒其萌芽，以悖太陽。言賊以逆取敗，最爲精確。

王旅渾渾，胡本、胡昆二切。是佚是怙。既獲敵師，若飢得餔。〔童曰〕餔，申時食。音步。蔡兇伊窘，悉起來聚。左擣其虚，擣，音禱。靡愆厥慮。〔孫曰〕李祐言於李愬曰：「蔡之精兵皆在洄曲及四境拒守，守城者皆羸老之卒，可以乘虚直抵其城。比賊將聞之，元濟已成擒矣。」愬從之，遂克蔡州。

截闢截祓，〔孫曰〕祓，謂祓除不祥。音弗。丞相是臨。〔孫曰〕十月，度建彰義節，將降卒萬餘人，入蔡州。弛其武刑，弛，解也。施是切。諭我德心。〔孫曰〕度以蔡卒爲牙兵，或諫曰：「蔡人反側者尚多，不可不備。」度曰：「吾爲彰義軍節度使，元惡既擒，蔡人則吾人也。又何疑焉。」蔡人聞之感泣。其危既安，有長如林。〔七〕長，上聲。曾是讙譊，讙，音歡。譊，女交切。化爲謳吟。

皇曰來歸，汝復相予。爵之成國，〔韓曰〕一作「公于有晉」。以下文觀之，意若重複也。胙以夏墟。〔八〕〔韓曰〕度本傳：度入朝，策勳進金紫光禄大夫、弘文館大學士、上柱國、晉國公，户三千，復知政事。晉地，即夏之所都，故曰夏墟。左氏傳云：昔武王克商，分唐叔，命以唐誥而封於夏墟。注：夏墟，大夏，今太原晉陽也。胙，報也。

度拜稽首，天子聖神。度拜稽首，皇祐下人。

淮夷既平，震是朔南。宜廟宜郊，以告德音。歸牛休馬，〔孫曰〕歸馬于華山之陽，放牛于桃林之野，示天下弗服。「牛」，一作「刃」。豐稼于野。我武惟皇，永保無疆。

皇武十有一章，章八句。

方城，命愬守也。卒入蔡，得其大醜，以平淮右。〔詳注〕左氏：楚國方城以爲城。方城，山名，在唐州。元和十一年十二月，以李愬爲唐鄧隋節度使，與元濟戰，數有功。十二年十月，愬自文城，因天大雪疾馳百二十里，夜半至懸瓠城，破其門，取元濟以獻。「得其大醜」謂此。大醜，大酋也。易曰：獲其大醜。愬，音訴。

方城臨臨，王卒峙之。〔孫曰〕爾雅：供、峙，具也。峙，直里切。匪徼匪競，徼，求也。古堯切。皇有正命。「正」，一作「王」。皇命于愬，往舒余仁。踣彼艱頑，踣，僵也，蒲墨切。柔惠是馴。

愬拜卽命，于皇之訓。〔孫曰〕書：于帝其訓。于，謂遵行也。既礪既攻，〔孫曰〕礪，淬礪。書：礪乃鋒刃。以後厥刃。〔九〕王師嶷嶷，〔張曰〕詩：克岐克嶷。魚力切。又，九嶷，山名也。音疑。熊羆是式。〔補注〕式，猶似也。銜勇韜力，銜，乎監切。日思予殛。〔孫曰〕殛，誅也。蓋言欲誅賊也。晏本作「思奮予殛」。又一作「日思奮殛」。

寇昏以狂，敢蹈愬疆。士獲厥心，大袒高驤。〔孫曰〕驤，舉首也。長戟酋矛，〔孫曰〕考工記：酋矛常有四尺。注云：酋，發聲，直謂矛尔。粲其綏章。〔孫曰〕詩：王錫韓侯，淑旂綏章。注云：綏，所引以登車，有采章也。粲，采章貌。右翦左屠，聿擒其良。〔孫曰〕十二年二月，愬擒元濟捉生虞侯丁士良。士良，元濟驍將。愬釋其縛，署爲捉生將，士良感之，言於愬曰：「賊將吴秀琳擁三千之衆，據文城柵，爲賊左臂，官軍不敢近者，有陳光洽爲之謀主也。士良能擒光洽。」戊申，果擒光洽以歸。三月，秀琳以文城柵降，愬撫其背慰勞之。

其良既宥，告以父母。恩柔于肌，卒貢爾有。維彼攸恃，乃偵乃誘。〔孫曰〕愬厚待秀琳，與之謀取蔡。秀琳曰：「公欲取蔡，非得李祐不可。」愬遣廂虞侯史用誠生擒祐以歸，釋不殺，用其策，戰比有功。偵，候也，問也。維彼攸宅，乃發乃守。

其恃爰獲，我功我多。陰諜厥圖，諜，間諜。達協切。以究爾訛。雨雪洋洋，雨，去聲。大風來加。〔孫曰〕十月，愬軍出攻蔡，夜至張柴村，風雪，旌旗裂，人馬凍死者相望。于燠其寒，燠，乙六切。于邇其遐。汝陰之茫，〔孫曰〕汝陰，地名，蔡州之境。懸瓠之峨。〔孫曰〕懸瓠，蔡州城，取其形似。峨，高也。〔童曰〕愬傳云：愬入蔡州取吴元濟，道分輕兵斷橋，以絶洄曲道。又以兵絶朗山道。行七十里，夜半至懸瓠城。雪甚，城旁有鵝鶩池，愬令擊之，以亂軍聲。賊恃吴房朗山戍，晏然無知者。是震是拔，大殲厥家。殲，將廉切。狡虜既縻，輸于國都。示之市人，即社行誅。〔孫曰〕愬至懸瓠城。壬申，攻牙城，毁其外門。癸酉，毁其南門。元濟於城上請罪，梯而下，檻送京師。十一月，以元濟獻廟社，斬于獨柳之下。一本作「以誅」。

乃諭乃止，蔡有厚喜。完其室家，仰父俯子。〔補注〕劉夢得嘉話拾遺言：柳八駁平淮西碑云：「左餐右粥」何如平淮夷雅「仰父俯子」？又云，韓碑兼有帽子，使我爲之，便説用兵討叛。汝水沄沄，〔童曰〕沄沄，水流轉貌。音云。既清而彌。〔童曰〕渺瀰，水貌。「瀰」，一作「夷」。蔡人行歌，我步逶遲。逶，於危切。

蔡人歌矣，蔡風和矣，孰纇蔡初，纇，盧對切。晏本作「類」。胡甂爾居。〔一〇〕甂甂，不安貌。〔童曰〕爾雅：康瓠謂之甈。説文：康瓠，破罌也。前漢賈誼傳注：康瓠，瓦盆底。甈，牛列、五計二切。式慕以康，爲願有餘。是究是咨，皇德既舒。

皇曰咨愬，裕乃父功。裕，大也。昔我文祖，惟西平是庸。〔孫曰〕愬父晟事德宗，平朱泚之亂，功居多，封西平王。庸，用也。內誨于家，外刑于邦。〔孫曰〕刑，典刑也。孰是蔡人，而不率從。

蔡人率止，惟西平有子。西平有子，惟我有臣。疇允大邦，〔孫曰〕漢書：疇其爵邑。疇，等也。蔡平，以愬檢校尚書左僕射、襄州刺史、充山南東道節度、襄鄧隋唐復郢均房等州觀察使。一本「允」作「亢」字。俾惠我人。于廟告功，以顧萬方。〔一一〕〔黄狀元唐曰〕學者皆以平淮一事，爲章武儁功。韓柳二詩爲工於文，愚竊笑之。淮蔡，唐地也；元濟，唐臣也。外連姦雄，內刺宰相，併天下之力，僅能取三州困斃之餘。本吾臣子，而以逆誅之；本吾故地，而以新復之。君臣動色相慶，宥靦面目矣。昔魏太祖時，國淵破田銀、蘇伯於河間，及上首級，如其實數。太祖問其故，淵曰：「河間，封內之地，銀等叛逆，雖克敵有功，淵竊耻之。」諸葛孔明出祁山，而南安、天水、安定歸降，且拔千餘家還漢中，蜀人皆賀。孔明慼容曰：「普天之下，莫非漢民，以此爲賀，能不爲愧？」嗚呼！國子尼不以討封內之寇爲有功，孔明不以得漢氏之民爲可賀，則唐室平藩鎮之逆，又果足以形於歌詠乎？二子之見，亦韓、柳有所不及者矣。

方城十有一章，〔三〕章八句。

校勘記

〔一〕皇武序下注　「元和十二年七月，以宰相裴度爲門下侍郎、同平章事」。「門下侍郎」原作「中書侍郎」，據新唐書卷七憲宗紀、卷一七三裴度傳及通鑑卷二四〇改。按：裴度爲中書侍郎、同平章事是在元和十年；元和十二年是拜裴度爲門下侍郎、同平章事。舊唐書憲宗紀、裴度傳對此說法不一，新唐書及通鑑已糾其謬。

〔二〕旣巾乃車　文粹作「旣徒旣車」。

〔三〕曠誅四紀　「紀」，文粹作「祀」。按：「四紀」，當指大曆十四年（公元七七九年）李希烈爲淮西留後起至元和十二年（公元八一七年）滅吴元濟止近四十年。四十年已超過三紀，進入四紀，簡言之曰「四紀」。段文昌平淮西碑亦言「四紀逋誅」，「淮夷怙亂，四十餘年」。據此，作「紀」近是。又，吴元濟反，在元和九年，距元和十二年吴元濟被處死，恰是四年。據此，作「祀」亦通。兩說可幷存。

〔四〕錫盾雕戈　「錫」原作「鍚」，據世綵堂本改。按：此句之「錫」，卽禮記郊特牲「朱干設錫」之「錫」，音陽，是雕刻金屬附著盾背之飾物。句下孫注「說文：銀鉛之間曰錫」，誤。

〔五〕裒兕鞠頑句下注「裒，聚也」。「聚」原作「裂」。按：「裒」訓「聚」不訓「裂」，據取校諸本改。

〔六〕鋒蝟斧螗 「鋒」原作「蜂」。按：「鋒蝟」和「斧螗」相對，「蜂」字顯誤，據音辯、詁訓、世綵堂本及英華、文粹改。

〔七〕有長如林 世綵堂本注：「『如』，一作『有』。」按：詩小雅賓之初筵「有壬有林」句下毛傳云：「林，君也。」柳此句似仿詩，林亦作君講。

〔八〕胙以夏墟 「墟」原作「區」，據注文及音辯、詁訓、世綵堂本及文粹改。句下注「晉地，卽夏之所都，故曰夏墟」。原脫「故曰夏墟」四字，據詁訓本補。「今太原晉陽也」。「晉陽」原作「晉原」，據詁訓、世綵堂本及左傳定公四年杜預注改。

〔九〕以後厥刃 世綵堂本注：「『後』，一作『復』。」按：聯繫上句文意，作「復」近是。

〔一〇〕胡甈爾居 世綵堂本注：「『甈』，當作『鯢』，音五結切，不安也。」按：甈，毀壞；鯢，不安。二字義可通。

〔一一〕以顧萬方 「顧」，文粹作「顯」。

〔一二〕方城十有一章 「十有一章」，世綵堂本作「十章」。按：今所見諸本柳集，方城詩均存十章。但後標題除世綵堂本外，各本均作「方城十有一章」。前篇皇武詩存十有一章，疑方城詩有遺佚（明人蔣之翹亦有此疑），或係後標題計數有誤。

唐鐃歌鼓吹曲十二篇 并序〔一〕

〔韓曰〕鐃，如鈴，無舌有秉。〔孫曰〕鐃，小鉦也。軍法，卒長執鐃。古今注：漢樂有黄門鼓吹，天子所以宴羣臣。短簫鐃歌，鼓吹之一章尔。亦以錫有功諸侯。鐃，女交切。吹，尺僞切。

負罪臣宗元一無「負罪」二字。言：〔二〕臣幸以罪居永州，〔三〕〔韓曰〕憲宗即位，十一月，公貶永州司馬。受食府廩，竊活性命，得視息，無治事，時恐懼，小閒，音閑。又盜取古書文句，聊以自娱。元俱切。

伏惟漢、魏以來，〔四〕代有鐃歌鼓吹詞，見下注。唯唐獨無有。臣爲郎時，以太常聯禮部，〔孫曰〕公爲禮部員外郎，與太常寺相近。嘗聞鼓吹署有戎樂，詞獨不列。今又考漢曲十二篇，〔五〕〔韓曰〕晉志云：漢時有短簫鐃歌之樂，其曲有朱鷺、思悲翁、艾如張、上之回、雍離、戰城南、巫山高、上陵、將進酒、君馬黄、芳樹、有所思、雉子班、聖人出、上邪、臨高臺、遠如期、石留、務成、玄雲、黄爵行、釣竿，凡二十二曲，列於鼓吹，多序戰陣之事。序云十二篇，豈公之所取者，止於是邪？已下魏、晉曲亦與序不同，意倣此。〔補注〕唐歐陽詢載梁沈約鼓吹曲十二首云：漢第一曲朱輅，今木紀謝。漢第二曲思悲翁，今賢首山。漢第三曲艾如張，今桐柏山。漢第四曲上之回，今道亡。漢第五曲翁離，今抗威。漢第六曲戰城南，今漢東流。漢第七曲巫山高，今鶴樓峻。漢第八曲上陵，今昏主。漢第九曲將進酒，今石首扃。漢第十曲有所思，今期運集。漢第十一曲芳樹，今於穆。漢第十二曲上雅，今大梁。公云漢曲十二篇，疑本於此也。魏曲十四篇，〔韓曰〕及魏受命，改其十二曲，使繆襲爲詞，述以功德代漢。改朱鷺爲楚之平，言魏也。改思悲翁爲戰滎陽，言曹公也。改艾如張爲獲呂布，言曹公東圍臨淮，擒呂布也。改上之回爲克官渡，言曹公與袁紹戰，破之於官渡也。改雍離爲舊邦，言曹公勝袁紹於官渡，還譙，收藏死亡士卒也。改戰城南爲定武功，言曹公初破鄴，武功之定，始乎此也。改巫山高爲屠柳城，言曹公越北塞，歷白檀，破三郡烏丸於柳城也。改上陵爲平南荆，言曹公平荆州也。改將進酒爲平關中，言曹公征馬超定關中也。改有所思爲應帝期，言文帝以聖德受命，應運期也。改芳樹爲邕熙，言魏氏臨其國，君臣邕穆，庶績咸熙也。改上邪爲太和，言明帝繼體承統，太和改元，德澤流布也。其餘並同舊名。魏樂亦二十二曲，今云十四篇。晉曲十六篇，〔六〕〔韓曰〕及晉武帝受禪，令傅玄製爲二十二篇，述以功德代魏。改朱鷺爲靈之祥。改思悲翁爲宣受命。改艾如張爲征遼東。改上之回爲宣輔政。改雍離爲時運多難。改戰城南爲景龍飛。改巫山高爲平玉衡。改上陵爲文皇統百揆。改將進酒爲因時運。改有所思爲惟庸蜀。改芳樹爲天序。改上邪爲大晉承運期。改君馬黄爲金靈運。改雉子班爲於穆我皇。改聖人出爲仲春振旅。改臨高臺爲夏苗田。改遠如期爲仲秋獮田。改石留爲順天道。改務成爲唐堯。玄雲依舊名。改黄爵行爲伯益。釣竿依舊名。其改者辭各有所指，猶魏之改漢也。今云十六篇，意見上。漢歌詞不明紀功德，魏、晉歌，功德具。〔七〕今臣竊取魏、晉義，〔八〕用漢篇數，爲唐鐃歌鼓吹曲十二篇，紀高祖、太宗功能之神奇，因以知取天下之勤勞，命將用師之艱難。每有戎事，治兵振旅，幸歌臣詞以爲容，〔孫曰〕容，謂容貌威儀也。漢時徐生善爲容是也。且得大戒，宜敬而不害。

臣淪棄即死，言與不言，其罪等耳。猶冀能言，有益國事，不敢效怨懟默已。〔童曰〕懟，亦怨也。左傳：以死誰懟。直類切，又音隊。謹冒死上。

隋亂既極，唐師起晉陽，平姦豪，爲生人義主，以仁興武。爲晉陽武第一。

〔韓曰〕晉陽，太原屬邑。隋煬帝大業十二年，以唐高祖爲太原留守，時煬帝南遊江淮，天下盜起，太宗在晉陽，陰有安天下之志。義寧元年，晉陽宫監裴寂、晉陽令劉文静與太宗協謀，遂起義兵於晉陽。八月，高祖克長安。武德元年，受隋禪，即位焉。

晉陽武，奮義威。煬之渝，〔孫曰〕煬，暴也。「渝」，一作「淪」。淪，喪也，言煬帝失德以亡其國。煬，音漾。德焉歸？氓畢屠，〔孫曰〕言民皆屠戮也。綏者誰？皇烈烈，專天機。號以仁，揚其旗。日之昇，九土晞。〔孫曰〕九土，九州。「晞」，一作「熙」。訢田圻，〔九〕音祈。一作「斥田坼」。坼，恥格切。流洪㵪。有其二，〔孫曰〕論語：三分天下有其二，以服事殷。翼餘隋。斮梟鷙，〔孫曰〕斮，説文云：斬也。梟鷙，惡鳥，以喻叛臣。〔童曰〕前漢郊祀志：古天子春祠黄帝，用一梟破鏡。梟，鳥名，食母。破鏡，獸名，食父。黄帝欲絶其類，使百吏祠皆用之。破鏡，如貙而虎眼。漢五月五日作梟羹以賜百官。鷙，不祥鳥也，白身赤口。斮，側略切。梟，古堯切。鷙，五高切。連熊螭。枯以肉，勍者羸。勍，音勤。羸，淪爲切。后土蕩，蕩，平也。玄穹彌。合之育，莽然施。惟德輔，〔補注〕書：皇天無親，惟德是輔。慶無期。

右晉陽武二十六句　句三字。

唐既受命，李密自敗來歸，以開黎陽，斥東土。爲獸之窮第二。〔一〇〕

〔韓曰〕李密，遼東襄平人。隋末楊玄感起兵黎陽，密往從之，不見用。玄感敗，密潛歸，以策干東郡賊翟讓。讓推密爲盟主，號魏公，移檄州縣，列煬帝十罪，天下震動。義寧元年，隋遣王世充選卒十萬擊密。唐武德元年，密失利，遂與其衆二萬人歸關中。既至，高祖拜光祿卿，封邢國公。後禮寖薄，密意不平。未幾，高祖遣密詣山東，收其餘衆。適復有詔召密，密懼，遂謀叛，據桃林城。熊州副將盛彦師擊斬之，傳首長安。一本題云：李密自邙山之敗，其下皆貳，伯王之業知天授在唐，遂歸於有道，享我爵命，爲獸之窮。

獸之窮，奔大麓。〔孫曰〕麓，山足。書：納于大麓。以獸喻密，故云奔大麓也。麓，音鹿。天厚黄德，狙獷服。〔孫曰〕唐以土德代隋，故云黄德。〔韓曰〕揚雄劇秦美新：肉角之獸，狙獷而不臻。注：狙獷，犬嚙人者也。狙，七余切。獷，古孟切。甲之櫜弓，弭矢箙。〔孫曰〕櫜，所以藏弓之器。詩言「載櫜弓矢」是也。弭，止也。箙，矢房，所以藏矢。櫜，音羔。弭，綿婢切。箙，音服。皇旅靖，敵逾蹙。〔一一〕自亡其徒，匪予戮。屈贇猛，〔孫曰〕贇，猛獸，音畝。〔韓曰〕按唐韻、集韻、官韻並無「贇」字。或謂當作「虣」，音暴，强侵也。周禮有司虣氏。虔慄慄。音栗。縻以尺組，啖以秩。〔孫曰〕此謂密至長安以爲光祿卿、邢國公。縻，忙皮切。啖，杜覽切，與「啗」同。黎之陽，土茫茫。富兵戎，盈倉箱。乏者德，莫能享。音香，協韻，義同去聲。驅豺兕，授我疆。

右獸之窮二十二句其十八句，句三字。其四句，句四字。

太宗師討王充，建德助逆。師奮擊武牢下，擒之，遂降充。爲戰武牢第三。〔一二〕

〔韓曰〕唐武德元年，煬帝凶問至東都，王世充等奉越王侗即皇帝位，侗封世充鄭國公。二年，世充脅越王侗求禪，遂僭位改元，國號鄭。三年七月，高祖詔秦王世民督諸軍討世充。先是，竇建德爲越王侗所封，爲夏王，與世充結歡。四年三月，建德悉起兵救世充。五月，世民大破建德之衆于武牢，執之。王世充舉東都降，河南平。〔童曰〕王充即王世充也，避太宗諱，故去「世」字。餘皆倣此。

戰武牢，動河、朔。〔孫曰〕河、朔謂建德所據之地。逆之助，圖掎角。〔童曰〕左傳襄十四年曰：譬如捕鹿，晉人角之，諸戎掎之。注云：掎其足也。〔韓曰〕三國志：吴陸遜攻蜀，曰「掎角此寇，正在今日」。掎，居綺切。怒𣪊麛，〔童曰〕𣪊，鳥子生須哺者。麛，鹿子。〔孫曰〕𣪊麛，以喻世充建德也。𣪊，古候切。諸本作「鷇」，音丘候切。義同。麛字，音莫兮切。抗喬嶽。〔孫曰〕喬嶽，太山。翹萌芽，〔孫曰〕翹，舉也。傲霜雹。王謀内定，申掌握。鋪施芟夷，二主縛。憚華戎，廓封略。命之瞢，〔孫曰〕命謂天命。瞢，不明也。母亘切。又蒙、甍、夢三音。畢以斮。〔一三〕斮，斬也，音斫。歸有德，唯先覺。

右戰武牢十八句其十六句，句三字。其二句，句四字。

薛舉據涇以死，子仁杲尤勇以暴，師平之。爲涇水黄第四

〔韓曰〕薛舉，隋末起兵隴西，自號西秦霸王。唐武德元年，寇涇州，敗唐兵。八月，謀取長安，會有疾，死。子

仁杲立，復圍涇州。十一月，秦王至高墌城，仁杲使宗羅睺將兵來拒，秦王遣將擊之於淺水原，羅睺軍大潰。秦王乃親率驍騎據涇水臨之，仁杲遂降。十二月，歸斬于長安市。

涇水黄，〔一四〕〔孫曰〕漢地理志：涇水出安定郡涇陽縣幵頭山，東南至陽陵入渭。詩云：涇以渭濁。故云涇水黄也。隴野茫。〔孫曰〕舉盡有隴西之地。茫茫，大也。負太白，騰天狼。〔韓曰〕太白、天狼，皆星名。天官書曰：秦之疆候在太白，占於狼弧。蓋太白當秦疆，而涇、隴卽秦地，故云。又天狼，妖星，以喻貪殘。楚辭：舉長矢兮射天狼。有鳥鷙立，鷙，音至。羽翼張。鉤喙決前，喙，口也。許穢切。鉅趯傍。〔一五〕〔張曰〕鉅，足距。趯，跳也。音惕。「鉅」，一作「距」。怒飛飢嘯，翾不可當。翾，小飛貌。隳緣切。老雄死，子復良。〔孫曰〕舉卒，仁杲僭稱帝。巢岐飲渭，肆翶翔。〔孫曰〕岐，岐山。渭，渭水。翶，牛刀切。翔，音祥。頓地紘，〔補注〕紘，八紘也。選云：設天網以該之，頓八紘以掩之。提天綱。列缺掉幟，〔一六〕〔韓曰〕列缺，電名。選云：霹靂列缺。〔孫曰〕陵陽子明經曰：列缺氣去地二千四里。列缺掉幟，言其旗幟飛動如列缺也。幟，尺志切。招摇耀鋩。〔一七〕〔韓曰〕招摇，星名。晉志：招摇主胡兵。〔孫曰〕禮記：招摇在上，急繕其怒。招摇，北斗七星也。北斗居四方宿之中，以斗末從十二月建而指之，則四方宿不差。今軍行法之亦作此。北斗星在軍中，舉之於上，以正四方。鋩，音芒。鬼神來助，夢嘉祥。腦塗原野，魄飛揚。〔孫曰〕謂斬仁杲及其首帥等。星辰復，恢一方。

右涇水黄二十四句其十五句，句三字。其九句，句四字。

輔氏憑江、淮，竟東海，命將平之。爲奔鯨沛第五。

〔韓曰〕輔氏，輔公祏也。隋季與杜伏威爲盗，轉掠淮南，伏威號總管，公祏爲長史。唐武德二年，伏威遣使歸國，詔授公祏淮南道行臺，封舒國公。六年，伏威入朝，公祏居守。八月，遂稱帝於丹陽，國號宋，修陳故宮室居之，遣將侵海州，寇壽陽。詔趙郡王孝恭及李靖、黄君漢、李世勣等討之。七年三月，公祏敗走，野人執送孝恭，孝恭斬之，傳首京師。

奔鯨沛，盪海垠。盪，摇盪。垠，岸。盪，音蕩，又它浪切。垠，魚巾切。吐霓翳日，腥浮雲。帝怒下顧，哀墊昏。〔童曰〕書：下民昏墊。墊，都念切。授以神柄，推元臣。〔一〇〕〔孫曰〕此謂詔襄州道行臺僕射趙郡王孝恭等討公祏也。手援天矛，截脩鱗。〔孫曰〕此謂孝恭大敗公祏擒之也。披攘蒙霿，武賦切。與「霧」同。又茂、夢二音。開海門。地平水静，浮天根。羲和顯耀，〔韓曰〕淮南子：羲和，日御也。乘清氛。赫炎溥暢，融大鈞。

右奔鯨沛十八句其十句，句三字。其八句，句四字。

梁之餘，保荆、衡、巴、巫，窮南越，良將取之不以師。爲苞枿第六。

〔孫曰〕蕭銑，後梁宣帝曾孫，故曰梁之餘。義寧元年十月，自稱梁王。二年，僭稱皇帝。西至三峽，南盡交阯，北拒漢水，皆附屬，勝兵至四十餘萬。武德元年，徙居江陵。四年九月，高祖詔發巴蜀兵，以趙郡王孝恭、李靖統十二總管討銑。十月，銑出降，送長安，斬于都市。南方郡縣聞之，皆望風款附。説文：枿，伐木餘也。牙葛切。

苞枿⿰黑對矣，〔韓曰〕官韻、唐韻、集韻、玉篇並無「⿰黑對」字，疑作「⿰日對」，傳寫者誤書「日」爲「黑」耳。⿰日對，音隊，茂也。惟根之蟠。彌巴蔽荆，〔補注〕荆卽江陵，銑所居地。負南極以安。冃音冒。我舊梁氏，〔一九〕緝綏艱難。江漢之阻，都邑固以完。〔二〇〕聖人作，神武用。有臣勇智，奮不以衆。投跡死地，謀猷縱。化敵爲家，慮則中。浩浩海裔，不威而同。係縲降王，定厥功。〔韓曰〕孟子：係縲其子弟。注：係縲，猶結縛也。謂孝恭送銑於長安也。縲，力追切。降，胡江切。澶漫萬里，〔二一〕〔童曰〕澶漫，大水貌。杜詩：澶漫山東一百州。謂散遠也。澶字音憚。漫莫半、謨官二切。宣唐風。蠻夷九譯，咸來從。〔童曰〕傳四方之言曰譯，音亦。凱旋金奏，像形容。〔韓曰〕趙王孝恭傳：銑降，帝悦，遷孝恭荆州大總管，詔圖破銑狀以進。震赫萬國，罔不龔。音恭，義同，通用。

右苞枿二十八句其十六句，句四字。其三句，句五字。其九句，句三字。

李軌保河右，師臨之不克，變，或執以降。爲河右平第七。〔二二〕

〔孫曰〕軌字處則，武威姑臧人。義寧元年七月，自稱河西大涼王，盡有河西五郡之地。唐武德元年，高祖與書招撫之，册拜爲涼州總管，封涼王。二年，軌奉書稱皇從弟大涼皇帝臣軌，而不受官爵。高祖怒，始議討之。五月，軌將安興貴執軌以聞，河西悉平。

河右澶漫，澶漫，見上注。頑爲之魁。王師如雷震，崑崙以頹。〔二三〕〔韓曰〕崑崙，山名，在涼地。崑，音昆。崙，盧昆切。頹，徒回切。上聾下聰，鶩不可迴。〔韓曰〕軌將安興貴仕長安，表請説軌，遣之。興貴至武威，乘間説軌，令舉河西以歸唐，不聽。助雠抗有德，惟人之災。乃潰乃奮，執縛歸厥命。〔補注〕卽謂安興貴執軌以聞也。萬室蒙其仁，一夫則病。濡以鴻澤，濡，霑濡。皇之聖。威畏德懷，功以定。順之于理，物咸遂厥性。

右河右平十八句其十一句，句四字。其五句，句五字。其二句，句三字。

突厥之大，古夷狄莫强焉。師大破之，降其國，告于廟。爲鐵山碎第八。〔二四〕

〔孫曰〕突厥，古匈奴北部。隋大業中，始畢可汗立，其族强盛。高祖起義兵，遣劉文静聘始畢，引以爲援。遣兵從平京城。自後恃功驕倨。唐武德二年卒，立突利可汗。頡利、突利承父兄之資，尤有憑陵中國之意。九年，入寇便橋，太宗親與盟于渭上。未幾復寇。貞觀三年，太宗詔李靖、李勣六總管師凡十餘萬討之。十二月，突利率所部來奔。四年正月，靖進屯惡陽嶺，夜襲定襄，破之。頡利懼，竄鐵山，靖乘間襲擊，遂大破，滅其國。頡利出奔，張寶相生擒之。復定襄，恒安之地，斥地界自陰山北至大漠。厥，九勿切。

鐵山碎，大漠舒。二虜劲，〔孫曰〕二虜，頡利、突利二可汗也。連穹廬。背北海，專坤隅。歲來侵邊，或傅于都。傅，音附。天子命元帥，奮其雄圖。破定襄，降魁渠。〔孫曰〕靖襲定襄，破之。頡利所親康蘇密來降。窮竟窟宅，斥余吾。〔孫曰〕斥，開也。余吾，匈奴地名。〔韓曰〕前漢武帝紀：馬生余吾水中。應劭注云：在朔方北也。「斥」，一作「并」。百蠻破膽，邊氓蘇；威武燀燿，明鬼區。〔補注〕燀，炊也。左氏：燀之以薪。鬼區，夷遠。燀，齒善切。一作「煇」。利澤彌萬祀，功不可踰。官臣拜手，〔補注〕左氏：官臣偃實先後之。注：官臣，守官之臣。惟帝之謨。

右鐵山碎二十二句其十一句，句三字。其九句，句四字。其二句，句五字。

劉武周敗裴寂，咸有晉地，太宗滅之。爲靖本邦第九。〔三五〕

〔韓曰〕唐武德二年，劉武周率兵侵并州，又進寇介州，陷之。五月，高祖遣李仲文討之，一軍全没。六月，右僕射裴寂請自行進討。七月，又爲其將宋金剛所敗。武周進逼并州，遂據太原，遣金剛進攻晉州，六日城陷。太宗表請益兵往擊之。三年四月，敗金剛於雀鼠谷，又破武周于浩州。武周及金剛奔突厥。太宗進平并州，遂復故地。

本邦伊晉，惟時不靖。根柢之搖，柢，木根。典禮切。〔張曰〕漢書音蔕。枝葉攸病。守臣不任，〔孫曰〕謂裴寂爲晉州道行軍總管，與武周戰，敗績。勩于神聖。〔孫曰〕勩，勞也。謂勞太宗自平之也。羊至切，又音曳。惟鉞之興，翦焉則定。洪惟我理，「洪」，一作「往」。式和以敬。羣頑既夷，庶績咸正。皇謨載大，惟人之慶。

右靖本邦十四句句四字。

李靖滅吐谷渾西海上。爲吐谷渾第十。

〔韓曰〕舊史李靖傳：貞觀初，吐谷渾寇邊，太宗以靖爲西海道大總管，統諸道兵征之，大破其國。吐谷渾之衆，殺其可汗來降。〔孫曰〕貞觀九年五月，靖平吐谷渾於西海之上，獲其王慕容伏允。渾，音魂。

吐谷渾盛强，背西海以夸。歲侵擾我疆，退匿險且遐。帝謂神武師，往征靖皇家。烈烈旆其旗，〔補注〕詩：武王載旆，有虔秉鉞，如火烈烈。熊虎雜龍蛇。〔孫曰〕周禮：交龍爲旂。熊虎爲旗。鳥隼爲旟。龜蛇爲旐。王旅千萬人，銜枚默無譁。〔三六〕〔韓曰〕漢書：章邯夜銜枚擊項梁。顔師古注：銜枚者，止言語讙囂，欲令敵人不知其來也。周官有銜枚氏。枚，狀如箸，横銜之，繣絜於項。繣者，結礙也。絜者，繞也。蓋爲結紐而繞項也。譁，音華。束刃踰山徼，古堯切，又音叫。境也。張翼縱漠沙。一舉刈膻腥，尸骸積如麻。除惡務本根，〔補注〕隱六年左傳：善爲國家者，見惡如農夫之務去草焉。芟夷蘊崇之，絶其本根，勿使能殖。况敢遺萌芽。洋洋西海水，威命窮天涯。係虜來王都，見題注。犒樂窮休嘉。犒，口到切。登高望還師，竟野如春華。「竟」，一作「競」。行者靡不歸，親戚讙要遮。〔韓曰〕揚雄傳：淫淫與與，前後要遮。要，伊消切。凱旋獻清廟，萬國思無邪。

右吐谷渾二十六句句五字。

李靖滅高昌。爲高昌第十一。〔三七〕

〔韓曰〕高昌，地在京師西四千八百里。唐武德二年，麴文泰嗣立爲王。貞觀四年，文泰入朝。久之，與西突厥通，遂疏朝貢之禮。十三年，命吏部尚書侯君集爲交河道大總管，率薛萬鈞等擊之。十四年，文泰死，子智盛立。王師進逼其都，智盛乃降，以其地爲西州。據新、舊史高昌傳及李靖傳，皆不見靖滅高昌事，而公題云靖滅高昌，無所考焉。

麴氏雄西北，别絶臣外區。〔補注〕别，異也。外區，謂西突厥。别，筆列切。既恃遠且險，縱傲不我虞。烈烈王者師，熊螭以爲徒。螭，抽知切。龍旂翻海浪，龍旂，見前篇注。馹騎馳坤隅。〔韓曰〕説文：馹，驛傳也。音日。賁、育搏嬰兒，〔童曰〕孟賁、夏育，皆衛人有勇力者。其唐兵滅高昌，如賁、育之搏嬰兒。賁，音奔。一掃不復餘。平沙際天極，但見黄雲驅。臣靖執長纓，〔補注〕漢終軍自請願受長纓，必羈南越王而致之闕下。本傳。智勇伏囚拘。〔韓曰〕漢賈誼傳：窘若囚拘。文皇南面坐，夷狄千羣趨。咸稱天子神，往古不得俱。獻號天可汗，〔童曰〕貞觀四年，滅突厥，四夷君長詣闕，請帝爲天可汗。帝曰：「我爲大唐天子，又下行可汗事乎？」羣臣及四夷皆稱萬歲。是後以璽書賜西北君長，皆稱天可汗。汗，音寒。以覆我國都。兵戍不交害，〔三八〕「戍」，一作「戎」。各保性與軀。

右高昌二十二句句五字。

既克東蠻，羣臣請圖蠻夷狀如周書王會。爲東蠻第十二。〔三九〕

〔韓曰〕唐東謝蠻在黔州西數百里。貞觀三年，其酋長謝元深入朝，冠烏熊皮冠，以金銀絡額，身被毛帔韋皮，行縢而著履。中書侍郎顔師古因奏言：「周武王時，遠國歸款，周史乃集其事爲王會篇。今萬國來朝，至如此輩章服，實可圖寫，今請撰爲王會圖。」詔從之。以其地爲應州，仍拜元深爲刺史。〔補注〕譚賓録云：顔師古奏言，乃命尚書閻立本圖之。

東蠻有謝氏，冠帶理海中。自言我異世，雖聖莫能通。王卒如飛翰，〔孫曰〕翰，毛也。詩：

如飛如翰。侯旰切，又音寒。鵬鶱駭羣龍。〔韓曰〕鵬，鳥也。鶱，飛貌。鵬，音朋。鶱，音軒。轟然自天墜，〔補注〕漢書：周亞夫東擊吴、楚，趙涉遮説曰：將軍何不從此右去，走藍田，出武關，抵雒陽，直入武庫，擊鳴鼓，諸侯聞之，以爲將軍從天而下也。此用其意。轟，呼宏切，車聲也。乃信神武功。繫虜君臣人，累累來自東。累，倫追切。無思不服從，唐業如山崇。百辟拜稽首，咸願圖形容。如周王會書，〔韓曰〕汲冢周書第五十九篇名王會。其圖，天子南面立，唐叔、康叔、周公在左，太公望在右。内臺四面者，正北方應侯、曹叔、伯舅，比服次之，要服次之，荒服又次之，是皆朝於内者。永永傳無窮。睢盱萬狀乖，睢盱，張目貌。〔韓曰〕選：天地未袪，睢睢盱盱。注：視不明貌。睢，音雖，盱，凶于切。咿嗢九譯重。咿嗢，言不明也。〔韓曰〕前漢：越裳氏重譯獻白雉。張衡東京賦：重舌之人九譯，僉稽首而來王。九譯者，謂譯語度九重之國乃至于此也。咿，音伊。嗢，乙骨切。廣輪撫四海，〔孫曰〕周禮大司徒：周知九州之地域廣輪之數。馬融云：東西爲廣，南北爲輪。輪，從也。浩浩知皇風。歌詩鐃鼓間，以壯我元戎。

右東蠻二十二句句五字。

校勘記

〔一〕唐鐃歌鼓吹曲十二篇并序　世綵堂本注：「一本序在篇末。」

〔二〕負罪臣宗元言　詁訓本無「負罪」二字。

〔三〕臣幸以罪居永州句下注　「憲宗卽位，十一月，公貶永州司馬」。「憲宗卽位」下原有「改元元和」四字，據通鑑卷二三六、二三七删。按：柳宗元貶永州司馬是在永貞元年十一月己卯，此時憲宗李純雖已卽位，但尚未改元爲元和，改元是在第二年正月。原注及五百家、世綵堂本注均誤。

〔四〕伏惟漢魏以來　「惟」，音辯、詁訓、五百家本均作「觀」。

〔五〕今又考漢曲十二篇句下注　「列於鼓吹」。「鼓吹」原作「歌吹」，據詁訓本改。

〔六〕晉曲十六篇句下注　「改雍離爲時運多難。改戰城南爲景龍飛」。原脱後八字。又，「改務成爲唐堯。玄雲依舊名」。原脱后五字。均據詁訓本及晉書卷二三樂志下補。

〔七〕魏晉歌功德具　詁訓本「德」下無「具」字。五字作一句連讀，亦可通。

〔八〕今臣竊取魏晉義　「魏晉」原作「晉魏」，據取校諸本改。

〔九〕訴田圻句下注　「一作『斥田圻』」。蔣之翹本注云：「以後題有『斥東土』較之，其作『斥』字是矣。但『圻』字乃分裂之義，又於文理未妥，今當更定爲『斥田圻』（蔣原書誤作『圻』），蓋謂開拓其郊甸以流洪光於宇內也。」按：蔣説是。

〔一〇〕獸之窮第二題下注　「以策干東郡賊翟讓」。「東郡」原作「東都」，據世綵堂本及新唐書卷八四李密傳改。「讓推密爲盟主」。「盟主」原作「謀主」，據詁訓本改。「據桃林城」。「桃林」原作

「姚林」，據世綵堂本及舊唐書卷五三李密傳改。世綵堂本「爲獸之窮」下尚有如下注文：「邵本云：獸之窮十九句，其十五句句三字，其三句句七字，其一句句四字。以『天厚黄德狙獷服』『自亡其徒匪予戮』『麋以尺組噉以秩』爲三七字句，『弓弭矢箙』爲四字句。」

〔一一〕敵逾蹙　「逾」，詁訓本作「途」。

〔一二〕戰武牢第三題下注　「王世充舉東都降，河南平」。「河南」原作「河東」，據世綵堂本改。

〔一三〕畢以斮　「畢」原作「卑」。世綵堂本注：「『卑』一作『畢』，又『畢』是。楚辭：羌兩足以畢斮。」今據改。

〔一四〕涇水黄句下注　「東南至陽陵入渭」。「陽陵」原作「陵陽」，據世綵堂本改。

〔一五〕鉦鼉徬句下注　「『鉦』，一作『距』」。蔣之翹本謂「作『距』爲是」。按：蔣説近是。

〔一六〕列缺掉幟句下注　「列缺氣去地二千四里」。「二千四里」，五百家、世綵堂本作「二千四百里」。

〔一七〕招摇耀鋩句下注　「北斗居四方宿之中」。「四方宿」原作「方宿」，據五百家本及禮記曲禮上補「四」字。

〔一八〕推元臣　世綵堂本注：「『推』，一作『雄』。」

〔一九〕曰我舊梁氏　「曰」，音辯本、四部叢刊本樂府詩集及全唐詩作「曰」。

〔二〇〕都邑固以完　「完」原作「皃」，句下注「音完」。按：「皃」即「完」字，因形近而誤。今據音辯本、樂府詩集及全唐詩改「皃」作「完」，並删句下注「音完」二字。

〔二一〕澶漫萬里句下注　「杜詩：澶漫山東一百州」。「一百」原作「二百」，據四部叢刊本分門集注杜工部詩卷一五承聞河北諸道節度入朝歡喜口號絶句十二首之八改。

〔二二〕河右平第七題下注　「自稱河西大涼王」。「涼」原作「梁」，據詁訓、世綵堂本及舊唐書卷五五李軌傳改（下文同改）。「軌將安興貴執軌以聞」。按：此注誤（詩中「鷙不可逥」句下注「軌將安興貴仕長安」，亦誤）。據舊唐書李軌傳及通鑑卷一八七載，安興貴乃唐將，其弟修仁爲軌將。

〔二三〕崑崙以頽句下注　「崑崙，山名，在涼地」。「涼地」原作「梁地」，據詁訓本改。又，「涼地」世綵堂本作「西域」，指崑崙北支。亦通。

〔二四〕鐵山碎第八題下注　「唐武德二年卒，立突利可汗」。「卒」原作「又」，據世綵堂本改。「突利」，世綵堂本作「頡利」。按：據舊唐書卷一九四上突厥傳：武德二年始畢可汗卒，其弟處羅可汗立。三年，處羅可汗卒，其弟頡利可汗立，居五原之北；而以始畢可汗之子什缽苾爲突利可汗，居幽州之北。因頡利與突利叔侄同治，故下文有「承父兄之資」一語。「復定襄、恒安之地」。「恒安」原作「安常」，據世綵堂本及新唐書卷二一五上突厥傳改。

〔二五〕靖本邦第九題下注　「高祖遣李仲文討之」。「李仲文」原作「李文仲」，據詁訓、世綵堂本及舊唐書卷五五劉武周傳改。「敗金剛於雀鼠谷」。「雀鼠谷」原作「雀兒谷」，據世綵堂本及舊唐書劉武周傳改。「又破武周於浩州」。「浩州」原作「洛州」，據世綵堂本及新、舊唐書劉武周傳、通鑑卷一八八改。

〔三六〕銜枚默無譁句下注 「蓋爲結紐而繞項也」。「結紐」原作「結繞」，據五百家本及漢書卷一上高帝紀顔師古注改。

〔三七〕高昌第十一題下注 「麴文泰嗣立爲王」。「麴文泰」原作「麴文雅」，據世綵堂本及舊唐書卷一九八高昌傳改。下同。

〔三八〕兵戍不交害句下注 「『戍』，一作『戎』」。諸本同。詁訓本及樂府詩集、全唐詩作「戎」。按：作「戎」近是。

〔三九〕東蠻第十二題下注 「其酋長謝元深入朝」。「謝元深」原作「謝元升」，據世綵堂本及舊唐書卷一九七東謝蠻傳改。下同改。「冠烏熊皮冠」。「皮冠」原作「皮履」，據五百家本及舊唐書東謝蠻傳改。

貞符幷序〔一〕

〔韓曰〕按：序云，臣爲尚書郎時，嘗著貞符。公爲尚書禮部員外郎，在永貞元年，貞符蓋是時作。然是年冬，公繼貶永州司馬，而序又云，臣所貶州吳武陵爲臣言董仲舒對三代受命之符，則序蓋在永州作。〔補注〕宋景文筆録云：柳子厚貞符、措説，雖模寫前人體式，然自有新意，可謂文矣。

負罪臣宗元一無「負罪」二字。惶恐言：〔二〕臣所貶州流人吳武陵〔三〕〔韓曰〕諸本「流人」上有「量移」二字。考之史傳，止云坐事流永州。胥山沈晦曰：宜如唐書去「量移」字。爲臣言：「董仲舒對三代受命之符，〔四〕〔孫曰〕董仲舒策曰：天之所大奉使之王者，必有非人力所能致而自至者，此受命之符也。天下之人，同心歸之，若歸父母，故天瑞應誠而至。書曰：白魚入于王舟，有火復于王屋，流爲烏。此蓋受命之符也。誠然非耶？」臣曰：「非也。何獨仲舒爾。自司馬相如、劉向、揚雄、班彪、彪子固，皆沿襲嗤嗤，充之切。推古瑞物以配受命。〔韓曰〕司馬相如封禪文、劉向洪範五行傳、揚雄劇秦美新、班彪王命論、班固典引，皆言符瑞之應。其言類淫巫瞽史，誑亂後代，誑，古況切。不足以知聖人立極之本，顯至德，揚大功，一作「公」。甚失厥趣。」

臣爲尚書郎時，嘗著貞符，言唐家正德受命於生人之意，累積厚久，宜享年無極之義，〔五〕一無「年」字。本末閎闊。會貶逐中輟，不克備究。武陵即叩頭邀臣：「此大事，不宜以辱故休缺，傾雪切。使聖王之典不立，無以抑詭類，拔正道，表覈萬代。」〔孫曰〕表覈，猶表正也。臣不勝奮激，卽具爲書。念終泯没蠻夷，不聞于時，獨不爲也；〔六〕苟一明大道，施于人世，〔七〕死無所憾，〔八〕用是自決。

臣宗元稽首拜手以聞。曰：

孰稱古初朴蒙空侗而無争，〔孫曰〕揚子：天降生民，空侗顓蒙。空侗，無知貌。厥流以訛，〔孫曰〕流，謂末流。訛，謬也。越乃奮敓鬬怒振動，專肆爲淫威？〔九〕〔童曰〕書：敓攘矯虔。「敓」，古「奪」字。一作「擊」。〔沈晦曰〕諸本作「振動静專」，唐書無「静」字，今以唐書爲據。曰：是不知道。惟人之初，總總而生，林林而羣。雪霜風雨雷雹暴其外，於是乃知架巢空穴，挽草木，取皮革；飢渴牝牡之欲驅其内，於是乃知噬禽獸，咀果穀，噬，音誓。咀，在吕切。合偶而居。交焉而争，睽焉而鬬。力大者搏，齒利者齧，齧，噬也，倪結切。爪剛者决，羣衆者軋，乙黠切。兵良者殺。披披藉藉，草野塗血。然後强有力者出而治之，往往爲曹於險阻，用號令起，而君臣什伍之法立。〔孫曰〕什伍，謂兵法也。五人爲伍，十人爲什。德紹者嗣，道怠者奪。於是有聖人焉曰黄帝，遊其兵車，一無「遊」字。交貫乎其内，一統類，齊制量，〔孫曰〕制量，謂法制度量也。然猶大公之道不克建。於是有聖人焉曰堯，置州牧四岳，持而綱之，立有德有功有能者，〔一〇〕參而維之，運臂率指，屈伸把握，莫不統率。堯年老，〔一一〕一無「堯」字。舉聖人而禪焉，大公乃克建。由是觀之，厥初罔匪極亂，而後稍可爲也。一有「而」字。非德不樹，故仲尼敘書：於堯曰「克明俊德」；於舜曰「濬哲文明」；於禹曰「文命祗承于帝」；於湯曰「克寛克仁，彰信兆民」；於武王曰「有道曾孫」。稽揆典誓，貞哉！惟兹德實受命之符，以奠永祀。

後之妖淫嚚昏〔童曰〕左傳：口不道忠信之言爲嚚。嚚，魚巾切。諸本作「囂」，非是。好怪之徒，乃始陳大電、〔一二〕〔童曰〕河圖云：少典妃附寶，見大電光繞北斗樞星，照耀郊野，附寶意感而孕，生黃帝於壽丘。〔孫曰〕帝王世紀：大電光繞北斗樞星，附寶感而懷孕，二十四月生黃帝。大虹、〔孫曰〕世紀又云：舜母握登見大虹，意感而生舜。〔韓曰〕瑶光如虹貫月，感女樞而生顓頊。大星如虹流華渚，而女節生少昊。見沈約宋書。虹，胡公切。玄鳥、〔童曰〕詩商頌：天命玄鳥，降而生商。注云：玄鳥，鳦也。湯之先祖，有娀氏女簡狄，配高辛氏，生契。箋云：鳦遺卵，簡狄吞之而生契。〔孫曰〕史記：帝嚳少妃簡狄，以春分祀高禖，而玄鳥遺其卵，簡狄吞之，孕而生契焉。巨跡、〔孫曰〕史記又云：帝嚳元妃姜嫄見大人跡，履之，感而生稷。〔童曰〕詩生民：履帝武敏歆。箋云：高辛初郊禖之時，有大神之迹，姜嫄履之而生棄。白狼、〔童曰〕帝王世紀曰：有神牽白狼銜鈎入殷朝。〔孫曰〕尚書璇璣鈐曰：湯受金符帝籙，白狼銜鈎入殷朝。狼，音郎。白魚、流火之烏〔一三〕〔韓曰〕武王伐紂，渡河，中流，白魚躍入王舟中。武王俯取以祭。既渡，有火自上復于下，至于王屋，流爲烏，其色赤，其聲魄云。〔童曰〕董仲舒策引書：白魚入于王舟。注謂今文尚書泰誓之辭，謂武王伐紂時有此瑞也。前漢郊祀志曰：周得火德，有赤烏之符。注引尚書中候曰「有火自天止于王屋，流爲赤烏，五至，以穀俱來。」以爲符。斯皆詭譎闊誕，〔一四〕詭，古委切。譎，古穴切。其可羞也，〔一五〕而莫知本于厥貞。漢用大度，〔補注〕漢書高紀：常有大度。克懷于有氓，登賢庸能，〔一六〕濯痍煦寒，痍，音夷。煦，吁句切。以瘳以熙，茲其爲符也。而其妄臣乃下取虺蛇，虺，許偉切。上引天光，〔一七〕〔孫曰〕史記：高帝被酒，夜徑澤中，有白蛇當道，高帝拔劍斬之。後人來至蛇所，有一老嫗哭曰：吾子白帝子，化爲蛇，當道，今者赤帝子斬之。又曰：高帝入關，五星聚于東井。〔韓曰〕班彪王命論曰：初劉媪姙高祖而夢與神遇，震電晦冥，有龍蛇之怪。是以王、武感物而折券，吕公覩形而進女，秦皇東遊以壓其氣，吕后望雲而知所處，始受命則白蛇分，西入關則五星聚，故淮陰、留侯謂之天授，非人力也。公意其指此乎？推類號休，號，胡刀切。下有號同。用夸誣于無知之氓。〔一八〕增以騶虞神鼎，〔孫曰〕元狩元年，漢武行幸雍，祠五畤，獲白麟。漢無騶虞，當謂此白麟也。元鼎四年六月，得寶鼎汾陰后土祠旁。〔童曰〕騶虞，仁獸也。司馬相如封禪書曰：囿騶虞之珍羣。又曰：般般之獸，樂我君囿。白質黑章，其儀可喜。言時得此獸也。元鼎元年，得寶鼎汾水上，因是改元。四年六月，又得之。騶，側鳩切。脅驅縱臾，〔韓曰〕西漢衡山王傳：日夜縱臾王謀反事。注：縱臾，勉强也。上子勇切，下音勇。俾東之泰山石閭，〔童曰〕武帝太初三年夏四月，還，修封泰山，襢石閭。郊祀志云：石閭在泰山下阯南方。方士言，仙人閭也，故上親禪焉。閭，凌如切。作大號，謂之封禪，〔童曰〕張晏曰：封禪者，天高而可冀近神靈也。禪，音擅，古文作「襢」字。皆尚書所無有。莽述承效，〔韓曰〕王莽承漢，亦作符命。公孫述效之，亦妄引讖文而稱帝。〔孫曰〕莽傳：前輝光謝囂奏，武功長孟通浚井得白石，上圓下方，有丹書著石，文曰：「告安漢公莽爲皇帝。」符命之起，自此始矣。述爲益州牧，有龍出其府殿中，夜有光耀，述以爲符瑞，因刻其掌，文曰「公孫帝」。卒奮騖逆。其後有賢帝曰光武，克綏天下，復承舊物，猶崇赤伏，〔童曰〕光武在長安時，同舍生彊華自關中奉赤伏符曰：「劉秀發兵捕不道，四夷雲集龍鬭野，四七之際火爲主。」羣臣奏曰：「受命之符，人應爲大。」光武因此崇尚符讖，則建武元年也。以玷厥德。魏、晉而下，尨亂鉤裂，厥符不貞，邦用不靖，亦罔克久，駁乎無以議爲也。積大亂至于隋氏，環四海以爲鼎，跨九垠以爲鑪，垠，音銀。鑪，音盧。爨以毒燎，〔韓曰〕爨，炊也。燎，放火也。爨，取亂切。燎，音了。煽以虐焰，〔韓曰〕煽，熾也。焰，火光也。煽，音扇。焰，以尚切。其人沸湧灼爛，號呼騰蹈，莫有救止。

於是大聖乃起，丕降霖雨，濬滌盪沃，蒸爲清氛，疎爲泠音零。風。人乃漻然休然，〔童曰〕漻，水清深也，音聊。相睎以生，相持以成，相彌以寧。琢斮屠剔，〔一九〕〔童曰〕琢，丁角切。疑作呂刑「劓刵椓黥」「椓」字。膏流節離之禍不作，而人乃克完平舒愉，尸其飢膚，以達于夷途。焚坼抵掎，奔走轉死之害不起，〔二〇〕「死」，一作「徙」。而人乃克鳩類集族，歌舞悅懌，用祇于元德。徒奮袒呼，犒迎義旅，讙動六合，至于麾下。〔孫曰〕麾者，大將之旗。大盜豪據，阻命遏德，義威殄戮，咸墜厥緒，無劉于虐。〔韓曰〕盡殺曰劉。人乃並受休嘉，去隋氏，克歸于唐，躑躅謳歌，躑躅，行不進貌。上直炙切，下除玉切。灝灝音浩。和寧。帝庸威栗，惟人之爲。敬奠厥賦，奠，定也。積藏于下，〔補注〕韓詩外傳曰：王者藏於天下，諸侯藏於百姓。是謂豐國。鄉爲義廩，斂發謹飭，歲丁大侵，〔童曰〕五穀不熟，謂之大侵。見穀梁傳襄公二十四年。人以有年。簡于厥刑，不殘而懲，是謂嚴威。小屬而支，〔韓曰〕而，若也。不斷而支體也。下而字同義。屬，之欲切。大生而孥，愷悌祇敬，用底于治。〔二一〕一作「理」。凡其所欲，不謁而獲；凡其所惡，不祈而息。四夷稽服，不作兵革，不竭貨力。丕揚于後嗣，用垂于帝式。十聖濟厥治，〔補注〕高祖、太宗、高宗、中宗、睿宗、玄宗、肅宗、代宗、德宗、順宗凡十帝，是爲十聖。「治」，高宗諱，恐作「理」字。孝仁平寬，惟祖之則。澤久而逾深，「逾」，一作「愈」。仁增而益高。人之戴唐，永永無窮。是故受命不于天，于其人；休符不于祥，于其仁。惟人之仁，匪祥于天；匪祥于天，茲惟貞符哉！未有喪仁而久者也，未有恃祥而壽者也。商之王以桑穀昌，以雉雊大，〔韓曰〕商太戊時，有桑穀共生於朝，一暮大拱。伊陟曰：「妖不勝德，太戊修德，桑穀死。」至高宗時，祭成湯，有飛雉升鼎耳而雊。高宗修政行德，殷道遂復興。〔孫曰〕桑穀，見書咸有一德。雉雊，見書高宗肜日。雊，鳴也，古候切。宋之君以法星壽；〔韓曰〕法星，熒惑也。宋景公三十七年，熒惑守心。心，宋之分野。景公憂之。司星子韋曰：「可移於相。」公曰：「相，吾之股肱。」曰：「可移於民。」公曰：「君者待民。」曰：「可移於歲。」公曰：「歲飢民困，吾誰爲君！」子韋曰：「天高聽卑，君有君人之言三，熒惑疑有動。」於是候之，果徙三舍。舍行七星，星當一年，故延二十一年，景公在位六十四年而卒。見史記宋世家。〔補注〕熒惑退舍，又見吕氏春秋。鄭以龍衰，〔童曰〕魯昭公十九年，鄭大水，龍鬬于時門之外洧淵。魯以麟弱，〔童曰〕哀公十四年春，西狩獲麟。白雉亡漢，〔童曰〕漢平帝元始元年春正月，越裳氏重譯獻白雉一、黑雉二。黃犀死莽，〔孫曰〕平帝元始二年，黃支國獻犀牛。〔童曰〕王莽班符命，總説曰：「肇命於新都，受瑞於黃支。孟康曰，獻生犀。惡在其爲符也？惡，音烏。不勝唐德之代，光紹明濬，深鴻厖大，保人斯無疆。宜薦于郊廟，文之雅詩，祗告于德之休。

帝曰：「諶哉！」諶，時任切，亦作「忱」。乃黜休祥之奏，究貞符之奥，思德之所未大，求仁之所未備，以極于邦治，〔三〕以敬于人事。

其詩曰：於穆敬德，〔韓曰〕於，歎辭。穆，美也。詩：於穆清廟。於，音烏。一作「穆穆敬德」。黎人皇之。

〔孫曰〕言唐有敬德，黎民歸之也。惟貞厥符，浩浩將之。將，助也。仁函于膚，刃莫畢屠。澤熯于爨，熯，火乾也。音罕，又音漢。一作「寒」。灪炎以澣。〔韓曰〕灪，涫也。澣，濯垢也。灪，方味切。澣，音緩。殄厥凶德，乃驅乃夷，懿其休風，是煦是吹。煦，吁句切。父子熙熙，相寧以嬉。賦徹而藏，〔孫曰〕孟子：周人百畝而徹。徹，謂什一之賦。厚我糗粻。〔韓曰〕禮記：五十異粻。糗，去久切，又丘救切。粻，音張。一本作「粮」。刑輕以清，我肌靡傷。〔三三〕貽我子孫，百代是康。十聖嗣于治，仁后之子。子思孝父，易患于己。「于」，一作「乎」。拱之戴之，神具爾宜。載揚于雅，承天之嘏。〔孫曰〕嘏，福也。〔張曰〕音假，大也。天之誠神，宜鑒于仁。神之曷依？宜仁之歸。晏本「仁」作「人」字。濮沿于北，〔三四〕晏本「沿」作「鉛」字。祝栗于南。〔童曰〕前漢禮樂志房中歌曰：四極爰轃。師古曰：四極，四方極遠之處也。爾雅曰：東至于泰遠，西至于邠國，南至於濮鉛，北至于祝栗，謂之四極。幅員西東，〔孫曰〕商頌：幅隕既長。注云：「隕」，當作「圓」。圓，周也。祗一乃心。祝唐之紀，後天罔墜。祝皇之壽，與地咸久。曷徒祝之，心誠篤之。神協人同，〔三五〕〔沈晦曰〕舊本作「尸協」，今以唐史爲據，作「神協」。道以告之。告，姑沃切。俾彌億萬年，〔三六〕不震不危。我代之延，永永毗之。仁增以崇，曷不爾思？有號于天，號，音豪。僉曰嗚呼！咨爾皇靈，無替厥符。〔黄唐曰〕古人之治，以德爲本而符瑞爲報應。後世之治，不本於德而符瑞爲虛文。貞符之作，有見於後世之虛文，遂欲一舉而盡廢之，豈古人所謂惟德動天，作善降祥之意乎？

校勘記

〔一〕貞符并序　英華題作「唐貞符解」。

〔二〕負罪臣宗元惶恐言　詁訓本「臣」上無「負罪」二字。

〔三〕臣所貶州流人吳武陵　「所貶州」，文粹作「貶所」。又，文粹「流人」上有「量移」二字。

〔四〕董仲舒對三代受命之符句下注　「有火復于王屋」。「復」原作「入」，據詁訓本改。

〔五〕宜享年無極之義句下注　「一無『年』字」。音辯、游居敬、蔣之翹本及全唐詩均無「年」字。蔣注云：「『享』下或本及文粹皆有『年』字。今按如此而意以自足，從舊本爲是。」按：蔣說近是。

〔六〕獨不爲也　世綵堂本注：「『獨』，一作『猶』。」全唐詩作「猶」。

〔七〕施于人世　「世」，世綵堂本及英華作「代」。按：柳文原當作「代」，避唐太宗李世民諱。宋人刻書時已改作「世」，今不再回改。下同。

〔八〕死無所憾　詁訓本及英華、文粹「死」上有「臣」字。

〔九〕越乃奮溦鬬怒振動專肆爲淫威　「溦」，文粹作「擊」。詁訓本「動」下有「靜」字。

〔一〇〕立有德有功有能者　英華、文粹「有功」下有「有才」二字，語意似更完滿。

〔一一〕堯年老句下注　「一無『堯』字」。音辯、游居敬本及新唐書無「堯」字。按：從上下文義看，疑當無「堯」字。

〔一二〕乃始陳大電句下注　「照耀郊野，附寶意感而孕，生黃帝於壽丘」。「耀」上原脱「照」字，「而」下原脱「孕」字，據五百家本補。

〔一三〕流火之烏句下注　「注引尚書中候曰」。「中候」原作「事候」，據五百家本及漢書卷二五上郊祀志顏師古注改。

〔一四〕斯皆詭譎闊誕　「皆」原作「爲」，據音辯、詁訓、五百家本及英華、文粹改。

〔一五〕其可羞也　英華、文粹作「甚」。

〔一六〕登賢庸能　取校諸本均作「登能庸賢」。

〔一七〕上引天光句下注　「震電晦冥」。「冥」原作「明」，據世綵堂本及文選班彪王命論改。

〔一八〕用夸誣于無知之氓　「知」下原脱「之」字，據英華、文粹補。

〔一九〕琢斮屠剔　「琢斮」，詁訓本及英華作「剢屑」，文粹作「椓斫」。世綵堂本注：「『琢』，一作『椓』。」按：句下原童注是，當作「椓」。　句下注「疑作呂刑『劓刵椓黥』『椓』字」。「劓刵」之「刵」原作「刖」，據音辯、世綵堂本改。

〔二〇〕奔走轉死之害不起　「起」原作「作」，據取校諸本改。按：「作」與「起」皆興起之義。柳文此句前已有「膏流節離之禍不作」，此處「奔走轉死之害」下不應重出「不作」，故作「起」字爲是。　又，「轉死」，全唐詩作「轉徙」。

〔二一〕用底于治　「治」，世綵堂本及英華、文粹作「理」。按：柳文避唐高宗李治諱，原當作「理」，底本已改字，今不回改。下同。

〔二二〕以極于邦治　「極」，英華作「抵」。

〔二三〕我肌靡傷　「肌」，音辯、詁訓本及新唐書、英華作「完」。

〔二四〕濮沿于北句下注　「晏本『沿』作『鉛』字」。按：文苑英華辨證「沿」作「鉛」，爾雅釋地「南至於濮鉛」亦作「鉛」，「鉛」字是。

〔二五〕神協人同　「神」，英華、文粹作「戶」。

〔二六〕俾彌億萬年　「彌」，世綵堂本作「爾」。文粹無「彌」字。英華無「億」字。

視民詩〔一〕

〔韓曰〕此詩專以美房玄齡、杜如晦，意有倣於大雅嵩高、烝民等詩。

帝視民情，帝，上帝。匪幽匪明。慘或在腹，已如色聲。亦無動威，亦無止力。弗動弗止，惟民之極。帝懷民視，乃降明德，〔孫曰〕明德，謂明德之主。乃生明翼。〔孫曰〕書：庶明勵翼。明翼者何？乃房乃杜。惟房與杜，實爲民路。乃定天子，乃開萬國。萬國既分，乃釋蠹民。乃學與仕，乃播與食，〔孫曰〕播，謂播種。書：汝后稷播時百穀也。乃器與用，乃貨與通。有作有遷，無遷無作。士實蕩蕩，農實堇堇，工實蒙蒙，賈實融融。左右惟一，出入惟同。攝儀以引，以遵以肆。〔二〕音曳。其風既流，品物載休。品物載休，惟天子守，乃二公之久；惟天子明，乃二公之成；惟百辟正，乃二公之令；惟百辟穀，〔補注〕穀，善也。書：凡厥正人，既富方穀。乃二公之祿。二公行矣，弗敢憂縱，是獲憂共；二公居矣，弗敢泰止，是獲泰已。既柔一德，四夷是則。四夷是則，永懷不忒。〔孫曰〕忒，差忒也。詩：其儀不忒。

校勘記

〔一〕視民詩題下注　「此詩專以美房玄齡、杜如晦」。「此」字據五百家本補。「意有倣於大雅嵩高、烝民等詩」。世綵堂本此句下多「一本此詩在外集」一句。按：今存乾道元年永州郡庠葉桯刻柳柳州外集一卷本（以下簡稱永州本外集）録此詩。音辯本此詩在貞符之前。

〔二〕以遵以肆　此句下世綵堂本注：「音曳，一作『肄』。」蔣之翹本亦注云：「『肆』疑作『肄』，音曳，習也。」按：蔣說疑是。

柳宗元集卷二

古賦

佩韋賦并序

〔童曰〕西門豹性急，故佩韋以自緩；董安于性緩，故佩弦以自急。韋，皮繩，喻緩也。弦，弓弦，喻急也。事見韓非子。〔補注〕黄曰：佩服之設，非以爲觀美，法象以成己也。玉佩取其德，玦佩取其斷，觿佩取其解紛，象環佩取其立義。己所不足，時覩其近，思之亦可以長善而救失，故曰佩衷之旗。今子厚所行者枉道，而自訟其訐直之名，所禀者柔從，而取象於軟熟之韋，不亦以水濟水乎？嗚呼！果有意於比物醜類，則宜易以董安于之弦。〔韓曰〕據集有與吕温書云：自吾得友君子，而後知中庸之門户階室。此貞元末事也。時公願學中庸，見於文字者甚多，賦亦當作於貞元二十年後歟？韋，雨非切。

柳子讀古書，睹直道守節者卽壯之，「卽」，一作「則」。蓋有激也。恒懼過而失中庸之義，慕西門氏佩韋以戒，並見題注。故作是賦。其辭曰：

邈予生此下都兮，塊天質之慤醇。上苦角切。下音淳。日月迭而化升兮，霈遁初而枉神。霈，子鴆切。「枉」，一作「柱」。雕大素而生華兮，華，猶薄也。「生」，一作「成」。汨末流以喪真。汨，古忽切。睎往躅而周章兮，〔孫曰〕睎，慕也。周章，不決貌。懵倚伏其無垠。〔孫曰〕懵，迷惑不明也。老子：禍兮福所倚，福兮禍所伏。垠，垠堮也。懵，牟孔切，又母亘切。世既奪予之大和兮，眷授予以經常。循聖人之通途兮，鬱縱臾而不揚。縱臾，猶勉强也。注見貞符。縱，子勇切。臾，音勇。猶悉力而究陳兮，獲貞則于典章。嫉時以奮節兮，憫己以抑志。登嵩丘而垂目兮，嵩，中岳也。音息中切。瞰中區之疆理。瞰，下視也。苦濫切，音闞。橫萬里而極海兮，頹風浩其四起。恂驚怛而躑躅兮，恂，憂恐也。躑躅，行不進貌。恂，許邛切，音凶。躑，直炙切。躅，除玉切。惡浮詐之相詭。思貢忠于明后兮，振教導乎遐軌。紛吾守此狂狷兮，懼執競而不柔。〔孫曰〕競，强也。詩：執競武王。探先哲之奧謨兮，奧，於到切。攀往烈之洪休。曰沈潛而剛克兮，〔補注〕書洪範曰：沈潛剛克。固讜人之嘉猷。讜，直言也。音黨。嗟行行而躓踣兮，〔集注〕行行，剛强貌。論語：子路，行行如也。躓，跲也。行行，并下浪切。躓字音致。踣，蒲墨切。信往古之所仇。彼穹壤之廓殊兮，寒與暑而交修。執中而俟命兮，固仁聖之善謀。

吾祖士師之直道兮，亦愀然於伐國。〔韓曰〕論語：柳下惠爲士師，三黜。人曰：「子未可以去乎？」曰：「直道而事人，焉往而不三黜？」〔孫曰〕董仲舒傳：魯君問柳下惠：「吾欲伐齊，何如？」下惠曰：「不可。」歸而有憂色，曰：

「吾聞伐國不問仁人，此言何爲至於我哉！」尼父戮齊而誅卯兮，本柔仁以作極。〔孫曰〕定十年穀梁傳：公會齊侯于頰谷，孔子相焉。齊人使優施舞於魯君之幕下，孔子曰：「笑君者罪當死。」使司馬行法焉，首足異門而出。家語：孔子爲魯司寇，七日，而誅亂政大夫少正卯，戮之于兩觀之下。藺疏顔以誚秦兮，入降廉猶臣僕。〔二〕〔韓曰〕秦、趙會於西河外澠池。秦王請趙王鼓瑟，趙王鼓之。藺相如復請秦王鼓缶，秦王不肯，相如曰：「五步之内，臣得以頸血濺大王矣。」左右欲刃相如，相如張目叱之，皆靡。秦王爲一擊缶。趙王歸國，以爲上卿。廉頗曰：「相如以口舌位居吾上，必辱之。」相如聞之，曰：「顧吾念之，强秦不敢加兵於趙者，徒以吾二人在也。今兩虎共鬭，其勢不俱生。吾所以爲此者，先國家之急而後私讎也。」降，謂下也。吉優繇而布和兮，殘萑蒲以屏慝。〔三〕〔孫曰〕吉，鄭子太叔游吉也。左氏昭公二十年：子太叔爲政，不忍猛而寬。鄭國多盜，取人於萑苻之澤。太叔悔，興徒兵以攻之。萑苻之盜少止。萑，音丸。苻，音蒲。劌拔刃于霸侯兮，退絅絅而畏服。〔韓曰〕劌，曹沬也。左氏、穀梁作「曹劌」。齊桓公與魯會于柯而盟。劌執匕首劫齊桓公，左右莫敢動。劌曰：「大國侵魯，亦已甚矣，今魯城壞，卽壓齊境，君其圖之。」桓公乃許盡歸魯之侵地。劌投其匕首，下壇，就其羣臣之位，顔色不變，辭令如故。絅絅，謹也。博雅云：謹敬之貌。劌，居衛切。絅，丘六、丘弓二切。又弓、穹二音。寬與猛其相濟兮，孰不頌兹之盛德。克明哲而保躬兮，恢大雅之所勖。〔孫曰〕詩大雅云：既明且哲，以保其身。勖，勉也。勖，吁玉切。

陽宅身以執剛兮，率易帥而蒙辜。〔三〕〔孫曰〕文五年左氏：陽處父聘于衛，過甯，甯嬴曰：「沈潛剛克，高明柔克，夫子壹之，其不没乎！」六年，晉蒐于夷，使狐射姑將中軍，趙盾佐之。陽處父至自温，改蒐于董，易中軍。狐射姑怨陽子之易其班也，九月，使續鞠居殺處父。羽愎心以鷙志兮，首身離而不懲。〔韓曰〕羽既敗垓下，乃自刎而死。王翳取其頭，餘騎相蹂踐爭項王，相殺者數十人。最其後，郎中騎楊喜等五人，各得其一體。愎，很也。鷙，戾也。愎，蒲逼切。鷙，音戾。雲岳岳而專强兮，果黜志而乖圖。〔孫曰〕前漢朱雲傳：五鹿岳岳，朱雲折其角。師古曰：岳岳，長角貌。成帝時，雲嘗言於朝，願賜尚方斬馬劍，斷佞臣張禹。上怒曰：「小臣居下訕上，廷辱師傅，罪死不赦。」御史將雲下，雲攀殿上檻折，呼曰：「臣得從龍逢、比干遊于地下足矣，未知朝廷何如尔！」左將軍辛慶忌以死爭之，上意始解。自是遂不復仕。咸觸屏以拒訓兮，肆殞越而就陵。〔韓曰〕前漢：陳咸，其父萬年嘗病，召咸教戒于床下，語至夜半，咸睡，頭觸屏風，萬年怒，咸謝曰：「具曉所言。大要教咸諂也。」萬年遂不復言。萬年死，元帝擢爲御史中丞。後以言石顯事，髡爲城旦。冶訐諫于昏朝兮，名崩弛而陷誅。〔韓曰〕左氏宣公九年：陳靈公與孔寧、儀行父通于夏姬，皆衷其衵服，以戲于朝。洩冶諫曰：「公卿宣淫，民無效焉。且聞不令，君其納之。」公曰：「吾能改矣。」公告二子，二子請殺之，公弗禁，遂殺洩冶。訐，告也。居列切。苟縱直而不羈兮，乃變罹而禍仍。罹，鄰知切。「仍」，一作「俱」。歷九折而直奔兮，固摧輈而失途。〔韓曰〕漢王陽爲益州刺史，行部至邛峽九折坂，歎曰：「吾奉先人遺體，奈何數乘此險。」曰九折者，言其險也。遵大路而曲轍兮，又求達而不能。廣守柔以允塞兮，抵暴梁而壞節。〔韓曰〕梁冀鴆殺質帝，李固、胡廣、趙戒、杜喬皆以清河王蒜宜立爲嗣。先是，蠡吾侯志娶冀妹，冀欲立之。衆論既異，明日，冀會公卿，意氣凶凶，言辭激切。胡廣、趙戒皆畏憚，曰：「惟大將軍令。」而固與喬堅守本議。冀激怒，竟立蠡吾侯，是爲桓帝。遂枉害李固、杜喬。固臨命，與胡廣、趙戒書曰：「梁氏迷謬，公等曲從。受主厚祿，顛而不扶，傾覆大事，後之良史，豈有所私？」廣、戒得書悲慚，皆長嘆流涕。廣，即謂胡廣也。家撝謙而温美兮，脅子公而喪哲。〔孫曰〕宣四年左氏：「子公與子家謀弑鄭靈公。子家曰：『畜老猶憚殺之，況君乎？』反譖子家。子家懼而從之。夏，弑靈公。撝，與「揮」同。義師仁而惡很兮，遂潰騰而滅裂。〔四〕〔孫曰〕義，宋義。〔韓曰〕翟義也。爲東郡太守，王莽居攝，義心惡之，乃立東平王子信爲天子，自號大司馬，舉兵討之。莽遣將攻之，義不勝，與劉信棄軍逃亡。捕得，尸磔陳都市，夷滅三族。斯委懦以從邪兮，悼上蔡其何補！〔韓曰〕李斯相秦，爲趙高所譖，將腰斬咸陽市，出獄，謂其中子曰：「吾欲與若復牽黄犬出上蔡東門逐狡兔，豈可得乎？」徐偃柔以屏義兮，倏邦離而身虜。〔韓曰〕張華博物志：徐偃王治其國，仁義著聞，諸侯服從。周王使楚伐之。偃王仁，不忍鬬其民，爲楚所敗，走彭城武原東山下。桑弘和而却武兮，渙宗覆而國舉。〔五〕「桑弘和」，一作「乘柔知」，名字不同，事不可得而考。設任柔而自處兮，蒙大戮而不悟。〔韓曰〕史記：吴公子光伏甲士於窟室中，而具酒請王僚。酒酣，公子光佯爲足疾，入窟室，使專設諸置匕首魚炙之腹中以進。既至王前，專設諸擘魚，因以匕首刺王僚，王僚立死，左右亦殺專設諸。公子光遂出其伏甲，以攻王僚之徒，而自立爲王。「任柔」，一本作「仁柔」。故曰：純柔純弱兮，必削必薄；純剛純强兮，必喪必亡。韜義于中，韜，音叨。服和于躬；和以義宣，剛以柔通。守而不遷兮，變而無窮。交得其宜兮，乃獲其終。姑佩茲韋兮，考古齊同。

亂曰：〔孫曰〕亂，理也，所以重理一賦之意。韋之申申，佩于躬兮；本正生和，探厥中兮。哲人交修，樂有終兮；庶寡其過，追古風兮。「追」，一作「進」。

校勘記

〔一〕入降廉猶臣僕句下注　「秦、趙會于西河外澠池」。「河」上原脱「西」字，據史記卷八一廉頗藺相如列傳補。

〔二〕殘萑蒲以屏匿　「萑蒲」，詁訓本作「萑苻」，亦通。按：此句下注文引左傳昭公二十年：「鄭國多盜，取人於萑苻之澤。」阮元春秋左傳注疏校勘記：「石經初刻作『萑蒲』，後改作『萑苻』。」苻，音蒲，義同。

〔三〕率易帥而蒙辜　「帥」原作「師」，據五百家、世綵堂、游居敬本改。按：左傳文公六年「易中軍」句下杜注：「易以趙盾爲帥，射姑佐之。」作「帥」是。

〔四〕遂潰臕而滅裂句下注　「尸磔陳都市」。「陳」原作「東」，據世綵堂本及漢書卷八四翟義傳改。

〔五〕桑弘和而却武兮渙宗覆而國舉句下注　「『桑弘和』，一作『乘柔知』，名字不同，事不可得而考。」按：宋王應麟困學紀聞卷十云：「吳子曰：承桑氏之君，修德廢武以滅其國。柳子佩韋賦：桑弘和而却武兮，渙宗覆而國舉。桑，謂承桑氏也。」清何焯義門讀書記取此説，謂「一本改『桑』爲『乘』，誤」。王、何説近是。

瓶賦〔一〕

〔補注〕東坡云：揚子雲酒箴，有問無答。子厚瓶賦，蓋補亡耳。子厚以瓶爲智，幾於信道知命者。晁太史无咎取公此賦于變騷，而繫之以詞曰：昔揚雄作酒箴，謂鴟夷盛酒而瓶藏水，酒甘以喻小人，水淡以比君子。故鴟夷以親近託車，而瓶以疏遠居井而羸，此雄欲同塵於皆醉者之詞也。故宗元復正論以反之，以謂寧爲瓶之潔以病己，無爲鴟夷之旨以愚人。蓋更相明，亦猶雄爲反騷，非反也，合也。今附酒箴于此篇末。

昔有智人，善學鴟夷。〔二〕〔韓曰〕鴟夷，字見史記越世家。范蠡，自號鴟夷子皮。注云：蓋以吴王殺子胥而盛以鴟夷，今蠡以有罪，故爲號也。韋昭曰：鴟夷，革囊也。又蠡本傳注則云：若盛酒之鴟夷，用之則多所容納，不用則可卷而懷，不忤於物。鴟夷蒙鴻，罍罃相追。〔韓曰〕罍，樽也。罃，缶也。罍，音雷。罃，音鶯。「罃」字本當作「甖」。一本作「斝」。斝，亦樽名也。音假。諂誘吉士，喜悦依隨。開喙倒腹，喙，口也。吁穢切。斟酌更持。味不苦口，昏至莫知。頽然縱傲，與亂爲期。視白成黑，顛倒妍媸。上倪堅切。下音嗤。己雖自售，音壽。人或以危。敗衆亡國，流連不歸。誰主斯罪？鴟夷之爲。

不如爲瓶，居井之眉。〔三〕〔童曰〕前漢酒箴注云：眉，井邊地。若人目上之有眉。作「湄」字者非。鈎深挹潔，挹，酌也。淡泊是師。和齊五味，齊，才詣切。寧除渴飢。不甘不壞，久而莫遺。清白可鑒，終不媚私。利澤廣大，孰能去之？綆絶身破，〔韓曰〕説文云：綆，井索也。音梗。何足怨咨！功成事遂，復于土泥。歸根反初，無慮無思。何必巧曲，徼覬一時。徼，求也。覬，倖也。徼，古堯切。覬，音冀。子無我愚，我智如斯。

校勘記

〔一〕瓶賦題下注　「今附酒箴于此篇末」。「篇末」原作「篇首」，因所附揚雄酒箴改編在本篇之後，故改「首」爲「末」。

〔二〕善學鴟夷句下注　「史記越世家」。「越」原作「齊」，據五百家本及史記改。「不用則可卷而懷」。原脱「不用」二字，據世綵堂本及史記卷一二九貨殖列傳索隱補。

〔三〕居井之眉句下注　「眉，井邊地」。「地」原作「也」，據漢書卷九二陳遵傳載酒箴顔師古注改。

附　揚雄酒箴〔一〕

〔晁太史云〕雄以諷成帝，其文爲酒客難法度士。

子猶瓶矣。觀瓶之居，居井之眉。處高臨深，動常近危。酒醪不入口，藏水滿懷。

不得左右，牽於纆徽。〔二〕一旦叀礙，爲甏所轠。身提黄泉，骨肉爲泥。自用如此，不如鴟夷。鴟夷滑稽，腹大如壺。盡日盛酒，人復借酤。嘗爲國器，〔三〕託於屬車。出入兩宫，經營公家。由是言之，酒何過乎？

校勘記

〔一〕揚雄酒箴　音辯、詁訓本未附此篇。

〔二〕牽於纆徽　「牽」原作「率」，「纆」原作「纏」，據五百家、世綵堂本及漢書卷九二陳遵傳載揚雄酒箴改。按：漢書陳遵傳載酒箴顏師古注云：「纆徽，井索也。」

〔三〕嘗爲國器　「爲」原作「以」，據五百家、世綵堂本及漢書陳遵傳改。

牛賦

〔韓曰〕公之瓶賦、牛賦，其辭皆有所託，當是謫永州後感憤而作。〔補注〕東坡云：嶺外俗皆恬殺牛，海南爲甚。乃書子厚牛賦遺瓊州僧道賛，使曉諭之。卽書此賦也。

若知牛乎？牛之爲物，魁形巨首。垂耳抱角，毛革疏厚。牟然而鳴，〔孫曰〕說文：牟，牛鳴。黄鍾滿脰。〔韓曰〕月令：中央土，律中黄鍾之宫。黄鍾，謂土也。脰，項也。抵觸隆曦，音羲。日耕百畝。往來修直，植乃禾黍。自種自斂，服箱以走。〔孫曰〕詩：睆彼牽牛，不以服箱。箱，車上之器可以盛者。輸入官倉，己不適口。富窮飽飢，功用不有。陷泥蹷塊，〔一〕常在草野。人不慚愧，利滿天下。皮角見用，肩尻莫保。〔童曰〕説文云：尻，脽也。尻，苦刀切。或穿緘縢，上苦咸切。下徒登切。或實俎豆。由是觀之，物無踰者。

不如羸驢，羸，倫爲切。服逐駑馬。曲意隨勢，不擇處所。不耕不駕，〔二〕藿菽自與。藿，豆葉。菽，豆也。藿，音霍。騰踏康莊，〔韓曰〕康莊，大道。爾雅：五達謂之康，六達謂之莊。出入輕舉。喜則齊鼻，怒則奮躑。當道長鳴，聞者驚辟。辟，避也。〔童曰〕項羽叱暘喜，人馬俱驚，辟易數里。辟，頻亦切。善識門户，終身不惕。

牛雖有功，於己何益？命有好醜，非若能力。慎勿怨尤，以受多福。

校勘記

〔一〕陷泥蹷塊　「蹷」，音辯、詁訓、五百家、世綵堂本均作「蹶」。

〔二〕不耕不駕　「駕」，音辯、游居敬本作「稼」。

解祟賦 幷序〔一〕

〔童曰〕祟，禍也。〔文曰〕左氏昭公元年：晉平公有疾。卜人曰：「實沈、臺駘爲祟。」祟，厲鬼也。祟，音邃。

柳子既謫，〔韓曰〕公永貞元年爲禮部員外郎，以附王叔文，出爲邵州。十一月，再貶永州司馬。猶懼不勝其口，筮以玄，遇干之八。其贊曰：「赤舌燒城，吐水于瓶。」其測曰：「君子解祟也。」〔韓曰〕太玄：干，以準易之升。次八，赤舌燒城，吐水于瓶。測曰，赤舌吐水，君子以解祟也。注，赤舌，謂九也。兑爲口舌，八爲木，木生火。火中之舌，故赤也。赤舌所敗，若火燒城。詩曰：哲婦傾城，口舌之由也。金生水，故吐水也。水滅於火，雖有傾城之言，以水拒之，災無由生矣。喜而爲之賦。

胡赫炎薰熇之烈火兮，〔二〕熇，炎氣也。虛驕、呼酷、黑各三切。而生夫人之齒牙。上殫飛而莫遁，殫，極也。殫，音單。遁，徒困切。旁窮走而逾加。九泉焦枯而四海滲涸兮，滲，漉也。涸，竭也。上所禁切。下音鶴，又胡故切。紛揮霍而要遮。〔韓曰〕揚雄傳：淫淫與與，前後要遮。要，伊逍切。風雷唬唬以爲槖籥兮，〔孫曰〕老子：天地之間，其猶槖籥乎？注云：槖籥，中空虛，故能有聲。唬，呼交切，又音號。槖，音託。籥，音藥。回祿煽怒而喊呀。〔韓曰〕回祿，火神。煽，熾也。喊，呵也。呀，張口貌。煽，音扇。喊，呼咸切，又虎覽切。呀，虛牙切。炖堪輿爲甗鏉兮，〔童曰〕堪輿，天地也。炖，風而火盛貌。甗，鬲屬。鏉，燒器也。炖，他昆切。甗，語蹇切，又平聲。鏊音傲。爇雲漢而成霞。〔張曰〕爇，焚也。春秋傳：爇僖負羈。爇，儒劣切。鄧林大椿不足以充於燎兮，〔孫曰〕列子：夸父逐日，道死，其杖化爲鄧林，鄧林廣數千里焉。莊子：上古有大椿者，以八千歲爲春，八千歲爲秋。一本無「於」字。倒扶桑落棠膠轕而相叉。〔三〕〔孫曰〕山海經：大荒之中暘谷，上有扶桑，十日所浴，九日居下枝，一日居上枝，皆載烏。〔韓曰〕淮南子：日出於暘谷，登於扶桑，入于虞泉。〔童曰〕轇轕，廣大貌。亦雜亂貌。靈光殿賦云：轇轕無垠。廣大貌也。東京賦云：鈒戟轇轕。又楚辭云：騎轇轕而雜亂兮。雜亂貌也。轕，音葛。膏摇脣而增熾兮，焰掉舌而彌葩。〔四〕〔韓曰〕「掉舌」字見史記。蘇秦掉三寸舌。葩，華也。葩，披巴切。沃無瓶兮撲無篲，篲，帚也。旋芮切，又徐醉切。金流玉鑠兮，〔韓曰〕説文：鑠，銷金也。宋玉招魂：十日代出，流金鑠石。鑠，式灼切，音爍。曾不自比於塵沙。獨淒己而燠物，愈騰沸而骹齖。〔童曰〕骹，脚腰也。齖，大齶也。上苦交切。下客牙切。一本作「骸齖」。

吾懼夫灼爛灰滅之爲禍，往搜乎太玄之奥，〔孫曰〕太玄經之秘奥也。訟衆正，訴羣邪。曰：去爾中躁與外撓，姑務清爲室而静爲家。苟能是，則始也汝邇，今也汝遐。凉汝者進，烈汝者賒。譬之猶豁天淵而覆原燎，〔孫曰〕書：若火之燎于原，不可嚮邇。豁，呼各切。燎，音了。夫何長喙之紛挐。長喙，赤舌也。挐，女加切。今汝不知清己之慮，而惡人之譁；不知静之爲勝，而動焉是嘉。徒遑遑乎狂奔而西傃，〔五〕盛氣而長嗟。傃，向也。「傃」，一本作「素」。不亦遼乎！

於是釋然自得，以泠風濯熱，〔孫曰〕莊子：列子御風而行，泠然善也。詩：誰能執熱，逝不以濯。以清源滌瑕。履仁之實，去盜之夸。〔孫曰〕老子：是謂盜之夸，非道也哉。冠太清之玄冕，佩至道之瑤華。〔孫曰〕以太清爲玄冕，以至道爲瑤華也。鋪冲虛以爲席，駕恬泊以爲車。瀏乎以遊於萬物者，瀏，水清深貌，力周切。始彼狙雌倏施，而以祟爲利者，夫何爲耶！

校勘記

〔一〕解祟賦題下注「實沈、臺駘爲祟」。「臺駘」原作「駘臺」，據左傳昭公元年改。

〔二〕胡赫炎薰熇之烈火兮「薰」，詁訓本作「重」。

〔三〕倒扶桑落棠膠轕而相叉句下注「九日居下枝」。「下」下原脫「枝」字，據山海經海外東經補。

〔四〕焰掉舌而彌葩句下注「『掉舌』字見史記。蘇秦掉三寸舌」。按：此說誤。當爲蒯通說韓信時指酈食其而言。史記卷九二淮陰侯列傳云：「且酈生一士，伏軾掉三寸之舌，下齊七十餘城。」

〔五〕徒遑遑乎狂奔而西傃「傃」，音辯本注：「一作索。」世綵堂本注：「『西傃』，一作『四索』。」

懲咎賦〔一〕

〔韓曰〕唐書本傳載此賦。曰：宗元不得召，内憫悼，悔念往咎，作賦自儆。蓋爲永州司馬時作也。〔補注〕晁太史取此賦於續楚辭，序曰：宗元竄斥崎嶇蠻瘴間，堙阨感鬱，一寓於文，爲離騷數十篇。懲咎者，悔志也。其言曰，苟余齒之有懲兮，蹈前烈而不頗。後之君子，欲成人之美者，讀而悲之。

懲咎愆以本始兮，孰非余心之所求？處卑污以閔世兮，固前志之爲尤。始余學而觀古兮，怪今昔之異謀。惟聰明爲可考兮，追駿步而遐遊。潔誠之既信直兮，仁友藹而萃之。日施陳以繫縻兮，〔韓曰〕騷云：日康娛以自忘兮。「繫縻」，一本作「繫摩」。邀堯、舜與之爲師。〔二〕上睢盱而混茫兮，〔三〕〔韓曰〕揚雄曰：「天地未袪，睢睢盱盱」。睢盱，荒忽不可考信也。睢，火規切。盱，音吁。下駁詭而懷私。「駁」，一作「駮」。旁羅列以交貫兮，求大中之所宜。曰道有象兮，而無其形。推變乘時兮，與志相迎。不及則殆兮，過則失貞。謹守而中兮，與時偕行。萬類芸芸兮，〔孫曰〕老子：夫物芸芸，各歸其根。注：芸芸，華葉茂盛也。率由以寧。剛柔弛張兮，出入綸經。登能抑枉兮，登，進也。白黑濁清。蹈乎大方兮，物莫能嬰。

奉訏謨以植內兮，〔韓曰〕訏，大也。謨，謀也。詩：訏謨定命。訏，音吁。欣余志之有獲。再徵信乎策書兮，謂炯然而不惑。「炯」，一作「耿」。愚者果於自用兮，惟懼夫誠之不一。不顧慮以周圖兮，專茲道以爲服。讒妬構而不戒兮，猶斷斷於所執。〔四〕哀吾黨之不淑兮，〔孫曰〕吾黨，謂王伾、叔文之屬也。遭任遇之卒迫。〔五〕卒，讀曰猝。勢危疑而多詐兮，逢天地之否隔。〔孫曰〕天地否隔，謂順宗有疾，憲宗監國之際。欲圖退而保己兮，悼乖期乎曩昔。欲操術以致忠兮，衆呀然而互嚇。〔韓曰」嚇，怒也。又口距人也。莊子：仰而視之，曰：「嚇」。音赫，又呼駕切。呀，虛牙切。「亙」字一本作「予」。進與退吾無歸兮，甘脂潤乎鼎鑊。〔韓曰〕說文：鑊，鑴也。音濩。幸皇鑒之明宥兮，纍郡印而南適。〔六〕〔孫曰〕漢書：印何纍纍，綬若若耶！永貞元年九月，公初貶爲邵州刺史。纍，力追切。惟罪大而寵厚兮，宜夫重仍乎禍謫。〔孫曰〕是年十一月，公再貶爲永州司馬。既明懼乎天討兮，又幽慄乎鬼責。〔韓曰〕莊子：無人非，無鬼責。惶惶乎夜寤而晝駭兮，類麏麚之不息。〔童曰〕麏，麞也。麚，說文云：牡鹿也。以夏至解角。麏，俱倫切。麚，音加。

凌洞庭之洋洋兮，泝湘流之沄沄。飄風擊以揚波兮，舟摧抑而迴邅。日霾曀以昧幽兮，〔童曰〕爾雅云：風而雨土爲霾。釋名曰：霾，晦也。詩終風注云：陰而風曰曀。霾，音埋。曀，音翳。黝雲涌而上屯。〔韓曰〕黝，青黑色。屯，聚也。列子：望之如雲屯。黝，於糾切。「黝」字，一本作「玄」。暮屑窣以淫雨兮，〔七〕屑窣，雨聲。窣，蘇骨切。聽嗷嗷之哀猨。衆烏萃而啾號兮，〔八〕沸洲渚以連山。漂遥逐其詎止兮，逝莫屬余之形魂。攢巒奔以紆委兮，〔張曰〕小山上銳曰巒，音鸞。委，于鬼切。束洶湧之崩湍。畔尺進而尋退兮，盪洄汩乎淪漣。〔韓曰〕水平伏曰淪。漣，水動也。汩，音骨，又越筆切。際窮冬而止居兮，羈纍棼以縈纏。棼，扶分切。

哀吾生之孔艱兮，循凱風之悲詩。〔韓曰〕詩凱風，美孝子也。罪通天而降酷兮，不殛死而生爲！〔九〕〔孫曰〕元和元年，公之母盧氏卒於永州。逾再歲之寒暑兮，猶貿貿而自持。貿貿，昏也。音茂。將沉淵而殞命兮，詎蔽罪以塞禍！惟滅身而無後兮，顧前志猶未可。進路呀以劃絶兮，劃，忽麥切。退伏匿又不果。爲孤囚以終世兮，長拘攣而轗軻。坎可二音。曩余志之修蹇兮，〔韓曰〕楚辭：汝何博謇而好修兮，紛獨有此姱節。又云：吾令蹇修以爲理。注：好修謇謇，夸異之節。俗本作「修騫」，誤。今何爲此戾也？夫豈貪食而盜名兮，不混同於世也。將顯身以直遂兮，衆之所宜蔽也。不擇言以危肆兮，固羣禍之際也。御長轅之無橈兮，行九折之峩峩。却驚棹以横江兮，泝凌天之騰波。幸余死之已緩兮，完形軀之既多。苟余齒之有懲兮，〔一〇〕蹈前烈而不頗。〔韓曰〕楚辭：修繩墨而不頗。頗，音坡。死蠻夷固吾所兮，雖顯寵其焉加？配大中以爲偶兮，諒天命之謂何！

校勘記

〔一〕懲咎賦題下注　「悔念往咎」。「咎」，新唐書本傳作「吝」。

〔二〕邀堯舜與之爲師　世綵堂本注：「一無『師』字。」新唐書本傳無「師」字。

〔三〕上睢盱而混茫兮句下注　「天地未祛」。「未祛」原作「未分」，據文選揚雄劇秦美新改。

〔四〕猶斷斷於所執　「斷斷」，清吳汝綸柳州集點勘作「齗齗」。按：齗齗，爭辯貌。

〔五〕遭任遇之卒迫　「遭任遇」，新唐書本傳作「遭遇任」。

〔六〕槖郡印而南適句下注　「綬若若耶」。「綬」上原衍「何」字，據漢書卷九三石顯傳刪。

〔七〕暮屑窣以淫雨兮句下注　「屑窣，雨聲。窣，蘇骨切」。「窣」上原脱「屑」字，「蘇」上原脱「窣」字，據詁訓本補。

〔八〕衆烏萃而啾號兮　「烏」，五百家、游居敬本及全唐文、新唐書本傳作「鳥」。

〔九〕不殛死而生爲　「殛」，音辯、詁訓、游居敬本及新唐書本傳作「亟」。

〔一〇〕苟余齒之有懲兮　「余」，音辯、游居敬本、全唐文及新唐書本傳作「餘」近是。

閔生賦

〔韓曰〕賦云：肆余目於湘流兮。蓋在永州時作。又云：孟軻四十乃始持心兮云云，顧余質愚而齒減兮云云，當是四十以前也。其諸元和五六年間作歟？

閔吾生之險阨兮，紛喪志以逢尤。〔韓曰〕騷云：紛逢尤以離謗。氣沉鬱以杳眇兮，涕浪浪而常流。〔孫曰〕騷云：攬茹蕙以掩涕兮，霑余襟之浪浪。浪，音郎。膏液竭而枯居兮，魄離散而遠遊。言不信而莫余白兮，雖遑遑欲焉求？合喙而隱志兮，幽默以待盡。爲與世而斥謬兮，固離披以顛隕。騏驥之棄辱兮，騏驥，音期冀。駑駘以爲騁。駑駘，音奴臺。「騁」，一作「哂」。玄虬蹶泥兮，〔孫曰〕虬，龍無角者。莊子曰：蹶泥則没足滅跗。蹶，音厥。虬，渠幽切。畏避鼃黽。〔童曰〕鼃，蝦蟆也。黽，亦鼃鼃。「鼃」與「蛙」同，音烏瓜切。黽，武幸切。一本「黽」作「蜃」。行不容之崢嶸兮，崢，助耕切。嶸，音宏。質魁壘而無所隱。〔童曰〕前漢鮑宣傳云：朝廷亡有耆艾魁壘之士。服虔曰：「魁壘，壯貌也」。上口賄切。下音磊。鱗介槁以橫陸兮，鴟嘯羣而厲吻。心沉抑以不舒兮，形低摧而自愍。

肆余目於湘流兮，望九疑之垠垠。〔韓曰〕湘水出零陵，北入江。零陵，永州也。九疑，山名。湘中記云：九山相似，行者疑惑，故云。垠，音銀。波淫溢以不返兮，蒼梧鬱其蜚雲。「蜚」，古「飛」字。重華幽而野死兮，世莫得其僞真。〔韓曰〕史記：舜南巡狩，崩於蒼梧之野。葬于江南九疑，是爲零陵。山海經曰蒼梧山。〔孫曰〕汲冢書：禹逐舜，終蒼梧之野。屈子之悁微兮，抗危辭以赴淵。〔一〕〔韓曰〕屈原仕楚，爲上官大夫、令尹子蘭所讒，賦離騷、九辯、九章，投汨羅而死。悁，規緣切。古固有此極憤兮，矧吾生之藐艱。藐，音邈。一作「眇」。列往則以考己兮，指斗極以自陳。登高喦而企踵兮，喦，魚咸切。瞻故邦之殷轔。上音隱。下音鄰。山水浩以蔽虧兮，路蓊勃以揚氛。蓊，烏孔切。空廬頹而不理兮，翳丘木之榛榛。翳，一計切。塊窮老以淪放兮，匪魑魅吾誰鄰？〔韓曰〕史記：舜流四凶族于四裔，以禦魑魅。魑，丑知切。魅，音寐。

仲尼之不惑兮，有垂訓之謨言。〔童曰〕語：孔子曰：「吾四十而不惑。」孟軻四十乃始持心兮，猶希勇乎黝、賁。〔童曰〕孟子：我四十不動心。黝、賁，北宮黝、孟賁也。見公孫丑上。黝，伊糾切。賁，音奔。顧余質愚而齒減兮，〔二〕〔孫曰〕元和七年，公年始四十，時猶未也。宜觸禍以阽身。〔韓曰〕阽，危也。楚辭：阽余身而危死節兮，覽余初其猶未悔。阽，音鹽。知徙善而革非兮，又何懼乎今之人！

噫！禹績之勤備兮，曾莫理夫兹川。〔韓曰〕上文皆言湘中事。兹川，意謂湘江也。湘水，禹貢不經見，此公所謂曾莫理夫兹川也耶？殷、周之廓大兮，南不盡夫衡山。〔韓曰〕衡山，南岳也。見周禮職方氏。公謂殷、周不盡，未之詳也。〔孫曰〕王制：南不盡衡山，北不盡恒山。余因楚、越之交極兮，邈離絶乎中原。壤汙潦以墳洳兮，潦，魯浩、朗到二切。洳，如倨切。蒸沸熱而恒昏。戲鳧鸛乎中庭兮，鸛，音灌。蒹葭生於堂筵。雄虺蓄形於木杪兮，短狐伺景於深淵。〔三〕〔樊曰〕楚辭：雄虺九首。注：虺，蛇別名也。毛詩：爲鬼爲蜮。陸機疏：蜮，一名射影。南人將入水，先以瓦石投水令濁，然後入。又博物志：江南山溪水中有射工虫，長一二寸，口中有弩形，射人影，不治，則殺人。短狐伺景，謂此虺也。虺，許偉切。「狐」字，一作「弧」。仰矜危而俯慄兮，弭日夜之拳攣。慮吾生之莫保兮，忝代德之元醇。孰眇軀之敢愛兮，竊有繼乎古先。明神之不欺余兮，庶激烈而有聞。冀後害之無辱兮，匪徒蓋乎曩愆。

校勘記

〔一〕抗危辭以赴淵句下注　「爲上官大夫、令尹子蘭所讒」。「令尹」原作「司馬」，據世綵堂本及史記卷八四屈原列傳改。

〔二〕顧余質愚而齒減兮句下注　「元和七年，公年始四十」。「元和」原作「貞元」，據世綵堂本及文安禮柳先生年譜改。

〔三〕短狐伺景於深淵句下注「虺，蛇別名也」。「虺」下原脱「蛇」字，據五百家本及楚辭王逸注補。「江南山溪水中有射工虫」。「山」下原脱「溪水中」三字，據張華博物志補。「『狐』字，一作『弧』」。按：漢書卷二七下之上五行志：「蜮，猶惑也，在水旁，能射人，射人有處，甚者至死。南方謂之短弧。」顔師古注：「卽射工也，亦呼水弩。」詩小雅節南山之什何人斯：「爲鬼爲蜮。」注：「蜮，短狐也。」段玉裁校記云：「『弧』作『狐』，誤。」據此，作「弧」是。

夢歸賦

〔童氏曰〕公在永州，懷思鄉閭而作也。

羅擯斥以窘束兮，余惟夢之爲歸。精氣注以凝沍兮，沍，水凝也。〔張曰〕莊子曰：河漢沍而不能寒。沍，音互。循舊鄉而顧懷。夕余寐於荒陬兮，心慊慊而莫違。慊，恨也。音苦簟切。質舒解以自恣兮，息愔翳而愈微。愔，安和貌。伊淫切。歘騰踴而上浮兮，〔張曰〕歘，暴起也。説文云：有所吹起。諸韻撿尋，無從三火者。杜子美虎牙行：秋風歘吸吹南國。文選江淹詩：歘吸鵾鷄悲。諸家多用從二火字。莊子釋音第一卷，朝菌注下云：歘，生之芝也。後漢張平子思玄賦：歘神化而蟬蜕兮。並作况物、許勿二切。云疾貌。惟二字從三火。今從上音。俄滉瀁之無依。滉瀁，深廣貌。上户廣切。下余掌切。圓方混而不形兮，顥醇白之霏霏。〔韓曰〕顥，白貌。楚辭：天白顥顥。又云：雲霏霏而承宇。顥，音昊。上茫茫而無星辰兮，下不見夫水陸。「水」，一作「川」。若有鉥余以往路兮，〔孫曰〕鉥，導也。〔張曰〕鉥，綦鍼也。音述。晏本作「訹」。訹，誘也。音恤。馭儗儗以回復。儗，相疑也。音擬。浮雲縱以直度兮，云濟余乎西北。風纚纚以經耳兮，〔一〕〔韓曰〕纚，連也。楚辭：索胡繩之纚纚。〔孫曰〕纚纚，風聲也。纚，音灑。類行舟迅而不息。洞然于以瀰漫兮，瀰漫，大水貌。上音彌。下謨官切。「以」字，一本重作「于」字。虹蜺羅列而傾側。横衝飈以盪擊兮，飈，卑遥切。盪，音蕩，又他浪切。忽中斷而迷惑。靈幽漠以瀄汩兮，瀄汩，水流貌。上音節。下越筆切。「靈」字，一本作「零雨」二字。進怊悵而不得。怊，敕喬切。白日遡其中出兮，陰霾披離以泮釋。〔童曰〕霾，風雨土也。音埋。施岳瀆以定位兮，互參差之白黑。忽崩騫上下兮，〔三〕晏本作「崩騫翔以上下以徊徨兮」。聊按行而自抑。「行」，一作「衍」。指故都以委墜兮，瞰鄉閭之脩直。瞰，苦濫切。原田蕪穢兮，峥嶸榛棘。喬木摧解兮，垣廬不飾。〔韓曰〕公與許孟容書云：先墓在城南，無異子弟爲主，自譴逐來，消息存亡不一至鄉閭。又云：城西有數頃田，樹果百株，多先人手自封植，今已荒穢，恐便斬伐。有哀憤毁傷之意，與此賦同。山嵎嵎以巖立兮，嵎，山高貌。音虞。水汩汩以漂激。汩，音骨，又越筆切。魂恍惘若有亡兮，恍，恍惚也。音怳。惘，音罔。涕汪浪以隕軾。浪，音郎。類曛黄之黭漠兮，〔韓曰〕楚辭：與纁黄以爲期。注：纁黄，蓋昏時。黭，果實黑壞貌。音掩。欲周流而無所極。紛若喜而佁儗兮，〔張曰〕馬融笛賦云：佁儗寬容。上勑吏切。下音毅。韻音擬。心回互以壅塞。互，音户。俗作「㸦」。一本又作「眡」。音支。鍾鼓喤以戒旦兮，喤，音横。陶去幽而開寤。罾罻蒙其復體兮，〔童曰〕罾罻，魚網也。音曾慰。「復」字，一本作「後」。孰云桎梏之不固？〔三〕桎，足械。梏，手械。上音質。下音谷。精誠之不可再兮，余無蹈夫歸路。

偉仲尼之聖德兮，謂九夷之可居。〔韓曰〕論語：子欲居九夷。或曰：「陋」。子曰：「君子居之，何陋之有？」居，協韻，作去聲。惟道大而無所入兮，猶流游乎曠野。老聃遁而適戎兮，指淳茫以縱步。〔韓曰〕史記：老聃見周衰，遂去。至關，關令尹喜曰：「子將隱矣，强爲我著書。」乃著書五千餘言而去。又神仙傳：老子將去周而出關，以升崑崙。關令尹喜掃門，道見老子，老子以長生之事教之。蒙莊之恢怪兮，寓大鵬之遠去。〔韓曰〕莊子，蒙人。逍遥遊篇云：北溟有魚，其名曰鯤。化而爲鳥，其名爲鵬。是鳥也，海運則徙於南溟。一本作「寓大鵬而遠去」。苟遠適之若兹兮，胡爲故國之爲慕？

首丘之仁類兮，斯君子之所譽。〔孫曰〕禮記：狐死正丘首，仁也。鳥獸之鳴號兮，有動心而曲顧。〔四〕〔孫曰〕禮記：鳥獸喪其羣匹，越月踰時，則必返巡，過其故鄉，翔回焉，鳴號焉，然後乃能去之。膠余衷之莫能捨兮，雖判析而不悟。列兹夢以三復兮，〔五〕極明昏而告愬。

校勘記

〔一〕風纚纚以經耳兮　「經耳」，朱熹楚辭後語載此文作「鶩耳」。

〔二〕忽崩騫上下兮　世綵堂本注：「又作『忽崩騫翔以上下兮』，又作『崩騫上下以徊徨兮』。」楚辭後語作「崩騰上下以恛惶兮」。按：「崩」，自上墜下之意；「騫」，通「騫」，飛貌。忽崩騫上下，言其在歸夢中忽上忽下。作「忽崩騫上下兮」或「崩騫上下以徊徨兮」近是。

〔三〕孰云桎梏之不固句下注　「桎，足械。梏，手械」。原作「桎，手械。梏，足械」。取校諸本均誤，據說文改。

〔四〕有動心而曲顧句下注　「過其故鄉，翔回焉」。「回」原作「嗚」，據世綵堂本及禮記三年問改。

〔五〕列茲夢以三復兮　「三復」，楚辭後語作「往復」。

囚山賦

〔孫曰〕永貞元年，公謫居永州。元和九年，有此賦。〔補注〕晁太史无咎序公此賦於變騷曰：語云，仁者樂山。自昔達人，有以朝市爲樊籠者矣，未聞以山林爲樊籠也。宗元謫南海久，厭山不可得而出，懷朝市不可得而復，丘壑草木之可愛者，皆陷穽也，故賦囚山。淮南小山之辭，亦言山中不可以久留，以謂賢人遠伏，非所宜爾，何至以幽獨爲狴牢，不可一日居哉？然終其意近招隱，故録之。

楚越之郊環萬山兮，勢騰踊夫波濤。紛對迴合仰伏以離迾兮，迾，遮也。音列，又音例。一本無「對」字。若重墉之相褱。崢生角逐上軼旁出兮，〔張曰〕「軼」字，迭、佚二音。其下坼裂而爲壕。壕，塹也。音豪。欣下頹以就順兮，曾不畝平而又高。沓雲雨而漬厚土兮，〔張曰〕沓，合也。漬，漚物也。沓，達合切。漬，疾智切。蒸鬱勃其腥臊。〔張曰〕周禮：辨腥臊羶香之不可食者。腥，音星。臊，蘇曹切。陽不舒以擁隔兮，羣陰泘而爲曹。〔韓曰〕泘，固寒也。西京賦：涸陰沍寒。曹，偶也。泘，胡故切。與「沍」同。俗作「泘」。側耕危穫苟以食兮，哀斯民之增勞。「斯民」，一作「小人」。攢林麓以爲叢棘兮，〔一〕〔韓曰〕山足曰麓。易：置于叢棘。疏云：叢棘，謂囚執之處，以棘叢而禁之也。麓，音鹿。虎豹咆㘚代狴牢之吠嘷。〔孫曰〕咆㘚，虎豹聲。博物志云：狴牢，獄別名。嘷，亦咆也。咆，音庖。㘚，虎檻切。狴，音陛。嘷，音豪。胡井眢以管視兮，〔詳注〕眢，目無明也。又廢井也。左氏宣十二年：目於眢井而拯。注：視虛廢井而求拯己。東方朔傳：以管窺天。眢，音鴛。一本「胡」字上有「予」字。「眢」又作「殞」。窮坎險其焉逃。顧幽昧之罪加兮，雖聖猶病夫噭噭。匪兕吾爲柙兮，〔韓曰〕兕，似牛，一角。論語：虎兕出於柙。注云：柙，檻也。匪豕吾爲牢。〔孫曰〕詩：執豕于牢。積十年莫吾省者兮，〔韓曰〕公永貞元年乙酉，貶永州司馬。至元和九年甲午，爲十年矣。明年，始召至京師，又出爲柳州刺史。增蔽吾以蓬蒿。聖日以理兮，賢日以進，誰使吾山之因吾兮滔滔？〔二〕

校勘記

〔一〕攢林麓以爲叢棘兮　「攢」，音辯本作「積」。

〔二〕誰使吾山之囚吾兮滔滔　世綵堂本注：「一本無下『吾』字。」何焯校本注：「『囚』下宋本無『吾』字。」

愈膏肓疾賦

〔孫曰〕成十年左氏：晉景公疾病，求醫於秦。秦伯使醫緩爲之。未至，公夢疾爲二豎子，曰：「彼良醫也，懼傷我焉。」其一曰：「居肓之上，膏之下，若我何！」醫至，曰：「疾不可爲也。」肓，鬲也。心下爲膏。公借此以論治國之理焉。晏元獻嘗親書此賦云：膚淺不類柳文，宜去之。或曰，公少時作也。肓，音荒。

景公夢疾膏肓，尚謂虛假，命秦緩以候問，遂俯伏于堂下。「俯伏」，一作「伏身」。公曰：「吾今形體不衰，筋力未寡，子言其有疾者，何也？」秦緩乃窮神極思，曰：「夫上醫療未萌之兆，中醫攻有兆之者。目定死生，心存取捨，亦猶卞和獻含璞之璧，伯樂相有孕之馬。然臣之遇疾，如泥之處埏；〔張曰〕地有八埏。又和土也。埏，尸連切。疾之遇臣，如金之在冶。雖九竅未擁，四支且安。膚腠營胃，膚腠，音夫湊。「營」字，一作「脘」。外强中乾。〔孫曰〕僖十五年左氏：張脈僨興，外强中乾。言外雖有强形，而内實乾竭。精氣内傷，神沮脉殫。以熱益熱，以寒益寒。針灸不達，誠死之端。巫新麥以爲讖，讖，驗也。楚禁切。果不得其所餐。」〔孫曰〕成十年左氏：晉侯夢大厲。公覺，召桑田巫，巫言如夢。公曰：「何如？」曰：「不食新矣。」六月，晉侯欲麥。使甸人獻麥。召桑田巫，示而殺之。將食，張，如厠，陷而卒。餐，七安切。

公曰：「固知天賦性命，如彼暄寒，短不足悲，脩不足歎。哂彼醫兮，徒精厥術，如何爲之可觀？」醫乃勃然變色，攘袂而起：「子無讓我，我謂於子：我之技也，如石投水，如弦激矢。視生則生，視死則死。膏肓之疾不救，衰亡之國不理。巨川將潰，非捧土之能塞；捧，敷勇切。大厦將崩，非一木之能止。斯言足以諭大，子今察乎孰是！」

爰有忠臣，聞之憤怨，忘廢寢食，擗摽感歎：〔一〕〔孫曰〕詩：寤辟有摽。注：辟，拊心也。摽，拊心貌。上音闢。下婢小、匹妙二切。「生死浩浩，天地漫漫，莫半切。綏之則壽，撓之則散。善養命者，鮐背鶴髮成童兒；〔孫曰〕鮐，魚名也。鮐背，謂背有鮐文。鮐，音台。善輔弼者，殷辛、夏桀爲周、漢。非藥曷以愈疾？非兵胡以定亂？喪亡之國，在賢哲之所扶匡；而忠義之心，豈膏肓之所羈絆？羈絆，馬絡縶也。上居宜切。下音半。余能理亡國之刓弊，刓，剸也，齊也。吾官切。愈膏肓之患難，君謂之何以？」

醫曰：「夫八紘之外，紘，音宏。六合之中，始自生靈，及乎昆蟲，神安則存，神喪則終。亦猶道之紊也，患出於邪佞；身之憊也，憊，蒲拜切。疾生於火風。彼膏肓之與顛覆，匪藥石而能攻者哉！」

因此而言曰：「余今變禍爲福，易曲成直。寧關天命，在我人力。以忠孝爲干櫓，音魯。以信義爲封殖。拯厥兆庶，綏乎社稷。一言而熒惑退舍，見上貞符序注。一揮而羲和匪昃。〔二〕〔孫曰〕淮南子：魯陽公與韓戰酣，日暮，援戈而揮之，日爲之反三舍。羲和，日御也。桑榖生庭而自滅，野雉雊鼎而自息。桑榖、雉雊二事，並見上貞符注。雊，古侯切。誠天地之無親，曷膏肓之能極？」醫者遂口噤心醉，噤，巨禁切。跼斂茫然，跼，音局。投棄針石，匍匐而前：匍，扶、蒲二音。匐，音伏，又蒲墨切。「吾謂治國在天，子謂治國在賢；「治」字，一本作「活」。吾謂命不可續，子謂命將可延。詎知國不足理，疾不足痊。佐荒淫爲聖主，保夭壽爲長年。皆正直之是與，庶將來之勉旃！」

校勘記

〔一〕擗摽感歎句下注　「辟，拊心也。摽，拊心貌」。上「拊」原作「傷」，下「拊」原作「附」，據詩經邶風柏舟毛傳改。

〔二〕一揮而羲和匪昃　「昃」原作「吳」，據蔣之翹本、全唐文及說文徐鉉注改。　句下注「魯陽公與韓戰」。「魯陽公」原作「魯陽子」，據取校諸本及淮南子覽冥訓改。

柳宗元集卷三

論

封建論

〔童曰〕唐宗室傳贊曰：唐興，疏屬畢王。至太宗時，與名臣蕭瑀等喟然講封建事，欲與三代比隆。而魏徵、李百藥皆謂不然。顏師古獨議建諸侯當少其力，與州縣雜治。由是罷不復議。至名儒劉秩，目武氏之禍，則謂郡縣不可以久安，大抵與曹、陸相上下。而杜佑、柳宗元深探其本，據古驗今，而反復焉。〔補注〕蘇内翰志林曰：昔之論封建者，曹元首、陸機、劉頌，及唐太宗時魏徵、李百藥、顏師古，其後劉秩、杜佑、柳宗元。宗元之論出，而諸子之論廢矣。雖聖人復起，不能易也。范太史唐鑑，亦以公之論爲然。以謂後世如有王者，擇守令以治郡縣，亦足以致太平，何必封建哉？又武威孔氏曰：韓退之文章過子厚，而議論不及。子厚作封建論，退之所無。

天地果無初乎？吾不得而知之也。生人果有初乎？吾不得而知之也。然則孰爲近？

曰：有初爲近。孰明之？由封建而明之也。彼封建者，更古聖王堯、舜、禹、湯、文、武而莫能去之。蓋非不欲去之也，勢不可也。勢之來，一有「則」字。其生人之初乎？不初，無以有封建。封建，非聖人意也。

彼其初與萬物皆生，草木榛榛，〔童曰〕說文云：榛，叢也。文選注云：聚貌。榛，側侁切。鹿豕狉狉，〔一〕〔張曰〕狸子曰狉。〔孫曰〕狉狉，衆貌。狉，音丕。人不能搏噬，搏噬，音博筮。而且無毛羽，莫克自奉自衛，荀卿有言，「必將假物以爲用」者也。夫假物者必爭，爭而不已，必就其能斷曲直者而聽命焉。其智而明者，所伏必衆；告之以直而不改，必痛之而後畏；由是君長刑政生焉。故近者聚而爲羣。羣之分，其爭必大，大而後有兵有德。又有大者，〔二〕衆羣之長又就而聽命焉，以安其屬，於是有諸侯之列。則其爭又有大者焉。德又大者，一作「德又有大者」。諸侯之列又就而聽命焉，以安其封，於是有方伯、連帥之類。則其爭又有大者焉。德又大者，一本作「德又有大者」。方伯、連帥之類，又就而聽命焉，以安其人，然後天下會於一。是故有里胥而後有縣大夫，有縣大夫而後有諸侯，有諸侯而後有方伯、連帥，有方伯、連帥而後有天子。自天子至於里胥，其德在人者，死必求其嗣而奉之。故封建非聖人意也，勢也。

夫堯、舜、禹、湯之事遠矣，及有周而甚詳。周有天下，裂土田而瓜分之，〔童曰〕瓜分，言如剖瓜也。瓜，如字。設五等，邦羣后，布履星羅，〔三〕「履」，一作「屨」。四周于天下，輪運而輻集。輪，音倫。輻，音福。合爲朝覲會同，離爲守臣扞城。〔童曰〕詩兔罝：公侯干城。扞、干同音，户旦切。守，舒救切。然而降于夷王，害禮傷尊，下堂而迎覲者。〔韓曰〕禮記：覲禮，天子不下堂而見諸侯。下堂而見諸侯，天子之失禮也，由夷王以下。歷于宣王，挾中興復古之德，雄南征北伐之威，卒不能定魯侯之嗣。陵夷迄於幽、厲，〔四〕王室東徙，而自列爲諸侯矣。〔孫曰〕國語：魯武公以括與戲見王，王立戲。樊仲山父諫曰：「下事上，少事長，所以爲順也。今立諸侯而建其少，是教逆也。」王卒立之。武公歸而卒。及魯人殺懿公而立伯御，宣王伐魯，立孝公，諸侯從是而不睦。懿公即戲，伯御即括。孝公名稱，懿公之弟。事亦見史記。孝公二十五年，諸侯畔周，犬戎殺幽王，秦始列爲諸侯。厥後，問鼎之輕重者有之，〔韓曰〕宣三年左氏：楚子觀兵于周疆。定王使王孫滿勞楚子，楚子問鼎之大小輕重焉。射王中肩者有之，〔韓曰〕桓五年左氏：王以諸侯伐鄭，鄭伯御之，祝聃射王中肩。中，音去聲。伐凡伯、誅萇弘者有之，〔五〕〔韓曰〕隱七年春秋：戎伐凡伯于楚丘以歸。哀三年左氏：劉氏、范氏世爲婚姻。萇弘事劉文公，故周與范氏。趙鞅以爲討。周人殺萇弘。萇，音長。天下乖盭，音戾。無君君之心。余以爲周之喪久矣，徒建空名於公侯之上耳！得非諸侯之盛强，末大不掉之咎歟？〔韓曰〕説文云：掉，摇也。左氏：尾大不掉。徒弔切。遂判爲十二，合爲七國，「合」，一作「吞」。威分于陪臣之邦，國殄於後封之秦。則周之敗端，其在乎此矣。

秦有天下，裂都會而爲之郡邑，廢侯衞而爲之守宰，據天下之雄圖，都六合之上游，攝制四海，運於掌握之内，此其所以爲得也。不數載而天下大壞，其有由矣。一無「其」字。亟役萬人，暴其威刑，竭其貨賄。負鋤梃謫戍之徒，〔孫曰〕賈誼過秦論曰：陳涉率罷散之卒，將數百之衆，轉而攻秦。山東豪俊遂並起而亡秦矣。鋤耰棘矜，不敵於鈎戟長鎩；謫戍之衆，不抗於九國之師。而成敗異變，何也？圜視而合從，〔六〕〔孫曰〕圜視而起，見賈誼治安策。圜視，驚愕也。從，子容切。大呼而成羣。時則有叛人而無叛吏，〔韓曰〕叛人，謂陳勝、吳廣之屬。人怨於下而吏畏於上，天下相合，殺守劫令而並起。咎在人怨，非郡邑之制失也。

漢有天下，矯秦之枉，徇周之制，剖海内而立宗子，封功臣。數年之間，奔命扶傷之不暇。〔七〕困平城，〔孫曰〕高祖七年，擊韓王信，困平城。病流矢，〔孫曰〕高祖十二年，擊黥布，爲流矢所中。陵遲不救者三代。後乃謀臣獻畫，而離削自守矣。〔孫曰〕謂賈誼、主父偃欲分王子弟也。然而封建之始，郡邑居半，〔八〕時則有叛國而無叛郡。〔韓曰〕叛國，謂吳、楚七國反也。秦制之得，亦以明矣。繼漢而帝者，雖百代可知也。

唐興，制州邑，立守宰，此其所以爲宜也。然猶桀猾時起，虐害方域者，失不在於州而在於兵，時則有叛將而無叛州。〔韓曰〕叛將，謂藩鎮擁重兵者。州縣之設，固不可革也。

或者曰：「封建者，必私其土，子其人，適其俗，修其理，施化易也。守宰者，苟其心，思遷其秩而已，何能理乎？」「理」，一作「治」。余又非之。周之事跡，斷可見矣。列侯驕盈，黷貨事戎。〔孫曰〕戎，謂戎事。黷，音讀。大凡亂國多，理國寡。侯伯不得變其政，天子不得變其君。

私土子人者，百不有一。失在於制，不在於政，周事然也。秦之事跡，亦斷可見矣。有理人之制，而不委郡邑，是矣；有理人之臣，而不使守宰，是矣。郡邑不得正其制，守宰不得行其理，酷刑苦役，而萬人側目。失在於政，不在於制。秦事然也。漢興，天子之政行於郡，不行於國；制其守宰，不制其侯王。侯王雖亂，〔九〕不可變也；國人雖病，不可除也。及夫大逆不道，然後掩捕而遷之，勒兵而夷之耳。大逆未彰，姦利浚財，怙勢作威，大刻于民者，無如之何。及夫郡邑，可謂理且安矣。何以言之？且漢知孟舒於田叔，〔孫曰〕漢書田叔傳：文帝立，召叔問曰：「公知天下長者乎？」叔曰：「故雲中守孟舒，長者也。」時孟舒坐虜大入雲中免。上曰：「先帝置舒雲中十餘年矣。虜常一入，不能堅守，士卒戰死者數百人。長者固殺人乎？」叔曰：「孟舒知士卒罷弊，不忍出言。士爭臨城死敵，以故死者數百人。是乃孟舒所以爲長者。」上曰：「賢哉孟舒！」復召以爲雲中太守。得魏尚於馮唐，〔孫曰〕馮唐傳：唐謂文帝曰：「魏尚爲雲中守，坐上功首虜差六級，陛下下之吏。陛下雖得李牧，不能用也。」帝悅，令唐持節赦尚，復以爲雲中守。聞黃霸之明審，〔韓曰〕漢書黃霸傳：霸爲潁川太守，外寬内明，得吏民心，治爲天下第一。徵守京兆尹，秩二千石。坐發民治馳道不先聞，又發騎士詣北軍馬不適士，劾乏軍興，連貶秩。有詔歸潁川太守官，以八百石居治如其前。前後八年，郡中愈治。覩汲黯之簡靖，〔一〇〕〔韓曰〕汲黯傳：黯學黃老言，治官民，好清靜，不苛細。爲東海太守，臥閤不出，歲餘，東海大治。上聞，召爲主爵都尉。拜之可也，復其位可也，〔補注〕即謂孟舒、魏尚、黃霸復守雲中、潁川。臥而委之以輯一方可也。〔補注〕即謂汲黯臥治東海。輯，音集，藉入切。有罪得以黜，有能得以賞。朝拜而不道，夕斥之矣；夕受而不法，朝斥之矣。設使漢室盡城邑而侯王之，縱令其亂人，戚之而已。孟舒、魏尚之術，莫得而施；黃霸、汲黯之化，莫得而行。明譴而導之，拜受而退已違矣。一本「違矣」上有「斯必」二字。下令而削之，締交合從之謀，〔韓曰〕締，說文云：結不解也。締，丁計切。周于同列，則相顧裂眦，〔韓曰〕說文：眦，目匡也。眦，音疾智切。勃然而起。〔二〕幸而不起，則削其半。削其半，民猶瘁矣，曷若舉而移之以全其人乎？漢事然也。今國家盡制郡邑，連置守宰，其不可變也固矣。善制兵，謹擇守，則理平矣。

或者又曰：「夏、商、周、漢封建而延，秦郡邑而促。」尤非所謂知理者也。魏之承漢也，封爵猶建。晉之承魏也，因循不革。而二姓陵替，不聞延祚。今矯而變之，垂二百祀，大業彌固，何繫於諸侯哉？

或者又以爲：「殷、周，聖王也，而不革其制，固不當復議也。」是大不然。夫殷、周之不革者，是不得已也。蓋以諸侯歸殷者三千焉，資以黜夏，湯不得而廢；歸周者八百焉，資以勝殷，武王不得而易。徇之以爲安，仍之以爲俗，湯、武之所不得已也。夫不得已，非公之大者也，私其力於己也，私其衛於子孫也。秦之所以革之者，其爲制，公之大者也；其情，私也，私其一己之威也，私其盡臣畜於我也。然而公天下之端自秦始。

夫天下之道，理安，斯得人者也。使賢者居上，不肖者居下，而後可以理安。今夫封建者，繼世而理。繼世而理者，上果賢乎？下果不肖乎？則生人之理亂未可知也。將欲利其社稷，以一其人之視聽，則又有世大夫世食祿邑，〔三〕以盡其封略。聖賢生于其時，亦無以立於天下，封建者爲之也。豈聖人之制使至於是乎？吾固曰：「非聖人之意也，勢也。」〔程敦夫論曰〕封建，古之良法，錯出於傳記，寧知非聖人之意哉？今曰堯、舜三代以勢不可而不欲去之，審若是耶？苟得其勢，斯可去矣。武庚、管、蔡之難，固當刑之，如異姓之韓、彭，同姓之吳、楚也。然方且命微子以繼商，封同姓以五十，何哉？蓋成王不以先代之嗣爲可廢，周公不以害己之親爲可絶，聖人意以公天下也。柳子何知焉！若曰湯、武不得已者，私其力耶？苟不私其力，則無庸封之矣。勝夏去商，雖不期而會，然所賴者特在伊、呂。湯、武待之，固當如罷侯之秦，錮親之魏矣。彼獨不然，三等之爵，初不之變，而千八百國益倍於前，何哉？湯、武知天下不可以獨治，故强枝葉而固本根，聖人意以公天下也，柳子弗察焉。大抵子厚徒見魏、晉之弊，思欲有所懲艾，且又太宗以來，羣議蜂起，彼其淺中狹慮，期有以度越前人，設爲誇言，不自知覺。殊不知公而不私者，乃所以爲聖人意也。〔黄唐曰〕以封建非聖人意歟？則易於比言親諸侯，於豫言利建侯，於晉言錫馬康侯，而繫辭言研諸侯之慮。列爵分土見於書，諸侯之地序於禮，不能錫命諸侯刺於詩，安得謂聖人之意不在是乎？以郡縣不可革而行之理且安歟？則二漢酷吏傳、唐酷吏傳，讀之令人拂膺，安得謂不可革而治安實賴乎？大抵有聖君有善治，則諸侯得人，守令亦得人。非聖君無善治，則諸侯不爲用，守令亦不爲用。人無賢不肖，顧所駕御者如何耳。爲治者，奚必執子厚之説，泥一偏之見哉！

校勘記

〔一〕鹿豕狉狉句下注　「狸子曰狉」。「狸」原作「鹿」，據音辯、詁訓本改。按：集韻六脂「豾豾」下注：「狸子曰豾，或從犬。」

〔二〕大而後有兵有德又有大者　文粹「兵」下、「又」下無「有」字。按：如此，則當在「兵」字下斷句，「德」字下讀。

〔三〕布履星羅句下注　「『履』，一作『濩』」。全唐文作「濩」。按：文選張衡東京賦：「聲教布濩，盈溢天區。」薛綜注：「布濩，猶散被也。」又，本書卷三六上嚴東川寄劍門銘啓有「彷徉布濩」句，卷三七王京兆賀雨表二有「布濩垂陰」句。作「濩」字近是。

〔四〕陵夷迄於幽厲　「厲」，宋林之奇觀瀾文乙集、呂祖謙古文關鍵作「平」。

〔五〕伐凡伯誅萇弘者有之句下注　「哀三年左氏」。「哀」原作「襄」。按：周人殺萇弘事見左傳哀公三年。音辯、詁訓本作「哀」。今據改。

〔六〕圜視而合從句下注　「圜視而起。見賈誼治安策」。「見賈誼治安策」原作「亦見賈誼論」，據治安策改。

〔七〕奔命扶傷之不暇　「之」，音辯本、四部叢刊本文粹，游居敬本及全唐文均作「而」。

〔八〕郡邑居半　「邑」，音辯、游居敬本及全唐文作「國」。

〔九〕侯王雖亂　「雖」上原脫「侯王」二字，據取校諸本補。

〔一〇〕覩汲黯之簡靖句下注　「爲東海太守」。「東海」原作「淮陽」，據詁訓、世綵堂本及漢書卷五〇汲黯傳改。

〔一一〕勃然而起　世綵堂本注：「『而』，一作『四』。」

〔一二〕則又有世大夫世食祿邑　文粹無上「世」字，「食」下無「祿」字。

四維論

〔孫曰〕管子牧民篇曰：國有四維，一維絕則傾，二維絕則危，三維絕則覆，四維絕則滅。何謂四維？一曰禮，二曰義，三曰廉，四曰恥。禮不踰節，義不自進，廉不蔽惡，恥不從枉。〔韓曰〕公意謂廉恥自禮義中出，未有有禮義而無廉恥，有廉恥而無禮義。故云吾見其二維，而未見其所以爲四也。

管子以禮義廉恥爲四維，吾疑非管子之言也。

彼所謂廉者，曰「不蔽惡」也；一無「也」字。世人之命廉者，一無「世」字。曰不苟得也。一無「也」字。所謂恥者，曰「不從枉」也；〔一〕一無「也」字。世人之命恥者，一無「世」字。曰羞爲非也。然則二者果義歟，非歟？〔二〕吾見其有二維，未見其所以爲四也。夫不蔽惡者，豈不以蔽惡爲不義而去之乎？夫不苟得者，豈不以苟得爲不義而不爲乎？雖不從枉與羞爲非皆然。然則廉與恥，義之小節也，不得與義抗而爲維。聖人之所以立天下，曰仁義。〔三〕仁主恩，義主斷。恩者親之，斷者宜之，而理道畢矣。蹈之斯爲道，得之斯爲德，履之斯爲禮，誠之斯爲信，皆由其所之而異名。今管氏所以爲維者，殆非聖人之所立乎？

又曰：「一維絶則傾，二維絶則危，三維絶則覆，四維絶則滅。」並見題注。若義之絶，則廉與恥其果存乎？廉與恥存，則義果絶乎？人既蔽惡矣，苟得矣，從枉矣，諸本作「苟得而從枉矣」。爲非而無羞矣，則義果存乎？

使管子庸人也，則爲此言；管子而少知理道，則四維者非管子之言也。

校勘記

〔一〕所謂恥者曰不從枉也　英華、文粹「所」上有「彼」字。按：「所謂恥者」與上文「彼所謂廉者」是並列句，有「彼」字近是。

〔二〕然則二者果義歟非歟　文粹「然則」下有「是」字，「義歟」下無「非歟」二字。

〔三〕曰仁義　英華、文粹作「曰仁曰義」。

天爵論

〔韓曰〕孟子：有天爵者，有人爵者。仁義忠信，樂善不倦，此天爵也；公卿大夫，此人爵也。古之人，修其天爵而人爵從之；今之人，修其天爵以要人爵，既得人爵而棄其天爵。公以爲未盡也，作此論。然所謂宜無隱之明，著不息之志，與孟子修之之説，有以異乎？〔黄曰〕孟子以仁義忠信謂之天爵，使人知有仁義，篤於自信，又知夫天理之自然，則能求諸内而不求諸外，此其意也。子厚從而易之，曰天爵不在乎仁義忠信，而在於明與志，且謂仁義忠信非明不能鑑，非志不能取，故有是説。殊不知仁義忠信，繼之以樂善不倦，雖不及明與志，而二者固在其中矣。樂善，非明以鑑之者然乎？不倦，非志以取之者然乎？孟子之言簡而備，學者可以意會，猶以未盡而少之，子厚亦費於言哉！

柳子曰：仁義忠信，先儒名以爲天爵，見題注。未之盡也。夫天之貴斯人也，則付剛健、純粹於其躬，〔一〕〔孫曰〕易：大哉乾乎！剛健中正，純粹精也。倬爲至靈，倬，音卓。大者聖神，其次賢能，所謂貴也。剛健之氣，鍾於人也爲志，得之者，運行而可大，悠久而不息，拳拳於得善，孜孜於嗜學，則志者其一端耳。純粹之氣，注於人也爲明，得之者，爽達而先覺，鑒照而無隱，盹盹於獨見，〔三〕〔韓曰〕説文云：盹，謹鈍目也，音諄。淵淵於默識，則明者又其一端耳。明離爲天之用，恒久爲天之道，舉斯二者，人倫之要盡是焉。故善言天爵者，〔三〕不必在道德忠信，明與志而已矣。

道德之於人，猶陰陽之於天也；仁義忠信，猶春秋冬夏也。舉明離之用，運恒久之道，所以成四時而行陰陽也。宜無隱之明，著不息之志，所以備四美而富道德也。故人有好學不倦而迷其道撓其志者，〔韓曰〕撓，釋文云：擾也。撓，女巧切。明之不至耳；有照物無遺而蕩其性脱其守者，志之不至耳。明以鑒之，志以取之，役用其道德之本，舒布其五常之質，充之而彌六合，播之而奮百代，聖賢之事也。

然則聖賢之異愚也，職此而已。使仲尼之志之明可得而奪，則庸夫矣；授之於庸夫，則仲尼矣。若乃明之遠邇，志之恒久，庸非天爵之有級哉？故聖人曰「敏以求之」，〔孫曰〕論語：子曰：「我非生而知之者，好古敏以求之者。」明之謂也；「爲之不厭」，〔孫曰〕論語又曰：「抑爲之不厭，誨人不倦，則可謂云尔已矣。」志之謂也。道德與五常，存乎人者也；克明而有恒，受於天者也。嗚呼！後之學者，盡力於斯所及焉。〔四〕

或曰：「子所謂天付之者，若開府庫焉，量而與之耶？」曰：否。其各合乎氣者也。莊周言天曰自然，吾取之。

校勘記

〔一〕則付剛健純粹於其躬句下注　「易：大哉乾乎」。「乎」原作「元」，據五百家本及周易乾卦改。

〔二〕盹盹於獨見句下注　「說文云：盹，謹鈍目也」。按：「盹」即「⿰目享」，說文寫作「⿰目享」。「謹鈍」二字原脫，今據補。

〔三〕人倫之要盡是焉故善言天爵者　詁訓本及英華「盡是焉」作「盡焉」，「故」作「是故」。按：作「盡焉」、「是故」近是。因上句「舉斯二者」之「斯」與「盡是焉」之「是」同爲代詞，二字俱存，文句前後有迭架之累。疑「是焉」乃「焉是」倒文。

〔四〕盡力於斯所及焉　音辯、詁訓、世綵堂本及英華「於」下無「斯」字。

守道論〔一〕

〔孫曰〕左氏昭公二十年：齊侯田于沛，招虞人以弓，不進，曰：「昔先君之田也，旃以招大夫，弓以招士，皮冠以招虞人。臣不見皮冠，不敢進。」仲尼曰：「守道不如守官，君子韙之。」〔韓曰〕孟子曰：「昔齊景公田，招虞人以旌，不至，將殺之。志士不忘在溝壑，勇士不忘喪其元，孔子奚取焉哉？取非其招不往也。」守道不如守官，信孔子之言矣。公乃曰傳之者誤，其果然哉？嘗味其言，至有曰失其道而守官者，古人不與也，意當時必有竊聖人之言，違道而居官者，公故爲此論云。

或問曰：「守道不如守官，何如？」對曰：是非聖人之言，傳之者誤也。見題注。官也者，道之器也，離之非也。未有守官而失道，守道而失官之事者也。一無「也」字。是固非聖人之言，乃傳之者誤也。一無「乃」字。

夫皮冠者，是虞人之物也。〔二〕物者，道之準也。守其物，由其準，而後其道存焉。苟舍之，是失道也。凡聖人之所以爲經紀，爲名物，無非道者。命之曰官，官是以行吾道云爾。一本作「命是以行吾道云爾」。是故立之君臣、官府、衣裳、輿馬、章綬之數，會朝、表著、周旋、行列之等，〔孫曰〕昭十一年左氏：會朝之言，必聞于表著之位。杜預注云：朝内列位常處，謂之表著。行，户剛切。是道之所存也。則又示之典命、書制、符璽、奏復之文，參伍、殷輔、陪臺之役，〔孫曰〕周禮：設其參，傅其伍，陳其殷，置其輔。注：參，謂卿三人。伍，謂大夫五人。殷，衆士。輔，府史、庶人在官者。陪臺者，亦謂臣也。是道之所由也。則又勸之以爵禄、慶賞之美，懲之以黜遠、鞭扑、梏拲、斬殺之慘，〔孫曰〕扑，小擊也。梏拲者，周禮：上罪梏拲而桎。梏，手械。拲，兩手共械。梏，居沃切。拲，居悚、居玉二切。是道之所行也。故自天子至于庶人，咸守其經分，扶問切。而無有失道者，和之至也。失其物，去其準，道從而喪矣。易其小者，而大者亦從而喪矣。古者居其位思死其官，可易而失之哉？禮記曰：「道合則服從，不可則去。」孟子曰：「有官守者，不得其職則去。」然則失其道而居其官者，古之人不與也。是故在上不爲抗，在下不爲損，矢人者不爲不仁，函人者不爲仁，率其職，司其局，交相致以全其工也。〔三〕一本「工」字作「公」，下有「者」字。易位而處，各安其分，而道達於天下矣。「矣」，一作「也」。

且夫官所以行道也，而曰守道不如守官，蓋亦喪其本矣。未有守官而失道，守道而失官者也。〔四〕一本「失官」下有「之事」二字。是非聖人之言，傳之者誤也，果矣。

校勘記

〔一〕守道論題下注　「左氏昭公二十年」。「二十」原作「十九」，據世綵堂本及左傳改。「取非其招不往也」。「非」下原脫「其」字，據詁訓、五百家本及孟子滕文公補。

〔二〕夫皮冠者是虞人之物也　英華「虞」上無「是」字。

〔三〕交相致以全其工也　詁訓本「工」下無「也」字。句下注「一本『工』字作『公』，下有『者』字」。「者」原作「也」，據五百家本改。

〔四〕未有守官而失道守道而失官者也　音辯、游居敬本及全唐文「失官」下有「之事」二字。按：此句與首段呼應，據文例宜有此二字。

時令論上〔一〕

〔韓曰〕嘗觀孔穎達禮記疏，案鄭目録云：名曰月令者，以其記十二月政之所行也。本吕氏春秋十二月紀之首章，以禮家好事抄合之，後人因題之名曰禮記，言周公所作。其中官名時事多不合周法。今申鄭旨釋之。案吕不韋集諸儒著爲十二月紀，名爲吕氏春秋，篇首皆有月令，與此文同，是一證也。又周無太尉，唯秦官有太尉，而此月令云，乃命太尉，此是官名不同周法，二證也。又秦以十月建亥爲歲首，而月令云，爲來歲授朔日，是九月爲歲終，十月爲授朔，此是時不合周法，三證也。又周有六冕，郊天迎氣，則用大裘，乘玉輅，建太常日月之章，而月令服飾車旗並依時色，此是事不合周法，四證也。故鄭云其中官名時事多不合周法。然案秦始皇十二年不韋死，二十六年并天下，然後以十月爲歲首。歲首用十月，時不韋已死十五年，而不韋不得以十月爲正。又云：周書先有月令，何得云不韋所造？又秦并天下立郡，何得云諸侯？又秦以好兵殺害，毒被天下，何能布德行惠，春不興兵？既如此不同，鄭必謂不韋作者，以吕氏春秋十二月紀正與此同，不過三五字别。且不韋集諸儒所作，爲一代大典，亦採擇善言之事，遵立舊章，但秦自不能依行，何怪不韋所作也？然則月令之書，先儒固已疑之，公曰夏后、周公之典逸矣，信然。

吕氏春秋十二紀，漢儒論以爲月令，措諸禮以爲大法焉。其言有十二月七十有二候，〔二〕

〔孫曰〕每月六候，故十二月爲七十二候。迎日步氣，步，謂推步。以追寒暑之序，類其物宜而逆爲之備，聖人之作也。然而聖人之道，不窮異以爲神，不引天以爲高，利於人，備於事，如斯而已矣。觀月令之説，苟以合五事，配五行，而施其政令，離聖人之道，不亦遠乎？

凡政令之作，有俟時而行之者，有不俟時而行之者。是故孟春修封疆，端徑術，徑，古定切。術，音遂。按禮記當作「遂」。相土宜，無聚大衆。季春利堤防，達溝瀆，音讀。止田獵，備蠶器，合牛馬，百工無悖於時。孟夏無起土功，無發大衆，勸農勉人。仲夏班馬政，聚百藥。此一句在禮記乃孟夏，非仲夏。季夏行水殺草，糞田疇，美土疆，土功、兵事不作。孟秋納材葦。此一句季夏，非孟秋。仲秋勸人種麥。季秋休百工，人皆入室，具衣裘；舉五穀之要，合秩芻，養犧牲；此二句季夏，非是季秋。趣人收斂〔三〕〔張曰〕趣，疾也。逡遇切。〔韓曰〕音促。務蓄菜，此二句仲秋，非作季秋。伐薪爲炭。孟冬築城郭，穿竇窖，〔韓曰〕説文云：竇，空也。窖，地藏也。上音豆，下音教。修囷倉，此四句仲秋，非孟冬。〔韓曰〕説文：囷，廩之圓者也。囷，區倫切。謹蓋藏，才浪切。又如字。勞農以休息之，〔韓曰〕説文云：勞，慰也。朗到切。收水澤之賦。仲冬伐木，取竹箭。季冬講武，習射御；出五穀種，計耦耕，具田器；合諸侯，制百縣輕重之法，貢職之數。〔四〕自「合諸侯」以下至此，季秋，非季冬。斯固俟時而行之，所謂敬授人時者也。其餘郊廟百祀，亦古之遺典，不可以廢。

誠使古之爲政者，非春無以布德和令，行慶施惠，養幼少，省囹圄，〔韓曰〕省，察也，審也。囹圄，獄也。省，息井切。囹，音零。圄，音語。賜貧窮，禮賢者；非夏無以贊傑俊，遂賢良，舉長大，行爵出祿，斷薄刑，決小罪，節嗜慾，靜百官；非秋無以選士厲兵，任有功，誅暴慢，明好惡，修法制，養衰老，申嚴百刑，斬殺必當；丁浪切。非冬無以賞死事，恤孤寡，舉阿黨，〔五〕易關市，來商旅，審門閭，正貴戚近習，罷官之無事者，去器之無用者。則其闕政亦以繁矣，斯固不俟時而行之者也。變天之道，絶地之理，亂人之紀，舍孟春則可以有事乎？作淫巧以蕩上心，舍季春則可以爲之者乎？夫如是，內不可以納於君心，外不可以施於人事，勿書之可也。

又曰：「反時令，則有飄風、暴雨、霜雪、水潦、大旱、沉陰、氛霧、寒暖之氣，大疫、風欬、鼽嚏、瘧寒、疥癘之疾，〔六〕〔張曰〕鼽，月令云：民多鼽嚏。說文云：鼽，病寒鼻塞也。鼽，音求。嚏，丁計切。螟蝗、五穀瓜瓠果實不成、蓬蒿、藜莠並興之異，女災、胎夭傷、水火之訛，寇戎來入相掠、兵革並起、道路不通、邊境不寧、土地分裂、四鄙入堡、〔韓曰〕說文：堡，堤也，墇也。堡，音保。流亡遷徙之變。」若是者，特瞽史之語，非出於聖人者也。〔七〕然則夏后、周公之典逸矣。〔孫曰〕夏小正、周時訓，二書名。夏后、周公之典謂此也。

校勘記

〔一〕時令論上題下注「又秦以十月建亥爲歲首」。「十月」原作「十二月」。又，「爲來歲授朔日」。

「授」原作「受」。均據禮記月令孔穎達疏改。「十月爲授朔」。「爲」下原脱「授」字，據詁訓本及禮記月令孔穎達疏補。「二十六年幷天下」。「二十六」原作「十六」，據世綵堂本及史記卷六秦始皇本紀改。

〔二〕其言有十二月七十有二候　「有十二月」，詁訓本作「十有二月」，近是。

〔三〕趣人收斂　「收」，五百家、世綵堂本作「牧」。按：禮記月令原文作「趣民收斂」。「人」，係避唐太宗李世民諱改字。

〔四〕制百縣輕重之法貢職之數　「職」，音辯本及英華、游居敬本、全唐文作「賦」。按：禮記月令原文作「職」。

〔五〕恤孤寡舉阿黨　「舉」，蔣之翹本作「察」。並注云：「『察』，諸本皆作『舉』字，無理。按此句呂覽作『察阿上亂法者』，禮記作『察阿黨』，其爲『察』字甚明。柳子蓋用禮記全文也。」何焯義門讀書記云：「『舉阿黨』，月令作『察阿黨』，柳子祖諱察躬，故爲『舉』。」按：何說近是。

〔六〕大疫風欬鼽嚏瘧寒疥癘之疾句下注　「月令云：民多鼽嚏」。「民」原作「人」，「嚏」原作「鼽」，據禮記月令改。

〔七〕非出於聖人者也　「出」下原脱「於」字，據音辯、世綵堂本及英華、游居敬本、全唐文補。

時令論下

或者曰：「月令之作，所以爲君人者法也。〔一〕蓋非爲聰明睿智者爲之，將慮後代有昏昧傲誕而肆于人上，忽先王之典，舉而廢之，近而取之，若陳、隋之季是也。故取仁義禮智信之事，附于時令，俾時至而有以發之也。不爲之時，一無「時」字。將因循放蕩，而皆無其意焉爾。於是又爲之言五行之反戾、相盪、相摩、妖災之説，以震動于厥心，古之所以防昏亂之術也。今子發而揚之，使前人之奥秘布露顯明，則後之人而又何憚耶？」

曰：聖人之爲教，立中道以示于後。曰仁、曰義、曰禮、曰智、曰信，謂之五常，言可以常行者也。「行」字下一有「之」字。防昏亂之術，爲之勤勤然書於方册，興亡治亂之致，永守是而不去也。未聞其威之以怪，而使之時而爲善，〔二〕所以滋其怠傲而忘理也。語怪而威之，所以熾其昏邪淫惑，而爲禱禳、厭勝、鬼怪之事，以大亂于人也。且吾子以爲畏册書之多，孰與畏人之言？使諤諤者言仁義利害，焯乎列于其前而猶不悟，〔韓曰〕焯，説文曰：明也。音灼。奚暇顧月令哉？是故聖人爲大經，以存其直道，將以遺後世之君臣，必言其中正，而去其奇衺。〔孫曰〕奇衺，不正也。上居宜切，下與「邪」字同。二字出周禮。其有嚚然而不顧者，〔韓曰〕説文云：嚚，語聲也。左氏：口不道忠信之言爲嚚。嚚，魚巾切。雖聖人復生，無如之何，又何册書之有？

若陳、隋之季，暴戾淫放，則無不爲矣。求之二史，豈復有行月令之事者乎？然而其臣有勁悍者，爭而與之言先王之道，猶十百而一遂焉。然則月令之無益於陳、隋亦固矣。〔三〕立大中，去大惑，捨是而曰聖人之道，吾未信也。用吾子之説罪我者，雖窮萬世，吾無憾焉爾。

校勘記

〔一〕月令之作所以爲君人者法也　音辯、游居敬本及全唐文「作」在「所」後。

〔二〕而使之時而爲善　世綵堂本注：「一又有『使之時而爲善』六字。」

〔三〕然則月令之無益於陳隋亦固矣　「固」，英華作「明」。

斷刑論上 文闕

斷刑論下 斷，都玩切。

余既爲斷刑論，或者以釋刑復於余，其辭云云。余不得已而爲之一言焉。

夫聖人之爲賞罰者非他，所以懲勸者也。賞務速而後有勸，罰務速而後有懲。必曰賞以春夏而刑以秋冬，〔一〕〔孫曰〕二句左傳襄公二十六年蔡大夫聲子之言。而謂之至理者，僞也。使秋冬爲善者，一無「冬」字。必俟春夏而後賞，則爲善者必怠；春夏爲不善者，一無「夏」字。必俟秋冬而後罰，則爲不善者必懈。〔韓曰〕説文云：懈，怠也。居隘切。已下並同。爲善者怠，爲不善者懈，是驅天下之人而入於罪也。驅，音區。下同。驅天下之人入於罪，〔二〕又緩而慢之，以滋其懈怠，此刑之所以不措也。必使爲善者不越月踰時而得其賞，則人勇而有勸焉；爲不善者不越月踰時而得其罰，則人懼而有懲焉。爲善者日以有勸，爲不善者日以有懲，〔三〕是驅天下之人而從善遠罪也。驅天下之人而從善遠罪，是刑之所以措而化之所以成也。

或者務言天而不言人，是惑於道者也。胡不謀之人心，以熟吾道？〔韓曰〕「熟」或作「孰」，非是。當取孟子「仁亦在夫熟之而已」之意。吾道之盡，而人化矣。是知蒼蒼者焉能與吾事，〔四〕而暇知之哉？果以爲天時之可得順，大和之可得致，則全吾道而得之矣。全吾道而不得者，非所謂天也，〔五〕非所謂大和也，是亦必無而已矣。又何必枉吾之道，曲順其時，以諂是物哉？吾固知順時之得天，不如順人順道之得天也。何也？使犯死者自春而窮其辭，欲死不可得。貫三木，〔孫曰〕後漢范滂傳：皆三木囊頭。三木，項、手、足皆有械。司馬遷曰：魏其，大將也，衣赭，關三木。加連鎖，而致之獄。更大暑者數月，〔六〕癢不得搔，蘇曹切。痺不得搖，〔韓曰〕説文云：痺，足氣不至病。

痺，必至切。痛不得摩，饑不得時而食，渴不得時而飲，目不得瞑，〔七〕〔韓曰〕說文云：瞑，目不明也。瞑，莫定切。支不得舒，怨號之聲，怨號，並平聲。聞於里人，如是而大和之不傷，天時之不逆，是亦必無而已矣。彼其所宜得者，死而已也，又若是焉何哉？

或者乃以爲：「雪霜者，天之經也；雷霆者，天之權也。非常之罪，不時可以殺，人之權也；當刑者必順時而殺，人之經也。」是又不然。夫雷霆雪霜者，特一氣耳，非有心於物者也；聖人有心於物者也。春夏之有雷霆也，或發而震，破巨石，裂大木，木石豈爲非常之罪也哉？秋冬之有霜雪也，舉草木而殘之，草木豈有非常之罪也哉？彼豈有懲於物也哉？彼無所懲，則效之者惑也。

果以爲仁必知經，智必知權，〔八〕是又未盡於經權之道也。何也？經也者，常也；權也者，達經者也。皆仁智之事也。離之，滋惑矣。經非權則泥，權非經則悖。〔九〕是二者，强名也。曰當，丁浪切。下同。斯盡之矣。當也者，大中之道也。離而爲名者，大中之器用也。知經而不知權，不知經者也；知權而不知經，不知權者也。偏知而謂之智，不智者也；偏守而謂之仁，不仁者也。知經者，不以異物害吾道；知權者，不以常人怫吾慮。〔一〇〕合之於一而不疑者，信于道而已者也。〔一一〕

且古之所以言天者，蓋以愚蚩蚩者耳，〔孫曰〕說文云：蚩蚩，敦厚貌。非爲聰明睿智者設也。

或者之未達，不思之甚也。

校勘記

〔一〕必曰賞以春夏而刑以秋冬　英華、文粹「夏」下均無「而」字。按：此句引自左傳，原文無「而」字。

〔二〕驅天下之人入於罪　英華、文粹「人」下有「而」字。按：此句與下文「驅天下之人而從善遠罪」句相對，有「而」字近是。

〔三〕爲不善者日以有懲　「日」，世綵堂本作「月」。

〔四〕是知蒼蒼者焉能與吾事　文粹及何焯校本「是」下無「知」字，疑是。

〔五〕非所謂天也　按上下文，疑「天」下脱一「時」字。

〔六〕而致之獄更大暑者數月　「更」原作「吏」，據音辯、詁訓本、英華、游居敬、蔣之翹本及全唐文改。按：如作「吏」，在「吏」下斷句，雖亦可通，但文氣不如作「更」連貫。

〔七〕目不得瞑句下注　「説文云：瞑，目不明也」。「目」上原有「眸」字，據五百家本及説文删。

〔八〕果以爲仁必知經智必知權　詁訓本及英華「仁」下還有一「仁」字。英華「智」上並有「果以爲智」四字。何焯校本亦增此四字。

〔九〕經非權則泥權非經則悖　原作「經非權則悖」，脱「泥權非經則」五字，據取校諸本補。

〔一〇〕不以常人佛吾慮　「佛」，英華作「拂」。

〔一一〕信於道而已者也　英華「已」下無「者」字，疑是。文粹、全唐文「者也」作「矣」。

辯侵伐論

在集賢院爲徵天下兵討淮西作。〔孫曰〕德宗貞元十五年三月甲寅，淮西節度使吴少誠反，遣兵襲唐州，掠百姓千餘人而去。九月丙辰，詔削奪少誠官爵，令諸道進兵討之。時公爲集賢殿正字作也。〔韓曰〕公此論意謂淮右一方負固，似不足以動天下之兵，誠有此理。然自少誠死，元濟繼立，十有八年而兵不解，迄憲宗元和十二年，始克平之。則前日之所以申其惡於天下者，亦所不免哉！

春秋之説曰：「凡師有鍾鼓曰伐，無曰侵。」〔孫曰〕莊二十九年左氏之文。周禮大司馬九伐之法曰：「賊賢害人則伐之，〔一〕負固不服則侵之。」〔孫曰〕負，恃也。固，險固也。

然則所謂伐之者，聲其惡於天下也。聲其惡於天下，必有以厭于天下之心，夫然後得行焉。古之守臣有朘人之財，〔韓曰〕朘，縮也。音宣。「朘」字一作「没」，一作「私」，一作「傷」。危人之生而又害賢人者，内必棄於其人，外必棄於諸侯，從而後加伐焉，動必克矣。然猶校德而後舉，量力而後會，備三有餘而以用其人：〔二〕一曰義有餘，二曰人力有餘，三曰貨食有餘。是三者大備，則又立其禮，正其名，修其辭。其害物也小，則誥誓徵令不過其鄰；雖大，不出所暴；非有逆天地橫四海者，不以動天下之師。故師不踰時而功成焉。斯爲人之舉也，故公之。公之，而鍾鼓作焉。

夫所謂侵之者，獨以其負固不服而壅王命也。內以保其人，外不犯於諸侯，其過惡不足暴於天下，致文告，修文德，而又不變，然後以師問焉。是爲制命之舉，非爲人之舉也，故私之。私之，故鍾鼓不作。〔三〕斯聖人之所志也。

周道既壞，兵車之軌交於天下，而罕知侵伐之端焉。是故以無道而正無道者有之，以無道而正有道者有之，不增德而以遂威者又有之，故世日亂。一變而至於戰國，而生人耗矣。是以有其力無其財，君子不以動衆；有其力有其財無其義，君子不以帥師。合是三者而明其公私之說，而後可焉。〔四〕嗚呼！後之用師者，有能觀乎侵伐之端，〔五〕則善矣。

校勘記

〔一〕賊賢害人則伐之　「人」，周禮大司馬原文作「民」，此處係避唐太宗李世民諱。

〔二〕備三有餘而以用其人　英華「而」下無「以」字。全唐文「餘」下無「而」字有「以」字。

〔三〕故鍾鼓不作　「鍾鼓」原作「鼓鍾」。按：本文前兩處均作「鍾鼓」，音辯、詁訓、世綵堂本及英華亦作「鍾鼓」，兹據改。

〔四〕而後可焉　何焯校本「可」下有「行」字。

〔五〕有能觀乎侵伐之端　音辯、游居敬本「乎」作「其」，「端」作「論」。

六逆論

〔韓曰〕左氏隱三年傳曰：公子州吁，嬖人之子也，有寵而好兵，公弗禁。石碏諫曰：「愛子教以義方，弗納於邪。驕奢淫佚，所自邪也。且夫賤妨貴、少陵長、遠間親、新間舊、小加大、淫破義，所謂六逆也。君義、臣行、父慈、子孝、兄愛、弟敬，所謂六順也。去順效逆，所以速禍也。」弗聽。公謂石碏之論有不可概者，故從而辨之。

春秋左氏言衛州吁之事，因載六逆之説曰：賤妨貴、少陵長、遠間親、新間舊、小加大、淫破義，六者，亂之本也。余謂「少陵長、小加大、淫破義」，是三者，固誠爲亂矣。然其所謂「賤妨貴、遠間親、新間舊」，雖爲理之本可也，〔一〕何必曰亂？

夫所謂「賤妨貴」者，蓋斥言擇嗣之道，子以母貴者也。若貴而愚，賤而聖且賢，以是而妨之，其爲理本大矣，而可捨之以從斯言乎？此其不可固也。夫所謂「遠間親、新間舊」者，蓋言任用之道也。使親而舊者愚，遠而新者聖且賢，以是而間之，其爲理本亦大矣，又可捨之以從斯言乎？〔二〕必從斯言而亂天下，謂之師古訓可乎？此又不可者也。

嗚呼！是三者，擇君置臣之道，天下理亂之大本也。爲書者，執斯言，著一定之論，以遺後代，上智之人固不惑于是矣；一無「矣」字。自中人而降，守是爲大據，〔三〕而以致敗亂者，「敗」，一作「賊」。固不乏焉。晉厲死而悼公入，乃理；〔韓曰〕晉世家：厲公多外嬖，欲盡去羣大夫而立諸姬兄弟。欒書中行偃襲捕厲公，囚之，迎公子周于周而立之，是爲悼公。悼公曰：「寡人自以疏遠，毋幾爲君。今大夫不忘文、襄之意，而惠立桓叔之後，使得奉晉祀，敢不戰戰乎？」於是逐不臣者七人，修舊功，施德惠。宋襄嗣而子魚退，乃亂；〔四〕〔韓曰〕宋世家：湣公九年，宋大水，魯使臧文仲往弔。公曰：「寡人不能事鬼神，政不修，故水。」臧文仲善此言。此言乃公子子魚教湣公也。及襄公立，十三年，伐鄭。楚伐宋以救鄭。襄公欲戰，子魚諫，公弗聽，遂與楚戰，敗，傷於泓而卒。貴不足尚也。秦用張禄而黜穰侯，乃安；〔韓曰〕張禄，范雎也。穰侯，魏冉也，秦昭王母宣太后弟。先是，穰侯事秦，攻取無虚日。至周赧王四十九年，秦拔魏。范雎説秦王曰：「臣在山東時，聞秦之有太后、穰侯，不聞有王。」王於是廢太后，黜穰侯，以范雎爲相，封應侯。見史記。魏相成璜而疏吴起，乃危；〔韓曰〕成，魏成也，文侯之弟。璜，翟璜也。文侯二十五年，以成爲相。時吴起事魏有功，至武侯立，以田文爲相，起不悦，自是去魏之楚，楚以爲相。事見史。璜，胡光切。親不足與也。苻氏進王猛而殺樊世，乃興；〔韓曰〕晉史：苻堅招王猛，一見如舊。堅繼立，遂以猛爲中書侍郎，日見親幸。特進姑臧樊世與猛爭論於堅前，世欲擊猛，堅怒，斬之。於是羣臣見王猛，皆屏息；堅日熾矣。胡亥任趙高而族李斯，乃滅。〔韓曰〕胡亥，秦二世也。李斯，自始皇時已用於秦，然胡亥常有私於趙高。及即位，高遂誣斯反狀，腰斬咸陽市，夷三族。二世乃以趙高爲相。事見史記。舊不足恃也。顧所信何如耳！然則斯言殆可以廢矣。

噫！古之言理者，罕能盡其說。建一言，立一辭，則臲卼而不安，〔五〕〔童曰〕臲卼，危也。上音孽，下音兀。謂之是可也，謂之非亦可也，混然而已。教於後世，〔六〕莫知其所以去就。明者慨然將定其是非，則拘儒瞽生相與羣而咻之，〔童曰〕咻，說文云：痛念聲。孟子：衆楚人咻之。音休，又況羽切。以爲狂爲怪，而欲世之多有知者可乎？夫中人可以及化者，〔七〕天下爲不少矣，然而罕有知聖人之道，則固爲書者之罪也。

校勘記

〔一〕然其所謂賤妨貴遠間親新間舊雖爲理之本可也　英華、文粹、全唐文「舊」下有「者」字，「爲」上無「雖」字。何焯校本補「者」字。

〔二〕又可捨之以從斯言乎　英華此句下有「此其不可固也」六字一句。疑是。

〔三〕守是爲大據　「是」，音辯、游居敬本作「以」。詁訓本及英華「是」下有「以」字。

〔四〕宋襄嗣而子魚退乃亂句下注　「滑公九年，宋大水」。「九年」原作「七年」，據史記卷三八宋微子世家改。

〔五〕則䠞䟕而不安　「䠞」原作「甈」，據音辯、五百家、游居敬、蔣之翹本及全唐文改。

〔六〕混然而已教於後世　「已」，英華、文粹作「以」。文粹「於」下無「後」字。按：如此，則七字當連讀，然似不如作「已」字斷句更好。

〔七〕夫中人可以及化者　「人」上原無「中」字，據音辯、詁訓本、英華、文粹、游居敬本及全唐文補。又，「可」下「以」字，世綵堂本作「知」，疑誤。

柳宗元集卷四

議辯

晉文公問守原議

〔韓曰〕唐自德宗懲艾泚賊，故以左右神策、天威等軍，委宦者主之，置護軍中尉、中護軍，分提禁兵，威柄下遷，政在宦人。其視晉文問原守於寺人尤甚。公此議雖曰論晉文之失，其意實憫當時宦者之禍。逮憲宗元和十五年，而陳弘志之亂作，公之先見，至是驗矣。

晉文公既受原於王，難其守。問寺人𡟯鞮，以畀趙衰。〔孫曰〕左氏僖二十五年傳：晉侯朝王，王與之陽樊、温、原、欑茅之田。陽樊不服，圍之，出其民。冬，晉侯圍原，原又不降，命去之。退一舍而原降。晉侯問原守於寺人𡟯鞮，對曰：「昔趙衰以壺飧從徑，餒而弗食。」故使處原。𡟯，音孛。鞮，音低。史記或作「履鞮」，或作「𡟯鞮」。注云：𡟯鞮，披也。衰，初危切。晉大夫。余謂守原，政之大者也，所以承天子，樹霸功，致命諸侯，不宜謀及媟近，媟，嬻也。音薛。以忝王命。而晉君擇大任，不公議於朝，而私議於宫；不博謀於卿相，而獨謀於寺人。雖或衰之賢足以守，國之政不爲敗，而賊賢失政之端，由是滋矣。況當其時不乏言議之臣乎？狐偃爲謀臣，先軫將中軍，〔一〕〔韓曰〕時楚圍宋，宋如晉告急。先軫、狐偃爲晉謀，若伐曹、衞，楚必救之，則宋免矣。於是晉作三軍，狐偃將上軍，先軫將中軍。事見史。晉君疏而不咨，外而不求，乃卒定於内豎，音樹。其可以爲法乎？且晉君將襲齊桓之業，襲，音習。以翼天子，乃大志也。然而齊桓任管仲以興，進豎刁以敗。〔二〕〔韓曰〕周莊王十二年，齊桓公立。鮑叔牙曰：「君欲伯王，非管夷吾不可。」公從之。自仲用，而齊以大治。及桓公四十一年，管仲病，桓公以豎刁、易牙、開方三子問誰可相？仲歷數其不可。公卒用三子，而三子專權。自是，因内寵殺羣吏，擅廢立，無所不至矣。則獲原啓疆，適其始政，所以觀示諸侯也，而乃背其所以興，跡其所以敗。然而能霸諸侯者，以土則大，以力則强，以義則天子之册也。誠畏之矣，烏能得其心服哉！其後景監得以相衞鞅，〔三〕〔童曰〕按史，景監，秦孝公之寵臣也。衞鞅，公孫氏，衞之諸庶孽公子。始事魏相公叔痤，其後去魏之秦，因景監以見孝公，凡一再以帝王爲説，孝公不納，終獻强國之説，孝公始善之，謂景監曰：「汝客可與語矣。」鞅遂用於秦。鞅，於亮切。弘、石得以殺望之，〔童曰〕按史，弘恭、石顯自宣帝時，久典樞機，元帝即位，委以政事。蕭望之等建白，以爲中書政本，國家樞機，用宦者非古制也。宜罷中書宦官，應古不近刑人之義。由是恭、顯遂譖望之，令自殺。誤之者晉文公也。「誤」，一作「設」。

嗚呼！得賢臣以守大邑，則問非失舉也，蓋失問也。一作「問非失問，舉非失舉」。然猶羞當時陷後代若此，況於問與舉又兩失者，其何以救之哉？余故著晉君之罪，以附春秋許世子止、趙盾之義。〔四〕〔韓曰〕左氏宣公二年傳云：趙穿攻靈公於桃園，宣子未出山而復。太史書曰：「趙盾弒其君。」以示於朝。昭公十九年傳云：許悼公瘧。五月，飲太子之藥而卒。太子奔晉。書曰：「弒其君。」盾，宣子名也。盾，徒本切。

校勘記

〔一〕狐偃爲謀臣先軫將中軍句下注 「狐偃將上軍」。史記卷三九晉世家作「狐偃將上軍，狐毛佐之」。按：原注及史記均不確切。左傳僖公二十七年載：「使狐偃將上軍，讓於狐毛而佐之。」原注「狐偃將上軍」，當爲「狐毛將上軍，而狐偃佐之」。「先軫將中軍」。按：此係僖公二十八年事。而在僖公二十七年，「欒枝將下軍，先軫佐之」，時先軫尙爲下軍佐。

〔二〕齊桓任管仲以興進豎刁以敗句下注 「周莊王十二年，齊桓公立」。「十二年」原作「十一年」，據史記卷一四十二諸侯年表及卷三二齊太公世家改。

〔三〕其後景監得以相衞鞅句下注 「始事魏相公叔痤」。原脫「叔」字，據五百家、世綵堂本及史記卷六八商君列傳補。

〔四〕以附春秋許世子止趙盾之義句下注 「昭公十九年」。「十九」原作「二十九」，據詁訓、五百家本及左傳昭公十九年改。「許悼公瘧」。「瘧」原作「疾」，據詁訓本及左傳昭公十九年改。

駁復讎議〔一〕

〔童曰〕徐元慶復讎事見本篇。唐史孝友傳載：左拾遺陳子昂議誅元慶，然後旌其閭墓，時韙其言。後禮部員外郎柳宗元駁云云。韓文公亦有此議，見于集。駁，音剥。

臣伏見天后時，有同州下邽人徐元慶者，〔二〕父爽爲縣吏趙師韞所殺，〔三〕〔孫曰〕師韞時爲下邽尉。韞，音藴。卒能手刃父讎，束身歸罪。〔孫曰〕後師韞爲御史，元慶變姓名於驛家傭力。久之，師韞以御史舍亭下，元慶手刃之，自囚詣官。當時諫臣陳子昂建議誅之而旌其閭，〔四〕〔孫曰〕時議者以元慶孝烈，欲捨其罪。子昂建議，以爲國法專殺者死，元慶宜正國法，然後旌其閭墓，以褒其孝義可也。議者以子昂爲是。且請編之於令，永爲國典。臣竊獨過之。

臣聞禮之大本，以防亂也，〔五〕若曰無爲賊虐，凡爲子者殺無赦；刑之大本，亦以防亂也，若曰無爲賊虐，凡爲理者殺無赦。「理」，一作「治」。其本則合，其用則異，旌與誅莫得而並焉。一本作「不得並也」。誅其可旌，茲謂濫，黷刑甚矣；〔韓曰〕説文云：黷，握持垢也。黷，音讀。旌其可誅，茲謂僭，〔孫曰〕左傳：善爲國者，賞不僭，刑亦不濫。壞禮甚矣。果以是示于天下，傳于後代，趨義者不知所以向，違害者不知所以立，以是爲典可乎？

蓋聖人之制，窮理以定賞罰，本情以正褒貶，統於一而已矣。嚮使刺讞其誠僞，〔童曰〕讞，議罪也。魚列、魚戰、語蹇三切。考正其曲直，原始而求其端，則刑禮之用，判然離矣。何者？若元慶之父，〔六〕不陷於公罪，師韞之誅，獨以其私怨，奮其吏氣，虐于非辜，州牧不知罪，刑官不知問，上下蒙冒，籲號不聞；〔張曰〕籲，呼也。書：無辜籲天。號，音豪。下同。而元慶能以戴天爲大耻，枕戈爲得禮，〔孫曰〕禮記：父之讎，不與共戴天。又曰：居父母之讎，如之何？夫子曰：「寢苫，枕干不仕，弗與共天下也。」處心積慮，以衝讎人之胸，讎，是周切。介然自克，卽死無憾，是守禮而行義也。執事者宜有慚色，將謝之不暇，而又何誅焉？其或元慶之父，不免於罪，師韞之誅，不愆於法，是非死於吏也，是死於法也。法其可讎乎？讎天子之法，而戕奉法之吏，戕，音牆。是悖驁而凌上也。悖，音孛。驁，音傲。執而誅之，所以正邦典，而又何旌焉？

且其議曰：「人必有子，子必有親，親親相讎，其亂誰救？」是惑於禮也甚矣。禮之所謂讎者，蓋以寃抑沉痛，而號無告也；非謂抵罪觸法，陷于大戮。而曰「彼殺之，我乃殺之」，不議曲直，暴寡脅弱而已。其非經背聖，不以甚哉！〔七〕一作「不亦甚哉」。周禮：「調人掌司萬人之讎。」凡殺人而義者，令勿讎，讎之則死。」「有反殺者，邦國交讎之。」又安得親親相讎也？春秋公羊傳曰：「父不受誅，子復讎可也。父受誅，子復讎，此推刃之道。〔八〕復讎不除害。」〔孫曰〕定四年公羊傳之文。注云：一往一來曰推刃。不除害，謂取讎身而已，不得兼其子。今若取此以斷兩下相殺，則合於禮矣。且夫不忘讎，孝也；不愛死，義也。元慶能不越於禮，服孝死義，是必達理而聞道者也。夫達理聞道之人，豈其以王法爲敵讎者哉？議者反以爲戮，〔九〕黷刑壞禮，其不可以爲典，明矣。

請下臣議，附于令，有斷斯獄者，不宜以前議從事。謹議。

校勘記

〔一〕駁復讎議　英華題作「復讎議」。

〔二〕有同州下邽人徐元慶者　「徐元慶」，文粹作「徐君先」。以下「元慶」文粹亦均作「君先」。按：新唐書卷一九五孝友傳議復讎事均作「徐元慶」。

〔三〕父爽爲縣吏趙師韞所殺　詁訓本及文粹「父」下無「爽」字。音辯本「縣吏」作「縣尉」。按：新唐書孝友傳有「爽」字，「吏」作「尉」。

〔四〕而旌其閭句下注　「然後旌其閭墓」。「然」下原脱「後」字，據世綵堂本及新唐書孝友傳補。

〔五〕臣聞禮之大本以防亂也　詁訓本及英華、文粹「以」上有「蓋」字，疑是。

〔六〕若元慶之父　「元慶」原作「君」，據五百家、世綵堂本及英華改。蔣之翹本此句下注云：「『元慶』二字或只作『君』字，非是。」

〔八七〕不以甚哉句下注　「一作『不亦甚哉』。」音辯本及英華、文粹「以」均作「亦」，近是。

〔八八〕此推刃之道　春秋公羊傳定公四年此句原文「推」上無「此」字，「道」下有「也」字。

〔八九〕議者反以爲戮　文粹「議」上有「而」字。按文氣有「而」字近是。

桐葉封弟辯

〔韓曰〕史記晉世家：成王與叔虞戲，削桐葉爲珪，以與叔虞曰：「以此封若。」史佚因請擇日立之。成王曰：「吾與之戲耳。」史佚曰：「天子無戲言。」於是遂封叔虞於唐。此則桐葉封弟，史佚成之，明矣。若曰周公入賀，史不之見。〔孫曰〕事又見劉向說苑。〔黄曰〕觀經而不盡信於經，始可與言經；觀史而不盡信於史，始可與言史。經史猶有不可信者，阨於灰燼之餘，汨於異論之學也。謂伊尹以滋味干湯，謂西伯以陰謀傾商政，遷史每每如此，豈特剪桐一事誣周公哉！讀遷史者，當知其爲實録，又當知史之失，自遷始。

古之傳者有言，成王以桐葉與小弱弟，〔一〕戲曰：「以封汝。」周公入賀。世家作「史佚」，見題注。王曰：「戲也。」周公曰：「天子不可戲。」乃封小弱弟於唐。〔孫曰〕謂唐叔虞。

吾意不然。王之弟當封耶？周公宜以時言於王，不待其戲而賀以成之也；不當封耶？周公乃成其不中之戲，中，去聲。以地以人與小弱者爲之主，其得爲聖乎？且周公當，並如字。

以王之言，不可苟焉而已，必從而成之耶？設有不幸，王以桐葉戲婦寺，亦將舉而從之乎？凡王者之德，在行之何若。設未得其當，雖十易之不爲病；要於其當，二「當」字，丁浪切。不可使易也，而況以其戲乎？若戲而必行之，是周公教王遂過也。

吾意周公輔成王，宜以道，從容優樂，要歸之大中而已，必不逢其失而爲之辭。〔孫曰〕逢，謂逢迎也。孟子曰：「逢君之惡其罪大。」又不當束縛之，馳驟之，使若牛馬然，急則敗矣。且家人父子尚不能以此自克，況號爲君臣者耶？是直小丈夫䚘䚘者之事，〔孫曰〕老子：其政察察，而其民缺缺。缺缺，小智貌，與「䚘䚘」同。䚘，傾雪切。非周公所宜用，故不可信。

或曰：封唐叔，史佚成之。〔童曰〕史佚，周武王時太史尹佚也。佚，音逸。

校勘記

〔一〕成王以桐葉與小弱弟　「小弱弟」，英華作「少弟」。

辯列子

〔孫曰〕漢志：列子八篇。先於莊子，莊子稱之。〔韓曰〕公謂列子當在魯穆公時，其曰鄭穆公時，非是。言實信然。蓋嘗考之，鄭穆公立於周襄王二十五年，則其生當在周莊、惠王之際，其去孔子生於周靈王之二十年，誠幾百年。若列子當鄭穆公時，則是先夫子而生已若干年。今觀其書，乃有仲尼篇，且多所紀述夫子及諸門弟子事，則列子當生魯穆公時，而非鄭穆公時決矣。一字之誤乃爾哉！魯穆公之立，在夫子既没之後云。〔黄曰〕列子之書，其言皆出於列子之後。文子之書，或合孟子數家之旨，亦可謂駁而不純矣。而不甚斥於柳子者，蓋君子論人，愛憎有權。陽虎竊寶玉、大弓，乃魯之賊，而「爲富不仁」之言，孟子稱之於七篇，憎而知其善者也。子厚之於二書，亦孟子取陽貨之意歟？

劉向古稱博極羣書，然其録列子，獨曰鄭穆公時人。〔孫曰〕鄭穆公，名蘭。穆公在孔子前幾百歲，列子書言鄭國，皆云子産、鄧析，不知向何以言之如此？史記：鄭繻公二十五年，〔一〕繻，音須。楚悼王四年，圍鄭，鄭殺其相駟子陽。子陽正與列子同時。是歲，周安王四年，〔二〕秦惠公、韓烈侯、趙武侯二年，〔三〕魏文侯二十七年，燕釐公五年，釐，虚其切。古文僖字。齊康公七年，宋悼公六年，魯穆公十年。〔孫曰〕此皆據史記年表。不知向言魯穆公時遂誤爲鄭耶？不然，何乖錯至如是？

其後張湛徒知怪列子書〔孫曰〕湛，字處度，東晉人，注列子。言穆公後事，亦不能推知其時。然其書亦多增竄，非其實。要之，莊周爲放依其辭，放，方往切。其稱夏棘、狙公、紀渻子、季咸等，渻，音省。皆出列子，不可盡紀。雖不概於孔子道，然其虛泊寥闊，居亂世，遠於利，禍不得逮乎身，而其心不窮。易之「遁世無悶」者，其近是歟？余故取焉。其文辭類莊子，而尤質厚，少爲作，好文者可廢耶？〔四〕其楊朱、力命，疑其楊子書。其言魏牟、孔穿皆出列子後，不可信。然觀其辭，亦足通知古之多異術也，讀焉者慎取之而已矣。

校勘記

〔一〕史記鄭繻公二十五年　「二十五年」原作「二十四年」，據史記卷一五六國年表改。按：柳文此處所云「圍鄭，鄭殺其相駟子陽」，事在楚悼王四年，即鄭繻公二十五年。

〔二〕周安王四年　「四年」，原作「三年」。全唐文及史記六國年表作「四年」，何焯義門讀書記亦云：「當是四年。」今據改。

〔三〕秦惠公韓烈侯趙武侯二年　「秦惠公」原作「秦惠王」，據全唐文、何焯義門讀書記及史記卷一五六國年表改。「趙武侯」，史記六國年表及卷四三趙世家均作「趙武公」，然史記會注考證云：「前烈侯、後敬侯，不應武獨稱公。」疑作「侯」是。

〔四〕好文者可廢耶　世綵堂本「可」字上注：「一本有『其』字。」

辯文子〔一〕

〔孫曰〕漢志：文子九篇。與孔子同時，而稱周平王問，似依託者也。按文子稱墨子，墨子稱吳起，皆周安王時人。〔韓曰〕史記范蠡傳：文子，姓辛，名研，文子其字也。葵丘濮上人，號曰計然，其書十二篇。按唐藝文志有徐靈府注，有李暹訓注。其學蓋受於老子。或者謂此書，特文子録老子遺言爲十二篇，且劉向所録止九卷，今覩公之文，與藝文志及徐、李所注卷數皆合，豈徐、李有以析之歟？

文子書十二篇，其傳曰老子弟子。其辭時有若可取，〔二〕其指意皆本老子。然考其書，蓋駁書也。其渾而類者少，竊取他書以合之者多。凡孟、管輩數家，皆見剽竊，嶢然而出其類。嶢，山高貌。音堯。字或從堯。其意緒文辭，叉牙相抵而不合。〔韓曰〕說文云：叉，手指相錯。牙，齒也。象上下相錯之形。叉，初加切。牙，朱加切。不知人之增益之歟？或者衆爲聚斂以成其書歟？然觀其往往有可立者，又頗惜之，憫其爲之也勞。今刊去謬惡亂雜者，取其似是者，又頗爲發其意，藏於家。

校勘記

〔一〕辯文子題下注　「文子，姓辛，名研」。「研」原作「妍」，據五百家、世綵堂本及史記卷一二九貨殖列傳集解改。

〔二〕其辭時有若可取　世綵堂本注：「一去『若』字。」

論語辯二篇

上篇

〔韓曰〕公疑論語非成於孔子諸弟子之手。然聖門師弟子道統之傳，咸出此書。或曾子諸弟子成之。其亦必有自來矣。

或問曰：儒者稱論語孔子弟子所記，信乎？曰：未然也。孔子弟子，曾參最少，少孔子四十六歲。〔韓曰〕夫子生於周靈王二十年，曾子生於周敬王十五年。〔孫曰〕孔子卒時七十二，曾子年二十六。曾子老而死。是書記曾子之死，則去孔子也遠矣。曾子之死，孔子弟子略無存者矣。吾意曾子弟子之爲之也。何哉？且是書載弟子必以字，獨曾子、有子不然。由是言之，弟子之號之也。

然則有子何以稱子？曰：孔子之歿也，諸弟子以有子爲似夫子，立而師之。其後不能對諸子之問，乃叱避而退，〔孫曰〕孔子既歿，諸弟子思慕，有若狀似孔子，弟子相與立爲師，師之如夫子時也。他日，弟子有所問，有若默然無以應。弟子起曰：有子避之，此非子之座也。則固嘗有師之號矣。今所記獨曾子最後死，余是以知之。蓋樂正子春、子思之徒〔孫曰〕二人曾子弟子。與爲之爾。或曰：孔子弟子嘗雜記其言，然而卒成其書者，曾氏之徒也。

下篇

〔韓曰〕此篇論堯曰首章之言，謂夫子素所諷道之辭，誠得其旨。蓋揖遜征伐之事，皆萃此數語間，非聖人諷道之餘，其何以表見於後世者耶？〔黄曰〕孔安國之疏，謂堯曰之文，爲明天道，垂訓將來，誠有得夫聖人之心。柳子亦謂堯曰之言，爲聖人之大志，其智足以知聖人，亦不減於孔氏矣。

堯曰：「咨，爾舜！天之曆數在爾躬，四海困窮，〔孫曰〕論語注云：困，極。窮，盡。言極盡四海，皆服其化。天禄永終。」舜亦以命禹，曰：「余小子履，履，湯名。敢用玄牡，〔孫曰〕夏尚黑，時未改夏色，故猶用黑牡。敢昭告于皇天后土，有罪不敢赦。萬方有罪，罪在朕躬。朕躬有罪，無以爾萬方。」

或問之曰：論語書記問對之辭爾。今卒篇之首，章然有是，何也？

柳先生曰：論語之大，莫大乎是也。是乃孔子常常諷道之辭云爾。諷，誦也。方鳳切。彼孔子者，覆生人之器者也。〔一〕覆，蓋也。敷救切。上之堯、舜之不遭，「上之」，一作「上言」。而禪不及己；禪，音擅。下之無湯之勢，「下之」，一作「下言」。而己不得爲天吏。生人無以澤其德，日視聞其勞死怨呼，而己之德涸然無所依而施，〔二〕涸，竭也。音鶴。故於常常諷道云爾而止也。此聖人之大志也，無容問對於其間。弟子或知之，或疑之不能明，相與傳之。故於其爲書也，卒篇之首，嚴而立之。

校勘記

〔一〕覆生人之器者也　音辯、詁訓本「也」上無「者」字。

〔二〕而己之德涸然無所依而施　「涸然」，音辯本作「涸焉」。

辯鬼谷子

〔韓曰〕史記蘇秦傳注云：鬼谷子，戰國時隱居潁川陽城之鬼谷，因以自號。蘇秦、張儀師之，受縱橫之事。其書三卷，唐藝文志有樂臺注，有尹知章注。然其書敍謂此書卽授秦、儀者。捭闔之術十三章，本經、持樞、中經三卷，又有梁陶弘景注。今公又謂有元冀者爲之指要，唐史遂以蘇秦爲鬼谷子，誤矣。

元冀好讀古書，然甚賢鬼谷子，爲其指要幾千言。

鬼谷子要爲無取，一作「能」。漢時劉向、班固録書無鬼谷子。鬼谷子後出，而險盭峭薄，

〔韓曰〕說文云：盭，戾也。音戾。恐其妄言亂世，難信，學者宜其不道。而世之言縱横者，時葆其書。葆，寶也。音保。尤者，晚乃益出七術，〔孫曰〕鬼谷子書下篇，有陰符七術，謂盛神法五龍、養志法靈龜、實意法騰蛇、分威法伏熊、散勢法鷙鳥、轉圓法猛獸、損兑法靈蓍七章是也。怪謬異甚，不可考校，其言益奇，如字。而道益陿，陿，阸也。音洽。使人狙狂失守，狙，猿屬。子余切。而易於陷墜。〔補注〕晁氏讀書志曰：公論鬼谷子書如此，而來鵠亦云，鬼谷子昔教人詭給激訐揣測憸滑之術，悉備於章。學之者唯儀、秦而已。欲知是書者，二子之言略盡之。幸矣，人之葆之者少。今元子又文之以指要，嗚呼，其爲好術也過矣！〔黄曰〕治異端者塞其源，去惡木者拔其本。儀、秦縱横，孟子以妾婦處之，荀卿以詐人待之，衛瑄以亂國政責之。愚謂二子不足罪。使無鬼谷之學，則朝縱暮横，孰從而師事之？故欲閑先聖之道，距縱横之術者，不可使鬼谷之言一日得行於天下也。元冀何人？作爲指要，妄以七術表而出之，無意援溺而反推波助瀾。元生區區，自鄶無譏，愚恐當塗之士嗜痔逐臭，則誤天下必甚矣。

辯晏子春秋

〔韓曰〕晏子，齊晏嬰也。其書十二篇，唐藝文志皆載之。公謂不當列之儒家中，今觀其書，信然。

司馬遷讀晏子春秋，高之，而莫知其所以爲書。或曰晏子爲之，而人接焉；或曰晏子之後爲之，皆非也。吾疑其墨子之徒有齊人者爲之。墨好儉，晏子以儉名於世，故墨子之徒尊著其事，以增高爲己術者。且其旨多尚同、兼愛、〔孫曰〕墨子有尚同三篇。又孟子曰：「墨子兼愛，是無父也。」非樂、節用、非厚葬久喪者，是皆出墨子。又非孔子，好言鬼事，非儒、明鬼，又出墨子。其言問棗及古冶子等，〔一〕〔孫曰〕晏子春秋曰：公孫捷、田開疆、古冶子事景公，勇而無禮。晏子言於公，餽之二桃，曰：「三子計功而食之。」公孫捷曰：「吾持楯而再搏乳虎，可以食桃。」田開疆曰：「吾杖兵而禦三軍者再，可以食桃。」古冶子曰：「吾嘗從君濟河，黿銜左驂以入底柱之流，冶潛行水底，逆流百步，順流九里，得黿而殺之，左牽馬尾，右挈黿頭，鶴躍而出，可以食桃矣。」二子曰：「吾勇不若子，功不逮子，取桃不讓，是貪也；然而不死，無勇也。」皆反其桃，契領而死。古冶子曰：「二子死之，吾獨生，不仁。」亦契領而死。尤怪誕；又往往言墨子聞其道而稱之，此甚顯白者。

自劉向、歆、班彪、固父子，皆録之儒家中。甚矣，數子之不詳也！蓋非齊人不能具其事，非墨子之徒，則其言不若是。後之録諸子書者，宜列之墨家。非晏子爲墨也，爲是書者，墨之道也。

校勘記

〔一〕其言問棗及古冶子等句下注　「黿銜左驂」。「左」原作「右」，據晏子春秋内篇諫下第二改。

辯亢倉子

〔韓曰〕唐藝文志注云：天寶元年詔，號亢倉子爲洞靈真經，求之不獲。襄陽處士王士元謂莊子作庚桑子，太史公、列子作亢倉子，其實一也。取諸子文義類者，補其亡。今此書其士元補亡者耶？宜公有所不取也。史記注：亢，音庚。亢倉子，王邵本作「庚桑子」。司馬彪曰：庚桑，楚人姓名。

太史公爲莊周列傳，稱其爲書，畏累、亢桑子，皆空言無事實。〔韓曰〕史記莊子傳索隱曰：按莊子「畏累虚」，篇名也，即老聃弟子畏累。〔童曰〕「畏累」，或作「喂壘」。莊子音注云：嵔壘，山名。或云在魯，或云在梁州。畏，於鬼切，又烏罪切。累，音壘，又力罪切。今世有亢桑子書，其首篇出莊子，而益以庸言。蓋周所云者尚不能有事實，又況取其語而益之者，其爲空言尤也。劉向、班固録書無亢倉子，而今之爲術者，乃始爲之傳注，以教於世，不亦惑乎！

辯鶡冠子

〔詳注〕西漢藝文志有鶡冠子一篇，下注云：楚人，居深山，不顯名氏，以鶡羽爲冠，因自號焉。唐志亦有鶡冠子三卷。今其爲書凡十九篇。蓋論三才變通古今治亂之道。韓文公云：其博選篇四稽五至之説當矣；學問篇稱賤生於無所用，中流失船，一壺千金者，三讀其詞而悲之，卽此書也。惟世兵篇頗與鵩賦相亂，餘十八篇則否。公之辯，似但見此一篇，故云爾。鶡，似雉，音曷。

余讀賈誼鵩賦，嘉其辭，鵩，音服。而學者以爲盡出鶡冠子。余往來京師，求鶡冠子，無所見；至長沙，始得其書。讀之，盡鄙淺言也，唯誼所引用爲美，餘無可者。吾意好事者僞爲其書，〔一〕反用鵩賦以文飾之，非誼有所取之，決也。

太史公伯夷列傳稱賈子曰：「貪夫殉財，烈士殉名，夸者死權。」〔二〕〔孫曰〕鶡冠子無此語。不稱鶡冠子。遷號爲博極羣書，假令當時有其書，遷豈不見耶？假令真有鶡冠子書，亦必不取鵩賦以充入之者。何以知其然耶？曰：不類。

校勘記

〔一〕吾意好事者僞爲其書　世綵堂本注：「韓本作『吾意好僞者爲其書』。」何焯校本亦有此説。

〔二〕貪夫殉財烈士殉名夸者死權句下注　「鶡冠子無此語」。按：今本鶡冠子作「夸者死權，自貴矜容，列士徇名，貪夫徇財」。

柳宗元集卷五

碑〔一〕

箕子碑〔二〕

〔孫曰〕箕子名胥餘，紂之諸父。

凡大人之道有三：一曰正蒙難，〔孫曰〕蒙，犯也。正蒙難者，以正犯難也。難，乃旦切。二曰法授聖，三曰化及民。殷有仁人曰箕子，〔孫曰〕孔子曰：「殷有三仁焉，微子去之，箕子爲之奴，比干諫而死。」實具茲道，以立于世。故孔子述六經之旨，尤殷懃焉。〔孫曰〕謂下易、詩所載是也。

當紂之時，大道悖亂，天威之動不能戒，〔孫曰〕書：今天動威。聖人之言無所用。進死以併命，誠仁矣，〔韓曰〕謂比干。無益吾祀故不爲；委身以存祀，誠仁矣，〔韓曰〕謂微子。與去吾國故不忍。〔三〕與，音預。具是二道，有行之者矣。是用保其明哲，〔孫曰〕詩：既明且哲，以保其身。與之俯仰，晦是謩範，「謩」，與「謨」同。辱於囚奴，〔孫曰〕書：囚奴正士。正士，卽謂箕子也。昏而無邪，隤而不息。故在易曰「箕子之明夷」，〔孫曰〕夷，傷也。日入地中，明夷之義，故卦曰明夷。正蒙難也。及天命既改，生人以正。乃出大法，〔孫曰〕大法，洪範也。用爲聖師，周人得以序彝倫而立大典。〔孫曰〕書：天乃錫禹洪範九疇，彝倫攸敍。彝倫，常道。故在書曰「以箕子歸，作洪範」，法授聖也。及封朝鮮，〔孫曰〕書傳云：武王釋箕子之囚。箕子不忍周之釋，走之朝鮮。武王聞之，因以朝鮮封之。鮮，音仙。推道訓俗，惟德無陋，惟人無遠，用廣殷祀，俾夷爲華，化及民也。〔四〕〔孫曰〕漢書地理志：箕子去之朝鮮教其民以禮義，田蠶織作。樂浪朝鮮民犯禁八條：相殺以當時償殺；相傷以穀償；相盜者男沒入爲其家奴，女子爲婢，欲自贖者，人五十萬。雖免爲民，俗猶羞之，嫁取無所讎。是以其民終不相盜，無門户之閉，婦人貞信不淫辟。其田民飲食以籩豆。可貴哉，仁賢之化也！率是大道，藂于厥躬，藂，徂紅切。正作「叢」，俗作「藂」。天地變化，我得其正，其大人歟？

於虖！當其周時未至，殷祀未殄，比干已死，微子已去，向使紂惡未稔而自斃，斃，頓也。音敝。武庚念亂以圖存，國無其人，誰與興理？是固人事之或然者也。然則先生隱忍而爲此，〔五〕其有志於斯乎？唐某年作廟汲郡，歲時致祀。〔孫曰〕汲郡，今衞州，紂故都也。嘉先生獨列於易象，作是頌云：

蒙難以正，授聖以謨。宗祀用繁，〔六〕〔孫曰〕自箕子後，傳四十餘世至朝鮮侯準，自稱王。「繁」字一作「緐」。夷民其蘇。〔七〕憲憲大人，〔童曰〕憲憲，興盛貌。見中庸注。音顯。顯晦不渝。聖人之仁，道合隆污。明哲在躬，不陋爲奴。沖讓居禮，不盈稱孤。高而無危，卑不可踰。非死非去，有懷故都。時詘而伸，詘，音屈。卒爲世模。易象是列，文王爲徒。〔孫曰〕易：内文明而外柔順，以蒙大難，文王以之。内難而能正其志，箕子以之。大明宣昭，崇祀式孚。〔孫曰〕謂唐始立廟祀之。古闕頌辭，繼在後儒。

校勘記

〔一〕碑　本卷標目原作「古聖賢碑」。據本書總目及音辯、五百家本改。

〔二〕箕子碑題下注　「箕子名胥餘」。「胥餘」原作「須臾」，據世綵堂本及史記卷三八宋微子世家索隱改。

〔三〕與去吾國故不忍　「去」原作「亡」。按：此處言箕子既不像比干犯顏直諫而死，也不像微子去國而不顧。聯繫下文「比干已死，微子已去」及「非死非去，有懷故都」之句，當作「去」字爲是。茲據詁訓本改。

〔四〕化及民也句下注　「相盜者男沒入爲其家奴」。「相盜」原作「相沒」，據世綵堂本及漢書卷二八下地理志第八下改。「欲自贖者」。「贖」原作「償」，據漢書地理志第八下改。「可貴哉」。「可」上原有「爲」字，據五百家本及漢書地理志第八下删。

〔五〕是固人事之或然者也然則先生隱忍而爲此　濟美堂、蔣之翹本「或然」下無「者也」二字，「則」上無「然」字。

〔六〕宗祀用繁句下注　「『繁』字一作『係』」。按：蔣之翹本注云：「『繁』或作『係』，非是。此以『繁』而爲『繫』，因『繫』而又作『係』也。」蔣說是。

〔七〕夷民其蘇　世綵堂本注：「『夷』一作『裔』」。

道州文宣王廟碑〔一〕

〔童曰〕唐書歸崇敬傳贊引此碑。〔黄曰〕薛伯高評十哲之科，妄出後世，而開元之祀，非夫子志，是已失矣。子厚於碑反指爲確論。宋子京贊唐史，灼見其非，追咎薛氏，而子厚之失以俟來者，愚請畢之。夫顏淵以下十人，皆孔門高弟顯顯間出者，謂非盡其徒可乎？取其所長，序以四科，萬世而後知有聖言品題，不敢擬議，可謂後世之妄乎？李元瓘雖非名臣，而請祀十哲，列爲坐像，務尊師重道，是先王未之有，可以義起，何害其爲夫子志乎？嗟夫！伯高妄論之於前，柳子溢美之於後，微景文之論，則薛得爲賢守，柳得爲通儒。

謹案某年月日，〔韓曰〕按集有斥鼻亭神記，云：元和九年，河東薛公由刑部郎中刺道州。此云某年，卽元和九年也。儒師河東薛公伯高，〔二〕〔孫曰〕伯高名景晦。由尚書刑部郎中爲道州。明年二月丁亥，〔三〕〔韓曰〕卽元和十年。公用牲幣祭于先聖文宣王之廟。夜漏未盡三刻，公玄冕以入，〔孫曰〕周禮司服：卿大夫之服，自玄冕而下如孤之服。又曰：祭羣小祀則玄冕。就位於庭，惕焉深惟。夫子之祀，爰自京師太學，徧于州邑，遐闊僻陋，咸用斯時致奠展誠。宿燎設懸，〔孫曰〕周禮司烜氏：凡邦之大事，共墳燭庭燎。注云：樹於門外曰大燭，於門內曰庭燎。設懸，謂懸筍簴之屬也。燎，力照切，音了。罇俎旂章，〔孫曰〕禮記月令：以爲旂章。注云：章，幟。罇，音尊。粲穆布列，周天之下。嗚呼！夫子之道閎肆尊顯，二帝三王其無以侔大也。然其堂庭庳陋，庳，短也。音卑，又音婢。椽棟毁墜，曾不及浮圖外說，〔孫曰〕外說，鬼神之類也。克壯厥居。水潦仍至，歲加蕩沃。公蹙然不寧，若罔獲承。

既祭而出，登墉以望，爰得美地，豐衍端夷。衍，廣也。水環以流，有頖宮之制。〔孫曰〕禮記王制：天子辟雍，諸侯頖宮。皆學名也。「頖」與「泮」同。是日樹表列位，樹，立也。由禮考宜，然後節用以制貨財，乘時以僦功役，僦，卽就切。逾年而克有成。廟舍峻整，階序廓大。序，廊也。講肄之位，肄，習也。師儒之室。立廩以周食，圃畦以毓蔬。〔童曰〕周禮：園圃毓草木。毓，音育。權其子母，〔孫曰〕周語：民患輕，則爲之作重幣，於是乎有母權子而行。若不堪重，則多作輕，於是乎有子權母而行。注云：重，曰母，輕，曰子。權，稱也。贏且不竭。贏，音盈。由是邑里之秀民，感道懷和，更來門下，咸願服儒衣冠，由公訓程。程，法也。公攝衣登席，親釋經旨，丕諭本統。父慶其子，長勵其幼，化用興行，人無諍訟。

公又曰：夫子稱門弟子顏回爲庶幾，〔四〕〔孫曰〕易曰：顏氏之子，其殆庶幾乎。其後從於陳、蔡，亦各有號。〔孫曰〕謂四科之目。言出一時，非盡其徒也。于後失厥所謂，妄異科第，〔五〕坐祀十人以爲哲，〔孫曰〕開元八年勑改顏子等十哲爲坐像，悉預配享。豈夫子志哉？余案月令則曰：〔六〕釋奠于先聖先師，「則曰」一本作「則由」，一本作「曰則」。國之故也。〔七〕故，典故也。乃立夫子像，配以顏氏。籩豆既嘉，笙鏞既成，鏞，大鐘名。九年八月丁未，〔韓曰〕當作「十年八月」。蓋唐制，釋奠，春秋皆用上丁。以長曆推之，九年八月乙亥朔，是月無丁未。且新廟之作，起於十年二月丁亥既祭之後云。公祭于新廟。退考疑義，合以燕饗，萬民翼翼，觀禮識古。

於是春秋師晉陵蔣堅、易師沙門凝⿱珏曰、音辯，俗作「⿱珏曰」。助教某、學生某等來告，願刻金石，明夫子之道及公之勤。惟夫子極于化初，冥于道先，羣儒咸稱，六籍具存。苟贊其道，若譽天地之大，褒日月之明，非愚則惑，不可犯也。惟公探夫子之志，考有國之制，光施彝典，〔八〕革正道本，俾是荒服，移爲闕里。在周則魯侯申〔孫曰〕申，僖公名。能修頖宮，詩有其歌；在漢蜀守文翁能首儒學，史有其贊。今公法古之大，同于魯；化人之難，侔于蜀。盍銘茲德，以告于史氏而刊之茲碑。銘曰：

荆楚之陽，厥服惟荒。民鮮由仁，帝降其良。〔孫曰〕良，謂良吏。振振薛公，〔童曰〕振振，仁厚也。振，音真。惟德之宣。赤旂金節，來莅于道。師儒咸會，嘉有攸告。吉日丁亥，獻于頖宮。庭燎伊煌，音皇。有煥其容。公升于位，心莫不恭。爰念聖祀，徧于海邦。服冕陳器州邑攸同。咸忻以欷，欷，歔也。音希。思報聖功。卜遷于嘉，惟吉之逢。畇畇其原，〔孫曰〕詩：畇畇原隰，曾孫田之。畇，墾田也。均、匀二音。既夷且大，渙渙其流，〔孫曰〕詩：溱與洧，方渙渙兮。渙渙，水流貌。實環于外。作廟有嚴，昭祀顯配。潔茲器用，觀禮斯會。布筵伊位，作廡伊秩。以豐其儀，以壯其室。新宮既成，崇報孔明。千古有經，〔九〕公粹厥誠。邦民之良，弁服是纓。公躬講論，虔默以聽。平聲。公降酬酢，進退齊平。柔肌洽體，莫不充盈。歸懽于心，父子弟兄。欽惟聖王，厥道無涯。世有頌辭，益疚其多。疚，音究。公斯考禮，民感休嘉。「感」，一作「咸」。從于魯風，祇以詠歌。公錫于天，眉壽來加。〔孫曰〕詩：天錫公純嘏，眉壽保魯。公賚于王，賚，賜予也。休命是荷。音何。師于辟雍，大邦以和。侑酳申申，〔孫曰〕賈山傳：養三老五更於太學，執醬而餽，執爵而酳。酳者少少飲酒，食已而蕩口也。此言景晦將入爲天子三老，養於太學，亦魯頌祝僖公之意云。酳，音胤。王道式訛。諸儒作詩，思繼頖水。丕揚厥聲，以告太史。

校勘記

〔一〕道州文宣王廟碑題下注「李元瓘雖非名臣，而請祀十哲」。「李元瓘」原作「李瓘」，脫「元」字，據五百家本及舊唐書卷二四禮儀志四補。

〔二〕儒師河東薛公伯高句下注　「伯高名景晦」。按：陳景雲柳集點勘云：「按石表先友記及新史世系表，伯高乃名，非字也，其字景晦」，「孫注蓋仍新史藝文志之誤。」陳說近是。

〔三〕明年二月丁亥　按：元和十年二月無丁亥。十年二月初五日丁未爲上丁日，「丁亥」應作「丁未」。本篇正文注文中的「丁亥」均應作「丁未」。

〔四〕夫子稱門弟子顏回爲庶幾句下注　「易曰」。「易」原作「禮」，據五百家本及周易繫辭下改。

〔五〕妄異科第　世綵堂本注：「『異』一作『引』。」何焯校本作「引」。

〔六〕余案月令則曰　世綵堂本注：「一無『則曰』二字。」

〔七〕釋奠于先聖先師國之故也　按此句不見於禮記月令，而見於禮記文王世子。

〔八〕光施彝典　「光」，音辯本作「先」。

〔九〕千古有經　「千」，音辯、詁訓本作「于」。

柳州文宣王新修廟碑〔一〕

仲尼之道，與王化遠邇。惟柳州古爲南夷，〔韓曰〕柳州隸嶺南，故云古爲南夷。椎髻卉裳，〔韓曰〕漢書李陵傳：胡服椎結。師古曰：結，讀爲髻，一撮之髻，其形如椎。書：島夷卉服。卉，草也。絺，葛之屬。椎，音槌。

髻，音計。卉，音毀。攻劫鬭暴，雖唐、虞之仁不能柔，〔孫曰〕柔，安也。書曰：柔遠能邇。秦、漢之勇不能威。至于有國，〔孫曰〕謂唐有天下。始循法度，置吏奉貢，咸若采衞，〔孫曰〕周禮職方氏：辨九服之邦國。謂侯、甸、男、采、衞、蠻、夷、鎮、藩爲九。冠帶憲令，進用文事。一作「士」。學者道堯、舜、孔子，如取諸左右，執經書，引仁義，旋辟唯諾。旋，音璿。辟，音璧，又音僻。唯，以水切。中州之士，時或病焉。然後知唐之德大以遐，孔氏之道尊而明。

元和十年八月，州之廟屋壞，幾毀神位。刺史柳宗元始至，〔孫曰〕是歲七月，公至柳州。大懼不任，以墜教基。丁未奠薦法齊時事，禮不克施。乃合初、亞、終獻三官衣布，〔二〕〔孫曰〕語曰：齋，必有明衣布。注云：以布爲沐浴之衣。洎于贏財，取土木金石，徵工僦功，完舊益新。十月乙丑，王宮正室成。乃安神棲，乃正法庭，祇會羣吏。卜日之吉，虔告于王靈曰：昔者夫子嘗欲居九夷，其時門人猶有惑聖言，〔三〕今夫子去代千有餘載，〔四〕其教始行，至于是邦。人去其陋，而本於儒。孝父忠君，言及禮義。又況巍然炳然，臨而炙之乎！〔五〕後闕

惟夫子以神道設教，〔孫曰〕易：聖人以神道設教而天下服。我今罔敢知。欽若兹教，以寧其神。追思告誨，如在于前。苟神之在，曷敢不虔。居而無陋，罔貳昔言。〔孫曰〕語曰：子欲居九夷。或曰：「陋，如之何？」子曰：「君子居之，何陋之有！」中陳嚴祀，永永是尊。麗牲有碑，〔韓曰〕禮祭義：祭之日，君牽牲。既入廟門，麗于碑。注：麗，猶繫也。刻在廟門。

校勘記

〔一〕柳州文宣王新修廟碑　英華題作「柳州新修文宣王廟碑」，並於題中「新修」下注云：「石本有『玄聖』二字。」世綵堂本題下注：「一作『先聖文宣王柳州廟碑』。」

〔二〕乃合初亞終獻三官衣布　陳景雲柳集點勘：「唐禮樂志：國學釋奠以祭酒、司業、博士爲三獻；州學以刺史、上佐、博士三獻；縣學以令、丞、主簿若尉三獻。如社祭，給明衣。此所謂衣，卽明衣也。又柳州井銘序云『凡用罰布六千三百』，則布卽錢耳。蓋當給衣者，例以錢代其直耳。」按：柳文此處蓋言當時衣布之給豐厚，可藉其資以修廟。原注「以布爲沐浴之衣」，與柳文本意不符。

〔三〕其時門人猶有惑聖言　詁訓、世綵堂本注：「一無『有』字。」

〔四〕今夫子去代千有餘載　「代」上原脫「去」字，據英華補。「代」當作「世」，此處係避唐太宗李世民諱。世綵堂本註：「『今』下有『去』字。」亦通。

〔五〕又況巍然炳然臨而炙之乎　世綵堂本注：「後闕。一本與『惟夫子』相接，同行爲文。」

終南山祠堂碑并序

〔孫曰〕漢志：扶風武功縣東有終南山。〔韓曰〕潘岳關中記云：一名中南山。言在天之中，居都之南。

貞元十二年，夏洎秋不雨。穡人焦勞，嘉穀用虞。皇帝使中謁者〔孫曰〕漢表：謁者掌賓贊受事。灌嬰爲中謁者。後常以閹人爲之，諸官加中者，多閹人也。禱于終南山，申命京兆尹韓府君，〔孫曰〕貞元十一年四月，以兵部侍郎韓皐爲京兆尹。〔韓曰〕皐傳云：貞元十四年，大旱，民請蠲租賦，皐奏不實，遂貶撫州。觀此，則十二年旱可知矣。祇飭祀事，〔一〕考視祠制。以爲棟宇不稱，宜有加飾。遂命盩厔令裴均，〔韓曰〕盩厔，縣名。裴均，字君齊。盩厔，音侜窒。虔承聖謨，剏制祠宇。「剏」，與「創」同。乃徵土工、木工、石工，備器埶用，來會祠下。斬板榦，〔孫曰〕榦，所以當牆兩邊障土者。礱柱礎，礱，盧紅切。礎，音楚。陶瓴甓，〔韓曰〕說文：瓴，瓮似瓶者。爾雅：瓴甋謂之甓。詩：中堂有甓。瓴，音零。甓，蒲歷切。築垣墉，恢度舊制，恢，枯回切。度，徒故切。立三筵六尋。既興功，玄雲觸石，霈澤周被，植物擢茂，期于豐登。神道感而宣靈，人心歡而致和。嘉氣充溢，抃蹈布野。

於是邑令僚吏，至于胥、徒、黃髮、耆艾、野夫、阪尹，〔二〕〔孫曰〕書：三亳阪尹。阪尹，阪之尹長。僉曰：蓋聞名山之列天下也，其有能奠方域，奠，安也。產財用，興雲雨，考于祭法，宜在祀典。惟終南據天之中，在都之南，西至於褒、斜，〔孫曰〕褒、斜，二谷名。梁州記曰：萬石城泝漢上七里有褒谷，南口曰褒，北口曰斜，長四百七十里。又西至于隴首，隴首，山名。以臨于戎；〔三〕東至于商顏，〔四〕〔孫曰〕商顏，商山之顏。又東至于太華，太華，華山。以距于關。實能作固，以屏王室。其物產之厚，器用之出，則璆、琳、琅、玕，夏書載焉。〔五〕〔童曰〕禹貢：終南惇物，至于鳥鼠，厥貢惟球、琳、琅玕。球，玉名。琅玕，石而似珠。「球」，今作「璆」，音求。琳，音林。紀堂條梅，秦風詠焉。〔六〕〔童曰〕詩：終南何有？有條有梅。條，槄；梅，枏也。又云：終南何有？有紀有堂。紀，基也。堂，畢道平如堂也。他本或作「杞棠條枚」，或作「祀堂條枚」，皆誤。今其神又能對于禱祝，一作「祀」。化荒爲穰，易沴爲和。沴，妖氣也。沴，音戾。厥功章明，宜受大禮，俾有憑託，而宣其烈也。非我后敬神重穀，則曷能發大號尊明靈？非我公勤人奉上，則曷能對休命作新廟？人事既備，神明時若。豐我公田，遂及我私。〔補注〕詩：雨我公田，遂及我私。粢盛無虞，儲峙用充，〔韓曰〕儲，說文云：偫也。峙，爾雅云：供，峙，具也。儲，音除。峙，丈里切。厥猷茂哉！遂相與東向蹈舞，拜手稽首，願頌帝力，且宣神德，永著終古。辭曰：

皇帝垂德，制定統極，神道泰寧。祀典修飾，禳祈禜雩，〔七〕〔孫曰〕禜，祭名也。周禮云：禜，門祭，用瓢齎。雩，請雨之祭。〔韓曰〕禮記：雩禜，祭水旱也。禜，音詠。雩，音于。皆有準程。顧惟終南，祠位庳陋，庳，音卑，又音婢。不稱顯名。爰降制詔，充大厥宇，啓寤誠明。昭感神衷，道宣天休，獲此利貞。篤災愆陽，化爲豐穰，實我粢盛。人賴蓄給，鼓腹而歌，以樂其生。巍巍靈山，興利産財，作固鎬京。〔孫曰〕詩：宅是鎬京。鎬京，武王所都。其地在長安西上林苑中。鎬，下老切。擁其嘉休，眷祐于人，永宅厥靈。弈弈新廟，〔孫曰〕弈弈，佼美也。詩：新廟弈弈，奚斯所作。弈，音亦。整頓端莊，神位密清。後祀承則，潔心勤禮，導暢純精。邑吏嗇夫，鮐背鯢齒，〔孫曰〕鮐背、鯢齒，皆壽徵。鮐，音臺。鯢，音倪。顧垂表經。頌宣聖德，篆刻堅石，〔八〕永世飛聲。此詞三句爲韻。

校勘記

〔一〕祗飾祀事　世綵堂本注：「『飾』，一作『飭』。」全唐文作「飭」。何焯校本「飾」改「飭」，按：飾，修飾；飭，整飭。此處作「飭」近是。

〔二〕至于胥徒黄髮耆艾野夫阪尹　「阪尹」原作「版尹」，據世綵堂本及尚書立政改。句下注文同改。

〔三〕又西至于隴首以臨于戎　「西至」下原脱「于」字，據詁訓本補，以與下文句法一致。

〔四〕東至于商顔句下注　「商顔，商山之顔」。按：此句出自漢書卷二九溝洫志顔師古注，誤。據王先謙漢書補注卷二九溝洫志「自徵引洛水至商顔下」句下注載：商顔，山名，亦稱商原。同州志：俗稱鐵鐮山，又名長虹嶺。西盡州境，絶于洛東，經朝邑，絶于河，延袤八十餘里。商山，乃另一山，在渭水之南甚遠。又據史記卷二九河渠書：「自徵引洛水至商顔山下。」亦可證明商顔是山名。

〔五〕夏書載焉句下注　「厥貢惟球、琳、琅玕」。「厥」下原脱「貢」字，據詁訓、五百家、世綵堂本及尚書禹貢補。「琅玕，石而似珠」。「石」原作「玉」，據音辯、五百家、世綵堂本及尚書禹貢改。

〔六〕紀堂條梅秦風詠焉　「條梅」原作「條枚」，誤。按：詩秦風終南句云：「終南何有？有條有梅。」「終南何有？有紀有堂。」茲據改。句下注文同改。句下注「堂，畢道平如堂也」。下「堂」字原作「掌」，據詩秦風終南毛傳注改。畢道乃終南山之道名。

〔七〕禳祈禜雩句下注　「禮記：雩禜，祭水旱也」。「雩禜」原作「禜雩」，據五百家本及禮記祭法改。

〔八〕篆刻堅石　「堅」，音辯本作「金」。

太白山祠堂碑并序

〔孫曰〕山在鳳翔府郿縣，上有靈湫，禱雨輒應。〔韓曰〕終南、太白，地勢相屬。韓文公南山詩云：西南雄太白，突起莫間簉。則二山誠關中之名勝，禱應如響，宜哉。此碑與上篇同時，皆以禱旱作。

雍州西南界于梁，〔孫曰〕雍州，謂秦地。雍、梁，皆禹貢九州之舊。雍，於用切。其山曰太白，其地恒寒，冰雪之積未嘗已也。其人以爲神，故歲水旱則禱之，寒暑乖候則禱之，癘疾祟降則禱之，〔張曰〕鬼灾曰癘。祟，亦神禍也。音遂。咸若有答焉者。

貞元十二年孟秋，旱甚。皇帝遇災悼懼，分命禱祀，至于兹山。又詔京兆尹，〔孫曰〕尹，韓皐也。宜飾祠廟，遂下令于甸邑。〔孫曰〕盩厔屬京兆，故云甸邑。邑令裴均，臨事有恪，革去狹陋，恢閎棟宇，階室之廣，三倍其初。翌日大雨，黍稷用豐。野夫謹謡，欽聖信神。願垂頌聲，刻在金石。文曰：文亡。

碑陰文

〔韓曰〕韓、裴蓋有勞於二祠者也，故公又作文碑陰以志之。

時尹韓府君諱皐，祗奉制詔，發付邑吏。今裴府君諱均，〔一〕承荷君公之命，督就祠宇，莅事謹甚。克媚神意，用獲顯貺。邑人靈之，其事遂聞。詔書嘉異，勞主者甚厚。勞，力到切。乃刻兹石，立于西序右階之下，肆列裴氏之政于碑之陰。惟君教行于家，德施于人。撫字惠厚，柔仁博爱之道，洽于鰥嫠；上姑頑切。下陵之切。廉毅肅給，威斷猛制之令，行於强禦。獄訟不私于上，罪責不及于下。農事課勵，厚生克勤，征賦首入，而其人益贍；創立傳館，平易道路，易，以豉切。改作甚力，而其人彌逸。韓府君每用嘉褒，稱其理爲甸服最。今兹設廟位神，神歡而寧。宜爲君之誠敬，克合于上，用啓之也。不可以不志。

校勘記

〔一〕發付邑吏令裴府君諱均　「令」，詁訓本作「今」。按：上篇太白山祠堂碑序有「邑令裴均」句，疑「令」上「吏」字乃衍文，句當作「發付邑令」。

湘源二妃廟碑

〔韓曰〕永州縣四，湘源其一也。公時爲永州司馬作。二妃事，韓文公黄陵廟碑紀之甚悉。湘，音相。

元和九年八月二十日，湘源二妃廟災。〔韓曰〕天火曰災。司功掾守令彭城劉知剛，〔孫曰〕唐有司功參軍。守，攝也。以司功攝令也。主簿安邑衞之武，告于州刺史、御史中丞清河崔公能，史有傳。祇栗厥戒，會群吏洎衆工，發開元詔書，懼廢守祀。搜考羸羡，羡，餘也。延面切。均節委積。〔孫曰〕周禮：遺人掌邦之委積，以待施惠。注云：少曰委，多曰積，皆聚也。委，於僞切。積，子智切。咸執牘聿，〔二〕〔孫曰〕説文：牘，書版。聿，所以書。楚謂之聿，吴謂之不律，燕謂之弗。至于祠下。稽度既備，度，徒各切。傭役惟時。斬木于上游，陶埴于水涯，埴，埏也。音植。涯，音宜，又宜佳切。迺桴迺載，〔孫曰〕桴，編木以渡。工逸事遂。作貌顯嚴，粲然而威。十有一月庚辰，陳奠薦辭，立石于廟門之宇下。唯父子夫婦，人道之大。大哉二神，咸極其會。爲子而父堯，爲婦而夫舜。〔孫曰〕列女傳：舜二妃，堯之二女，曰娥皇、女英。齊聖並明，弼成授受。内若嚚瞽，〔補注〕若，順也。書曰：瞽子，父頑，母嚚。上承輝光。克艱以乂，德罔不至。帝既野死，〔孫曰〕史記：舜踐帝位三十九年，南巡狩，崩於蒼梧之野。神亦不返。〔孫曰〕二妃從舜不及，道死於沅、湘之間。食于茲川，古有常典。毆祓戾孽，毆祓，驅除也。音區弗。恢宣淑靈。敢或失職，以奸大刑。〔二〕奸，音干。有翼其恭，〔三〕有苾其馨。苾，香也。薄必切。沉牲爰告，周禮：以貍沉祭山林川澤。注云：祭川澤曰沉。卽石是銘。銘曰：

淵懿承聖，舜妻堯女。德形嬀汭，〔孫曰〕書：釐降二女于嬀汭。嬀水之汭也。〔韓曰〕史記：堯妻舜二女，以觀其德。舜飭下二女於嬀汭。嬀汭，舜所居嬀水之汭。嬀，俱爲切。汭，儒税切。神位湘滸。音虎。揆茲有初，克碩厥宇。碩，壯大也。唐命秩祀，〔四〕茲邑攸主。毛牷既䣱，〔五〕〔孫曰〕周禮牧人：凡陽祀，用騂牲毛之；陰祀，用黝牲毛之。毛之，取純毛也。説文：牛純色曰牷。牷，音全。〔韓曰〕「䣱」字，一本作「肆」。周禮：副辜祭。籀作「䣱」。䣱，拍逼切。椒馨爰糈。〔六〕〔韓曰〕詩：有椒其馨。糈，祭神米。先呂切。胤于萬年，期保伊祜。潛火煽孽，炖于融風。〔七〕〔孫曰〕説文云：炖，風而火盛貌。左昭十八年，梓愼曰：「是謂融風，火之始也。」注：東北風曰融風。融風，木也。木，火母，故曰火之始。神用播遷，時罔克龔。邑令羣吏，告于君公。〔八〕廉用積餘，廉，節也。以就爾功。桴木負埴，〔童曰〕桴者，編竹木爲之。大曰筏，小曰桴。桴，音孚。載流于江。既夷以成，崇宇峻墉。潔嚴清閒，音閑。左右率從。神樂來歸，徒御雍雍。神既安止，邦人載喜。奉其吉玉，一作「主」。以對嘉祉。南風湑湑，〔韓曰〕説文云：湑，露貌。音胥，又私呂切。湘水如舞。將子無讙，一作

「護」。神聽鍾鼓。豐其交報，邦邑是與。刻此樂歌，以極終古。

校勘記

〔一〕咸執牘聿　「聿」，英華作「律」。全唐文注：「大典作『筆』。」句下注「吳謂之不律」。「律」原作「聿」，據說文改。

〔二〕以奸大刑　「大」，音辯、世綵堂本及英華作「天」，近是。

〔三〕有翼其恭　「恭」，音辯本作「躬」。

〔四〕唐命秩祀　英華作「命秩其祀」。

〔五〕毛牷既副　「副」，詁訓本及英華作「肆」。按：副，裂牲以祭之意；肆，謂進所解牲於神座前。二說義近。　句下注「凡陽祀，用騂牲毛之；陰祀，用黝牲毛之」。二「牲」字原作「牷」字，據周禮牧人改。按：原注引此二句，似不如引同篇「凡時祀之牲，必用牷物」二句更爲貼切。

〔六〕椒馨爰穱句下注　「詩：有椒其馨」。「其」原作「斯」，據世綵堂本及詩周頌載芟改。

〔七〕炖于融風句下注　「左昭十八年」。「昭」原作「傳」，據世綵堂本及左傳改。

〔八〕告于君公　「君公」，英華、全唐文作「郡公」。按：「郡公」，爵名，晉置。大者食萬戶，如小國王。歷代因之，亦謂之開國郡公。明以後廢。「君公」，指諸侯。尚書說命中：「樹后王君公，承以大夫師長。」這里尊稱刺史崔能，作「君公」近是。上篇碑陰文有「承荷君公之命」句，亦可參證。

饒娥碑〔一〕

〔韓曰〕史云：饒娥，字瓊真，饒州樂平人。父勣。餘悉如碑所載。又云：鄉人異之，歸賵具禮葬父及娥鄱水之陰，縣令魏仲光碣其墓。建中初，黜陟使鄭叔則表旌其閭。河東柳宗元爲立碑。

饒娥，饒人，饒姓娥名，世漁鄱水。鄱，蒲波切。娥爲室女，淵懿靖專，「靖」，一作「静」。雖小家，未嘗出游。治絺葛，〔孫曰〕葛，所以爲絺綌。精曰絺，麤曰綌。供女事修整，〔二〕鄉閭敬式。娥父醉漁，風卒起，不能舟，遂以溺死。求屍不得。〔孫曰〕娥父勣，漁于江，遇風濤，舟覆，尸不出。娥聞父死，走哭水上，三日不食，耳鼻流血，氣盡伏死。明日屍出，黿魚鼉蛟浮死萬數，塞川下流。〔孫曰〕娥年十四，哭水上，不食三日死。俄大震電，水蟲多死，父屍浮出。鄱旁下民悲感怨號，〔三〕上音寃，下音豪。以爲神奇。縣人鄉人會錢具儀，葬娥鄱水西橫道上。追思不足，相與作石，以詒後世。〔四〕並見題注。「詒」，一作「詔」。其辭曰：

生德無類，氣靈而休，嗟兹孝娥，惟行之周。淵懿含貞，〔五〕好靖不游。織葛絺紵，織，思廉切。絺，丑知切。紵，直吕切。克供以修。蒸蒸在家，其父世漁。飲酒不節，死乎風濤。「乎」，一作

「于」，又一作「於」。匍匐來哭，號天以呼。顔目耳鼻，膏血交流，三日頓踣，〔韓曰〕説文云：踣，斃也。僵也。踣，匹侯切，又音，蒲北切。氣竭形枯。一作「面污」。父屍既出，孝質已殂。龜鼈黿鼉，有蛟洎魚，充流溢岸，旁出仰浮。見怪形異，〔六〕適與我謀。鄗民哀號，或以頌歌。齊女色憂，傷槐罹誅。〔七〕〔孫曰〕劉向列女傳：齊傷槐衍之女婧。齊景公有所愛槐，使人守之，下令曰：「犯槐者刑，傷槐者死。」於是衍醉而傷槐。景公使拘之，且加罪焉。婧懼，乃造於晏子之門，曰：「妾聞明君不爲六畜傷人民，不爲野草傷禾苗。今吾君以槐故殺婧父，鄰國聞之，皆謂君愛樹而賊人，其可乎？」晏子明日朝，言於公。景公卽廢傷槐之法，出犯槐之囚。趙姬完父，操棹爰謳。〔孫曰〕列女傳趙津女娟者，趙河津吏之女。趙簡子南擊楚，至河，津吏醉，卧不能渡。簡子怒，欲殺之。娟懼，持楫而前，曰：「妾父聞主君且來，恐風波之起，水神動駭，故禱祠九江三淮之神，不勝杯酌，醉至如此。願待其醒而殺之。」簡子將渡，用楫者少一人，娟願備父持楫，許之。中流，爲簡子發河激之歌。簡子悦，以爲夫人。謳，烏侯切，亦音區。肉刑不施，漢美淳于。〔孫曰〕史記：漢文帝十三年，太倉令淳于公有罪當刑。其少女緹縈上書，天子悲憐其意。五月，有詔除肉刑法。事亦見漢刑法志。烈烈孝娥，〔八〕水死上虞。〔九〕〔孫曰〕邯鄲淳曹娥碑曰：娥，上虞曹盱之女。盱能按節撫歌，婆娑樂神。漢安二年五月，時迎伍君，逆濤而上，爲水所淹，不得其屍。娥時年十四，號慕思盱，哀吟澤畔。旬有七日，遂自投江死。經五日，抱父死屍出。度尚設祭誄之。范曄後漢史云「迎婆娑神」，謬矣。當以碑爲正。娥之至德，實與爲儔。恆人有言，惟教是圖。懿兹德女，家世不儒。奇行特出，神道莫酬。窮哀罔泄，終古以留。鄉人好禮，爰立兹丘。建銘當道，〔孫曰〕當道，卽謂横道上也。過者下車。

校勘記

〔一〕饒娥碑題下注　「饒娥，字瓊眞」。「瓊眞」原作「瓊姬」，據詁訓本及新唐書卷二〇五列女傳改。

〔二〕治絺葛供女事修整　「修」原作「循」，取校諸本同。世綵堂本注：「『循』，一作『脩』。」陳景雲柳集點勘：「『循』，當作『修』。碑辭中有『克供以修』語，是其證也。古『脩』『循』二字止差一筆，故多相混。」新唐書列女傳饒娥傳亦有「勤織紝，頗自修整」句，可資參證。今據改。

〔三〕鄱旁下民悲感怨號　「下民」，音辯、詁訓、世綵堂本作「小民」。

〔四〕以詒後世　「詒」，詁訓本作「貽」，通。何焯校本作「昭」，全唐文作「詔」。

〔五〕淵懿含貞　世綵堂本注：「『淵』，一作『沉』。」「貞」，詁訓本作「眞」。

〔六〕見怪形異　「形異」原作「異形」，何焯義門讀書記云：「作『見怪形異』。」據音辯、詁訓、世綵堂本改。

〔七〕齊女色憂傷槐罷誅句下注　「皆謂君愛樹而賊人」。「賊」原作「賤」，據劉向古列女傳齊傷槐女改。

〔八〕烈烈孝娥　世綵堂本注：「『孝』，一作『曹』。」全唐文作「曹」。

〔九〕水死上虞句下注　「邯鄲淳曹娥碑曰」。「娥」上原脫「曹」字，據五百家本及曹娥碑法帖補。

唐故特進贈開府儀同三司揚州大都督南府君睢陽廟碑 幷序

〔詳注〕南府君名霽雲，魏州頓丘人。禄山反，張巡、許遠守睢陽，遣霽雲乞師於賀蘭進明，不果如請。事詳碑中。霽雲還入城。十月，城陷，與巡等同被害。初贈開府儀同三司，再贈揚州大都督。

急病讓夷義之先，〔孫曰〕國語：臧文仲曰：「賢者急病讓夷，居官當事不避難。」夷，平也。圖國忘死貞之大。〔孫曰〕昭元年左氏：趙孟稱叔孫豹曰：「思難不越官，信也；圖國忘死，貞也。」利合而動，乃市賈之相求；賈，音古。恩加而感，則報施之常道。睢陽所以不階王命，橫絶凶威，超千祀而挺生，〔一〕奮百代而特立者也。

時惟南公，天與拳勇，〔孫曰〕詩：無拳無勇。注：拳，力也。神資機智，藝窮百中，〔韓曰〕史記：養由基去楊葉百步射之，百發百中。霽雲傳：善騎射，見賊百步内射之，百無不應。豪出千人。不遇興詞，鬱尨眉之都尉；〔二〕〔孫曰〕張衡賦曰：尉尨眉而郎潛兮，逮三葉而遘武。注：漢武故事曰：上至郎署，見一老郎，尨眉皓髮，問：「何時爲郎，何其老也？」對曰：「臣姓顏名駟，以文帝時爲郎。文帝好文而臣好武，景帝好老而臣尚少，陛下好少而臣已老，是以三葉不遇也。」上感其言，擢爲會稽都尉。數奇見惜，挫猨臂之將軍。〔韓曰〕史記：上以李廣數奇。孟康曰：

「奇　隻不耦也。」又曰：「廣爲人長猨臂，其善射，亦天性也。」如淳曰：「臂如猨通肩。」數，所角切。奇，居宜切。

天寶末，寇劇憑陵，隳突河、華。華，山名。音畫。天旋虧斗極之位，地圮積狐狸之穴。圮，毀也。又說文云：山無草木也。圮，音起。親賢在庭，子駿陳謨以佐命；〔孫曰〕劉歆，字子駿。爲王莽佐命，官至國師。元老用武，〔三〕夷甫委師而勸進。〔四〕〔孫曰〕晉王衍，字夷甫。嘗與東海王越共討苟晞。越薨，衆推衍爲元帥，衍辭。俄而舉軍爲石勒所破。勒執衍等，問以晉故，衍因勸勒稱尊號。惟公與南陽張公巡、高陽許公遠，義氣懸合，訏謀大同。〔五〕訏，大也。又說文云：齊、楚謂信曰訏。訏，匈于切。誓鳩武旅，以遏橫潰。橫，户孟切。潰，音會。裂裳而千里來應，〔韓曰〕文選：脫耒爲兵，裂裳爲旗。左袒而一呼皆至。〔韓曰〕漢書：太尉以一節入北軍，一呼，士皆袒左爲劉氏。呼，火故切。柱厲不知而死難，〔孫曰〕列子：柱厲叔事莒敖公，自以爲不知己，去居海上。及公有難，乃往死之。曰：以醜後世之人主不知其臣者也。狼瞫見黜而奔師。〔孫曰〕文二年左氏：晉襄公縛秦囚，使萊駒以戈斬之。囚呼，萊駒失戈。狼瞫取戈斬囚，遂以爲右。箕之役，先軫黜之，狼瞫怒。及彭衙既陳，以其屬馳秦師，死焉。瞫，尺甚、式衽二切。忠謀朗然，萬夫齊力。一作「志」。公以推讓，且專奮擊，爲馬軍兵馬使。出戰則羣校同强，〔六〕〔韓曰〕謂賊酋張通晤陷宋、曹等州，張公巡率吏哭玄元祠，遂起兵討賊，從者千餘也。入守而百雉齊固。〔韓曰〕百雉，城也。城高三堵爲雉。謂賊攻雍丘，張公巡設百樓櫓城上，束芻灌油以焚，賊不敢向也。初據雍丘，〔孫曰〕至德元載三月真源令張巡起兵討賊，據雍丘。〔韓曰〕謂單父尉賈賁合兵擊宋州，張通晤走襄邑，爲頓丘令所殺。賁引軍進至雍丘，巡與之合，有衆二千也。雍丘，隸汴州。

謂非要害；將保江、淮之臣庶，通南北之奏復，〔孫曰〕周禮：諸臣之復，萬民之逆。拔我義類，扼於睢陽。〔孫曰〕十二月，巡拔雍丘，東守寧陵。二載正月，賊將尹子奇寇睢陽。睢陽太守許遠告急於巡，巡引兵入睢陽。睢陽隸宋州。前後捕斬要遮，凶氣連沮。〔七〕〔韓曰〕此謂巡至睢陽，與許遠合。霽雲戰寧陵北，斬賊將二十，殺萬餘人，投尸于汴也。漢兵已絶，守疏勒而彌堅；〔孫曰〕漢永平十七年，班超在疏勒國。十八年帝崩，焉耆以中國大喪，攻没都護，而龜兹姑墨數攻疏勒，超孤立無援，吏士單少，拒守歲餘。疏，音疎。虜騎雖强，頓盱眙而不進。〔孫曰〕南史：宋文帝元嘉二十八年，魏主攻盱眙，輔國將軍臧質堅守。魏人殺傷萬計，尸與城平，三旬不拔，魏主退走。盱，音吁。眙，音怡。

賊徒乃棄疾於我，悉衆合圍。技雖窮於九攻，〔韓曰〕吕氏春秋：公輸般爲高雲梯，欲以攻宋。墨子聞之，見荆王曰：「宋必不可得，請令公輸試攻之，臣請試守之。」於是公輸般設攻宋之械，墨子設守宋之備。公輸般九攻之，墨子九却之，不能入。故荆輟不攻宋矣。墨子名翟，宋大夫。志益專於三板。〔孫曰〕史記趙世家：智伯率韓、魏攻趙，襄子奔保晉陽，三國引汾水灌其城，城不沉者三板。偪陽懸布之勁，〔孫曰〕襄十年左傳：晉荀偃、士匄請伐偪陽。主人懸布，堇父登之，及堞而絶之。墜，則又懸之。偪，音逼。「勁」字一本作「巧」。洴城鑿穴之奇。〔八〕〔韓曰〕史：燕攻齊。田單取城中牛得千餘，束兵刃於其角，而灌脂束茅於其尾，燒其端，鑿城數十穴，夜縱牛，牛尾熱，怒而奔燕軍，燕軍大驚敗走。洴，音奉。息意牽羊，羞鄭師之大臨；〔孫曰〕宣十二年左傳：楚人伐鄭，國人大臨，守陴者皆哭。三月，楚克鄭，鄭伯肉袒牽羊以逆。甘心易子，鄙宋臣之病告。〔韓曰〕宣十五年左氏：楚子圍宋。宋人懼，使華元夜入楚師，登子反之床，起之，曰：「寡君使元以病告，曰：敝邑易子而食，析骸以爨。雖然，城下之盟，有以國斃，不能從也。」諸侯環顧而莫救，國命阻絶而無歸。以有盡之疲人，敵無已之强寇。公乃躍馬潰圍，馳出萬衆，抵賀蘭進明乞師。進明乃張樂侑食，以好聘待之。公曰：「弊邑父子相食，而君辱以燕禮，〔九〕獨何心歟？」乃自噬其指曰：「啖此足矣！」〔孫曰〕巡等守睢陽，死傷之餘才六百人。時河南節度使賀蘭進明在臨淮，擁兵不救。八月，巡令霽雲將三十騎犯圍而出，告急臨淮。進明具食與樂，延霽雲坐，霽雲泣且語曰：「睢陽之人，不食月餘矣。霽雲雖欲獨食，且不下咽。」因噬嚙落一指，以示進明，曰：「霽雲既不能達主將之意，請留一指以示信歸報。」坐中皆爲泣下。〔韓曰〕按舊史云：請嚙一指，留於大夫，示之以信，歸報本州。新傳云：請置一指以示信，歸報中丞。因拔佩刀斷一指，血淋漓以示賀蘭。公此所載，又有「啖此足矣」之文。其不同如此。温公考異從舊傳。遂慟哭而返，卽死孤城。〔韓曰〕霽雲遂自臨淮還睢陽，縋城而入。城中將吏知救不至，慟哭累日。首碎秦庭，終懵無衣之賦；〔韓曰〕定四年左氏：申包胥如秦乞師，秦哀公爲賦無衣。九頓首而坐，秦師乃出。〔孫曰〕庾信哀江南賦曰：申包胥之頓地，碎之以首。懵，武亘切。身離楚野，徒傷帶劍之辭。〔孫曰〕楚辭九歌云：帶長劍兮挾秦弓，首雖離兮心不懲。至德二年十月，城陷遇害。〔韓曰〕霽雲等皆爲賊所執，賊將以刃脅巡，巡不降。又降霽雲，霽雲未應。巡呼曰：「南八，男兒死耳，不可爲不義屈。」霽雲笑曰：「將欲有爲也。公知我者，敢不死。」亦不降。乃與姚闇等遇害。惟遠執送洛陽。無傳燮之歎息，〔孫曰〕後漢：傅燮字南容，爲漢陽太守。賊圍漢陽，欲送燮歸鄉里。燮慨然嘆曰：「吾行何之？吾必死於此。」遂麾左右進兵，臨陣戰没。有周苛之慷慨。〔孫曰〕漢書：高祖使周苛守滎陽。楚下滎陽，生得苛。苛駡項羽，羽烹之。慷，下朗切。慨，口漑切。聞義能徙，〔童曰〕語曰：聞義不能徙，是吾憂也。果其初心。烈士抗詞，痛臧洪之同日；〔韓曰〕臧洪字子原。袁紹執洪殺之。洪邑人陳容謂紹曰：「將軍欲爲天下除暴，而先專誅忠義，豈合天意？」又曰：「今日寧與臧洪同日死，不與將軍同日生。」遂復見殺。見者相謂曰：如何一日戮二烈士。直臣致憤，惜蔡恭於累旬。〔一〇〕〔韓曰〕劉璠梁典云：武帝天監三年，魏兵圍義陽，司州刺史蔡道恭禦之，相持百餘日，道恭疾卒。先是詔使郢州刺史曹景宗救援，景宗頓兵不進，義陽遂陷。御史中丞任昉彈劾景宗，略曰：「道恭云逝，城守累旬；景宗之存，一朝棄甲。」直臣，蓋指任昉也。

朝廷加贈特進揚州大都督，〔一一〕定功爲第一等，與張氏、許氏並立廟睢陽，歲時致祭。男在襁褓，皆受顯秩，賜之土田。葬刻鮑信之形，〔一二〕〔孫曰〕魏志：初平三年，鮑信擊黄巾于壽張，力戰鬬死，僅而破之。購求信不得，衆乃刻木爲信狀，祭而哭焉。今本作「鮑勛」，誤。陵圖龐德之狀。〔孫曰〕魏志：龐德字令明。與關羽戰，爲羽所得。羽謂曰：「不降何爲？」德駡曰：「我寧爲國之鬼，不爲賊將也。」爲羽所殺。于禁等七軍皆没。孫權稱藩，遣禁還。魏帝令北詣鄴，謁高陵。帝使豫於陵屋畫關羽戰克，龐德憤怒，禁降伏之狀。禁見慚恚，發病薨。納宦其子，見勾踐之心；〔一三〕〔韓曰〕越語：勾踐棲於會稽，乃令於三軍曰：孤子、寡婦、疾疹、貧病者，納宦其子。注云：宦，仕也。仕其子而教之，廩以食之也。羽林字孤，知孝武之志。〔一四〕〔韓曰〕漢百官表：武帝時，從軍死事者之子孫，養羽林，官教以五兵，號羽林孤兒，少壯令從軍。舉門關於周典，〔一五〕〔孫曰〕周禮司門職云：凡財物犯禁者舉之，以其財養死政之老與其孤。注云：財，所謂門關之委積也。死政之老，國中死事者之父母也。孤，子也。〔韓曰〕

又遺人云：掌門關之委積，以養老孤。徵印綬於漢儀。〔一六〕〔韓曰〕漢時印綬，非若今之金紫銀緋，長使服之也。蓋居是官則佩是印綬，罷則解之。故三公上印綬。後漢張奐云：「吾前後十要銀艾。」銀，卽銀印。艾，卽綠綬。十要者，一官一佩之耳。印不甚大。淮南王曰：「方寸之印，丈二之組」是也。漢世功臣死後，多賜印綬焉。見孔氏雜說。王猷以光，寵錫斯備。

於戲！睢陽之事，不唯以能死爲勇，善守爲功；所以出奇以耻敵，立慬以怒寇，〔一七〕〔孫曰〕列子：俠客曰：「虞氏富樂之日久矣，而常有輕易人之心。吾不侵犯之而辱我以腐鼠，不報，無以立慬於天下。」慬，勇也。勤、謹二音。一本作「僅」。俾其專力於東南，而去備於西北，力專則堅城必陷，備去則天討可行。是故卽城陷之辰，爲剋敵之日。〔孫曰〕十月癸丑，睢陽城陷。庚申，安慶緒奔河北。壬戌，克東京。世徒知力保於江、淮，而不知功靖乎醜虜。論者或未之思歟！

公諱霽雲，霽，子計切。字某，范陽人。有子曰承嗣，七歲爲婺州別駕，賜緋魚袋，歷刺施、涪二州。〔一八〕涪，音浮。服忠思孝，無替負荷。懼祠宇久遠，德音不形，願斲堅石，斲，音卓。假辭紀美。惟公信以許其友，剛以固其志，仁以殘其肌，勇以振其氣，忠以摧其敵，烈以死其事，出乎內者合於貞，行乎外者貫於義，是其所以奮百代而超千祀者矣。其志不亦宜乎？廟貌斯存，碑表攸託。洛陽城下，思鄉之夢儻來；〔孫曰〕後漢：温序，字次房。爲護羌校尉。行部至襄武，爲隗囂將苟宇所執。欲降之，序不聽，伏劍而死。光武命送喪到洛陽城旁爲冢地。長子壽爲鄒平侯相，夢序告之曰：「久客思鄉里。」壽卽棄官，上書乞骸骨，歸葬。帝許之，乃反舊塋焉。麒麟閣中，即圖之詞可繼。〔孫曰〕漢書：趙充國以功德與霍光等列，畫未央宮。至成帝時，西羌常有警。上思將帥之臣，追美充國，迺召黃門侍郎揚雄，卽充國圖畫而頌之。銘曰：

貞以圖國，義惟急病。臨難忘身，難，乃旦切。見危致命。漢寵死事，周崇死政。並見上注。烈烈南公，忠出其性。控扼地利，奮揚兵柄。東護吳、楚，西臨周、鄭。婪婪羣凶，婪，貪也。盧含切。害氣彌盛。長蛇封豕，〔孫曰〕封，大也。左氏：吳爲封豕長蛇，薦食上國。踊躍不定。屹彼睢陽，屹，崪山貌。屹，魚乙切。制其要領。〔童曰〕前漢張騫傳注云：要，衣要也；領，衣領也。凡持衣者，則執要領，故以爲喻。要，一遥切。橫潰不流，疾風斯勁。梯衝外舞，〔一九〕〔孫曰〕衝，謂衝城車。詩「臨衝閑閑」是也。缶穴中偵。〔孫曰〕賊爲雲梯，勢如半虹，置精兵二百於其上，推之臨城，欲令騰入。巡預於城潛鑿三穴，候梯將至，於一穴中出一大木，末置鐵鉤鉤之，使不得退；一穴中出一木拄之，使不得進；一穴中出一大木，置鐵籠盛火焚之，其梯中折，梯上卒盡燒死。偵，伺也，視也。丑正切，又猪孟切。鈐馬非艱，〔孫曰〕宣十五年公羊傳：鉗馬而秣之。「鈐」、「鉗」並通用。析骸猶競。解見上。浩浩列士，不聞濟師。〔孫曰〕時許叔冀在譙郡，尚衡在彭城，賀蘭進明在臨淮，皆擁兵不救。兵食殲焉，守逾三時。公奮其勇，單車載馳。投軀無告，噬指而歸。力窮就執，猶抗其辭。解亦見上。圭璧可碎，堅貞不虧。寇力東盡，兇威西恧。恧，慚也。女六切。孤城既拔，渠魁受戮。雷霆之誅，由我而速。巢穴之固，由我而覆。江、漢、淮、湖，羣生咸育。倬焉勳烈，孰與齊躅？〔二〇〕説文：蹢躅也。躅，廚玉切。天子震悼，陟是元功。旌褒有加，命秩斯崇。位尊九牧，禮視三公。建茲祠宇，式是形容。牲牢伊碩，黍稷伊豐。虔虔孝嗣，望慕無窮。刊碑河滸，萬古英風。〔孫曰〕大曆十二年四月，以南霽雲子爲歙州別駕。又貞元二年二月，授承嗣官，旌忠烈之後云爾。

校勘記

〔一〕超千祀而挺生　「超」，五百家本作「越」。

〔二〕鬱尨眉之都尉句下注　「尉尨眉而郎潛兮」。「潛」原作「僭」，據詁訓、五百家、世綵堂本及文選張衡思玄賦改。「逮三葉而遘武」。「遘」原作「見」，據詁訓本及張衡思玄賦改。「尨眉皓髮」。「尨」原作「鬢」，「髮」原作「白」，諸本同。陳景雲柳集點勘：「鬱尨眉之都尉注引漢武故事，改『尨（厖）眉皓髮』作『鬢眉皓白』，殊失本義。」按：張衡思玄賦及後漢書卷五九張衡傳均作「尨眉皓髮」。今據改。

〔三〕元老用武　「用武」，世綵堂本作「用老」。

〔四〕夷甫委師而勸進句下注　「嘗與東海王越共討苟晞」。「苟」原作「荀」，形近而誤，據詁訓、五百家本及晉書卷四三王衍傳改。「衆推衍爲元帥」。「元帥」原作「師」（五百家本作「帥」），據詁訓本及晉書王衍傳改。

〔五〕訏謀大同　「謀」，詁訓本作「謨」。按：二字義同。惟柳文多用「訏謨」，如本書魏府君墓誌有「訏謨用揚」句，懲咎賦有「奉訏謨以植内兮」句。

〔六〕出戰則羣校同強句下注　「謂賊酋張通晤陷宋、曹等州」。「酋」原作「囚」，據詁訓本及新唐書卷一九二張巡傳改。

〔七〕前後捕斬要遮凶氣連沮句下注　「斬賊將二十」。「二十」原作「二千」，據詁訓、五百家、世綵堂本及新唐書張巡傳改。

〔八〕汧城鑿穴之奇句下注　「燕攻齊，田單取城中牛得千餘」。「燕」原作「田單」，「取」上原脫「田單」二字，據史記卷八二田單列傳改補。「燕軍大驚敗走」。「大驚」上原脫「燕軍」二字，據詁訓本及史記田單列傳補。按：音辯、蔣之翹本注：汧城「事未詳，或曰田單穴城火牛」。陳景雲柳集點勘認爲此說「疎甚」。世綵堂本注云：「晉元康中，氐羌反。汧督馬敦固守孤城，羣氐四面雨射城中，城中鑿穴而處，負戶而汲。詳見潘岳馬汧督誄。舊注指田單事，非。」世綵堂本此說近是。

〔九〕弊邑父子相食而君辱以燕禮　「弊」，五百家、何焯校本及全唐文作「敝」。「燕」，詁訓本作「宴」，通。

〔一〇〕惜蔡恭於累旬句下注　「先是詔使鄆州刺史曹景宗救援」。「詔」上原脫「先是」二字，據詁訓本及梁書卷一〇蔡道恭傳補。

〔一一〕朝廷加贈特進揚州大都督　音辯、詁訓本「都督」上無「大」字。

〔一二〕葬刻鮑信之形句下注　「魏志：初平三年」。「三年」原作「二年」，據詁訓本及三國志魏志卷一武帝紀改。

〔一三〕納宧其子見勾踐之心　「宧」原作「官」。世綵堂本注：「『官』，一作『宧』。」何焯校本「官」改作「宧」。按：國語越語上作「宧」。今據改。注文同改。又，句下原注引國語越語上原文，誤將前後兩段話拼在一起，文義不銜接。此處應引後一段話，原文是：「勾踐之地，『廣運百里，乃致其父兄昆弟而誓之曰：『孤子、寡婦、疾疹、貧病者，納宧其子。』」

〔一四〕羽林字孤知孝武之志句下注　「從軍死事者之子孫」。「子」下原脱「孫」字，據詁訓本及漢書卷一九百官表補。

〔一五〕舉門關於周典句下注　「以養老孤」。「老孤」原作「孤老」，據詁訓本及周禮地官遺人改。

〔一六〕徵印綬於漢儀句下注　「漢時印綬」。「綬」原作「佩」，據詁訓本改。「蓋居是官則佩是印綬」。「印」下原脱「綬」字，據詁訓本補。

〔一七〕立懂以怒寇句下注　「列子：俠客曰」。「俠客」原作「刺客」，據列子説符第八改。

〔一八〕歷刺施涪二州　「歷」下原脱「刺」字，據詁訓、世綵堂本補。「施涪」原作「涪施」，據取校諸本改。按：本書卷二十三送南涪州量移澧州序有「始由施州爲涪州」句。作「施涪」是。

〔一九〕梯衝外舞　世綵堂本注：「公孫瓚與子書：梯衝舞吾樓上。」後漢書卷一〇三公孫瓚傳亦引此語。

〔二〇〕孰與齊躅句下注　「說文：蹢躅也」。「蹢」原作「蹈」，據說文改。

柳宗元集卷六

碑〔一〕

曹溪第六祖賜謚大鑒禪師碑

〔詳注〕六祖，慧能也。姓盧氏，新州人，化于新州國恩寺。憲宗時，賜謚大鑒，塔曰「元和靈照」。公在柳州作此碑。東坡嘗曰：子厚南遷，始究佛法，作曹溪、南嶽諸碑，絶妙古今。真知言哉！〔補注〕邵太史曰：東坡於古人，但寫淵明、子美、太白、退之、子厚之詩。爲南華寫子厚六祖大鑒禪師碑，南華又欲寫劉夢得碑，則辭之。

扶風公廉問嶺南三年，〔孫曰〕元和八年十二月，以桂管觀察使馬揔爲嶺南節度使。揔，扶風人也。以佛氏第六祖未有稱號，疏聞于上。詔謚大鑒禪師，塔曰「靈照之塔」。元和十年十月十三日下尚書祠部，符到都府。都府，節度府也。公命部吏洎州司功掾，告于其祠。幢蓋鐘鼓，幢，傳江切。增山盈谷，萬人咸會，若聞鬼神。其時學者千有餘人，莫不欣踊奮厲，〔二〕如師復生；則又感悼涕慕，如師始亡。因言曰：自有生物，則好鬬奪相賊殺，喪其本實，誖乖淫流，誖，乱也。誖，蒲昧切，又音勃。莫克返于初。孔子無大位，没以餘言持世，更楊、墨、黄、老益雜，其術分裂，而吾浮圖説後出，推離還源，合所謂生而静者。〔孫曰〕禮記：人生而静，天之性也。梁氏好作有爲，師達摩譏之，空術益顯。〔三〕〔孫曰〕後魏太和十年，有僧達摩者，本天竺王子，以護國出家，入南海，得禪宗妙法。云自釋迦相傳，有衣鉢爲記，世相付授。達摩賚衣鉢浮海而來，至梁，詣武帝。帝問以有爲之事，達摩不悦。乃之魏，隱於嵩山少林寺，遇毒而卒，是爲初祖。六傳至大鑒。〔孫曰〕達摩以其法傳慧可，是爲二祖。慧可傳璨，是爲三祖。璨傳道信，是爲四祖。信傳弘忍，是爲五祖。忍傳慧能，是爲六祖。大鑒始以能勞苦服役，〔四〕一聽其言，言希以究，師用感動，遂受信具。信具，衣鉢也。遁隱南海上，人無聞知。又十六年，度其可行，乃居曹溪，〔孫曰〕咸亨末，能住韶州寶林寺。曹溪，韶州地名也。爲人師，會學去來嘗數千人。其道以無爲爲有，以空洞爲實，以廣大不蕩爲歸。其教人，始以性善，終以性善，不假耘鋤，本其静矣。中宗聞名，使幸臣再徵，不能致，取其言以爲心術。其説具在，今布天下，凡言禪皆本曹溪。大鑒去世百有六年，〔孫曰〕先天二年卒，是歲癸丑，至元和十三年戊戌，爲一百六年。凡治廣部而以名聞者以十數，莫能揭其號。乃今始告天子，得大謚，豐佐吾道，其可無辭。

公始立朝，以儒重。刺虔州，都護安南，〔孫曰〕元和五年七月，揔自虔州刺史爲安南都護。由海中大蠻夷，連身毒之西。〔童曰〕身毒，國名，即天竺也。浮舶聽命，咸被公德。受旂纛節戟，〔五〕〔童曰〕纛，翳也。舞者所執。又羽葆幢也。〔韓曰〕纛，左纛也。以旄牛尾而爲之。纛，音道，又徒沃、大到二切。來莅南海，〔補注〕按韓文公祭揔文云：于泉于虔，始執郡符。遂殿交州，抗節番禺。交州，卽安南都護府。番禺，則南海郡廣州也。與公此碑合。而唐史乃云，揔自安南都護遷桂管經略觀察使，誤矣。東坡曰：以碑考之，蓋自安南遷南海，非桂管也。可以正唐史之誤。屬國如林。不殺不怒，人畏無噩，〔六〕説文：噩，譁訟也。噩，音咢。允克光于有仁。昭列大鑒，莫如公宜。其徒之老，乃易石于宇下，使來謁辭。其辭曰：

達摩乾乾，〔韓曰〕説文云：乾，上出也。〔孫曰〕乾乾，不息之貌。傳佛語心。六承其授，大鑒是臨。勞勤專默，終揖于深。「揖」，一作「挹」。抱其信器，行海之陰。其道爰施，在溪之曹。厖合猥附，不夷其高。傳告咸陳，惟道之褒。生而性善，在物而具。荒流奔軼，〔韓曰〕説文曰：軼，車相出也。軼，徒結切。乃萬其趣。匪思愈亂，匪覺滋誤。由師內鑒，咸獲于素。不植乎根，不耘乎苗。〔七〕中一外融，有粹孔昭。在帝中宗，聘言于朝。陰翊王度，俾人逍遥。越百有六祀，〔八〕號謚不紀。由扶風公告今天子，尚書既復，大行乃誄。光于南土，其法再起。厥徒萬億，同悼齊喜。惟師教所被，洎扶風公所履，咸戴天子。天子休命，嘉公德美。溢于海夷，浮圖是視。師以仁傳，公以仁理。謁辭圖堅，永胤不已。

校勘記

〔一〕碑　本卷標目原作「釋教碑」。據本書總目及音辯、五百家本改。

〔二〕莫不欣踴奮厲　「欣踴」，詁訓本作「欣躍」。

〔三〕空術益顯句下注　「世相付授」。「付授」原作「付受」，據五百家、世綵堂本改。

〔四〕大鑒始以能勞苦服役　音辯、世綵堂本注及何焯義門讀書記均謂「『能』卽『耐』字」。

〔五〕受旂纛節戟　「節戟」，佛祖歷代通載卷二十載此文作「節鉞」。按：節鉞，指符節與斧鉞，古拜大將授之，以重其權。作「節鉞」近是。

〔六〕人畏無噩句下注　「說文：噩，譁訟也」。陳景雲柳集點勘謂此注誤，并引玉篇云：「噩，驚也。」按：陳說是。

〔七〕不植乎根不耘乎苗　世綵堂本注：「二『乎』作『胡』字。」何焯義門讀書記亦云：「二『乎』當作『胡』字。」全唐文均作「胡」字。

〔八〕越百有六祀　全唐文「百」上無「越」字。

南嶽彌陀和尚碑〔一〕

〔韓曰〕公貞元十八年爲藍田尉，和尚死於七月十九日，此碑蓋七月後作也。東坡評説見上篇題注。

在代宗時，有僧法照，爲國師。乃言其師南岳大長老有異德，天子南鄉而禮焉。度其道不可徵，乃名其居曰般舟道場，〔二〕〔韓曰〕公嘗爲般舟和尚第二碑，蓋指日悟爲般舟和尚，即此所謂般舟道場也。用尊其位。

公始居山西南巖石之下，人遺之食則食；不遺則食土泥，茹草木。其取衣類是。南極海裔，北自幽都，來求厥道。或值之崖谷，羸形垢面，躬負薪樵，〔孫曰〕詩：薪之槱之。槱，積木燎之也。槱，音酉。以爲僕役而媟之，乃公也。〔韓曰〕説文：媟，嬻也。媟，音薛。凡化人，立中道而教之權，俾得以疾至。故示專念，書塗巷，刻谿谷，丕勤誘掖，以援于下。〔三〕不求而道備，不言而物成。人皆負布帛，斬木石，委之巖户，不拒不營。祠宇既具，以洎于德宗，申詔褒立，是爲彌陀寺。施之餘，則與餓疾者，〔韓曰〕説文云：施，惠也。施，施智切。不尸其功。

公始學成都唐公，次資州詵公，〔四〕詵公學於東山忍公，〔五〕〔詳注〕釋氏五祖忍公，姓周，黄梅人，與四祖道信，並住東山寺，故謂其法爲「東山法」。法照、智詵皆學於忍，惟唐公、真公及衡山承遠未詳。皆有道。至荆州，進學玉泉真公。真公授公以衡山，俾爲教魁，人從而化者以萬計。初，法照居廬山，由正定趣安樂國，「由」字，一本作「中」。見蒙惡衣侍佛者。佛告曰：「此衡山承遠也。」出而求之，肖焉，乃從而學。傳教天下，由公之訓。

公爲僧凡五十六年，其壽九十一，貞元十八年七月十九日終于寺。葬于寺之南岡，刻石于寺大門之右。銘曰：

一氣迴薄茫無窮，其上無初下無終。離而爲合蔽而通，始末或異今焉同。虛無混冥道乃融，聖神無跡示教功。公之率衆峻以容，公之立誠教其中。「教」，一作「放」。服庇草木蔽穹隆，仰攀俯取食以充。形遊無極交大雄，天子稽首師順風。〔六〕四方奔走雲之從，經始尋尺成靈宮。始自蜀道至臨洪，咨謀往復窮真宗。弟子傳教國師公，化流萬億代所崇。奉公寓形於南岡，幼曰弘願惟孝恭，立之茲石書玄蹤。

校勘記

〔一〕南嶽彌陀和尚碑題下注　「和尚死於七月十九日」。「和尚」原誤作「照」，據世綵堂本改。按：此處「和尚」指法照之師承遠，亦卽彌陀和尚，死於貞元十八年七月十九日。而法照，乃五台山竹林寺僧，大曆十二年以後卒（見陳垣釋氏疑年錄卷四），較承遠先死二十餘年。

〔二〕乃名其居曰般舟道場句下注　「公嘗爲般舟和尚第二碑，蓋指日悟爲般舟和尚，卽此所謂般舟道場也」。按：此注誤。般舟道場乃彌陀和尚承遠所居，非般舟和尚所居。承遠姓謝，漢州綿竹人（見呂溫承遠和尚碑）。而般舟和尚指日悟，姓蔣，零陵人（見柳宗元般舟和尚第二碑）。

〔三〕丕勸誘掖以援于下　「丕」原作「不」，據音辯、詁訓、世綵堂本改。「于下」，詁訓本作「乎正」。

〔四〕次資州詵公　「資州」原作「資川」，諸本同。按：陳景雲柳集點勘云：「柳碑中『資川詵公』，呂碑作『資州』，似當從呂碑。」宋高僧傳卷一九無相傳稱資中智詵禪師。資中卽資州。今據改。

〔五〕詵公學於東山忍公句下注　「法照、智詵皆學於忍」。按：法照爲承遠弟子，而智詵乃承遠之師，一爲師祖，一爲徒孫，不能皆受學於弘忍。注者誤將法照當作彌陀和尚，因而反將彌陀和尚承遠說成「未詳」。「惟唐公、眞公及衡山承遠未詳」。按：唐公，呂溫承遠和尚碑，和叔集所收者稱蜀郡康禪師，而載于文苑英華者則稱唐禪師，其人無考。眞公，卽本書卷七衡山中院大律師塔銘之蘭若眞公，而呂碑稱蘭若眞和尚，蓋指荆州南泉大雲寺惠眞而言，其事跡見文苑英華卷八六〇李華所撰碑。承遠，卽彌陀和尚，見本篇校勘記〔三〕。

〔六〕天子稽首師順風　「天子」，五百家、世綵堂本作「夫子」，誤。按：此處所謂「天子稽首」，卽上文「天子南嚮而禮焉」。天子，這里指唐代宗。

岳州聖安寺無姓和尚碑

〔韓曰〕公爲永州司馬時作。

維某年月日，岳州大和尚終于聖安寺。凡爲僧若干年，年若干。〔一〕有名無姓，世莫知其閭里宗族。所設施者有問焉，而以告曰：「性，吾姓也。其原無初，其胄無終，〔孫曰〕說文云：胄，胤也。承于釋師，以系道本，吾無姓耶？法劍云者，我名也。實且不有，名惡乎存？吾有名耶？性海，吾鄉也；法界，吾宇也。戒爲之墉，慧爲之户，以守則固，以居則安。吾閭里不具乎？度門道品，其數無極；菩薩大士，其衆無涯。吾與之戚而不吾異也，吾宗族不大乎？」其道可聞者如此而止。讀法華經、金剛般若經，數逾千萬，或譏以有爲，曰：「吾未嘗作。」嗚呼！佛道逾遠，異端競起，唯天台大師爲得其説。和尚紹承本統，以順中道，凡受教者不失其宗。生物流動，趨向混亂，惟極樂正路爲得其歸。和尚勤求端愨，以成至願，凡聽信者，不惑其道。或譏以有跡，曰：「吾未嘗行。」

始居房州龍興寺中，徙居是州，「徙居」，一作「徙于」。作道場于楞伽北峯，楞，音稜。不越閫者五十祀。閫，苦本切，與「梱」同。和尚凡所嚴事，〔二〕皆世高德。始出家，事而依者曰卓然師，〔三〕居南陽立山，〔四〕〔孫曰〕南陽，鄧州。葬岳州。〔五〕就受戒者曰道穎師，居荆州。弟子之首曰懷遠師，居長沙安國寺，爲南岳戒法。歲來侍師，會其終，遂以某月某日葬于卓然師塔東若干步。銘曰：

道本於一，離爲異門。以性爲姓，乃歸其根。無名而名，師教是尊。假以示物，非吾所存。大鄉不居，大族不親。淵懿内朗，冲虚外仁。聖有遺言，是究是勤。惟動惟默，逝如浮雲。〔六〕教久益微，世罕究陳。爰有大智，出其真門。一作「論」。師以顯示，俾民惟新。情動生變，物由湮淪。爰授樂國，參乎化源。師以誘導，俾民不昏。道用不作，神行無迹。晦明俱如，生死偕寂。法付後學，施之無斁。斁，厭也。夷益切。葬從我師，無忘真宅。薦是昭銘，刻茲貞石。〔七〕

校勘記

〔一〕凡爲僧若干年年若干　下「若干」上原脱「年」字，據取校諸本補。

〔二〕凡所嚴事　世綵堂本注：「一作『凡事嚴師』。」

〔三〕始出家事而依者曰卓然師　世綵堂本注：「一無『事』字。」

〔四〕居南陽立山　世綵堂本注：「一本無『立』字。」

〔五〕葬岳州　世綵堂本注：「『葬』字上有『卒』字。」全唐文「葬」上有「卒」字，是。

〔六〕逝如浮雲　世綵堂本注：「如，一作『水』。」何焯義門讀書記云：「『如』字作『水』字。」

〔七〕刻茲貞石　「貞石」，文粹作「玄石」。

碑陰記

無姓和尚既居是山，曰：「凡吾之求，非在外也，吾不動矣。」弘農楊公炎自道州以宰相徵，過焉。〔孫曰〕大曆四年八月，以道州刺史楊炎同平章事。以爲宜居京師，强以行，不可。將以聞，曰：「願間歲乃往。」明年，楊去相位，竄謫南海上，〔孫曰〕建中二年十一月，炎自左僕射貶崖州司户參軍。終如其志。趙郡李萼，音諤。辯博人也。爲岳州，盛氣欲屈其道，聞一言，服爲弟子。河東裴藏之舉族受教。京兆尹弘農楊公某〔孫曰〕元和四年，楊憑爲京兆尹。以其隱地爲道場，奉和州刺史張惟儉，〔一〕買西峯，廣其居。凡以貨利委堂下者，不可選紀，受之亦無言。將終，命其大弟子懷遠，授以道妙，終不告其姓。或曰周人也。信州刺史李某一本云「李公位」。公集有位墓誌。爲之傳，長沙謝楚爲行狀，博陵崔行儉爲性守一篇。凡以文辭道和尚功德者，不可悉數。弘農公自餘杭〔孫曰〕楊憑元和四年爲江西觀察使，以贓罪貶臨賀尉，俄自臨賀尉徙杭州長史。命以行狀來，懷遠師自長沙以傳來，使余爲碑。既書其辭，故又假其陰以記。

校勘記

〔一〕奉和州刺史張惟儉　「張惟儉」原作「楊惟儉」，據取校諸本及本書卷一二先君石表陰先友記改。

龍安海禪師碑

〔韓曰〕公云：弟子浩初等狀其師之行，謁余爲碑。按集有送浩初序，頗亟稱之。卽初之賢，蓋足以知海之爲人矣。永州作。

佛之生也，遠中國僅二萬里。〔一〕〔韓曰〕後漢西域傳：天竺國一名身毒。世傳明帝夢見金人，長大，頂有光明，問羣臣。或曰：「西方有神，名曰佛。」以地理考之，安南者，嶺南之極邊也，而天竺之道，自此而通；安西者，隴右之極邊也，而西域之道，自此而入，則其道里之遠可知矣。其没也，距今茲僅二千歲。故傳道益微，而言禪最病。拘則泥乎物，誕則離乎真，誕，欺也。真離而誕益勝。故今之空愚失惑縱傲自我者，一本作「空空愚夫失惑」云云。〔韓曰〕論語：有鄙夫問於我，空空如也。皆誣禪以亂其教，冒于嚚昏，〔韓曰〕左傳：口不道忠信之言爲嚚。嚚，魚巾切。放于淫荒。其異是者，長沙之南曰龍安師。

師之言曰：「由迦葉至師子，迦葉尊者。師子尊者。二十三世而離，離而爲達摩。由達摩至忍，〔二〕五世而益離，離而爲秀爲能。〔三〕〔孫曰〕神秀，姓李氏，汴州尉氏縣人。隋末，出家爲僧。後遇蘄州雙峯山東山寺僧弘忍，以坐禪爲業，乃歎伏曰：「此真吾師也。」便往事弘忍，專以樵汲自役，以求其道。咸亨五年，弘忍卒。秀乃往荊州，居當陽山。則天聞其名，追赴都。秀同學僧慧能，姓盧氏，新州人。忍卒，往韶州寶林寺。秀嘗奏則天，請追能赴都。至神龍元年，中宗遣内侍薛簡，馳詔往請能，能竟不度嶺而卒。天下乃散傳其道，謂秀爲北宗，能爲南宗。南北相訾，反戾鬬狠，下懇切。其道遂隱。嗚呼！吾將合焉。且世之傳書者，皆馬鳴龍樹道也。〔四〕馬鳴尊者。龍樹菩薩。二師之道，其書具存。徵其書，合於志，可以不慁。」胡困切。於是北學於惠隱，南求於馬素，咸黜其異，以蹈乎中，乖離而愈同，空洞而益實，作安禪、通明論。推一而適萬，則事無非真；混萬而歸一，則真無非事。推而未嘗推，故無適；混而未嘗混，故無歸。塊然趣定，至于旬時，是之謂施用；茫然同俗，極乎流動，是之謂真常。

居長沙，在定十四日，人即其處而成室宇，遂爲寶應寺。去于湘之西，人又從而負大木，〔五〕礱密石，説文云：礱，䃺也。礱，音聾。以益其居，又爲龍安寺焉。尚書裴公某，〔孫曰〕貞元三年閏五月，以國子司業裴胄爲湖南觀察使。七年，徙江西。李公某，〔孫曰〕八年十二月，以給事中李巽爲湖南。十三年九月，徙江西。侍郎吕公某，〔孫曰〕以禮部侍郎吕渭爲湖南。十六年七月卒。楊公某，〔孫曰〕十八年九月，以太常少卿楊憑爲湖南。御史中丞房公某，〔六〕咸尊師之道，執弟子禮。凡年八十一，爲僧五十三期，元和三年二月九日而没。

其弟子玄覺泊懷直、浩初等，狀其師之行，謁余爲碑。曰：師，周姓；如海，名也。世爲士。父曰擇交，同州録事參軍。叔曰擇從，尚書禮部侍郎。師始爲釋，其父奪之志，使仕，至成都主簿，不樂也。天寶之亂，復其初心。嘗居京師西明寺，又居岣嶁山，終龍安寺，〔孫曰〕衡山，一名岣嶁山。本拘縷二音。岣，又音古后切。嶁，又音力后切。葬其原。銘曰：

浮圖之修，其奥爲禪，奥，於到切。殊區異世，誰得其傳？遁隱乖離，浮游散遷，莫徵旁行，行，列也。胡朗切。徒聽誣言。〔七〕空有互鬭，南北相殘，誰其會之，楚有龍安。龍安之德，惟覺是則，苞並絶異，説文云：苞，裹也。苞，音包。表正失惑。貌昧形静，功流無極，動言有爲，彌寂而默。祠廟之嚴，我居不飾；貴賤之來，我道無得。逝耶匪追，至耶誰抑？惟世之機，惟道之微，既陳而明，乃去而歸。象物徒設，真源無依，後學誰師？嗚呼兹碑！一作「動言事爲」。

校勘記

〔一〕遠中國僅二萬里句下注　「頂有光明」。「明」原作「相」，據詁訓本及後漢書卷八八西域傳改。

「西方有神，名曰佛」。後漢書西域傳此句下尚有「其形長丈六尺而黄金色」一句。

〔二〕由達摩至忍　世綵堂本注：「一本無『由達摩』字。」

〔三〕離而爲秀爲能句下注　「秀同學僧慧能，姓盧氏」。「盧氏」原作「龐氏」，據音辯本及本書曹溪第六祖賜謚大鑒禪師碑題下注改。

〔四〕且世之傳書者皆馬鳴龍樹道也　詁訓、世綵堂本注：「一無『書』字。」按：上文有「故傳道益微」句，疑「書」字乃衍文。

〔五〕人又從而負大木　「而」，音辯、詁訓、世綵堂本作「之」。按：如此，則讀作「人又從之，負大木」。

〔六〕御史中丞房公某　陳景雲柳集點勘：「按，此房啓也。順宗實錄云『貞元二十一年五月，以萬年令房啓爲容州刺史兼御史中丞，將赴容州，經長沙，宿留久之而後行』。其師事龍安，在此時也。」按：房啓新唐書有傳，本書卷一二先君石表陰先友記亦曾提及。

〔七〕徒聽誣言　「誣」，音辯、游居敬本及全唐文作「浮」。

柳宗元集卷七

碑銘〔一〕

南嶽雲峯寺和尚碑

〔韓曰〕南嶽，衡山也。在衡州。按塔銘，和尚死於貞元十七年九月，葬以十月。其年秋，公方調藍田尉，此碑及塔銘皆同時作。

乾元元年某月日，〔孫曰〕乾元，肅宗年號。元年，歲在戊戌。皇帝曰：「予欲俾慈仁怡愉洽于生人，惟浮圖道允迪。」乃命五嶽求厥元德，以儀于下。〔童曰〕儀，謂表儀。惟茲嶽上于尚書，其首曰雲峯大師法證，〔二〕凡莅事五十年，貞元十七年乃没。其徒曰詮，曰遠，曰振，曰巽，曰素，凡三千餘人。其長老咸來言曰：「吾師軌行峻特，〔童曰〕軌，法也。又說文云：車轍也。軌，居侑切。器宇弘大。有來受律者，吾師示之以爲尊嚴整齊，〔三〕明列義類，而人知其所不爲；有來求道者，吾師示之以爲高廣通達，一其空有，〔四〕而人知其所必至。元臣碩老，稽首受教；髫童毁齒，〔詳注〕

髫，童子垂髮貌。説文云：齓，毁齒也。男八月而齒生，八歲而齓。女七月而齒生，七歲而齓。髫，音迢。踴躍執役。故從吾師之命而度者，凡五萬人。吾師冬不煥裘，煥，乙六、威遇二切。飢不豐食。每歲會其類，讀羣經，俾聖言畢出，有以見其大；又率其仵，〔五〕伐木輦土，作佛塔廟洎經典，俾像法益廣，有以見其用。將没，告門人曰：『吾自始學至去世，未嘗有作焉，然後知其動無不虚，静無不爲，生而未始來，殁而未始往也。』二「而」下，或有二「知」字。其道備矣。願刻山石，知教之所以大。」其詞曰：

師之教，尊嚴有燿，恭天子之詔，維大中以告，後學是效。師之德，簡峻淵默，柔惠以直，涣焉而不積，同焉而皆得，茲道惟則。師之功，勤勞以庸，維奥秘必通，〔六〕以興祠宫，遐邇攸從。師之族，由虢而郭，〔七〕〔孫曰〕周武王封文王弟虢叔於西虢。平王東遷，奪虢叔之地與鄭武公，求虢叔之裔孫序封於陽曲，號曰郭公。「虢」謂之「郭」，聲之轉也。世德有奕，從佛于釋。師之壽，七十有八，維終始罔缺，丕冒遺烈。厥徒蒸蒸，維大教是膺，維憲言是徵。溥博恢弘，如川之增，如雲之興，如嶽之不崩。終古其承之。

校勘記

〔一〕碑銘　本卷標目原作「釋教碑銘」。據本書總目及音辯、五百家本改。

〔二〕其首曰雲峯大師法證　世綵堂本注：「『證』，一作『澄』。」下篇「法證」下亦有此注。按：取校諸本均作「證」，佛祖統紀卷一〇、卷二四亦作「證」，疑「澄」字誤。

〔三〕吾師示之以爲尊嚴整齊　音辯、詁訓本「以」下無「爲」字。下句「吾師示之以爲高廣通達」，音辯、詁訓本亦無「爲」字，近是。

〔四〕一其空有　世綵堂、何焯校本注：「一本『一其』作『統一』。」

〔五〕又率其仵　世綵堂本注：「『仵』，一作『伍』。一無此一句。」詁訓本無此句。

〔六〕維奧祕必通　世綵堂、何焯校本注：「『必』，一作『是』。」

〔七〕由虢而郭句下注　「求虢叔之裔孫序封於陽曲」。「陽」下原脱「曲」字，據五百家本及新唐書卷七四上宰相世系表補。

南嶽雲峯和尚塔銘

雲峯和尚，族郭氏，號法證。爲竺乾道五十有七年，年七十有八，貞元十七年九月十七日終，十月二十七日葬。凡度學者五萬人，一有「爲」字。弟子者三千人。〔一〕色厲而仁，行峻而周，道廣而不尤，功高而不有。毅然居山之北峯，以爲儀表。世之所謂賢人大臣者，至南方，咸所嚴事。由其内者，聞大師之言律義，〔二〕莫不震動悼懼，如聽誓命；〔補注〕此卽前諱所云「有來受律者，吾師示之以尊嚴整齊，明列義類，而人知其所不爲」也。由其外者，聞大師之稱道要，莫不悽欷欣踴，欷，音希。如獲肆宥。〔補注〕此卽前碑所云「有來求道者，吾師示之以高廣通達，一其空有，而人知其所必至」也。故時推人師，則專其首；詔求教宗，則冠其位。披山伐木，崇構法宇，則地得其勝；捐衣去食，廣閱羣經，則理得其深。其道實勤，而其心無求。〔三〕自大師化去，教亦隨喪。

嗚呼！大師之葬，門人慕號，長老愁痛，遂相與以爲茲塔。礱石峻整，植木蓊茂，蓊，草木盛貌。蓊，烏孔切，又音翁。凡衡山無與爲比者。然而未有能紀其事。余既與大乘師重巽遊，巽，其徒也，亟爲余言，故爲其銘。銘曰：

苞元極兮韜大方，威而仁兮幽以光。行峻潔兮貌齋莊，〔四〕氣混溟兮德洋洋。演大律兮離毫芒，度羣有兮耀柔剛。棟宇立兮像法彰，文字闡兮聖言揚。闡，齒善切。詔褒列兮宅南方，道之廣兮用其常。後是式兮宜久長，閟靈室兮記崇岡。卽玄石兮垂文章，學者慕兮哀無疆。

校勘記

〔一〕弟子者三千人句上注　「一有『爲』字」。音辯本及全唐文「弟子」上有「爲」字，近是。

〔二〕閗大師之言律義　「律義」，佛祖歷代通載作「律儀」，是。按：律儀，佛家語。律，指止惡戒律；儀，指立身儀則。大乘義章云：「言律儀者，制惡之法，說名爲律；行依律戒，故號律儀。」

〔三〕而其心無求　詁訓、何焯校本「而」下無「其」字。

〔四〕行峻潔兮貌齋莊　「齋」，世綵堂本作「齊」。

南嶽般舟和尚第二碑〔一〕

〔韓曰〕公嘗作南嶽彌陀和尚碑，謂代宗時有僧法照，言其師南嶽大長老有異德，天子禮焉，名其居曰般舟道場，與此碑合。〔孫曰〕按碑云前永州司馬員外置同正員柳宗元撰并書。元和三年十月二十九日僧景秀立，刻者林鴻。

佛法至于衡山，及津大師始修起律教。由其壇場而出者，爲得正法。其大弟子曰日悟和尚，盡得師之道，次補其處，爲浮圖者宗。世家于零陵，蔣姓也。和尚心大而行密，體卑而道尊。以爲由定發慧，必用毗尼爲之室宇，遂執業於東林恩大師。究觀秘義，乃歸傳教。不視文字，懸判深微。登壇涖事，度比丘衆，凡歲千人者三十有七，而道不愿。以爲去凡卽聖，必以三昧爲之軌道，遂服勤於紫霄遠大師。修明要奥，得以觀佛。浩入性海，洞開真源。〔孫曰〕碑本作「廓開真源」。道場專精，長跪右遶，碑本無「長跪」二字。不衡不倚，碑本無「不衡」二字。凡七日者百有二十，而志不衰。

初，開元中詔定制度，師乃居本郡龍興寺。肅宗制天下名山，置大德七人，兹嶽尤重，推擇居首。師乃卽崇嶺，是作精室。闢林莽，碑本作「斬林莽」。剗巖巒，〔韓曰〕山小而鋭曰巒。巒，音鸞。殿舍宏大，廊廡脩直。〔韓曰〕説文云：廡，堂下周屋。廡，音武。不命而獻力，不祈而薦貨。凡南方顓念佛三昧者，〔三〕顓，音專。必由於是，命曰般舟臺焉。和尚生十三年而始出家，又九年而受具戒，又十年而處壇場，碑本「處」作「居」。又三十七年而當貞元二十年正月十七日，化于兹室。

嗚呼！無得而修，故念爲實相；不取於法，故律爲大乘。壞衣不飾，揣食不味。揣，聚貌。揣，徒官切。覆薦服役，凡出於生物者，擯而勿用，不自知其慈；攝取調御，凡歸於正真者，動而成群，不自知其教。萬行方厲，一性恒如，寂用之涯，不可得也。有弟子曰景秀，嗣居法會。欲廣其師之德，延于罔極。故申明陳辭，俾刊之兹碑。銘曰：

像教南被，及津而尊。威儀有嚴，載闢其門。吾師是嗣，增濬道源。度衆逾廣，大明羣昏。乃興毗尼，微密是論。盧昆切。八萬總結，彰于一言。聲聞熙熙，遐邇來奔。如木既拔，有植其根。乃法般舟，奥妙斯存。百億冥會，觀于化元。同道祁祁，祁祁，盛貌。功庸以敦。如水斯壅，流之無垠。垠，岸也。垠，音銀。帝求人師，登我先覺。赫矣明命，表兹靈嶽。于彼南皐，齋宫爰作。負揭致貨，時靡要約。祖奮程力，不呼而諾。是刈是鑿，既塗既斲。層構孔碩，以延後學。出不牛馬，服不絮帛。匪安其躬，亦菲其食。勤而不勞，在用恒寂。縱而不傲，在捨恒得。洪融混合，孰究其跡？懿兹遺光，式是嘉則。容貌往矣，軌儀無極。其徒追思，賡薦兹石。

校勘記

〔一〕南嶽般舟和尚第二碑題下注　「公嘗作南嶽彌陀和尚碑，謂代宗時有僧法照，言其師南嶽大長老有異德，天子禮焉，名其居曰般舟道場，與此碑合」。按：此注與南嶽般舟和尚第二碑不相切合。因般舟和尚指日悟，彌陀和尚乃承遠，不能混爲一人。本書卷六南嶽彌陀和尚碑校勘記〔二〕已辨其誤。「按碑云前永州司馬員外置同正員柳宗元撰并書」。「置」下原脱「同正員」三字，今補。又，注云此碑作於元和三年，柳正任永州司馬，「永州」上「前」字，疑爲衍文。「元和三年十月二十九日僧景秀立」。「十月」，何焯校本作「二月」。

〔二〕凡南方顓念佛三昧者　音辯、詁訓本及全唐文、佛祖歷代通載「南方」下有「人」字。何焯義門讀書記：「『南方』下有一『入』字。」并引音辯本注「潘云：大藏有般舟三昧經云，一心念佛若一日，晝夜若七日七夜。又云，經行不得休息不得坐，三月速得是三昧。今釋氏有依此教修行者。」

南嶽大明寺律和尚碑〔一〕

儒以禮立仁義，無之則壞；佛以律持定慧，去之則喪。是故離禮於仁義者，不可與言儒；異律於定慧者，不可與言佛。達是道者，唯大明師。師姓歐陽氏，號曰惠開。〔二〕唐開元二十一年始生，天寶十一載始爲浮圖，大曆十一年始登壇爲大律師，貞元十三年十一月十一日卒。元和九年正月，其弟子懷信、道嵩、尼無染等，命高道僧靈嶼爲行狀，列其行事，願刊之玆碑。

宗元今掇其大者言曰：師先因官世家潭州，〔三〕爲大姓，〔四〕有勳烈爵位，今不言，大浮圖也。凡浮圖之道衰，其徒必小律而去經，大明恐焉。於是從峻洎侃，以究戒律，而大法以立。又從秀洎昱，以通經教，而奧義以修。由是二道，出入隱顯。後學以不惑，來求以有得。廣德二年，〔五〕始立大明寺于衡山，詔選居寺僧二十一人，師爲之首。乾元元年，〔韓曰〕以史考之，乾元，肅宗即位之三載。廣德，代宗即位之一載。如此則乾元當在先，廣德當在後。然此碑正謂南嶽大明寺律和尚，則大明寺始立於廣德爲信，當是「乾元」字誤矣。一本於此特曰「某年」，疑之也。又命衡山立「毗尼藏」，詔選講律僧七人，〔六〕師應其數。凡其衣服器用，動有師法，言語行止，皆爲物軌。執巾匜，〔孫曰〕左氏傳：奉匜沃盥。注：匜，沃盥器也。匜，音移，又演爾切。奉杖屨，爲侍者數百；翦髮髦，被教戒，爲學者數萬。得衆若獨，居尊若卑。晦而光，介而大，灝灝焉無以加也。〔七〕〔韓曰〕灝，夷曠也。灝，音浩。其塔在祝融峯西址下，〔孫曰〕衡山有五峯，祝融其一也。碑在塔東。其辭曰：

儒以禮行，覺以律興。一歸真源，無大小乘。大明之律，是定是慧。丕窮經教，爲法出世。化人無疆，〔八〕垂裕無際。詔尊碩德，威儀有繼。道徧大州，徽音勿替。祝融西麓，山足曰麓。麓，音鹿。洞庭南裔，裔，末也。裔，音曳。金石刻辭，彌億千歲。

校勘記

〔一〕南嶽大明寺律和尚碑　音辯本題作「大明和尚碑」，文粹題作「衡山大明寺律和尚塔碑銘并序」。

〔二〕號曰惠開　「惠開」，全唐文作「慧聞」。按：疑年錄兩存其名。

〔三〕師先因官世家潭州　「官」，佛祖歷代通載作「宦」，近是。

〔四〕爲大姓　「姓」，全唐文及佛祖歷代通載均作「族」。

〔五〕廣德二年　「二年」，佛祖歷代通載作「三年」。

〔六〕詔選講律僧七人　「七人」，世綵堂本作「士人」，疑誤。

〔七〕灝灝焉無以加也句下注　「灝，夷曠也」。「灝」上原有「說文云」三字，按說文謂「灝，豆汁也」，與柳文文意不合，據世綵堂本删。音辯本注：「灝，音浩，義同。」

〔八〕化人無疆　「疆」，文粹、全唐文及佛祖歷代通載均作「量」。

碑陰

凡葬大浮圖，無竁穴，〔童曰〕竁，穿地也。竁，音釧。其於用碑不宜。然昔之公室，禮得用碑以葬。其後子孫，因宜不去，〔一〕遂銘德行，用圖久於世。及秦刻山石，號其功德，亦謂之碑，而其用遂行。然則雖浮圖亦宜也。

凡葬大浮圖，其徒廣則能為碑，晉、宋尚法，故為碑者多法。梁尚禪，故碑多禪。法不周施，禪不大行，而律存焉，故近世碑多律。

凡葬大浮圖，未嘗有比丘尼主碑事，今惟無染實來，涕淚以求，其志益堅，又能言其師他德尤備，故書之碑陰。

師凡主戒事二十二年，宰相齊公映、李公泌、趙公憬，尚書曹王皋、裴公冑，侍郎令狐公峘，已上六人，史皆有傳。或師或友，齊親執經受大義爲弟子。又言師始爲童時，夢大人縞冠素舄〔韓曰〕說文：縞，鮮色。舄，履也。縞，音杲。舄，音昔。來告曰：「居南嶽大吾道者，必爾也。」已而信然。將終，夜有光明，笙磬之音，衆咸見聞。若是類甚衆。以儒者所不道，而無染勤以爲請，故末傳焉。無染，韋氏女，世顯貴，今主衡山戒法。

校勘記

〔一〕因宜不去　「宜」，詁訓本作「而」。

衡山中院大律師塔銘

衡山中院大律師曰希操，没年五十七。「没年」，一作「末年」。既没二十七年，弟子誡盈奉公之遺事，〔一〕願銘塔石。公晉姓，晉，子感切。凡去儒爲釋者三十一祀，〔二〕掌律度衆者二十六會。南尼戒法，壞而復正，由公而大興；衡嶽佛寺，毀而再成，由公而丕變。故當世之士，若李丞相泌，道未嘗屈，覩公而稽首，尊之不名；〔韓曰〕公前於大明師碑，嘗謂丞相李公泌執經受大義。今又謂覩大律師而稽首尊之，則師之出處，蓋必與大明師同。出世之士，若石廪瓚公，〔三〕〔孫曰〕衡山有石廪峯。

言未嘗形，遇公而歎息，推以護法。是以建功之始，則震雷大風示其兆；滅跡之際，則隕星黑祲告其期。〔韓曰〕説文云：祲，精氣感祥。春秋傳：見赤黑之祲。祲，音浸。斯爲神怪，不可度已。故其與物大同，終始無争，受學之衆，他莫能偕也。凡所受教，若華嚴照公，蘭若真公，荆州至公，律公，皆大士；凡所授教，若惟瑗、道郢、靈幹、惟正、惠常、誡盈，皆聞人。嗚呼！始終哉。爲之銘曰：

首有承兮卒有傳，革大訛兮持法權。衆之至兮志益虔，雷發兆兮功已宣。星告妖兮壽不延，靈變化兮迎大仙。礱兹石兮垂萬年，世有壞兮德無遷。

校勘記

〔一〕弟子誡盈奉公之遺事　音辯、詁訓本「弟子」上有「其大」二字。何焯校本「弟子」上有「有」字。世綵堂本注：「一作『有大弟子』。」

〔二〕凡去儒爲釋者三十一祀　世綵堂本注：「一無『一』字。」

〔三〕若石廪瓚公　「廪」下原有「公」字。何焯校本謂「『廪』下『公』字疑衍」。義門讀書記作「若石廪瓚公」。音辯本注：「衡山有石廪峯。瓚，僧名也，號懶殘。」按：范成大驂鸞録、李元度南嶽志亦謂「石廪」是衡山一峯，與紫蓋、岣嶁諸峯齊名。據此，删「廪」下「公」字。

柳宗元集卷八

行狀

段太尉逸事狀

〔詳注〕段太尉，秀實也，字成公。新、舊史皆有傳。此狀，公元和九年在永州作。集又有與史官韓愈致段太尉逸事書。狀當在書之先云。

太尉始爲涇州刺史時，〔孫曰〕大曆十二年，邠寧節度使白孝德薦秀實爲涇州刺史。汾陽王以副元帥居蒲，〔孫曰〕是歲正月，以汾陽王郭子儀爲關內河東副元帥、河中節度等使，治河中。河中，蒲州也。王子晞爲尚書，〔孫曰〕晞，子儀子，時爲左常侍，不爲尚書。恐誤。晞，音希。領行營節度使，寓軍邠州，〔孫曰〕子儀自行營入朝，晞在邠州，士放縱不法。邠，悲巾切。縱士卒無賴。邠人偷嗜暴惡者，卒以貨竄名軍伍中，則肆志，竄，七亂切。「卒」，一作「率」。吏不得問。日羣行丐取於市，不嗛，不嗛，不足也。嗛，音慊。輒奮擊折人手足，椎釜鬲甕盎盈道上，〔童曰〕鬲，鼎屬。盎，盆也。釜，音輔，正作「鬴」。鬲，音歷。盎，於浪切。

「盈」字一本作「蔡」，與「撒」同，讀如蔡，蔡叔之「蔡」。新史改作「盈」，故或作「盈」。一本又作「棄」。袒臂徐去，「袒」字，一作「把」，非是。至撞殺孕婦人。撞，傳江切。邠寧節度使白孝德以王故，戚不敢言。

太尉自州以狀白府，願計事，至則曰：「天子以生人付公理，「付」，一作「分」。公見人被暴害，因恬然，且大亂，若何？」孝德曰：「願奉教。」太尉曰：「某爲涇州〔韓曰〕涇與邠州皆隸關內道。甚適，少事，今不忍人無寇暴死，以亂天子邊事。公誠以都虞候命某者，能爲公已亂，使公之人不得害。」孝德曰：「幸甚！」如太尉請。既署一月，晞軍士十七人入市取酒，又以刃刺酒翁，壞釀器，壞，音怪，又胡怪切。釀，女亮切。酒流溝中。「流」，一作「留」。太尉列卒取十七人，皆斷頭注槊上，〔童曰〕說文云：槊，長矛也。槊，音朔。植市門外。晞一營大譟，譟，先到切，與噪同。盡甲。孝德震恐，召太尉曰：「將奈何？」太尉曰：「無傷也。請辭於軍。」孝德使數十人從太尉，太尉盡辭去，解佩刀，選老躄者一人持馬，〔童曰〕說文云：躄，不能行也。躄，蒲結、俾亦二切。至晞門下。甲者出，太尉笑且入曰：「殺一老卒，何甲也？吾戴吾頭來矣。」〔補注〕邵太史曰：宋景文修新史，曰：「吾戴頭來矣。」去一「吾」字，便不成語。吾戴頭來者，果何人之頭耶？甲者愕。因諭曰：「尚書固負若屬耶？副元帥固負若屬耶？奈何欲以亂敗郭氏？爲白尚書，出聽我言。」晞出，見太尉，太尉曰：「副元帥勳塞天地，當務始終。今尚書恣卒爲暴，暴且亂，亂天子邊，欲誰歸罪？罪且及副元帥。今邠人惡子弟以貨竄名軍籍中，殺害人，如是不止，幾日不大亂？大亂由尚書出，人皆曰尚書倚副元帥不戢士，然則郭氏功名其與存者幾何？」言未畢，晞再拜曰：「公幸教晞以道，恩甚大，願奉軍以從。」顧叱左右曰：「皆解甲，散還火伍中，敢譁者死！」太尉曰：「吾未晡食，〔張曰〕晡，晚食也。晡，音逋。請假設草具。」既食，曰：「吾疾作，願留宿門下。」命持馬者去，且日來。〔一〕遂臥軍中。晞不解衣，戒候卒擊柝衛太尉。旦，俱至孝德所，謝不能，請改過。邠州由是無禍。

先是太尉在涇州，爲營田官。〔孫曰〕白孝德初爲邠寧，署秀實支度營田副使。涇大將焦令諶音忱。取人田，自占數十頃，給與農，曰：「且熟，歸我半。」是歲大旱，野無草，農以告諶。諶曰：「我知入數而已，不知旱也。」督責益急。且飢死，無以償，〔二〕卽告太尉。太尉判狀辭甚巽，使人求諭諶。〔三〕諶盛怒，召農者曰：「我畏段某耶？何敢言我！」取判鋪背上，以大杖擊二十，垂死，輿來庭中。太尉大泣曰：「乃我困汝。」卽自取水洗去血，裂裳衣瘡，衣，於既切。手注善藥，旦夕自哺農者，然後食。〔張曰〕哺，啜也。哺，音逋。取騎馬賣，市穀代償，使勿知。淮西寓軍帥尹少榮〔四〕剛直士也，入見諶，大罵曰：「汝誠人耶？涇州野如赭，說文：赭，赤土也。赭，音者。人且飢死，而必得穀，又用大杖擊無罪者。段公，仁信大人也，而汝不知敬。今段公唯一馬，〔五〕賤賣市穀入汝，汝又取不耻。〔六〕凡爲人，傲天災、犯大人、擊無罪者，又取仁者穀，使主人出無馬，汝將何以視天地，尚不愧奴隸耶？」隸，郎計切。諶雖暴抗，然聞言則大愧流汗，不能食，曰：「吾終不可以見段公。」一夕自恨死。〔孫曰〕段公別傳云：大曆八年令諶猶存者。蓋公之得於傳聞，其實令諶不死。

及太尉自涇州以司農徵，〔孫曰〕建中元年二月，秀實自涇原節度使召爲司農卿。戒其族：過岐，岐，山名。岐，音祁。朱泚幸致貨幣，愼勿納。泚，此禮切。及過，泚固致大綾三百匹，太尉壻韋晤堅拒，不得命。至都，太尉怒曰：「果不用吾言！」晤謝曰：「處賤，無以拒也。」太尉曰：「然終不以在吾第。」以如司農治事堂，〔七〕棲之梁木上。〔八〕一本無「之」字。泚反，〔孫曰〕四年十月，詔涇原節度使姚令言率師救哥舒曜。丁未，出京城，至滻水，倒戈謀反，乃於晉昌里迎朱泚爲帥。太尉終，〔九〕〔孫曰〕庚戌，泚殺秀實。興元元年二月，贈秀實太尉，謚「忠烈」。吏以告泚，泚取視，一有「之」字。其故封識具存。識，音志。

太尉逸事如右。

元和九年月日，永州司馬員外置同正員柳宗元謹上史館。今之稱太尉大節者，出入，〔一〇〕以爲武人一時奮不慮死，以取名天下，不知太尉之所立如是。宗元嘗出入岐、周、邠、斄間，〔童曰〕斄，后稷所封。斄，音邰。今本作「斄」，音俟甾切。水名。過眞定，北上馬嶺，歷亭鄣堡戍，〔一一〕〔張曰〕說文云：鄣，紀邑。堡，𡍐也。鄣，音章。堡，音保。竊好問老校退卒，能言其事。太尉爲人姁姁，凶于切，又況羽切。常低首拱手行步，「行」，一作「促」。言氣卑弱，未嘗以色待物，人視之，儒者也。遇不可必達其志，決非偶然者。會州刺史崔公來，永州刺史。言信行直，備得太尉遺事，覆校無疑。或恐尚逸墜，未集太史氏，敢以狀私於執事。謹狀。

校勘記

〔一〕命持馬者去且日來　文粹「去」下有「且日」二字，「且日來」作「明旦來」。

〔二〕且飢死無以償　英華、文粹「且」上有「農」字，近是。

〔三〕使人求諭諶　「求」，英華作「來」，疑是。

〔四〕淮西寓軍帥尹少榮　「尹少榮」原作「少尹榮」，據音辯、詁訓、世綵堂本、英華、文粹及新唐書卷一五三段秀實傳改。

〔五〕今段公唯一馬　「段」下原脱「公」字，據取校諸本補。

〔六〕汝又取不耻　全唐文「汝」下無「又」字，文粹、全唐文「取」下有「之」字。

〔七〕以如司農治事堂　四部叢刊本文粹及全唐文「以」下有「綾」字。宋刻文粹「如」作「加」。

〔八〕棲之梁木上　詁訓本「梁」下無「木上」二字。

〔九〕泚反太尉終　詁訓本「泚」上有「至」字。

〔一〇〕今之稱太尉大節者出入　文粹「者」下無「出入」二字。

〔二〕歷亭鄣堡戍　「堡戍」，文粹作「戍堡」。句下注「說文云：鄣，紀邑」。按：此注不當。「鄣」，與「障」同，謂要險處用於防禦所築之堡障。世綵堂本注：「漢書：武帝使狄山乘鄣。」似較張注貼切。

故銀青光禄大夫右散騎常侍輕車都尉宜城縣開國伯柳公行狀

曾祖善才，皇荆王侍讀。

祖尚素，皇潤州曲阿縣令。

父慶休，皇渤海郡渤海縣丞，贈蔡州刺史、工部尚書。

汝州梁縣梁城鄉思義里柳渾年七十四狀。

公字惟深，〔韓曰〕又字夷曠。其先河東人。晉永嘉年，〔童曰〕永嘉，懷帝年號。有濟南太守卓者，去其土代仕江左，〔孫曰〕西晉末，柳純位平陽太守。純子卓避永嘉之亂，自本郡遷於襄陽，官至汝南太守。今云濟南，恐誤。「代」字，一本作「往」。公實後之。柳氏自黄帝、后稷降于周、魯，以字命族，因地受氏，載在左氏内、外傳〔一〕〔孫曰〕魯孝公子伯展，展孫司空無駭，無駭生禽字季，爲魯士師，食邑柳下，謚曰惠，因以柳爲氏。魯爲楚滅，柳氏入楚。楚爲秦滅，乃遷晉之解縣。後秦置河東郡，故爲河東解縣人。及太史公書。自卓至公十有一代，〔二〕〔孫曰〕卓子恬，西河太守。恬子憑，馮翊太守。憑子叔宗，字雙鱗，宋建威參軍。叔宗子世隆，字彦緒，南齊尚書令。世隆子掞，字文通，梁左僕射、曲江穆侯。掞子映。映子奭。奭子善才。善才子尚素。尚素子慶休。慶休子渾。自卓至渾十一世也。爲士林盛族，著于南朝歷代史〔孫曰〕柳元景弟叔宗已下，南史皆有傳。及柳氏家牒。惟公質貌魁傑，度量宏大，弘和博達而遇節必立，恢曠放弛而應機能斷。音煅。其居室，奉養撫字之誠，儀于宗戚，而內行著焉；其涖政，柔仁端直之德，洽于府寺，而外美彰焉。凡爲學，略章句之煩亂，採摭奧旨，〔童曰〕說文云：摭，拾也。摭，之石切。以知道爲宗；凡爲文，去藻飾之華靡，汪洋自肆，以適己爲用。自始學至於大成，躭嗜文籍，躭，都含切，與「耽」同。注意鑽礪，〔童曰〕說文云：鑽，所以穿也。鑽，祖官切。倦不知游息，威不待榎楚。榎，古雅切。儒言雅旨，〔三〕夙有聞知。

年十餘歲，有稱神巫來告曰：「若相法當夭且賤，幸而爲釋，可以緩而死耳，位祿非若事也。」公諸父素加撫愛，尤所信異，遽命奪去其業，從巫言也。一云「從巫之言也」。公不可，且曰：「夫性命之理，聖人所罕言，縉紳者所不道，巫何爲而能盡之也〔四〕？且令從之而生，去聖人之教而爲異術，不若速死之愈也！」於是爲學甚篤。其在童幼，固不惑於怪譎矣。〔張曰〕譎，說文云：權詐也。譎，古穴切。

開元中，舉汝州進士，計偕百數，公爲之冠。音貫。後同。禮部侍郎韋陟異而目之，一舉上第。〔孫曰〕天寶元年，禮部侍郎韋陟知貢舉，柳載中第十四人。載，後改名渾。調授宋州單父尉。〔五〕操斷舉措，通乎細大，潔廉檢守，形於造次。加雲騎尉。秩滿，江南西道連帥聞其名，辟至公府。〔孫曰〕至德中，爲江西採訪皇甫侁判官。以信州都邑，人罹凶害，罹，遭也。罹，鄰知切。靡敝殘耗，假守永豐令。公於是用重典以威姦暴，〔六〕〔童曰〕周禮：刑亂國用重典。重，直龍切。鋪大和以惠鰥嫠，〔七〕上古頑切，下陵之切。毆除物害，毆，音區。消去人隱，〔八〕吏無招權乾没之患，政無犯令尨茸之蠹，〔張曰〕尨茸，亂貌。尨，音蒙。茸，如容切。蠹字，音妬。宰制聽斷，漸於訟息。耕夫復於封疆，商旅交於關市。既庶而富，廉耻興焉；既富而教，庠塾列焉。〔童曰〕塾，學也。禮記：家有塾。塾，音孰。里閈大變，克有能稱，遂表爲洪州豐城令。到職，如永豐之政，而仁厚加焉。授衢州司馬。

夫器宏者，耻效以圭撮之任；撮，倉括切。足逸者，難局以尋常之地。公遂滅跡藏用，遁隱於武寧山。羣公交書，諸侯走幣，皆謝絶不就。方將究賢人之業，窮君子之儒，味道腴以代膏粱，含德輝而輕紱冕，遺榮養素，恬淡如也。朝右籍甚有聲，徵拜御史。〔孫曰〕拜監察御史。公曰：「君命也，安敢逃乎？」卽日裝束上道。公嘗好大體，不爲細家之迫速。〔九〕一作「束」。非其志也，以疾辭。授左補闕。〔一〇〕不隱忠以固位，不形直以奸名。奸，音干。它本作「姧」，非也。除殿中侍御史，賜緋魚袋，赴江西，與租庸使議復榷鐵榷，音角。及常平倉，便宜制置，得以專任。

一作「征」。和鈞關石之緒，出納平準之宜，國利人逸，得其要道。〔一〕〔孫曰〕明年，自左補闕除殿中侍御史，知江西租庸院事。遷侍御史，充江南西路都團練判官。〔孫曰〕大曆三年，以刑部侍郎魏少遊爲江西觀察使。少遊表渾爲其府判官。時屬支郡，不知連帥之職，公請出巡盡征之地。大詰姦繆，所至風動。其有非常之政裕于人者，必舉其課績，歸之使府。又以文采殷勤歌詠之，俾其風謡頌聲，謡，音摇。聞于他部，達于京師而後已。改祠部員外郎，轉司勳郎中，餘如故。就拜袁州刺史。〔孫曰〕十二年拜袁州刺史。公於是酌古良牧之政宜于今者，宗而奉之；考諸理國之説稱于人者，承而守之。均利器用，以致其富；昭明物則，以教之禮。示優裕之德以周惠，利緩九賦；推廣厚之心以固和，慈保萬人。明其制量，臨長羣吏，示之法禁，考中備敗，無不得其極。理行高第，朝廷休之，召拜諫議大夫，〔孫曰〕十四年五月，以中書舍人崔祐甫平章事。崔薦渾爲諫議大夫。充浙江東、西道黜陟使，〔孫曰〕建中元年二月，命黜陟使十一人分巡天下。將舉其能政端于外邦也。公則修虞書之考績，舉漢代之課第，處事詳諦，無依違故縱之敗，奉法端審，無隱忌峭刻之文。峭，七肖切。刻，音尅。時分部所繫於公尤重，淩江並海，〔童曰〕並，近也。並，蒲浪切。列子：並歌並進。又音竝，上聲。竟吳、越之域，皆所蒞焉。復命稱職，加朝散大夫。又拜左庶子、集賢殿學士。奉翊儲后，修其宫政，統理文籍，紀于祕府。拜尚書右丞。〔二〕直而多容，簡而有制，去苛削之文苛，音何。而吏皆率法，務弘大之道而政不失中。加銀青光禄大夫，遷右散騎

常侍。〔一三〕

涇卒之亂，公以變起卒遽，盡室奔匿于終南山。賊徒訪公所在，追以相印。既及公而問焉，公變名氏以紿之，〔張曰〕江南呼欺曰紿。紿，音怠。捐家屬以委之。賊遂執公愛子，榜箠訊問，〔張曰〕榜，音彭。所以輔弓弩。又去聲，四十三映，北孟切。進也，笞也。張敖傳載貫高榜笞數千。又音膀。木片也。又音謗，進舡。折其右肱，而公不之顧。即步入窮谷，拔草逕，踰秦嶺，〔一四〕由褒、駱朝于行宮。〔一五〕〔孫曰〕四年十月，朱泚反，渾微服徒行，遁終南山谷。賊素聞其名，以宰相召，執其子榜笞之，搜索所在。渾步至奉天，扈從至梁州，改左散騎常侍。上嘉其誠節，不時召見。公頓首流涕，累陳計畫。賊平策勳，賜輕車都尉，封宜城縣開國伯，拜尚書兵部侍郎。〔一六〕〔孫曰〕貞元元年，拜兵部侍郎，封宜城縣伯。初，公名載，字元輿，至是奏請改命，以滌僞署之汙。〔孫曰〕賊平，渾奏言：「臣名向爲賊污，且『載』於文從『戈』，非偃武所宜，請改名渾。是歲，盜據淮澨，〔一七〕〔孫曰〕淮西節度使吳少誠反。方議討戮，宰相以大理評事李元平者有名，以爲才堪攘寇，拜爲汝州。羣臣望聲徇利者皆曰德舉，公獨慷慨言於朝曰：慷，下朗切。慨，下溉切。「是夫喋喋，喋喋，多言也。喋，音牒。衒玉而賈石者也。〔韓曰〕說文：衒，行且賣也。賈，賣售也。衒，扃縣切。賈，音古。王衍誤天下，殷浩敗中軍，華而不實，異代同德，往且見獲，何寇之攘？」時人不之信也。〔一八〕未幾，盜襲汝州，以元平歸，〔孫曰〕四年正月，李希烈陷汝州，執別駕李元平。襲，音習。凡百莫不嗟服焉。俄以本官同中書門下平章事，〔孫曰〕貞元三年正月，以本官同平章事。登翊聖皇，〔一九〕翊，音翼。匡弼大政。造膝盡規諫之志，當事無矜大之容。援下情于上，以酌天心；順嘉謨于外，用彰君德。故績用茂著而人罕知之。然其章布於外，敷聞在下者十一二焉。

貞元初，上以甸服長人，天下理本，於是親擇郎吏，分宰於京師外部。〔孫曰〕帝嘗親擇吏宰畿邑，而政有狀，召宰相語，皆賀帝得人。未幾而人謡大和，擊壤之頌歸于帝力。上召丞相告之，左僕射平章事張延賞抃蹈稱慶。公俯伏不賀，且曰：「甸服之政，固宜慎重，然則此屑屑者，特京兆尹之職耳。陛下當擇臣輩以輔聖德，臣當選京兆以承大化，京兆當求令長以親細事，夫然後宜。捨此而致理，可謂愛人矣，然非王政之大倫也。不知所賀。」上深然之。漢惠悦曹參之言，絳侯慚曲逆之對，〔二〇〕〔補注〕漢書：上問右丞相勃天下一歲決獄、錢穀，勃不能對。問左丞相平，平曰：「有主者。」上曰：「君所主何事也？」平謝曰：「宰相者，上佐天子理陰陽順四時，下遂萬物之宜，外鎮撫四夷諸侯，内親附百姓，使卿大夫各得任其職也。」上稱善。勃大慚。考之前志，我無負焉。既而西戎乘間入邑，詐以請盟。侍中北平王燧建議許之，自公卿以下，莫有異慮。公獨陳謀獻畫，言戎之詐，固不可許。竟留中不下，而前議遂行。於是册命上將，涖盟諸戎。戎果縱兵逼好，大敺掠而去。上召對前殿，嘉歎者久之。〔孫曰〕五月，以侍中渾瑊爲吐蕃清水會盟使，兵部侍郎崔漢衡副之。閏五月辛未，瑊與吐蕃尚結贊同盟于平凉。是日，上視朝。渾曰：「戎狄，豺狼也，非盟誓可結。今日之事，臣竊憂之。」瑊果爲蕃兵所劫，狼狷而獲免。漢衡以下將吏陷没者六十餘人。上使謂渾曰：「卿書生，乃能料敵如此其審耶！」時諫臣有廷爭陷於訕上者，訕，音疝。上未之善也。公從容候間，陳古以諷。所以示寛裕之德，招讜正之言，詞旨切直，意氣懃懇，動合聖謨，卒見納用。無何，工人有以理乘輿服器得罪于左右者，〔二〕有司以盜易御物，請論如法。制初可之。公不奉詔，因抗疏曰：「跡其罪狀，未甚指明。方春殺人，懼傷和氣。」上覽之，大悦，卽原其罪。〔孫曰〕玉工爲帝作玉帶，誤毁一銙，工不以聞，私市他玉足之。及獻，帝識不類，擿之，工人伏罪。帝怒其欺，詔京兆府論死。渾曰：「陛下殺之則已，若委有司，須詳讞乃可。於法，誤傷乘輿器服，杖六十，請論如律。」詔從之。刑官愼恤之事，正於邦典；聖君含育之德，彰于天下。論者難之。時上相與光禄卿裴腆不協，候公休沐，以御酒或闕，陰請貶之。制命既行，公堅執不下，請訊支計之吏，校其供入之實，原本定罪，窮理辯刑，而腆竟獲宥，克復本職。白志貞有羈靮之勤，説文：靮，韁也。靮，音的。獻利屢中，「利」，一作「謀」。上嘉其功効，特寵異之。方議大用，公以爲胥徒雜類，〔三〕「胥」，俗作「肯」。出自微賤，負乘致寇，盜之招也，累疏以聞而止。〔孫曰〕三年，以果州刺史白志貞爲浙西觀察使。渾奏：「志貞與小史，縱嘉其才，不當超劇職，臣不敢奉詔。」會渾移疾出，卽日詔付外施行。疾間，因乞骸骨。不許。

公竭誠盡忠，憂勞庶務，有耄忘之疾，耄，音冒。懇迫陳讓，除右散騎常侍，罷知政事。〔孫曰〕八月，以右散騎常侍，遂罷知政事。貞元五年二月五日，薨于昌化里。〔三〕〔孫曰〕卒年七十五。終於散地，故褒贈不及。惟公致君之志，孜孜焉不有怠也；立誠之節，侃侃焉無所屈也。侃侃，說文云：剛直也。侃，可旱切。故處心積慮，博蹇之道，表于朝端；弼違釋回，朴忠之誠，沃于帝念。內有敢言之勇，進當不諱之明，用能直道自達，而無罪悔者也。公累更重任，禄秩之厚，布于宗姻。無一廛之土以處其子孫，無一畝之宫以聚其族屬。待禄而飽，傭室而安，終身坦蕩而細故不入。其達生知足，落落如此。〔二四〕夫其子恭父慈，或添「仁義」。善行也；〔二五〕拊循制理，能政也；直廉潔静，儉德也；拒疑獨斷，明識也；冒危以扞牧圉，大節也；犯顏以陳訏謨，至忠也。有一于此，尚宜旌褒，矧兹備體，焉可以已！固當飾以榮號，章示後來，而故吏遺孤，淪寓遐壤，久稽彝典，罪在宗屬。敢用評隲舊行，〔童曰〕說文云：隲，定也，升也。隲，音質。敷贊遺風。若乃揚孔氏褒貶之文，舉周公懲勸之法，徵於誄謚，則有司存。謹狀。

校勘記

〔一〕載在左氏內外傳句下注　「乃遷晉之解縣」。「遷」原作「還」。按文意當作「遷」。世綵堂本作「遷」，今據改。

〔二〕自卓至公十有一代句下注　「叔宗子世隆」。「叔宗」下原脱「子」字，據五百家、世綵堂、濟美堂、蔣之翹本補。

〔三〕儒言雅旨 「雅」，音辯本及英華、游居敬、蔣之翹本作「經」。

〔四〕巫何爲而能盡之也 「盡之也」，英華作「言之耶」。

〔五〕調授宋州單父尉 「授」原作「受」，據五百家本及英華改。

〔六〕公於是用重典以威姦暴 「威」，英華作「滅」。

〔七〕鋪大和以惠鰥嫠 「鋪」，全唐文作「溥」。

〔八〕毆除物害消去人隱 蔣之翹本注云：「人隱謂民隱也。子厚以避諱故耳。」

〔九〕不爲細家之迫速 英華「細」下有「故」字。陳景雲柳集點勘：「文苑『細』下有『故』字，似當作『細故』，衍一『家』字。」何焯義門讀書記：「『細』字下有『故』字，『家』作『加』。」按：陳說疑是。又，句下注「一作『束』」。義門讀書記作「束」。按：疑「速」字乃「束」字之誤。

〔一〇〕授左補闕 「左」原作「右」（取校諸本同）。按：舊唐書卷一二五柳渾傳作「左」，本文「得其要道」句下注亦作「左」，今據改。

〔一一〕得其要道 「道」，英華作「術」。

〔一二〕拜尚書右丞 「右丞」，英華及舊唐書柳渾傳作「左丞」。

〔一三〕遷右散騎常侍 「右散騎常侍」，舊唐書柳渾傳作「左散騎常侍」。按：新、舊唐書柳渾傳均云柳渾後以本官同中書門下平章事，仍判門下省。左散騎常侍隸門下省，疑作「左散騎常侍」是。

〔一四〕拔草巡踰秦嶺　「拔」，音辯、世綵堂本及英華作「披」，詁訓本作「扳」。「秦嶺」，英華作「蓁嶺」。

〔一五〕由褒駱朝于行宮句下注　「扈從至梁州」。「梁州」原作「涼州」，據世綵堂本及舊唐書柳渾傳改。

〔一六〕拜尚書兵部侍郎句下注　「貞元元年，拜兵部侍郎」。「元年」原作「二年」，據舊唐書卷一二德宗紀、新唐書卷一四二柳渾傳改。

〔一七〕是歲盜據淮淠句下注　「淮西節度使吳少誠反」。「吳少誠」，音辯、世綵堂本注作「李希烈」。按：據上下文所述事實，作「李希烈」近是。李希烈于建中三年十月反，翌年正月陷汝州，執李元平，又三年，卽貞元二年四月被誅。柳文句中所說「是歲」，乃指文中所說「涇卒之亂」，卽李希烈反叛的建中三年。

〔一八〕時人不之信也　「之」，五百家、濟美堂、蔣之翹本作「知」。

〔一九〕登翊聖皇　英華作「登庸翊聖」。

〔二〇〕絳侯慚曲逆之對句下注　「上問右丞相勃」。「右丞相」原作「左丞相」，據五百家、世綵堂本及漢書卷四〇周勃傳改。

〔二一〕工人有以理乘輿服器得罪于左右者　「左右」下原脫「者」字，據音辯、詁訓、世綵堂本及英華補。

〔二二〕公以爲胥徒雜類句下注　「『胥』，俗作『肙』」。「肙」原誤作「肯」，今據字彙改。

〔三三〕 薨于昌化里句下注　「卒年七十五」。「七十五」原作「五十七」，據新、舊唐書柳渾傳改。

〔三四〕 其達生知足　五百家、濟美堂、蔣之翹本「達」下無「生」字。

〔三五〕 夫其子恭父慈善行也　「子恭父慈善行」，英華作「孝恭慈仁義行」。

謚議〔一〕

貞元十五年正月日，故銀青光禄大夫、右散騎常侍、輕車都尉、宜城縣開國伯柳公從孫將仕郎、守集賢殿正字宗元謹上。〔韓曰〕謚法，大行受大名，小行受小名。以狀考之，今所議謚，其大名者哉！

尚書考功。伏以魯史褒貶，虞書黜陟，彰善癉惡，王教之端。自周公以來，謚法未改。謹按柳公累歷清貫，〔二〕茂著名節，貞亮存誠，潔廉中禮。納忠爲争臣之表，出守乃牧人之良。刺舉必聞，澄清可紀。冒危而大節不奪，更名而純誠克彰。遂踐鼎司，以匡王國。奉上盡陪輔之志，退迹有推讓之高。圭璋聞望，洽于人聽。所以聳厲在位，關於政教。聲聞王者，〔三〕其事實繁。褒善勸能，固將不廢。宗元既當族屬，且又通家，傳信克備其遺芳，考行敢徵於故事。謹具署其懿績，布以懇詞，定謚之制，請如律令。謹狀。

下太常博士裴堪議。宜謚曰貞。奉敕依。

校勘記

〔一〕謚議　原題「謚議」二字在「貞元十五年」句上，本書目錄無此題。按：英華題作「左常侍柳渾謚議」，單獨成篇，無「貞元十五年」至「宗元謹上」四十七字小序。蔣之翹本及全唐文均題作「謚議」，唯全唐文將「貞元十五年」以下四十七字作正文，而蔣之翹本則作序文，且蔣之翹本在書前目錄「柳常侍行狀」下標明「謚議附」三字。茲據蔣之翹本改。

〔二〕謹按柳公累歷清貫　英華「歷」下有「臺閣」二字。

〔三〕聲聞王者　陳景雲柳集點勘：「『王』，疑當作『主』。」

唐故秘書少監陳公行狀

五代祖某，陳宜都王。〔一〕

曾祖某，皇會稽郡司馬。

祖某，皇晉陵郡司功參軍。

父某，皇右補闕、翰林學士、贈秘書少監。〔二〕

某州某縣某鄉某里，陳京年若干狀。〔三〕

公姓陳氏，自潁川來，隸京兆萬年冑貴里，諱京。既冠，字曰慶復。舉進士，〔孫曰〕大曆元年，京中進士第。爲太子正字、咸陽尉、太常博士、左補闕、尚書膳部考功員外郎，司封郎中、給事中、秘書少監。自考功以來，凡四命爲集賢學士。德宗登遐，公病痼，輿曳就位，備哀敬之節，由是滋甚，遂以所居官致仕。貞元二十一年四月二十五日，終于安邑里妻黨之室。〔孫曰〕京娶常衮兄女。無子。〔孫曰〕京無子，以從子褒爲嗣。伯兄前監察御史瑨，仲兄前大理評事褏。〔四〕〔孫曰〕褏娶柳氏，公之妹。以公文行之大者，告于嘗吏于公者，使辭而陳之。

大曆中，公始來京師，中書常舍人衮、楊舍人炎讀其文，驚以相視曰：「子雲之徒也。」常以兄之子妻公，由是名聞。遊太原，太原尹喜曰：「重客至矣。」授館致餼，厚以泉布獻焉。〔五〕〔韓曰〕泉、布，二錢名。漢食貨志：王莽即真，天鳳元年罷大小錢，改作貨布，其文右曰「貨」，左曰「布」，重二十五銖，直貨泉二十五。貨泉重五銖，文右曰「貨」，左曰「泉」，枚直一。二品並行。公曰：「非是爲也。某嘗爲北都賦未就，願卽而就焉。其宮室城郭之大，河山之富，關閈之壯，與其土疆之所出，風俗之所安，王業之所興，〔六〕苟得聞而覩之足矣。若曰受大利，是以利來，蓋異前志也。〔七〕吾不能，敢辭。」遂逆大河，踰北山，仿佯而歸。〔八〕仿佯，徙倚也。仿，音房。佯，音陽。賦成，果傳天下。

爲咸陽尉，留府廷，主文章，决大事，得其道。爲博士，舉疵禮。〔九〕〔童曰〕説文云：疵，病也。疵，才支切。修墜典，合于大中者衆焉。

涇人作難，公徒行以出，奔問官守。〔孫曰〕建中四年十月，涇原節度使姚令言反，犯京師。戊申，德宗幸奉天。段忠烈之死，〔孫曰〕庚戌，朱泚殺司農卿段秀實。上議罷朝七日，宰相曰：「不可，方居行宮，無以安天下。」公進曰：「是非宰相之言。天子褒大節，哀大臣，天下所以安也，況其特異者乎？」上用之。其勤勞侍從，謀議可否，時之所賴者大。巡狩告至，「告」，一作「所」。上行罪己之道焉，曰：「凡我執事之臣，無所任罪。予惟不謹於理而有是也。」將復前之爲相者。公曰：「天子加惠羣臣而引慝焉，德至厚也，而爲相者復，是無以大警于後，且示天下。」率其黨爭之。上變於色，在列者咸恟而退。恟，音匈。公大呼曰：「趙需等勿退！」遂進而盡其辭焉。不果復。〔孫曰〕德宗還京，以京爲左補闕。貞元元年正月，赦天下。故宰相新州司馬盧杞量移吉州長史，未幾，用爲饒州刺史。制出，京與趙需、裴佶、宇文炫、盧景亮、張薦共劾杞輔政要位，大臣踰時月不得對，百官凜凜常若兵在頸，今復用之，則姦賊皆唾掌而起。上大怒，諫者稍引却。京顧曰：「趙需等勿退，此國大事，當以死爭之。」上意稍解。壬戌，以杞爲澧州司馬。上迎訪太后，間數歲，外頗怠其禮。公密疏發之，天子感悦焉。〔孫曰〕帝之初立，迎訪沈太后不得，意且怠。京密白：第遣使物色以求。帝大悟，終代不敢置。初禮部試士，有與親戚者，則附于考功，莫不陰授其旨意而爲進退者。一無「者」字。及公則否，卓然有有司之道，不可犯也。太廟闕東向之禮且久矣，公自爲博士、補闕、尚書郎、給事中，凡二十年，勤以爲請。殷祭之不墜，繄公之忠懇是賴，故有赤紱銀魚之報焉。〔孫曰〕京自博士獻議，彌二十年。至貞元十九年孟夏禘祭，方正太祖東嚮之位。已下列敍昭穆，其獻祖、懿祖祔于德明、興聖之廟。每禘祫年，就本室饗之。諸儒無復言，帝賜京緋衣銀魚。昭陵山峻而高，寢宮在其上。內官懲其上下之勤，輓汲之艱也，〔童曰〕說文云：輓，引之也。輓，武遠切，與「挽」同，又音萬。謁于上，請更之。上下其議，宰相承而諷之，召官屬使如其請。公曰：「斯太宗之志也。其儉足以爲法，其嚴足以有奉，吾敢顧其私容而替之也？」〔一〇〕奏議不可。上又下其議，凡是公者六七人，其餘皆曰更之便。上獨斷焉，曰：「京議得矣。」從之。〔一一〕〔孫曰〕貞元十四年，昭陵寢殿爲火所焚。四月，以宰相崔損爲修奉陵使，獻、昭、乾、定、泰五陵各造屋三百八十間，橋、元、建三陵據闕補造。昭陵寢占山上，宦侍憚輓汲乏，請更其所，宰相不能抗。京曰：「此太宗之志。其儉足以爲後世法，不可改。」議者多附宦人，帝曰：「京議善。」卒不徙。在集賢，奏祕書官六員隸殿內，而刊校益理。納資爲胥而仕者罷之。求遺書，凡增繕者，乃作藝文新志，制爲之名曰貞元御府羣書新録。始御府有食本錢，月權其贏以爲膳，有餘，則學士與校理官頒分之，學士常受三倍，由公而殺其二。書史之始至，入禮幣錢六十緡，亦皆分焉，公悉致之官，以理府署作書閣，廣羣官之堂，不取於將作少府，而用大足。居門下，簡武官，議典禮。上以爲能，益器之。與信臣議，且致相位。遇公有惑疾，使視之，疾甚，不能知人，遂不用。〔孫曰〕帝器京，謂有宰相才，欲用之。會病狂易，自剌弗殊，遂不用。猶自考功員外再遷給事中。用鄭吏部、高太常爲相，〔孫曰〕十九年十二月，以太常卿高郢、吏部侍郎鄭珣瑜同平章事。而以秘書命公，〔孫曰〕帝疑京爲忌者中傷，中人問賚相繼，後對延英，帝諭遣，京沮駭走出，罷爲秘書少監。所以示優之也。

公有文章若干卷，深茂古老，慕司馬相如、揚雄之辭，而其詁訓多尚書、爾雅之說，紀事朴實，不苟悦於人，世得以傳其稿。其學自聖人之書以至百家諸子之言，推黄、炎之事，涉歷代洎國朝之故實，鈎引貫穿，舉大苞小，若太倉之蓄，崇山之載，浩浩乎不可知也，豈揚子所謂仲尼駕説者耶？

夫其忠烈之褒也〔三〕，相府之有誠也，太廟之東嚮也，昭陵之不更其故也，官守之不可奪也，立言之不可誣也，利之不苟就也，害之不苟去也。其忠類朱雲，〔韓曰〕漢書：朱雲請於成帝曰：「願得尚方斬馬劍，斬佞臣一人頭。」上大怒，命御史將雲下，雲攀殿檻，檻折。其孝類潁考叔，〔一三〕〔韓曰〕左傳隱元年：鄭伯置姜氏於城潁，既而悔之。潁考叔聞之，有獻於公，公賜之食，食舍肉，請以遺母。公曰：「爾有母遺，繄我獨無。」考叔曰：「君何患焉！若闕地及泉，隧而相見，其誰曰不然？」公從之，遂爲母子如初。君子曰：「潁考叔純孝也。」廉類公儀休，〔韓曰〕史記：公儀休者，魯博士也。以高第爲魯相，奉法循理，無所變更，百官自正，使食祿者不得與下民争利，受大者不得取小。其它辭魚、燔機事，皆類是。而又文以文之，學以輔之，〔一四〕而天子以爲之知。既得其道，又得其時，而不爲公卿者，病也。故議者咸惜其始，而哀其終焉。

公之喪，凡五十四日，而夫人又没，毁也。夫人之父曰偕，司農卿。祖曰某，贈太子太保。宗元，故集賢吏也，〔補注〕公前爲集賢殿正字。得公之遺事於其家，書而授公之友，以誌公之墓。謹狀。永貞元年八月五日，尚書禮部員外郎柳宗元狀。

校勘記

〔一〕五代祖某陳宜都王　「某」，英華作「叔明」。何焯義門讀書記亦云：「『某』作『叔明』。」

〔二〕父某皇右補闕翰林學士贈秘書少監　「某」，英華作「兼」。

〔三〕某州某縣某鄉某里陳京年若干狀　「鄉」原作「年」，據音辯、詁訓、五百家本及英華改。

〔四〕仲兄前大理評事萇句下注　「萇娶柳氏，公之妹」。按：陳京兄萇所娶柳氏，非「公之妹」，乃「公之姑」，詳見本書卷一三亡姑渭南縣尉陳君夫人權厝誌。

〔五〕厚以泉布獻焉句下注　「罷大小錢，改作貨布，其文右曰『貨』，左曰『布』」。「貨布」原作「貨泉」，「右」原作「左」，「左」原作「右」，據詁訓本及漢書卷二四食貨志改。

〔六〕王業之所興　音辯本及英華「所」下有「由」字。

〔七〕蓋異前志也　「蓋異」，英華作「非」。

〔八〕仿佯而歸　「仿佯」，全唐文作「徜徉」。

〔九〕舉疵禮句下注　「說文云：疵，病也」。「病」上原脫「疵」字，據五百家、世綵堂本補。

〔一〇〕吾敢顧其私容而替之也　「也」上原有「者」字，據音辯、詁訓、世綵堂本及英華刪。

〔一一〕從之句下注　「昭陵寢占山上，宦侍憚輓汲乏」。「陵」下原脫「寢」字，「宦侍」原作「宮侍」，「憚」原作「撣」，據五百家本及新唐書卷二〇〇陳京傳補改。「議者多附宦人」。「宦人」原作「宮人」，據五百家本及新唐書陳京傳改。

〔一二〕夫其忠烈之褒也　「忠烈」上原脫「其」字，何焯義門讀書記云：「『忠烈』上有『其』字。」茲據音辯、詁訓、世綵堂本補。

〔一三〕其孝類頴考叔句下注　「左傳隱元年」。「元年」原作「三年」，據詁訓本及左傳改。

〔一四〕而又文以文之學以輔之　英華作「而又文學以輔之」。

柳宗元集卷九

表銘碣誄

唐丞相太尉房公德銘房琯〔一〕

李華

玄宗季年，逆將持兵。天錫房公，言正其傾。羣兇害直，事乃不行。虜起幽陵，連覆二京。〔二〕〔孫曰〕天寶十四年十一月，范陽節度使安禄山反。十二月，陷東京。帝慈蒸人，避狄西蜀。〔孫曰〕十五載六月，玄宗狩蜀，禄山陷京師。爰命監撫，理兵北朔。〔三〕〔孫曰〕辛丑，皇太子至平涼。數日，朔方留後支度副使杜鴻漸、六城水陸運使魏少遊、節度判官崔漪、支度判官盧簡金、關内鹽池判官李涵、河西行軍司馬裴冕，迎太子治兵于朔方。登賢爲輔，讓子以續。公賫册書，亦捧瑞玉。〔孫曰〕七月，玄宗至普安，琯以憲部侍郎求謁見，卽日以琯同平章事。是日太子卽位于靈武。八月己亥，玄宗命琯奉傳國寶玉册詣靈武傳位。聖人神人，〔四〕天地咸若。子孝臣忠，元臣踊躍。〔五〕命帥中軍，〔六〕謀殲羿、浞。〔孫曰〕十月，加琯持節招討西京、兼防禦蒲、潼兩關兵馬節度等使。辛丑，琯以中軍、北軍，及安禄山之衆戰于陳濤斜，敗績。人咸有言，〔七〕

志屈道行。公曰不可，屈則佞生。柄不在公，象昏曀明。退師儲宫，出守函谷。〔八〕〔孫曰〕至德二載五月，罷琯爲太子少師。入爲尚書，正色諤諤。〔九〕〔孫曰〕上元元年四月，以琯爲禮部尚書。又刺汾、澮，遽臨彭、濮。〔孫曰〕琯尋出爲晉州刺史。八月，改爲漢州刺史。何負而東？何負而西？公受挫抑，邦人悽悽。帝懷明德，俾不我迷。〔一〇〕徵拜秋官，僉曰休哉。〔孫曰〕寶應二年。薨殂閬中，〔孫曰〕廣德元年八月四日，琯卒於閬州僧舍，年六十七。國瘁人哀。〔孫曰〕詩：人之云亡，邦國殄瘁。喬嶽隕蹟，輔星昏霾。天子洟涕，追崇上台。〔孫曰〕追贈太尉。巖巖岱宗，瞻其峻極。赫赫房公，尊其盛德。昔撫宜春，列郡是式。〔孫曰〕天寶五載，殺括蒼郡太守韋堅，琯坐與堅善，貶宜春太守。建銘江濱，以慰南國。

校勘記

〔一〕音辯、詁訓本未附此篇。蔣之翹本將此篇以小字附録于柳文唐相國房公德銘之陰題下注文後。

〔二〕連覆二京句下注　「天寶十四年十一月」。「十四年」原作「四年」，據五百家、世綵堂本及資治通鑑卷二一七改。

〔三〕理兵北朔句下注　「朔方留後支度副使杜鴻漸」、「支度判官盧簡金」。「支度」原作「度支」，誤。

按：唐代節度使多兼支度營田等使。舊唐書卷四三職官志：「凡天下邊軍有支度使，以計軍資糧仗之用。」與三司使中之度支使完全不同。茲據新唐書卷六肅宗紀、資治通鑑卷二一八改。「六城水陸運使魏少遊」。「陸」原作「城」，據五百家、世綵堂本及新唐書肅宗紀、資治通鑑卷二一八改。

〔四〕聖人神人　「神人」，文粹作「神聖」。

〔五〕元臣踊躍　「元臣」，宋刻五百家本作「元首」，文粹作「元元」。作「元元」近是。

〔六〕命帥中軍　「帥」原作「師」，據世綵堂本及文粹改。

〔七〕人咸有言　「咸」，文粹作「或」，近是。

〔八〕出守函谷句下注　「至德二載五月」。「二載」上原無「至德」二字，據資治通鑑卷二一九補。

〔九〕正色謇諤句下注　「上元元年四月」。「上元」原作「貞元」，據五百家本及舊唐書卷一一一房琯傳改。

〔一〇〕俾不我迷　文粹作「俾我不迷」。

唐相國房公德銘之陰 德銘見上。

天子之三公稱公，王者之後稱公，〔補注〕公羊傳文。諸侯之入爲王卿士亦曰公。有土封，其臣稱之曰公。尊其道而師之，稱曰公。楚之僭，凡爲縣者皆曰公。「爲」，一作「與」。古之人通謂年之長老曰公。故言三公若周公、召公，〔補注〕公羊傳：三公者何？天子之相也。天子之相則何以三？自陝而東，周公主之；自陝而西，召公主之；一相處乎內。王者之後若宋公，〔韓曰〕史記：微子開者，商帝乙之首子，而紂之庶兄也。周公既承成王命，誅武庚，殺管叔，放蔡叔，乃命微子開代商後，作微子之命以申之，國于宋。微子開卒，立其弟衍，是爲微仲。微仲卒，宋公稽立。爲王卿士若衛武公、虢文公、鄭桓公。〔一〕〔補注〕詩淇澳，美衛武公能入相于周；緇衣，美鄭武公父子並爲司徒。鄭武公父，卽桓公也。左氏：宫之奇諫曰：「虢仲、虢叔，王季之穆也，爲文王卿士，勳在王室，藏於盟府。」其臣稱之，〔二〕則列國皆然。師之尊若太公。楚之爲縣者若葉公、白公。〔韓曰〕史記楚世家：惠王二年，子西召故平王太子建之子勝於吳，以爲巢大夫，號曰白公。服虔曰：白，邑名。楚邑大夫皆稱公。葉公，公子高也。葉，亦楚邑名。葉，於涉切。年之長老若毛公、申培公。〔三〕〔孫曰〕漢儒林傳：毛公，趙人。申公，魯人。又云：於魯，則申培公。培字，音陪。而大臣罕能以姓配公者，雖近有之，〔四〕然不能著也。唐之大臣以姓配公最著者曰房公。房公相玄宗，有勞于蜀，人咸服其節；相肅宗，作訓於岐，〔五〕〔孫曰〕至德元載九月，肅宗次順化郡。琯自蜀至，爲相如故，遂同至鳳翔。鳳翔，卽岐州也。人咸尊其道。惟正直慈愛，以成於德。用是進退，所居而事理辯，所去而人哀號。理袁人，袁人不勝其懷。〔六〕二「袁」字，它本幷作「遠」。爲文士趙郡李華銘公之德。亂，故不克立。

今刺史太原王涯〔韓曰〕涯以左拾遺爲翰林學士，進起居舍人。元和初，其甥皇甫湜以賢良對策忤宰相，涯坐避嫌罷學士，再貶虢州司馬，徙爲袁州刺史。嘉公之道猶在乎人，袁人不忘公之道，〔七〕爲之刻石。且曰：「州之南有亭，曰需宴亭，公之爲也，人之思也。」乃增飾棟宇，卽而立焉。州人大悅，咸會隕涕，言曰：昔公以周、召之德，微子之仁，有土封以爲卿士，道爲三公，德爲國師，年爲元老。嘗爲縣，縣懷其化；至于州，州濡其澤。〔童曰〕說文：濡，霑濕也。濡，音儒。凡我子孫，罔不戴慕。盛德之詞，文而不刻。一作「列」。更刺史數十，莫克興起，乃卒歸於王公。王公嘗以機密匡天子于禁中，遵公之道；「遵」，一作「承」。刺於我邦，承公之理；「承」字，一本作「由」，又一作「序」。又能尊公之德，起遺文以昭前烈，則其入爲卿士三公也，孰曰不宜？吾懼其去我也遽，願書于銘之陰，用永表於邦之良政。

校勘記

〔一〕爲王卿士若衛武公虢文公鄭桓公　「卿士」上原脱「王」字，據音辯、世綵堂本及文粹補。句下注「王季之穆也」。「穆」原作「子」，據五百家本及左傳僖公五年改。「藏於盟府」。「藏於」原作「功藏」，據詁訓、世綵堂本及左傳僖公五年改。

〔二〕其臣稱之　按：上文有「有土封，其臣稱之」句，疑「其」上脱「有土封」三字。

〔三〕年之長老若毛公申培公　「申培公」原作「申公涪公」，據全唐文改。按：周壽昌漢書注補正：

「申公名培，前所稱『申培公』者也。」何焯校本注：「『涪』，當作『培』。」句云「申公涪公」，當係「申培公」之誤。句下注文原有「今此作涪公未詳涪音浮」十字，今删。

〔四〕雖近有之　「近」，文粹作「僅」。

〔五〕作訓於岐句下注　「鳳翔，即岐州也」。「岐州」原作「岐山」，據世綵堂本及新唐書卷三七地理志改。

〔六〕理袁人袁人不勝其懷句下注　「二『袁』字，它本並作『遠』」。按：蔣之翹本注云：「二『袁』字一作『遠』，非是。」何焯校注：「德銘云『昔撫宜春，列郡是式』，作『遠』者非。」蓋「袁」指袁州，袁州即宜春。蔣、何說是。

〔七〕袁人不忘公之道　「人」上原脱「袁」字。按：世綵堂本注：「一本作『袁人不忘公之道』。」何焯義門讀書記亦云：「『人』字上有『袁』字。」何焯校本及全唐文有「袁」字，今據補。

國子司業陽城遺愛碣

〔韓曰〕陽城，字亢宗，定州北平人，後徙陜州夏縣。新史列之卓行傳。公爲集賢殿正字，作此碣。集又有與太學諸生書，論城事亦甚悉。

四年五月，皇帝以銀印赤紱，即隱所起陽公爲諫議大夫。〔孫曰〕貞元四年六月，以陝虢觀察使李泌平章事，泌薦城可用爲諫議大夫，賜緋衣銀魚袋。後七年，廷諍懇至，累日不解，帝尤嘉異，遷爲國子司業。〔一〕〔孫曰〕十一年四月，裴延齡誣宰相陸贄等，贄坐貶忠州別駕。帝怒甚，無敢言者。城即率拾遺王仲舒等數人守延英門，上疏論延齡姦佞，贄等無罪。德宗怒，將加城等罪，良久乃解。七月，下遷城國子司業。旌直優賢，道光師儒。又四年，九月己巳，出拜道州刺史。〔孫曰〕有太學生薛約者，嘗學於城。十四年，以言事得罪，謫連州。吏捕迹得之城家。城坐吏於門，與約飲訣別，涕泣送之郊外。帝聞之以爲黨罪人。九月，出城爲道州刺史。〔韓曰〕按城貶在十四年，逆數之，則上所云四年者當作三年，字誤。太學生魯郡季償、廬江何蕃等百六十人，〔二〕〔孫曰〕或云二百七十人。投業奔走，稽首闕下，叫閽籲天，籲，呼也。〔張曰〕書：無辜籲天。籲，音裕。願乞復舊。朝廷重更其事，如己巳詔。翌日，會徒北嚮如初。行至延喜門，公使追奪其章，遮道願罷，遂不果獻。生徒嗷嗷，音獒。相眄徘徊。〔三〕〔童曰〕眄，說文云：邪視也。音沔。昔公之來，仁風扇揚。暴慠革面，慠，音傲。柔輭有立。輭，乳兖切。一作「愞」。聽聞嘉言，樂甚鐘鼓。瞻仰德宇，高逾嵩岱。上音崧，下音代。及公當職施政，示人準程。良士勇善，僞夫去飾。墮者益勤，誕者益恭。沉酗腆酒，〔張曰〕說文云：酗，酒醟也。腆，多也。酗，吁句切。腆，它典切。酗，亦作酌。斥逐郊遂。違親三歲，罷退鄉黨。令未及下，乞歸就養者二十餘人。〔童曰〕城爲司業，引諸生告之曰：「凡學，所以學爲忠與孝也。諸生寧有久不省其親者乎？」明日，謁城以歸養者二十有餘人。有三年不歸侍者，斥之。禮順克彰，孝悌以興。則又講貫經籍，俾達奧義。簡習孝秀，俾極儒業。〔童曰〕城又簡秀才德行升堂上，沉酗不率教者皆罷。躬講經籍，生徒斤斤，皆有法度。冠屨裳衣，由公而嚴。進退揖讓，由公而儀。公征甚遐，〔孫曰〕謂城爲道州，其行甚遠也。吾黨誰師？遂相與咨度署吏，布告諸儒。願立貞珉，侔高狀明。乃訪于學古之士，紀公名字，垂憲于後。

公名城，字亢宗，家于北平，隱于條山。惟公端粹沖和，高嶷懿醇，嶷，魚力切，又魚其切。道德仁明，孝愛友悌，〔韓曰〕城初隱中條山，與弟堦、域常易衣出。年長不肯娶，以爲既娶則間外姓，雖共處而益疏。薰襲里閈，布聞天下。守節貞固，患難不能遷其心；怡性坦厚，榮位不足動其神。爲司諫，義震于周行；爲司業，愛加于生徒。宜乎立石，俾後是憲。其辭曰：

惟茲陽公，履道葆醇。爰初隱聲，覆蕢基仁。〔孫曰〕孔子曰：「譬如平地，雖覆一蕢，進，吾往也。」蕢，盛土之器。覆，孚救切。蕢，音匱。德充而形，乃作諫臣。抗志勵義，直道是陳。帝求師儒，貳我成均。開朗蒙滯，宣明德教。大和潛布，玄機密照。羣生聞禮，後學知孝。進退作則，動言是傚。匪公之軌，人用奚蹈？麤倉胡切。厲貪凌，待公順之。欺僞譎詐，待公信之。少年中中，咸適其宜。榎楚廢弛，尊嚴而威。〔張曰〕禮記：榎楚二物，收其威也。又曰：師嚴然後道尊。公褒其良，俾升于堂。癯者既肥，〔四〕〔孫曰〕韓非子：子夏始癯而後肥。有問之者，子夏曰：「吾戰勝。」人問曰：「何爲戰勝？」子夏曰：「吾入見夫子之義，則榮之；出見富貴，又榮之。二者戰於胸臆，故癯。今見夫子之義勝，故肥也。」癯，音衢。榮如衮衣。公棄不用，懲咎内訟。既訟于内，猶公之誨。匪仁孰親？匪德孰尊？今公于征，孰表儒門？生徒上言，稽首帝閽。謂天蓋高，曾莫我聞。青衿涕濡，填街盈衢。遠送于南，望慕踟躕。上音馳，下音廚。立石書德，用揚懿則。嗚呼斯文，遺愛罔極。

校勘記

〔一〕遷爲國子司業句下注 「城即率拾遺王仲舒等數人守延英門」。「延英門」原作「英延門」，據五百家、世綵堂本及舊唐書卷一九二陽城傳改。

〔二〕太學生魯郡季償廬江何蕃等百六十人 「季償」原作「季儻」，據詁訓本及新、舊唐書陽城傳改。句下注「或云二百七十人」。諸本注同。舊唐書陽城傳亦作「二百七十人」，但新唐書卷一九四陽城傳作「二百人」。

〔三〕相眄徘徊 「相眄」，音辯、詁訓本作「顧眄」，全唐文作「顧盼」。

〔四〕癯者既肥句下注 按：孫注見韓非子喻老。注中「吾入見夫子之義」、「今見夫子之義勝」，二「夫子」，喻老均作「先王」。

唐故給事中皇太子侍讀陸文通先生墓表〔一〕

〔韓曰〕陸先生名質，本名淳，字伯冲，其後避憲宗諱，改賜名質。公集有答元饒州論春秋書云：宗元出邵州，不克卒業於陸先生之門。書末又謂：始至是州，作陸文通先生墓表，今以奉獻與宣英讀之。此表作於邵州明矣。

孔子作春秋千五百年，以名爲傳者五家，〔孫曰〕漢書藝文志：春秋左氏傳三十卷，公羊傳、穀梁傳、鄒氏傳、夾氏傳各一十卷。鄒氏、夾氏有録無書。夾，音頰。今用其三焉。左氏、公羊、穀梁三傳。秉觚牘，上音孤，下音讀。焦思慮，以爲論註疏説者百千人矣。攻訐很怒，〔二〕〔韓曰〕説文云：訐，面相斥罪相告訐也。很，不聽從，一曰盭也。訐，居謁切。很，下懇切。以辭氣相擊排冒没者，其爲書，處則充棟宇，出則汗牛馬，或合而隱，或乖而顯。後之學者，窮老盡氣，左視右顧，「視」字，一本作「睍」。莫得而本。則專其所學，以訾其所異，訾，説文：毁也。音紫，又即支切。黨枯竹，護朽骨，以至於父子傷夷。〔三〕〔孫曰〕漢宣帝時詔劉向受穀梁春秋。及其子歆校秘書，見左氏傳，大好之。數以難向，向不能非間也。然猶自持其穀梁義。君臣詆悖者，前世多有之。甚矣聖人之難知也。有吴郡人陸先生質，與其師友天水啖助〔四〕〔孫曰〕助，字叔佐，趙州人。後徙關中。天寶末，爲台州臨海尉、丹陽主簿。上元二年，集三傳，釋春秋。至大曆五年而畢，號集傳。啖，塗濫切。洎趙匡，〔五〕〔孫曰〕匡，字伯循，河東人。歷淮南節度判官，洋州刺史。能知聖人之旨。故春秋之言，及是而光明。使庸人小童，皆可積學以入聖人之道，傳聖人之教，是其德豈不侈大矣哉！

先生字某，見題注。既讀書，得制作之本，而獲其師友。於是合古今，散同異，聯之以言，纍之以文。蓋講道者二十年，書而志之者又十餘年，其事大備，爲春秋集注十篇，辯疑七篇，微旨二篇。明章大中，發露公器。其道以聖人爲主，〔六〕以堯、舜爲的，苞羅旁魄，〔七〕旁魄，混同。〔孫曰〕封禪書云：旁魄四塞。魄字唯此音，步角切。唐韻除匹陌切外，別音託。注：史記：落託貧無家。集韻又作「薄」，音白各切。注云：聲也。歐陽尚書：火流于王屋爲烏，其聲魄。韻中音義，於此不通。今依封禪書，音步角切，亦作「旁礴」。膠轕下上，膠轕，驅馳也。〔張曰〕「膠」，或作「轇」，亦音膠。轕，音葛。説文：長遠貌。一曰車馬喧雜。而不出於正。其法以文、武爲首，以周公爲翼，揖讓升降，好惡喜怒，而不過乎物。〔童曰〕禮記：仁人不過乎物，孝子不過乎物。既成，以授世之聰明之士，使陳而明之，故其書出焉，而先生爲巨儒。用是爲天子争臣，〔童曰〕天子有争臣七人。〔孫曰〕質佐淮南節度陳少遊幕府，少遊薦之朝，授左拾遺。尚書郎、國子博士、給事中、皇太子侍讀，〔孫曰〕貞元二十一年四月，自給事中爲太子侍讀。皆得其道。刺二州，守人知仁。〔孫曰〕質歷台、信二州刺史。永貞年，〔孫曰〕是歲改爲永貞元年。侍東宮，言其所學，爲古君臣圖以獻，而道達乎上。是歲，嗣天子踐阼而理，〔孫曰〕謂憲宗卽位也。尊優師儒，先生以疾聞，臨問加禮。某月日終于京師。〔孫曰〕九月辛巳，質卒。某月日葬于某郡某里。

嗚呼！先生道之存也以書，不及施於政；道之行也以言，不及覩其理。門人世儒，是以增慟。將葬，以先生爲能文聖人之書通于後世，遂相與謚曰文通先生。後若干祀，有學其書者過其墓，哀其道之所由，乃作石以表碣。一無「碣」字。

校勘記

〔一〕唐故給事中皇太子侍讀陸文通先生墓表題下注　「本名淳，字伯冲」。「伯冲」原作「元中」，取校諸本作「元冲」。按：權德輿送三從弟況赴義興尉序、新唐書卷一六八陸質傳均作「伯冲」，何焯義門讀書記亦云：「陸先生字伯冲。」今據改。

〔二〕攻訐很怒句下注　「說文云：訐，面相斥罪相告訐也」。「相」上原脫「面」字，據說文補。

〔三〕以至於父子傷夷　「傷」，英華作「反」。　句下注「然猶自持其穀梁義」。「持」原作「恃」，據五百家、世綵堂本及漢書卷三六劉歆傳改。

〔四〕與其師友天水啖助句下注　「爲台州臨海尉、丹陽主簿」。「尉」原作「縣」，據新唐書卷一二五啖助傳改。五百家、世綵堂本注作「爲台州臨海縣主簿」，均誤。

〔五〕洎趙匡句下注　「匡，字伯循」。「伯循」原作「伯淳」（取校諸本注同），據新唐書啖助傳改。

〔六〕其道以聖人爲主　「聖人」，音辯、世綵堂本及英華作「生人」。按上下文意，此處作「聖人」近是。

〔七〕苞羅旁魄句下注　「火流于王屋爲烏」。「烏」原作「鴉」，據五百家本及漢書卷五六董仲舒傳改。

唐故兵部郎中楊君墓碣

〔孫曰〕楊君，凝也。新史凝傳一如公碣，惟不載其以校書郎爲書記耳。

貞元十九年正月某日，守尚書兵部郎中楊君卒，某月日，〔一〕葬于奉先縣某原。既葬，其子姪洎家老，〔二〕〔孫曰〕家老，謂其族之老也。謀立石以表于墓。葬令曰：〔孫曰〕葬令，唐時喪葬之令。凡五品以上爲碑，龜趺螭首。〔童曰〕趺，足也。足爲龜形，首爲螭形也。說文云：螭，無角，如龍而黃。趺，音夫。螭，丑知切。降五品爲碣，〔補注〕說文云：碣，特立之石也。方趺圓首，「圓」，一作「圭」。說文：圭，瑞玉，上圜下方。其高四尺。按郎中品第五，以其秩不克偕，降而從碣之制，其世系則紀于大墓。〔孫曰〕凝，虢州弘農人。遠祖越恭公鈞。鈞生儉，西魏侍中。儉生文偉，隋安、溫二州刺史。文偉生榮。榮生恪。恪生元政，司勳郎中。元政生志玄，殿中侍御史。志玄生成名。成名生凝。

君諱凝，字懋功，與季弟凌生同日，〔孫曰〕凌，字恭履。不周月而孤。伯兄憑〔孫曰〕憑，字虛受。一作字嗣仁。剪髮爲童，家居于吳。太夫人母道尊愛，教飭謹備。君之昆弟，孝敬出於其性，禮範奉于其舊，克有成德，輯其休光。〔童曰〕輯，斂也。書曰：「輯五瑞。」輯，音集。東薄海、岱，南極衡、巫，文學者皆知誦其詞，而以爲模準；進修者率用歌其行，而有所矜式。君既舉進士，〔韓曰〕大曆三年，凝舉進士第。以校書郎爲書記，〔孫曰〕興元元年正月，以樊澤爲山南東道節度使。凝自秘書省校書郎爲其府掌書記。毗贊元侯，于漢之陰，式徙荆州，〔孫曰〕貞元三年閏五月，澤徙荆南節度使，凝隨府遷。由協律郎三轉御史。元戎出師，〔童曰〕元戎，元帥也。詩：「元戎十乘，以先啓行。」用顯厥謀，遂入王庭，爲起居郎。書事不回，〔三〕著垂國典。又爲尚書司封員外郎，革正封邑，申明嫡媵，送女從嫁曰媵。嫡，丁歷切。媵，以證切。事連權右，斥退勿憚。直聲彰聞，乃參選部，〔四〕〔孫曰〕隋改吏部爲選部。凝爲吏部員外郎。以馭羣吏。姦臣席勢，〔童曰〕席勢，乘勢也。威福自己。他人求附離而不得者，〔五〕離，音麗。公則却之。私以胥吏求署，〔六〕一皆罷遣。曰：「吾不以三尺法爲己利害。」居喪致哀，〔七〕〔童曰〕子游曰：「喪致乎哀而止。」內盡其志，外盡其物，而無有不得其心者。〔八〕服除，爲右司郎中，危言直己，以致其誠。然卒中於詖辭，〔童曰〕孟子：「詖辭知其所蔽。」詖，險詖也。字音賁。不得朝請，以檢校吏部郎中爲宣武軍節度判官。〔韓曰〕貞元十二年八月，凝自左司郎中爲檢校吏部郎中，汴宋、亳、潁等州觀察判官。亳人缺守，往蒞其政。孤老撫安，强猾戮死。墾鑿磽鹵，〔九〕〔張曰〕磽，山之多石者。鹵，鹹地也。磽，丘交切。鹵，音魯。芟艾榛荒。作爰田，〔孫曰〕僖十五年左傳：作爰田。爰，易也。如周禮一易再易之田也。以贍人食。濬決潢汙，〔一〇〕築復堤防，爲落渠以定水禍。理不半歲，利垂千祀。會朝復命。次于汴郊，帥喪卒亂。不可以入，〔孫曰〕十四年冬，凝朝正京師。十五年春，還汴。二月，節度使董晉卒，汴軍亂，凝走還京師。遂西走闕下。璽書迎門，勞徠甚備。以疾居家三年，復登于朝。〔一一〕〔韓曰〕十八年，凝起家爲兵部郎中。遐邇咏歌，仍遇痼疾。天子致問，逾三月不賜告，〔孫曰〕漢律有賜告。賜告者，病滿三月當免。天子復賜其告，使得帶印綬將官屬歸家治其病。幸其愈而用之。遂卒。天下文行之士，爲之悲哀。

嗚呼！君有深淳之行，有强毅之志。內以和於親戚，正於族屬；外以信於朋友，施於政事。故身之進退，人之喜戚繫焉。凡其昆弟，申明于朝，制書咸曰孝友。君子謂楊氏其仁義之府。君之文若干什，皆可以傳於世。〔韓曰〕凝有文二十卷，權德輿爲之序云。若某者，以姻舊獲愛，〔韓曰〕公，憑之婿，見弘農楊氏誌。不腆之文，君實知之。惟車馬幣玉，無可以稱其德，用君之所以知者酬焉。

校勘記

〔一〕某月日　世綵堂本「日」上無「月」字，全唐文「月」上有「年」字。

〔二〕既葬其子姪洎家老　「其」上原脱「既葬」二字。何焯義門讀書記云：「上有『既葬』二字。」音辯、詁訓、世綵堂本及全唐文均有此二字，今據補。

〔三〕書事不回　「事」，音辯、世綵堂本作「法」。按：「書法」，指史筆。左傳宣公二年：「董狐，古之良史也，書法不隱。」「法」字近是。

〔四〕乃參選部　「乃」，音辯、詁訓、世綵堂本作「仍」。按：從文義言，「乃」字爲順。

〔五〕他人求附離而不得者　音辯、詁訓、世綵堂本「不」下有「可」字。

〔六〕私以胥吏求署　「吏」原作「史」，據音辯、詁訓、蔣之翹本改。

〔七〕居喪致哀句下注　「子游曰：『喪致乎哀而止』」。「子游」原作「孔子」，據論語子張改。

〔八〕而無有不得其心者　「其」，音辯、詁訓、世綵堂本作「於」，近是。

〔九〕磛礱嶢鹵　「嶢」，音辯、世綵堂本作「墝」，並注云：「『墝』與『磽』同。」何焯義門讀書記：「『嶢』與『磽』同。」

〔一〇〕濬決潢汙　「潢」原作「黃」，據音辯、詁訓、五百家、世綵堂本改。

〔一一〕復登于朝句下注　「十八年，凝起家爲兵部郎中」。「十八年」原作「八年」，據音辯、蔣之翹本改。按：楊凝以貞元十五年春，因汴亂由汴還京，家居三年，起爲兵部郎中當爲貞元十八年。

故御史周君碣〔一〕

周子諒也。〔孫曰〕按公此碣，子諒當是柳州人也。

有唐貞臣汝南周氏，諱某字某。以諫死，葬于某。貞元十二年，柳宗元立碣于其墓左。

在天寶年，有以諂諛至相位，〔韓曰〕開元二十四年十一月，以牛仙客爲工部尚書同中書門下三品。諂，丑琰切。諛，音腴。賢臣放退。〔二〕〔韓曰〕二十四年十一月，侍中裴耀卿爲尚書左丞相，中書令張九齡爲尚書右丞相，並罷知政事。公爲御史，抗言以白其事，得死于墀下，〔童曰〕釋文：墀，塗地也。丹漆地，故稱丹墀。〔孫曰〕開元二十五年四月，子諒以監察御史彈牛仙客非才，引讖書爲證。上怒甚，親加詰問，命左右撲於殿庭，絶而復蘇，仍杖之朝堂，流瀼州，至藍田而死。此云「天寶」，誤也。〔補注〕晁氏讀書志曰：温公考異辨之矣。史臣書之。公死，〔三〕而佞者始畏公議。

於虖！古之不得其死者衆矣。若公之死，志匡王國，〔四〕氣震姦佞，動獲其所，斯蓋得其死者歟！公之德之才，洽於傳聞，卒以不試，而獨申其節，猶能奮百代之上，以爲世軌。一有「者也」二字。第令生於定、哀之間，則孔子不曰「未見剛者」；出於秦、楚之後，則漢祖不曰

「安得猛士」。而存不及興王之用，沒不遭聖人之歎，誠立志者之所悼也。故爲之銘。銘曰：

忠爲美，道是履。諫而死，佞者止。史之志，石以紀，爲臣軌兮。一無「兮」字。

校勘記

〔一〕故御史周君碣　文粹題作「唐監察御史周公墓碣銘」。題下注「按公此碣，子諒當是柳州人也」。按：此碣首句「有唐貞臣汝南周氏」，明言周子諒乃汝南人。遍觀全文，未見有言子諒爲柳州人者，孫說當誤。

〔二〕在天寶年有以諂諛至相位賢臣放退　按：句中「天寶」當係「開元」之誤。柳文此處所敍史事，舊唐書卷八、卷九玄宗紀，通鑑卷二一四及新唐書卷一三三牛仙客傳均有記載。下文「得死于墀下」句下孫注及補注亦說明「天寶」係「開元」之誤。

〔三〕公死　音辯、詁訓、世綵堂本及文粹「公」下有「之」字。

〔四〕志匡王國　「王國」，文粹作「邦國」。

唐故衡州刺史東平呂君誄

〔孫曰〕呂君名温，字化光，一字和叔，河中人，年四十卒。周禮：小史掌卿大夫之喪。讀誄。誄謂生時行迹者也。

維唐元和六年八月日，〔一〕衡州刺史東平呂君卒。爰用十月二十四日，藁葬于江陵之野。藁，音杲。嗚呼！君有智勇孝仁，惟其能，可用康天下；惟其志，可用經百世。不克而死，世亦無由知焉。君由道州〔韓曰〕元和三年貶道州刺史。以陟爲衡州。〔韓曰〕五年以政聞，改衡州。君之卒，二州之人哭者逾月。湖南人重社飲酒，是月上戊，〔韓曰〕六年八月八日戊子社。不酒去樂，會哭于神所而歸。余居永州，在二州中間，其哀聲交于北南，〔二〕舟船之下上，必呱呱然，〔童曰〕呱呱，泣聲。書：啓呱呱而泣。呱，音孤。蓋嘗聞于古而覯于今也。「覯」，一作「覯」。君之志與能不施于生人，知之者又不過十人。世徒讀君之文章，歌君之理行，不知二者之於君其末也。嗚呼！君之文章，宜端於百世，〔三〕今其存者，非君之極言也，獨其詞耳；君之理行，宜極於天下，〔四〕今其聞者，非君之盡力也，獨其跡耳。萬不試而一出焉，猶爲當世甚重。〔五〕若使幸得出其什二三，則巍然爲偉人，與世無窮，其可涯也？君所居官爲第三品，宜得謚于太常。余懼州吏之逸其辭也，「州吏」，一作「刺史」。私爲之誄，以志其行。其辭曰：

麟死魯郊，〔孫曰〕春秋：哀十四年，西狩獲麟。其靈不施。濯濯夫子，故潔其儀。〔六〕〔孫曰〕言如麟之復出也。冠仁服義，干櫓書、詩。〔孫曰〕干櫓，盾也。禮記：禮義以爲干櫓。此則言以書、詩爲干櫓也。櫓，音魯。忠貞繼佩，智勇承綦。綦，履飾。音渠之切。跨騰商、周，騰，音滕。堯、舜是師。道不勝禍，天固余欺。鬼神齊怒，妖孽咸疑。孽，魚列切。何付之德，而奪其時？嗚呼哀哉！

命姓爲吕，勤唐以力。輔寧萬邦，受胙爾國。〔孫曰〕史記：齊太公吕尚，其先爲四岳，佐禹平水土有功，封於吕。國語有曰：胙四岳國，命爲侯伯，賜姓曰姜，氏曰有吕。胙，報也。維師元聖，〔孫曰〕詩：維師尚父。書：聿求元聖。周以降德。世征五侯，〔孫曰〕僖四年左氏：管仲曰：「昔召康公命我先君太公曰：五侯九伯，女實征之，以夾輔周室。」伊祖之則。嗣濟厥武，前書是式。至于化光，爰耀其特。春秋之元，儒者咸惑。君達其道，卓焉孔直。〔七〕聖人有心，由我而得。〔韓曰〕温從陸質治春秋。敷施變化，動無不克。推理惟工，舒文以翼。宣于事業，與古同極。

道不苟用，資仕乃揚。進于禮司，〔韓曰〕試禮部也。奮藻含章。決科聯中，〔孫曰〕貞元十四年，尚書左丞顧少連知禮部貢舉，温中第。休問用張。〔八〕署讎百氏，〔孫曰〕讎，校也。温爲秘書省校書郎。錯綜逾光。超都諫列，〔孫曰〕温與王叔文、韋執誼善，再遷左拾遺。屢皂其囊。〔補注〕袁夢麒漢制叢録云：漢官儀，凡章奏皆啓封，其言密事乃用皂囊。東方朔言文帝集書囊爲殿幃，翟酺又言文帝飾帷帳於皂囊者，指此。其後，靈帝詔蔡邕指陳政要，具對經術，以皂囊封上，遵前制也。帝殊爾能，人服其智。戎悔厥禍，款邊求侍。〔童曰〕戎謂吐蕃。款，叩也。求侍者，遣子入侍。盛選邦良，難乎始使。君登御史，贊命承事。〔孫曰〕二十年六月，以秘書監張薦爲吐蕃弔祭使，温以工部郎中副之，轉侍御史。風動海壖，〔童曰〕説文云：壖，城下田也。而宣切。皇威以致。來總征賦，甲茲郎吏。〔九〕〔韓曰〕元和元年，使還，温遷户部員外郎。制用經邦，時推重器。諸臣之復，一作「後」，非。周官匪易。〔孫曰〕周禮：宰夫之職掌諸臣之復，萬民之逆。注云：復，報也，反也。反報於王。漢課茂奏，鮮云能備。〔韓曰〕：後漢：左雄奏：請自今孝廉年不滿四十，不得察舉。皆先詣公府，諸生試家法，文吏課牋奏。君自他曹，載出其技。「其」，一作「於」。筆削自任，羣儒革議。〔一〇〕正郎司刑，〔孫曰〕温自户部員外郎遷司封員外郎、刑部郎中。邦憲爲貳。貳，副也。〔韓曰〕竇羣爲御史中丞，請温爲知雜，故云邦憲爲貳也。糺逖伊肅，〔一一〕〔孫曰〕左傳：糾逖王慝。注云：逖，遠也，有惡者糾而遠之。一本作「糺佞肅邪」。諂諛具畏。一作「邪諂具畏」。

遷理于道〔一二〕，〔韓曰〕三年，宰相李吉甫以疾在第，召醫人陳登診視，夜宿于安邑里第。温伺知之，詰旦，令吏捕登鞫問之。又奏劾吉甫交通術士。憲宗異之，召登面訊，其事皆虚。十月，再貶温道州刺史。民服休嘉。恩疏若昵，惕邇如遐。實閉其閤，〔韓曰〕汲黯爲東海太守，卧閤不出，歲餘，東海大治。而撫于家。載其愉樂，申以舞歌。賦無吏迫，威不刑加。浩然順風，從令無譁。絲蠶外邑，〔一三〕我繭盈車。雜耕隣邦，我黍之華。既字其畜，亦藝其麻。鼛鼓斯屏，〔童曰〕説文云：鼛，大鼓也。音臯。屏，必郢切。人喜則多。〔一四〕始富中教，〔韓曰〕論語：子適衛，冉有僕。子曰：「庶矣哉！」冉有曰：「既庶矣，又何加焉？」曰：「富之。」曰：「既富矣，又何加焉？」曰：「教之。」興良廢邪。考績既成，王用興嗟。陟于嶽濱，〔孫曰〕温自道州遷衡州刺史。嶽濱，衡嶽之濱也。言進其律。〔韓曰〕禮記王制：諸侯有功德於民者，加地進律。號呼南竭，謳謡北溢。欺吏悍民，先聲如失。逋租匿役，〔一五〕歸誠自出。兼并既息，罷羸乃逸。惟昔舉善，盜奔于隣。〔一六〕〔孫曰〕宣十六年左氏：晉士會爲太傅，晉國之盜，逃奔于秦。今我興仁，化爲齊人。惟昔富人，或賑之粟。〔一七〕〔韓曰〕左傳：文十六年，宋公子鮑禮於國人。宋饑，竭其粟而貸之。又襄二十九年，鄭饑而未及麥，民病。子皮以子展之命，餼國人粟，户一鍾。今我厚生，不竭而足。邦思其弼，人戴惟父。善胡召災？仁胡罹咎？俾民伊祐，〔一八〕而君不壽。嬌嬌貪淩，乃康乃茂。嗚呼哀哉！

廩不餘食，藏無積帛。〔一九〕藏，才浪切。內厚族姻，外賙賓客。〔二〇〕恒是懸罄，〔二一〕〔孫曰〕國語：齊孝公謂魯人曰：室如懸罄，野無青草，何恃而不恐。逮茲易簀。〔韓曰〕禮記：曾子寢疾病，曾元易簀。注：簀，謂牀笫。易簀，音亦責。僮無凶服，葬非舊陌。嗚呼哀哉！

君昔與余，講德討儒。時中之奧，〔孫曰〕禮記：君子之中庸也，君子而時中。希聖爲徒。志存致君，笑詠唐、虞。揭茲日月，〔孫曰〕莊子：昭昭乎若揭日月而行。以耀羣愚。〔二二〕疑生所怪，怒起特殊。齒舌嗷嗷，〔童曰〕說文：嗷，衆口愁也。嗷，牛刀切。雷動風驅。良辰不偶，卒與禍俱。直道莫試，嘉言罔敷。佐王之器，〔二三〕窮以郡符。秩在三品，宜謚王都。諸生羣吏，尚擁良圖。〔二四〕故友咨懷，累行陳謨。是旌是告，永永不渝。嗚呼哀哉！

校勘記

〔一〕維唐元和六年八月日　「月」下原脱「日」字，據音辯、詁訓、世綵堂本及英華、文粹補。

〔二〕在二州中間其哀聲交于北南　「間」，文粹、全唐文作「聞」，與下句連讀。「北南」，全唐文作「南北」。

〔三〕宜端於百世　「端」，游居敬本及全唐文作「傳」。

〔四〕宜極於天下　「極」，音辯、詁訓本及英華、文粹、全唐文作「及」，疑是。

〔五〕猶爲當世甚重　「甚」，文粹作「所」。

〔六〕故潔其儀　世綵堂本注：「『故』，一作『胡』。」何焯義門讀書記亦云：「『故』作『胡』。」

〔七〕卓焉孔直　「焉」，詁訓本及文粹作「然」。

〔八〕休問用張　「問」，英華作「聞」。

〔九〕甲茲郎吏句下注　「元和元年，使還」。「元年」原作「九年」，據舊唐書卷一三七呂温傳改。

〔一〇〕羣儒革議　「革」，世綵堂本作「草」，英華作「莫」。

〔一一〕糺逖伊肅　音辯本作「糺佞肅邪」，并注云：「一作『糾逖伊爾』。」英華作「逖佞肅邪」，并注云：「柳州本作『糺逖佞肅』。」　句下注「一本作『糺佞肅邪』」。「糺佞」原作「糺安」（五百家、濟美堂、蔣之翹本注同），據詁訓、世綵堂本注改。按：「糾佞」與「肅邪」相近，作「糾佞」是。「安」字當與「佞」字形近而誤。

〔一二〕遷理于道句下注　「夜宿于安邑里第」。「安邑里」原作「安宿里」。又，「溫伺知之」。「伺」原作「問」。又，「令吏捕登鞫問之」。「鞫問」原作「詰問」。又，「召登面訊」。「面」原作「而」。以上均據舊唐書卷一三七呂溫傳改。

〔一三〕絲蠶外邑　「絲」原作「繇」。世綵堂本注：「繇」作「絲」，「『繇蠶外邑』，恐字誤」。玆據英華、文粹及全唐文改。

〔一四〕人喜則多　「則」，音辯、游居敬、蔣之翹本作「其」。

〔一五〕逋租匿役　「役」，英華作「稅」。何焯義門讀書記亦云：「『役』作『稅』。」

〔一六〕盜奔于隣句下注　「宣十六年」。「宣」原作「文」，據詁訓本及左傳改。

〔一七〕或賑之粟句下注　「子皮以子展之命，餼國人粟」。「子展」原作「子產」，據詁訓、五百家、世綵堂本及左傳襄公二十九年改。

〔一八〕俾民伊祜　「祜」，音辯、世綵堂、游居敬本及全唐文作「祐」，五百家本及英華、文粹作「怙」。

〔一九〕廩不餘食藏無積帛　英華「食」作「糧」，「無」作「不」。

〔二〇〕外賙賓客　「賓」，五百家本作「貧」。

〔二一〕恒是懸罄句下注　「野無青草，何恃而不恐」。「草」原作「苗」，「恐」原作「懼」，據詁訓本及左傳僖公二十六年、國語魯語上改。

〔二二〕以耀羣愚　「羣」，英華作「凡」。

〔二三〕佐王之器　「佐王」，文粹、全唐文作「王佐」。

〔二四〕尙擁良圖　何焯義門讀書記云：「『擁』作『壅』。」

唐故尚書户部郎中魏府君墓誌

〔韓曰〕魏府君弘簡，史無傳，公謂居又同閈，故哀而銘之。按公世系，其先河東人，父鎮後徙於吳，則府君亦吳人矣。

魏氏世墓于某縣某原。唐興，有聞士諱之逷者，逷，他歷切，又音狄。與子及孫，咸舉進士，嗣爲儒，家綿州。涪城尉諱全珤，〔一〕「珤」，與「寶」同。魏州臨黄主簿諱欽慈，太常主簿諱緄，音袞。尚書膳部員外郎兼江陵少尹諱萬成，凡五代，名高而不浮於行，才具而不得其禄。江陵府君益之以閎達之量，經緯之謀，故豪士賢大夫痛慕加厚。生郎中府君，諱弘簡，字曰裕之，以文行知名。既冠，而德禮聞於鄉黨；既仕，而法制立於官政。〔二〕温柔發乎外，見而人莫不親；直方存乎内，久而人莫不敬。由進士策賢良，連居科首。〔孫曰〕建中元年，弘簡中進士第。貞元元年，又中賢良。授太子校書，歷桂管、江西、福建、宣歙四府爲判官副使，累授協律郎、大理評事，三爲御史，〔三〕諸本多無「三爲」兩字。賜緋魚袋。在州六年，而人樂之。廉使崔衍曰：「吾敢專天下之士，獨惠茲人乎？」〔孫曰〕貞元十二年八月，衍自虢州刺史爲宣歙池觀察使，辟弘簡爲副。遂獻于天子，拜度支員外郎，〔四〕轉户部郎中。邦賦克舉，人望逾重。年四十七，貞元二十年九月三十日不疾而歿。震悼之聲，遐邇一辭。一作「一同」，一作「同辭」。且曰：「斯人也，而不得爲善之利，中人其怠乎！」

君嘗三娶，而卒無主婦，庭無倚廬，〔五〕〔韓曰〕戰國策曰：王孫賈母謂賈曰：「汝朝出而晚來，則吾倚門而望；暮出而不還，則吾倚閭而望。」〔孫曰〕倚廬，服舍，倚木爲之，故名。堂無抱孤。有令兄弟以主其喪，有孝女以守其祀。故哭于客位，吊于殯東者，咸加哀焉。凡爲部從事，府喪而當其位者三，州缺而居其守者二，〔六〕皆得其理。君之先，再世貧不得葬。故以禄仕遊於諸侯，薄衣食，損車馬，凡十有餘祀，〔七〕卒獲于厥心。其族屬之無主後者，皆位於墓；娣姪之無歸從者，咸會于家。由是處約以終其世。既殮，家宰庀其政。〔八〕〔童曰〕家宰，家之老者。庀，治也，具也。庀，匹婢切。視廩唯釜鍾，〔九〕〔孫曰〕昭三年左氏：齊舊四量，豆、區、釜、鍾。四升爲豆，各自其四，以登於釜。釜十則鍾。是四升爲豆，四豆爲區，四區爲釜。釜，六㪷四升也。十釜爲鍾。鍾，六斛四㪷也。視廩唯釜鍾，言其家無餘財。視藏唯束帛，無餘積焉。十有一月，遣車歸于洛師。〔孫曰〕周禮巾車云：大喪飾遣車。遣車，送死者之車。説文：遣，祖奠也。書：朝至于洛師。洛師，洛陽。遣，詰戰切。某日，祔于墓。監察御史柳宗元聞其道而翫其文也久，居又同閈，閈，里門也。音翰。故哀而銘之。其辭曰：

郎中之道，惟直是保，淳泊坦厚，温恭孝友。郎中之文，惟孝是宜，溥暢周流，炳蔚紛綸。爲周賢能，〔一〕〔韓曰〕周禮：鄉大夫之職，三年則大比，考其德行道藝，而興賢者能者。爲漢賢良。〔韓曰〕漢史：武帝詔丞相、御史、列侯、中二千石。二千石，諸侯相舉賢良方正直言極諫之士。始任讎校，〔二〕篇籍有光。仍授使檄，訏謨用揚。〔孫曰〕詩：訏謨定命。訏，大也。二居郎位，征賦以理。休聲載起，顯命伊始。生而不壽，孰知其止？歿而不嗣，孰濟其美？有翩其旗，爰舉裳帷。行道遲遲，望墓而歸。象物是宜，〔孫曰〕象物，明器。卜筮孔時。里人作銘，不愧于辭。

校勘記

〔一〕涪城尉諱全瑶　「瑶」，音辯、游居敬本作「瑤」。

〔二〕既仕而法制立於官政　「於」下原有「其」字。按：此句上句爲「既冠而德禮聞於鄉黨」，按句式及文意，「其」字當爲衍文。今據取校諸本删。

〔三〕三爲御史句下注　「諸本多無『三爲』兩字」。詁訓本無「三爲」二字。按：陳景雲柳集點勘云：「『三爲御史』，言歷監察、殿中、侍御三院也。張都護誌『三歷御史』語同。一本無『三爲』字，非是。」陳說是。

〔四〕拜度支員外郎　「員外」下原脫「郎」字。何焯義門讀書記云：「下有『郎』字。」據音辯、詁訓本及英華、全唐文補。

〔五〕庭無倚廬句下注　「則吾倚閭而望」。「閭」原作「廬」，據戰國策齊策改。按：此處韓注引戰國策齊策，似不如世綵堂本注引揚雄傳更貼切。世綵堂本注云：「揚雄傳『結以倚廬』。孟康曰：『在倚廬行三年喪。』師古曰：『倚牆至地爲之。』江都易王傳服舍注：倚廬，堊室之次。若禮記問喪（世綵堂本原作「記禮奔喪」，據禮記改。）云：『居於倚廬。』此字祖也。」

〔六〕州缺而居其守者二　「二」，音辯、游居敬本作「一」。

〔七〕凡十有餘祀　「祀」，英華作「事」。何焯義門讀書記云：「『祀』作『事』，謂所事者十餘人也。」

〔八〕家宰庀其政　「家宰」，詁訓本作「冢宰」。

〔九〕視廪唯釜鍾句下注　「十釜爲鍾」。「十」原作「四」，據世綵堂本及左傳昭公三年改。

〔一〇〕爲周賢能句下注　「鄉大夫之職」。「鄉」原作「卿」，據五百家、世綵堂本及周禮地官改。

〔一一〕始任讎校　「任」，音辯本及英華、游居敬本及全唐文作「仕」。

唐故朝散大夫永州刺史崔公墓誌

〔韓曰〕公集又有祭崔君敏文，即永州公也。文謂某等咸以罪戾，謫茲炎方。誌云：以某年月日歸葬某縣。則此誌作於永州也。

維元和五年九月十五日壬子，永州刺史崔公薨于位，享年六十有八。〔一〕己未，殯于路寢。〔二〕〔孫曰〕莊三十一年公羊傳云：薨于路寢。路寢者何？正寢也。注：天子諸侯皆有三寢，一高寢，二路寢，三小寢。景寅，遷神于舟。〔三〕以某年某月日，歸葬于某縣某原，祔于皇考吏部侍郎贈户部尚書府君之墓。〔四〕尚書諱漪，於宜切。玄宗南巡，內禪聖嗣，禪，音擅。府君以謀畫定命，起一旅以復天下，〔孫曰〕左氏：有衆一旅。旅，五百人。厥功載焉。〔韓曰〕天寶十五載六月，玄宗狩蜀，留太子討賊。太子次平涼，朔方節度判官崔漪迎太子，治兵於朔方。七月甲子，太子即皇帝位，是爲肅宗。俗本作「崔猗」，字誤矣。尚書之先，曰貴鄉丞贈太常少卿府君，諱子美。太常之先，曰揚州江都丞府君，諱道禎。〔五〕陟盈切。行高位卑，華冠士族。

公諱某諱敏。字某。承世德之清源，浚之以蠲潔，蠲，亦潔也。音圭淵切。以端其志；采羣言之枝葉，植之以茂實，以脩其能。始由右千牛備身佐環衛，〔孫曰〕武德五年，改隋左右備身府曰左右府。顯慶五年，改左右府曰左右千牛府。〔韓曰〕唐百官志：左右千牛衛，上將軍各一人，掌侍衛及供御兵仗，以千牛備身左右執弓箭宿衛。又云：千牛備身，備身左右各十二人，掌執御刀。更盩厔、三原、藍田尉，〔童曰〕盩厔隸鳳翔，藍田、三原隸京兆，皆縣名。盩，音輈。厔，音窒。仍有大故，三徙同位。〔童曰〕言三徙皆爲尉也。繼授許州臨潁、汝州龍興令，推以直道，二邑齊風。哥舒曜尹河南，〔孫曰〕曜字子明。興元元年，自東都畿、汝節度使遷河南尹。鯨寇猾驁，〔六〕黎人播越。表公尉河南，〔七〕糗糧芻茭，〔韓曰〕書：峙乃糗糧，無敢不逮。峙乃芻茭，無敢不多。糗，熬米麥也。茭，乾芻。糗，去久切，又丘救切。戎備畢給，版圖田洫，〔孫曰〕周禮：聽閭里以版圖。版，户籍。圖，地圖。洫，溝洫也。應劭云：溝，廣四尺，深四尺。洫，廣深倍於溝。洫，許域切。民事時乂。遷揚州録事參軍，實吴楚之大都會也。〔八〕〔童曰〕都會者，謂一都之會。政令煩拏，汝加切。貢奉叢沓。一日不蓇，〔九〕〔張曰〕觀文意，蓇，當是「葺」字，轉寫作「蓇」耳。諸韻無此字，唯吴本楚辭中有如此書者。今從「葺」。葺，音七入切。鐫譙四至，譙，責讓。〔韓曰〕鐫譙，言鐫秩譙謫之也。鐫，音遵全切。譙，才笑切。譙，亦作「誚」。公爲之優游有裕。長史司徒杜公與之揖讓，異於賓僚。〔孫曰〕貞元元年十二月，以杜佑爲揚州長史、淮南節度使。佑奏敏爲州參軍。「異」字一本作「夷」。入爲太子司議郎，拜歸州刺史。巖險湍悍，人類鳥獸，古號難理。公克有聲，遷永州刺史朝散大夫。惟是南楚，風浮俗鬼，〔童曰〕其俗尚鬼也。户爲胥徒，家有禳䄙。〔一〇〕〔孫曰〕禳䄙皆除疾殃之祭。䄙，音梗。謂䄙禦未至之害。大者虐鰥孤以盜邦賦，敺愚蒙以神訛言。悖于政經，莫有禁禦。公於是修整部吏，黜侵凌牟漁者數百人，牟，取也。以付信于下，而征貢用集；擒戮妖師，〔一一〕毁焄蒿淫昏者千餘室，〔孫曰〕禮記：焄蒿悽愴。焄蒿，香臭之氣。淫昏，左氏所謂淫昏之鬼也。焄，音薰。以舉正羣枉，而田閭克和。寬以容物，直以率下。邦人方安其理，搢紳猶鬱其望。體魄遽降，〔一二〕〔孫曰〕禮運：體魄則降，知氣在上。哀何有窮？嗚呼！

公前夫人徐州參軍滎陽鄭鉅女，有子曰義和，早夭。後夫人萬年尉范陽盧彤女，嘉淑之德，繼聞宗族。有子曰貽哲、貽儉，克承于家。洎公之兄子曰勵曰禮，誠願志于墓，無忘公之德。銘曰：

孰爲德門？清河濬源，〔童曰〕崔氏，清河郡人。其流沄沄。〔一三〕〔童曰〕沄沄，説文：轉流也。一本作「遠哉沄沄」。世有顯懿，〔一四〕揚其清芬。焕炳增華，〔一五〕昭于後昆。惟魴與鯉，〔韓曰〕詩：豈其食魚，必河之魴；豈其食魚，必河之鯉。崔氏，清河人，故以魴鯉喻之，言世有顯德也。魴，音防。舊史是尊。

孰爲茂功？尚書清風，〔孫曰〕漪爲户部尚書。藹其有融。勃焉而興，〔童曰〕左傳：禹、湯罪己，其興也勃焉。披草從龍。〔童曰〕易：雲從龍。〔孫曰〕此言漪從肅宗起靈武也。布令諸夏，敷和六戎。赫矣太陽，克昇于中。

孰爲惠政？公嗣餘慶，形于謡咏。小程其功，大遂其性。黠吏是省，黠，下八切。妖風以正。于邑于邦，〔一六〕一作「施于邑邦」。克揚休命。

孰爲遺愛？公去昭代，邦人斯痗。〔孫曰〕詩：使我心痗。痗，病也。痗，莫佩切。始焉是賴，今也何戴？

孰葬我公？于洛之會。何以銘之？徽音不昧。徽，美也。

校勘記

〔一〕享年六十有八　取校諸本「八」上均無「有」字。

〔二〕己未殯于路寢　「己未」原作「乙未」，據英華、全唐文及何焯義門讀書記改。按：舊說人之初死，七日爲忌，以七日爲一「七」。上云崔敏九月十五日壬子薨于位。二「七」之第一日「殯于路寢」是九月二十二日，正爲「己未」。

〔三〕景寅遷神于舟　「景寅」，英華作「庚寅」，蔣之翹本作「甲寅」，均誤。按：「景寅」即「丙寅」，避唐高祖李淵父李昞諱，故改「丙」爲「景」。「丙寅」爲崔敏死後三「七」之第一日，爲九月二十九日。

〔四〕祔于皇考吏部侍郎贈戶部尚書府君之墓　「皇考」，英華作「祖考」。按：崔敏爲崔漪之子，「皇考」是。

〔五〕揚州江都丞府君諱道禎　「道禎」，新唐書卷七二下宰相世系表作「道楨」。

〔六〕鯨寇猾驁　「鯨」，英華作「黥」。

〔七〕表公尉河南　「尉河南」，英華作「爲河南尉」。

〔八〕實吳楚之大都會也　「吳楚」，英華作「吳越」。

〔九〕一日不膂　「膂」，英華、全唐文作「葺」，是。

〔一〇〕家有禳祳　世綵堂本注：「祳」，一作「禬」。世綵堂本注及何焯義門讀書記云：「『祳』字諸韵並無，疑是『梗』字。周禮女祝：『掌以時招梗禬禳之事。』」句下注「禳祳皆除疾殃之祭」。「疾殃」原作「歿」，據周禮天官女祝改。

〔一一〕擒戮妖師　「師」原作「帥」，據音辯、五百家、世綵堂本及英華改。

〔一二〕體魄遽降句下注　「知氣在上」。「知氣」原作「志氣」，據五百家本及禮記禮運改。

〔一三〕其流沄沄　英華作「垂芳著慶」。

〔一四〕世有顯懿　英華此句上有「自葉流根」一句，何焯義門讀書記亦云：「上有『自葉流根』四字。」全唐文作「自葉而根」。

〔一五〕煥炳增華　「煥炳」，英華作「炳煥」。

〔一六〕于邑于邦　英華作「于邦于家」。

故永州刺史流配驩州崔君權厝誌

〔劉曰〕崔君，名簡，字子敬。

博陵崔君，〔韓曰〕崔氏出自齊丁公呂伋，食邑於崔，因以爲氏。後分清河、博陵二望。由進士入山南西道節度府，〔孫曰〕貞元五年，簡中進士第。始掌書記。〔孫曰〕山南西道節度使辟爲掌書記。至府留後，凡五徙職，〔一〕六增官，至刑部員外郎。出刺連、永兩州。未至永，而連之人愬愬，音訴。君。御史按章具獄，坐流驩州。幼弟訟諸朝。天子黜連帥，〔二〕〔孫曰〕連帥，湖南觀察使也。罷御史，小吏咸死，〔三〕投之荒外，而君不克復。元和七年正月二十六日卒。孤處道洎守訥，奉君之喪，踰海水，不幸遇暴風，二孤溺死。七月某日，柩至于永州。〔童曰〕時公爲永州司馬。八月甲子，藁葬于社壇之北四百步。〔四〕

崔氏世嗣文章，君又益工。博知古今事，給數敏辯。善謀畫，南敗蜀虜，〔孫曰〕嚴礪屢破劉闢之師。西遏戎師，其慮皆君之自出。後餌五石，〔童曰〕五石，丹砂之屬。病瘍且亂。〔五〕〔韓曰〕説文云：瘍，頭創也。音陽，又音易。一本卽作「易」，非是。故不承于初。今尚有五丈夫子。夫人河東柳氏，〔童曰〕簡娶公之姊。德碩行淑，先崔君十年卒。〔童曰〕公有柳氏誌。其葬在長安東南少陵北。君以竄没，家又有海禍，力不克祔。三年，將復故葬也。徒志其一二大者云。

鯢爲祖，鼻爲父。世文儒，積彌厚。〔六〕〔孫曰〕簡五世祖太師。子挹，國子祭酒。挹子湜，爲平章事。湜子鯢。鯢子鼻，司直。鼻子簡。簡其名，子敬字。〔七〕他本皆作「字敬守」。年五十，增以二。葬湘澨，〔韓曰〕説文云：澨，水涯也。澨，音筮。非其地。後三年，辭當備。

校勘記

〔一〕凡五徙職　「五」上原脱「凡」字，據音辯、詁訓、世綵堂本補。

〔二〕天子黜連帥句下注　「連帥，湖南觀察使也」。「湖南」原作「河南」。按：舊唐書卷三八地理志，連、永二州均屬湖南觀察使管轄，世綵堂本作「湖南」是。今據改。

〔三〕小吏咸死　陳景雲柳集點勘：「『咸』，當作『滅』，蓋滅死遠竄也。」

〔四〕藁葬于社壝之北四百步　詁訓本「社」下無「壝」字。世綵堂本注：「『社』字下一本無『壝』字，『北』字下有『壝』字。」

〔五〕病瘍且亂句下注　「瘍，頭創也」。「頭創」原作「創癰」，據五百家本及説文改。

〔六〕鯢爲祖曅爲父世文儒積彌厚句下注　「簡五世祖太師。子挹，國子祭酒。挹子湜，爲平章事。湜子鯢。鯢子曅，司直。曅子簡」。陳景雲柳集點勘云：「按『太』當作『仁』，仁師相太宗，唐史有傳。子挹、孫湜並見傳後。挹歷官尚書，非祭酒也。又，簡祖鯢，乃挹兄參軍擢之孫，吏部郎液之子，非挹、湜後也。宰相世系表甚明，注皆誤。」按：陳説是。但陳謂挹「非祭酒也」誤。蓋宰相世系表載「挹，戶部尚書」，而舊唐書卷七四崔仁師傳却明言「挹爲國子祭酒」。

〔七〕子敬字句下注　「他本皆作『字敬守』」。「敬守」，五百家、蔣之翹本注作「敬子」，疑誤。

唐故萬年令裴府君墓碣

〔韓曰〕裴府君葬在元和十三年，碣蓋是時作也。

公諱墐，字封叔，河東聞喜人。〔童曰〕聞喜，絳州縣。太尉公諱行儉，〔一〕〔童曰〕行儉字守約。實高祖。侍中公諱光庭，〔童曰〕光庭字連城，玄宗侍中。實曾祖。刑部員外郎府君諱稹，〔二〕〔童曰〕稹以蔭仕，累遷起居郎、祠部員外郎。「稹」字，一本作「植」字。實祖。大理卿府君諱儆，實父。公由進士上第，〔孫曰〕貞元三年，墐中進士第。校書崇文館。〔孫曰〕崇文有校書郎二人，掌校理書籍。飭館事，〔三〕修整左春坊，由是立署局。〔孫曰〕貞元八年，隸左春坊。後參京兆軍事，按覆校巡，大尹恒得以取直。爲太常主簿，〔孫曰〕唐太常寺主簿二人，從七品上。搜逖疑互，〔四〕逖，他歷切。探抉遯隱，抉，音決。遯，音鈍。宿工老師，不得伏匿，皆來會堂下。耆股肱，役喉喙，以集樂事。作坐立二部伎圖。卿奇其績，奏超以爲丞。〔孫曰〕太常寺卿一人，丞二人。司空杜公聯奉崇陵、豐陵禮儀，再以爲佐。〔五〕〔孫曰〕貞元二十一年正月，德宗崩。七月，以太常卿士杜黄裳平章事，爲禮儀使。十月，葬崇陵。元和元年正月，順宗崩。仍以杜黄裳爲使。七月，葬豐陵，黄裳再辟墐爲判官。離紛尨，尨，雜貌。導滯塞，闕百執事，條直顯遂，司空拱手以成。自開元制禮，諱去國恤章，〔孫曰〕高宗顯慶三年正月，長孫無忌等上所修新禮，詔中外行之。時許敬宗、李義甫用事，所損益多希旨，學者非之。太常博士蕭楚材等以爲預備凶事，非臣子所宜言，遂焚國恤一篇，由是凶禮遂闕。至開元二十年九月，新禮成，遂因之不改。累聖陵寢，皆因事擥綴，擥，音覽。綴，株衞切。取一切乃已，有司卒無所徵。公乃撰二陵集禮，〔韓曰〕公集有裴君豐崇二陵集禮後序。藏之南閣。轉殿中侍御史，仍拜尚書比部員外郎，會校成要，〔六〕〔孫曰〕比部員外郎掌勾會内外賦斂經費之事。會，大計也。周禮：聽出入以要會。注云：要會，計最之簿書。月計曰要，歲計曰會。朞歲畢具。刺金州，決高弛隟，〔七〕說文云：弛，弓解也。隙，壁際孔也。弛，賞是切。隟，迄逆切。〔張曰〕「隟」，當作「隙」。音丘戟切。公集「隙」字皆作「隟」，檢韻並無「隟」，惟有「鄛」。音巢，縣名也。去人水禍，渚茭原茅，闢成稻粱。陟萬年令，叢劇辨肅，〔八〕談宴終日，〔九〕人視之若居冗官然。會金州猾吏來，揚言恐喝，以煩褻事，〔一〇〕褻，音屑。曰：「不得三十萬，吾能爲禍。」公大怒，召罵之，恣所爲。吏巧以聞，御史按章具獄，再謫道州、循州爲佐掾。會赦，量移吉州長史。元和十二年秋七月日，〔一一〕病痁泄卒。痁，詩廉切。泄，音薛。

始公以唯諾聞長安中，奔人危急，輕出財力，如索水火。性開蕩，進交大官，不視齒類；挾同列，收下輩，細大畢歡。喜博弈，知聲音，飲酒甚少，而工於糺讁。謡舞擊咢，〔孫曰〕咢，亦歌也。詩：或歌或咢。纖屑促密，皆曲中節度，而終身不以酒氣加人。晝接人事，夜讀書考禮，收捃策牘，捃，拾也。音俱詠切。未嘗釋手，以是重諸公間。初娶范陽盧氏，無子。後夫人柳氏，柳氏即公之姊。德爲九族冠。生三男子，喪其一焉。貞元十六年某月日卒，祔于長安御宿之北原，〔孫曰〕御宿，長安地名。漢書亦作「御羞」。冢子銑，蘇典切。或添「洎永」二字。奉柩以明年月日克葬于墓。銑以文書來柳州，告其叔舅宗元，願碣于墓左。〔一二〕則涕爲之銘。其辭曰：

有鬱其馨，惟裴之卿。〔孫曰〕墐父儆爲大理卿。世服大僚，〔孫曰〕書：有服在大僚。謂世爲大僚也。仍耀烈名。封叔申之，申，重也。實惟其英。讎書宮闈，〔孫曰〕謂校書崇文館。佐職于京。〔韓曰〕謂爲京兆府參軍。太常命吏，以能增秩。相儀考禮，大弁斯畢。〔童曰〕書：率循大卞。大卞，大法也。「弁」，與「卞」同。鳩工展伎，〔孫曰〕謂作坐立二部伎圖。爰備聲律。或圖或書，藏之府室。史于柱下，〔一三〕〔韓曰〕史記老子傳：周守藏室之史也。索隱曰：藏室史，乃周藏書室之史。又張蒼傳，老子爲柱下史，即藏室之柱下，因以爲官名。〔補注〕墐爲殿中侍御史，故云史于柱下也。郎於會司。〔韓曰〕周禮：司會之職，以參互考日成，以月要攷月成，以歲會攷歲成，以周知四國之治。〔補注〕墐爲比部員外郎，故云郎於會司。會，古外切。徼循以周，大比是宜。作牧于金，金人允懷。溝防漢澨，〔孫曰〕漢澨，漢水之澨。澨，水際也。金州臨漢，故云漢澨。墊沃卒移。〔韓曰〕書：下民昏墊。墊，都念切。增我歲食，易其芋魁。游手閒民，〔童曰〕周禮：閒民，無職事者。閒，音閑。相顧聚來。徵爲萬年，治劇于都。百務敍成，談宴以娛。誰恤誰恃？不忍悍吏。胡巧其辭？按章以遂。由道斥循，施施三年。施，余支切。更赦進資，廬陵是遷。人曰世德，宜慶于延。又曰良能，宜力之宣。朝有大賚，〔童曰〕語曰：周有大賚，善人是富。賚，賜也。期賜其還。〔一四〕一作「環」。鬼神不享，命殞在前。〔孫曰〕元和十二年十月平吳元濟，十三年正月大赦，而墐以十二年七月卒，故云殞命在前也。長原有墓，高曾祖父，淑靈是祔。〔孫曰〕淑靈，謂柳氏也。封叔爰歸，左右惟具。〔一五〕孤銑磨石，祈辭海陬。〔一六〕〔補注〕公時爲柳州刺史，爲作此碣。遂升其趺，于道之周。

校勘記

〔一〕太尉公諱行儉句下注　「行儉字守約」。「守約」原作「叔約」，據五百家、世綵堂本及新唐書卷一〇八裴行儉傳改。

〔二〕刑部員外郎府君諱稹句下注　「『稹』字，一本作『植』字」。音辯、詁訓、五百家、世綵堂本注：「一本作『植』，非。」按新唐書卷一〇八裴行儉傳附裴稹傳，作「稹」是。

〔三〕飭館事　世綵堂本注：「『飭』，一作『飾』。」

〔四〕搜遯疑亙　「遯」，全唐文作「剔」。「亙」，詁訓本作「玄」。按：荀子正論：「上周密則下疑玄矣。」作「玄」近是。

〔五〕司空杜公聯奉崇陵豐陵禮儀再以爲佐句下注　「元和元年正月，順宗崩」。「元年」原作「九年」。按：順宗死于元和元年正月甲申。兹據韓愈順宗實錄卷五、舊唐書卷一四順宗紀、新唐書卷七憲宗紀改。

〔六〕會校成要句下注　「聽出入以要會」。「以」原作「比其」，據五百家本及周禮天官改。

〔七〕決高弛隟句下注　「隟，壁際孔也」。「壁際孔」原作「阬塞」，據説文改。

〔八〕叢劇辨肅　「辨」，何焯校本改爲「辦」。

〔九〕談宴終日　「宴」原作「晏」，據音辯、詁訓、世綵堂本改。

〔一〇〕官然會金州猾吏來揚言恐喝以煩褻事　詁訓本無此十六字，疑脱。

〔一一〕元和十二年秋七月日　音辯、詁訓本及全唐文「年」下無「秋」字。

〔一二〕願碣于墓左　「碣」原作「謁」，據音辯、詁訓、世綵堂本改。

〔一三〕史于柱下句下注　「又張蒼傳，老子爲柱下史」。「張蒼」原作「張陽」，詁訓本作「張湯」，均誤，據史記卷九六張丞相列傳、漢書卷四二張蒼傳改。

〔一四〕期賜其還　陳景雲柳集點勘云：「『期』，一作『明』爲是，謂明詔也。元和十三年正月，赦令左降官例得量移，故曰『明賜其還』。」

〔一五〕左右惟具　「具」原作「昆」，據取校諸本改。

〔一六〕祈辭海陬句下注　「公時爲柳州刺史」。「柳州」原作「永州」。按：本文有裴墐「元和十二年秋七月日病痁泄卒」、「銑以文書來柳州」句，題下注亦云此碣作于元和十三年，作「柳州」是。今據改。

柳宗元集卷十

誌

唐故中散大夫檢校國子祭酒兼安南都護御史中丞充安南本管經略招討處置等使上柱國武城縣開國男食邑三百户張公墓誌銘幷序

〔童曰〕張公，名舟，事詳見本篇注。誌銘在永州作。

漢光中興，馬援雄絶域之志；〔孫曰〕漢光武建武十六年，交趾女子徵側反，自立爲王。十七年，以馬援爲伏波將軍往討之。晉武一統，陶璜布殊俗之恩。〔孫曰〕晉書：陶璜，字世英。孫晧時都督交州諸軍事，晉武因而任之。在南方三十年，威恩著于殊俗。安南，卽古交州也，故舉援、璜之事。理隨德成，功與時並。今皇帝載新景命，〔韓曰〕今皇帝，憲宗也。詩：景命有僕。景命，明命也。丕冒海隅。〔童曰〕書：丕冒，海隅出日，罔不率俾。丕，大也。時惟公祗復厥績，〔一〕交趾之理，〔韓曰〕唐安南中都護府本交趾郡，武德五年改曰交州，治交祉，續于前人。

公諱某，諱舟。字某，某郡人也。〔二〕曾祖彦師，朝散大夫、尚書駕部郎中。祖瑾，懷州武德縣令。考清，朝議郎、試大理寺丞，贈右贊善大夫。咸有懿美，積爲餘慶。公以忠肅循其中，以文術昭于外，推經旨以飾吏事，本法理以平人心。始命蘄州蘄春主簿，句會斂給，〔孫曰〕句會，會計也。會，古外切。厥聲顯揚。仍以左領軍衞兵曹爲安南經略巡官，申固扞衞，有聞彰徹。轉金吾衞判官。三歷御史，〔三〕績用弘大，揚于天庭。加檢校尚書禮部員外郎，換山南東道節度判官。復轉郎中，爲安南副都護，賜紫金魚袋，充經略副使。遷檢校太子右庶子，兼安南都護、御史中丞，充本管經略、招討、處置等使。〔韓曰〕史：元和元年四月，舟自安南經略副使充本管都護。

公自爲吏，〔補注〕即上所言爲安南巡官副使云云。習於海邦，凡其比較勤勞，利澤長久。去之則夷獠稱亂，〔四〕〔孫曰〕去，謂爲山南東道節度判官。獠，西南夷名。獠，魯皓切，又竹巧切。復至而寇攘順化。及受命專征，〔五〕得陳嘉謨，誓拔禍本，納於夷軌。乃命一其貢奉，平其斂施。牧人盡區處之方，制國備刑體之法。道阻而通百貨，地偏而具五人。儲偫委積，〔六〕偫，待也。〔孫曰〕周禮：遺人掌邦之委積，以待施惠。委積，牢米薪芻之總名。儲，音除。偫，直里切。羽獵賦音雉。委，於僞切。積，子智切。師旅無庚癸之呼；〔韓曰〕哀十三年左氏：吳申叔儀乞糧於公孫有山氏。對曰：「若登首山以呼曰庚癸乎，則諾。」注云：庚，西方，主穀。癸，北方，主水。繕完板榦，〔童曰〕榦，築垣之板也。控帶兼戊己之位。〔韓曰〕西域志：漢元帝初元元年，置戊己二校尉。注：戊己中央，鎮覆四方。文單環王，〔韓曰〕單，虜姓，可單氏後改爲單氏。〔孫曰〕文單，卽陸真臘；一曰婆鏤。環王，本林邑，一曰占不勞，一曰占婆。單，都寒切。怙力背義，公於是陸聯長轂，〔童曰〕長轂，戰車。海合艨艟，〔孫曰〕艨艟，戰船，所以突敵者。蒙衝二音。再舉而克殄其徒，〔七〕〔孫曰〕元和四年八月，環王寇安南，舟敗其衆三萬人，獲戰象并王子五十九人。廓地數圻，〔補注〕圻，千里地。春秋傳：今大國多數圻矣。圻，音祈。「數」字一本作「故」。以歸於我理；烏蠻首帥，〔八〕負險蔑德，公於是外申皇威，旁達明信，一動而悉朝其長，取州二十，〔九〕以被於華風。易皮弁以冠帶，〔一〇〕化姦宄爲誠敬，皆用周禮，率由漢儀。公患浮海之役，可濟可覆，而無所恃，乃刳連鳥，〔童曰〕連鳥，疑是山名。刳，音枯。以闢坦途。鬼工來并，人力罕用，沃日之大，〔一一〕〔童曰〕沃日，海也。束成通溝；摩霄之阻，晢爲高岸，〔童曰〕晢，毁也。周官有晢蔟氏。音昔，又丑列切。而終古蒙利。公患疆埸之制，一彼一此，而不可常，乃復銅柱，〔孫曰〕廣州記：馬援到交阯，立銅柱爲漢之極界。舟復之。〔韓曰〕馬揔充安南都護，夷獠便之，乃於漢所立銅柱處，以銅一千五百斤特鑄二柱，刻書唐德，以繼伏波之迹。以此誌觀之，則張公亦嘗有是作，特史不書耳。爲正制。〔一二〕鼓鑄既施，精堅是立。固圉之下，〔童曰〕圉，邊陲。左氏傳：亦聊以固吾圉也。明若白黑，易野之守，〔孫曰〕周禮：險野人爲主，易野車爲主。此言雖易而險也。易，以豉切。險逾丘陵，而萬世無虞。奇琛良貨，〔韓曰〕爾雅：琛，寶也。琛，丑林切。溢于玉府；〔孫曰〕周禮：玉府掌王之金玉玩好兵器，凡良貨賄之藏。今本皆作「王府」。殊俗異類，盈于藁街。〔孫曰〕漢書陳湯傳：郅支縣頭藁街。藁街，街名，蠻夷邸在此。邸，若唐鴻臚客館。三輔黃圖云：藁街，在長安城門內。〔韓曰〕魏都賦云：藁街之邸不能及。注：藁街邸，蠻夷之館，漢時所立也。優詔累旌其忠良，太史嗣書其功烈。〔三〕就加國子祭酒，封武城男，食邑三百户。凡再策勳，〔孫曰〕桓二年左氏：反行飲至，舍爵策勳。言書勳於策，紀有功也。至上柱國，三增秩至中散大夫。某年月薨于位，年若干。天子震悼，傷辭有加。〔童曰〕傷辭，謂贈策也。明年，其孤某官與宗人號奉裳帷，率其家老，咨于叔父延唐令某，卜宅于潭州某原。〔童曰〕孔子曰：「卜其宅兆。」宅，墓也。葬用某月某日，人謀皆從，龜兆襲吉。〔韓曰〕書：龜筮協從，卜不習吉。注云：習，因也。今作「襲」，亦因也。乃刻兹石，著公之閥，以志于丘竁，〔四〕〔童曰〕竁，穿地也。周禮：大喪甫竁。音釧，又充芮切。以告于幽明。銘曰：

周限荆、衡，〔韓曰〕荆、衡之地，在周非其所有，至秦始并爲三十六郡。秦開百粵。〔韓曰〕秦始皇并天下，分爲三十六郡。平百粵，又置閩中、南海、桂林、象郡四郡。「粵」，與「越」同。交州之治，炎劉是設。〔孫曰〕漢武帝元鼎元年，定越地以爲交趾郡。德大來服，道消自絶。伏波南征，見上注。漢威載烈。宛陵北附，〔孫曰〕孫皓降晉，手書敕璜歸順。晉武帝封璜爲宛陵侯。晉政爰發。我唐流澤，光于有截。〔五〕〔童曰〕詩：海外有截。注云：四海之外率服，截尔整齊。皇帝中興，武城授鉞。〔孫曰〕言舟爲都護也。肅肅武城，惟夫之哲。〔童曰〕詩：哲夫成城。更歷毗贊，〔孫曰〕言舟爲巡官副使也。顯揚彰徹。既受休命，秉兹峻節。

度其謀猷，守以廉潔。厚農薄征，匪貊匪桀。〔一六〕〔韓曰〕孟子：欲輕之於堯、舜之道者，大貊小貊也。欲重之於堯、舜之道者，大桀小桀也。注：貊，蠻貊。桀，夏桀也。夷貊之人在荒服者，二十而取一。貊，音陌。通商平貨，有來胥悅。踐山跨海，堅其鶴列。〔一七〕〔韓曰〕莊子：必無盛鶴列於麗譙之間。注，鶴列，陳兵也。制器足兵，潰茲蟻結。〔童曰〕蟻結，言小寇如蟻聚也。禮：蟻結于四隅。烏蠻屈服，文單剪滅。柔遠開疆，會朝天闕。銅柱乃復，環山以哲。〔一八〕〔孫曰〕齊語：環山於有牢。環，繞也。哲，摘墮也。哲，敕列切。海無遺迕，音午，又音忤。寇罔踰越。琛賮之獻，賮，徐刃切。亦與「贐」同。周于窮髮。〔孫曰〕莊子：窮髮之北。窮髮，不毛之地。帝嘉成德，載旌茂閥。增秩策勳，土封斯裂。位厄元侯，年虧大耋。〔孫曰〕易：大耋之嗟凶。說文云：年八十曰耋。耋，音迭。邦人號呼，夷裔悽咽。卜葬長沙，連岡啓穴。書銘薦辭，德音罔缺。

校勘記

〔一〕時惟公祇復厥績　全唐文「公」上有「張」字。

〔二〕某郡人也　陳景雲柳集點勘云：「按世系表，舟，吳郡人。德宗朝名相張鎰之族。」按：陳說是。

〔三〕三歷御史　「三」，英華作「二」。

〔四〕去之則夷獠稱亂　「稱」，原作「復」，據音辯、詁訓、世綵堂本改。

〔五〕及受命專征　「專征」，英華作「再任」。

〔六〕儲偫委積句下注　「偫，待也」。陳景雲柳集點勘云：「按『偫』字玉篇本有二訓，此應從儲具解，不當訓待。」按：陳說是。「遺人掌邦之委積，以待惠施」。「遺人掌邦」原作「門闕」，據詁訓本及周禮地官遺人改。按：遺人亦有「門闕之委積」句，惟下句爲「以養老孤」。此處當作「遺人掌邦之委積，以待惠施」。

〔七〕再舉而克殄其徒句下注　「舟敗其衆三萬人」。「三萬」原作「三千」，據舊唐書卷一四憲宗紀改。

〔八〕烏蠻首帥　「首帥」，音辯、游居敬、蔣之翹本及全唐文作「酋帥」，疑是。

〔九〕取州二十　「二十」，英華作「三十」。

〔10〕昜皮弁以冠帶　「弁」，英華作「卉」，近是。按：尚書禹貢有「島夷皮服」、「島夷卉服」句。皮、卉，蓋指皮服和卉服（草服）而言。而「皮弁」乃古冠名，周時天子及卿大夫皆有之（見周禮夏官弁師）。

〔一一〕沃日之大句下注　「沃日，海也」。「沃日」下原有「之大」二字，據蔣之翹本删。

〔一二〕爲正制　蔣之翹本「爲」上有「以」字。全唐文「正」下有「古」字。

〔一三〕優詔累旌其忠良太史嗣書其功烈　英華「忠」下有「能」字，「良」下無「太」字。

〔一四〕以志于丘竁句下注「竁，穿地也」。「穿地」原作「空壙」，據音辯、詁訓、蔣之翹本注及說文改。

〔一五〕光于有截句下注「四海之外率服，截尒整齊」。「外」下原脫「率服」二字，據詩商頌長發注補。「尒」原作「亦」，據五百家本及詩商頌長發注改。

〔一六〕匪貊匪桀句下注「貊，蠻貊；桀，夏桀也」。「貊」下原脫「蠻貊桀夏桀也」六字，據詁訓本補。

〔一七〕堅其鶴列句下注「莊子：必無盛鶴列於麗譙之間」。「莊子」原作「列子」，據音辯、詁訓、世綵堂本及莊子徐無鬼改。

〔一八〕環山以誓「誓」，英華作「哲」，並注云：「一作『折』。」

唐故邕管經略招討等使朝散大夫持節都督邕州諸軍事守邕州刺史兼御史中丞賜紫金魚袋李公墓誌銘 幷序〔一〕

公諱某，諱位。字某，實惟文皇帝之玄孫。太宗初謚文皇帝。別子曰承乾，別，筆列切。爲皇太子，以藩愛逼奪，危慄致禍，後封恒山，爲愍王，贈荊州大都督。〔二〕〔孫曰〕太宗長子承乾，武德三年封恒山王。九年，立爲皇太子。貞觀中，魏王泰有寵於上，潛有奪嫡之意。由是廢承乾爲庶人。天寶中，復故封。謚曰愍王。繼別曰象，蘄春郡太守，贈越州大都督，封郇國公。大宗曰玭，〔三〕〔韓曰〕禮記：別子爲祖，繼別爲宗，繼禰者爲小宗。注曰：別子，謂公子始來在此國者，後世以爲祖。又曰：繼別爲宗者，別子之世適也。族人尊之，謂之大宗，是宗子也。又曰：繼禰爲小宗者，父之適也。兄弟尊之，謂之小宗。誌謂別子曰承乾，繼別曰象，大宗曰玭，以是推之可考矣。玭，步田、毗賓二切。說文云：玭，珠也。夏書作「蠙」。太子詹事，贈秘書監。生廙，異翼二音。尚書左丞。凡四代，有土田，居貴仕。公丕承之，以率南服，克荷天休，繼有功德。

公始以通經入崇文館，〔孫曰〕唐崇文館學生二十人。課送舉試如弘文館。登有司第，選同州參軍，入佐金吾衞，〔孫曰〕貞元十九年十一月，以振武節度使范希朝爲右金吾大將軍，奏位佐其府。進太僕主簿，參引大駕。府移爲左右神策行營兵馬節度，以爲推官。〔四〕〔孫曰〕永貞元年五月，以希朝爲左右神策京西諸城鎮行營兵馬節度使，鎮奉天。復奏位爲府推官。拜監察御史，賜緋魚袋。凡二使，其率皆范司空希朝。率，將帥也。字與「帥」同。進殿中侍御史、湖南都團練判官。〔孫曰〕永貞元年十一月，以御史大夫薛苹爲湖南都團練使。苹辟位爲判官。以寬通簡大，輔治得中道，府遷主後事。師人愛慕，欲以貞元故事爲請。公恐懼抑留，復徙浙東爲都團練副使。〔五〕〔孫曰〕元和三年正月，苹自湖南遷浙東。轉侍御史。又徙浙西，一本二「徙」字並作「從」。如其職，〔孫曰〕五年八月，苹遷，仍以位爲副使。加著作郎。凡三使，其率皆薛大夫苹。刺岳、信二州，得劉向秘書，以能卒化黄白，〔韓曰〕劉向傳：淮南有枕中鴻寶苑秘書，言神仙使鬼物爲金之術。向幼而讀誦，以爲奇，獻之，言黃金可成。上令典尚方鑄作事。日召徒試術，爲仇家上變。就鞫無事，劾答殺告者，猶降建州司馬。〔孫曰〕位爲信州刺史，好黃、老道，數祠禱。部將韋岳告位集方士圖不軌，洪州監軍高昌奏位謀大逆。追捕位，劾禁中。薛存誠、孔戣一日三表，請付御史臺。詔戣與三司雜治。無反狀，岳坐誣罔誅。貶位建州司馬。詔曰：信州刺史李位，心希秘術，跡狎匪人，謂捕影之可求，乃先風之是點。名教之内，本無異端，典刑之中，豈容僻好？可守建州司馬云。陟刺泉州，會烏猲夷〔張曰〕「猲」字，諸韻無，疑是「狺」。楚辭：猛犬狺狺。烏狺，犬戎也。狺，牛進、魚巾二切。〔韓曰〕考之史傳，蓋是烏滸。烏滸，黃洞蠻也。一本作「會烏猲夷叛」，即無下「刺」字。刺殺郡吏，〔六〕毆縛農民。詔以公都督邕州兼御史中丞，賜紫金魚袋，爲經略招討使。既至，則韔弓櫜甲，〔童曰〕韔，弓衣。櫜，囊也，所以藏甲。「韔」，與「弢」同，它刀切。櫜，音託。去斥候，禁部内，無敢以賊名，使得自澣濯。澣，胡管切。諸酋長咸頓首送欵，故虜獲輸税奉貢，〔七〕願比内郡人，遣子吏都督所。〔韓曰〕言爲吏於都督所也。人復耕稼，無有威刑。居五月頃，有黑螭鼓江〔童曰〕螭，狀似龍而無角。螭，音癡。流，壞北岸，直城南門，覆船殺人然後去。父老泣曰：「吾公其殆矣！」嘗合汞、流黃、丹砂爲紫丹，〔童曰〕説文云：汞，丹砂所化，爲水銀也。汞，胡貢切。與「澒」同。能入火不動，以爲神，服之且十年。然卒以是病，暴下赤黑，數日薨。實元和十三年六月十五日，年五十七。僚宰庀事，有緹五兩，〔童曰〕緹，赤帛也。兩，疋也。周禮：無過五兩。緹，音題，又它禮切。兩，直讓切。無金銀泉貝，〔童曰〕泉，錢別名。貝，説文：海介蟲。幾不克斂。夷人號呼致幣歸。以明年月日葬，附其穆長安西南高陽原上。〔韓曰〕穆，昭穆也，父爲昭，子爲穆。

夫人陳氏，先公十五年没。父曇，亦都督邕州終。〔孫曰〕貞元十三年六月，以陳曇爲邕州經略使。孤孟輿，愿且文。亞曰仲權，次曰季謀，年自九歲以下。有兩壻，博陵崔行儉，勁峭有立志；滎陽鄭師貞，敏捷能群，皆聞名。銘曰：

文濬維祥，〔孫曰〕文，謂文皇帝。實亘實延。冢讒不嗣，〔八〕宗以支傳。郇公克庸，詹事繼賢。湜湜左丞，〔童曰〕湜，説文：水清也。詩：湜湜其沚。湜，視力切。惟道之宣。公寬且惠，以教則順。五參戎政，〔補注〕謂佐金吾衛、左右神策行營湖南、浙東、浙西，凡五府。二佩郡印。〔補注〕謂典岳、信二州。師歡民愛，克懷以信。詖辭告訕，一作「訟」。卒白其訊。烏獠猖狂，盜海剽山。帝命于南，〔九〕逖彼群蠻。〔一〇〕虎龍煌煌，英蕩是將。〔孫曰〕周禮：山國用虎節，澤國用龍節，皆金爲之，英蕩輔之。注：金爲節，象龍虎之狀。英蕩，函器。舟之金玉，〔孫曰〕詩：何以舟之，維玉及瑶。舟，帶也。謂帶以金玉。以爲公服。公既蒞止，〔童曰〕蒞，臨蒞也。詩：方叔蒞止。告以文理。推義赴仁，弢弓服矢。弢，音韜。解見上。闢是垣壘，完其父子。復我邦賦，弛予卒士。貌不功矜，情不伐喜。蠻人涕懷，投刃以俟。方底成績，蟲孽告妖。悍石構灾，升屋而號。〔孫曰〕升屋，招魂也。椎髻卉裳，〔一一〕〔孫曰〕書：島夷卉服。卉，猶蕉葛之屬。椎，音搥。髻，音介。卉，詡里切。來賻來觀。膴膴鱗原，〔孫曰〕膴，美也。詩：周原膴膴。膴，音武。「鱗」，一作「鮮」。鮮，善也。詩：度其鮮原。祔之顯魂。松栢芊芊，芊芊，草盛貌。芊，音千。封域安安。

代有高墳，堯、文之孫。

校勘記

〔一〕唐故邕管經略招討等使朝散大夫持節都督邕州諸軍事守邕州刺史兼御史中丞賜紫金魚袋李公墓誌銘并序　「持」下原脱「節」字，據音辯、詁訓本及全唐文補。「銘」上原脱「誌」字，據音辯、詁訓、五百家本及全唐文補。

〔二〕贈荆州大都督句下注　「由是廢承乾爲庶人」。「由是」原作「七月」。按：廢承乾爲庶人在貞觀十七年四月，作「七月」誤。世綵堂本作「由是」，上下文意較順，兹據改。

〔三〕大宗曰玭　「玭」原作「琡」，據世綵堂、蔣之翹本、全唐文及新唐書卷七〇下宗室世系表改。注文同改。

〔四〕以爲推官句下注　「永貞元年五月，以希朝爲左右神策京西諸城鎮行營兵馬節度使」。「永貞」原作「貞元」，據世綵堂本及通鑑卷二三六改。

〔五〕復徙浙東爲都團練副使　「徙」原作「從」，據詁訓、五百家、世綵堂本並參考本文「又徙浙西」句下注改。

〔六〕會烏獜夷剌殺郡吏　陳景雲柳集點勘云：「舊注『獜』疑『猖』誤，非是，當作『烏滸』。見後漢書靈帝紀及南蠻傳，又左思吳都賦同。按萬震南州異物志：烏滸，在廣州南交州北，唐代屬邕管。」按：陳說近是。句中注「楚辭：猛犬狺狺」。「猛」下原脫「犬狺狺」三字，據五百家、蔣之翹本及楚辭九辯補。

〔七〕故虜獲輸稅奉貢　「故」，何焯校本及全唐文作「放」。按：「放虜獲」與前「毆縛農民」正相照應。疑作「放」是。

〔八〕冢讒不嗣　「冢」，世綵堂、濟美堂、蔣之翹本作「家」。按：此句指太宗長子「承乾爲皇太子，以藩愛逼奪，危懍致禍」，不得嗣繼皇位事。作「冢」近是。蓋「冢」謂冢子，即指太子。

〔九〕帝命于南　「于」，音辯、游居敬本及全唐文作「乎」。

〔一〇〕逖彼羣蠻　陳景雲柳集點勘云：「按詩：『逖彼東南。』鄭箋：『逖』當作『剔』。剔，治也。今觀此句，自用鄭義。」按：今所見諸本皆作「逖」，未見有作「剔」者。

〔一一〕椎髻卉裳句下注　「書：島夷卉服」。「島」下原脫「夷」字，據五百家、世綵堂、濟美堂、蔣之翹本及尚書禹貢補。

唐故邕管招討副使試大理司直兼貴州刺史鄧君墓誌銘并序〔一〕

君諱某，字某，南陽人，漢司徒禹之世也。〔二〕〔韓曰〕禹，字仲華，南陽新野人，漢光武時爲大司徒。曾祖倚，皇建州浦城令。〔三〕祖少立，皇滄州司馬。考邕，皇式武衛兵曹參軍。惟君斂給以御下，廉忠以承上，幹蠱之稱，〔童曰〕易：幹父之蠱。蠱，事也。蠱，音古。洽於諸侯；信謹之跡，彰于所蒞。故自始仕以至没世，未嘗無聞焉。初以試太常寺奉禮郎，更職於劍南、湖南、江西。前後連帥咸器其能，以柄於事。於劍南，〔孫曰〕劍南節度使韋皋辟佐其府。則亭擬閲實，〔四〕〔孫曰〕亭，亦平也。閲實，謂檢閲核實之也。書：閲實其罪。以循官刑，〔五〕〔孫曰〕書：鞭作官刑。注云：官事之刑。盡哀敬之情，〔六〕〔孫曰〕書：哀敬折獄。致淑問之頌，〔孫曰〕詩：淑問如皋陶。淑問，善聽訟也。寬猛之適，克合于中。於湖南，〔孫曰〕貞元十八年九月，以太常少卿楊憑爲湖南觀察使，以鄧佐其府。則外按屬城，内專平準，蒞丱人錫石之地，〔七〕〔韓曰〕周禮：丱人掌金玉錫石之地，而爲之厲禁以守之。説文：丱，銅鐵樸石也。與礦同。丱，虢猛切。參鳧氏鼓鑄之功。〔八〕〔韓曰〕周禮：鳧氏爲鍾。兩欒謂之銑，銑間謂之于，于上謂之鼓。溢山告祥，國用益贍，吏無並緣以巧法，並，蒲浪切。人無怨讟以苦役，讟，怨也。音讀。凡處斯職，莫能加焉。於江西，〔孫曰〕永貞元年十一月，以楊憑爲江西觀察使，以鄧爲從事。則旁緝傳置，下繩支郡，俾無有異政，以一於詔條，財賦之重，待君而理。

無何，邕州經略使路公恕，奏署試大理評事兼貴州刺史。〔孫曰〕元和元年，邕管經略使路恕辟佐其府。參帷幕之任，董龜虎之威，〔孫曰〕龜，龜印。虎，虎符。謂其爲貴州刺史也。夷俗敬愛，革面受事。〔童曰〕易曰：小人革面。朝廷將以武定南服，命安南大校御史中丞趙良金爲邕州，〔孫曰〕二年，以良金爲邕州。復以君兼招討判官。録其異能，奏加司直，昇招討副使兼統横、廉、貴三州事。尨茸之下，尨茸，亂貌。尨，莫江切。茸，如容切。直道有立，獷悍之内，獷，古猛切。悍，音汗。義威必行。賦增而不擾，法一而無憾。然以憂慄間於多虞，〔補注〕哀五年左氏之詞。卒成耳目之塞，道致齒牙之猾。〔孫曰〕晉語：獻公卜伐驪戎。史蘇占之，曰：「遇兆，挾以銜骨，齒牙爲猾。」齒牙爲猾，以象讒口之爲害。元和五年五月二十一日，疾卒於公館，年五十五。明年某月日，返葬於潭州某原。夫人隴西李氏，大理評事綀之女，年三十三，貞元十六年終於郴州。〔九〕有子四人，曰贊，曰某。贊十三年矣，哀禮具焉。

京兆尹弘農公，〔韓曰〕楊憑時尹京兆。始由湖南爲江西，再以君爲從事，知之最厚。痛君之能不施於劇任，惜君之志見屈於羣疑，且以誌授宗元，使備其闕。古者觀其所使，而知在上之德；今也觀其所使，一本作「以」字。而知在下之誠。嗚呼！可無辭乎？銘曰：

曼姓之裔，〔韓曰〕左氏：楚子夫人鄧曼。鄧，曼姓，後以國氏。司徒隆漢。惟君是承，有植其幹。〔一〇〕始屬奉常，出參藩翰。議讞西蜀，〔張曰〕讞，議獄也。讞，語蹇、魚戰、巨列三切。平其狴犴。〔童曰〕揚子：狴犴使人多禮乎？狴犴，獄也。陛、岸二音。狴，又音邊迷切。巡視南楚，總兹條貫。貿遷化居，〔孫曰〕書：懋遷有無化居。今作「貿」。貿，交易也。化，謂以其所有易其所無。居，謂近水者居魚鹽，近山者居林木之類也。貨殖攸贊。〔孫曰〕子曰：「賜不受命而貨殖焉。」注：唯材貨是封殖也。贊，助也。改煎鎔範，貢輸增筭。筭，數也。既飭財賦，〔二〕〔童曰〕飭，整備也。周禮「飭化八材」是也。亦專傳館。〔三〕傳，住戀切。去牧荒陬，〔補注〕謂爲貴州刺史。肅其聽斷。敚斁以息，「敚斁」，古「奪攘」字。暴戾斯逭。行非選事，進不避難。始賴其寧，終聞見憚。疾與憂積，志隨魄散。年極中身，〔孫曰〕書：文王受命惟中身。中身，年五十也。葬茲高岸。才耶命耶？君子與歎。

校勘記

〔一〕唐故邕管招討副使試大理司直兼貴州刺史鄧君墓誌銘并序　詁訓本題作「唐故試大理司直兼貴州刺史鄧君墓誌銘并序」，英華題作「試大理司直兼貴州刺史鄧君墓誌銘」。

〔二〕漢司徒禹之世也　「世」，全唐文作「後」。

〔三〕皇建州浦城令　「建州浦城」原作「連州普城」，據英華、全唐文及新唐書卷四一地理志改。按：建州建安郡，武德四年置，屬江南道，浦城是其屬縣。而連州隸嶺南，其屬縣僅桂陽、陽山、連山三縣。

〔四〕則亭擬閱實　「亭擬」，英華作「停擬」。何焯校本注：「『擬』似當作『疑』。」陳景雲柳集點勘云：「『亭疑閱實』，宋本作『考疑』，又一本作『亭擬』。按『亭疑』見史記張湯傳，注云：亭，平也。傳又云『著疑讞事』（按：當作『奏讞疑事』），則當作『亭疑』爲是。」按：何、陳説近是。

〔五〕以循官刑　「循」，詁訓、何焯校本作「修」。

〔六〕盡哀敬之情　世綵堂本注：「『敬』一作『矜』。」按：本書卷三三與楊誨之第二書有「哀矜淑問之事」句，尚書呂刑：「皇帝哀矜庶戮之不辜。」疑作「矜」是。

〔七〕莅丱人錫石之地句下注　「而爲之厲禁以守之」。「厲禁」原作「禁厲」，據五百家本及周禮地官丱人改。

〔八〕參鳧氏鼓鑄之功句下注　「兩欒謂之銑」。「欒」原作「鑾」，據五百家、世綵堂本及周禮冬官鳧氏改。

〔九〕貞元十六年終於郴州　「郴州」原作「柳州」，據音辯、詁訓、世綵堂本及英華改。按：郴州唐時屬江南西道，鄧君貞元間於江西任職時，夫人終於此。而柳州唐時屬嶺南道，鄧君雖曾於元和間在嶺南道所隸之貴州任職，然其時夫人已卒。

〔一〇〕有植其幹　「其」，英華作「有」。

〔一一〕既飭財賦句下注　「周禮：『飭化八材』是也」。「八材」原作「百財」，據五百家、世綵堂本及周禮天官大宰改。

〔一二〕亦專傳館　「專」，世綵堂本作「新」。

呂侍御恭墓誌〔一〕

〔韓曰〕公嘗爲衡州刺史東平呂君温誄，今誌其弟侍御恭之墓，其稱述二君蓋詳矣。

呂氏世居河東，〔韓曰〕史云河東人。至延之始大，以御史大夫爲浙東道節度大使。〔孫曰〕乾元二年六月，以延之爲浙江東節度使。延之生渭，爲中書舍人、尚書禮部侍郎，刺湖南七州。〔孫曰〕渭，字君載。貞元十三年，爲禮部尚書，知貢舉，擢裴延齡子操居上第，會入閤，遺私謁之書于廷。九月，罷爲湖南觀察使。生四子：温、恭、儉、讓。以温爲尚書郎，再贈至右僕射。〔孫曰〕初贈陝州大都督。元和初，温爲户部員外郎，再贈渭尚書右僕射。

恭字敬叔，他名曰宗禮，或以爲字，實惟呂氏宗子。尚氣節，有勇略，不事小謹。讀從横書，〔韓曰〕漢書：從横十二家，一百七篇。從，子容切。理陰符、握機、孫子之術，〔孫曰〕周書，陰符九篇。握機，亦兵書名。孫子十三篇。曰：「我師尚父胄也。〔孫曰〕詩：維師尚父。師尚父呂望，恭之先也。大父洎先人，咸統方岳。今天下將理平，蔡、兖、冀、幽〔童曰〕蔡，吳元濟。兖，李師道。冀，成德軍。幽，盧龍軍也。洎戎猶負命。」早夜呼憤，以爲宜得任爪牙，畢力通天子命，作文章咸道其志云。又曰：「由吾兄而上三世，世爲進士。吾之文不墜教戒，〔二〕獨武事未克纘厥緒。」纘，作管切。因棄去。

從山南西道節度府掌書記，〔孫曰〕爲山南西道節度使嚴礪掌書記。預謀畫，不甚合，以試守軍衞佐加協律郎，入薦爲長安主簿。復出，以監察御史參江南西道都團練軍事。〔孫曰〕元和二年正月，以韋丹爲江南西道都團練使，恭爲軍府參軍。府表進殿中侍御史，府，卽江南西道。爲桂管都防禦副使。元和八年去桂州，相國尚書鄭公遮留，假嶺南道節度判官。〔孫曰〕元和五年三月，以故相禮部尚書鄭絪爲嶺南節度使。至此年，恭去桂州，絪留爲府判官。至廣州，病痎瘧加痸，〔三〕〔童曰〕「痎」，舊本作「疥」。胥山沈公謂當作「痎。」痎，音皆，發瘧也。瘧，音虐。痸，下病也。音帶，又音帝。六月二十八日卒。妻裴氏，户部尚書延齡女。有丈夫子三人：曰爽，曰壞，曰特；女子三人：曰環，曰鸞，曰倩，皆幼。行於道而倩又死，遂以柩如洛陽，祔葬於大墓，欵志。

呂氏世仕至大官，皆有道，宜興於世。温洎恭名爲豪傑，知者以爲是必立王功，活生人。不幸温刺衡州，年四十卒。〔孫曰〕元和六年温卒。恭未及理人，年三十七又卒。世固有有其具而不及其用若温、恭者耶！恭貌奇壯，有大志，信善容物，宜壽考碩大而又不克。呂氏之道惡乎興！銘曰：

渢渢之風乎不可追，〔孫曰〕襄二十九年左氏：吴季札來聘，爲之歌齊，札曰：「美哉，泱泱乎，大風也哉！表東海者，其太公乎？」爲之歌魏，曰：「美哉，渢渢乎！」呂氏，太公後。當言「泱泱」，今作「渢渢」，誤也。渢渢，大聲也。渢，音馮。有志之大乎今安歸？呂君去我死乎吾誰依！

校勘記

〔一〕呂侍御恭墓誌　英華題作「嶺南節度判官呂公墓誌銘」。

〔二〕吾之文不墜教戒　「之」，音辯、游居敬、蔣之翹本及全唐文作「爲」。英華「文」上無「之」字，「文」下有「爲」字。

〔三〕病痎瘧加瘠　英華作「病痎瘧加滯」。「痎」，全唐文作「痞」。

唐故嶺南經略副使御史馬君墓誌

〔童曰〕馬君，史無傳，表系亦莫詳。

元和九年月日，扶風馬君卒。命于守龜，命，占也。祔于先君食。〔孫曰〕食者，以墨畫龜，然後灼之，兆順食墨則爲吉也。卜葬明年某月庚寅亦食。其孤使來以狀謁銘，宗元刪取其辭，曰：君凡受署，署，辟署。往來桂州、嶺南、江西、荆南道，「往來」，一作「往事」。皆大府。凡命官，更佐軍衞録王府事、〔孫曰〕謂爲王府録事參軍。番禺令、〔童曰〕番禺，廣州縣名。上音潘，下音愚。江陵户曹録府事、〔孫曰〕亦謂爲江陵府録事參軍。監察御史，皆爲顯官。凡佐治，由巡官、判官至押番舶使、〔孫曰〕嶺南節度府有押番舶使。舶，蠻夷汎海之舟。音白。經略副使，皆所謂右職。右職，要職也。凡所嚴事，御史中丞良、〔一〕〔韓曰〕良，未詳。司徒佑、〔韓曰〕興元元年三月，杜佑爲嶺南節度使。嗣曹王皋、〔孫曰〕建中三年十月，以皋爲江西觀察使。貞元元年四月，徙荆南節度使。尚書胄、〔二〕〔孫曰〕貞元七年正月，以裴胄爲江西觀察使。八年二月，徙荆南節度使。尚書伯儀、〔孫曰〕大曆十二年五月，以張伯儀爲嶺南節度使。建中三年三月，徙荆南節度使。尚書昌，〔孫曰〕元和元年四月，以趙昌爲嶺南節度使。三年四月，徙荆南節度使。皆賢有勞諸侯。其善事，凡管嶺南五府儲跱，〔韓曰〕五府，謂嶺南、安南、桂、容、邕也。韓文公集有送鄭權尚書序，曰：嶺之南，其州七十。其二十二隸嶺南節度府，其四十餘分四府，府各置帥。跱，丈里切。亦作「峙」。出卒致穀，以謀叶平哥舒晃，〔孫曰〕大曆八年九月，循州刺史哥舒晃反。十年十一月，江西觀察使路嗣恭討平之。假守州邑，〔孫曰〕謂爲番禺令也。民以便安。殄火訛，殺吏威，海鹽增筭，邦賦大減，所至皆用是理。年七十，不肯仕，曰：「吾爲吏逾四十年，卒不見大者。今年至慮耗，〔孫曰〕年至，謂七十當致仕也。今俗本誤作「年志」。終不能以筋力爲人贏縮。」因罷休，以經書教子弟，不問外事。加七年，卒。君始以長者重許與聞，凡交大官，皆見禮。司徒佑嘗以國事徵，顧謂君曰：「願以老母爲累。」受託，奉視優崇，至忘其子之去。〔三〕

君諱某，字某。曾祖某，某官。〔四〕祖某，某官。父某，某官。嗣子隴西李氏出，曰徵，由進士爲右衛胄曹，早没。次四子，皆京兆韋氏出，曰儆、曰傚、曰敏、曰庭。女一人，嫁柳氏，壻曰宗一。〔童曰〕宗一，公之弟也。其銘曰：

不懈于位，不替于謀。慮寇以平，寇，口候切。一本作「役」。撫民以蘇。僭火不孽，一本作「孽火不作」。一本作「僭夫不孽」。悍吏不牟。〔補注〕二句卽前所云「殄火訛，殺吏威」也。牟，侵牟。惟寶于鹽，亦贏其籌。公以忠施，私以義躋。既至于年，乃靜于懷。衣柔膳甘，子侍孫携。「侍」，一作「掖」。觀經考古，教導斯齊。克壽克樂，嗚呼終哉！于陰之原，爰位其墓。千萬子孫，來拜來附。

校勘記

〔一〕御史中丞良句下注　「良，未詳」。蔣之翹本注：良「卽前鄧君墓誌銘中御史中丞爲邕州趙良金」。陳景雲柳集點勘謂「良姓李氏，出宗室越王房之裔，爲桂府都督」。

〔二〕尙書冑句下注　「貞元七年正月，以裴冑爲江西觀察使」。「七年」原作「十七年」，「裴冑」原作「戴冑」。按：陳景雲柳集點勘云：「『戴』當作『裴』，戴冑乃貞觀名臣，相去懸絕。」茲據五百家本及舊唐書卷一三德宗紀改。

〔三〕至忘其子之去　蔣之翹本注：「『至』一作『志』。」濟美堂本作「志」。

〔四〕曾祖某某官　此句下原脫「祖某某官」四字。何焯義門讀書記云：「下補『祖某某官』。」今據音辯、游居敬本及全唐文補。

唐故安州刺史兼侍御史貶柳州司馬孟公墓誌銘

〔童曰〕孟公名常謙，事詳注本篇。

孟氏之孤遵慶，〔一〕奉其父命書九篇，爲善狀一篇，善狀，行狀也。來告曰：月日君薨，月日將葬于某。〔二〕敢請刻辭。

嗚呼！公自假左贊善大夫、桓王司馬，〔三〕〔孫曰〕無桓王。太常少卿，爲義成軍中軍兵馬使。其帥魏国公耽爲宰相，〔孫曰〕九年五月，耽入爲宰相。〔孫曰〕貞元二年九月，以賈耽爲義成軍節度使。耽辟常謙爲中軍兵馬使。命公左領軍衞將軍。〔孫曰〕左右領軍衞將軍各二人。事德宗、順宗、今上，立朝九年，加朝議大夫。居喪，會用兵于趙，一無「于」字。起復，居故官，爲左神策行營先鋒兵馬使〔孫曰〕元和四年十月，詔削奪成德軍節度使王承宗官爵，命神策右軍中尉吐突承璀率兵討之，以常謙爲先鋒兵馬使。知牙，〔四〕而趙兵罷，〔孫曰〕五年七月，赦承宗。不受祿，去金革，服喪終期。命安州刺史，仍加侍御史、安州防遏兵馬使。貶柳州司馬。

公嘗佐魏公平襄陽，請梁州，〔孫曰〕大曆十四年十一月，以耽爲梁州刺史山南西道節度使。建中三年十一月，以耽爲襄州刺史山南東道節度。常謙皆佐其府。立義成軍。〔孫曰〕耽鎮義成時，淄青李納雖去王號，外奉朝冒而心常蓄併吞之謀。耽待之不疑，淄青將士皆心服，不敢異謀。魏公弘大恢奇，公能以任軍政，〔五〕是以又爲衛將軍。虔恭潔廉，動得禮節。伐趙之役，堅立堡壘，誓死麾下。法制明具，權力無能移。進不避患，退不敗禮。安州迫寇攘，〔六〕〔韓曰〕安州迫淮西之境，時淮西吴元濟叛。多戎事，政出一切，吏以文持之，〔七〕故貶。明年，元和九年。用兵于蔡，一無「于」字。朝廷諸公洎外諸侯，咸以公爲請。未及徵，氣乘肺，溢爲水，浮膚而卒，年六十。惟公志專于中，貌嚴于外。嘗立廷中毅然，望之若圖形刻像。聞國難，輒不寢食，謀度憤吒，吒，怒也。陟駕切。以故病不可治。

曾祖某官，諱某。祖某官，諱某。父某官，諱某。公之諱曰常謙。子遵慶。弟曰某。

銘曰：

魯仲孫氏，其世爲孟。〔韓曰〕孟氏世出魯桓公子仲孫之後。仲孫爲三桓之孟，故曰孟氏云。賁勇光武，〔孫曰〕孟賁，古之勇士。音奔。軻儒紹聖。公傳師法，以訓戎政。執稽以庸，〔孫曰〕稽，士卒兵器簿書也。周禮「聽師田以簡稽」是也。咸致厥命。濟濟于朝，冕服以光。墨非從利，〔孫曰〕墨，謂墨其衰絰。終役服喪。「服」，一作「復」。忠孝孔明，君子攸彰。昔者雲中，六級下吏。〔韓曰〕魏尚爲雲中守，虜常一入，尚帥車騎擊之。坐上功幕府差六級，文帝下之吏。公刺于安，法亦可議。黜伏南荒，豪士歔欷。上虚。下希，又音戲。聞難以激，去食廢寐。神乖氣離，支膈莫遂。廷臣進言，侯伯拜章。帝命將施，俄仆于京。〔八〕〔孫曰〕「京」字誤。代山丸丸，植柏與松。〔孫曰〕詩：松柏丸丸。丸丸，松柏高直之貌。它本作「代山兀兀」，恐非。其名惟何？忠孝孟公。

校勘記

〔一〕孟氏之孤遵慶　音辯、世綵堂本及全唐文「遵慶」上有「曰」字。

〔二〕月日君薨月日將葬于某　二「月日」原均作「日月」，據音辯、詁訓、世綵堂本倒轉。

〔三〕桓王司馬　「桓王」，音辯、游居敬本作「柏王」。陳景雲柳集點勘云：「以新史宗室世系表考之，無桓、柏二王之封，当是『恒王』之誤。恒王瑱，明皇少子也。表雖不著其嗣封之子姓，然元稹之兄秬，嘗爲恒王參軍，則傳封之遠可知，表偶闕耳。」按：陳說疑是。

〔四〕爲左神策行營先鋒兵馬使知牙　陳景雲柳集點勘云：「知牙，即押牙。唐代方鎮，都押牙亦稱都知兵馬使是也。」

〔五〕魏公弘大恢奇公能以任軍政　陳景雲柳集點勘附其子黄中按：「誌文云『魏公弘大恢奇，公能以任軍政』，『恢』下當有脫字，『奇公能』句絕。」又附羅振常按：「『恢』下所脫，当亦是『奇』字。」

〔六〕安州迫寇攘　「攘」，世綵堂、蔣之翹本作「壤」。句下注「安州迫淮西之境，時淮西吳元濟叛」。陳景雲柳集點勘云：「元和九年討蔡，以元濟自立拒命也。事在孟公貶官後。其前此帥淮西者，乃元濟父少陽耳。『元濟』当作『少陽』。」按：陳說是。

〔七〕吏以文持之　「持」原作「事」，據取校諸本改。

〔八〕俄仆于京句下注　「『京』字誤」。按：詩小雅正月：「念我獨兮，憂心京京。」注：「京京，憂不去也。」爾雅釋訓：「京京，憂也。」注：「作者歌事以詠心憂。」据此，疑「于京」乃「京京」之誤。且文中「聞國難，輒不寢食，謀度憤吒，以故病不可治」語，正與「京京」意合。

故連州員外司馬凌君權厝誌〔一〕

〔韓曰〕公與凌君，元和元年同貶員外司馬。此誌永州作。集又有哭連州員外凌司馬詩。別集又有後誌，而諸本不載，今列之此篇後。

年月日，〔二〕〔韓曰〕元和元年。尚書都官員外郎、和州刺史、連州司馬、富春凌君諱準，〔孫曰〕準，字宗一。卒于桂陽佛寺。〔孫曰〕桂陽，連州。先是六月，告于州刺史博陵崔君曰：「余嘗學黃帝書，切脈視病，今余肝伏以濇，〔張曰〕脈濇而不滑也。濇，音色。腎浮以代，將不臘而死，審矣。〔補注〕臘，歲終，祭名。左氏：虞不臘矣。凡余之學孔氏，爲忠孝禮信，而事固大謬，〔三〕卒不能有立乎世者，命也。「有立」，俗本作「有示」，誤。臣道無以明乎國，子道無以成乎家。下之得罪于人，以謫徙醜地；上之得罪于天，以降被罪疾。余無以禦也。敢以鬼事爲累。」又告爲老氏者某曰：

「余生於辰，今而寓乎戌，〔韓曰〕元和元年，歲在丙戌。辰、戌衝也，〔四〕吾命與脈叶，其死矣乎！吾罪大，懼不克歸柩於吾鄉，是州之南，有大岡不食，〔補注〕檀弓：子高曰：「我死則擇不食之地而葬我焉。」吾甚樂焉，子其以是葬吾。」及是，咸如其言云。孤夷仲、求仲，以其先人之善余也，勤以誌爲請。嗚呼！

君字宗一，以孝悌聞于其鄉。杭州刺史常召君以訓于下。讀書爲文章，著漢後春秋二十餘萬言。又著六經解圍人文集未就。有謀略，尚氣節，赒人之急，出貨力猶棄粃粺。上音匕。下旁卦切，與「稗」同。年二十，以書干丞相。丞相以聞，試其文，日萬言，擢爲崇文館校書郎。又以金吾兵曹爲邠寧節度掌書記。涇之亂，〔五〕〔孫曰〕建中四年十月，涇原節度使姚令言反，推朱泚爲主。凖時爲邠寧掌書記，以謀佐其節度使韓遊瓌破賊有功。以謀畫佐元戎，常有大功，累加大理評事御史，賜緋魚袋。换節度判官，轉殿中侍御史，府喪罷職。〔孫曰〕貞元十二年五月，邠寧節度使張獻甫卒。後遷侍御史，爲浙東廉使判官，〔六〕〔孫曰〕十八年正月，以常州刺史賈全爲浙東觀察使，以凖爲判官。撫循罷人，罷，音疲。按驗汙吏。吏人敬愛，厥績以懋，粹然而光，聲聞于上，召以爲翰林學士。〔孫曰〕二十一年正月，自浙東召爲翰林學士。德宗崩，邇臣議秘三日乃下遺詔，君獨抗危詞，以語同列王伾，晝其不可者十六七，乃以旦日發喪。〔韓曰〕癸巳，德宗崩，甲午發喪。六師萬姓安其分。遂入爲尚書郎，〔韓曰〕遷尚書都官員外郎。仍以文章侍從，由本官參度支，調發出納，姦吏衰止。〔孫曰〕王叔文兼度支鹽鐵副使，以準佐其府。一本作「姦利」。又一誤作「姦和」。以連累出和州，降連州。〔孫曰〕永貞元年九月，自都官員外郎貶和州刺史。十一月，再貶連州司馬員外置同正員。居母喪，不得歸，而二弟繼死。不食，哭泣，遂喪其明以没。蓋君之行事如此，其報應如此。

夫人高氏，在越。孤四人，南仲、殷仲在夫人所，未至。執友河東柳宗元，哀君有道而不明白於天下，〔七〕離愍逢尤夭其生，且又同過，見題注。故哭以爲志，其辭哀焉。銘曰：

噫凌君，生不淑。學孔氏，揚芬郁。好謀謨，富天禄。讎禁書，〔孫曰〕謂準嘗爲崇文館校書郎。贊推轂。〔孫曰〕謂爲邠寧掌書記。觀靈龜，獲貞卜。徙東越，翊明牧。〔韓曰〕爲浙東觀察判官。罷人蘇，污吏覆。升侍從，躬啓沃。匡危疑，興大福。吏尚書，徒隸肅。〔八〕佐經邦，財用足。道之躓，音致。身則辱。烏江垂，〔童曰〕烏江，和州。九疑麓。〔童曰〕九疑，連州山名。仍禍凶，遘茲酷。能知命，無怨毒。罪不泯，死猶僇。音戮。何以葬？南嶺曲。魂有靈，故鄉復。封茲壤，歸骨肉。爲之銘，志陵谷。

校勘記

〔一〕故連州員外司馬凌君權厝誌　英華題作「和州刺史凌君權厝誌」。

〔二〕年月日句下注　「元和元年」。「元年」原作「三年」。按：陳景雲柳集點勘云：「觀下『寓乎戍』

語，是歲为丙戌，元和元年也。」查二十史朔閏表，陳說是。今據改。

〔三〕爲忠孝禮信而事固大謬　何焯義門讀書記：「『固』作『故』。」

〔四〕今而寓乎戊辰戌衡也　二「戌」字原均作「戊」，据音辯、五百家、世綵堂本及英華、全唐文改。句下注「元和元年，歲在丙戌」。「元年」原作「三年」，「丙戌」原作「戊子」。按：舊說辰戌相衡，而未有言辰戊相衡者。據校勘記〔三〕陳景雲說改。

〔五〕涇之亂　五百家、世綵堂本及全唐文「涇」上有「泚」字。

〔六〕爲浙東廉使判官　英華「廉」下有「訪」字。何焯義門讀書記亦云：「『廉』字下有『訪』字。」

〔七〕哀君有道而不明白於天下　英華「不」下無「明」字。

〔八〕吏尙書徒隸肅　陳景雲柳集點勘云：「凌爲都官員外郎。唐百官志：都官掌配徒隸。又哭凌詩亦曰：『徒隸肅曹官』。」

故連州員外司馬凌君墓後誌〔一〕

元和某年月日，立太子，赦下。〔二〕〔詳注〕〔韓曰〕元和四年立太子寧，肆赦。〔孫曰〕元和七年七月，立遂王宥爲皇太子，降德音。二說未詳孰是。嘗有非其罪，柩得返葬。凌氏孤夷仲、求仲，自連、桂陽舉其先人之柩，龜筮吉利，某年月歸于杭之新城，祔于其墓。刻前志志其行，益以後志志其時，立碣於墳東南隅，申志于外。噫！亦勤矣。以其先人之行，宜克大于後，以其孤之志，宜克承于初。艱其躬以延于無窮，承而大宜哉！

校勘記

〔一〕故連州員外司馬凌君墓後誌　音辯、游居敬本未收錄此篇。詁訓、蔣之翹本收錄於外集。

〔二〕元和某年月日立太子赦下句下注　「元和七年七月，立遂王宥爲皇太子」。「七月」原作「六月」，據新唐書卷七憲宗紀、資治通鑑卷二三八改。「宥」原作「侑」，據同上書同卷及五百家本改。

故嶺南鹽鐵院李侍御墓誌

天寶中，詔李氏由涼武昭王以下，〔韓曰〕涼武昭王，名暠，字玄盛，唐高祖其七世孫也。皆得籍宗正。故沂州刺史福，以姑臧人〔童曰〕姑臧，郡涼州。附屬於寧、岐爲族。〔孫曰〕寧王憲、岐王範，皆玄宗弟。曾祖生樂壽令昱，昱生虢州司馬叶，世以儒聞。叶生監察御史澥，字濯纓，明兩經，仕歷永興、臨晉尉。會天子方事誅伐，南平蔡，〔韓曰〕元和十二年十月，平蔡州。北服趙，〔韓曰〕十三年四月，成德軍節度使王承宗以德、棣二州歸于有司。西走戎，〔補注〕戎，謂吐蕃。東討齊、魯。〔孫曰〕東平節度使李師道。五年間，兵征卒戍，糴行千里，凡進用，唯財賦爲難。君以試大理評事佐荆南兩稅使，督天下諸侯之半，調食饒給，車擊舟連。今本「擊」字誤作「繫」。「連」字或作「運」。又守湖南鹽鐵轉運院，以能遷官。移嶺南，益積功勞，以介厲敦勸爲率羣吏先。一無「率」字。年五十三，元和十三年月日卒。

妻廬江何氏，凡五世，世鄭出，父曰士謣，〔一〕季父曰士幹，〔孫曰〕士幹，永泰二年及進士第，累爲藩鎭。有大名。君之子二人，曰夔，曰導。女一人，曰某。夔、導皆幼，不能事，何夫人哭且戒。柩行萬里，人咸觀其禮焉。〔三〕葬伊闕，用明年某月日甲子。銘曰：涼爲帝基，〔孫曰〕涼，卽謂涼武昭王。克顧厥胤。皇弘國牒，四邑顯進。沂以屬尊，世仕倚儒。憲憲濯纓，亦用學徒。既彀既官，式懋爾勞。四方用師，卒食之饒。致其廉介，率是諸侯。于荆于交，〔孫曰〕任荆南兩稅使。闕石是鈞。〔孫曰〕書：闕石和鈞。三十斤爲鈞，四鈞爲石。邦有休功，惟吏之勤。冀施于大，以盡其有。孰司壽夭？君不克久。吉日來祔，伊闕之墓。子嗣孫承，有達宜興。〔孫曰〕昭七年左氏：聖人有明德者，若不當世，其後必有達人。銘詔于神，永永是徵。

校勘記

〔一〕父曰士諤　「士諤」，音辯、詁訓本及全唐文作「士鍔」。

〔二〕人咸觀其禮焉　詁訓本「咸」上無「人」字。

柳宗元集卷十一

誌碣誄

故試大理評事裴君墓誌

〔韓曰〕君之諱字，考之史表皆不詳。元和十四年卒，誌亦是時作也。

裴氏之昭，〔韓曰〕説文：廟昭穆，父爲昭，南面；子爲穆，北面。係從父坐。昭，音韶。曰贈户部尚書諱某。〔孫曰〕諱守真。穆曰起居郎諱某。〔孫曰〕諱僑卿。生均州刺史諱某。〔孫曰〕諱叔猷。均州與其弟大理〔孫曰〕大理名伯言，爲刑部員外郎，贈大理卿。更爲刑部郎，〔一〕用文史名於朝，善杜禮書。〔二〕長子曰某，長子，叔猷之長子也。射進士策，不中，去過汴，韓司徒弘迎取爲從事，〔韓曰〕弘爲汴州刺史、宣武軍節度使。以聞，拜太子通事舍人，進大理評事。當伐蔡及鄆，汴〔孫曰〕蔡謂吴元濟。鄆謂李師道。「汴」當作「州」，字之誤也。常爲軍首，〔三〕贊佐有勞。既事，將侍太夫人于京師，道發疽，子余切。元和十四年月日終於河南敦厚里。年若干，字曰某。弟某，以其喪歸葬于某縣某里。未果。娶，有男子二人，女一人。男之長曰某，通兩經，始杖且廬。〔四〕銘曰：

世守不遷，秀于士鄉。不利有司，爰客于梁。〔孫曰〕謂射進士策不中，去爲汴州從事。汴，大梁也。梁委其躬，乃相戎政。宫臣理屬，〔孫曰〕宫臣，謂爲太子通事舍人。理屬，進大理評事也。仍受國命。南蔡北曹，〔孫曰〕北曹，亦李師道也。師道有鄆、曹、濮等十二州。五載首兵。柔剛輔理，平視太平。馬牛既寧，〔韓曰〕謂放牛歸馬，皆獲安寧也。告養于京。〔補注〕卽上云將侍太夫人于京師。棧車草草，我來周道。〔五〕〔童曰〕詩：有棧之車，行彼周道。棧車，役車也。周道，洛陽。棧，仕諫切。載飢載勞，神奪其孝。形經于洛，魄其焉如？〔六〕庶終爾誠，陰侍里閭。膳飲不違，有弟之恭。既安且盈，厥志斯從。銘之故人，以慰爾衷。

校勘記

〔一〕均州與其弟大理更爲刑部郎句中注　「贈大理卿」。「大理卿」原作「大禮部」，據世綵堂、蔣之翹本改。

〔二〕善杜禮書　章士釗柳文指要：「『杜』或是『持』字殘闕而致誤，持禮書云者，一切以禮書爲准，詳定刑制也。」

〔三〕當伐蔡及鄆汴常爲軍首句中注　「『汴』當作『州』，字之誤也」。章士釗柳文指要：「此兩句，應在『當伐蔡及鄆』絶句。」又云：「韓弘以汴州刺史兼宣武節度，駐汴，軍務特繁，征伐領先，『汴常爲軍首』五字，極易理解。」按：章說是。下文「南蔡北曹，五載首兵」可互證。據此，原注『汴』當作『州』」顯誤。

〔四〕始杖且廬　蔣之翹本句下注：「一本有『次曰某，尚幼』五字。」

〔五〕我來周道　「周」原作「用」，據音辯、五百家、世綵堂本改。句下注「行彼周道」。「行」原作「乘」，據五百家、世綵堂本及詩小雅何草不黃改。

〔六〕魄其焉如　「魄」，取校諸本均作「魂」。

故大理評事柳君墓誌

注具本篇。

晉之亂，柳氏始分，曰耆，爲汝南守，居河東。〔孫曰〕耆父景猷，晉侍中，有二子：長曰耆，爲汝南太守；少曰純，爲平陽太守。又五世曰慶，相魏。〔孫曰〕耆子恭，後趙河東太守。恭曾孫緝，宋州別駕、宋安郡守。緝子僧習，與豫州刺史裴叔業據州歸魏，爲揚州大中正。僧習子慶，字更興，後魏侍中、左僕射。魏相之嗣曰旦，〔孫曰〕旦，字匡德。仕隋，爲黄門侍郎。其小宗曰楷，〔韓曰〕禮記：別子爲祖，繼別爲宗，繼禰者爲小宗。〔孫曰〕

旦二子：長曰則，次曰楷。以其居次，故爲小宗。至于唐，刺濟、房、蘭、廓四州。楷生夏縣令府君諱繹。繹生司議郎府君諱遺愛。皆葬長安少陵原。遺愛生御史府君諱開，葬南陽。其嗣曰寬，字存諒，讀其世書，揚于文辭，南方之人多諷其什。頗學禮而善爲容，〔童曰〕漢儒林傳：徐生善爲容。容謂容貌威儀之事。修吏事。始仕家令主簿，進左驍衛兵曹，試大理評事，爲嶺南節度推官、荆南永安軍判官。府罷，爲游士，出桂陽，〔童曰〕桂陽郡郴州。下廣州，中厲氣嘔泄，卒於公館，元和六年八月七日也，年四十七。前娶琅邪王拱子。拱，國子祭酒。後娶河東裴陵子。陵，告成令。裴氏之出曰裴七。

君之從弟，以君之喪歸，過零陵，哭且告于宗元曰：「吾伯兄從事嶺南，其地多貨，其民輕亂，能以簡惠和柔，匡弼所奉，假守支郡，海隅以寧，鬬很仇怨，敦諭克順。從公于荆，綏戎永安，仍專郡治，政用休阜。是時蜀寇始滅，〔韓曰〕蜀寇劉闢。邦人瘡痍，懷君之澤，咸忘其痛。其理也惠，而不施之於大；其行也和，而不至于年；其言也文，而不顯其聲。今將以某月日祔葬，苟又不得令辭而誌焉，是無以蓋前人之大痛，敢固以請。」嗚呼！余懼辭之不令以爲神羞，余曷敢不諾。銘曰：

柳族之分，在北爲高。充于史氏，世相重侯。〔孫曰〕自慶以下四世爲相封侯。中書之世，實曰蘭州。〔童曰〕蘭州謂楷。夏縣政良，〔童曰〕夏縣謂繹。司議德優。〔童曰〕司議謂遺愛。營營御史，〔童曰〕御史謂開。乃佐元侯。惟君是嗣，其政克修。儲闈補吏，〔一〕〔韓曰〕謂爲家令主簿。環衞分曹。〔韓曰〕謂爲左驍衞兵曹。南越之尨，從事以寧。永安披攘，荐仍于兵。是董是經，既柔且平。浩浩呻呼，革爲和聲。胡不使壽，而奪之齡？柩于海壖，〔童曰〕壖，城下田也。壖，而緣切。「柩」，一作「挺」。壙于鄧邦。〔孫曰〕壙，塹穴也。謂祔葬南陽。壙，苦謗切。厥弟孔哀，惟行之恭。呱呱小子，呱，音孤。縗而不廬。縗，音崔。充充令妻，髽首而居。〔張曰〕禮記：男子免而婦人髽。髽，以麻約髻也。髽，莊華切。鳥獸號鳴，助我踟躕。〔孫曰〕禮記：鳥獸喪其羣匹，越月踰時，則必反巡，過其故鄉，鳴號焉，踟躕焉，乃能去之。刻此悲辭，藏之奧隅。〔韓曰〕爾雅：西南隅謂之奧。

校勘記

〔一〕儲闈補吏句下注「謂爲家令主簿」。「家令」下原脫「主簿」二字，據世綵堂本補。

故秘書郎姜君墓誌

秘書郎姜崿，音諤，或作「萼」。字某，開元皇帝外孫也。〔韓曰〕崿母，玄宗女新平公主。始，楚國公皎與上游，益貴幸，〔孫曰〕皎與玄宗有龍潛之舊，先天二年，預誅竇懷貞等，以皎爲銀青光祿大夫、工部尚書，封楚國公也。子慶初，得尚某公主，〔韓曰〕皎子慶初，生未晬，玄宗許尚主，後淪落二十年。李林甫爲相，卽皎之甥，從容奏之。天寶十載，詔慶初尚主，授駙馬都尉。生譽。譽生三日，上曰：「他物無以餉吾孫。」卽勑有司，以第六品告與緋衣銀魚，得通籍出入。凡名是官七十某年終不徙。然其間在蜀、漢、荆、楚以大諸侯命守州邑，輒以勞稱。時缺則復命。好游嗜音，以生富貴，畜妓，能傳宮中聲，賢豪大夫多與連歡。後加老風病，手足奇右奇，音畸。可用，不能就官。士有載酒來，則出妓，搏髀笑戲，髀，股也。音陛。觀者尚識承平王孫故態。他代切。元和十四年月日終。桂州都督、御史中丞裴公曰：〔孫曰〕桂管觀察使裴行立。「噫！帝戚也，葬不可以廉。」爲具物祭以豚酒。月日葬州東南一里。子某，年若干。母曰雷姬。銘曰：

始賤終貴，於世爲遂；幼榮老窮，在物爲凶。均之得喪，誰缺誰豐？若君者銀朱於始生，鐘鼎以及壯。不矍矍於進取，〔童曰〕矍矍，疾走貌。矍，居縛切。不施施於驕伉。左絃右壺，樂以自放。雖老而客死，未嘗戚乎己。與夫拳拳恐悸，蒙諂負義，得之拘拘，榮不蓋愧，以終其身而不能止者，不猶優乎！

亡友故秘書省校書郎獨孤君墓碣

嗚呼！有唐仁人獨孤君之墓，祔于其父太子舍人諱助之墓之後。自其祖贈太子少保諱問俗而上，其墓皆在灞水之左。〔韓曰〕灞水出藍田谷，北入渭，隸長安。灞，音霸。今王父營陵於其側，〔一〕故再世在此。

嗚呼！獨孤君之道和而純，其用端而明，內之爲孝，外之爲仁，默而智，言而信。其窮也不憂，其樂也不淫。讀書推孔子之道，必求諸其中。其爲文深而厚，尤慕古雅，善賦頌，其要咸歸于道。昔孔子之世，有顔回者，能得於孔子，後之仰其賢者，譬之如日月而莫有議者焉。嗚呼！獨孤君之明且仁，如遭孔子，是有兩顔氏也。今之世有知其然者乎？知之者其信於天下乎？〔一〕本作「今之世有知其然者其信於天下乎」，少四字。使夫人也夭而不嗣，世之惑者，猶曰尚有天道，嘻乎甚邪！君諱申叔，字子重，年二十二舉進士，〔孫曰〕貞元十三年申叔中進士。又二年，用博學宏詞爲校書郎，又三年，居父喪，未練而没，〔孫曰〕禮記：「三日而食，三月而沐，期而練。」練，小祥也。蓋貞元十八年四月五日也。是年七月十日而葬，鄉曰某鄉，原曰某原。

嗚呼！君短命，行道之日未久，故其道信於其友，而未信於天下。今記其知君者于墓：韓泰安平，南陽人。李行諶元固、其弟行敏中明，趙郡贊皇人。柳宗元，河東解人。崔廣略，清河人。〔二〕餘人皆有名字，此獨言廣略，當是脱誤。韓愈退之，昌黎人。王涯廣津，太原人。呂温和叔，東平人。崔羣敦詩，清河人。劉禹錫夢得，中山人。李景儉致用，隴西人。嚴休復

玄錫，馮翊人。韋詞致用，京兆杜陵人。〔三〕

校勘記

〔一〕今王父營陵於其側　「王父」，英華作「王后」。何焯義門讀書記：「『父』當作『后』。」陳景雲柳集點勘：「『父』，當從文苑作『后』。謂德宗昭德王后。貞元二年崩，葬靖陵。永貞初，遷祔崇陵。此云營陵，謂營建靖陵也。獨孤氏因王后營陵祖塋之側，故再世別葬。與漢馮衍先世葬地以哀帝營爲義陵，衍不得祔葬，更定塋新豐是也。通鑑注：靖陵在奉天東北十里。」按：陳說可參考。惟靖陵在奉天（今陝西乾縣），與上文說「壩水之左」相去甚遠。又據新唐書卷七七昭德皇后列傳，昭德皇后王氏貞元三年死，非「貞元二年」。初葬靖陵，永貞元年改祔德宗崇陵。

〔二〕崔廣略清河人　陳景雲柳集點勘：「崔廣略，舊注：『餘人皆有名字，此獨言廣略，當有脫誤。』按：此崔鄘也。鄘字廣略，唐史有傳，名臣也。」

〔三〕韋詞致用京兆杜陵人　陳景雲柳集點勘：「韋詞致用。按：詞字踐之，舊傳及新史世系表幷同。而此作致用，蓋唐人有兩字者甚多。」章士釗柳文指要則云此致用乃李景儉字，非韋詞字。

故襄陽丞趙君墓誌

〔詳注〕趙公矜之死，自貞元十八年至元和十三年，凡十七載之久，來章乃能求於人所不知者而歸之。公此誌非以神其事，所以大其孝也。

貞元十八年月日，天水趙公矜，〔孫曰〕其先河南新安人。年四十二，「四」，或作「三」。客死于柳州，官爲斂葬于城北之野。元和十三年，孤來章始壯，自襄州徒行求其葬，不得，徵書而名其人，皆死無能知者。來章日哭于野，凡十九日，唯人事之窮，則庶於卜筮。五月甲辰，卜秦誗，直廉切。晏本作「利」。兆之曰：「金食其墨，而火以貴。其墓直丑，在道之右。南有貴臣，〔二〕冢土是守。〔孫曰〕書：宜于冢土。冢土，社神。乙巳于野，宜遇西人。深目而髯，其得實因。七日發之，乃覩其神。」明日求諸野，有叟荷杖而東者，荷，擔也。問之，曰：「是故趙丞兒耶？吾爲曹信，一云「於是」。是邇吾墓。噫，今則夷矣。夷，平也。直社之北二百舉武，〔孫曰〕禮記：堂上接武，堂下布武。武，迹也。吾爲子蕝焉。」〔三〕〔童曰〕說文：朝會束茅表位曰蕝。春秋國語曰：致茅蕝表坐。蕝，子悦切。辛亥啓土，有木焉，發之，緋衣緅衾，〔孫曰〕周禮：三入爲纁，五入爲緅。青赤色。緅，將侯切。凡自家之物皆在。州之人皆爲出涕，誠來章之孝，神付是叟，以與龜偶，不然，其協焉如此哉？六月某日就道，月日葬于汝州龍興縣期城之原。夫人河南源氏，先歿而祔之。矜之父曰漸，南鄭尉。祖曰倩之，鄆州司馬。曾祖曰弘安，金紫光禄大夫、國子祭酒。〔孫曰〕弘安弟弘智，唐史有傳。

始矜由明經爲舞陽主簿，蔡師反，〔韓曰〕貞元十五年，淮西節度使吴少誠反。犯難來歸，擢授襄城主簿，賜緋魚袋。後爲襄陽丞。其墓自曾祖以下皆族以位。〔孫曰〕周禮：墓大夫，令國民族葬而掌其禁令，正其位，掌其度數。注：令族葬各從其親。位，謂昭穆也。時宗元刺柳，用相其事，哀而旌之以銘。銘曰：

詷也挈之，〔韓曰〕挈，謂鑽龜也。挈，音契。信也蓏之，有朱其紱，神具列之。貇貇來章，神實恫汝，恫，痛也。音通。錫之老叟，告以兆語。靈其鼓舞，從而父祖，孝斯有終，宜福是與。百越蓁蓁，音榛。羈鬼相望，〔童曰〕羈鬼，謂羈旅而亡者。相望，在外而望還也。望，音忘。有子而孝，獨歸故鄉。涕盈其銘，旌爾勿忘。

校勘記

〔一〕南有貴臣　「貴臣」，音辯、詁訓、世綵堂本作「貴神」。新唐書卷一〇六趙弘智傳附矜傳亦作「貴神」。

〔二〕吾爲子蕝焉句下注　「朝會束茅表位曰蕝」。「朝會」原作「會朝」。又，「春秋國語曰：致茅蕝表坐」。原脱「國語曰」三字，「致」原作「置」。以上均據説文改。

故温縣主簿韓君墓誌

有唐故温縣主簿一本作「有故唐温縣主簿」。韓愼，字某，漢弓高侯其先也。〔韓曰〕韓王信子穨當，封弓高侯。徙于南陽，傳世至今唐侍中諱瑗，〔一〕〔韓曰〕瑗，字伯玉，高宗時爲相。克用貞亮，奮于國難。侍中兄子鄆州刺史諱某，某生御史著作郎諱某，某生尚書庫部郎中、萬州刺史諱某，鄆州、著作郎、萬州刺史，史皆不詳其名字。嗣以文行大其家業。君，萬州長子也，〔孫曰〕萬州三子：愼、豐、泰。以父任爲建陵挽郎，〔童曰〕肅宗山陵曰建陵。累調授王府參軍、襄州襄陽尉，至于是邑。貞元十六年，又調于天官署河陽丞，未拜，十有一日，暴病，卒于長安永崇里先人之廬。又十有二日，〔二〕龜策襲吉，〔孫曰〕襲，因也。謂龜筮皆吉。祔于咸陽洪瀆原先人之墓，禮也。

先三日，外姻家老〔孫曰〕左氏傳：士踰月，外姻至。謀爲之志，季弟泰〔韓曰〕泰，字安平，亦爲祠部郎中。哀不能文，故託于友焉。嗚呼！生也以其弟之恭，知君之爲友；没也以其弟之戚，知君之爲愛。惟友愛出于孝，移于忠，施於人事，無往不達。余故得受其辭，書于石。〔三〕曰：

友而愛而，忠孝宜之。貌稱其行，〔四〕行稱其詞。賤而不壽，爲善是悼。祔于祖考，初筮攸告。〔童曰〕易：初筮告，再三瀆，瀆則不告。季也之純，置哀無垠。終窶且貧，〔童曰〕詩終窶且貧。窶，亦貧也。窶，郡羽切。控于仁人。備物稱家，〔五〕〔孫曰〕禮記：子游問喪具，子曰：「稱家之有無。」其儀式陳。爰相其悲，載刻兹珉。

校勘記

〔一〕唐侍中諱瑗句下注　「高宗時爲相」。「高宗」原誤作「高祖」，據世綵堂本及新唐書卷一〇五韓瑗傳改。

〔二〕又十有二日　「二日」，音辯、五百家本及英華作「一日」。

〔三〕余故得受其辭書于石　「余故」，英華作「故余」，「辭」下有「以」字。

〔四〕友而愛而忠孝宜之貌稱其行　英華「愛」下重出一「愛」字，「忠」下有「忠而」二字。

〔五〕備物稱家句下注　「子游問喪具」。「子游」原誤作「子由」，據禮記檀弓上改。

東明張先生墓誌

〔韓曰〕張因死於封，時公在永，封與永近，故其徒從公誌墓。

東明先生張氏曰因，嘗有以文薦於天子，天子策試甚高，〔一〕〔孫曰〕因舉詔策。以爲長安尉。一年，投去印綬，願爲黄、老術，詔許之。〔孫曰〕因乞爲道士，上許之。居東明觀三十餘年，受畢法道行峻異，得衆真秘書訣籙，籙，籍也。聚經籍圖史，侔於麟閣。〔孫曰〕漢有麒麟閣，藏書之府。以弟回降秩封州，先生曰：「吾老矣，支體不可解也。」遂從以去。明年，回之子襲死，哭之慟，遂病。既亟，以命回曰：「吾生天寶訖貞元乙酉歲十月，〔韓曰〕乙酉當是貞元二十一年。今死于汝之手，盈吾志矣。京師，吾生也，畢原，先人之歸也，〔孫曰〕畢原在長安，文王所葬處。必以返葬。」乃自爲誌而卒。明年正月某日，葬如其言。弟子某等爲碑以誌于墓。辭曰：

匪禄而康，匪爵而榮。漠焉以虛，充焉以盈。言而不爲華，光而不爲名。介潔而周流，苞涵而清寧。幽觀其形，與化相冥。〔二〕寂寞以成其道，是以勿嬰。世皆狂狂，奔利死名。我獨浩浩，端一以生。或曰：「先生友悌以遁，慈幼以死，若不能忘情者何耶？」吾曰：「道去友耶？去慈耶？從容以求，其得之耶？盪莽很悻，悻，亦很也。盪，音蕩。很，下懇切。悻，下耿切。舊本「悻」作「宰」，胥山沈晦謂當作「悻」。道之非耶？且夫虧恩壞禮，枯槁顦顇。上音樵。下音萃。隳聖圖壽，隳，翾規切。離中就異。欻然與神鬼爲偶，〔童曰〕欻，説文云：有所吹起。欻，許勿切。頑然以木石爲類。倥侗而不實，倥侗，音空同。窮老而無死。先生之道，固知異夫如此也。」〔三〕乃書于石以紀。

校勘記

〔一〕天子策試甚高　「策試」上原脱「天子」二字，據取校諸本補。

〔二〕與化相冥　「相」，五百家、世綵堂本及全唐文作「爲」，疑是。

〔三〕固知異夫如此也　文粹、全唐文「此」上無「如」字，近是。

虞鳴鶴誄并序

維某年月日，前進士虞九皋，字鳴鶴，終于長安親仁里。既克葬于高陽原，二三友生皆至于墓，哀其行之不昭于世，追列遺懿，〔一〕求諸后土，申薦嘉名，實曰恭甫。乃作誄曰：

吳、虞之分，〔孫曰〕史記：武王克殷，封太伯之後爲二國：其一虞，在中國，其一吳，在蠻夷。爰宅上陽。〔二〕〔韓曰〕僖五年左氏：晉侯圍上陽。注：上陽，虢所都。今云虞宅上陽，未詳。其後優游，在越爲鄉。〔童曰〕虞氏世爲會稽人。會稽，越國。延、詡輔漢，〔孫曰〕後漢永平三年，延爲太尉，八年，爲司徒，十四年自殺。延，字子大，陳留東昏人。順帝時，詡官尚書令。詡，字升卿，陳國武平人。詡，況羽切。恢定封疆。東徙之賢，時惟仲翔。〔韓曰〕吳志：虞翻，字仲翔，會稽餘姚人。曰預曰喜，在晉克彰。〔韓曰〕虞喜，字仲寧，弟預，字叔寧，翻之族也。義篤斯文，有苾其芳。〔童曰〕説文：苾，馨香也。苾，毗必、蒲結二切。秘書多能，垂耀于唐。〔孫曰〕世南，字伯施，太宗時爲秘書少監。洎于漢陽，世德以昌。〔孫曰〕漢陽，沔州郡名。九皋父當，終沔州刺史。毗贊尚父，〔孫曰〕九皋父當，爲郭尚父從事。休徽用揚。〔三〕惟我先君，並時翺翔。上牛刀切。下音祥。洽主記室，〔四〕〔孫曰〕郭尚父居朔方，公父鎮爲記室，與當同在幕府。蔚其耀光。〔五〕實契伯仲，永永不忘。

漢陽元子，實紹其美。傳襲儒風，彪炳文史。克恭以孝，惟禮是履。譽洽于鄉，論爲秀士。〔童曰〕禮：命鄉論秀士。注：秀士，鄉大夫所考有德行道藝者。百郡之選，叢于京師。昧没騰藉，乘凌蔽欺。生之始至，則奮其儀。退默以謙，「默」，一作「然」。人悦而隨。名卿是挈，先進咸推。方出羣類，振耀于時。禍丁舅氏，漂淪海沂。捧訃號呼，匍匐增悲。喪有幼主，禮或多違。孰徇于名，而不是思？投袂就道，乘艱若夷。竭誠喪具，申敬裳帷。萬里來復，祇祔于墓。遽不淩節，儉而有度。由其温恭，守以貞固。行道咨嗟，觀禮興慕。復從鄉賦，焕發其華。克不再舉，聞于邦家。倚閭千里，歡詠斯多。姻族盈門，載笑且歌。君之不淑，名立志沮。慶歸其鄉，身終逆旅。生死已間，壽觴方舉。賀書在途，委骨歸土。哀歡易地，弔慶交户。神胡不仁？降此大苦。嗚呼哀哉！

惟昔夏口，〔六〕羈貫相親。〔孫曰〕鎮爲岳鄂都團練判官，當爲沔州刺史，故公與九皋相善。夏口，鄂州也。羈貫，丱角也。〔韓曰〕穀梁子云：子生，羈貫成童，不就師，父之罪也。「貫」，與「丱」同。通家修好，講道爲鄰。既冠于阼，音祚。思致其身。升于司徒，〔韓曰〕王制：命鄉論秀士，升之司徒，曰選士。及爾繼年。〔孫曰〕貞元九年，公舉進士。交歡二紀，莫間斯言。愉乎其和，確爾其堅。更爲砥礪，砥，音紙。咸去韋弦。〔童曰〕西門豹以性剛急，常佩韋以自戒。董安于以性寬緩，常佩弦以自警也。今則遽已，吾其缺然。嗚呼哀哉！

誄行謀謚，謚，行之迹也。音示。惟古之道。生而無位，没有其號。惟是友生，徘徊顧悼。爰用壹惠，〔七〕〔孫曰〕表記：先王謚以尊名，節以壹惠，耻名之浮於行也。幽明是告。温温其恭，惟德之經。先民有作，〔八〕今也是旌。嗚呼恭甫，欽此嘉名。

校勘記

〔一〕追列遺懿　「列」原作「烈」，據取校諸本改。按：「列」是布列之意。聯繫上下文，意謂「哀其行之不昭于世」，故追述其生前之美德，贈以謚號。作「列」是。

〔二〕吳虞之分爰宅上陽　「吳」，英華作「昔」。按：「分」指分土、分封而言。聯繫下句，意爲當初虞國之封地在大陽，據文意，作「昔」近是。又，「爰宅上陽」，全唐文作「爰宅大陽」。何焯義門讀書記：「漢書地理志：河東郡大陽。吳山在西，上有吳城，因武王封泰伯後於此，是爲虞公。上陽，大陽之誤」。左傳桓公十年「虢公出奔虞」句下杜預注：「虞國在河東大陽縣」。據此，何説是。

〔三〕休徽用揚　「徽」原作「徵」，據音辯、詁訓、英華及全唐文改。按：「休徵」是吉兆。「休」、「徽」則是形容人之美德。據文意，作「休徽」爲是。

〔四〕洽主記室　世綵堂本注及何焯義門讀書記：「『洽』，當作『狎』。」陳景雲柳集點勘：「案：『洽』似當作「狎」。左傳云「狎主齊盟」是也。柳子父侍御先在郭尚父幕中掌記，與鳴鶴之父迭居是職，故云爾。」

〔五〕蔚其耀光　「耀」，詁訓、五百家本作「輝」。

〔六〕惟昔夏口　「口」原作「首」，據蔣之翹本及句下孫注改。

〔七〕爰用壹惠句下注　「節以壹惠」。「壹」原作「益」，據音辯、世綵堂本及禮記表記改。

〔八〕先民有作　「作」，英華作「言」。

故處士裴君墓誌

河東聞喜裴君〔童曰〕聞喜，縣名，在唐屬絳州。裴君諱字不可得而考。諱某，字某，好學未仕，年若干，元和十四年月日終於京兆渭南墅。〔童曰〕墅，田廬也。墅，承與切。君之弟中丞公，督桂州，命其僚柳宗元〔孫曰〕元和十二年，以御史中丞裴行立爲桂州都督、桂管觀察使。公時爲柳州刺史，其管内也，故云其僚。以銘。君之出，河間邢羣以狀來告曰：「曾祖諱某，〔孫曰〕諱守真。寧州刺史，贈户部尚書。祖諱某，〔孫曰〕諱儁卿。起居郎。父諱某，〔孫曰〕諱伯言。尚書刑部員外郎，議官及浮圖事獨出，載在史册。以八使行天下，當河北道疑危頑很難處分之地，分，扶問切。一無「分」字。用天子命，制斷得宜，於時爲第一，〔孫曰〕建中元年二月，命黜陟使十一人分巡天下，刑部員外郎裴伯言爲幽、冀、澤、潞、磁、邢等道黜陟使。天下皆仰以爲相。會疾終，再贈至大理卿。長老咸曰：「裴氏世積德，起居，丞相弟也，〔孫曰〕丞相名耀卿，字煥之，事玄宗爲丞相。以文史用，大理，名世人也，咸聞而不大。」君以友悌愨植，承其休光，幽而不揚，豈天鍾美於中丞，嗇而不克並耶？不然，君無位以夭，其可問哉？

君前娶韋氏，成都少尹士謨女。生二子，字曰某，名曰某，「字」、「名」二字誤。以文敏，〔一〕中丞公尤愛幸，恆從，不幸卒於桂林。某舉明經後，娶於薛氏，無子，父寀位卑。是年月日葬渭南某里，遷韋夫人之喪，「韋」字諸本作「奉」。自萬年來，有俟，猶異室。銘曰：

疇之沃沃，〔童曰〕說文：疇，耕治之田。宜其嘉穀。有耕有耨，同施異祿。明昭次穆，昭，音韶。丞相之族。尚書之孫，大理之門。有慶實延，宜碩而繁。不位不年，晦于丘園。懿懿大理，惟德之元。擢佞抑釋，太史是論。〔孫曰〕即上云議官及浮圖事載在史册也。「擢佞」，俗本作「權佞」，誤。黜陟冀、幽，邦命以尊。神嗇豐福，不棄于君。〔二〕一作「不并于君」。渭之洋洋，爰墓其南。孝思是懷，祖考之依。郡人作銘，惟相其哀。

校勘記

〔一〕生二子字曰某名曰某以文敏　陳景雲柳集點勘：「按：昔人墓誌但著其子之名，未有舉字者，況先字後名，語尤不順，疑『字』『名』二字，非衍即誤。又，『以文敏』上宋本更有一『某』字，文義尤明，蓋諸本皆脫也。」按：陳說是。

〔二〕不棄于君句下注「一作『不弁于君』」。全唐文作「不弁于君」。何焯義門讀書記亦云：「『棄』作『弁』。」按：此句與誌文「豈天鍾美于中丞，嗇而不克並耶」相呼應，疑作「弁」是。

覃季子墓銘

〔童曰〕本篇云永州作。

覃季子，其人生愛書，貧甚，尤介特，不苟受施。施智切。讀經傳言其說數家，推太史公、班固書下到今，橫竪鈎貫，竪，音樹。又且數十家，通爲書，號覃子史纂。又取鬻、老、管、莊、子思、晏、孟下到今，〔孫曰〕鬻子，書名。名熊，爲周師，自文王以下問焉。漢志：鬻子二十二篇。鬻，音育。其術自儒、墨、名、法，〔韓曰〕漢志有儒、墨、名、法等九流。至於狗彘草木，凡有益於世者，爲子纂又百有若干家。篤於聞，〔一〕不以仕爲事。黜陟使取其書以氏名聞，〔孫曰〕建中元年二月，遣黜陟使十一人分巡天下。除太子校書。某年月日死永州祁陽縣某鄉。將死，歎曰：「寧有聞而窮乎，將無聞而豐乎？寧介而躓乎，躓，音致。將溷而遂乎？溷，胡困切。葬其鄉。〔孫曰〕其鄉，所死之鄉也。後若干年，柳先生來永州，戚其文不大於世，求其墓以石銘。銘曰：

困其獨，豐其辱。

校勘記

〔一〕篤於聞　陳景雲柳集點勘云：「『聞』，似當作『文』，虞鳴鶴誄中有『義篤斯文』語可以互證。」按：陳說疑是。

續滎澤尉崔君墓誌

〔韓曰〕前誌，贈太傅崔公祐甫爲之。祐甫既卒，而未克葬，故公續誌以書其緩葬之故云。

太傅公既誌滎澤君之葬，明年，爲中書侍郎同中書門下平章事以卒。〔孫曰〕大曆十四年閏五月，以河南少尹崔祐甫同平章事，明年，建中元年六月卒，贈太傅。一本云「卒贈太傅」，無「以」字。滎澤君之嗣曰膺，備物具貨入于汴，汴陷于戎，〔孫曰〕四年十二月，淮西節度使李希烈陷汴州。喪焉不果行。會世難，不幸膺亦死。膺之亞曰太素，〔孫曰〕太素，膺之弟。仕至雲陽令，求其志，將行，謫南海上。

元和九年，移信中，一作「州」。猶有累，不克如其鄉。大懼緩慢茲久，哭命其子某，以某月日啓君之喪，至于某，葬用某月甲子，志用太傅公之辭。又命河東柳某書緩故，且志終事之年月日。

柳宗元集卷十二

表誌

先侍御史府君神道表

〔韓曰〕公永貞元年八月謫永州司馬。明年，元和改元，先夫人卒于永。明年，歸祔于侍御之墓。表當作于是時。

嗚呼！先君之墓，仲父殿中君誌焉。〔韓曰〕殿中君，即公爲作墓表及墓版文所謂叔父殿中侍御史者是也。墓表及版文皆不載其諱。唐宰相年表亦止曰：某，朔方營田副使、殿中侍御史。故其名不得考焉。孤宗元不敢稱道先德，然而無以昭于外者，用敢悉取仲父之所陳而繫其辭，〔孫曰〕繫辭者，謂繫屬於正文之下，猶易繫辭之義。刻茲石表。

先君諱鎮，字某。六代祖諱慶，後魏侍中平齊公。〔孫曰〕慶，字更興。河東解人，魏尚書左僕射。五代祖諱旦，周中書侍郎濟陰公。〔孫曰〕慶四子：機、弘、旦、肅。旦字匡德，仕隋，爲黃門侍郎。高祖諱楷，〔一〕〔孫曰〕旦二子：則、楷。隋刺濟、房、蘭、廓四州。曾伯祖諱奭，〔二〕施隻切。字子燕，唐中書令。〔孫曰〕則子奭，高宗永徽三年三月爲中書令。〔韓曰〕奭爲侍御曾伯祖，則當爲公高伯祖矣。新史公傳及韓文公爲公作墓誌，皆云曾伯祖。若有誤焉。曾祖諱子夏，徐州長史。〔孫曰〕楷二子：長曰子夏，次曰繹。祖諱從裕，滄州清池令。皇考諱察躬，〔孫曰〕察躬弟爲臨邛令。湖州德清令。世德廉孝，颺于河滸，〔孫曰〕詩：在河之滸。滸，涯也。柳氏世家河東，故云。颺，音陽，又余亮切。士之稱家風者歸焉。

先君之道，得詩之羣，〔童曰〕詩可以羣。書之政，〔童曰〕漢太史公傳：書記先王之事，故長於政。易之直方大，〔童曰〕易：坤六二，直方大，不習無不利。春秋之懲勸，〔童曰〕左氏：春秋之稱，微而顯，志而晦，婉而成章，盡而不汚，懲惡而勸善。以植于内而文于外，垂聲當時。天寶末，經術高第。遇亂，奉德清君夫人〔孫曰〕德清君夫人，鎮母也。載家書隱王屋山。間行以求食，深處以修業，作避暑賦。合羣從弟子姪，〔三〕講春秋左氏、易王氏，衎衎無倦，衎，空汗切。又噓旱切。以忘其憂。德清君喜曰：茲謂遁世無悶矣。〔童曰〕易：不易乎世，不成乎名，遁世無悶。遁，逃也。亂有間，舉族如吴，無以爲食。先君獨乘驢無僮御以出，求仁者，冀以給食。嘗經山澗，水卒至，流抵大壑，得以無苦。被濡塗以行無愠容，覲者哀悼而致禮加焉。季王父六合君忤貴臣，忤，逆也。音誤。死於吏舍，猶鞫其狀。先君改服徒行，逾四千里，告于上，由是貸其問。

既而以爲天子平大難，發大號，且致太平。人罷兵戎，農去耒耜，宜以時興太學，勸耦耕，〔童曰〕拚二耜而耕，曰耦耕。作三老五更議，〔孫曰〕禮記文王世子：天子視學，設三老五更之位。鄭注云：三老象三辰，五更象五星。蔡邕云：「三老三人，五更五人。」「更」當爲「叟」。叟，老稱。籍田書，齋沐以獻。道不果用。授左衛率府兵曹參軍。尚父汾陽王居朔方，〔韓曰〕尚父，郭子儀，爲朔方節度使。備禮延望，授左金吾衛倉曹參軍，爲節度推官，專掌書奏，進大理評事。以爲刑法者軍旅之楨幹，〔童曰〕書：峙乃楨幹。注云：題曰楨，旁曰幹。楨，音貞。斥候者邊鄙之視聽，不可以不具。作晉文公三罪議、〔四〕〔補注〕僖二十八年左氏：晉文公殺顛頡、祁瞞、舟之僑，君子謂文公能用刑矣，三罪而民服。守邊論，議事確直，世不能容。〔五〕表爲晉州録事參軍。晉之守，故將也，少文而悍，酣嗜殺戮，吏莫敢與之爭。先君獨抗以理，無辜將死，常以身扞笞箠，拒不受命。守大怒，投几折簀，音責。而無以奪焉。以爲自下繩上，其勢將殆，作泉竭木摧詩。終秉直以免於耻，〔六〕調長安主簿。居德清君之喪，哀有過而禮不逾，爲士者咸服。服既除，常吏部命爲太常博士。〔韓曰〕常吏部名袞。先君固曰：「有尊老孤弱在吴，願爲宣城令。」三辭而後獲，徙爲宣城。四年，作閿鄉令。〔張曰〕閿，弘農鄉名。閿，音聞，又音民、珉。考績皆最，吏人懷思，立石頌德。遷殿中侍御史，爲鄂岳沔都團練判官。元戎大攘狡虜，增地進律，作夏口破虜頌。後數年，登朝爲真，會宰相與憲府比周，誣陷正士，「陷」，一作「諂」。以校私讎。〔孫曰〕貞元四年，陝虢觀察使盧岳卒，岳妻分貲不及妾子。妾訴之，御史中丞盧佋欲重妾罪，侍御史穆贊不聽。佋與竇參共誣贊受金，捕送獄。有擊登聞鼓以聞于上，上命先君總三司以聽理，至則平反之。〔孫曰〕鎮時爲殿中侍御史。詔鎮與刑部員外郎李覿、大理卿楊瑀爲三司，覆治無之。反，音番。爲相者不敢恃威以濟欲，爲長者不敢懷私以請間，羣冤獲宥，邪黨側目，封章密獻，歸命天子，遂莫敢言。逾年，卒中以他事，中，丁仲切。貶夔州司馬。〔孫曰〕逾年，參卒中以他事，貶鎮夔州司馬。作鷹鸇詩。居三年，醜類就殛，拜侍御史。〔孫曰〕貞元八年四月，參得罪，復以鎮爲侍御史。制書曰：「守正爲心，疾惡不懼。」先君捧以流涕，曰：〔補注〕筆墨閒録曰：此本太史公自敍云「遷俯首流涕曰」云云。前賢文章，必有祖法。「吾唯一子，愛甚，方謫去至藍田，訣曰：『吾目無涕。』今而不知衣之濡也，抑有當我哉！」作喜霽之歌。副職持憲，以正經紀。

貞元九年，宗元得進士第。上問有司曰：「得無以朝士子冒進者乎？」有司以聞。上曰：「是故抗姦臣竇參者耶！吾知其不爲子求舉矣。」是歲五月十七日，終于親仁里第，享年五十有五。〔七〕七月某日，葬于萬年縣棲鳳原。後十一年，宗元由御史爲尚書郎。〔韓曰〕爲尚書禮部員外郎。天子行慶于下，申命崇贈，而有司草創頗緩。會宗元得罪，遂寢不行。

太夫人范陽盧氏，某官某之女，實有全德，爲九族宗師。用柔明勤儉以行其志，用圖史箴誡以施其教，故二女之歸他姓，〔孫曰〕鎮二女：長適崔簡，次適裴墐。咸爲表式。太夫人既授封河東縣太君，會册太上皇后于興慶宮。〔韓曰〕永貞元年八月，憲宗尊其母良娣王氏爲太上皇后。既乃宗元貶秩，「乃」，一作「及」。爲永州司馬，奉侍溫凊，〔八〕未嘗見憂。元和元年五月十五日，終于州之佛寺，享年六十八。

嗚呼！宗元不謹先君之教，以陷大禍，幸而緩於死。既不克成先君之寵贈，又無以寧太夫人之飲食，天殛荐酷，名在刑書。不得手開玄堂以奉安祔，罪惡益大，世無所容。尚顧嗣續，不敢卽死。支綴氣息，以嚴邦刑。大懼祭祀之無主，以忝盛德。敢用特牲，昭告神道，號叫萬里，以畢其辭云。

校勘記

〔一〕高祖諱楷句下注　「旦二子：則、楷」。「二子」，五百家本作「三子」，「則」上有「燮」字。按：新唐書卷七三宰相世系表載：旦五子：燮、則、綽、楷、亨。作「二子」「三子」皆非是。

〔二〕曾伯祖諱奭　「祖」下原脫「諱」字，據取校諸本補。

〔三〕合羣從弟子姪　「姪」，音辯、詁訓本作「姓」。按：世綵堂本注：「『姪』，一本作『姓』。前漢田蚡傳：『跪起如子姓。』注：姓，生也。言同子禮，若己所生。」作「姓」近是。

〔四〕作晉文公三罪議句下注　「僖二十八年左氏」。「二十八」原作「二十九」。按：左傳載晉文公殺顛頡、祁瞞、舟之僑三人事在僖公二十八年。今據改。

〔五〕世不能容　「世」，音辯、世綵堂本作「勢」。

〔六〕終秉直以免於耻　「秉」上原脱「終」字，據取校諸本補。

〔七〕享年五十有五　「五十」下原無「有」字。據詁訓本補。

〔八〕奉侍溫凊　「凊」原作「淸」。按：禮記曲禮云：「冬溫而夏凊。」「凊」與「溫」相對，作「凊」是。今據音辯、五百家、世綵堂本改。

先君石表陰先友記〔一〕

〔東坡云〕柳子厚記其先友六七十人於其墓碑之陰，考之於傳，卓然知名者，蓋二十人。〔補注〕陳長方云：子厚先友記，乃用孔子七十弟子傳體。

袁高，河南人。〔孫曰〕高，字公頤，滄州東光人。以給事中敢諫争。貞直忠蹇，舉無與比。〔二〕〔孫曰〕貞元元年正月，德宗欲用吉州長史盧杞爲饒州刺史。命高草詔書，高不從，改命舍人草之。制出，高執之不下。因言杞姦邪，乃改杞澧州別駕。能使所居官大，再贈至禮部尚書。〔孫曰〕憲宗朝宰相李吉甫言高忠蹇，特贈禮部尚書。見袁恕己傳。

姜公輔，〔孫曰〕愛州日南人。爲内學士，以奇策取相位。〔孫曰〕公輔爲翰林學士，朱泚叛，從帝幸奉天，屢獻奇策。建中十四年十月，自諫議大夫同平章事。好諫諍，免。〔孫曰〕從幸山南，唐安公主薨。主，上之長女也。

詔厚其葬。公輔諫曰：「即平賊，主必歸葬。今行道，所宜從儉，以濟軍興。」帝怒，興元元年四月，罷爲太子左庶子。後以罪貶，復爲刺史，〔三〕卒。〔孫曰〕貞元八年十一月，貶公輔爲泉州别駕。順宗立，拜吉州刺史。未就官，卒。〔韓曰〕公輔，史有傳。

齊映，南陽人。〔孫曰〕映，瀛州高陽人。今作南陽，誤矣。爲相。〔孫曰〕貞元二年正月，以映爲同平章事。以文敏顯用。有傳。

嚴郢，河南人。〔孫曰〕郢，字叔敖，華州華陰人。剛厲好殺，號忠能。爲京兆河南尹，〔孫曰〕大曆十四年三月，自河南尹水陸轉運使爲京兆尹。御史大夫。〔孫曰〕建中二年七月，楊炎罷相，盧杞引爲御史大夫。善舉職，爲邪險構扇，以貶死。〔四〕〔孫曰〕是歲十月，炎自左僕射貶崖州司馬。杞用郢罷炎，内忌之，因事出爲費州刺史。有傳。

元全柔，〔孫曰〕後魏孝文皇帝之後。河南人。氣象甚偉，好以德報怨，恢然者也。爲大官，有土地，〔孫曰〕建中二年九月，自杭州刺史拜黔中觀察使。貞元二年四月，遷湖南觀察使。入爲太子賓客。

杜黄裳，京兆人。〔孫曰〕黄裳，字遵素，京兆杜陵人。寶應二年中進士第。弘大人也，善言體要，爲相，〔孫曰〕貞元二十一年七月，自太常卿平章事。有牆仞，不佞。以謀克蜀，〔孫曰〕劉闢作亂，議者以劍南險固，不宜生事。唯黄裳堅請討除，憲宗從之。加司空，出爲河中節度。〔五〕〔孫曰〕元和二年正月，罷相，爲河中節度使。有傳。一本作「加河中節度」，無「司空出爲」四字。

劉公濟，河間人。寬厚碩大，與物無忤。爲渭北節度，〔孫曰〕貞元十八年十一月，自同州刺史拜渭北鄜坊節度使。入爲工部尚書，卒。〔孫曰〕二十年正月，召爲工部尚書，頃之，卒。

楊氏兄弟者，弘農人。皆孝友，有文章。憑，〔孫曰〕憑字虛受，一字嗣仁。由江南西道〔孫曰〕貞元元年十一月，自湖南觀察使改移鎮江西。入爲散騎常侍。〔孫曰〕自江西召爲左散騎常侍。凝，〔孫曰〕凝字懋功。以兵部郎中卒。〔孫曰〕貞元十八年，拜兵部郎中卒。附楊憑傳。凌，〔孫曰〕字恭履。以大理評事卒。最善文。

穆氏兄弟者，河南人。〔六〕〔孫曰〕懷州河内人。皆强毅仁孝。贊，爲御史中丞。捍佞倖得貶。〔孫曰〕贊，字相明。累擢侍御史。陝虢觀察使盧岳妻分貲不及妾子，妾訴之。盧佋欲重妾罪，贊不聽。佋與宰相竇參共誣贊受金，捕送獄。弟賞上冤狀，詔三司覆治，無之，出爲郴州刺史。後至宣池歙處置使，卒。〔孫曰〕永貞元年八月，自常州刺史拜宣歙池觀察處置使。十一月卒。質，爲尚書郎。以侍御史内供奉卒。最善文。附穆寧傳。

皇甫政，河南人。〔七〕有威儀。由浙東廉使爲太子賓客。〔八〕〔孫曰〕貞元三年正月，自宣州刺史爲浙東觀察使。十三年三月，入爲太子賓客。

裴樞，同郡人。爲御史。天子以隱罪誅吏，樞頓首願白其狀，以故貶。後爲尚書郎。附裴遵慶傳。

李舟，〔孫曰〕舟，字公度。隴西人。有文學，俊辯，高志氣。以尚書郎使危疑反側者再，不辱命。〔孫曰〕建中元年四月，涇原別駕劉文喜據州叛。命舟往使，文喜囚之。五月，文喜將劉海賓殺文喜，降。二年，梁崇義欲爲變，舟時爲金部員外郎，遣詣襄州，諭旨以安之。諸道跋扈者，謂舟能覆城殺將。及至襄州，崇義惡之。上言軍中疑懼，請易以他使。其道大顯。被讒妬，出爲刺史，發痼卒。〔九〕

李鄘，江夏人。〔孫曰〕鄘，字建侯，揚州江都人。果檢自負，嶷然善爲官。爲御史中丞、京兆尹、〔孫曰〕順宗登極，拜御史中丞。永貞元年十月，遷京兆尹。元和元年二月，召爲尚書右丞。八月，復爲京兆尹。鳳翔節度。〔孫曰〕二年六月，拜檢校禮部尚書、鳳翔尹、鳳翔隴右節度使。有傳。

梁肅，安定人。〔孫曰〕肅，字敬之，一字寬中，隋刑部尚書毗五世孫，世居陸渾。最能爲文，一作「最號能爲文」。以補闕修史。侍皇太子。〔孫曰〕爲皇太子諸王侍讀。卒，贈禮部郎中。有傳。

陳京，〔孫曰〕京，字慶復。陳宜都王叔明五世孫。大曆六年中進士第。泗上人。始爲諫官，數諫諍。〔孫曰〕德宗自奉天還京師，擢京左補闕，屢有諫諍。有內行，文多詁訓。爲給事中。上方以爲相，會惑疾，「惑」一作「感」。自刃，發痼卒。〔一〇〕〔孫曰〕帝器京，謂有宰相才，欲用之，會病狂易，自刺弗殊。再遷給事中，卒。見宰相表。

韓會，昌黎人。善清言，有文章，名最高。然以故多謗。至起居郎，貶官，卒。〔孫曰〕大曆十六年四月，自起居舍人貶韶州刺史，卒。見宰相年表。弟愈，文益奇。有傳。

許孟容，吴人。〔孫曰〕孟容，字公範，京兆長安人。大曆十一年中進士第。讀書爲文口辯。爲給事中，常論事。由太常少卿爲刑部侍郎。〔孫曰〕貞元中，以諷諭太切，改太常少卿。元和初，遷刑部侍郎。有傳。

李覿，〔孫曰〕大曆二年，覿舉進士第。隴西人。行義甚脩。至刑部郎中，卒。故與先君爲三司者也。〔孫曰〕貞元四年，覿爲刑部員外郎，瑀爲大理卿，公父鎮爲殿中侍御史，覆穆贊之獄，事已見鎮墓誌。其大理者曰楊瑀。〔孫曰〕瑀，大曆九年進士。瑀無可言，猶以獄直爲御史。

宇文邈，〔孫曰〕大曆二年進士。河南人。有文，謹慤人也。爲御史中丞，齪齪自守。然以直免官，復爲刺史，卒。見宰相表。

袁滋，陳郡人。〔孫曰〕滋，字德深。蔡州朗山人。善篆書，文敏不競。不競，不争也。爲相，〔孫曰〕永貞元年七月，同平章事。出使辱命，貶刺史。〔孫曰〕是歲十月，以滋爲西川節度使，徵劉闢爲給事中。滋畏闢，不敢進。十一月，貶滋爲吉州刺史。復爲義成軍節度，卒。〔孫曰〕元和元年七月，自吉州拜義成軍節度使。至十二年，爲湖南觀察使卒。是時未卒也。有傳。

盧羣，范陽人。〔孫曰〕羣，字載初，系出范陽。雜博，多所許與。使反側之地，天子以爲任事。〔孫曰〕淮西節度使吴少誠，擅決司洧水溉田。使者止之，不奉詔。命羣往蔡州詰之。少誠聽命，以奉使稱旨，遷爲檢校秘書少監也。爲義成軍節度，卒。〔孫曰〕貞元十六年四月，拜義成軍節度，九月卒。有傳。

崔損，清河人。〔二〕〔孫曰〕損，字至無。系本博陵。大曆十一年中進士第。畏慎，爲相，〔孫曰〕貞元十二年十月，自諫議大夫平章事。無所發明。〔一二〕〔孫曰〕初宰相趙憬卒，盧邁以病在告。議者謂選有德。及用損，中外悵失。而損性齪齪能自將。延英進見，不敢出一言及天下事。然不害物。天子獨愛幸，以損爲長者。有傳。

鄭餘慶，滎陽人。〔孫曰〕餘慶，字居業，鄭州滎陽人。大曆十一年中進士第。再爲相。〔孫曰〕貞元十四年七月同平章事，十六年九月罷。永貞元年八月同平章事，元和元年五月罷。始天下皆以爲長者，及爲大官，名益少。今爲尚書、河南尹，無恙。〔孫曰〕元年十一月，以餘慶爲河南尹。有傳。

鄭利用，餘慶從父兄也。〔孫曰〕大曆八年進士。利用祖長裕，許州長史。二子諒、慈明。諒爲冠氏令，生利用；慈明爲太子舍人，生餘慶。真長者。由大理少卿爲御史中丞，復由中丞爲大理少卿。

李益，〔孫曰〕益，字君虞。宰相揆之族子。大曆四年中進士，長於歌詩。隴西姑臧人。風流有文詞。少有僻疾，〔孫曰〕益少有癡病而多猜忌，防閑妻妾，過爲苛酷，而有散灰扃户之談聞於時。故時謂妬癡爲「李益疾」。以故不得用。年老常望仕，非其志，復爲尚書郎。

王紓，其弟紹，太原人。〔孫曰〕紹，字德素，自太原徙京兆之萬年。紹得幸德宗，爲尚書，在宰相之右。〔一三〕〔孫曰〕貞元中，爲户部侍郎判度支。德宗臨御久，益不假借宰相，自竇參、陸贄斥罷，中書取充位，惟紹謹密，眷待殊厚。主計凡八年，每政事多所關訪，紹亦未嘗一言漏于人。今爲徐泗節度。〔孫曰〕元和元年十一月，遷檢校尚書左僕射、徐州刺史、武寧軍節度使，後以濠、泗二州隷其軍。紓有學術，〔孫曰〕紓，大曆十一年中進士第。娶公伯祖臨卭令某之女。魯直，爲尚書郎。〔孫曰〕魯，遲也。與論語「參也魯」之義同。

路泌，河南人。以尚書郎使西戎。留戎中，度今已年八十餘。既和戎，十五年不得歸，無爲言者。〔孫曰〕泌，字安期。其先陽平人。事渾瑊，爲副元帥判官。貞元三年閏五月，瑊與尚結贊同盟于平涼，爲蕃兵所劫。泌等六十餘人陷虜中。十九年，吐蕃請和，其子隋三上疏，宜許，不報。舊史附路隋傳。

虞當，會稽人。〔孫曰〕會稽餘姚人。爲郭尚父從事，終汚州刺史。以信聞。〔孫曰〕當有子曰九皐，公有誄焉。

賈弁，〔孫曰〕弁，大曆二年中進士第。弁，古函切。長樂人。善士也。爲校書郎，卒。弟全，〔孫曰〕全，大曆四年進士。至御史中丞。〔孫曰〕貞元十八年正月，自常州刺史爲浙東觀察使。

趙需，〔孫曰〕需，大曆六年進士。天水人。哻哻儒士也。〔一四〕〔童曰〕「哻」字當作「冔」。冔，音況羽切。商之冠名。禮記檀弓下篇：殷人冔而葬。於趙需儒士無意義。今按公集段太尉逸事狀，云太尉爲人姁姁，常低首拱手。姁，音火羽切。字出吕氏春秋，云冔冔然相樂也。今云趙需「哻哻儒士」也，宜當作「冔」。雖諸韻云冠名，恐亦自有訓和煦、樂易義。有名。至兵部郎中，卒。〔一五〕〔孫曰〕貞元元年正月，以吉州長史盧杞爲饒州刺史。需爲補闕，上疏論其不可。

張式，〔孫曰〕式，大曆七年進士。南陽人。

張莒，〔孫曰〕莒，大曆九年進士。常山人。

張惟儉，〔孫曰〕惟儉，大曆六年進士。宣城當塗人。皆善言謔。式至河南尹。〔孫曰〕貞元十六年九月，式自河南少尹遷大尹、水陸轉運使。莒，鄧州刺史。惟儉，和州刺史。

奚陟，江都人。〔孫曰〕陟，字殷卿。其先自譙亳徙爲京兆人。大曆十四年中進士。柔敏。至吏部侍郎。〔孫曰〕貞元中至吏部侍郎。十五年卒。世謂陟善宦。然其智足以自處也。

盧景亮，涿人。〔孫曰〕景亮，字長晦，幽州范陽人。大曆六年中進士第。有志義，多所激發。爲諫官，奏書如水赴壑。坐貶，廢棄甚久。〔孫曰〕建中初，爲右補闕。朱泚反，景亮勸德宗曰：「陛下罪己不至，則感人不深。」帝然之。景亮志義崒然，多激發。與穆贊同在諫諍地。書數上，鯁毅無所回。宰相李泌劾景亮漏上所語言，引善在己。帝怒，貶朗州司馬，廢抑二十年。至順宗時，爲尚書郎，升中書舍人，卒。〔孫曰〕憲宗時，由和州別駕召還，再遷中書舍人，遂卒。

楊於陵，〔孫曰〕於陵，字達夫。弘農人。善吏，敏秀者也。爲中書舍人、京兆尹。〔孫曰〕貞元末，爲中書舍人，稍遷京兆尹。

張因，某人。〔孫曰〕因，京兆長安人。舉詔策，爲長安尉。願去官爲道士，甚有名。以其弟回降封州，曰：「吾老矣，必死。」回也哭而行。遂死封州。〔孫曰〕永貞元年卒。公集有銘。

高郢，渤海人。〔孫曰〕郢，字公楚，本渤海蓚人，後徙衛州。有文章規矩自立者，不干貴幸。以太常爲相，〔孫曰〕貞元十九年十二月，自太常卿同平章事。罷居尚書。〔孫曰〕永貞元年正月，罷相，守刑部尚書。有傳。

唐次，北海人。〔孫曰〕次，字文編，并州晉陽人。建中元年進士第。有文章學行義甚高。以尚書郎出爲刺史，屏棄。〔孫曰〕貞元中，宰相竇參薦之爲禮部員外郎。八年，參貶官，次坐出爲開州刺史。在巴峽間十餘年，不獲進用矣。永貞中，召以爲中書舍人。道病，去長安七十里，死傳舍。〔孫曰〕永貞元年八月，以饒州刺史李吉甫爲考功郎中，夔州刺史唐次爲吏部郎中并知制誥。正拜次中書舍人，卒。

苗拯，上黨人。有學術，峭直。以諫議大夫漏泄省中語，貶萬州，卒。

柳氏兄弟者，先君族兄弟也。最大并，字伯存。爲文學，至御史。病瞽遂廢。次中庸、中行，〔孫曰〕公八世祖僧習二子：鷟、慶。鷟子帶韋，帶韋子祚，祚子範，範子齊物，齊物子喜，喜子并、中庸、中行。慶子旦，旦子楷，楷之子子夏，子夏子從裕，從裕子察躬，察躬子鎮，鎮子卽公。故爲族兄弟。皆名有文。咸爲官，早死。

柳登、柳冕者，族子也。〔孫曰〕登，字成伯，冕，字敬叔，蒲州河東人。自其父芳，〔孫曰〕芳，字仲敷。善文史，〔一六〕與冕幷居集賢書府。冕文學益健，頗躁。自吏部郎中出爲刺史。〔一七〕〔孫曰〕貞元六年十一月，上親行郊享。上重慎祀典，每事依禮。時冕爲吏部郎中攝太常博士，與司封郎中徐岱、倉部郎中陸質、工部郎中張薦，皆攝禮官，同修郊祀儀注。時上甚嘉之。久之，以議論勁切，執政不喜，出爲婺州刺史。至福建廉使，卒。〔孫曰〕貞元十二年三月，自婺州除兼御史中丞、福州刺史，充福建都團練觀察使。登晚仕至尚書郎、秘書少監。附柳芳傳。

薛丹，同郡人。至尚書郎。

呂牧，東平人。〔一八〕〔孫曰〕牧，永泰二年中進士第。由尚書郎刺澤州，卒。

崔稹，〔孫曰〕稹，字實方。清河人。至檢校郎官。〔孫曰〕爲檢校金部郎中。子羣，爲右補闕，贈給事中。有傳。

房啓，河南人。〔孫曰〕啓，河南人。善清言。由萬年令爲容州經略。〔一九〕〔孫曰〕貞元二十一年，自萬年除容管經略使。

于申，河南人。至尚書郎。

常仲孺，〔孫曰〕仲孺，丞相袞之猶子。河南人。今爲諫議大夫。見宰相表。

蘇弁，武功人。〔孫曰〕弁，字元容，京兆武功人。好聚書，至三萬卷。〔二〇〕〔孫曰〕弁聚書至三萬卷，皆手自刊校。當時稱與秘府埒。與先君通書。以户部侍郎貶。〔孫曰〕貞元初，爲户部侍郎判度支，坐給長武城軍糧朽敗，貶汀州司户參軍。復爲刺史。〔孫曰〕數年，起爲滁州刺史，卒。附蘇世長傳。

崔芃，蒲紅切。博陵人。善言名理。爲御史尚書郎。〔孫曰〕元和初爲尚書郎，後爲江西觀察使。

鄭元均，〔孫曰〕元均，建中二年進士。滎陽人。强抗，少所推讓，然以此多怨，困不得仕。〔二一〕

辛惲，〔孫曰〕惲，建中元年進士。惲，紆憤切。隴西人。有史學。

韓衡，昌黎人。善士。

陳衆甫，梓潼人。高志氣。

薛伯高，同郡人。好讀書，號爲長者。後至尚書卒。〔三〕見宰相表。

張宣力，清河人。儒善。後表其名去「力」，但爲宣。

自元均至宣力，皆没没無顯仕者。

孤宗元曰：先君之所與友，凡天下善士舉集焉。信讓而大顯，道博而無雜，今之世言交者以爲端。敢悉書所尤厚者，附兹石以銘于背如右。〔補注〕邵太史云：子厚記其先友於父墓碑，意欲著其父雖不顯，所交游皆天下偉人善士。列其姓名官爵，因附見其所長者可矣，反從而譏病之，何也？貶永州尚如此，爲尚書郎時可知。退之云「不自貴重」，蓋其資如此。

校勘記

〔一〕先君石表陰先友記題下注　「柳子厚記其先友六七十人於其墓碑之陰」。「六七十人」，五百家、世綵堂本作「六十七人」。詁訓本韓注：「其見於記者凡六十八人。嘗以史傳及年表考之，其可見者三十有七人。」按：本文實記其先友爲六十八人。韓説是。記云「六七十人」，蓋言其約數。

〔二〕貞直忠蹇舉無與比句下注　「乃改杞澧州别駕」。「澧州」原作「豐州」，誤。按：五百家、世綵堂本作「澧州」，舊唐書卷一三五盧杞傳亦作「澧州」，今據改。

〔三〕後以罪貶復爲刺史 「復爲刺史」原作「爲復州刺史」。按：姜公輔未嘗爲復州刺史。舊唐書卷一三八姜公輔傳云：「帝（指德宗）怒，貶公輔爲泉州別駕。……順宗即位，起爲吉州刺史，尋卒。」詁訓本作「復爲刺史」，蓋指起爲吉州刺史。今據改。此句下注文「貶公輔爲泉州別駕」。「泉州」原作「吉州」，據舊唐書卷一三八姜公輔傳改。

〔四〕爲邪險構扇以貶死句下注 「因事出爲費州刺史」。「費州」原作「貴州」，據新唐書卷一四五嚴郢傳及通鑑卷二二七建中三年改。

〔五〕加司空出爲河中節度句下注 「一本作『加河中節度』，無『司空出爲』四字」。詁訓本原文如此注。按：新唐書卷一六九杜黃裳傳，黃裳「元和二年，以檢校司空同中書門下平章事，爲河中、晉絳節度使」。有「司空出爲」四字爲是。

〔六〕穆氏兄弟者河南人 陳景雲柳集點勘云：「據唐史，懷州河内人。『南』當作『内』。懷州屬河北道，非河南也。」按：新唐書卷一六三、舊唐書卷一五五穆寧傳亦均謂「懷州河内人」。句下孫注及陳景雲說是。

〔七〕皇甫政河南人 陳景雲柳集點勘云：「按：政字公理，左丞誂之子，安定人。見崔祐甫及梁肅文。肅言政於己有鄉黨之舊，蓋同郡也。表以爲河南人，誤。」按：梁肅鄭州新鄭縣尉安定皇甫君墓誌銘謂政安定人。陳說是。

〔八〕由浙東廉使爲太子賓客句下注　「貞元三年正月」。「三年」，五百家、世綵堂本作「二年」。

〔九〕出爲刺史發痼卒　「發」，音辯、詁訓、五百家本作「廢」。按：本集卷一三伯祖妣趙郡李夫人墓誌銘有「疾痹廢痼而没」句，作「廢」近是。

〔一〇〕會惑疾自刃發痼卒　「發」，音辯、詁訓本作「廢」，近是。

〔一一〕崔損清河人句下注　「大曆十一年中進士第」。「十一年」原作「十七年」。按：大曆共十四年，作「十七年」顯誤。舊唐書卷一三六、新唐書卷一六七崔損傳均作「大曆末」。此據五百家、世綵堂本改。

〔一二〕無所發明句下注　「議者謂選有德」。「選」原作「遷」，形近而誤，據五百家本及新唐書卷一六七崔損傳改。

〔一三〕爲尚書在宰相之右句下注　「每政事多所關訪」。「訪」原作「防」，形近而誤，據新唐書卷一四九王紹傳改。世綵堂本作「預」，意亦通。

〔一四〕啤啤儒士也句下注　「『啤』字當作『㖊』，㖊，音況羽切」。「啤啤」，詁訓、五百家本作「㖊㖊」。是。「禮記檀弓下篇：殷人㖊而葬」。「葬」原作「祭」，據禮記檀弓下改。按：「殷人㖊而祭」句見于禮記王制下及内則，不見于檀弓下，童注説見于檀弓下篇，誤。

〔一五〕至兵部郎中卒句下注　「以吉州長史盧杞爲饒州刺史」。「刺史」原作「司馬」，按：舊唐書卷一

三五、新唐書卷二二三盧杞傳，盧杞于「貞元元年詔拜饒州刺史」，未曾爲饒州司馬。世綵堂本作「刺史」。今據改。

〔一六〕自其父芳善文史　「芳」下原脱「善文史」三字。何焯義門讀書記云：「『其父芳』下補『善文史』三字。」今據音辯、詁訓本補。

〔一七〕自吏部郎中出爲刺史句下注　「與司封郎中徐岱、倉部郎中陸質、工部郎中張薦，皆攝禮官」。「徐岱」原作「徐岳」，「陸質」原作「陸贄」，「工部郎中」原作「工部侍郎」，取校諸本皆誤，此據新唐書卷一四九、舊唐書卷一三二柳冕傳改。

〔一八〕呂牧東平人　「呂牧」下原脱「東平人」三字。何焯義門讀書記云：「『呂牧』下補『東平人』三字。」今據音辯、詁訓、世綵堂本補。

〔一九〕由萬年令爲容州經略句下注　「貞元二十一年，自萬年除容管經略使」。「二十一年」原作「十一年」。按：陳景雲柳集點勘引順宗實録，云「貞元二十一年五月，以萬年令房啓爲容州刺史兼御史中丞」，新唐書卷一三九房啓傳，亦謂房啓「除容管經略使」在「貞元末叔文用事」之時。茲據改。

〔二〇〕好聚書至三萬卷　「三萬」，五百家本及舊唐書卷一八九下柳冕傳、新唐書卷一〇三蘇弁傳作「二萬」，是。

〔二一〕困不得仕　「仕」，音辯、詁訓本作「位」。

〔二二〕後至尚書卒　陳景雲柳集點勘：「據道州文宣王廟碑，伯高以元和九年始自尚書刑部郎出刺道州耳。又長慶初復官郎署，有除官制，見白居易集。則公歿後伯高尚無恙也。况下文云『自鄭元均至張宣力，皆沒沒無顯仕者』，蓋通指元均以下五人言之，伯高其一也。按元均嘗爲杜佑淮南從事，坐累被斥，遂不復振。以元均例之，則當元和初伯高蓋仕猶未達，故記云然。『後至尚書卒』五字，非衍即譌。」按：此說疑是。

故殿中侍御史柳公墓表

爲會葬人作。〔韓曰〕卽公之叔父嘗銘先侍御者之墓表也。其名諱不可考。集元注云：爲會葬人作。豈以其備書本道節度張公乃遣殿中監李輔忠致賵、侍御史韋重規等救助、汝南周公巢等琢石書德，以見其一時窆禮之盛耶！

唐貞元十二年二月庚寅，〔一〕葬我殿中侍御史河東柳公於萬年縣之少陵原。公諱某字某，邑居於虞鄉。〔孫曰〕虞鄉，縣名，屬蒲州。曾王父某官，〔韓曰〕曾王父子夏，徐州長史。王父某官，〔韓曰〕王父從裕，滄州清池令。皇考某官。〔韓曰〕皇考察躬，湖州德清令。奕世餘慶，叢而未稔。濟德流祉，其後宜大。秀而不實，〔童曰〕論語：秀而不實者有矣夫。爲善者惑。嗚呼哀哉！

惟公敦柔峻清，恪慎端莊。進止威儀，動有恒常。英風超倫，孤厲貞方。居室孝悌，與人信讓。當職强毅，游刃立斷。自少耽學，頗工爲文。既窮日力，又繼以夜。鄉里推擇，敦迫上道。乃與計偕，來游京師。觀藝靈臺，〔二〕貢文有司。射策合程，遂冠首科。休有令問，羣士羨慕。居數年，授河南府文學。教勵生徒，撰擇貢士。〔韓曰〕周禮：大司馬主羣吏，撰車徒。注云：撰，謂擇之也。撰，息轉切。儒黨相賀，庶人觀禮。秩滿，渭北節度使〔孫曰〕貞元二年七月，以右金吾衛大將軍論惟明爲渭北鄜坊節度使。延爲參佐，總齊軍政，甚獲能稱，加太常寺協律郎。既喪主帥，〔孫曰〕三年十一月，惟明卒於官。罷歸私室。方將脱遺紛埃，退與道俱。沖漠保神，優柔隷儒。〔三〕四方聞風，交馳鵠書。載筆乘軺，〔童曰〕軺，使者所乘車。〔又曰〕小車。軺，音姚。乃作參謀。出入朔方，陪佐戎車。〔孫曰〕四年七月，以左金吾將軍張獻甫爲朔方邠寧節度使，表公爲參謀。遷大理評事，又加章綬。朱裳銀印，宗黨有耀。權略密勿，〔童曰〕詩：密勿從事。潛機理照。〔四〕完彼亭堡，時其講教。實從我謀，鄰國是儆。改度支判官，〔五〕轉大理司直。出納府庫，頒給軍食。下無餱斂，〔六〕力驗切。「餱」一作「儲。」黔首休息。月校歲會，〔孫曰〕周禮：歲有會。會，古外切。莫不如晝。庫豐財羨，〔童曰〕羨，餘也。羨，延面切。「庫」，一作「軍」。制成計得。又遷殿中侍御史、度支營田副使。分閫之寄，閫，苦本切。參制其半。柔以仁撫，剛以義斷。戎臣坐嘯，〔孫曰〕後漢書：南陽太守岑公孝，弘農成瑨但坐嘯。公堂無事。朝端延首，〔七〕方待以位。既而禄不及伐冰，〔韓曰〕禮記：伐冰之家，不畜牛羊。注：伐冰之家，卿大夫以上，喪祭用冰。伐，擊也。政不獲專達。〔韓曰〕周禮天官：其屬六十，大事則從其長，小事則專達。以其年正月九日遇疾，終於私館，享年五十。嗚呼痛哉！

奔驥騁力，中塗踠足。〔童曰〕説文：踠，足跌也。踠，烏卧、於阮二切。高鴻輕舉，在雲墜翼。凡我所知，哀慟無極。本道節度尚書朗寧王張公，〔韓曰〕張獻甫也。震悼涕慕，不任于懷。臨遣牙將試殿中監李輔忠監備凶禮，〔八〕賵賻甚厚。〔童曰〕贈死曰賵。賻，助也。賵，撫鳳切。賻，符遇切。行軍司馬侍御史韋重規等，〔孫曰〕重規，大曆五年登進士第。匍匐救助，〔童曰〕詩：凡民有喪，匍匐救之。事用無闕。丹旐素車，歸于上京。撰期定宅，撰，息轉切。莫有愆素。愆，音愆。故友諸生，宗人外姻，號慟會葬，哀禮咸申。克窆玄堂，〔童曰〕窆，葬下棺也。窆，音砭，悲驗切。掩坎廣輪。〔九〕〔孫曰〕禮記：季子適齊，於其反也，其長子死，葬於嬴、博之間。既葬而封之，廣輪掩坎，其高可隱。顧眄無依，徘徊增哀。願勒休聲，延垂後賢。於是汝南周公巢等，〔孫曰〕公巢，貞元十一年中進士。相與琢石書德，用圖不朽。文曰：

抱元淳，稟粹和。既强毅，又柔嘉。登儀曹，〔孫曰〕謂試於禮部，中進士。耀文章。司學徒，〔孫曰〕謂爲河南府文學。儒風揚。自渭北，來朔方。〔一〇〕戎政閑，黔首康。冠惠文，〔孫曰〕柱後惠文，冠名。垂朱裳。才不施，天茫茫。刊樂石，〔孫曰〕樂石，泗濱之石。可爲磬者。篆遺德。一作「芳」。延休烈，垂憲則。於萬年，長無極。

校勘記

〔一〕唐貞元十二年二月庚寅　「二月」，英華作「十二月」。按：是年十二月無庚寅日，英華非是。

〔二〕觀藝靈臺　「觀」，英華作「親」。

〔三〕優柔隸儒　「隸」，五百家本及英華、何焯校本均作「肄」。按：此處「隸」通「肄」，均作習講。

〔四〕潛機理照　「理」原作「埋」，據英華改。

〔五〕改度支判官　陳景雲柳集點勘：「『度支』當作『支度』。唐時節鎮大帥多領支度使，董晉行狀題目可據。帥既領使，故置判官以掌其事，乃朝官非幕職也。」按：唐代戶部度支下無判官之職。新唐書卷四九下百官志：節度使「兼支度、營田、招討、經略使，則有副使、判官各一人；支度使復有遣運判官、巡官各一人」。據此，陳說近是。下文「又遷殿中侍御史、度支營田副使」句，「度支」亦應作「支度」。

〔六〕下無儲斂　「儲」，英華作「橫」。五百家、世綵堂本注：「『儲』，一作『諸』。」按：「儲」與「稠」通，儲斂即謂賦斂繁多。尙書微子有「用乂儲斂」語。此處作「儲斂」是。但作「橫斂」、「諸斂」亦可通。

〔七〕朝端延首　「端」，音辯、五百家本及何焯批校王荆石本作「廷」。

〔八〕臨遣牙將試殿中監李輔忠監備凶禮　詁訓本「忠」下無「監備凶禮」四字。

〔九〕掩坎廣輪句下注　「既葬而封之，廣輪掩坎」。「封」原作「穴」，「坎」原作「壙」，據詁訓、五百家、世綵堂本及禮記檀弓下改。

〔一〇〕來朔方　「來」，音辯、五百家本及全唐文作「佐」。

故叔父殿中侍御史府君墓版文

柳氏之先，自黃帝歷周、魯，〔一〕其著者無駭，以字爲展氏，〔韓曰〕魯孝公之子，字子展，謚曰夷伯。子展孫無駭，以王父字爲氏。禽以食采爲柳姓。〔韓曰〕無駭生禽，字季，爲魯士師，謚曰惠。食采於柳下，遂姓柳氏。厥後昌大，世家河東。嗚呼！公諱某字某，曾王父朝請大夫徐州長史諱某，〔二〕子夏。遺貞白之操，表儀宗門。王父朝請大夫滄州清池令諱某，從裕。垂博裕之道，啓佑後胤。皇考湖州德清令諱某，察躬。弘孝悌之德，振揚家聲。惟公端莊無諂，徽柔有裕。〔童曰〕書：徽柔懿恭。峻而能容，介而能羣。其在閨門也，動合大和，皆由順正。愷悌雍睦，莫有間言，故宗黨歌之。其在公門也，釋回措枉，〔補注〕回，邪也。記曰：禮釋回。語曰：舉直措諸枉。造次秉直。事不失當，舉無秕政，秕，音匕。故官府誦之。用沖退徑盡之志，以弘正友道，信稱於外焉。用柔和博愛之道，以視遇孤弱，仁著於内焉。此公修己之大經也。自進士登高第，調受河南府文學。秩滿，渭北節度使論惟明辟爲從事，受太常寺協律郎。元戎卽世，罷職家食。〔童曰〕易：不家食吉。無何，朔方節度使張獻甫辟署參謀，受大理評事，賜緋魚袋。改支度判官，轉大理司直。遷殿中侍御史，加支度營田副使。此公從政之大略也。既佐戎事，實司中府。匪頒有制，〔孫曰〕周禮：八曰匪頒之式。注云：匪，分也。頒，讀爲班布之班。會計明白。〔韓曰〕孟子曰：「孔子嘗爲委吏矣，曰：『會計當而已矣』。」嗚呼！分閫委政，繄公而成務；朝右虛位，待公而周事。宗門期公而光大，姻黨仰公而振耀。貞元十二年，歲在景子，〔三〕正月九日壬寅，遇暴疾，終於私館，享年五十。痛矣！

夫人吳郡陸氏，〔孫曰〕公有陸氏誌。洎仲弟綜、季弟續、冢姪某等，〔孫曰〕察躬子：鎮、某、纁、綜、續。冢姪，卽公也。抱孤卽位，牽率備禮。祇奉裳帷，歸于京師。以某年〔孫曰〕當作「其年」。二月二十八日庚寅，安厝於萬年縣之少陵原，厝，音措。禮也。公有男一人，〔孫曰〕有男一人曰曹婆，女一人曰喜子。始六年矣。在髫知孝，〔四〕〔童曰〕髫，小兒垂髫也。髫，音迢。呱呱涕洟，呱，音孤。凡我宗戚，撫視增慟。嗚呼哀哉！

初，公元兄元兄，鎮。以純深之行端直之德，名聞於天下。官至侍御史，〔五〕持斧登朝，憲章肅清。常以先公之神未克遷祔，不正席，不甘味，及撰日定期，而昊天不弔，〔孫曰〕貞元九年，鎮卒。志奪禮廢。公實敬承遺志，行有日矣，而閔凶荐及，不克終事。則我宗族之痛恨，其有既乎？惟公盡敬於孝養，致毁於居憂。表正宗姓，觀示他族。故宗人咸曰「孝如方輿公」。〔孫曰〕公之八世祖僧習事後魏，封方輿公，以孝德聞。修詞以藻德，振文而導志。〔六〕以爲理化之始，莫尊乎堯，作堯祠頌；以爲述德之道，〔七〕不忘於祖，作始祖碑；〔八〕以爲紀廣大之志，叙正直之節，不嫌於親，作元兄侍御史府君墓誌。鎮墓誌。其餘諷詠比興，上音鼻。下許應切。皆合于古。故宗人咸曰「文如吴興守」。〔韓曰〕南史：柳惲，字文暢。好學，善尺牘。少工篇什，有「亭皋木葉下，隴首秋雲飛」之句。仕宋，爲吴興郡太守。當官貞固，確乎不拔。持議端方，直而不苟。故宗人咸曰「正如衞太史」。〔九〕〔韓曰〕檀弓下：衞有太史曰柳莊，寢疾。公曰：「若疾革，雖當祭必告。」公再拜稽首請於尸曰：「有臣柳莊也者，非寡人之臣，是社稷之臣也。」聞之死，請往。不釋服而往，遂以襚之。率性廉介，懷貞抱潔。嗣家風之清白，紹遺訓於儒素。故宗人咸曰「清如魯士師」。〔補注〕論語：柳下惠爲士師，三黜。人曰：「子未可以去乎？」曰：「直道而事人，焉往而不三黜？」已上四事，皆柳氏之先，文行之著者也。兼備四德，具體而微，公之謂矣。

小子常以無兄弟，移其睦於朋友；少孤，移其孝於叔父。天將窮我而奪其志，故罔極之痛仍集焉！朴魯甚騃，語駭切。不能文字，敢用書宗人之辭以致其直，故質而俚。輟哭紀事，哀不能文，故叙而終焉。

校勘記

〔一〕自黄帝歷周魯　「歷」，音辯、五百家本作「及」。

〔二〕徐州長史諱某　「諱某」，音辯本及英華作「諱子夏」，無注文「子夏」二字。下文「滄州清池令諱某」、「湖州德清令諱某」同此例，無「從裕」「寮躬」注文。

〔三〕貞元十二年歲在景子　音辯、世綵堂本注及何焯義門讀書記云：「唐諱丙字，以景字代。」按貞元十二年爲丙子年。英華「景子」作「甲子」，誤。

〔四〕在髫知孝　「在髫」上世綵堂本有「既而閔焉」一句。

〔五〕官至侍御史　「御史」上原脱「侍」字，據取校諸本補。

〔六〕振文而導志　「導」，英華作「遵」。

〔七〕以爲述德之道　「道」，音辯、五百家本作「作」。

〔八〕不忘於祖作始祖碑　「於祖」，英華作「始祖」。

〔九〕正如衛太史句下注　「衛有太史曰柳莊，寢疾」。「衛」下原脱「有」字，據五百家、世綵堂本及禮記檀弓下補。「寢疾」原作「死」，據檀弓下改。

故弘農令柳府君墳前石表辭

少陵原柳氏之大墓，唐貞元十九年某月日，孤某奉其先府君洎夫人之喪祔于其位。由新墓而南若干步，曰高祖王父蘭州府君諱某字某之墓。又東若干步，曰曾祖王父邠州府君諱某之墓。西若干步，曰祖王父司議郎府君諱某之墓。〔一〕咸異兆而相望。昭穆之有位序，壤樹之有豐殺，〔孫曰〕檀弓：「國子高曰：『葬也者，藏也。』反壤樹之哉。」壤，謂封壤。樹，謂種樹。殺，所介切。皆如律令。

府君諱某字某，由父任爲太廟齋郎，更許昌、陽武、伊闕、華原尉，王屋丞，汝陰令。爲弘農二年，推其誠心，裕于其人。〔二〕闢土生穀，若有天相之道。衣食給足，故人不札夭；教厲明具，故俗不争奪。遂以洽于大和，事理克彰。刺史盧杞，〔孫曰〕杞，字子良。大曆末，爲虢州刺史。弘農縣屬虢州。加禮褒旌，考績絶尤。推君之政，風于下邑。命爲吏部尚書郎。庾河南受命黜陟，〔三〕〔孫曰〕建中元年二月，命趙贊、衞晏、洪經綸等十一人，分巡天下。「庾」字或作「吏」。狀君理績殊異，宜升天朝，帝有歎焉。方圖優昇，命用不長，年五十五，建中二年某月日卒于官。以其素廉，家之蓄不足以充凶事，遂殯于是邑。仍會危難，至于今乃克返葬。孤某，嘗爲黔州録事參軍，今無祿仕，而志不敢緩。初，公娶司農少卿京兆韋山之孫涇陽主簿迴智之女，〔四〕德容溫良，大曆二年某月日卒于越而假葬焉。孤某徒行自越，舉夫人之喪至于虢，舉弘農君之喪，咸至于墓，窆焉。窆，音砭，悲驗切。既窆，立石表于墳前，示後之人以無忘孝敬。

嗚呼！世有難仕于外而葬其族者希矣。孝子之心，有待駟馬五鼎而卒不至者焉。若今之殺衣黜食，寒妻子，飢僕御，終身由之而志益不懈，爲旅人徒跣萬里，跣，音鮮。以厄困終事，孝之難者歟！五十而慕者舜也，祿千鍾而悲者曾子也，〔五〕〔孫曰〕莊子曰：「曾子後仕三千鍾而不洎，吾心悲。」聖且賢難之若是。今之人有由其道者，得不立於世乎？

校勘記

〔一〕曰祖王父司議郎府君諱某之墓　「祖」下原有「某」字。按：上二句有「高祖王父」「曾祖王父」之稱，此處當爲「祖王父」；且本句中有「諱某」之詞，故「祖」下「某」字當爲衍文。今據詁訓本及英華刪。

〔二〕推其誠心裕于其人　英華「誠」下無「心」字，「裕」作「格」。

〔三〕命爲吏部尚書郎庾河南受命黜陟　陳景雲柳集點勘云：「『命爲吏部尚書郎』七字與上文義不屬，必有誤。弘農乃虢州屬邑，隸河南道。建中元年遣黜陟使庾何等十一人分行天下，河南其首，故何得舉弘農之理績。『庾』下蓋脱其名。何之出使，史不著其官，當建中末爲兵部郎，見其子敬休傳，則元年自郎官出使，可知吏兵不同，當是使後改官也。此文本當云『尚書吏部郎庾何，受命爲河南黜陟』，而傳録者誤倒其文，遂訛舛不可讀。」按：陳説可參考。「庾河南受命黜陟」，疑當爲「庾何受命黜陟」，或作「庾何河南受命黜陟」。

〔四〕公娶司農少卿京兆韋山之孫涇陽主簿迴智之女　「公」，詁訓、世綵堂本及英華作「君」。「孫」，英華作「子」。「迴智」，詁訓本作「回知」。

〔五〕祿千鍾而悲者曾子也　英華「千」上有「三」字。句下注：「莊子曰：『曾子後仕三千鍾而不洎，吾心悲。』」「三」原作「二」，據世綵堂本、英華及莊子寓言篇改。

志從父弟宗直殯〔一〕

〔韓曰〕公自永貞元年九月，由禮部員外郎謫邵州刺史。十一月，又移永州司馬。至元和十年正月，召至京。繼出爲柳州刺史。宗直與公俱，故死於柳。韓昌黎集有雷塘祭雨文。觀此志，則知非昌黎作矣。

從父弟宗直，生剛健好氣，自字曰正夫。聞人善，立以爲己師；聞惡，若己讎；見佞色諂笑者，不忍與坐語。善操觚牘，上音孤。下音讀。得師法甚備。融液屈折，奇峭博麗，知之者以爲工。作文辭，淡泊尚古，謹聲律，切事類。譔漢書文章爲四十卷，〔孫曰〕宗直譔西漢文類四十卷。公爲之序。「譔」，與「撰」同，述也。歌謠言議，纖悉備具，連累貫統，好文者以爲工。讀書不廢蚤夜，以專故，得上氣病。臚脹奔逆，〔張曰〕臚，皮也。一曰傳也。廣韻：腹前曰臚。脹，腹大也。臚，凌如切，音閭。脹，知亮切。每作，害寢食，難俯仰。時少閒，又執業以興，呻痛咏言，雜莫能知。兄宗元得謗於朝，力能累兄弟爲進士。凡業成十一年，年三十三不舉。藝益工，病益牢。元和十年，宗元始得召爲柳州刺史。〔孫曰〕元和十年三月，公爲柳州刺史。七月，南來從余。道加瘧寒，數日良已。又從謁雨雷塘神所，〔二〕〔孫曰〕雷塘，柳州地名。州有雷山，兩崖皆東西，雷水出焉。蓄崖中，曰雷塘，能出雲氣，作雷雨，變見有光。禱用俎魚豆彘脩形糈稌陰酒，虔則應。還戲靈泉上，洋洋而歸，卧至旦，「而」一作「也」。呼之無聞，〔三〕就視，形神離矣。嗚呼！天實析余之形，殘余之生，使是子也能無成！「能」一作「既」。是月二十四日，出殯城西北若干尺，死七日矣。俟吾歸，與之俱，志其殯。

校勘記

〔一〕志從父弟宗直殯題下注　「韓昌黎集有雷塘祭雨文。觀此志，則知非昌黎作矣」。陳景雲柳集點勘云：雷塘祭雨文「見柳子本集，入韓集者誤也。」按：本集卷四一有雷塘禱雨文。

〔二〕又從謁雨雷塘神所句下注　「州有雷山，兩崖皆東西，雷水出焉」。「皆」，蔣之翹本作「夾」，疑是。

〔三〕呼之無聞　「聞」原作「間」，形近而誤，據音辯、五百家、世綵堂本改。

中國古典文學基本叢書

柳宗元集

第二册

中華書局

柳宗元集卷十三

誌

先太夫人河東縣太君歸祔誌

〔詳注〕公謫永州司馬，故太夫人卒于永。明年，歸祔于京兆先侍御史府君之墓。公尚留永州，不得奉喪事以歸，作此誌。

先夫人姓盧氏，諱某，世家涿郡，〔孫曰〕涿郡范陽人。涿，音卓。壽止六十有八，元和元年，歲次丙戌，五月十五日，棄代于永州零陵佛寺。明年某月日，安祔于京兆萬年棲鳳原先侍御史府君之墓。其孤有罪，銜哀待刑，不得歸奉喪事以盡其志，姪泊太夫人兄之子弘禮承事焉。嗚呼天乎！太夫人有子不令而陷于大僇，音戮，又力救切。徙播癘土，醫巫藥膳之不具，以速天禍，非天降之酷，將不幸而有惡子以及是也。又今無適主以葬，〔二〕適，音的。天地有窮，此冤無窮。既舉葬紖，〔三〕〔童曰〕紖，索也。紖，直忍切，與「絼」同。周禮封人：置其絼。猶以不肖之辭，「肖」，一作「孝」。擬述先德，且誌其酷焉。

嘗逮事伯舅，聞其稱太夫人之行以教曰：「汝宜知之，七歲通毛詩及劉氏列女傳，斟酌而行，不墜其旨。汝宗大家也，既事舅姑，周睦姻族，柳氏之孝仁益聞。歲惡少食，不自足而飽孤幼，是良難也。」又嘗侍先君，有聞如舅氏之謂，且曰：「吾所讀舊史及諸子書，夫人聞而盡知之無遺者。」某始四歲，〔韓曰〕大曆十二年，公四歲。居京城西田廬中，先君在吳，家無書，太夫人教古賦十四首，皆諷傳之。〔三〕「皆」，一作「比」。以詩禮圖史及剪製縷結授諸女，及長，皆爲名婦。

先君之仕也，伯母叔母姑姊妹子姪皆遠在數千里之外，〔四〕必奉迎以來。太夫人之承之也：尊己者，敬之如臣事君；下己者，慈之如母畜子；敵己者，友之如兄弟。無不得志者也。諸姑之有歸，必廢寢食，禮既備，嘗有勞疾。先君將改葬王父母，太夫人泣以莅事。事既具，而大故及焉，〔孫曰〕貞元九年五月十七日，鎮卒。不得成禮。

既得命於朝，祗奉教曰：「汝忘大事乎？吾家婦也，今也宜老，而唯是則不敢暇，抑將任焉。若有日，〔五〕吾其行也。」及命爲邵州，〔孫曰〕永貞元年九月，公貶邵州刺史。又喜曰：「吾願得矣。」竟不至官而及於罪。〔韓曰〕是歲十一月，再貶永州司馬。是歲之初，天子加恩羣臣，〔孫曰〕貞元二十一年正月，順宗卽位。二月大赦，加恩羣臣。以宗元任御史尚書郎，封太夫人河東縣太君。八月，會册太上皇后于興慶宮，禮無違者。〔六〕〔孫曰〕永貞元年八月辛丑，命婦會策太上皇后于興慶宮。既至永州，又奉教曰：「汝唯不恭憲度，既獲戾矣，今將大儆于後，以蓋前惡，敬懼而已。苟能是，吾何恨哉！明者不悼往事，吾未嘗有戚戚也。」而卒以無孝道，不能有報焉。

喪主子婦七歲，〔孫曰〕貞元十五年，公之妻楊卒。而不果娶。〔七〕竄窮徼，〔童曰〕徼，境也。徼，吉弔切。人多疾殃，炎暑熇蒸，〔童曰〕熇，火爇也。熇，呼木、黑各、虛驕三切。其下卑濕，非所以養也。診視無所問，藥石無所求，禱祠無所實，〔八〕蒼黃叫呼，遂遘大罰。天乎神乎，其忍是乎！而獨生者誰也？爲禍爲逆，又頑很而不得死，逾月逾時，以至于今。靈車遠去而身獨止，玄堂暫開而目不見。孤囚窮縶，陟立切。魄逝心壞。蒼天蒼天，有如是耶？有如是耶？而猶言猶食者，何如人耶？已矣已矣！窮天下之聲，無以舒其哀矣。盡天下之辭，無以傳其酷矣。刻之堅石，措之幽陰，終天而止矣。

校勘記

〔一〕又今無適主以葬　「又今」，英華作「今又」。

〔二〕既舉葬紖句下注　「紖，索也。與『緧』同」。按：「紖」與「引」同。「引」指柩車索。「緧」字作牛鼻繩解，與「紖」不同。

〔三〕皆諷傳之　「諷傳」，英華作「諷誦」。

〔四〕皆遠在數千里之外　「皆」，音辯、五百家本及英華、全唐文作「雖」。

〔五〕若有日　「若」，音辯、詁訓、五百家本及英華、全唐文均作「苟」。

〔六〕會册太上皇后于興慶宮禮無違者句下注　「永貞元年八月辛丑，命婦會策太上皇后于興慶宮」。「辛丑」原作「辛未」。按：此年八月無「辛未」。又據新、舊唐書順宗紀，永貞元年八月辛丑，詰立良娣王氏爲太上皇后。今據改。

〔七〕喪主子婦七歲而不果娶　何焯義門讀書記：「『婦』字上有『宗』字。」

〔八〕禱祠無所實　「實」，蔣之翹本作「資」。

伯祖妣趙郡李夫人墓誌銘

夫人姓李氏，辯族姓者曰，趙郡贊皇之東祖。贊皇，趙州縣名。〔孫曰〕六國時，武安君李牧事趙，遂爲趙人。晉司農丞楷徙居常山，有五子：輯、晃、芬、勁、叡，叡子勗，兄弟居巷東，勁子盛，兄弟居巷西，故叡爲東祖，芬與弟勁共稱西祖，輯與弟晃共稱南祖。祖某，爲某官。父冲，爲單父尉。夫人生於良族，嶷然殊異。及笄，〔童曰〕女十五而笄。説文云：笄，簪也。笄，音稽。德充於容，行踐於言，高朗而不傷其柔，嚴恪而不害其和。特善女工翦製之事，又能爲雅琴秦聲操縵之具。〔一〕〔孫曰〕爲雅琴，擊琴也。楊惲曰：「家本秦也，能爲秦聲。」叩擊而歌之也。禮記：不學操縵，不能安絃。操縵，雜弄也。操，七刀切。縵，末旦切。婦道既備，宜爲君子之配偶焉。我伯祖臨邛令府君諱某，〔韓曰〕此誌不載臨邛君諱，新史年表亦止載曰某爲臨邛令，它無所考，蓋察躬兄也。受夫人於李氏之廟而歸于正室。臨邛府君之先曰我曾王父清池府君諱某。清池之先曰徐州府君諱某。〔二〕〔童曰〕諱子夏。又其先曰常侍府君諱楷。常侍之兄子曰中書令諱奭。〔三〕自中書以上，爲宰相四世。〔孫曰〕奭父則，則父旦，旦父慶，凡四世爲相。

噫！我伯祖以宗胄碩大而濟其德厚，「濟」字，一作「齊」，又一作「儕」。夫人以族屬清顯而修其禮範，合二姓以承先祖，爲士者榮之。故佐奉養，承祭祀，婦德用光，家道甚宜。無何，伯祖終于臨邛而窆焉。夫人從子而返于淮滸。滸，水涯之名。〔孫曰〕夫人家揚州，淮滸謂此。滸，音虎。嗚呼！我先府君每得仕，未嘗不奉迎供養，必誠必親。男既立，必使之有祿仕，女必使之有家。將嫁己子，必先擇良士可以配諸姑者，定，然後議焉。仲父殿中侍御史府君由是志也。

夫人生男一人，諱某，不幸終於宣州旌德尉。〔韓曰〕此誌不載其名，而曰終旌德尉。史亦不載其名，而曰終旌德令。恐史誤作尉以爲令也。女三人，皆得良壻。隴西李伯和爲揚子丞，疾痹廢痼而没。〔四〕太原王紓，〔孫曰〕紓，工部員外郎端之子。其弟曰紹，唐史有傳。紓，音舒。今爲右補闕。潁川陳萇，〔五〕〔孫曰〕萇，京之兄。公有京行狀。萇，音長。爲校書郎、渭南尉，知名。貞元十六年，王氏姑定省扶持，自揚州至于京師，道路遇疾，遂館于陳氏。以諸壻之良，諸女之養，無不得意焉。享年八十一，是歲六月二十九日，終于平康里。自小斂至于大斂，比及葬，則二壻實參主之。有孫二人，長曰曹郎，奉之以繚而正于位。八月二十四日，葬于萬年縣之少陵原，實棲鳳原，介于我先府君仲父二兆之間，神心之所安也。

嗚呼！嗣子早夭，臨卭萬里，以歲之不易，〔孫曰〕左氏昭四年之文。不易，有難也。未克合祔，哀孰甚焉。諸姑命宗元以爲斯志。〔六〕以從人之道，內夫家，外父母家，且又葬于我，志于我，故敍柳氏爲備。銘曰：

藹其芳，壽且康，大梁鶉火沉幽光。〔韓曰〕大梁、鶉火，二星名。是年，歲星在大梁，六月，日月會於鶉火。蓋以紀卒之年月也。夙淪夫子嗣又喪，平聲。輤帷不復岷之陽。〔童曰〕輤，喪車飾。岷之陽，指臨卭令窆所也。輤，此見切。或作「蒨」。兆靈趾，棲鳳里，艮之山，兑之水，靈之車，當返此。子孫百代承靈祉，誰之言者青烏子。〔孫曰〕風俗通曰：漢有青烏子，善數術。唐藝文志，葬書有青烏子三卷。〔韓曰〕相冢書曰：青烏子稱山三重相連，名連華山。葬之，當出二千石。

校勘記

〔一〕又能爲雅琴秦聲操縵之具句下注　「操縵，雜弄也」。「雜弄」原誤作「雜聲」，據禮記學記孔穎達疏改。

〔二〕我曾王父清池府君諱某清池之先曰徐州府君諱某　「徐州府君」前原脫「我曾王父清池府君諱某清池之先曰」十五字，據取校諸本補。

〔三〕常侍之兄子曰中書令諱爽　「兄」下原脫「子」字。按：楷弟兄五人：夔、則、綽、楷、亨，爽乃次兄則之子，見新唐書卷七三上宰相世系表及舊唐書卷七七柳爽傳。今據補。

〔四〕疾痺廢痼而沒　「疾」，英華作「病」。

〔五〕潁川陳蕢句下注　「蕢，京之兄」。「兄」原誤作「弟」，據世綵堂本及本書卷八陳給事行狀改。

〔六〕諸姑命宗元以爲斯志　「命」原作「合」，幷脫「宗元」二字。何焯義門讀書記：「『合』作『令』，『令』字下補『宗元』二字。」今據英華及全唐文改補。

叔妣吳郡陸氏夫人誌文

〔韓曰〕陸氏，公叔父殿中君之配。公前作殿中君墓版文時，夫人尚無恙，至是而夫人卒，合祔焉，爲此誌文。

夫人諱則，字内儀，姓陸氏，家于吳郡，蓋江左上族。以宗子在他國，家牒逸墜，故曾王父、王父之諱官，不克究知而闕其文。父覃，皇河南陸渾令。夫人生而柔，笄而禮。會伯舅爲河南尹，撰擇僚寀，撰，息兗切。謂我文學掾仲父，〔韓曰〕時殿中君爲河南文學。士林殊英，儒流推高，故夫人歸于我。

夫人之志也，〔一〕温順以承上，沖厚以字下，不敢踰於冢婦，不敢侮於臣妾。〔童曰〕孝經：治家者不敢失於臣妾，而況於妻子乎？是宜允膺福壽，〔二〕集成母儀。稟命不淑，享年三十有五，貞元十二年十一月己亥，終于長安太平里第。嗚呼！夫人生男一人，曰曹婆，幼孺在抱，委縗就位。縗，音崔。女一人，曰喜子，匍匐繈緥，繈，舉兩切。緥，音保。寄婦人之手。哀哉！蓋衰門薄祐，神道不相，顧仲父違背於歲首，〔韓曰〕正月九日，殿中君卒。而夫人捐棄於是月。遺孤眇藐，未克承紹，凡我族屬，其痛巨乎！遂以其年十一月十三日庚午，合祔于少陵原之墓。恭惟仲父之諱字爵齒，〔三〕備于版文，今不書，懼再告也。

校勘記

〔一〕夫人之志也　何焯批校王荆石本：「『志』乃『至』字之譌。」疑是。

〔二〕是宜允膺福壽　「允」原作「永」，據取校諸本改。

〔三〕恭惟仲父之諱字爵齒　「爵齒」上原有「夫人之」三字。陳景雲柳集點勘云：「『夫人之』三字衍。」按：舊社會婦女無官爵，而其年齒則已明敍於前，且宗元叔父之「諱字爵齒」已備于本書卷一二故叔父殿中侍御史府君墓版文，與此文意正合。陳說是。今據刪。

亡姑渭南縣尉陳君夫人權厝誌

唐貞元十七年九月六日甲子，〔孫曰〕實乙丑。前渭南縣尉潁川陳君之夫人河東柳氏，〔一〕，〔韓曰〕潁川陳君名萇，京之兄也。夫人，前所誌伯祖妣李夫人之女也。終于平康里。將終，告于陳君曰：「吾生四十有四年，爲陳氏介婦九年，謹飭不怠，以至于此，命也。既成婦矣，宜祔于皇姑，從兆于三原，然而不幸中道而有痼疾，既不及養于舅姑，又不得佐于蒸嘗，生君之子，不期月而殞；嘗謂君宜有貴位，而不克見；執親之喪，不得終紀：皆天譴之大者也。且願殺禮，〔童曰〕周禮：國新殺禮。殺，所介切。以成吾私，邇先夫人之墓而窆我焉。將俟君之不諱，而歸復於正，其可也。」陳君乃卜十二月十八日，權厝于城南，原曰棲鳳，如夫人之志。且以時日甲子，授于宗元曰：「子之姑，孝於家，移于我之長；睦于族，施于我之黨。是用賓而禮之，如益者之友，〔童曰〕語曰：益者三友。今則去我，已矣，吾無以報焉。他日嘗謂子愨而文，願以爲誌，庶幸而有知，將安子之爲也，萇無恨矣。」嗚呼！貴不必賢，壽不必仁，天之不可恃也久矣。遂哭而受命，書夫人之世，以記于茲石。

夫人六代祖諱慶，五代祖諱旦，位皆至宰相。高祖諱楷，爲濟州刺史。曾祖諱某，〔童曰〕諱子夏。爲徐州長史。祖諱某，〔童曰〕諱從裕。爲清池令。考諱某，爲臨卭令。妣李氏，趙郡贊皇人。其他則俟改葬而後備。

校勘記

〔一〕前渭南縣尉潁川陳君之夫人河東柳氏句下注「夫人，前所誌伯祖妣李夫人之女也」。此句原誤作「夫人柳氏，公叔父殿中君之女」（五百家、世綵堂、蔣之翹本注同），據詁訓本韓醇注改。按：誌文明言夫人之「考諱某，爲臨卭令，妣李氏，趙郡贊皇人」，又夫人之夫陳萇對宗元言亦稱「子之姑」，如爲宗元叔父之女，則與宗元爲姊弟而非姑侄關係。詁訓本韓醇注是。

亡姊崔氏夫人墓誌蓋石文

我伯姊之葬，良人博陵崔氏爲之誌。〔孫曰〕崔簡，字子敬。凡歸于夫家，爲婦爲妻爲母之道，我之知不若崔之悉也。然而自笄而上以至于幼孩，崔固不若我之知也，又烏可以已。今之制，凡誌于墓者，琢密石，加蓋于其上，用敢附碑陰之義，假兹石而書焉。

嗚呼！夫人天命之性，〔童曰〕禮：天命之謂性。固有以異於人。孩而聲和，幼而氣柔。以吾族之大，尊長之多，長，丁兩切。夫人自能言，而未嘗誤舉其諱。與其類戲于家，游弄之具，未嘗有爭。先公自鄂如京師，〔孫曰〕鎮爲鄂岳都團練判官。一本有「歸」字。其時事會世難，告教罕至，〔一〕「告」一作「書」。夫人憂勞踰月，默泣不食，又懼貽太夫人之憂慮，紿以疾告，紿，欺也。紿，音怠，上聲。書至而愈，人乃知之。善隸書，爲雅琴，以自娛樂，隱而不耀。工足以致美於服而不爲異，言足以發揚於禮而不爲辨。孝之至，敬之備，仁之大，又以配君子。然而不克會于貴壽，以至于斯，孰謂之天有知者耶？一無「之」字。

太夫人生二女，幼曰裴氏婦，〔孫曰〕幼適裴墐，字封叔。如夫人之懿。在二族咸以令德聞，而皆早世。其弟昏愚而獨存，孰謂天可問耶？一本「問」字下有「者」字。嗚呼，痛其甚歟！遂濡血而書，一作「以書」。以志終天之哀，與茲石永久。

校勘記

〔一〕告教罕至　「告教」，音辯、五百家本作「教告」。何焯義門讀書記：「『告教』作『教告』，父之家書稱『教告』。」按：「教告」一詞，見書多方，是上對下以文辭訊告之意。而「告教」見書立政，是進言戒君之意。此處作「教告」是。

亡姊前京兆府參軍裴君夫人墓誌

柳氏至于唐，其著者中書令諱奭。中書之弟曰徐州府君諱某，〔一〕〔童曰〕諱子夏。實有孝德，世其家業。清池府君諱某，〔童曰〕諱從裕。繼之以茂實。德清府君諱某，〔童曰〕諱察躬。承之以善政。以至于侍御史府君諱某，〔童曰〕諱鎮。用貞信勁正，達于邦家。克生賢女，以配于裴氏。裴氏至于唐，其著者禮部尚書諱行儉。〔孫曰〕行儉字守約，絳州聞喜人。高宗時爲禮部尚書。禮部之子曰侍中諱光庭，〔孫曰〕光庭字連城，開元時爲宰相。嗣用忠肅，書于國史。祠部府君諱稹，〔孫曰〕光庭子稹，開元末爲祠部員外郎。業之以貞直。以至于金吾府君諱儆，音警。用純懿端亮，聞於天下。實生良子，以配夫人。〔孫曰〕儆四子：堅、墐、埴、塤。夫人，墐之配也。

嗚呼！夫人與仁孝偕生，以禮順偕長。始於家，純如也；終於夫族，穆如也。其爲子道也，孝以和，恭以惠，取與承順，必稱所欲。先君與太夫人恩遇尤厚，故夫人侍側，無威怒之教焉。天禍弊族，夙遭大故，我諸孤奉太夫人之養，不敢圖死，至于復常。夫人三歲無湯沐，無鹽酪，音洛。頓踴叫號，哀徹天地。外除髮不勝笄，體不勝帶。太夫人泣而命之，固猶不食，朝夕諭誨，僅而濟焉。其爲妻道也，貞順之宜，恒服於身體；疑忌之慮，不萌於心術；

忿懥之色，〔童曰〕忿懥，恨也。禮記：有所忿懥，則不得其正。懥，音致。不兆於容貌，同焉而合於禮，婉焉而得其正。其爲婦道也，惟聽順謹敬睦姻任恤之行甚備，常以不幸，不及姑舅之養，〔二〕用爲大恨。是故相春秋之事，眎滌濯，羞籩簋，勞以待旦。每怵惕之感至焉，則又移其孝於裴氏之門，一本作「移其孝于兄公女公」。而以睦于家婦介婦，必敬必親，下以不失其赤子之心，姻族歸厚，率由是也。嗚呼！我之大譴歟？裴氏之大不幸歟？以夫人之德行，宜貴壽，宜康寧，然而年始三十，不克至于壽。良人官爲參軍事，〔孫曰〕墐時爲京兆府參軍。不及偕其貴。骨髓之疾，實鍾于身，以貞元十六年三月十三日甲子，終于光德里第。痛矣夫！

始夫人之疾也，夫人之族視之如己，一有「宗」字。其家老、長妾、臧獲之微，皆以其私奔謁於道路，禱鬼神、問卜筮者相及也。既病，太夫人在側，尚慮積憂傷于尊懷，猶持形立氣，紿以少間。故二稚未齔，墐子銑。〔童曰〕齔，毁齒也。男八歲、女十歲而齔。齔，初覲切。良人在遠，不及有緒言遺念以傳於後。則我呼天之痛，宜有加焉。嗚呼！天胡厚是懿德而闕其報施，獨何咎歟？〔三〕余不知天之忍也。〔四〕既逾月，良人至自洛師，望門而哭曰：「無以立吾家成吾身矣。」凡生三子，幼曰崔七，先夫人八月而殞，〔五〕魂氣無不之也。次曰崔六，後夫人五旬而夭，因祔焉。今其存者曰崔五，幸無恙，託于乳媪，烏皓切。以虞水火。哀哉！其年八月十八日甲子，安厝于長安縣之神禾原，從于先塋，祔于皇姑，宜也。

母弟號哭而爲之志，毒痛憑塞，略不能具。敢告無愧辭，無溢美，庶用正直，克安神心。嗚呼！至哀無文，〔六〕至敬不飾，故無其辭。

校勘記

〔一〕中書之弟曰徐州府君諱某　「之弟」下原衍「之子」二字。陳景雲柳集點勘：「徐州乃中書從弟，非弟子也。『弟』下衍二字。」按：新唐書卷七三上宰相世系表，子夏爲奭叔父楷之子，乃奭之從弟。陳說是。今據删「之子」二字。

〔二〕不及姑舅之養　「姑舅」，詁訓本及英華作「舅姑」。

〔三〕獨何咎歟　「咎」，英華作「心」。

〔四〕余不知天之忍也　英華「余」下有「一」字。何焯義門讀書記亦云：「『余』字下增『一』字。」

〔五〕先夫人八月而殞　「殞」，音辯、五百家、游居敬本及全唐文作「殯」。何焯義門讀書記亦云：「『殞』作『殯』。」

〔六〕至哀無文　「至哀」，英華作「至親」。

亡妻弘農楊氏誌

亡妻弘農楊氏，諱某。高祖皇司勳郎中諱某，〔孫曰〕司勳諱元政。司勳生殿中侍御史諱某。〔孫曰〕侍御史諱志玄。殿中生醴泉縣尉諱某。〔孫曰〕諱成名。醴泉生今禮部郎中凝。〔孫曰〕成名三子：憑字虛受，凝字懋功，凌字恭履。〔韓曰〕「凝」當作「憑」。憑嘗爲禮部郎中，集又有祭楊詹事文可見。今作「凝」，非是。代濟仁孝，號爲德門。郎中娶于隴西李氏，生夫人。夫人生三年而皇妣卽世，外王父兼，居方伯連帥之任，歷刺南部。〔孫曰〕建中四年，以兼爲鄂岳觀察使。貞元元年，遷江西觀察使。夫人自幼及笄，依于外族，所以撫愛視遇者，殆過厚焉。夫人小心敬順，居寵益畏，終始無驕盈之色，親黨難之。五歲，〔孫曰〕建中二年，年五歲。屬先妣之忌，飯僧於仁祠，就問其故，媬音保。傅以告，〔一〕遂號泣不食。後每及是日，必遑遑涕慕，抱終身之戚焉。及許嫁于我，柔日既卜，〔韓曰〕禮記：外事以剛日，內事以柔日。柔日，乙、丁、己、辛、癸是也。乃歸于柳氏。恭惟先府君重崇友道，於郎中最深。髫音迢。稚好言，始於善謔，〔童曰〕詩：善戲謔兮。雖間在他國，終無異辭。凡十有三歲，而二姓克合，奉初言也。

夫人既歸，事太夫人，〔韓曰〕公之母，河東縣太夫人盧氏。備敬養之道，〔二〕敦睦夫黨，致肅雍之美。主中饋，〔三〕佐烝嘗，怵惕之義，表于宗門。太夫人嘗曰：「自吾得新婦，增一孝女。」況又通家，愛之如己子，崔氏、裴氏姊視之如兄弟。故二族之好，異于他門。然以素被足疾，不能良行。〔四〕〔孫曰〕昭七年左氏：孟縶之足，不良能行。注云：跛也。未三歲，孕而不育，〔孫曰〕易：漸之九三曰：婦孕不育，凶。厥疾增甚。明年，以謁醫救藥之便，〔五〕來歸女氏永寧里之私第，八月一日甲子，〔孫曰〕實壬申。至于大疾，年始二十有三。嗚呼痛哉！以夫人之柔順淑茂，宜延于上壽；端明惠和，宜齒于貴位；生知孝愛之本，宜承于餘慶。是三者皆虛其應，天可問乎？

哀門多舋，〔童曰〕舋，鏬坼也。舋，許慎切，又音釁。上天無祐，故自辛未，〔孫曰〕辛未，貞元七年。逮于茲歲，累服齊斬，繼纏哀酷。〔孫曰〕貞元九年五月，公父鎮卒。十二年正月，叔父卒。十一月，叔妣陸氏卒。其間冠衣純采〔孫曰〕禮曰：孤子當室，冠衣不純采。純，之允切。期月者，三而已矣。無乃以是累夫人之壽歟？悼慟之懷，曷月而已矣。哀夫！遂以九月五日庚午，克葬于萬年縣棲鳳原，從先塋，禮也。是歲，唐貞元十五年，龍集己卯。爲之誌云：

坤德柔順，婦道肅雍。〔童曰〕詩曰：猶執婦道，以成肅雍之德。惟若人兮，婉娩淑姿。〔孫曰〕婉娩，順也。婉，音宛。娩，音晚，又音免。鏘翔令容，鏘，七將切。委窮塵兮。佳城鬱鬱，閉白日兮。〔孫曰〕博物志：漢滕公夏侯嬰死，公卿送葬至東都門外，馬不行，跼地悲鳴，得石槨，有銘曰：「佳城鬱鬱，三千年，見白日，吁嗟滕公居此室。」乃葬之。之死同穴，〔孫曰〕詩曰：之死矢靡它。又曰：死則同穴。公自言，異時死則與之同穴也。歸此室兮。

校勘記

〔一〕媬傅以告　「媬」，英華作「保」。世綵堂本注：「諸韵無『媬』字，恐止作『保』。」

〔二〕事太夫人備敬養之道句中注　「公之母，河東縣太夫人盧氏」。「河東縣」原作「河東郡」，據本卷先太夫人河東縣太君歸祔誌及世綵堂本改。

〔三〕主中饋　「主」原作「至」，據取校諸本改。

〔四〕不能良行　「能良」音辯本及英華作「良能」。按：左傳昭公七年作「孟縶之足，不良能行」。杜預注「跛也」。十三經注疏本阮元校勘記：「按：不良能行，猶言不善於行也。」音辯本及英華是。本句下孫注亦誤。

〔五〕以謁醫救藥之便　陳景雲柳集點勘：「『救藥』似當作『求藥』。先太夫人誌云：『醫石無可求』，可參證也。」按：陳說是。

下殤女子墓塼記〔一〕

〔韓曰〕殤，未成人而死。禮：八歲至十一爲下殤，十二至十五爲中殤，十六至十九爲長殤。

下殤女子生長安善和里，其始名和娘。既得病，乃曰：「佛，我依也，願以爲役。」更名佛婢。既病，求去髮爲尼，號之爲初心。元和五年四月三日死永州，凡十歲。其母微也，故爲父子晚。性柔惠，類可以爲成人者，然卒夭。斂用緇褐，〔二〕銘用塼甓，甓，瓦也。甓，蒲歷切。葬零陵東郭門外第二崗之西隅。銘曰：

孰致也而生？孰召也而死？焉從而來？焉往而止？魂氣無不之也，骨肉歸復於此。〔三〕

〔孫曰〕延陵季子曰：「骨肉歸復于土，命也。若魂氣則無不之也。」

校勘記

〔一〕本篇題下注　「八歲至十一爲下殤」，「十六至十九爲長殤」。「下殤」原作「小殤」，「長殤」原作「上殤」，據儀禮喪服傳改。

〔二〕斂用緇褐　「用」，音辯、五百家本作「以」。

〔三〕骨肉歸復於此　「歸復」原作「復歸」，據取校諸本及句下孫注改。

小姪女子墓塼記

字爲雅，氏爲柳。生甲申，〔一〕〔孫曰〕貞元二十年。死己丑。〔孫曰〕元和四年。日十二，月在九。是日葬，東崗首。生而惠，今則夭。始也無，今何有？質之微，當速朽。銘茲瓦，期永久。

校勘記

〔一〕生甲申句下注「貞元二十年」。「二十」原作「十二」。按：貞元十二年爲丙子，二十年方是甲申。今據陳垣二十史朔閏表改。

故尚書户部侍郎王君先太夫人河間劉氏誌文

〔韓曰〕夫人，王叔文母也。公附叔文，故此銘極所稱道，時貞元二十一年秋也。八月而憲宗立，叔文敗，公亦相繼貶黜。豈公作銘時猶未悟耶？其後與許孟容書謂：「是時年少氣鋭，不識幾微，不知當否，但欲一心直遂，果陷刑法。」意公亦悔所不及矣。韓文公言曰：「子厚前時少年，勇於爲人，不自貴重顧藉，謂功業可立就，故坐廢退。」誠有當於公之心哉！

夫人姓劉，其先漢河間王。〔孫曰〕河間獻王德，漢景帝長子。王有明德，世紹顯懿。至于唐，有文昭者，爲綿州刺史，號良二千石。其嗣慎言，爲仙居令、光州長史，克荷于前人。光州，一有「君」字。夫人之父也。夫人既笄五年，從于北海王府君，〔孫曰〕王，越州山陰人。叔文自言王猛之後云。諱某。府君舉明經，授任城尉左金吾衛兵曹。修經術，以求聖人之道；通古今，以推一王之典。會世多難，不克如志，卒以隱終。

夫人生二子：長曰彝倫，舉五經，早夭；少曰叔文，堅明直亮，有文武之用。貞元中，待詔禁中，以道合于儲后，凡十有八載，獻可替否，有匡弼調護之勤。〔孫曰〕叔文善棊，貞元初，出入東宮，娛侍太子，詭譎多計。自言讀書知治道，乘間嘗爲太子言民間之疾苦。先帝棄萬姓，〔韓曰〕貞元二十一年正月癸巳，德宗崩。嗣皇承大位。〔韓曰〕丙申，順宗卽位。公居禁中，訏謨定命，〔童曰〕詩之辭。有扶翼經緯之績〔一〕〔孫曰〕自德宗大漸，王伾先入，稱詔召叔文坐翰林中，使決事。伾以叔文意，入言於宦官李忠言，稱詔行下，外無知者。由蘇州司功參軍，爲起居舍人、翰林學士。〔孫曰〕二月，叔文以前蘇州司功參軍，爲起居舍人、翰林學士。將明出納，〔韓曰〕詩：肅肅王命，仲山甫將之；邦國若否，仲山甫明之。又曰：出納王命，王之喉舌。有彌綸通變之勞，副經邦阜財之職。〔二〕〔孫曰〕三月，以叔文爲度支鹽鐵轉運副使。加户部侍郎，賜紫金魚袋。〔孫曰〕五月，以叔文爲户部侍郎，職如初，賜紫。重輕開塞，有和鈞肅給之效。〔童曰〕書：關石和鈞。和鈞，謂均平也。内贊謨畫，一作「謀謨」。不廢其位，凡執事十四旬有六日。利安之道，將施于人，而夫人卒于堂，〔三〕蓋貞元之二十一年六月二十日也。〔孫曰〕是日丁巳。知道之士，爲蒼生惜焉。天子使中謁者臨問其家，賻以布帛。

嗚呼！夫人之在女氏也，貞順以自處，孝謹以有奉；其在夫族也，祗敬以承上，嚴肅以涖下。事良人四十有九年，而勤勞不懈；生户部五十有三年，〔孫曰〕天寶十二年，叔文生。而教戒無闕。年七十有九，而户部之道聞于天下，爲大僚，垂紫綬，以就奉養。公卿侯王，咸造于門。既壽而昌，世用羡慕。然而天子有詔，俾定封邑，有司稽於論次，終以不及，時有痛焉。是年八月某日，祔于兵曹君之墓。〔四〕銘曰：

夫人之德，温柔敬直。承于陰教，式是嬪則。克生良子，用揚懿美。有其文武，弘我化理。天子是毗，邦人是望。平聲。若若紫綬，〔五〕〔孫曰〕漢書：印何纍纍，綬若若耶？若若，垂貌。榮于高堂。惟昔孟氏，號爲母師。在漢稱賢，有惑不疑。〔六〕〔孫曰〕此當言雋不疑。「惑」字誤也。懿懿夫人，維其似之。山北之里，〔七〕神禾之原。問于靈龜，閟此顯魂。閟，音秘。勒石垂休，永永萬年。

校勘記

〔一〕有扶翼經緯之績句下注　「王伾先入」。「先」原作「每」，據世綵堂本及通鑑卷二三六改。

〔二〕副經邦阜財之職句下注　「三月，以叔文爲度支鹽鐵轉運副使」。「使」上原脱「副」字，據通鑑卷二三六補。按：當時度支鹽鐵轉運使乃杜佑。

〔三〕而夫人卒于堂　「卒」，音辯、詁訓、五百家本及英華均作「終」。

〔四〕祔于兵曹君之墓　「兵曹君」，何焯校本及全唐文作「兵曹府君」，疑是。

〔五〕若若紫綬　「若若」，英華作「金章」。按：「金章紫綬」形容人居官顯要，無貶意。而「印何纍纍，綏若若耶」乃民謠（見漢書卷九三佞幸傳），諷刺石顯「兼官據勢」。柳宗元誌叔文之母德，兼頌叔文，按理不當用諷刺宦官的典故。英華疑是。句下注「綏若若耶」。「綏」下原衍一「何」字，據漢書佞幸傳删。

〔六〕有惑不疑　「惑」，取校諸本皆作「戒」，全唐文作「雋」。漢書卷七一有雋不疑傳，作「雋」近是。

〔七〕山北之里　「里」原作「中」，英華及全唐文作「里」。按：山北爲里巷之名，見宋敏求長安志。英華及全唐文是，據改。

朗州員外司户薛君妻崔氏墓誌

唐永州刺史博陵崔簡〔孫曰〕簡字子敬。女諱媛，嫁爲朗州員外司户河東薛巽妻。三歲知讓，五歲知戒，七歲能女事。善筆扎，讀書通古今，其暇則鳴絃桐諷詩騷以爲娱。始簡以文雅清秀重於當世，其後病惑，得罪投驩州。〔孫曰〕元和七年，簡卒於驩州。諸女蓬垢涕號，柳氏出也。以叔舅命，〔孫曰〕叔舅，公自謂。歸于薛。惟恭柔專勤，以爲婦妻，恩其故他姬子雜己子，造次莫能辨。無忮忌之行，忮，恨也。忮，音寘。無犯迕之氣，迕，逆也。迕，音午。一畝之宅，言笑不聞于鄰。元和十二年五月二十八日，既乳，〔童曰〕乳，産也。病肝氣逆肺，牽拘左腋，巫醫不能已。期月之日，潔服飾容而終，年若干。某月日遷柩于洛，某月日祔于墓。在北邙山南洛水東。巽始佐河北軍食有勞，未及録。會其長以罪聞，因從貶。〔孫曰〕元和初，討成德節度王承宗，以于臯謨、董溪爲河北行營糧料使，崔元受、韋岵、薛巽、王相等爲判官，分給供餽。既罷兵，臯謨等坐贓數千緡，勑貸其死。六年五月，流臯謨春州，溪封州，行至潭州，賜死。元受等從坐，皆逐嶺表云。更大赦，方北遷，〔孫曰〕元和十三年正月，以平淮西大赦天下。而其室已禍。

巽之考曰大理司直仲卿，祖曰太子右贊善大夫環，曾祖曰平舒令煜，高祖曰工部尚書真藏。簡之父曰大理司直畢，〔一〕當作「曅」。祖曰某官鯢。唐興，中書令仁師議刑不孥。〔二〕〔孫曰〕貞觀十六年，刑部以盜賊律反逆緣坐兄弟没官爲輕，請改從死。左僕射高士廉、吏部尚書侯君集、兵部尚書李勣等，議請從重，民部尚書唐儉、禮部尚書江夏王道宗、工部尚書杜楚客等請依舊不改。時議者以漢及魏、晉謀反皆夷三族，欲依士廉等議，仁師爲給事中，駮議以爲不可，太宗從之。其二世，大父也。〔三〕〔孫曰〕仁師生挹。挹生液。液生鯢。鯢生曅。巽之他姬子，丈夫子曰老，〔四〕女子曰張婆。妻之子，女子曰陀羅尼，丈夫子曰某，實後子。〔五〕銘曰：

翼翼仁師，惟仁之碩。一言刑輕，綿載二百。其慶中缺，曾玄不續。簡之温文，卒昏以易。七男三女，八我之出。仍禍六稔，數存如没。宜福而灾，伊誰云恤？惟薛之婦，德良才全。鄰無言聞，臧獲以虔。推仁撫庶，孩不異憐。兄公是怙，「公」，一作「子」。夫屬忻然。髪髢峨峨，〔童曰〕髲，鬄也。髺，結髮也。髲，音被。髺，音弟。籩豆維嘉。烝嘗賓燕，其羞孔多。有苾有嚴，苾，香也。苾，蒲必切。神饗斯何？奚仲、仲虺，〔孫曰〕奚仲爲夏車正，禹封爲薛侯。十二世孫仲虺，居薛，爲湯左相，後以爲氏。胡祐不遐？高曾祖考，胡跟之訛？淑人不居，誰任于家？書銘告亢，以寘巖阿。

校勘記

〔一〕簡之父曰大理司直畢　「畢」，音辯、詁訓、世綵堂本作「暴」。按：據本書卷九故永州刺史流配驩州崔君權厝誌及新唐書卷七二下宰相世系表，作「暴」是。

〔二〕議刑不孥句下注　「工部尚書杜楚客等」。「楚客」上原脫「杜」字。又，「皆夷三族」。「三族」上原脫「夷」字。均據舊唐書卷七四崔仁師傳補。

〔三〕其二世大父也　陳景雲柳集點勘：「按：『二』當作『五』。」

〔四〕丈夫子曰老　「老」，何焯批校王荆石本作「老老」。世綵堂本注：「韓作『老老』。」

〔五〕實後子　「子」原作「予」，據取校諸本改。按：後子即嗣子。作「子」是。

韋夫人墳記

韋夫人終成都，殯萬年，遷柩渭南，祔而不合，大葬未利，以俟禮也。其族系如某人之誌，堋用元和十四年月日，〔一〕〔孫曰〕左氏傳：毀，則朝而堋；不毀，則日中而堋。說文云：堋，喪葬下土也。堋，逋鄧切，又音朋。子某爲石刻而納諸壙。

校勘記

〔一〕堋用元和十四年月日句下注「說文云：堋，喪葬下土也」。「喪」原作「舉」，據說文改。

馬室女雷五葬誌

馬室女雷五，父曰師儒，業進士。雷五生巧慧異甚，凡事絲纊文綉，纊，音曠。不類人所爲者，余覩之甚駭。家貧，歲不易衣，而天姿潔清修嚴，恒若簪珠璣，衣紈縠，上音丸，下胡谷切。寥然不易爲塵垢雜。年十五，病死；後二日，葬永州東郭東里。以其姨母爲妓於余也，〔一〕將死，曰：「吾聞柳公嘗巧我慧我，今不幸死矣，安得公之文志我於墓？」一本作「志我葬」。其父母不敢以云。葬之日，余乃聞焉，既而閔焉。以攻石之後也，遂爲砂書玄塼，〔二〕追而納諸墓。

校勘記

〔一〕以其姨母爲妓於余也　「妓」，全唐文作「嫂」。何焯校本「妓」改「使」。

〔二〕遂爲砂書玄塼　世綵堂本注：「『爲』一作『用』。」

柳宗元集卷十四

對

設漁者對智伯

〔韓曰〕按史記世家及通鑑所載，智伯貪而無饜，卒抵于敗。公之設爲漁者對，其指切一時事情也至矣。

智氏既滅范、中行，〔孫曰〕智襄子，名瑶，文子躒之孫也。周貞定王十一年，帥韓、趙、魏而伐范、中行氏，滅之，共分其地以爲邑。范，謂范昭子吉射。中行，謂中行文子荀寅。瑶，音摇。志益大，合韓、魏圍趙，水晉陽。〔孫曰〕貞定王十六年，智伯約魏桓子、韓康子圍趙襄子於晉陽，決晉水灌之。「水」，一作「于」。智伯瑶乘舟以臨趙，且又往來觀水之所自，務速取焉。

羣漁者有一人坐漁，智伯怪之，問焉。〔一〕曰：「若漁幾何？」〔二〕若，汝也。曰：「臣始漁於河中，今漁於海。〔三〕一無「今」字。今主大茲水，臣是以來。」曰：「若之漁何如？」曰：「臣幼而好漁。始臣之漁於河，有魦、鱮、鱣、鰋者，〔詳注〕詩：魚麗于罶，鱨、魦。釋魚云：魦，鮀也。郭璞曰：今吹沙也。詩：

其魚魴、鱮。鱮似魴而鱗弱。魴、鱮，魚之易制者。鱣，鯉也，江東呼爲黄魚。鰋，鮎也。四者皆小魚。魦，音沙。鱮，音敍。鱣，音邅。鰋，音偃。不能自食，以好臣之餌，日收者百焉。臣以爲小，去而之龍門之下，〔四〕〔韓曰〕龍門山，在同、絳二州之間。伺大鮪焉。〔四〕〔韓曰〕鮪，大魚也，形似鱣而青黑，大者七、八尺。周禮：春獻王鮪。鮪，于鬼切。夫鮪之來也，〔五〕從魴鯉數萬，〔六〕〔童曰〕魴，赤尾魚。詩「魴魚赬尾」是也。魴，音房。「從」，一作「其」字。垂涎流沫，後者得食焉。然其饑也，亦返吞其後。愈肆其力，逆流而上，慕爲螭龍。螭，龍之無角者。〔孫曰〕辛氏三秦記曰：河津，一名龍門，水險不通，魚鱉之屬莫能上。江海大魚薄集龍門下數千，不得上，上則爲龍也。螭，敕之切。及夫抵大石，亂飛濤，折鰭秃翼，〔七〕〔童曰〕鰭，魚脊上骨。禮記：羞濡魚者，夏右鰭。鰭，音耆。顛倒頓踣，音匐。順流而下，宛委冒懵，懵，心迷也。牟孔切。環坻溆而不能出。〔童曰〕坻，水中高地。一曰小渚也。溆，水浦也。坻，音墀。溆，音敍。嚮之從魚之大者，〔八〕幸而啄食之，臣亦徒手得焉。猶以爲小。聞古之漁有任公子者，其得益大。〔九〕〔孫曰〕莊子：任公子爲大鉤巨緇五十犗以爲餌，蹲乎會稽，投竿東海，旦旦而釣。已而大魚食之，牽巨鉤，錎没而下，鶩揚而奮鬐，白波若山，海水震動，聲侔鬼神，憚赫千里。任公子得若魚，離而腊之，自淛河以東，蒼梧以北，無不厭若魚者。於是去而之海上，北浮於碣石，〔韓曰〕碣石，山名，在平州盧龍縣。碣然而立在海旁，故名。碣，音竭。求大鯨焉。〔一〇〕〔童曰〕説文：鯨，海大魚也。常以五月生子於岸，八月導而還海，鼓浪成雷，噴沫成雨，水族畏之。鯨，巨京切。臣之具未及施，見大鯨驅羣鮫，鮫，海魚也。音交。逐肥魚於渤澥之尾，〔一一〕渤澥，海之别名也。〔孫曰〕揚子雲曰：江湖之崖，渤澥之島。

渤，音勃。澥，胡買切。震動大海，簸掉巨島，〔童曰〕水中有山曰島。簸，補過切。掉，徒了切。島，都皓切。一啜而食若舟者數十，〔童曰〕說文：啜，嘗也。啜，姝說切。勇而未已，貪而不能止，北蹙於碣石，槁焉。嚮之以爲食者，〔一二〕反相與食之，臣亦徒手得焉。猶以爲小。聞古之漁有太公者，其得益大，釣而得文王。〔韓曰〕史記：太公望呂尚者，以漁釣奸周西伯。西伯出獵，遇太公於渭之陽，與語大悅，載與之歸，立爲師。於是舍而來。」

智伯曰：「今若遇我也如何？」漁者曰：「嚮者臣已言其端矣。始晉之侈家，若欒氏、〔孫曰〕晉靖侯之孫曰欒賓，傳六世至懷子盈，滅。祁氏、〔一三〕〔孫曰〕祁奚爲晉大夫，至孫盈，滅。郤氏、〔一四〕、羊舌氏〔孫曰〕羊舌職事晉，至曾孫食我，滅。以十數，不能自保，以貪晉國之利而不見其害，主之家與五卿，〔補注〕五卿，即范、中行、韓、趙、魏也。嘗裂而食之矣，〔韓曰〕史記趙世家：晉頃公之十二年，六卿以法誅公族祁氏、羊舌氏，分其邑爲十縣，各令其族爲之大夫。是無異魦、鱮、鱣、鰋也。腦流骨腐於主之故鼎，可以懲矣，然而猶不肯寤。又有大者焉，若范氏、中行氏，貪人之土田，侵人之勢力，慕爲諸侯而不見其害。主與三卿韓、趙、魏。又裂而食之矣，〔一五〕〔韓曰〕定公十三年，范、中行反，晉君擊之，范、中行走朝歌。出公十七年，智伯與趙、韓、魏共分范、中行地以爲邑。脱其鱗，鱠其肉，〔童曰〕鱠，細切肉也。鱠，音膾。刳其腸，刳，音枯。斷其首而棄之，鯤鮞遺胤，〔童曰〕鯤鮞，魚子。鯤，音昆。鮞，音而。胤，羊晉切。莫不備俎豆，是無異夫大鮪也。可以懲矣，然而猶不肯寤。又有大者焉，吞范、中行以益其肥，猶以爲不足，力愈大而求夫一作「食」。愈無饜，〔一六〕於鹽、於艷二切。驅韓、魏以爲羣鮫，以逐趙之肥魚，而不見其害。貪肥之勢，將不止於趙，臣見韓、魏懼其將及也，亦幸主之蹙於晉陽。其目動矣，〔一七〕〔童曰〕左氏：目動而言肆，懼我也。而主乃慠然，〔童曰〕慠，倨也。慠，魚到切，亦作「傲」。以爲咸在機俎之上，方磨其舌。抑臣有恐焉，今輔果舍族而退，不肯同禍，〔孫曰〕國語：智宣子將以瑶爲後，智果曰：「不如霄也。」宣子不聽，果別族于太史爲輔氏，後韓、趙、魏滅智氏之族，惟輔果在。「輔」，一作「韓」。段規深怨而造謀，〔孫曰〕國語：智襄子伐鄭，自衞還，三卿宴于藍臺。智襄子戲韓康子而侮段規。及晉陽之難，段規反首難而殺智伯于師。段規，韓康子相也。主之不寤，臣恐主爲大鯨，首解於邯鄲，〔韓曰〕邯鄲，趙所都。邯，音寒。鄲，音單。鬣摧於安邑，〔韓曰〕安邑本晉地，即今絳州夏縣。鬣，音獵。胸披於上黨，〔韓曰〕趙地。尾斷於中山之外，〔韓曰〕中山後爲趙所併也。而腸流於大陸，〔韓曰〕大陸，澤名。在深、趙二州界而濱河。爲鱻薧，「鱻薧」二字出周禮。鱻，音鮮。薧，音槁。以充三家子孫之腹。臣所以大懼。不然，主之勇力強大，於文王何有？」

智伯不悦，然終以不寤。於是韓、魏與趙合滅智氏，其地三分。〔一八〕〔韓曰〕周威烈王二十三年，智襄子請地於韓康子，致萬家之邑。又求地於魏桓子，復與萬家邑。又求蔡皐狼之地於趙襄子，襄子不與，智伯怒，帥韓、魏以攻趙，圍而灌之，城不没者三版。趙襄子使張孟談潛出見韓、魏曰：「脣亡則齒寒，趙亡則韓、魏爲之次矣。」二子乃陰與張孟談約，爲之期日而遣之。襄子夜使人殺守隄之吏而決水灌智伯軍，韓、魏翼而擊之，大敗智伯之衆，遂殺智伯而分其地。

校勘記

〔一〕智伯怪之問焉　「之」，英華作「而」。

〔二〕若漁幾何　「漁」原作「魚」，據音辯、詁訓本及英華改。

〔三〕今漁於海　音辯本及英華、全唐文無「今」字。何焯義門讀書記：「『今』字衍」，疑是。

〔四〕伺大鮪焉句下注　「鮪，大魚也」。「大魚也」，詁訓本作「鮥也」。按：說文：「鮪，鮥也。」爾雅釋魚：「鮥，鮇鮪也。」郭璞注：「鮪，鱣屬也。大者名王鮪，小者名鮇鮪。」

〔五〕夫鮪之來也　何焯批校王荆石本：「重校，『夫』下有『大』字。」全唐文有「大」字。

〔六〕從魴鯉數萬句下注　「魴，赤尾魚」。「尾」下原無「魚」字，據詁訓本及說文補。

〔七〕折鰭禿翼句下注　「羞濡魚者，夏右鰭」。「濡魚」原作「魚濡」，據五百家本及禮記少儀倒轉。「右」原作「石」，據五百家、世綵堂本及禮記少儀改。

〔八〕鬻之從魚之大者　「魚」上原無「鬻之從」三字，據音辯、詁訓、世綵堂本及英華補。

〔九〕其得益大句下注　「海水震動」。按：「動」字，諸本無異文，莊子外物篇作「蕩」。

〔一〇〕求大鯨焉句下注　「說文：鯨，海大魚也」。原作「鯨，海大魚也。說文」。今將「說文」二字移上。

〔一一〕逐肥魚於渤澥之尾句下注　「渤澥，海之別名也」。原無「名」字，據說文及蔣之翹本補。「渤澥之島」。「島」原作「尾」，據世綵堂本及文選卷四五解嘲改。

〔一二〕嚮之以爲食者　何焯義門讀書記：「『以』字衍。」全唐文無「以」字。

〔一三〕祁氏　「祁」原作「郤」，據音辯、五百家、世綵堂本改。

〔一四〕郤氏　「祁氏」下原脱「郤氏」，據音辯、詁訓本及英華補。何焯義門讀書記：「四氏故相間而錯舉之。」

〔一五〕又裂而食之矣句下注　「定公十三年」。「十三年」原作「十一年」。按：智伯與趙、韓、魏共分范、中行地以爲邑之事，見左傳定公十三年。今據改。

〔一六〕力愈大而求夫愈無饜　「夫」，取校諸本均作「食」，是。英華作「魚」，亦通。又，「無饜」上原無「愈」字，據取校諸本補。

〔一七〕其目動矣句下注　「目動而言肆」。「肆」原作「甘」，據五百家、世綵堂本及左傳文公十二年改。

〔一八〕其地三分句下注　「又求地於魏桓子」。「桓」原作「恒」，據五百家、世綵堂、蔣之翹本及通鑑卷一改。

愚溪對〔一〕

〔補注〕集有愚溪詩序云：灌水之陽有溪，東流入瀟水，名冉溪。余謫瀟水上，改之爲愚溪。愚溪對作於永州明矣。晁太史無咎取以附變騷。其系曰宗元之所作，亦對襄王、答客難之義而託之神也。然嘗論宗元固不愚，夫安能使溪愚哉？竭其智以近利而不獲，既困矣，而始曰我愚，宗元之困，豈愚罪耶？

柳子名愚溪而居。五日，溪之神夜見夢曰：「子何辱予，使予爲愚耶？有其實者，名固從之，今予固若是耶？予聞閩有水，生毒霧厲氣，厲，惡也。中之者，中，上聲。温屯嘔泄；〔二〕〔張曰〕屯，聚也。屯，徒渾切。嘔，音歐，又於口切。泄，音薛。藏石走瀨，〔張曰〕瀨，湍也。吳、越謂之瀨，中國謂之磧。瀨，音賴。連艫糜解；〔三〕〔孫曰〕李裴云：「艫，船前頭刺櫂處。」連艫，言多也。艫，音盧。有魚焉，鋸齒鋒尾而獸蹄，〔四〕是食人，必斷而躍之，〔孫曰〕此蓋鱷魚也。乃仰噬焉。噬，音逝。故其名曰惡溪。〔五〕〔孫曰〕惡溪，在潮州界。西海有水，散渙而無力，不能負芥，投之則委靡墊没，墊，陷也。丁念切。及底而後止，故其名曰弱水。〔六〕〔韓曰〕出甘州。自州西北至肅州。〔孫曰〕山海經：崑崙之丘，其下有弱水之淵環之。注云：其水不勝鴻毛。秦有水，掎汩泥淖，〔童曰〕掎，偏引也。淖，亦泥也。掎，舉綺切。汩，音骨。淖，音罩。撓混沙礫，視之分寸，眙若睨壁，〔童曰〕眙，直視。睨，邪視也。眙，丑吏切。睨，音詣。淺深險易，以豉切。昧昧不覿，乃合清渭，〔七〕以自彰穢跡，〔孫曰〕詩：涇以渭濁。涇小渭大，屬於渭而入于河。涇以有渭，故見其濁。故其名曰濁涇。〔韓曰〕出原州高平縣笄頭山，一名崆峒山，至同州界入渭。〔孫曰〕漢書地理志云：涇水出安定涇陽縣西岍頭山，東南至馮翊陽陵縣入渭。故上云秦有水也。雍之西有水，幽險若漆，不知其所出，故其名曰黑水。〔八〕〔孫曰〕書：黑水西河惟雍州。酈元水經：黑水出張掖雞山，南流至燉煌，過三危山，南流入于南海。〔韓曰〕通典亦云：黑水出甘州張掖縣雞山。夫惡弱，〔九〕六極也；濁黑，賤名也。彼得之而不辭，窮萬世而不變者，有其實也。今予甚清與美，爲子所喜，而又功可以及圃畦，力可以載方舟，〔一〇〕〔孫曰〕詩曰：方之舟之。注云：方，泭也。説文云：編木以渡也。朝夕者濟焉。子幸擇而居予，而辱以無實之名以爲愚，卒不見德而肆其誣，豈終不可革耶？」

柳子對曰：「汝誠無其實，然以吾之愚而獨好汝，汝惡得避是名耶！〔補注〕東坡詩云：應同柳州柳，聊使愚溪愚。又詩云：不見子柳子，餘愚污溪山。本此文也。且汝不見貪泉乎？有飲而南者，見交趾寶貨之多，光溢於目，思以兩手左右攫而懷之，豈泉之實耶？過而往貪焉猶以爲名，〔一一〕〔孫曰〕廣州二十里，地名石門，有水曰貪泉，飲者懷無厭之欲。晉吴隱之賦詩曰：古人云此水，一歃懷千金。今汝獨招愚者居焉，久留而不去，雖欲革其名不可得矣。夫明王之時，智者用，愚者伏。用者宜邇，伏者宜遠。今汝之託也，遠王都三千餘里，側僻迴隱，蒸鬱之與曹，螺蚌之與居，〔一二〕〔韓曰〕螺，蚌屬，大者如斗，出日南漲海中。蚌，蜃屬。説文：蛤也。螺，盧戈切。蚌，步項切。唯觸罪擯辱愚陋黜伏者，日侵侵以遊汝，〔一三〕闖闖以守汝。〔張曰〕闖，馬出門貌。闖，丑禁切。汝欲爲智乎？胡不呼今之聰明皎厲握天子有司之柄以生育天下者，使一經於汝，而唯我獨處？汝既不能得彼而見獲於我，是則汝之實也。當汝爲愚而猶以爲誣，寧有説耶？」

曰：「是則然矣。敢問子之愚何如而可以及我？」柳子曰：「汝欲窮我之愚説耶？雖極汝之所往，不足以申吾喙；涸汝之所流，不足以濡吾翰。姑示子其略：吾茫洋乎無知，冰雪之交，衆裘我絺；溽暑之鑠，式灼切。衆從之風，而我從之火。吾盪而趨，盪，亦放也。不知太行之異乎九衢，以敗吾車；吾放而游，不知吕梁之異乎安流，〔一四〕〔孫曰〕莊子曰：孔子觀於吕梁，懸水三十仞，流沫四十里，黿鼉魚鱉之所不能游也。吕梁，今在彭城。以没吾舟。吾足蹈坎井，頭抵木石，衝冒榛棘，「冒」，一作「行」。僵仆虺蜴，〔孫曰〕詩：哀今之人，胡爲虺蜴。蜴，守宫也。蜴，音易。而不知怵惕。何喪何得，進不爲盈，退不爲抑，荒凉昏默，卒不自克。此其大凡者也。願以是汙汝可乎？」

於是溪神深思而歎曰：「嘻！有餘矣，其及我也。」因俯而羞，仰而吁，涕泣交流，舉手而辭。一晦一明，覺而莫知所之。遂書其對。

校勘記

〔一〕愚溪對題下注　「亦對襄王、答客難之義而託之神也」。「答客難」原作「問客難」，據世綵堂本及

〔二〕溫屯嘔泄　「嘔」原作「漚」，據四部叢刊音辯本、詁訓本、全唐文及文粹改。

文選卷四五改。

〔三〕連艫糜解　「糜」，文粹作「縻」。

〔四〕鋸齒鋒尾而獸蹄　「鋸齒」，文粹作「劍牙」。

〔五〕故其名曰惡溪句下注　「惡溪，在潮州界」。何焯義門讀書記：「唐書地理志，處州麗水縣東十里有惡溪，多水怪。大字本注『孫曰，惡溪在潮州界』。誤也。處州乃漢甌、閩地。」按：何說是。

〔六〕故其名曰弱水句下注　「其下有弱水之淵環之」。「之淵」原作「溪」字，據山海經大荒西經改。

〔七〕乃合清渭　「清」，五百家、世綵堂本全唐文作「涇」，疑誤。按：涇水本清，渭水本濁，但漢、唐經學家注詩谷風「涇以渭濁」句，均誤爲涇濁渭清。如毛詩鄭箋：「涇以有渭，故見其濁」。孔穎達正義：「言涇水以有渭，故見涇水濁」。柳宗元沿此誤，故下文有「以自彰穢跡」之語。

〔八〕故其名曰黑水句下注　「黑水西河惟雍州」。「惟」原作「爲」，據五百家、世綵堂本及尙書禹貢改。

〔九〕夫惡弱　「惡弱」原作「弱惡」，據音辯、詁訓、世綵堂本及文粹倒轉。

〔一〇〕力可以載方舟句下注　「方，泭也」。「泭」原作「柎」，據世綵堂本及說文、詩谷風鄭箋改。

〔一一〕過而往貪焉猶以爲名句下注　「一畝懷千金」。「畝」原作「飲」，據五百家、世綵堂本及晉書卷九〇吳隱之傳改。

〔一二〕螺蜯之與居句下注 「出日南漲海中」。「海」上原有「在」字，據詁訓、五百家、世綵堂本删。按：漲海係南海别稱。中華書局標點本舊唐書卷四一地理志四海豐條：「南海在海豐縣南五十里，即漲海，渺漫無際。」又韓愈潮州刺史謝表有「州南近界漲海」之語。據此，「在」字當是衍文。

〔一三〕日侵侵以遊汝 「侵侵」，文粹、蔣之翹本及全唐文作「駸駸」。按：説文：「駸駸，馬行疾貌」。

〔一四〕不知呂梁之異乎安流句下注 「呂梁，今在彭城」。世綵堂本作「呂梁在西河離石」。按：關於呂梁的解釋有三種：莊子達生篇陸德明音義引司馬彪云：「河水有石絶處也。今西河離石西有此懸絶，世謂之黄梁。」又引淮南子曰：「古者龍門未鑿，河出孟門之上也。」又，成玄英莊子疏解云：「或言蒲州二百里有龍門，河水所經，瀑布而下，亦名呂梁；或言宋國彭城縣之呂梁。」查酈道元水經注卷二五「泗水」條下有：「泗水之上有石梁焉，故曰呂梁也。……懸濤漰渀，實爲泗險，孔子所謂魚鼈不能游。又云懸水三十仭，流沫九十里。今則不能也。」據此，以彭城説近是。

對賀者

柳子以罪貶永州，〔韓曰〕永貞元年九月，公自禮部員外貶邵州刺史。十一月，又貶永州司馬。有自京師來者，既見，曰：「余聞子坐事斥逐，余適將唁子。〔孫曰〕弔生曰唁，弔死曰弔。〔張曰〕弔失國亦曰唁。見穀梁傳云。唁，宜箭切。今余視子之貌浩浩然也，能是達矣，余無以唁矣，敢更以爲賀。」柳子曰：「子誠以貌乎則可也，〔一〕然吾豈若是而無志者耶？姑以戚戚爲無益乎道，故若是而已耳。吾之罪大，會主上方以寬理人，用和天下，故吾得在此。凡吾之貶斥幸矣，而又戚戚焉何哉？夫爲天子尚書郎，謀畫無所陳，而羣比以爲名，〔孫曰〕羣比謂朋黨。蒙耻遇僇，以待不測之誅。苟人爾，有不汗栗危厲偲偲然者哉！偲，責也。偲，思相切，又七才切。吾嘗靜處以思，獨行以求，自以上不得自列於聖朝，下無以奉宗祀，近丘墓，徒欲苟生幸存，庶幾似續之不廢。〔童曰〕詩：以似以續，續古之人。是以儻蕩其心，倡佯其形，倡，音昌。佯，音羊。茫乎若昇高以望，潰乎若乘海而無所往，故其容貌如是。子誠以浩浩而賀我，其孰承之乎？嘻笑之怒，甚乎裂眥，眥，目眥也。眥，疾智切，又才詣切。長歌之哀，過乎慟哭。庸詎知吾之浩浩非戚戚之尤者乎？子休矣。」〔補注〕黄曰：古人所甚惡，惡於不情。怒者可知，笑者不可測。子厚嘻笑甚裂眥，長歌過慟哭，而戚戚之悲，寄於浩浩，蓋有齊人之風乎？

校勘記

〔一〕子誠以貌乎則可也　世綵堂本注：「『乎』，一作『言』。」

杜兼對

〔孫曰〕兼，字處洪，中書令正倫五世孫。

或問曰：「朝廷以公且明，進善退不肖，未嘗不當。然吾有一疑焉，願有聞於子，以釋予也。」曰：「何哉？」曰：「杜兼爲濠州，〔孫曰〕徐泗節度使張建封表置其府，積勞爲濠州刺史。幸兵之亂，殺無罪士二人。〔孫曰〕兼性浮險。錄事參軍韋賞、團練判官陸楚，皆以守職論事忤兼，兼密奏二人通謀，扇動軍中。忽有制使至，兼率官吏迎於驛中，前呼韋賞、陸楚出，宣制杖殺之。二人有士林之譽，無罪受戮，天下寃之。蓄貨足慾，吾以爲唐檮杌、饕餮者亡以異。〔孫曰〕文十八年左氏：顓頊氏有不才子，天下謂之檮杌。縉雲氏有不才子，天下謂之饕餮。注云：檮杌，頑凶無儔匹之貌。貪財爲饕，貪食爲餮。檮，音濤。杌，音兀。饕，音叨。餮，音鐵。然而卒入爲郎中，〔孫曰〕元和初，入爲刑部郎中，改吏部郎中。給事中，出由商至河南尹，〔孫曰〕自給事中出爲商州刺史、金商防禦使，改河南少尹，行大尹事，半歲，拜大尹。乃死。〔孫曰〕元和四年十一月二十二日，兼卒。夫何取於兼者若是幸也？」曰：「若子之言，兼之罪，吾雖不覩乎目，然聞之熟，宜廢而不用久矣。然而吾有一取焉。吾聞兼在濠州，有鍾離令〔韓曰〕鍾離縣，屬濠州。盧某者，宰相戚也，而譏且諛，日狀其僚之過愆以致于兼，且曰：『是過是愆，我獨無有。』其僚因惴恐，〔童曰〕惴，憂懼貌。惴，之瑞切。以俟謫怒於上，令日施施自負，施施，自得貌。曰：『州君將我除也。』〔一〕兼得之，乃大怒，罰令，使僚也咸得自達以進乎善，因擯令終不得面焉。人由是不苟免，而讒諛之道大息。朝廷進兼，於内則給事中，於外則至河南尹。蓋知兼有是善也歟？誠然，不爲公且明耶？」或者曰：兼，凶狡人也。恣殺以充己，其爲過章章者，凡天下兒童，後闕。

校勘記

〔一〕州君將我除也　「除」，音辯、世綵堂本作「陟」。按：二字皆可通。

天對〔一〕

〔補注〕天問，屈原作，舊録於楚辭。其篇首曰：原放逐，見楚有先王之廟及公卿祠堂，圖畫天地山川神靈，琦瑋僪佹，及古賢聖、怪物行事，因書其壁，假天問以稽疑而渫憤懣。楚人因共論述，故其文義不次敍。此篇公所作，以對天問也。晁無咎取此以續楚辭，序之曰：天問，蓋自漢以來，患其文義不次，後之學者或不能讀，讀亦不知何等語，而公博學無不窺，又妙於辭，頗愛離騷之幽，獨能高尋遠抉，其有所得，如墜雲出淵，於原之辭無廋焉。此唐以來離騷之雄也。蓋屈原作離騷，經揚雄爲反離騷，補之嘗曰：非反也，合也。而宗元爲天對以媲天問，雖問對相反，其於發揚則同。離騷因反而始明，天問因對而益彰。」云云。用參取天問附人對語，章分而條析之，庶易以考焉。

問曰：遂古之初，誰傳道之？〔王逸曰〕遂，往也。初，始也。言往古太始之元，虛廓無形，神物未生，誰傳道此事也？上下未形，何由考之？〔王逸曰〕言天地未分，溷沌無垠，誰考定而知之？冥昭瞢闇，誰能極之？〔二〕〔王逸曰〕言日月晝夜，清濁晦明，誰能極知之？馮翼惟像，何以識之？〔王逸曰〕言天地既分，陰陽運轉，馮馮翼翼，何以識知其形像乎？明明闇闇，惟時何爲？〔王逸曰〕言純陰純陽，一晦一明，誰造爲之乎？

對曰：本始之茫，誕者傳焉。〔韓曰〕謂太始之元，初無傳也。鴻靈幽紛，曷可言焉！〔韓曰〕謂天地未形，本無言也。曶黑晰眇，〔三〕〔童曰〕説文：曶，出氣詞也。從曰，象氣出形。晰，明也。曶，音忽。晰，音浙。往來屯屯，株倫切。厖昧革化，惟元氣存，而何爲焉！〔韓曰〕謂日月晝夜，陰陽晦明，惟元氣存也。

問：陰陽三合，何本何化？〔王逸曰〕謂天地人三合成德，其本始何化所生乎？

對：合焉者三，一以統同。吁炎吹冷，音零。交錯而功。〔元注〕穀梁子云：獨陰不生，獨陽不生，獨天不生，三合然後生。王逸以爲天地人，非也。

問：圜則九重，孰營度之？〔王逸曰〕言天圜而九重，誰營度而知之乎？

對：無營以成，沓陽而九。轉輠渾淪，輠，胡果、户瓦二切。「轉輠」，一本作「運輠」，一作「轉轅」。蒙以圜號。〔四〕〔韓曰〕謂天圜九重，則陽數也。

問：惟茲何功，孰初作之？〔王逸曰〕言天有九重，而誰功力始作之耶？

對：冥凝玄釐，無功無作。〔文曰〕謂純陽之氣凝結而成天，初無作爲之功也。

問：斡維焉繫？天極焉加？〔王逸曰〕斡，轉。維，綱。言天晝與夜之轉旋，寧有維綱繫綴，其際極安所加乎？

對：烏傒繫維，乃糜身位！〔五〕無極之極，漭瀰非垠。漭，莫浪切。或形之加，孰取大焉！〔六〕〔韓曰〕謂斗極居中央，如太玄所謂天圓地方，極植中央也。王逸以爲極際，恐未必然也。

問：八柱何當？東南何虧？〔王逸曰〕言天有八山爲柱，皆何當值？東南不足，誰虧缺之？

對：皇熙亹亹，胡棟胡宇！宏離不屬，「宏」，一作「完」。焉恃夫八柱！〔韓曰〕謂天以八山爲柱，非所恃也。〔文曰〕言天以積氣而成，自然高廣，化育不窮，非恃八柱而安也。

問：九天之際，安放安屬？〔七〕〔王逸曰〕九天：東方皡天，東南方陽天，南方赤天，西南方朱天，西方成天，西北方幽天，北方玄天，東北方變天，中央鈞天。其際會何分，安所屬繫乎？

對：無青無黃，無赤無黑，無中無旁，烏際乎天則！〔韓曰〕九天雖則爲九，而對以爲不然也。〔文曰〕言天之氣變化無方，不可執著，亦無窮際也。

問：隅隈多有，誰知其數？〔王逸曰〕言天地廣大，隅隈衆多，寧有知其數乎？

對：巧欺淫誑，幽陽以別。無限無隅，隈，烏回切。曷懵厥列，〔韓曰〕謂天地方隅不可以數窮也。懵，牟孔切。

問：天何所沓？十二焉分？〔王逸曰〕沓，合也。言天與地合會何所？十二辰，誰所分別乎？

對：折篿剡筳，〔張曰〕楚人折竹以卜，謂之篿。筳，葦莖也。楚辭：索藑茅以筳篿兮，命靈氛爲余占之。篿，音專。筳，音廷。「折」，一作「拆」。午施旁豎，鞠明究曛，自取十二。非余之爲，焉以告汝！〔韓曰〕意謂巧歷不能計天地之晦明，一歲日月十二會，固自若也。

問：日月安屬？列星安陳？〔王逸曰〕言日月星辰安所繫屬，誰陳列也？

對：規燬魄淵，燬，音毁。太虛是屬。棋施萬熒，〔八〕咸是焉託。〔韓曰〕謂日圓而明，月生而静，星若棋熒，無所託也。

問：出自湯谷，次于蒙汜。〔王逸曰〕次，舍也。汜，水涯也。言日出東方湯谷之中，暮入西極蒙水之涯也。

對：輻旋南晝，〔九〕軸奠于北。孰彼有出次，惟汝方之側！平施旁運，〔一〇〕惡有谷、汜！〔韓曰〕謂日猶輻旋軸奠，烏可窮其出次，次於谷、汜也。〔文曰〕謂日之在天，猶輻軸之運，往來不窮，初無谷、汜出次之地也。汜，音凡，又音祀，又音泛。

問：自明及晦，所行幾里？〔王逸曰〕言日平旦而出，至暮而止，所行凡幾何里乎？

對：當焉爲明，不逮爲晦。度引久窮，〔一一〕不可以里。〔韓曰〕謂日之明晦，不可以里計也。

問：夜光何德，死則又育？〔王逸曰〕夜光，月也。育，生也。言月何德居於天地，死而復生也。

對：燬炎莫儷，音麗。淵迫而魄，遐違乃專，何以死育！〔一二〕〔韓曰〕謂日之炎光莫並，唯月明既極則魄哉生，不可以死育測也。

問：厥利維何，而顧菟在腹？〔王逸曰〕言月中有菟，何所貪利，居月之中而顧望乎？

對：玄陰多缺，爰感厥兔，不形之形，惟神是類。〔韓曰〕謂月中有兔，玄陰之所感也。

問：女歧無合，夫焉取九子？〔王逸曰〕女歧，神女，無夫而生九子也。

對：陽健陰淫，降施蒸摩，歧靈而子，焉以夫爲！〔一三〕〔韓曰〕漢成帝紀應劭注：畫堂畫九子母。或云即女歧也。

問：伯强何處？惠氣安在？〔一四〕〔王逸曰〕伯强，大癘疫鬼也，所至傷人。惠氣，和氣也。言陰陽調和則惠氣行，不調和則厲鬼興，此二者當何所在乎？

對：怪瀰冥更，瀰，水流貌也。瀰，綿被切。伯强乃陽，順和調度，惠氣出行，时居时縮，何有處鄉！〔一五〕〔韓曰〕謂氣乖則致厲，氣和則致祥，非有定處也。

問：何闔而晦？何開而明？〔王逸曰〕言天何所闔閉而晦冥，何所開發而明曉乎？

對：明焉非闢，晦焉非藏。

問：角宿未旦，曜靈安藏？〔王逸曰〕角亢，東方星。曜靈，日也。言東方未明旦之時，日安所藏其精光乎？

對：孰旦孰幽，繆躔于經。繆，音糾。躔，澄延切。蒼龍之寓，而廷彼角亢。〔一六〕〔韓曰〕謂東方蒼龍角亢之宿，雖日出之方，而其晦明固自有經度也。晉志云：左角爲天田，主刑。亢，總攝天下奏事聽訟理獄録功者也。「彼」字，一本作「尉」。

問：不任汩鴻，師何以尚之？〔王逸曰〕汩，治也。鴻，大水也。師，衆也。尚，舉也。言鯀才不任治鴻水，衆人何以舉之乎？僉答何憂，〔一七〕何不課而行之？〔王逸曰〕僉，衆也。課，試也。言衆人舉鯀治水，堯知其不能，衆人曰：「何憂哉！何不先試之也？」

對：惟鯀譊譊，鯀，音衮。譊，女交切。隣聖而孽。恆師厖蒙，乃尚其圮。〔韓曰〕謂鯀之不任治洪水，衆論不明，不察其方命圮族而舉之也。圮，部鄙切。后惟師之難，矉頞使試。〔韓曰〕謂四岳舉鯀，堯曰：「吁，咈哉！」僉曰：「試可乃已，非樂於用之也。」矉，恨張目也。頞，鼻莖，蹙頞也。矉，音賓。頞，阿葛切。

問：鴟龜曳銜，鯀何聽焉？〔一八〕〔王逸曰〕言鯀治水績用不成，堯乃放殺之羽山，飛鳥水蟲曳銜而食之，鯀何能復不聽乎？順欲成功，帝何刑焉？〔王逸曰〕帝謂堯也。言鯀設能順衆人之欲而成其功，堯當何爲刑戮之乎？永遏在羽山，夫何三年不施？〔王逸曰〕永，長也。遏，絶也。施，舍也。言堯長放鯀於羽山，絶在不毛之地，三年不舍其罪也。

對：盜堙息壤，招帝震怒。〔韓曰〕史記索隱曰：山海經啓筮云，鯀竊帝之息壤以湮洪水。招，舉也。漢書：以招人過。招，音翹。賦刑在下，而投棄于羽。方陟元子，以胤功定地。胡離厥考，而鵄龜肆喙！〔一九〕「鵄」，與「鴟」同。

問：伯禹腹鮌，〔一〇〕夫何以變化？〔王逸曰〕禹，鮌子也。言鮌愚狠，腹而生禹，禹小見其所爲，何以能變化而成聖德也？ 纂就前緒，遂成考功。〔王逸曰〕父死稱考。緒，業也。言禹能纂代鮌之遺業，而成考父之功也。 何續初繼業，〔一一〕而厥謀不同？〔王逸曰〕言禹何能繼續鮌業，而謀慮不同也。

對：氣孼宜害，而嗣續得聖，汙塗而蕖，夫固不可以類。〔韓曰〕謂鮌既殛于羽山，蟲鳥之所曳銜，而其子有禹之聖，蓮生泥中，自不類也。 胝躬躄步，〔張曰〕説文：胝，腄也。一曰繭也。躄，跛也。胝，張尼切。躄，蒲結切，又俾亦切。腄，株垂切。瘢也。 橋楯勩路。〔張曰〕勩，勞也。勩，羊至切。「路」，一作「踣」。 厥十有三載，乃蓋考醜。 宜儀刑九疇，一本無「宜儀刑」三字。 受是玄寶。 昏成厥孼，昭生于德，惟氏之繼， 夫孰謀之式！〔韓曰〕謂禹胼手胝足，勤勞底績，以覆蓋其父之惡。敷九疇，錫玄圭，唯繼鮌之氏，而不法其謀也。

問：洪泉極深，何以寘之？〔王逸曰〕言洪水淵泉極深大，禹何用寘塞而平之乎？

對：行鴻下隤，徒回切。 厥丘乃降。 焉填絶淵， 填，音田，又音鎮。 然後夷于土！〔韓曰〕謂禹行洪水，既平，降丘宅土，不待填塞。

問：地方九州，〔一二〕何以墳之？〔王逸曰〕墳，分也。 謂九州之地，凡有九品，禹何以能分別之乎？〔新添竹坡周少隱楚辭贅説曰〕子厚對亦是以墳爲分字，當讀爲憤。

對：從民之宜，乃九于野，墳厥貢藝，而有上中下。〔韓曰〕謂從民之所宜，咸則三壤而成賦、中邦也。

問：應龍何畫？ 河海何歷？〔一三〕〔王逸曰〕有鱗曰蛟龍，有翼曰應龍。歷，過也。 言河海所出至遠，應龍過歷游之，無所不窮也。或曰，禹治洪水時，有神龍以尾畫地，導水所注，當決者，因而治之。

對：胡聖爲不足，反謀龍智？畚鍤究勤，畚，音本。鍤，測洽切。而欺畫厥尾！〔韓曰〕蓋以王逸注神龍之事爲不然也。

問：鮌何所營？禹何所成？〔王逸曰〕言鮌治洪水何所營度，禹何所成就乎？康回馮怒，地何故以東南傾？〔王逸曰〕康回，共工名也。淮南言共工與顓頊争爲帝，不得，怒而觸不周之山，天維絶，地柱折，故東南傾。

對：圜燾廓大，「圜」與「圓」同。又音旋。厥立不植。地之東南，亦已西北。彼回小子，胡顛隕爾力！夫誰駭汝爲此，而以恖天極？〔韓曰〕謂非康回可得而傾也。

問：九州何錯？川谷何洿？〔王逸曰〕錯，厠也。洿，深也。言九州錯厠，禹何所分別之？川谷於地，何以獨洿深乎？洿，音户。

對：州錯富媪，爰定于趾。躁川静谷，形有高庳。〔文曰〕富媪，后土神也。

問：東流不溢，孰知其故？〔王逸曰〕言百川東流，不知滿溢，誰有知其故也？

對：東窮歸墟，又環西盈。脈穴土區，而濁濁清清。墳壚㷮疏，㷮，音爆。滲渴而升。滲，所禁切。充融有餘，泄漏復行。器運浟浟，浟浟，水流貌。浟，音攸。又何溢爲！〔韓曰〕謂九州川谷錯洿各有其勢，水之東流回環，其理自不溢也。

問：東西南北，其修孰多？〔王逸曰〕修，長也。言天地東西南北，誰爲長乎？

對：東西南北，其極無方。夫何澒洞，澒，音汞，又胡動切。而課校修長！〔韓曰〕謂不可計其孰修也。一本無「校」字。

問：南北順隋，〔二四〕音羞。其衍幾何？〔王逸曰〕衍，廣大也。言南北隋長，其廣差幾何乎？

對：茫忽不準，孰衍孰窮！〔韓曰〕亦謂不可計其孰衍也。

問：崑崙縣圃，其尻安在？〔王逸曰〕崑崙，山名也。在西北，元氣所出，其巔曰縣圃。縣圃，乃上通於天也。尻，丘刀切。

對：積高于乾，崑崙攸居。蓬首虎齒，爰穴爰都。〔二五〕

問：增城九重，其高幾里？〔二六〕〔王逸曰〕淮南言：崑崙之山九重，其高萬五千里也。

對：增城之高，萬有三千。〔二七〕增，讀曰層。「千」，一作「干」。

問：四方之門，其誰從焉？〔二八〕〔王逸曰〕言天四方各有一門，其誰從之上下？

對：清溫燠寒，迭出于時。時之丕革，由是而門。〔二九〕

問：西北辟啓，何氣通焉？〔三〇〕〔王逸曰〕言天西北之門每常開啓，豈元氣之所通？

對：辟啓以通，兹氣之元。〔韓曰〕謂崑崙之高，一寒一暑，氣所從出，西北天門，又氣之所通也。

問：日安不到？燭龍何照？〔三一〕〔王逸曰〕言天之西北，有幽冥無日之國，有龍銜燭而照之。

對：修龍口燎，爰北其首，九陰極冥，厥朔以炳。

問：羲和之未揚，若華何光？〔三二〕〔王逸曰〕羲和，日御也。言日未出之時，若木何能有明赤之光華乎？

對：惟若之華，禀羲以耀。〔韓曰〕謂若木依日而光耀耳。

問：何所冬暖？何所夏寒？〔三三〕〔王逸曰〕暖，温也。言天地之氣何所有冬温而夏寒者乎？

對：狂山凝凝，音凝。冰于北至。爰有炎洲，司寒不得以試。

問：焉有石林？何獸能言？〔三四〕〔王逸曰〕言天下何所有石木之林，林中有獸能言語者乎？禮記曰：猩猩能言，不離禽獸也。

對：石胡不林？往視西極！〔韓曰〕此言往視西極，則石林在西。然吴都賦注，石林在南。二義不同。獸言嘐嘐，古包切。人名是達。

問：焉有虬龍，〔三五〕負熊以遊？〔王逸曰〕有角曰龍，無角曰虬，言寧有無角之龍，負熊獸以遊戲者乎？

對：有虬螓蛇，上邕危切。下音移。不角不鱗，嬉夫玄熊，相待以神。

問：雄虺九首，儵忽焉在？〔王逸曰〕虺，蛇别名也。儵忽，電光也。言有雄虺一身九頭，速及電光，皆何所在乎？

對：南有怪虺，羅首以噬。儵、忽之居，帝南、北海。〔元注〕儵、忽，在莊子義甚明。王逸以爲電，非也。〔韓曰〕公以王逸儵忽注爲誤，然招魂云：雄虺九首，往來儵忽吞人。

問：何所不死？長人何守？〔王逸曰〕括地象曰：有不死之國。長人，長狄。春秋云：防風氏也。禹會諸侯，防風氏後至，於是使守封、嵎之山也。

對：員丘之國，身民後死。封、嵎音禺。之守，其横九里。

問：靡萍九衢，枲華安居？〔三六〕〔王逸曰〕九交道曰衢。言寧有萍草生於水中，無根，乃蔓衍於九交之道？又有枲麻垂草華榮，何所有此物乎？

對：有萍九歧，厥圖以詭。浮山孰産？〔三七〕赤華伊枲。〔三八〕〔元注〕山海經多言其枝五衢，又云四衢。衢，歧也。王逸以爲生九衢中，恐謬。又浮山有草焉，其葉如麻。赤華，即枲華也。枲，想里切。

問：一蛇吞象，〔三九〕厥大何如？〔四〇〕〔王逸曰〕山海經云：南方有靈蛇，吞象，三年然後出其骨。

對：巴蛇腹象，足覿厥大。「覿」，一作「覩」。三歲遺骨，其修已號。

問：黑水、玄趾，三危安在？〔王逸曰〕玄趾、三危，皆山名也，在西方。黑水，出崑崙山。

對：黑水淫淫，窮于不姜。玄趾則北，三危則南。

問：延年不死，壽何所止？〔王逸曰〕言仙人稟命不死，其壽獨何所窮止也。

對：僊者幽幽，壽焉孰慕！短長不齊，咸各有止。胡紛華漫汗，漫汗，皆平聲。而潛謂不死！

問：鯪魚何所？鬿堆焉處？〔王逸曰〕鯪魚，鯉也。一云：鯪魚，鯪鯉也，有四足，出南方。鬿堆，奇獸也。鯪，音凌。鬿，音祈。

對：鯪魚人貌，邇列姑射。鮆雀峙北號，〔四一〕惟人是食。〔元注〕山海經：鯪魚在海中，近列姑射山。「堆」，當爲「雀」。鮆雀在北號山，如雞，虎爪，食人。王逸以爲奇獸，誤矣。

問：羿焉彈日？〔四二〕烏焉解羽？〔王逸曰〕淮南言：堯時十日並出，草木焦枯。堯令羿仰射十日，中其九日，日中九烏皆死，墮其羽翼也。「彈」，或作「彈」。彈，射也。

對：焉有十日，其火百物！羿宜炭赫厥體，「羿」一作「早」。胡庸以枝屈！大澤千里，羣烏是解。〔四三〕〔元注〕山海經曰：大澤千里，羣鳥之所解。問作「烏」，當爲「鳥」，後人不知，因配上句，改爲「烏」也。

問：禹之力獻功，降省下土四方。〔四四〕焉得彼嵞山女，「嵞」與「塗」同。而通之于台桑？〔王逸曰〕言禹治水，道娶嵞山氏之女，而合夫婦之道於台桑之地。閔妃配合，〔四五〕厥身是繼。〔王逸曰〕閔，憂也。言禹所以憂無妃匹者，欲爲身立繼嗣也。胡爲嗜欲不同味，而快鼂飽？〔四六〕〔王逸曰〕言禹治水道娶者，憂無繼嗣耳。何特與衆人同嗜欲，苟欲飽快一朝之情乎？故以辛酉日娶，甲子日去，而有啓也。「鼂」，與「朝」同。

對：禹懲于續，嵞婦亟合。胈離厥膚，三門以不眂。與「眎」同。呱呱之不蠹，〔童曰〕蠹，傷也。呱，音孤。蠹，迄力切。而孰圖味！〔四七〕卒燥于野，「于」，一作「中」。民攸字攸暨。〔四八〕〔韓曰〕謂禹娶嵞山氏之女，雖念繼嗣之重，而勤勞不顧其家，非徒欲飽快一朝之情，蓋欲民安其居也。「字」，一作「宇」。

問：啓代益作后，卒然離蠥。〔王逸曰〕益，禹賢臣。作，爲也。后，君也。離，遭也。蠥，憂也。言禹以天下禪益，益避啓於箕山之陽，天下皆去益而歸啓以爲君。益卒不得立，故曰遭憂也。「蠥」，與「孽」同。

對：彼呱克臧，俾姒作夏。獻后益于帝，諄諄以不命。復爲叟耆，曷戚曷孽！〔四九〕〔韓曰〕謂益避啓於箕山之陰，此天意也，初何憂焉！

問：何啓惟憂，而能拘是達？〔王逸曰〕言天下所以去益就啓者，以其能憂思道德而通其拘隔。拘隔者，謂有扈氏叛啓，啓率六師以伐之也。皆歸射鞫，而無害厥躬。〔王逸曰〕射，行也。鞫，窮也。言有扈氏所行，皆歸於窮惡，故啓誅之，並得長無害於身者也。鞫，居六切。

對：呱勤于德，民以乳活。扈仇厥正，帝授柄以撻兇窮。聖庸夫孰克害！〔韓曰〕謂啓之賢，民賴以生，誅有扈氏之叛，而無敢害之者。

問：何后益作革，而禹播降？〔王逸曰〕后，君也。革，更也。播，種也。降，下也。言啓所以能變化更益而代益爲君者，以禹平治水土，百姓得下種百穀，故思歸啓也。

對：益革民艱，咸粲厥粒。惟禹授以土，爰稼萬億。違溺踐垍，〔張曰〕垍，堅土也。垍，巨至切。休居以康食。姑不失聖，夫胡往不道！〔五〇〕〔韓曰〕即書所謂禹曰予乘四載，暨益奏庶鮮食，暨稷播，奏庶艱食鮮食，烝民乃粒之意。〔孫曰〕康食，安食。書曰：不有康食。一本無「聖夫」二字。

問：啓棘賓商，九辯、九歌。〔王逸曰〕棘，陳也。賓，列也。九辯、九歌，啓所作樂也。言啓能修明禹業，陳列宫商之音，備其禮樂也。

對：啓達厥聲，堪輿以呻。〔張曰〕堪輿，天地也。呻，音申。辨同容之序，帝以賓嬪。〔孫曰〕山海經曰：

夏后開上三嬪于天，得九辯與九歌以下。貿，音茂。

問：何勤子屠母，而死分竟地？〔五一〕〔王逸曰〕勤，勞也。屠，裂剥也。言禹腷剥母背而生，其母之身分散竟地，何以能有聖德憂勞天下乎？

對：禹母產聖，何疈厥旅！疈，拍逼切。彼淫言亂噣，「噣」，與「咮」同。噣，陟救切。聰聵以不處。〔韓曰〕謂無此理也。聵，古獲切。

問：帝降夷羿，革孽夏民。〔王逸曰〕帝，天帝也。夷羿，諸侯，弑夏后相者也。革，更也。孽，憂也。言羿弑夏家，居天子之位，荒淫田獵，變更夏道，爲萬民憂患也。

對：夷羿滔荒，〔五二〕割更夏相。〔五三〕夫孰作厥孽，而誣帝以降！〔韓曰〕謂夷羿弑夏后相，非天意也。

問：胡羿射夫河伯，而妻彼雒嬪？〔五四〕〔王逸曰〕胡，何也。雒嬪，水神。謂宓妃也。傳曰：河伯化爲白龍，游於水旁，羿見射之，眇其左目。河伯上訴，天帝曰：「爾何故得見射？」河伯曰：「我時化爲白龍出游。」天帝曰：「使汝深守神靈，羿何從得射也。汝今爲蟲獸，當爲人所射，固其宜也。羿何罪歟？」羿又夢與雒水神宓妃交接也。

對：震暠厥鱗，暠，音杲。集矢于睆。〔五五〕〔張曰〕睆，明星也。睆，户版切。肆叫帝不諶，失位滋嫚。音慢。有洛之嫮，音護。焉妻于狡！

問：馮珧利決，珧，音姚。封狶是射。〔王逸曰〕馮，挾也。珧，弓名也。決，射鞲也。封狶，神獸也。言羿不修道德，而挾弓射鞲，獵捕神獸，以快其情也。狶，音希。何獻蒸肉之膏，而后帝不若？〔王逸曰〕蒸，祭也。

后帝，天帝也。若，順也。言羿獵射封豨，以其肉膏祭天帝，天帝猶不順羿之所爲也。

對：夸夫快殺，鼎豨以慮飽。馨膏腴帝，叛德恣力。胡肥台舌喉，而濫厥福！

問：浞娶純狐，眩妻爰謀。〔王逸曰〕浞，羿相也。爰，於也。眩，惑也。言浞娶於純狐氏女，眩惑愛之，遂與浞謀殺羿也。何羿之射革，而交吞揆之？〔王逸曰〕吞，滅也。揆，度也。言羿好射獵，不恤政事，浞交接國中，布恩施德，而吞滅之也。

對：寒讒婦謀，后夷卒戕。荒棄于野，俾奸民是臧。舉土作仇，徒怙身弧！〔韓曰〕謂浞謀殺羿，羿徒恃其弧矢而不悟也。

問：阻窮西征，巖何越焉？〔王逸曰〕阻，險也。窮，窘也。越，度也。言堯放鮌羽山，西行度越岑巖之險，因墮死也。化而爲黄熊，〔五六〕巫何活焉？〔王逸曰〕活，生也。言鮌死後化爲黄熊，入於羽淵，豈巫醫所能復生活也？

對：鮌殛羽巖，〔張曰〕禮部韻：鯀，音衮。注云：禹父名。今從魚，詳上文，乃是「鯀」字。化黄而淵。

問：咸播秬黍，莆雚是營。〔五七〕〔王逸曰〕咸，皆也。秬黍，黑黍也。雚，草名也。營，耕也。言禹平治水土，萬民皆得耕種於雚蒲之地，盡爲良田也。莆，音甫。「雚」，或作「萑」。

對：子宜播稙「子」，一作「予」。穉，〔五八〕于丘于川。維莞維蒲，莞，音官。維菰維蘆，菰，音孤。蘆，音盧。丕徹以圖，民以讙以都。

問：何由并投，而鮌疾修盈？〔五九〕〔王逸曰〕疾，惡也。修，長也。盈，滿也。由，用也。言堯不惡鮌而戮殺之，則禹不得嗣興，民何得投種五穀乎？乃知鮌惡長滿天下也。

對：堯酷厥父，厥子激以功，「激」，一作「徼」。音澆。克碩厥祀，後世是郊。〔韓曰〕謂鮌既殛死，禹乃嗣興，以永厥祀也。

問：白蜺嬰茀，胡爲此堂？〔王逸曰〕蜺，雲之有色似龍者也。茀，白雲逶蛇若蛇者也。言此有蜺茀氣，逶移相嬰，何爲此堂乎？蓋屈原所見祠堂也。茀，音佛。安得夫良藥，不能固臧？〔王逸曰〕臧，善也。言崔文子學仙於王子僑，子僑化爲白蜺，而嬰茀持藥與崔文子。文子驚怪，引戈擊蜺，中之，因墮其藥。俯而視之，王子僑之尸也。故言得藥不善也。天式從横，陽離爰死。〔王逸曰〕式，法也。爰，於也。言天法有善陰陽從横之道，人失陽氣則死也。大鳥何鳴，夫焉喪厥體？〔六〇〕〔王逸曰〕言崔文子取王子僑之尸置之室中，覆之以弊篚，須臾，則化爲大鳥而鳴，開而視之，翻飛而去。文子焉能亡子僑之身乎？言仙人不可殺也。

對：王子怪駭，蜺形茀裳。文褫操戈，〔六一〕〔童曰〕褫，奪衣也。褫，丑豸切。猶懵夫藥良。終鳥號以游，奮厥篚筐。曶漠莫謀，〔六二〕形胡在胡亡。

問：萍號起雨，何以興之？〔王逸曰〕萍，萍翳，雨師名也。號，呼也。興，起也。言雨師號呼則雲起而雨下，獨何以興之乎？

對：幽陽潛爨，〔六三〕取亂切。陰蒸而雨，萍馮以興，厥號爰所。

問：撰體協脅，鹿何膺之？〔六四〕〔王逸曰〕膺，受也。言天撰十二神鹿，一身八足兩頭，獨何膺受此形體乎？

對：氣怪以神，爰有奇軀。脅屬支偶，尸帝之隅。

問：鼇戴山抃，何以安之？〔王逸曰〕鼇，大龜也。擊手曰抃。列仙傳曰：有巨靈之鼇，背負蓬萊之山，而抃戲滄海之中，獨何以安之乎？

對：宅靈之丘，掉焉不危，鼇厥首而恒以恬夷？〔六五〕〔孫曰〕鼇戴山抃事，見莊子。

問：釋舟陵行，何以遷之？〔王逸曰〕釋，置也。舟，船也。遷，徙也。言鼇所以能負山若舟船者，以其在水中也。使鼇釋水而陵行，則何能遷徙山乎？

對：要釋而陵，殆或謫之，龍伯負骨，帝尚窄之！

問：惟澆在户，何求于嫂？〔王逸曰〕澆，古多力者也。論語曰：澆盪舟。言澆無義，淫泆其嫂，往至其户，佯有所求，因與行淫亂。澆，音梟，又五到切。何少康逐犬，而顛隕厥首？〔王逸曰〕言夏后少康因田獵放犬逐獸，殺澆而斷其頭也。

對：澆嫪以力，嫪，郎到切。兄麀聚之。麀，音憂。康假于田，肆克宇之。

問：女歧縫裳，而館同爰止。〔王逸曰〕女歧，澆嫂也。爰，於也。言女歧與澆淫泆，爲之縫裳，於其舍而宿止也。何顛易厥首，而親以逢殆？〔王逸曰〕逢，遇也。殆，危也。言少康夜襲，得女歧頭以爲澆，因斷之，故言易首遇危殆也。

對：既嘗既舍，宜咸墜厥首。一無「既嘗」二字。

問：湯謀易旅，何以厚之？〔王逸曰〕湯，殷王也。旅，衆也。言殷湯欲變易夏衆，使之從己，獨何以厚待之乎？

對：湯奮癸旅，爰以傴拊。載厥德于葛，以詰仇餉。〔韓曰〕謂湯伐罪弔民，征有葛始。傳曰：葛伯仇餉，此之謂也。〔文曰〕言湯奮伐桀之衆，自葛而始也。

問：覆舟斟尋，何道取之？〔六六〕〔王逸曰〕覆，反也。舟，船也。斟尋，國名也。言少康滅斟尋氏，奄若覆舟，獨以何道取之乎？

對：康復舊物，尋焉保之。覆舟喻易，尚或艱之！

問：桀伐蒙山，何所得焉？〔王逸曰〕桀，夏亡主也。蒙山，國名也。言夏桀征伐蒙山之國，而得妹嬉也。妹嬉何肆，湯何殛焉？〔王逸曰〕言桀得妹嬉，肆其情意，故湯放之南巢。

對：惟桀嗜色，戎得蒙妹，〔六七〕淫處暴娛，以大啓厥伐。〔韓曰〕謂桀伐蒙山而得妹嬉，民棄不保，馴致南巢之伐也。〔文曰〕戎，言以兵而得也。

問：舜閔在家，父何以鰥？〔王逸曰〕舜，帝舜也。閔，憂也。無妻曰鰥。言舜爲布衣，憂閔在家，其父頑母嚚，不爲娶婦，乃至於鰥也。堯不姚告，二女何親？〔王逸曰〕姚，舜姓也。言堯不告舜父母而妻之。如令告之，則不聽，堯女當何所親附乎？

對：瞽父仇舜，鰥以不儷。音麗。堯專以女，茲俾胤厥世。惟蒸蒸翼翼，于嬀之汭。〔六八〕〔韓曰〕謂瞽叟仇舜而鰥在下，堯以二女妻之也。汭，音芮。

問：厥萌在初，何所意焉？〔六九〕〔王逸曰〕言賢者預見施行萌芽之端，而知其存亡善惡之所終，非虛意也。璜臺十成，誰所極焉？〔王逸曰〕璜，石次玉者也。言紂作象箸而箕子歎，預知象箸必有玉杯，玉杯必盛熊蹯豹胎，如此，則必崇廣宮室。紂果作玉臺十重，糟丘酒池，以至於亡也。

對：紂臺于璜，箕克兆之。〔韓曰〕謂紂作玉臺十重，而箕子知其必亡。璜，音皇。

問：登立爲帝，孰道尚之？〔王逸曰〕言伏羲始作八卦，修行道德，萬民登以爲帝，誰開道而尊尚之也？

對：惟德登帝，師以首之。〔七〇〕〔韓曰〕謂伏羲有德，而民登以爲帝。

問：女媧有體，孰制匠之？〔王逸曰〕女媧，人頭蛇身，一日七十化，其體如此，誰所制匠而圖之乎？媧，公蛙切。

對：媧軀虺號，占以類之。胡曰化七十，〔七一〕工獲詭之！〔韓曰〕謂女媧之事爲詭也。

問：舜服厥弟，終然爲害。〔王逸曰〕服，事也。厥，其也。言舜弟象施行無道，舜猶服而事之，然象終欲害舜也。何肆犬體，而厥身不危敗？〔王逸曰〕言象無道，肆其犬豕之心，燒廩窴井，欲以殺舜，然終不能危敗舜身也。

對：舜弟眂厥仇，眂，讀同視。畢屠水火。夫固優游以聖，而孰殆厥禍！犬斷于德，斷，魚巾切。終不克以噬。昆庸致愛，邑鼻以賦富。〔韓曰〕謂象欲殺舜，而舜弟之，雖欲肆其犬豕之心，而終不能害舜。舜且封之有庳而富貴之也。「富」，一作「當」。

問：吴獲迄古，南嶽是止。〔王逸曰〕獲，得也。迄，至也。古，謂古公亶父也。言吴國得賢君。至古公亶父之時，而遇太伯，陰讓避王季，辭之南嶽之下採藥，於是遂止而不還也。孰期去斯，得兩男子？〔王逸曰〕期，會也。昔古公有少子曰王季，而生聖子文王。古公欲立王季，令天命及文王。長子太伯及弟仲雍，去而之吴。吴立以爲君。誰與期會而得兩男子。兩男者，謂太伯、仲雍二人也。「去」，一作「失」。

對：嗟伯之仁，遜弟旅嶽。〔七三〕雍同度厥義，以嘉吴國。〔韓曰〕謂吴國得賢者如太伯，讓王季而居南嶽之下，仲雍亦去而之吴，而文王立，二子可嘉也。

問：緣鵠飾玉，后帝是饗。〔王逸曰〕后帝，謂殷湯也。言伊尹始仕，因緣烹鵠鳥之羹，修飾玉鼎，以事於湯，湯賢之，遂以爲相也。〔新添楚辭贅説曰〕割烹要湯之事，孔子所不言，孟子所不信，而屈原、司馬遷之徒皆言之。説楚辭者，謂孟子以爲不然，慮後世貪人鄙夫託此以進耳。何承謀夏，桀終以滅喪？〔王逸曰〕言湯遂用伊尹之謀伐夏，桀終以滅亡也。

對：空桑鼎殷，諂羹厥鵠。惟軻知言，瞯焉以爲不。〔韓曰〕謂唯孟子謂其「以堯、舜之道要湯，未聞以割烹也」。瞯，視也。與「覸」同。瞯，居莧切。仁易愚危，夫曷揆曷謀。咸逃叢淵，虐后以劉。〔韓曰〕謂以仁格愚，人將不謀而從，如叢雀淵魚焉。

問：帝乃降觀，下逢伊摯。〔王逸曰〕帝，謂湯也。摯，伊尹名也。言湯出觀風俗，乃憂下民，博選於衆，而逢伊尹，舉以爲相也。摯，音至。何條放致罰，而黎伏大說？〔王逸曰〕條，鳴條也。黎，衆也。說，喜也。言湯行天之罰以誅於桀，放之鳴條之野，天下衆民大喜說也。

對：降厥觀于下，匪摯孰承！〔韓曰〕謂相湯以成功者，非伊尹孰承之也。條伐巢放，民用潰厥疣，音尤。以夷于膚，夫曷不謡！〔韓曰〕謂鳴條之伐，南巢之放，如民之癰疽決而膚革平安，無不説者也。

問：簡狄在臺，嚳何宜？玄鳥放貽，女何喜？〔王逸曰〕簡狄，帝嚳之妃也。玄鳥，燕也。貽，遺也。言簡狄侍帝嚳於臺上，有飛燕墮遺其卵，喜而吞之，因生契也。

對：嚳、狄禱禖，嚳，音酷。禖，音梅。契形于胞。音泡。胡乙鷇之食，鷇，苦候切。而怪焉以嘉！〔韓曰〕天子求子之神曰禖。禮：祀高禖是也。謂嚳、狄禱禖得契，於乙鷇何有也。

問：該秉季德，〔七三〕厥父是臧。〔王逸曰〕該，包也。秉，持也。父，謂契也。季，末也。臧，善也。言湯能包持先人之末德，修其祖父之善業，故天祐之，以爲民主也。

對：該德胤孝，〔七四〕一作「考」。蓐收于西。爪虎手鉞，尸刑以司慝。〔七五〕〔元注〕該爲蓐收。王逸注誤。〔韓曰〕禮記疏：蓐收，少皞氏之子曰該，爲金官。國語：虢公夢在廟，有神人面白毛，虎爪執鉞，立於西阿。公覺，召史嚚占之。史嚚曰：「如君之言，則蓐收也，天之刑神也。」所取者本此。

問：胡終弊于有扈，牧夫牛羊？〔七六〕〔王逸曰〕有扈，澆國名也。澆滅夏后相，相遺腹子曰少康，後爲有仍牧正，典主牛羊，遂攻殺澆，滅有扈，復禹舊跡，祀夏配天也。

對：牧正矜矜，澆扈爰踣。

問：干協時舞，何以懷之？〔七七〕〔王逸曰〕干，求也。舞，務也。協，和也。懷，來也。言夏后相既失天下，少康幼小，復能求得時務，調和百姓，使之歸己，何以懷來者也？

對：階干以娱，苗革而格。不迫以死，夫胡狃厥賊！〔孫曰〕書：舞干羽于兩階。七旬，有苗格。對與王逸注不同。

問：平脅曼膚，何以肥之？〔王逸曰〕言紂爲無道，諸侯皆畔，天下乖離，當懷憂癯瘦，而反形體曼澤，獨何以能平脅肥盛乎？

對：辛后騃狂，騃，五駭切。無憂以肥。肆蕩弛厥體，而充膏于肌。嗇寶被躬，焚以旗之。〔韓曰〕謂紂如此，宜不免蹈火而死也。

問：有扈牧豎，云何而逢？〔王逸曰〕言有扈氏本牧豎之人耳，因何逢遇而得爲諸侯乎？一云「其爰何逢」。擊牀先出，其命何從？〔王逸曰〕言啓攻有扈之時，親於其牀上擊而殺之，其先人失國之原，何所從出乎？

對：扈釋于牧，力使后之。〔韓曰〕謂有扈氏釋牧豎而爲諸侯也。民仇焉寓，亦作「寓」。啓牀以斮。〔韓曰〕謂有扈氏不安於民，故啓擊之於牀而殺之也。斮，斬也。斮，音側略切。

問：恒秉季德，焉得夫朴牛？〔七八〕〔王逸曰〕恒，常也。季，末也。朴，大也。言湯常能秉持契之末德，修而弘之，天嘉其志，出田獵得大牛之瑞也。何往營班祿，不但還來。〔王逸曰〕營，得也。班，遍也。言湯往田獵，不但驅馳往來也，還輒以所獲得禽獸，遍施祿惠於百姓也。

對：殷武踵德，爰獲牛之朴！〔文曰〕言後世托符瑞以動民心也。夫唯陋民是冒，而丕號以瑞。〔七九〕卒營而班，民心是市。

問：昏微循迹，有狄不寧。〔八〇〕〔王逸曰〕昏，闇也。循，遵也。言人有循闇微之道，爲淫泆夷狄之行，不可以安其身也。謂晉大夫解居父也。何繁鳥萃棘，負子肆情？〔八一〕〔王逸曰〕言解居父聘乎吴，過陳之墓門，見婦人負其子，欲與之淫泆，肆其情欲。婦人則引詩刺之曰：墓門有棘，有鴞萃止。故曰繁鳥萃棘也。言墓門有棘，雖無人，棘上猶有鴞，汝獨不愧也！

對：解父狄淫，遭愿以赧。〔韓曰〕謂遭愿慤之婦，寧得不愧赧也。彼中之不目，而徒以色視。

問：眩弟並淫，危害厥兄。〔王逸曰〕眩，惑也。厥，其也。言象爲舜弟，眩惑其父母，並爲淫泆之惡，欲共危害舜也。何變化以作詐，後嗣而逢長？〔王逸曰〕言象欲殺舜，變化其態，内作姦詐，使舜治廪，從下焚之，令舜浚井，從上窴之，終不能害舜。舜爲天子，封象於有鼻，而後嗣之子孫長爲諸侯。

對：象不兄龔，而奮以謀「奮」，一作「肆」。蓋。聖孰凶怒，嗣用紹厥愛。〔八二〕〔韓曰〕謂象雖肆害舜之謀，而舜不藏怒，又封之有庳以紹厥愛也。

問：成湯東巡，有莘爰極。〔王逸曰〕有莘，國名也。爰，於也。極，至也。言湯東巡狩至有莘國，以爲婚姻也。何乞彼小臣，而吉妃是得？〔王逸曰〕小臣，謂伊尹也。言湯東巡狩，從有莘氏乞匄伊尹，因得吉善之妃，以爲内輔也。妃，音霏，又音配。

對：莘有玉女，湯巡爰獲。既内克厥合，而外弼于德。伊知非妃，伊之知臣，曷以不識！〔韓曰〕對之意，以爲湯東巡狩而得有莘氏之女則有之，乞彼小臣而吉妃是得爲不然也。

問：水濱之木，得彼小子。夫何惡之，媵有莘之婦？〔八三〕〔王逸曰〕小子謂伊尹。媵，送也。言伊尹母姙身，夢神女告之曰：「臼竈生鼃，急去無反。」居無幾何，臼竈中生鼃。母去東走，顧視其邑，盡爲大水，母因溺死，化爲空桑之木。水乾之後，有小兒啼水涯，人取養之。既長大，有殊才，有莘惡伊尹從木中出，因以送女也。

對：胡木化于母，以蝎厥聖！〔童曰〕蝎，木中蟲。音曷。又蠹也。音許竭切。喙鳴不良，謾以詭正。盡邑以墊，〔童曰〕書：下民昏墊。墊，都念切。孰譯彼夢！〔韓曰〕對之意以爲不然。謂爲是說者，是蠹亂厥聖，詭說害正，未有盡邑以墊而伊可生也。譯，音亦。

問：湯出重泉，夫何罪尤？〔王逸曰〕重泉，地名也。言桀拘湯於重泉而復出之，夫何用法之不審也。不勝心伐帝，夫誰使挑之？〔王逸曰〕帝謂桀也。言湯不勝衆人之心而以伐桀，誰使桀先挑之也。挑，音桃。

對：湯行不類，重泉是囚。違虐立辟，實罪德之由。〔八四〕〔韓曰〕謂湯之行與桀異，桀故囚之。師憑怒以割，〔八五〕癸挑而讎。〔韓曰〕謂湯從衆怒以割正有夏，桀實有以啓之，非湯之所以忍爲也。

問：會鼂爭盟，何踐吾期？〔八六〕〔王逸曰〕言武王將伐紂，紂使膠鬲視武王師。膠鬲問曰：「欲以何日至殷？」武王曰：「以甲子日。」膠鬲還報紂。會天大雨，道難行，武王晝夜行。或諫曰：「雨甚，軍士苦之，請且休息。」武王曰：「吾許膠鬲以甲子日至殷，今報紂矣。吾甲子日不到，紂必殺之。吾故不敢休息，欲救賢者之死也。」遂以甲子日朝，誅紂，不失期也。「鼂」，與「朝」同。蒼鳥羣飛，孰使萃之？〔王逸曰〕蒼鳥，鷹也。萃，集也。言武王伐紂，將帥勇猛如鷹鳥羣飛，誰使武王集聚之者乎？詩云「維師尚父，時惟鷹揚」是也。

對：膠鬲比漦，〔八七〕〔張曰〕「漦」，與「[illegible]」同。凌之切。雨行踐期。捧盎救灼，仁興以畢隨。鷹之咸同，得使萃之。

問：到擊紂躬，〔八八〕叔旦不嘉。〔王逸曰〕旦，周公名也。嘉，美也。言武王始至孟津，八百諸侯不期而到。皆曰：「紂可伐也。」白魚入于王舟。羣臣咸曰：「休哉！」周公曰：「雖休勿休。」故曰叔旦不嘉也。〔新添楚辭贅說曰〕呂望、周公親相武王，率師以伐紂，心非不同也。師至河上，甚雨疾雷，周公引軍而止之。太公曰：「君何不馳也？」周公曰：「天時不順，龜燋不兆，占筮不吉，妖而不祥，星變又兇，何可馳也！」故曰叔旦不嘉。所謂「何親揆發足周之命以咨嗟」者，言周公何爲始親揆度天命以告武王發，而卒乃足成周之命令以殺商受，且又咨嗟自嘆耶？夫湯放桀，武王伐紂，其事一也。孔子之論韶、武，獨以武爲未盡善，而不及湯。豈非湯嘗引過自咎，以予有慚德，且恐來世以貽爲口實，則所以杜百世之亂者，猶未忘也。武王獨未有一言及此。周公所以不嘉，豈無其意哉！周公之於紂，則君也；於武王，則親也。周公豈固徇愛親之私心，而滅君臣之大義哉！爲天下計也。至於足周伐商之命，而終於克商者，乃以是耳。原之言有及於此，因疑以問之，亦足以見其能明周公之心矣。王逸解注與下二句意不協，故余論其如此。何親揆發，足周之命以咨嗟？〔八九〕〔王逸曰〕揆，度也。言周公於孟津揆度天命，發足還師而歸。當此之時，周之命令已行天下，百姓咨嗟，嘆而美之也。

對：頸紂黃鉞，旦孰喜之！民父有釐，嗟以美之。〔韓曰〕周公雖幸武王應天順人，斂福錫命，而咨嗟之詞雖美之而實戒之也。考之周書，其詳可得而推矣。

問：授殷天下，其位安施？〔九〇〕〔王逸曰〕言天始授殷家以天下，其王位安所施用乎？善施若湯也。反成乃亡，其罪伊何？〔王逸曰〕言殷王位已成，反覆亡之，其罪惟何乎，罪若紂也。

對：位庸庇民，仁克蒞之。紂淫以害，師殛圮之。〔韓曰〕謂武王之仁，足以庇民，而紂之不道，衆所共棄也。

問：争遣伐器，何以行之？〔王逸曰〕伐器，攻伐之器也。言武王伐紂，發遣干戈攻伐之器，争先在前，獨何以行之乎？並驅擊翼，何以將之？〔王逸曰〕言武王三軍樂戰，並載馳載驅，赴敵争先，前歌後舞，鳧藻讙呼，奮擊其翼，獨何以將率之也。楚辭注：一本云「前歌後舞，如鳥噪呼」。

對：咸逭厥死，〔九一〕争徂器之。翼鼓顛禦，讙舞靡之。〔韓曰〕謂天下咸避虐政，而干戈攻伐之器皆争先而行，前歌後舞，鳧藻讙呼，奮擊其翼而不自知也。「讙」字，一作「誰」。

問：昭后成遊，南土爰底。〔王逸曰〕爰，於也。底，至也。言昭王背成王之制而出遊，南至於楚，楚人沉之，而遂不還也。厥利惟何，而逢彼白雉？〔九二〕〔王逸曰〕厥，其也。逢，迎也。言昭王南遊，何以利於楚乎？以爲越裳氏獻白雉，昭王德不能致，欲親往逢迎之乎？

對：水濱翫昭，荆陷弒之。〔孫曰〕僖四年左氏：齊侯伐楚。管仲曰：「昭王南征而不復，寡人是問。」楚子曰：「昭王之不復，君其問諸水濱。」繆迓越裳，疇肯雉之！

問：穆王巧梅，音梅。夫何爲周流？〔九三〕〔王逸曰〕梅，貪也。言穆王巧於辭令，貪好攻伐，遠征犬戎，得四白狼、四白鹿。自是後夷狄不至，諸侯不朝。穆王乃更巧詞周流而往説之，欲以懷來也。環理天下，夫何索求？〔王逸曰〕環，旋也。言王者當修道德以來四方，穆王何爲乃周旋天下而求索之也？

對：穆懵祈招，猖洋以游。〔九四〕輪行九野，惟怪之謀。胡紿娛載勝之獸，觴瑶池以迭謠！〔九五〕〔韓曰〕按：列子載穆王肆意遠遊，命駕八駿之乘，馳驅千里，至於巨蒐氏之國。巨蒐氏乃獻白鵠之血以飲王，具牛馬之湩以洗王之足，遂宿于崑崙之阿；觀黄帝之宫，遂賓于西王母，觴于瑶池之上。西王母爲王謡，王和之，其詞哀焉。此對問之所交譏也。

問：妖夫曳衒，何號乎市？〔九六〕〔王逸曰〕妖，怪也。號，呼也。昔周幽王前世有童謡曰：「檿弧箕服，實亡周國。」後有夫婦賣是器，以爲妖怪，執而曳戮之於市也。周幽誰誅？焉得夫褒姒？〔九七〕〔王逸曰〕褒姒，周幽王后也。昔夏后氏之衰也，有二神龍止於夏庭而言曰：「余，褒之二君也。」夏后布幣糈而告之。龍亡而漦在，櫝而藏之。夏亡傳殷，殷亡傳周，比三代莫敢發也。至厲王之末，發而觀之，漦流于庭，化爲玄黿，入王後宫，後宫處妾遇之而孕，無夫而生子，懼而棄之。時被戮夫婦夜亡，聞後宮處妾所棄女啼聲，哀而收之，遂奔褒。褒人後有罪，幽王欲誅之，褒人乃入此女以贖罪，是爲褒姒，立以爲后，惑而愛之，遂爲犬戎所殺也。

對：孺賊厥詵，爰檿其弧。〔童曰〕檿，山桑也。檿，於琰切。幽禍挐以夸，憚褒以漁。淫嗜蔑殺，蔑，莫結切。諫尸謗屠。孰鱗漦以徵，漦，凌之切。而化黿是辜！〔韓曰〕對問之意，蓋罪幽王淫刑嗜殺，以自取滅亡，未可盡歸之於妖夫化黿之徵也。黿，似鼈而大。黿，魚袁切。

問：天命反側，何罰何佑？〔王逸曰〕言天道神明降與人之命，反側無常，善者佑之，惡者罰之。

對：天邈以蒙，人么以離。胡克合厥道，而詰彼尤違。

問：齊桓九會，卒然身殺？〔王逸曰〕言齊桓公九合諸侯，一匡天下，任豎刁、易牙，子孫相殺，蟲流出戶。一人之身，一善一惡，天命無常，罰佑之不常也。

對：桓號其大，任屬以傲。幸良以九合，逮孽而壞。〔韓曰〕謂齊桓九合諸侯，震而矜之，叛者九國，卒至見殺，非天道之無常，亦其自取然也。

問：彼王紂之躬，孰使亂惑？〔王逸曰〕惑，妲己也。何惡輔弼，讒諂是服？〔王逸曰〕服，事也。言紂惡輔弼，不用忠直之言，而專用讒諂之人也。

對：紂無誰使惑，惟志爲首。逆圖倒視，輔讒以僇寵。〔文曰〕言紂之惡，自爲惑亂，非人所使也。諸本多無「僇」字。

問：比干何逆，而抑沈之？〔王逸曰〕比干，聖人，紂諸父也。諫紂，紂怒，乃殺之，剖其心也。雷開何順，而賜封之？〔王逸曰〕雷開，佞臣也。阿順於紂，乃賜之金玉而封之也。或作「而賜封之金」。

對：干異召死，雷濟克后。〔韓曰〕謂紂自惑亂，棄賢用讒，比干諫而死，雷開佞而用也。

問：何聖人之一德，卒其異方？〔王逸曰〕聖人，謂文王也。卒，終也。言文王仁聖，能純一其德，則天下異方終皆歸之也。梅伯受醢，箕子佯狂。〔王逸曰〕梅伯，紂諸侯也。言梅伯忠直而數諫紂，紂怒，乃殺之，葅醢其身。箕子見之，則被髮佯狂也。

對：文德邁以被，芮鞫順道。〔韓曰〕謂文王之德純一，虞、芮質厥成，而天下無異志也。鞫，音匊。醢梅奴箕，忠咸喪以醜厚。〔韓曰〕此兩語，疑當與前紂讒諂是服事文理相屬。對亦隨問意耳。

問：稷維元子，帝何篤之？〔九八〕〔王逸曰〕元，大也。帝，謂天帝也。篤，厚也。言后稷之母姜嫄，出見大人之迹，怪而履之，遂有娠而生后稷。后稷生而仁賢，天帝獨何以厚之乎？投之于冰上，鳥何燠之？〔王逸曰〕投，棄也。燠，温也。言姜嫄以后稷無父而生，棄之於冰上，有鳥以翼覆薦温之，以爲神，乃取而養之。詩曰：誕寘之寒冰，鳥覆翼之。

對：棄靈而功，篤胡爽焉！翼冰以炎，盍崇長焉！

問：何馮弓挾矢，殊能將之？〔九九〕〔王逸曰〕馮，大也。挾，持也。言后稷長大，持大强弓挾箭矢，桀然有殊異將相之才。既驚帝切激，何逢長之？〔王逸曰〕帝謂紂也。言武王能奉承后稷之業，致天罰，加誅於紂，切激而數其過，何逢后世繼嗣之長也？「切」，一作「以」。

對：既岐既嶷，魚岌切。宜庸將焉。紂凶以啓，武紹尚焉。〔韓曰〕謂紂有凶德，武王能紹后稷之業。

問：伯昌號衰，秉鞭作牧。〔王逸曰〕伯昌，謂文王也。秉，執也。鞭，以喻政。言紂號令既衰，文王執鞭持政，爲雍州之牧也。何令徹彼岐社，命有殷之國？〔王逸曰〕徹，壞也。社，土地之主也。言武王既誅紂，令壞邠、岐之社。言己受天命而有殷國，因徙以爲天下之太社也。

對：伯鞭于西，化江、漢滸。易岐社以太，國之命以祚武。〔韓曰〕謂文王之秉政，化行乎江、漢之國，易岐社以正天命也。

問：遷藏就岐，何能依？〔一〇〇〕〔王逸曰〕言太王始與百姓徙其寶藏來就岐下，何能使其民依倚而隨之也？

對：踰梁橐囊，羶仁蟻萃。〔一〇一〕〔韓曰〕謂民歸太王如蟻慕羶也。

問：殷有惑婦，何所譏？〔王逸曰〕惑婦，謂妲己也。譏，諫也。言妲己惑誤於紂，不可復譏諫也。

對：妲滅淫商，妲，當割切。痡民以亟去。〔韓曰〕謂紂爲妲己所惑，流毒于民，民皆去也。痡，音逋。

問：受賜茲醢，西伯上告。〔王逸曰〕茲，此也。西伯，文王也。言紂醢梅伯以賜諸侯，文王受之，以祭告語於上天也。何親就上帝罰，殷之命以不救？〔王逸曰〕上帝，謂天帝也。言天帝親致紂之罪罰，故殷之命不可復救也。

對：肉梅以頒，烏不台訴！孰盈癸惡，〔一〇二〕兵躬殄祀！〔韓曰〕謂紂醢梅伯以賜諸侯，西伯所以訴于天，此天所以親致紂之罰，故殷之命至於絶而不續也。「殄」，與「殄」同。

問：師望在肆，昌何志？〔王逸曰〕師望，謂太公也。昌，文王名也。言太公在市肆而屠，文王何以志知之乎？「志」，一作「識」。鼓刀揚聲，后何喜？〔王逸曰〕后，謂文王也。言呂望鼓刀在列肆，文王親往問之。呂望對曰：「下屠屠牛，上屠屠國。」文王喜，載與俱歸也。

對：牙伏牛漁，積内以外萌。岐目厥心，瞭眡顯光。〔韓曰〕謂太公望隱於屠牛，漁於渭濱，有諸中而形諸外，文王以心識之。〔童曰〕瞭，目明也。周官有眡瞭。瞭，音了。奮刀屠國，〔一〇三〕以髀髖厥商。〔韓曰〕賈誼傳曰：至於髖髀之所，非斤則斧。師古曰：言其骨大，故須斤斧也。髀，音陛。髖，音寬。

問：武發殺殷，何所悒？〔王逸曰〕言武王發欲誅紂，何所悁悒而不能久忍也？載尸集戰，何所急？〔王逸曰〕尸，主也。集，會也。言武王伐紂，載文王木主，稱太子發，急欲奉行天誅，爲民除害也。

對：發殺曷逞，〔一〇四〕寒民于烹。惟栗厥文考，而虔子以徂征。〔韓曰〕謂武王伐殷，欲救民於虐焰中。在文王則慄慄危懼有所不敢，在武王則不敢不敬承文謨，以卒此武功也。故載文王木主以討紂，有所不得已焉也。

問：伯林雉經，維其何故？〔王逸曰〕伯，長也。林，君也。謂晉太子申生，爲後母驪姬所譖，遂雉經而自殺也。何感天抑墜，籀文「地」字。夫誰畏懼？〔王逸曰〕言驪姬讒殺申生，其冤感天，又讒逐群公子，當復誰畏懼？

對：中譖不列，恭君以雉。〔韓曰〕禮記正義云：雉，牛鼻繩。或曰：雉遇獲多自死，如字。胡螾訟蟯賊，〔韓曰〕説文云：螾，蟲側行者。蟯，蟲在人腹者。以二蟲譬驪姬之譖耳。螾，弋忍切。蟯，音堯。而以變天地！〔韓曰〕謂豈讒說可以變天地也。

問：皇天集命，惟何戒之？〔王逸曰〕言皇天集祿命而與王者，王者何不常畏慎而戒懼也？受禮天下，又使至代之？〔一○五〕〔王逸曰〕言王者既循行禮義，受天之命而王有天下矣，又何爲至使他姓代之乎？

對：天集厥命，惟德受之。胤怠以棄，天又祐之。〔韓曰〕謂皇天惟相有德，以集厥命。後世子孫不能恐懼以自棄，則將祐下民而作之君，所不免也。

問：初湯臣摯，後茲承輔。〔王逸曰〕言湯初舉伊尹，以爲凡臣耳，後知其賢，乃以備輔翼承疑，用其謀也。何卒官湯，尊食宗緒？〔王逸曰〕卒，終也。緒，業也。言伊尹佐湯命，終爲天子，尊其先祖以王者禮樂祭祀，緒業流於子孫者乎！

對：湯、摯之合，祚以久食。昧始以昭末，克庸成績。

問：勳闔、夢生，少離散亡。〔一○六〕〔王逸曰〕勳，功也。闔，吴王闔廬也。夢，闔廬祖父壽夢也。壽夢卒，太子諸樊立。諸樊卒，傳弟餘祭。餘祭卒，傳弟夷末。夷末卒，太子王僚立。闔廬，諸樊之長子也，次不得爲王，少離散亡放在外，乃使專諸刺王僚，代爲吴王，子孫世盛。以伍子胥爲將，大有功勳也。何壯武厲，能流厥嚴？〔一○七〕〔王逸曰〕壯，大也。言闔廬少小離亡，何能壯大，厲其勇武，流其威嚴也？

對：光徵夢祖，憾離以厲。彷徨激覆，彷，音旁。徨，音皇。而勇益德邁。〔韓曰〕闔廬，名光，壽夢之孫也。言闔廬少小被放於外，不得立，及其壯大，終能厲其武勇，以大吴國。

問：彭鏗斟雉，帝何饗？〔王逸曰〕彭鏗，彭祖也。好和滋味，善斟雉羹，能事帝堯，帝堯美而饗食之。受壽永多，夫何久長？〔王逸曰〕言彭祖進雉羹於堯，堯饗食之以壽考。彭祖至八百歲猶自悔不壽，恨枕高而唾遠也。

對：鏗羹于帝，聖孰嗜味！夫死自暮，而誰饗以俾壽！〔韓曰〕謂王逸所注爲無是理也。

問：中央共牧，后何怒？〔一〇八〕〔王逸曰〕牧，草名也，有實。后，君也。言中央之州，有岐首之蛇，爭共食牧草之實，自相啄嚙，以喻夷狄相與忿爭，君上何故當怒之乎？蠭蛾微命，力何固？〔王逸曰〕言蠭蛾有蠚毒之蟲，受天命負力堅固，屈原以喻蠻夷自相毒蠚，固其常也，獨當憂秦、吴耳。〔新添楚辭贅説曰〕王逸注無所據，引不可信。原意謂：中央者，中國也。共牧者，共九州之牧也。若使中國共牧，無所戰爭，則君何怒而有討乎？今蠭蛾微命而好爭，其力甚固，蓋蠭有毒而蛾好鬬故也。以喻上失其政，九州無牧，諸侯戰爭，不可禁止，以譏當時之事耳。或謂原因見楚之宗廟有岐首之蛇，如今古祠中多畫毒蛇怪物之類者，故因以諷焉，不可知也。

對：螝蠚己毒，〔童曰〕説文，螝，蠶蛹也。螝，胡對切。不以外肆。細腰羣螫，〔童曰〕細腰，蜂也。博物志：細腰蜂無雌雄之類，取桑蟲及阜螽子抱而爲己子。螫，施隻切。夫何足病！

問：驚女采薇，鹿何祐？〔王逸曰〕祐，福也。言昔者有女子采薇菜，有所驚而走，因獲得鹿，其家遂昌熾，乃天祐之。北至回水，〔一〇九〕萃何喜？〔王逸曰〕萃，止也。言女子驚而北走，至於回水之上，止而得鹿，遂有福喜也。

對：萃回偶昌，〔一一〇〕鹿曷祐以女！〔韓曰〕對以爲避禍得鹿，亦偶然耳。

問：兄有噬犬，弟何欲？〔王逸曰〕兄，謂秦伯也。噬犬，嚙犬也。弟，秦伯弟鍼也。言秦伯有嚙犬，弟鍼欲請之。易之以百兩，卒無祿。〔王逸曰〕言秦伯不肯與弟鍼犬，鍼以百兩金易之，又不聽，因逐鍼而奪其爵祿也。

對：鍼欲兄愛，以快侈富。愈多厥車，卒逐以旅。〔元注〕問云百兩，蓋謂車也。王逸以爲百兩金，誤也。

〔孫曰〕昭元年左氏：秦景公母弟鍼出奔晉，其車千乘。鍼，字后子，桓公子也。鍼，說文通作「針」。

問：薄暮雷電，歸何憂？〔王逸曰〕言屈原書壁所問略訖，日暮欲去，時天大雨雷電，思念復至，自解曰：歸何憂乎！厥嚴不奉，帝何求？〔一一〕〔王逸曰〕言楚王惑信讒佞，其威嚴當日墮，不可復奉成，雖從天帝求福，神無如之何。伏匿穴處，爰何云？〔王逸曰〕爰，於也。云，言也。吾將退於江濱，伏匿穴處耳，當復何言乎？荆勳作師，夫何長？〔一二〕〔王逸曰〕荆，楚也。師，衆也。勳，功也。初，楚邊邑之處女與吳邊邑處女爭採桑於境上，相傷。二家怒而相攻，於是楚爲此興師，攻滅吳之邊邑，而怒始有功。時屈原又諫言我先爲不直，恐不可久長也。悟過改更，我又何言？〔王逸曰〕欲使楚王覺悟，引過自與，以謝於吳。不從其言，遂相攻伐，禍起於細微也。

對：咨吟于野，胡若之很！〔童曰〕很，戾也。很，戶懇切。嚴墜誼殄丁厥任，〔韓曰〕閔原當此禮義消亡之時也。合行違匿固若所。咿嚘忿毒意誰與？〔韓曰〕謂原伏匿草野，尚興詞致憤，欲何爲也？咿，音伊。嚘，音憂。醜齊徂秦啗厥詐，讒登狡庸咈以施。甘恬禍凶亟鋤夷，愎不可化徒若罷。〔一三〕〔韓曰〕謂楚懷王之時，秦欲伐齊，齊與楚從親，惠王患之。乃令張儀厚幣事楚，使楚絕齊，願獻商於之地六百里。楚懷王貪而信張儀，遂絕齊使，使如秦受地。張儀詐之曰：「儀與王約六里，不聞六百里。」懷王怒，舉兵伐秦，大敗於丹陽。明年，秦割漢中地與楚以和。時秦昭王欲與懷王會，王欲行，屈原諫之曰：「秦，虎狼之國，不可信，不如無行。」懷王信子蘭言，竟行。遂死于秦。此對之意，所以詳言屈原當日諫之不聽，以至於斯云爾。愎，音蒲逼切。

問：吴光争國，久余是勝？〔王逸曰〕光，闔廬名。言吴與楚相伐，至於闔廬之時，吴兵入郢都，昭王出奔，故曰吴光争國。久余是勝，言大勝我也。

對：闔綽厥武，滋以侈頹。

問：何環穿自閭社丘陵，爰出子文？〔一四〕〔王逸曰〕子文，楚令尹也。子文之母，鄖公之女。旋穿閭社通於丘陵，以淫而生子文，棄之夢中。有虎乳之，以爲神異，乃取收養焉。楚人謂乳爲穀，謂虎爲於菟，改名鬬穀於菟，字子文。長而有賢人之才也。於菟，音烏荼。

對：於菟不可以作，怠焉庸歸？〔元注〕問云「爰出子文」，哀今無此人，但任子蘭也。

問：吾告堵敖以不長。〔王逸曰〕堵敖，楚賢人也。屈原放時，語堵敖曰：「楚國將衰，不復能久長也。」

對：欵吾敖之閼以旅尸。〔一五〕〔元注〕楚人謂未成君而死曰「敖」。堵敖，楚文王兄也。今哀懷王將如堵敖不長而死，以此告之。逸注以爲堵敖爲楚賢人，大謬。〔韓曰〕按左氏莊公十四年：楚子如息，以息嬀歸，生堵敖及成王焉。則堵敖成王之兄，而非文王之兄也。公之注亦誤矣。

問：何試上自予，忠名彌彰？〔王逸曰〕屈原言我何敢嘗試君上，自干忠直之名，以顯彰後世乎？誠以同姓之故，中心惓惻，義不能已也。一云「何誡上自予」，云云。

對：誠若名不尚，曷極而辭？〔二六〕〔韓曰〕謂屈原苟無尚名之心，則天問曷極其辭如此。一本云：「食姑不失聖人胡往不道。」

校勘記

〔一〕天對題下注　「及古賢聖、怪物行事」。「賢聖」原作「聖賢」，據詁訓本及四部叢刊本楚辭（以下凡稱楚辭而未注明版本者，即四部叢刊本）天問王逸序倒轉。「因共論述」。「共」原作「其」，據楚辭王逸序改。「其有所得」。「有所」原作「所有」，據詁訓本倒轉。

〔二〕誰能極之句下注　「言日月晝夜，清濁晦明，誰能極知之」。原作「言純陰純陽，一晦一明，誰造爲之乎」，與下文「惟時何爲」句下注重複。據五百家、世綵堂本及楚辭王逸注改。

〔三〕曶黑晰眇　「曶」原作「曶」，據取校諸本改。按：「曶」說文寫作「昒」，「目冥遠視也，從目勿聲」。而「曶」，說文寫作「昒」，「尚冥也，從日勿聲」。漢書作「昒」，或作「曶」。如：郊祀志：「昒爽。」師古注：「謂日尚冥，蓋未明之時也。」據文意，作「曶（昒）」爲是。「晰」原作「晣」，據世綵堂本及楊萬里天問天對解改（注文同）。按：「晣」，音制，目明也；「晰」，音哲，指日光明亮。「曶黑晰眇」指晝夜交替，據文意，作「晰」爲是。句下注「說文：曶，出氣詞也。從曰，象氣出形」。「曶」下原無「出」字，「從曰」原作「從日」，據說文改補。按：此注與正文不切合。正文是「曶」，而此注是

「曶」。蓋因說文無「曶」形之字，童注遂將從「日」之「曶」誤爲從「曰」之「曶」。

〔四〕蒙以圜號句下注　「謂天圜九重，則陽數也」。「則」，詁訓本作「取」，近是。

〔五〕乃縻身位　「縻」原作「糜」，據詁訓本及楊萬里天問天對解改。

〔六〕孰取大焉句下注　「天圓地方，極植中央」。「極」原作「屯」，誤。按：太玄經卷七作「天圜地方，極植中央」。今據改。

〔七〕安放安屬句下注　「東北方變天」。「變」原作「鸞」，據音辯、五百家、世綵堂本及楚辭王逸注呂氏春秋有始覽、淮南子天文訓改。

〔八〕棋施萬熒　「施」，五百家、世綵堂本及全唐文作「布」。

〔九〕輻旋南晝　「晝」原作「畫」，據音辯、游居敬、蔣之翹本改。按：此句與下句以車軸喻天極，不動，以輻旋喻天體之運轉，當車輻旋轉至南方時，車軸即在其北，故作「晝」是。

〔一〇〕平施旁運　「施」，天問天對解作「旋」。

〔一一〕度引久窮　「久窮」，音辯本作「九窮」，游居敬本、全唐文及何焯義門讀書記作「無窮」。

〔一二〕何以死育句下注　「唯月明既極則魄哉生」。按：「魄哉生」即「哉生魄」，爲古代記日之術語。「魄」，古文作「霸」，爲月始生明而未盛之意。「哉」，爾雅釋詁：「始也」。「魄哉生」即魄始生，其所指具體日期，漢朝學者大多認爲指每月之二日或三日。但劉歆、孟康一派則認爲指每月之十六日。近人王國維據古器物銘文考證，認爲哉生魄爲月之二日或三日之説是。此處韓注「唯月明既極則魄哉生」，顯係因襲劉歆、孟康之誤説。

〔一三〕焉以夫爲句下注　「畫堂畫九子母」。「畫堂」原作「畫室」，據世綵堂本及漢書卷一〇成帝紀應劭注改。「或云即女歧也」。「云」下原脱「即」字，據詁訓、五百家、世綵堂本補。

〔一四〕惠氣安在句下注　「所至傷人」。「傷人」原作「疫人」，據世綵堂本及楚辭王逸注改。「此二者當何所在乎」。「二」原作「三」。按：「此二者」指伯强與惠氣，作「二」是。今據五百家本改。又，「當」原作「常」，據世綵堂本及楚辭王逸注改。

〔一五〕何有處鄉句下注　「非有定處也」。「非」上原有「鬼」字，據五百家、世綵堂本删。

〔一六〕蒼龍之寓而廷彼角亢　「廷」，五百家、世綵堂本作「迋」。句下注「左角爲天田」。「天田」原作「天紐」，據五百家、世綵堂本及晉書卷一一天文志改。

〔一七〕僉答何憂　「答」，詁訓、蔣之翹本及楚辭、朱熹楚辭集注均作「曰」。

〔一八〕鮌何聽焉句下注　「鮌何能復不聽乎」。原作「鮌何復能乃聽之乎」，據楚辭王逸注改。

〔一九〕而鴟龜肆喙句下注　「『鴟』，與『鵄』同」。「鵄」原作「鳿」，五百家、世綵堂本作「鵄」。按：「鳿」，古「鴻」字。作「鵄」是。今據改。

〔二〇〕伯禹腹鮌　「腹」，楚辭作「愎」。

〔二一〕何續初繼業　「續」上原無「何」字，據取校諸本及楚辭補。

〔二二〕地方九州　「九州」，音辯、游居敬、蔣之翹本、全唐文及何焯義門讀書記作「九則」。

〔二三〕河海何歷句下注　「有神龍以尾畫地，導水所注，當決者，因而治之」。「地」、「注」二字據楚辭王逸注補。又，「導水」下原有「徑」字，據楚辭王逸注删。

〔二四〕南北順隋句下注　「音羞」。按：「隋」字無「羞」音，恐係「妥」之誤。音辯、五百家、濟美堂、蔣之翹本及楊萬里天問天對解均作「隋音妥」。

〔二五〕爰穴爰都　「穴」，五百家、世綵堂本作「處」。

〔二六〕其高幾里句下注　「其高萬五千里也」。「萬五千里」，世綵堂本作「萬一千里」。按：楚辭王逸注：「淮南言，崑崙之山九重，其高萬二千里也。『二』或作『五』。」又淮南子地形訓：「掘崑崙虛以下地，中有增城九重，其高萬一千里百一十四步二尺六寸。」

〔二七〕增城之高萬有三千　「高」，音辯、游居敬本及全唐文作「里」。「萬有三千」，楊萬里天問天對解作「萬有五千」。

〔二八〕其誰從焉句下注　「言天四方各有一門」。「天」下原有「地」字，據楚辭王逸注删。

〔二九〕清溫燠寒迭出于時時之丕革由是而門　「四方之門其誰從焉」問下原脱此對，據取校諸本補。

〔三〇〕西北辟啓何氣通焉　「辟啓以通茲氣之元」對上原脱此問，據取校諸本補。　句下注「言天西北之門每常開啓，豈元氣之所通」。原脫此注，據楚辭王逸注補。

〔三一〕日安不到燭龍何照　「不」，五百家、世綵堂、濟美堂本及全唐文作「所」。句下注「言天之西北」。「天」下原有「地」字。又，「有龍銜燭而照之」。「而」下原有「留」字。均據楚辭王逸注删。

〔三二〕若華何光句下注　「言日未出之時」。「出」上原有「揚」字，據楚辭王逸注删。

〔三三〕何所夏寒句下注　「言天地之氣何所有冬溫而夏寒者乎」。「地」上原脫「天」字，據楚辭王逸注補。

〔三四〕何獸能言　「何」，五百家、世綵堂、濟美堂本作「有」。

〔三五〕焉有虯龍　「焉有」，五百家、世綵堂、濟美堂本作「烏有」。

〔三六〕枲華安居句下注　「又有枲麻垂草華榮」。「垂」下原脫「草」字，據世綵堂本及楚辭王逸注補。

〔三七〕浮山孰產　「浮山」原作「浮出」，據取校諸本改。

〔三八〕赤華伊枲句下注　「山海經多言其枝五衢」。「枝」原作「歧」，據五百家、濟美堂、蔣之翹本「有萍九歧厥圖以詭」句下注及山海經中山經改。

〔三九〕一蛇呑象　「一」，音辯、五百家、世綵堂本作「靈」。

〔四〇〕厥大何如　「大」，五百家、世綵堂本作「骨」。按：據山海經及對文，「骨」字疑是。

〔四一〕鬿雀峙北號　「鬿雀」原作「鬿崔」，據取校諸本改。句下注「『堆』，當爲『雀』」。「堆」原作「崔」，據取校諸本改。

〔四二〕羿焉彈日　「彈」，五百家、世綵堂本及楚辭作「彃」。句下注「『彃』，或作『彈』」。按：作「彃」是。

〔四三〕𩾏烏是解　「烏」原作「鳥」，據取校諸本改。句下注「大澤千里，𩾏烏之所解」。「大澤」下原脫「千里」二字，「𩾏烏」原作「𩾏鳥」，據取校諸本及山海經大荒北經補改。

〔四四〕降省下土四方　蔣之翹本及宋刻楚辭集注「土」下無「四」字。蔣注云：「『土』下或有『四』字，或幷無『四方』二字，今按『下土方』蓋用商頌語，『四』字之衍明甚。然若幷無二字，則無韻矣。」按：蔣說是。

〔四五〕閔妃配合　「配」，音辯、詁訓本、天問天對解及各本楚辭均作「匹」，疑是。

〔四六〕胡爲嗜欲不同味而快鼂飽　「爲」，取校諸本及楚辭均作「維」。音辯本及楚辭集注「嗜」下無「欲」字。音辯及蔣之翹本注：「一本『快』下有『一』字。」

〔四七〕而孰圖味　五百家、世綵堂本及全唐文「圖」下有「厥」字。

〔四八〕民攸字攸曁　「字」，取校諸本作「宇」。按：「字」是字養的意思，據文義作「字」近是。「曁」，五百家本注引蔡夢弼曰：「『曁』當作『塈』，息也。」詩泂酌：「『民之攸塈。』言水患旣平，民得所字養而安息也。」按：蔡說是。

〔四九〕曷戚曷孽句下注　「謂益避啓於箕山之陰」。「之陰」，史記卷二夏本紀及楚辭王逸注作「之陽」。按：孟子萬章上作「之陰」，疑韓注本此。

〔五〇〕休居以康食姑不失聖夫胡往不道　世綵堂本注及何焯義門讀書記引大字本注：「重校，『康』作『倉』，絕句。一無『食』字，作『休居以倉，康姑不失』。」「夫」，詁訓、五百家、世綵堂本及天問天對解作「天」。音辯本無「聖夫」二字。按：據楊萬里解，當於「聖」字下斷句。聯繫上文，意爲「禹之聖如此，而啓又且不失禹之聖，則天命胡往而不導之哉」！今從楊說，於「聖」字下斷句，「夫」作「天」。　句下注「卽書所謂禹曰予乘四載」，「曁稷播，奏庶艱食鮮食」。「曰」原作「自」，「稷」下原脫「播」字，「艱食」下原脫「鮮食」二字，據詁訓本及尚書益稷改補。

〔五一〕而死分竟地　「地」原作「墜」，據蔣之翹本及楚辭、楚辭集注天問天對解改。句下注同改。按：「地」字籀文寫作「墬」，遂誤爲「墜」。　句下注「言禹副母背而生」。「副」原作「腷」，據楚辭王逸注改。按：腷，廣韻：「腷臆，意不泄也。」副，說文：「判也。」作「副」是。

〔五二〕夷羿滔荒　「荒」，五百家、世綵堂本及天問天對解作「淫」。

〔五三〕割更夏相　「夏相」，取校諸本及天問天對解均作「后相」。

〔五四〕而妻彼雒嬪　「妻」下原脫「彼」字，據取校諸本及楚辭補。

〔五五〕集矢于睆　「睆」，全唐文作「皖」。世綵堂本注：「字當从目从完。說文云：大目也。」楊萬里云：「睆者，明星也。謂龍之目如星之明也。」二說皆可通。

〔五六〕化而爲黄熊　音辯本及楚辭「化」下無「而」字。「黄熊」，五百家、世綵堂本作「黄能」。按：左傳昭公七年及楚辭作「黄熊」，國語晉語作「黄能」。　句下注「入於羽淵」。「羽」下原有「山」字，據音辯、五百家、世綵堂本及楚辭王逸注删。

〔五七〕莆雚是營　「雚」，五百家、世綵堂本及楚辭作「藋」（注同）。洪興祖楚辭補注：「雚，薍也，音丸，與『萑』同。左氏云『萑蒲之澤』是也。」按：作「藋」近是。　句下注「營，耕也」。「耕」原作「爲」，據楚辭王逸注改。

〔五八〕子宜播穜稺　「穜」原作「殖」，據五百家、世綵堂及蔣之翹本改。按：「穜稺」一詞，本詩魯頌「穜稺菽麥」。毛傳：「先種曰穜，後種曰稺。」故作「殖」非是。

〔五九〕而鮌疾修盈句下注　「疾，惡也」。「惡」原作「病」，據楚辭王逸注改。　「民何得投種五穀乎」，「種五」二字原作「五種」，「穀」字原脱，據五百家、世綵堂本及楚辭王逸注改補。

〔六〇〕夫焉喪厥體句下注　「言崔文子取王子僑之尸置之室中」。「王」、「之室」三字原脱，據楚辭王逸注補。

〔六一〕文褫操戈　「文」原作「衣」，據音辯、詁訓、世綵堂本及天問天對解改。

〔六二〕曶漠莫謀　「曶」原作「曶」，據音辯、世綵堂、濟美堂、蔣之翹本改。

〔六三〕幽陽潛爨　詁訓、世綵堂本、全唐文及何焯義門讀書記、天問天對解作「陽潛而爨」。

〔六四〕撰體協脅鹿何膺之　蔣之翹本及朱熹楚辭集注作「撰體脅鹿，何以膺之」。

〔六五〕鼇戴首而恒以恬夷句下注　「鼇戴山抃事，見莊子」。按：此注誤。音辯、五百家、世綵堂、濟美堂、蔣之翹本注，均云事見列子湯問篇。是。

〔六六〕何道取之句下注　「言少康滅斟尋氏，奄若覆舟」。洪興祖楚辭補注：「左傳云：有過澆殺斟灌以伐斟尋，滅夏后相。注云：二斟，夏同姓諸侯。相失國，依於二斟爲澆所滅。然則取斟尋者乃有過澆，非少康也。天對云『康復舊物，尋焉保之，覆舟喻易，尙或艱之』，承逸之誤也。」按：澆滅斟灌、斟尋事，見左傳襄公四年及哀公元年。洪說是。

〔六七〕戎得蒙妹　「妹」原誤作「昧」，據詁訓本、全唐文及天問天對解改。

〔六八〕于嬀之汭句下注　「謂瞽叟仇舜」。「叟」原作「也」，據詁訓本改。

〔六九〕厥萌在初何所意焉　此二句及句下王逸注原在上問「二女何親」句下，據音辯、詁訓、世綵堂、蔣之翹本移至本問「璜臺十成」句上。

〔七〇〕師以首之　「師」，詁訓本及天問天對解、洪興祖楚辭補注作「帥」。

〔七一〕胡日化七十　「日」，詁訓、世綵堂本作「曰」。音辯、濟美堂、游居敬、蔣之翹本及全唐文「日」上有「曰」字。

〔七二〕遜弟旅獄　「弟」，音辯、詁訓、五百家本、全唐文及天問天對解作「季」。

〔七三〕該秉季德　取校諸本無異文。按：近人王國維據殷墟卜辭考證，季卽殷先公冥，該卽冥子王亥。王逸注及柳宗元對文「蓐收于西」句下元注均誤。

〔七四〕該德胤孝句下注　「一作『考』」。音辯、游居敬本、全唐文及天問天對解均作「考」。按：「考」指父親。此句意爲，該繼承其父之德。作「考」是。

〔七五〕爪虎手鉞尸刑以司慝句下注　「虎爪執鉞，立於西阿」。「西阿」原作「西河」，據音辯、五百家、世綵堂本及國語晉語第八改。

〔七六〕胡終弊于有扈牧夫牛羊　取校諸本無異文。按：據近人王國維殷卜辭中所見先公先王考一文考證，「有扈」當爲「有易」，國名。山海經大荒東經及郭璞注引竹書紀年載：王亥爲始作服牛之人，寄居有易，被有易之君緜臣所殺，並奪去其牛。據此，王逸注誤。下面柳宗元對文承襲了王逸說，亦誤。

〔七七〕干協時舞何以懷之句下注　「言夏后相旣失天下，少康幼小，復能求得時務，調和百姓，使之歸己」。何焯義門讀書記：「注言少康，非。朱云：舜懷有苗。」按：尚書大禹謨載：古時有苗氏叛亂，舜伐之，進軍一月，不服，禹便收兵修文德，使人在兩階跳干羽之舞，表示不再用武力鎮壓。七十天後，有苗卽來歸順。何焯引朱熹說是。

〔七八〕恒秉季德焉得夫朴牛　「得」上原脫「焉」字，據取校諸本及楚辭天問補。　句下注「恒，常也。

季，末也」，「出田獵得大牛之瑞也」。按：王國維據卜辭考證，恒爲季之子，亥之弟。王逸注誤。下面柳宗元對文承襲了王逸之誤，但批判了王逸所鼓吹之唯心主義符瑞說。

〔七九〕而丕號以瑞　「丕」原作「不」，據取校諸本改。

〔八〇〕昏微循迹有狄不寧　按：據王國維考證，昏微卽殷先王上甲微，有狄卽有易。山海經大荒東經郭璞注引竹書紀年：殷王甲微假師于河伯以伐有易，滅之，遂殺其君緜臣。

〔八一〕何繁鳥萃棘負子肆情　「鳥」原作「烏」，據音辯、五百家、世綵堂、蔣之翹本及全唐文改。句下注「言墓門有棘」。「墓」上原脫「言」字，據楚辭王逸注補。

〔八二〕嗣用紹厥愛　「愛」原作「慶」，形近而誤，據取校諸本改。

〔八三〕滕有莘之婦　「滕」原作「勝」，形近而誤，據取校諸本及楚辭改。句下注「化爲空桑之木」。「木」原作「林」，據蔣之翹本及楚辭王逸注改。

〔八四〕實罪德之由　「罪」上原脫「實」字，據音辯、五百家、世綵堂、蔣之翹本、全唐文及天問天對解補。

〔八五〕師憑怒以割　「怒」下原脫「以」字，據音辯、五百家、世綵堂、蔣之翹本及天問天對解補。

〔八六〕何踐吾期句下注　「言武王將伐紂」。「將」原作「欲」，據詁訓本及楚辭王逸注改。「道難行」。原無「行」字，據楚辭王逸注補。「吾甲子日不到」。「吾」原作「以」，據楚辭王逸注改。

〔八七〕膠鬲比漦　音辯、五百家、世綵堂本注：「『漦』，疑當作『嫠』。」是。

〔八八〕到擊紂躬　「到」，蔣之翹本及楚辭集注作「列」。蔣之翹本注：「『列』一作『到』，『躬』一作『射』，皆非是。」

〔八九〕足周之命以咨嗟　「足」，蔣之翹本及楚辭集注作「定」。句下注「周之命令已行天下」。「周」下原有「公」字，據楚辭王逸注刪。

〔九〇〕其位安施句下注　「言天始授殷家以天下，其王位安所施用乎」。「言天」下原有「地」字，「王」下原有「德」字，據楚辭王逸注刪。

〔九一〕咸逭厥死　「逭」上原脫「咸」字，據取校諸本及天問天對解補。

〔九二〕而逢彼白雉　詁訓本及楚辭、天問天對解無「而」字。

〔九三〕穆王巧挴夫何爲周流　「挴」原作「塰」，據取校諸本改。句下注「言穆王巧於辭令」。「王」下原衍「乃」字。又，「穆王乃更巧詞周流而往說之」。「穆」下原脫「王」字，「詞」原作「調」。以上均據楚辭王逸注改。

〔九四〕猖洋以游　「洋」，天問天對解作「佯」。

〔九五〕觴瑤池以迭謠句下注　「至於巨蒐氏之國」。原脫「巨蒐氏之國」五字，據詁訓本及列子周穆王第三補。「具牛馬之湩以洗王之足」。「具」原作「其」，「湩」原作「緟」，據五百家、世綵堂本及列子周穆王第三改。

「觀黃帝之宮」。「黃」原作「皇」，據詁訓本及列子周穆王第三改。

〔九六〕何號乎市　「乎」，詁訓本及楚辭、天問天對解作「于」。

〔九七〕焉得夫褒姒句下注　「夏后布幣糈而告之」。「糈」原作「精」。又，「立以爲后」。「立」原作「用」。均據楚辭王逸注改。

〔九八〕帝何篤之　「篤」，蔣之翹本及楚辭、楚辭集注作「竺」。按：據爾雅釋詁，「篤」、「竺」皆訓「厚」。蔣驥山帶閣注楚辭：「『竺』，一作『篤』。按古『竺』、『篤』、『毒』三字通用。西域天竺亦曰天毒。書：『天毒降災』，史記作『天篤下災』。此文『竺』、『篤』宜皆從『毒』解。言稷爲元子，帝當愛之，何爲而毒苦之耶？」

〔九九〕殊能將之句下注　「言后稷長大」，「桀然有殊異將相之才」。「長」下原脱「大」字，「才」上原衍「文」字，據楚辭王逸注補删。

〔一〇〇〕遷藏就岐何能依句下注　「言太王始與百姓徙其寶藏來就岐下」。「太王」原作「文王」，據音辯本及楚辭王逸注改。按：史記卷四周本紀載，周族自古公亶父始自豳遷於岐下，周族之興自此始，故文王時追尊古公亶父爲太王。

〔一〇一〕羶仁蟻萃句下注　「謂民歸太王如蟻慕羶也」。「太王」原作「文王」，據五百家、世綵堂本及史記卷四周本紀改。

〔一〇二〕鯈盈癸惡　五百家、世綵堂、蔣之翹本注：「『癸』疑當作『紂』。按此正言紂事，而云『癸惡』，恐傳寫誤也。」何焯校本：「『癸』當作『受』。」按：紂，卽是受。「受」「癸」二字形近而誤。何校近是。

〔一〇三〕奮刀屠國　「刀」原作「力」。據世綵堂本及天問天對解改。按：此對文對上問「鼓刀揚聲，后何喜」而來，故作「刀」是。

〔一〇四〕發殺曷逞　「曷」原作「昌」，據音辯、詁訓、世綵堂本、全唐文及天問天對解改。

〔一〇五〕又使至代之　「代」原作「伐」，據取校諸本改。

〔一〇六〕少離散亡句下注　「夷末卒」。「末」下原脫「卒」字，據楚辭王逸注補。

〔一〇七〕能流厥嚴句下注　「流其威嚴也」。「威」下原脫「嚴」字，據楚辭王逸注補。

〔一〇八〕中央共牧后何怒句下注　「牧，草名也，有實」。原脫「有實」二字，據楚辭王逸注補。

〔一〇九〕北至回水　「北」原作「比」，據詁訓、五百家、世綵堂本及楚辭改。

〔一一〇〕萃回偶昌　天問天對解作「回禍偶昌」。

〔一一一〕厥嚴不奉帝何求句下注　「雖從天帝求福」。「福」原作「信」，據楚辭王逸注改。

〔一一二〕荆勳作師夫何長　「長」下原衍「先」字，據詁訓本及楚辭、楚辭集注、天問天對解删。

〔一一三〕愎不可化徒若罷句下注　「齊與楚從親」。「與」上原脫「齊」字，據世綵堂本補。「使楚絶齊」。「絶」上原脫「使楚」二字，據詁訓本補。

〔一一四〕何環穿自閭社丘陵爰出子文　音辯、五百家、世綵堂本注及楚辭王逸注：「一作『何環閭穿社，以及丘陵，是淫是蕩，爰出子文』。」

〔一一五〕欽吾敖之閟以旅尸　「欽」原作「欵」。陳景雲柳集點勘：「『欵』當作『欽』，烏來切，歎也。元注有哀懷王語，哀卽訓歎耳。懷王客死，故曰『旅尸』，哀其失位，羈死異國，不得正其終，與若敖之夭閟東成君同也。」按：陳說是。今據改。句下注「堵敖，楚文王兄也」。「文王」上原脫「楚」字，據音辯、五百家、世綵堂本補。「逸注以爲堵敖爲楚賢人」。下「爲」字原作「不長」二字，據五百家、世綵堂本改。

〔一一六〕曷極而辭句下注　「一本云『食姑不失聖人胡往不道』」。陳景雲柳集點勘以爲此條「當在前『益革民艱』條『食姑不失，胡往不道』句下，誤刊於此，宜删」。

柳宗元集卷十五

問答

晉問

〔韓曰〕公晉人，實以堯之故都爲重，故設武陵之問，而悉以晉之名物對。一曰晉之山河，表裏而險固；二曰晉之金鐵，甲堅而刃利；三曰晉之名馬，其強可恃；四曰晉之北山，其材可取；五曰晉之河魚，可爲偉觀；六曰晉之鹽寶，可以利民；七又先言文公霸業之盛，而後以堯之遺風終焉，其爲文可謂工矣。〔補注〕晁無咎嘗取此文附續楚辭，其系有曰：枚乘七發，蓋以微諷吳王濞毋反，晉問亦七，蓋効七發以諷時君薄事役而隆道實云。

吳子問於柳先生曰：〔童曰〕吳子，武陵。「先生晉人也，〔童曰〕公河東人。晉之故宜知之。」「故」下一有「封」字。曰：「然。」「然則吾願聞之可乎？」曰：「可。晉之故封，太行掎之，〔韓曰〕太行，在澤州晉城縣。一云在懷州修武縣西北。則此山當在二州之界也。〔孫曰〕漢地理志：太行山，在河内山陽縣西北。掎，謂掎角也。掎，舉綺切。首陽起之，〔韓曰〕首陽山，在河東蒲坂縣，華山之北，河曲之中。黄河迤之，〔一〕〔韓曰〕黄河之源，出自崑崙，循雍州北徼達華陰，至於德州而入于海。晉地蓋當河之曲也。説文云：迤，邪行也。迤，移爾切。大陸靡之。〔二〕〔孫曰〕書：大陸既作。漢地理志：在鉅鹿縣北，澤名也。〔韓曰〕按通典：在趙州昭慶縣，即隋大陸縣，地有大陸澤。又云：深州有陸澤縣，大陸亦在此。澤當在二州之界也。靡，釋文云：靡，曼也。或巍而高，或呀而淵。〔童曰〕呀，張口也。呀，虚加切。景霍、汾、澮，〔孫曰〕晉語：景霍以爲城，汾、河、涑、澮以爲淵。注云：景，大也。景霍，謂霍太山，在河東彘縣。汾、河、涑、澮，四水名。以經其壖。〔張曰〕説文：壖，城下田也。壖，如緣切。若化若遷，鈎嬰蟬聯，然後融爲平川，而侯之都居，〔孫曰〕晉侯之國。大夫之邑建焉。其高壯，則騰突撑拒，〔童曰〕撑，衺柱也。拒，捍也。撑，抽庚切。拒，音巨。聱岈鬱怒，〔童曰〕聱，語不入也。岭岈，山深貌。聱，五交切。岈，許加切。一本有「焉」字。若熊羆之咆、熊，音雄。羆，音碑。咆，音庖。嘷也。虎豹之嘷，音豪。終古而不去；攫秦搏齊，〔張曰〕攫，持也。厥縛切。當者失據，燕、狄惴怯，若卵就壓，〔孫曰〕若泰山之壓累卵。「就」，一作「甎」。振振業業，覰闟蹀户，〔張曰〕覰，伺視也。蹀，蹈也。覰，七慮切。蹀，達協切。愓若僕妾。其按衍，則平盈旋緣，紆徐夷延，若飛鳶之翔舞，鳶，余專切，與「鳶」同。洄水之容與；〔張曰〕洄，説文云：泝洄也。釋文：逆流而上。洄，音回。以稼則碩，以植則茂，以牧則蕃，以畜則庶，而人用是富，而邦以之阜。其河，則濬源崑崙，入于天淵，黄河。見上注。出乎無門，行乎無垠，自匈奴而南，以界西鄙，〔三〕〔孫曰〕匈奴單于在晉之西北。衡奔太華，〔韓曰〕太華，即華岳也。在晉之西。運肘東指，混潰后土，〔童曰〕混，音渾。潰，胡對切。散也。濆濁穈沸，〔張曰〕濆，湧也。音汾，又房吻切。黿鼉詭怪，〔童曰〕黿，似鼈而大。鼉，水蟲，力至猛，能攻陷河岸。黿，音元。鼉，徒何切。于于汩汩，騰倒駃越，〔張曰〕駃，馬足疾貌。音佚。委泊涯涘，〔童曰〕涘，水涯。音俟。呀呷欱納，〔童曰〕呀，張口也。呷，吸呷也。欱，大歠也。呀，虛加切。呷，迄甲切。欱，呼合切。摧雜失墜。其所蕩激，則連山參差，廣野壞裂，轟雷努風，轟，呼宏切。撼鴿于巎；〔四〕〔張曰〕撼，搖也。户感切。鴿字，諸韻無之。一本作「頷」。釋云：頤下也。音憾。巎，音憂。崩石之所轉躍，大木之所擢拔，淜泙洞踏者，〔童曰〕淜，水激有聲。泙，亦水鳴聲。淜，披朋切。泙，白明切，與洴通。踏，音沓。彌數千里，若萬夫之斬伐。而其舳艫之所負，〔韓曰〕艫，船前刺櫂處。舳，船後施柂處。又漢律名：船方長爲舳艫。二字皆當從舟，音逐盧。橦檣之所御，〔童曰〕檣，船桅也。音牆。橦，傳江切。鱗川林壑，隳雲遁雨，瞬目而下者，〔韓曰〕瞬，搖目也。音舜。榛榛沄沄，榛，音蓁。一本作「溱」，音同。沄，音云。百舍一赴。若是何如？」

吴子曰：「先生之言豐厚險固，誠晉之美矣。然晉人之言表裏山河者，〔五〕〔孫曰〕僖二十八年左氏：子犯曰：「若其不捷，表裏山河，必無害也。」備敗而已，非以爲榮觀顯大也。吴起所謂『在德不在險』，〔孫曰〕史記：魏武侯浮西河而下，謂吴起曰：「美哉山河之固，此魏國之寶也。」起曰：「在德不在險。」此晉人之藉也。「藉」，或作「籍」。籍，記也。願聞其他。」

先生曰：「太鹵之金，〔孫曰〕太鹵，太原晉陽縣。鹵，音魯。棠谿之工，〔韓曰〕棠谿，屬蔡州。〔孫曰〕史記：蘇秦説韓宣惠王曰：「韓卒之劍戟，皆出於冥山棠溪。」徐廣曰：汝南吴房有棠溪亭。火化水淬，〔童曰〕淬，滅火。取内切。器備以充。爲棘〔童曰〕棘，卽戟也。爲矛，〔孫曰〕説文云：酋矛也，建於兵車，長二丈。爲鎩〔孫曰〕長矛曰鎩。音殺。爲鈎，爲鏑〔童曰〕箭鏃。爲鏃，〔六〕晏本少一字。宣獻本無「爲鏃」二字。爲鍭。〔孫曰〕説文云：矢金鏃翦羽曰鍭。音侯。出太白，〔孫曰〕太白，星名。注：西漢志：太白，兵象也。徵蓐收，〔孫曰〕昭二十九年左氏：少昊氏之子曰該，爲蓐收。西方之神。召招摇，〔孫曰〕招摇，北斗七星也。春秋運斗樞云：北斗七星，第一天樞、第二旋、第三機、第四權、第五衡、第六開陽、第七摇光。摇光，卽招摇也。〔韓曰〕晉志：招摇，主胡兵。伏蚩尤，〔孫曰〕漢武帝建元六年，蚩尤之旗見，其長亘天。蚩尤，彗星。〔韓曰〕隋志：旋星散爲蚩尤旗，見則王者征伐四方。肅肅褷褷，山宜切。一本作「祁祁」。合衆靈而成之。博者狹者，曲者直者，歧者勁者，長者短者，攢之如星，奮之如霆，運之如縈。浩浩弈弈，淋淋滌滌，〔童曰〕淋，以水沃也。滌，洒也。淋，音林。滌，音迪。熒熒的的，熒，音螢。若雪山冰谷之積。觀者膽掉，徒弔切。目出寒液。〔童曰〕液，淚也。當空發耀，英精互繞，晃蕩洞射，天氣盡白，日規爲小，鑠雲破霄，鑠，式灼切。跕墜飛鳥。〔七〕〔韓曰〕後漢書：飛鳶跕跕墮水中。釋文：跕跕，墮落也。跕，都牒切，又它協切。弓人之弓，函人之甲，膠角百選，犀兕七屬。〔八〕〔孫曰〕周禮：弓人爲弓，取六材必以其時。角也者，以爲疾也。膠也者，以爲和也。函人爲甲，犀甲七屬，兕甲六屬。屬，音注。乃使跟超掖夾之倫，〔童曰〕跟，足踵。音根。夾，音挾。服而持之，南瞰諸華，〔張曰〕瞰，遠視也。苦濫切。北讋羣夷，〔韓曰〕讋，失氣言也。質涉切。技擊節制，〔九〕〔孫曰〕荀子：齊之技擊，不可以遇魏之武卒；魏之武卒，不可以遇秦之鋭士；秦之鋭士，不可以當桓、文之節制。聞於天下，是爲善師。延目而望之，固以拳拘喘汗，免胄肉袒，進不敢降，退不敢竄。若是何如？」吳子曰：「夫兵之用，由德則吉，由暴則凶，是又不可爲美觀也。先軫曰『師直爲壯，曲爲老』，〔韓曰〕僖二十八年左氏：子犯曰：「師直爲壯，曲爲老。」此云先軫言，恐誤。況徒以堅甲利刃之爲上哉！」

先生曰：「晉國多馬，屈焉是產。〔孫曰〕僖二年左氏：晉荀息請以屈產之乘，假道於虞以伐虢。杜預注：屈，晉地名，生良馬。土寒氣勁，崖坼谷裂，草木短縮，鳥獸墜匿，而馬蕃焉。師師甡甡，〔童曰〕甡，進也。音詵。溶溶紜紜，轠轠轔轔，轠轔，音雷鄰。或赤或黄，或玄或蒼，或醇或駹，〔張曰〕駹，雜也。莫江切。黭然而陰，〔童曰〕黭，黑色。音掩。炳然而陽，若旌旃旗幟之煌煌。幟，音侈。乍進乍止，乍伏乍起，乍奔乍躓，〔張曰〕躓，跲也。音致。若江、漢之水，疾風驅濤，擊山盪壑，盪，音蕩，又它浪切。雲沸而不止。羣飲源槁，〔童曰〕源槁，水竭。迴食野赭，〔張曰〕赭，赤色。音者。浴川蹙浪，噴震播灑，〔韓曰〕噴，鼓鼻也。普問切。灑字，音洒。潰潰焉，若海神駕雪而來下。觀其四散惝怳，〔韓曰〕惝怳，狂貌。上齒兩切，本作「惝」。下許往切。開合萬狀，喜者鵲厲，怒者人搏，決然坌躍，坌，蒲悶切。千里相角。風鬉霧鬣，鬉，祖紅切。鬣，音獵。斸山抉壑，〔童曰〕斸，斫也。音燭。耳搖層雲，腹捎衆木，寂寥遠遊，不夕而復。攫地跳梁，堅骨蘭筋，交頸互齧，倪結切。鬭目相馴，聚溲更噓，昂首張斷。其小者則連牽繳繞，上古了切。下爾沼切。仰乳俯齕，〔童曰〕齕，齧也。下没切。蟻雜螽集，〔童曰〕螽，蝗也。音終。啾啾潗潗，〔一〇〕〔韓曰〕上林賦：湁潗鼎沸。注：謂水激也。潗，七立切。啾，卽由切。旅走叢立。其材之可者，收斂攻教，掉手飛縻，指毛命物，百步就羈。牽以荀息，〔孫曰〕見僖公二年穀梁傳。御以王良，〔孫曰〕哀二年左氏：郵良曰：「我兩靷將絶，吾能止之，我御之上也。」超以范鞅，〔孫曰〕襄二十三年左氏：范鞅逆魏舒，請驂乘持帶，遂超乘。軒以欒鍼，〔孫曰〕成十六年左氏：步毅御晉厲公，欒鍼爲右，掀公以出於淖。〔韓曰〕已上四公，皆晉之臣。欒，音鑾。鍼，音針。以佃以戎，獸獲敵摧。若是何如？」

吴子曰：「『恃險與馬』者，子不聞乎？故曰『冀之北土，馬之所生』，『是不一姓』。〔韓曰〕昭四年左傳：司馬侯曰：「恃險與馬而虞鄰國之難，是三殆也。九州之險，是不一姓。冀之北土，馬之所生，無興國焉。恃險與馬，不可以爲固也。」冀北，卽冀州之北。請置此而新其説。」

先生曰：「晉之北山有異材，梓匠工師之爲宫室求大木者，天下皆歸焉。仲冬既至，〔孫曰〕周禮：仲冬斬陽木。寒氣凝成，外凋内貞，瀋液不行，〔孫曰〕左氏：猶拾瀋也。説文：瀋，汁也。液，津液也。瀋，音審。液，音亦。乃堅乃良。萬工舉斧以入，必求諸巖崖之欹傾，澗壑之紆縈，凌巑岏之杪顛，〔韓曰〕巑岏，山鋭貌。杪，説文云：木標末也。卽枝上端。巑，徂丸切。岏，五官切。杪，音眇。漱泉源之淦瀯，〔童曰〕淦，沈也。瀯，水回貌。淦，古南切。瀯，音營。根絞怪石，不土而植，千尋百圍，與石同色。羅列而伐者，頭抗河漢，刃披虹霓，聲振連巒，柹填層谿。〔一一〕〔童曰〕柹，削木札樸也。陳、楚謂櫝爲柹。

音胏，方廢切。丁丁登登，〔韓曰〕詩曰：伐木丁丁。側更切。硠硠稜稜，〔韓曰〕說文：硠，石聲。一曰硠硠，堅也。稜，四方木也。硠，吕唐切。稜，盧登切。若兵車之乘凌。其響之所應，則潰潰淵淵，洶洶薨薨，〔韓曰〕說文：洶，湧也。一曰洶湧，水聲。洶，許拱切。薨，呼肱切。若騫若崩，若螭龍之鬭，風霆相騰。其殊而下者，札嶱捎殺，嶱，音戛。摧崒坱圠，〔韓曰〕崒，山峻貌。坱，塵也。圠，山曲也。〔孫曰〕賈誼賦：坱圠無垠。崒，作没、昨律二切。坱，烏朗切。圠，音軋。霞披電裂，又似共工觸不周而天柱折。〔孫曰〕列子湯問篇：共工氏與顓頊争爲帝，怒而觸不周之山，折天柱，絶地維。張湛注：不周山在西北之極。鶌鷚鶖鶬，〔二〕〔韓曰〕爾雅：雞三尺爲鶌。鷚，似鵠而巢樹者爲白鷚，曲頸爲黑鷚。說文：鶖，禿鳺也。鶬，麋鴰也，關西呼爲鴰，山東通謂之鶬。四字音昆、灌、秋、倉。號鳴飛翔，貙犴虎兕，〔孫曰〕釋文：貙，劉也，似狸，能捕獸祭天。犴，胡地犬也。貙，敕俱切。犴，音岸。奔觸讋慄，伏無所入，遯無所脱。然後斷度收羅，〔孫曰〕魯頌：是斷是度。斷，音短。捎危顛，芟繁柯，乘水潦之波，以入于河而流焉。盪突硉兀，〔童曰〕硉兀，危石也。硉，郎兀切。轉騰冒没，類秦神驅石以梁大海，〔孫曰〕三齊略記曰：秦始皇作石梁，欲過海觀日出處。于時有神人能驅石下海，城陽一山石盡起立，嶷嶷東傾，狀似相隨而去。云石去不速，神人輒鞭之，盡流血，石莫不悉赤，至今猶爾。抵曲鱗蹙，〔三〕匯流雷解，〔童曰〕匯，水合流。音會。前者汩越，後者迫隘，乃下龍門之懸水。〔四〕摺拉頹踏，〔童曰〕摺，敗也。拉，摧也。摺，質涉切。拉，落各切，亦通作摺。捽首軒尾，〔韓曰〕說文：捽，持頭髮也。漢貢禹：捽草杷土。捽，昨没切。澒入重淵，〔童曰〕澒，大水濛澒也。澒，胡動切。不知其幾百里也。濤波之旋，滔山觸天，既渟既平，彌望悠焉。良久，乃始昂屹涌溢，挺拔而出，林立峯崪，穿雲蔽日，涣然自撓，復就行列，渾渾而去，以至其所。唯良工之指顧，叢臺、阿房，〔孫曰〕六國時趙王故臺，在邯鄲城中，連聚非一，故名叢臺。史記：秦始皇三十五年，營作朝宮渭南上林苑中，先作前殿阿房。〔韓曰〕張衡東京賦云：趙建叢臺於後。注：趙武靈王起。又云：秦政利觜長距，乃構阿房。房，音旁。長樂、未央，〔孫曰〕漢宮闕名曰：長安有長樂宮、未央宮。建章、昭陽之隆麗詭特，〔孫曰〕武帝太初元年，起建章宮在未央宮西。昭陽，亦殿名。皆是之自出。若是何如？」

吴子曰：「吾聞君子患無德，不患無土；患無土，不患無人；患無人，不患無宫室；患無宫室，不患材之不已有。先生之所陳，四累之下也；且禠祁既成，諸侯叛之。」〔韓曰〕左傳昭公八年：晉侯方築禠祁之宫，至昭十三年，晉成禠祁，諸侯朝而歸者皆有貳心。杜預注：禠祁，地名，在絳西四十里，臨汾水。禠，音斯，字亦作「虒」。祁，音巨之切。

先生曰：「河魚之大，〔韓曰〕河，當是黄河也。上迎濤波，〔孫曰〕秦始皇八年，河魚大上，輕車重馬東就食。羅壅津涯，一無「羅」字。千里雷馳，重馬輕車，遂以君命，矢而縱觀焉。〔韓曰〕矢，陳也。隱五年左氏：隱公矢魚于棠。大罟斷流，脩網亘川，〔一五〕罩罶罣麗，〔一六〕〔集注〕詩：烝然罩罩。罩，音都教切。又詩：魚麗于罶。注：罶，曲梁也。音力九切。張衡西京賦曰：設罣麗。注云：魚網，音獨鹿。按唐韻：罣，古賣切，又胡卦切，皆不説是魚網。今上文四物，皆是魚網，當音獨鹿。織紝其間。巨舟軒昂，仡仡廻環，水師更呼，聲裂商顔。〔一七〕〔韓曰〕商，山名，在商州。〔孫曰〕商顔，商山之顔。見漢書溝洫志。於是鼓譟沓集而從之，扼龍吭，户郎切。拔鯨鰭，〔韓曰〕鯨，大魚。鰭，魚脊上骨。鯨，巨京切。鰭，音耆。戮白黿，〔韓曰〕黿，似鼈而大。黿，音元。逐毒螭，〔韓曰〕螭，如龍而黄，無角。螭，曲知切。叱馮夷，〔一八〕〔韓曰〕清泠傳曰：馮夷，華陰潼鄉隄首人也，服八石得水仙，是爲河伯。立水湄。搜攪流離，攪，古巧切。掬縮推移，梁會網蹙，騰天彌圍，掉躃擁踴，〔童曰〕説文：躃，人不能行也。踴，跳也。躃，音璧。踴，音勇。以登夫歷山之垂。〔韓曰〕歷山，在河東。如川之歸，如山之摧，一作「崔」，亦音摧。如雲之披。其有乘化會神，振拔漣淪，〔韓曰〕水成紋曰漣。小波爲淪。漣，音連。淪，音倫。摛奇文，摛，丑知切。出怪鱗，騰飛濤而上逸，生電雷於龍門者，猶仰綸飛繳，〔童曰〕繳，生絲縷。音灼，亦作「繁」。頓踏而取之，「踏」，一作「踣」。莫不脱角裂翼，呀嚇匍匐，〔童曰〕呀，張口。嚇，怒也。亦云口拒人。呀，虚加切。嚇，音赫。復就欒切，欒，力兖切。莫保龍籍，具糅五味，〔韓曰〕糅，雜也。女救切。「具」，一作「甘」。布列雕俎，風雲失勢，沮散遠去。若夫魦、鱨、鮪、鯉，魦，音沙。鱨，音嘗。鮪，音洧。鯉，音里。鰋，音偃。鱧，音禮。魴，音防。鱮，音敘，上聲。義幷見設漁者對智伯注。「鱨」，一作「鰡」，音緇。鰋、鱧、魴、鱮之瑣屑蔑裂者，夫固不足悉數，漏脱紘目，養之水府，而三河之人，則已填溢饜飫，腥膏舄鹵，聞鱠炙之美，則掩鼻蹙頞，阿葛切。賤甚糞土而莫顧者也。若是何如？」

吴子曰：「一時之觀，不足以夸後世；口舌之味，不足以利百姓。姑欲聞其上者。」

先生曰：「猗氏之鹽，〔孫曰〕猗氏縣屬河中。猗氏之鹽，卽河中兩池也。猗，於宜切。晉寶之大者也，人之賴之與穀同，化若神造，非人力之功也。但至其所，則見溝塍畦畹之交錯輪囷，〔孫曰〕說文云：塍，稻中畦。又云：田五十畝曰畦，三十畝曰畹。塍，音承。畹，音宛。若稼若圃，敞兮勻勻，渙兮鱗鱗，邐瀰紛屬，邐，力紙切。不知其垠。俄然決源釃流，釃，山宜切。又，所綺切。交灌互澍，〔韓曰〕互，差互也。澍，說文：澍生萬物。互，音濩。字一作「㸦」。澍，音注，又音樹。若枝若股，委屈延布，「屈」，一作「曲」。脈寫膏浸，潗濕滑汩，〔童曰〕湁潗，水貌。滑，利也。潗，卽入切。滑，戶八切。汩，音骨，又越必切。彌高掩庳，與「卑」通。漫壠冒塊，〔童曰〕壠，田中高處。漫，平聲。決決沒沒，遠近混會，抵值堤防，瀴瀛霈濊，〔童曰〕瀴溟，水絕遠貌。濊，水聲。或曰礙流也。瀴，伊盈切。濊，呼活切。偃然成淵，漭然成川。〔童曰〕沆漭，大水貌。漭，音莽。觀之者徒見浩浩之水，而莫知其以及。神液陰漉，音鹿。甘鹵密起，〔童曰〕鹵，鹹水。孕靈富媼，〔孫曰〕漢禮樂志：后土富媼。媼，女老稱也。坤爲母，故稱媼。媼，烏皓切。不愛其美。〔孫曰〕禮記：地不愛其寶。無聲無形，熛結迅詭，〔孫曰〕說文：熛，火飛也。卑遥切。迴眸一瞬，積雪百里。皛皛羃羃，〔童曰〕皛，明也。胡了、胡灼二切。羃，音覓。一作「幕幕」。奮僨離析，〔童曰〕僨，偃也。方問切。鍛圭椎璧，〔孫曰〕鍛，小冶。圭、璧，皆言鹽之狀。鍛，丁貫切。椎，音槌。眩轉的皪。眩，音縣。乍似殞星及地，明滅相射，「滅」，一作「激」。冰裂雹碎，巃嵸增益。巃嵸，山貌。〔張曰〕上林賦。上力孔切、下子孔切。大者印纍，〔孫曰〕漢書：印何纍纍。小者珠剖，涌者如坻，〔張曰〕坻，水渚。音墀，又典禮切。坳者如缶，日晶熠煜，晶，音精。熠，羊入切。煜，燿也。音育。螢駭雹走，亘步盈車，方尺數斗。於是裒斂合集，裒，薄侯切。舉而堆之，皓皓乎懸圃之巍巍，〔孫曰〕懸圃，在崑崙上。巍，音危。皦乎溔乎，狂山太白之淋漓。〔孫曰〕皦，白也。溔，大水貌。太白，山名，在扶風。皦，古了切。溔，弋沼切。駭化變之神奇，卒不可推也。然後驢驘牛馬之運，「驘」與「騾」同。西出秦、隴，南過樊、鄧，〔韓曰〕樊，即樊城縣，今襄州臨漢縣也。鄧，即鄧州也。北極燕、代，東逾周、宋。家獲作鹹之利，〔孫曰〕書：潤下作鹹。人被六氣之用，和鈞兵食，以征以貢。〔孫曰〕征，稅也。其賚天下也，賚，利也。與海分功，〔孫曰〕與海鹽分功也。可謂有濟矣。若是何如？」

吴子曰：「魏絳之言曰『近寶則公室乃貧』，〔一九〕〔孫曰〕成六年左氏：晉人謀去故絳，諸大夫皆曰：「必居郇瑕氏之地，沃饒而近鹽。」韓獻子曰：「山澤林鹽，國之寶也。近寶，公室乃貧。」說文：鹽，河東鹽池，袤五十一里，廣七里，周總百一十六里。豈謂是耶？雖然，此可以利民矣，而未爲民利也。」

先生曰：「願聞民利。」

吴子曰：「安其常而得所欲，服其教而便於己，百貨通行而不知所自來，老幼親戚相保而無德之者，不苦兵刑，不疾賦力。所謂民利，民自利者是也。」

先生曰：「文公之霸也，援秦破楚，〔二〇〕囊括齊、宋，〔孫曰〕賈生過秦論曰：囊括四海。括，結囊也。曹、衛解裂，〔二一〕〔孫曰〕僖二十七年左氏：楚子及諸侯圍宋，晉文公率齊、秦救之。狐偃曰：「楚始得曹，而新婚于衛，若伐曹、衞，楚必救之，則齊、宋免矣。」文公於是分曹、衞之田以畀宋。魯、鄭震恐，〔孫曰〕僖三十年，晉侯圍鄭，以其無禮於晉。定周于温，〔韓曰〕僖二十四年，周襄王避昭叔之難，居于鄭地。二十五年，文公取昭叔于温，殺之于隰城，迎王于鄭。四月，王入于王城。奉册受錫，夾輔糾逖，以爲侯伯，〔二二〕〔韓曰〕僖二十八年，王命尹氏策命晉侯爲侯伯，賜之大輅之服、戎輅之服、彤弓一、彤矢百、玈弓矢千、秬鬯一卣，虎賁三百人。曰：「王謂叔父敬服王命，以綏四國，糾逖王慝。」齊盟踐土，〔孫曰〕僖二十八年五月，魯侯、晉侯、齊侯、宋公、蔡侯、鄭伯、衞子、莒子盟于踐土。踐土，鄭地。低昂玉帛。天子恃焉，以有諸侯；諸侯恃焉，以有其國；百姓恃焉，以有其妻子而食其力。叛者力取，附者仁撫；推德義，立信讓；示必行，明所嚮；達禁止，一好尚。春秋之事，〔孫曰〕謂朝聘之事也。公侯大夫，策文馬，〔二三〕〔孫曰〕宣二年左氏：宋人以兵車百乘文馬百駟贖華元于鄭。注云：文馬，畫馬爲文。馳軒車，出入環連，貫于國都，則有五筵之堂，九几之室，〔孫曰〕周禮：室中度以几，堂上度以筵。筵，八尺。几，三尺也。大小定位，左右有秩，禽牢飱饋，〔二四〕〔孫曰〕周禮掌客：諸侯之禮，上公，乘禽日九十雙，饔餼九牢。侯伯乘禽日七十雙，饔餼七牢。子男乘禽日五十雙，饔餼五牢。交錯文質，饗有嘉樂，〔孫曰〕定十年左氏：孔子曰：「犧象不出門，嘉樂不野合。」注云：嘉樂，鐘磬。宴有庭實，〔孫曰〕莊二十二年左氏：庭實旅百。登降好賦，〔孫曰〕謂賦詩以見志。犧象畢出，〔張曰〕犧、象，皆樽名。犧，素何切。犒勞贈賄，〔童曰〕釋文：賞勸勸功曰勞。賄，貨賄也。勞，朗到切。賄，呼罪切。率禮無失。六卿理兵，大戎小戎，〔韓曰〕戎，兵車也。鐘鼓丁寧，〔二五〕〔孫曰〕宣四年左氏：伯棼射王汰輈，及鼓跗，著於丁寧。注云：丁寧，鉦也。以討不恭。車埒萬乘，〔張曰〕埒，侔也。音劣。卒半天下，鼓之則震，旆之則畏。〔二六〕〔孫曰〕昭十三年平丘之會。八月辛未，治兵，建而不旆。壬申，復旆之，諸侯畏之。其號令之動，若水之源，若輪之旋，莫不如志。當此之時，咸能驩娛以奉其上，故其民至于今，好義而任力。此以民力自固，假仁義而用天下，〔二七〕其遺風尚有存者。若是可以爲民利也乎？」

吴子曰：「近之矣，然猶未也。彼霸者之爲心也，引大利以自嚮，而摟他人之力以自爲固，〔補注〕取孟子摟諸侯以伐諸侯之意。摟，音婁。而民乃後焉。非不知而化，不令而一，異乎吾嚮之陳者，故曰近之矣，猶未也。」

先生曰：「三河，古帝王之更都焉，〔二八〕〔韓曰〕三河，河東、河南、河北道也。蓋河東道之河中府蒲坂縣，舜所都，絳州夏縣，禹所都。河南道之陳郡，伏羲、神農所都，一云伏羲又都曲阜，黄帝都於鄭州，而少昊都於窮桑，即今之兖州曲阜縣，則又皆隸河南道也。而河北道之涿鹿山，則黄帝之都耳。〔孫曰〕史記貨殖傳：唐人都河東，殷人都河内，周人都河南。三河，王者所更居也。而平陽，堯之所理也，〔孫曰〕堯都平陽，舜都蒲坂。〔韓曰〕平陽，今之晋州。有茅茨、采椽、土型之度，〔孫曰〕韓子曰：堯，舜采椽不刮，茅茨不翦，飯土塯，啜土型。土塯，飯器。土型，羹器。皆以瓦爲之。型，音刑。故其人至于今儉嗇；有温恭、克讓之德，〔孫曰〕書曰：允恭克讓。故其人至于今善讓；有師錫、僉曰、疇咨之道，故其人至于今好謀而深；有百獸率舞、鳳凰來儀、於變時雍之美，於，音烏。故其人至于今和而不怒；有昌言、儆戒之訓，儆，居引切。故其人至于今憂思而畏禍；〔孫曰〕詩：此晉也，而謂之唐，本其風俗，憂深思遠。有無爲、不言、垂衣裳之化，〔補注〕易繫：堯、舜垂衣裳而天下治。晏本去「裳」字。故其人至于今恬以愉，此堯之遺風也。願以聞於子何如？」

吳子離席而立，拱而言曰：「美矣善矣，其蔑有加矣。此固吾之所欲聞也。一有「凡」字。夫儉則人用足而不淫；讓則遵分而進善，其道不鬭；〔張曰〕分，謂分守也。分，扶問切。謀則通於遠而周於事；和則仁之質；戒則義之實；恬以愉則安而久於其道也。至乎哉！今主上方致太平，動以堯爲准，先生之言，道之奥者，若果有貢於上，則吾知其易易焉也。〔二九〕〔孫曰〕禮記：吾觀於鄉，知王道之易易也。舉晉國之風以一諸天下，如斯而已矣。」敬再拜受賜。

校勘記

〔一〕黃河迤之句下注　「至於德州而入于海」。「海」原作「河」，詁訓本眉批：「『于河』，『河』字疑『海』。」世綵堂本作「海」。今據改。

〔二〕大陸靡之句下注　「在鉅鹿縣北」。「鉅」下原脱「鹿」字，據五百家、世綵堂本補。

〔三〕以界西鄙句下注　「匈奴單于在晉之西北」。「西」下原脱「北」字，據世綵堂本補。

〔四〕摵鴿于嶁　「于嶁」，五百家、世綵堂本作「干嶁」。章士釗柳文指要：「鴿音憾，摵鴿疊韻，干嶁双聲，摵鴿言雷之轟，干嶁言風之努，皆動貌。」

〔五〕然晉人之言表裏山河者句下注　「僖二十八年左氏」。「二十八年」原作「二十六年」，據左傳改。

〔六〕爲鏑爲鏃　音辯、詁訓、五百家、世綵堂本此句下有「爲」字。并注云：「晏本少一字，宣獻本無『爲鏃爲』三字。」（「宣獻本」，詁訓本作「別本」。）按：有「爲」字是，此「爲」字下實脫一字。全唐文作「爲鏑爲鏃，爲槊爲鋋」，疑是。百家本正文無此「爲」字，注文下句改作「宣獻本無『爲鏃』二字」，故注文上句「晏本少一字」，語義遂不可解。

〔七〕跕墜飛鳥句下注　「後漢書：飛鳶跕跕墮水中」。「漢書」上原脫「後」字，「墮」原作「墜」，據後漢書卷二四馬援傳補改。

〔八〕犀兕七屬句下注　「兕甲六屬」。「六」原作「七」，據五百家、世綵堂本及周禮考工記函人改。

〔九〕技擊節制句下注　「魏之武卒，不可以遇秦之銳士；秦之銳士，不可以當桓、文之節制」。「魏之武卒」下原脫「不可以遇秦之銳士秦之銳士」十二字，據荀子議兵篇補。

〔一〇〕啾啾潗潗句下注　「湁潗鼎沸」。「湁潗」原作「潗湁」，據五百家本及文選卷八司馬相如上林賦倒轉。

〔一一〕梳塡層谿　「梳」原作「柹」。按：「梳」又寫作「杮」，與「柿」字形近，而「柿」之俗體字作「柹」，與「柹」字形近，因誤作「柹」。梳（杮），說文（段玉裁注本）云「削木朴也」。朴爲木皮。「梳塡層谿」，意爲削下之木片塡滿山谷。作「杮」（柿）是。濟美堂本及全唐文作「柿」（即「杮」）。今據改。注文同改。「谿」原作「豁」，據音辯、五百家、世綵堂本改。

〔一二〕鶡鸛鶖鶬句下注　「鸛似鵠而巢樹者爲白鸛」。「鵠」原作「鵲」，據爾雅釋鳥改。又，「鶖，禿鶬也」。「鶬」原作「鴇」，據五百家本及說文改。

〔一三〕抵曲鱗蹙　陳景雲柳集點勘：「『抵』當作『坻』，乃與下『滙流』屬對爲切。」

〔一四〕乃下龍門之懸水　音辯、游居敬本及全唐文「龍門」上有「夫」字。

〔一五〕倐網亘川　「川」，取校諸本作「山」。

〔一六〕罩罶罜麗　章士釗柳文指要引查夏重言：「按『罣』字訛，當作『罜』，廣韻音獨，魚罟也。西京賦：『張九罭，布罜麗。』此其證也。今刻本皆作『罣』者訛。」按：章說是。

〔一七〕磬裂商顔句下注　「商顔，商山之顔。見漢書溝洫志」。「漢書溝洫志」原作「張湯傳」，據漢書卷二九溝洫志改。按：此注誤。詳見本書卷五終南山祠堂碑校勘記〔四〕。

〔一八〕叱馮夷句下注　「華陰潼鄉隄首人也」。「華陰」原作「華陽」，據莊子集釋成玄英注及陸德明釋文改。

〔一九〕魏絳之言曰近寶則公室乃貧　何焯義門讀書記：「『魏絳』當爲『韓厥』。」按：「近寶則公室乃貧」，見左傳成公六年韓厥對話。何說是。句下注「成六年左氏」。「六年」原作「七年」。又，「沃饒而近鹽」。「沃饒」原作「國饒」。均據左傳改。

〔二〇〕文公之霸也援秦破楚　何焯義門讀書記：「『援秦』未詳，疑作『挾秦』。」

〔二一〕曹衞解裂句下注　「狐偃曰：楚始得曹而新婚於衞」。「狐偃」原作「狐突」，據左傳改。

〔二二〕以爲侯伯句下注　「玈弓矢千」。「玈」原作「茲」，據五百家、世綵堂本及左傳改。

〔二三〕公侯大夫策文馬句下注　「宣二年左氏」。「宣二年」原作「文九年」。又，「兵車百乘文馬百駟」。「文馬」上原脱「兵車百乘」四字，「百駟」原作「百乘」。均據左傳補改。

〔二四〕禽牢飾饋句下注　「侯伯乘禽日七十雙」。「侯伯」原作「諸侯」，據周禮秋官掌客改。

〔二五〕鐘鼓丁寧句下注　「伯棼射王」。「棼」原作「勞」，據五百家、世綵堂本及左傳改。

〔二六〕旆之則畏句下注　「昭十三年平丘之會」。「平丘」上原脱「昭十三年」四字，據蔣之翹本及左傳補。

〔二七〕此以民力自固假仁義而用天下　世綵堂本注：「一作『此以力假仁義而用天下』。」

〔二八〕古帝王之更都焉句下注　「史記貨殖傳」。「史記」原作「漢書」。按：其下引文不見於漢書，而見於史記卷一二九貨殖列傳。今據改。

〔二九〕則吾知其易易焉也　「易易」原作「易」，脱一「易」字，據音辯、詁訓、世綵堂本補。

答問

〔韓曰〕公永貞元年九月，自監察御史坐王叔文黨，黜爲邵州刺史。十一月，改永州司馬。當是到永後作也。

有問柳先生者曰：「先生貌類學古者，然遭有道不能奮厥志，獨被罪辜，廢斥伏匿。交遊解散，羞與爲戚，生平嚮慕，毁書滅跡。他人有惡，指誘增益，身居下流，爲謗藪澤。駡先生者不忌，陵先生者無謫。遇揖目動，聞言心惕，時行草野，不知何適。獨何劣耶？觀今之賢智，莫不舒翹揚英，〔童曰〕翹，高也。推類援朋，疊足天庭，魁壘恢張，〔孫曰〕漢書鮑宣傳：朝臣無有大儒魁壘之士。魁壘，壯貌。魁，口賄切。壘，音磊。「張」，一作「能」。羣驅連行。奇謀高論，左右抗聲，出入翕忽，擁門填扃，一言出口，流光垂榮。豈非偉耶？先生雖讀古人書，自謂知理道，識事機，而其施爲若是其悖也！狼狽擯僇，狼，音郎。狽，音貝。僇，音戮。何以自表於今之世乎？」先生答曰：「敬聞命。然客言僕知理道、識事機，過矣。僕懵夫屈伸去就，〔張曰〕懵，不明也。母亘切，又莫紅、目總二切。觸罪受辱，幸得聯支體、完肌膚，猶食人之食，衣人之衣，二衣字，上去聲，下如字。用人之貨，無耕織居販，然而活給羞愧恐慄之不暇，今客又推當世賢智以深致誚責，誚，才肖切。吾縲囚也，〔韓曰〕論語注：縲，黑索也。倫追切。逃山林入江海無路，〔一〕其何以容吾軀乎？顧客少假聲氣，使得詳其心次其論。」

客曰：「何取？」〔二〕先生曰：「僕少嘗學問，不根師説，心信古書，以爲凡事皆易，不折之以當世急務，徒知開口而言，閉目而息，挺而行，躓而伏，〔韓曰〕躓，跲也。音致。與「疐」通。不窮喜怒，不究曲直，衝羅陷穽，〔三〕不知顛踣，蒲北切。愚惷狂悖，若是甚矣。又何以恭客之教而承厚德哉？今之世工拙不欺，賢不肖明白。其顯進者，語其德，則皆茫洋深閎，端貞鯁亮，苞并涵養，與道俱往。而僕乃蹇淺窄僻，跳浮嚄唶，〔張曰〕嚄，集韻：胡陌切。大呼也。又嚄唶，多言也。唐韻：嚄唶，大唤也。唶，子夜切。嘆聲也。又側伯切，大聲也。抵瑕陷厄，固不足以趑趄批捩而追其跡。楚趄，行不進貌。趑，千咨切。趄，千余切。批，蒲結切。捩，力結切。舉其理，則皆謨明淵沉，剖微窮深，剖，普后切。劈析是非，劈，音僻。校度古今。而僕乃緘鉗默塞，〔四〕鉗，其廉切。耗眊窒惑，〔童曰〕眊，目少精也。音冒。抉異探怪，抉，挑也。起幽作匿，攸攸恤恤，〔孫曰〕昭十二年左氏：恤恤乎，湫乎攸乎。注：攸，懸危貌。恤，憂患也。卒自旤賊，「旤」，與「禍」同。固不足以睢盱激昂而效其則。〔張曰〕睢，仰目。盱，張目。睢，翾規切。盱，匈于切。言其學，則皆總攬羅絡，橫竪雜博，〔童曰〕竪，立也。音樹。天旋地縮，鬼神交錯。而僕乃單庸撇葶，〔童曰〕撇，匹蔑切。正作撆，擊也。離疏空虛，竊聽道塗，顓嚚蒙愚，「顓」，與「專」同。不知所如，固不足以抗顏搖舌而與之俱。稱其文，則皆汗漫輝煌，呼噓陰陽，

「噓」，一作「噏」。轇轕三光，〔韓曰〕轇轕，長遠貌。一曰雜亂也。二字音交葛。陶鎔帝皇。而僕乃朴鄙艱澁，培塿潗湁，〔五〕〔童曰〕博雅：培塿，冢也。左氏襄二十四年云：部婁無松柏。即培塿也，而字不從土。説文：潗湁，水貌。培，薄口切。塿，郎口切。潗，子入切、七立切。湁，丑入切。「培」字或作「峼」。毫聯縷緝，塵出坱入，坱，於朗切。固不足以攄摛踊躍而涉其級。茲四者懸判，雖庸童小女，皆知其不及，而又裹以罪惡，纏以羈縶，上居宜切。下陟立切。客從而擠之，擠，排也。牋西、子計二切。不亦忍乎？且夫白羲、騄耳之得康莊也，〔六〕〔孫曰〕列子：周穆王命駕八駿之乘，左服華騮而右騄耳，右驂赤驥而左白羲。釋宮云：五達謂之康，六達謂之莊。康莊，大道也。「羲」字晏本作「蟻」，史記作「犧」。逐奔星，先飄風，而跛驢不出泥滓。黃鐘、元間之登清廟也，〔七〕〔孫曰〕國語：有六間，元間大呂，二間夾鐘，三間中呂，四間林鐘，五間南呂，六間應鐘。鏗天地，動神祇，而嗚嗚咬哇，〔孫曰〕史記：李斯曰：「擊甕叩缻，彈筝搏髀，而歌呼嗚嗚，真秦之聲也。」嗚嗚，當是秦曲名。咬哇，邪聲。咬，五巧切。哇，於佳切，又烏瓜切。不入里耳。〔孫曰〕莊子：大聲不入於里耳。西子、毛嬙之蹈後宮也，〔孫曰〕孟子曰：西子蒙不潔。西子，西施，越女。莊子曰：毛嬙，麗姬，人之所美也。毛嬙，蓋越王嬖姬也。曒朝日，焕浮雲，而無鹽逐於鄉里。〔孫曰〕列女傳：無鹽，齊女。蛟龍之騰於天淵也，彌六合，澤萬物，而蝦與蛭不離尺水。蛭，水蟲。音質。卓詭倜儻之士之遇明世也，〔童曰〕倜，他歷切。儻，他黨切。不羈也。用智能，顯功烈，而麼眇連蹇，〔童曰〕麼，細也。目果切。連，盧蹇切。顛頓披靡，固其所也。客又何怪哉？且夫一涉險阨懲而不再者，烈士之志也；知其不可而速已者，君子之事也。吾將竊取之以沒吾世，不亦可乎？」

乃歌曰：「堯、舜之修兮，禹、益之憂兮，能者任而愚者休兮。躚躚蓬藋，〔韓曰〕躚躚，相得貌。藋，釋云：堇草。躚，音仙。藋，徒弔切。樂吾囚兮。〔八〕「吾」，一作「天」。文墨之彬彬，音邠。一本作「申申」。足以舒吾愁兮。已乎已乎，曷之求乎！」客乃笑而去。

校勘記

〔一〕逃山林入江海無路　「林」原作「陵」，據音辯、詁訓、世綵堂本及英華改。

〔二〕客曰何取　「何取」，英華作「何敢」。何焯義門讀書記：「『取』作『敢』。」疑是。

〔三〕衝羅陷穽　「陷」，音辯本作「蹈」。

〔四〕而僕乃緘鉗默塞　「默塞」，音辯、詁訓本及英華作「塞默」。

〔五〕培塿潗湁句下注　「說文：潗湁，水貌」。按：今本說文作「湁湒，鬻也」。段玉裁注：「『潗』與『湒』同。」

〔六〕且夫白羲騄耳之得康莊也　「白羲」，英華作「白𩦎」。句下注「左服華騮而右騄耳」。今本列子周穆王作「右服華騮而左騄耳」。又，「釋宮云：五達謂之康，六達謂之莊」。「釋宮」原作「釋言」，「六達」下脫「謂」字，據爾雅釋宮改。

〔七〕黄鐘元間之登清廟也句下注「六間應鐘」。「應鐘」原作「夾鍾」，據五百家本及國語周語三改。

〔八〕樂吾囚兮「吾」，詁訓本作「天」。五百家、世綵堂本注：「『吾』，一作『夫』。」

起廢答

〔韓曰〕亦永州未召時作。

柳先生既會州刺史，即治事，還，遊于愚溪之上。溪上聚黧老壯齒，〔孫曰〕黧，黑而黄色。音黎。十有一人，謖足以進，〔童曰〕謖，起也。山六切。列植以慶。〔孫曰〕莊子：壞植散羣。植，行列也。植，音值。卒事，相顧加進而言曰：「今兹是州，起廢者二焉，先生其聞而知之歟？」答曰：「誰也？」曰：「東祠躄浮圖，〔張曰〕説文：躄，人不能行也。躄，必益切。亦書作「躃」。中廄病顙之駒。」〔童曰〕廄，馬舍。音究。顙，寫曩切。駒，音拘。

曰：「若是何哉？」曰：「凡爲浮圖道者，都邑之會必有師，師善爲律，以敕戒始學者與女釋者，甚尊嚴，且優游。躄浮圖有師道，少而病躄，日愈以劇，居東祠十年，扶服輿曳，〔孫曰〕「扶服」，與「匍匐」同。未嘗及人，側匿愧恐殊甚。一無「殊」字。今年，他有師道者悉以故去，始學者與女釋者倀倀無所師，〔童曰〕倀倀，無見貌。音丑良切。又，獨立也。音棖。遂相與出甓浮圖以爲師，盥濯之，〔童曰〕盥濯，澡也。盥，古緩切，又古玩切。扶持之，壯者執輿，幼者前驅，被以其衣，導以其旗，怵惕疾視，引且翼之。〔孫曰〕詩：以引以翼。甓浮圖不得已，凡師數百生。一本作「人」。一又作「人生」。日饋飲食，時獻巾帨，洋洋也，舉莫敢踰其制。中廄病顙之駒，顙之病亦且十年，色玄不厖，無異技，硿然大耳。硿，苦東、戶宋二切。然以其病，不得齒他馬。食斥棄異皁，恒少食，屏立擯辱，掣頓異甚，掣，尺制、尺列二切。垂首披耳，〔一〕懸涎屬地，凡廄之馬，無肯爲伍。會今刺史以御史中丞來涖吾邦，〔二〕〔孫曰〕貞元九年，御史中丞崔公來涖永州。屏棄羣駟，舟以泝江，將至，無以爲乘。廄人咸曰：『病顙駒大而不厖，可秣飾焉；他馬巴、僰庳狹，〔童曰〕巴、僰，地名。僰，蒲畐切。無可當吾刺史者。』於是衆牽駒上燥土大廡下，〔張曰〕廡，堂下周屋。音武。薦之席，縻之絲，浴剔蚤鬋，〔孫曰〕禮記：乘髦馬，不蚤鬋。蚤，謂除爪也。鬋，謂翦鬢也。〔韓曰〕蚤，音爪。鬋，子淺切。莊子：爲天子之諸御，不爪翦。刮惡除洟；刮，古刹切。莝以雕胡，〔孫曰〕莝，斬芻也。雕胡，草名，菰也。莝，音挫。秣以香萁，〔童曰〕萁，豆莖。秣，音抹。萁，音基。錯貝鱗纕，〔張曰〕纕，馬腹帶。音襄。鋈金文羈；絡以和鈴，〔孫曰〕左氏：錫鸞和鈴，昭其聲也。注：和在衡，鈴在旂。纓以朱綏；〔韓曰〕綏，纓也。儒隹切。纓，音嬰。或膏其鬣，音獵。或劘其脽；〔韓曰〕劘，削也。音磨，平聲。脽，尻也。音誰。御夫盡飾，然後敢持。除道履石，立之水涯；音沂。幢旗前羅，〔韓曰〕說文：幢，旌旗屬。周禮：鳥隼爲旟。幢，傳江切。旟，音輿。杠蓋後隨；〔童曰〕杠，旗竿。音江。千夫翼衞，當道上馳；抗首出臆，音億。震奮遨嬉。遨，音敖。當是時，若有知也，豈不曰宜乎？」

先生曰：「是則然矣，叟將何以教我？」蘱老進曰：「今先生來吾州亦十年，〔二〕〔韓曰〕公永貞元年十一月，自邵州刺史改永州司馬。明年，卽改元元和。留永既久，至元和十年正月，方召至京。足軼疾風，〔張曰〕軼，車相過也。軼，徒結切，又音逸。鼻知膻香，膻，尸連切。與「羶」同。腹溢儒書，口盈憲章，包今統古，進退齊良，然而一廢不復，曾不若蹩足涎顙之猶有遭也。〔張曰〕涎，口涎。夕連切。朽人不識，敢以其惑，願質之先生。」先生笑且答曰：「叟過矣！彼之病，病乎足與顙也；吾之病，病乎德也。又彼之遭，遭其無耳。今朝廷洎四方，豪傑林立，謀猷川行，羣談角智，列坐争英，披華發輝，揮喝雷霆，老者育德，少者馳聲，丱角羈貫，〔童曰〕丱，束髮也。古患切。排厠鱗征，一位暫缺，百事交并，駢倚懸足，駢，蒲眠切。曾不得逞，丑郢切。不若是州之乏釋師大馬也；而吾以德病伏焉，豈蹩足涎顙之可望哉？叟之言過昭昭矣，無重吾罪！」於是蘱老壯齒，相視以喜，且吁曰：「諭之矣！」拱揖而旋，爲先生病焉。

校勘記

〔一〕垂首披耳　「披」原作「捕」，據取校諸本改。

〔二〕會今刺史以御史中丞來涖吾邦　「刺史」下原脫「以御史」三字，據音辯、詁訓、世綵堂本及全唐文補。

〔三〕今先生來吾州亦十年　詁訓本「年」下有「矣」字。

柳宗元集卷十六

説

天説

〔黄曰〕韓文公登華而哭，有悲絲泣歧之意，惟沈顔能知之。今其言曰，人能賊元氣陰陽而殘人者則有功。蓋有激而云。柳子因而爲之説，謂天地元氣陰陽不能賞功而罰惡。要其歸，欲以仁義自信，其説當矣。然曰天不能賞罰善惡者，何自而勸沮乎？韓文公曰：今之言性者，雜佛老而言。正爲柳子設也。〔韓曰〕劉禹錫云：子厚作天説以折退之之言，非所以盡天人之際，故作天論三篇以極其辯。然公繼與禹錫書云：凡子之論，乃吾天説注疏耳。禹錫天論，今附此後。

韓愈謂柳子曰：「若知天之説乎？吾爲子言天之説。今夫人有疾痛、倦辱、饑寒甚者，因仰而呼天曰：『殘民者昌，佑民者殃！』又仰而呼天曰：『何爲使至此極戾也？』若是者，舉不能知天。夫果蓏、〔童曰〕按許愼説文：在木曰果，在地曰蓏。張晏云：有核曰果，無核曰蓏。應劭云：木實曰果，草實曰蓏。又一説云：有殼曰果，無殼曰蓏。蓏，魯果切。飲食既壞，蟲生之；人之血氣敗逆壅底，爲癰瘍、疣贅、瘻痔，〔童曰〕説文：癰，腫也。瘍，頭瘡。贅，謂贅肉。瘻，頸腫。一曰久創。痔，後病也。癰，音邕。瘍，音陽。疣，音尤。贅，朱芮切。瘻，音漏。痔，丈里切。蟲生之；〔一〕木朽而蝎中，〔張曰〕蝎，音曷。木中蟲。非螫毒音歇者。草腐而螢飛，腐，爛也。音輔。是豈不以壞而後出耶？物壞，蟲由之生；元氣陰陽之壞，人由之生。蟲之生而物益壞，食齧倪結切。之，攻穴之，蟲之禍物也滋甚。其有能去之者，有功於物者也；繁而息之者，物之讎也。人之壞元氣陰陽也亦滋甚：墾原田，〔張曰〕墾，耕治也。音懇。伐山林，鑿泉以井飲，窾墓以送死，窾，空也。音欵。而又穴爲偃溲，〔童曰〕偃，溷也。溺謂之溲。音蒐。「偃」，一作「匽」。築爲牆垣、城郭、臺榭、觀游，疏爲川瀆、溝洫、陂池，燧木以燔，〔劉曰〕燔，爇也。音煩。燧，音遂。革金以鎔，陶甄琢磨，甄，居延切。悴然使天地萬物不得其情，悴，情醉切。倖倖衝衝，倖，音幸。攻殘敗撓而未嘗息。其爲禍元氣陰陽也，不甚於蟲之所爲乎？吾意有能殘斯人使日薄歲削，〔二〕禍元氣陰陽者滋少，是則有功於天地者也；繁而息之者，天地之讎也。今夫人舉不能知天，「人」下一有「之」字。故爲是呼且怨也。吾意天聞其呼且怨，則有功者受賞必大矣，其禍焉者受罰亦大矣。子以吾言爲何如？」

柳子曰：「子誠有激而爲是耶？則信辯且美矣。吾能終其説。彼上而玄者，世謂之天；下而黄者，世謂之地；渾然而中處者，世謂之元氣；寒而暑者，世謂之陰陽。是雖大，無異果蓏、癰痔、草木也。假而有能去其攻穴者，是物也，其能有報乎？繁而息之者，其能有怒乎？天地，大果蓏也；元氣，大癰痔也；陰陽，大草木也，其烏能賞功而罰禍乎？功者自功，禍者自禍，欲望其賞罰者大謬；〔三〕呼而怨，欲望其哀且仁者，愈大謬矣。〔四〕子而信子之仁義以遊其內，〔五〕生而死爾，烏置存亡得喪於果蓏、癰痔、草木耶？」

校勘記

〔一〕人之血氣敗逆壅底爲癰瘍疣贅瘻痔蟲生之　英華「蟲」上有「亦」字。何焯義門讀書記亦云：「上有『亦』字。」近是。

〔二〕吾意有能殘斯人使日薄歲削　「有」，詁訓本作「其」。

〔三〕欲望其賞罰者大謬　英華、文粹及全唐文「謬」下有「矣」字，近是。

〔四〕欲望其哀且仁者愈大謬矣　「愈」，文粹作「亦」。

〔五〕子而信子之仁義以遊其內　世綵堂本「義」上無「仁」字。

附：天論上

劉禹錫

世之言天者二道焉。拘於昭昭者，則曰：「天與人實影響：禍必以罪降，福必以善徠，窮阨而呼必可聞，隱痛而祈必可答，如有物的然以宰者。」故陰騭之説勝焉。〔一〕泥於冥冥者，則曰：「天與人實剌異，〔二〕霆震于畜木，未嘗在罪；春滋乎堇荼，未嘗擇善；跖、蹻焉而遂，孔、顔焉而厄，是茫乎無有宰者。」故自然之説勝焉。余之友河東解人柳子厚作天説，以折韓退之之言，文信美矣，蓋有激而云，非所以盡天人之際。故余作天論，以極其辯云。

大凡入形器者，皆有能有不能。天，有形之大者也；人，動物之尤者也。天之能，人固不能也；人之能，天亦有所不能也。故余曰：天與人交相勝耳。其説曰：天之道在生植，其用在强弱；人之道在法制，其用在是非。陽而阜生，陰而肅殺；水火傷物，木堅金利；壯而武健，老而耗眊；氣雄相君，力雄相長：天之能也。陽而蓺樹，陰而揫斂；防害用濡，禁焚用光；〔三〕斬材窾堅，液礦硎鋩；義制强訐，〔四〕禮分長幼；右賢尚功，建極閑邪：人之能也。

人能勝乎天者，法也。法大行，則是爲公是，非爲公非，〔五〕天下之人蹈道必賞，違之必罰。〔六〕當其賞，雖三旌之貴，萬鍾之禄，處之咸曰宜。何也？爲善而然也。當其罰，雖族屬之夷，刀鋸之慘，處之咸曰宜。何也？爲惡而然也。故其人曰：「天何預乃事耶？〔七〕唯告虔報本、肆類授時之禮，曰天而已矣。福兮可以善取，禍兮可以惡召，奚預乎天邪？」法小弛則是非駁，賞不必盡善，罰不必盡惡。或賢而尊顯，時以不肖參焉；或過而僇辱，時以不辜參焉。故其人曰：「彼宜然而信然，理也；彼不當然而固然，豈理邪？天也。福或可以詐取，而禍或可以苟免。」人道駁，故天命之説亦駁焉。法大弛則是非易位，賞恒在佞而罰恒在直，義不足以制其强，刑不足以勝其非，人之能勝天之具盡喪矣。〔八〕夫實已喪而名徒存，彼昧者方挈挈然提無實之名，欲抗乎言天者，斯數窮矣。

故曰：天之所能者，生萬物也；人之所能者，治萬物也。法大行，則其人曰：「天何預人邪？我蹈道而已。」法大弛，則其人曰：「道竟何爲邪？任天而已。」〔九〕法小弛，則天人之論駁焉。今以一己之窮通，而欲質天之有無，惑矣！

余曰：天恒執其所能以臨乎下，非有預乎治亂云爾；人恒執其所能以仰乎天，非有預乎寒暑云爾。生乎治者，人道明，咸知其所自，故德與怨不歸乎天；生乎亂者，人道昧，不可知，故由人者舉歸乎天。非天預乎人爾。〔一〇〕

校勘記

〔一〕故陰騭之説勝焉　「勝」原作「騰」，據四部叢刊本劉夢得文集、影印明刻本劉賓客文集及文粹改。

〔二〕泥於冥冥者則曰天與人實剌異　「剌」，劉夢得文集作「相」。

〔三〕禁焚用光　「光」，劉夢得文集作「酒」。

〔四〕義制強訐　「訐」，英華作「御」。

〔五〕則是爲公是非爲公非　此句文粹作「則是非爲公」。

〔六〕蹈道必賞違之必罰　「之」，劉夢得文集作「善」。

〔七〕故其人曰天何預乃事耶　劉夢得文集及文粹「事」上有「人」字，近是。

〔八〕人之能勝天之具盡喪矣　「具」，劉夢得文集作「實」，近是。

〔九〕道竟何爲邪任天而已　「天」原作「人」，據文粹改。

〔一〇〕非天預乎人爾　文粹「爾」上有「云」字。

附：天論中　劉禹錫

或曰：「子之言天與人交相勝，其理微，庸使户曉，盍取諸譬焉。」劉子曰：「若知旅乎？夫旅者，羣適乎莽蒼，求休乎茂木，飲乎水泉，必强有力者先焉，否則雖聖且賢莫能競也，斯非天勝乎？羣次乎邑郛，求蔭于華榱，飽于饑牢，〔一〕必聖且賢者先焉，否則强有力莫能競也，斯非人勝乎？苟道乎虞、芮，雖莽蒼猶郛邑然；苟由乎匡、宋，雖郛邑猶莽蒼然。是一日之途，天與人交相勝矣。吾固曰：是非存焉，雖在野，人理勝也；是非亡焉，雖在邦，天理勝也。然則天非務勝乎人者也。何哉？人不宰則歸乎天也。〔二〕人誠務勝乎天者也。何哉？天無私，故人可務乎勝也。吾於一日之途而明乎天人，取諸近也已。」

或者曰：「若是，則天之不相預乎人也信矣，〔三〕古之人曷引天爲？」答曰：「若知操舟乎？夫舟行乎濰、淄、伊、洛者，疾徐存乎人，次舍存乎人。風之怒號，不能鼓爲濤也；流之泝洄，不能峭爲魁也。適有迅而安，亦人也；適有覆而膠，亦人也。舟中之人未嘗有言天者，何哉？理明故也。彼行乎江、河、淮、海者，〔四〕疾徐不可得而知也，次舍不可得而必也。鳴條之風，可以沃日；車蓋之雲，可以見怪。恬然濟，亦天也；黯然沉，亦天也；阽危而僅存，亦天也。舟中之人未嘗有言人者，〔五〕何哉？理昧故也。」

問者曰：「吾見其騈焉而濟者，風水等耳，而有沉有不沉，非天曷司歟？」答曰：「水與舟，二物也。夫物之合并，必有數存乎其間焉。數存，然後勢形乎其間焉。一以沉，一以濟，適當其數乘其勢耳。彼勢之附乎物而生，猶影響也。本乎徐者其勢緩，故人得以曉也；本乎疾者其勢遽，故難得以曉也。彼江、海之覆，猶伊、淄之覆也。勢有疾徐，故有不曉耳。」

問者曰：「子之言數存而勢生，非天也，天果狹於勢邪？」答曰：「天形恒圓而色恒青，周回可以度得，晝夜可以表候，非數之存乎？恒高而不卑，恒動而不已，非勢之乘乎？今夫蒼蒼然者，一受其形于高大，而不能自還於卑小；一乘其氣于動用，〔六〕而不能自休於俄頃，又惡能逃乎數而越乎勢耶？吾固曰：萬物之所以爲無窮者，交相勝而已矣，還相用而已矣。天與人，萬物之尤者耳。」

問者曰：〔七〕「天果以有形而不能逃乎數，彼無形者，子安所寓其數邪？」答曰：「若所謂無形者，非空乎？空者，形之希微者也，爲體也不妨乎物，而爲用也恒資乎有，必依於物而後形焉。今爲室廬，而高厚之形藏乎內也；爲器用，而規矩之形起乎內也。音之作也有大小，而響不能踰；表之立也有曲直，而影不能踰。非空之數歟？夫目之視，非能有光也，必因乎日月火炎而後光存焉。所謂晦而幽者，目有所不能燭耳。彼狸、狌、犬、鼠之目，庸謂晦爲幽邪？吾固曰：以目而視，得形之粗者也；以智而視，得形之微者也。烏有天地之內有無形者耶？古所謂無形，蓋無常形耳，必因物而後見耳。烏能逃乎數耶？」

校勘記

〔一〕餇于鹼牢　「牢」，英華、全唐文作「牽」。按：「鹼牽」一詞見左傳僖公三十三年：「吾子淹久於敝邑，唯是脯資餼牽竭矣。」此處作豐盛之筵席講，作「牽」近是。
〔二〕人不宰則歸乎天也　「宰」原作「幸」，據劉夢得文集、劉賓客文集及英華、文粹改。
〔三〕若是則天之不相預乎人也信矣　劉夢得文集、劉賓客文集「相」下無「預」字。
〔四〕彼行乎江河淮海者　「河」原作「漢」，據劉夢得文集、劉賓客文集及英華、文粹改。
〔五〕舟中之人未嘗有言人者　「言人者」，劉夢得文集作「不言天者」。
〔六〕一乘其氣于動用　「氣」原作「勢」，據劉夢得文集、劉賓客文集及英華、文粹改。
〔七〕問者曰　「問」下原脱「者」字，據劉夢得文集、劉賓客文集及英華、文粹補。

附：天論下

劉禹錫

或曰：「古之言天之曆象，有宣夜、渾天、周髀之書；言天之高遠卓詭，有鄒子。今子之言有自乎？」

答曰：「吾非斯人之徒也。大凡入乎數者，由小而推大必合，由人而推天亦合。以理揆之，萬物一貫也。今夫人之有顏、目、耳、鼻、齒、毛、頤、口，百骸之粹美者也，然而其本在夫腎、腸、心、腑。〔一〕天之有三光懸寓，萬象之神明者也，然而其本在乎山川五行。濁爲清母，重爲輕始。兩位既儀，〔二〕還相爲庸，噓爲雨露，噫爲雷風。乘氣而生，羣分彙從，植類曰生，按尚書傳云：海隅蒼生，謂草木也。動類曰蟲。倮蟲之長，爲智最大，能執人理，與天交勝，用天之利，立人之紀。紀綱或壞，復歸其始。堯、舜之書，首曰『稽古』，不曰稽天；幽、厲之詩，首曰『上帝』，不言人事。在舜之廷，元凱舉焉，曰『舜用之』，不曰天授；在殷高宗，襲亂而興，〔三〕心知説賢，乃曰『帝賚』。堯民之餘，難以神誣；〔四〕商俗以訛，引天而敺。由是而言，天預人乎？」

校勘記

〔一〕然而其本在夫腎腸心腑　「腑」原作「腹」，據劉夢得文集及英華、文粹改。

〔二〕兩位既儀　按文義當作「兩儀既位」，意卽天地既已定位。

〔三〕在殷高宗襲亂而興　「高宗」原作「中宗」，據世綵堂本及史記卷三殷本紀改。

〔四〕堯民之餘難以神誣　「之」原作「知」，據劉夢得文集、劉賓客文集及英華、文粹改。

鶻説〔一〕

〔黄曰〕唐之中世，酷吏羅織，姦臣擅權，朋黨相軋者四十年，藩鎮跋扈者二百載，腥風逆氣瀰漫宇內，仁人君子爲之慟哭。故巴蜀不臣，子美所以賦杜鵑之詩；眷屬虛名，白樂天所以有江魚、塞鴈之嘆。猫或相乳，韓吏部喜而序其事，以見斯人無慈幼之恩；鶻能縱鳥，柳子從而爲之説，以見斯人多害物之忍。是數子皆有激而云。〔韓曰〕退之誌公墓，謂子厚既退，無相知有氣力得位者推挽，故卒厄於窮裔。觀公此説，必有當途者昔資子厚之氣力而不知報，其篇末意昭然。鶻，胡骨切。

有鷙曰鶻者，穴于長安薦福浮圖有年矣。〔二〕浮圖之人室宇於其下者，伺之甚熟，爲余説之曰：「冬日之夕，是鶻也，必取鳥之盈握者完而致之，以燠其爪掌，燠，熱氣。乙六切。左右而易之。〔三〕旦則執而上浮圖之跂焉，縱之，〔四〕〔童曰〕浮圖之跂，塔之最高處。跂，丘弭、去智二切。延其首以望，極其所如往，必背而去焉。苟東矣，則是日也不東逐，南北西亦然。」

嗚呼！孰謂爪吻毛翮之物而不爲仁義器耶？〔張曰〕翮，羽莖也。下革切。是固無號位爵禄之欲，里閭親戚朋友之愛也，出乎鷇卵，〔韓曰〕鳥子生而須哺曰鷇，自食曰雛。鷇，古侯切。而知攫食決裂之事爾，「攫」字下一有「搏」字。不爲其他。凡食類之飢，唯旦爲甚，今忍而釋之，以有報也。是不亦卓然有立者乎？用其力而愛其死，以忘其飢，又遠而違之，非仁義之道耶？恒其道，一其志，不欺其心，斯固世之所難得也。

余又疾夫今之説曰：以煦煦而嘿，煦，蒸也。吁遇、況羽、匈于三切。徐徐而俯者，善之徒；以翹翹而厲，炳炳而白者，暴之徒。今夫梟鵂，晦於晝而神於夜，〔五〕〔張曰〕梟，不孝鳥。鵂，博雅云：怪鴟也。莊子：鴟鵂夜撮蚤察毫末，晝出瞋目而不見丘山。梟，堅堯切。鵂，音休。鼠不穴寢廟，〔孫曰〕左氏襄二十三年：臧武仲曰：「夫鼠晝伏夜動，不穴於寢廟，畏人故也。」循牆而走，〔六〕〔孫曰〕左氏昭七年：正考父鼎銘曰：三命而俯，循牆而走。是不近於煦煦者耶？今夫鶻，其立趯然，趯，跳也。音逖。其動砉然，〔韓曰〕砉，皮骨相離聲。〔孫曰〕莊子：砉然嚮然。砉，呼虢切。其視的然，其鳴革然，是不近於翹翹者耶？〔七〕由是而觀其所爲，則今之説爲未得也。孰若鶻者，吾願從之。毛耶翮耶，胡不我施？寂寥太清，樂以忘飢。

校勘記

〔一〕鶻說題下注「以見斯人多害物之忍」，「忍」原作「志」，據五百家、世綵堂本改。按：忍爲殘刻無慈之意。作「忍」是。

〔二〕穴于長安薦福浮圖有年矣「穴」，全唐文作「巢」。

〔三〕左右而易之　全唐文「易」上無「而」字，近是。

〔四〕旦則執而上浮圖之跂焉縱之「焉」下原衍「者」字，據取校諸本删。

〔五〕晦於晝而神於夜句下注「晝出瞋目而不見丘山」。「而」上原脫「晝出瞋目」四字，據莊子秋水補。

〔六〕循牆而走句下注　「左氏昭七年」。「昭」原作「僖」，據左傳改。

〔七〕是不近於翹翹者耶　世綵堂本「不」下有「亦」字。

祀朝日說

〔韓曰〕公時爲監察御史作。禮記玉藻：天子玄端而朝日於東門之外。

柳子爲御史，主祀事，將朝日，〔補注〕唐，二分朝日夕月於國城東西，各用方色犢。朝，音潮。下同。其僚問曰：「古之名曰朝日而已，今而曰祀朝日何也？」余曰：「古之記者，〔一〕則朝拜之云也。今而加祀焉者，則朝旦之云也。朝，音昭。今之所云非也。」

問者曰：「以夕而偶諸朝，或者今之是乎？」余曰：「夕之名，則朝拜之偶也。古者旦見曰朝，暮見曰夕，故詩曰：『邦君諸侯，莫肯朝夕。』〔孫曰〕詩雨無正之文。左氏傳曰：『百官承事，朝而不夕。』禮記曰：『日入而夕。』又曰：『朝不廢朝，暮不廢夕。』晉侯將殺豎襄，叔向夕。〔韓曰〕國語：平公射鴳不死，使豎襄搏之，失。公怒，將殺之。叔向聞之夕，以諫，平公乃趣赦之。注：豎，内豎。襄，名也。聞之夕，謂夕至於朝也。楚子之留乾谿，右尹子革夕。〔孫曰〕昭十二年左氏：楚子次于乾谿，析父從。右尹子革夕，王見之。注：子革，鄭丹。夕，莫見也。齊之亂，子我夕。〔孫曰〕史記：齊簡公四年，初，簡公與父陽生之在魯也，闞止有寵。及卽位，使爲政，田成子憚之。御鞅言諸簡公曰：「田、闞不可並也，君其擇焉。」弗聽。子我夕。注：闞止，子我也。夕，省事也。趙文子礱其椽，張老夕。〔韓曰〕國語：趙文子爲室，斲其椽而礱之。張老夕焉而見之。礱，盧紅切。智襄子爲室美，士茁夕。〔韓曰〕國語：襄子爲室美，士茁夕焉。注：襄子，智伯瑤也。士茁，智伯家臣。茁，仄滑切。皆暮見也。漢儀：夕則兩郎向瑣闈拜，謂之夕郎。亦出是名也。〔二〕〔韓曰〕漢官儀：故事，黃門郎每日暮向青瑣門拜，故謂之夕郎。蓋卽今之給事中云。故曰大采朝日，少采夕月。〔三〕〔孫曰〕周禮：王搢大圭，執鎮圭，繅藉五采五就以朝日。則大采謂此。朝日以五采，則夕月以三采可知。魯語：天子大采朝日，與三公九卿祖識地德。少采夕月，與太史司載糾虔天刑。又曰春朝朝日，秋夕夕月。若是其類足矣。〔四〕一無「其類」字。又加祀焉，蓋不學者爲之也。

僚曰：「欲子之書其說，吾將施于世，可乎？」余從之。

校勘記

〔一〕古之記者　「記」，文粹作「說」。

〔二〕亦出是名也句下注　「黃門郎每日暮向青瑣門拜」。「暮」下原脫「向」字，據世綵堂本及後漢書卷九獻帝紀應劭注補。

〔三〕大采朝日少采夕月　「少」原作「小」，據英華、文粹、全唐文及國語魯語改。注文同改。

〔四〕若是其類足矣　「其」，文粹作「之」。

捕蛇者説

〔韓曰〕公謫永州時作。謂當時賦斂毒民，其烈如是。〔黄曰〕苛政猛於虎，孔子過泰山之言也。泰山屬於魯，是時魯之政可謂苛矣。毒賦甚於蛇，柳子在零陵之言也。唐都長安，零陵相去三千五百里，見唐賦所及者遠也。是時，唐之賦可謂毒矣。

永州之野産異蛇，黑質而白章，〔孫曰〕白章，謂白文也。觸草木盡死，以齧人，無禦之者。然得而腊之〔孫曰〕腊，謂乾也。以爲餌，可以已大風、攣踠、瘻、癘，〔童曰〕踠，曲脚也，足疾也。瘻，頸腫也。一曰久創。癘，疫癘也。攣，閭緣切。踠，音宛，又於遠切。瘻，音漏。癘，音厲。去死肌，殺三蟲。其始，太醫以王命聚之，歲賦其二，募有能捕之者，當其租入，永之人争奔走焉。

有蔣氏者，專其利三世矣。問之，則曰：「吾祖死於是，吾父死於是，今吾嗣爲之十二年，幾死者數矣。」言之，貌若甚慼者。余悲之，且曰：「若毒之乎？若，汝也。余將告于蒞事者，更若役，復若賦，則何如？」

蔣氏大戚，汪然出涕〔孫曰〕汪然，涕貌。曰：「君將哀而生之乎？則吾斯役之不幸，未若復吾賦不幸之甚也。嚮吾不爲斯役，則久已病矣。自吾氏三世居是鄉，積於今六十歲矣，而鄉鄰之生日蹙。殫其地之出，殫，盡也。音單。竭其廬之入，號呼而轉徙，飢渴而頓踣，僵也。音匐。觸風雨，犯寒暑，呼嘘毒癘，往往而死者相藉也。藉，徂夜切。曩與吾祖居者，今其室十無一焉；與吾父居者，今其室十無二三焉；與吾居十二年者，今其室十無四五焉，非死而徙爾。〔一〕而吾以捕蛇獨存。悍吏之來吾鄉，悍，音旱。叫囂乎東西，囂，虛嬌切。一音敖。隳突乎南北，突，他没切。譁然而駭者，譁，音華。駭，下揩切。雖雞狗不得寧焉。吾恂恂而起，恂，音荀。視其缶，而吾蛇尚存，則弛然而卧。弛，施氏切。謹食之，食，音飤。時而獻焉。退而甘食其土之有，以盡吾齒。蓋一歲之犯死者二焉，其餘則熙熙而樂，豈若吾鄉鄰之旦旦有是哉！今雖死乎此，比吾鄉鄰之死則已後矣，又安敢毒耶？」

余聞而愈悲。孔子曰：「苛政猛於虎也。」〔二〕〔韓曰〕孔子過泰山側，有婦人哭於墓而哀。夫子式而聽之，使子路問之，曰：「子之哭也，一似重有憂者。」而曰：「然。昔者吾舅死於虎，吾夫又死焉，今吾子又死焉。」夫子曰：「何爲不去也？」曰：「無苛政。」夫子曰：「小子識之，苛政猛於虎也。」〔文曰〕公此篇放檀弓苛政之說，以刺當時横斂之弊，誠爲治者所宜知也。吾嘗疑乎是，今以蔣氏觀之，猶信。嗚呼！孰知賦斂之毒，有甚是蛇者乎！故爲之說，以俟夫觀人風者得焉。

校勘記

〔一〕非死而徙爾　「而」，全唐文作「即」，近是。

〔二〕孔子曰苛政猛於虎也句下注　「使子路問之曰」。「子路」原誤作「子貢」，據禮記檀弓下改。

䄍説

〔黄曰〕子貢觀䄍，歎一國之人皆狂。孔子以文武弛張之道，辭而闢之，言若可已而不可已也。子厚䄍説，謂名存實隱，欲舉而去之，是豈知孔子意乎？且其説曰：水旱、蟲蝗、癘疫可以黜神，暴、眊、沓貪、罷弱可以責人。要其言，欲歸重於人之罰，輕神之責是矣。然又有致雨、反風、去蝗與虎者，爲出於偶然，堯、湯水旱非人之罪，處人事於不可信，又孰不委於天而盡廢人事耶？䄍，音乍。或從蟲。

柳子爲御史，主祀事。將䄍，〔孫曰〕䄍，祭名也。夏曰嘉平，殷曰清祀，周曰大䄍，漢曰臘。禮記曰：䄍者，索也。歲十二月，合聚萬物而索饗之。進有司以問䄍之説，則曰：「合百神於南郊，以爲歲報者也。先有事必質于户部，户部之詞曰『旱于某，水于某，蟲蝗于某，癘疫于某』，則黜其方守之神，不及以祭。」〔一〕〔孫曰〕唐制：䄍祭凡一百八十七坐，當方年穀不登，則闕其祀。余嘗學禮，蓋思而得之，則曰：「『順成之方，其蜡乃通』，〔韓曰〕禮記：八蜡以記四方。四方年不順成，八蜡不通，以謹民財也。順成之方，其蜡乃通，以移民也。鄭注云：其方穀不熟，則不通於蜡焉。若是，古矣。」繼而歎曰：「神之貌乎，吾不可得而見也；〔二〕祭之饗乎，吾不可得而知也。〔三〕是其誕漫惝怳，誕，音但。漫，莫官切。又莫半切。惝，齒兩切。怳，許往切。惝怳，驚貌。冥冥焉不可執取者。夫聖人之爲心也，一無「心也」字。必有道而已矣，非于神也，蓋于人也。以其誕漫惝怳，冥冥焉不可執取，而猶誅削若此，況其貌言動作之塊然者乎？是設乎彼而戒乎此者也，其旨大矣。」

或曰：「若子之言，則旱乎、水乎、蟲蝗乎、癘疫乎，未有黜其吏者，而神黜焉，而曰『蓋于人者』，何也？」予曰：「若子之云，旱乎、水乎、蟲蝗乎、癘疫乎，一無上十字。豈人之爲耶？〔四〕故其黜在神。暴乎、眊乎、沓貪乎、罷弱乎，罷，音疲。下同。非神之爲也，〔五〕故其罰在人。今夫在人之道，則吾不知也。不明斯之道，而存乎古之數，其名則存，其教之實則隱。〔六〕以爲非聖人之意，故歎而云也。」

曰：「然則致雨反風，〔張曰〕金縢：周公居東，天大雷電以風。王出郊，天乃雨，反風，禾則盡起。蝗不爲灾，虎負子而趨，〔七〕劉昆爲弘農守，崤、黽多虎灾。昆爲政三年，虎皆負子渡河。宋均爲九江守，郡多虎，均下令去其陷穽。後傳虎相與渡江。又山陽、楚、沛多蝗，其飛至九江界者，輒東西散去。是非人之爲則何以？」余曰：「子欲知其以乎？所謂偶然者信矣。必若人之爲，則十年九潦、郎到切。八年七旱者，〔補

注〕二句莊子秋水之文。獨何如人哉？其黜之也，苟明乎教之道，雖去古之數可矣。反是，則誕漫之説勝，而名實之事喪，亦足悲乎！」

校勘記

〔一〕不及以祭句下注　「當方年穀不登」。「當方」原作「方當」，據舊唐書卷二四禮儀志四倒轉。

〔二〕吾不可得而見也　音辯、詁訓本「不」下無「可」字。

〔三〕吾不可得而知也　詁訓本「不」下無「可」字。

〔四〕豈人之爲耶　「之爲」，音辯本及英華、文粹作「爲之」。

〔五〕非神之爲也　「之爲」，音辯、詁訓本及英華、文粹、全唐文作「爲之」。又，「也」原作「耶」，據英華、文粹及全唐文改。

〔六〕其教之實則隱　「其」，音辯、世綵堂本及英華、文粹作「而」。

〔七〕虎負子而趨句下注　「後傳虎相與渡江」，「江」原作「河」，據後漢書卷四一宋均傳改。

乘桴説

〔黄曰〕韓退之説論語，與世之學者大異。如「子在，回何敢死」，而曰「回何敢先」，「子所雅言，詩書執禮，皆雅言也」，而曰「子所雅言」之類，皆自出新意，不同諸子而每求異，亦失之鑿。柳子於論語，其語不多異。而乘桴一說，蓋出於諸儒言意之外，非聖心之決然者。是知韓、柳二家，皆不免穿鑿之弊。桴，芳無切。

子曰：「道不行，乘桴浮于海，〔孫曰〕桴，編竹木以渡，大者曰筏，小者曰桴。從我者其由歟！」〔一〕子路聞之喜。子曰：「由也好勇過我，無所取材。」說曰：海與桴與材，皆喻也。海者，聖人至道之本，所以浩然而游息者也。桴者，所以游息之具也。材者，所以爲桴者也。易曰：「復其見天地之心乎？」則天地之心者，聖人之海也。復者，聖人之桴也。所以復者，桴之材也。孔子自以極生人之道，「極」，一作「拯」。不得行乎其時，將復於至道而游息焉。謂由也勇於聞義，果於避世，故許其從之也。其終曰「無所取材」云者，言子路徒勇於聞義，果於避世，而未得所以爲復也。〔二〕此以退子路兼人之氣，而明復之難耳。〔三〕然則有其材以爲其桴，一作「以爲桴」，無「其」字。而游息於海，其聖人乎？子謂顏淵曰：「用之則行，舍之則藏，唯我與爾有是夫！」由是而言，以此追庶幾之說，「追」，一作「迨」。則回近得矣。而曰「其由也歟」者，當是歎也回死矣夫。

或問曰：「子必聖人之云爾乎？」曰：「吾何敢。以廣異聞，〔四〕且使遯世者得吾言以爲學，其於無悶也，揵焉而已矣。」〔五〕

校勘記

〔一〕從我者其由歟　音辯、詁訓本及英華「由」下有「也」字。阮元論語注疏校勘記謂：「皇本『由』下有『也』字，高麗本『也』字同。『由』下『也』字亦與顔師古漢書地理志注、太平御覽四百六十七所引合。」按：本段末尾有「而曰『其由也歟』者」句，「由」下亦有「也」字。

〔二〕而未得所以爲復也　音辯、詁訓本及英華「復」下有「者」字。

〔三〕而明復之難耳　何焯義門讀書記：「『復』下有『者』字。」

〔四〕以廣異聞　英華「以」上有「吾」字。

〔五〕其於無悶也揵焉而已矣　四部叢刊本音辯、詁訓、五百家、世綵堂本注：「『揵』，一作『捷』。」

説車贈楊誨之

〔韓曰〕誨之，楊憑之子也。憑自京兆尹貶臨賀尉。臨賀在嶺南，屬賀州。公時在永，誨之道永之賀，公作是説以送。然誨之猶以爲柔外剛中未必不爲弊車，柔外剛中未必不爲常人。公反復論辯，有二書見于集之別卷。

楊誨之將行，柳子起而送之門，有車過焉，指焉而告之曰：「若知是之所以任重而行於世乎？材良而器攻，圓其外而方其中然也。材而不良，則速壞。工之爲功也，不攻則速敗。〔孫曰〕攻，牢也。中不方則不能以載，外不圓則窒拒而滯。方之所謂者箱也，〔孫曰〕箱，所以載。圓之所謂者輪也。匪箱不居，匪輪不塗。〔補注〕塗，謂行於塗。吾子其務法焉者乎？」曰：「然。」

曰：「是一車之説也，非衆車之説也，吾將告子乎衆車之説。澤而杼，山而侔，〔童曰〕考工記：凡爲輪，行澤欲杼，行山欲侔。注：杼，謂削簿其踐地者。侔，上下等。杼，直吕切。上而輊，下而軒且曳。〔一〕〔韓曰〕詩：戎車既安，如輊如軒。〔孫曰〕輊，俯也。軒，仰也。「且曳」字本易「曳其輪」。輊，音致。祥而曠左，〔韓曰〕禮記：祥車曠左。注：葬之乘車也。革而長轂以戟，〔孫曰〕革，謂革車。左氏曰：長轂九百。注：長轂，戎車也。轂，音穀。巢焉而以望，〔韓曰〕兵高車加巢以望敵也。成十六年左氏：楚子登巢車以望晉師。「巢」，本作「轈」，省作「巢」。安以愛老，〔韓曰〕安，安車也。禮記：大夫七十而致仕，乘安車，自稱曰老夫。〔孫曰〕漢武帝以安車迎枚乘。輜以蔽内，〔張曰〕輜，説文云：軿車前衣車後也。字林：載衣物車，前後皆蔽，若今庫車。輜，音菑。垂緌而以畋，〔劉曰〕禮記：武車綏旌。綏，宣佳切。載十二旒，而以廟以郊以陳于庭，〔韓曰〕周官巾車：王之五路，一曰玉路。建太常，十有二旒，以祀。旒，音流。其類衆也。然而其要，存乎材良而器攻，圓其外而方其中也。是故任而安之者箱，〔韓曰〕箱，大車之箱也。詩疏：車内容物之處爲箱。達而行之者輪，恒中者軸，音逐。揭而固者蚤，〔韓曰〕揭，戟持也。「蚤」，當爲「爪」。考工記注：謂輻入牙中者也。揭，音局，拘玉切。蚤，音爪。長而橈，進不罪乎馬，退不罪乎人者輈，〔韓曰〕考工記：大車之轅摯，其登又難，既克其登，其覆車也必易。此無故，惟轅直且無橈也。轅，音袁。却暑與雨者蓋，〔張曰〕考工記：輪人爲蓋。注：蓋，主爲雨設也。敬而可伏者軾，〔二〕〔韓曰〕軾，車前橫板隆起者也。音式。服而制者馬若牛，然後衆車之用具。

今楊氏，仁義之林也，其産材良。誨之學古道，爲古辭，冲然而有光，其爲工也攻。果能恢其量若箱，周而通之若輪，守大中以動乎外而不變乎内若軸，〔三〕攝之以剛健若蚤，引焉而宜御乎物若轅，高以遠乎污若蓋，下以成乎禮若軾，險而安，易而利，動而法，則庶乎車之全也。詩之言曰：四牡騑騑，六轡如琴。孔氏語曰：左爲六官，右爲執法。此其以達於大政也。凡人之質不良，莫能方且恒。質良矣，用不周，莫能以圓遂。孔子於鄉黨，恂恂如也，遇陽虎必曰諾，而其在夾谷也，視叱齊侯類畜狗，〔孫曰〕魯定公十年，會齊侯于夾谷，孔丘相。不震乎其内。後之學孔子者，不志於是，則吾無望焉耳矣。」

誨之，吾戚也，長而益良，方其中矣。吾固欲其任重而行於世，懼圓其外者未至，故説車以贈。〔黄曰〕唐世士風敝甚矣，其相戒約曰：「君欲求權，須方須圓。」元次山嫉之，欲毁小兒轉圜之器，以謂寧方爲皂隸，不圓爲公卿。柳子説車以贈楊生者盡矣。其末篇曰：誨之方其中，懼圓其外者未至。愚謂楊生誠能方其中，則其外當濟以圓，不害乎時中也。使其自得也未至，而更以圓教之，則不同乎流俗者幾希。然則柳子之學，或見笑於次山之家。

校勘記

〔一〕上而輊下而軒且曳句下注「如輊如軒」。原作「如軒如輊」，據詁訓、世綵堂本及詩小雅六月改。

〔二〕敬而可伏者軾句下注「車前横板隆起者也」。「横」原作「漢」，據詁訓、五百家、世綵堂本改。

〔三〕守大中以動乎外而不變乎内若軸「變」原作「孌」，據音辯、世綵堂本及英華改。

謫龍説

〔韓曰〕當在貶謫後作，蓋有激而然者也。

扶風馬孺子言：年十五六時，在澤州，與羣兒戲郊亭上。頃然，有奇女墜地，有光曄然，〔一〕〔舊注〕曄，目動也，光也。音葉。被緅裘白紋之裏，〔韓曰〕緅，帛青赤色。將侯切，又側鳩切。首步摇之冠。〔孫曰〕步摇，冠名，言行步則摇。自漢時有之。貴游少年駭且悦之，稍狎焉。奇女頩爾怒曰：〔二〕〔童曰〕楚辭：玉色頩以脕顔。又博雅云：艴、頩，色也。頩，普名切，又普冷切。「不可。吾故居鈞天帝宫，下上星辰，呼嘘陰陽，薄蓬萊，羞崑崙，而不卽者。帝以吾心侈大，怒而謫來，七日當復。今吾雖辱塵土中，非若儷也。〔童曰〕若，汝也。儷，偶也。儷，郎計切。吾復，且害若。」衆恐而退。遂入居佛寺講室焉。〔三〕及期，進取杯水飲之，嘘成雲氣，五色翛翛也。翛翛，幷音宵。因取裘反之，化爲白龍，徊翔登天，莫知其所終。亦怪甚矣。

嗚呼！非其類而狎其謫不可哉。孺子不妄人也，故記其説。

校勘記

〔一〕有光曄然　「曄」，五百家本及全唐文作「煜」。

〔二〕奇女頩爾怒曰句下注　「玉色頩以脕顔」。「脕」原作「怡」，據楚辭遠遊改。

〔三〕遂入居佛寺講室焉　「室」，詁訓本作「堂」。

復吴子松説

〔韓曰〕吴子，即吴武陵。

子之疑木膚有怪文，與人之賢不肖、壽夭、貴賤，果氣之寓歟？爲物者裁而爲之歟？余固以爲寓也。子不見夫雲之始作乎？教怒衝涌，教，蒲没切。擊石薄木，而肆乎空中，偃然爲人，拳然爲禽，敷舒爲林木，嵑嶫爲宫室，〔一〕〔童曰〕嵑嶫，山高貌。上苦曷、丘葛二切。下魚列、牙葛二切。「嵑」，或作「嵑」。誰其搏而斲之者？斲，音卓。風出洞窟，流離百物，經清觸濁，呼召竅穴，〔二〕「竅」，一作「覈」。與夫草木之儷偶紛羅，雕葩剡芒，葩，披巴切。臭朽馨香，采色之赤碧白黃，皆寓也，無裁而爲之者。一無「之」字。又何獨疑茲膚之奇詭，古委切。與人之賢不肖、壽夭、貴賤，參差不齊者哉？是固無情，不足窮也。

然有可恨者，人或權褒貶黜陟爲天子求士者，皆學於聖人之道，皆又以仁義爲的，皆曰我知人，我知人。披辭窺貌，逐其聲而覈其所蹈者，以升而降。其所升，常多蒙瞀禍賊僻邪，〔三〕〔童曰〕瞀，目不明也。瞀，音務，又莫候切。罔人以自利者；其所降，率恒多清明冲淳一無「恒」字。不爲害者。〔四〕彼非無情物也，非不欲得其升降也，然猶反戾若此。逾千百年，乃一二人幸不出於此者。徵之，猶無以爲告。今子不是病，而木膚之問爲物者有無之疑，子胡橫訊過詰擾擾焉如此哉！

校勘記

〔一〕嵑巕爲宮室　「巕」，英華作「嶭」。按：「巕」、「嶭」疑即「𡾊」字。「𡾊」，同「辥」。

〔二〕呼召竅穴句下注　「『竅』，一作『覈』」。世綵堂本注：「『竅』作『覈』，非。」按：世綵堂本注是。

〔三〕常多蒙瞀禍賊僻邪　「常」，英華、全唐文作「恒」。

〔四〕率恒多清明沖淳不爲害者句中注　「一無恒字」。全唐文無「恒」字。按：此句與前「常多蒙瞀禍賊僻邪罔人以自利者」句，相對爲文，「率多」與「常多」義亦相近。無「恒」字近是。

羆說

〔童曰〕公之爲羆說，蓋有所指而言。羆，音疲。

鹿畏貙，〔一〕〔韓曰〕貙，獸名。說文：貙，劉也。似狸，能捕獸祭天。貙，敕俱切。貙畏虎，虎畏羆。〔孫曰〕說文：羆，如熊，黄白色。羆之狀，被髮人立，絶有力而甚害人焉。楚之南有獵者，能吹竹爲百獸之音。昔云持弓矢罌火〔韓曰〕罌，瓦缶也。音鶯。而卽之山，〔二〕爲鹿鳴以感其類，伺其至，發火而射之。貙聞其鹿也，趨而至。其人恐，因爲虎而駭之。貙走而虎至，愈恐，則又爲羆。虎亦亡去。羆聞而求其類，至則人也，捽搏挽裂而食之。〔童曰〕說文：捽，持頭髮也。昨没切。

今夫不善内而恃外者，未有不爲羆之食也。

校勘記

〔一〕鹿畏貙句下注　「說文：貙，劉也」。「說文」，詁訓本作「釋文」，是。

〔二〕昔云持弓矢罍火而卽之山　「昔云」，英華作「嘗云」。世綵堂本注：「『昔云』，一作『寂寂』。」按：據文義，應作「寂寂」或作「嘗」（疑英華衍「云」字）。作「昔云」誤。

觀八駿圖説

〔韓曰〕晉王嘉拾遺記：八駿之名，一曰絶地，二曰翻羽，三曰奔霄，四曰越影，五曰踰暉，六曰超光，七曰騰霧，八曰挾翼。圖必本諸此云。

古之書有記周穆王馳八駿升崑崙之墟者，〔韓曰〕列子云：周穆王不恤國事，不樂臣妾，肆意遠游。命駕八駿之乘，右服驊騮而左緑耳，右驂赤驥而左白羲。次車之乘，右服渠黄而左踰輪，左驂盜驪而右山子。馳驅千里，至于巨蒐氏之國，遂宿崑崙之阿赤水之陽。古書記穆王馳八駿者，莫此爲詳。後之好事者爲之圖，宋、齊以下傳之。「下」，一作「來」。觀其狀甚怪，咸若騫若翔，若龍鳳麒麟，若螳蜋然。〔孫曰〕螳蜋，螵蛸母。方言曰：譚、魯以南謂之蝳蠰，三河之間謂之螳蜋。其書尤不經，世多有，然不足采。世聞其駿也，因以異形求之。則其言聖人者，亦類是矣。故傳伏羲曰牛首，女媧曰其形類蛇，〔童曰〕帝王世紀：伏羲、女媧，蛇身人首。神農，人身牛首。媧，公蛙切。孔子如倛頭，〔孫曰〕荀子云：仲尼之狀，面如蒙倛。頭者，蒙倛之頭。〔韓曰〕倛，方相也。音欺。若是者甚衆。孟子曰：「何以異於人哉？堯、舜與人同耳！」

今夫馬者，駕而乘之，或一里而汗，或十里而汗，或千百里而不汗者，〔一〕視之，毛物尾鬣，四足而蹄，齕草飲水，齕，齧也。下没切。一也。推是而至於駿，亦類也。今夫人，有不足爲負販者，有不足爲吏者，有不足爲士大夫者，有足爲者，視之，圓首横目，食穀而飽肉，絺而清，裘而燠，〔二〕一也。推是而至於聖，亦類也。然則伏羲氏、女媧氏、孔子氏，是亦人而已矣。驊騮、白羲、音犧。一本作「𤡾」。山子之類，若果有之，是亦馬而已矣。又烏得爲牛，爲蛇，爲倛頭，爲龍、鳳、麒麟、螳蜋然也哉？

然而世之慕駿者，不求之馬，而必是圖之似，故終不能有得於駿也。慕聖人者，不求之人，〔三〕而必若牛、若蛇、若倛頭之問，一作「間」。故終不能有得於聖人也。誠使天下有是圖者，舉而焚之，則駿馬與聖人出矣。〔黄曰〕韓子曰：古之聖人，有若牛、蛇、鳥喙、蒙倛者，貌似而心不同，不可謂之非人。此所以嘆鶴言之爲怪。柳子曰：慕聖人者，不求之人，而必若牛、若蛇、若蒙倛之問，終不能有得。此所以欲焚八駿之圖。文公之於聖人，信其有形貌之似而重求其心；子厚之於聖人，概之以人，而不信其爲禽獸蟲魚之怪。二子之意，蓋大同而小異。

校勘記

〔一〕或千百里而不汗者　「或千百里」，英華、全唐文作「或數十里百里」。鄭定、世綵堂本注：「一無『百』字，一作『數十里』。」

〔二〕絺而凊裘而燠　「凊」原作「清」，據世綵堂本及全唐文改。按：本書卷一二先侍御史府君神道表有「奉侍溫凊」句。作「凊」是。可參看該文校勘記〔八〕。

〔三〕慕聖人者不求之人　英華「求之」下有「於」字。何焯義門讀書記亦作「不求之於人」。

柳宗元集卷十七

傳

宋清傳

〔韓曰〕公此文在謫永州後作。蓋謂當時之交游者不爲之汲引，附炎棄寒，有愧於清之爲者，因託是以諷。

宋清，長安西部藥市人也。居善藥。〔孫曰〕居，謂積也。有自山澤來者，必歸宋清氏，清優主之。長安醫工得清藥輔其方，輒易讎，〔童曰〕讎，賣也。音售。易，以豉切。咸譽清。〔一〕疾病疕瘍者，疕，卑履切。一本作「咸譽清，信能療病，故病者」。亦皆樂就清求藥，冀速已。清皆樂然響應，雖不持錢者，皆與善藥，積券如山，未嘗詣取直。或不識遥與券，清不爲辭。歲終，度不能報，輒焚券，終不復言。市人以其異，皆笑之，曰：「清，蚩妄人也。」或曰：「清其有道者歟？」清聞之曰：「清逐利以活妻子耳，非有道也，然謂我蚩妄者亦謬。」

清居藥四十年，所焚券者百數十人，或至大官，或連數州，受俸博，其餽遺清者，相屬於户。雖不能立報，而以賒死者千百，「賒」，一作「賤」。不害清之爲富也。清之取利遠，遠故大，豈若小市人哉？一不得直，則怫然怒，怫，音佛。再則罵而仇耳。〔二〕彼之爲利，不亦翦翦乎！翦，子賤切。吾見蚩之有在也。清誠以是得大利，又不爲妄，執其道不廢，卒以富。求者益衆，其應益廣。或斥棄沉廢，親與交；視之落然者，清不以怠，遇其人，必與善藥如故。一旦復柄用，益厚報清。音青。其遠取利，皆類此。

吾觀今之交乎人者，炎而附，寒而棄，鮮有能類清之爲者。世之言，徒曰「市道交」。嗚呼！清，市人也，今之交有能望報如清之遠者乎？〔三〕幸而庶幾，則天下之窮困廢辱得不死亡者衆矣，「市道交」豈可少耶？或曰：「清，非市道人也。」柳先生曰：「清居市不爲市之道，然而居朝廷、居官府、居庠塾鄉黨以士大夫自名者，反争爲之不已，悲夫！然則清非獨異於市人也。」

校勘記

〔一〕咸譽清　「咸」原作「或」，據取校諸本改。

〔二〕再則罵而仇耳　「仇」，詁訓本作「求」。世綵堂本注：「『耳』一作『取』。」

〔三〕今之交有能望報如清之遠者乎　英華「交」下有「者」字。

種樹郭橐駝傳

〔孫曰〕姓郭，號橐駝。駝，馬類也。背肉似橐，故以名之。〔黄曰〕事有可觸類而長者，聞解牛得養生，問鑄金得鑄人，爲天下之道與牧馬何異，牧民之道以牧羊而知，橐駝傳宜其有爲而作也。橐，音託。駝，徒何切。

郭橐駝，不知始何名。病瘻，〔韓曰〕釋文：瘻，傴疾也。瘻，隴主切。隆然伏行，有類橐駝者，故鄉人號之「駝」。駝聞之曰：「甚善，名我固當。」因捨其名，亦自謂橐駝云。其鄉曰豐樂鄉，在長安西。駝業種樹，凡長安豪富人「豪」下一有「家」字。爲觀遊及賣果者，皆争迎取養。視駝所種樹，或移徙，無不活，且碩茂早實以蕃。他植者雖窺伺傚慕，莫能如也。

有問之，對曰：「橐駝非能使木壽且孳也，〔一〕〔韓曰〕乳化曰孳。孳，音字，又津之切。一有「以」字。能順木之天，以致其性焉爾。凡植木之性，其本欲舒，其培欲平，其土欲故，其築欲密。既然已，勿動勿慮，去不復顧。「去」，一作「亦」。其蒔也若子，〔童曰〕蒔，種也。音侍。其置也若棄，則其天者全而其性得矣。故吾不害其長而已，非有能碩茂之也；〔二〕不抑耗其實而已，非有能早而蕃之也。他植者則不然，根拳而土易，其培之也，若不過焉則不及。一有「焉」字。苟有能反是者，則又愛之太恩，〔三〕憂之太勤，旦視而暮撫，已去而復顧。甚者爪其膚以驗其生枯，摇其本以觀其疏密，而木之性日以離矣。雖曰愛之，其實害之；雖曰憂之，其實讎之，故不我若也。吾又何能爲哉！」〔哉」，一作「矣哉」。

問者曰：「以子之道，移之官理可乎？」駝曰：「我知種樹而已，理，非吾業也。〔四〕然吾居鄉，見長人者好煩其令，若甚憐焉，而卒以禍。旦暮吏來而呼曰：『官命促爾耕，勗爾植，〔張曰〕勗，勉也。呼玉切。督爾穫。早繅而緒，〔韓曰〕繅，謂繹繭爲絲。繅，蘇曹切。早織而縷，字而幼孩，遂而雞豚。』鳴鼓而聚之，擊木而召之。吾小人輟飧饔以勞吏者，且不得暇，又何以蕃吾生而安吾性耶？故病且怠。若是，則與吾業者其亦有類乎？」

問者曰：「嘻，〔五〕「嘻」，一作「喜」。不亦善夫！吾問養樹，得養人術。」〔六〕傳其事以爲官戒。〔七〕一有「也」字。

校勘記

〔一〕非能使木壽且孳也　英華、何焯校本及全唐文「木」下有「之」字。

〔二〕非有能碩茂之也　英華、全唐文「碩」下有「而」字。按：此句與下句「非有能早而蕃之也」爲並列句，屬同一句型，似應有「而」字。

〔三〕則又愛之太恩　「恩」，英華作「殷」。

〔四〕理非吾業也　蔣之翹本注：「『理』，一本亦作『官理』。」

〔五〕問者曰嘻　「曰嘻」原作「嘻曰」，據英華、全唐文倒轉。

〔六〕吾問養樹得養人術　詁訓本「術」下有「焉」字。

〔七〕傳其事以爲官戒句下注　「一有『也』字」。音辯本、英華、文粹及全唐文「戒」下均有「也」字，近是。

童區寄傳

〔韓曰〕其文曰桂部從事爲余言之，當在柳州作。〔補注〕東坡有劉醜廝詩云：「曰此可名寄，追配郴之蕘；恨我非柳子，擊節爲爾謠。」謂此。

柳先生曰：越人少恩，生男女必貨視之。〔一〕「必」，一作「以」。自毁齒已上，〔孫曰〕説文：男八月齒生，八歲而齔；女七月齒生，七歲而齔。齔，毁齒也。父兄鬻賣，鬻，音育。以覬其利。不足，則取他室，〔二〕束縛鉗梏之。〔孫曰〕鉗者，以鐵束之。梏，手鉗。鉗，其廉切。梏，姑沃切。至有鬚鬣者，〔孫曰〕鬣，長鬚也。音獵。力不勝，皆屈爲僮。當道相賊殺以爲俗。幸得壯大，則縛取么弱者。么，小也。

漢官因以爲己利，苟得僮，恣所爲不問。以是越中户口滋耗。少得自脫，惟童區寄以十一歲勝，斯亦奇矣。桂部從事杜周士〔孫曰〕周士，貞元十七年第進士，元和中，從事桂管。爲余言之。

童寄者，柳州蕘牧兒也。〔三〕行牧且蕘，〔童曰〕蕘，採薪也。二豪賊劫持反接，布囊其口，去逾四十里之墟所賣之。〔舊注〕南越中謂野市曰墟。寄僞兒啼，恐慄爲兒恒狀。賊易之，對飲酒醉。〔四〕一人去爲市，一人臥，植刃道上。童微伺其睡，以縛背刃，力下上，得絶，因取刃殺之。逃未及遠，市者還，得童大駭。將殺童，遽曰：「爲兩郎僮，孰若爲一郎僮耶？彼不我恩也。郎誠見完與恩，無所不可。」市者良久計曰：「與其殺是僮，孰若賣之；與其賣而分，孰若吾得專焉。一有「然」字。幸而殺彼，甚善。」卽藏其尸，持童抵主人所，愈束縛牢甚。夜半，童自轉，以縛卽爐火燒絶之，雖瘡手勿憚，復取刃殺市者。因大號，一墟皆驚。童曰：「我區氏兒也，不當爲僮。賊二人得我，我幸皆殺之矣，願以聞於官。」

墟吏白州，州白大府，大府召視，兒幼愿耳。〔五〕刺史顔證奇之，〔童曰〕證，杲卿之孫，元和初爲桂管刺史觀察使。證，音征，又之刃切。留爲小吏，不肯。與衣裳，吏護還之鄉。鄉之行劫縛者，側目莫敢過其門。皆曰：「是兒少秦武陽二歲，〔韓曰〕戰國策：燕太子丹欲以匕首刺秦王。燕國有勇士秦武陽，年十三，殺人，人不敢忤視，乃令爲荆軻副而往。史記作舞陽。而討殺二豪，〔六〕豈可近耶！」

校勘記

〔一〕生男女必貨視之句下注　「『必』一作『以』」。何焯校本及全唐文作「以」，近是。

〔二〕不足則取他室　音辯、詁訓本及英華「取」上有「盜」字。何焯義門讀書記：「『取』字上有『盜』字。」

〔三〕柳州蕘牧兒也　「柳」原作「郴」，據英華改。陳景雲柳集點勘：「區寄事既聞之桂部從事，而區寄乃郴州蕘牧兒，郴係潭部屬郡，非桂所部。又傳言『州白大府』，『刺史顏證奇之』。據舊史，顏證以貞元二十年除桂州刺史、桂管觀察使，則州所白大府，蓋桂管非潭部也。『郴』當從文苑作『柳』。」按：陳説是。

〔四〕對飲酒醉　詁訓本無「醉」字。

〔五〕兒幼愿耳　英華「兒」上有「而」字。

〔六〕而討殺二豪　「討殺」，英華、何焯校本及全唐文作「計殺」。

梓人傳

〔韓曰〕公蓋託物以寓意，端爲佐天子相天下進退人才者設也。〔黄曰〕王承福圬者而得傳於韓，楊潛梓人而得傳於柳。又曰，梓人傳意大抵出於孟子。孟子言爲巨室，必使工師求大木，是何異於梓人所謂量棟宇之任，視木之能否者乎？孟子言教玉人彫琢之爲非，是何異於梓人所謂由我則固，不由我則圮，不奪於主人之牽制者乎？

裴封叔之第，〔孫曰〕名瑾，公之姊夫。在光德里。有梓人款其門，願傭隟宇而處焉。〔一〕〔童曰〕說文：隟，壁際孔也。當作「隙」，寫轉作「隟」。去逆切。詳注第九卷。所職尋引、規矩、繩墨，〔孫曰〕尋，八尺。引，十丈。尋引，所以度長短也。家不居礱斲之器。礱，音聾。斲，音卓。問其能，曰：「吾善度材，視棟宇之制，高深、圓方、短長之宜，吾指使而群工役焉。捨我，衆莫能就一宇。故食於官府，吾受祿三倍；作於私家，吾收其直太半焉。」他日，入其室，其牀闕足而不能理，曰：「將求他工。」余甚笑之，謂其無能而貪祿嗜貨者。

其後京兆尹將飾官署，余往過焉。委羣材，會衆工。或執斧斤，或執刀鋸，皆環立嚮之。梓人左持引右執杖而中處焉。量棟宇之任，視木之能，舉揮其杖曰：「斧！」彼執斧者奔而右；顧而指曰：「鋸！」彼執鋸者趨而左。俄而斤者斲，刀者削，皆視其色，俟其言，莫敢自斷者。其不勝任者，怒而退之，亦莫敢慍焉。畫宮於堵，盈尺而曲盡其制，計其毫釐而構大廈，無進退焉。既成，書于上棟，〔孫曰〕易：上棟下宇，以避風雨。曰「某年某月某日某建」，則其姓字也。凡執用之工不在列。余圜視大駭，〔孫曰〕賈誼傳：天下圜視而起。注云：驚愕也。然後知其術之工大矣。

繼而嘆曰：彼將捨其手藝，專其心智，而能知體要者歟？吾聞勞心者役人，勞力者役於人，彼其勞心者歟？能者用而智者謀，彼其智者歟？是足爲佐天子、相天下法矣！物莫近乎此也。彼爲天下者本於人。其執役者，爲徒隸，爲鄉師、里胥；〔孫曰〕徒隸，給徭役者。鄉師，一鄉之長。里胥，一里之長。胥，謂其有才智爲什長者。其上爲下士；又其上爲中士、爲上士；又其上爲大夫、爲卿、爲公。離而爲六職，判而爲百役。外薄四海，〔童曰〕尚書之文。有方伯、連率。〔張曰〕王制：千里之外設方伯。又曰：十國以爲連，連有帥。「率」，與「帥」同。郡有守，邑有宰，皆有佐政。其下有胥吏，又其下皆有嗇夫、版尹，〔孫曰〕漢制：鄉小者置嗇夫一人。版尹，掌户版者。以就役焉，猶衆工之各有執伎以食力也。彼佐天子相天下者，舉而加焉，指而使焉，條其綱紀而盈縮焉，齊其法制而整頓焉，猶梓人之有規矩、繩墨以定制也。擇天下之士，使稱其職；居天下之人，使安其業。視都知野，視野知國，視國知天下，其遠邇細大，可手據其圖而究焉，猶梓人畫宮於堵而績于成也。〔三〕能者進而由之，使無所德；不能者退而休之，亦莫敢慍。不衒能，〔童曰〕衒，行且賣也。音縣。不矜名，不親小勞，不侵衆官，日與天下之英才討論其大經，猶梓人之善運衆工而不伐藝也。夫然後相道得而萬國理矣。相道既得，萬國既理，天下舉首而望曰：「吾相之功也。」後之人循跡而慕曰：「彼相之才也。」士或談殷、周之理者，曰伊、傅、周、召，其百執事之勤勞而不得紀焉，猶梓人自名其功而執用者不列也。大哉相乎！通是道者，所謂相而已矣。其不知體要者反此：以恪勤爲公，〔三〕以簿書爲尊，衒能矜名，親小勞，侵衆官，竊取六職百役之事，听听於府廷，〔四〕〔韓曰〕听听然，笑也。魚隱切。而遺其大者遠者焉，所謂不通是道者也。猶梓人而不知繩墨之曲直、規矩之方圓、尋引之短長，姑奪衆工之斧斤刀鋸以佐其藝，又不能備其工，以至敗績用而無所成也。不亦謬歟？

或曰：「彼主爲室者，儻或發其私智，牽制梓人之慮，奪其世守而道謀是用，雖不能成功，豈其罪耶？亦在任之而已。」余曰：不然。夫繩墨誠陳，規矩誠設，高者不可抑而下也，狹者不可張而廣也。由我則固，不由我則圮。圮，毁也。部鄙切。彼將樂去固而就圮也，則卷其術，默其智，悠爾而去，〔五〕不屈吾道，是誠良梓人耳。其或嗜其貨利，忍而不能捨也，喪其制量，屈而不能守也，棟撓屋壞，則曰「非我罪也」，可乎哉，可乎哉？

余謂梓人之道類於相，故書而藏之。梓人，蓋古之審曲面勢者，〔童曰〕周禮考工記之文。今謂之都料匠云。余所遇者，楊氏，潛其名。

校勘記

〔一〕顧傭隟宇而處焉句下注　「說文：隟，壁際孔也」。「壁際孔」原作「陒塞」，據說文改。

〔二〕猶梓人畫宮於堵而績于成也　「績」原作「積」，據取校諸本改。

〔三〕以恪勤爲公　「公」，全唐文作「功」，疑是。

〔四〕听听於府廷　陳景雲柳集點勘：「按：『听』乃笑貌，如子虛賦『听然而笑』是也，與此不切，當作『齗齗』。史記注：齗齗，鬬爭貌。觀下『姑奪衆工』句，對上『齗齗』言之耳。」按：陳說疑是。

〔五〕悠爾而去　何焯義門讀書記：「『悠』當作『攸』。」按：攸，疾走貌。于文義亦可通。可與「悠」字二說并存。

李赤傳

〔韓曰〕赤自謂歌詩類李白，而赤其名，狂士也，其所養可知。〔黄曰〕司馬長卿名相如，以名慕藺相如者也。不效其全璧之高風，而佞諛之辭，有藺氏所不爲。牛僧孺字思黯，以字慕汲黯者也。不效其好諫之高節，而市人之行，有汲直所不齒。李太白以神仙風姿，布衣入翰苑，使高力士脱鞾，眼空四海。而李赤惑於妖鬼，以世爲溷，以溷爲帝居清都，白固如是耶？

李赤，江湖浪人也。嘗曰：「吾善爲歌詩，類李白。」〔一〕故自號曰李赤。遊宣州，州人館之。一本無「州人」二字。其友與俱遊者有姻焉。間累日，乃從之館。赤方與婦人言，其友戲之。

赤曰：「是媒我也，吾將娶乎是。」友大駭，曰：「足下妻固無恙，太夫人在堂，安得有是？豈狂易病惑耶？」易，音亦。取絳雪餌之，赤不肯。〔二〕有間，婦人至，又與赤言。卽取巾經其脰，〔孫曰〕經，縊也。脰，項也。音豆。赤兩手助之，舌盡出。其友號而救之，婦人解其巾走去。赤怒曰：「汝無道，吾將從吾妻，汝何爲者？」赤乃就牖間爲書，輾而圓封之。〔童曰〕卧不閫口曰輾。音展，又左展、女箭二切。又爲書，博封之。訖，如厠。久，一有「而」字。其友從之，見赤軒厠抱甕詭笑而側視，勢且下。入，乃倒曳得之。又大怒曰：「吾已升堂面吾妻。吾妻之容，世固無有，堂之飾，宏大富麗，〔三〕椒蘭之氣，油然而起。顧視汝之世猶溷厠也，溷，胡困切。而吾妻之居，與帝居鈞天、清都〔孫曰〕史記：趙簡子夢遊鈞天、廣樂。無以異，若何苦余至此哉？」然後其友知赤之所遭，乃厠鬼也。聚僕謀曰：「亟去是厠。」遂行宿三十里。夜，赤又如厠。久，從之，且復入矣。持出，洗其汙，衆環之以至旦。去抵他縣，縣之吏方宴，赤拜揖跪起無異者。酒行，友未及言，已飲而顧赤，〔四〕則已去矣。走從之。赤入厠，舉其牀捍門，門堅不可入，其友叫且言之。衆發牆以入，赤之面陷不潔者半矣。又出洗之。縣之吏更召巫師善呪術者守赤，赤自若也。夜半，守者怠，皆睡。及覺，更呼而求之，見其足於厠外，赤死久矣，獨得尸歸其家。取其所爲書讀之，〔五〕蓋與其母妻訣，其言辭猶人也。

柳先生曰：李赤之傳不誣矣。是其病心而爲是耶？抑固有厠鬼耶？赤之名聞江湖間，其始爲士，無以異於人也。一惑於怪，而所爲若是，乃反以世爲溷，溷爲帝居清都，其屬意明白。今世皆知笑赤之惑也，及至是非取與向背決不爲赤者，幾何人耶？反修而身，無以欲利好惡遷其神而不返，則幸矣，一作「耳」。又何暇赤之笑哉？〔補注〕東坡有李赤詩并題跋，見本集。

校勘記

〔一〕吾善爲歌詩類李白　四部叢刊本音辯、詁訓、世綵堂本及文粹、全唐文「詩」下重出一「詩」字，疑是。

〔二〕赤不肯　文粹「肯」下有「服」字。

〔三〕堂之飾宏大富麗　英華、何焯校本及全唐文「堂」下有「宇」字。

〔四〕已飲而顧赤　「已飲」，文粹、何焯校本及全唐文作「飲已」。

〔五〕取其所爲書讀之　「爲」，文粹、全唐文作「封」。

蝜蝂傳

〔黄曰〕多藏必厚亡，財多必害己，古人所歎。子厚知此，其憎王孫，則爲其竊食自實也；其招海賈，則爲其以利易生也；腰千金以甘溺，所以哀零陵之氓；貪重負以至死，所以閔蝜蝂之蟲，戒之深矣。然而規權逐私，卒陷黨籍，將言之不能行歟？抑其及禍而後悔歟？又曰：橐駝善負，愈重而後起，然工於爲人，故獲養而無害；蝜蝂遇物，愈貪而不已，然無所用，故受禍而莫救。〔韓曰〕公之所言，蓋指當時用事貪取滋甚者。蝜，音負，又扶缶切。蝂，音板。

蝜蝂者，〔孫曰〕蝜蝂，爾雅作「負版」。善負小蟲也。行遇物，輒持取，卬其首負之。卬，音昂。亦作「仰」。背愈重，雖困劇不止也。〔一〕其背甚澀，物積因不散，「因」，一作「固」。卒躓仆不能起。躓，知利切。仆，音赴，又音匐。人或憐之，爲去其負。苟能行，又持取如故。又好上高，極其力不已，至墜地死。

今世之嗜取者，遇貨不避，以厚其室，不知爲己累也，唯恐其不積。及其怠而躓也，黜棄之，遷徙之，亦以病矣。苟能起，又不艾。日思高其位，大其禄，而貪取滋甚，以近於危墜，觀前之死亡一本有「曾」字。不知戒。〔二〕雖其形魁然大者也，其名人也，而智則小蟲也。亦足哀夫！「哀」，一作「悲」。

校勘記

〔一〕背愈重雖困劇不止也　「愈」，英華作「逾」。

〔二〕觀前之死亡不知戒　詁訓本「亡」下有「者曾」二字。

曹文洽韋道安傳 元闕〔一〕

〔孫曰〕曹文洽者，義成軍牙將也。貞元十六年，監軍薛盈珍遣小吏程務盈誣奏節度使姚南仲罪，文洽亦奏事長安，知之，追及務盈於長樂驛，中夜殺之，沉盈珍表於厠中，自作表雪南仲之寃，且首專殺之罪，亦作狀白南仲，遂自殺。明旦，門不啓，驛吏排之入，得表狀於文洽尸旁。上聞而異之。又是歲五月庚戌，徐州節度使張建封卒。壬子，軍亂，殺判官鄭通誠，建封子愔知軍事，以抗王命，韋道安死之。〔韓曰〕二公傳，諸本皆闕，然集中有韋道安詩，言其事甚詳。觀其詩，則傳之意可見矣。題云曹文洽韋道安傳，則事必相關，豈詩所謂自言故刺史者耶？或與道安同救刺史之急者也。

校勘記

〔一〕曹文洽韋道安傳題下注　「曹文洽者，義成軍牙將也」。「者」原誤作「李」，據五百家、世綵堂本改。「監軍薛盈珍遣小吏程務盈誣奏節度使姚南仲罪」。「程務盈」原作「程務挺」，據世綵堂本及新唐書卷一六二、舊唐書卷一五三姚南仲傳改。

柳宗元集卷十八

騷

乞巧文〔一〕

〔詳注〕荆楚歲時記：七夕，婦人以綵縷穿七孔針，陳几筵酒脯瓜果於庭中以乞巧。或云：見天漢中奕奕白氣，有光五色，以爲徵應，見者得福。此乞巧之所自也。然公爲此文，假是以見其拙於謀己耳。晁無咎取之於變騷，而系以辭曰：周鼎鑄倕而使吃其指，先王以見大巧之不可爲也。故子貢教抱甕者爲桔槔，用力少而見功多，而抱甕者羞之。夫鳩不能巢，拙莫比焉。而屈原乃曰：「雄鳩之鳴逝兮，吾猶惡其佻巧。」原誠傷世澆僞，故詆拙以爲巧，意昔之不然者，今皆然矣，蓋甚之也。宗元之作，雖亦閔時奔騖，要歸諸厚，然宗元媿拙矣。

柳子夜歸自外庭，有設祠者，饘餌馨香，〔舊注〕饘，厚粥也。諸延切。餌，仍吏切。蔬果交羅，插竹垂綏，而追切。剖瓜犬牙，且拜且祈。怪而問焉。女隸進曰：「今兹秋孟七夕，天女之孫將嬪於河鼓。〔二〕〔孫曰〕漢天文志云：織女，天女孫。嬪，婦也。〔韓曰〕吴均續齊諧記云：七月七日，織女當渡河，暫詣牽牛。爾雅云：「河鼓謂之牽牛。」邀而祠者，幸而與之巧，驅去蹇拙，手目開利，組絍縫製，〔童曰〕組，補縫也。絍，機縷也。上總古切。下女鴆切。將無滯於心焉。爲是禱也。」

柳子曰：「苟然歟？吾亦有所大拙，儻可因是以求去之。」乃纓弁束衽，〔張曰〕弁，冠也。衽，衣衿也。促武縮氣，旁趨曲折，傴僂將事，傴，委羽切。僂，隴主切。再拜稽首稱臣而進曰：「下土之臣，竊聞天孫，專巧于天，轇轕璇璣，〔孫曰〕轇轕，猶交加也。書：在璇璣玉衡。璣，正天文器。璇，美玉。轇轕，音交各。經緯星辰，能成文章，黼黻帝躬，以臨下民。欽聖靈、仰光耀之日久矣。今聞天孫不樂其獨得，貞卜於玄龜，將蹈石梁，欵天津，〔孫曰〕天津，九星横河中，主四瀆津梁。儷于神夫，〔童曰〕儷，伉儷也。于漢之濱。兩旗開張，中星耀芒，〔孫曰〕晉天文志：左旗九星在天河鼓左旁。右旗亦如之。而河鼓居其中。靈氣翕欻，呼勿切。玆辰之良。幸而弭節，〔孫曰〕弭，徐行也。薄遊民間，臨臣之庭，曲聽臣言：臣有大拙，智所不化，醫所不攻，威不能遷，寬不能容。乾坤之量，包含海岳，臣身甚微，無所投足。蟻適于垤，蝸休于殼。龜黿螺蚌，上蠃。下蚌。皆有所伏。臣物之靈，進退唯辱。彷徉爲狂，局束爲謟，吁吁爲詐，坦坦爲忝。他人有身，動必得宜，周旋獲笑，顛倒逢嘻。己所尊呢，人或怒之。變情徇勢，射利抵巇。〔童曰〕巇，山險貌。音羲。中心甚憎，爲彼所奇。忍仇佯喜，悅譽遷隨。胡執臣心，常使不移？反人是己，曾不惕疑。〔三〕貶名絶命，不負所知。抃嘲似傲，貴者啓齒。臣旁震驚，彼且不耻。叩稽匍匐，言語譎詭。令臣縮恧，女六切。下同。彼則大喜。臣若效之，瞋怒叢己。彼誠大巧，臣拙無比。王侯之門，狂吠狴犴。陛、岸二音。上邊迷切。臣到百步，喉喘顛汗，睢盱逆走，魄遁神叛。欣欣巧夫，徐入縱誕。毛羣掉尾，百怒一散。世途昏險，擬步如漆，左低右昂，鬬冒衝突。鬼神恐悸，聖智危慄。泯焉直透，〔四〕所至如一。是獨何工，縱横不卹。非天所假，彼智焉出？獨嗇於臣，恒使玷黜。沓沓騫騫，恣口所言。迎知喜惡，〔五〕默測憎憐。〔六〕摇唇一發，徑中心原。膠加鉗夾，〔七〕誓死無遷。探心扼膽，踊躍拘牽。彼雖佯退，胡可得旃！獨結臣舌，喑抑銜冤。喑，音陰。擘眥流血，眥，音劑。一辭莫宣。胡爲賦授，有此奇偏？眩耀爲文，瑣碎排偶，抽黄對白，啽哢飛走。〔舊注〕啽哢，鳥聲也。音弇弄。駢四儷六，錦心繡口，宫沉羽振，笙簧觸手。觀者舞悦，誇談雷吼。獨溺臣心，使甘老醜。嚚昏莽鹵，樸鈍枯朽。不期一時，以俟悠久。旁羅萬金，不鬻弊帚。〔補注〕文選：家有弊帚，享之千金。跪呈豪傑，投棄不有。眉矉頞蹙，〔童曰〕矉，目恨張也。矉，音賓。頞，音遏。喙唾胸歐。喙，呼惠切。唾，吐臥切。歐，音嘔。大赧而歸，填恨低首。天孫司巧，而窮臣若是，卒不余畀，獨何酷歟？敢願聖靈悔禍，矜臣獨艱。付與姿媚，易臣頑顏。鑿臣方心，規以大圓。拔去吶舌，「吶」，與「訥」同。納以工言。文詞婉軟，步武輕便。平聲。齒牙饒美，眉睫增妍。突梯卷臠，〔孫曰〕楚辭卜居云：將突梯滑稽以絜楹乎？突梯，隨俗貌。莊子：臠卷搶攘而亂天下。卷臠，不申舒貌。音拳攣，又券勉、力轉二切。爲世所賢。公侯卿士，五屬十連。〔童曰〕王制：五國以爲屬，屬有長，十國以爲連，連有帥。屬字音注。彼獨何人，長享終天！」

言訖，又再拜稽首，俯伏以俟。至夜半，不得命，疲極而睡，見有青裦朱裳，〔韓曰〕裦，衣袂也。音袖。手持絳節而來告曰：「天孫告汝，汝詞良苦，凡汝之言，吾所極知。汝擇而行，嫉彼不爲。汝之所欲，汝自可期。胡不爲之，而誑我爲！汝唯知恥，諂貌淫詞，寧辱不貴，自適其宜。中心已定，胡妄而祈？堅汝之心，密汝所持，得之爲大，失不汙卑。凡吾所有，不敢汝施，「敢」，一作「安」。致命而昇，汝慎勿疑。」〔八〕

嗚呼！天之所命，不可中革。泣拜欣受，初悲後懌。抱拙終身，以死誰惕！〔黄曰〕聖賢之學，急於内而緩於外。所造有淺深，所見有昏明，所養有寬狹，所聞有多寡，是巧拙之所由分。若夫言之聽不聽，仕之遇不遇，身名榮辱，爵位高下，則非巧拙之所系也。故大智若愚，大辯若訥。如愚者，聖人所與，無智名者，史氏所稱，世俗所謂拙者，安知其非真巧歟？子厚既廢，不重責己，其論巧拙之大意，特在於言語用舍仕宦進退之間，又何足以知真巧拙所在邪？

校勘記

〔一〕乞巧文題下注　「夫鳩不能巢」。「不」下原脱「能」字，據宋刻朱熹楚辭集注本楚辭後語引晁序補。「吾猶惡其佻巧」。「猶」原作「獨」，據今本楚辭離騷改。「雖亦閔時奔鶩」。「雖」下原脱

「亦」字，據五百家、世綵堂、蔣之翹本補。

〔二〕天女之孫將嬪於河鼓句下注　「吳均續齊諧記云」。「齊」上原脱「續」字，「齊」下原脱「諧」字。據蔣之翹本補。按：新唐書卷五九藝文志三載：東陽無疑撰齊諧記，吳均撰續齊諧記。此處所引織女渡河事，見于吳著。

〔三〕曾不惕疑　「惕」，五百家、游居敬本及全唐文作「懼」。

〔四〕泯焉直透　世綵堂本注：「『透』一作『遂』。」何焯義門讀書記亦云：「『透』作『遂』。」

〔五〕迎知喜惡　「惡」，蔣之翹本及宋刻朱熹楚辭集注引此文作「怒」。

〔六〕默測憎憐　「測」原作「則」，據音辯、五百家、世綵堂本改。

〔七〕膠加鉗夾　「加」，詁訓、五百家本作「如」。

〔八〕汝慎勿疑　「慎」，五百家本作「惟」。

罵尸蟲文并序〔一〕

〔韓曰〕公此文蓋有所寓耳。永貞中，公以黨累貶永州司馬。宰相惜其才，欲澡濯用之，詔補袁州刺史。其後諫官頗言不可用，遂罷。當時之讒公者衆矣，假此以嫉其惡也。當是謫永州後作也。

有道士言：「人皆有尸蟲三，處腹中，伺人隱微失誤，輒籍記。日庚申，幸其人之昏睡，出讒於帝以求饗。〔韓曰〕酉陽雜俎云：人有三尸，上尸青姑，伐人眼；中尸白姑，伐人五臟；下尸血姑，伐人胃命。凡庚申日，言人過於帝。古語云：三守庚申三尸伏，七守庚申三尸滅。以是人多謫過、疾癘、夭死。」柳子特不信，一無「特」字。曰：「吾聞聰明正直者爲神。帝，神之尤者，一無「者」字。其爲聰明正直宜大也，安有下比陰穢小蟲，縱其狙詭，延其變詐，以害于物，而又悦之以饗？其爲不宜也殊甚！吾意斯蟲若果爲是，則帝必將怒而戮之，投于下土，以殄其類，俾夫人咸得安其性命而苛慝不作，〔二〕然後爲帝也。」余既處卑，不得質之于帝，而嫉斯蟲之説，爲文而罵之：

來，尸蟲！汝曷不自形其形？一作「自刑其形」。陰幽跪側而寓乎人，〔三〕「跪」，一作「詭」。以賊厥靈。膏肓是處兮，〔童曰〕成十年左氏：晉侯求醫於秦，秦伯使醫緩爲之。未至，公夢疾爲二豎子，曰：彼良醫也，懼傷我焉，逃之。其一曰：居肓之上，膏之下，若我何？醫曰：疾不可爲也。在肓之上，膏之下，攻之不可，達之不及。説文：肓，心上鬲下也。音荒。不擇穢卑；潛窺默聽兮，「窺」，一作「覤」。此居切。又如字。導人爲非；冥持札牘兮，摇動禍機；卑陬拳縮兮，宅體險微。以曲爲形，以邪爲質；以仁爲凶，以僭爲吉；以淫諛諂誣爲族類，以中正和平爲罪疾；以通行直遂爲顛蹶，以逆施反鬭爲安佚。譖下謾上，〔童曰〕謾，欺也。莫官切。恒其心術，妬人之能，幸人之失。利昏伺睡，旁睨竊出，〔張曰〕睨，斜視也。睨，五計切。走讒于帝，遽入自屈。羃音覔。然無聲，其意乃畢。求味己口，胡人之恤！彼脩蛕恙心，〔韓曰〕蛕，腹中長蟲也。音回。它本「蛕」作「蛸」。短蟯穴胃，〔韓曰〕蟯，亦腹中蟲也。如消、去消二切。

外搜疥癘，〔張曰〕疥，瘙癢也。癘，疫氣也。下索瘻痔，〔張曰〕瘻，瘡也。痔，後病。瘻，力鬬切。痔，治里切。侵人肌膚，〔四〕爲己得味。世皆禍之，則惟汝類。良醫刮殺，聚毒攻餌。旋死無餘，乃行正氣。汝雖巧能，未必爲利。帝之聰明，宜好正直，寧懸嘉饗，答汝讒慝？叱付九關，〔五〕貽虎豹食。〔童曰〕楚辭宋玉招魂：虎豹九關，啄害下人。言天門九重，使神虎豹執其關閉，主啄齧天下欲上之人而殺之。下民舞蹈，〔六〕荷帝之力。是則宜然，何利之得！速收汝之生，速滅汝之精。蓐收震怒，〔韓曰〕蓐收，天之刑神。禮記：孟秋之月，其神蓐收。將勑雷霆，擊汝酆都，酆音豐。糜爛縱横。俟帝之命，乃施于刑。群邪殄夷，大道顯明，害氣永革，厚人之生，豈不聖且神歟！

祝曰：尸蟲逐，禍無所伏，下民百禄。惟帝之功，以受景福。尸蟲誅，禍無所廬，下民其蘇。惟帝之德，萬福來符。臣拜稽首，敢告于玄都。

校勘記

〔一〕罵尸蟲文題下注　「永貞中，公以黨累貶永州司馬」。「永貞」原作「貞元」，據世綵堂本改。

〔二〕俾夫人咸得安其性命而苛慝不作　「得」上原脱「咸」字，據取校諸本補。

〔三〕陰幽跪側而寓乎人句下注　「『跪』一作『詭』」。音辯、詁訓本及英華均作「詭」，是。

〔四〕侵人肌膚　英華作「食人肥膏」。

〔五〕叱付九關　「叱」，詁訓本作「以」。

〔六〕下民舞蹈　「蹈」，音辯、詁訓本及英華作「躍」。

斬曲几文

〔韓曰〕觀其文，蓋指當時以諂曲獲用者。又謂上之人不明，棄直而用曲，則不才者進。其旨微矣。皆貶謫後作，與前篇相先後云。

后皇植物，〔韓曰〕楚辭九章：后皇嘉樹，橘徠服兮。注：后，后土。皇，皇天也。所貴乎直。聖主取焉，「主」，一作「王」。以建家國。互爲棟楹，上音凍。下音盈。齊爲閫閾。上苦本切。下音域。外隅平端，中室謹飭。「飭」，一作「飾」。度焉以几，〔孫曰〕周禮：室中度以几。几，三尺也。度，待洛切。維量之則。君子憑之，以輔其德。「其」，一作「有」。

末代淫巧，不師古式。斷茲揉木，〔韓曰〕揉，屈伸木也。以限肘腋。欹形詭狀，曲程詐力。制類奇邪，上音畸。下音衺。用絶繩墨。勾身陋狹，危足僻側。支不得舒，脅不遑息。余胡斯蓄，以亂人極！

追咎厥始，惟物之殘。稟氣失中，遭生不完。託地墝埆，〔韓曰〕何休曰：墝埆不生五穀曰不毛。

垤，螘冢也。上口交切。下徒結切。反時煥寒。鬱悶結澀，「悶」，一作「閉」。癃蹇艱難。癃，音隆。「蹇」，一作「塞」。不可以遂，遂虧其端。離奇詰屈，〔韓曰〕鄒陽上書云：蟠木根柢，輪囷離奇，而爲萬乘器者，以左右先爲之容也。縮恧巑岏。〔童曰〕巑岏，銳上也，高也。上音攢。下五官切。含蝎孕蠹，〔韓曰〕蝎，木中蠹蟲也。胡葛切。蠹，音妬。外邪中乾。音干。或因先容，以售其蟠。解見上。售，賣也。音壽。下同。蟠，音盤。病夫甘焉，制器以安。彼風毒敗形，陰沴遷魄。〔韓曰〕相傷謂之沴。沴，間計切。禍氣侵骨，淫神化脈。體仄筋倦，桀乖衛逆。乃喜茲物，以爲己適。器之不祥，莫是爲敵。烏可昵近，以招禍癖。音僻。

且人道甚惡，惟曲爲先。在心爲賊，在口爲愆。在肩爲僂，在膝爲攣。戚施踦跂，〔任曰〕戚施，不能仰者。踦，曲也。跂，有跂踵國，其人行，脚跟不着地。上舉綺切。下丘弭切。匍匐拘拳。古皆斥遠，莫致於前。問誰其類，惡木盜泉。〔韓曰〕選陸士衡猛虎行：渴不飲盜泉水，熱不息惡木陰。〔孫曰〕管子云：士懷耿介之心，不蔭惡木之枝。惡木尚猶耻之，況與惡人同處。尸子云：孔子至于盜泉，渴矣而不飲，惡其名也。朝歌回車，〔孫曰〕漢鄒陽書云：里名勝母，曾子不入。邑號朝歌，墨子回車。〔韓曰〕晉灼云：紂作朝歌之音。朝歌者，不時也。簡牘載焉。「載」，一作「稱」。昭王市骨，樂毅歸燕。〔韓曰〕燕昭王厚幣以招賢者。郭隗曰：古之人君，有使涓人求千里馬者，馬已死，買其首而返。君王大怒。涓人曰：「死馬且買，況生者乎？」不期年，千里馬至者三焉。今王致士，先從隗始，況賢於隗者哉！昭王爲隗築宮而師之。於是士争趨燕。樂毅自魏往，以爲亞卿。今我斬此，以希古賢。諂諛宜惕，正直宜宣。道焉是達，法焉是專。咨爾君子，曷不乾乾！〔張曰〕易：君子終日乾乾。音虔。既和且平，獲祐于天。去惡在微，慎保其傳。〔黄曰〕好惡根於心，而託物以自見。廉者不飲貪泉，正者不食邪蒿。反本者必悲黑白之絲，執方者不蓄圓轉之器，宜也。子厚急於禄仕，曲腰磬折，同於傴僂者多矣。而反斬絶曲几，几而有神，得無濫誅之冤乎？

宥蝮蛇文并序

〔補注〕晁無咎取駡尸蟲、憎王孫并此宥蝮蛇文，以附變騷，系之曰：離騷以虯龍鸞鳳託君子，以惡禽臭物指讒佞。王孫、尸蟲、蝮蛇，小人讒佞之類也。其憎之也，駡之也，投畀有北之意也；其宥之也，以遠小人不惡而嚴之意也。蓋離騷備此義，而宗元放之焉。蝮，音覆。

家有僮，善執蛇。晨持一蛇來謁曰：「是謂蝮蛇。〔補注〕蝮，毒蛇名，色如綬文，鼻上有針，大者長七八尺，一名反鼻，出南方。犯於人，死不治。又善伺人，聞人咳喘步驟，輒不勝其毒，捷取巧噬肆其害。然或慊不得於人，則愈怒，〔舊注〕慊，恨也。苦簟切。反齧草木，草木立死。後人來觸死莖，猶墮指、攣腕、腫足，攣，力緣切。腕，烏貫切。腫，時勇切。爲廢病。必殺之，是不可留。」余曰：「汝惡得之？」曰：「得之榛中。」曰：「榛中若是者可既乎？」曰：「不可，其類甚博。」余謂僮曰：「彼居榛中，汝居宫内，彼不汝卽，〔一〕而汝卽彼，犯而鬬死以執而謁者，汝實健且險，以輕近是物。然而殺之，汝益暴矣。彼耕穫者、求薪蘇者，〔孫曰〕漢書：樵蘇後爨。蘇，草也。皆土其鄉，知防而入焉，執耒、操鞭、持芟，扑以遠其害。汝今非有求於榛者也，密汝居，易汝庭，〔孫曰〕易，謂芟治草木。不凌奥，不步闇，是惡能得而害汝？且彼非樂爲此態也，造物者賦之形，陰與陽命之氣，形甚怪僻，氣甚禍賊，雖欲不爲是不可得也。是獨可悲憐者，又孰能罪而加怒焉？汝勿殺也。」余悲其不得已而所爲若是，叩其脊，諭而宥之。其辭曰：

吾悲夫天形汝軀，「夫」，一作「乎」。絶翼去足，無以自扶，曲膂屈脅，惟行之紆。目兼蜂蠆，色混泥塗，蜂，音峯。蠆，丑邁切。其頸蹙恧，「頸」，一作「頭」。其腹次且，上七私切。下七余切。褰鼻鉤牙，穴出榛居。蓄怒而蟠，銜毒而趨，志蘄害物，陰妬潛狙。子余切。汝之禀受若是，雖欲爲鼃爲螾，〔韓曰〕鼃，蝦蟇。螾，螼螾。螼螾，反行，卽寒蚓也。鼃，音蛙。螾，女忍切。焉可得已？凡汝之爲惡，非樂乎此，緣形役性，不可自止。草摇風動，百毒齊起，首拳脊努，呥舌摇尾。〔舊注〕呥，噍貌。音冉。不逞其凶，若病乎己。世皆寒心，我獨悲爾。吾將薙吾庭，〔舊注〕薙，除也。音替。又丈几切。葺吾楹，窞吾垣，〔三〕「窞」，一作「窒」。嚴吾扃，俾奥草不植，而穴隟不萌。隟，乞逆切。字當作「隙」。與汝異途，不相交争。雖汝之惡，焉得而行？

噫！造物者胡甚不仁，而巧成汝質。既禀乎此，能無危物？賊害無辜，惟汝之實。陰陽爲戾，假汝忿疾。余胡汝尤，是戮是抶。音迭。宥汝于野，自求終吉。彼樵豎持芟，農夫執耒，不幸而遇，將除其害，餘力一揮，應手糜碎。我雖汝活，其惠實大。他人異心，誰釋汝罪？形既不化，中焉能悔？嗚呼悲乎！汝必死乎！毒而不知，反訟其內。今雖寬焉，後則誰賚？一作「賴」。陰陽爾，造化爾，道烏乎在？可不悲歟！

校勘記

〔一〕彼不汝卽　「汝卽」，五百家、鄭定、世綵堂本作「卽汝」。

〔二〕窖吾垣句下注　「『窖』，一作『窒』」。詁訓本作「窒」，疑是。

憎王孫文〔一〕

〔韓曰〕後漢王延壽嘗爲王孫賦，有云：顔狀類乎老翁，軀體似乎小兒。王孫，蓋猴類而小者也。〔補注〕陳長方云：余嘗疑宥蝮蛇、憎王孫文序已述其意，詞又述之。閭丘鑄曰：柳子晚年學佛書，先述其義，乃作偈曰，柳子熟之，下筆遂爾。余爲一笑。

猨、王孫居異山，德異性，不能相容。猨之德靜以恒，類仁讓孝慈。居相愛，食相先，行有列，飲有序。不幸乖離，則其鳴哀。有難，則內其柔弱者。難，乃旦切。不踐稼蔬。木實未熟，相與視之謹；既熟，嘯呼群萃，然後食，衎衎焉。山之小草木，必環而行遂其植。故猨之居山恒鬱然。王孫之德躁以囂，虛驕切。勃諍號呶，上音豪。下尼交切。唶唶彊彊，〔孫曰〕唶唶，大聲也。彊彊，相隨貌。詩：鶉之彊彊。唶，音責。又子夜切。雖羣不相善也。食相噬齧，倪結切。行無列，飲無序。乖離而不思。有難，推其柔弱者以免。好踐稼蔬，所過狼籍披攘。木實未熟，輒齕齩上下没切。下五狡切。投注。竊取人食，皆知自實其嗛。〔二〕〔舊注〕以頰貯食，蓋謂猿藏食也。嗛，苦簟切。山之小草木，必凌挫折挽，使之瘁然後已。故王孫之居山恒蒿然。以是猨群衆則逐王孫，王孫群衆亦齚猨。〔三〕〔童曰〕齚，齧也。仁革切。一作「齕」。猨棄去，終不與抗。然則物之甚可憎，莫王孫若也。余棄山間久，見其趣如是，作憎王孫云：

湘水之浟浟兮，〔童曰〕湘水，出零陵郡。其上羣山。胡茲鬱而彼瘁兮，善惡異居其間。惡者王孫兮善者猨，環行遂植兮止暴殘。王孫兮甚可憎！噫，山之靈兮，胡不賊旃？跳踉叫囂兮，跳，徒彫切。踉，吕唐切。衡目宣齗。〔舊注〕齗，齒根肉。魚斤切。外以敗物兮，内以爭群。排鬬善類兮，譁駭披紛。譁，音華。駭，下楷切。盜取民食兮，私己不分。充嗛果腹兮，〔韓曰〕莊子：三飡而返，腹猶果然。果，如字。又苦火切。飽貌。驕傲驩欣。嘉華美木兮碩而繁，群披競齧兮枯株根。毀成敗實兮更怒喧，居民怨苦兮號穹旻。〔四〕號，音豪。旻，音珉。王孫兮甚可憎！噫，山之靈兮，胡獨不聞？

猨之仁兮，受逐不校。退優游兮，惟德是儆。廉、來同兮聖囚，〔韓曰〕飛廉、惡來，紂臣也。聖囚，謂文王囚於羑里。禹、稷合兮凶誅。〔張曰〕謂舜用禹、稷去四凶。羣小遂兮君子違〔五〕，「小」字下，一本有「人」字。大人聚兮孽無餘。善與惡不同鄉兮，否泰既兆其盈虛。否，備鄙切。伊細大之固然兮，乃禍福之攸趨。王孫兮甚可憎！噫，山之靈兮，胡逸而居？〔黄曰〕子厚憎王孫文以猨喻君子，王孫喻小人，有意乎用君子而去小人也。當時君子孰賢於韓退之、白居易？小人孰甚於王伾、王叔文？子厚不與韓、白爲徒，直節不屈，又附叔文以求進，卒與八司馬同貶。向謂猨衆則逐王孫，今固不與猨而從王孫，以自取禍者耶？

校勘記

〔一〕憎王孫文題下注　「後漢王延壽」。「漢」上原脱「後」字，據詁訓本補。

〔二〕皆知自實其嗛　五百家、鄭定、世綵堂本「皆」下無「知自」二字。

〔三〕王孫羣衆亦齘猨　「亦」，音辯、五百家本作「則」。

〔四〕居民怨苦兮號穹旻　「怨」，音辯、五百家本及英華作「厭」。

〔五〕羣小遂兮君子違　「遂」原作「逐」，據音辯、五百家本及英華、全唐文改。按：「遂」與「違」相對，作「遂」是。

逐畢方文并序

永州元和七年夏，多火災。日夜數十發，少尚五六發，過三月乃止。八年夏，又如之。人咸無安處，老弱燔死，燔，音煩。晨不爨，取亂切。夜不燭，「夜」，一作「暝」。皆列坐屋上，左右視，罷不得休。罷，音疲。蓋類物爲之者。訛言相驚，云有怪鳥，莫實其狀。山海經云：章莪之山，〔一〕有鳥如鶴，一足，赤文白喙，其名曰畢方，見則其邑有譌火。〔孫曰〕已上皆山海經之文。妖言曰譌。「譌」，與「訛」同。五戈切。若今火者，其可謂譌歟？而人有以鳥傳者，其畢方歟？遂邑中狀而圖之，禳而磔之，〔舊注〕磔，裂也。陟格切。爲之文而逐之：

后皇庇人兮，敬授羣材。〔二〕大施楝宇兮，小蔽草萊。各有攸宅兮，時闔而開。火炎爲用兮，化食生財。胡今茲之怪戾兮，日十爇而窮災。爇，如劣切。朝儲清以聯邃兮，夕蕩覆而爲灰。焚傷羸老兮，炭死童孩。叫號隳突兮，户駭人哀。祖夫狂走兮，〔張曰〕祖，謂肉袒。謑忽往來。鬱攸孽暴兮，〔孫曰〕哀三年左氏：濟濡帷幕，鬱攸從之。注：火氣也。暴，音剝。混合恢台。〔韓曰〕楚辭九辯云：收恢炱之孟夏兮。炱，音台。民氣不舒兮，僵踣顛頹。僵，音薑。踣，匹候、蒲北二切。休炊息燎兮，仄伏煨煤。門甍晦黑兮，啓伺奸回。若墜之天兮，「墜」，一作「墮」。若生之鬼。令行不訛兮，國恐盍已。問之禹書，畢方是祟。〔韓曰〕山海經乃禹所撰，故云。祟，音邃。嗟爾畢方兮，胡肆其志？皇亶聰明兮，〔童曰〕書：亶聰明作元后。亶，信也。念此下地。災皇所愛兮，僇死無貳。幽形扇毒兮，陰險詭異。汝今不懲兮，衆愬咸至。愬，音訴。皇斯震怒兮，殄絶汝類。祝融悔禍兮，〔韓曰〕祝融，火神。晉語：黎爲高辛氏火正，光照四海，命之曰祝融。注：祝，始也。融，明也。回禄屏氣。〔孫曰〕左氏：禳火於玄冥、回禄。玄冥，水神。回禄，火神。太陰施威兮，玄冥行事。〔張曰〕楚辭：考玄冥於空桑。注：玄冥，太陰之神。汝雖赤其文，隻其趾，逞工衒巧，莫救汝死。黠知急去兮，黠，下八切。愚乃止此。高飛兮翺翔，遠伏兮無傷。翺翔，音敖祥。海之南兮天之裔，汝優游兮可卒歲。皇不怒兮永汝世，日之良兮今速逝。急急如律令！

校勘記

〔一〕章莪之山　「莪」原作「義」，據山海經西山經改。

〔二〕敬授羣材　「羣」，英華作「其」。

辨伏神文并序

余病痞且悸，〔韓曰〕公又嘗與李建書云：僕自去年八月末，痞疾稍已。又與楊憑書云：一二年來，痞氣尤甚。又云：每人大言，則蹶氣震怖，撫心而按膽，不能自止。痞，部鄙切。謁醫視之。曰：「惟伏神爲宜。」明日，買諸市，烹而餌之，病加甚。召醫而尤其故，醫求觀其滓。滓，澱也。壯士切。曰：「吁！盡老芋也。彼鬻藥者鬻，音育。欺子而獲售。子之懵也，而反尤於余，不以過乎？」余戍然慚，愾然憂。愾，口槩切。推是類也以往，則世之以芋自售而病乎人者衆矣，又誰辨焉！申以詞云：

伏神之神兮，惟餌之良。愉心舒肝兮，魂平志康。毆開滯結兮，毆，音區。調護柔剛。和寧悦懌兮，復彼恒常。休嘉訢合兮，〔一〕訢，音忻。邪怪遁藏。君子食之兮，其樂揚揚。余殆於理兮，榮衞蹇極。伏盃積塊兮，〔孫曰〕史記倉公傳：陽虚侯病痺，根在右脅下，大如覆盃。悸不得息。有醫導余兮，求是以食。往沽之市兮，沽，買也。欣然有得。滌濯爨烹兮，專恃爾力。反增余疾兮，昏憒馮塞。〔二〕憒，胡對切。馮，音憑。余駭其狀兮，往尤于醫。徵滓以觀兮，既笑而嘻。曰子胡昧愚兮，兹謂蹲鴟。〔孫曰〕史記：汶山之下沃野有蹲鴟。〔舊注〕蹲鴟，芋魁也。上音存。下處之切。處身猥大兮，善植圩卑。〔孫曰〕圩卑，謂下濕之地。受氣頑昏兮，陰僻欹危。欹，丘宜切。亦作「攲」。累積星紀兮，以老爲奇。潛苞水土兮，混雜蝝蚳。〔韓曰〕蝝，蝗子也。蚳，蟻卵也。上惟船切。下文飢切。不幸充腹兮，惟痼之宜。野夫忮害兮，〔童曰〕忮，狠也。音寘。假是以欺。刮肌刻貌兮，觀者勿疑。中虚以脆兮，外澤而夷。誤而爲餌兮，命或殆而。今無以追兮，後慎觀之。

嗚呼！物固多僞兮，知者蓋寡。考之不良兮，求福得禍。書而爲詞兮，願寤來者。

校勘記

〔一〕休嘉訢合兮　「訢合兮」，詁訓本作「宜訢兮」。

〔二〕昏憒馮塞　「憒」，原作「潰」，據音辯、詁訓、五百家本改。句下注同改。

愬螭文并序

零陵城西有螭，室于江。〔補注〕零陵，永州郡名。説文：螭，若龍而黄。一説無角曰螭。螭，丑知切。法曹史唐登浴其涯，音沂。螭牽以入。一夕，一作「昔」。浮水上。吾聞凡山川必有神司之，抑有是耶？於是作愬螭投之江曰：

天明地幽，孰主之兮？〔韓曰〕莊子：天其運乎，地其處乎，孰主張是？壽善夭殤，終何爲兮？堆山釃江，釃，山宜切，又所綺切。司者誰兮？突然爲人，使有知兮。畏危慮害，趨走祇兮。父母孔愛，妻子嬉兮。〔一〕出入公門，不獲非兮。湫湫湘流，〔舊注〕湫湫，水流貌。二字並音攸。清且微兮。陰幽洞石，蓄怪螭兮。胡濯兹熱，〔二〕卒無歸兮。親戚叫號，閭里思兮。魂其安游，覬湘纍兮。〔孫曰〕揚雄反離騷：因江潭而㳖記兮，欽弔楚之湘纍。注：諸不以犯罪死曰纍。屈原赴湘死，故曰湘纍也。纍，力追切。嗟爾怪螭，害江湄兮。湄，音眉。涎泳重淵，〔三〕涎，徐連切。字當作「次」。重，平聲。「淵」，一作「瀾」。物莫威兮。〔四〕蟉形決目，蟉，力幽、巨糾二切。潛伺窺兮。膏血是利，私自肥兮。歲既大旱，澤莫施兮。妖猾下民，使顛危兮。充心飽腹，肆敖嬉兮。洋洋往復，流逶迤兮。逶，於危切。迤，音移。又夷爾切。亦作「迆」。惟神高明，胡縱斯兮？蔑棄無辜，逞怪姿兮。胡不降罰，肅川祇兮。舟者欣欣，游者熙兮。蒲魚浸用，吉無疑兮。牲牷玉帛，人是依兮。匪神之愬，將安期兮！神之有亡，於是推兮。投之北流，心孔悲兮。

校勘記

〔一〕妻子嬉兮　「嬉」，音辯、詁訓、五百家本及英華作「嘻」。按玉篇：「嘻嘻，和樂聲。」易家人有「婦子嘻嘻」句。作「嘻」近是。

〔二〕胡濯茲熱　「茲」，英華作「益」。

〔三〕涎泳重淵　「涎」，詁訓本、英華及全唐文作「游」。是。「淵」，音辯本及英華、全唐文作「瀾」。

〔四〕物莫威兮　「威」，世綵堂本作「戚」，疑誤。

哀溺文并序

〔韓曰〕文蓋指事寓意，與招海賈之説同。

永之氓咸善游。一日，水暴甚，有五六氓乘小船絶湘水。中濟，船破，皆游。「永」，一作「零陵」二字。〔童曰〕游，泅也。説文：行水也。其一氓盡力而不能尋常。〔孫曰〕八尺曰尋，倍尋曰常。其侣曰：「汝善游最也，今何後爲？」一作「皆浮游」。曰：「吾腰千錢，重，是以後。」曰：「何不去之？」不應，摇其首。有頃，益怠。已濟者立岸上，呼且號曰：「汝愚之甚！蔽之甚！身且死，何以貨爲？」又摇其首，遂溺死。吾哀之。且若是，得不有大貨之溺大氓者乎？於是作哀溺。

吾哀溺者之死貨兮，〔一〕惟大氓之爲憂。世濤鼓以風湧兮，浩滉蕩而無舟。滉，户廣切。不讓禄以辭富兮，又旁窺而詭求。手足亂而無如兮，負重踰乎崇丘。既浮頤而滅膂兮，「浮頤」，一作「摇頭」。不忍釋利而離尤。〔韓曰〕離騷經：進不入以離尤兮。注：離尤，遭禍也。「忍」，一作「欲」。呼號者之莫救兮，號，音豪。愈摇首以沉流。髮披鬤以舞瀾兮，〔二〕〔張曰〕楚辭大招：豕首縱目，披髮鬤只。注：鬤，髮亂也。如陽切。魂倀倀而焉遊？倀，丑良切。又音棖。龜黿互進以争食兮，魚鮪族而爲羞。始貪贏以嗇厚兮，終負禍而懷讎。前既没而後不知懲兮，更攬取而無時休。哀兹氓之蔽愚兮，反賊己而從仇。不量多以自諫兮，姑指幸者而爲謀。

夫人固靈於鳥魚兮，胡昧罻而蒙鈎！〔童曰〕罻，羅也。罻，音熨。大者死大兮，小者死小。善游雖最兮，卒以道夭。與害偕行兮，以死自繞。推今而鑒古兮，鮮克以保其生。衣寶焚紂兮，〔孫曰〕史記：紂兵敗，走入鹿臺，衣其寶玉衣，赴火而死。專利滅榮。〔孫曰〕國語：周厲王好利，近榮夷公。芮良夫諫曰：王室其將卑乎！夫榮公好專利而不知大難。豺狼死而猶餓兮，牛腹尸而不盈。〔孫曰〕尸，亦死也。牛至死，腹猶未滿。民既貿貿而無知兮，貿，音茂。一無「民」字。故與彼咸謚爲氓。〔三〕死者不足哀兮，冀中人之爲余再更。〔四〕噫！

校勘記

〔一〕吾哀溺者之死貨兮　「溺者」，音辯本及英華作「游者」。

〔二〕髮披鬟以舞瀾兮　「瀾」，英華作「淵」。

〔三〕故與彼咸謚爲氓　「氓」，原作「泯」，據取校諸本改。

〔四〕冀中人之爲余再更　音辯、五百家、鄭定、世綵堂本「人」下無「之」字，

招海賈文

〔韓曰〕此文，晁無咎取以續楚辭，系之曰：昔屈原不遇於楚，彷徨無所依，欲乘雲騎龍，遨游八極，以從己志而不可，猶怛然念其故國。至于將死，精神離散，四方上下，無所不往。又有衆鬼虎豹怪物之害，故大招其魂而復之，言皆不若楚國之樂者。招海賈文雖變其義，蓋取諸此也。宗元以謂崎嶇冒利，遠而不復，不如己故鄉常産之樂，亦以諷世之士行險僥倖，不如居易以俟命云。賈，音古。

咨海賈兮，君胡以利易生而卒離其形？大海盪泊兮，盪，音蕩。晏本「泊」作「汩」。顛倒日月。龍魚傾側兮，神怪隳突。上還規切。下陁没切。滄茫無形兮，往來遽卒。子忽切。陰陽開闔兮，氛霧滃渤。上烏孔切。下蒲末切。君不返兮逝怳惚。一無「逝」字。「怳」與「恍」同。舟航軒昂兮，下上飄鼓。騰趠嶢嵲兮，〔童曰〕嶢嵲，危高也。趠，勅角切。嶢，音堯。或書作「嶤」。嵲，魚列切。萬里一覩。崒入泓坳兮，〔張曰〕崒，峯巉岳也。才律、昨莫二切。泓，烏宏切。坳，於交切。視天若畝。〔孫曰〕説文：六尺爲步，步百爲畝。莫候切。與「晦」、「畒」同。奔螭出抃兮，翔鵬振舞。天吳九首兮，〔一〕〔孫曰〕山海經云：朝陽之谷神曰天吳，是爲水伯。其爲獸也，八首、八足、八尾，背青黄，人面。此作「九首」，恐誤。更笑迭怒。垂涎閃舌兮，揮霍旁午。君不返兮終爲虜。黑齒𪘏齴鱗文肌，〔韓曰〕木元虚海賦：或泛泛悠悠於黑齒之邦。

注：黑齒，海外國名。〔童曰〕⿰齒戔，齒不正。齴，齒露也。⿰齒戔，士眼切。齴，魚蹇切。三角駢列耳離披。〔韓曰〕山海經：鯪魚，背腹皆有刺，如三角菱。鯪，音陵。反齗叉牙踔嶔崖，〔童曰〕齗，齒根肉。踔，踶也。嶔崟，山高險也。齗，魚斤切。踔，勑教切，又尺約、勑角切。嶔，音欽。蛇首豨鬣虎豹皮。〔二〕〔韓曰〕沈懷遠南越志：鯪魚，鯉也，形如蛇而四足。沈瑩臨海水土異物志：虎鯌，長五尺，黃黑斑文，耳目齒牙有似虎形，或變乃成虎。豨，豕也。音希。群没互出讙遨嬉，臭腥百里霧雨瀰。君不返兮以充飢。弱水蓄縮，〔韓曰〕張衡思玄賦：亂弱水之潺湲兮。楚辭大招：東有大海，溺水浟浟只。注：東海，其水淖溺，沉没萬物也。「弱」，一作「溺」。其下不極。投之必沉，負羽無力。〔孫曰〕山海經云：崑崙之丘，其下有弱水環之。不能載鴻毛。鯨鯢疑畏，〔童曰〕鯨鯢，大魚也。淫淫凝凝。魚力、魚其二切。君不返兮卒自賊。怪石森立涵重淵，涵，音含。高下迾置滔危顛，〔童曰〕迾，遮也。迾，吕結切。崩濤搜疏刻戈鋋。〔張曰〕鋋，小矛。時連切。君不返兮砉沉顛。其外大泊泙奫淪，〔張曰〕泙，水名。谷也。奫淪，水深廣貌。泙，音平。奫，於倫切。終古迴薄旋天垠，八方易位更錯陳。君不返兮亂星辰。東極傾海流不屬，〔三〕泯泯超忽紛盪沃。殆而一跌兮，跌，徒結切。舳艫沸入湯谷，〔孫曰〕淮南子云：日出湯谷入虞淵。〔韓曰〕離騷遠遊：朝濯髮於湯谷。注：湯谷，在東方少陽之位。舳艫霏解梢若木。〔韓曰〕楚辭注：若木，在崑崙西極。其華照下地。〔孫曰〕淮南子云：建木在廣都，若木在建木西。舳，音軸。艫，音盧。君不返兮魂焉薄？海若嗇貨號風雷，〔童曰〕海神名曰海若。巨鼇頷首丘山頹，〔四〕〔韓曰〕列子：渤海之東，有大壑焉，其中有五山：一曰岱輿，二曰員嶠，三曰方壺，四曰瀛洲，五曰蓬萊。而山根

無所着，隨波上下，不得暫峙。仙聖訴于帝，使巨鼇十五擧首而戴之，迭爲三番，六萬歲一交焉。〔孫曰〕天問云：鼇戴山抃，何以安之？鼇，音敖。頷，户敢切。猖狂震虩翻九垓。〔孫曰〕易：震雷虩虩。虩，許逆切。垓，音該。君不返兮糜以摧。

洛海賈兮，君胡樂出幽險而疾平夷？恟駭愁苦，恟，音凶。而以忘其歸。上黨易野恬以舒，〔孫曰〕周禮：險野以人爲主，易野以車爲主。易，平也。〔韓曰〕上黨，潞州也。言天下平陸之地，足以爲賈而無虞也。蹈蹂厚土堅無虞。〔舊注〕蹂，踐也。忍久、如又二切。蹈，徒到切。歧路脈布彌九區，出無入有百貨俱。周游傲睨神自如，撞鐘擊鮮恣懽娱。君不返兮欲誰須？膠鬲得聖捐鹽魚，〔童曰〕孟子：膠鬲擧於魚鹽之中。范子去相安陶朱，〔韓曰〕范蠡既雪會稽之恥，乃乘扁舟，浮江湖，變姓名，適齊，爲鴟夷子，之陶，爲朱公，治産積居與時逐。言富者，皆稱陶朱公。吕氏行賈南面孤，〔韓曰〕吕不韋，陽翟大賈人也。往來販賤賣貴，家累千金。後事秦，莊襄王以爲相，封文信侯。弘羊心計登謀謨，〔韓曰〕桑弘羊，洛陽賈人子。以心計言利，事析秋毫，領大司農，盡管天下鹽鐵，作平準之法，盡籠天下之貨。於是民不益賦，而天下用饒。賜爵左庶長。煮鹽大冶九卿居。〔孫曰〕東郭咸陽，齊之大煮鹽。孔僅，南陽大冶。武帝時，二人皆爲大司農丞。禄秩山委收國租，賢智走諾争下車，逍遥縱傲世所趨。君不返兮諡爲愚。

洛海賈兮，賈尚不可爲，而又海是圖。死爲險魄兮，生爲貪夫。亦獨何樂哉？歸來兮，寧君軀！

校勘記

〔一〕天吳九首兮　「九首」，音辯本及英華作「八首」，是。

〔二〕蛇首豨鬣虎豹皮句下注　「沈瑩臨海水土異物志」。「水」下原脱「土」字，據新唐書卷五八藝文志三補。

〔三〕東極傾海流不屬　英華「極」下有「西」字，「不」作「下」。全唐文「不」亦作「下」。

〔四〕巨鼇頷首丘山頹句下注　「其中有五山」。「山」原作「谷」，據列子湯問改。「仙聖訴于帝」。「仙」原作「先」，據世綵堂本及列子湯問改。

柳宗元集卷十九

弔贊箴戒

弔萇弘文

〔補注〕晁無咎取此文於變騷，而爲之說曰：弔萇弘文者，宗元之所作也。萇弘字叔，周靈王之賢臣，爲劉文公之屬大夫。敬王十年，劉文公與弘欲城成周，使告於晉。魏獻子莅政，悦萇弘而與之，合諸侯于狄泉。衞彪傒曰：萇弘其不殁乎！周詩有之曰：天之所壞，不可支也。及范、中行之難，周人殺萇弘。莊周云：萇弘死，藏其血，三年而化爲碧。蓋語其忠誠然也。宗元哀弘以忠死，故弔云。

有周之羸兮，羸，力追切。邦國異圖。臣乘君則兮，王易爲侯。威強逆制兮，轡命轉幽。「轉」，一作「輔」。痑蠱膠密兮，痑，耻忍切，又音軫。字當作「疢」。蠱，音古。毒也。肝膽爲仇。一作「尤」。姦權蒙貨兮，忠勇以劉。伊時云幸兮，大夫之羞。嗚呼危哉！河、渭潰溢兮，横軀以抑。嵩高坼陊兮，〔一〕〔張曰〕說文云：陊，山崩，一曰山摧。丈爾切。舉手排直。壓溺之不慮兮，壓，乙甲切。溺，奴狄切。

堅剛以爲式。知死不可撓兮，明章人極。

夫何大夫之炳烈兮，王不寤夫讒賊。卒施快於剽狡兮，〔二〕剽，匹妙切。狡，古巧切。怛就制乎強國。〔孫曰〕謂范、中行之難，萇弘與之，晉以爲討，周人殺萇弘。松柏之斬刈兮，蓊茸欣植。蓊，烏孔切。茸，如容、而隴二切。盜驪折足兮，〔孫曰〕周穆王八駿，其一曰盜驪。驪，音離。罷駑抗臆。罷，音皮。鷙鳥之高翔兮，鷙，音至。蘖狐惴而不食。惴，之瑞切。竊畏忌以群朋兮，夫孰病百而伸一。挺寡以校衆兮，〔三〕古聖人之所難。矧援嬴以威傲兮，茲固蹈殆而違安。殺身之匪予戚兮，閔宗周之不完。豈成城以夸功兮，哀清廟之將殘。嫉彪子之肆誕兮，彌皇覽以爲謾。〔韓曰〕騷云：「皇覽揆予于初度兮。」謾，平聲。姑舍道以從世兮，焉用夫考古而登賢。

指白日以致憤兮，卒頹幽而不列。版上帝以飛精兮，黮寥廓而殄絕。黮，徒敢切。堨馮雲以羾愬兮，〔童曰〕羾，說文云：飛聲。音貢，一音紅。終冥冥以鬱結。欲登山以號辭兮，愈洋洋以超忽。心沍涸其不化兮，沍，音互。涸，音鶴，又胡故切。形凝冰而自慄。圖始而慮末兮，非大夫之操。陷瑕委厄兮，固衰世之道。知不可而愈進兮，誓不偷以自好。陳誠以定命兮，侔貞臣與爲友。〔四〕「臣」下一有「以」字。比干之以仁義兮，〔韓曰〕論語：微子去之，箕子爲之奴，比干諫而死。孔子曰：「商有三仁焉。」一本作「比干之仁義兮」。一作「比干之以仁義類兮」。一無「義」字。緬遼絕以不羣。伯夷殉潔以莫怨兮，〔童曰〕子貢曰：「伯夷、叔齊何人也？」曰：「古之賢人也。」曰：「怨乎？」曰：「求仁而得仁，又何怨。」孰克軌其遺塵？苟端誠之内虧兮，雖耆老其誰珍？古固有一死兮，賢者樂得其所。大夫死忠兮，君子所與。嗚呼哀哉！〔五〕敬余忠甫。〔六〕一作「敬弔忠甫」。一作「敬弔予忠甫」。

校勘記

〔一〕嵩高坼陊兮句下注　「説文云：陊，山崩」。「山崩」原作「小堋」，據五百家、蔣之翹本及説文改。

〔二〕卒施快於剽狡兮　「快」，五百家、濟美堂、蔣之翹本作「怏」，疑是。

〔三〕挻寡以校衆兮　「挻」，世綵堂、何焯校本作「挺」。

〔四〕侔貞臣與爲友　「與」，全唐文作「以」。

〔五〕嗚呼哀哉　詁訓、鄭定本及楚辭集注「哉」下有「兮」字。

〔六〕敬余忠甫　「余」，音辯、鄭定、英華、游居敬、蔣之翹本、全唐文均作「弔」，近是。詁訓本作「敬弔予忠甫」，疑「予」爲衍文。

弔屈原文

晁無咎序此文於變騷曰：弔屈原文者，柳宗元之所作也。原没，賈誼過湘，初爲賦以弔原。至揚雄亦爲文，而頗反其辭，自嶓山投諸江以弔之。誼愍原忠，逢時不祥，以比鸞鳳、周鼎之竄棄；雄則以義責原，何必沉身？二人者不同，亦各從志也。及子厚得罪，與昔人離讒去國者異，太史公所謂虞卿非窮愁亦不能著書以自見於世者。故補之論宗元之弔屈原，殆困而知悔者，其辭慚矣。

後先生蓋千祀兮，余再逐而浮湘。〔孫曰〕永貞元年九月，公初貶邵州刺史，十一月再貶永州司馬。湘，水名，出零陵縣陽海山，北入江。求先生之汨羅兮，〔童曰〕屈原爲楚懷王左徒，以上官大夫讒於頃襄王，王怒，遷之。屈原至江濱，被髮行吟澤畔，乃作懷沙賦，於是懷石自投汨羅以死。汨，水名，在長沙汨羅縣。音覓。擥蘅若以薦芳。〔韓曰〕離騷：雜杜蘅與芳芷。〔孫曰〕擥，持也。蘅，杜蘅。若，杜若。並香草也。擥，魯敢切。蘅，音行。願荒忽之顧懷兮，冀陳辭而有光。一作「明」。

先生之不從世兮，惟道是就。支離搶攘兮，〔孫曰〕賈誼傳云：國制搶攘。搶，千羊切。攘，如羊切。遭世孔疚。〔孫曰〕孔，甚也。疚，病也。詩：我心孔疚。疚，音究。華蟲薦壤兮，進御羔褎。〔一〕〔韓曰〕書：予欲觀古人之象，日月星辰、山龍華蟲，作會宗彝。注：華，象草。華蟲，雉也。宗廟彝罇以華蟲等爲飾。壤，土壤也。羊小者曰羔。褎，衣袂。左氏襄十四年：衞右宰穀曰：「余狐裘而羔袖。」先生之意，蓋以言貴者不獲用，而賤者反得以進御云耳。羔，音高。「褎」，與「袖」同。牝雞咿嚘兮，孤雄束咮。〔韓曰〕書：牝雞之晨，惟家之索。咮，喙也。蓋亦以喻賢者不獲伸其喙，而小人反以肆其説耳。咿嚘，音伊憂。「咮」，與「噣」同。陟救切。哇咬環觀兮，蒙耳大吕。〔孫曰〕哇咬，淫聲也。梁元帝纂要：淫歌曰哇歌。謂淫聲，乃環而觀之，聞黄鍾、大吕之聲，則蒙耳而不聽也。大吕，六呂之一。蒙，蔽也。哇，烏瓜切。咬，於交切。堇喙以爲羞兮，〔韓曰〕堇，烏頭。喙，烏喙。皆藥之有毒者。羞，饈羞也。堇，音覲。焚棄稷黍。犴獄之不知避兮，〔二〕宫庭之不處。陷塗藉穢兮，藉，慈夜切。榮若繡黼。榱折火烈兮，〔韓曰〕榱，室椽。周謂之榱。齊、魯謂之桷。榱，音衰。娛娛笑舞。〔三〕「娛娛」，一作「娭娭」。讒巧之嘵嘵兮，〔舊注〕説文：嘵嘵，懼也。詩曰：予惟音嘵嘵。嘵，欣幺切。與「憢」同。惑以爲咸池。〔孫曰〕咸池，黄帝樂名。便媚鞠恧兮，恧，女六切。美逾西施。〔韓曰〕離騷：有西施之美容。謂謨言之怪誕兮，〔四〕反寘瑱而遠違。〔舊注〕瑱者，以玉充耳。瑱，他甸切。匿重痼以諱避兮，進俞、緩之不可爲。〔張曰〕俞、緩，謂俞跗、秦緩也。二人古之良醫。

何先生之凛凛兮，厲鍼石而從之。「鍼」，與「針」同。但仲尼之去魯兮，〔五〕「去」下一有「舍」字。曰吾行之遲遲。〔韓曰〕孔子去齊，接淅而行。去魯，曰：「遲遲吾行也，去父母國之道也。」柳下惠之直道兮，又焉往而可施？〔童曰〕柳下惠爲士師，三黜而不去，且曰：「直道而事人，焉往而不三黜。」今夫世之議夫子兮，曰胡隱忍而懷斯？惟達人之卓軌兮，固僻陋之所疑。委故都以從利兮，吾知先生之不忍；立而視其覆墜兮，又非先生之所志。窮與達固不渝兮，夫唯服道以守義。矧先生之悃愊兮，悃，苦本切。愊，迫逼切。蹈大故而不貳。〔六〕沉璜瘞珮兮，瘞，於計切。孰幽而不光？荃蕙蔽匿兮，胡久而不芳？〔童曰〕荃、蕙，皆香草。離騷：蘭芷變而不芳兮，荃蕙化而爲茅。注：荃、蕙，美香。荃，音孫。先生之貌不可得兮，猶髣髴其文章。託遺編而歎喟兮，涣余涕之盈眶。〔張曰〕眶，目厓。

音匡。呵星辰而驅詭怪兮，〔韓曰〕謂屈原放逐，見楚廟圖畫天地山川神靈譎詭及古聖賢怪物行事，書其壁，呵而問之，作天問，假以稽疑而渫憤悶也。夫孰救於崩亡？何揮霍夫雷電兮，〔七〕一無「夫」字。苟爲是之荒茫。耀姱辭之曭朗兮，〔張曰〕姱，好也。又奢貌。曭，目無睛直視也。又不明。姱，音誇。曭，音儻。世果以是之爲狂。哀余衷之坎坎兮，獨藴憤而增傷。〔八〕諒先生之不言兮，後之人又何望。平聲。忠誠之既内激兮，抑銜忍而不長。〔九〕芈爲屈之幾何兮，〔一〇〕〔韓曰〕國語：融之興者，其在芈姓乎？芈，楚姓。屈，楚同姓。芈，音弭。胡獨焚其中腸？

吾哀今之爲仕兮，庸有慮時之否臧！〔一一〕食君之禄畏不厚兮，悼得位之不昌。退自服以默默兮，曰吾言之不行。既媮風之不可去兮，媮，音偷。懷先生之可忘！〔黄曰〕賈生得罪於漢，投文汨羅以弔屈。皮日休不用於唐，沉文沅、湘以悼賈。賈之見讒，有似屈原之忠而沮于上官靳尚也；皮之不用而隱，有似賈生之才而投閑長沙也，其擬人固以倫矣。子厚昵比匪人，視三閭大夫相去幾驛，乃徒追慕其文。天對之辭，倣騷十九，慙恧深矣。又不加省，而投文弔之，亦足以發中流千古之笑。

校勘記

〔一〕華蟲薦壤兮進御羔褏句下注　「華，象草。華蟲，雉也」。「象」下「草華」二字原作「也」，據詁訓本及尚書益稷注疏補改。

〔二〕犴獄之不知避兮　「犴」，英華、全唐文及何焯義門讀書記作「岸」。按詩小苑：「宜岸宜獄。」朱熹集注：「岸，亦獄也。韓詩作『犴』。鄉亭之繫曰犴，朝廷曰獄。」

〔三〕娭娭笑舞　何焯義門讀書記：「『娭娭』作『俣俣』。」

〔四〕謂謨言之怪誕兮　「誕」，音辯、五百家本及英華、游居敬本作「誣」。

〔五〕但仲尼之去魯兮　英華及楚辭集注「仲尼」上無「但」字。

〔六〕蹈大故而不貳　「蹈」原作「滔」，據英華、全唐文及何焯義門讀書記改。

〔七〕何揮霍夫雷電兮　「電」，世綵堂本作「霆」。

〔八〕獨蘊憤而增傷　「蘊」，英華作「慍」。

〔九〕抑銜忍而不長　「抑」原作「仰」，據音辯、五百家、世綵堂、鄭定本及英華改。「銜」，英華作「咸」。

〔一〇〕羋爲屈之幾何兮　「何」下原脫「兮」字，據取校諸本補。

〔一一〕庸有慮時之否臧　「否」，英華作「不」。

弔樂毅文

〔晁無咎曰〕：弔樂毅文者，宗元之所作也。樂毅，其先曰樂羊。燕昭王以子之之亂而齊大敗燕，昭王怨之，未嘗一日而忘報齊也。乃先禮郭隗，而毅往委質焉，以爲上將軍，下齊七十餘城。田單間之，毅畏誅，遂降趙。以書遺燕惠王曰：「臣聞聖賢之君，功立而不廢，故著於春秋；勇知之士，名成而不毁，故稱於後世。」公傷毅之有功而不見知，而以讒廢也，故弔云。是以附諸變騷。一本作「弔樂生文」。

許縱自燕來，曰：燕之南有墓焉，其志曰〔孫曰〕志，謂石刻。「樂生之墓」。〔一〕余聞而哀之。其返也，與之文使弔焉。

大厦之騫兮，風雨萃之。〔孫曰〕騫，壞也。車亡其軸兮，〔孫曰〕大厦與軸，皆以喻毅。乘者棄之。嗚呼夫子兮，不幸類之。尚何爲哉？昭不可留兮，道不可常。畏死疾走兮，〔補注〕此卽上所謂畏誅降趙之意。狂顧傍徨。燕復爲齊兮，〔韓曰〕趙封毅於觀津，號曰望諸君。尊寵毅以警動燕、齊。田單與燕軍戰，逐燕北至河上，盡復齊地。東海洋洋。嗟夫子之專直兮，不慮後而爲防。胡去規而就矩兮，卒陷滯以流亡。惜功美之不就兮，俾愚昧之周章。豈夫子之不能兮，無亦惡是之遑遑。仁夫對趙之悃款兮，〔孫曰〕樂毅奔趙，燕惠王使人讓毅，且謝之。毅報書云云。誠不忍其故邦。君子之容與兮，彌億載而愈光。諒遭時之不然兮，匪謀慮之不長。跽陳辭以隕涕兮，〔二〕〔補注〕離騷經：擥茹蕙以掩涕兮，霑余襟之浪浪。跪敷衽以陳辭兮，耿吾既得此中正。跽，長跪也。巨几切。仰視天之茫茫。苟偷世之謂何兮，言余心之不臧！〔三〕「言」，一作「信」。

校勘記

〔一〕其志曰樂生之墓　「樂生」，五百家本作「樂先生」。

〔二〕跽陳辭以隕涕兮句下注　「耿吾既得此中正」。「中正」原作「中土」，據五百家、世綵堂本及離騷改。

〔三〕言余心之不臧　「不臧」，英華作「所臧」。

伊尹五就桀贊〔一〕

〔黃曰〕觀人之言，必求其意。柳子贊伊尹，謂其去湯就桀，意桀改過而救民之速，學者皆信其說。蘇氏曰：「不然，湯之當王久矣，伊尹何疑焉？桀能改過而免於討，可庶幾也；能用伊尹而得志於天下，雖至愚知其不然。宗元意欲以此自解說其從二王之罪也。蘇氏可謂能以意逆志矣。〔韓曰〕公以附王叔文見逐，嘗與許京兆書云：「早歲與負罪者親善，始奇其能，謂可以共立仁義，裨教化。過不自料，懃懃勉勵，惟以中正信義爲志，以興堯、舜、孔子之道，利安元元爲務，不知愚陋，不可力強，其素意如此」。今又作此贊，陰自解說。蓋以桀比叔文，言其居勢順便，可以速得志耳。以叔文爲桀，而以德宗爲湯，是果公之意哉？

伊尹五就桀。或疑曰：「湯之仁聞且見矣，桀之不仁聞且見矣，夫何去就之亟也？」〔二〕

柳子曰：「惡，是吾所以見伊尹之大者也。彼伊尹，聖人也。聖人出於天下，不夏、商其心，心乎生民而已。曰：『孰能由吾言？由吾言者爲堯、舜，而吾生人堯、舜人矣』。退而思曰：『湯誠仁，其功遲；桀誠不仁，朝吾從而暮及於天下可也』。於是就桀。桀果不可得，反而從湯。既而又思曰：『尚可十一乎？使斯人蚤被其澤也』。又往就桀。桀不可，而又從湯。以至於百一、千一、萬一，卒不可，乃相湯伐桀。俾湯爲堯、舜，而人爲堯、舜之人，是吾所以見伊尹之大者也。仁至於湯矣，四去之；不仁至於桀矣，五就之，大人之欲速其功如此。不然，湯、桀之辨，一恒人盡之矣，又奚以憧憧聖人之足觀乎？〔三〕〔孫曰〕易：憧憧往來。憧，赤容切。吾觀聖人之急生人，莫若伊尹；伊尹之大，莫若於五就桀。」作伊尹五就桀贊：

聖有伊尹，思德於民。往歸湯之仁，曰仁則仁矣，非久不親。退思其速之道，宜夏是因。就焉不可，復反毫殷。猶不忍其遲，亟往以觀。〔四〕庶狂作聖，〔五〕〔童曰〕書：惟聖罔念作狂，惟狂克念作聖。一日勝殘。〔張曰〕善人爲邦百年，亦可以勝殘去殺。語。至千萬冀一，卒無其端。五往不疲，其心乃安。遂升自陑，〔六〕音而。黜桀尊湯，遺民以完。大人無形，與道爲偶。道之爲大，爲人父母。大矣伊尹，惟聖之首。既得其仁，猶病其久。恒人所疑，我之所大。嗚呼遠哉！志以爲誨。

校勘記

〔一〕伊尹五就桀贊　詁訓本、英華、蔣之翹本、全唐文題下均有「幷序」二字。題下注「是果公之意哉」。「哉」原作「云」，據詁訓本改。

〔二〕夫何去就之亟也　「何」，音辯、五百家、世綵堂本及英華作「胡」。

〔三〕又奚以憧憧聖人之足觀乎　「之」原作「而」，據取校諸本改。

〔四〕亟往以觀　鄭定、世綵堂本注：「『觀』一作『親』。」

〔五〕庶狂作聖句下注　「書：惟聖罔念作狂」。「聖」上原脫「惟」字，據詁訓、五百家、世綵堂本及尚書多方補。

〔六〕遂升自陑　陳景雲柳集點勘：「書（湯誓）序：『伊尹相湯伐桀，升自陑。』孔傳：『陑在河曲之南。』」

梁丘據贊

〔韓曰〕以孟子之賢，而臧倉猶得以沮君。梁丘據不毁晏子之賢，是誠可取。公之竄逐遠方，左右近臣無一人爲之地者，其曰激贊梁丘，誠有以哉。

齊景有嬖，曰梁丘子，〔孫曰〕梁丘據，字子猶，齊之嬖大夫。同君不爭，古號媚士。〔韓曰〕昭二十年左氏：齊侯曰：「唯據與我和夫？」晏子曰：「據亦同也，焉得爲和？君所謂可，據亦曰可；君所謂否，據亦曰否。」君悲亦悲，君喜亦喜。〔孫曰〕列子云：齊景公遊於牛山，北臨其國城而流涕曰：「使古無死者，寡人將去斯而之何？」據從而泣。曷賢不贊？卒贊於此。媢余所仇，激贊有以。梁丘之媚，順心狎耳。終不撓厥政，不嫉反己。晏子躬相，梁丘不毁。恣其爲政，政實允理。時睹晏子食，寡肉缺味。〔一〕愛其不飽，〔二〕告君使賜。中心樂焉，國用不墜。後之嬖君，罕或師是。導君以諛，音腴。聞正則忌。讒賢協惡，民蠹國圮。〔三〕部鄙切。嗚呼！豈惟賢不逮古，嬖亦莫類。梁丘可思，又況晏氏？激贊梁丘，心焉孔瘁！

校勘記

〔一〕時睹晏子食寡肉缺味　英華「肉」下無「缺」字。

〔二〕愛其不飽　「愛」，英華、何焯校本作「憂」，疑是。

〔三〕民蠹國圮　「圮」原作「玘」，據取校諸本改。

霹靂琴贊引

霹靂上音僻。下音歷。琴，零陵湘水西〔補注〕零陵屬永州。震餘枯桐之爲也。〔一〕〔孫曰〕雷之甚者爲震。始枯桐生石上，說者言有蛟龍伏其竅，〔童曰〕竅，空也。音款。一夕暴震，爲火之焚，至旦乃已，其餘硿然倒卧道上。〔張曰〕硿，石聲。苦東、户宋二切。震旁之民，稍柴薪之。超道人聞，〔二〕取以爲三琴。琴莫良於桐，桐之良莫良於生石上，石上之枯又加良焉，火之餘又加良焉，〔三〕震之於火爲異。是琴也，既良且異，合而爲美，〔四〕天下將不可載焉。〔孫曰〕不可載，言美之至也。「載」，一作「再」。微道人，天下之美幾喪。余作贊辭，識其越之左與右，〔五〕〔韓曰〕禮記：朱弦而疏越。注云：越，瑟底孔也。如字。以著其事，又益以序，以爲他傳。辭曰：

惟湘之涯，惟石之危。龍伏之靈，震焚之奇。既良而異，爰合其美。超實爲之，贊者柳子。

校勘記

〔一〕霹靂琴零陵湘水西震餘枯桐之爲也　文粹、全唐文「琴」下有「者」字。

〔二〕超道人聞　全唐文「聞」下有「之」字。

〔三〕火之餘又加良焉　世綵堂本無此句，疑脱。

〔四〕合而爲美　文粹、全唐文作「合爲二美」。

〔五〕識其越之左與右句下注　「越，瑟底孔也」。「瑟」原作「琴」，據音辯、詁訓本及禮記樂記注疏改。

尊勝幢贊并序

以佛之爲尊而尊是法，〔一〕嚴之於頂，其爲最勝宜也。既尊而勝矣，其爲拔濟尤大。〔二〕塵飛而灾去，影及而福至，睦州於是誠焉不疑。〔孫曰〕睦州，謂李睦州也。以李錡之叛得罪，貶循州。元和三年正月，以赦，量移永州。礱石六觚，〔韓曰〕漢書：破觚爲圜，斲琱爲樸。觚，謂方也。觚，音孤。其長半尋，乃篆乃刻，立之馬孺人之墓。〔三〕〔補注〕馬孺人，睦州外婦。元和五年五月卒于永，因葬焉。公有太府李卿外婦馬淑誌，見外集。孺人之生，奉佛道未嘗敢怠。今既没，睦州又成其志，擇最勝且尊之道，文之於石，以延其休。則其生佛所得佛道，宜無疑也。贊曰：

世所尊兮又尊道，勝無上兮以爲寶。〔四〕拔大苦兮升至真，靈合贊兮神而神。駕元氣兮濟玄津，誰爲友兮上品人。德無已兮石無磷，音鄰。延永世兮奠坤垠。靈受福兮公之勤。

校勘記

〔一〕以佛之爲尊而尊是法　英華「之」下無「爲」字。

〔二〕其爲拔濟尤大　「其」下原脱「爲」字，據取校諸本補。又，英華「拔濟」下有「也」字。

〔三〕立之馬孺人之墓　「立之」下原衍「爲福」二字。世綵堂本注：「一本無『爲福』二字。」鄭定本無此二字，今據删。

〔四〕勝無上兮以爲寶　「上」，音辯、五百家、游居敬本作「立」。

龍馬圖贊并序

〔注曰〕公嘗欲焚八駿之圖，而獨於此贊龍馬之圖，豈可信而不誣者耶？

始吾聞明皇帝在位，靈昌郡〔孫曰〕靈昌，滑州郡名。得異馬於河，〔一〕而莫知其形。〔二〕〔韓曰〕開元二十九年三月，滑州刺史李邕獻馬，肉騣龍鱗臆，嘶不類馬，日行三百里。好事者涿人盧遵〔孫曰〕遵，涿人，公之内弟。以其圖來示余。〔三〕其狀龍鱗、虺尾，虺，許尾切。拳髦、環目、肉騣，音獵。馬之靈怪有是耶？居帝閑，爲馬幾二十年，從封禪郊籍，〔孫曰〕開元十三年十一月，玄宗封泰山。二十三年正月，耕籍田。鳴和鑾者數十事。鑾，音鸞。遇禍亂，帝西幸，〔四〕〔孫曰〕天寶十五年，玄宗幸蜀。馬至咸陽西入渭水，化爲龍泳去，不知所終。且其來也宜于時，其去也存其神，是全德也。既覩其形，不可以不贊：

靈和粹異，孕至神兮。倮尾童鬣，倮，力果切。疏紫鱗兮。巍然特出，瑞聖人兮。〔韓曰〕顔延年赭白馬賦：實有騰光吐圖，疇德瑞聖之符焉。理平和樂，百樂陳兮。〔五〕「百」，一作「禮」。鳴鑾在御，大路遵兮。〔童曰〕詩：遵大路兮。世厖道悖，厖，莫江切。還吾真兮。哀鳴延首，慕水濱兮。〔六〕沛焉潛泳，旋㵝淪兮。〔張曰〕㵝淪，水深廣貌。㵝，於淪切。淵居海逝，〔七〕靈無鄰兮。出處孔時，類至仁兮。嗟爾衆類，孰是倫兮。〔八〕進昏死亂，阽厥身兮。〔童曰〕阽，猶危。音鹽，又都念切。匪馬之慕，吾誰親兮？贊之斯圖，宜世珍兮！

校勘記

〔一〕靈昌郡得異馬於河　「河」，全唐文作「河西」。按：河西產馬，疑作「河西」是。

〔二〕而莫知其形句下注　「肉鬉龍鱗臆」，「鱗」上原脱「龍」字，據世綵堂本補。

〔三〕以其圖來示余　詁訓本「示」上無「來」字。

〔四〕遇禍亂帝西幸　文粹、全唐文「亂」上無「禍」字。

〔五〕百樂陳兮　「百樂」，詁訓本作「禮樂」，英華、何焯校本及全唐文作「百禮」。

〔六〕慕水濱兮　「慕」，文粹作「渭」，何焯義門讀書記亦云：「『慕』作『渭』」。按：與上文「馬至咸陽西入渭水」呼應，疑作「渭」是。

〔七〕淵居海逝　「逝」，英華、文粹、全唐文作「遊」。

〔八〕孰是倫兮　「倫」原作「淪」，據取校諸本改。

誡懼箴〔一〕

〔韓曰〕或謂公憂、懼二箴，當王叔文將敗時作，恐未必然。觀其辭意，亦貶後作也。

人不知懼，惡可有爲？知之爲美，莫若去之。非曰童昏，昧昧勿思。禍至後懼，「後」，一作「而」。是誠不知。君子之懼，懼乎未始。幾動乎微，事遷乎理。將言以思，將行以止。中決道符，乃順而起。起而獲禍，君子不恥。非道之愆，非中之詭。懼而爲懼，雖懼焉如？君子不懼，爲懼之初。

校勘記

〔一〕誡懼箴　英華題作「懼箴」。

憂箴

憂可無乎？無誰以寧！子如不憂，憂日以生。憂不可常，〔一〕常則誰懌？子常其憂，乃小人戚。敢問憂方，吾將告子：有聞不行，有過不徙；宜言不言，不宜而煩；宜退而勇，不宜而恐。中之誠懇，過又不及。憂之大方，唯是焉急！內不自得，甚泰爲憂。省而不疚，雖死優游。所憂在道，不在乎禍。吉之先見，〔韓曰〕易：幾者動之微，吉之先見者也。乃可無過。告子如斯，守之勿墮！

校勘記

〔一〕憂不可常　鄭定、世綵堂本注：「一作『憂可常乎』。」

師友箴并序〔一〕

〔黄曰〕子厚師友箴曰：吾欲從師取友，而天下無可者，必得仲尼、叔牙而師友之。退之師說曰：師不必賢於弟子，弟子不必不如師。聞道有先後，術業有專攻爾。由退之之說，則學者不敢恃己之長，有所資於人；由子厚之說，則學者輕人之能，而終於自是。韓、柳優劣，由此而判。

今之世，爲人師者衆笑之，舉世不師，故道益離；爲人友者，不以道而以利，舉世無友，故道益棄。嗚呼！生於是病矣，歌以爲箴。既以儆己，又以誡人。

不師如之何？吾何以成！〔二〕不友如之何？吾何以增！吾欲從師，可從者誰？借有可從，舉世笑之。吾欲取友，誰可取者？〔童曰〕孟子：尹公之他，端人也，其取友必端矣。借有可取，中道或捨。仲尼不生，牙也久死，〔韓曰〕鮑叔牙與管仲爲友，後薦仲於桓公以爲相。杜甫詩云：君不見管鮑貧時交，此道今人棄如土。二人可作，懼吾不似。〔三〕中焉可師，恥焉可友，謹是二物，用惕爾後。道苟在焉，傭丐爲偶；道之反是，公侯以走。內考諸古，外考諸物，師乎友乎，敬爾無忽！〔四〕

校勘記

〔一〕師友箴題下注　「必得仲尼、叔牙而師友之」。「叔牙」原作「伯牙」，據五百家、鄭定、濟美堂、蔣之翹本及本文「牙也久死」句下韓注改。「則學者輕人之能」。「人之」原作「以己」，據五百家、鄭定、濟美堂本改。

〔二〕吾何以成　「以成」，英華注：「永本作『以承』。」何焯義門讀書記：「『成』作『承』。」

〔三〕懼吾不似　英華及何焯義門讀書記作「懼不吾以」。鄭定、世綵堂本及全唐文注：「『似』一作『以』。」

〔四〕敬爾無忽　「無」，五百家、鄭定、世綵堂本作「毋」，全唐文作「不」。

敵戒〔一〕

〔黃曰〕入則無法家拂士，出則無敵國外患者，國常亡。子厚敵戒，其立意亦同孟子。嘗竊思范文子之言，而後知孟子、柳子之說有爲而發。文子云：「惟聖人能外內無患，自非聖人，外寧必有內憂。」此晉厲公侈，文子欲釋楚爲外懼之言也。審此，則孟子之存敵國，固以警戰國之君；而子厚之爲敵戒，亦爲德宗、順宗設耳。

皆知敵之仇，而不知爲益之尤；〔二〕皆知敵之害，而不知爲利之大。秦有六國，兢兢以強；六國既除，訑訑乃亡。〔韓曰〕謂秦滅齊、楚、燕、趙、韓、魏六國後，不二世而亡。訑訑，自得貌。又淺意。說文云：欺也。孟子：訑訑之聲音顏色。訑，音怡，又湯何切。晉敗楚鄢，音偃。范文爲患；〔孫曰〕成十六年左氏：晉師敗楚于鄢陵。范文子曰：君幼，諸臣不佞，何以及此，君其戒之！厲之不圖，舉國造怨。〔孫曰〕成十七年左氏：晉厲公侈，多外嬖，反自鄢陵，欲盡去羣大夫而立其左右。孟孫惡臧，孟死臧恤：「藥石去矣，吾亡無日。」〔韓曰〕襄二十三年左氏：孟孫惡臧孫，季孫愛之。孟孫卒，臧孫入哭，甚哀多涕，曰：「季孫之愛我，疾疢也；孟孫之惡我，藥石也。美疢不如藥石，孟孫死，吾亡無日矣。」智能知之，猶卒以危；矧今之人，曾不是思！敵存而懼，敵去而舞，廢備自盈，秖益爲瘉。〔童曰〕說文：瘉，病瘳也。音庾，又音臾。敵存滅禍，敵去召過。有能知此，道大名播。懲病克壽，矜壯死暴。縱欲不戒，匪愚伊耄。我作戒詩，思者無咎。

校勘記

〔一〕敵戒題下注　「惟聖人能外內無患」。「外內」原作「內外」。又，「外寧必有內憂」。原作「內寧必有外憂」。均據左傳成公十六年改。

〔二〕而不知爲益之尤　「尤」，英華作「由」。何焯義門讀書記：「『尤』作『由』。」

三戒并序

〔東坡曰〕予讀柳子厚三戒而愛之，乃擬作河豚魚、烏賊魚二說，并序以自警也。見坡集。

吾恒惡世之人，不推己之本，〔一〕而乘物以逞，或依勢以干非其類，出技以怒強，竊時以肆暴，然卒迨于禍。有客談麋、驢、鼠三物，似其事，作三戒。〔黄曰〕子厚三戒，臨江之麋則爲依勢以干非類者設，永某氏之鼠則爲竊時以肆暴者設，二說之譏，使強而貪者知所戒也。黔驢之戒，其猶在得失之域乎？使中才庸人得是説，以匿名遁迹，不犯非分，或得爲之。然仕於王朝，人以黔驢爲戒，不才者隱其不才，而疑於有才，不德者晦其不德，而象於有德，則列于庶位，孰非吹竽之徒耶？

臨江之麋

臨江之人，畋得麋麑，〔童曰〕麋麑，鹿子也。音眉倪。畜之。入門，羣犬垂涎，揚尾皆來。其人怒，怛之。自是日抱就犬，習示之，使勿動，稍使與之戲。〔二〕積久，犬皆如人意。麋麑稍大，忘己之麋也，以爲犬良我友，抵觸偃仆，益狎。犬畏主人，與之俯仰甚善，然時啖其舌。啖，音淡。三年，麋出門，見外犬在道甚衆，走欲與爲戲。外犬見而喜且怒，共殺食之，狼藉道上。麋至死不悟。〔三〕

黔之驢

黔無驢，有好事者船載以入。至則無可用，放之山下。虎見之，尨然大物也，以爲神。蔽林間窺之，稍出近之，慭慭然莫相知。〔韓曰〕慭慭，恭敬也。〔孫曰〕張齗怒貌。魚僅切。他日，驢一嗚，虎大駭，遠遁，以爲且噬己也，甚恐。然往來視之，覺無異能者。益習其聲，又近出前後，終不敢搏。稍近，益狎，蕩倚衝冒，驢不勝怒，蹄之。虎因喜，計之曰：「技止此耳！」因跳踉大㘎，虎檻切。斷其喉，盡其肉，乃去。噫！形之尨也類有德，聲之宏也類有能。向不出其技，虎雖猛，疑畏，卒不敢取。今若是焉，悲夫！

永某氏之鼠

永有某氏者，畏日，拘忌異甚。〔四〕以爲己生歲直子，鼠，子神也。因愛鼠，不畜猫犬，〔五〕〔犬〕，一作「又」。禁僮勿擊鼠。倉廩庖厨，悉以恣鼠不問。〔六〕由是鼠相告，皆來某氏，飽食而無禍。某氏室無完器，椸無完衣，〔童曰〕方言：榻前几，趙、魏之間謂之椸。一曰衣架。禮記：男女不同椸架。椸，音移。飲食大率鼠之餘也。晝累累與人兼行，累，倫追切。夜則竊齧鬭暴，其聲萬狀，不可以寢。終不厭。數歲，某氏徙居他州。後人來居，鼠爲態如故。其人曰：「是陰類惡物也，盜暴尤甚，且何以至是乎哉！」假五六猫，闔門撤瓦，灌穴，購僮羅捕之。殺鼠如丘，棄之隱處，臭數月乃已。臭，尺救切。與「臭」同。嗚呼！彼以其飽食無禍爲可恒也哉！

校勘記

〔一〕不推己之本　音辯、詁訓、鄭定、世綵堂本及英華「不」下有「知」字，近是。

〔二〕稍使與之戲　英華、何焯校本及全唐文「使」下有「麋」字。

〔三〕麋至死不悟　英華、文粹、何焯校本及全唐文「死」下有「終」字。

〔四〕拘忌異甚　「異」，文粹、全唐文作「特」。

〔五〕因愛鼠不畜猫犬句下注　「『犬』一作『又』」。英華、何焯校本作「又」。按：如作「又」，則與下句連讀。

〔六〕悉以恣鼠不問　「恣」，英華、何焯校本作「資」。

柳宗元集卷二十

銘雜題

沛國漢原廟銘并序

〔韓曰〕漢惠帝即位，詔有司爲高帝立原廟，至唐尚存，載在祀典。

昔在帝堯，光有四海，元首萬邦。時則舜、禹、稷、卨，〔童曰〕卨，高辛氏之子。音薛。與「契」同。佐命垂統，股肱天下。〔一〕〔張曰〕書：元首明哉，股肱良哉。一本作「天子」。聖德未衰而内禪，音擅。元臣繼天而受命。四姓承休，迭有中邦；〔孫曰〕舜，嬀氏。禹，姒氏。后稷，姬氏。契，子氏。皆堯之元臣，其後迭有天下。五神環運，炎德復起。〔孫曰〕五神，五德也。至漢爲火德。周道削滅，秦德暴戾，皇天疇庸，審厥保承，乃命唐帝之後振而興之，〔二〕〔韓曰〕春秋：晉史蔡墨有言，陶唐氏既衰，其後有劉累。班固高祖贊及之。又俾九臣之後，〔三〕〔孫曰〕九臣，九官也。謂禹作司空，棄爲后稷，契爲司徒，皋陶爲士，垂爲共工，益爲虞伯，夷爲秩宗，夔典樂，龍爲納言。「九」，一作「元」字。翊而登之。所以紹復丕續，不墜厥祀。故曲逆起爲策士，〔張曰〕周封舜後於陳，陳之子孫以國爲氏。至漢，陳平佐高祖，封曲逆侯。曲逆，音去遇。輔成帝圖，吐謀洞靈，奮奇如神，舜之胄也。汝陰〔韓曰〕汝陰，夏侯嬰所封。嬰之先，出自姒姓。杞簡公爲楚所滅，弟佗奔魯，悼公以其夏禹之後，給以采地，爵爲侯。後因以爲夏侯氏。脱帝密網，〔韓曰〕嬰爲沛縣吏，與高祖相愛，高祖戲而傷嬰。人有告高祖。高祖時爲亭長，重坐傷人，告故不傷嬰，嬰證之。移獄覆，嬰坐高祖繫歲餘，笞掠數百，終脱高祖。摧虜暴氣，扶乘天休，運行嘉謀，禹之苗也。酇侯〔韓曰〕酇，蕭何所封。何之先，出自子姓。宋戴公裔孫蕭叔大心平南宮長萬有功，封于蕭，後因以爲氏。酇，音贊。保綏三秦，〔四〕控引漢中，〔孫曰〕項羽立沛公爲漢王，都南鄭，以何爲丞相。何進韓信，東定三秦，何留收巴、蜀。宏器廓度，以大帝業，卨之裔也。淮陰〔韓曰〕淮陰，韓信所封。信之先，出自姬氏。左氏曰：邘、晉、應、韓，武之穆也。曲沃桓叔之子萬，食采於韓，因以爲氏。整齊天兵，〔五〕導揚靈威，覆趙夷魏，拔齊殄楚；〔六〕〔孫曰〕覆趙，謂斬趙王成安君陳餘。夷魏，謂虜魏王豹，定河東。吞齊，謂虜齊王廣。殄楚，謂會垓下，平項羽。平陽〔韓曰〕平陽，曹參所封。參之先，封曹，以國爲姓。「陽」下或有「夏」字，非是。破三秦，虜魏王；〔孫曰〕高祖至漢中，以參爲將軍，還定三秦，與韓信攻魏，獲魏王豹。絳侯〔韓曰〕后稷封于邰，七世孫古公亶父徙居岐山之周原，後因爲氏曰周。至於勃，事漢，封於絳。定楚地，〔七〕固劉氏，皆稷之裔也。克復堯緒，昭哉甚明。天意若曰：建火德者，必唐帝之胄，故漢氏興焉；翼炎運者，必唐臣之孫，故羣雄登焉。是以高帝誕膺聖祚，以垂德厚，探昊穹之奥旨，載幽明之休祐。殺白帝于大澤，以承其靈；〔童曰〕高祖夜徑澤中，有大蛇當徑，帝斬之。後人至蛇所，有老嫗哭曰：「吾子白帝子也，化爲蛇當道，今赤帝子斬之。」建赤旂於沛邑，以昭其神。〔張曰〕高祖爲沛公，旗幟尚赤。假手于嬴，以混諸侯；〔八〕〔韓曰〕秦，嬴姓。謂秦併六國而復歸于漢。憑力于項，以離關東。〔韓曰〕謂項羽剽悍，而關東心離。奉纘堯之元命，纘，作管切。而四代之後咸獻其用；得乘木之大統，〔孫曰〕謂周木德也。而秦、楚之盛不保其位。既建皇極，設都咸陽，撫征四方，訓齊天下。乃樂沛宮，以追造邦之本；乃歌大風，以昭武成之德；〔童曰〕高祖十二年，過沛，歌曰：「大風起兮雲飛揚，威加海内兮歸故鄉，安得猛士兮守四方！」乃尊舊都，「尊」，或作「奠」。以壯王業之基。生爲湯沐之邑，没爲思樂之地。且曰：萬歲之下，魂遊于此。〔孫曰〕高祖謂沛父兄曰：「游子悲故鄉，吾雖都關中，萬歲之後，吾魂魄猶思沛，其以沛爲朕湯沐邑。」

惟兹原廟，沛宮之舊也。〔韓曰〕惠帝詔郡國立原廟。原，重也，謂先已有廟。祭蚩尤於是庭而赤精降，〔張曰〕高祖既爲沛公，祠黃帝祭蚩尤於沛庭。導靈命於是邦而羣雄至。登布衣於萬乘，而子孫得以纘其緒；化環堵爲四海，而黎元得以安其業。基岱岳之高，源洪河之長，蓄靈擁休，此焉發跡。蓋以道備于是，而後行之天下；制成于是，而後廣之宇内。天下備其道，而神復乎本；宇内成其制，而心懷于舊。宜其正名以表功，用成其始，俾生靈盡其敬焉；陳本以宅神，用成其終，俾生靈盡其慕焉。故高帝定位，建兹閟宫，〔孫曰〕詩：閟宫有侐。建兹閟宫，卽上云沛宮也。閟，音秘。惠皇嗣服，爰立清廟，見上注。綿越千祀，至今血食，此所以成終而成始也。

且夫以斷蛇之威，安知不運其密，用佐歲功以流澤歟？以約法之仁，〔張曰〕高祖入關，與父老約法三章耳。安知不流其神，睠與「婘」同。相舊邦之遺黎歟？以紹唐之餘慶，統天之遺烈，安知不奮其聖化大祐於下土歟？然則展敬乞靈，〔九〕烏可已也。銘于舊邑，以迪天命。其辭曰：

蕩蕩明德，時惟放勛。音勳。揖讓而退，祚于後昆。群蛇輔龍，〔孫曰〕晉世家：文公卽位，賞從亡者，未至介子推。子推入綿上山中，至死不見。子推從者憐之，懸書宮門曰：龍欲上天，五蛇爲輔，龍已乘雲，四蛇各入其宇，一蛇獨怒，終不見其處所。以翊天門。〔一〇〕「翊」，一作「珝」。音工。登翼炎運，唐臣之孫。秦網既離，〔一一〕鹿駭東夏。長蛇封豕，〔韓曰〕左氏：封豕長蛇，以薦食上國。封豕，大豬也。蹈躍中野。天復堯緒，鍾祐于劉。赫矣漢祖，播茲皇猷。揚旂沛庭，約從諸侯。從，將容切。豪暴震疊，威聲布流。總制虎臣，委成良疇〔一二〕。勦殄霸楚，勦，子小切。遂荒神州。〔孫曰〕詩：遂荒大東。區宇懷濡，黔黎輯柔。表正萬國，炎靈用休。定宅咸陽，以都上游。留觀本邦，〔一三〕在鎬如周。〔孫曰〕詩：王在在鎬。文王都豐，武王都鎬。穆穆惠皇，宗禋克承。崇崇沛宮，清廟是憑。原念大業，肇經茲地，乃專元命，亦舉嚴祀。建旂釁鼓，釁，許僅切。「旂」，一作「旆」。遂據天位。魂遊故都，永介丕址〔一四〕。焕列唐典，見題注。嚴恭罔墜。勒此休銘，以昭本始。

校勘記

〔一〕股肱天下句下注　「一本作『天子』」。詁訓本作「天子」，近是。

〔二〕乃命唐帝之後振而興之句下注　「班固高祖贊及之」。「高」上原衍「贊」字，據詁訓本删。

〔三〕又俾九臣之後句下注　「『九』一作『元』字」。音辯、游居敬本及全唐文作「元」。音辯本注：「『元』，一本作『九』者非也。」按：上文有「元臣繼天而受命」句，此處作「元」近是。

〔四〕酇侯保綏三秦句中注　「宋戴公裔孫蕭叔大心平南宮長萬有功」。「蕭叔」原作「樂」，據世綵堂本及左傳莊公十二年改。

〔五〕淮陰整齊天兵句中注　「邘、晉、應、韓，武之穆也」。「邘」原作「邢」，據五百家、世綵堂本及左傳僖公二十四年改。

〔六〕拔齊殄楚　「拔」，詁訓本作「吞」。

〔七〕絳侯定楚地句中注　「七世孫古公亶父徙居岐山之周原」。「古公亶」下原脫「父」字，據詁訓、五百家本及史記卷四周本紀改。

〔八〕假手于嬴以混諸侯句下注　「秦，嬴姓」。「嬴」下原脫「姓」字，據五百家、世綵堂本補。

〔九〕然則展敬乞靈　「敬」，五百家、鄭定、世綵堂本作「慶」。

〔一〇〕以翊天門　鄭定、世綵堂本注：「『翊』，一作『玒』。音貢。飛也。」何焯校本改「翊」爲「玒」。蔣之翹本作「珝」。按：作「豇」近是。漢書卷八七揚雄傳有「登椽欒而豇天門兮」之句，可作參證。

〔一一〕秦網既離 「網」，世綵堂本及全唐文作「綱」。

〔一二〕委成良疇 「疇」，世綵堂本作「籌」。

〔一三〕留觀本邦 鄭定、世綵堂本注：「『觀』，一作『歡』。」疑是。

〔一四〕永介丕址 「址」，音辯、詁訓、五百家本及全唐文作「祉」。

劍門銘 并序

惟蜀都重險多貨，混同戎蠻，人尨俗剽，〔孫曰〕尨，雜也。嗜爲寇亂。皇帝元年八月，帥喪衆暴，〔韓曰〕永貞元年八月，劍南西川節度使韋皐卒。羣疑不制，妖孽扇行。孽，魚列切。亦作「蠥」。怙恃富强，滔天阻兵，〔一〕〔孫曰〕書：象恭滔天。左氏：阻兵安忍。皐既卒，支度副使劉闢自爲留後，諷諸將徼旄節。時帝新即位，欲静鎮四方，即拜檢校工部尚書，劍南西川節度使。闢意帝可動，益驁蹇吐不臣語，求統三川。攻陷他部，北包劍門，〔孫曰〕闢欲以所善盧文若節度東川，即以兵取梓州。憑負丘陵，以張驁猛，堅利鋒鏑，以拒大順，謂雷霆之誅莫己加也。

惟梁守臣〔童曰〕蜀爲古梁州之地。禮部尚書嚴公，以國害爲私讎，以天討爲己任。〔韓曰〕宰相杜黃裳薦神策軍使高崇文勇略可用。元和元年正月，以崇文爲行營節度使，將步騎五千爲前鋒，率京西兵馬使李元奕、東川節度使李康、山南西道節度使嚴礪同討闢。推仁仗信，不待司死，〔童曰〕孟子：有司死之士。而人致其命；立義抗憤，不待喋血，〔孫曰〕漢文紀：今已誅諸呂，新喋血京師。喋，大頰切。字當作「蹀」。蹀，謂履涉之。而士一其心。悉師出次，祗俟明詔。凡諸侯之師，必出于是。儲峙饗賚，儲，音廚。峙，直里切。取其豐穰。乃遣前軍嚴秦，奉揚王誅，誕告南土。十一月，〔孫曰〕當作二月。右師逾利州，蹈寇地，乘山斬虜，以遏奔衝。左師出于劍門，大攘頑嚚，諭引劫脅，蟻潰鼠駭，險無以固，「以」下一有「爲」字。收奪利地，以須王師。〔二〕〔孫曰〕礪命嚴秦自漢原至神泉，凡數十合，下劍門，覆盪口，收劍州，破契丹，命裨將可提彌珠斬虜之特將文德昭。刲刳胷腸，振拔根柢，俾無以肆毒，用集我勳力。鼖鼓一振，鼖，音墳。元戎啓行，〔孫曰〕詩：元戎十乘，以先啓行。取其渠魁，以爲大戮。〔孫曰〕九月，崇文克成都，擒闢送長安。由公忠勇憤悱，上房吻切。下音斐。授任堅明，謀猷弘長，用能啓闢險阨，夷爲大塗，哀沮害氣，對乎天意。

帝用休嘉，議功居首，增秩師長，〔三〕〔韓曰〕礪傳云：劉闢反，以儲備有素，檢校尚書左僕射。進爲大藩，宅是南服。〔韓曰〕十月，以礪爲東川節度。將校羣吏，願刊山石，昭著公之功，垂號無窮。銘曰：

井絡坤垠，〔韓曰〕蜀在星分野爲井絡，在卦爲坤維。〔孫曰〕河圖括地象曰：岷山之地，上爲井絡。時惟外區。

〔孫曰〕張載劍閣銘云：矧茲陿隘，土之外區。外區，謂在區域之外。界山爲門，環于蜀都。叢險積貨，混并羌、髳，〔四〕〔韓曰〕書牧誓：及庸、蜀、羌、髳、微、盧、彭、濮人。八國，皆蠻夷戎狄，屬文王者，國名。羌在西。蜀，叟。髳、微在巴蜀。羌，豈羊切。髳，音矛。狂猾窺隙，狺狺嘯呼。〔舊注〕狺狺，犬吠聲。楚辭：猛犬狺狺。狺，魚斤切。「犭斤」同。憑據勢勝，厚其兇徒。皇帝之仁，宥而不誅。暴非德馴，害及巴渝。〔張曰〕巴渝，在唐屬劍南道。乃出王旅，乃咨列岳。牧臣司梁，〔補注〕卽謂嚴礪。當其要束。器備攸積，糗糧是蓄。〔補注〕書：峙乃糗糧。糗，乾飯。人無增賦，師以饒足。喋血誓士，玄機在握。分命貔貅，上音皮，下音休。陳爲掎角。〔五〕〔韓曰〕左氏：譬如捕鹿，晉人角之，諸戎掎之。説文：掎，偏引也。居綺切。右逾岷山，左直劍門。攻出九地，〔孫曰〕孫子云：善守者藏於九地之下，善攻者動乎九天之上。上披重雲。攀天蹈空，夷視阻艱。破裂層壘，殄殲羣頑。內獲固圉，〔補注〕左氏：亦聊以固吾圉也。外臨平原。天兵徐驅，卒乘嘽嘽。〔童曰〕詩：王旅嘽嘽。〔韓曰〕嘽嘽，衆也。詩：嘽嘽駱馬。他丹切。大憝因戮，〔孫曰〕大憝，謂闢也。書：元惡大憝。憝，徒對切。戎夏咸歡。帝圖厥功，惟梁是先。開國進位，南服于藩。邦之清夷，人以完安。銘功鑒亂，永代是觀。

校勘記

〔一〕滔天阻兵句下注　「時帝新卽位」。「帝」下原脫「新」字。又，「劍南西川節度使」。「西川」上原脱「劍南」二字。均據新唐書卷一五八劉闢傳補。「闢意帝可動」。「動」原作「侮」，據五百家、鄭定、世綵堂本及新唐書劉闢傳改。

〔二〕以須王師句下注「破契丹命裨將可提彌珠」。世綵堂本作「命契丹裨將可提彌珠」，疑是。按：據唐史，憲宗時並未對契丹用兵。且契丹在北方，劉闢據西南，不可能同時討伐。原注「破契丹」恐誤。「斬虜之特將文德昭」。「文德昭」原作「文昭德」，據世綵堂本及通鑑卷二三七改。

〔三〕增秩師長句下注「礪傳云」。「傳」上原脱「礪」字，據詁訓本補。按：下引注文見新唐書卷一四四嚴礪傳。

〔四〕混并羌髳句下注「八國，皆蠻夷戎狄」。「戎狄」上原脱「蠻夷」二字。又，「羌在西。蜀，叟。髳、微在巴蜀」。「蜀」下原脱「叟」字。均據尚書牧誓孔氏傳及史記卷四周本紀集解補。

〔五〕陳爲掎角句下注「晉人角之，諸戎掎之」。原作「晉人掎之，諸戎角之」，據世綵堂本及左傳襄公十四年改。

塗山銘并序

惟夏后氏建大功，定大位，立大政，勤勞萬邦，和寧四極，威懷之道，〔一〕儀刑後王。〔孫曰〕詩：儀刑文王。刑，法也。當乎洪流方割，〔張曰〕書：湯湯洪水方割。災被下土，自壺口而導百川，〔孫曰〕書：冀州，既載壺口，治梁及岐。此是治水自壺口始也。大功建焉。虞帝耄期，承順天曆，〔童曰〕書：舜宅帝位，三十有三載，耄期倦于勤。又曰：天之曆數在汝躬，汝終陟元后。自南河而受四海，〔孫曰〕孟子云：舜避堯之子於南河之南，訟獄謳歌者，不之堯之子而之舜，然後之中國踐天子位焉。今以爲禹，誤。大位定焉。萬國既同，宣省風教，自塗山而會諸侯，〔韓曰〕哀七年左氏：禹會諸侯於塗山，執玉帛者萬國。注：塗山在壽春東北。書云：娶于塗山。孔安國云：塗山，國名。皇甫謐云：今九江當塗有禹廟，則塗山在江南。大政立焉。功莫崇乎禦大災，〔孫曰〕禮記：能禦大災則祀之。言禹有治水之功。乃賜玄圭，以承帝命；〔童曰〕書：禹錫玄圭，告厥成功。位莫尊乎執大象，〔二〕〔孫曰〕老子：執大象，天下往。乃輯五瑞，以建皇極；〔三〕〔孫曰〕五瑞，即五玉也。輯，音集。政莫先乎齊大統，乃朝玉帛，以混經制。是所以承唐虞之後，垂子孫之丕業，立商周之前，樹帝王之洪範者也。

嗚呼！天地之道尚德而右功，〔孫曰〕右，亦尊也。帝王之政崇德而賞功。〔四〕故堯、舜至德而位不及嗣，湯、武大功而祚延于世。有夏德配于二聖，而唐、虞讓功焉；功冠于三代，而商、周讓德焉。宜乎立極垂統，貽于後裔，當位作聖，著爲世準。則塗山者，功之所由定，德之所由濟，政之所由立，有天下者宜取於此。追惟大號既發，華蓋既狩，方岳列位，奔走來同，山川守神，莫敢遑寧，〔五〕〔孫曰〕吴伐越，墮會稽，獲骨焉，節專車。吴子使來聘魯，問之仲尼。仲尼曰：「禹致羣神於會稽之山，防風氏後至，禹殺而戮之，其骨節專車，此爲大矣。」客曰：「敢問誰守爲神？」仲尼曰：「山川之靈，足以紀綱天下者，其守爲神，社稷之守，爲公侯者也。」羽旄四合，〔孫曰〕定四年左氏：晉人假羽旄於鄭，鄭人與之。周禮：全羽爲旞，析羽爲旌。「旄」，一作「毛」。衣裳咸會，〔孫曰〕莊二十七年穀梁傳：衣裳之會十有一，未嘗有歃血之盟。虔恭就列，俯僂聽命。然後示之以禮樂，和氣周洽；申之以德刑，天威震耀。制立謨訓，宜在長久。厥後啓征有扈，而夏德始衰；羿距太康，而帝業不守。〔韓曰〕啓，禹之子。太康，啓之子。書甘誓：啓與有扈戰于甘之野，作甘誓。五子之歌注：太康盤于遊田，不恤民事，爲羿所逐，不得反國。皇祖之訓不由，〔童曰〕書：皇祖有訓。皇祖，謂禹。人亡政墜，卒就陵替。向使繼代守文之君，又能紹其功德，脩其政統，卑宮室，惡衣服，拜昌言，平均賦入，制定朝會，則諸侯常至而天命不去矣。茲山之會，安得獨光于後歟？是以周穆遐追遺法，復會于是山，〔韓曰〕昭四年左氏：椒舉言於楚子曰：康有酆宮之朝，穆有塗山之會。聲垂天下，亦紹前軌，〔六〕用此道也。故余爲之銘，庶後代朝諸侯制天下者，仰則於此。辭曰：

惟禹體道，功厚德茂。會朝侯衞，〔孫曰〕侯衞，五等之諸侯。統壹憲度。省方宣教，化制殊類。咸會壇位，承奉儀矩。禮具樂備，德容既孚。乃舉明刑，以弼聖謨。則戮防風，一本「明刑」作「明則」，「則戮」作「刑戮」。遺骨專車。見上注。克明克威，疇敢以渝。宣昭黎憲，一作「獻」。耆定混區。〔七〕〔孫曰〕耆，音旨。傳祚後胤，丕承帝圖。塗山巖巖，界彼東國。惟禹之德，配天無極。

卽山刊碑，貽後訓則。

校勘記

〔一〕威懷之道　「之道」，文粹、全唐文作「九有」。

〔二〕位莫尊乎執大象　「尊」原作「崇」，據音辯、五百家、游居敬本改。按：此句與上文「功莫崇乎禦大災」、下文「政莫先乎齊大統」是對文，前句已用「崇」字，故此句作「尊」字是。

〔三〕以建皇極句下注　「五瑞卽五玉也」。「玉」原作「土」，據五百家、世綵堂本及尙書舜典孔穎達疏改。

〔四〕帝王之政崇德而賞功　「政」原作「世」，據音辯、詁訓、鄭定、世綵堂本及全唐文改。按：此句與上文「天地之道」是對文，作「政」字是。

〔五〕山川守神莫敢遑寧句下注　「山川之靈」。「靈」原作「守」，據國語魯語下改。

〔六〕亦紹前軌　何焯批校王荆石本：「『亦』當爲『迹』。」近是。

〔七〕者定混區　文粹、全唐文作「底定寰區」。

壽州安豐縣孝門銘并序

〔詳注〕唐孝友傳曰：壽州安豐李興亦有志行，柳宗元爲作孝門銘，云云。全載于傳。

壽州刺史臣承思言：九月丁亥，安豐縣令臣某，上所部編户甿與「氓」同。李興，父被惡疾，歲月就亟，「就」，一作「疾」。興自刃股肉，假託饋獻。其父老病，已不能啖啜，上音淡。下姝悦切。正作「歠」。經宿而死。〔一〕興號呼撫臆，口鼻垂血，捧土就墳，沾漬涕洟。漬，疾智切。洟，音夷。墳左作小廬，〔二〕蒙以苫茨，〔孫曰〕苫茨，謂以草覆屋。伏匿其中，扶服頓踊，〔文詞源曰〕「扶服」，即「匍匐」字。頓踊，謂躃踊也。晝夜哭訴。孝誠幽達，神爲見異，廬上産紫芝白芝二本，各長一寸，廬中醴泉涌出，奇形異狀，應驗圖記。此皆陛下孝理神化，陰中其心，而克致斯事。

謹案興匹庶賤陋，〔三〕循習淺下，性非文字所導，生與耨耒爲業，一作「伍」。而能鍾彼醇孝，醇，音淳。超出古列，天意神道，猶錫瑞物，以表殊異。伏惟陛下有唐堯如天如神之德，〔四〕〔童曰〕史記稱堯，「其仁如天，其智如神」。宜加旌褒，合于上下，請表其里閭，刻石明白，宣延風美，觀示後祀，永永無極。臣昧死上請。制曰「可」。其銘云：一本無上三字。

懿厥孝思，〔童曰〕詩：永言孝思。惟茲淑靈。禀承粹和，篤守天經。〔童曰〕天經，孝也。泣侍羸疾，默禱隱冥。引刃自嚮，殘肌敗形。羞膳奉進，憂勞孝誠。惟時高高，〔孫曰〕詩：高高在上。曾不是聽。創巨痛仍，號于穹旻。捧土濡涕，頓首成墳。陷膺腐眥，寒暑在廬。草木悴死，鳥獸踟躕。上音馳，下音廚。殊類異族，亦相其哀。肇有二位，〔孫曰〕二位，天地也。孝道爰興。克修厥猷，載籍是登。在帝有虞，以孝烝烝。〔韓曰〕舜克諧以孝，烝烝乂，不格姦。仲尼述經，以教于曾。〔孫曰〕孔子孝經爲曾參而作。惟昔魯侯，見命夷宮。〔五〕〔孫曰〕國語：周宣王欲得國子之能導訓諸侯者。穆仲曰：「魯侯孝。」王曰：「然則能治其民矣。」乃命魯孝公於夷宮。〔補注〕史記魯世家：周宣王伐魯，殺其君伯御，立稱於夷宮，是爲孝公。注云：夷宮，宣王祖父夷王之廟。古者爵命必於祖廟。亦有考叔，寤莊稱純。〔韓曰〕左氏：鄭莊公置姜氏于城潁。潁考叔聞之，有獻於公。公從之，遂爲母子如初。君子曰：潁考叔，純孝也，愛其母，施及莊公。顯顯李氏，實與之倫。哀嗟道路，涕慕里鄰。邦伯章奏，稽首懇懃。上動帝心，旁達明神。神錫秘祉，三秀靈泉。〔孫曰〕三秀，芝草也。楚辭山鬼章云：采三秀於山間。靈泉，卽上所云醴泉涌出也。帝命薦加，〔六〕亦表其門。統合上下，交贊天人。建此碑號，億齡揚芬。〔孫曰〕十萬曰億。億齡，言其無窮也。

校勘記

〔一〕經宿而死　「宿」上原脫「經」字，據文粹及全唐文補。

〔二〕墳左作小廬　文粹「墳」上有「遂于」二字。

〔三〕興匹庶賤陋　「匹」，詁訓、五百家本及全唐文作「疋」。

〔四〕伏惟陛下有唐堯如天如神之德句下注　「其仁如天」。「仁」上原脫「其」字，據五百家、世綵堂本及史記卷一五帝本紀補。

〔五〕惟昔魯侯見命夷宮句下注　「殺其君伯御」。「御」原作「節」，據五百家、世綵堂本及史記卷三三魯周公世家改。

〔六〕帝命薦加　「加」，文粹作「嘉」，近是。

武岡銘并序

元和七年四月，黔巫東鄙，黔，音鈐。蠻獠雜擾，〔舊注〕蠻獠，西南夷名。獠，音老，又竹絞切。亦作「獠」。盜弄庫兵，〔集注〕元和六年，辰溆蠻酋張伯靖，嫉黔中觀察使督斂苛刻，因聚衆叛，殺長史，劫據辰、錦諸州，連九洞以自固。九月，以蜀州刺史崔能爲黔中觀察使，貶前使竇羣爲開州刺史。賊脅守帥，南鉤牂牁，外誘西原，〔韓曰〕漢定西南夷，置牂牁郡。西原，西南夷地名。置魁立帥，一作「伍」。殺牲盟誓，洞窟林麓，嘯呼成羣。皇帝下銅獸符，〔孫曰〕漢制：郡守置銅虎符、竹使符，發兵遣至郡合符，符合，乃聽發兵也。符者，謂各分其半，右留京師，左以與之。發庸、蜀、荆、漢、南越、東甌之師，〔孫曰〕庸，即上庸縣。庸、蜀，謂劍南東、西節度。荆，謂荆南節度。漢，謂山南東道節度。南越，謂廣州節度。東甌，謂福建觀察。四面討問。畏罪憑阻，逭逃不即誅。

時惟潭部戎帥〔孫曰〕湖南觀察使，治潭州也。御史中丞柳公綽，〔一〕練立將校，提卒五百，屯于武岡，〔韓曰〕武岡，邵州縣名。不震不騫，如山如林，告天子威命，明白信順。亂人大恐，視公之師如百萬，視公之令如風雷，怨號呻吟，喜有攸訴，投刃頓伏，〔孫曰〕時黔中觀察使崔能、荆南節度使嚴綬及公綽討之，三歲不能定。綬上言曰：「臣今謹以便宜，先遣所部將李志烈賫書喻旨，俟其悛心。」伯靖亦上表，請隸荆南，乃降。乃獨詔綬招伯靖。伯靖果以隸黔六州之地乞降。綬命志烈復往，伯靖遂以其家屬舒秀和等詣江陵就戮。詔綬皆授麾下將以撫之，以伯靖爲右威衛翊府中郎將。六州平。願完父子，卒爲忠信，奉職輸賦，進比華人，無敢不龔。母弟生壻，繼來于潭，咸致天庭。皇帝休嘉，式新厥命。兇渠同惡，革面向化，如醉之醒，如狂之寧。公爲藥石，俾復其性。詔書顯異，進臨江漢，〔孫曰〕以公綽爲鄂岳觀察使。〔韓曰〕考公綽傳，不書其平伯靖之功，豈史逸之耶？益兵三倍，爲時碩臣，殿于大邦。文儒申申，有此武功。

於是夷人始復。聞公之去，相與高蹈涕呼，〔孫曰〕哀二十一年左氏：齊人歌曰：「魯人之皋，數年不覺，使我高蹈。注：高蹈，猶遠行。若寒去裘。昔公不夸首級爲己能力，專務教誨，俾邦斯平。我老洎幼，由公之仁，小不爲虺蜮，〔童曰〕虺，蝮蟲也。蜮，短狐也，似鼈，三足。虺，許偉切。蜮，音惑，又越逼切。大不爲鯨鯢，〔孫曰〕宣十二年左氏：古者明王伐不敬，取其鯨鯢而封之，以爲大戮。鯨鯢，以喻不義之人。恩重事特，不邇而遠，莫可追已。願銘武岡首，以慰我思，以昭我鄰，一作「類」。以示我子孫。一有

「彌」字。億萬年，俾我奉國，〔二〕如今之誠。〔三〕鄰之我懷，如公之勤。其辭曰：

黔山之巑，〔童曰〕巑，高也。音攢。巫水之磻，〔韓曰〕巫水，五溪也。磻，曲也。音盤。魚駭而離，獸犯而殘。户恐谷竄，披攘仍亂，王師來誅，「來」，一作「未」。期死以緩。公明不疑，公信不欺，援師定命，「援」，一作「授」。俾邦克正。皇仁天施，我反其性。我塗四闓，〔四〕公示之門；我愚抵死，公示之恩。既骨而完，既亡而存。奉公之訓，貽我子孫。我始蝥賊，〔孫曰〕詩：去其螟螣，及其蝥賊。釋蟲云：食根，蝥。食節，賊。蝥，音矛。由公而仁；我始寇讎，由公而親。山畋澤䲣〔舊注〕周禮有䲣人。「䲣」與「魚」同。畋，音田。輸賦于都，陶穴刊木，〔張曰〕詩：陶復陶穴。書：隨山刊木。室我姻族。烹牲是祀，公受介福。揲蓍以占，揲，舌牒切，又音舌。「揲蓍」，一作「折箒」。公宜百禄，皇慭公功，陟于大邦。〔孫曰〕謂遷鄂岳。遠哉去我，誰嗣其良。有穴之丹，〔孫曰〕辰州有丹穴。有犀之顛，匪曰余固，公不可賂。祝鄰之德，恒遵公則；勖余之世，永謹邦制。一作「以永邦制」。南夷作詩，刻示來裔。

校勘記

〔一〕時惟潭部戎帥御史中丞柳公綽　陳景雲柳集點勘：「按：此文子厚謫佐永州時作。永州乃潭部支郡，屬吏爲大府作碑文，不宜直書其名，況中丞又其族父，屬尊位重，尤當加敬，明矣。『柳公』

下似衍一『綍』字，如劍門銘中稱『嚴公』例耳。否則『柳』下脱一『公』字，如湘妃碑文之稱『崔公能』是也。」

〔二〕億萬年俾我奉國句上注「一有『彌』字」。音辯、游居敬、蔣之翹本及全唐文「億」上有「彌」字。何焯義門讀書記亦云：「『億』上有『彌』字。」按：有「彌」字近是。本書卷一貞符有「俾彌億萬年」句，可作參證。

〔三〕如令之誠「令」，五百家、蔣之翹本作「今」。何焯批校王荆石本：「『令』恐爲『今』。」近是。

〔四〕我塗四闉「闉」，世綵堂本作「闢」，疑誤。

井銘并序

始州之人〔孫曰〕謂柳州人。各以罌甈負江水，〔孫曰〕罌，缾類，大腹小口。爾雅云：康瓠謂之甈。瓠，壺也。〔舊注〕甈，破罌也。罌，音鶯。甈，五計切。莫克井飲。崖岸峻厚，旱則水益遠，人陟降大艱。雨多，塗則滑而顛。〔一〕恒爲咨嗟，怨惑訛言，終不能就。元和十一年三月朔，命爲井城北隍上。〔孫曰〕隍，城池。未晦，果。寒食冽而多泉，〔二〕〔補注〕易：井冽寒泉食。冽，清也。邑人以灌。其土堅埴，〔舊注〕説文云：埴，堅土也。臣至切。一本作「堅壯」。其利悠久。其相者，浮圖談康、諸軍事牙將米景。〔三〕鑿者蔣晏。凡用罰布六千三百，〔孫曰〕周禮：廛人，掌斂市之罰布。注：罰布者，犯市令者之泉。錢，行之曰布，藏之曰泉。役庸三十六，大甀千七百。其深八尋有二尺。〔孫曰〕八尺爲尋。

銘曰：

盈以其神，其來不窮，惠我後之人。噫！疇肯似于政，〔孫曰〕似，續也。其來日新。一作「盈以神」。

校勘記

〔一〕塗則滑而顛　「塗則」，文粹、全唐文作「則塗」。

〔二〕寒食列而多泉　陳景雲柳集點勘：「一本無『食』字。」疑是。

〔三〕諸軍事牙將米景　音辯、五百家本及全唐文「軍」上無「諸」字。

舜禹之事

〔晏元獻曰〕此文與下謗譽、咸宜等篇，恐是博士韋籌所作。

魏公子丕，由其父得漢禪。音擅。還自南郊，謂其人曰：「舜、禹之事，吾知之矣。」〔一〕〔韓曰」魏黃初元年十月，文帝升壇卽阼。魏氏春秋曰：禮畢，帝顧謂羣臣曰：「舜、禹之事，吾知之矣。」由丕以來皆笑之。

柳先生曰：丕之言若是可也。嚮者丕若曰：「舜、禹之道，吾知之矣」，丕罪也。其事則信。吾見笑者之不知言，未見丕之可笑者也。

凡易姓授位，公與私，仁與强，其道不同；而前者忘，後者繫，其事同。使以堯之聖，一日得舜而與之天下，能乎？吾見小争於朝，大争於野，其爲亂，堯無以已之。何也？堯未忘於人，舜未繫於人也。堯之得於舜也以聖，舜之得於堯也以聖，兩聖獨得於天下之上，奈愚人何？其立於朝者放齊猶曰「朱啓明」，「猶」，一作「獨」。而況在野者乎？堯知其道不可，退而自忘；舜知堯之忘己而繫舜於人也，進而自繫。舜舉十六族，去四凶族，使天下咸得其人；〔二〕一作「仁」。命二十二人，興五教，立禮刑，使天下咸得其理；合時月，正曆數，齊律、度、量、權衡，使天下咸得其用。積十餘年，人曰：「明我者舜也，齊我者舜也，資我者舜也。」天下之在位者，皆舜之人也。而堯隤徒回切。然，聾其聰，昏其明，愚其聖。人曰：「往之所謂堯者果烏在哉？」或曰「耄矣」，曰「匿矣」。又十餘年，其思而問者加少矣。至於堯死，天下曰：「久矣，舜之君我也。」夫然後能揖讓受終於文祖。舜之與禹也亦然。禹旁行天下，功繫於人者多，而自忘也晚。益之自繫亦猶是也，〔三〕而啓賢聞於人，故不能。夫其始繫於人也厚，〔四〕則其忘之也遲。不然，反是。

漢之失德久矣，其不繫而忘也甚矣。宦、董、袁、陶之賊生人盈矣。〔五〕〔孫曰〕謂董卓、袁紹、袁術、陶謙也。丕之父攘禍以立强，積三十餘年，天下之主，曹氏而已，無漢之思也。丕嗣而禪，天下得之以爲晚，何以異夫舜、禹之事耶？然則漢非能自忘也，其事自忘也；曹氏非能自繫也，其事自繫也。公與私，仁與强，其道不同，其忘而繫者無以異也。堯、舜之忘，不使如漢，不能授舜、禹；舜、禹之繫，不使如曹氏，不能受之堯、舜。〔六〕然而世徒探其情而笑之，故曰：笑其言者非也。

問者曰：「堯崩，天下若喪考妣，四海遏密八音三載。子之言忘若甚然，是可不可歟？」曰：是舜歸德於堯，史尊堯之德之辭者也。堯之老更一世矣，德乎堯者，益已死矣，〔七〕其幼而存者，堯不使之思也。不若是，不能與人天下。

校勘記

〔一〕舜禹之事吾知之矣句下注　「魏黄初元年十月」。「十月」原作「十一月」，據三國志卷二魏書文帝紀改。

〔二〕使天下咸得其人　「人」，永州本外集作「仁」。

〔三〕益之自繫亦猶是也　「猶」上原脱「亦」字，據詁訓本補。

〔四〕而啓賢聞於人故不能夫其始繫於人也厚　「夫」，永州本外集作「去」。按：作「去」，則屬上讀。

〔五〕宧董袁陶之賊生人盈矣　「宧」原作「宦」，據音辯、五百家、鄭定、世綵堂本改。按：宧，指宧官，作「宧」是。

〔六〕不能受之堯舜　「受」原作「授」，據取校諸本改。

〔七〕德乎堯者益已死矣　「益」，音辯、五百家本及全唐文作「蓋」，疑是。

謗譽

凡人之獲謗譽于人者，亦各有道。君子在下位則多謗，在上位則多譽；小人在下位則多譽，在上位則多謗。何也？君子宜于上不宜于下，小人宜于下不宜于上，得其宜則譽至，不得其宜則謗亦至。此其凡也。然而君子遭亂世，不得已而在于上位，則道必咈于君，而利必及于人，由是謗行于上而不及于下，故可殺可辱而人猶譽之。小人遭亂世而後得居於上位，則道必合于君，而害必及于人，由是譽行于上而不及于下，故可寵可富而人猶謗之。君子之譽，非所謂譽也，其善顯焉爾。小人之謗，非所謂謗也，其不善彰焉爾。

然則在下而多謗者，豈盡愚而狡也哉？在上而多譽者，豈盡仁而智也哉？其謗且譽者，豈盡明而善褒貶也哉？然而世之人聞而大惑，出一庸人之口，則羣而鄆之，〔補注〕鄆，謂如置鄆之傳也。且置於遠邇，莫不以爲信也。豈惟不能褒貶而已，則又蔽於好惡，奪於利害，吾又何從而得之耶？孔子曰：「不如鄉人之善者好之，其不善者惡之。」善人者之難見也，則其謗君子者爲不少矣，其謗孔子者亦爲不少矣。傳之記者，叔孫武叔，時之貴顯者也。〔一〕其不可記者，又不少矣。是以在下而必困也。及乎遭時得君而處乎人上，功利及於天下，天下之人皆歡而戴之，向之謗之者，今從而譽之矣。是以在上而必彰也。

或曰：「然則聞謗譽于上者，反而求之，可乎？」曰：「是惡可，無亦徵其所自而已矣！其所自善人也，則信之；不善人也，則勿信之矣。苟吾不能分於善不善也，則已耳。如有謗譽乎人者，吾必徵其所自，未敢以其言之多而舉且信之也。其有及乎我者，未敢以其言之多而榮且懼也。苟不知我而謂我盜跖，之石切。吾又安取懼焉？「取」，一作「敢」。苟不知我而謂我仲尼，吾又安取榮焉？知我者之善不善，〔二〕非吾果能明之也，要必自善而已矣。」〔三〕

校勘記

〔一〕時之貴顯者也　「貴顯」，音辯、詁訓、五百家本及全唐文作「顯貴」。

〔二〕知我者之善不善　「知我」下原脱「者」字，據取校諸本補。

〔三〕要必自善而已矣　「要」，永州本外集作「吾」，并注：「一作『要』。」

咸宜

〔黄曰〕遭興運而爵位，遇亂世而誅戮，柳子咸以爲宜。使居爵位而皆賢，被誅戮而皆不肖，胡爲不宜哉？然世亦有如劉文静、裴寂之徒，當李唐之興，非有卓絶之姿，而尸天之功，卒之被躁妄誅，被妖言斥，有愧於蕭、曹之輔漢。遭興運而爵位，皆謂之宜，可乎？世又有如陳蕃、孔融之徒，當東漢之末，竇后臨朝，曹節、王甫諂諛得幸，陳仲舉以名賢參政，爲黄門所困，卒死於踼跋；曹孟德以鬼蜮之姦，謀遷漢鼎，孔文舉直論乖忤，終以積嫌追繫而棄市。遇亂世而誅戮者，皆謂之宜，可乎？

興王之臣，多起汙賤，人曰「幸也」；亡王之臣，多死寇盜，人曰「禍也」。余咸宜之。當兩漢氏之始，屠販徒隸出以爲公侯卿相，無他焉，彼固公侯卿相器也。遭時之非是以詘，獨其始之不幸，非遭高、光而以爲幸也。漢、晉之末，公侯卿相劫戮困餓伏牆壁間以死，無他焉，彼固劫戮困餓器也。遭時之非是以出，獨其始之幸，非遭卓、曜而後爲禍也。〔一〕〔孫曰〕卓、曜，謂董卓、劉曜。

彼困於昏亂，伏志氣，屈身體，以下奴虜，平難澤物之德不施于人，一得適其傃，〔孫曰〕傃，向也。其進晚爾，而人猶幸之。彼伸於昏亂，抗志氣，肆身體，以傲豪傑，殘民興亂之技行於天下，一得適其傃，其死後耳，而人猶禍之。悲夫！余是以咸宜之。

校勘記

〔一〕非遭卓曜而後爲禍也　世綵堂本「而」下無「後」字。

鞭賈

〔韓曰〕此篇端以諷空空於內者，賈技於朝，求過其分，而實不足賴云。〔黃曰〕以老芋爲伏神，以梔蠟爲僞鞭，子厚之作，意在憤世嫉邪耳。然子厚所談者，不外乎堯、舜、姬、孔之道，奈何乃以伊、周、管、葛輕譽當路小人，自取敗咎？言行相反如是，而罪市人鬻者之欺，子厚真欺人耶！

市之鬻鞭者，人問之，其賈宜五十，〔一〕〔韓曰〕孟子：布帛長短同，則賈相若。賈，音嫁。必曰五萬。復之以五十，則伏而笑；以五百，則小怒；五千，則大怒；必音畢。五萬而後可。〔二〕有富者子，適市買鞭，出五萬，持以夸余。視其首，則拳蹙而不遂；視其握，則蹇仄而不植；其行水者，一去一來不相承；〔三〕其節朽黑而無文，一本有「材」字。掐之滅爪，而不得其所窮；〔孫曰〕爪案曰掐。掐，乞洽切。舉之翾然若揮虚焉。〔舊注〕翾，飛也。紕招切。余曰：「子何取於是而不愛五萬？」曰：「吾愛其黄而澤。且賈者云。」余乃召僮爚湯以濯之。〔童曰〕爚，温也。音籥。則遬音速。然枯，蒼然白，嚮之黄者梔也，〔舊注〕梔，木實，可以染黄。梔，音支。澤者蠟也。富者不悦。然猶持之三年。後出東郊，争道長樂坂下。〔四〕〔童曰〕坂，坡也。音反。馬相踶，〔童曰〕踶，蹋也。莊子：怒則分背相踶。徒計切。因大擊，鞭折而爲五六。馬踶不已，墜於地，傷焉。視其内則空空然，〔五〕其理若糞壤，無所賴者。

今之梔其貌，蠟其言，以求賈技於朝，〔六〕一有「者」字。賈，音古。當其分則善。〔七〕一誤而過其分，則喜；當其分，則反怒，曰：「余曷不至於公卿？」然而至焉者亦良多矣。居無事，雖過三年不害。當其有事，驅之於陳力之列以御乎物，以夫空空之内，糞壤之理，而責其大擊之効，〔八〕惡有不折其用，而獲墜傷之患者乎？一無「者」字。

校勘記

〔一〕其賈宜五十　「宜」，文粹、全唐文作「直」。何焯義門讀書記亦云：「『宜』作『直』。」

〔二〕必五萬而後可　世綵堂、濟美堂、蔣之翹本及全唐文「必」下有「以」字。

〔三〕其行水者一去一來不相承　英華「不」上有「而」字。

〔四〕爭道長樂坂下句下注　「坂，坡也」。「坡」下原衍「坂」字，據五百家、世綵堂本删。

〔五〕視其内則空空然　「然」原作「焉」，據取校諸本改。

〔六〕今之梔其貌蠟其言以求賈技於朝　音辯本及英華、全唐文「朝」下有「者」字。何焯義門讀書記亦云：「『朝』下有『者』字。」按：有「者」字是。

〔七〕當其分則善　文粹無此五字，疑脱。

〔八〕而責其大擊之効　音辯、詁訓本及英華、全唐文「而」下有「以」字。

吏商

〔黄曰〕聖賢之道行之以誠，區區名利，一切處之以無心。子厚爲廉將以爲商，使天下之廉者，皆執是説以要利禄，則必有弊車羸馬、惡衣菲食以沽名譽者多矣。率天下以爲僞，未必不自斯説啓之。

吏而商也，〔一〕汙吏之爲商，不若廉吏之商，其爲利也博。汙吏以貨商，資同惡與之爲曹，〔孫曰〕資，藉也。大率多減耗，役傭工，費舟車，射時有得失，取貨有苦良，〔童曰〕周禮：辨其苦良。盜賊水火殺敓焚溺之爲患，「敓」與「奪」同。幸而得利，不能什一二，身敗禄敓，大者死，次貶廢，小者惡，終不遂。「者」，一作「名」。汙吏惡能商矣哉？廉吏以行商，行，下孟切。下「其行」并同。不役傭工，不費舟車，無資同惡減耗，時無得失，貨無良苦，盜賊不得殺敚，水火不得焚溺，利愈多，名愈尊，身富而家强，子孫葆光。〔孫曰〕葆，大也。音保。是故廉吏之商博也。苟修嚴潔白以理政，由小吏得爲縣，由小縣得大縣，由大縣得刺小州，其利月益各倍。其行不改，又由小州得大州，其利月益三之一。其行又不改，又由大州得廉一道，〔孫曰〕廉，察也。其利月益之三倍，不勝富矣。苟其行又不改，則其爲得也，夫可量哉？雖赭山以爲章，〔孫曰〕赭，赤也。章，猶枚也。史記：山居千章之材是也。赭，音者。涸海以爲鹽，〔童曰〕涸，竭也。未有利大能若是者。然而舉世争爲貨商，以故貶吏相逐於道，〔二〕百不能一遂。人之知謀好邇富而近禍如此，悲夫！

或曰：「君子謀道不謀富，子見孟子之對宋牼乎？〔三〕牼，口莖切。何以利爲也。」〔四〕〔韓曰〕孟子謂宋牼曰：爲人臣者懷利以事其君，爲人子者懷利以事其父，是君臣父子兄弟終去仁義，懷利以相接，然而不亡者未之有也。柳子曰：君子有二道，誠而明者，不可教以利；明而誠者，利進而害退焉。吾爲是言，爲利而爲之者設也。或安而行之，或利而行之，及其成功，一也。〔補注〕禮記中庸之文。吾哀夫没於利者，以亂人而自敗也，姑設是，庶由利之小大登進其志，〔五〕幸而不撓乎下。撓，女巧切。以成其政，交得其大利。吾言不得已爾，何暇從容若孟子乎？孟子好道而無情，其功緩以疏，未若孔子之急民也。

校勘記

〔一〕吏而商也　南宋錢重柳文後跋：「重讀柳文，至吏商篇首句曰：『吏而商也。……』常疑其造端無含蓄，必有脱句。後得善本，乃云：『吏非商也。吏而商，……』於是欣然笑曰：此子厚之所以爲文也。且使子厚不首言『吏非商也』四字，則不足以見此文之作出於不得已，欲誘爲利而仕者之意。」（見本書附錄）。

〔二〕以故貶吏相逐於道　何焯義門讀書記：「『貶』作『敗』。」

〔三〕子見孟子之對宋牼乎　「宋牼」，原作「宋硜」，據孟子告子下改。英華「宋牼」作「梁惠王」。

〔四〕何以利爲也　音辯、詁訓本及英華「利」下有「教」字。何焯義門讀書記亦云：「『利』下有『教』字。」

〔五〕庶由利之小大登進其志　「利」，詁訓本作「吏」，近是。

東海若

東海若陸遊，登孟諸之阿，〔集注〕東海若，東海神名。孟豬，澤名。按書：導荷澤，被孟豬。注：在荷東北。

漢地理志：孟豬，在梁國睢陽縣東北。周禮作「望諸」。得二瓠焉，〔張曰〕瓠，匏也。胡故切。刳而振其犀以嬉，〔孫曰〕犀，瓜瓣。詩「齒如瓠犀」是也。刳，丘胡切。取海水雜糞壤蟯蚘而實之，〔舊注〕蟯蚘，人腹中蟲。蟯，如消切。蚘，音尤，又音回。臭不可當也。窒以密石，舉而投之海。逾時焉而過之，曰：「是故棄糞耶？」其一徹聲而呼曰：「我大海也。」東海若呀然笑曰：〔童曰〕呀然，笑貌。呀，虛牙切。「怪矣，今夫大海，其東無東，其西無西，其北無北，其南無南，旦則浴日而出之，夜則滔列星，涵太陰，〔孫曰〕太陰，月也。揚陰火珠寶之光以爲明，其塵霾之雜不處也，霾，音埋。必泊之西澨。音誓。故其大也深也潔也光明也，無我若者。今汝海之棄滴也，而與糞壤同體，臭朽之與曹，蟯蚘之與居，其狹咫也，〔孫曰〕八寸曰咫。又冥暗若是，而同之海，不亦羞而可憐哉！子欲之乎？吾將爲汝抉石破瓠，盪羣穢於大荒之島，盪，音蕩。而同子於向之所陳者可乎？」糞水泊然不悅曰：「我固同矣，吾又何求於若？吾之性也，亦若是而已矣。穢者自穢，不足以害吾潔；狹者自狹，不足以害吾廣；幽者自幽，不足以害吾明。而穢亦海也，狹亦海也，幽亦海也，〔一〕突然而往，于然而來，孰非海者？子去矣，無亂我。」其一聞若之言，號而祈曰：「吾毒是久矣！吾以爲是固然不可異也。今子告我以海之大，又目我以故海之棄糞也，吾愈急焉。涌吾沫不足以發其窒，旋吾波不足以穴瓠之腹也，就能之，窮歲月耳，願若幸而哀我哉！」東海若乃抉石破瓠，投之孟諸之陸，盪其穢於大荒之島，而水復於海，盡得向之所陳者焉。而向之一者，終與臭腐處而不變也。

今有爲佛者二人，同出於毗盧遮那之海，而汩於五濁之糞，〔二〕而幽於三有之瓠，而窒於無明之石，〔三〕而雜於十二類之蟯蚘。〔孫曰〕十二類，謂子爲鼠、丑爲牛之類。人有問焉，其一人曰：「我佛也，毗盧遮那、五濁、三有、無明、十二類，皆空也，一也，無善無惡，無因無果，無脩無證，無佛無衆生，皆無焉，吾何求也！」問者曰：「子之所言，性也，有事焉。夫性與事，一而二，二而一者也，子守而一定，一有「則」字。大患者至矣。」其人曰：「子去矣，無亂我。」其一人曰：「嘻，吾毒之久矣！吾盡吾力而不足以去無明，窮吾智而不足以超三有、離五濁，而異夫十二類也。就能之，其大小劫之多不可知也，若之何？」問者乃爲陳西方之事，使修念佛三昧一空有之説。於是聖人憐之，接而致之極樂之境，而得以去羣惡，集萬行，居聖者之地，同佛知見矣。向之一人者，終與十二類同而不變也。〔四〕夫二人之相遠也，〔五〕「遠」，一作「違」。不若二瓠之水哉！今不知去一而取一，甚矣！

校勘記

〔一〕狹亦海也幽亦海也　音辯、游居敬本及全唐文「狹」下無「亦海也」三字。

〔二〕而汩於五濁之糞　「汩」原作「汨」，據鄭定、世綵堂本及全唐文改。

〔三〕而窒於無明之石　「石」原作「室」，據音辯、五百家、鄭定、世綵堂本及全唐文改。

〔四〕終與十二類同而不變也　「也」上原衍「者」字，據取校諸本刪。

〔五〕夫二人之相遠也句下注　「『遠』一作『違』」。全唐文作「違」，近是。

柳宗元集卷二十一

題序

讀韓愈所著毛穎傳後題

〔韓曰〕元和五年十一月，公與楊誨之書云：足下所持韓生毛穎傳來，僕甚奇其書，恐世人非之，今作數百言，知前聖不必罪俳也。〔文曰〕退之毛穎傳見韓集三十六卷，此不復載。

自吾居夷，〔孫曰〕謫爲永州司馬。不與中州人通書。有來南者，時言韓愈爲毛穎傳，不能舉其辭，而獨大笑以爲怪，而吾久不克見。楊子誨之來，〔補注〕誨之，楊憑之子。始持其書，索而讀之，若捕龍蛇，搏虎豹，〔孫曰〕搏，擊也。急與之角而力不敢暇，信韓子之怪於文也。世之模擬竄竊，取青媲白，〔舊注〕爾雅云：媲，配也。匹詣切。肥皮厚肉，柔筋脆骨，而以爲辭者之讀之也，其大笑固宜。

且世人笑之也，不以其俳乎？〔孫曰〕説文云：俳，戲也。音排。而俳又非聖人之所棄者。詩曰：「善戲謔兮，不爲虐兮。」〔童曰〕詩淇奧之辭。太史公書有滑稽列傳，〔孫曰〕滑，亂也。稽，同也。言辨捷之人言非若是，言是若非，言能亂同異也。滑字音骨，稽字音雞。皆取乎有益於世者也。故學者終日討說答問，〔一〕呻吟習復，應對進退，掬溜播灑，〔二〕掬，音菊。溜，力救切。則罷憊而廢亂，罷，音疲。憊，蒲拜切。故有「息焉游焉」之說。〔張曰〕禮記之文。不學操縵，不能安絃。〔三〕〔韓曰〕禮記之文。注云：操縵，雜弄也。操，七刀切。「絃」，一作「弦」。有所拘者，有所縱也。大羹玄酒，〔孫曰〕禮記：大羹不和。注云：大羹，肉汁也，不加鹽梅。玄酒在室。注云：玄酒，明水，蓋陰鑒所取之水也。體節之薦，〔孫曰〕體，謂全體。節，謂折節。味之至者。而又設以奇異小蟲、水草、樝梨、橘柚，〔孫曰〕樝，似梨而酢。橘柚，似橙而酢。樝，音查。苦鹹酸辛，雖蜇吻裂鼻，〔童曰〕蜇，蟲螫也。音哲。吻，無悶切。縮舌澁齒，而咸有篤好之者。文王之昌蒲葅，〔韓曰〕呂氏春秋云：文王嗜昌蒲葅。孔子聞而效之，縮頸而食之。三年，然後勝之。葅，側魚切，亦作「菹」。屈到之芰，〔韓曰〕楚屈到嗜芰。有疾，召宗老屬之曰：「祭我必以芰。」見國語。芰，音技。曾晳之羊棗，孟子：曾晳嗜羊棗，而曾子不忍食羊棗。晳，曾點字。然後盡天下之奇味以足於口。〔四〕獨文異乎？韓子之爲也，亦將弛焉而不爲虐歟！〔五〕〔韓曰〕禮記：張而不弛，文、武弗能也。詩：不爲虐兮。虐，吁謔切。息焉游焉而有所縱歟！盡六藝之奇味以足其口歟！〔六〕而不若是，則韓子之辭，若壅大川焉，其必決而放諸陸，〔孫曰〕國語：防民之口，甚於防川；川壅而潰，傷人必多。不可以不陳也。

且凡古今是非六藝百家，大細穿穴用而不遺者，〔七〕毛穎之功也。韓子窮古書，好斯文，嘉穎之能盡其意，故奮而爲之傳，以發其鬱積，而學者得以勵，〔八〕其有益於世歟！是其言也，固與異世者語，而貪常嗜瑣者，〔孫曰〕瑣，細也。猶呫呫然動其喙。〔補注〕呫呫，多言貌。他協切。喙，呼惠切。彼亦甚勞矣乎！〔九〕

校勘記

〔一〕故學者終日討說答問　「討說」，文粹作「討論」。

〔二〕掬溜播灑　「播」，文粹作「掩」。

〔三〕不能安絃句下注　「『絃』一作『弦』」。蔣之翹、何焯校本作「弦」。按：此注引文見禮記學記，作「弦」是。

〔四〕然後盡天下之奇味以足於口　「味」上原脫「奇」字，據音辯、詁訓、五百家本及英華、文粹補。

〔五〕亦將弛焉而不爲虐歟句下注　「文、武弗能也」。「弗能」原作「不爲」，據五百家本及禮記雜記下改。

〔六〕盡六藝之奇味以足其口歟　「其」，英華作「於」。

〔七〕犬細穿穴用而不遺者　英華注：「『遺』，一作『匱』」。

〔八〕而學者得以勵　「以」，音辯、宋刻五百家、世綵堂本及英華、文粹作「之」。

〔九〕彼亦甚勞矣乎　音辯、游居敬本及全唐文「亦」上無「彼」字。「甚勞」，音辯、詁訓、五百家本及英華、全唐文作「勞甚」。

裴墐崇豐二陵集禮後序

〔韓曰〕墐嘗爲萬年令，公亦誌其墓碣，謂其撰崇豐二陵集禮藏之南閣，如序所言。墐，音僅，又渠巾切。

傳曰：詩、書執禮。〔童曰〕論語之文。禮不執，則不行。一無「禮」、「執」二字。自開元制禮，大臣諱避去國恤章，而山陵之禮遂無所執。世之不學者，乃妄取預凶事之說，而大典闕焉。〔孫曰〕周禮：五禮，吉、凶、賓、軍、嘉也。唐初徙凶禮第五。顯慶三年正月，許敬宗、李義府上所修新禮，以爲凶事非臣子所宜言，去國卹一篇，自是天子凶禮遂闕。國有大故，則臨時採掇附比以從事。事已，則諱而不傳，故後世無考。由是累聖山陵，皆摭拾殘缺，附比倫類，已乃斥去，其後莫能徵。永貞、元和間，天禍仍遘，〔劉曰〕貞元二十一年正月德宗崩，元和元年正月順宗崩。自崇陵至于豐陵，不能周歲。〔劉曰〕永貞元年十月德宗葬崇陵。元和元年七月順宗葬豐陵。司空杜公由太常相天下，〔一〕〔韓曰〕貞元二十年杜黄裳相，元和二年罷，其後檢校司空。連爲禮儀使，擇其僚以備損益，於是河東裴墐〔補注〕裴墐，字封叔，河東聞喜人。以太常丞，隴西辛秘以博士用焉。〔孫曰〕秘，貞元中擢明經第，其學，於禮家尤洽。高郢爲太常卿，奏爲主薄，再辟禮儀使府。內之則攢塗秘器，〔孫曰〕攢，積木以殯也。漢舊儀云：東園秘器作棺梓，素木長二丈，崇廣四尺。攢，徂丸切。通作「菆」。象物之宜；〔孫曰〕謂塗車芻靈之屬。外之則復土斥上，〔二〕〔孫曰〕漢文紀：張武爲復土將軍。復土，謂穿壙下棺，已而填之，即以爲墳，故云復土。復，反也。漢惠紀：賜視作斥上者，將軍四十金。服虔云：斥上，壙上。如淳曰：斥，開也。開土地爲冢壙，故以開斥言之。因山之制。〔孫曰〕漢文贊：治霸陵，因其山，不起墳。上之則顧命典册，〔補注〕顧命，臨終之命，謂遺詔也。與文物以受方國；〔三〕「方」，一作「萬」。下之則制服節文，頒憲則以示四方。由其肅恭，禮無不備。晏本下「且」字作「具」字。且苞并總統，千載之盈縮；羅絡旁午，百氏之異同。搜揚翦截，而畢得其中；顧問闕決，而不悖於事。議者以爲司空公得其人，而邦典不墜。裴氏乃悉取其所刊定，及奏復于上，辨列于下，聯百執事之儀，以爲崇豐二陵集禮，藏之于太常書閣，君子以爲愛禮而近古焉者。〔四〕或無「近」字。或無「者」字。或無「而」、「古」二字。

昔韋孟以詩、禮傅楚，而郊廟之制，卒正於玄成；〔韓曰〕韋孟，彭城人，爲楚元王傅，作詩諷諫。自孟至賢五世，賢子玄成字少翁，以父任爲郎。元帝時，奏罷郡國廟。鄭玄以箋注師漢，而禪代之儀，卒集于小同。〔韓曰〕玄字康成，北海高密人。注周易、尚書、毛詩、儀禮、禮記、論語、孝經、尚書大傳、中候、乾象曆等。孫小同仕魏，高貴鄉公崇三老五更，以小同爲五更，車駕躬行古禮焉。賈誼以經術起，而嘉最好學；〔五〕〔韓曰〕賈誼年少，頗通諸家之書，文帝召爲博士。後爲梁懷王太傅死。漢武初立，舉誼孫二人至郡守，賈嘉最好學，能世其家。盧植以儒學用，而諶爲祭法，〔韓曰〕植字子幹，涿郡人。事後漢，爲北中郎將，作尚書章句、禮記解詁。五世孫諶，字子諒，事晉，爲中書侍郎，撰祭法、注莊子，行於世。舊史咸以爲榮。今裴氏太尉公〔韓曰〕謂墐之高祖行儉也。以禮匡義，嗣侍中公以禮議封禪，〔文韓俱曰〕謂墐之曾祖光庭也。開元十三年，玄宗將封泰山，恐突厥入寇，光庭爲兵部侍郎，言於宰相張説云云，説奏行之。祠部公以禮承大事，〔韓曰〕謂墐之祖稹也。累官起居郎。開元末，玄宗以壽王瑁母寵，欲立爲太子，稹陳申生、戾園之禍以諫，上謝之。遷祠部員外郎。大理公〔韓曰〕謂墐之父儆也。字九思，官至大理卿。以禮輔東宮，而墐也以禮奉二陵，又能成書以充其闕，其爲愛禮近古也，源遠乎哉！

墐字封叔，其伯仲咸以文學顯於世。〔六〕〔孫曰〕儆四子：堅、墐、填、塤，皆有文學。大理之兄正平節公，〔孫曰〕稹子倩，字容卿。以儀範成家道，又以文雅經邦政。〔七〕〔孫曰〕倩代第五琦爲度支郎中。今相國郇公，其宗子也。〔孫曰〕倩子均，字君齊，元和三年九月同平章事，封郇國公。郇公以孝友勤勞，揚于家邦。一無「揚」字。遊其門若聞韶、護，入其廟如至鄒、魯。恩溢乎九族，禮儀乎他門。則封叔之習禮也，其出於孝悌歟？〔八〕成書也，其本於忠敬歟？由於家而達於邦國，其取榮於史氏也果矣！

校勘記

〔一〕司空杜公由太常相天下　「天下」，何焯校本及全唐文作「天子」。

〔二〕外之則復土斥上　全唐文注：「一無『斥上』二字。」

〔三〕與文物以受方國　「與」，陳景雲柳集點勘云疑是「舉」字之誤。「受」，文粹、全唐文作「授」。「方國」，音辯、詁訓本及文粹、全唐文作「萬國」。按：此句疑作「舉文物以授萬國」。

〔四〕君子以爲愛禮而近古焉者　音辯及文粹、游居敬本及全唐文「焉」下無「者」字，是。

〔五〕賈誼以經術起而嘉最好學句下注　「後爲梁懷王太傅死」。「梁懷王」原作「梁王」，據詁訓本及史記卷八四賈生列傳補。

〔六〕其伯仲咸以文學顯於世句下注　「儆四子：堅、墐、埴、塤，皆有文學」。「墐」原作「瑾」，「埴」原作「稹」，據新唐書卷七一上宰相世系表改。

〔七〕又以文雅經邦政　音辯、五百家、世綵堂本「以」上無「又」字。

〔八〕其出於孝悌歟　「孝」下原脫「悌」字，據取校諸本補。

柳宗直西漢文類序

〔韓曰〕公嘗誌宗直殯，謂其撰漢書文章爲四十卷，歌謠言議，纖悉備具，連累貫統，好文者以爲工。此序蓋公在永州未召時作。

左右史混久矣，言事駁亂，〔孫曰〕禮記玉藻：動則左史書之，言則右史書之。事，卽動也。「駁」字，音剝。尚書、春秋之旨不立。〔童曰〕書以紀言，春秋以紀事。自左丘明傳孔氏，〔補注〕謂左氏爲春秋傳也。太史公述歷古今，合而爲史，〔一〕〔補注〕司馬遷自序曰：卒述陶唐以來，至于麟止。自黄帝始，著十二本紀，作十表、八書、三十世家、七十列傳，凡百三十篇，五十二萬六千五百字，爲太史公書。一有「記」字。迄于今交錯相糺，音糾。莫能離其說。獨左氏、國語紀言，不參於事。戰國策、春秋後語〔孫曰〕晉孔衍，字舒元。以戰國策所書爲未盡善，乃引太史公所記，參其同異，删彼二家，聚爲一録，號春秋後語。頗本右史尚書之制。然無古聖人蔚然之道，大抵促數耗矣，〔童曰〕耗，不明也。莫報切。而後之文者寵之。「寵」，一作「襲」。文之近古而尤壯麗，莫若漢之西京。班固書傳之，吾嘗病其畔散不屬，之欲切。無以考其變。欲采比義，會年長疾作，駑墮愈日甚，〔二〕未能勝也。幸吾弟宗直〔韓曰〕宗直字正夫，公之從父弟也。元和十一年，從公至柳而卒，年三十三。愛古書，樂而成之。搜討磔裂，磔，陟格切。攟摭融結，〔童曰〕說文云：攟摭，拾也。博雅云：取也。攟，俱運切。摭，之石切。離而同之，與類推移，不易時月，而咸得從其條貫。森然炳然，若開羣玉之府。〔孫曰〕穆天子傳：癸巳，至於羣玉之山，先王之所謂策府。注云：言往古帝王以藏書策之府。指揮聯累，圭璋琮璜之狀，〔集注〕周禮：六幣，圭以馬，璋以皮，璧以帛，琮以錦，琥以繡，璜以黼。說文：圭，瑞玉也。上圓下方。剡上爲圭，半圭爲璋。琮大八寸，似車釭。璜半璧。璋，音章。璜，音黄。琮，徂攻切。

各有列位，不失其序，雖第其價可也。以文觀之，則賦、頌、詩、歌、書、奏、詔、策、辯、論之辭畢具。以語觀之，則右史紀言，尚書、國語、戰國策成敗興壞之説大備，〔三〕無不苞也。噫！是可以爲學者之端耶。一無「之」字。

始吾少時，有路子者，自贊爲是書，吾嘉而敍其意，而其書終莫能具，卒俟宗直也。故删取其敍，繫于左，以爲西漢文類首紀。殷、周之前，其文簡而野，魏、晉以降，則盪而靡，得其中者漢氏。漢氏之東，則既衰矣。當文帝時，始得賈生明儒術，武帝尤好焉。而公孫弘、董仲舒、司馬遷、相如之徒作，風雅益盛，敷施天下，自天子至公卿大夫士庶人咸通焉。於是宣於詔策，達於奏議，諷於辭賦，傳於歌謠，由高帝訖于哀、平，王莽之誅，四方之文章蓋爛然矣。史臣班孟堅修其書，拔其尤者，充于簡册，則二百三十年間，列辟之達道，〔童曰〕列辟，人主也。名臣之大範，賢能之志業，黔黎之風美列焉。〔四〕若乃合其英精，一作「菁」。離其變通，論次其敍位，必俟學古者興行之。唐興，用文理，一作「章」。貞元間，文章特盛。本之三代，浹于漢氏，〔五〕浹，即協切。與之相準。於是有能者，取孟堅書，類其文，次其先後，爲四十卷。

校勘記

〔一〕太史公述歷古今合而爲史句下注　「一有『記』字」。按：音辯本及英華、文粹、游居敬、蔣之翹本及全唐文「史」下有「記」字。是。　「自黃帝始，著十二本紀」。「始」原作「物」，「著」原作「者」，據宋刻五百家、世綵堂、濟美堂、蔣之翹本及史記太史公自序改。

〔二〕會年長疾作駑墮愈日甚　文粹、全唐文「墮」下無「愈」字，英華「愈」下無「日」字。何焯校本注：「蜀集作『年長疾篤，情愈日古』。」

〔三〕尙書國語戰國策成敗興壞之說大備　「尙書」下原脫「國語」二字，據英華、文粹、全唐文補。與「壞」，詁訓本作「興廢」，文粹作「興衰」。

〔四〕黔黎之風美列焉　「風美」，全唐文作「風習」。

〔五〕浹於漢氏　「浹」，英華、全唐文作「接」。

楊評事文集後序

〔韓曰〕楊君，凌也。先友記云：楊氏兄弟者，弘農人。憑由江南西道入爲散騎常侍。凝以兵部郎中卒。凌以大理評事卒。用知評事之爲凌也審矣。唐書云凌終侍御史，誤也。

贊曰：文之用，辭令褒貶，導揚諷諭而已。雖其言鄙野，足以備於用。然而闕其文采，固不足以竦動時聽，夸示後學。立言而朽，君子不由也。故作者抱其根源，而必由是假道焉。作於聖，故曰經；述於才，故曰文。文有二道：辭令褒貶，本乎著述者也；導揚諷諭，本乎比興者也。著述者流，蓋出於書之謨、訓，易之象、繫，春秋之筆削，其要在於高壯廣厚，詞正而理備，謂宜藏於簡册也。比興者流，蓋出於虞、夏之詠歌，殷、周之風雅，其要在於麗則清越，〔孫曰〕揚子：詩人之賦麗以則。謂靡麗而有法則。禮記：其聲清越以長。言暢而意美，謂宜流於謡誦也。兹二者，考其旨義，乖離不合。故秉筆之士，恒偏勝獨得，而罕有兼者焉。厥有能而專美，命之曰藝成。雖古文雅之盛世，不能並肩而生。

唐興以來，稱是選而不怍者，梓潼陳拾遺。〔韓曰〕陳子昂，梓州射洪人。嘗爲右拾遺。唐興，文章承徐、庾餘風，天下祖尚，子昂始變正風雅。其後燕文貞以著述之餘，攻比興而莫能極；〔韓曰〕張説，封燕國公，謚文貞。朝廷大述作多出其手，爲文屬思精壯，世所不逮。説殁後，帝使就家録其文行於世。張曲江以比興之隟，與「隙」同。窮著述而不克備。〔韓曰〕張九齡，韶州曲江人。開元後，天下稱曲江公而不名云。一本「窮」字下有「作者」二字。其餘各探一隅，相與背馳於道者，其去彌遠。文之難兼，斯亦甚矣。若楊君者，少以篇什著聲於時，其炳燿尤異之詞，諷誦于文人，盈滿于江湖，〔一〕達于京師。晚節徧悟文體，尤邃敍述。學富識遠，才涌未已，其雄傑老成之風，與時增加。既獲是，不數年而夭。其季年所作尤善，其爲鄂州新城頌、諸葛武侯傳論、餞送梓潼陳衆甫、〔二〕汝南周愿、〔三〕河東裴泰、〔孫曰〕貞元十八年，泰爲安南都護。武都符義府、「符」，一作「何」。泰山羊士諤、〔四〕〔孫曰：元和三年，士謂貶資州刺史。隴西李錬〔五〕凡六序，廬山禪居記、辭李常侍啓、〔六〕遠遊賦、七夕賦，〔七〕皆人文之選已。用是陪陳君之後，其可謂具體者歟？

嗚呼！公既悟文而疾，既即功而廢，廢不逾年，大病及之，卒不得窮其工、竟其才，遺文未克流于世，休聲未克充於時。凡我從事於文者，所宜追惜而悼慕也！宗元以通家脩好，幼獲省謁，故得奉公元兄命，論次篇簡。遂述其制作之所詣，以繫于後。

校勘記

〔一〕盈滿于江湖　「盈滿」，音辯、詁訓、五百家本及英華、文粹作「滿盈」。詁訓本「江」上無「于」字。

〔二〕餞送梓潼陳衆甫　陳景雲柳集點勘：「案衆甫亦列石表先友記中，疑亦嘗從事于鄂，故評事有送序也。」

〔三〕汝南周愿　「周愿」，英華作「周源」。

〔四〕泰山羊士諤句下注　「元和三年，士諤貶資州刺史」。「三年」原作「二年」，據宋刻五百家、世綵堂、濟美堂、蔣之翹本及舊唐書卷一三七呂溫傳改。

〔五〕隴西李錬　「李錬」，英華、全唐文作「李諫」，文粹作「李練」。

〔六〕辭李常侍啓　陳景雲柳集點勘：「案常侍名兼，建中二年，以鄂岳防禦使加散騎常侍。見趙憬鄂州新廳記。又，評事集中鄂州新城頌，即爲兼作，蓋頌其破李希烈功。」

〔七〕七夕賦　「賦」，文粹作「詩」。

濮陽吳君文集序

〔韓曰〕據傳，吳武陵，信州人，元和初擢進士第。不書其父之名與文，唯載初柳宗元謫永州，而武陵亦坐他事流永，宗元賢其才。與序所言皆合。

博陵崔成務，嘗爲信州從事。爲余言：邑有聞人濮陽吳君，〔孫曰〕吳君系本濮陽，後居信州。弱齡長鬛而廣顙，〔一〕〔孫曰〕春秋傳：使長鬛者相。謂長須也。好學而善文。居鄉黨，未嘗不以信義交於物；教子弟，未嘗不以忠孝端其本。以是卿相賢士，率與亢禮。余嘗聞而志乎心。〔二〕會其子侃，去聲。又口旱切，與「侃」同。更名武陵，升進士，〔韓曰〕元和二年，武陵登第。得罪來永州。〔韓曰〕元和三年，武陵坐事流永州。因奉其先人文集十卷，再拜請余以文冠其首，余得徧觀焉。其爲詞賦，有戒苟冒陵僭之志；其爲詩歌，有交王公大人之義；其爲誄誌弔祭，有孝恭慈仁之誠。而多舉六經聖人之大旨，發言成章，有可觀者。

古之司徒，必求秀士，由鄉而升之天官。〔三〕〔孫曰〕禮記王制：命鄉論秀士，升之司徒，曰選士。論選士之秀者而升之學，曰俊士。周禮：鄉大夫獻賢能之書于王，王拜而受之，登于天府。古之太史，必求人風，〔四〕陳詩以獻于法宮。〔童曰〕王制：命太師陳詩以觀民風。然後材不遺而志可見。近世之居位者，或未能盡用古道，故吴君之行不昭，而其辭不薦，雖一命于王，而終伏其志。〔五〕「伏」，一作「大」。嗚呼，有可惜哉！〔六〕一無「有」字。

武陵又論次誌傳三卷繼于末，其官氏及他才行甚具云。〔七〕〔孫曰〕武陵終韶州刺史。無子，女汭、湘。

校勘記

〔一〕弱齡長鬣而廣顙　「顙」，全唐文作「額」。

〔二〕余嘗聞而志乎心　蔣之翹本注：「『志』一本作『識』。」

〔三〕由鄉而升之天官句下注　「禮記王制：命鄉論秀士，升之司徒，曰選士」。「王制」原作「司徒」，「秀」下原脱「士」字，據濟美堂、蔣之翹本及禮記王制改補。「鄉大夫獻賢能之書于王」。「鄉」原作「卿」，據周禮地官鄉大夫改。

〔四〕古之太史必求人風　「求人風」，全唐文作「採民風」。

〔五〕雖一命于王而終伏其志句下注　「『伏』，一作『大』」。按：「大」字疑爲「夭」，形近而誤。

〔六〕嗚呼有可惜哉　「有」，全唐文作「其」。

〔七〕其官氏及他才行甚具云　世綵堂本注：「『其』下有『志』字。」疑是。

王氏伯仲唱和詩序〔一〕

僕聞之，世其家業不隕者，隕，羽敏切。雖古猶今也，〔二〕「今」，一作「乏」。求之於今而有獲焉。王氏子某，與余通家，代爲文儒。自先天以來，〔三〕〔孫曰〕先天，玄宗年號。元年，歲在壬子。策名聞達，秉毫翰而踐文昌。〔韓曰〕武后光宅元年九月，以尚書省爲文昌臺。一本無「毫」字。登禁掖者，紛綸華耀，〔四〕繼武而起。士大夫掉鞅於文囿者，〔五〕〔孫曰〕宣十二年左氏：御下兩馬，掉鞅而還。注：掉，正也。掉，徒弔切。鞅，音養。咸不得攀而倫之。乙亥歲，〔韓曰〕貞元十一年也。某自南徐來，〔集注〕南徐，潤州。宋置南徐州。執文貺予，詞有遠致。又著論非班超不能讀父兄之書，〔六〕「讀」，一作「續」。而乃儌狂疾之功以爲名。儌，古堯切。吾知其奉儒素之道專矣。間以兄弟嗣來京師，會于舊里。若璩、瑒在魏，〔孫曰〕後漢：應奉字世叔，有子珣爲司空掾。珣子璩字休璉，璩兄瑒字德璉。〔韓曰〕魏書：應瑒，弟璩，咸以文章顯。璩，音渠。瑒，徒朗切。集韻：杖梗切，又丑亮切。機、雲入洛。〔韓曰〕吴大司馬陸抗二子。機字士衡，雲字士龍，晉太康末俱入洛，造司空張華，華曰：「伐吴之役，利在二儁。」晉書：二陸入洛，三張減價。由是正聲迭奏，雅引更和，〔七〕播塤篪之音韻，塤，音喧。篪，陳之切。調律呂之氣候，穆然清風，〔八〕〔張曰〕詩：吉甫作誦，穆如清風。發在簡素。非文章之冑，曷能及兹？〔九〕況宗兄握炳然之文，一無「然」字。以贊闕石，〔孫曰〕貞元十年十一月，以浙西觀察使王緯爲諸道鹽鐵轉運使。書：闕石和鈞。漢書：三十斤爲鈞。四鈞爲石。鷹冠銀章，榮映江湖。則嚮時之美談，必復其始。〔補注〕左氏：公侯之子孫，必復其始。某也謂余傳卜氏之學，宜叙于首章。〔孫曰〕卜子夏作詩序。操斧於班、郢之門，〔孫曰〕班，公輸班也。郢，莊子云，運斤成風者。斯强顔耳。詩凡若干首。

校勘記

〔一〕王氏伯仲唱和詩序　五百家本未收此篇。

〔二〕雖古猶今也句下注　「『今』，一作『乏』」。全唐文及何焯義門讀書記作「乏」。按：據文意，作「乏」是。

〔三〕自先天以來句下注　「先天，玄宗年號」。「玄宗」原作「睿宗」（取校諸本無異文），據資治通鑑卷二一〇及新唐書卷五睿宗紀改。按：壬子年（公元七一二年），一月至五月，睿宗年號太極，五月改元延和。八月玄宗卽位，改元先天。

〔四〕紛綸華耀　世綵堂本注：「一作『紛華榮耀』。」

〔五〕士大夫掉鞅於文囿者句下注　「宣十二年左氏」。「十二」原作「十六」，據世綵堂本及左傳改。

〔六〕又著論非班超不能讀父兄之書句下注　『「讀」，一作「續」』。詁訓、何焯校本作「續」。按：作「續」是。聯繫下句，蓋謂班超不能續其父班彪及兄班固修史之業，而投筆從戎，冀立功異域。

〔七〕由是正聲迭奏雅引更和　「雅引」，詁訓本作「雅章」。

〔八〕穆然清風句下注　「詩：吉甫作誦」。「誦」原作「頌」，據詩大雅烝民改。

〔九〕非文章之冑曷能及茲　「文」上原脱「非」字，據英華、全唐文、何焯校本補。「茲」，詁訓本作「此」。

柳宗元集卷二十二

序

送楊凝郎中使還汴宋詩後序

〔集注〕楊凝，字懋功，虢州弘農人。大曆十三年進士。初以吏部郎中爲宣武軍判官。貞元十二年，自汴朝正于京師。昌黎嘗作天星行以送其來，今自京還汴，公作此序以送其往云。

談者謂大梁〔孫曰〕宣武軍，古大梁之地。多悍將勁卒，悍，音旱。亟就滑亂，〔童曰〕滑，亦亂也。音骨。亟，去吏切。而未嘗底寧。控制之術，難乎中道。蓋以將驕卒暴，則近憂且至，非所以和衆而乂民也；將誅卒削，則外虞實生，非所以扞城而固圉也。〔童曰〕詩：公侯干城。干，扞也。左氏：亦聊以固吾圉也。圉，邊陲也。是宜慰薦喣諭，喣，火羽、吁句二切。納爲腹心，然後威懷之道備。聖上於是撫以表臣，贊以藝人，〔孫曰〕書：大都小伯，藝人表臣。表臣，表幹之臣。藝人，道藝之人。貞元十一年七月，以董晉爲宣武軍節度，是撫以表臣也。八月，以楊凝檢校吏部郎中，汴、宋、亳、潁觀察判官，是贊以藝人也。參剛柔而兩用，化逆順而同道。既去大憝，〔張曰〕書：元惡大憝。憝，亦惡也。遂安有衆。故楊公以謀議之隟，「隟」與「隙」同。對揚王庭，〔韓曰〕貞元十四年冬，凝朝正京師。不踰時而承詔復命，〔韓曰〕貞元十五年春，凝還汴。示信于外諸侯。「示」，一作「出」。時當朝之羽儀，凡同官之寮屬，皆餞焉。容受童孺，〔孫曰〕公時年二十七。使在末位。禮部郎中許公〔韓曰〕許孟容，字公範。以宏才奥學，已任文字，顧唱在席，咸斷章而賦焉。謂工部郎中崔公，〔一〕〔韓曰〕崔羣，字敦詩。文爲時雄，允宜首序。謂小子預離觴之餘瀝，俾撰後序，編以繼之。大凡軍旅之制，贊佐之重，崔公序之備矣。膺命受簡，欲默不敢，故書談者之辭，拜手以獻，用充餘篇云。

校勘記

〔一〕謂工部郎中崔公句下注「崔羣，字敦詩」。陳景雲柳集點勘：「崔公，舊注崔羣，誤。序作於貞元十五年，羣方爲校書郎，當謂羣父積。積仕至郎官，見石表先友記。許、崔二公皆子厚父執，故均以丈人行尊之耳。或曰，謂崔元翰。蓋元翰文譽尤盛，與『文爲時雄』語更合也。」

送崔羣序〔一〕

〔童曰〕羣，字敦詩，唐史有傳。

貞松産於巖嶺，〔張曰〕貞，正也。高直聳秀，條暢碩茂，粹然立於千仞之表。〔孫曰〕八尺曰仞。和氣之發也，稟和氣之至者，〔二〕必合以正性。於是有貞心勁質，用固其本，禦攘冰霜，以貫歲寒，〔張曰〕孔子曰：「歲寒然後知松栢之後凋也。」故君子儀之。〔孫曰〕儀，法也。清河崔敦詩，〔韓曰〕敦詩，系出清河。有柔儒温文之道，以和其氣，近仁復禮，〔張曰〕子曰：「克己復禮爲仁。」物議歸厚，其有稟者歟？有雅厚直方之誠，〔三〕以正其性，懿論忠告，交道甚直，其有合者歟？是故日章之聲，〔孫曰〕禮記：君子之道，闇然而日章。振於京師。嘗與隴西李杓直、〔韓曰〕李建，字杓直。杓，卑由切。南陽韓安平〔韓曰〕韓泰，字安平。洎予交友。〔四〕杓直敦柔深明，冲曠坦夷，慕崔君之和；安平厲莊端毅，高朗振邁，説崔君之正；余以剛柔不常，造次爽宜，〔童曰〕爽，差也。求正於韓，襲和於李，就崔君而考其中焉。忘言相視，〔五〕默與道合。今將寧覲東周，〔孫曰〕東周，謂洛陽。振策于邁，〔童曰〕詩：無小無大，從公于邁。且餞于野，或命爲之序。

余於崔君有通家之舊，外黨之睦，〔六〕然吾不以是合之。崔君以文學登于儀曹，〔韓曰〕貞元八年，羣試禮部，中其科。颺于王庭，颺，音揚。甲俊造之選，首讎校之列，〔七〕〔韓曰〕貞元十年，羣舉賢良方正，授秘書郎。然吾不以是視之。於其序也，載之其末云。〔八〕

校勘記

〔一〕送崔羣序　陳景雲柳集點勘：「元和十五年，子厚之喪北還，羣時自政府觀察湖南，其祭奠之詞云：『羣宿受交分，行敦情契，遺文在篋，贈言猶佩。』即謂此序也。」

〔二〕稟和氣之至者　「和氣」，世綵堂、濟美堂本作「至和」。

〔三〕有雅厚直方之誠　「直」，文粹、全唐文作「質」。

〔四〕嘗與隴西李杓直南陽韓安平洎予交友　「交友」，文粹作「爲交」。

〔五〕忘言相視　「相視」，文粹作「相親」。

〔六〕外黨之睦　「睦」，文粹、全唐文作「親」。

〔七〕首儺校之列　「列」，文粹作「任」。

〔八〕載之其末云　文粹、全唐文「載」上有「故」字。

送邠寧獨孤書記赴辟命序

僕間歲〔孫曰〕間，如字，近也。騄遊邠壃，〔韓曰〕邠壃，邠州之界。騄，鉏救切。邠，音彬。「壃」，與「彊」同。今戎帥楊大夫時爲候奄，〔一〕〔韓曰〕楊朝晟，字叔明，爲邠寧節度使韓游瓌都虞候。〔孫曰〕成十八年左氏：

張老爲候奄。盡護羣校。〔二〕〔孫曰〕校者，以木爲欄格，軍部用之。故軍尉皆以校爲名。用笞法箠令，不吐强禦，〔童曰〕詩：柔亦不茹，剛亦不吐。不侮鰥寡，不畏强禦。下莫有逗撓凌暴而犯令者。沉斷壯勇，專志武力，出麾下，〔補注〕麾，大將之旗。漢書多作「戲」。取主公之節鉞而代之位，〔韓曰〕游瓌御士寬，軍驕。張獻甫來代，軍遂亂。衆脅監軍，請以范希朝爲節度。朝晟斬首惡者一百餘人，獻甫遂入，朝晟加御史大夫。貞元九年，獻甫卒，以朝晟爲邠寧節度使。鶡冠者仰而榮之。〔三〕〔孫曰〕鶡冠，武士之冠也。鶡，勇雉也。其鬭一對死乃止。故趙武靈王以表武士，秦施之焉。徐廣云：「鶡似黑雉，出上黨。」鶡，音曷。今又能旁貴文雅，以符召文士之秀者河南獨孤寧，〔四〕〔孫曰〕貞元十一年登第。署爲記室，俾職文翰，翕然致得士之稱於談者之口。蓋朝廷以勇爵論將帥，〔五〕〔劉曰〕襄二十一年左氏：齊莊公爲勇爵，殖綽、郭最欲與焉。豈濫也哉？獨孤生與仲兄寔連舉進士，〔孫曰〕貞元七年，寔舉進士。並時管記於漢中、新平二連帥府，〔孫曰〕寔爲山南西道節度嚴震掌書記。新平郡，即邠州。俱以筆硯承荷舊德，位未達而榮如貴仕，其難乎哉！

噫！自犬戎陷河右，逼西鄙，〔孫曰〕廣德元年七月，吐蕃入大震關，取河西、隴右之地。積兵備虞，〔六〕縣道告勞，内匱中府太倉之蓄，僅而獲饜，投石而賈勇者，思所以奮力。論者以爲天子且復河壖故疆，〔七〕〔孫曰〕河壖，隙地，河邊地。壖，而宣切。拓達西戎，拓，音託。而罷諸侯之兵。則曳裾戎幕之下，專弄文墨，爲壯夫捧腹，甚未可也！吾子歷覽古今之變，而通其得失，是將植密畫於借筯之宴，發羣謀於章奏之筆，〔八〕上爲明天子論列熟計，而導揚威命。然後談笑罇俎，賦從軍之樂。〔九〕〔孫曰〕魏建安二十年，曹公西征張魯，降之。王粲作詩美其事，略云：從軍有苦樂，但問所從誰？移書飛文，諭告西土劫脅之伍，俾其簞食壺漿，犒迎王師，在吾子而已！往慎辭令，使諭蜀之書，〔韓曰〕漢武帝時，唐蒙通夜郎，僰中民大驚恐，上使司馬相如責蒙，因以文告諭巴蜀民，以非上意。燕然之文，〔韓曰〕漢和帝時，竇憲破北匈奴，登燕然山，刻石勒功，紀漢威德，令班固作銘。炳列于漢史，真可慕也。不然，是瑣瑣者，惡足置齒牙間而榮吾子哉？〔一〇〕

校勘記

〔一〕今戎帥楊大夫時爲候奄句下注　「楊朝晟，字叔明，爲邠寧節度使韓游瓌都虞候」。陳景雲柳集點勘：「案柳子以叔父侍御爲邠寧從事，嘗往省之，時邠帥乃張獻甫，而候奄則朝晟也。游瓌帥邠及朝晟隸麾下事皆在前，非游邠時事也。注似是而疎。」

〔二〕盡護羣校　「羣校」，英華作「羣牧」。

〔三〕鶡冠者仰而榮之句下注　「故趙武靈王以表武士」。「故」原作「胡」，據司馬彪續漢書輿服志改。

〔四〕以符召文士之秀者河南獨孤寧　「符」下英華注：「一有『檄』字。」「獨孤寧」，音辯、詁訓本及英華、游居敬、蔣之翹本作「獨孤密」，世綵堂本作「獨孤宓」。

〔五〕蓋朝廷以勇爵論將帥句下注　「殖綽、郭最欲與焉」。「殖綽」原作「植綽」，據世綵堂本及左傳改。

〔六〕積兵備虞　「積兵」，英華作「精兵」。

〔七〕論者以爲天子且復河壖故疆句下注　「河壖，隙地，河邊地」。「隙地河邊地」原作「浙也」，據蔣之翹本及漢書卷二九溝洫志師古注改。

〔八〕發羣謀於章奏之筆　「章」，英華及何焯校本作「草」。

〔九〕賦從軍之樂句下注　「魏建安二十年，曹公西征張魯，降之。」「二十年」原作「一十年」，據世綵堂、濟美堂、蔣之翹本及後漢書卷九孝獻帝紀改。

〔一〇〕惡足置齒牙間而榮吾子哉　「惡」，詁訓本作「烏」。

同吳武陵送前桂州杜留後詩序〔一〕

〔韓曰〕公謫永州，時吳武陵亦坐事流永。此序云同吳武陵，當作于永州也。

觀室者，觀其隅。〔孫曰〕隅，廉隅。隅之巍然，直方以固，則其中必端莊宏達可居者也。〔二〕人孰異夫是？今若杜君之隅可觀，〔李曰〕杜君名周士，貞元十七年中進士第。而中可居，居之者德也。贊南方之理，理是以大；總留府之政，〔韓曰〕爲桂管觀察留後。政是以光。其道不撓，好古書百家言，洋洋滿車，行則與俱，止則相對，積爲義府，〔張曰〕左氏：詩、書，義之府。溢爲高文。愨而和，肆而信，豈詩所謂「抑抑威儀，惟德之隅」者耶？〔孫曰〕詩大雅抑之文。今往也，有以其道聞于天子；天子唯士之求爲急，杜君欲辭争臣侍從之位，其可得乎？濮陽吴武陵直而甚文，樂杜君之道，作詩以言。余吴吴也，故於是乎序焉。

校勘記

〔一〕同吴武陵送前桂州杜留後詩序　陳景雲柳集點勘：「杜留後，即童區寄傳中之桂部從事杜周士。周士爲桂帥顔証賓佐在貞元、元和之交。其出桂幕而來永，子厚與吴武陵以詩文送之，則元和中事也。周士别柳子而北，即入湖南使幕，後仍適嶺表，歷佐五管諸府，至長慶初，以監察御史使安南卒。有所著廣人物志三卷，列藝文志，又有代孔戣請朝覲表，見文苑。」

〔二〕則其中必端莊宏達可居者也　「必」原作「心」，據取校諸本改。又，詁訓本「也」上無「者」字。

送寧國范明府詩序

近制，凡得仕於王者，歲登名于吏部，吏部則必參其等列，〔一〕分而合之，率三十人以爲曹，謂之甲。名書爲三，其一藏之有司，其二藏之中書洎門下。每大選置大考績，必關決會驗而視其成。〔孫曰〕成，謂成事品式。有不合者，下有司，罷去甚衆。由是吏得爲姦以立威，賊知以弄權，詭竊竄易，詭，古委切。竄，取亂切。而莫示其實。〔二〕必求端愨而習於事、辯達而勤其務者，命之官而掌之。居三年，則又益其官而後去其職。〔童曰〕益，遷也。

有范氏傳真者，始來京師，近臣多言其美。宰相聞之，〔三〕用以爲是職。在門下，甚獲休問。初命京兆武功尉。既有成績，復於有司，爲宣州寧國令。人咸曰：〔四〕由邦畿而調者，命東西部尉以爲美仕。〔五〕范生曰：「不然。夫仕之爲美，利乎人之謂也。與其給於供備，孰若安於化導。故求發吾所學者，施於物而已矣。夫爲吏者，人役也。役於人而食其力，可無報耶？今吾將致其慈愛禮節，而去其欺僞凌暴，以惠斯人，而後有其祿，庶可平吾心而不愧於色。苟獲是焉，足矣。」季弟爲殿中侍御史，〔韓曰〕舊史范傳正傳，言自渭南尉拜監察殿中侍御史。〔孫曰〕時又有范傳式、傳規，皆中第。以是言也告於其僚，〔韓曰〕公時爲監察御史，與傳正爲僚。咸悅而尚之。故爲詩以重其去，〔六〕而使余爲序。

校勘記

〔一〕歲登名于吏部吏部則必參其等列　下「吏部」原作「兵部」。蔣之翹本注云：「下『吏部』一作『兵部』，非是。」茲據世綵堂、蔣之翹、何焯校本改。又詁訓本下「吏部」下無「則」字。

〔二〕而莫示其實　「示」，英華作「有」。

〔三〕宰相聞之　「聞之」，音辯、游居敬本作「方之」。

〔四〕人咸曰　「咸曰」上原脫「人」字，據音辯、詁訓本及英華、游居敬、蔣之翹本及全唐文補。

〔五〕命東西部尉以爲美仕　陳景雲柳集點勘：「按唐崔琬御史臺記：凡畿尉召入，其除官美惡，凡有六道。其得長安、萬年二赤尉者，名仙道，縣令最下，號畜生道。此云『東西部尉』，即二赤縣之尉，而所部分東西也。」

〔六〕故爲詩以重其去　「重」，音辯、游居敬本及全唐文作「贈」。

送幸南容歸使聯句詩序〔一〕

〔補注〕南容，洪州人也。

昔漢室方盛，文章之徒合于京師，亦既充金馬、一有「盈」字。石渠，〔二〕〔韓曰〕公孫弘傳：待詔金馬門。揚雄傳：歷金門，上玉堂。應劭云：金門，金馬門也。施讎傳：與五經諸儒雜論同異於石渠閣。顏師古云：石渠在未央殿北，以此藏秘書也。〔孫曰〕史記：金馬門，宦者署門。旁有銅馬，故曰金馬門。漢時賢良待詔於此。三輔故事曰：石渠閣在大秘殿北，以閣秘書，蕭何所造。班固作西都賦云：內設金馬、石渠之署。則又溢于諸侯，求達其道。故枚乘客于吳，〔韓曰〕枚乘字叔，淮陰人，爲吳王濞郎中。相如遊于梁，〔韓曰〕司馬相如字長卿。景帝時，以貲爲郎。梁孝王來朝，從游說之士鄒陽、枚乘、嚴忌之徒，相如見而說之，因病免，客游梁。其或致書匡主，用極其志，節之大者也，〔孫曰〕謂濞謀逆，乘奏書諫。適時觀變，以成其性，道之茂者也。〔孫曰〕謂相如也。

渤海幸君，既登于太常之籍，〔劉曰〕貞元元年，南容中進士第。又膺邯鄲之召，〔韓曰〕邯鄲，趙地，屬魏博節度府。北會元戎，直道自達，吾儕器其略；南聘天朝，相禮述職，〔張曰〕孟子：諸侯朝於天子曰述職。公卿多其儀。合度於易于之間，〔三〕〔劉曰〕禮記檀弓：諸侯之來辱敝邑者，易則易，于則于，易于雜者，未之有也。注云：易謂臣禮，于謂君禮也。雖枚生之節，長卿之道，無以尚也。冬十有二月，朝右禮備，復于轅門，〔孫曰〕項羽紀：諸侯將入轅門。張晏注云：軍行以車爲陣，轅相向爲門，故曰轅門。我同升之友，〔孫曰〕南容與公同登進士第。是用榮其趣舍，惜其離曠，卜茲良辰，〔四〕詠歎其美。比詞聯韻，奇藻遞發。爛若編貝，粲如貫珠。〔五〕〔程曰〕禮記：纍纍乎端如貫珠。琅琅清響，琅，音郎。交動左右。羣公以侍御之往也，予闕其述，命繫而序焉。

校勘記

〔一〕送幸南容歸使聯句詩序　「幸南容」，人名，姓幸，取校諸本均無異文，唯太平廣記卷二五六柳宗元條一逭四處均作「辛南容」。南容姓幸，抑姓辛，殊令人疑。序稱「渤海幸君」，陳景雲柳集點勘謂「蓋本其望言之，因幸姓廣韻不載，故其得姓之始，及望在渤海，皆已不得其詳。晉書方伎傳有豫章建昌幸靈，則此姓之去渤海而占籍江右，其來舊矣」。

〔二〕亦既充金馬石渠句下注　「公孫弘傳」。「弘」原作「洪」，據蔣之翹本及漢書卷五八公孫弘傳改。「應劭云：金門，金馬門也」。「應劭」原作「顏師古」，據漢書卷八七下揚雄傳注改。「石渠閣在大秘殿北」。「殿」下原脫「北」字，據文選卷一班固兩都賦序李善注補。

〔三〕合度於易于之間句下注　「易謂臣禮，于謂君禮」。「易謂」下「臣」原作「君」，「于謂」下「君」原作「臣」，據詁訓本及禮記檀弓下鄭注改。

〔四〕卜茲良辰　「辰」，音辯、世綵堂、濟美堂、游居敬、蔣之翹本及全唐文作「夜」。

〔五〕粲如貫珠句下注　「纍纍乎端如貫珠」。「如」上原脫「端」字，據禮記樂記補。

送李判官往桂州序〔一〕

士之習爲吏者，恒病於少文，故給而不肆；飾於華者，嘗病於無斷，故放而不制。今李生學於詩有年矣，吟咏風賦，頗聞乎人。〔二〕至于是州，〔韓曰〕永州。惟州之牧咨焉。以贊戎事而糺羣吏，甚直且武，豈所謂吏而華者耶？以府喪罷去，〔韓曰〕謂刺史崔君敏卒。擇而之乎有禮之邦。推是道也以往，然而不際於禮，則吾不知也。

校勘記

〔一〕送李判官往桂州序　陳景雲柳集點勘：「韓子送李生礎返湖南序，稱其『有詩八百篇傳詠於時』；此序言『李生學詩有年，吟詠諷賦，頗聞乎人』，疑即礎也。所謂州牧，乃湖南廉使。」按：陳說可資參攷，唯其所云「州牧乃湖南廉使」，恐未必然。蓋此文宗元作于永州，文稱「至于是州」，「是州」即永州，州牧疑指永州刺史崔敏。時李在崔敏治下爲判官。

〔二〕頗聞乎人　「乎」，世綵堂本作「于」。

送苑論登第後歸覲詩序 苑，音宛。

八年冬，〔劉曰〕貞元八年。余與馬邑苑言揚論字言揚，齊大夫苑何忌之後。聯貢于京師。自時而後，車必挂轊，〔韓曰〕轊，車軸也。音衛，又音彗。席必交袵。量其志，知其達于昭代；究其文，辨其勝于太常。探而討之，則明韜於朴厚之質，〔一〕行浮於休顯之問。〔二〕遊公卿之間，質直而不犯，恪謹而不攝。〔三〕交同列之羣，以誠信聞。余拜而兄之，以爲執誼而固。臨節不奪，在兄而已。

是歲，小司徒顧公守春官之缺，而權擇士之柄。〔孫曰〕户部侍郎顧少連權禮部侍郎，知貢舉。明年春，〔劉曰〕貞元九年。同趨權衡之下，並就重輕之試。〔四〕觀其掉鞅于術藝之場，〔孫曰〕宣十二年左氏：御下兩馬，掉鞅而還。注云：掉，正也。鞅，羈也。掉，徒弔切。鞅，於掌切。遊刃乎文翰之林，〔孫曰〕莊子：恢恢乎游刃有餘地矣。風雨生於筆札，「生」，一作「交」。雲霞發於簡牘，左右圜視，〔五〕〔孫曰〕賈誼言：動一親戚，天下圜視而起。圜視，謂圜睛正視也。朋儕拱手，甚可壯也。二月丙子，有司題甲乙之科，〔孫曰〕漢儒林傳：歲課甲科爲郎中，乙科爲太子舍人，丙科補文學掌故。揭于南宫，〔補注〕南宫，禮部。余與兄又聯登焉。余不厚顔懷媿而陪其遊久矣。

夏四月，告歸荆衡，〔童曰〕書：荆及衡陽惟荆州。拜手行邁，輪移都門之轍，轅指秦嶺之路。〔補注〕秦嶺，南山。方將高堂稱慶，里閈更賀，〔補注〕説文：閈，閭也。音翰。曳裾峨冠，榮南諸侯之邦，遐登王粲之樓，高視劉表之榻，〔韓曰〕董卓作亂，王粲避難荆州依劉表，遂登江陵城樓，因懷歸而作賦。桂枝片玉，〔孫曰〕晉書：郤詵爲雍州刺史，武帝於東堂會送，問詵曰：「卿自以爲何如？」詵對曰：「臣舉賢良對策爲天下第一，猶桂林之一枝，崑山之片玉。」光生于家。是宜砥商、雒之阻艱，〔童曰〕詩：周道如砥。砥，礪石，言其平也。帶江、漢之浩蕩，〔孫曰〕漢史：黄河如帶，泰山如礪。帶江、漢者，視之如帶也。以談笑顧眄，〔六〕超越千里而無倦極也。〔七〕然而景熾氣燠，燠，乙六切。往卽南方，乘陵炎雲，呼吸温風。可無敬乎？愼進藥石，保安其躬，是亦非兄之所宜私也。羣公追餞于霸陵，列筵而觴，送遠之賦，圭璋交映。或授首簡於余曰：「子得非知言揚者乎，一無「得」字。安得而默耶？」余受而書之，〔八〕徧于羣玉之右，非不知讓，貴傳信焉爾。

校勘記

〔一〕則明韜於朴厚之質　「朴厚」，英華作「淳朴」。

〔二〕行浮於休顯之問　「問」，音辯、濟美堂、游居敬、蔣之翹本及全唐文作「聞」。

〔三〕恪謹而不攝　「攝」，取校諸本均作「懾」。

〔四〕並就重輕之試　「重輕」原作「輕重」，據取校諸本倒轉。

〔五〕左右圜視句下注　「圜視，謂圜睛正視也」。「睛」原作「精」，據蔣之翹本改。

〔六〕以談笑顧眄　英華「談」上無「以」字。「顧眄」，音辯、詁訓本及英華、游居敬本作「顧盼」，何焯校本及全唐文作「顧盼」。

〔七〕超越千里而無倦極也　陳景雲柳集點勘：「按『極』即病也，以體中不佳爲極，六朝人語皆然。」

〔八〕余受而書之　英華作「余書而授之」。

送蕭鍊登第後南歸序

始余幼時，拜兄於九江郡，〔韓曰〕九江，在唐屬淮南道。尚書注：江分爲九道也。即江州。覩其樂嗜經書，慕山藪，凝和抱質，氣象甚茂，雖在綺紈，〔孫曰〕漢書：班伯在綺襦紈袴之間。綺，細綾。紈，素也。而私心慕焉。厥後竊理文字，先禮而冠，〔童曰〕禮記：二十曰弱冠。遇兄於澤宮之中。〔韓曰〕禮記：天子將祭，必先習射于澤。澤者，所以擇士也。注云：澤，宮名。觀其德如九江之拜，蓋世俗所不能移也。自是戰藝三北，〔孫曰〕史記：管仲三戰三走，鮑叔不以爲怯。北，敗走也。左次陋巷。余亟會于其居，亟，去易切。視其道如澤宮之遇，亦挫抑所不能屈也。逾時而名擢太常，〔集注〕太常，禮部。貞元十二年，禮部侍郎呂渭知貢舉，試日五色賦、春臺晴望詩，鍊中第。聲動京國，士輩仰慕，顧眄有耀。〔一〕余獲賀於蔡通儒氏，竊其志如陋巷之會，又得意所不能遷也。君子志正而氣一，誠純而分定，未嘗摽出處爲二道，判屈伸於異門也。固其本，養其正，如斯而已矣。

吾兄先覺而守道，獨立而全和，貞確端懿，確，克角切。雅不羈俗，君子之素也。亦既升名天官，〔補注〕天官，吏部也。告余東游，是將乘商於，〔孫曰〕商於，即今之商州。其西二百里有古於城。張儀獻商於之地即此。浮漢池，歷郢城，下武昌，復于我始見之地。則朋舊之徒，含喜來迎；宗姻之列，加禮以待；〔二〕舟輿所略，賀聲盈耳；離羣之思，行益少矣。僕不腆，〔童曰〕腆，善也。見邀爲序。狂夫之言，〔三〕非所以志君子也，自達而已。

校勘記

〔一〕顧眄有耀　「顧眄」，音辯、游居敬本作「顧盻」，何焯校本及全唐文作「顧盼」。

〔二〕加禮以待　四部叢刊本音辯、游居敬本及全唐文「加」上有「盡皆」二字。

〔三〕狂夫之言　「狂夫」，四部叢刊本音辯、游居敬本作「征夫」。何焯校本亦注云：「『狂』，諸刻作『征』。」

送班孝廉擢第歸東川覲省序〔一〕

隴西辛殆庶，〔韓曰〕殆庶與班肅同年進士，公亦嘗有序送之。猥稱吾文宜叙事，晨持縑素，以班孝廉之行爲請。〔孫曰〕貞元十七年，禮部侍郎高郢知貢舉，班肅第一。且曰：「夫人殆所謂吉士也。愿而信，質而禮。言不黷慢，黷，音讀。行不進越。其先兩漢間繼修文儒，世其家業。〔程曰〕班固自序，言之詳矣。其風流後胤，耽學篤志之士，耽，都含切。往往出於其門。今夫人研精典墳，不告劬勩。〔童曰〕劬勩，勞也。上音渠，下音羊至切。屬者舉鄉里，登春官，獲居其甲焉。家于蜀之東道，其嚴君以客卿之位，贊是方岳，〔孫曰〕書：諸侯朝于方岳。此言方岳，謂東川節度使。爲大夫良。今將拜慶寧覲，光耀族屬，是其可歌也。道出于南鄭，外王父以將相之重，九命赤社，爲諸侯師。〔孫曰〕嚴震字遐聞，梓州鹽亭人。貞元中，爲山南西道節度使。周禮大宗伯云：九命作伯。韓詩外傳：將封諸侯，各取其方色土，苴以白茅爲社。今又將亟駕省謁，〔二〕從容燕喜，〔張曰〕詩：魯侯燕喜。是又可歌也。故我與河南獨孤申叔、〔補注〕申叔字子重。趙郡李行純、行敏等〔補注〕行敏字中明。若干人，皆歌之矣。若乃序者，固吾子宜之。」柳子曰：「吾嘗讀王命論〔童曰〕班彪所傳。及漢書，嘉其立言。彼生彪、固之胄歟？相國馮翊王公，〔三〕〔韓曰〕德宗幸奉天，進封嚴震馮翊郡王，久之，進同中書門下平章事。貞元十五年卒。見震本傳。〔補注〕晏元獻曰：宜去「王」字。功在社稷，德在生人。〔四〕其門子弟遊文章之府者，〔五〕吾嘗與之齒。〔六〕〔孫曰〕震子㦤、協、公弼、公貺。彼生嚴氏之出歟？承世家之儒風，沐外族之休光。彼生專聖人之書，而趨君子之林，宜矣哉！」遂如辛氏之談，濡翰于素，因寓于辭曰：爲我謝子之舅氏，珠玉將至，得無脩容乎！

校勘記

〔一〕送班孝廉擢第歸東川覲省序　陳景雲柳集點勘：「班肅父之名位皆未詳。元和末，宰相皇甫鎛貶崖州司戶，肅以前坊州刺史獨餞於野，朝廷義之，擢司封員外郎。觀元稹所草制詞，肅蓋先由郎署出守，及司封之除，已再入南宮矣。」

〔二〕今又將亟駕省謁　「亟」，英華作「征」。

〔三〕相國馮翊王公句下注　「晏元獻曰：宜去『王』字」。全唐文「公」上無「王」字。按：沈晦四明新本河東先生集後序謂「馮翊王公宜去『王』字」。何焯義門讀書記：「送嚴公貺下第序但云『馮翊公』，則『王』字衍。」然新唐書卷一五八嚴震傳作「馮翊郡王」。今二說并存。「久之，進同中書門下平章事。貞元十五年卒」。「中」上原脱「久之進同」四字，「下」下原脱「平章事」三字，「十五年」原作「十三年」，據新唐書嚴震傳補改。

〔四〕德在生人　「在」，全唐文作「及」，近是。

〔五〕其門子弟遊文章之府者　音辯本及英華「門子」下無「弟」字。按：音辯、蔣之翹本注：「門子，謂冑子。出禮記、左傳。」周禮春官小宗伯：「其正室皆謂之門子。」鄭注：「將代父當門者也。」孫詒讓周禮正義：「以父老，則適子代當門戶，故尊之曰門子。」疑無「弟」字是。

〔六〕吾嘗與之齒句下注　「震子㦸、協、公弼、公貺」。「㦸」原作「械」，據世綵堂本改。

送獨孤申叔侍親往河東序〔一〕

河東，古吾土也，〔童曰〕柳氏，本河東人也。家世遷徙，莫能就緒。聞其間有大河、條山，氣蓋關左，文士往往彷徉臨望，〔舊注〕彷徉，徘徊也。音旁羊。坐得勝概焉。吾固翹翹褰裳，奮懷舊都，日以滋甚。獨孤生，周人也，〔韓曰〕獨孤生，名申叔，字子重，貞元十三年中第。往而先我。且又愛慕文雅，甚達經要，才與身長，上聲。志益强力。挾是而東，夫豈徒往乎？温凊奉引之隙，與「隙」同。必有美製。儻飛以示我，我將易觀而待，所不敢忽。

古之序者，期以申導志義，不爲富厚，而今也反是。生至於晉，出吾斯文於筆硯之伍，其有評我太簡者，慎勿以知文許之。

校勘記

〔一〕送獨孤申叔侍親往河東序 「親」，英華作「從」。

送豆盧膺秀才南遊序

君子病無乎內而飾乎外，有乎內而不飾乎外者。無乎內而飾乎外，則是設覆爲穽也，〔一〕禍孰大焉；有乎內而不飾乎外，則是焚梓毀璞也，詬孰甚焉！詬，古候切。於是有切磋琢磨磋，倉何切。鑢礪栝羽之道，〔二〕〔孫曰〕家語：子路曰：「南山有竹，不揉自直，斬而用之，達乎犀革。如此言之，何學之有？」孔子曰：「栝而羽之，鑢而礪之，其入之不亦深乎？」鑢，作木切。礪，音厲。聖人以爲重。豆盧生，內之有者也，余是以好之，而欲其遂焉。而恒以幼孤羸餒爲懼，〔三〕恤恤焉遊諸侯求給乎是，是固所以有乎內者也。然而不克專志於學，飾乎外者未大，吾願子以詩、禮爲冠屨，以春秋爲襟帶，以圖史爲佩服，琅乎璆璜衝牙之響發焉，〔童曰〕璆，美玉名，出在崑崙。璆，渠幽切。煌乎山龍華蟲之采列焉，〔張曰〕華蟲，雉也。則揖讓周旋乎宗廟朝廷斯可也。惜乎余無祿食於世，不克稱其欲，成其志，而姑欲其速反也，〔四〕故詩而序云。

校勘記

〔一〕則是設覆爲穽也　「覆」，英華作「機」。

〔二〕於是有切磋琢磨鑢礪栝羽之道句下注　「達乎犀革」。「革」原作「甲」，據音辯本及家語卷五子路初見篇改。

〔三〕而恒以幼孤羸餒爲懼　何焯義門讀書記：「『幼孤』疑作『孤幼』。」

〔四〕而姑欲其速反也　「其速」，詁訓本作「速其」。

送趙大秀才往江陵謁趙尚書序〔一〕

〔童曰〕在永州作，序自可見。

士之知感激許與，常欲以有報爲志者，〔二〕則凡志乎道者，咸願爲之。如趙生，庶乎哉！〔三〕來謂余曰：「宗人尚書以碩德崇功，由交、廣臨荆州，〔韓曰〕宗人，指趙宗儒也。元和初，檢校禮部尚書、東都留守，三遷爲吏部尚書、荆南節度使。〔孫曰〕趙昌字洪祚，天水人。貞元二十年三月，自國子司業爲安南都護。安南，即交州。元和元年四月，轉户部尚書，爲嶺南節度使。三年四月，遷荆南節度使。仁我若子姓，恩禮重厚。〔四〕有賢子爲御史，好學而甚文，友我若同生，懽欣交通，我誠樂爲之用，甚不辭也。不幸遭重痼，六旬而後知人。方其急也，大懼不克報尚書公之恩，又懼無以當御史君之心以没。每念于是，未嘗不盡然内傷，〔五〕〔舊注〕㾃，傷痛也。許力切。若受鋒刃。自是而後，調藥石，時飲食，生血補氣，强筋植骨，榮衛之和，膂力之剛，迨今茲始全。〔六〕然爲人舒幹抗首，文翰端麗，一有「其」字。材足以用，敢辭而往，以効於戲下。」〔補注〕戲，大將之旗。戲，音羲，亦作「麾」。其言云爾。

自吾竄永州三年，一作「四年」。趙生亟見。視其狀，恭謹愿慤；「恭」，一作「專」。觀其跡，温密簡靜；〔七〕聞其言，徑直端誠。自尚書之爲荆州，「之爲」，一本止作「理」字。異政日至。至則趙生喜抃起立，〔八〕「喜」，或作「震」。伸目四顧，不啻若自己而爲之者。誠宜有報知己之道，又誠宜有大賢而爲之知也。是行也，趙生其將奮六翮，翔千里，以爲轅門大府之重，〔童曰〕轅門，謂以車爲門。增羽儀之盛，其道美矣。〔九〕故余繼之以辭。

校勘記

〔一〕送趙大秀才往江陵謁趙尚書序　陳景雲柳集點勘：「趙尚書，舊注：趙宗儒；或曰趙昌。按：後説是也。昌先領安南，繼遷廣帥，又移荆南，故曰『由交、廣移荆州』，又曰『自吾竄永州四年，趙生亟見』。按唐史：昌除荆南在元和三年六月，公以永貞元年冬末至永，及是已四年矣。『四年』，諸本多作『三年』，非也。」

〔二〕常欲以有報爲志者　詁訓本「常」下無「欲」字。英華注：「蜀本無『欲』字。」

〔三〕庶乎哉　蔣之翹本注：「一作『其庶乎』。」

〔四〕恩禮重厚　「重」，詁訓、何焯校本作「備」。

〔五〕未嘗不蠹然内傷　英華「未」上有「則」字。

〔六〕迨今茲始全　世綵堂本注："一無『茲』字。"

〔七〕觀其跡溫密簡靜　"簡靜"，音辯、詁訓本及英華、游居敬本、全唐文作"簡靖"。

〔八〕至則趙生喜抃起立　"喜抃"，全唐文作"喜忭"。

〔九〕其道美矣　"道"，英華作"爲"。

柳宗元集卷二十三

序别

同吴武陵赠李睦州诗序〔一〕

〔韓曰〕李睦州坐李錡而貶。後以赦，始移永州。公時同武陵皆謫於永。序在李睦州至永後作也。

潤之盜錡，魚倚切。又音奇。竊貨財，聚徒黨，爲反謀十年。〔韓曰〕李錡者，淄川王孝同五世孫。以父蔭，累遷杭、湖二州刺史。貞元十五年二月。遷潤州刺史、浙西觀察諸道鹽鐵轉運使。天下榷酒漕運，錡得專之，乃增置兵額。二十一年三月，於潤州置鎮海軍，以錡爲節度使，而罷其鹽鐵使務。今天子卽位三年，大立制度。於是盜恐且奮，將遂其不善。〔孫曰〕憲宗卽位，不假借方鎮，故倔强者稍入朝。元和二年，錡三表請覲，上許之，實無行意，殺留後王澹等。視部中良守不爲己用者，誣陷去之，睦州由是得罪。天子使御史按問，館于睦。自門及堂，皆其私卒爲衛。天子之衛不得摇手，辭卒致具。有間，盜遂作。〔孫曰〕元和二年十月，詔徵錡爲左僕射，以御史大夫李元素代之，錡據潤州叛。而庭臣猶用其文，斥睦州南海上。〔孫曰〕初貶循州。既上道，盜以徒百人遮于楚、越之郊，〔三〕戰且走，乃得完爲左官吏。〔童曰〕左官，猶左遷。無幾，盜就擒，斬之于社垣之外。〔韓曰〕潤州大將張子良等執錡以獻，斬於獨柳樹。書：不用命戮于社。社爲陰，陰主殺也。論者謂宜還睦州，以明其誣。既更大赦，〔張曰〕元和三年正月，大赦天下。始移永州，去長安尚四千里，睦州未嘗自言。吳武陵，剛健士也。懷不能忍，於是踴躍其誠，鏗鏘其聲，鏗，丘耕切。鏘，千羊切。出而爲之詩，然後慊於内。〔舊注〕慊，恨也。又愜也。苦簟切。余固知睦州之道也熟，銜匿而未發且久，聞吳之先焉者，「焉」一作「言」。激於心，若鐘鼓之考，不知聲之發也，遂繫之而重以序。

校勘記

〔一〕同吳武陵贈李睦州詩序　陳景雲柳集點勘：「外集有太府李卿外婦誌文，李卿即睦州，蓋從太府出守，故稱其前官。本集更有贈李卿元侍御詩，元侍御即法華寺西亭夜飲詩序中之柱下史元克己。序中稱克己者三，當是侍御之字。又鈷鉧潭西小丘記云『李深源、元克己時同遊』，深源即李卿字也。在永有謝李夷簡撫問啓首言『當州員外司馬李幼清傳示委曲』，疑幼清即李卿名，司馬則從循州量移所授官也。幼清爲李公抱玉幼子，見穆員李公碑。」按：陳說是。

〔二〕盜以徒百人遮于楚越之郊　陳景雲柳集點勘：「『郊』當作『交』。」

送南涪州量移澧州序

〔韓曰〕南涪州，即南霽雲之子承嗣也。傳載承嗣爲涪州刺史。劉闢反，以無備謫永州。後以赦移澧州。涪，音浮。

越有納官之令以勝大敵，〔一〕〔孫曰〕越語：王令軍中有能助寡人謀而退吴者，吾與之共知越國之政。乃致其父母昆弟而誓之曰：孤子寡婦疾疢貧病者納宦其子。注云：宦，仕也。仕其子而教之，廩以食之也。漢有羽林之制以威四夷。〔二〕〔韓曰〕漢武帝太初元年，初置名曰建章營騎，後改名曰羽林騎。取從軍死事之子孫養羽林，官教以五兵，號羽林孤兒。國家寵先中丞，〔孫曰〕御史中丞南霽雲死節睢陽。邁古人之烈，〔童曰〕邁，過。烈，業也。故君自未成童，〔三〕〔孫曰〕霽雲死事，其子承嗣七歲，即授婺州別駕，歷刺施、涪二州。成童，十五以上。品嘗第四，〔四〕人猶曰於古爲薄。漢北地都尉卬，音昂。以不勝任陷匈奴，而子單侯于缾。〔五〕〔韓曰〕漢文十四年，匈奴寇邊，殺都尉孫卬。其子單以父力戰死事，封缾侯。〔張曰〕班彪北征賦：弔尉卬於朝那。濟北相韓千秋以匹夫之諒奮觸南越，而子延年侯于成安。〔韓曰〕西漢功臣表：韓延年以其父千秋擊南越死事，封爲成安侯。君之土田之錫，猶挫於有司之手。始由施州爲涪州，扞蜀道勍寇，〔韓曰〕永貞元年八月，西川節度行軍司馬劉闢反。勍，其京切。晝不釋刃，夜不釋甲，〔六〕曰：我忠烈胤也，期死待敵。敵亦曰：彼忠烈胤也，盡力致命，是不可犯。然而筆削之吏，以簿書校計贏縮，〔七〕受譴茲郡，〔韓曰〕茲郡，卽永州。凡二歲。

朝廷建大本，貞萬邦，〔童曰〕書：一人元良，萬邦以貞。〔孫曰〕謂元和四年閏三月，立鄧王寧爲太子。慶澤之濡，洗濯生植。又況涪州家聲之大，裕蠱之志，〔張曰〕易：裕父之蠱。蠱，音古。宜尤被顯寵者也。自漢而南，〔八〕〔孫曰〕「漢」字恐誤。州之美者十七八，莫若澧。澧之佐理，莫踰於長史。以是進秩，人猶曰且有後命。永州多謫吏，而君侯惠和溫良，故其懽愉異於他部。優詔既至，而君適讎於文。〔孫曰〕讎，合也。文，詔令也。謂合於詔令當量移也。讎，是周切。其往也獨，故凡羨慕之辭，無不加等。

噫！以君承荷之重，恭肅之美，四方之求忠壯義烈者，將於君是覯。凡君子之志，欲其優柔而益固，憤悱而不忘，以增太史世家之籍，用是爲貺，則拱璧大鼎，〔孫曰〕老子：雖有拱璧，以先駟馬。春秋：取郜大鼎。烏可以言重乎？

校勘記

〔一〕越有納官之令以勝大敵句下注「吾與之共知越國之政。乃致其父母昆弟而誓之曰：孤子寡婦疾疚貧病者納宦其子」。「政」上原脫「知越國之」四字，「孤子」上原脫「乃致其父母昆弟而誓之曰」十一字，「宦」原作「官」，據詁訓本并參閱國語越語補改。

〔二〕漢有羽林之制以威四夷句下注　「漢武帝太初元年，初置名曰建章營騎，後改名曰羽林騎」。「漢武」下原脫「帝」字，「初置」下原脫「名曰建章營騎後改名曰」十字，據詁訓本及漢書卷一九上百官公卿表補。

〔三〕故君自未成童句下注　「成童，十五以上」。「十五」原作「八歲」，據世綵堂本及禮記內則鄭玄注改。

〔四〕品常第四　「常」，何焯批校王荊石本作「當」。

〔五〕漢北地都尉卬以不勝任陷匈奴而子單侯于缾句下注　「弔尉卬於朝那」。「那」原作「服」，形近而誤，據音辯、世綵堂本及昭明文選北征賦改。

〔六〕夜不釋甲　「釋」，詁訓本作「解」。

〔七〕以簿書校計贏縮　「計」，世綵堂本作「討」，疑誤。

〔八〕自漢而南　「漢」，蔣之翹本注：「疑是『江』字。」

送薛存義之任序〔一〕

〔韓曰〕存義令永州之零陵，其去也，公序而送之。一本無「之任」二字。

河東薛存義將行，柳子載肉于俎，崇酒于觴，〔孫曰〕說文：觶，實曰觴，虛曰觶，皆酒器。追而送之江之滸，〔韓曰〕詩：在河之滸。滸，水涯。音虎。飲食之。〔張曰〕詩：飲之食之。飲食，音蔭飼。且告曰：「凡吏于土者，若知其職乎？〔補注〕若，汝也。其下受若、怠若、盜若，並同義。蓋民之役，非以役民而已也。凡民之食于土者，出其十一傭乎吏，使司平於我也。今受其直怠其事者，〔二〕天下皆然。豈惟怠之，又從而盜之。向使傭一夫於家，受若直，怠若事，又盜若貨器，則必甚怒而黜罰之矣。以今天下多類此，〔三〕而民莫敢肆其怒與黜罰何哉？〔四〕勢不同也。勢不同而理同，如吾民何？有達于理者，得不恐而畏乎！」

存義假令零陵二年矣。〔韓曰〕零陵，永州縣名。蚤作而夜思，勤力而勞心，訟者平，賦者均，老弱無懷詐暴憎，〔五〕其爲不虛取直也的矣，其知恐而畏也審矣。

吾賤且辱，不得與考績幽明之說；〔童曰〕書：三載考績，三考黜陟幽明。與，去聲。於其往也，故賞以酒肉而重之以辭。

校勘記

〔一〕送薛存義之任序題下注　「一本無『之任』二字」。世綵堂本注：「一本有『之任』二字，非。」按：陳景雲柳集點勘：「一本題中無『之任』二字爲是。文中言『假令零陵二年』，則非初之官也。觀篇末『不得與考績幽明之說』，蓋惜其去官而送之。」陳說是。

〔二〕今受其直怠其事者　「今」字下原有「我」字。何焯義門讀書記：「『我』字衍。」今據删。

〔三〕以今天下多類此　世綵堂本注：「一本無『以』字。」近是。

〔四〕而民莫敢肆其怒與黜罰何哉　世綵堂本「罰」下有「者」字，近是。

〔五〕老弱無懷詐暴憎　世綵堂本注：「一本作『老弱寧懷詐暴弜憎』。」

送薛判官量移序〔一〕

〔孫曰〕薛判官，名巽。自連州量移朗州。朗州，即今鼎州也。連與永相接，永又鼎之經塗，故公送以序。

仕於世，有勞而見罪，凡人處是，鮮不怨懟忿憤，懟，音隊。忿，房吻切。列於上，愬於下，此恒狀也。恒，胡登切。異於恒者，其道宜顯。薛生司貨賄於軍興之際，兵亂不去，然得以不犯，由太行以東皆傳道之，可以爲勞矣。而竟連大獄，以至於放。〔孫曰〕巽始佐河北軍，有勞未及録。會其長于皐謨及董溪以罪聞，巽坐貶。不慼於貌，不悱於心，樂以自肥，而未嘗尤於物，其有異於恒矣哉。

朝廷施恩澤，一有「大」字。凡受謫者，罪得而未薄，「未」，一作「末」。乃命以近壤。薛君去連而吏於朗，是其漸於顯歟？君子學以植其志，信以篤其道，有異於恒者，充而大之。苟推是以往，雖欲辭顯難矣。

校勘記

〔一〕送薛判官量移序 「量移」，音辯本作「量授」。陳景雲柳集點勘：「『量移』一作『量授』爲是。按薛巽始爲河北糧科使于皐謨判官，及皐謨以罪伏法，巽亦坐累遠竄。觀序中去連吏朗語，似其初乃除名長流。及遇赦移朗，方稍敍復其官資耳。」

送李渭赴京師序

〔韓曰〕渭，唐宗室子。此序公作于柳州。

過洞庭，上湘江，〔孫曰〕湘，水名。漢志云：出零陵郡陽海山，北入江。非有罪左遷者罕至。又況踰臨源嶺，下灕水，〔孫曰〕灕水，今之桂江。〔韓曰〕灕水，出零陵。灕，力支切。出荔浦，〔孫曰〕荔浦，縣名。荔，音戾。名不在刑部而來吏者，其加少也固宜。前余逐居永州，李君至，固怪其棄美仕就醜地，無所束縛，自取瘴癘。後余斥刺柳州，〔童曰〕元和十年，公刺柳州。至于桂，君又在焉，方屑屑爲吏。噫！何自苦如是耶？

明時宗室屬子當尉畿縣。今王師連征不貢，二府方汲汲求士。李君讀書爲詩有幹局，久游燕、魏、趙、代間，知人情，識地利，能言其故。以是入都干丞相，益國事，不求獲乎己，而已以有獲。〔一〕予嫉其不爲是久矣。今而曰將行，請余以言。行哉行哉！言止是而已。

校勘記

〔一〕不求獲乎己而已以有獲　「乎」，英華作「於」。世綵堂本注：「蜀本無『乎己』二字，或作『不求獲而已有獲』。」

送嚴公貺下第歸興元覲省詩序

嚴氏之子有公貺者，〔孫曰〕嚴震，字遐聞。建中二年十二月，拜梁州刺史、山南西道節度使，封馮翊郡王。四子：愖、協、公弼、公貺。退自有司，踵門而告柳子曰：「吾獻藝不售於儀曹之賈，〔一〕〔童曰〕儀曹，禮部。貨不中度，敢逃其咎！詰朝將行，〔二〕願聞所以去我者，其可乎哉？」余諭之曰：「吾子以冲退之志，端其趣嚮，以淬礪之誠，淬，音倅。礪，音厲。修其文雅。行當承教戒於獨立之下，濬發清源，濬，音浚。激揚洪音。沛哉！鏗鏗乎充于四體之不暇，〔三〕吾何敢去子！」

恭惟相國馮翊公，〔韓曰〕貞元十二年，震同平章事。有大勳力盈于旂常。〔孫曰〕周禮：凡有功者書于王之太常。太常，旂名也。日月爲常，交龍爲旂。極人臣之尊，分天子之憂。〔四〕殿邦坤隅，〔孫曰〕詩：殿天子之邦。漢中在西，爲坤隅。柄是文武。若子者，生而有黼繢粱肉之美，〔張曰〕黼繢，命服也。「繢」，卽「繪」字。不知耕農之勤勞，物役之艱難。趨其庭，有魏絳之金石焉。〔韓曰〕襄十一年左氏：鄭人賂晉侯以歌鐘二肆，及其鎛磬，女樂二八。晉侯以半賜魏絳，絳始有金石之樂。候其門，有亞夫之棨戟焉。〔韓曰〕漢制，假棨戟以代斧鉞。棨戟，前驅之器，以木爲之。王公以下通用，以前驅也。棨形如戟。遣禮切。中人處之，不能無傲。而子之伯仲，皆脱略貴美，服勤儒素，退託於布衣韋帶之任，如少習然。故繼登上科，〔孫曰〕貞元五年，公弼登第。以及於子。是可舉嚴氏之教，誦乎他門，使有矜式也。而吾子又引慝内訟，〔張曰〕書：負罪引慝。注：慝，惡也。論語：我未見能見其過而内自訟者也。撝謙如此，其何患乎賈之不售而自薄哉！於是文行之達，一有「者」字。若高陽齊據者，〔孫曰〕據貞元二年中第。偕賦命余序引。余朴不曉文，故書嚴子之嘉言，編于右簡，竊褒貶之義以贈。

校勘記

〔一〕吾獻藝不售於儀曹之賈　英華「賈」上有「司」字。

〔二〕詰朝將行　「詰」，英華作「誥」，誤。王玉樹說文拈字引說文長箋云：「明朝爲詰朝，今俗以『詰』爲『詰』。」

〔三〕鏗鏗乎充于四體之不暇　「鏗鏗」，詁訓本作「鏗鏘」。

〔四〕分天子之憂　「天子」，世綵堂本作「天下」。

送元秀才下第東歸序〔一〕

〔韓曰〕元秀才，公墐也。集有答貢士元公瑾書，亦謂其有文行而不能薦於有司。

周乎志者，〔童曰〕周，至也。窮躓不能變其操；〔韓曰〕說文：躓，跲也，又礙也。音致。操，去聲。周乎藝者，屈抑不能貶其名。其或處心定氣，居斯二者，雖有窮屈之患，則君子不患矣。元氏之子，其殆庶周乎。言恭而信，行端而静，勇於講學，急於進業。既游京師，寓居側陋，無使令之童，闕交易之財，可謂窮躓矣。而操逾厲，志之周也。才濬而清，詞簡而備，工於言理，長於應卒。倉忽切。從計京師，受丙科之薦。獻藝春卿，當三黜之辱，〔張曰〕柳下惠爲士師，三黜。可謂屈抑矣。而名益茂，藝之周也。苟非處心定氣，則曷能如此哉！

余聞其欲退家殷墟，〔孫曰〕定四年左氏：命以康誥而封于殷墟。殷墟，朝歌，今衞州也。修志增藝，懼其沉鬱傷氣，懷憤而不達，〔二〕乃往送而諭焉。夫有湛盧豪曹之器者，〔三〕〔韓曰〕越勾踐有寶劍五：純鉤、湛盧、鏌鋣、豪曹、巨闕。〔孫曰〕吳越春秋：越王元常使歐冶子造劍三：魚腸、豪曹、湛盧。〔童曰〕吳都賦：純鉤、湛盧。注：二劍名也。患不得犀兕而剸之，〔舊注〕剸，細剖也。旨兗、之轉二切。不患其不利也。今子有其器，宜其利，乘其時，夫何患焉？磨礪而坐待之可也。遂欣欣而去。

校勘記

〔一〕送元秀才下第東歸序　英華題作「送元秀才序」。

〔二〕懷憤而不達　詁訓本「不」下有「能」字。

〔三〕夫有湛盧豪曹之器者句下注　「越王元常使歐冶子造劍三」。「元常」，吳越春秋卷四徐天祜注：「左傳、史記俱作『允常』。」

送辛殆庶下第遊南鄭序

朝廷用文字求士，每歲布衣束帶，〔張曰〕孔子曰：束帶立於朝。偕計吏而造有司者，〔孫曰〕漢武元光三年，徵吏民有明當世之務者，令與計偕。注云：計者，上計簿使也。偕，俱也。僅半孔徒之數。〔孫曰〕孔門有三千之徒，今半其數。春官上大夫，〔補注〕謂禮部侍郎。擢甲乙而升司徒者，〔劉曰〕禮記王制：命鄉論秀士，升之司徒，曰選士。於孔氏高第亦再倍焉。僕在京師，〔一〕〔韓曰〕貞元五年，公至京師。凡九年于今，其間得意者，二百有六十人。其果以文克者，十不能一二。嘗從俊造之後，〔童曰〕王制：司徒論選士之秀者而升之學，曰俊士。升於司徒者，不征於鄉。升于學者，不征於司徒，曰造士。頗涉藝文之事，四貢鄉里，而後獲焉。〔韓曰〕貞元九年，公始中進士第。方之於釣者，絲綸不屬，之欲切。鈎喙甚直，〔二〕懷有美餌，「懷」，一作「嗜」。而觖望獲魚之暮，〔韓曰〕觖望，怨望也。觖，音決，又窺瑞切。則善取者皆指而笑之。

今辛生固窮而未達，遲久而不試，褒衣之徒，視子而捧腹者，蓋不之知焉。一作「蓋不乏焉」。辛生嘗南依蠻楚，〔三〕〔孫曰〕謂荆州也。專志於學，爲文無謬悠迂誕之談，鍛鍊翦截，動可觀采。故相國齊公，〔韓曰〕貞元二年正月，齊映同平章事。至是蓋已死矣。接禮加等，常爲右客，〔孫曰〕謝惠連雪賦云：相如末至，居客之右。且佐其策名之願。〔補注〕左氏僖二十三年傳曰：策名委質。注云：名書於所臣之策。遂笈典墳，〔童曰〕笈，負書箱也。笈，極曄切，又音及。袖文章，北來王都，笑揖羣伍。文昌下大夫〔孫曰〕文昌，尚書省也。上士之列，見而器異，争爲鼓譽，由是爲聞人。戰術藝之場，莫與争鋒。然而遷延三北，躑躅不振，躑，直擿切。躅，厨玉切。豈其直鈎而釣，〔四〕懷美餌而羡魚者耶？若辛生者，有司抑之則已，不然，身都甲乙之籍，其果以文克歟！

今則囊如懸磬，〔劉曰〕齊孝公伐魯，見候者曰：魯國恐乎？室如懸磬，野無青草。傭室寓食，方將適千里，求仁人，被冒畏景，陟降棧道。〔孫曰〕殆庶往南鄭，謁山南西道節度使嚴震。史記：張良説漢王燒絶棧道。謂今之閣道也。吾欲抑而不歎，其若心胸何？然吾聞焚舟而克，〔孫曰〕文三年左氏：秦伯伐晉，濟河焚舟。手劍而盟者，〔五〕〔孫曰〕莊十三年公羊傳：公會齊侯，盟于柯，莊公升壇，曹子手劍而從之。皆敗北之餘也。子之厄困而往，覇心勇氣，無乃發於是行乎？成拜賜之信，〔孫曰〕僖三十三年左氏：孟明謂晉人曰：若從君惠而免之，三年將拜君賜。刷壓境之耻，〔六〕〔孫曰〕莊十三年公羊傳：曹子曰：城壞壓境，君不圖與。無乃果於是舉乎？往慎所履，如志遄返，〔童曰〕遄，速也。淳緣切。勉自固植，以遂子之欲。姑使談者謂我言而中，「而」，一作「兩」。不猶愈乎！

校勘記

〔一〕僕在京師句下注　「貞元五年，公至京師」。「五年」原作「六年」，據詁訓本改。按：本書與楊誨之第二書云：「吾年十七，求進士，四年乃得舉。」貞元五年，柳宗元年十七。故柳至京師當在貞元五年。

〔二〕鈎喙甚直　「鈎」原作「鈞」，據詁訓、世綵堂本及英華改。

〔三〕辛生嘗南依蠻楚　「嘗」，英華作「來」。

〔四〕豈其直鈎而釣　「鈎」原作「鈞」，據音辯、詁訓、世綵堂本及英華改。

〔五〕手劍而盟者句下注　「莊十三年公羊傳：公會齊侯，盟於柯，莊公升壇」。「莊十三年」原作「僖十三年」，「齊侯」原作「齊使」，「升」下原脫「壇」字，均據春秋公羊傳改補。

〔六〕刷壓境之恥句下注　「莊十三年公羊傳」。「莊」原作「僖」，據春秋公羊傳改。

送崔子符罷舉詩序

〔韓曰〕崔九，名策，字子符。公嘗有與策登西山詩。

世有病進士科者，思易以孝悌經術兵農，曰：「庶幾厚於俗，而國得以爲理乎？」柳子曰：「否。以今世尚進士，故凡天下家推其良，公卿大夫之名子弟、國之秀民舉歸之。且而更其科，以爲得異人乎？無也。唯其所尚文學，一作「又舉」。移而從之，尚之以孝悌，孝悌猶是人也；尚之以經術，經術猶是人也。雖兵與農皆然。」曰：「然則宜如之何？」曰：「即其辭，觀其行，考其智，以爲可化人及物者，隆之。文勝質，行無觀，智無考者，下之。俗其以厚，國其以理，科不俟易也。」

今有博陵崔策子符者，少讀經書，爲文辭，本於孝悌，理道多容，以善别時，剛以知柔。進於有司，六選而不獲。家有寃連，伏闕下者累月不解。音懈。仕將晚矣，而戚其幼孤〔一〕，往復不憚萬里，再歲不就選。世皆曰孝悌人也。「孝」一作「仁」。如是且不見隆，〔二〕雖百易科，其可厚而理乎？今夫天下已理，民風已厚，欲繼之於無窮，其在慎是而已。朝廷未命有司，既命而果得有道者，則是術也宜用。崔子之仕，又何晚乎？

僕智不足而獨爲文，故始見進而卒以廢。居草野八年，麗澤之益，〔孫曰〕易：麗澤兑，君子以朋友講習。鏃礪之事，〔注〕見豆盧膺序。空於耳而荒於心。崔子幸來而親余，「親」一作「覿」。讀其書，聽其言，發余始志，若寤而言夢，醒而問醉。未及悉，而告余以行。余懼其悼時之往而不得於內也，獻之酒，賦之詩而歌之，坐者從而和之，既和而敍之。「敍」一作「序」。

校勘記

〔一〕而戚其幼孤　「幼孤」，詁訓本作「孤幼」。何焯義門讀書記：「『幼孤』作『孤幼』。」

〔二〕如是且不見隆　「是」上原脱「如」字，何焯義門讀書記：「『是』字上有『如』字。」據音辯、詁訓、世綵堂本補。

送蔡秀才下第歸覲序

僕之始貢於京師，著者卦之曰：是所謂望而未覯，「而」，一作「之」。隱而未見，〔補注〕易：隱而未見，行而未成。矘乎遠而有榮者也。〔一〕〔童曰〕矘，日無光也，不明也。他曩切。今茲歲在鶉首，若合於壽星，其果合乎？〔韓曰〕歲在未曰鶉首。貞元七年辛未，公在京師，壽星屬辰，酉與辰合，故至九年癸酉，公登第焉。僕時悒然遲之，謂其誕慢怪迂，是將不然，然而僅寘於懷耳，未克決而忘之也。後果依違遷就，四進而獲，卒如其言云。噫！彼莫莫者，其有宰於人乎？不然，何其應前定若是之章明也。今蔡君馳聲耀譽，聞於公卿，戰藝之徒，推爲先登，〔二〕〔孫曰〕隱十一年左氏：潁考叔取鄭伯之旗以先登。而五就鄉舉，往則見罷，意者前定之期殆未及歟？故君子之居易俟命，〔韓曰〕禮記：君子居易以俟命，小人行險以徼幸。樂天不憂者，〔劉曰〕易：樂天知命，故不憂。一本無上五字。果於自是也。君其勵文學焉！丈人牧人南邦，君展覲承顔婆娑愉樂之暇，則充其經笥，茂是文苑，時焉逃哉？焉，於虔切。遲速之事，則瞽史之任，吾不及知。

校勘記

〔一〕矘乎遠而有榮者也句下注　「矘，日無光也」。按：「矘」「曭」意不同。矘，兩目無精直視；曭，日昏暗不明。柳文上句言「望而未覯，隱而未見」，當以作「矘」爲是。原注誤。

〔二〕推爲先登句下注　「隱十一年左氏」。「十一年」原作「十年」，據左傳改。

送韋七秀才下第求益友序

一本無「求益友」三字。

所謂先聲後實者，豈唯兵用之，〔孫曰〕漢書：廣武君說韓信曰：「兵有先聲而後實。」一本「用之」下有「然」字，非。雖士亦然。若今由州郡抵有司求進士者，歲數百人，咸多爲文辭，道今語古，角夸麗，務富厚。有司一朝而受者幾千萬言，讀不能十一，即偃仰疲耗，〔童曰〕耗，亂也。音冒。目眩而不欲視，心廢而不欲營，如此而曰吾能不遺士者，僞也。唯聲先焉者，讀至其文辭，心目必專，「目」，一作「耳」。以故少不勝。

京兆韋中立，其文懿且高，其行愿以恒，試其藝益工，久與居，益見其賢，然而進三年連不勝，是豈拙於爲聲者歟？或以韋生之不勝，爲有司罪。余曰：非也。穀梁子曰：「心志既通，而名譽不聞，友之過也；名譽既聞，而有司不以告，「不以告」，或作「不取者」。有司之過也。」〔一〕〔孫曰〕昭十九年穀梁傳：子既生，不免乎水火，母之罪也。羈貫成童，不就師傅，父之罪也。就師學問無方，心志不通，身之罪也。心志既通，而名譽不聞，友之罪也。名譽既聞，有司不舉，有司之罪也。人之視聽有所止，神志有所不及。〔孫曰〕即上云有司疲耗事。古之道，名譽未至，不以罪有司，而況今乎？今韋生樂植乎內，而不欲揚乎外，〔二〕其志非也。孔子不避名譽以致其道，今韋生伎其文，簡其友，思自得於有司，抑非古人之道歟？將行也，余爲之言，既以遷其人，又以移其友，且使惑者知釋有司也。

校勘記

〔一〕有司之過也句下注　「不就師傅」。「就」原作「能」，據穀梁傳改。

〔二〕而不欲揚乎外　世綵堂本「不」上無「而」字。

送辛生下第序略

自命鄉論士之制，〔孫曰〕命鄉論秀士，升之司徒，曰選士。出禮記王制篇。壞而不復，士莫有就緒，故叢于京師。京兆尹歲貢秀才，常與百郡相抗。登賢能之書，或半天下。取其殊尤以爲舉首者，仍歲皆上第，過而就黜，時謂怪事，有司或不問能否而成就之。中書高舍人，備位于禮部，攘袂矯枉，痛抑華耀，〔韓曰〕高郢傳：貞元中，遷中書舍人，進禮部侍郎，知貢舉。時四方士務朋比，更相譽薦，以動有司，徇名亡實，郢患之，乃謝絶請謁，專取行藝。司貢部凡三歲，甄幽獨，抑浮華，流競之俗爲衰。首京師之貢者，「首」一作「會」。再歲連黜，辛生以是不在議甲乙伍中。其沉没厄困之士，闔户塞竇〔補注〕禮儒行：儒有蓽門圭竇。竇，穴也。而得榮名者，連眕而起，〔張曰〕說文：眕，井田間陌也。止忍切。談者果以至公稱焉，其能否也，世莫知也。〔一〕若辛生，其文簡而有制，其行直而無犯，嚮使不聞於公卿，不揚於交游，又不爲京師貢首，則其甲乙可曲肱而有也。嗚呼，名之果爲不祥也有是夫！既受退，告歸長沙。〔孫曰〕長沙，潭州。以辛生之文行，八年無就，如其初而退返，〔二〕吾甚憤焉。孟子曰：「位卑而言高者，罪也。」於辛生又不能已，故略。〔三〕

校勘記

〔一〕其能否也世莫知也　何焯批校王荆石本「否」下無「也」字。

〔二〕如其初而退返　詁訓本注：「一無『退』字。」

〔三〕於辛生又不能已故略　音辯、蔣之翹本「故略」下有「下闕」二字。按：陳景雲柳集點勘云：「篇末云『故略』，正應題中『略』字，詞簡意足，並無闕文。宋本『故略』下一注『下闕』二字，非也。」何焯校本亦云：「集本於『故略』下注『下闕』，非也。」其說是。

柳宗元集卷二十四

序

送從兄偁罷選歸江淮詩序〔一〕

〔韓曰〕史傳年表，公從兄偁無見焉。其曰從姪立，貞元十一年中進士第者也。

伯氏自淮陽從調，〔孫曰〕詩：伯氏吹塤，仲氏吹篪，伯仲兄弟。淮陽，陳州。調，選也。抵于京師。冬十月，牒計不至，攝袵而退，〔孫曰〕攝袵，謂斂襟也。顧謂宗元曰：「昔吾祖士師，〔張曰〕柳下惠爲士師。生于衰周，與道同波，爲世儀表。故直道而仕，三黜不去，孔氏稱之。〔張曰〕語曰：直道而事人，焉往而不三黜。遺佚而不怨，厄窮而不憫，孟子贊之。今吾遑遑末路，寡偶希合，進不知嚮，退不知守，所不敢折其志，戚其心，遵祖訓也。然而闕滫瀡之養，〔舊注〕滫瀡，謂泔滑也。〔孫曰〕禮內則：堇、荁、枌、榆、免、薨、滫、瀡以滑之。注：秦人溲曰滫，齊人滑曰瀡。滫，息有切。瀡，音髓。乏庾釜之畜，〔童曰〕論語：子華使於齊，冉子謂其母請粟。子曰：「與之釜。」請益。曰：「與之庾。」注：六斗四升曰釜。十六斗曰庾。逼迸無成，逼，筆力切。迸，北諍切。東轅淮湖。雖欲脱細故於胸中，味道腴於舌端。勉修厥志，懼不恒久。恒，胡登切。子當慰我窮局之懷，袪我行役之憤，博之以文，〔劉曰〕論語：博我以文，約我以禮。發於詠歌。吾非子之望將誰望焉？」

宗元再拜曰：「夫聞善不慕，與聾聵同；見善不敬，與昏瞽同；知善不言，與嚚瘖同，則聞之先達久矣。矧吾兄有柔儒之茂質，〔二〕恢曠之弘量，敢無敬乎？有述祖之美談，安道之貞節，敢無慕乎？覩徽容而敬，聞嘉話而慕，敢無言乎？言不稱德，文不盡志，適爲累而已矣！」於是賦而序之，繼其聲者列于左，凡五十七首。遂命從姪立，編爲後序終焉。〔三〕

校勘記

〔一〕送從兄偁罷選歸江淮詩序　「偁」，音辯、游居敬、何焯批校王荆石本作「稱」。

〔二〕矧吾兄有柔儒之茂質　「柔儒」，英華作「柔懦」，何焯校本「儒」改作「懦」，又回改作「儒」。按：本書送崔羣序有「有柔儒溫文之道」句，作「柔儒」近是。

〔三〕編爲後序終焉　「焉」，世綵堂本作「篇」。

送從弟謀歸江陵序

〔韓曰〕公高祖諱子夏，徐州長史。此序首云：吾與謀由高祖王父而異，其別蓋自此。然謀之父祖，年表譜系皆闕，無所稽焉。

吾與謀，由高祖王父而異。謀少吾二歲，往時在長安，居相邇也。與謀皆甚少，獨見謀在衆少言，好經書，心異之。其後吾爲京兆從事，〔一〕〔孫曰〕公爲盩厔尉。謀來舉進士，復相得，益知謀盛爲文詞，通外家書。一再不勝，懼禄養之緩，棄去，爲廣州從事。復佐邕州，連得薦舉至御史，後以智免，歸家江陵。有宅一區，環之以桑，有僮指三百，有田五百畝，樹之穀，藝之麻，〔童曰〕藝，種也。養有牲，出有車，無求於人。日率諸弟具滑甘豐柔，〔孫曰〕禮内則：棗、栗、飴、蜜以甘之，堇、荁、枌、榆、免、薧、滫、瀡以滑之。視寒燠之宜，其隟「隟」，與「隙」同。則讀書，講古人所謂求其道之至者以相勵也。過永州，爲吾留信次，〔二〕〔補注〕莊三年左氏：凡師一宿爲舍，再宿爲信，過信爲次。具道其所爲者。

凡士人居家孝悌恭儉，爲吏祗肅。出則信，入則厚。足其家，不以非道；進其身，不以苟得。時退則退，尊老無井臼之勞。和安而益壽，「和安」，一作「安和」。兄弟衎衎以相友。〔韓曰〕衎衎，樂也。空旱切。不謀食而食給，不謀道而道顯。則謀之去進士爲從事於遠，始也吾疑焉，今也吾是焉。別九歲而會於此，視其貌益偉，問其業益習，叩其志益堅。於虖！吾宗不振久矣。識者曰：今之世稍有人焉。若謀之出處，庸非所謂人歟？或問管仲，孔子曰：「人也」。謀雖不試於管仲，〔三〕其爲道無悖，亦可以有是名也。抑又聞聖人之道，學焉而必至，謀之業良矣，而又增焉；志專矣，而又若不足焉。孔子之門，不道管、晏，〔孫曰〕孟子：公孫丑問曰：「夫子當路於齊，管仲、晏子之功，可復許乎？」孟子曰：「管仲，曾西之所不爲也，而子爲我願之乎！」云云。則謀之爲人也，「人」下一有「志」字。其可度哉！

吾不智，觸罪擯越、楚間六年，〔孫曰〕謂永州時作。築室茨草，爲圃乎湘之西，穿池可以漁，種黍可以酒，甘終爲永州民。〔四〕又恨徒費禄食而無所答，下媿農夫，上慙王官。追計往時咎過，日夜反覆，無一食而安於口平於心。若是者，豈不以少好名譽，嗜味得毒，〔孫曰〕國語：單襄公謂魯成公曰：高位實疾顛，厚味實腊毒。而至於是耶！用是愈賢謀之去進士爲從事以足其家，終始孝悌，今雖欲羨之，豈復可得？謀在南方有令名，其所爲日聞於人，吾恐謀不幸又爲吾之所悔者，將已之而不能得，可若何？然謀以信厚少言，蓄其志以周於事，雖履吾跡，將不至乎吾之禍，則謀何悔之有？苟能是，雖至於大富貴，又何慄耶？〔五〕振吾宗者，其惟望乎爾！

校勘記

〔一〕其後吾爲京兆從事　陳景雲柳集點勘：「按子厚爲尉於京兆屬邑藍田，乃曰『爲京兆從事』者，據與楊誨之書，言『爲藍田尉，留府庭，旦暮走謁堂下』，又集中有代韓、李二京尹諸作，蓋亦如陳京以咸陽留府庭，主文章事，殆與幕下記室同，故云爾。」

〔二〕爲吾留信次句下注　「再宿爲信」。「宿」原作「舍」，據音辯本及左傳改。

〔三〕謀雖不試於管仲　「試」，詁訓本及英華作「識」。按：此處用論語憲問典，當取「識」字。

〔四〕甘終爲永州民　「甘」，英華作「其」。

〔五〕又何慄耶　「慄」原作「慓」，據取校諸本改。

送澥序

〔劉曰〕澥，公之族屬也。澥，音邂。

人咸言吾宗宜碩大，有積德焉。在高宗時，並居尚書省二十二人。〔孫曰〕永徽二年，柳奭同平章事。遭諸武，以故衰耗。〔孫曰〕奭爲武后所惡，貶愛州刺史，尋殺之，籍没其家。武氏敗，猶不能興。〔一〕一無「武氏敗猶不能興」七字。爲尚書吏者，間數十歲乃一人。〔二〕永貞年，吾與族兄登〔韓曰〕登，字伯成，芳之子。並爲禮部屬。〔孫曰〕公爲禮部員外郎，登爲膳部郎中。吾黜，而季父公綽更爲刑部郎，〔韓曰〕公綽，字起之，温之子，以吏部員外郎爲西川武元衡判官，復入爲吏部郎中。「刑」下一有「吏」字。則加稠焉。又觀宗中爲文雅者，炳炳然以十數，仁義固其素也。意者其復興乎？一無「其」字。自吾爲僇人，〔孫曰〕「僇」與「戮」同，刑也。居南鄉，後之穎然出者，吾不見之也。其在道路幸而過余者，獨得澥。澥質厚不諂，敦朴有裕，若器焉，必隆然大而後可以有受，擇所以入之者而已矣。其文蓄積甚富，好慕甚正，若牆焉，必基之廣而後可以有蔽，擇其所以出之者而已矣。勤聖人之道，輔以孝悌，復嚮時之美，吾於澥焉是望。汝往哉！見諸宗人，爲我謝而勉焉。無若太山之麓，止而不得升也，其唯川之不已乎！吾去子，終老於夷矣！

校勘記

〔一〕武氏敗猶不能興句下注　「一無『武氏敗猶不能興』七字」。「興」上原脱「不能」二字，據詁訓本補。

〔二〕爲尚書吏者閒數十歲乃一人　「數十」原作「十數」，據詁訓本改。按：武氏後，柳姓爲尚書吏者甚少，當作「數十」爲是。

送内弟盧遵遊桂州序〔一〕

〔韓曰〕昌黎銘公墓云：舅弟盧遵，涿人。性謹慎，學問不厭。自子厚之斥，遵從而家，逮其死不去。觀公此序信然矣。

外氏之世德，存乎古史，揚乎人言，其敦大朴厚尤異乎他族。由遵而上，五世爲大儒，兄弟三人咸爲帝者師。〔孫曰〕盧植，涿人，後漢時爲尚書。植子毓，魏司空。毓子珽，晉侍中。珽子志，中書監。志子諶，司空從事中郎。四代有傳。諶子偃。偃子昭。昭曾孫靖。靖三子：景裕、辯、光，皆爲帝者師，號帝師房。景裕，魏國子博士，齊文襄帝師。辯，西魏侍中尚書令，周武帝師。光，西魏侍中、將作大匠，恭帝師。詳見元和姓纂。其風之流者，皆好學而質重。

遵，余弟也。〔孫曰〕遵，公舅之子。又一本作「余弟子也」。廣而不肆，巽而不懾。孝敬忠信之道，拳拳然〔童曰〕禮記：得一善則拳拳服膺，而不失之矣。未嘗去乎其中，蓋由其中出者也。浸潤以詩、易，動揺以文采。以余棄于南服，來從余居五年矣。未嘗見其行有悖乎義，悖，音佩，又蒲没切。言有異乎行者。則余之棄也，適累斯人焉。以愛余而慰其憂思，故不爲京師遊，以取名當世。以桂之邇也，而中丞之道光大，〔二〕〔孫曰〕時御史中丞裴行立爲桂管觀察使。多容賢者，故洋洋焉樂附而趨，以出其中之有。夫如是，則宜奮翼鱗，一無「則」字。乘風波，以游乎無倪。〔童曰〕倪，分也。往哉！其漸乎是行也。

校勘記

〔一〕送内弟盧遵遊桂州序題下注「性謹慎」，「慎」原作「順」，據詁訓、濟美堂、蔣之翹本及韓昌黎集卷三二柳子厚墓誌銘改。

〔二〕而中丞之道光大句下注「時御史中丞裴行立爲桂管觀察使」。陳景雲柳集點勘：「注『御史中丞裴行立爲桂管觀察使』非也。按韓子誌子厚墓：『自子厚之斥，遵從而家焉。』又此序言『以余棄於南服，來從余居五年』。則序乃元和四年在永州作也。行立以元和十二年始除桂管，當遵遊桂時，廉使乃李中丞。集有上中丞薦遵啓可證。」按：陳説近是。惟桂州中丞雖斷言非裴行立，然究竟爲誰，仍有待考定。

送表弟呂讓將仕進序

〔孫曰〕呂渭，字君載，河中人。貞元中，爲湖南觀察使。四子：温、恭、儉、讓。

吾觀古豪賢士，能知生人艱饑羸寒、蒙難抵暴、捽抑無告，〔韓曰〕説文：捽，持頭髮也。昨没切。以吁而憐者，〔一〕皆飽窮厄，恒孤危，詑詑忡忡，詑，音怡。忡，敕中切。東西南北無所歸，然後至于此也。今有呂氏子名讓，生而食肉，厭粱稻，欺紈縠，幼專靖，不好遊，不踐郊牧垌野，

〔孫曰〕爾雅：邑外謂之郊，郊外謂之牧，牧外謂之野，野外謂之林，林外謂之坰。不目小民農夫耕築之倦苦，不耳呼怨，而獨粹然憐天下之窮甿，〔韓曰〕説文：甿，田民也，與「氓」同。坐而言，未嘗不至焉。此孰告之而孰示之耶？積於中，得於誠，往而復，咸在其內者也。彼告而後知，示而後哀，由外以鑠己，鑠，式灼切。因物以激志者也。中之積，誠之得，其爲賢也莫尚焉。呂氏子得賢人之上資，增以嗜儒書，〔二〕多文辭，上下今古，〔三〕左程右準，〔四〕〔童曰〕程，式也。以爲直道，「直」，一作「其」。其於遠且大，若稼而穀，圃而蔬，不丐買而有也。

今來言曰：「道不可特出，功不可徒成，必由仕以登，假辭以通，然後及乎物也。吾將通其辭，干於仕，庶施吾道，願一決其可不可於子何如？」

余曰：「志存焉，「存」，一作「好」。學不至焉，不可也；學存焉，辭不至焉，不可也；辭存焉，時不至焉，不可也。今以子之志，且學而文之，「而」下，一本又有「且」字。又當主上興太平，賢士大夫爲宰相卿士，吾子以其道從容以行，由於下，達於上，旁施其事業，若健者之升梯，舉足愈多，身愈高，人愈仰之耳。道不誤矣，勤而不忘，斯可也；怠而忘，斯不可也。捨是，吾無以爲決。子其行焉。」〔孫曰〕元和十年，讓中第。

校勘記

〔一〕以吁而憐者　「吁」，濟美堂、蔣之翹本及全唐文作「呼」。

〔二〕增以嗜儒書　「書」原作「者」，據音辯、詁訓、世綵堂本改。

〔三〕上下今古　「今古」，全唐文作「古今」。

〔四〕左程右準　「程」，全唐文及何焯校本作「繩」。

陪永州崔使君遊宴南池序〔一〕

〔韓曰〕使君，崔敏也。刺永而卒，公嘗誌其墓及以文祭之。有云：「某等咸以罪戾，謫茲炎方。公垂惠和，枯槁以光。嗚鑾適野，泛鷁沿湘。廣筵命樂，華燭飛觴。」與此序意同也。

零陵城南，環以羣山，延以林麓。〔孫曰〕麓，山足也。其崖谷之委會，〔孫曰〕委會，水聚處。則泓然爲池，〔韓曰〕泓，下深貌。烏宏切。灣然爲溪。〔韓曰〕灣，水曲也。烏還切。其上多楓柟竹箭，「柟」，即「楠」字。哀鳴之禽，其下多芡芰蒲蕖，〔童曰〕芡，雞頭。芰，小荷。蒲蕖，芙蓉。芡，音儉。芰，音騎。蕖，音渠。騰波之魚，韜涵太虛，澹灩里閭，〔二〕〔舊注〕澹灩，摇動也。澹，音淡。灩，音艷。誠游觀之佳麗者已。

崔公既來，〔孫曰〕元和中，以御史中丞崔公爲永州刺史。其政寬以肆，其風和以廉，既樂其人，又樂其身。于暮之春，徵賢合姻，登舟于兹水之津。連山倒垂，萬象在下，浮空泛景，蕩若無外。横碧落以中貫，陵太虚而徑度。羽觴飛翔，匏竹激越，〔孫曰〕匏，瓠也。可以爲笙。熙然而歌，婆然而舞，〔童曰〕婆然，舞貌。持頤而笑，瞪目而倨，〔童曰〕瞪，目直視也。直陵、丈證二切。不知日之將暮，則於向之物者可謂無負矣。

昔之人知樂之不可常，會之不可必也，當歡而悲者有之。况公之理行，宜去受厚錫，而席之賢者，率皆左官蒙澤，「左官」，或作「在謨」。方將脱鱗介，生羽翮，夫豈趑趄湘中趑，千資切。趄，千余切。爲顦顇客耶？顦，音樵。顇，音悴。余既委廢於世，恒得與是山水爲伍，而悼兹會不可再也，故爲文志之。

校勘記

〔一〕陪永州崔使君遊宴南池序題下注「使君，崔敏也」。陳景雲柳集點勘：「敏以元和三年涖任，斯序即是春作。序中言『席之賢者，率皆左官蒙澤』，謂歲之正月有赦令，凡左降官皆得量移也。初，八司馬之謫，有『後遇恩赦，永不量移』之命，故曰『委廢於世，恒與山水爲伍』，悵獨異於在席諸人耳。崔永州以五年卒官，公祭文云：『鳴鑾適野，泛鷁沿湘，廣筵命樂，華燭飛觴。』皆記從前游讌之樂，及永州待所部遷客之善也。」

〔三〕澮灅里閭　「里閭」，英華、全唐文作「閭里」。

愚溪詩序

〔韓曰〕公嘗與楊誨之書云：「方築愚溪東南爲室。」而此言丘泉溝池堂溪亭島皆具。序當作於書之後。所謂八愚詩，今逸之。可惜也已。

灌水之陽〔孫曰〕羅含湘中記：有灌水有烝水，皆注湘。有溪焉，東流入于瀟水。或曰：冉氏嘗居也，故姓是溪爲冉溪。「爲」，一作「曰」。或曰：可以染也，名之以其能，故謂之染溪。余以愚觸罪，謫瀟水上，愛是溪，入二三里，得其尤絶者家焉。古有愚公谷，〔孫曰〕説苑：齊桓公出獵，入山谷中，見一老公，問曰：「是爲何谷？」對曰：「爲愚公之谷。」桓公曰：「何故？」對曰：「以臣名之。」今予家是溪，而名莫定，〔一〕土之居者猶齗齗然，〔二〕〔孫曰〕魯周公世家：洙泗之間，齗齗如也。齗齗，爭貌，魚斤切。不可以不更也，故更之爲愚溪。

愚溪之上，買小丘爲愚丘。自愚丘東北行六十步，得泉焉，又買居之，爲愚泉。愚泉凡六穴，皆出山下平地，蓋上出也。〔三〕合流屈曲而南，爲愚溝。遂負土累石，塞其隘爲愚池。愚池之東爲愚堂。其南爲愚亭。池之中爲愚島。嘉木異石錯置，皆山水之奇者，以余故，咸以愚辱焉。

夫水，智者樂也。樂，五教切。今是溪獨見辱於愚，何哉？蓋其流甚下，不可以溉灌；又峻急，多坻石，〔孫曰〕坻，小渚。音遲，與「坘」同。大舟不可入也；幽邃淺狹，蛟龍不屑，不能興雲雨。無以利世，而適類於余，然則雖辱而愚之，可也。甯武子「邦無道則愚」，智而爲愚者也；顏子「終日不違如愚」，睿而爲愚者也，〔張曰〕二事幷見論語。皆不得爲真愚。今余遭有道，而違於理，悖於事，故凡爲愚者莫我若也。夫然，則天下莫能爭是溪，余得專而名焉。

溪雖莫利於世，而善鑒萬類，清瑩秀澈，鏘鳴金石，能使愚者喜笑眷慕，樂而不能去也。余雖不合於俗，亦頗以文墨自慰，漱滌萬物，牢籠百態，而無所避之。以愚辭歌愚溪，則茫然而不違，昏然而同歸，超鴻蒙，混希夷，寂寥而莫我知也。於是作八愚詩，紀于溪石上。

校勘記

〔一〕而名莫定　音辯、世綵堂本及英華、文粹「莫」下有「能」字。

〔二〕士之居者猶齗齗然句下注　「魯周公世家：洙泗之間，齗齗如也」。「魯周公世家」原作「孔子世家」，據史記卷三三改。

〔三〕蓋上出也　陳景雲柳集點勘：「按爾雅釋水：『濫泉正出。』正出，湧出也。郭璞注引公羊傳曰直出，直猶正也。則『上』當作『正』。」此說近是。

婁二十四秀才花下對酒唱和詩序

〔韓曰〕婁秀才，名圖南。公集有酬婁秀才病中見寄詩，有酬婁秀才將之淮南見贈詩，有送圖南游淮南將入道序。今又有此序。

君子遭世之理，則呻呼踴躍以求知於世，而遯隱之志息焉。於是感激憤悱，〔張曰〕論語：不憤不啓，不悱不發。思奮其志略，以效於當世。故形於文字，〔一〕「故」，一作「以」。伸於歌詠，是有其具〔二〕「是」下一有「故」字。而未得行其道者之爲之也。

婁君志乎道，而遭乎理之世，其道宜行，而其術未用，故爲文而歌之，有求知之辭。以余弟同志而偕未達，故爲贈詩，〔三〕一無「以」字。以悼時之往也。余既困辱，不得預睹世之光明，而幽乎楚越之間，故合文士以申其致，將俟夫木鐸〔任曰〕書曰：遒人以木鐸徇于路。以間於金石。〔孫曰〕間，厠也。大凡編辭於斯者，皆太平之不遇人也。

校勘記

〔一〕故形於文字　「故」，英華及何焯校本作「必」。

〔二〕是有其具　世綵堂本注：「或作『是故有濟世之具』。」

〔三〕故爲贈詩　音辯、游居敬本「故」下無「爲」字。

法華寺西亭夜飲賦詩序

〔韓曰〕寺在永州。

余既謫永州，以法華浮圖之西臨陂池丘陵，大江連山，其高可以上，其遠可以望，遂伐木爲亭，〔孫曰〕公有西亭記及詩。以臨風雨，觀物初，而遊乎顥氣之始。「氣」，一作「氛」。間歲，元克己由柱下史〔韓曰〕周藏書室史之柱下也，因以爲官名。老聃嘗爲柱下史。〔孫曰〕周、秦皆有柱下史，在殿柱之下，因以爲名。此云由柱下史，御史也。亦謫焉而來。無幾何，以文從余者多萃焉。是夜，會茲亭者凡八人。既醉，克己欲志是會以貽于後，咸命爲詩，而授余序。

昔趙孟至於鄭，賦七子以觀鄭志，〔韓曰〕襄二十七年左氏：鄭伯享趙孟于垂隴，子展、伯有、子西、子產、子太叔、二子石從。趙孟曰：「七子從君，以寵武也。請皆賦以卒君貺。武亦以觀七子之志。」克己其慕趙者歟？卜子夏爲詩序，使後世知風雅之道，余其慕卜者歟？誠使斯文也而傳于世，庶乎其近於

古矣。〔一〕

校勘記

〔一〕庶乎其近於古矣　詁訓本「近」下無「於」字。

序飲

晏元獻本題曰：序飲、序棋二篇，古本或有或無。

買小丘，〔童曰〕即上云愚丘也。一日鋤理，二日洗滌，遂置酒溪石上。嚮之爲記所謂牛馬之飲者，〔韓曰〕鈷鉧潭西小丘記云：其石之突怒偃蹇爭爲奇狀者，不可勝數。其嶔然相累而下者，若牛馬之飲于溪。離坐其背。〔孫曰〕禮記：離坐離立。注云：離，兩也。今此「離坐」與記不同。實觴而流之，接取以飲。乃置監史而令曰：〔孫曰〕詩賓之初筵：既立之監，或佐之史。注云：立監以視之，又助以史，使督酒。當飲者舉籌之十寸者三，逆而投之，能不洄于洑，〔一〕〔韓曰〕説文：洄，溯洄也。洑，伏流也。洄，胡雷切。洑，房六切。不止于坻，〔張曰〕坻，小渚。音遲，與「坻」同。不沉于底者，過不飲。「過」下一有「至」字。而洄而止而沉者，飲如籌之數。既或投之，則旋眩滑汩，眩，熒絹切。若舞若躍，速者遲者，去者住者，「住」，一作「留」。衆皆據石一有「位」字。注視，懽抃以助其勢。突然而逝，突，陁没切。乃得無事。於是或一飲，或再飲。客有婁生圖南者，其投之也，一洄一止一沉，獨三飲，衆乃大笑驩甚。〔黄曰〕婁生未必拙，衆人未必工。或飲或不飲者，溪流不可必，而人事有幸不幸也。士有操名宦之籌以角勝負於世途之風波者，其爲幸不幸又可勝計耶！余病痞，〔韓曰〕痞，腹内結痛也。部鄙切。不能食酒，〔二〕〔孫曰〕漢：于定國食酒至數石不亂。注云：食酒者，謂能多飲，費盡其酒，猶云食言焉。至是醉焉。遂損益其令，以窮日夜而不知歸。

吾聞昔之飲酒者，有揖讓酬酢百拜以爲禮者，有叫號屢舞〔劉曰〕詩：或不知叫號。又曰：賓既醉止，載號載呶；亂我籩豆，屢舞僛僛。如沸如羹以爲極者，〔劉曰〕詩：文王曰咨，咨汝殷商。如蜩如螗，如沸如羹。有裸裎袒裼以爲達者，〔補注〕孟子：雖袒裼裸裎於我側，爾焉能浼我哉。公意蓋謂嵇、阮之類也。裸，魯果切。裎，音呈。袒裼，音但錫。有資絲竹金石之樂以爲和者，有以促數糺逖而爲密者，數，音朔。今則舉異是焉。故捨百拜而禮，無叫號而極，不袒裼而達，非金石而和，去糺逖而密。簡而同，肆而恭，衎衎而從容，於以合山水之樂，〔三〕成君子之心，宜也。作序飲以貽後之人。〔四〕

校勘記

〔一〕能不洄于洑句下注　「說文：洄，㴑洄也」。「㴑」上原脱「洄」字；「㴑」原作「席」，據世綵堂本及說文補改。

〔二〕不能食酒　「食」，詁訓本及文粹作「飲」。

〔三〕於以合山水之樂　「於」，文粹作「相」。

〔四〕宜也作序飲以貽後之人　文粹「宜」下無「也」字，「宜」字和下句連讀。

序棋

房生直温，與予二弟遊，〔韓曰〕公二弟：宗直、宗一。皆好學。予病其確也，思所以休息之者。得木局，隆其中而規焉，其下方以直，置棋二十有四。〔孫曰〕西京雜記：漢元帝好擊鞠，爲勞，求相類而不勞者，遂爲彈棋之戲。今人罕爲之。有譜一卷，盡唐人所爲。其局方二尺，中心高，如覆盂，其巔爲小壺，四角微隆起。李商隱詩云：玉作彈棋局，中心最不平。謂其中高也。白樂天詩云：彈棋局上事，最妙是長斜。今譜中具有此法。子厚序棋用二十四棋者，卽此戲也。貴者半，賤者半，貴曰上，賤曰下，咸自第一至十二，下者二乃敵一，用朱墨以別焉。房於是取二毫，如其第書之。既而抵戲者二人，〔一〕則視其賤者而賤之，貴者而貴之。其使之擊觸也，必先賤者，不得已而使貴者，則皆慄焉惛焉，〔二〕「慄」，一作「摽」。亦鮮克以中。其獲也，得朱焉則若有餘，得墨焉則若不足。

余諦睨之，以思其始，則皆類也，房子一書之而輕重若是。適近其手而先焉，非能擇其善而朱之，否而墨之也。然而上焉而上，下焉而下，貴焉而貴，賤焉而賤，其易彼而敬此，易，以豉切。遂以遠焉。然則若世之所以貴賤人者，有異房之貴賤茲棋者歟？無亦近而先之耳！有果能擇其善否者歟？其敬而易者，亦從而動心矣，「心」，一作「止」。有敢議其善否者歟？〔三〕其得於貴者，有不氣揚而志蕩者歟？〔四〕一本作「有氣不揚而志不蕩者歟」。其得於賤者，有不貌慢而心肆者歟？其所謂貴者，有敢輕而使之者歟？〔五〕其所謂賤者，〔六〕有敢避其使之擊觸者歟？彼朱而墨者，相去千萬不啻，有敢以二敵其一者歟？余墨者徒也，觀其始與末，有似棋者，故敘。

校勘記

〔一〕既而抵戲者二人　詁訓本「而」下無「抵」字。

〔二〕則皆慄焉惛焉　「慄」，世綵堂本作「慓」，并注：「『慓』一作『標』。」音辯、游居敬本注：「『慓』一作『摽』。」蔣之翹本注：「『慄』一作『標』。」按：作「慄」近是。

〔三〕有敢議其善否者歟　文粹無此句。

〔四〕有不氣揚而志蕩者歟　「志」下原衍一「不」字，據音辯、世綵堂、濟美堂、蔣之翹本及全唐文刪。

〔五〕有敢輕而使之者歟　文粹、全唐文「使之」下有「擊觸」二字。按：下句「有敢避其使之擊觸者歟」

與此句幷列，有「擊觸」二字近是。

〔六〕其所謂賤者　「所」上原脫「其」字，據文粹、全唐文補。

柳宗元集卷二十五

序〔一〕

凌助教蓬屋題詩序

〔孫曰〕凌助教士燮，蘇州吴人。

儒有蓬户甕牖而自立者，〔童曰〕禮記：儒有蓽門圭窬，蓬户甕牖。河間凌士燮〔孫曰〕士燮系出河間。窮討六籍，皆有著述，而尤邃春秋。爲儒官，守道端莊，植志不回。〔童曰〕回，邪也。在京師十二年，家本吴也，〔二〕欲歸而不可得，遂構蓬室，以備揖讓之位。棟宇簡易，僅除風雨，〔韓曰〕詩：風雨攸除。除，去也。蓋大江之南其舊俗也。由是不出環堵，〔韓曰〕禮記：儒有一畝之宫，環堵之室。方丈曰堵。坐入吴甸，包山震澤，〔孫曰〕震澤中有包山。包山亦曰椒山，即春秋所謂夫椒是也。震澤亦曰具區，即今之太湖是也。在吴縣南。若在牖外。所謂求仁而得，〔孫曰〕論語：求仁而得仁，又何怨？斯固然歟！與夫南音越吟，〔三〕〔孫曰〕成七年左氏：晉人以楚大夫鍾儀歸，囚諸軍府。九年，晉侯使與之琴，操南音。史記：越人莊舃仕楚而病。楚王曰：「舃，越之鄙細人也，今仕執圭，亦思越否？」中謝曰：「彼思越則越聲，不思則楚聲。」使人聽之，猶越聲也。慕望而不獲者，異日道也。

夫厚人倫，懷舊俗，〔孫曰〕詩序：先王以是經夫婦，成孝敬，厚人倫，美教化。又曰：國史吟咏情性，以諷其上，達於事變，而懷其舊俗者也。固六義之本。〔補注〕詩序：故詩有六義焉。羣公是以有發德之什，書在屋壁，余敍而引之。

校勘記

〔一〕序　本卷標目原作「序隱遁道儒釋」，據本書總目及詁訓、蔣之翹本改。

〔二〕家本吳也　「吳也」，英華作「吳地」。

〔三〕與夫南音越吟句下注　「成七年左氏」。「七年」原作「八年」，據左傳改。「中謝曰」。「中謝」原作「中期」。按：史記卷七〇張儀列傳附陳軫傳作「中謝」，本書卷四二同劉二十八院長寄澧州張使君八十韻「思鄉比莊舃」句下注所引亦作「中謝」，史記索隱謂「中謝」乃「侍御之官」。茲據改。

送韓豐羣公詩後序

〔孫曰〕萬州刺史韓某，子三人：愼、豐、泰。愼爲溫縣主簿。公有誌。豐字茂實。泰字安平。此送茂實也。

春秋時，晉有叔向者，〔一〕〔韓曰〕晉大夫羊舌職之子曰肸，字叔向，一字叔譽，伯華之弟也。垂聲邁烈，顯白當世。而其兄銅鞮伯華，〔二〕〔韓曰〕魯襄公三年，伯華爲銅鞮大夫，代其父爲中軍尉佐。家語：孔子閒處，歎曰：「向使銅鞮伯華無死，天下其有定矣。」春秋注：銅鞮，晉別縣，在上黨。鞮，音提。匿德藏光，退居保和，士大夫其不與叔向游者，罕知伯華矣。然仲尼稱叔向曰「遺直」「由義」。〔三〕〔孫曰〕昭十四年左氏：仲尼曰：「叔向，古之遺直也。治國制刑，不隱其親。」又曰：「殺親益榮，猶義也夫！」左氏作「猶義」，家語作「由義」。又稱伯華曰「多聞」「內植」。〔孫曰〕家語：其爲人之淵源也，多聞而難誕，內植足以沒其世，蓋銅鞮伯華之行也。進退兩尊，榮於策書，故羊舌氏之美，至于今不廢。

宗元常與韓安平遇於上京，〔孫曰〕貞元九年，公中進士。十一年，泰中進士。追用古道，交於今世，以是知吾兄矣。兄字茂實，敦朴而知變，弘和而守節，溫淳重厚，與直道爲伍。常纘文著書，一作「嘗又著書」。言禮家之事，條綜今古，綜，作弄切。大備制量，遺名居實，澹泊如也。澹，音淡。他日當爲達者稱焉，〔韓曰〕連上文意，達者謂孔子也。史記：吾聞聖人之後，雖不當世，必有達者。今孔丘年少好禮，其達者歟？「達」，一作「識」。在吾儕乎？則韓氏之美，亦將焜燿於後矣。焜，胡本切。燿，弋笑切。

今將浮游淮湖，覲藝諸侯，凡知兄者，〔四〕咸出祖于外。天水趙佶秉翰序事，殷勤宣備，詞旨甚當。余謂春秋之道，或始事，或終義。〔五〕〔劉曰〕杜預左氏傳序傳：或先經以始事，或後經以終義。大易之制，序卦處末。然則後序之設，不爲非經也。於是編其餞詩若干篇，紀于末簡，以貺行李，遂抗手而別。〔六〕一本有「豐之季弟泰知名與余善」十字。

校勘記

〔一〕晉有叔向者句下注　「晉大夫羊舌職之子曰肸，字叔向，一字叔譽，伯華之弟也」。「肸」原誤作「赤」，據詁訓本及國語周語、晉語韋昭注改。按：羊舌赤字伯華，亦稱銅鞮伯華，是羊舌肸之兄。羊舌肸一稱叔肸，亦稱叔譽。

〔二〕而其兄銅鞮伯華句下注　「代其父爲中軍尉佐」。「尉」下原脱「佐」字。按：左傳襄公三年，使祁午爲中軍尉，羊舌佐之。今補「佐」字。

〔三〕遺直由義　「由義」，音辯、游居敬本及吳汝綸柳州集點勘均作「猶義」。

〔四〕凡知兄者　「兄」，音辯、游居敬本及吳汝綸柳州集點勘均作「見」，疑誤。

〔五〕或始事或終義　音辯、游居敬本「始事」上有「先經以」三字，「終義」上有「後經以」三字。與句下劉注引杜預左傳序合。

〔六〕以旣行李遂抗手而別句下注「一本有『豐之季弟泰知名與余善』十字」。按詁訓本正文有此十字。蔣之翹本注云：「其說似贅，從舊本刪。」

送婁圖南秀才遊淮南將入道序〔一〕

一本無「將入道」三字。

僕未冠，求進士，〔孫曰〕貞元六年，公求進士，年十八，故曰未冠。聞婁君名甚熟。其所爲歌詩，傳詠都中。〔二〕通數經及羣書。當時爲文章，若崔比部、〔孫曰〕崔鵬，字元翰，貞元六年，自知制誥罷爲比部郎中。于衛尉，〔孫曰〕于邵，字相門。相與稱其文。衆皆曰納言曾孫也，〔韓曰〕婁師德，武后時以撫定河北，進納言，世稱爲長者。而又有是，咸推讓爲先登。後十餘年，僕自尚書郎謫來零陵，〔韓曰〕永貞元年，公自禮部員外郎貶永州司馬。零陵，永州。覯婁君，〔童曰〕說文：覯，遇見也。猶爲白衣，居無室宇，出無僮御。僕深異而訊之，乃曰：「今夫取科者，交貴勢，倚親戚，合則插羽翮，生風濤，沛焉而有餘，〔三〕吾無有也。不則饜飲食，馳堅良，〔孫曰〕堅車良馬。以歡于朋徒，相貿爲資，〔韓曰〕說文：貿，以貨易財也。相易爲名，有不諾者，以氣排之，吾無有也。不則多筋力，善造請，朝夕屈折於恒人之前，走高門，邀大車，矯笑而僞言，卑陬而姁媮，〔補注〕姁媮，美也。上音虛，又吁句切。下音俞。偷一旦之容以售其伎，吾無有也。自度卒不能堪其勞，故舍之而遊，逾湖、江，〔四〕出豫章，至南海，〔補注〕今洪州即豫章，今廣州即南海也。復由桂而下也。少好道士言，餌藥爲壽，未盡其術，故往且求之。」〔五〕僕聞而愈疑。往時觀得進士者，不必若婁君之言，又少能類婁君之文學，「少」，一作「不」。又無納言之大德以爲之祖，無比部、衞尉以爲之知，而升名者百數十人。〔六〕今婁君非不足也，顧不樂而遁耳。因爲余留三年。他日又曰：「吾所以求於心者未克，今其行也。」余既異其遁於名，而又德其久留於我也，故爲之言。

夫君子之出，以行道也；其處，以獨善其身也。今天下理平，主上亟下求士之詔，亟，丘吏切。婁君智可以任職用事，文可以宣風歌德，行於世，必有合其道而進薦之者。遽而爲處士，吾以爲非時。將曰老而就休耶？則甚少且銳；羸而自養耶？則甚碩且武。問其所以處，咸無名焉。若苟焉以圖壽爲道，又非吾之所謂道也。夫形軀之寓於土，非吾能私之。幸而好求堯、舜、孔子之志，〔七〕唯恐不得；幸而遇行堯、舜、孔子之道，唯恐不慊，若是而壽可也。求之而得，行之而慊，〔韓曰〕說文：慊，不滿也。又愜也。慊，苦簟切。雖夭其誰悲？今將以呼噓爲食，咀嚼爲神，咀，子與切。嚼，疾爵切。無事爲閑，不死爲生，則深山之木石，大澤之龜蛇，皆老而久，其於道何如也？

僕嘗學於儒，持之不得，〔八〕以陷於是。以出則窮，以處則乖，其不宜言道也審矣。以

吾子見私於僕，而又重其去，故竊言而書之而密授焉。〔九〕

校勘記

〔一〕送婁圖南秀才遊淮南將入道序　「淮南」，音辯本及英華作「江南」。詁訓本及英華「南」下無「將入道」三字。

〔二〕傳詠都中　「都中」，世綵堂本注：「一作『中都』。」

〔三〕沛焉而有餘　「沛焉」，詁訓本作「沛然」。

〔四〕遼湖江　「湖江」，英華作「江湖」。

〔五〕故往且求之　「往」，音辯本及英華、游居敬本及全唐文均作「行」。

〔六〕而升名者百數十人　「名」下原脫「者」字，據音辯、詁訓、世綵堂本及英華補。

〔七〕幸而好求堯舜孔子之志　「志」，音辯本及英華作「道」。

〔八〕僕嘗學於儒持之不得　英華「學」下無「於」字。又，「持」，英華及王荆石本作「時」。按：「時」謂時運。作「時」近是。

〔九〕故竊言而書之而密授焉　蔣之翹本注：「『言』下一無『而』字。」

送易師楊君序

世之學易者，率不能窮究師說，本承孔氏而妄意乎物表，爭伉乎理外，〔一〕〔舊注〕伉，敵也。伉，苦浪切。一作「能」。務新以爲名，縱辯以爲高，離其原，振其末，故羲、文、周、孔之奧，詆冒混亂，〔二〕人罕由而通焉。不違古師以入道妙，若弘農楊君者其鮮矣。〔三〕御史中丞崔公，〔韓曰〕時崔能爲永州刺史。博而守儒，達而好禮，故楊君之來也，館于燕堂，饋之侯食，一作「饋以侯食」。日命合邦之學者，〔四〕論說辯問，貫穿上下，〔孫曰〕漢書：司馬遷貫穿上下數千載間。揮散而咸同，幽昏而大明，言若誕而不乖於聖，理若肆而不失於正；不爲他奇以立名氏，姑務達其旨而已。古人謂駕孔子之說者，〔五〕〔孫曰〕揚子：仲尼駕說者也，不在茲儒乎？如將復駕其所說，則莫若使諸儒金口而木舌。駕，猶傳也。楊君固其徒歟？

宗元以爲太學立儒官，傳儒業，宜求專而通、新而一者，以爲胄子師。〔劉曰〕書：命夔典樂，教胄子。昔嘗遊焉而未得其人。今天下外多賢連帥、方伯，朝廷立槐棘之下，〔六〕〔韓曰〕周禮秋官：朝士掌建邦外朝之法，左九棘，孤卿、大夫位焉。右九棘，公、侯、伯、子、男位焉。面三槐，三公位焉。皆用儒先，〔孫曰〕先，猶言先生也。漢有鄧先。而楊君之道未列於博士，則誰咎歟？無乃隱其聲，含其美，以自窮歟？

夫以退讓自窮於豐富之世，以貽有位者羞，是習易之說而廢其道也。於將行而問以言，敢以變君之志。

校勘記

〔一〕爭伉乎理外句下注　「伉，敵也」。「伉」下原衍「儷」字，據詁訓、世綵堂本及左傳成十一年「己不能庇其伉儷而亡之」句下杜預注删。

〔二〕詆冒混亂　陳景雲柳集點勘：「『詆冒』，似當從漢書（禮樂志）作『抵冒』。小顔注：抵冒，犯突而前也。用此二字，殆蒙上爭伉理外言之。」

〔三〕若弘農楊君者其鮮矣　音辯、游居敬本「者」下無「其」字。

〔四〕日命合邦之學者　音辯、游居敬本「合」上無「命」字。

〔五〕古人謂駕孔子之説者句下注　「仲尼駕説者也，不在茲儒乎」。「茲儒」原作「諸儒」，據揚子法言學行篇改。

〔六〕朝廷立槐棘之下句下注　「面三槐，三公位焉」。「面」原作「而」，據詁訓、世綵堂、濟美堂、蔣之翹本及周禮秋官改。

送徐從事北遊序

「徐從事」，一本作「徐生」。

讀詩禮春秋，莫能言說，〔一〕其容貌充充然，而聲名不聞傳於世，豈天下廣大多儒而使然歟？將晦其說，諱其讀，不使世得聞傳其名歟？抑處於遠，仕於遠，不與通都大邑豪傑角其伎而至於是歟？不然，無顯者爲之倡，以振動其聲歟？〔二〕今之世，不能多儒可以蓋生者，觀生亦非晦諱其說讀者，然則餘二者爲之決矣。

生北遊，必至通都大邑，通都大邑，必有顯者，由是其果聞傳於世歟？苟聞傳必得位，得位而以詩禮春秋之道施於事，及於物，思不負孔子之筆舌。能如是，然後可以爲儒。儒可以説讀爲哉！〔三〕

校勘記

〔一〕莫能言說　「能」上原脱「莫」字，據音辯、世綵堂本及英華、全唐文補。

〔二〕無顯者爲之倡以振動其聲歟　「倡」，英華作「唱」。「聲」，英華作「心」。

〔三〕儒可以說讀爲哉　英華「儒」下有「豈」字，近是。

送詩人廖有方序

〔韓曰〕公嘗有答貢士廖有方論文書，云「今不自料而序秀才」，即謂此也。〔補注〕公此序與昌黎送廖道士序大意一同。

交州〔韓曰〕交州在廣之南，唐時隸安南，通天竺道，南海、番禺、合浦、交趾皆其所屬郡也。多南金、〔韓曰〕金出於南者爲良，故稱南金。張華見薛兼、紀瞻等曰：「皆南金也」。珠璣、〔童曰〕說文：珠不圓者爲璣。璣，音幾。瑇瑁、〔孫曰〕異物志云：瑇瑁如龜，生南海。大者如籧篨，背上有鱗，鱗大如扇，有文章。將作器，則煑其鱗如柔皮。瑇，音代。瑁，音昧。象犀，其產皆奇怪，至於草木亦殊異。吾嘗怪陽德之炳燿，獨發於紛葩瓌麗，〔孫曰〕紛葩，謂草木。說文：葩，華也。瓌麗，謂南金、珠璣之類。麗，美也。葩，披巴切。瓌，姑回切。而罕鍾乎人。〔一〕

〔童曰〕鍾，當也。

今廖生剛健重厚，孝悌信讓，以質乎中而文乎外。「中」，一作「內」。爲唐詩有大雅之道，夫固鍾於陽德者耶？是世之所罕也。今之世，恒人其於紛葩瓌麗，則凡知貴之矣，其亦有貴廖生者耶？果能是，則吾不謂之恒人也，〔二〕一作「矣」。實亦世之所罕也。〔三〕

校勘記

〔一〕而罕鍾乎人句下注　「鍾，當也」。「當也」，世綵堂本作「聚也」。

〔二〕則吾不謂之恒人也句下注　「一作『矣』。」詁訓本、英華及何焯校本作「矣」，是。

〔三〕實亦世之所罕也　「實」，英華作「是」。何焯校本從英華改「是」。

送元十八山人南遊序〔一〕

〔韓曰〕昌黎集有贈元十八協律詩，云「吾友柳子厚，其人藝且賢。吾未識子時，已覽贈子篇」。公嘗有送浩初序，云「退之寓書罪余，見送元生序，不斥浮圖」。皆謂此序也。元十八，未詳其名。唯白樂天遊大林寺序有河南元集虛者，疑卽其人也。

太史公嘗言：世之學孔氏者，則黜老子，學老子者，則黜孔氏，道不同不相爲謀。〔孫曰〕史記老子傳：世之學老子者則絀儒學，儒學亦絀老子。道不同不相爲謀者，豈謂是耶？余觀老子，亦孔氏之異流也，不得以相抗，又況楊墨申商、〔補注〕楊朱、墨翟、申不害、商鞅也。刑名縱橫之說，〔童曰〕漢藝文志：九流有刑、名、縱橫家。其迭相訾毁、抵捂而不合者，可勝言耶？然皆有以佐世。太史公没，其後有釋氏，固學者之所怪駭舛逆其尤者也。

今有河南元生者，其人閎曠而質直，物無以挫其志；其爲學恢博而貫統，數無以躓其道。一有「而」字。躓，音質。悉取向之所以異者，通而同之，搜擇融液，與道大適，咸伸其所長，而黜其奇衺，〔孫曰〕奇衺，不正也。「衺」與「斜」同。要之與孔子同道，皆有以會其趣，而其器足以守之，其氣足以行之。不以其道求合於世，〔二〕常有意乎古之「守雌」者。〔三〕〔韓曰〕老聃云：知其雄，守其雌，爲天下谿。知其榮，守其辱，爲天下谷。「守雌」，一本作「存雄」。

及至是邦，以余道窮多憂，而嘗好斯文，留三旬有六日，陳其大方，勤以爲諭，余始得其爲人。今又將去余而南，歷營道，〔韓曰〕營道，漢縣名，屬零陵郡。觀九疑，〔韓曰〕郡國志：營道南有九疑山。山海經注云：其山九谿皆相似，故曰九疑也。下灕水，〔韓曰〕漢武紀：將軍出零陵，下灕水。注：灕水出零陵。灕，力支切。漢書作「離」字。窮南越，以臨大海，則吾未知其還也。黄鵠一去，青冥無極，安得不馮豐隆、〔孫曰〕豐隆，雲師。楚辭：吾令豐隆乘雲兮」是也。愬蜚廉〔補注〕呂氏春秋曰：蜚廉，風伯名。又張揖曰：風伯字飛廉。以寄聲於寥廓耶！

校勘記

〔一〕送元十八山人南遊序題下注「元十八未詳其名。唯白樂天遊大林寺序有河南元集虛者，疑即其人也」。按：岑仲勉唐人行第錄確認元十八即元集虛。

〔二〕不以其道求合於世　「其」，音辯、世綵堂本及英華作「是」。

〔三〕常有意乎古之守雌者　英華「守雌」下有「存雄」二字。句下注「知其榮，守其辱，爲天下谷」。「榮」原作「白」，據濟美堂、蔣之翹本及老子第二八章改。

送賈山人南遊序

傳所謂學以爲己者，〔張曰〕論語：古之學者爲己。是果有其人乎？吾長京師三十三年，〔韓曰〕公生於代宗大曆八年，至德宗貞元五年，年十七，舉進士。九年，登第。十四年，中博學宏詞科，爲集賢正字。十七年，調藍田尉。十九年，拜監察御史。二十一年，順宗立，遷禮部員外郎，是爲三十三年。遊鄉黨，入太學，取禮部吏部科，校集賢秘書，出入去來，凡所與言，無非學者，蓋不啻百數，然而莫知所謂學而爲己者。及見逐於尚書，居永州，〔韓曰〕憲宗卽位，公以附王叔文出爲邵州刺史。十一月，貶永州司馬。在永凡十載。刺柳州，〔韓曰〕元和十年正月，始召公至京師。三月，復出爲柳州刺史。所見學者益稀少，常以爲今之世無是決也。

居數月，長樂賈景伯來，「景」，一作「宣」。與之言，邃於經書，博取諸史羣子昔之爲文章者，畢貫統，「畢」，一作「必」。言未嘗詖，〔童曰〕孟子：詖辭知其所蔽。詖，險陂也。彼義切。行未嘗怪。其居室愔然不欲出門，〔舊注〕愔，静也。於今切。其見人侃侃而肅。〔張曰〕侃侃，和樂之貌。召之仕，怏然不喜；導之還中國，視其意，夷夏若均，莫取其是非，曰「姑爲道而已爾」。若然者，其實爲已乎？非已乎？使吾取乎今之世，賈君果其人乎？其足也則居，其匱也則行，行不苟之，居不苟容，以是之於今世，其果逃於匱乎？

吾名逐禄貶，言見疵於世，奈賈君何？於其之也，卽其舟與之酒，侑之以歌。歌曰：「充乎已一有「之」字。居，〔一〕或蹪其塗，匱一有「乎」字。己之虚，〔二〕或盈其廬。孰匱孰充？爲泰爲窮，君子烏乎取？以寧其躬。」若君者之於道而已爾，世孰知其從容者耶？

校勘記

〔一〕充乎已居句中注　「一有『之』字」。英華、全唐文「已」下有「之」字，近是。

〔二〕或蹪其塗匱己之虚　「或」下原脱「蹪其塗」三字，據英華、全唐文補。「匱」上原衍「以」字，據英華、全唐文删。又，「匱」下注「一有『乎』字」。英華、全唐文「匱」下有「乎」字，近是。

送方及師序

代之游民，〔孫曰〕游民，閑民無職事者。學文章不能秀發者，則假浮屠之形以爲高；其學浮屠不能愿慤者，則又託文章之流以爲放。以故爲文章浮屠，率皆縱誕亂雜，世亦寬而不誅。

今有方及師者獨不然。處其伍，〔孫曰〕伍，曹伍也。介然不踰節；交於物，冲然不苟狎。遇達士述作，手輒繕録，復習而不懈。行其法，不以自怠。至於踐青折萌，汎席灌手，雖小教戒，未嘗肆其心，是固異夫假託爲者也。薛道州、劉連州，文儒之擇也，館焉而備其敬，歌焉而致其辭，〔一〕〔韓曰〕薛道州，伯高也。劉連州，禹錫也。公有道州文宣王廟碑，云「河東薛公伯高，由尚書刑部郎中爲道州」。禹錫亦有送僧方及南謁柳員外詩，序云「予爲連州，居無何而方及至。出裓中詩一篇以貺予，其詞甚富。留一歲，覩其行，結矩如教，益多之」。此序所云「館焉而備其敬，歌焉而致其辭」，蓋謂此也。夫豈貸而濫歟？余用是得不繫其説，以告于他好事者。

校勘記

〔一〕歌焉而致其辭句下注 「觀其行，結矩如教」。按：「結矩」當作「絜矩」。禮記大學：「是以君子有絜矩之道也。」鄭注：「絜，猶結也，挈也。矩，法也。君子有挈法之道，謂當執而行之，動作不失之。」然諸本劉夢得集均作「結矩」或「潔矩」，疑誤。

送文暢上人登五臺遂遊河朔序

〔韓曰〕昌黎集有送浮屠文暢序云：「文暢喜爲文章，其周遊天下，凡有所行，必請於縉紳先生，以求詠歌其志。貞元十九年春，將行東南，柳君宗元爲之詩。」然公之詩今無傳矣。韓又有送文暢師北遊詩，意與公此序同時作。

昔之桑門上首，〔韓曰〕桑門，沙門也。袁宏云：沙門，漢言息也。蓋息意去欲，而歸於無爲也。東漢楚王英奉黄縑白紈，詣相國曰：「以贖愆罪。」詔報曰：「其還贖，以助伊蒲塞、桑門之盛饌。」好與賢士大夫遊。晉宋以來，有道林、〔一〕〔韓曰〕支遁，字道林。晉史王羲之傳：會稽有佳山水，名士多居之，謝安未仕時亦居焉。孫綽、李充、許詢、支遁等皆以文義冠世，並築室東土，與羲之同好。嘗與同志宴集於會稽山陰之蘭亭。謝安傳：安寓居會稽，與王羲之及高陽許詢、桑門支遁遊處，出則漁弋山水，入則言詠屬文，無處世意。道安、〔韓曰〕習鑿齒傳：時有桑門釋道安，俊辯有高才，自北至荆州，與鑿齒初相見，道安曰：「彌天釋道安。」鑿齒曰：「四海習鑿齒。」時人以爲佳對。遠法師、〔韓曰〕

東晉釋慧遠也。住廬山。廬山記云：遠法師送陶元亮、陸修静，不覺過虎溪，因相與大笑。休上人，〔二〕〔韓曰〕宋桑門惠休，姓湯氏。南史：謝靈運孫超宗，隨父嶺南。元嘉末得還，與惠休道人來往。又文選有休上人詩，與鮑照明遠詩相接。意明遠亦當時與之遊從者。其所與遊，則謝安石、王逸少、習鑿齒、謝靈運、鮑照之徒，解並見上。皆時之選。由是真乘法印，與儒典並用，而人知嚮方。今有釋文暢者，道源生知，善根宿植，深嗜法語，忘甘露之味，〔三〕服道江表，蓋三十年。謂王城雄都，宜有大士，遂躡虛而西，驅錫逾紀，〔孫曰〕紀，十二年也。而秦人蒙利者益衆。〔補注〕秦，謂長安。雲、代之間，〔補注〕雲、代，二州名。有靈山焉，〔韓曰〕靈山，卽謂五臺也，在代州，屬河東道。與竺乾鷲嶺〔童曰〕竺乾鷲嶺，二山名。角立相望，〔四〕而往解脱者，去來回復，如在步武。則勤求秘寶，作禮大聖，非此地莫可。故又捨筏西土，振塵朔陲，音垂。將欲與文殊不二之會，與，音預。脱去穢累，超詣覺路，吾徒不得而留也。

天官顧公、〔五〕〔孫曰〕貞元十七年，顧少連爲吏部尚書。吏部，乃天官也。夏官韓公、〔孫曰〕韓臯爲兵部侍郎。廷尉鄭公、吏部郎中楊公、劉公，〔六〕一無「劉公」二字。有安石之德，逸少之高，一有「習」字。鑿齒之才，皆厚於上人，而襲其道風，佇立瞻望，〔孫曰〕詩：佇立以泣。懼往而不返也。吾輩常希靈運、明遠之文雅，故詩而序之。又從而諭之曰：「今燕、魏、趙、代之間，天子分命重臣，典司方岳，辟用文儒之士，以緣飾政令。服勤聖人之教，尊禮浮屠之事者，比比有焉。〔舊注〕比，次也。薄必反。上人之往也，將統合儒釋，宣滌疑滯，〔七〕然後蔑衣裓之贈，〔舊注〕釋典有衣裓。裓，古待切。委財施之會不顧矣。其來也，盍亦徵其歌詩，以焜耀迥躅，躅，厨玉切。「迥」，一作「迴」。偉長、德璉之述作，〔孫曰〕偉長、德璉，以比燕、趙、魏幕僚也。魏志云：文帝爲五官將，山陽王粲字仲宣，北海徐幹字偉長，汝南應瑒字德璉，並相友善。璉，音輦。豈擅重千祀哉！庶欲竊觀風之職，而知鄭志耳。〔八〕〔孫曰〕見襄二十七年左氏。一作「而知鄭重耳」。

校勘記

〔一〕晉宋以來有道林句下注 「孫綽、李充、許詢、支遁等皆以文義冠世」。「孫綽」下原脫「李充」二字，據詁訓本及晉書卷八〇王羲之傳補。「嘗與同志宴集於會稽山陰之蘭亭」。「同」下原脫「志」字，據晉書王羲之傳補。

〔二〕休上人句下注 「南史：謝靈運孫超宗，隨父嶺南。元嘉末得還，與惠休道人來往」。「南史」原作「宋書」。按：超宗事見於南史卷一九謝靈運傳，不見於宋書。今據改。「又文選有休上人詩，與鮑照明遠詩相接」。按：文選未見有惠休詩。

〔三〕忘甘露之味 世綵堂本注：「『忘』，一作『志』。」按：作「志」近是。

〔四〕與竺乾鷲嶺角立相望句中注 「竺乾鷲嶺，二山名」。按：竺乾即印度，鷲嶺才是山名。晉辯本潘注：竺乾，西土天竺國；鷲嶺，即佛經所謂靈鷲山，乃佛聚徒說法處。童注把竺乾作山名，誤。

〔五〕天官顧公句下注「貞元十七年」。「十七」原作「十八」，據舊唐書卷一三德宗紀改。「顧少連爲吏部尚書」。「吏部尚書」原作「吏部侍郎」，據詁訓本及舊唐書德宗紀、新唐書卷一六二顧少連傳改。

〔六〕廷尉鄭公吏部郎中楊公劉公句下注「一無『劉公』二字」。按：詁訓本及全唐文無「劉公」二字。陳景雲柳集點勘云：此三人乃「鄭利用、楊於陵、劉公濟也，並列先友記中。集有代劉同州謝上表，即公濟也。貞元十四年九月，同州刺史崔宗遷領陝虢，以公濟代之。謝表有『委身郎署』及『拔自下位，寄之雄藩』語，蓋從郎官出守也。」章士釗柳文指要：「『吏部郎中楊公』，疑指楊凝。凝臨死前不久，雖起家爲兵部郎中，而自貞元十二年以後，久滯於檢校吏部郎中，宣武軍節度判官。董晉卒，凝還朝，仍未轉官。家居三年，復登朝，始得兵部而卒。子厚或稱其夙銜耳。」

〔七〕宣滌疑滯「宣」原作「宜」，據音辯、詁訓、世綵堂本及全唐文改。

〔八〕庶欲竊覩風之職而知鄭志耳句下注「見襄二十七年左氏」。按：左傳昭公十六年亦有此類似記載。

送巽上人赴中丞叔父召序

〔韓曰〕重巽居永州龍興寺，公嘗有酬巽上人贈新茶詩，又有題巽公院五詠。

或問宗元曰：悉矣！子之得於巽上人也，其道果何如哉？對曰：吾自幼好佛，「好」，一作「學」。求其道積三十年。世之言者罕能通其說，於零陵，〔張曰〕卽永州也。吾獨有得焉。且佛之言，吾不可得而聞之矣。其存於世者，獨遺其書。不於其書而求之，則無以得其言。言且不可得，〔一〕況其意乎？今是上人窮其書，得其言，論其意，「論」，一作「諭」。推而大之，逾萬言而不煩；總而括之，立片辭而不遺。與夫世之析章句，徵文字，言至虛之極則蕩而失守，辯羣有之夥〔舊注〕齊謂多爲夥。胡可切。則泥而皆存者，泥，去聲。其不以遠乎？

以吾所聞知，凡世之善言佛者，於吴則惠誠師，荆則海雲師，楚之南則重巽師。師之言存，則佛之道不遠矣。惠誠師已死，今之言佛者加少。其由儒而通者，鄭中書〔韓曰〕鄭中書，不詳其人。以時考之，當是鄭絪也。舊史絪傳：憲宗卽位，遷中書舍人，俄拜中書侍郎，與杜黄裳同秉國政。洎孟常州。〔韓曰〕孟簡，字幾道。元和中，拜諫議大夫，以倖直出爲常州刺史。晚路殊躁急，佞佛過甚，爲時所誚。嘗與劉伯芻、歸登、蕭俛，譯次梵音。中書見上人，執經而師受，且曰：「於中道吾得以益達。」常州之言曰：

「從佛法生，得佛法分。」皆以師友命之。今連帥中丞公，〔孫曰〕柳公綽拜御史中丞，李吉甫當國，出爲湖南觀察使。具舟來迎，飾館而俟，〔二〕欲其道之行於遠也，夫豈徒然哉！以中丞公之直清嚴重，中書之辯博，常州之敏達，且猶宗重其道，況若吾之昧昧者乎？

夫衆人之和，和，胡卧切。由大人之倡。洞庭之南，竟南海，「竟」，一作「競」。其士汪汪也，〔三〕「士」，一作「土」。求道者多半天下。〔四〕一有「而」字。一唱而大行於遠者，〔五〕一作「焉」字。是行有之，則和焉者，將若羣蟄之有雷，〔六〕〔童曰〕月令：仲春之月，雷乃發聲，始電，蟄蟲咸動。「羣」，一作「居」。不可止也。於是書以爲巽上人赴中丞叔父召序。

校勘記

〔一〕言且不可得　音辯、游居敬本「不」下無「可」字。

〔二〕飾館而俟　「俟」，詁訓本作「候」。

〔三〕其士汪汪也句下注　「『士』，一作『土』」。音辯、游居敬本作「土」。何焯義門讀書記：「『汪汪』，疑作『汪』，衍一『汪』字。」國語晉語八「汪是土也」句下韋昭注：「汪，大貌。」按：此句疑作「其土汪也」。

〔四〕求道者多半天下　音辯、詁訓、游居敬本「者」下有「之」字。何焯義門讀書記亦云：「『者』字下有

『之』字」。

〔五〕一唱而大行於遠者　世綵堂本注：「『大行』，一作『大遂』」。

〔六〕將若羣蟄之有雷句下注　「『羣』，一作『居』」。音辯、游居敬本作「居」。

送僧浩初序

〔韓曰〕浩初，龍安海禪師弟子也。〔補注〕陳長方曰：「子厚作序皆平平，惟送僧浩初一序，真文章之法。」乃柳州時作。

儒者韓退之與余善，嘗病余嗜浮圖言，訾余與浮圖遊。〔孫曰〕訾，毁也。音紫。近隴西李生礎自東都來，〔孫曰〕礎爲湖南從事，元和六年請告省其父東都。退之又寓書罪余，〔韓曰〕時退之官東都。今韓集逸此書矣。且曰：「見送元生序，〔韓曰〕謂送元十八山人序。不斥浮圖。」浮圖誠有不可斥者，往往與易、論語合，誠樂之，其於性情奭然，「奭」，一作「晝」。不與孔子異道。〔一〕退之好儒未能過揚子，揚子之書於莊、墨、申、韓皆有取焉。〔二〕〔孫曰〕揚子曰：「莊，揚蕩而不法，墨、晏儉而廢禮，申、韓險而無化。」是揚子嘗取之矣。「皆」，一作「亦」。浮圖者，反不及莊、墨、申、韓之怪僻險賊耶？〔三〕曰：「以其夷也。」果不信道而斥焉以夷，則將友惡來、盜跖，〔集注〕史記：飛廉生惡來，多力。李奇注漢書云：跖，秦之大盜也。而賤季札、由余乎？〔四〕〔孫曰〕季札，吴王闔廬之少子。漢書鄒陽傳曰：秦用戎人由余而伯中國。由余，晉人也。亡入戎，能晉言。非所謂去名求實者矣。吾之所取者與易、論語合，雖聖人復生不可得而斥也。

退之所罪者其跡也，曰：「髡而緇，無夫婦父子，不爲耕農蠶桑而活乎人。」〔五〕若是，雖吾亦不樂也。退之忿其外而遺其中，是知石而不知韞玉也。韞，音藴。吾之所以嗜浮圖之言以此。與其人遊者，未必能通其言也。且凡爲其道者，不愛官，「愛」，一作「受」。不爭能，樂山水而嗜閑安者爲多。吾病世之逐逐然唯印組爲務以相軋也，〔孫曰〕組，綬屬，所以繫印。軋，乙甲切。則舍是其焉從？〔六〕焉，於虔切。吾之好與浮圖遊以此。

今浩初閑其性，安其情，讀其書，通易論語，唯山水之樂，有文而文之；又父子咸爲其道，以養而居，泊焉而無求，則其賢於爲莊、墨、申、韓之言，而逐逐然唯印組爲務以相軋者，其亦遠矣。

李生礎與浩初又善。今之往也，以吾言示之。因北人寓退之，視何如也。〔七〕〔黄曰〕釋教戾於吾儒，故退之力排之。其序文暢也，嘆息當時諸公所序之詩，不告以聖人之道，而徒舉浮屠之説。至子厚序文暢，則極道其美，且欲統合儒釋而一之。序元暠，序浩初，亦無拒絶。子厚不害爲忠恕也。然有一説，仕於戰國者，尊王道不得不嚴；生暴秦之後，言仁政者不得不切。貞元、元和，此何等時？以人主而惑西域之教，大臣和之。當此之時，扶吾道不得不堅，嫉異端不得不甚，此退之所以欲人其人，火其書，廬其居，明先王之道以導之，庶幾大迷者小悟也。子厚反因其徒而深與之，其如抱薪救火何！

校勘記

〔一〕其於性情奭然不與孔子異道　「奭然」，英華作「昭然」。

〔二〕揚子之書於莊墨申韓皆有取焉句下注　「莊、揚蕩而不法」。「莊揚」，取校諸本均作「莊周」，晉書卷七五王坦之傳載坦之所著廢莊論引揚雄語亦作「莊周」。按：揚子法言卷八原文作「莊揚」，疑誤。

〔三〕反不及莊墨申韓之怪僻險賊耶　「險賊」，音辯、游居敬本作「儉賊」。

〔四〕則將友惡來盜跖而賤季札由余乎　「賤」，英華作「殘」，幷注云：「一作『賤』。」

〔五〕不爲耕農蠶桑而活乎人　「人」，英華作「今」，疑誤。

〔六〕則舍是其焉從　「焉」，詁訓本作「安」。

〔七〕因北人寓退之視何如也　「北人」，全唐文作「此人」，近是。

附：送元暠南遊詩并引〔一〕

劉禹錫

予策名二十年，百慮而無一得，然後知世所謂道，無非畏途，唯出世間法可盡心爾。繇是在席硯者，〔二〕多旁行四句之書；備將迎者，皆赤髭白足之侶。〔三〕深入智地，静通還源。客塵觀盡，妙氣來宅。内視胸中，猶煎煉然。開士元暠姓陶氏，本丹陽居家，〔四〕世有人爵，不藉其資。於毗尼禪那，極細牢之義，於中後日，習總持之門。妙音奮迅，願力昭答。雅聞予事佛而佞，〔五〕亟來相從。或問師隳形之自，對曰：「少失怙恃，推棘心以求上乘。積四十年，身羸老將至而不懈。〔六〕始悲浚泉之有洌，今痛防墓之未遷。塗芻莫備，薪火恐滅，諸相皆離，此心長懸。雖萬姓歸佛，盡爲釋種，如河入海，無復水名。然具一切智者，豈遺百行；求無量義者，寧容斷思。〔七〕今聞南諸侯雅多大士，思叩以苦調，而希其末光。〔八〕無容至前，有足悲者。」予聞是説已，力不足而悲有餘，因爲詩以送之，庶幾踐霜露者聆之有惻。詩曰：〔九〕

寶書翻譯學初成，振錫如飛白足輕。彭澤因家凡幾世？靈山預會是前生。傳燈已悟無爲理，濡露猶懷罔極情。從此多逢大居士，何人不願解珠瓔。〔一〇〕

校勘記

〔一〕送元暠南遊詩并引　詁訓本及四部叢刊本劉夢得文集（簡稱夢得集）、明刻劉賓客文集（簡稱賓客集）、全唐詩「元暠」上有「僧」字。「南遊」，全唐詩作「東遊」。

〔二〕繇是在席硯者　「席硯」，夢得集作「硯席」。全唐詩注：「硯」，「一作『觀』。」

〔三〕皆赤髭白足之侶　「皆」下原衍「無」字，據夢得集、賓客集及全唐詩删。

〔四〕本丹陽居家　「居家」，全唐詩作「名家」。

〔五〕雅聞予事佛而佞　「而」下原脱「佞」字，據夢得集、賓客集及全唐詩補。

〔六〕積四十年身羸老將至而不懈　「身」，夢得集作「餘」。「身羸」，賓客集及全唐詩作「有羸」，在「羸」字下斷句。

〔七〕然具一切智者豈遺百行求無量義者寧容斷思　全唐詩「豈」下有「惟」字，「斷」下有「聞」字。

〔八〕而希其末光　「希」原作「布」，據夢得集、賓客集及全唐詩改。

〔九〕庶幾踐霜露者聆之有惻詩曰　「庶幾」，詁訓本及夢得集、賓客集、全唐詩作「庶乎」。「聆」，全唐詩作「聽」。夢得集「惻」下有「云」字。夢得集、賓客集及全唐詩均無「詩曰」二字。

〔一〇〕何人不顧解珠瓔　「顧」原作「解」，「珠瓔」原作「珠纓」，均據夢得集、賓客集及全唐詩改。

送元暠師序

〔補注〕序云：元暠持劉禹錫詩引來。今故附禹錫詩引于此篇前。暠，古老切，又音皓。

中山劉禹錫，明信人也。不知人之實，未嘗言，言未嘗不讎。〔孫曰〕讎，猶中也。元暠師居武陵，〔孫曰〕武陵，朗州。有年數矣。與劉遊久且暱。持其詩與引而來，〔一〕〔韓曰〕劉夢得與公永貞元年同貶員外司馬。劉，鼎州。公，永州。元暠時自鼎來永。暱，音匿。余視之，申申其言，勤勤其思，其爲知而言也信矣。

余觀世之爲釋者，〔二〕「世」字，或作「近世」二字。或不知其道，則去孝以爲達，遺情以貴虛。〔三〕今元暠衣粗而食菲，粗，七胡切。病心而墨貌。以其先人之葬未返其土，無族屬以移其哀，〔四〕行求仁者，以冀終其心。勤而爲逸，遠而爲近，斯蓋釋之知道者歟？釋之書有大報恩十篇，〔五〕咸言由孝而極其業。〔六〕世之蕩誕慢訑者，〔七〕〔韓曰〕訑，多言貌。弋支切。雖爲其道而好違其書，於元暠師，吾見其不違且與儒合也。

元暠陶氏子。〔孫曰〕元暠本丹陽人。其上爲通侯，〔孫曰〕通侯本徹侯，避武帝諱改爲通侯。陶侃事晉，封長沙郡公，是爲通侯也。爲高士，〔孫曰〕侃曾孫潛，東晉末棄官不仕。爲儒先。〔八〕一有「生」字，一有「賢」字。

資其儒，「資」，一作「見」。故不敢忘孝；跡其高，故爲釋；承其侯，故能與達者遊。其來而從吾也，觀其爲人，〔九〕益見劉之明且信，故又與之言，重敍其事。

校勘記

〔一〕持其詩與引而來句下注　「劉夢得與公永貞元年同貶員外司馬。劉，鼎州。公，永州。元暠時自鼎來永」。二「鼎州」，世綵堂本均作「朗州」。按：今湖南常德市在唐、五代時稱朗州，宋時稱鼎州。實爲一地。

〔二〕余觀世之爲釋者句下注　「『世』字或作『近世』二字」。音辯本及英華作「近世」。

〔三〕遺情以貴虚　「遺」，詁訓本作「遣」，英華注：「蜀本作『遣』。」

〔四〕無族屬以移其哀　音辯本及英華、游居敬、蔣之翹本「無」下有「他」字。

〔五〕釋之書有大報恩十篇　「十篇」，音辯本及英華、游居敬本作「七篇」。按：大報恩即大方便報恩經，共七卷。

〔六〕咸言由孝而極其業　英華「極」下無「其」字。

〔七〕世之蕩誕慢訑者　世綵堂本注：「一無『世之』二字。」

〔八〕爲儒先　「儒先」，詁訓、世綵堂本作「儒先生」，英華作「儒流」。音辯、蔣之翹本注謂指陶潛。世綵堂本注謂指鄧先。陳景雲柳集點勘：「當謂陶弘景也。史言弘景讀書萬餘卷，所著有孝經、論語集注諸書，其爲通儒明矣。又劉夢得送元暠序，言世家丹陽。則出弘景後尤無疑也。」按：陳說是。

〔九〕觀其爲人　蔣之翹本注：「『人』上一無『爲』字。」

送琛上人南遊序

佛之跡，去乎世久矣；其留而存者，佛之言也。言之著者爲經，翼而成之者爲論，其流而來者，〔孫曰〕謂流入中國也。百不能一焉，然而其道則備矣。法之至莫尚乎「般若」，經之大「經」，一作「道」。莫極乎「涅槃」。世之上士，將欲由是以入者，非取乎經論則悖矣。而今之言禪者，有流盪舛誤，迭相師用，妄取空語，而脱略方便，顛倒真實，以陷乎己，而又陷乎人。又有能言體而不及用者，不知二者之不可斯須離也。離之外矣，是世之所大患也。

吾琛則不然，觀經得「般若」之義，讀論悦「三觀」之理，晝夜服習而身行之。有來求者，則爲講説。從而化者，皆知佛之爲大，法之爲廣，菩薩大士之爲雄，修而行者之爲空，蕩而無者之爲礙。〔一〕夫然，則與夫增上慢者異矣。異乎是而免斯名者，吾無有也。將以廣其道而被於遠，故好遊。自京師而來，又南出乎桂林，〔韓曰〕桂林，即桂州。未知其極也。吾病世之傲逸者，嗜乎彼而不求此，〔二〕故爲之言。

校勘記

〔一〕修而行者之爲空蕩而無者之爲礙　二「者之」，音辯本及英華、游居敬本均作「之者」。又，世綵堂本注：「『行』，一作『得』。」

〔二〕嗜乎彼而不求此　英華「求」下有「乎」字，疑是。

送文郁師序

〔韓曰〕文郁師，公之族。序云「挾海泝江，獨行山水間」。蓋公時在永州而師來也。「序」，一作「引」。

柳氏以文雅高於前代，近歲頗乏其人，百年間無爲書命者。登禮部科，數年乃一人。後學小童，以文儒自業者又益寡。今有文郁師者，讀孔氏書，爲詩歌逾百篇，其爲有意乎文儒事矣。「事」，一作「士」。又遁而之釋，背笈篋，〔童曰〕笈，負書箱。及業切。懷筆牘，〔童曰〕説文：牘，書版也。挾海泝江，獨行山水間。翛翛然模狀物態，搜伺隱隟，〔韓曰〕隟，阸塞也，與「隙」同。登高遠望，悽愴超忽，遊其心以求勝語，若有程督之者。〔孫曰〕程，謂法式也。已則披緇艾，〔一〕〔孫曰〕緇艾，衣如艾色也。茹蒿芹，志終其軀。〔二〕吾誠怪而譏焉。對曰：「力不任奔競，志不任煩拏。苟以其所好，行而求之而已爾。」終不可變化。

吾思當世以文儒取名聲，爲顯官，入朝受憎媢訕黜摧伏，不得守其土者，十恒八九。若師者，其可訕而黜耶？用是不復譏其行，返退而自譏。於其辭而去也，則書以畀之。

校勘記

〔一〕已則披緇艾　「緇艾」原作「緇文」，據取校諸本改。

〔二〕志終其軀　「軀」，蔣之翹本及全唐文作「身」。世綵堂本「軀」作「驅」，疑誤。

送玄舉歸幽泉寺序

佛之道，大而多容，凡有志乎物外而耻制於世者，則思入焉。故有貌而不心，名而異行，剛狷以離偶，狷，古顯、古縣二切。紆舒以縱獨，其狀類不一，或有「也」字。而皆童髮毀服以遊於世，其孰能知之！

今所謂玄舉者，其視瞻容體，未必盡思跡佛，而持詩句以來求余，夫豈耻制於世而有志乎物外者耶？夫道獨而跡狎則怨，志遠而形羈則泥。〔一〕幽泉山，山之幽也。閑其志而由其道，以遯而樂，足以去二患，捨是又何爲耶？既曰爲予來，故於其去，不可以不告也。

校勘記

〔一〕志遠而形羈則泥　「志遠」，詁訓本作「志遂」。

送濬上人歸淮南覲省序

金仙氏之道，蓋本於孝敬，而後積以衆德，歸于空無。其敷演教戒於中國者，離爲異門，曰禪，曰法，曰律，以誘掖迷濁，世用宗奉。〔一〕其有脩整觀行，尊嚴法容，以儀範于後學者，以爲持律之宗焉。上人窮討秘義，發明上乘，奉威儀三千，雖造次必備。嘗以此道宣於江湖之人，江湖之人悦其風而受其賜，攀慈航望彼岸者，蓋千百計。天子聞之，徵至闕下，御大明秘殿以問焉。導揚本教，頗甚稱旨。京師士衆，方且翹然仰大雲之澤，以植德本，而上人不勝顧復之恩，〔孫曰〕詩：顧我復我。顧，旋視。復，反復。退懷省侍之禮，懇迫上乞，〔二〕遂無以奪。由是杖錫東顧，振衣晨征。

右司員外郎劉公，深明世典，通達釋教，與上人爲方外遊。始榮其至，今惜其去，於是合郎署之友，詩以貺之。退使孺子執簡而序之，〔韓曰〕此與前送楊郎中使還汴州序稱童孺之意同。因繫其辭曰：

上人專於律行，恒久彌固，其儀刑後學者歟？誨于生靈，觸類蒙福，其積衆德者歟？覲于高堂，視遠如邇，其本孝敬者歟？若然者，是將心歸空無，捨筏登地，固何從而識之乎？〔三〕古之贈禮，必以輕先重，故鄭商之犒先乘韋，〔四〕〔韓曰〕僖三十三年左氏：秦人襲鄭，及滑，鄭商人弦高將市於周，遇之，以乘韋先，牛十二犒師。注：乘四韋，先韋乃入牛。古者將獻遺於人，必有以先之。魯侯之贈後吳鼎。〔五〕〔韓曰〕魯襄公十九年左氏：諸侯盟于督揚，晉人執邾悼公，以其伐我故。晉侯先歸。公享晉六卿于蒲圃。賄荀偃束錦，加璧，乘馬，先吳壽夢之鼎。注：壽夢，吳子乘也，獻鼎於魯，因以爲名。古之獻物，必有以先。今以璧馬爲鼎之先。今餞詩之重，皆衆吳鼎也。「衆」，一作「後」。故乘韋之比，得序而先之。且曰，由禮而不敢讓焉。

校勘記

〔一〕世用宗奉　「用」，英華作「同」。

〔二〕懇迫上乞　英華「乞」下有「還」字，近是。

〔三〕固何從而識之乎　英華注：「『識』，『一作「議」』。

〔四〕故鄭商之犒先乘韋句下注　「僖三十三年左氏：秦人襲鄭，及滑，鄭商人弦高將市於周」。「襲鄭」原作「伐晉」，據詁訓、世綵堂本及左傳改。

〔五〕魯侯之贈後吳鼎句下注　「賄荀偃束錦，加璧，乘馬」。「賄」原作「贈」，據詁訓本及左傳改。

柳宗元集卷二十六

記〔一〕

監祭使壁記

注具本篇。

禮檀弓曰：祭禮，與其敬不足而禮有餘也，不若禮不足而敬有餘也。〔孫曰〕檀弓上篇之文，禮謂俎豆牲牢之屬。是必禮與敬皆足，而後祭之義行焉。周禮：祭僕視祭祀有司百官之戒具，誅其不敬者。〔孫曰〕周禮：祭僕掌受命于王，以眡祭祀，而警戒祭祀有司，糾百官之戒具。既祭，率羣有司而反命。以王命勞之，誅其不敬者。戒具，牲物。漢以侍御史監祠。〔二〕〔韓曰〕漢百官志：侍御史，凡郊廟之祠及大朝會、大封拜，則二人監威儀。有違失則劾奏之。唐開元禮：〔三〕〔韓曰〕明皇開元中，張說以貞觀、顯慶禮儀注前後不同，宜加折衷，以爲唐禮。乃詔蕭嵩等撰定，號大唐開元禮。凡大祠若干，中祠若干，咸以御史監視，〔四〕祠官有不如儀者以聞。〔韓曰〕舊史職官志：監察御史監祭祀，則閱牲牢省器服，不敬，則劾祭官。新史志云：監察御史蒞宴射習射及大祠中祠，視不如儀者以聞。其刻印移書，則曰監祭使。寶應中，〔童曰〕肅宗上元二年，改元寶應。尤異其禮，更號祠祭使，俄復其初。〔孫曰〕興元元年，號監祭使。又制，凡供祠之吏，〔五〕雖當齋戒，得以決罰，〔六〕由是禮與敬無不足者。

聖人之於祭祀，非必神之也，蓋亦附之教焉。事於天地，示有尊也，不肅則無以教敬；事於宗廟，示廣孝也，不肅則無以教愛；〔七〕事於有功烈者，示報德也，〔孫曰〕禮記：法施於民則祀之。以死勤事則祀之。以勞定國則祀之。能禦大菑則祀之。能捍大患則祀之。不肅則無以勸善。凡肅之道，自法制始。奉法守制，由御史出者也。故將有事焉，則祠部上其日，吏部上其官，奉制書以來告，然後頒于有司，以謹百事。太常修其禮，光禄合其物，〔孫曰〕唐志：光禄卿一人，凡祭祀省牲鑊濯溉。百工之役，先一日咸至于祠而考閲焉。御史會公卿有司，執簡而臨之，〔孫曰〕左氏云：南史聞太史盡死，執簡以往。簡，謂簡策。故其粢盛牲牢酒醴菜果之饌，粢盛，音咨成。必實於庖厨；鐘鼓笙竽琴瑟戛擊之樂，〔八〕〔童曰〕書：戛擊鳴球。注：戛擊，柷敔，所以作止樂。戛，訖黠切。簨簴綴兆之數，〔九〕〔孫曰〕釋名：所以懸鼓者，横曰簨，縱曰簴。禮記：綴兆舒疾，樂之文也。綴，謂舞者行位相連綴也。兆，謂位外之營兆也。簨簴，音筍巨。必具於庭内；樽彝罍洗上音雷。下音蘚。俎豆醆斝之器，〔舊注〕醆斝，鬱鬯罇，又玉爵名。醆，音盞。斝，音賈，音駕。必絜于壇堂之上。奉奠之士，贊禮之童，樂工舞師洎執役而衞者，〔一〇〕「役」，一作「殳」。咸引數其實，〔一一〕「引數」一本作「列若」。設箠朴于堂下，以修官刑，〔張曰〕

書：鞭作官刑。而羣吏莫敢不備物；羅奏牘于几上，以嚴天憲，而衆官莫敢不盡誠。而祭之日，先升立于西階之上，以待卒事。其禮之周旋，樂之節奏，必周知之，退而視其燔燎瘞埋，〔舊注〕瘞，亦埋也。燔，音煩。燎，音了。瘞，於例切。終之以敬也。居常則飭四方祀貢之物，〔孫曰〕飭，整也。周禮：以九貢致邦國之用，一曰祀貢。注：祀貢，犧牲包茅之屬。以時登于王府。服器之修具，祠宇之繕理，牛羊毛滌之節，〔孫曰〕周禮：凡陽祀，用騂牲毛之。陰祀，用黝牲毛之。望祀，各以方之色牲毛之。毛之，取純毛也。禮記：帝牛必在滌三月，稷牛唯具。滌，牢中所搜除處也。三宮御廩之實，〔二〕〔補注〕桓十四年穀梁傳：甸粟，而納之三宮，三宮米，而藏之御廩。甸，甸師，掌田之官。三宮，三夫人。畢備而聽命焉。

舊以監察御史之長居是職，貞元十九年十二月，御史多缺，〔三〕〔集注〕舊史：貞元十九年十一月，監察御史崔薳入臺近不練故事，違式，流崖州。十二月，監察御史韓愈、李方叔皆得罪。予班在三人之下，進而領焉。明年，中山劉禹錫〔韓曰〕禹錫亦拜監察御史。始復舊制。由禮與敬以臨其人，而官事益理，制令有不宜于時者，必復于上，革而正之。於是始爲記，求簿書，得爲是職者若干人書焉。〔四〕

校勘記

〔一〕記　本卷標目原作「記官署」，據本書總目及音辯、詁訓、游居敬、蔣之翹本改。

〔二〕周禮祭僕視祭祀有司百官之戒具誅其不敬者漢以侍御史監祠　文粹無此二十六字。又，「百官之戒具」，據周禮夏官祭僕「百官」上當有「糾」字。又，「漢以侍御史監祠」句下注「凡郊廟之祠及大朝會、大封拜，則二人監威儀。有違失則劾奏之」。「二人」原作「一人」，據後漢書百官志三李賢注引蔡質漢儀改。「違失」原作「遺失」，據後漢書百官志三改。

〔三〕唐開元禮句下注「張說以貞觀、顯慶禮儀注前後不同」。「顯慶禮」上原脫「貞觀」二字，「注」上原脫「儀」字，據詁訓本及新唐書卷一一禮樂志補。

〔四〕咸以御史監視　「監視」，音辯本及英華、文粹作「監祠」。

〔五〕又制凡供祠之吏　「制凡」，音辯本及英華、文粹、游居敬、蔣之翹本均作「凡制」，疑誤。

〔六〕得以決罰　「決」，英華作「抉」（筆誤作「柣」）。何焯校本注亦云：「『決』，苑本作『抉』。」

〔七〕事於天地示有尊也不肅則無以教敬事於宗廟示廣孝也不肅則無以教愛　文粹「天地」下、「宗廟」下均有「者」字。按：此二句與下句「事於有功烈者，示報德也，不肅則無以勸善」爲三個並列句，有「者」字是。

〔八〕鐘鼓笙竽琴瑟戞擊之樂　世綵堂本注：「韓本無『笙竽』二字。」句下注「戞擊，柷敔，所以作止樂」。「戞擊」下原衍「即」字，「柷敔」原作「祝敔」，「止」上原脫「作」字，據詁訓本及尚書益稷改補。

〔九〕簨簴綴兆之數句下注　「綴，謂舞者行位相連綴也」。「行位」原作「行列」，據禮記樂記孔疏改。

〔一〇〕樂工舞師洎執役而衞者句下注　「『役』，一作『殳』」。按：何焯義門讀書記：「言衞則作『殳』爲是。」殳是一種兵器。詩衞風伯兮：「伯也執殳，爲王前驅。」全唐文作「殳」，是。

〔一一〕咸引數其實　「引數」，英華作「列數」。英華注：「一作『成列若其貫』。」

〔一二〕三宮御廪之實句下注　「三宮，三夫人」。「夫人」上原脱「三」字，據穀梁傳范注補。

〔一三〕貞元十九年十二月御史多缺　「十九年」原作「九年」，據音辯、詁訓本及文粹、游居敬、蔣之翹本及全唐文補。

〔一四〕得爲是職者若干人書焉　文粹「人」作「爲」，「焉」作「記」。

四門助教廳壁記

周人置虞庠于四郊，以養國老，教胄子。祭統曰：「天子設四學。」蓋其制也。〔孫曰〕禮記祭義：天子設四學。注：四學，謂四郊之虞庠。王制：周人養國老於東膠，養庶老於虞庠。書：命夔典樂教胄子。胄子，國子也。今云「祭統」，誤。易傳太初篇曰：「天子旦入東學，晝入南學，夕入西學，暮入北學。」〔一〕蔡邕引之，以定明堂之位焉。〔二〕〔韓曰〕東漢志：蔡邕明堂論云：明堂者，天子太廟，所以崇禮其祖，以配上帝者也。

謹承天隨時之令，昭令德宗祀之禮，明前功百辟之勞，起尊老敬長之義，顯教幼誨穉之學。朝諸侯選造士於其中，故爲大教之宫，而四學具焉。云云。凡此皆明堂、太室辟雍、太學事通合之義也。大戴禮保傅篇曰：帝入東學以貴仁，入南學以貴信，入西學以貴德，入北學以貴爵。〔三〕〔孫曰〕大戴禮保傅篇曰：帝入東學，尚親而貴仁；帝入南學，尚齒而貴信；帝入西學，尚賢而貴德；帝入北學，尚貴而尊爵。賈生述之，以明太子之教焉。〔四〕〔韓曰〕賈誼舉大戴禮保傅篇：帝入學之教於時政書曰：及太子少長，知妃色，則入於學。學者，所學之宫也。學禮曰云云。此五學者既成于上，則百姓黎民化輯於下矣。故曰爲大教之宫，〔五〕而四學具焉。參明堂之政，原大教之極，其建置之道弘也。

後魏太和中，立學于四門，置助教二十人。〔韓曰〕北史劉芳傳：太和二十年，發敕立四門博士，於四門置學。古之四學，本在四郊，至是以其遼遠，故始置于四門。隋氏始隸于國子，〔六〕而降置五人。皇朝始合於太學，又省至三人。員位彌簡，其官尤難，非儒之通者不列也。四門學之制，掌國之上士、中士、下士凡三等，侯、伯、子、男凡四等。其子孫之爲胄子者，〔韓曰〕舊史志：四門博士三人，助教三人。四門博士掌教文武七品以上及侯、伯、子、男之子爲生者。胄，音趙。及庶士、庶人之子爲俊士者，〔七〕〔韓曰〕舊史又云：若庶人之子爲俊士生者，教法如太學。通四經業成，上於尚書吏部試登第者，加階放選也。使執其業而居其次，就師儒之官而考正焉。助教之職，佐博士以掌鼓篋榎楚之政令，〔韓曰〕學記：入學鼓篋，孫其業也。榎楚二物，收其威也。注：鼓篋，擊鼓警衆，乃發篋出所治經業。榎，槄也。楚，荆也。二者所以朴撻犯禮者。榎，古雅切。今分其人而教育之，〔八〕其有通經力學者，必於歲之杪，〔舊注〕杪，木末也。音眇。升於禮部，聽簡試焉。課生徒之進退，必酌于中道，非博雅莊敬之流，固不得臨於是，故有去而升于朝者。賀秘書由是爲博士，〔韓曰〕舊史：賀知章舉進士，初授國子四門博士，遷太常博士，改太子賓客，授秘書監。歸散騎由是爲左拾遺。〔韓曰〕歸崇敬，天寶中舉博通墳典科，對策第一，遷四門博士。有詔舉才可宰百里者，復策高等，授左拾遺。德宗時，遷翰林學士左散騎常侍。舊制以拾遺爲八品清官，〔九〕故必以名實者居於其位。

貞元中，王化既成，經籍少間，有司命太學之官，頗以爲易。專名譽、好文章者，咸耻爲學官。至是，河東柳立始以前進士〔孫曰〕貞元十年，立中進士。求署茲職，天水武儒衡、閬中歐陽詹又繼之。是歲，爲四門助教凡三人，〔一〇〕皆文士，京師以爲異。余與立同祖於方輿公，〔韓曰〕方輿公，諱僧習，後魏時爲揚州大中正尚書右丞。方輿公蓋公之八世祖。一本無「於方輿公」四字。與武公同升於禮部，〔一一〕〔孫曰〕貞元九年，公與儒衡同舉進士。一本「武公」作「武君」。與歐陽生同志於文。四門助教署未嘗紀前人名氏，余故爲之記，而由夫三子者始。〔一二〕

校勘記

〔一〕天子旦入東學晝入南學夕入西學暮入北學　後漢書祭祀志中注引易傳太初篇「夕」作

「暮」，「西學」下無「暮入北學」四字。又，汲古閣本和武英殿本後漢書「天子」作「太子」。疑是。

〔二〕以定明堂之位焉句下注　「以配上帝者也」。「配」上原脱「以」字。又，「故爲大教之宫」。「宫」原作「官」。據詁訓本及後漢書祭祀志中注引蔡邕明堂論補改。

〔三〕帝入東學以貴仁入南學以貴信入西學以貴德入北學以貴爵　「貴仁」，英華作「貴人」。「貴信」，音辯本及英華、文粹作「貴德」。「貴德」，音辯本及文粹作「貴義」，英華作「貴信」。「貴爵」，音辯本及文粹作「尊爵」。

〔四〕賈生述之以明太子教焉句下注　「及太子少長，知妃色，則入於學」。「妃」，賈誼新書卷五保傅作「好」。大戴禮記「學」上有「小」字。「學者，所學之宫也」。「學者」，大戴禮記作「學小者」，疑「學」「小」二字顛倒。「宫」原作「官」，據大戴禮記改。又，「此五學者既成於上」。新書「學」下無「者」字，大戴禮記「五學」作「五義」。

〔五〕故爲大教之宫　「宫」原作「官」，據音辯、世綵堂、濟美堂、蔣之翹本及後漢書祭祀志中注引蔡邕明堂論改。

〔六〕隋氏始隸于國子　「隋氏」，英華作「隋代」。

〔七〕及庶士庶人之子爲俊士者　英華「庶人」上無「庶士」二字。按：此語引舊唐書卷四四職官志，無「庶士」二字是。

〔八〕佐博士以掌鼓篋榎楚之政令今分其人而教育之　詁訓本「政」下無「令」字，在「政」字下斷句。音辯本及英華、游居敬本及全唐文「政令」下無「今」字，在「政令」下斷句。世綵堂、濟美堂、蔣之翹本「今」作「令」，屬下句。又，「育」上原脫「教」字，據取校諸本補。

〔九〕舊制以拾遺爲八品清官　「以」，英華、文粹作「與」。陳景雲柳集點勘：「『以』，文苑、文粹並作『與』爲是。案唐百官志：四門助教與拾遺皆八品上，但助教止爲清官，而拾遺則兼清要，故由助教除拾遺爲美遷，而品秩則一也。」

〔一〇〕是歲爲四門助教凡三人　英華、文粹「四門」上無「爲」字。

〔一一〕與武公同升於禮部句下注　「一本『武公』作『武君』」。陳景雲柳集點勘：「武、歐二人皆公儕輩，不應獨尊武爲公，異於歐陽生之稱。武公之『公』當有誤。」按：陳說是。「武公」宜作「武君」。

〔一二〕而由夫三子者始　文粹「始」下有「乎爾」二字。蔣之翹本注：「『始』下「一有『焉』字」。

武功縣丞廳壁記

〔韓曰〕武功縣屬京兆。序言貞元十五年丞廳壁壞，官署舊記皆逸。後三年，陳南仲居是官，乃因其族子存持地圖求爲記。蓋十八年也。公時爲藍田尉。

殷頌曰：「邦畿千里。」〔劉曰〕商頌玄鳥之文。周制，千里之内曰甸服。〔張曰〕王制：千里之内曰甸，千里之外曰采、曰流。穀梁謂之寰内諸侯，爲王内臣，〔孫曰〕隱元年穀梁傳：祭伯來。寰内諸侯，非有天子命不得出會諸侯。不正其外交，故弗與朝也。其制甚重。今京兆尹理京師部二十有三縣，〔一〕〔韓曰〕唐之京師，古雍州之地，秦之咸陽而漢之長安也。唐屬關内道。云京兆尹理京師，在隋，領大興、長安、新豐、渭南、鄭、華陰、藍田、鄠、盩厔、始平、武功、上宜、醴泉、涇陽、雲陽、三原、宜君、同官、華原、富平、萬年、高陵二十二縣。唐初，改爲雍州，而縣之廢置亦不一。幅員之廣，其猶古也。〔童曰〕詩商頌：幅員既長。注：幅，廣也。員，均也。縣吏之長曰令，曰丞。〔二〕丞之位，正八品下，〔孫曰〕唐制：畿縣丞二人，正八品下。蓋丞述六職以輔其令也。〔三〕〔孫曰〕丞，謂佐也。秦、漢有丞相，〔孫曰〕漢表：丞相，秦官，有左右。高祖置一丞相，後更名相國。今尚書有左右丞，〔孫曰〕唐制：尚書省，令一員，左右丞各一員。御史有中丞，〔四〕至于九卿之列，亦皆有丞，下以達天下之縣。政有小大，〔五〕其旨同也。

武功爲甸内大縣，按其圖，古后稷封有斄之地。〔韓曰〕斄，后稷所封之地，周紀所謂封棄于邰是也。斄，與「邰」同，音胎。秦作四十一縣，斄、美陽、武功各異，至是合焉。〔韓曰〕漢志，右扶風有斄、美陽、武功三縣。至是合而爲一，故武功爲甸内縣，最大。蓋嘗爲稷州，已而復縣。〔韓曰〕武德三年，以武功、好畤、盩厔、扶風四縣置稷州。蓋因后稷所封爲名。貞觀元年，州廢，縣皆屬京兆。天授中，復置稷州。大足元年，又廢如初。其土疆沃美高厚，有丘陵墳衍之大；〔六〕〔孫曰〕周禮：大司徒辨其山、林、川、澤、丘、陵、墳、衍、原、隰之名物。注：土高曰丘。大阜曰陵。水厓曰墳。下平曰衍。其植物豐暢茂遂，有秬秠藿菽之宜。〔七〕〔孫曰〕詩生民：藝之荏菽，荏菽旆旆。又曰：誕降嘉種，維秬維秠。注：荏菽，戎豆。秬，黑黍。秠，一稃二米。秬，音巨。秠，音丕。藿，胡各切。其人善樹藝。〔張曰〕孟子：后稷教民稼穡，樹藝五穀。其俗有禮讓，宜乎其大雅之遺烈焉。〔童曰〕上所云秬秠藿菽，見詩生民。生民，大雅之文也。

貞元十五年，改邑于南里，既成新城，凡官署舊記，壁壞文逸，而未克繼之者。後三年，而潁川陳南仲居是官，邑人宜之，號爲簡靖，因其族子存持地圖以來謁余爲記。夫以武功疆理之大，人徒之多，而陳生以簡靖輔其理，斯固難矣。漢高帝嘗詔天下，凡以戰得爵，七大夫公乘以上，〔八〕令丞與抗禮，故爲吏益難。〔九〕〔孫曰〕漢高五年，詔曰：七大夫公乘以上，皆高爵也。異日秦民爵公大夫以上，令丞與亢禮。七大夫，公大夫也。爵第七，故謂之七大夫。公乘，爵第八。今天子崇武念功，與漢初相類，分禁旅以守縣道，武功爲多。陳生爲丞於是，而又職盜賊。其爲理無敗事，吾庸可度哉！〔一〇〕一作「吾庸可以度哉」。爲之記云。

校勘記

〔一〕今京兆尹理京師部二十有三縣句下注「在隋，領大興、長安、新豐、渭南、鄭、……萬年、高陵二十二縣」。「渭南」原脱「渭」字，據詁訓本及隋書卷二九地理志補。

〔二〕縣吏之長曰令曰丞　英華「曰丞」上有「其貳」二字。何焯校本據英華增此二字。

〔三〕蓋丞逑六職以輔其令也　英華「蓋」下無「丞」字，近是。

〔四〕御史有中丞　「中丞」上原脱「有」字，據英華、全唐文補。

〔五〕政有小大　「小大」，音辯、詁訓、游居敬本及全唐文作「大小」。

〔六〕有丘陵墳衍之大句下注　「辨其山、林、川、澤、丘、陵、墳、衍、原、隰之名物」。「林」原作「陵」，據周禮地官大司徒改。

〔七〕有秬秠藿菽之宜　「有」原作「其」，據音辯、世綵堂本及英華，游居敬、蔣之翹本及全唐文改。又，音辯本注：「潘本『藿』作『荏』。」英華注：「蜀本作『荏』。」何焯校本注：「蜀本作『荏』爲是。」

〔八〕凡以戰得爵七大夫公乘以上　「七」，音辯、詁訓本作「士」，世綵堂本注：「『七』，一作『士』。」英華注：「漢書作『七』，是。」蔣之翹本注：「『七』，諸本作『士』，非是。」按：據漢書卷一高帝紀下，當作「七」爲是。

〔九〕故爲吏益難句下注　「異日秦民爵公大夫以上」。「公大夫」原作「五大夫」，據漢書卷一高帝紀改。

〔一〇〕吾庸可度哉句下注　「一作『吾庸可以度哉』。」「度」，英華作「癈」。蔣之翹本注：「『度』或作

『慶』。」游居敬、王荆石本作「慶」。何焯校本改「慶」作「廢」。

盩厔縣新食堂記〔一〕

〔孫曰〕水曲曰盩，山曲曰厔。縣屬鳳翔府。盩，音舟。厔，音窒。

貞元十八年五月某日，新作食堂于縣内之右，始會食也。

自兵興以來，西郊捍戎，〔韓曰〕唐自天寶亂後，兵政紊蕩。肅宗時，京畿之西，以神策軍鎮之，皆有屯營。軍司之人，散處畿内，皆恃勢凌暴，民間苦之。此公謂「西郊捍戎」者也。縣爲軍壘二十有六年，〔二〕〔韓曰〕肅宗乾元元年，至德宗建中四年，爲二十六年。是歲，李希烈反。十月，涇原節度使姚令言反，犯京師，德宗如奉天。西郊之屯，至是去矣。羣吏咸寓于外。兵去邑荒，棟宇傾圮，〔童曰〕圮，毁也。部鄙切。又十有九年，不克以居。由是縣之聯事，〔孫曰〕周禮：祭祀之聯事。賓客之聯事。聯事，謂通職也。離散而不屬，〔童曰〕屬，連也。之欲切。凡其官僚，罕或覿見。及是，主簿某病之。於是且掌功役之任，俾復其邑居。〔三〕廩庫既成，學校既修，取其餘財，以構斯堂。〔四〕其上棟，〔孫曰〕易：上棟下宇，以避風雨。自南而北者，二十有二尺。周阿峻嚴，〔童曰〕周，謂四周。列楹齊同。其飾之文質，階之高下，視邑之大小與羣吏之品秩，〔五〕不陋不盈。高山在前，流水在下，可以俯仰，可以宴樂。堂既成，〔六〕

得羨財可以爲食本，月權其贏，羞膳以充。乃合羣吏于茲新堂，升降坐起，以班先後，始正位秩之敍；禮儀笑語，講議往復，始會政事之要；筵席肅莊，樽俎靜嘉，一作「籩豆靜嘉」。燔炮烹飪，炮，與「炰」同。飪，與「餁」同。音稔。益以酒醴，始獲僚友之樂。

卒事而退，舉欣欣焉，曰：「惟禮食之來古也，〔孫曰〕晉語：悼公使魏絳反役，與之禮食。今京師百官，咸有斯制。甸服亦王之内邑，且官有聯屬，〔七〕則宜統會以齊之也。嚮之離而今之合，其得失也遠甚。我是以肅焉而莊，衎焉而和，羣疑以亡，嘉言以彰，旨乎其在此堂也。不惟其馨香醉飽之謂，某之力也夫！宜伐石以志，使是道也不替于後。」乃列其事來告，使余書之。

校勘記

〔一〕盩厔縣新食堂記題下注　「縣屬鳳翔府」。「鳳翔」原作「京兆」，據世綵堂本及新唐書卷三七地理志改。

〔二〕縣爲軍壘二十有六年句下注　「涇原節度使姚令言反」。「姚令言」原作「姚令原」，據世綵堂、濟美堂、蔣之翹本及新唐書卷七德宗紀改。

〔三〕於是且掌功役之任俾復其邑居　「功役」，全唐文作「工役」。「之任」，英華作「之事」。又，「之任」下原脫「俾復其邑居」五字，據英華、何焯校本及全唐文補。

〔四〕取其餘財以構斯堂　「財」，音辯本及英華、游居敬本及全唐文作「材」，近是。

〔五〕視邑之大小與羣吏之品秩　英華「吏」上無「羣」字。「秩」上原脫「品」字，據英華、全唐文補。

〔六〕堂既成　「既成」上原脫「堂」字，據英華、全唐文補。

〔七〕且官有聯屬　世綵堂本注：「一本無『聯』字。」英華「聯」作「僚」，近是。

諸使兼御史中丞壁記

古者，交政於四方謂之使。今之制，受命臨戎，職無所統屬者，亦謂之使。凡使之號，蓋專焉而行其道者也。開元以來，其制愈重，故取御史之名而加焉。至于今若干年，其兼中丞者若干人。〔一〕〔韓曰〕唐初，諸使未嘗加御史之名，自明皇開元以來，使之制愈重，故有兼御史者。德宗時，置東都畿觀察，而以留臺御史中丞爲之。建中間，又以御史中丞一員爲理匭使，故兼御史中丞爲使者不一。嘗自開元初考之，至貞元二十年間，其有兼中丞爲節度使者，曰楊國忠，曰令狐彰，曰宗正卿琬，曰盧羣。有爲節度觀察處置使者，曰蕭華。有爲團練觀察使者，曰李栖筠，曰李道昌。有爲節度觀察使者，曰張獻恭。有爲觀察使者，曰杜亞，曰衞晏，曰楊項。有爲都團練使者，曰吳希光，曰張愔。有爲經略使者，曰戴叔倫，曰張正元。有爲册南詔使者，曰袁滋。有爲節度留後者，曰田悦。明皇幸蜀，有爲置頓閣道使者，曰韋諤，曰宋若思。是皆兼中丞者也。外又有自爲中丞出爲使者，或疏決囚徒，或賑恤水旱，或黜陟官吏。又有兼御史大夫而使者，或爲節度，或爲轉運度支鹽鐵，或爲防禦諸使。其使絶域，統兵戎，按州部，專貨食，而柔遠人，〔二〕〔張曰〕書：柔遠能邇。固王略，〔孫曰〕左氏：侵敗王略。略，封境也。齊風俗，和關石。大者戡復于内，〔三〕戡，音堪。拓定于外。拓，音託。皆得以壯其威，張其聲，其用遠矣。假是名以涖厥職，而尊嚴若是，況乎總憲度於朝端，樹風聲於天下，〔四〕其所以翼于君、正于人者，尤可以知也。〔五〕

武公以厚德在位，〔韓曰〕貞元二十年，武元衡遷御史中丞，時以詳整稱重。甚宜其官。視其署，有記諸使中丞者而多闕漏，〔六〕於是求其故於詔制，而又質於史氏，增益備具，遂命其屬書之。〔韓曰〕公時爲監察御史，故云其屬。且曰：由其號而觀其實，後之居於斯者，有以敬于事。〔七〕

校勘記

〔一〕其兼中丞者若干人　英華「兼」字下注：「一有『御史』二字。」

〔二〕而柔遠人　世綵堂本注：「一本『而』下有『能』字。」

〔三〕大者戡復于内　英華「大」上有「其」字。

〔四〕樹風聲於天下　英華注：「一作『于闕下』。」

〔五〕尤可以知也　世綵堂本注：「一無『以』字。」

〔六〕有記諸使中丞者而多闕漏　英華「諸使」下有「兼御史」三字，近是。何焯校本「諸使」下增「兼」字，亦通。

〔七〕有以敬于事　蔣之翹本注：「一有『乎』字。」

館驛使壁記

〔韓曰〕新史百官志：駕部掌傳驛。驛有長，舉天下四方之所達，爲驛千六百三十九。今記所載驛凡四十七，蓋邦畿之内者也。

凡萬國之會，四夷之來，天下之道途畢出於邦畿之内。〔一〕奉貢輸賦，修職於王都者，入于近關，一作「入覲于關」。則皆重足錯轂，錯，交錯。重，平聲。以聽有司之命。徵令賜予，〔童曰〕徵，召也。布政於下國者，出于甸服，〔童曰〕王制云：千里曰甸服。而後按行成列，行，乎剛切。以就諸侯之館。故館驛之制，於千里之内尤重。

自萬年至于渭南，〔韓曰〕萬年、渭南皆屬京兆府。其驛六，其蔽曰華州，其關曰潼關。自華而北界于櫟陽，〔韓曰〕潼關在華陰。華陰、櫟陽屬華州。其驛六，〔二〕其蔽曰同州，其關曰蒲津。自灞而南至于藍田，〔韓曰〕灞水出藍田谷，西北入於渭。藍田，京兆府縣。其驛六，其蔽曰商州，其關曰武關。自長安至于盩厔，〔韓曰〕長安屬京兆府。盩厔初屬京兆，後屬鳳翔府。盩厔，音舟、音窒。其驛十有一，其蔽曰洋州，其關曰華陽。自武功而西至于好時，〔三〕〔韓曰〕武功、好時，皆京兆府縣。時，音止。其驛三，其蔽曰鳳翔府，其關曰隴關。自渭而北至于華原，〔韓曰〕渭水出京兆。華原，京兆府縣。其驛九，其蔽曰坊州。自咸陽而西至于奉天，〔韓曰〕咸陽、奉天，皆京兆府縣。其驛六，其蔽曰邠州。由四海之內，總而合之，以至于關；由關之內，束而會之，以至于王都。華人夷人往復而授館者，〔孫曰〕周語：司里不授館。旁午而至，傳吏奉符而閱其數，〔孫曰〕傳，今之驛也。傳吏，謂驛吏。古者，出入關皆合符而去。縣吏執牘而書其物。告至告去之役，不絕於道；寓望迎勞之禮，〔孫曰〕周禮：置有寓望。注：境界之上，有寄寓之舍，候望之人。無曠於日。而春秋朝陵之邑，皆有傳館。其飲飫餼饋，〔四〕〔舊注〕飫，食多。按諸韻字當作「饇」，於據切。咸出於豐給；繕完築復，〔五〕必歸於整頓。列其田租，布其貨利，權其入而用其積，〔六〕於是有出納奇贏之數，〔七〕勾會考校之政。

大曆十四年，始命御史爲之使，〔孫曰〕大曆十四年，兩京以御史一人知驛，號館驛使。俾考其成，以質于尚書。季月之晦，必合其簿書，以視其等列，而校其信宿，必稱其制。〔八〕有不當者，反之於官。尸其事者有勞焉，則復于天子而優升之。勞大者增其官，其次者降其調之數，又其次猶異其考績。官有不職，則以告而罪之，故月受俸二萬于太府。史五人，承符者二人，皆有食焉。

先是假廢官之印而用之，貞元十九年，南陽韓泰告于上，〔韓曰〕泰字安平。貞元二十年，與公同爲監察御史。始鑄使印而正其名。然其嗣當斯職，未嘗有記之者。追而求之，蓋數歲而往則失之矣。〔九〕今余爲之記，遂以韓氏爲首。且曰修其職，故首之也。

校勘記

〔一〕天下之道途畢出於邦畿之內　世綵堂本注：「『畢』，一作『必』。」

〔二〕自華而北界于櫟陽其驛六　音辯、游居敬本「櫟陽」下無「其驛六」三字。吳汝綸柳州集點勘校增作「其驛七」。疑是。

〔三〕自武功而西至于好畤　世綵堂本注：「一無『而』字。」音辯、游居敬本無「而」字。

〔四〕其飲飫餼饋　「飲飫餼饋」，英華作「飫餼饔饋」。句下注「飫，食多」。「食多」，世綵堂本作「燕食」，按：據上下文意，此處解作「燕食」是。

〔五〕繕完築復　「復」，英華作「役」。

〔六〕布其貨利權其入而用其積　「積」，英華作「息」。世綵堂本注：「一作『列其貨利權入』。」

〔七〕於是有出納奇贏之數　「數」，英華作「羨」。

〔八〕以視其等列而校其信宿必稱其制　世綵堂本注：「『校其』，一作『校之』。絕句。」

〔九〕蓋數歲而往則失之矣　「失」，英華作「有」。

嶺南節度饗軍堂記

唐制，嶺南爲五府，〔韓曰〕五府，謂廣州、安南、桂管、邕管、容管也。廣州即嶺南。府部州以十數。〔孫曰〕部，猶管也。其大小之戎，〔孫曰〕大戎小戎，皆兵車也。詩：元戎十乘，以先啓行。又曰：小戎俴收，五楘梁輈。元戎所乘之車，謂之大戎。從後行者，謂之小戎。號令之用，〔一〕「號令」，一作「名字」。則聽于節度使焉。其外大海多蠻夷，由流求、訶陵，〔孫曰〕流求，東夷。訶陵，南蠻也。西抵大夏、康居，〔孫曰〕大夏、康居，西域二國名。見西漢。環水而國以百數，則統于押蕃舶使焉。〔二〕〔韓曰〕嶺南節度兼押蕃舶使。內之幅員萬里，〔童曰〕商頌：幅員既長。注：幅，廣。員，均也。以執秩拱稽，〔三〕〔孫曰〕僖二十七年左氏：作執秩以正其官。執秩，主爵秩之官。吳語曰：擁鐸拱稽。注云：拱，執也。稽，計兵名籍也。一本作「以就執秩拱玉稽」。時聽教命；外之羈屬數萬里，〔補注〕謂所管羈縻州。一本「外」字下有「境」字。以譯言贄寶，歲帥貢職。合二使之重，〔四〕「合」下一有「外」字。以治于廣州，故賓軍之事，〔孫曰〕周官：五禮，吉、凶、賓、軍、嘉。宜無與校大。〔五〕且賓有牲牢饔餼，〔劉曰〕詩：雖有牲牢饔餼，不肯用也。注：牛羊豕爲牲。繫養者曰牢。熟曰饔。腥曰餽。〔童曰〕饔，熟食也。餽，饋餉也。上音邕。下音戲。嘉樂好禮，〔孫曰〕左氏：嘉樂不野合。以同遠合疏；軍有犒饋宴饗，勞旋勤歸，〔孫曰〕詩：出車以勞還，杕杜以勤歸。以群力一心。於是治也，閈閎階序，〔孫曰〕閈，閭也。爾雅：衖門謂之閎。東西牆謂之序。閈，音旰。衖，古巷切。不可與他邦類，必厚棟大梁，一作「宋」。屋棟。芒庚切。夷庭高門，然後可以上充於揖讓，下周於步武。

今御史大夫扶風公廉廣州，〔六〕〔韓曰〕元和八年十二月，以御史大夫扶風郡公馬摠爲嶺南節度使。且專二使，增德以來遠人，申威以脩戎政。大饗宴合樂，〔七〕從其豐盈。先是爲堂於治城西北陬，子侯切。其位，公北向，賓衆南向，〔八〕奏部伎于其西，視泉池于其東。隅奥庳側，〔孫曰〕爾雅：西南隅謂之奥。庭廡下陋，一作「漏」。日未及晡，〔孫曰〕日加申時曰晡。晡，音逋。一作「日未及昃」。則赫炎當目，汗眩更起，而禮莫克終。故凡大宴饗、大賓旅，則寓于外壘，〔九〕儀形不稱。公於是始斥其制，〔一〇〕爲堂南面，横八楹，從十楹，嚮之宴位，〔一一〕化爲東序，西又如之。其外更衣之次，膳食之宇，列觀以游目，偶亭以展聲，〔一二〕彌望極顧，莫究其往。泉池之舊，增濬益植，〔一三〕以暇以息，如在林壑。問工焉取，則師輿是供；〔孫曰〕輿，衆也。問役焉取，則蠻隸是徵；問材焉取，則隙宇是遷。或益其闕，伐山浮海，農賈拱手，張目視具。

乃十月甲子克成，公命饗于新堂。幢牙茸纛，〔一四〕〔童曰〕幢，幡。牙，牙旗。纛，羽幢。幢，傳江切。茸，而容切。纛，音道。金節析羽，〔孫曰〕周禮：山國用虎節，澤國用龍節，皆以金爲之。旆旗旟旞，〔韓曰〕周禮：

軍吏載旗，百官載旟。又曰：熊虎爲旗，鳥隼爲旟，全羽爲旞，析羽爲旌。旞，音遂。「旆」一作「旂」。咸飾于下。鼓以鼖音墳。晉，金以鐸鐃。〔一五〕〔孫曰〕周禮夏官：諸侯執賁鼓，軍將執晉鼓，卒長執鐃，兩司馬執鐸。鼓人曰：以賁鼓鼓軍事，以晉鼓鼓金奏，以金鐃止鼓，以金鐸通鼓。注：大鼓謂之鼖，長八尺。晉鼓長六尺六寸。鐃如鈴，無舌有秉，執而鳴之，以止擊鼓。公與監軍使，肅上賓，延羣僚，〔一六〕將校士吏，咸次于位。卉裳罽衣，〔孫曰〕卉罽，皆蠻夷所服。書：島夷卉服。卉，草也。罽，氈類，織毛爲之。〔韓曰〕罽，西胡毳布，若今髦及氍毹之類。罽，音計。胡夷蜑蠻，〔童曰〕南方夷曰蜑。音誕。睢盱就列者，〔韓曰〕睢盱，張目貌。字林：睢，仰目。盱，張目。睢，火佳切。千人以上。鉶鼎體節，〔孫曰〕鉶，盛羹之器。體，謂全體。節，謂支節。鉶，音刑。燔炰胾炙，〔韓曰〕胾，大臠也。炙，炙肉。上側吏切。下之夜切。羽鱗貍互之物，〔一七〕沉泛醍盎之齊，〔一八〕〔集注〕周禮：酒正辨五齊之名，一曰泛齊，二曰醴齊，三曰盎齊，四曰緹齊，五曰沉齊。注云：泛者，泛泛然。盎，猶翁也。成而翁翁然。緹者，色紅赤。又云：沉者，成而滓沉。醍，他禮切。盎，於浪切。齊，才詣切。均飫于卒士。興王之舞，〔孫曰〕謂七德舞九功舞之類。服夷之伎，〔孫曰〕唐有西涼伎、天竺伎、龜茲伎、安國伎、疏勒伎、康國伎之類。揳擊吹鼓之音，揳，先結切。亦作「戛」。吹，去聲。飛騰幻怪之容，〔孫曰〕幻怪，如魚龍曼延之戲。「幻」，一作「眩」。寰觀于遠邇。禮成樂遍，以敍而賀，且曰：「是邦臨護之大，五人合之，〔韓曰〕嶺南節度兼五府討擊使。非是堂之制不可以備物，非公之德不可以容衆。〔一九〕曠于往初，肇自今茲，大和有人，以觀遠方，古之戎政，其曷用加此！」

華元，名大夫也，殺羊而御者不及；〔三〇〕〔韓曰〕宣二年左氏：宋華元禦鄭。將戰，華元殺羊食士，其御羊斟不與。及戰，曰：「疇昔之羊，子爲政；今日之事，我爲政。」與入鄭師。故敗。霍去病，良將軍也，餘肉而士有飢色。〔三一〕〔韓曰〕漢霍去病少而侍中，貴不省士。其從軍，上爲遣太官齎數十乘。既還，重車餘棄粱肉，而士有飢色。猶克稱能，以垂到今。矧茲具美，其道不廢，顧訪于金石，〔三二〕以永示後祀。遂相與來告，且乞辭。某讓不獲，〔三三〕乃刻于茲石云。〔三四〕

校勘記

〔一〕號令之用　音辯、蔣之翹本注：「『令』，一作『名』。」

〔二〕則統于押蕃舶使焉　音辯、游居敬本「使」下無「焉」字。蔣之翹本注亦云：「一無『焉』字。」

〔三〕以執秩拱稽　「執」，音辯本及文粹、游居敬本作「就」。又，音辯本及英華、文粹、游居敬本「拱」下有「玉」字。又句下注「執秩，主爵秩之官」。「官」原作「名」，據音辯本及左傳改。

〔四〕合二使之重句下注　「『合』下一有『外』字」。文粹「合」下有「内外」二字。疑是。

〔五〕宜無與校大　「校」，英華作「較」，何焯校本亦改作「較」。

〔六〕今御史大夫扶風公廉廣州句下注　「元和八年十二月，以御史大夫扶風郡公馬摠爲嶺南節度使」。「御史大夫」，詁訓本作「御史中丞」，「嶺南」上並有「廣州刺史」四字。按：舊唐書卷一五七馬揔傳，元和十二年誅吳元濟後，馬揔爲蔡州刺史兼御史大夫，在此以前，只兼御史中丞，充嶺南都護。據此，注文及正文中「御史大夫」，當是「御史中丞」之誤。

〔七〕大饗宴合樂　「饗宴」，文粹作「宴饗」，近是。

〔八〕公北向賓衆南向　「賓衆」，英華作「衆賓」。又，世綵堂本注：「一作『公北向面賓，衆賓南向』。」

〔九〕凡大宴饗大賓旅則寓于外壘　「賓旅」，英華、文粹作「軍旅」。是。按：軍旅之禮見于周禮地官司徒。

〔一〇〕公於是始斥其制　「斥」，英華作「新」。

〔一一〕嚮之宴位　英華、全唐文作「饗宴之位」。文粹作「宴饗之位」，近是。

〔一二〕偶亭以展聲　「聲」，英華作「聽」。

〔一三〕增濬益植　英華「植」字下注：「一作『廣』。」

〔一四〕幢牙茸纛句下注　「牙，牙旗」。上「牙」字上原衍「幢」字，據濟美堂、蔣之翹本删。

〔一五〕鼓以鼖晉金以鐸鐃　「晉」，詁訓本及文粹作「鼓」。又句下注「鐃如鈴，無舌有秉，執而鳴之，以止擊鼓」。「執」原作「軌」，「鳴」原作「爲」，「止」原作「此」，均據世綵堂本及周禮地官鼓人鄭注改。

〔一六〕延羣僚　「羣僚」，世綵堂本作「郡僚」。

〔一七〕羽鱗貍互之物　「互」原作「牙」。按：「互」俗作「𤘩」，與「牙」形近而誤。據音辯、世綵堂、游居敬、蔣之翹本及全唐文改。周禮天官鼈人鄭玄注：「互物，謂有甲𤡶胡龜鼈之屬」，而貍物指「龜鼈之屬自貍藏伏於泥中者」，「亦謂鱴刀含漿之屬」。

〔一八〕沉泛醍盎之齊句下注　「一曰泛齊，二曰醴齊，三曰盎齊，四曰緹齊」。「泛齊」下原脱「二曰醴齊」四字，「緹齊」原作「醍齊」，據音辯、世綵堂本及周禮天官酒正補改。

〔一九〕非公之德不可以容衆　英華「公」上有「我」字。

〔二〇〕殺羊而御者不及句下注　「宋華元禦鄭。將戰，華元殺羊食士」。「鄭」原作「楚」，「將」原作「師」，據世綵堂本及左傳改。

〔二一〕餘肉而士有饑色句下注　「漢霍去病少而侍中，貴不省士」。「少而」原作「爲」，據詁訓本及漢書卷五五霍去病傳改。

〔二二〕願訪于金石　「訪」，全唐文作「勒」，蔣之翹本作「刻」。英華注：「集作『勒』。」何焯義門讀書記亦云：「『訪』，一作『勒』。」

〔二三〕某讓不獲　文粹「讓」上有「牢」字。

〔二四〕乃刻于茲石云　音辯本及英華、文粹、全唐文「石」下無「云」字。

邠寧進奏院記

作之年月，具見本篇。

凡諸侯述職之禮，〔劉曰〕孟子：諸侯朝于天子曰述職。述職者，述所職也。必有棟宇建于京師。朝覲爲修容之地，〔孫曰〕周禮：春見曰朝，秋見曰覲。修容，謂修其儀容也。會計爲交政之所。〔孫曰〕孟子曰：孔子嘗爲委吏矣，曰會計當而已矣。其在周典，則皆邑以具湯沐，〔韓曰〕王制：方伯爲朝天子者，皆有湯沐之邑於天子之縣内，視元士。注：給齋戒自潔清之用，浴用湯，沐用潘。其在漢制，則皆邸以奉朝請。〔韓曰〕漢法，諸侯春見曰朝，秋見曰請。文帝紀云：至邸而議之。顔師古注云：郡國朝宿之舍在京師者，率名邸。邸，至也。丁禮切。與「邸」同。唐興因之，則皆院以備進奏，〔孫曰〕大曆十二年五月，諸道邸移在上都者，改爲進奏院，吏曰留後。政以之成，禮於是具，由舊章也。〔童曰〕詩：率由舊章。章，典章也。

皇帝宅位十一載，〔孫曰〕書：朕宅帝位三十有三載。德宗大曆十四年卽位，至貞元五年，宅位十一載矣。悼邊氓之未乂，惡兇虜之猶阻，博求群臣，以朗寧王張公爲能。〔孫曰〕貞元四年，吐蕃三萬騎寇涇、邠等州。七月，授河中節度使渾瑊邠寧慶副元帥，以左金吾將軍張獻甫檢校刑部尚書兼邠州刺史、邠寧節度觀察使，代韓游瓌。史不載獻甫封朗寧王。俾其建節剖符，守股肱之郡，〔一〕〔補注〕漢文帝謂季布曰：「河東，吾股肱郡，故特召君耳。」統爪牙之職，〔童曰〕詩：祈父予王之爪牙。董制三軍，撫柔萬人。乃新斯院，弘我舊規。一作「制」。高其閈閎，壯其門閭。以奉王制，以修古典，至敬也；以尊朝覲，以率貢職，至忠也。執忠與敬，臣道畢矣。公嘗鳴珮執玉，展禮天朝。又嘗伐叛獲醜，獻功魏闕。〔集注〕四年九月，吐蕃寇寧州，獻甫率衆禦之，斬首百餘級。其餘歸時事，修常職，賓屬受辭而來使，旅賁奉章而上謁。稽疑於太宰，質政於有司，〔二〕下及奔走之臣，傳遽之役，〔三〕川流環運，以達教令。大凡展采於中都，率由是焉。故領斯院者，必獲歷閶闔，登太清，仰萬乘之威，而通內外之事。王宮九關而不問，〔四〕〔孫曰〕楚辭云：魂兮歸來，君無上天些。虎豹九關，啄害下人些。注：天門九重，使虎豹執其關閉。轅門十舍而如近，斯乃軍府之要樞，一作「會」。邠寧之能政也。「邠」，一作「朗」。

惟公端明而厚，〔五〕温裕而肅，宏略特出，大志高邁。施德下邑，而黎人咸懷；設險西陲，〔六〕一作「搏敵西陲」。而戎虜伏息。〔七〕〔孫曰〕獻甫至鎮，斷山浚塹，選巖要地築烽堡。請復鹽州及洪門、洛原鎮屯兵，詔可。獻甫遣兵馬使魏茪逐吐蕃，築鹽、夏二城，虜衆畏，不敢入寇。茂功溢于太常，「茂」，一作「戎」。盛烈動於人聽，則斯院之設，乃他政之末者也。贊公於他政之末，故詞不周德；稱公於天子之都，故禮不稱位，斯古道也。貞元十二年十月六日，河東柳宗元爲記。〔八〕

校勘記

〔一〕俾其建節剖符守股肱之郡　「守」，英華作「鎮」。並注云：「集作『守』，又作『部』。」何焯校本「守」改作「部」。

〔二〕質政於有司　「質政」，英華作「資政」。

〔三〕下及奔走之臣傳遽之役　「傳遽」，游居敬本及全唐文作「傳遞」，疑是。

〔四〕王宮九關而不閒　「閒」，音辯本及英華、游居敬、蔣之翹本作「聞」。吳汝綸柳州集點勘亦作「聞」。英華注：「蜀本作『開』。」

〔五〕惟公端明而厚　「端明」，英華作「端持」。

〔六〕設險西陲　「設險」，英華作「捍敵」，并注云：「蜀作『設揄』。」又句下注「一作『搏敵西陲』」。「搏」，詁訓、世綵堂本注作「捍」。

〔七〕而戎虜伏息句下注　「斷山浚塹」。「浚」原作「峻」。「獻甫遣兵馬使魏芃逐吐蕃」。「魏芃」原作「魏光」。均據新唐書卷一三三張獻甫傳改。

〔八〕河東柳宗元爲記　英華「爲」下有「之」字。

興州江運記

御史大夫嚴公，〔韓曰〕貞元十五年，以興州刺史嚴礪兼御史大夫，爲山南西道節度使。礪本梓州鹽亭縣人。牧于梁〔孫曰〕書：華陽黑水惟梁州。梁，卽山南西道。五年。〔韓曰〕自貞元十六年至二十一年，爲五年。嗣天子〔韓曰〕貞元二十一年順宗卽位，改元永貞。舉周、漢進律增秩之典，〔孫曰〕漢書循吏傳：二千石有治理効，輒以璽書勉勵，增秩賜金。一本「舉」字作「用」。以親諸侯。謂公有功德理行，就加禮部尚書。〔韓曰〕新舊傳皆不載加禮部尚書。是年四月，使中謁者〔孫曰〕漢書百官表：謁者掌賓贊受事。灌嬰爲中謁者，後常以閹人爲之。來錫公命。〔孫曰〕春秋文公元年：天王使毛伯來錫公命。謂禮部尚書之命。賓僚吏屬，將校卒士，黧老童孺，填溢公門，〔一〕舞躍歡呼，願建碑紀德，垂億萬祀。公固不許，而相與怨咨，遑遑如不飲食。〔二〕於是西鄙之人，「西」，一作「四」。密以公刊山導江之事，「密」一作「私」。或無「公」字。願刻巖石。曰：

維梁之西，其蔽曰某山，其守曰興州。興州之西爲戎居，歲備亭障，實以精卒。以道之險隘，兵困于食，守用不固。公患之一無「患之」二字。曰：「吾嘗爲興州，凡其土人之故，一無「土」字。吾能知之。〔三〕自長舉北至於青泥山，又西抵于成州，過栗亭川，踰寶井堡，崖谷峻隘，十里百折，負重而上，若蹈利刃。盛秋水潦，郎到切。窮冬雨雪，一作「水潦于秋，雨雪于冬」。深泥積水，相輔爲害。顛踣騰藉，〔舊注〕踣，僵也。音匐，又匹候切。藉，慈夜切。下同。血流棧道。糗糧芻藁，填谷委山；馬牛羣畜，相藉物故。「藉」，一作「枕」。餫夫畢力，〔舊注〕說文云：野饋曰餫。音運。守卒延頸，嗷嗷之聲，其可哀也。若是者，綿三百里而餘。自長舉之西，「之」一作「而」。可以導江而下，二百里而至，〔四〕昔之人莫得知也。吾受命于君而育斯人，其可已乎？」乃出軍府之幣，以備器用，卽山僦功。僦，卽又切。由是轉巨石，仆大木，焚以炎火，沃以食醯，馨兮切。摧其堅剛，化爲灰燼。畚锸之下，畚，音本。锸，側洽切。易甚朽壤，〔五〕〔韓曰〕新史地理志：興州長舉縣，元和中，節度使嚴礪自縣而西疏嘉陵江二百里，焚巨石，沃醯以碎之，通漕以饋成州戍兵。乃闢乃墾，乃宣乃理。隨山之曲直以休人力，順地之高下以殺湍悍。上他端切。下音旱。一作「水怒」。厥功既成，咸如其素。於是決去壅土，疏導江濤，萬夫呼抃，莫不如志。雷騰雲奔，百里一瞬，既會既遠，澹爲安流。「澹」，一作「淡」。烝徒謳歌，詩：烝徒楫之。烝，衆也。枕臥而至，戍人無虞，專力待寇。

惟我公之功，疇可侔也！而無以酬德，致其大願，又不可得命。矧公之始來，屬當惡歲，府庾甚虛，器備甚殫，音單。饑饉昏札，〔孫曰〕昭十九年左氏：札瘥夭昏。注：夭死曰札，未名曰昏。饉，音僅。死徙充路。〔六〕賴公節用愛人，克安而生，老窮有養，幼乳以遂，不問不使，咸得其志。公命鼓鑄，庫有利兵；公命屯田，師有餘糧；〔七〕選徒練旅，有衆孔武；平刑議獄，〔八〕有衆不黷；音瀆。增石爲防，膏我稻粱；歲無凶災，家有積倉；傳館是飾，傳，直戀切。旅忘其歸；杠梁已成，〔九〕「杠」一作「虹」。人不履危。若是者，皆以戎隙帥士而爲之，不出四方之力，〔一〇〕「方」一作「人」。而百役已就。〔一一〕且我西鄙之職官，「且」字下一有「非」字。故不能具舉。惟公和恒直方，廉毅信讓，敦尚儒學，揖損貴位，〔一二〕率忠與仁，以厚其誠。其有可以安利于人者，〔一三〕行之堅勇，不俟終日，其興功濟物如此其大也。〔一四〕

昔之爲國者，惟水事爲重。故有障大澤，〔孫曰〕昭元年左氏：臺駘宣汾、洮，障大澤，顓帝嘉之，封諸汾川。勤其官而受封國者矣。一作「焉」。〔張曰〕禮記：冥勤其官而水死。西門遺利，史起興歎。〔一五〕〔韓曰〕史記：西門豹爲鄴令，發民鑿十二渠，引河水灌民田，田皆溉，名聞天下，澤流後世。〔孫曰〕漢書溝洫志：魏文侯時，西門豹爲鄴令，有令名。至文侯曾孫襄王時，與羣臣飲酒，王祝曰：「令吾臣皆如西門豹之爲人臣也！」史起進曰：「魏氏之行田也以百畝，鄴獨二百畝，是田惡也。漳水在其旁，西門豹不知用，是不智也。」於是以起爲鄴令。白圭壑隣，孟子不與。〔韓曰〕孟子曰：白圭曰：「丹之治水也愈於禹。」孟子曰：「子過矣。禹之治水，水之道也，是故禹以四海爲壑。今吾子以隣國爲壑，吾子過矣。」公能夷險休勞，以惠萬代，其功烈尤章章焉不可蓋也。是用假辭謁工，勒而存之，用永憲于後祀。

校勘記

〔一〕黨老童孺塡溢公門　世綵堂本注：「『公』，一作『於』。」

〔二〕公固不許而相與怨咨遑遑如不飲食　英華、全唐文及何焯校本「而」上有「退」字。「不飲食」，英華作「不欲食」。

〔三〕凡其土人之故吾能知之　「土人」，英華作「土地」。何焯校本「人」改作「地」。

〔四〕可以導江而下二百里而至　英華「江」下重出「江」字。

〔五〕易甚朽壞　「壞」，英華、全唐文作「壞」。又句下注「元和中，節度使嚴礪自縣而西疏嘉陵江二百里，焚巨石，沃醯以碎之，通漕以饋成州戍兵」。按：陳景雲柳集點勘：「嚴礪疏江通運，新史採入地理志，皆本此文。但志以爲元和中事，則非也。記作於順宗踐阼之歲，時礪帥興元已五年，則斯役之興，當在貞元之季。」陳說是。「通漕」原作「通溝」，據新唐書卷四〇地理志改。

〔六〕死徙充路　「徙」原作「徒」，音辯、王荆石本注：「『徒』當作『徙』。」英華、蔣之翹本及全唐文作「徙」，何焯校本「徒」改作「徙」。茲據改。

〔七〕公命屯田師有餘糧　世綵堂本注：「一本自『師有餘糧』下無四十字，便與『杠梁以成』相接。」

〔八〕平刑議獄　「平」，英華作「評」。

〔九〕杠梁已成句下注　「『杠』，一作『虹』」。按：孟子離婁下：「惠而不知爲政，歲十一月，徒杠成；十二月，輿梁成。民未病涉也。」柳文用此意，當作「杠」字。

〔一〇〕不出四方之力句下注　「『方』，一作『人』」。音辯、游居敬本「四方」作「四人」。詁訓本翁同龢批注：「按『四人』即『四民』也。」作「人」字近是。

〔一一〕而百役已就　英華「就」上有「告」字。

〔一二〕敦尚儒學揖損貴位　「揖」，英華作「挹」，何焯校本改「揖」作「挹」，全唐文作「抑」。按：「挹」與「抑」通。荀子宥坐篇：「此所謂挹而損之之道也。」楊倞注：「挹，亦退也。挹而損之，猶言損之又損。」

〔一三〕其有可以安利于人者　音辯、詁訓本及英華、游居敬本「有」上無「其」字。

〔一四〕其興功濟物如此其大也　音辯、詁訓、世綵堂本及英華、游居敬本「如此」上有「宜」字。

〔一五〕西門遺利史起興歎句下注　「鄴獨二百畝，是田惡也」。「田惡」原作「惡田」，據漢書卷二九溝洫志改。

全義縣復北門記

〔孫曰〕全義本名臨源，大曆四年更名。屬桂州。

賢者之興，而愚者之廢，廢而復之爲是，循而習之爲非。〔一〕一作「賢之興而愚之廢，復之爲是，循之爲非」。恒人猶且知之，〔二〕不足乎列也。然而復其事必由乎賢者。推是類以從於政，其事可少哉？

賢莫大於成功，愚莫大於恡音吝。且誣。〔三〕桂之中嶺而邑者曰全義。衛公城之，南越以平。盧遵爲全義，〔韓曰〕盧遵，涿人，公之内弟也。視其城，塞北門，鑿他雉以出。問之，其門人曰：「餘百年矣。〔四〕或曰：『巫言是不利於令，故塞之。』或曰：『以賓旅之多，有懼竭其餼饋者，餼，許既切。饋，音匱。欲廻其途，故塞之。』」一本「廻」字下作「去聲」二字。遵曰：「是非悖且誣歟？賢者之作，思利乎人；「思」下一有「以」字。反是，罪也。余其復之。」詢于羣吏，一有「羣」字。吏叶厥謀；上于大府，大府以俞；邑人便焉，讙舞里閭。居者思正其家，行者樂出其途。由道廢邪，〔五〕一作「由是道以廢邪」。用賢棄愚，推以革物，宜民之蘇。〔六〕若是而不列，殆非孔子徒也。爲之記云。〔七〕

校勘記

〔一〕循而習之爲非　「循而習之」，音辯本及英華、游居敬本作「習而循之」。

〔二〕恒人猶且知之　「猶且」，音辯、詁訓本及英華、游居敬本作「且猶」。

〔三〕愚莫大於悖且誣　「大」，詁訓本作「甚」。英華注：「蜀本作『甚』。」何焯校本「大」改「甚」。

〔四〕鑿他雉以出問之其門人曰餘百年矣　世綵堂本「門人」下注：「一無『門』字。」

〔五〕由道廢邪句下注　「一作『由是道以廢邪』」。何焯義門讀書記：「注一作『由是道以廢邪』。上用『推是』，此用『由是』，文法相犯，短幅不應有此。」

〔六〕推以革物宜民之蘇　英華「推」作「惟」，「宜」作「而」。

〔七〕殆非孔子徒也爲之記云　英華「徒」上有「之」字，「也」作「歟」，「爲之」作「故爲」。

中國古典文學基本叢書

柳宗元集

第三册

中華書局

柳宗元集卷二十七

記〔一〕

潭州楊中丞作東池戴氏堂記〔二〕

〔韓曰〕永貞元年，公謫永州司馬，過潭而作此文。

弘農公刺潭三年，〔孫曰〕楊憑，字嗣仁，虢州弘農人。貞元十八年九月，自太常少卿爲潭州刺史、湖南觀察使。因東泉爲池，〔三〕環之九里。或作「三里」。丘陵林麓距其涯，〔集注〕說文云：丘，土之高者。又云：林屬於山爲麓。爾雅：大陸曰阜，大阜曰陵。牧外謂之野，野外謂之林。坻島渚洲交其中。〔四〕〔集注〕坻，小渚。說文：海中有山可依止曰島。爾雅：水中可居者曰洲。釋名云：小洲曰渚。坻，音遲。與「坻」同。其岸之突而出者，水縈之若玦焉。〔孫曰〕玦，如環而缺。古穴切。池之勝於是爲最。公曰：「是非離世樂道者不宜有此。」卒授賓客之選者，譙國戴氏曰簡，〔五〕〔孫曰〕晉史：戴逵，譙國人。簡，其裔也。爲堂而居之。「而」下一有「令」字。堂成而勝益奇，望之若連艫縻艦，〔孫曰〕艫，船後持櫂處。艦，今戰船也。艦，音檻。與波上下。就之顛倒萬物，遼廓眇忽。樹之松柏杉櫧，〔六〕〔韓曰〕杉、櫧，皆木名。櫧似柃，葉冬不凋落。櫧，音諸。被之菱芡芙蕖，〔童曰〕菱，芰也。鬱然而陰，粲然而榮。凡觀望浮游之美，專於戴氏矣。

戴氏嘗以文行累爲連率所賓禮，〔孫曰〕謂爲方鎮所辟也。貢之澤宫，〔韓曰〕禮記射義：天子將祭，必先習射於澤。澤者，所以擇士也。注：澤，澤宫。而志不願仕。與人交，取其退讓，受諸侯之寵，不以自大，其離世歟？好孔氏書，旁及莊文，〔孫曰〕謂莊子、文子也。漢書藝文志：文子九篇。注：老子弟子。莫不總統。以至虚爲極，得受益之道，〔七〕〔張曰〕書：謙受益。其樂道歟？賢者之舉也必以類。當弘農公之選，而專茲地之勝，豈易而得哉！地雖勝，得人焉而居之，則山若增而高，水若闢而廣，〔八〕堂不待飾而已奐矣。〔舊注〕奐，大也。説文：奐，明奐。〔劉曰〕禮記：美哉輪焉，美哉奐焉。奐，音煥。戴氏以泉池爲宅居，以雲物爲朋徒，攄幽發粹，攄，抽居切。日與之娱，則行宜益高，文宜益峻，道宜益懋，交相贊者也。既碩其内，又揚于時，吾懼其離世之志不果矣。

君子謂弘農公刺潭得其政，爲東池得其勝，授之得其人，豈非動而時中者歟！〔童曰〕禮記：君子之中庸也，君子而時中。於戴氏堂也，見公之德，不可以不記。一有「之」字。

校勘記

〔一〕記　本卷標目原作「記亭池」，據本書總目及音辯、詁訓、游居敬、蔣之翹本改。

〔二〕潭州楊中丞作東池戴氏堂記　音辯、詁訓、游居敬本「潭州」下無「楊中丞作」四字。陳景雲柳集點勘：「呂溫刺道州日，有送戴簡處士賀州謁侍郎詩云：『羸馬孤童鳥道微，三千客散獨南歸。山公念舊偏知我，今日因君淚滿衣。』侍郎謂楊憑，即此記中之弘農公也。憑前爲刑部侍郎，後自京尹謫賀州臨賀尉。簡蓋自潭往謁，由道而南，故溫以詩頌其風義，與此序『行宜益高』語正合。」

〔三〕因東泉爲池　英華「池」上有「東」字。何焯校本據英華增「東」字。

〔四〕坻島渚洲交其中　「渚洲」，音辯本及英華、游居敬本作「洲渚」。又句下注「水中可居者曰洲」，「居」下原脫「者」字，據爾雅釋水補。

〔五〕譙國戴氏曰簡句下注　「戴逵，譙國人」。「戴逵」原作「戴達」，據世綵堂本及晉書卷九四戴逵傳改。

〔六〕樹之松柏杉櫧句下注　「櫧似柃，葉冬不凋落」。「柃」原作「杉」，據詁訓、世綵堂、濟美堂、蔣之翹本及文選司馬相如上林賦李善注改。

〔七〕得受益之道句下注　「書：謙受益」。「書」原作「易」，據世綵堂本及尚書大禹謨改。

〔八〕則山若增而高水若闢而廣　上「而」字詁訓本作「其」。「闢」，英華作「闊」，疑誤。

桂州裴中丞作訾家洲亭記〔一〕

〔韓曰〕公刺柳時爲桂州裴中丞行立作。訾，姓也。音紫，又卽移切。

大凡以觀游名於代者，不過視於一方，其或傍達左右，則以爲特異。〔二〕至若不騖遠，〔韓曰〕騖，馳也。音務。不陵危，環山洄江，〔孫曰〕洄，逆流也。四出如一，誇奇競秀，咸不相讓，偏行天下者，唯是得之。

桂州多靈山，發地峭豎，〔三〕林立四野。署之左曰灕水，〔韓曰〕署，州署也。灕水出零陵。灕，音離。水之中曰訾氏之洲。凡嶠南之山川，〔孫曰〕越人謂山銳而高曰嶠。渠妙切。達于海上，於是畢出，而古今莫能知。元和十二年，御史中丞裴公來蒞茲邦。〔王曰〕裴行立，元和十二年徙爲桂州刺史、桂管觀察使。都督二十七州諸軍州事。〔四〕盜遁姦革，德惠敷施，期年政成，而富且庶。〔五〕當天子平淮夷，定河朔，告于諸侯，公既施慶于下，〔韓曰〕元和十二年冬十月克淮蔡，十三年春正月赦天下。乃合僚吏，登茲以嬉。觀望悠長，「悠」，一作「攸」。悼前之遺。於是厚貨居氓，移于閒壤，伐惡木，刜奧草，〔童曰〕刜，斫也。扶勿切。前指後畫，心舒目行。忽然若飄浮上騰，〔六〕以臨雲氣，〔孫曰〕莊子：乘雲氣，御飛龍。萬山面內，重江束隘，〔七〕烏懈切，亦作「阨」。聯嵐含輝，嵐，盧含切。旋視具宜，〔八〕常所未覩，倏然于見，〔舊注〕倏，走也。音叔。「于」字，正作「互」。以爲飛舞奔走，與游者偕來。乃經工化材，〔九〕考極相方。〔孫曰〕周禮：夜考諸極星。南爲燕亭，延宇垂阿，步簷更衣，〔孫曰〕司馬相如賦：步櫚周流。步櫚者，言其下可以行步，卽今之步廊。「櫚」，與「簷」同。周若一舍。北有崇軒，以臨千里。左浮飛閣，右列閒館。比舟爲梁，〔童曰〕比，聯也。與波昇降。苞灕山，涵龍宮，「涵」，一作「含」。昔之所大，蓄在亭內。「亭」，一作「廷」。日出扶桑，〔孫曰〕淮南子：日出于暘谷，拂于扶桑。扶桑，東夷地名。雲飛蒼梧，〔韓曰〕蒼梧，山名。在今梧州。海霞島霧，來助游物。其隙則抗月檻於迴谿，〔一〇〕出風榭於篁中。晝極其美，又益以夜。列星下布，顥氣迴合，〔一一〕〔孫曰〕班固西都賦：鮮顥氣之清英。顥，白也。音浩。邃然萬變，若與安期、羨門〔韓曰〕安期、羨門，古仙人也。列仙傳曰：安期生，琅琊阜鄉人。史記：始皇之碣石，使燕人盧生求羨門。接於物外。〔一二〕則凡名觀游於天下者，有不屈伏退讓以推高是亭者乎？

既成以燕，歡極而賀。咸曰：昔之遺勝概者，必於深山窮谷，人罕能至，而好事者後得以爲己功，未有直治城，挾闤闠，上音環，下音潰。車輿步騎，朝過夕視，訖千百年，莫或異顧，一旦得之，遂出於他邦，雖博物辯口，莫能舉其上者。然則人之心目，其果有遼絕特殊而不可至者耶？蓋非桂山之靈，不足以瓌觀；上姑回切。下音灌。非是洲之曠，不足以極視；非公之鑒，不能以獨得。噫！造物者之設是久矣，而盡之於今，余其可以無藉乎！〔一三〕「藉」，或作

「籍」。籍，謂記也。

校勘記

〔一〕桂州裴中丞作訾家洲亭記　音辯、詁訓本及英華、游居敬本「桂州」下無「裴中丞作」四字。

〔二〕則以爲特異　英華「則」下無「以」字。

〔三〕發地峭竪　「竪」，原作「堅」，據音辯本及何焯校本改。

〔四〕都督二十七州諸軍州事　「軍」下原脱「州」字，據取校諸本補。

〔五〕而富且庶　「而」下原脱「富且庶」三字，據英華、全唐文補。

〔六〕忽然若飄浮上騰　「忽然」，音辯、詁訓本及英華、游居敬本作「忽焉」。

〔七〕萬山面内重江束隘　「面内」，蔣之翹本及全唐文作「西向」。「束隘」，濟美堂、蔣之翹本及全唐文作「東隘」。

〔八〕旋視具宜　「具」，音辯本及英華、游居敬本作「其」。吴汝綸柳州集點勘：「『具』誤『其』。」

〔九〕乃經工化材　「化」，蔣之翹、何焯校本作「庀」。全唐文注：「一作『庀』。」吴汝綸柳州集點勘：「『庀』誤『化』。」按：作「庀」近是。

〔一〇〕其隙則抗月檻於迴谿　「迴」原作「逈」，據取校諸本改。

〔一一〕顥氣迴合句下注　「顥，白也」。「白」原作「日」，據世綵堂本及說文改。

〔一二〕若與安期羨門接於物外句中注　「始皇之碣石，使燕人盧生求羨門」。「燕人」上原脱「使」字，據史記卷六秦始皇本紀補。

〔一三〕余其可以無藉乎句下注　「『藉』或作『籍』」。按：英華、蔣之翹本及全唐文作「籍」，何焯校本亦改「藉」作「籍」。

邕州柳中丞作馬退山茅亭記〔一〕

冬十月，作新亭于馬退山之陽。因高丘之阻以面勢，〔孫曰〕面勢，謂方面形勢。事本周禮。無欂櫨節棁之華。〔二〕〔韓曰〕欂，柱也。櫨，柱上跗也。語：山節藻棁。注：節者，栭也。刻鏤爲山。棁者，樑上楹，畫爲藻文。欂，音薄。櫨，音盧。棁，音拙。不斲椽，不翦茨，斲，音卓。茨，音慈。不列牆，〔三〕以白雲爲藩籬，碧山爲屏風，昭其儉也。〔四〕〔孫曰〕桓二年左氏：臧哀伯之辭。

是山崒然起於莽蒼之中，〔補注〕莊子逍遥遊篇：適莽蒼者，三飡而返。莽蒼，草野之色。并作上聲。崒，謂突出也。慈卹切。馳奔雲矗，〔五〕〔童曰〕矗，直也。初六切。亘數十百里，尾蟠荒陬，蟠，音盤。首注大溪，諸山來朝，勢若星拱，〔張曰〕論語：譬如北辰，居其所而衆星拱之。蒼翠詭狀，綺綰繡錯。〔六〕蓋天鍾秀於是，不限於遐裔也。然以壤接荒服，〔孫曰〕國語：戎翟荒服，在九州之外。荒忽無常，故曰荒服。言此以見邕州遐遠。俗參夷徼，〔童曰〕境也。音叫。周王之馬跡不至，〔韓曰〕謂周穆王駕八駿之乘，肆意遠遊，宿于崑崙之阿，賓于西王母，觴于瑶池之上，而不至此也。〔孫曰〕昭十二年左氏：穆王欲肆其心，周行天下，將皆必有車轍馬跡焉。謝公之屐齒不及，〔韓曰〕謂謝安放情丘壑而不及此也。謝安傳：聞謝元已破苻堅，不覺屐齒之折。〔孫曰〕南史：謝靈運登躡，常着木屐，上山則去其前齒，下山則去其後齒。巖徑蕭條，登探者以爲嘆。

歲在辛卯，〔韓曰〕元和六年。我仲兄以方牧之命，試于是邦。〔七〕〔韓曰〕公從兄名寬，字存諒。公嘗有祭文，云「從事諸侯，假于郡藩」，即謂此也。夫其德及故信孚，信孚故人和，人和故政多暇。由是嘗徘徊此山，以寄勝概。迺壁迺塗，〔孫曰〕書：若作室家，既勤垣墉，惟其塗墍茨。説文：墍，仰塗也。音洎。作我攸宇，於是不崇朝而木工告成。每風止雨收，煙霞澄鮮，輒角巾鹿裘，率昆弟友生冠者五六人，步山椒而登焉。〔八〕〔孫曰〕離騷：馳椒丘且焉止息。椒，山顛也。於是手揮絲桐，目送還雲，西山爽氣，在我襟袖，八極萬類，攬不盈掌。〔九〕

夫美不自美，因人而彰。蘭亭也，不遭右軍，〔一〇〕則清湍脩竹，蕪没於空山矣。〔韓曰〕王羲之嘗與同志宴集於會稽山陰之蘭亭，羲之自爲序，有云：「此地有崇山峻嶺，茂林脩竹，又有清流激湍，映帶左右，引以爲流觴曲水。」是亭也，僻介閩嶺，佳境罕到，不書所作，使盛跡鬱堙，是貽林澗之媿。故志之。

校勘記

〔一〕邕州柳中丞作馬退山茅亭記　音辯、詁訓、游居敬本「邕州」下無「柳中丞作」四字。英華列此篇爲獨孤及作，「馬」上無「邕州柳中丞作」六字。按：陳景雲柳集點勘：「按文苑此記乃獨孤及作。編者誤入而注家仍其誤。」何焯義門讀書記亦云：「英華作獨孤常州文者近之。」陳何二說近是。

〔二〕無欂櫨節棁之華句下注　「節者，栭也。刻鏤爲山」。「栭」下原脱「也」字，據論語公冶長注補。

〔三〕不斲椽不翦茨不列牆　「牆」，英華作「墉」，何焯校本「牆」改作「墉」。

〔四〕以白雲爲藩籬碧山爲屏風昭其儉也　英華「白雲」上無「以」字，「昭」下無「其」字。

〔五〕馳奔雲矗　「馳」，英華作「蛇」。何焯校本「馳」改作「駝」。

〔六〕蒼翠詭狀綺綰繡錯　「詭」，英華作「跪」，並注云：「集作『萬』。」「綰」，英華作「布」。

〔七〕歲在辛卯我仲兄以方牧之命試于是邦　陳景雲柳集點勘：「案辛卯爲元和六年。攷唐史，元和五年，擢鄧州刺史崔詠爲邕州刺史兼邕管經略使，至八年，始自邕移桂，足知辛卯歲邕州未嘗缺守，不當復有試官。又『仲兄』，舊注柳寬。據寬誌，卒于辛卯八月，而是亭作於十月，則非寬明矣。」按：陳說是。

〔八〕步山椒而登焉　世綵堂、蔣之翹本注：「『椒』，一作『極』。」音辯、游居敬本作「極」。　又句下注「馳椒丘且焉止息」。「馳」原作「駝」，據蔣之翹本及離騷改。

〔九〕八極萬類攬不盈掌　「八極」原作「以極」，據英華及何焯校本改。

〔一〇〕蘭亭也不遭右軍　英華「蘭」上有「使」字，「亭」下無「也」字。

永州韋使君新堂記〔一〕

〔韓曰〕公貶永州十年，其州刺史見公集者六。元和元年，刺史韋公，見賀改元表。二、三年，刺史馮公，見修淨土院記。五年以前，刺史崔君敏，見南池讌集序及墓誌。後又有崔簡者，未上，以罪去。見簡墓誌等文。十年，刺史崔能，見湘源二妃廟碑、萬石亭記。此記所謂韋公，蓋在七、八年間者也。見上嶺南鄭相公啓及黄溪祈雨詩。

將爲穹谷嵁巖嵁，五咸、五男二切。淵池於郊邑之中，則必輦山石，溝澗壑，凌絶險阻，疲極人力，乃可以有爲也。然而求天作地生之狀，咸無得焉。逸其人，因其地，全其天，昔之所難，今於是乎在。

永州實惟九疑之麓，〔孫曰〕九疑，山名。在零陵。麓，山足也。其始度土者，〔韓曰〕書：惟荒度土功。環山爲城。〔二〕有石焉，翳于奥草；「于」，一作「乎」。有泉焉，伏于土塗。蛇虺之所蟠，狸鼠之所游，茂樹惡木，嘉葩毒卉，亂雜而争植，號爲穢墟。韋公之來既踰月，理甚無事，望其地，且異之。始命芟其蕪，行其塗，積之丘如，蠲之瀏如。〔孫曰〕瀏，水清貌。音劉，又音溜、柳。既焚既釃，山宜切。奇勢迭出，清濁辨質，美惡異位。視其植，則清秀敷舒；〔三〕視其蓄，則溶漾紆餘。怪石森然，周于四隅，或列或跪，〔四〕或立或仆，竅穴逶邃，堆阜突怒。乃作棟宇，以爲觀游。凡其物類，無不合形輔勢，効伎於堂廡之下。外之連山高原，林麓之崖，間厠隱顯。邇延野緑，遠混天碧，咸會於譙門之外。〔五〕〔集注〕漢書：陳勝攻陳，守丞與戰譙門中。譙門，謂門上爲高樓以望也。樓亦名譙，故謂美麗之樓爲麗譙。

已乃延客入觀，繼以宴娱。或贊且賀，曰：「見公之作，知公之志。公之因土而得勝，豈不欲因俗以成化？公之擇惡而取美，〔六〕豈不欲除殘而佑仁？公之蠲濁而流清，豈不欲廢貪而立廉？公之居高以望遠，豈不欲家撫而户曉？〔七〕夫然，則是堂也，豈獨草木土石水泉之適歟？〔八〕山原林麓之觀歟？將使繼公之理者，視其細，知其大也」。宗元請志諸石，措諸屋漏，〔九〕〔孫曰〕詩：尚不愧于屋漏。爾雅曰：西南隅謂之奥，西北隅謂之屋漏。一作「措諸壁徧」。以爲二千石楷法。

校勘記

〔一〕永州韋使君新堂記　音辯、詁訓本及英華、游居敬本「永州」下無「韋使君」三字。

〔二〕環山爲城　英華「爲」上有「以」字。

〔三〕視其植則清秀敷舒　「清」，音辯、詁訓本作「青」，近是。

〔四〕或列或跪　「跪」，英華作「絕」。

〔五〕咸會於譙門之外　「外」，音辯本及英華、游居敬、蔣之翹、王荆石本作「內」。

〔六〕公之擇惡而取美　王荆石本注：「『擇』舊作『釋』。」何焯批校王荆石本「擇」改作「釋」。按：作「釋」近是。

〔七〕豈不欲家撫而戶曉　「曉」，英華作「饒」。

〔八〕豈獨草木土石水泉之適歟　「土石水泉」，英華作「谷泉」。

〔九〕措諸屋漏句下注　「詩：尙不愧于屋漏」。「尙」原作「上」，據詩大雅抑改。又「一作『措諸壁偏』」。「壁偏」，詁訓、濟美堂、蔣之翹本注作「壁編」，英華注：「零陵石刻作『壁編』。」按：音辯本及全唐文正文作「壁編」，近是。當在「壁」字下斷句，「編」字下讀。

永州崔中丞萬石亭記〔一〕

御史中丞清河男崔公，〔韓曰〕崔公，名能。公嘗作湘源二妃廟碑，云「州刺史御史中丞崔公」，卽崔能也。來涖永州。閒日，「閒」，一作「百」。登城北墉，〔童曰〕墉，垣也。臨于荒野藂翳之隙，〔補注〕藂，聚也，與「叢」同，俗作「藂」。翳，一計切。見怪石特出，度其下必有殊勝。步自西門，以求其墟。伐竹披奧，欹側以入。〔二〕緜谷跨谿，皆大石林立，渙若奔雲，錯若置棊，怒者虎鬭，企者鳥厲。〔三〕抉其穴則鼻口相呀，虚加切。搜其根則蹄股交峙，「股」，一作「肱」。環行卒愕，〔四〕上七没切。下音諤。一作「愕目」。疑若搏噬。於是刳闢朽壤，翦焚榛薉，〔舊注〕薉，荒蕪也。於廢切。與「穢」同。決澮溝，導伏流，〔五〕散爲疎林，洄爲清池。寥廓泓渟，上烏宏切。下音亭。若造物者始判清濁，効奇於茲地，非人力也。乃立游亭，以宅厥中。直亭之西，石若掖分，〔孫曰〕掖，肘掖，臂下也。可以眺望。其上青壁斗絶，沉于淵源，莫究其極。自下而望，則合乎攢巒，〔六〕〔孫曰〕「攢」，當作「巑」。巑岏，小山貌。巒，小山而鋭也。巑，在官切。巒，力完切。與山無窮。

明日，州邑耋老，〔童曰〕年八十曰耋。雜然而至，曰：「吾儕生是州，蓺是野，眉厖齒鯢，〔孫曰〕厖，黑白雜也。詩：黄髮鯢齒。注：鯢齒，壽徵。鯢，音倪。未嘗知此。豈天墜地出，設茲神物，以彰我公之德歟？」既賀而請名。公曰：「是石之數，不可知也。以其多，而命之曰萬石亭。」耋老又言曰：「懿夫公之名亭也，豈專狀物而已哉！公嘗六爲二千石，既盈其數。「盈」，一作「嬴」。然而有道之士，咸恨公之嘉績未洽于人。敢頌休聲，祝于明神。〔七〕漢之三公，秩號萬石，〔孫曰〕漢制，三公號稱萬石。其俸月各二百五十斛。我公之德，宜受茲錫。漢有禮臣，〔八〕惟萬石君。〔韓曰〕孝景時，以石奮爲諸侯相。奮長子建、次甲、次乙、次慶，皆以馴行孝謹，官至二千石。於是景帝曰：「石君及四子皆二千石，人臣尊寵，乃舉集其門。」且號奮爲萬石君。我公之化，始于閨門。道合于古，祐之自天。〔童曰〕易：自天祐之，吉無不利。野夫獻辭，公壽萬年。」

宗元嘗以牋奏隸尚書，敢專筆削，以附零陵故事。時元和十年正月五日記。

校勘記

〔一〕永州崔中丞萬石亭記　音辯、詁訓本及英華「永州」下無「崔中丞」三字。陳景雲柳集點勘：「段弘古誌謂崔公『降治永州』。考舊史，元和六年九月，以蜀州刺史崔能爲黔中觀察使，其刺永在九年，蓋自黔左遷也。記言其『六爲二千石』，今可考者，唯蜀、黔、永三州耳。崔後自貶所召入爲中丞，出鎭嶺南卒。」

〔二〕伐竹披奧欹側以入　詁訓本「伐」下無「竹披」二字。

〔三〕怒者虎鬬企者鳥厲　何焯義門讀書記：「兩『者』字并作『若』字。」全唐文作「若」字。

〔四〕環行卒愕　英華「行」字下注：「石本作『顧』。」義門讀書記亦云：「『行』作『顧』。」

〔五〕決澮溝導伏流　「澮溝」，全唐文作「溝澮」。按：溝澮，猶言溝洫。孟子離婁：「七八月之間雨集，溝澮皆盈。」作「溝澮」近是。

〔六〕自下而望則合乎攢巒　「合乎」，文粹作「合爲」。

〔七〕祝于明神　音辯本及英華、游居敬本「祝」下有「公」字。

〔八〕漢有禮臣　「禮」，文粹、全唐文作「純」。

零陵三亭記〔一〕

〔韓曰〕零陵，永州縣。公在永州作。

邑之有觀游，或者以爲非政，是大不然。夫氣煩則慮亂，視壅則志滯。君子必有游息之物，高明之具，使之清寧平夷，恒若有餘，然後理達而事成。

零陵縣東有山麓，泉出石中，沮洳污塗，〔童曰〕詩：彼汾沮洳。沮洳，陷濕地也。沮，將預切。洳，人恕切。羣畜食焉，牆藩以蔽之，爲縣者積數十人，莫知發視。〔二〕河東薛存義，〔文曰〕公嘗有送薛存義序。以吏能聞荆、楚間，潭部舉之，〔孫曰〕潭部，謂湖南觀察使。假湘源令。〔三〕〔韓曰〕湘源縣，屬永州。會零陵政厖賦擾，民訟于牧，推能濟弊，來莅茲邑。遁逃復還，愁痛笑歌，逋租匿役，期月辨音辦。理。〔四〕宿蠹藏奸，披露首音狩。服。民既卒稅，相與歡歸道途，迎賀里閭。門不施胥吏之席，耳不聞鼛鼓之召。〔五〕〔孫曰〕周禮：以鼛鼓鼓役事。鼛，音皐。雞豚糗醑，上丘救、去九二切。下司吕切。得及宗族。州牧尚焉，旁邑倣焉。然而未嘗以劇自撓，山水鳥魚之樂，澹然自若也。澹，音淡。乃發牆藩，驅群畜，決疏沮洳，搜剔山麓，音鹿。萬石如林，積坳爲池。〔孫曰〕坳，地窊下也。於交切。爰有嘉木美卉，垂水藂峯，瓏𤩱蕭條，〔六〕瓏，音籠。「𤩱」，即「玲」。音零。清風自生，翠煙自留，不植而遂。魚樂廣閑，鳥慕静深，别孕巢穴，沉浮嘯萃，不畜而富。伐木墜江，流于邑門。陶土以埴，亦在署側。人無勞力，工得以利。〔七〕乃作三亭，陟降晦明，高者冠山巔，下者俯清池。更衣膳饔，〔孫曰〕並房室名。饔，音於恭切。列置備具，賓以燕好，旅以館舍。高明游息之道，具於是邑，由薛爲首。

在昔裨諶謀野而獲，〔韓曰〕襄三十一年左氏：裨諶能謀，謀於野則獲，謀於邑則否。諶，鄭大夫也。鄭國將有諸侯之事，則必使乘車以適野，謀作盟會之辭。諶，音忱。宓子彈琴而理。〔韓曰〕宓不齊，字子賤，爲單父宰。鳴琴不下堂，而單父治。巫馬期爲單父，戴星而入，以身親之，單父亦治。子賤曰：「彼任力，我任人。任力者勞，任人者逸。」宓，音伏。亂慮滯志，無所容入。則夫觀游者，果爲政之具歟？薛之志，其果出於是歟？及其弊也，則以玩替政，以荒去理。使繼是者咸有薛之志，則邑民之福，其可既乎？余愛其始，而欲久其道，乃撰其事以書于石。薛拜手曰：「吾志也。」遂刻之。

校勘記

〔一〕零陵三亭記　世綵堂本題下注及何焯義門讀書記均云「一有『薛令作』三字」。

〔二〕爲縣者積數十人莫知發視　「數十人」，英華作「十數人」。

〔三〕假湘源令　英華「假」下有「以」字。

〔四〕期月辨理　「期月」，詁訓本作「期年」。

〔五〕耳不聞鼛鼓之召　「召」，英華、蔣之翹本及全唐文作「音」。世綵堂本注：「鼛鼓」，「一本作『鼕鼓』，徒宗切，鼓聲也。」蔣之翹本注：「一作『鼕』，鼓聲。非是。」

〔六〕垂水藂峯瓏壝蕭條　「垂水」，英華作「垂冰」；「瓏壝」，英華作「玲瓏」。

〔七〕人無勞力工得以利　「工」，音辯、游居敬本作「土」。

柳宗元集卷二十八

記〔一〕

零陵郡復乳穴記〔二〕

〔韓曰〕題作「零陵」，字之誤也。據地理志，零陵乃永州郡名。今言石鍾乳連之人告盡者五年，而題以零陵何也？唐地理志載連州連山郡貢鍾乳。本草唐注亦載其次出連州，未嘗言永州出。以年考之，元和四年，永州刺史崔簡，連州刺史乃崔君敏。二太守之姓同，故題亦從而差耳。題以連山郡復乳穴記，則於文爲合。

石鍾乳，餌之最良者也。楚、越之山多産焉，于連于韶者，獨名於世。連之人告盡焉者五載矣，以貢，則買諸他部。今刺史崔公至，逾月，穴人來以乳復告。邦人悦是祥也，雜然謡曰：「甿之熙熙，崔公之來。公化所徹，土石蒙烈。」〔孫曰〕烈，謂功烈也。以爲不信，起視乳穴。穴人笑之曰：「是惡知所謂祥耶？嚮吾以刺史之貪戾嗜利，徒吾役而不吾貨也，吾是以病而紿焉。〔韓曰〕紿，欺也。徒亥切。今吾刺史令明而志潔，先賴而後力，〔三〕〔孫曰〕賴，利也。欺誣屏息，信順休洽，吾以是誠告焉。且夫乳穴必在深山窮林，冰雪之所儲，豺虎之所廬。由而入者，觸昏霧，扞龍蛇。束火以知其物，縻繩以志其返。其勤若是，出又不得吾直，吾用是安得不以盡告？今而乃誠，〔四〕一本作「今令人而乃誠」。吾告故也。何祥之爲！」

士聞之曰：「謠者之祥也，乃其所謂怪者也；笑者之非祥也，乃其所謂真祥者也。君子之祥也，以政不以怪，誠乎物而信乎道，人樂用命，熙熙然以効其力。〔五〕斯其爲政也，而獨非祥也歟！」

校勘記

〔一〕記　本卷標目原作「記祠廟」，據本書總目及音辯、詁訓、游居敬、濟美堂、蔣之翹本改。

〔二〕零陵郡復乳穴記　英華「復」上無「零陵郡」三字。文粹「乳穴」上無「零陵郡復」四字。全唐文「零陵郡」作「連山郡」。按：本篇題下韓醇注：「題作零陵，字之誤也」，「題以『連山郡復乳穴記』，則於文爲合。」音辯本題下注亦云：「『零陵郡』當作『連山郡』。」其說是。

〔三〕先賴而後力　陳景雲柳集點勘：「『賴』，疑當作『賚』。乃與上『徒役不貨』及下『出不將（當作「得」）直』語脈通貫。」

〔四〕今而乃誠句下注　「一本作『今令人而乃誠』」。按：音辯、游居敬、王荆石本正文即作「今令人而乃誠」，英華、文粹「令」下無「人」字。

〔五〕熙熙然以効其力　「力」原作「有」，據文粹改。

道州毁鼻亭神記〔一〕

〔黄曰〕論語言：非其鬼而祭之，諂也。見義不爲，無勇也。學者觀是四句，多分析爲二，聖人之意於是乎不傳。蓋當時典禮廢，有祭非鬼以徼福者，無有慷慨之士發憤而決去之。故孔子譏祭者之諂而歎用事者之無勇。薛伯高深知聖人之意而斥鼻神，子厚記其事以遺後世，善其能正祀典，立名教者也。

鼻亭神，象祠也。〔二〕〔韓曰〕孟子：象至不仁，封之有庳，有庳之人奚罪焉。〔孫曰〕昌邑王賀傳云：舜封象于有庳。注：在零陵，今鼻亭是也。鼻，與「庳」同。不知何自始立，因而勿除，完而恒新，相傳且千歲。

元和元年，河東薛公，〔韓曰〕伯高也。由刑部郎中刺道州，〔三〕除穢革邪，敷和于下。州之罷人，罷，音疲。去亂卽治，變呻爲謠，若痿而起，〔四〕〔孫曰〕漢書：如痿人不忘起。痿，風痺病。於危、人佳二切。若矇而瞭，矇，音蒙。瞭，力小切。騰踴相視，騰，音滕。踴，音勇。讙愛克順。既底于理，公乃考民風，披地圖，得是祠。駭曰：「象之道，以爲子則傲，〔童曰〕書：父頑、母嚚、象傲。以爲弟則賊，君有鼻而天子之吏實理。〔五〕〔韓曰〕孟子：象不得有爲於其國。天子使吏治其國，而納其貢稅焉。以惡德而專世祀，殆非化吾人之意哉！」命亟去之。於是撤其屋，墟其地，沉其主於江。〔孫曰〕主，謂神主。公又懼楚俗之尚鬼而難諭也，〔六〕一無「尚」字。乃徧告于人曰：「吾聞『鬼神不歆非類』，〔孫曰〕僖十年左氏：晉狐突曰：「神不歆非類，民不祀非族。」歆，饗也。又曰『淫祀無福』。〔補注〕禮曰：非其所祭而祭之，名曰淫祀。淫祀無福。凡天子命刺史于下，非以專土疆、督貨賄而已也。蓋將教孝悌，「教」，一作「崇」。去奇邪，〔七〕奇，居宜切。俾斯人敦忠睦友，〔八〕祗肅信讓，「肅」，一作「庸」。以順于道。吾之斥是祠，〔九〕以明教也。苟離于正，雖千載之遠，吾得而更之，〔一〇〕況今茲乎？苟有不善，〔一一〕雖異代之鬼，吾得而攘之，況斯人乎？」州民既諭，〔一二〕相與歌曰：「我有耉老，公燠其肌。燠，於六切。我有病癃，音隆。公起其羸。髫童之囂，髫，音苕。公實智之。鰥孤孔艱，〔一三〕公實遂之。孰尊惡德？遠矣自古。孰羨淫昏？「羨」，一作「恣」。俾我斯瞽。〔一四〕千歲之冥，公闢其戶。〔一五〕我子洎孫，延世有慕。」

宗元時謫永州，邇公之邦。聞其歌詩，以爲古道罕用，賴公而存，斥一祠而二教興焉。明罰行于鬼神，一無「明」字。愷悌達于蠻夷，〔一六〕一無「愷」字。不唯禁淫祀、黜非類而已。願爲記以刻山石，俾知教之首。

校勘記

〔一〕道州毁鼻亭神記　英華題作「斥鼻亭神記」。

〔二〕鼻亭神象祠也句下注　「今鼻亭是也」。「鼻亭」原作「此」，據漢書卷六三武五子傳附昌邑王賀傳顏師古注改。

〔三〕元和元年河東薛公由刑部郎中刺道州　「元年」原作「九年」，諸本同，唯英華注：「九」，「蜀本作『元』。」何焯校本「九」改作「元」。按：本書卷五道州文宣王廟碑，云「薛伯高由尚書刑部郎中爲道州，明年二月丁亥，公用牲幣祭於先聖文宣王之廟。」韓醇據本篇作注，亦謂薛由刑部郎中刺道州在元和九年，「明年」，「即元和十年」。考元和十年二月並無丁亥，而元和二年則有丁亥（二月二十九日）。「九年」當係「元年」之誤。今據改。

〔四〕若痿而起　「起」，音辯本及英華作「趨」。

〔五〕君有鼻而天子之吏實理　世綵堂、蔣之翹本注：「一本『君』上有『旣』字。」又，「實理」，英華作「實代之理」。

〔六〕沉其主於江公又懼楚俗之尚鬼而難諭也　世綵堂、蔣之翹本注：「一本無『於江』以下至『諭也』十四字。」

〔七〕蓋將教孝悌去奇邪　蔣之翹本注：「『將教』，一作『將窮』。」

〔八〕俾斯人敦忠睦友　「友」下原衍「悌」字，據音辯、世綵堂本及英華，游居敬、濟美堂、蔣之翹本及全唐文刪。

〔九〕吾之斥是祠　英華、濟美堂、蔣之翹本及全唐文「祠」下有「也」字。

〔一〇〕雖千載之違吾得而更之　英華「違」字下注：「一作『遠』。」

〔一一〕苟有不善　「有」，音辯本及英華作「爲」。世綵堂、濟美堂、蔣之翹本注：「苟」下「一無『有』字。」

〔一二〕州民旣諭　「民」，英華作「人」。何焯校本「民」改作「人」。

〔一三〕鰥孤孔艱　「孤」，英華作「寡」。

〔一四〕孰羡淫昏俾我斯瞽　「孰羡淫昏」，英華作「孰義歷昏」。

〔一五〕千歲之冥公闢其戶　「千歲」，英華作「千載」。

〔一六〕明罰行于鬼神愷悌達于蠻夷　音辯本注：「一本無『明』與『愷悌』字。」蔣之翹本注亦云：「『罰』上一無『明』字，『達』上一無『愷悌』字。」

永州龍興寺息壤記〔一〕

永州龍興寺東北陬〔童曰〕陬，隅也。子侯切。有堂，堂之地隆然負塼甓而起者，〔童曰〕說文：甓，瓴甓也。蒲歷切。廣四步，高一尺五寸。始之爲堂也，夷之而又高，〔孫曰〕夷，平也。凡持鍤者盡死。鍤，則洽切。永州居楚越間，其人鬼且禨。〔孫曰〕呂氏春秋云：荆人鬼，越人禨。説文：禨，鬼俗也。禨，音幾。由是寺之人皆神之，人莫敢夷。史記天官書及漢志有地長之占，而亡其説。〔孫曰〕史記天官書載，水澹澤竭地長。西漢天文志所載一同。實不原其説。長，臻兩切。甘茂盟息壤，〔二〕〔韓曰〕秦王迎甘茂於息壤，因與之盟。索隱曰：山海經啓筮云：鮌竊帝之息壤以湮洪水。或是此也。蓋其地有是類也。昔之異書，有記洪水滔天，鮌竊帝之息壤以湮洪水，帝乃令祝融殺鮌于羽郊，〔孫曰〕事出淮南子。其言不經見。今是土也，夷之者不幸而死，豈帝之所愛耶？南方多疫，勞者先死，則彼持鍤者，其死於勞且疫也，土烏能神？

余恐學者之至於斯，徵是言，而唯異書之信，故記于堂上。

校勘記

〔一〕永州龍興寺息壤記　英華「息」上無「永州龍興寺」五字。

〔二〕甘茂盟息壤　何焯義門讀書記：「『息』，當爲滋息之意。」又句下注「秦王迎甘茂於息壤」。「甘茂」上原脱「秦王迎」三字，據世綵堂、濟美堂本及史記卷七一甘茂傳補。又，「山海經啓筮云：鮌竊帝之息壤以堙洪水」。按：「鮌竊帝之息壤以堙洪水」是山海經海内經正文，原注作「山海經啓筮」者誤。

永州龍興寺東丘記

游之適，大率有二：曠如也，奥如也，如斯而已。其地之凌阻峭，出幽鬱，廖廓悠長，則於曠宜；抵丘垤，〔童曰〕說文：垤，蟻封也。伏灌莽，〔孫曰〕詩：集于灌木。灌木叢生。莽，宿草也。莽，莫補切。迫遽迴合，則於奥宜。因其曠，雖增以崇臺延閣，迴環日星，臨瞰風雨，瞰，苦浪切。不可病其敞也；因其奥，雖增以茂樹藂石，〔補注〕藂，聚也。與「叢」同。穹若洞谷，蓊若林麓，〔一〕蓊，烏孔切。不可病其邃也。

今所謂東丘者，奥之宜者也。其始龕之外棄地，龕，音堪。余得而合焉，〔二〕以屬於堂之北陲。〔孫曰〕屬，連也。北陲，謂北邊也。屬，之欲切。凡坳窪坻岸之狀，〔三〕〔孫曰〕窪，說文：清水也。坻，小渚。窪，烏瓜切。坳，於交切。坻，烏尼切。無廢其故。屏以密竹，聯以曲梁。桂檜松杉楩柟之植，〔韓曰〕楩，木似豫章。楩，毗連切。幾三百本，嘉卉美石，又經緯之。俛入綠縟，幽蔭薈蔚。薈，音檜。步武錯迕，〔韓曰〕迕，過也。阮古切。不知所出。温風不爍，式灼切。清氣自至。水亭陿室，〔舊注〕陿，隘也。胡夾切。曲有奥趣。〔四〕然而至焉者，往往以邃爲病。

噫！龍興，永之佳寺也。登高殿可以望南極，闢大門可以瞰湘流，若是其曠也。〔五〕而於是小丘，又將披而攘之。則吾所謂游有二者，無乃闕焉而喪其地之宜乎？丘之幽幽，可以處休。丘之窅窅，伊鳥切。可以觀妙。溽暑遁去，〔六〕茲丘之下。大和不遷，茲丘之巔。奥乎茲丘，孰從我游？余無召公之德，懼翦伐之及也，故書以祈後之君子。〔七〕

校勘記

〔一〕蓊若林麓　英華「蓊」字下注：「作『蔚』。」

〔二〕余得而合焉　世綵堂、濟美堂、蔣之翹本注：「『合』，一作『發』。」

〔三〕凡坳窪坻岸之狀　「坻岸」，英華作「抵植」。

〔四〕水亭陿室曲有奥趣　「水亭」，蔣之翹本作「小亭」。世綵堂、濟美堂本注：「『水』，一作『小』。」

〔五〕若是其曠也　英華「曠」上有「以」字。何焯校本據英華增「以」字。

〔六〕溽暑遁去　蔣之翹本注：「『遁』，一作『頓』。」

〔七〕故書以祈後之君子　音辯、游居敬、濟美堂、蔣之翹本及全唐文「後」下無「之」字。

永州法華寺新作西亭記

法華寺居永州，地最高。有僧曰覺照，照居寺西廡下。廡之外有大竹數萬，又其外山形下絕。〔一〕然而薪蒸篠簜〔孫曰〕麤曰薪，細曰蒸。書：篠簜既敷。篠，小竹。簜，大竹。爾雅：篠，竹箭。音小。簜，大浪切。蒙雜擁蔽，吾意伐而除之，必將有見焉。照謂余曰：「是其下有陂池芙蕖，申以湘水之流，衆山之會，果去是，其見遠矣。」遂命僕人持刀斧，羣而翦焉。叢莽下頹，萬類皆出，曠焉茫焉，天爲之益高，地爲之加闢，丘陵山谷之峻，江湖池澤之大，咸若有而增廣之者。〔二〕夫其地之奇，必以遺乎後，不可曠也。余時謫爲州司馬，官外乎常員，〔孫曰〕永貞元年十一月，貶永州司馬員外置同正員。一無「乎」字。而心得無事。乃取官之禄秩，以爲其亭，其高且廣，蓋方丈者二焉。

或異照之居於斯，而不蚤爲是也。余謂昔之上人者，不起宴坐，足以觀於空色之實，而游乎物之終始。其照也逾寂，其覺也逾有。然則嚮之礙之者爲果礙耶？今之闢之者爲果闢耶？彼所謂覺而照者，吾詎知其不由是道也？豈若吾族之挈挈於通塞有無之方「塞」下一有「乎」字。以自狹耶？或曰：然則宜書之。乃書于石。

校勘記

〔一〕又其外山形下絕　陳景雲柳集點勘：「構西亭詩云：『西垂下斗絕。』『下絕』，謂其下斗絕也。又疑『下絕』或『斗絕』之誤。否則或脱去一『斗』字。」

〔二〕咸若有而增廣之者　音辯、詁訓、世綵堂、游居敬、濟美堂、蔣之翹本及全唐文「增」上均無「而」字。英華「而增」作「增而」。按：疑作「增而」是。無「而」字亦通。

永州龍興寺西軒記〔一〕

永貞年，〔孫曰〕永貞元年。余名在黨人，不容於尚書省。〔孫曰〕公時爲尚書禮部員外郎。出爲邵州，〔孫曰〕九月，貶邵州刺史。道貶永州司馬。至則無以爲居，居龍興寺西序之下。〔二〕余知釋氏之道且久，固所願也。然余所庇之屋甚隱蔽，〔三〕其户北向，居昧昧也。寺之居，於是州爲高。西序之西，屬當大江之流；江之外，山谷林麓甚衆。於是鑿西墉以爲户，户之外爲軒，以臨羣木之杪，無不矚焉。〔四〕不徙席，不運几，而得大觀。夫室，嚮者之室也；席與几，嚮者之處也。嚮也昧而今也顯，豈異物耶？因悟夫佛之道，可以轉惑見爲真智，即羣迷爲正覺，捨大闇爲光明。夫性豈異物耶？孰能爲余鑿大昏之墉，闢靈照之户，廣應物之軒者，吾將與爲徒。遂書爲二：其一志諸户外，其一以貽巽上人焉。〔孫曰〕巽上人，重巽也。

校勘記

〔一〕永州龍興寺西軒記　英華、文粹「西」上無「永州龍興寺」五字。

〔二〕居龍興寺西序之下　「居」，文粹作「寓」。

〔三〕然余所庇之屋甚隱蔽　「余」，英華作「於」。

〔四〕無不矚焉　音辯、詁訓本及英華、文粹，游居敬、濟美堂、蔣之翹本及全唐文「無」下均有「所」字。英華「矚」下無「焉」字。

柳州復大雲寺記〔一〕

越人信祥而易殺，〔孫曰〕祥，謂祥怪。傲化而偭仁。〔張曰〕偭，背也。音面，又爾兗切。病且憂，則聚巫師，用雞卜。〔孫曰〕漢武帝元封二年，初令越巫祠上帝百鬼而用雞卜。李奇曰：持雞骨卜，如鼠卜。始則殺小牲；不可，則殺中牲；又不可，則殺大牲；而又不可，則訣親戚飭死事，曰「神不置我矣」，〔二〕因不食，蔽面死。以故户易耗，田易荒，而畜字不孳。董之禮則頑，束之刑則逃，唯浮圖事神而語大，可因而入焉，〔三〕有以佐教化。

柳州始以邦命置四寺，其三在水北，而大雲寺在水南。〔孫曰〕武后天授元年七月，有東魏國寺僧法明等十人，僞撰大雲經四卷，表上之，言太后乃彌勒下生，當代唐爲閻浮提主。制頒於天下，令諸州各置大雲寺，總度僧千人。水北環治城六百室，水南三百室。俄而水南火，大雲寺焚而不復且百年。三百室之人失其所依歸，復立神而殺焉。元和十年，刺史柳宗元始至，〔四〕逐神于隱遠而取其地。其傍有小僧舍，闢之廣大，逵達横術，〔孫曰〕爾雅：九達謂之逵。說文：邑中道曰術。〔舊注〕月令曰：審端經術。術，音遂。北屬之江。告于大府，〔孫曰〕大府，謂觀察府。取寺之故名，作大門，以字揭之。立東西序，崇佛廟，爲學者居。會其徒而委之食，使擊磬鼓鐘，以嚴其道而傳其言。而人始復去鬼息殺，而務趣於仁愛。病且憂，其有告焉而順之，〔五〕庶乎教夷之宜也。凡立屋大小若干楹，凡闢地南北東西若干畝，凡樹木若干本，竹三萬竿，圃百畦，〔韓曰〕畦，菜畦也。「圃」，一作「園」。田若干塍。〔童曰〕塍，稻中畦。音乘。治事僧曰退思、曰令寰、曰道堅。後二年十月某日，寺皆復就。

校勘記

〔一〕柳州復大雲寺記　英華「柳州」下注：「石本有『重』字。」

〔二〕曰神不置我矣　音辯、世綵堂本及英華，游居敬、濟美堂、蔣之翹本及全唐文「我」下均有「已」字，近是。

〔三〕可因而入焉　世綵堂、濟美堂本注：「一作『可用入焉』。」蔣之翹本注：「『因』下一無『而』字。」

〔四〕元和十年刺史柳宗元始至　「十年」，濟美堂、蔣之翹本作「十三年」。何焯校本「十」下補「二」字，作「十二年」。按：作「十二年」近是。

〔五〕病且憂其有告焉而順之　世綵堂、濟美堂、蔣之翹本注：「一無『其』字。」

永州龍興寺修淨土院記〔一〕

中州之西數萬里，〔二〕有國曰身毒，〔孫曰〕天竺國，一名身毒。毒，音篤。釋迦牟尼如來示現之地。〔孫曰〕釋迦牟尼者，迦維衞國淨飯王太子。彼佛言曰：「西方過十萬億佛土，有世界曰極樂，佛號無量壽如來。其國無有三惡八難，乃旦切。衆寶以爲飾；其人無有十纏九惱，羣聖以爲友。有能誠心大願，歸心是土者，苟念力具足，則往生彼國，然後出三界之外。其於佛道無退轉者，其言無所欺也。」晉時廬山遠法師〔補注〕謂慧遠也。作念佛三昧詠，大勸于時。其後天台顗大師顗，語豈切。著釋淨土十疑論，弘宣其教。周密微妙，迷者咸賴焉，蓋其留異跡而去者甚衆。

永州龍興寺，前刺史李承晊〔三〕職日切，又音質。及僧法林，置淨土堂于寺之東偏，常奉斯事。逮今餘二十年，廉隅毁頓，圖像崩墜。會巽上人〔補注〕巽上人，名重巽。居其宇下，始復理焉。上人者，修最上乘，解第一義。無體空折色之跡，而造乎真源，通假有借無之名，而入於實相。境與智合，事與理并。故雖往生之因，亦相用不捨。〔四〕暫葺茲宇，以開後學。有信士圖爲佛像，法相甚具焉。今刺史馮公作大門以表其位，余遂周延四阿，環以廊廡，繢二大士之像，繢，胡對切。繒蓋幢幡，繒，疾陵切。以成就之。嗚呼！有能求無生之生者，知舟筏之存乎是。筏，音伐。遂以天台十疑論書于牆宇，使觀者起信焉。

校勘記

〔一〕永州龍興寺修淨土院記　世綵堂、濟美堂、蔣之翹本題下注：「一作『巽上人修淨土院記』」。

〔二〕中州之西數萬里　「中州」，音辯、游居敬、濟美堂、蔣之翹本作「中國」。

〔三〕前刺史李承晊　「承晊」，詁訓本作「承晊」。

〔四〕亦相用不捨　濟美堂、蔣之翹本及全唐文「相」下無「用」字。

永州鐵爐步志〔一〕

〔黄曰〕古者姓氏，特以别生分類。賢否之涇渭，初不由此。尊尚姓氏，始於魏之太和。齊據河北，推重崔、盧。梁、陳在江南，首先王、謝。至江東士人，争尚閥閲，賣婚求財，汩喪廉耻。唐家一統，當一洗而新之，奈何文皇帝以隴西舊族矜誇其臣，以房、魏之賢，英公之功，且區區結婚於山東之世家。貞觀之世，冠冕高下，雖稍序定，然許敬宗以不叙武后世，李義府耻其家無名，復從而紊亂。黜陟廢置，皆不由於賢否，但以姓氏升降去留，定爲榮辱。衰宗落譜，昭穆所不齒者，皆稱禁婚，民俗安知禮義忠信爲何物耶？子厚憫時俗之末革，故以子孫冒昧者，取況於鐵爐步之失實，誠有功於名教歟！

江之滸，〔孫曰〕滸，謂江濱。凡舟可縻而上下者曰步。〔韓曰〕吴人呼水際爲步。韓文羅池廟碑云：步有新船。〔孫曰〕若瓜步之類是也。永州北郭有步，曰鐵爐步。余乘舟來，居九年，往來求其所以爲鐵爐者無有。問之人，曰：「蓋嘗有鍛者居，〔二〕〔孫曰〕鍛，小冶也。都玩切。其人去而爐毁者不知年矣，獨有其號冒而存。」

余曰：「嘻！世固有事去名存而冒焉若是耶？」步之人曰：「子何獨怪是？今世有負其姓而立於天下者，曰『吾門大，他不我敵也。』問其位與德，曰：『久矣其先也。』然而彼猶曰『我大』，世亦曰『某氏大』。其冒於號有以異於兹步者乎？向使有聞兹步之號，而不足釜錡、錢鎛、刀鈇者，〔集注〕左氏：筐、筥、錡、釜之器。注：有足曰錡，無足曰釜。詩臣工：庤乃錢鎛。周禮：鍛氏爲鎛器。注：錢鎛，田器。刀鈇，兵器也。鈇，莝斫刀。錡，奇、螘二音。錢，音剪。鎛，音博。鈇，音夫。懷價而來，能有得其欲乎？則求位與德於彼，其不可得亦猶是也。位存焉而德無有，猶不足大其門，〔三〕然世且樂爲之下。〔四〕子胡不怪彼而獨怪於是？大者桀冒禹，紂冒湯，幽、厲冒文、武，以傲天下。由不知推其本而姑大其故號，〔五〕以至於敗，爲世笑僇，音戮。斯可以甚懼。若求茲步之實，而不得釜錡、錢鎛、刀鈇者，則去而之他，又何害乎？子之驚於是，末矣。」

余以爲古有太史，觀民風，采民言。〔六〕〔孫曰〕禮記王制：命太師陳詩以觀民風。命市納賈以觀民之所好惡。〔韓曰〕漢時亦分八使，周適四方。巡行風俗，觀采方言。若是者，則有得矣。嘉其言可采，書以爲志。

校勘記

〔一〕永州鐵爐步志　英華「鐵」上無「永州」二字。題下原有小注「附」字，據詁訓、游居敬本刪。

〔二〕蓋嘗有鍛者居　音辯本及英華、游居敬、蔣之翹本「鍛」下有「鐵」字。

〔三〕猶不足大其門　音辯本及英華、游居敬、濟美堂、蔣之翹本及全唐文「足」下均有「以」字。

〔四〕然世且樂爲之下　音辯本及英華、游居敬、濟美堂、蔣之翹本及全唐文「然」下無「世」字。

〔五〕由不知推其本而姑大其故號　詁訓本「由」上重「天下」二字。「不知推其本」，音辯、游居敬、濟美堂、蔣之翹本及全唐文作「不推知其本」。

〔六〕觀民風采民言句下注　「禮記王制：命太師陳詩以觀民風」。「王制」上原脫「禮記」二字，據詁訓本補。

柳宗元集卷二十九

記〔一〕

游黃溪記

〔韓曰〕自游黃溪至小石城山，爲記凡九，皆記永州山水之勝。年月或記或不記，皆次第而作耳。

北之晉，西適豳，東極吳，南至楚越之交，其間名山水而州者以百數，永最善。〔補注〕邵太史曰：「子厚此記云『永最善』。然別云『永州於楚爲最南，狀與越相類。僕悶則出游，游復多恐』。何言之不同也？」環永之治百里，北至于浯溪，〔舊注〕浯，水名。〔孫曰〕浯溪在湘水南，北匯于湘。元結命之曰浯溪。浯，音吾。西至于湘之源，南至于瀧泉，〔二〕〔童曰〕瀧泉，奔湍也。〔韓曰〕水名。瀧，音雙。東至于黃溪東屯，屯，徒門切。一無「黃溪」二字。其間名山水而村者以百數，黃溪最善。

黃溪距州治七十里，〔三〕由東屯南行六百步，〔四〕「百」，一作「里」。至黃神祠。〔五〕一無「神祠」二字。祠之上，兩山牆立，如丹碧之華葉駢植，〔六〕與山升降。其缺者爲崖峭巖窟，水之中，皆小石平布。〔七〕黃神之上，揭水八十步，〔韓曰〕論語：深則厲，淺則揭。注：以衣涉水爲厲。揭，揭衣也。揭，丘列切，又音憩。至初潭，最奇麗，殆不可狀。其略若剖大甕，側立千尺，溪水積焉。「積」，一作「卽」。黛蓄膏渟，〔孫曰〕說文：黛，畫眉也。渟，水止也。音亭。來若白虹，〔八〕沉沉無聲，「沉沉」，一作「沉之」。有魚數百尾，方來會石下。〔九〕〔舊注〕楚、越之人，數魚以尾，不以頭也。南去又行百步，至第二潭。石皆巍然，臨峻流，〔一〇〕若頦頷齗齶。〔張曰〕頦，頤下也。齗，齒根肉也。頦，胡來、古海二切。頷，户感切，又音含。齗，魚斤切。齶，音諤。其下大石雜列，「雜」，一作「離」。可坐飲食。有鳥赤首烏翼，〔一一〕大如鵠，方東嚮立。自是又南數里，地皆一狀，〔一二〕樹益壯，石益瘦，水鳴皆鏘然。鏘，七羊切。又南一里，至大冥之川，山舒水緩，有土田。始黃神爲人時，居其地。〔一三〕

傳者曰：「黃神王姓，莽之世也。〔韓曰〕漢書：王莽自謂黃、虞之後，姚、媯、陳、田、王氏凡五姓者，皆黃、虞苗裔。其令天下尚此五姓，名籍于秩宗，以爲宗室。黃神王姓，蓋取諸此。莽既死，神更號黃氏，逃來，擇其深峭者潛焉。」始莽嘗曰「余黃虞之後也」，故號其女曰黃皇室主。〔一四〕〔孫曰〕莽號其女定安太后爲黃皇室主，絕之於漢。黃與王聲相邇，而又有本，其所以傳言者益驗。神既居是，民咸安焉。以爲有道，死乃俎豆之，〔孫曰〕莊子：畏壘之民，欲俎豆予於賢人之間。俎豆，謂禮之爲主。爲立祠。後稍徙近乎民，今祠在山陰溪水上。元和八年五月十六日，〔一五〕既歸爲記，以啓後之好游者。

校勘記

〔一〕記　本卷標目原作「記山水」，據本書總目及蔣之翹本改。

〔二〕南至于瀧泉　「瀧泉」，英華作「隴泉」。世綵堂、濟美堂、蔣之翹本注：「一作『南至于龍東門』。」

〔三〕黄溪距州治七十里　「距州治」，英華作「益州之始」，並于「之始」下注：「二字集作『治』。」疑誤。

〔四〕由東屯南行六百步句下注　「『百』，一作『里』」。蔣之翹本注：「『百』一作『里』，非是。」

〔五〕至黄神祠句下注　「一無『神祠』二字」。蔣之翹本注：「無『神祠』二字，屬下句讀。」

〔六〕如丹碧之華葉駢植　蔣之翹本「丹」上無「如」字。王荆石本注：「别本無『如』字。看來丹碧華葉乃實景，着『如』字不得，從别本爲是。」疑是。

〔七〕水之中皆小石平布　世綵堂、濟美堂、蔣之翹本注：「一無『小』字。」

〔八〕黛蓄膏渟來若白虹　世綵堂、濟美堂、蔣之翹本注：「『來』，一作『宷』。」

〔九〕有魚數百尾方來會石下　蔣之翹本「數」下無「百」字。

〔一〇〕石皆巍然臨峻流　「峻」原作「浚」，據音辯、世綵堂、游居敬、濟美堂、蔣之翹本及全唐文改。

〔一一〕有鳥赤首烏翼　「赤首」，濟美堂、蔣之翹本作「赤者」，疑誤。

〔一二〕自是又南數里地皆一狀　詁訓本「南」上無「又」字。

〔一三〕始黄神爲人時居其地　「居其地」，英華作「所居也」。

〔一四〕故號其女曰黄皇室主句下注　「莽號其女定安太后爲黄皇室主」。「定安太后」原作「定定公太后」，據漢書卷九九中王莽傳改。

〔一五〕元和八年五月十六日　「五月十六日」，英華作「十月五日入六日歸」。何焯校本據英華改。

始得西山宴游記

自余爲僇人，僇，音戮。居是州，恒惴慄。其隟也，「隟」，與「隙」同。則施施而行，漫漫而游。日與其徒上高山，入深林，窮迴谿，幽泉怪石，無遠不到。到則披草而坐，傾壺而醉。醉則更相枕以卧，卧而夢。〔一〕一無「卧而夢」三字。意有所極，夢亦同趣。覺而起，起而歸。以爲凡是州之山水有異態者，皆我有也，〔二〕而未始知西山之怪特。

今年九月二十八日，因坐法華西亭，〔孫曰〕法華，寺名也。望西山，始指異之。「指」，一作「抵」。遂命僕人過湘江，〔三〕緣染溪，「染」，一作「冉」。斫榛莽，焚茅茷，〔四〕〔孫曰〕茷，草葉多也。茷，符廢切。窮山之高而上。〔五〕攀援而登，箕踞而遨，則凡數州之土壤，皆在衽席之下。其高下之勢，岈然洼然，〔童曰〕岭岈，山深之狀。洼，水也，汙也。岈，火加切。洼，烏瓜切。若垤若穴，尺寸千里，攢蹙累積，莫得遯隱。縈青繚白，外與天際，〔六〕四望如一。然後知是山之特立，不與培塿爲類，〔七〕

〔張曰〕方言：冢，或謂之培。關而東，小冢謂之塿。培，薄口切。塿，力口切。悠悠乎與顥氣俱，顥，音浩。而莫得其涯；洋洋乎與造物者遊，而不知其所窮。引觴滿酌，頹然就醉，不知日之入。蒼然暮色，自遠而至，至無所見，而猶不欲歸。心凝形釋，與萬化冥合。〔八〕然後知吾嚮之未始游，游於是乎始，故爲之文以志。是歲，元和四年也。

校勘記

〔一〕醉則更相枕以卧卧而夢　「以」，全唐文作「而」。世綵堂、濟美堂、蔣之翹本注：「一本無『以卧』二字。」

〔二〕以爲凡是州之山水有異態者皆我有也　「山水」，英華作「山林」。音辯、游居敬本及全唐文「山」下無「水」字亦無「林」字。又，世綵堂、濟美堂、蔣之翹本注：「『態』，一作『勝』。」

〔三〕遂命僕人過湘江　音辯、游居敬本「僕」下無「人」字。

〔四〕斫榛莽焚茅茷　「茷」，文粹作「茨」。音辯、蔣之翹本注：「一作『芨』，音跋。」

〔五〕窮山之高而上　「上」，取校諸本除英華外均作「止」，疑是。

〔六〕縈青繚白外與天際　世綵堂、濟美堂、蔣之翹本注：「『外』，一作『水』。」

〔七〕然後知是山之特立不與培塿爲類　「特立」，取校諸本除世綵堂本外均作「突出」。

〔八〕與萬化冥合　「萬化冥合」，英華作「萬物不異」。世綵堂、濟美堂、蔣之翹本注：「『冥』，一作『俱』。」

鈷鉧潭記〔一〕

〔張曰〕鈷，音古。鉧字，諸韻皆無從「母」者。唐韻作「⿰金莽」。下注云：鈷，⿰金莽也。「鉧」，疑是「⿰金莽」，莫浦、莫朗二切。幷注云：鈷，⿰金莽也。鈷⿰金莽，乃鼎具。

鈷鉧潭在西山西，其始蓋冉水自南奔注，抵山石，屈折東流，其顛委勢峻，盪擊益暴，齧其涯，故旁廣而中深，畢至石乃止。流沫成輪，〔韓曰〕沫，水沫也。音末。然後徐行，其清而平者且十畝餘，〔二〕有樹環焉，有泉懸焉。

其上有居者，以予之亟游也，亟，丘異切。一旦款門來告曰：〔童曰〕款，叩也。「不勝官租私券之委積，既芟山而更居，願以潭上田貿財以緩禍。」〔孫曰〕貿，交易也。音茂。予樂而如其言。則崇其臺，延其檻，行其泉於高者而墜之潭，一無「者」字，一無「而」字。有聲潨然。〔韓曰〕潨，水會也。在公切。尤與中秋觀月爲宜，於以見天之高，氣之迴。孰使予樂居夷而忘故土者，非茲潭也歟？

校勘記

〔一〕鈷鉧潭記　陳景雲柳集點勘注：「潘緯注云：『鉧』，集韻作『鉼』。溫器。黄中案：范成大驂鸞錄云：鈷鉧，熨斗也。潭之形似之，其解尤明悉。」

〔二〕其清而平者且十畝餘　音辯、游居敬、濟美堂、蔣之翹本及全唐文「畝」下無「餘」字。

鈷鉧潭西小丘記

得西山後八日，尋山口西北道二百步，又得鈷鉧潭。潭西二十五步，〔一〕當湍而浚者「而」，一作「之」。爲魚梁。〔二〕梁之上有丘焉，生竹樹。其石之突怒偃蹇，負土而出，争爲奇狀者，殆不可數。其嶔然相累而下者，〔孫曰〕嶔崟，山險貌。嶔，音欽。與「嶔」同。累，倫追切。若牛馬之飲于溪；其衝然角列而上者，若熊羆之登于山。丘之小不能一畝，可以籠而有之。問其主，曰：「唐氏之棄地，貨而不售。」問其價，曰：「止四百。」余憐而售之。李深源、元克己時同遊，皆大喜，出自意外。即更取器用，剷刈穢草，剷，音産。伐去惡木，烈火而焚之。嘉木立，美竹露，奇石顯。由其中以望，則山之高，〔三〕雲之浮，溪之流，鳥獸之遨遊，〔四〕一作「鳥獸魚之遨遊」。舉熙熙然迴巧獻技，以効茲丘之下。枕席而臥，則清泠之狀與目謀，瀯瀯之聲與耳謀，〔童曰〕瀯瀯，水回也。音營。悠然而虛者與神謀，一作「悠悠然而虛者與神謀」。淵然而靜者與心謀。不匝旬而得異地者二，雖古好事之士，或未能至焉。

噫！以茲丘之勝，致之灃、鎬、鄠、杜，灃，音豐。鎬，户老切。鄠，音户。則貴游之士一無「之士」二字。争買者，日增千金而愈不可得。今棄是州也，農夫漁父過而陋之，賈四百，連歲不能售。而我與深源、克己獨喜得之，是其果有遭乎！書於石，所以賀茲丘之遭也。

校勘記

〔一〕潭西二十五步　音辯、詁訓、游居敬、濟美堂、蔣之翹本及全唐文「西」上無「潭」字。

〔二〕當湍而浚者爲魚梁　「而浚」，英華作「之峻」。

〔三〕則山之高　「高」，英華作「立」。何焯校本注云：「『高』，苑本作『立』爲勝，不必嫌『嘉木立』句相犯。或疑是『亭』字。」

〔四〕鳥獸之遨遊　英華「鳥獸」下有「蟲魚」二字。世綵堂本注：「一本『獸』下有『魚鼈』字。」濟美堂、蔣之翹本注：「一本『獸』下有『魚龜』字。」

至小丘西小石潭記

從小丘西行百二十步，隔篁竹，〔集注〕說文：篁，竹田也。一曰竹名。音簧。聞水聲，如鳴珮環，〔一〕心樂之。伐竹取道，下見小潭，水尤清冽。〔童曰〕冽，潔也。全石以爲底，〔二〕近岸卷石底以出，爲坻爲嶼，〔孫曰〕坻、嶼，皆小洲也。爲嵁爲巖。嵁，五男、苦男、五感三切。青樹翠蔓，蒙絡搖綴，參差披拂。潭中魚可百許頭，皆若空遊無所依。一云「披拂潭中，俯視游魚，類若乘空」。日光下澈，音徹。影布石上，怡然不動，〔三〕俶爾遠逝，俶，昌六切。往來翕忽，似與游者相樂。

潭西南而望，斗折蛇行，〔四〕〔孫曰〕斗，謂北斗。史記：枉矢，類大流星，蛇行而倉黑。明滅可見。其岸勢犬牙差互，不可知其源。坐潭上，四面竹樹環合，寂寥無人，淒神寒骨，悄愴幽邃。以其境過清，不可久居，乃記之而去。

同遊者，吴武陵、龔古，〔五〕「龔」，一作「襲」。余弟宗玄。隸而從者，崔氏二小生，曰恕己，曰奉壹。〔孫曰〕崔簡之子也。

校勘記

〔一〕隔篁竹聞水聲如鳴珮環　世綵堂、濟美堂、蔣之翹本注：「『聞』，一作『閒』。絕句。」

〔二〕全石以爲底　「全」，音辯本及文粹、游居敬、濟美堂、蔣之翹本作「泉」。

〔三〕怡然不動　「怡」，英華作「佁」，文粹作「恬」。何焯校本注：「『怡』，苑本作『佁』爲是，癡也。」按：漢書卷五七下司馬相如傳：「沛艾赳螑仡以佁儗兮」，注引張揖曰：「佁儗，不前也。」

〔四〕斗折蛇行句下注　「枉矢，類大流星」。「流星」上原脱「大」字，據史記卷二七天官書第五補。

〔五〕同遊者吳武陵龔右　「龔右」，取校諸本作「龔古」。

袁家渴記

〔韓曰〕自袁家渴至小石城山四記，皆同時作也。

由冉溪西南水行十里，山水之可取者五，莫若鈷鉧潭。由溪口而西，陸行，可取者八九，莫若西山。由朝陽巖東南〔孫曰〕大曆元年，元結以此嵓東向，故名之曰朝陽。水行，至蕪江，可取者三，莫若袁家渴。皆永中幽麗奇處也。〔一〕

楚、越之間方言，謂水之支流者爲「渴」。〔二〕音若「衣褐」之「褐」。〔三〕渴上與南館高嶂合，〔四〕嶂，音障。下與百家瀨合。瀨，音賴。其中重洲小溪，澄潭淺渚，〔五〕間厠曲折，平者深黑，〔六〕峻者沸白。舟行若窮，忽又無際。有小山出水中，皆美石，〔七〕一有「石」字。上生青叢，冬夏常蔚然。其旁多巖洞，其下多白礫，音歷。其樹多楓柟石楠〔童曰〕石楠，亦木名。楩櫧樟柚，〔孫曰〕楩木似豫章。櫧木似柃，葉冬不落。樟，即豫章。柚，橘類也。楩，毗連切。柚，余救切。草則蘭芷。又有異卉，類合歡而蔓生，〔孫曰〕合歡，草名。轇轕水石。〔張曰〕轇轕，猶交加也。音交葛。每風自四山而下，振動大木，掩苒衆草，紛紅駭緑，蓊葧香氣，〔補注〕東坡曰：子厚記云：「每風自四山而下，振動大木，掩苒衆草，紛紅駭緑，蓊葧薌氣。」子厚善造語，若此句殆入妙矣！〔孫曰〕蓊葧，草茂貌。上烏公、烏孔二切，下音勃。衝濤旋瀨，上旬緣切。下音賴。退貯谿谷，摇颺葳蕤，葳，音威。與時推移。其大都如此，余無以窮其狀。永之人未嘗遊焉，余得之不敢專也，出而傳於世。其地主袁氏，〔八〕故以名焉。

校勘記

〔一〕皆永中幽麗奇處也　「奇」，音辯、游居敬、濟美堂、蔣之翹本作「其」。何焯義門讀書記：「『其』，近刻作『奇』，然恐均誤，或是『異』字。」全唐文「麗」下無「奇」字，亦無「其」字。

〔二〕謂水之支流者爲渴　「支」，音辯本及英華、游居敬、蔣之翹本作「反」。何焯義門讀書記：「『支』，一作『反』，『反』爲是。」

〔三〕音若衣褐之褐　英華此六字爲上句「渴」字下小字注文，不入正文。何焯校本注亦云：「『音若』六字乃側注，不入行中。」按：英華及何説是。此六字應爲注文。

〔四〕渴上與南館高嶂合　英華「上」前無「渴」字。世綵堂、濟美堂、蔣之翹本注：「『高』，一作『西』。」

〔五〕澄潭淺渚　「澄」，英華作「深」。

〔六〕平者深黑　「深」，英華作「流」。「黑」，世綵堂本作「墨」。

〔七〕皆美石　音辯、詁訓、世綵堂本及參校諸本「皆」上均有「山」字。

〔八〕其地主袁氏　音辯、詁訓、英華及參校諸本「主」上均有「世」字。

石渠記

自渴西南行，不能百步，得石渠，民橋其上。有泉幽幽然，其鳴乍大乍細。渠之廣，或咫尺，〔孫曰〕賈逵云：八寸曰咫。或倍尺，其長可十許步。其流抵大石，伏出其下。踰石而往，有石泓，昌蒲被之，青鮮環周。〔一〕〔童曰〕鮮，苔蘚也。又折西行，〔二〕旁陷巖石下，北墮小潭。潭幅員減百尺，清深多儵魚。〔韓曰〕白儵，魚也，似雞赤尾，六足四目。儵，音直由切。又北曲行紆餘，睨若無窮，然卒入于渴。其側皆詭石怪木，奇卉美箭，可列坐而麻焉。〔三〕風搖其巔，韻動崖谷。視之既靜，其聽始遠。〔四〕

予從州牧得之，攬去翳朽，決疏土石，既崇而焚，既釃而盈。釃，山宜切。惜其未始有傳焉者，故累記其所屬，遺之其人，書之其陽，俾後好事者求之得以易。元和七年正月八日，蠲渠至大石。十月十九日，踰石得石泓小潭。渠之美於是始窮也。

校勘記

〔一〕青鮮環周　「鮮」，何焯校本改作「蘚」，幷注曰：「以意改。大字本作『鮮』。」全唐文亦作「蘚」。

〔二〕又折西行　英華「西」下有「南」字。

〔三〕可列坐而庥焉　「庥」，全唐文作「休」。

〔四〕視之既靜其聽始遠　音辯、濟美堂、蔣之翹本注：「『遠』，一作『達』。」

石澗記

石渠之事既窮，上由橋西北，下土山之陰，民又橋焉。其水之大，倍石渠三之一。亘石爲底，〔一〕他本或無「一」字，或無「亘」字。達于兩涯。若牀若堂，若陳筵席，若限閫奥。水平布其上，流若織文，響若操琴。揭跣而往，〔孫曰〕揭，褰衣也。丘列切，或又音憩。折竹箭，掃陳葉，排腐木，〔二〕可羅胡牀十八九居之。交絡之流，觸激之音，皆在牀下；翠羽之木，龍鱗之石，均蔭其上。古之人其有樂乎此耶？後之來者，有能追予之踐履耶？〔三〕得意之日，〔四〕與石渠同。

由渴而來者，先石渠，後石澗；由百家瀨上而來者，先石澗，後石渠。澗之可窮者，皆出石城村東南，〔五〕其間可樂者數焉。其上深山幽林，逾峭險，道狹不可窮也。

校勘記

〔一〕亘石爲底　「亘」，蔣之翹本注：「或作『亙』字。」

〔二〕折竹箭掃陳葉排腐木　「竹」下原脱「箭」字，據詁訓本補。

〔三〕後之來者有能追予之踐履耶　「有」，詁訓本作「其」。

〔四〕得意之日　詁訓、世綵堂、濟美堂、蔣之翹本注：「一無『意』字。」

〔五〕皆出石城村東南　英華「出」上無「皆」字。

小石城山記

自西山道口徑北，踰黄茅嶺而下，有二道：其一西出，尋之無所得；其一少北而東，不過四十丈，土斷而川分，有積石横當其垠。其上爲睥睨梁欐之形，〔一〕〔孫曰〕睥睨，女牆，通作「埤垸」。莊子云：「梁麗可以衝城。」梁麗，屋棟。麗，與「欐」同。睥，匹計切。睨，五計切。欐，音麗。其旁出堡塢，〔一〕堡，小城也。塢，小障也。安古切。有若門焉。窺之正黑，投以小石，洞然有水聲，其響之激越，良久乃已。環之可上，望甚遠，無土壤而生嘉樹美箭，益奇而堅，其疏數偃仰，類智者所施設也。〔二〕

噫！吾疑造物者之有無久矣。及是，愈以爲誠有。又怪其不爲之中州，〔三〕而列是夷狄，更千百年不得一售其伎，是故勞而無用，〔四〕神者儻不宜如是，則其果無乎？或曰：「以慰夫賢而辱於此者。」或曰：「其氣之靈不爲偉人，而獨爲是物，故楚之南少人而多石。」是二者，余未信之。

校勘記

〔一〕其上爲睥睨梁欐之形句下注　「莊子云：梁麗可以衝城。」「衝」原作「充」，據音辯、世綵堂、濟美堂、蔣之翹本及莊子秋水改。

〔二〕類智者所施設也　「施」，英華作「始」，何焯校本改作「始」。

〔三〕又怪其不爲之中州　除世綵堂本外，取校諸本「之」下均有「於」字。

〔四〕是故勞而無用　「故」，除英華外，取校諸本均作「固」。

柳州東亭記

〔補注〕元和十年正月，公自永州召至京師。三月，復出刺柳州。此記作於刺柳州日，篇末自可見。

出州南譙門，〔童曰〕譙，城上樓也。左行二十六步，有棄地在道南。南值江，西際垂楊〔孫曰〕垂楊，地名也。傳置，〔孫曰〕傳置，謂驛也。傳，音轉。東曰東館。其内草木猥奥，有崖谷，傾亞缺圮。〔一〕部鄙切。豕得以爲囿，蛇得以爲藪，人莫能居。

至是始命披刜蠲疏，刜，扶弗、孚弗二切。疏，音疎。樹以竹箭松檉丑成切。桂檜柏杉。易爲堂亭，易，以豉切。峭爲杠梁。〔孫曰〕孟子：十一月，徒杠成。十二月，輿梁成。杠梁，皆橋也。杠，音江。上下徊翔，〔二〕前出兩翼。憑空拒江，江化爲湖。衆山横環，嶛闊瀴灣。嶛，與「寮」同，音聊。瀴，伊盈切。灣，烏環切。一本「嶛」作「巄」。當邑居之劇，而忘乎人間，斯亦奇矣。乃取館之北宇，右闢之以爲夕室；取傳置之東宇，左闢之以爲朝室；又北闢之以爲陰室；作屋於北牖下以爲陽室；〔三〕作斯亭于中以爲中室。朝室以夕居之，夕室以朝居之，中室日中而居之，陰室以違温風焉，陽室以違凄風焉。若無寒暑也，則朝夕復其號。

既成，作石于中室，書以告後之人，庶勿壞。元和十二年九月某日，〔四〕柳宗元記。

校勘記

〔一〕有崖谷傾亞缺圮　「亞」，蔣之翹本作「凸」，并注云：「凸，高起也。又出也。」

〔二〕上下徊翔　「上下」，取校諸本作「下上」。

〔三〕作屋於北牖下以爲陽室　「牖」，音辯本、英華及參校諸本作「墉」，疑是。

〔四〕元和十二年九月某日　「某日」，英華作「三日」。

柳州山水近治可游者記

古之州治，在潯水南山石間。〔一〕今徙在水北，直平四十里，南北東西皆水匯。〔孫曰〕匯，水回合也。音潰。

北有雙山，夾道嶃然，〔童曰〕嶃，高貌。鉏咸、仕咸二切。曰背石山。有支川，東流入于潯水。潯水因是北而東，盡大壁下。其壁曰龍壁。其下多秀石，可硯。

南絶水，有山無麓，廣百尋，高五丈，下上若一，曰甑山。甑，子孕切。山之南，皆大山，多奇。又南且西，曰駕鶴山，壯聳環立，古州治負焉。有泉在坎下，恆盈而不流。南有山，正

方而崇，類屏者，屏，蒲井切。曰屏山。其西曰四姥山，〔二〕姥，莫補切。皆獨立不倚。北沉潯水瀨下。〔三〕

又西曰仙弈之山。山之西可上。其上有穴，穴有屏，有室，有宇。其宇下有流石成形，如肺肝，如茄房，〔四〕〔孫曰〕茄，荷莖。音加。一本作「茹房」。或積于下，如人，如禽，如器物，甚衆。東西九十尺，南北少半。東登入小穴，常有四尺，〔五〕〔孫曰〕八尺爲尋，倍尋曰常。則廓然甚大。無竅，正黑，燭之，高僅見其宇，皆流石怪狀。由屏南室中入小穴，倍常而上，始黑，已而大明，爲上室。由上室而上，有穴，北出之，乃臨大野，飛鳥皆視其背。其始登者，得石枰於上，〔童曰〕枰，博局。薄明切，又音平。黑肌而赤脈，十有八道，可弈，故以云。其山多檉，多櫧，〔孫曰〕爾雅云：檉，河柳。郭璞云：今河旁赤莖小楊。櫧，木名。上丑呈切。下音諸。多篔簹之竹，〔韓曰〕篔簹，竹名，節間相去數尺。篔，音云。簹，都郎切。多橐吾。其鳥，多秭歸。秭，音子，又咨李切。秭歸，或作「子規」。

石魚之山，全石，無大草木，山小而高，其形如立魚，尤多秭歸。〔六〕西有穴，類仙弈。入其穴，東出，其西北靈泉在東趾下，有麓環之。泉大類轂雷鳴，西奔二十尺，有洄，在石澗，〔孫曰〕洄，回流也。因伏無所見，多綠青之魚，多石鯽，〔七〕多鯈。

雷山，兩崖皆東西，雷水出焉。蓄崖中曰雷塘，能出雲氣，作雷雨，變見有光。禱用俎魚、豆彘、脩形、〔孫曰〕脩，脯也。糈稌、〔童曰〕糈，音所，又音胥。稌字，諸韻皆從「木」，音徒，音土。沛國呼稻曰稌。陰酒，一作「酒陰」。虔則應。在立魚南，其間多美山，無名而深。峨山在野中，無麓，峨水出焉，東流入于潯水。

校勘記

〔一〕在潯水南山石間　「潯水」，音辯、游居敬、濟美堂本及全唐文作「𣸣水」。蔣之翹本注：「『潯』，諸本作『𣸣』，非是。」蔣說近是。

〔二〕其西曰四姥山　濟美堂本及全唐文「姥」上無「四」字。

〔三〕北沉潯水瀨下　「沉」，音辯、游居敬、濟美堂、蔣之翹本及全唐文作「流」。

〔四〕如肺肝如茄房　蔣之翹本注：「『茄』，一作『茹』，一作『蜂』。」

〔五〕常有四尺句下注　「八尺爲尋，倍尋曰常」。「八尺」原作「六尺」，據音辯、濟美堂、蔣之翹本及國語周語韋昭注改。

〔六〕其形如立魚尤多秭歸　「尤」原作「在」，據全唐文改。何焯義門讀書記亦云：「『在』疑作『尤』。」

〔七〕多綠青之魚多石鯽　下「多」字，音辯、游居敬、濟美堂本及全唐文作「及」。

柳宗元集卷三十

書〔一〕

寄許京兆孟容書

〔韓曰〕許孟容，字公範。元和初，再遷尚書右丞、京兆尹。公謫永州已五年，與京兆書，望其與之爲地，一除罪籍耳。

宗元再拜五丈座前：〔二〕伏蒙賜書誨諭，微悉重厚，欣躍恍惚，〔三〕疑若夢寐，捧書叩頭，悸不自定。伏念得罪來五年，未嘗有故舊大臣肯以書見及者。何則？罪謗交積，羣疑當道，誠可怪而畏也。以是兀兀忘行，尤負重憂，殘骸餘魂，百病所集，痞結伏積，〔韓曰〕痞，腹中結痛也。部鄙切。不食自飽。或時寒熱，水火互至，内消肌骨，一作「肉」。非獨瘴癘爲也。瘴，音障。忽捧教命，乃知幸爲大君子所宥，欲使膏肓沉没，〔孫曰〕成十年左氏：晉侯夢疾爲二豎子，其一曰：「居肓之上，膏之下，若我何？」膏，謂連心之脂膏。肓，心下鬲上。肓，音荒。復起爲人。夫何素望，敢以及此。

宗元早歲，與負罪者親善，始奇其能，謂可以共立仁義，裨教化。過不自料，懃懃勉勵，唯以中正信義爲志，〔四〕以興堯、舜、孔子之道，利安元元爲務，不知愚陋，不可力彊，其素意如此也。末路孤危，阨塞臲卼，〔五〕〔張曰〕臲卼，不安貌。上五結切。下音兀。一作「末路阨塞臲卼」。凡事壅隔，一作「事既壅隔」。很忤貴近，狂疏繆戾，蹈不測之辜，群言沸騰，鬼神交怒。加以素卑賤，暴起領事，人所不信。射利求進者，填門排户，百不一得，一旦快意，更造怨讟。音讀。以此大罪之外，詆訶萬端，詆，音詆。旁午構扇，盡爲敵讎，「盡」，一作「便」。協心同攻，外連強暴失職者以致其事。此皆丈人所聞見，〔六〕不敢爲他人道説。懷不能已，復載簡牘。此人雖萬被誅戮，不足塞責，而豈有賞哉？〔七〕今其黨與，幸獲寬貸，各得善地，無分毫事，一作「無公事」。坐食俸禄，明德至渥也，尚何敢更俟除棄廢痼，一無「更」字。以希望外之澤哉？年少氣鋭，不識幾微，不知當否，但欲一心直遂，果陷刑法，皆自所求取得之，一無「得之」二字。又何怪也？

宗元於衆黨人中，罪狀最甚。神理降罰，又不能即死。〔孫曰〕元和元年五月十七日，公母盧氏卒。猶對人言語，求食自活，迷不知耻，日復一日。然亦有大故。自以得姓來二千五百年，代爲冢嗣。今抱非常之罪，居夷獠之鄉，〔張曰〕獠，夷名。音潦。卑濕昏霿，恐一日填委溝壑，曠墜先緒，以是怛然痛恨，怛，當各切。心腸沸熱。「腸」，一作「骨」。煢煢孤立，〔八〕未有子息。荒隅中少士人女子，〔九〕一无「女子」二字。無與爲婚，世亦不肯與罪大者親昵，「罪大者」一作「罪人」。以是嗣續之重，不絶如縷。每當春秋時饗，孑立捧奠，顧眄無後繼者，惸惸然一作「慄慄然」，或作「懔懔然」。欷歔惴惕，恐此事便已，摧心傷骨，若受鋒刃。此誠丈人所共憫惜也。先墓所在城南，〔一〇〕一無「所」字。無異子弟爲主，獨託村鄰。自譴逐來，消息存亡不一至鄉閭，主守者固以益怠。〔一一〕晝夜哀憤，懼便毁傷松柏，芻牧不禁，以成大戾。近世禮重拜掃，今已闕者四年矣。每遇寒食，則北向長號，以首頓地。想田野道路，士女遍滿，皁隸傭丐，皆得上父母丘墓，馬醫夏畦之鬼，〔一二〕〔孫曰〕列子云：路遇乞兒馬醫，弗敢辱也，必下車而揖之。孟子：脅肩諂笑，病于夏畦。夏畦，夏月治畦之人。畦，音攜。無不受子孫追養者。然此已息望，又何以云哉！城西有數頃田，樹果數百株，〔一三〕多先人手自封植，今已荒穢，恐便斬伐，無復愛惜。家有賜書三千卷，尚在善和里舊宅，宅今已三易主，書存亡不可知。皆付受所重，常繫心腑，然無可爲者。立身一敗，萬事瓦裂，身殘家破，爲世大僇。音戮。復何敢更望大君子撫慰收恤，尚置人數中耶！是以當食不知辛酸節適，〔一四〕洗沐盥潄，盥，音管，又古玩切。動逾歲時，一搔皮膚，塵垢滿爪。誠憂恐悲傷，無所告愬，以至此也。

自古賢人才士，秉志遵分，被謗議晏本作「被謗」，無「議」字。不能自明者，僅以百數。故有無兄盜嫂，〔韓曰〕漢書：人或毀直不疑曰：「不疑狀貌甚美，然特毋奈其善盜嫂何也？」不疑聞，曰：「我乃無兄。」終不能自明。娶孤女云撾婦翁者；〔韓曰〕後漢：第五倫，建武二十九年，從懷陽王朝京師，帝戲謂倫曰「聞卿爲吏，篣婦翁，寧有之邪？」倫曰：「臣三娶妻，皆無父。」撾，陟瓜切。然賴當世豪傑，分明辨別，卒光史籍。一作「册」。管仲遇盜，升爲功臣；〔孫曰〕禮記：管敬子遇盜，取二人焉。上以爲公臣，曰：「其所遊辟也，可人也。」敬子，管仲之謚。匡章被不孝之名，孟子禮之。〔童曰〕孟子：公都子曰：「匡章，通國皆稱不孝焉。夫子與之遊，又從而禮貌之，敢問何也？」孟子曰：「世俗所謂不孝者五」，云云。「章子有一於是乎？」今已無古人之實，一有「爲」字。而有其詬，欲望世人之明己，不可得也。直不疑買金以償同舍；〔韓曰〕漢書：直不疑爲郎，事文帝。其同舍有告歸，誤持其同舍郎金去。已而同舍郎覺，亡意不疑。不疑謝有之，買金償。後告歸者至而歸金，亡金郎大慚。劉寬下車，歸牛鄉人。〔韓曰〕東漢劉寬，字文饒，嘗行，有人失牛者，乃就寬車中認之。寬無所言，下駕步歸。有頃，認牛者愧而送還。此誠知疑似之不可辯，非口舌所能勝也。鄭詹束縛於晉，終以無死；〔韓曰〕國語：文公伐鄭，欲得詹而師還。鄭人以詹與晉，晉人將烹之，詹據鼎耳而疾號，公乃命弗殺，厚爲禮而歸之。鍾儀南音，卒獲返國；〔孫曰〕成九年左氏：晉侯觀于軍府，見鍾儀，與之琴，操南音。晉侯重爲之禮，禮使來歸求成。南音，楚聲。叔向囚虜，自期必免；〔孫曰〕襄二十一年左氏：欒盈出奔楚。范宣子囚叔向，樂王鮒見叔向曰：「吾爲子請。」叔向弗應，其人皆咎叔向。叔向曰：「必祁大夫。」范痤騎危，痤，才戈切。騎，音奇。以生易死；〔韓曰〕史記魏世家：趙使人謂魏王：「爲我殺范痤，吾獻地。」王使捕之。痤因上屋騎危，謂使者曰：「與其以死痤市，不如以生痤市。」有如痤死，趙不與王地，則奈何？」王出之。蒯通據鼎耳，蒯，苦怪切。爲齊上客；〔孫曰〕高帝誅韓信，信曰：「悔不用蒯通之言。」帝召通，欲烹之。通曰：「犬各吠非其主。」云云。上乃赦之。據鼎耳，言將烹也。至齊悼惠王時，曹參爲相，請通爲客。張蒼、韓信伏斧鑕，〔孫曰〕鑕，鐵椹也。音質。終取將相；〔韓曰〕西漢張蒼從沛公攻南陽，當斬，解衣伏質，王陵乃言沛公，赦勿斬。後至孝文時爲相。韓信亡楚歸漢，爲連敖，坐法當斬，適見滕公，公奇其言，釋勿斬。其後拜大將。鄒陽獄中，以書自活；〔韓曰〕西漢鄒陽從梁孝王游，羊勝、公孫詭等疾陽，惡之，孝王怒，下陽吏，將殺之，陽從獄中上書奏王，出之。賈生斥逐，復召宣室；〔韓曰〕西漢賈誼，洛陽人。絳、灌之屬害之，出爲長沙王傅。歲餘，文帝思誼，徵之，入見宣室。倪寬擯死，〔一五〕後至御史大夫；〔孫曰〕西漢倪寬爲廷尉文學卒史，以儒生不習事，不署曹，除爲從史，之北地視畜。其後議封禪事，拜御史大夫。董仲舒、劉向下獄當誅，爲漢儒宗。〔一六〕〔韓曰〕西漢董仲舒，廣川人。先是遼東高廟、長陵高園殿災，仲舒居家推説其意，中稾未上。主父偃竊其書奏焉。於是下仲舒吏，當死，詔赦之。劉向，字子政，事宣帝，爲諫議大夫，獻言黄金可成。上令典尚方鑄作事，後不驗，下吏當死。上奇其才，得踰冬以減死論。此皆瓌偉博辯奇壯之士，能自解脱。今以恇怯淟涊，〔童曰〕説文：恇，怯也。淟涊，垢濁也。楚辭：切淟涊之流俗。恇，音匡。淟涊，音腆忍。下才末伎，又嬰恐懼痼病，一作「病痼」。雖欲慷慨攘臂，自同昔人，愈疏闊矣！

賢者不得志於今，必取貴於後，古之著書者皆是也。宗元近欲務此，然力薄才劣，「才」，一作「志」。無異能解，雖欲秉筆覼縷，〔張曰〕覼縷，説文：好視也。一曰委曲。上力禾切。下音吕。覼，當從

「爾」，俗作「爾」，非。神志荒耗，前後遺忘，終不能成章。往時讀書，自以不至抵滯，〔一七〕今皆頑然無復省録。每讀古人一傳，數紙已後，則再三伸卷，復觀姓氏，旋又廢失。假令萬一除刑部囚籍，復爲士列，「士」，一作「上」。亦不堪當世用矣！伏惟興哀於無用之地，垂德於不報之所，但以存通家宗祀爲念，一無「存」字。有可動心者，操之勿失。雖不敢望歸掃塋域，一無「雖」字。退託先人之廬，以盡餘齒，姑遂少北，益輕瘴癘，就婚娶，求胤嗣，有可付託，卽冥然長辭，如得甘寢，〔一八〕無復恨矣！書辭繁委，無以自道。然卽文以求其志，君子固得其肺肝焉。無任懇戀之至！一本「戀」亦作「懇」。不宣。宗元再拜。

校勘記

〔一〕書　「書」下原有「明謗責躬」四字，據本書總目及音辯、游居敬、蔣之翹本删。

〔二〕宗元再拜五丈座前　詁訓本「五」上無「宗元再拜」四字。

〔三〕欣躍恍惚　「躍」，音辯、游居敬本及全唐文作「踊」。

〔四〕唯以中正信義爲志　「中正」，全唐文作「忠正」。

〔五〕阸塞𨉖𨈆　「阸」，音辯、游居敬本作「厄」。「𨈆」，音辯、游居敬本作「兀」，全唐文作「㢈」。

〔六〕此皆丈人所聞見　「見」上原脱「聞」字。何焯義門讀書記：「『見』字上有『聞』字。」據音辯、詁訓、世綵堂、游居敬本補。

〔七〕而豈有賞哉　世綵堂本注："一無『豈有賞哉』四字。"鄭定本無此四字，疑是。

〔八〕煢煢孤立　「孤立」，全唐文作「孑立」。

〔九〕荒隅中少士人女子　「隅」，音辯、詁訓、世綵堂、游居敬、蔣之翹本作「陬」。

〔一〇〕先墓所在城南句下注　「一無『所』字」。音辯、游居敬、蔣之翹本及全唐文無「所」字，近是。

〔一一〕主守者固以益怠　「固」，全唐文作「因」，近是。

〔一二〕馬醫夏畦之鬼句下注　「夏畦，夏月治畦之人」。「夏月」上原脱「夏畦」二字，據詁訓、世綵堂、濟美堂、蔣之翹本補。

〔一三〕樹果數百株　「樹果」，全唐文作「果樹」，近是。

〔一四〕是以當食不知辛酸節適　「酸」，音辯、詁訓、世綵堂、游居敬本及全唐文作「醎」。「節適」，濟美堂本作「節過」。

〔一五〕俔寬擯死　世綵堂本注："新唐書作『擯厄』。"

〔一六〕董仲舒劉向下獄當誅爲漢儒宗句下注　「仲舒居家推説其意，中稾未上」。「未」上原脱「中稾」二字，據漢書卷五六董仲舒傳補。

〔一七〕自以不至抵滯　「抵」，音辯、游居敬本及全唐文作「觝」。世綵堂本作「氐」。

〔一八〕如得甘寢　音辯、世綵堂、蔣之翹本注：「『甘』與『酣』同。出莊子。」

與楊京兆憑書

〔韓曰〕楊憑拜京兆尹，與李夷簡素有隙。李因劾憑江西姦贓，憲宗貶爲臨賀尉，時元和四年也。公嘗遺憑子誨之書云：「今日有北人來，示將籍田勑。是舉數十年之墜典，必有大恩澤。丈人之冤聞於朝，今是舉也必復大任。」此亦云「丈人旦夕歸朝廷，復爲大僚」。必元和五年冬作也。

月日，宗元再拜，獻書丈人座前：〔任子淵曰〕丈人字，俗以爲婦翁之稱，然字則遠矣。大抵亦尊者之稱也。吳越春秋載：伍子胥謂漁父曰：性命屬天，今屬丈人。役人胡要返命，奉教誨，壯厲感發，「壯」，一作「莊」。鋪陳廣大。上言推延賢儁之道，儁，音俊。難於今之世，次及文章，末以愚蒙剥喪頓瘁，無以守宗族復田畝爲念，憂憫備極。不唯其親密舊故是與，〔一〕復有一作「是乃爲若」。公言顯賞，許其素尚，「許」，一作「取」。而激其忠誠者。「忠」，一作「中」。是用踊躍敬懼，〔二〕類嚮時所被簡牘，萬萬有加焉。故敢悉其愚，以獻左右。

大凡薦舉之道，古人之所謂難者，〔三〕其難非苟一而已也。知之難，言之難，聽信之難。夫人有有之而耻言之者，有有之而樂言之者，有無之而工言之者，有無之而不言似有之者。

有之而恥言之者，上也。雖舜猶難於知之。〔四〕〔孫曰〕書臯陶曰：「在知人，在安民。」禹曰：「吁，咸若時，惟帝其難之。」孔子亦曰「失之子羽」。〔孫曰〕史記：孔子曰：「以言取人，失之宰我。以貌取人，失之子羽。」〔韓曰〕家語：子羽有君子之容，而行不勝其貌。孔子曰：「以容取人，失之子羽。」子羽，乃澹臺滅明也。下斯而言知而不失者，妄矣。有之而言之者，次也。德如漢光武，馮衍不用；〔韓曰〕馮衍，字敬通，京兆杜陵人。世祖即位，論功當封，且將召見之。爲令狐略等讒之，竟不獲用焉。才如王景略，以尹緯爲令史。〔五〕〔韓曰〕晉史載記：尹緯，字景亮，天水人。先爲秦吏部令史，後事姚萇爲佐命元功。萇既敗苻堅，遣緯說堅求禪代，堅問緯曰：「卿於朕何官？」緯曰：「尚書令史。」堅曰：「卿宰相才也。王景略之儔，而朕不知卿，亡也不亦宜乎！」王景略，名猛。是皆終日號鳴大吒，〔童曰〕吒，歎也。陟駕切。而卒莫之省。無之而工言者，賊也。趙括得以代廉頗，〔六〕〔韓曰〕史記趙奢傳：趙孝成王使廉頗將兵攻秦，秦之間言曰：「秦之所患，獨畏馬服君趙奢之子趙括爲將耳。」王以括代頗，藺相如及括之母諫王：括徒能讀父書，而父子異心。王不聽，果敗。馬謖得以惑孔明也。〔七〕〔孫曰〕蜀志：馬謖字幼常，才器過人，好論軍計。諸葛亮深加器異。先主臨薨謂亮曰：「馬謖言過其實，不可大用，君其察之。」亮猶謂不然，以謖爲參軍。後又令統大衆，戰于街亭，爲張郃所破。謖，音縮。今之若此類者，不乏於世。將相大臣聞其言，而必能辨之者，亦妄矣。無之而不言者，土木類也。周仁以重臣爲二千石，〔韓曰〕西漢周仁，其先任城人。武帝立，以先帝臣重之。仁乃病免。以二千石祿歸老。許靖以人譽而致三公。〔八〕〔孫曰〕先主圍成都，許靖踰城降，先主以此薄靖不用。法正曰：「靖之浮稱，播流四海，若其不禮，天下之人謂公爲賤賢也。」於是以靖爲司徒。近世尤好此類，以爲長者，最得薦寵。夫言朴愚無害者，〔孫曰〕蕭何以文毋害爲沛主吏掾。無害，謂不刻害也。其於田野鄉閭爲匹夫，雖稱爲長者可也。自抱關擊柝以往，〔補注〕孟子：「惡乎宜乎，抱關擊柝。」柝，夜所擊之木也。左氏「魯擊柝聞於邾」是也。他各切。則必敬其事，〔童曰〕事君敬其事，而後其食。愈上則及物者愈大，何事無用之朴哉？今之言曰：「某子長者，可以爲大官」，類非古之所謂長者也，則必土木而已矣。夫捧土揭木而致之巖廊之上，〔張曰〕揭，舉也。去謁切。蒙以紱冕，翼以徒隸，而趨走其左右，〔九〕一無「而」字。豈有補於萬民之勞苦哉！聖人之道，不益於世用，「不」字下，一有「盡」字。凡以此也，故曰知之難。孔子曰：「仁者其言也訒」，〔張曰〕論語：司馬牛問仁。子曰：「仁者其言也訒。」注：訒，難也。「孟子病未同而言」。然則彼未吾信，而吾告之以士，必有三間。是將曰：「彼誠知士歟？〔一〇〕知文歟？」疑之而未重，一間也。又曰：「彼無乃私好歟？交以利歟？」二間也。又曰：「彼不足我而惎我哉？〔一一〕〔童曰〕說文：惎，毒也。惎，渠記切。茲咈吾事。」三間也。畏是而不言，故曰言之難。言而有是患，故曰聽信之難。唯明者爲能得其所以薦，得其所以言，〔一二〕得其所以聽，一不至則不可冀矣。然而君子不以言聽之難，而不務取士。士，理之本也。苟有司之不吾信，吾知之而不捨，〔一三〕其必有信吾者矣。苟知之，雖無有司，而士可以顯，則吾一旦操用人之柄，其必有施矣。故公卿之大任，莫若索士。士不預備而熟講之，卒然君有問焉，宰相有咨焉，有司有求焉，其無以應之，〔一四〕則大臣之道或闕，故不可憚煩。

今之世言士者，先文章。文章，士之末也。然立言存乎其中，卽末而操其本，〔一五〕可十七八，未易忽也。自古文士之多莫如今，今之後生爲文，希屈、馬者，可得數人；〔補注〕屈，屈原。馬，司馬遷。希王褒、劉向之徒者，又可得十人；至陸機、潘岳之比，累累相望。累，倫追切。若皆爲之不已，則文章之大盛，古未有也。後代乃可知之。〔一六〕今之俗耳庸目，無所取信，傑然特異者，乃見此耳。丈人以文律通流當世，叔仲鼎列，〔孫曰〕大曆九年，憑中進士；十三年，凝中進士；十二年，凌中進士。皆有名，時號三楊。天下號爲文章家。今又生敬之。〔孫曰〕敬之，凌子，元和二年中進士。敬之，字茂孝，嘗爲華山賦示韓愈，愈稱之。敬之，希屈、馬者之一也。天下方理平，今之文士咸能先理。理不一斷於古書老生，直趣堯舜之道、一作「大道」。孔氏之志，明而出之，又古之所難有也。然則文章未必爲士之末，獨採取何如爾！宗元自小學爲文章，中間幸聯得甲乙科第，〔一七〕至尚書郎，專百官章奏，然未能究知爲文之道。自貶官來無事，讀百家書，上下馳騁，乃少得知文章利病。去年吳武陵來，〔孫曰〕武陵，元和二年中進士，三年謫永州。美其齒少，才氣壯健，可以與西漢之文章，日與之言，因爲之出數十篇書。〔一八〕庶幾鏗鏘陶冶，時時得見古人情狀。然彼古人亦人耳，〔一九〕夫何遠哉！凡人可以言古，不可以言今。〔二〇〕桓譚亦云：〔二一〕親見揚子雲，容貌不能動人，安肯傳其書？〔孫曰〕揚雄贊：「桓譚曰：『凡人賤近而貴遠，親見揚子雲，祿位容貌不能動人，故輕其書。』」譚，音覃。誠使博如莊周，哀如屈原，奥如孟軻，壯如李斯，峻如馬遷，富如相如，明如賈誼，專如揚雄，猶爲今之人，〔二二〕一有「笑」字。則世之高者至少矣。由此觀之，古之人未始不薄於當世，〔二三〕而榮於後世也。若吳子之文，非丈人無以知之。〔二四〕獨恐世人之才高者，不肯久學，〔二五〕無以盡訓詁風雅之道，以爲一世甚盛。若宗元者，才力缺敗，不能遠騁高厲，與諸生摩九霄，撫四海，夸耀於後之人矣。何也？凡爲文，以神志爲主。自遭責逐，繼以大故，荒亂耗竭，又常積憂恐，神志少矣，所讀書隨又遺忘。一二年來，痞氣尤甚，加以衆疾，動作不常。眊眊然〔童曰〕眊，目少睛。音冒。騷擾內生，霾霧填擁慘沮，〔二六〕〔張曰〕説文：霾，風雨土也。詩：終風且霾。霾，音埋。雖有意窮文章，而病奪其志矣。每聞人大言，則蹶氣震怖，撫心按膽，不能自止。又永州多火災，晏本無「又」字。五年之間，四爲天火所迫。「天」，一作「大」。徒跣走出，壞牆穴牖，僅免燔灼。書籍散亂毀裂，不知所往。一遇火恐，累日茫洋，不能出言，又安能盡意於筆硯，「意」，一作「志」。矻矻自苦，〔童曰〕矻，與「硈」同，丘八切。説文：堅也，突也，石狀。以危傷敗之魂哉？〔二七〕

中心之悃愊鬱結，具載所獻許京兆丈人書，〔補注〕許京兆，孟容也。不能重煩於陳列。凡人之黜棄，皆望望思得効用，而宗元獨以無有是念。自以罪大不可解，才質無所入，苟焉以敍憂慄爲幸，敢有他志？伏以先君稟孝德，秉直道，高於天下。仕再登朝，至六品官。〔二八〕宗元無似，亦嘗再登朝至六品矣！何以堪此？且柳氏號爲大族，五六從以來無爲朝士者，豈愚蒙獨出數百人右哉？以是自忖，官已過矣，寵已厚矣。夫知足與知止異，宗元知足矣。若便止不受祿位，亦所未能。今復得好官，猶不辭讓，何也？以人望人，尚足自進。如其不至，則故無憾，進取之意息矣。〔二九〕身世孑然，無可以爲家，雖甚崇寵之，孰與爲榮？獨恨不幸獲託姻好，而早凋落，〔三〇〕〔孫曰〕公娶凝女，貞元十五年八月一日卒，年二十三。寡居十餘年。嘗有一男子，晏本無「一」字。然無一日之命，〔孫曰〕楊氏孕而不育。至今無以託嗣續，恨痛常在心目。孟子稱「不孝有三，無後爲大」。今之汲汲於世者，唯懼此而已矣！天若不棄先君之德，使有世嗣，〔三一〕一作「祀」。或者猶望延壽命，以及大宥，得歸鄉閭，立家室，則子道畢矣。過是而猶競於寵利者，〔三二〕天厭之！天厭之！〔孫曰〕厭，棄也。丈人旦夕歸朝廷，復爲大僚，伏惟以此爲念。流涕頓顙，寫曩切。布之座右，一作「下」。不任感激之至。〔三三〕宗元再拜。

校勘記

〔一〕不唯其親密舊故是與　「舊故」，音辯、詁訓、游居敬本及全唐文作「故舊」，近是。

〔二〕是用踊躍敬懼　「是用」，音辯、詁訓、游居敬本及全唐文作「用是」。

〔三〕古人之所謂難者　世綵堂本注：「『古』下一無『人』字。」

〔四〕雖舜猶難於知之　音辯、游居敬本「難」下無「於」字。

〔五〕以尹緯爲令史句下注　「遣緯說堅求禪代」。「緯」原作「永」。又，「而朕不知卿」。「卿」原作「其」。

均據詁訓本及晉書卷二八尹緯傳改。

〔六〕趙括得以代廉頗句下注　「藺相如及括之母諫王」。「括」上原脱「藺相如及」四字，據詁訓本及史記卷八一趙奢傳補。

〔七〕馬謖得以惑孔明也　音辯、詁訓、游居敬、蔣之翹本「明」下無「也」字。　句下注「先主臨薨謂亮曰：『馬謖言過其實，不可大用，君其察之』」。「主」下原脱「臨薨」二字，「用」下原脱「君其察之」四字，據詁訓本及三國志蜀志補。

〔八〕許靖以人譽而致三公　音辯、詁訓、游居敬本「致」下有「位」字。

〔九〕而趨走其左右句下注　「一無『而』字」。按：音辯、游居敬本無「而」字。從上下文意看，「而」字疑爲衍文。

〔一〇〕彼誠知士歟　詁訓本「彼」下無「誠」字。

〔一一〕彼不足我而惎我哉句下注　「說文：惎，毒也」。何焯義門讀書記：「按左傳：楚人惎之脱扃。杜注：惎，教也。」

〔一二〕得其所以言　音辯、游居敬、蔣之翹本及全唐文無此五字，疑脱誤。

〔一三〕吾知之而不捨　音辯、詁訓、游居敬本「之」下無「而」字。

〔一四〕其無以應之　音辯、詁訓、世綵堂、游居敬本「以」上有「所」字。

〔一五〕即末而操其本　世綵堂本注：「『操』，一作『探』。」

〔一六〕後代乃可知之　「可」上原脫「乃」字，據取校諸本補。

〔一七〕中間幸聯得甲乙科第　世綵堂本注：「一無『乙』『第』二字。」

〔一八〕因爲之出數十篇書　「數十」，世綵堂本作「十數」。并注云：「一無『書』字。」

〔一九〕然彼古人亦人耳　世綵堂本注：「一無『古人』字。」

〔二〇〕凡人可以言古不可以言今　世綵堂本注：「一本二『以』字幷作『與』。」

〔二一〕桓譚亦云　「桓」，音辯、游居敬本作「亘」。按：宋紹興中避諱，改「桓」姓爲「亘」。

〔二二〕猶爲今之人句下注　「一有『笑』字」。詁訓本「人」下有「笑」字。

〔二三〕古之人未始不薄於當世　「未始」，音辯、游居敬本及全唐文作「未必」。

〔二四〕若吳子之文非丈人無以知之　「文」，音辯、游居敬本作「直」。何焯校本注：「直，謂文之聲價也。」陳景雲柳集點勘：「按吳武陵先從濮陽徙貫信州，楊憑觀察江西日，信在所部，武陵蓋嘗以文字受知也。」

〔二五〕獨恐世人之才高者不肯久學　「才高」，詁訓本作「高才」。

〔二六〕霾霧填擁慘沮　世綵堂本注：「『沮』，一作『怚』。」

〔二七〕以危傷敗之魂哉　「危傷」，音辯、游居敬本及全唐文作「傷危」。

〔二八〕至六品官　世綵堂本注：「『至』，一作『止』。」

〔二九〕進取之意息矣　「意」，音辯、詁訓、世綵堂、游居敬本及全唐文作「志」。

〔三〇〕獨恨不幸獲託姻好而早凋落句下注　「公娶凝女」。陳景雲柳集點勘：「『獲託姻好』注子厚娶楊凝女，與楊詹事（按指祭楊憑詹事文）注同。并誤。按：子厚亡妻楊氏誌夫人父『禮部郎中凝』注云：『凝』當作『憑』。又，楊凝碣（按指唐故兵部郎中楊君墓碣）注，子厚乃凝兄憑婿。其説是也。蓋注不出一人，編者昧於採擇，故兩存之。」按：陳説是。

〔三一〕使有世嗣　「使」，音辯、游居敬本作「所」。

〔三二〕過是而猶競於寵利者　「過」，全唐文作「夫」。

〔三三〕不任感激之至　「不任」，音辯、游居敬本及全唐文作「不勝」。

與裴塤書〔一〕

〔韓曰〕裴塤，墐之弟，字行具此書。

應叔十四兄足下：比得書示勤勤，不以僕罪過爲大故，有動止相憫者，僕望已矣。世所共棄，惟應叔輩一二公獨未耳。一作「獨未下耳」。僕之罪，在年少好事，進而不能止。儔輩恨怒，以先得官。又不幸早嘗與游者，居權衡之地，十薦賢幸乃一售，〔張曰〕售，賣也。音壽。不得者譸張排根，〔二〕〔童曰〕書：人乃或譸張爲幻。譸張，欺詐也。譸，音輈。僕可出而辯之哉！性又倨野，不能摧折，以故名益惡，勢益險，有喙有耳者，相郵傳作醜語耳，〔三〕不知其卒云何。中心之愆尤，若此而已。既受禁錮而不能即死者，以爲久當自明。今亦久矣，而嗔罵者尚不肯已，堅然相白者無數人。

聖上日興太平之理，不貢不王者悉以誅討，而制度大立，長使僕輩爲匪人耶？其終無以見明，而不得擊壤鼓腹樂堯、舜之道耶？且天下熙熙，而獨呻吟者四五人，何其優裕者博，而局束者寡，其爲不一徵也何哉？太和蒸物，燕谷不被其煦，一鄒子尚能恥之，〔韓曰〕劉向別録云：方士傳言，鄒衍在燕，燕有谷，地美而寒，不生五穀。鄒子居，吹律而温氣至，五穀生，今名黍谷。今若應叔輩知我，豈下鄒子哉！然而不恥者何也？河北之師，當已平奚虜，聞吉語矣。〔韓曰〕時吐突承璀討鎮冀王承宗。鎮冀自李寶臣，本范陽内屬奚。承宗之先武俊，亦本契丹部落，故曰奚虜。然若僕者，承大慶之後，必有殊澤，流言飛文之罪，〔孫曰〕流言飛文，出劉向傳。或者其可以已乎？幸致數百里之北，〔四〕使天下之人，不謂僕爲明時異物，死不恨矣。

金州考績已久，獨蔑然不遷者何耶？十二兄宜當更轉右職。十四兄嘗得數書，一無「嘗得」二字。無恙。兄顧惟僕之窮途，得無意乎？北當大寒，〔五〕人愈平和，惟楚南極海，玄冥所不統，炎昏多疾，氣力益劣，昧昧然人事百不記一，〔六〕捨憂慄，則怠而睡耳。偶書如此，不宣。宗元再拜。

校勘記

〔一〕與裴塤書　陳景雲柳集點勘：「此與寄蕭、李書，皆元和四年作。時八司馬中韋、凌已先沒，程巽獨被薦擢，而子厚與二韓、劉、陳尚未離謫籍，故曰『獨呻吟者四五人』也。金州，謂塤兄墐時方刺金州。觀『十二兄宜更轉右職』語，乃仕於使幕者。集中有宣武從事裴君誌，即其人，以誌中所書世系考之自明。蓋塤之從昆弟嘗酬其詩，十三兄嘗得數書，集中有酬裴韶州詩，疑即其人。韶、永道近，故頻得書也。新史世系表中有韶州刺史裴禮，亦未審是一人否也。」

〔二〕不得者譸張排捃　「捃」原作「悢」，據音辯、世綵堂、蔣之翹、何焯校本改。按：漢書卷五二灌夫傳：「及竇嬰失勢，亦欲倚夫引繩排根生平慕之後棄者。」王先謙補注引宋祁說，謂「根」疑從手，又引廣雅：「捃，引也。」捃訓引，引訓卻退，排捃即排退之意。

〔三〕相郵傳作醜語耳　音辯、游居敬本「語」下無「耳」字。

〔四〕幸致數百里之北　「北」，全唐文作「地」。

〔五〕北當大寒　「北」，詁訓本作「比」。按：「北當大寒」與下句「楚南極海」略有對稱之意，作「比」字疑誤。

〔六〕昧昧然人事百不記一　「昧昧然」，全唐文作「昧然」。

與蕭翰林俛書〔一〕

〔韓曰〕按俛本傳，貞元中及第，又以賢良方正對策異等，拜右拾遺。元和六年，召爲翰林學士，凡三年，進知制誥。

思謙兄足下：昨祁縣王師範過永州，爲僕言得張左司書，道思謙蹇然有當官之心，乃誠助太平者也。僕聞之喜甚，然微王生之説，〔二〕僕豈不素知耶？所喜者耳與心叶，果於不謬焉爾。

僕不幸，嚮者進當臲卼音兀。不安之勢，平居閉門，口舌無數，況又有久與游者，乃岌岌而造其門哉。〔三〕岌，魚及切。「門」，一作「間」，下無「哉」字。其求進而退者，皆聚爲仇怨，造作粉飾，蔓延益肆。非的然昭晰，自斷於內，則孰能了僕於冥冥之間哉？然僕當時年三十三，〔補注〕永貞元年。甚少，自御史裏行得禮部員外郎，超取顯美，欲免世之求進者怪怒媢嫉，〔童曰〕媢，妬也。音冒。其可得乎？凡人皆欲自達，僕先得顯處，才不能踰同列，聲不能壓當世，〔四〕世之怒僕宜也。與罪人交十年，官又以是進，辱在附會。聖朝弘大，〔五〕貶黜甚薄，不能塞衆人之怒，謗語轉侈，囂囂嗷嗷，囂，虚嬌切。嗷，音敖。漸成怪民。〔六〕飾智求仕者，更詈僕以悦讎人之心，〔七〕「詈」，一作「言」。日爲新奇，務相喜可，自以速援引之路。而僕輩坐益困辱，萬罪横生，不知其端。伏自思念，過大恩甚，乃以致此。悲夫！人生少得六七十者，今已三十七矣。長來覺日月益促，歲歲更甚，大都不過數十寒暑，則無此身矣。是非榮辱，又何足道！云云不已，祇益爲罪。兄知之勿爲他人言也。

居蠻夷中久，慣習炎毒，昏眊重膇，〔張曰〕膇，足腫也。馳僞切。重，上聲。意以爲常。忽遇北風晨起，薄寒中體，則肌革瘮懍，〔八〕〔孫曰〕瘮，寒病。山錦切。毛髮蕭條，瞿然注視，怵惕以爲異候，意緒殆非中國人。楚、越間聲音特異，鴂舌啅譟，〔韓曰〕孟子：南蠻鴂舌之人。鴂，鳥名，即鵙鴂也。鴂，音決。啅，音卓。今聽之怡然不怪，〔九〕已與爲類矣。家生小童，皆自然嘵嘵，許堯切。晝夜滿耳，聞北人言，則啼呼走匿，雖病夫亦怛然駭之。出門見適州閭市井者，其十有八九，杖而後興。自料居此尚復幾何，豈可更不知止，言説長短，重爲一世非笑哉？讀周易困卦至「有言不信，尚口乃窮」也，往復益喜，曰：「嗟乎！余雖家置一喙以自稱道，詬益甚耳。」用是更樂瘖默，〔韓曰〕説文：瘖，不能言也。音陰。思與木石爲徒，不復致意。

今天子興教化，定邪正，海内皆欣欣怡愉，而僕與四五子者獨淪陷如此，豈非命歟？

命乃天也，非云云者所制，余又何恨？獨喜思謙之徒，〔一〇〕遭時言道。道之行，物得其利。僕誠有罪，然豈不在一物之數耶？身被之，目覩之，足矣。何必攘袂用力，袂，彌蔽切。而矜自我出耶？果矜之，又非道也。事誠如此。然居理平之世，〔一一〕終身爲頑人之類，猶有少耻，未能盡忘。儻因賊平慶賞之際，得以見白，使受天澤餘潤，〔韓曰〕是時吐突承璀討王承宗，公有望於賊平，慶宥及罪謫耳。雖朽枿腐敗，〔一二〕〔韓曰〕枿，伐木餘也。牙割、牙結二切。枿，一本作「株」。不能生植，猶足蒸出芝菌，以爲瑞物。一釋廢痼，〔一三〕移數縣之地，則世必曰罪稍解矣。然後收召魂魄，買土一廛爲耕甿，〔一四〕〔孫曰〕説文：一廛，一畝半也，一家之居也。朝夕歌謡，使成文章。庶木鐸者採取，〔孫曰〕木鐸者，金鈴木舌。武事振金鐸，文事振木鐸，以徇於道路。獻之法宮，〔孫曰〕法宮，路寢正殿也。增聖唐大雅之什，雖不得位，亦不虛爲太平之人矣。此在望外，然終欲爲兄一言焉。宗元再拜。

校勘記

〔一〕與蕭翰林俛書　世綵堂本注：俛，「一作『勉』」。

〔二〕然微王生之説　「微」，音辯、詁訓、世綵堂、游居敬、濟美堂、蔣之翹本作「徵」。

〔三〕乃岌岌而造其門哉　「造其門哉」，音辯、游居敬、蔣之翹本作「操其間」。何焯義門讀書記：「若作『造其門』，則『岌岌』當爲『汲汲』；若作『岌岌』，則又當云『操其間』。」

〔四〕聲不能壓當世　「聲」，音辯、游居敬、蔣之翹本作「名」。

〔五〕聖朝弘大　世綵堂本注：「『弘』，一作『寬』。」

〔六〕漸成怪民　「漸」原作「慚」，據取校諸本改。世綵堂本注：「『民』，一作『人』。」

〔七〕更詈僕以悦讎人之心　世綵堂本注：「『讎』，一作『仇』。」

〔八〕則肌革瘮懍　「瘮」，音辯、游居敬、濟美堂、蔣之翹本及全唐文作「慘」。

〔九〕今聽之怡然不怪　世綵堂本注：「『怡』，一作『恬』。」按：新唐書本傳作「恬」。

〔一〇〕余又何恨獨喜思謙之徒　世綵堂本「又」上無「余」字，「獨」上有「余」字。

〔一一〕然居理平之世　世綵堂本注：「高宗諱治，避爲理。」

〔一二〕雖朽枿腐敗　「腐敗」，音辯、詁訓、游居敬本及全唐文作「敗腐」。

〔一三〕一釋廢痼　「痼」，音辯、游居敬、濟美堂、蔣之翹本及全唐文作「錮」，近是。

〔一四〕買土一廛爲耕甿　「廛」，音辯、游居敬本寫作「鄽」。陳景雲柳集點勘：「案『鄽』當作『壥』。漢書揚雄傳：『有田一壥。』晉灼注：『上地夫一壥，一百畝也。』舊注『一壥，一家之居』，非是。」

與李翰林建書〔一〕

〔韓曰〕按建本傳：貞元中，補校書郎。德宗思得文學者，或以建聞。帝問左右，宰相鄭珣瑜曰：「臣爲吏部時，當補校書者八人，他皆藉貴勢以請，建獨無有。」帝喜，擢左拾遺翰林學士。

杓直足下：〔孫曰〕建，字杓直，遜之弟也。杓，音標。州傳遽至，傳，驛也。音篆。得足下書，又於夢得處〔補注〕夢得，劉禹錫字。得足下前次一書，意皆勤厚。莊周言，逃蓬藋者，藋，徒弔切。聞人足音，則跫然喜。〔二〕〔孫曰〕莊子：逃虛空者，藜藋柱乎鼪鼬之徑，踉位其空，聞人足音，跫然而喜矣。跫，喜貌。巨恭切。僕在蠻夷中，比得足下二書，及致藥餌，喜復何言！僕自去年八月來，痞疾稍已。往時間一二日作，今一月乃二三作。用南人檳榔餘甘，破決壅隔大過，「隔」，一作「塞」。陰邪雖敗，已傷正氣。行則膝顫，〔童曰〕顫，寒動也。顫，音戰。坐則髀痹。〔孫曰〕髀，股也。痹，足氣不生也，濕病。上音陛。下音鼻。所欲者補氣豐血，強筋骨，輔心力，有與此宜者，更致數物。忽得良方偕至，益善。〔三〕

永州於楚爲最南，狀與越相類。僕悶即出游，游復多恐。涉野有蝮虺大蜂，〔四〕〔孫曰〕蝮蛇，細頸大頭焦尾，色如綬文，文間有毛，似猪鬣，鼻上有針，大者長七八尺，一名反鼻。虺，色如土，俗呼土虺。虺，許偉切。蝮，芳六切。仰空視地，寸步勞倦；近水即畏射工沙蝨，〔孫曰〕詩：爲鬼爲蜮。蜮在水旁能射人，甚者至死，亦謂之短狐，即射工也。亦名水弩。含怒竊發，中人形影，動成瘡痏。〔韓曰〕疻痏也。羽鬼切。一作「疣」。時到幽樹好石，暫得一笑，已復不樂。何者？譬如囚拘圜土，〔孫曰〕周禮：三罰而歸于圜土。注：圜土，獄城也。一遇和景出，〔五〕負牆搔摩，伸展支體，當此之時，亦以爲適，然顧地窺天，不過尋丈，〔張曰〕八尺曰尋。終不得出，豈復能久爲舒暢哉？明時百姓，皆獲歡樂；僕士人，頗識古今理道，獨愴愴如此。誠不足爲理世下執事，至比愚夫愚婦又不可得，竊自悼也。

僕曩時所犯，足下適在禁中，〔孫曰〕時建爲翰林學士。備觀本末，不復一一言之。今僕癃殘頑鄙，不死幸甚。苟爲堯人，〔六〕不必立事程功，〔孫曰〕程，猶建也。唯欲爲量移官，差輕罪累，卽便耕田藝麻，取老農女爲妻，生男育孫，以供力役，時時作文，以詠太平。摧傷之餘，氣力可想。假令病盡已，身復壯，悠悠人世，越不過爲三十年客耳。〔七〕「三」，或作「四」。前過三十七年，〔補注〕元和四年，公年三十七。與瞬息無異。復所得者，其不足把翫，亦已審矣。杓直以爲誠然乎？

僕近求得經史諸子數百卷，常候戰悸稍定，時卽伏讀，頗見聖人用心、賢士君子立志之分。著書亦數十篇，心病，言少次第，不足遠寄，但用自釋。貧者士之常，〔孫曰〕列子：榮啓期曰：貧者士之常，死者人之終。今僕雖羸餒，亦甘如飴矣。

足下言已白常州煦僕，〔孫曰〕煦，吹也。吁句、況羽二切。僕豈敢衆人待常州耶！若衆人，一作「若卽人」。卽不復煦僕矣。然常州未嘗有書遺僕，僕安敢先焉？裴應叔、蕭思謙〔補注〕裴塤、蕭俛也。僕各有書，〔八〕足下求取觀之，相戒勿示人。敦詩在近地，〔補注〕敦詩，崔羣。簡人事，今不能致書，足下默以此書見之。勉盡志慮，〔九〕〔孫曰〕或誤作「免盡」。非。輔成一王之法，以宥罪戾。不悉。宗元白。

校勘記

〔一〕與李翰林建書題下注　「鄭珣瑜曰」。「珣瑜」原作「餘慶」，據詁訓本及新唐書卷一六二李建傳改。「擢左拾遺翰林學士」。「左」原作「右」，據詁訓、世綵堂、濟美堂、蔣之翹本及新唐書卷一六二李建傳改。　又，陳景雲柳集點勘云：「書作於元和四年。曰『已白常州煦僕』，『常州』謂建兄遜也，時方刺常州，及明年，已自常州遷領浙東矣。舊史憲宗紀與此書合，新、舊史遜傳不言爲常州，云自衢遷浙東者誤也。書末云『敦詩在近地，簡人事，今不能致書，足下默以此書見之』。案崔羣時爲翰林學士，唐時官翰林者，自以職親地禁，例不與人相聞，故書云爾。而集中有與李、蕭二翰林書者，李入翰林在貞元末，未久即解內職，此蓋追呼其前官。俛則至元和六年始除翰林學士，前此方官拾遺，居言路，故曰『喜思謙之徒、遭時言道』是也。題稱『翰林』者，亦編文時偶舉後歷之官。若兩人與崔幷在近地，豈得獨於崔云『不能致書』耶？書中言『不足把翫』，猶賈誼鵩賦云『何足控摶』也。」

〔二〕逃蓬藋者聞人足音則跫然喜句下注　「藜藋柱乎鼪鼬之徑」。「鼪鼬」原作「魅魑」，據世綵堂、蔣之翹本及莊子徐無鬼篇改。

〔三〕忽得良方偕至益善　音辯、游居敬、蔣之翹本「得」上無「忽」字。「益善」，全唐文作「益喜」。

〔四〕涉野有蝮虺大蜂　音辯、詁訓、游居敬本及全唐文「有」上有「則」字，近是。

〔五〕一遇和景出　音辯、世綵堂、游居敬、濟美堂、蔣之翹本及全唐文「景」下無「出」字。

〔六〕苟爲堯人　世綵堂本注：「避『民』爲『人』。」

〔七〕越不過爲三十年客耳　音辯、游居敬本「不」上無「越」字。

〔八〕裴應叔蕭思謙僕各有書　「各」上原脱「僕」字，據音辯、世綵堂、游居敬本補。

〔九〕勉盡志慮　「志」，詁訓本作「誠」。

與顧十郎書〔一〕

〔韓曰〕觀集中送苑論序，謂初與論同薦于京師。是歲小司徒顧公守春官之缺，而權擇士之柄。明年春，同趍權衡之下，並就重輕之試。顧公，蓋少連也。今以門下具官致書於顧君，意者必少連子也。少連傳云：始少連擕少子師閔奔行在，有詔同止翰林院。則顧氏子豈師閔耶？「十郎」，一本作「十一郎」。

四月五日，一作「月日」。門生守永州司馬員外置同正員柳宗元，謹致書十郎執事：凡號門生而不知恩之所自者，非人也。纓冠束衽而趨以進者，咸曰我知恩。知恩則惡乎辨？然而辨之亦非難也。大抵當隆赫柄用，而蜂附蟻合，喣喣趄趄，〔張曰〕喣，吹也。趄，趑趄也。上吁句切。下千余切。便僻匍匐，以非乎人，而售乎己。若是者，一旦勢異，則電滅飈逝，〔二〕飈，卑遥切。不爲門下用矣。其或少知耻懼，恐世人之非己也，則矯於中以貌於外，其實亦莫能至焉。然則當其時而確固自守，蓄力秉志，不爲嚮者之態，則於勢之異也固有望焉。

大凡以文出門下，由庶士而登司徒者，七十有九人。〔孫曰〕貞元九年、十年，顧少連以禮部侍郎知貢舉，取進士六十人，諸科十九人。執事試追狀其態，則果能効用者出矣。然而中間招衆口飛語，譁然譸張者，豈他人耶？夫固出自門下。賴中山劉禹錫等，〔孫曰〕禹錫，貞元九年中第。遑遑惕憂，無日不在信臣之門，以務白大德。順宗時，顯贈榮謚，〔三〕揚于天官，敷于天下，以爲親戚門生光寵。不意璅璅者，〔補注〕晉書習鑿齒傳：璅璅常流，碌碌凡士。璅，音瑣。復以病執事，此誠私心痛之，堙鬱洶湧，不知所發，常以自憾。〔四〕在朝不能有奇節宏議，以立於當世，卒就廢逐，居窮阨，又不能著書，斷往古，明聖法，以致無窮之名。進退無以異於衆人，不克顯明門下得士之大。今抱德厚，蓄憤悱，思有以效於前者，則既乖謬於時，離散擯抑，〔韓曰〕擯，棄也。擯，必刃切。而無所施用。長爲孤囚，不能自明。恐執事終以不知其始偃蹇退匿者，〔五〕將以有爲也；猶流於嚮時求進者之言，而下情無以通，盛德無以酬，用爲大恨，固嘗不欲言之。今懼老死瘴土，一有「中」字。而他人無以辨其志，故爲執事一出之。古之人耻躬之不逮，〔補注〕論語：

古者言之不出，耻躬之不逮也。儻或萬萬有一可冀，復得處人間，則斯言幾乎踐矣。因言感激，浪然出涕，浪，音郎。書不能既。一作「就」。宗元謹再拜。

校勘記

〔一〕與顧十郎書　「顧十郎」，詁訓本作「顧十一郎」。陳景雲柳集點勘：「顧少連子見於史者二人：師閔、師邕。詳見神道碑者，更有師安、宗彧、宗憲。未審十郎爲誰？師閔，元和中嘗爲潭部從事。永、潭地近，疑此乃致師閔也。」

〔二〕則電滅飆逝　「電」，世綵堂、濟美堂本作「雷」。

〔三〕顯贈榮謚　「贈」，音辯、濟美堂、蔣之翹本及全唐文作「增」。

〔四〕常以自憾　「憾」，詁訓本作「恨」。

〔五〕恐執事終以不知其始偃蹇退匿者　「以」，全唐文作「於」。世綵堂本注：「『始』下一有『之』字。」

柳宗元集卷三十一

書

與韓愈論史官書

〔韓曰〕韓文公集中不見與公論史書，惟有答劉秀才書，具言爲史者不有人禍，必有天刑。公此書皆與韓公辨，以爲不然。觀韓與劉秀才書，則公所以答之之意昭然矣。韓元和八年六月爲史館修撰，此書云正月，其作於九年之春歟？退之答劉秀才論史書見韓文外集第二卷。

正月二十一日，〔孫曰〕元和九年。某頓首十八丈退之侍者前：獲書言史事，云具與劉秀才書，及今乃見書藁，私心甚不喜，與退之往年言史事甚大謬。

若書中言，退之不宜一日在館下，安有探宰相意，以爲苟以史榮一韓退之耶？若果爾，退之豈宜虛受宰相榮己，而冒居館下，近密地，食奉養，役使掌固，〔孫曰〕漢書作「故」，令史之屬。應劭云：掌故事。「固」字，一本作「故」。利紙筆爲私書，取以供子弟費？古之志於道者，「於」下一有「有」

字。不若是。〔一〕「不」下一有「宜」字。

且退之以爲紀録者有刑禍，避不肯就，尤非也。史以名爲褒貶，猶且恐懼不敢爲；設使退之爲御史中丞大夫，其褒貶成敗人愈益顯，其宜恐懼尤大也，則又揚揚入臺府，〔二〕美食安坐，行呼唱於朝廷而已耶？在御史猶爾，設使退之爲宰相，生殺出入升黜天下士，其敵益衆，則又將揚揚入政事堂，美食安坐，行呼唱於内庭外衢而已耶？何以異不爲史而榮其號、利其禄也？〔三〕

又言「不有人禍，則有天刑」。〔則〕，一作「必」。若以罪夫前古之爲史者，然亦甚惑。凡居其位，思直其道。道苟直，雖死不可回也；〔童曰〕回，曲也。如回之，莫若亟去其位。孔子之困于魯、衛、陳、宋、蔡、齊、楚者，其時暗，諸侯不能行也。〔四〕一作「其時諸侯不能以也」。其不遇而死，不以作春秋故也。當其時，雖不作春秋，孔子猶不遇而死也。若周公、史佚，〔張曰〕史佚，謂周太史也。雖紀言書事，猶遇且顯也。又不得以春秋爲孔子累。范曄悖亂，雖不爲史，其宗族亦赤。〔五〕〔孫曰〕曄删衆家後漢書爲一家之作。宋文帝元嘉二十二年謀反，族誅。司馬遷觸天子喜怒，〔補注〕司馬遷盛言李陵。武帝以遷欲沮貳師，下之蠶室。班固不檢下，〔孫曰〕漢和帝永元初，洛陽令种兢以事捕固，固死獄中。崔浩沽其直以鬬暴虜，〔補注〕崔浩事魏太武帝，太平真君十一年，以罪族誅。皆非中道。左丘明以疾盲，出於不幸。子夏不爲史亦盲，〔童曰〕禮記：子夏哭其子而喪其明。不可以是爲戒。其餘皆不出此。是退之宜守中道，不忘其直，無以他事自恐。退之之恐，唯在不直、不得中道，刑禍非所恐也。

凡言二百年文武士多有誠如此者。〔六〕「誠」，一作「誠」。今退之曰：我一人也，何能明？則同職者又所云若是，後來繼今者又所云若是，人人皆曰我一人，則卒誰能紀傳之耶？如退之但以所聞知孜孜不敢怠，同職者、後來繼今者，〔七〕亦各以所聞知孜孜不敢怠，則庶幾不墜，使卒有明也。不然，徒信人口語，每每異辭，日以滋久，〔八〕則所云「磊磊軒天地」者磊，魯猥切。決必沉没，〔九〕且亂雜無可考，非有志者所忍恣也。果有志，豈當待人督責迫蹙然後爲官守耶？

又凡鬼神事，渺茫荒惑無可准，明者所不道。退之之智而猶懼於此。今學如退之，辭如退之，好議論如退之，〔一〇〕慷慨自謂正直行行焉如退之，〔一一〕〔張曰〕論語：行行如也。注：行行，剛强之貌。胡朗切。猶所云若是，則唐之史述其卒無可託乎？明天子賢宰相得史才如此，而又不果，甚可痛哉！退之宜更思，可爲速爲；果卒以爲恐懼不敢，則一日可引去，又何以云「行且謀」也？今人當爲而不爲，〔一二〕又誘館中他人及後生者，〔一三〕此大惑已。不勉己而欲勉人，難矣哉！

校勘記

〔一〕古之志於道者不若是　音辯、濟美堂本注：「一本『之』下有『有』字。」蔣之翹本注：「『志』上一有『有』字。」二注同。

〔二〕則又揚揚入臺府　音辯本及文粹、游居敬、濟美堂、蔣之翹本及全唐文「又」下均有「將」字，近是。

〔三〕何以異不爲史而榮其號利其祿也　音辯、世綵堂、游居敬、濟美堂、蔣之翹本「祿」下有「者」字。

〔四〕其時暗諸侯不能行也　世綵堂本注：「一作『其時諸侯不能以也』，『以』，一作『用』。」

〔五〕其宗族亦赤　音辯本及文粹、游居敬、濟美堂、蔣之翹本及全唐文「族」上無「宗」字。「赤」，詁訓本及全唐文作「誅」。

〔六〕凡言二百年文武士多有誠如此者　「士」，音辯、詁訓、游居敬、濟美堂、蔣之翹本及全唐文作「事」。按：韓愈答劉秀才論史書：「唐有天下二百年矣，聖君賢相相踵，其餘文武之士立功名跨越前後者，不可勝數，豈一人卒卒能紀而傳之耶？」據此，作「士」是。

〔七〕同職者後來繼今者　全唐文「後」上有「及」字。

〔八〕日以滋久　「久」，全唐文作「多」。

〔九〕則所云磊磊軒天地者決必沉沒　音辯、游居敬、濟美堂本「必」下有「不」字。蔣之翹本注：「『決必沉沒』，諸本皆作『決必不沉沒』，於文義不洽。一作『未必不沉沒』，此因『決』字而改之者。翹按：朱子注韓書引柳此文，只作『決必沉沒』，今從之。」何焯義門讀書記：「大字本作『決必沉沒』，注：重校一本『必』下有『不』字。按韓與劉書云『決不沉沒』，故反其詞耳。今考異載柳書作『決必沉沒』，朱子當日所見之本爲無誤也。」按：蔣、何說近是。

〔一〇〕好議論如退之　「議論」，音辯、詁訓本及文粹、游居敬本作「言論」。

〔一一〕慷慨自謂正直行行焉如退之　「謂」，音辯、游居敬、濟美堂、蔣之翹本作「爲」。

〔一二〕今人當爲而不爲　音辯、游居敬、濟美堂、蔣之翹本及全唐文「今」下無「人」字，疑是。

〔一三〕又誘館中他人及後生者　世綵堂本注：「『誘』，一作『謑』。」按：據韓答劉書意，作「謑」近是。

與史官韓愈致段秀實太尉逸事書

〔韓曰〕公自狀段秀實逸事甚悉，又有上逸事於史館狀，此又與韓昌黎書，使書之勿墜。新史段太尉傳，皆取公所爲狀具載之。贊又載公所上史館狀中語，曰：「宗元不妄許人，諒其然耶。」其益於名節多矣。

退之館下：前者書進退之力史事，〔童曰〕卽謂前書。奉答誠中吾病，若疑不得實未卽籍者，〔孫曰〕籍，謂記録。諸皆是也。〔一〕退之平生不以不信見遇。竊自冠好遊邊上，問故老卒吏，得段太尉事最詳。今所趨走州刺史崔公，〔孫曰〕元和九年，御史中丞崔能來涖永州。時賜言事，又具得太尉實迹，〔二〕參校備具。太尉大節，古固無有。然人以爲偶一奮，遂名無窮，今大不然。太尉自有難在軍中，其處心未嘗虧側，其涖事無一不可紀，會在下名未達，以故不聞，非直以一時取笏爲諒也。〔張曰〕論語：匹夫匹婦之爲諒也。諒，信也。

太史遷死，退之復以史道在職，宜不苟過日時。〔三〕昔與退之期爲史，志甚壯，今孤囚廢錮，連遭瘴癘羸頓，朝夕就死，無能爲也。第不能竟其業。若太尉者，宜使勿墜。太史遷言荆軻徵夏無且，〔韓曰〕史記荆軻贊曰：始公孫季功、董生與夏無且游，具知其事，爲余道之如是。且，即余切。言大將軍徵蘇建，〔韓曰〕衛將軍列傳：蘇建語余曰：「吾嘗責大將軍至尊重，而天下之賢大夫無稱焉。」言留侯徵畫容貌。〔韓曰〕張良贊：至見其圖，狀貌如婦人好女。今孤囚賤辱，雖不及無且、建等，然比畫工傳容貌尚差勝。春秋傳所謂傳信傳著，〔孫曰〕莊七年穀梁春秋：著以傳著，疑以傳疑。雖孔子亦猶是也。竊自以爲信且著。〔四〕其逸事有狀。〔五〕

校勘記

〔一〕若疑不得實未即籍者諸皆是也　世綵堂、濟美堂、蔣之翹本注：「『者』，一作『有』；『皆』，一作『誠』。」「諸皆」，文粹、全唐文作「誠」。

〔二〕今所趨走州刺史崔公時賜言事又具得太尉實迹　陳景雲柳集點勘：「崔公名能，嘗爲渾瑊從事。瑊以副元帥統邠、蒲諸軍，則太尉在邠實迹，崔必有得之於其州人，出子厚舊聞外者。」

〔三〕宜不苟過日時　「日時」，全唐文作「時日」。

〔四〕竊自以爲信且著　「且」原作「具」，據音辯、世綵堂本及文粹，游居敬、濟美堂、蔣之翹本及全唐文改。

〔五〕其逸事有狀　全唐文「狀」下有「不宣」二字。

與劉禹錫論周易九六書〔一〕

〔韓曰〕劉夢得集有與董生言易、辨易九六論二篇，有曰：「乾之爻皆九，而坤六，何也？世儒曰：『吾聞諸孔穎達云，陽尊得兼乎陰，陰不得兼陽也。』他日，與董生言及易，生曰：『吾聞諸畢中和云：揲老而稱也。』因舉揲蓍變之所遇多少，以明老陰老陽之數，以明二篇之策。復取左氏、國語昔人之筮以爲證。且曰：余與董生言九六之義，信與理會，爲不誣矣。又於左氏二書參焉，若合形影。而世人往往攘臂於其間，曰：生之名孰與穎達著邪？而才孰與元凱賢邪？」歷載曠日，未嘗有聞人用是説者。雖余憤然用口舌爭，特貌從者十一二焉。余獨悲而志之，以俟夫後覺。此夢得所言易大概也。

見與董生論周易九六義，〔二〕取老而變，以爲畢中和承一行僧得此説，〔韓曰〕董生言本畢中和，中和本其師，師之學本一行。異孔穎達疏，而以爲新奇。彼畢子、董子何膚末於學而遽云云也？都不知一行僧承韓氏、孔氏説，而果以爲新奇，不亦可笑矣哉！

韓氏〔孫曰〕謂韓康伯。注「乾之策二百一十有六」，曰「乾一爻三十有六策」，則是取其遇揲四分而九也。〔三〕「坤之策一百四十有四」，曰「坤一爻二十四策」，則是取其遇揲四分而六也。孔穎達等作正義，論云：九六有二義，其一者曰「陽得兼陰，陰不得兼陽」；其二者曰「老陽數九，老陰數六。二者皆變用，周易以變者占。」〔四〕鄭玄注易，亦稱以變者占，故云九六也。所以老陽九、老陰六者，九遇揲得老陽，六遇揲得老陰。〔五〕此具在正義乾篇中。周簡子之説亦若此，而又詳備。何畢子、董子之不視其書，而妄以口承之也？君子之學，將有以異也，必先究窮其書，究窮而不得焉，乃可以立而正也。今二子尚未能讀韓氏注、孔氏正義，是見其道聽途説者，又何能知所謂易者哉？足下取二家言觀之，則見畢子、董子膚末於學而遽云云也。

足下所爲書，非元凱兼三易則諾。〔六〕若曰孰與穎達著，則此説乃穎達説也，非一行僧、畢子、董子能有異者也。「異」下一有「説」字。無乃卽其謬而承之者歟？觀足下出入筮數，考校左氏，今之世罕有如足下求易之悉者也。然務先窮昔人書，有不可者而後革之，則大善。謹之勿遽。宗元白。

校勘記

〔一〕與劉禹錫論周易九六書題下注　「余與董生言九六之義」。「董生」下原脫「言」字，據劉賓客文集卷七辯易九六論補。

〔二〕見與董生論周易九六義　陳景雲柳集點勘：「案此書乃元和中在永州作。董生名挺，字庶中，以荆部從事退居朗州，適夢得謫官來此，因邂逅相契耳。董卒元和中，有集名武陵，夢得序之，並誌其墓。」

〔三〕則是取其遇揲四分而九也　「遇」原作「過」，下句「則是取其遇揲四分而六也」句中「遇」字原亦作「過」，均據易乾孔穎達疏及劉賓客文集卷七辯易九六論改。

〔四〕二者皆變用周易以變者占　文粹、全唐文「周易」上無「用」字。按易乾孔穎達疏：「老陽數九，老陰數六，老陰老陽皆變，周易以變者爲占。」無「用」字是。

〔五〕九遇揲得老陽六遇揲得老陰　二「遇」字原均作「過」。何焯義門讀書記：「世得云：孔疏云『九過揲』『六過揲』，過，猶遍也，言揲之九遍、六遍耳。節用『過揲』二字，似未妥。」按易乾孔疏「過」作「遇」。今據改。

〔六〕足下所爲書非元凱僉三易則諾　詁訓本無此十三字。音辯、世綵堂本及文粹，游居敬、濟美堂、蔣之翹本及全唐文「則」上均有「者」字。

答劉禹錫天論書

〔韓曰〕公嘗作天説，禹錫以爲未盡，作天論以辨之。公反覆以書問辨。觀禹錫天論，參以書意，則其義自昭然。餘詳解在禹錫天論及公天説下。見十六卷。

宗元白：發書得天論三篇，以僕所爲天説爲未究，欲畢其言。始得之，大喜，謂有以開明吾志慮。〔一〕及詳讀五六日，求其所以異吾説，卒不可得。其歸要曰：非天預乎人也。凡子之論，乃天説傳疏耳，〔二〕無異道焉。諄諄佐吾言，而曰有以異，不識何以爲異也。

子之所以爲異者，豈不以贊天之能生植也歟？夫天之能生植久矣，〔三〕不待贊而顯。且子以天之生植也，爲天耶？爲人耶？〔四〕抑自生而植乎？若以爲爲人，則吾愈不識也。若果以爲自生而植，則彼自生而植耳，何以異夫果蓏之自爲果蓏，〔韓曰〕有核曰果，無核曰蓏。蓏，魯果切。癰痔之自爲癰痔，癰，音邕。痔，丈里切。草木之自爲草木耶？是非爲蟲謀明矣，猶天之不謀乎人也。「乎」，一作「於」。彼不我謀，而我何爲務勝之耶？子所謂交勝者，若天恒爲惡，

「若」下一有「知」字。人恒爲善，人勝天則善者行。是又過德乎人，過罪乎天也。又曰：天之能者生植也，人之能者法制也。〔補注〕夢得論云：天之道在生植，其用在強弱；人之道在法制，其用在是非。是判天與人爲四而言之者也。余則曰：生植與災荒，皆天也；法制與悖亂，皆人也，二之而已。其事各行不相預，而凶豐理亂出焉，究之矣。凡子之辭，枝葉甚美，而根不直取以遂焉。

又子之喻乎旅者，「又」下一有「曰」字。皆人也，而一曰天勝焉，一曰人勝焉，何哉？莽蒼之先者，力勝也；〔五〕邑郛之先者，智勝也。虞、芮，力窮也，匡、宋，智窮也。是非存亡，〔六〕「非」下一有「之」字。皆未見其可以喻乎天者。若子之說，要以亂爲天理、理爲人理耶？謬矣。若操舟之言人與天者，愚民恒說耳。幽、厲之云爲上帝者，無所歸怨之辭爾，〔七〕皆不足喻乎道。〔八〕子其熟之，無羨言侈論，〔韓羨曰〕，餘也。延面切。以益其枝葉，姑務本之爲得，不亦裕乎？獨所謂無形爲無常形者甚善。宗元白。

校勘記

〔一〕謂有以開明吾志慮　世綵堂、濟美堂、蔣之翹本「開」下無「明」字。

〔二〕乃天說傳疏耳　音辯、世綵堂、游居敬、濟美堂、蔣之翹本及全唐文「乃」下有「吾」字。

〔三〕夫天之能生植久矣　「天」下原脱「之」字，據取校諸本補。

〔四〕且子以天之生植也爲天耶爲人耶　音辯、游居敬本「植」下無「也爲天耶」四字。

〔五〕莽蒼之先者力勝也　「莽蒼」原作「蒼蒼」，據音辯、詁訓、游居敬、蔣之翹本及全唐文改。按：劉賓客文集卷五天論中亦作「莽蒼」。

〔六〕是非存亡句下注　「『非』下一有『之』字」。按：劉禹錫天論中：「是非存焉，雖在野，人理勝也；是非亡焉，雖在邦，天理勝也。」有「之」字近是。

〔七〕無所歸怨之辭爾　「無」，音辯、游居敬本作「爲」。

〔八〕皆不足喻乎道　世綵堂、濟美堂、蔣之翹本「不」上無「皆」字。

答元饒州論春秋書〔一〕

辱復書，教以報張生書及答衢州書言春秋，此誠世所希聞，兄之學爲不負孔氏矣。往年曾記裴封叔宅，〔補注〕封叔名墐。聞兄與裴太常言晉人及姜戎敗秦師于殽一義，〔童曰〕事在僖三十三年。嘗諷習之。又聞亡友〔補注〕胥山沈公謂當去「亡友」二字，遷在「呂和叔」上，蓋韓宣英元和十年自饒州司馬召回，與公例出爲汀州刺史也。韓宣英、呂和叔輩言他義，〔二〕〔補注〕宣英，名曄。呂和叔，名温，元和六年八月卒，公有誄。知春秋之道久隱，而近乃出焉。京中於韓安平處，〔補注〕安平名泰。始得微指，和叔處始見集注，〔孫曰〕陸質，一名淳，嘗著春秋微指二篇、集注二篇。恒願掃於陸先生之門。及先生爲給事中，〔孫曰〕貞元二十年二月，以質爲給事中。與宗元入尚書同日，居又與先生同巷，始得執弟子禮。未及講討，〔三〕會先生病，時聞要論，嘗以易教誨見寵。不幸先生疾彌甚，〔孫曰〕貞元二十年九月，質卒，門人私謚曰文通先生。公嘗有墓表。宗元又出邵州，〔孫曰〕九月，公出刺邵州。乃大乖謬，不克卒業。復於亡友凌生處，〔韓曰〕凌準，字宗一，元和三年卒。公有誌。盡得宗指、辨疑、集注等一通。〔孫曰〕質又有春秋辨疑七篇。伏而讀之，於「紀侯大去其國」，〔劉曰〕事見莊四年春秋。見聖人之道與堯、舜合，不唯文王、周公之志獨取其法耳；於「夫人姜氏會齊侯于禚」，〔劉曰〕事在莊二年春秋。禚，齊地名。音灼。見聖人立孝經之大端，所以明其分也；於「楚人殺陳夏徵舒，丁亥，楚子入陳，納公孫寧、儀行父于陳」，〔四〕〔劉曰〕事在宣十一年春秋。見聖人褒貶予奪，唯當之所在，所謂瑕瑜不掩也。〔孫曰〕禮記：瑕不掩瑜，瑜不掩瑕。瑕，音遐。瑜，音俞。反復甚喜。若吾生前距此數十年，〔五〕則不得是學矣。今適後之，不爲不遇也。

兄書中所陳，皆孔氏大趣，無得踰焉。其言書荀息，〔六〕貶立卓之意也。〔韓曰〕僖公十年經書「里克弒其君卓及其大夫荀息。」先是晉獻公寵驪姬，殺太子申生，逐夷吾、重耳而立奚齊。前年獻公卒，里克弒奚齊。荀息又立卓子。至是里克又弒，而荀息死之。頃嘗怪荀息奉君之邪心以立嬖子，不務正義，棄重耳於外而專其寵，孔子同於仇牧、孔父爲之辭。〔韓曰〕桓公二年經書「宋督弒其君與夷及其大夫孔父」。莊公十二年經書「宋萬弒其君捷及其大夫仇牧」。與前書里克事書法皆同。今兄言貶息，大善。息固當貶也，然則春秋與仇、孔辭不異，仇、孔亦有貶歟？宗元嘗著非國語六十餘篇，其一篇爲息發也，今錄以往，可如愚之所謂者乎？微指中明「鄭人來渝平」，〔童曰〕事在隱六年春秋。量力而退，告而後絶，固先同後異者也。今檢此前無與鄭同之文，後無與鄭異之據，獨疑此一義，理甚精而事有不合，兄亦當指而教焉。〔七〕往年又聞和叔言兄論楚商臣一義，〔童曰〕事在文元年春秋。雖啖、趙、陸氏，〔韓曰〕啖氏，助也。趙氏，匡也。啖，音淡。皆所未及，請具錄，當疏微指下，以傳末學。蕭、張前書，亦請見及。至之日，勒爲一卷，以垂將來。宗元始至是州，作陸先生墓表，今以奉獻，與宣英讀之。〔孫曰〕時曄爲饒州司馬。春秋之道如日月，不可贊也；若贊焉，必同於孔、跖優劣之説，故直舉其一二，不宣。宗元再拜。

校勘記

〔一〕答元饒州論春秋書　陳景雲柳集點勘：「此書無年月可考。書中稱『亡友呂和叔』，呂以元和六年卒。又言『往年曾記裴封叔宅，聞兄與裴太常言』，太常名菃，封叔宗人也，元和七年閏十二月尚爲國子司業。見舊史憲宗紀。後遷太常，卒官。則此書之作在七年後明矣。書末又云『宗元始至是州，作陸先生墓表，今以奉獻，與宣英讀之』。是州，謂永州也。宣英者，饒州司馬韓曄，與子厚同貶者，時方在饒，與元爲僚，故云爾。及九年冬，柳與韓皆奉詔赴都，去永、饒而北矣。則是書殆作於八九年之交乎！」

〔二〕嘗諷習之又聞亡友韓宣英呂和叔輩言他義　音辯、世綵堂、游居敬本及全唐文「韓宣英」上無「亡友」二字，「韓宣英」下有「及亡友」三字。本文此句中補注引胥山沈晦說，甚是。濟美堂本「知春秋之道久隱」句上無「嘗諷習之又聞韓宣英及亡友呂和叔輩言他義」十九字。何焯義門讀書記「知春秋之道久隱」條云：「上增『嘗諷習之又聞韓宣英及亡友呂和叔輩言他義』十九字。」其說是。

〔三〕未及講討　「及」，音辯、游居敬本作「必」。章士釗柳文指要：「『必』或作『畢』，或作『及』，作『畢』者理長。」

〔四〕納公孫寧儀行父于陳　「儀」下原脫「行」字，據取校諸本補。又，句下注「事在宣十一年春秋」。「十一年」原作「一年」，據音辯、蔣之翹本及左傳改。

〔五〕若吾生前距此數十年　「數」下原脫「十」字，據取校諸本補。

〔六〕其言書荀息　何焯義門讀書記：「此條今檢陸氏書不得。」

〔七〕兄亦當指而教焉　「指」下原脱「而」字，據取校諸本補。

與吕道州温論非國語書

〔韓曰〕温，字和叔，一字化光。元和三年十月爲道州刺史，六年八月卒，公嘗爲之誄。此書作於六年前。

四月三日，宗元白化光足下：近世之言理道者衆矣，率由大中而出者咸無焉。其言本儒術，則迂迴茫洋而不知其適；其或切於事，則苛峭刻覈，峭，七肖切。覈，下革切。不能從容，卒泥乎大道。泥，乃計切。甚者好怪而妄言，推天引神，以爲靈奇，恍惚若化而終不可逐。故道不明於天下，而學者之至少也。

吾自得友君子，而後知中庸之門户階室，漸染砥礪，幾乎道真。然而常欲立言垂文，則恐而不敢。今動作悖謬，以爲僇於世，身編夷人，名列囚籍。以道之窮也，而施乎事者無日，故乃挽引，强爲小書，以志乎中之所得焉。

嘗讀國語，病其文勝而言厖，好詭以反倫，其道舛逆。而學者以其文也，咸嗜悦焉，伏膺呻吟者，至比六經，則溺其文必信其實，是聖人之道翳也。余勇不自制，以當後世之訕怒，輒乃黜其不臧，救世之謬。「救」，一作「究」。凡爲六十七篇，命之曰非國語。既就，累日怏怏然不喜，以道之難明而習俗之不可變也，如其知我者果誰歟？凡今之及道者，果可知也已。後之來者，則吾未之見，其可忽耶？故思欲盡其瑕纇，盧對切。以別白中正。一無「別」字。度成吾書者，非化光而誰？輒令往一通，〔一〕惟少留視役慮，以卒相之也。

往時致用作孟子評，〔孫曰〕李景儉，字致用。有韋詞者〔二〕〔孫曰〕詞，亦字致用。告余曰：「吾以致用書示路子，〔三〕路子曰：『善則善矣，然昔人爲書者，〔四〕豈若是摭前人耶？』」韋子賢斯言也。余曰：「致用之志以明道也，非以摭孟子，蓋求諸中而表乎世焉爾。」今余爲是書，「余」，一作「吾」。非左氏尤甚。若二子者，固世之好言者也，而猶出乎是，況不及是者滋衆，則余之望乎世也愈狹矣，〔五〕卒如之何？苟不悖於聖道，而有以啓明者之慮，則用是罪余者，雖累百世滋不憾而恧焉！〔張曰〕恧，慚也。女六切。於化光何如哉？激乎中必厲乎外，想不思而得也。宗元白。

校勘記

〔一〕輒令往一通　世綵堂本注：「一作『今往一通』，一作『今輒往一通』。」濟美堂本注：「一作『輒往一通』。」

〔二〕有韋詞者句下注　「詞，亦字致用」。按：陳景雲柳集點勘卷十一獨孤君墓碣條：「詞字踐之，舊傳及新史世系表并同。而此作致用，蓋唐人有兩字者甚多。」章士釗柳文指要謂云韋詞亦字致用者誤，並引本文「往時致用作孟子評」至「豈若是摭前人耶」一段爲證，云「致用明明是李景儉字，韋詞口稱致用，意屬景儉。倘已號致用，豈得措詞如是渾沌乎？」

〔三〕有韋詞者告余曰吾以致用書示路子　陳景雲柳集點勘：「按路子必路隋也。韋、路并早有高名，又素友善。獨孤申叔墓碣列一時同志名流凡十餘人，詞與焉。又隋父泌，見石表先友記，則子厚與隋亦仍世有好矣。隋後登宰輔，詞亦歷清顯。唐史幷有傳。」

〔四〕然昔人爲書者　「人」，音辯、游居敬、濟美堂、蔣之翹本及全唐文作「之」。

〔五〕則余之望乎世也愈狹矣　「也」，音辯、游居敬、濟美堂、蔣之翹本作「者」，近是。

答吴武陵論非國語書

濮陽吴君足下：僕之爲文久矣，然心少之，不務也，以爲是特博弈之雄耳。故在長安時，不以是取名譽，意欲施之事實，以輔時及物爲道。自爲罪人，捨恐懼則閑無事，故聊復爲之。然而輔時及物之道，不可陳於今，則宜垂於後。言而不文則泥，乃計切。然則文者固不可少耶！〔一〕

拘囚以來，無所發明，蒙覆幽獨，會足下至，〔韓曰〕元和三年，武陵謫永州，與公文字往來爲多。然後有助我之道。一觀其文，心朗目舒，炯若深井之下〔童曰〕炯，明也。古迥切。又音迥。仰視白日之正中也。足下以超軼如此之才，軼，夷秩切。每以師道命僕，僕滋不敢。每爲一書，〔二〕足下必大光耀以明之，固又非僕之所安處也。若非國語之説，僕病之久，嘗難言於世俗。今因其閑也而書之，恒恐後世之知言者用是詬病，詬，古候切。狐疑猶豫，猶，去聲。伏而不出累月方示足下。〔三〕足下乃以爲當，僕然後敢自是也。呂道州善言道，亦若吾子之言，意者斯文殆可取乎？夫爲一書，務富文采，不顧事實，而益之以誣怪，張之以闊誕，以炳然誘後生，而終之以僻，是猶用文錦覆陷穽也。不明而出之，則顛者衆矣。僕故爲之標表，以告夫遊乎中道者焉。

僕無聞而甚陋，又在黜辱，居泥塗若蠙蛭然，〔韓曰〕「蠙」，與「蚓」同。蛭，水虫。説文：蟣也。音質。雖鳴其音聲，〔四〕誰爲聽之？「爲」，一作「或」。獨賴世之知言者爲准；一無「獨」字。其不知言而罪我者，一無「其」字。吾不有也。僕又安敢期如漢時列官以立學，故爲天下笑耶？是足下之愛我厚，始言之也。〔五〕前一通如來言以污篋櫝，此在明聖人之道，微足下僕又何託焉？不悉。宗元頓首。〔六〕

校勘記

〔一〕然則文者固不可少耶　「耶」，文粹、全唐文作「也」，近是。

〔二〕每爲一書　音辯、詁訓本及文粹、游居敬、濟美堂、蔣之翹本及全唐文「每」上有「僕」字。

〔三〕伏而不出累月方示足下　文粹、全唐文「出」下有「者」字。

〔四〕雖鳴其音聲　「音聲」，音辯、游居敬、濟美堂、蔣之翹本及全唐文作「聲音」。

〔五〕始言之也　「始」原作「加」，據音辯、詁訓、世綵堂、游居敬、濟美堂、蔣之翹本及全唐文改。文粹「始」作「故」，亦可解。

〔六〕微足下僕又何託焉不悉宗元頓首　全唐文「焉」下無「不悉」二字。又，「頓首」，音辯、游居敬、濟美堂、蔣之翹本及全唐文作「白」。

與呂恭論墓中石書書〔一〕

宗元白：元生至，得弟書，甚善。〔韓曰〕呂恭，字敬叔，一名宗禮。諸所稱道具之。元生又持部中廬父墓者〔孫曰〕恭爲桂管防禦副使。所得石書，〔二〕模其文示余，云若將聞於上，余故恐而疑焉。僕蚤好觀古書，家所蓄晉、魏時尺牘甚具；又二十年來，徧觀長安貴人好事者所蓄，殆無遺焉。以是善知書，雖未嘗見名氏，亦望而識其時也。〔三〕又文章之形狀，古今特異。弟之精敏通達，夫豈不究於此！今視石文，署其年曰「永嘉」，〔四〕〔孫曰〕永嘉，晉懷帝年號。其書則今田野人所作也。雖支離其字，猶不能近古。爲其「永」字等頗效王氏變法，皆永嘉所未有。辭尤鄙近，若今所謂律詩者，晉時蓋未嘗爲此聲。大謬妄矣！又言植松烏擢之怪，「擢」，一作「摧」。而掘其土得石，尤不經，難信。或者得無姦爲之乎？

且古之言「葬者，藏也」。「壤樹之」，而君子以爲譏。〔孫曰〕禮記：國子高曰：「葬者，藏也。藏也者，欲人之弗得見也。反壤樹之哉。」况廬而居者，其足尚之哉？聖人有制度，有法令，過則爲辟。〔童曰〕辟，罪也。音壁。故立大中者不尚異，教人者欲其誠，是故惡夫飾且僞也。過制而不除喪，宜廬於庭；而矯於墓者，大中之罪人也。况又出怪物，詭神道，以奸大法，奸，音干。而因以爲利乎？夫僞孝以奸利，誠仁者不忍擿過，擿，過革切，又他歷切。恐傷於教也。然使僞可爲而利可冒，則教益壞。若然者，勿與知焉可也，伏而不出之可也。

以大夫之政良，〔孫曰〕大夫，桂管觀察。而吾子贊焉，〔韓曰〕恭嘗以監察御史參江南西道軍事。時韋丹爲觀察使。曰無闕遺矣。作東郛，改市鄽，去比竹茨草之室，而垍土、大木、「垍」，與「塈」同。陶甄、梓匠之工備，孽火不得作；〔韓曰〕韋丹觀察江南西道，教人爲瓦屋，別置南北市營。退之誌丹墓備書之。公之所云，亦此事也。化墮窳之俗，〔孫曰〕窳，亦墮也。〔張曰〕器空中病也。以主切。絕偷浮之源，而條桑、浴種、〔五〕〔孫曰〕詩：蠶月條桑。注：條桑，枝落之采其葉也。禮記祭儀：大昕之朝，奉種浴于川。深耕、易耨之力用，寬徭、嗇貨、均賦之政起，其道美矣！於斯也，慮善善之過而莫之省，誠愨之道少損，故敢私言之。夫以淮、濟之清，有玷焉若秋毫，固不爲病；然而萬一離婁子眇然睨之，不若無者之快也。想默已其事，無出所置書，〔六〕幸甚。宗元白。

校勘記

〔一〕與呂恭論墓中石書書　音辯、游居敬本題作「與呂恭書」。濟美堂、蔣之翹本及全唐文「書」下無重出「書」字。

〔二〕元生又持部中廬父墓者所得石書　「父墓」，音辯、游居敬、濟美堂、蔣之翹本作「墓父」。何焯義門讀書記：「作『父墓』。」何說是。

〔三〕亦望而識其時也　音辯、詁訓、游居敬本「望」上無「亦」字，疑脱。

〔四〕今視石文署其年曰永嘉　「文」，全唐文作「之」。

〔五〕而條桑浴種句下注　「條桑，枝落之采其葉也」。「枝」原作「披」，據詩豳風七月注改。

〔六〕無出所置書　「無」，音辯、游居敬、濟美堂、蔣之翹本及全唐文作「毋」。

與友人論爲文書〔一〕

古今號文章爲難，足下知其所以難乎？非謂比興之不足，恢拓之不遠，鑽礪之不工，鑽，徂官切。頗纇之不除也。得之爲難，知之愈難耳。苟或得其高朗，一作「明」。探其深賾，雖有蕪敗，〔二〕則爲日月之蝕也，大圭之瑕也，曷足傷其明黜其寶哉？

且自孔氏以來，兹道大闡。〔三〕家脩人勵，刓精竭慮者，刓，五官切。幾千年矣。其間耗費簡札，役用心神者，其可數乎？登文章之籙，波及後代，越不過數十人耳。其餘誰不欲爭裂綺繡，互攀日月，高視於萬物之中，〔四〕雄峙於百代之下乎？率皆縱臾而不克，〔童曰〕縱臾，獎勸也。前漢衡山王傳：候星氣者，日夜縱臾王謀反事。注：縱臾，勉強也。上子勇切。下音勇。躑躅而不進，躑，直炙切。躅，除玉切。力蹶勢窮，〔張曰〕蹶，迫也。與「蹙」同。子六切。吞志而没。故曰得之爲難。

嗟乎！道之顯晦，幸不幸繫焉；談之辯訥，升降繫焉；鑒之頗正，好惡繫焉；交之廣狹，屈伸繫焉。則彼卓然自得以奮其間者，合乎否乎？是未可知也。而又榮古陋今者，〔五〕比肩疊跡。大抵生則不遇，死而垂聲者衆焉。揚雄没而法言大興，馬遷生而史記未振。彼之二才，且猶若是，〔六〕況乎未甚聞著者哉！〔七〕固有文不傳於後祀，聲遂絶於天下者矣。故曰知之愈難。而爲文之士，亦多漁獵前作，戕賊文史，抉其意，抽其華，置齒牙間，遇事蠭起，金聲玉耀，誑聾瞽之人，徼一時之聲。徼，古堯切。雖終淪棄，而其奪朱亂雅，〔張曰〕論語：惡紫之奪朱也，惡鄭聲之亂雅樂也。爲害已甚。是其所以難也。

間聞足下欲觀僕文章，退發囊笥，編其蕪穢，心悸氣動，交於胸中，未知孰勝，故久滯而不往也。今往僕所著賦頌碑碣文記議論書序之文，凡四十八篇，合爲一通，想令治書蒼頭吟諷之也。擊轅拊缶，〔八〕〔孫曰〕漢書楊惲傳：仰天拊缶而呼烏烏。必有所擇，顧鑒視其何如耳，一無「其」字。還以一字示褒貶焉。

校勘記

〔一〕與友人論爲文書　文粹題作「答人求文章書」。音辯、游居敬本「論」下無「爲」字。

〔二〕雖有蕪敗　「敗」，文粹作「累」。

〔三〕茲道大闡　「闡」，文粹作「闢」。

〔四〕高視於萬物之中　「視」，文粹作「居」。

〔五〕而又榮古陋今者　「陋」，音辯、詁訓、世綵堂、游居敬、濟美堂、蔣之翹本及全唐文作「虐」。

〔六〕彼之二才且猶若是　「才」，文粹作「子」。「且猶」，全唐文作「猶且」。

〔七〕況乎未甚聞著者哉　世綵堂、濟美堂本「聞」下無「著」字，疑脱。

〔八〕擊轅拊缶句下注　「仰天拊缶而呼烏烏」。「呼」原作「歌」，據漢書卷六六楊惲傳改。

柳宗元集卷三十二

書

答元饒州論政理書〔一〕

〔韓曰〕考新、舊史，元姓不見其爲饒州者。新史年表有元洪者，嘗爲饒州刺史，而時不可考。元和間，惟有元稹，而傳不載其爲饒州。公此書所與元饒州，未詳其人。劉禹錫集中亦有答元饒州論政理書，大率其意與公此書同。

奉書，辱示以政理之説及劉夢得書，往復甚善。類非今之長人者之志。〔二〕長，展兩切。不唯充賦稅養祿秩足己而已，獨以富庶且教爲大任，〔三〕〔孫曰〕論語：子適衞，冉有僕。子曰：「庶矣哉！」冉有曰：「既庶矣，又何加焉？」曰：「富之。」冉有曰：「既富矣，又何加焉？」曰：「教之。」甚盛甚盛！

孔子曰：「吾與回言終日，不違如愚。」然則蒙者固難曉，必勞申諭，乃得悅服。用是尚有一疑焉。兄所言免貧病者，〔四〕一無「貧」字。而不益富者稅，此誠當也。〔五〕乘理政之後，固非若此不可，不幸乘弊政之後，其可爾邪？夫弊政之大，莫若賄賂行而征賦亂。苟然，則貧者無貲以求於吏，貲，即移切。所謂有貧之實「謂」下一有「則」字。而不得貧之名；富者操其贏以市於吏，贏，音盈。則無富之名而有富之實。貧者愈困餓死亡而莫之省，富者愈恣橫去聲。侈泰而無所忌。兄若所遇如是，則將信其故乎？是不可懼撓人而終不問也，固必問其實。問其實，則貧者固免而富者固增賦矣，安得持一定之論哉？若曰止免貧者而富者不問，則僥倖者衆，皆挾重利以邀，貧者猶若不免焉。若曰檢富者懼不得實，而不可增焉，則貧者亦不得實，不可免矣。若皆得實，而故縱以爲不均，何哉？孔子曰：「不患寡而患不均，不患貧而患不安。」今富者稅益少，貧者不免於捃拾捃，俱運切。以輸縣官，其爲不均大矣。然非唯此而已，〔六〕必將服役而奴使之，多與之田而取其半，或乃出其一而收其二三。主上思人之勞苦，〔七〕或減除其稅，則富者以户獨免，而貧者以受役，卒輸其二三與半焉。是澤不下流，而人無所告訴，〔八〕其爲不安亦大矣。夫如是，不一定經界、覈名實，而姑重改作，其可理乎？

夫富室，貧之母也，誠不可破壞。然使其大倖而役於下，則又不可。兄云懼富人流爲工商浮窳，〔孫曰〕窳，墮也。以主切。又音庾。蓋甚急而不均，則有此爾。若富者雖益賦，而其實輸當其十一，猶足安其堵，雖驅之不肯易也。檢之逾精，則下逾巧。誠如兄之言。管子亦不欲以民産爲征，故有「殺畜伐木」之説。今若非市井之征，則捨其産而唯丁田之問，推以誠質，示以恩惠，嚴責吏以法，如所陳一社一村之制，遞以信相考，安有不得其實？不得其實，則一社一村之制亦不可行矣。〔九〕是故乘弊政必須一定制，而後兄之説乃得行焉。蒙之所見，及此而已。永州以僻隅，少知人事。兄之所代者誰耶？理歟，弊歟？理，則其説行矣；若其弊也，蒙之説其在可用之數乎？

因南人來，重曉之。其他皆善，愚不足以議，願同夢得之云者。〔一〇〕兄通春秋，取聖人大中之法以爲理。饒之理，小也，不足費其慮。無所論刺，故獨舉均賦之事，以求往復而除其惑焉。不習吏職而強言之，宜爲長者所笑弄。然不如是，則無以來至當之言，蓋明而教之，君子所以開後學也。

又聞兄之莅政三日，舉韓宣英以代己。〔劉曰〕永貞元年十一月，貶韓曄爲饒州司馬，亦坐王叔文之黨也。曄，字宣英。宣英達識多聞而習於事，宜當賢者類舉。今負罪屏棄，凡人不敢稱道其善，又況聞之於大君以二千石薦之哉！〔一一〕是乃希世拔俗，果於直道，斯古人之所難，而兄行之。宗元與宣英同罪，皆世所背馳者也，兄一舉而德皆及焉。祁大夫不見叔向，〔一二〕〔孫曰〕襄二十一年左氏：晉囚叔向。祁大夫以言諸公而免之，不見叔向而歸。叔向亦不告免焉而朝。今而預知斯舉，下走之大過矣。一本作「過大矣」。書雖多，言不足導意，故止於此。不宣。宗元再拜。

校勘記

〔一〕答元饒州論政理書題下注　「公此書所與元饒州，未詳其人」。按：王應麟困學紀聞及岑仲勉唐集質疑考訂，元饒州即元藇。

〔二〕類非今之長人者之志　「志」，世綵堂本作「說」。

〔三〕獨以富庶且教爲大任　「富庶」，音辯、詁訓、游居敬、濟美堂、蔣之翹本作「庶富」。

〔四〕兄所言免貧病者　世綵堂、濟美堂、蔣之翹本注：「一無『病』字。」

〔五〕此誠當也　世綵堂、濟美堂、蔣之翹本注：「『也』，一作『是』。」

〔六〕然非唯此而已　音辯、詁訓、游居敬本「非」上無「然」字。

〔七〕主上思人之勞苦　世綵堂、濟美堂、蔣之翹本注：「一無『之』字，『勞』作『勤』。」

〔八〕而人無所告訴　世綵堂、濟美堂、蔣之翹本注：「一無『所』字。」

〔九〕不得其實則一社一村之制亦不可行矣　世綵堂、濟美堂、蔣之翹本注：「一無『一社』二字。」

〔一〇〕顧同夢得之云者　「顧」，詁訓本作「顧」。

〔一一〕又況聞之於大君以二千石薦之哉　「又況」，全唐文作「況又」。又，取校諸本「聞」下無「之」字。

〔一二〕祁大夫不見叔向句下注　「祁大夫以言諸公而免之」，「以言」原作「言於」，據左傳襄公二十一年改。

與崔連州論石鐘乳書〔一〕

〔韓曰〕連州諱簡，字子敬，公之姊夫。先刺連州，后移永，未上而卒。公嘗爲作權厝誌。又有祭簡文，云「悍石是餌，元精以渝」，是簡卒以鐘乳致敗也。

宗元白：前以所致石鐘乳非良，聞子敬所餌與此類，〔二〕又聞子敬時憒悶動作，〔三〕〔舊注〕憒，心亂也。古對反。宜以爲未得其粹美，而爲麤礦慘悍所中，〔四〕〔童曰〕說文：礦，銅鐵樸石也。古猛切。慘，七感切。據此文言鐘乳麤礦慘悍。疑「慘」當作「燥」字。懼傷子敬醇懿，仍習謬誤，故勤勤以云也。〔五〕再獲書辭，辱徵引地理證驗，多過數百言，以爲土之所出乃良，無不可者。是將不然。夫言土之出者，固多良而少不可，〔六〕不謂其咸無不可也。草木之生也依於土，然卽其類也，而有居山之陰陽，或近水，或附石，其性移焉。又況鐘乳直產於石，石之精麤疎密，尋尺特異。而穴之上下，其土之薄厚，石之高下不可知，則其依而產者，固不一性。然由其精密而出者，則油然而清，炯然而輝，〔孫曰〕炯，光也。户茗切。其竅滑以夷，其肌廉以微。食之使人榮華溫柔，其氣宣流，生胃通腸，壽善康寧，心平意舒，其樂愉愉。由其麤疎而下者，則奔突結澀，乍大乍小，色如枯骨，或類死灰，淹頓不發，頓，音卒。叢齒積纇，力對切。重濁頑璞。

食之使人偃蹇壅鬱，泄火生風，戟喉癢肺，幽關不聰，〔七〕心煩喜怒，肝舉氣剛，不能和平。故君子慎焉。取其色之美，而不必唯土之信，以求其至精，凡爲此也。幸子敬餌之近不至於是，故可止禦也。

必若土之出無不可者，則東南之竹箭，〔韓曰〕爾雅：東南之美者，有會稽之竹箭焉。雖旁歧揉曲，皆可以貫犀革；〔孫曰〕貫，穿也。犀、革皆以爲甲。北山之木，雖離奇液樠，〔孫曰〕漢書：蟠木根柢，輪囷離奇。注：委曲盤戾也。〔童曰〕莊子：以爲門户則液樠。注：液，津也。樠，謂脂出樠樠然也。奇，音羈。樠，謨官切。或從木，母奔切。空中立枯者，〔八〕皆可以梁百尺之觀，古玩切。航千仞之淵；冀之北土，馬之所生，〔孫曰〕昭四年左氏：晋大夫司馬侯之言。馬生冀州之北地，故也。凡其大耳短脰，脰，項也。音豆。拘攣踠跌，〔童曰〕踠，足跌也，曲脚也。跌，差跌也。上於遠切。下徒結切。薄蹄而曳者，〔補注〕易曰：坎於馬也，爲薄蹄，爲曳。皆可以勝百鈞，〔孫曰〕勝，舉也。三十斤曰鈞。馳千里；雍之塊璞，匹角切。皆可以備砥礪；〔韓曰〕書：黑水西河惟雍州。厥貢球琳琅玕。注：球琳，玉名。琅玕，石而似珠。砥礪，即礪砥砮丹。注：砥，細於礪，皆磨石也。〔孫曰〕禹貢：荆州，礪砥砮丹。非雍州也。徐之糞壤，皆可以封太社；〔韓曰〕書：海岱及淮惟徐州。厥貢惟土五色。注：王者封五色土爲社。建諸侯，則各割其方色土與之，使立社。荆之茅，皆可以縮酒；〔韓曰〕禹貢：荆及衡陽惟荆州。包匭菁茅。注：茅以縮酒。九江之元龜，皆可以卜；〔韓曰〕禹貢：荆州，九江納錫大龜。泗濱之石，皆可以擊考，〔韓曰〕禹貢：徐州，泗濱浮磬。若是而不大謬者少矣。其在人也，則魯之晨飲其羊，〔韓曰〕家語：魯之販羊有沈猶氏者，常朝飲其羊，以詐市人。及孔子爲政，沈猶氏不敢朝飲其羊。闕轂而輠輪者，〔孫曰〕禮記：叔孫武叔朝，見輪人以其杖關轂而輠輪者。闕，穿也。輠，回也。謂作輪之人，以扶病之杖，關穿車轂中，而回轉其輪。輠，音禍。皆可以爲師儒；〔孫曰〕孔子，魯人也，故言之。盧之沽名者，皆可以爲太醫；〔韓曰〕揚子：扁鵲，盧人也，而醫多盧。西子之里，惡而矉者，〔張曰〕矉，蹙頞也。音賓。皆可以當侯王；〔韓曰〕莊子：西施病心而矉其里。其里之醜人見而美之，歸亦捧心而矉其里。其里之富人見之，堅閉門而不出；貧人見之，挈妻子而去之走。山西之冒没輕儳，〔童曰〕儳，貪也。音讒。沓貪而忍者，〔九〕〔韓曰〕漢書：秦、漢以來，山東出相，山西出將。見趙充國贊。皆可以鑿凶門，〔孫曰〕淮南子：國有難，君召將，親授以鉞，鑿凶門而出。制閫外；〔一〇〕〔孫曰〕漢書：馮唐曰：上古王者遣將，跪而推轂，曰：「閫以外將軍制之。」山東之稚騃樸鄙，騃，語駭切。力農桑，啖棗栗者，〔孫曰〕山東有棗栗之饒。皆可以謀謨於廟堂之上。若是則反倫悖道甚矣，何以異於是物哉？

是故經中言丹砂者，〔童曰〕經，謂本草。以類芙蓉而有光；〔孫曰〕唐注本草云：光明砂，生石龕內，似芙蓉。破之如雲母，光明照徹。在龕中石臺上。言當歸者，以類馬尾蠶首；〔一一〕〔孫曰〕本草有云：當歸有二種：細葉者名蠶頭當歸，大葉者名馬尾當歸。蠶頭者世不復用。言人參者，以人形；〔孫曰〕本草云：人參如人形者有神。黄芩以腐腸；〔一二〕〔孫曰〕陶隱居云：黄芩，圓者名子芩，破者名宿芩。其内皆爛，故曰腐腸。附子八角；〔孫曰〕陶隱居云：附子，以八月上旬採八角者良。甘遂赤膚，〔孫曰〕陶隱居云：甘遂出中山。赤皮者勝，白皮者下。類不可悉數。若果土宜乃善，則云生某所，不當又云某者良也。又經注曰：始興爲上，次乃廣、連。〔孫曰〕本草云：鐘乳第一始興，其次廣、連、澧、朗、郴等州。則不必服，正爲始興也。「則」下一有「連」字。今再三爲言者，唯欲得其英精，以固子敬之壽，非以知藥石、角技能也。若以服餌，不必利己，姑務勝人而夸辯博，素不望此於子敬，其不然明矣，〔三〕故畢其説。〔孫曰〕簡始以文雅清秀見稱，後餌玉石，病瘍且亂，故不承于初。自連移永，得罪貶驩州。元和七年正月二十六日卒。宗元再拜。

校勘記

〔一〕與崔連州論石鐘乳書　「崔連州」原作「崔饒州」，據文粹、蔣之翹本、全唐文及本書卷九故永州刺史流配驩州崔君權厝誌改。又題下注「連州諱簡」。「連州」原亦作「饒州」，同改。

〔二〕聞子敬所餌與此類　世綵堂、濟美堂、蔣之翹本注：「『類』下一有『異』字。」

〔三〕又聞子敬時憒悶動作　「憒」，文粹、全唐文作「憤」。

〔四〕而爲龎礦慘悍所中句下注　「疑『慘』當作『燥』字」。按：音辯、游居敬、濟美堂、蔣之翹本作「燥」。

〔五〕故勤勤以云也　「云」，文粹、全唐文作「爲告」。

〔六〕固多良而少不可　「固」原作「故」，據音辯、世綵堂本及文粹，游居敬、濟美堂、蔣之翹本及全唐文改。

〔一七〕幽闗不聽　「闗」，文粹作「悶」，蔣之翹本作「閉」。

〔一八〕空中立枯者　「中立」，文粹、全唐文作「立中」，疑是。

〔一九〕山西之冒沒輕儳沓貪而忍者句下注　「山東出相，山西出將」。原作「山西出將，山東出相」，據漢書卷六九趙充國傳贊改。

〔二〇〕制閫外句下注　「閫以外將軍制之」。按：漢書卷五〇馮唐傳「閫」作「閫」，史記卷一〇二馮唐傳作「閫」。

〔二一〕言當歸者以類馬尾蠶首句下注　「細葉者名蠶頭當歸」。「蠶頭」下原脫「當歸」二字，據四部叢刊本重修政和證類本草卷八補。

〔二二〕言人參者以人形黄芩以腐腸　二「以」字文粹、全唐文作「似」。

〔二三〕其不然明矣　文粹「其」下無「不」字。

答周君巢餌藥久壽書〔一〕

〔韓曰〕書月日而不年，然觀其書辭云「罪大擯棄」，蓋當在永州時作。

奉二月九日書，所以撫教甚具，無以加焉。丈人用文雅，從知己，日以惇大府之政，〔孫曰〕君巢時爲幕府從事。甚適。東西來者，皆曰：「海上多君子，周爲倡焉。」一作「首」。敢再拜稱賀。

宗元以罪大擯廢，擯，必刃切。居小州，與囚徒爲朋，行則若帶纆索，〔童曰〕易：「繫用徽纆。」徽、纆，皆繩也。纆，音墨。一本作「徽纆」。處則若關桎梏，彳亍而無所趨，〔二〕〔張曰〕彳，丑石切。亍，恥六切。説文：「彳，小步也。亍，步止也。」拳拘而不能肆，槁然若枿，〔童曰〕伐木余也。音孽。隤然若璞。〔三〕〔童曰〕璞，塊也。隤，徒回切。璞，普角切。其形固若是，則其中者可得矣，然猶未嘗肯道鬼神等事。今丈人乃盛譽山澤之臞者，〔孫曰〕司馬相如以爲列仙之儒居山澤間，形容甚臞，非帝王之仙意，乃奏大人賦。臞，瘠也。權居切。以爲壽且神，其道若與堯、舜、孔子似不相類，〔四〕何哉？又乃曰：餌藥可以久壽，〔五〕將分以見與，固小子之所不欲得也。「子」，一作「人」。嘗以君子之道，處焉「處」，一作「壽」，非。則外愚而內益智，外訥而內益辯，外柔而內益剛；出焉則外內若一，而時動以取其宜當，而生人之性得以安，聖人之道得以光。獲是而中，〔六〕雖不至耇老，其道壽矣。今夫山澤之臞，於我無有焉。視世之亂若理，視人之害若利，〔七〕視道之悖若義；我壽而生，彼夭而死，固無能動其肺肝焉。昧昧而趨，屯屯而居，屯，音諄。浩然若有餘；掘草烹石，〔孫曰〕石，謂藥石。以私其筋骨而日以益愚，他人莫利，己獨以愉。若是者愈千百年，滋所謂夭也，〔八〕又何以爲高明之圖哉？

宗元始者講道不篤，以蒙世顯利，動獲大僇，用是奔竄禁錮，爲世之所詬病。詬，古候切。凡所設施，皆以爲戾，從而吠者成群。〔孫曰〕楚辭：邑犬羣吠，吠所怪也。己不能明，而況人乎？然苟守先聖之道，由大中以出，雖萬受擯棄，不更乎其内。大都類往時京城西與丈人言者，愚不能改。亦欲丈人固往時所執，推而大之，不爲方士所惑。仕雖未達，無忘生人之患，則聖人之道幸甚，其必有陳矣。不宣。宗元再拜。

校勘記

〔一〕答周君巢餌藥久壽書　音辯、詁訓、游居敬、蔣之翹本題作「答周君巢書」。陳景雲柳集點勘：「君巢，貞元十一年進士，其成名在子厚後，而書中稱周爲丈人。案柳子作叔父墓表，記一時會葬親故，君巢名冠其首，或是戚屬之尊者。君巢至太和中歷官衛尉卿。」

〔二〕彳亍而無所趨句下注　「彳，小步也」。「彳」下原脱「小步也」三字，據詁訓本及説文補。

〔三〕槁然若枿隤然若璞　二「然」字音辯、詁訓、游居敬、濟美堂、蔣之翹本及全唐文作「焉」。

〔四〕其道若與堯舜孔子似不相類　取校諸本「類」下均有「焉」字，近是。

〔五〕又乃曰餌藥可以久壽　取校諸本除詁訓本外「又」下均無「乃」字，近是。

〔六〕獲是而中　何焯義門讀書記：「『中』作『終』。」

〔七〕視人之害若利　原脫此六字，據取校諸本補。

〔八〕滋所謂天也　「滋」，詁訓本作「茲」。「天」，全唐文作「夭」，疑誤。

與李睦州論服氣書〔一〕

〔韓曰〕吴武陵謫來永州，在元和之三年。今書云云，則此書當在五年后作。公又有同武陵送李睦州詩序。睦州，亦永之遷客也。

二十六日，宗元再拜。前四五日，與邑中可與遊者遊愚溪，上池西小丘，〔童曰〕池，謂愚池。丘，謂愚丘。坐柳下，酒行甚歡。坐者咸望兄不能俱。〔孫曰〕元和二年，睦州爲李錡誣，斥南海上，更赦，量移永州。以爲兄由服氣以來，貌加老，而心少歡愉，不若前去年時。既言，〔二〕皆沮然眄睞，〔張曰〕眄睞，斜視也。説文：睞，目瞳子不正。上莫見切。下洛代切。思有以已兄用斯術，而未得路。〔三〕間一日，濮陽吴武陵最輕健，先作書，道天地、日月、黄帝等，下及列仙、方士皆死狀。出千餘字，頗甚快辯。伏覩兄貌笑口順而神不偕來，及食時，竊睨和糅燥濕，〔張曰〕糅，雜也。女救切。與啖飲多寡猶自若。是兄陽德其言，而陰黜音怵。其忠也。若古之強大諸侯然，負固恃力，〔四〕〔孫曰〕周禮：負固不服則侵之。負，恃也。固，險固。敵至則諾，去則肆，是不可變之尤者也。攻之不得，則宜濟師，今吴子之師已遭諾而退矣。愚敢厲鋭擐堅，〔孫曰〕堅，謂堅甲。擐，音患，音貫。

鳴鐘鼓以進，決於城下，惟兄明聽之。

兄凡服氣之大不可者，〔五〕吴子已悉陳矣。悉陳而不變者無他，以服氣書多美言，以爲得恒久大利，則又安能棄吾美言大利，而從他人之苦言哉？今愚甚吶，訥，亦從口。見集韻。不能多言。大凡服氣之可不死歟，不可歟？壽歟，夭歟？康寧歟，疾病歟？「病」，一作「癘」。若是者，愚皆不言。但以世之兩事已所經見者類之，以明兄所信書必無可用。愚幼時嘗嗜音，見有學操琴者，不能得碩師，〔孫曰〕莊子：無碩師而能言。碩，大也。而偶傳其譜，讀其聲，以布其爪指。蚤起則嘐嘐譊譊以逮夜，嘐，音交。譊，馨么切。又增以脂燭，燭不足則諷而鼓諸席。如是十年，以爲極工。出至大都邑，操於衆人之坐，則皆得大笑曰：〔六〕「嘻，何清濁之亂，而疾舒之乖歟？」卒大慚而歸。及年已長，〔七〕則嗜書，又見有學書者，亦不得碩師，〔八〕獨得國故書，伏而攻之，〔九〕其勤若向之爲琴者，而年又倍焉。出曰：「吾書之工，能爲若是。」知書者又大笑曰：「是形縱而理逆。」卒爲天下棄，又大慚而歸。是二者，皆極工而反棄者，何哉？無所師而徒狀其文也。其所不可傳者，卒不能得，故雖窮日夜，弊歲紀，愈遠而不近也。今兄之所以爲服氣者，果誰師耶？始者獨見兄傳得氣書於盧遵所，〔一〇〕〔孫曰〕遵，公之舅弟。伏讀三兩日，遂用之；其次得氣訣於李計所，又參取而大施行焉。〔一一〕是書是訣，遵與計皆不能知，然則兄之所以學者無碩師矣，是與向之兩事者無毫末差矣。宋人有得遺契者，密數其齒曰：「吾富可待矣。」〔孫曰〕出列子說符篇。注云：遺，棄也。齒，謂刻處似齒。兄之術，或者其類是歟？兄之不信，今使號於天下曰：「孰爲李睦州友者？今欲已睦州氣術者左袒，不欲者右袒。」〔補注〕漢書：周勃入北軍，令軍中曰：「爲吕氏右袒，爲劉氏左袒。」注：袒，脱衣袖而肉袒也。左右者，謂止偏脱其一耳。則凡兄之友皆左袒矣；則又號曰：「孰爲李睦州客者？今欲已睦州氣術者左袒，不欲者右袒。」則凡兄之客皆左袒矣；則又以是號於兄之宗族，皆左袒矣；號姻婭，則左袒矣；〔一二〕〔孫曰〕詩：瑣瑣姻婭。爾雅云：婿之父爲姻，婦之父爲婚，兩婿相謂爲婭。入而號之閨門之内子姓親昵，則子姓親昵皆左袒矣；下之號於臧獲僕妾，〔孫曰〕方言：燕、齊之間罵奴曰臧，罵婢曰獲。則臧獲僕妾皆左袒矣；出而號於素爲將率胥吏者，〔一三〕則將率胥吏皆左袒矣；則又之天下號曰：「孰爲李睦州讎者，今欲已睦州氣術者左袒，不欲者右袒。」則凡兄之讎者皆右袒矣。然則利害之源不可知也。〔一四〕一無「不」字。友者欲久存其道，客者欲久存其利，宗族姻婭欲久存其戚，閨門之内子姓親昵欲久存其恩，臧獲僕妾欲久存其生，〔一五〕將率胥吏欲久存其勢，讎欲速去其害。兄之爲是術，凡今天下欲兄久存者皆懼，而欲兄速去者獨喜。兄爲而不已，則是背親而與讎。夫背親而與讎，〔一六〕不及中人者皆知其爲大戾，而兄安焉，固小子之所懍懍也。懍，音廩。

兄其有意乎卓然自更，平聲。使讎者失望而懍，〔一七〕親者得欲而抃。則愚願椎肥牛、擊大豕、刲羣羊，以爲兄饒；許既切。窮隴西之麥、殫江南之稻，以爲兄壽。鹽東海之水以爲鹹，醯敖倉之粟以爲酸，〔童曰〕醯，酸味也。吁嗁切。極五味之適，致五藏之安，心恬而志逸，貌美而身胖，蒲潘切。醉飽謳歌，愉懌訢歡，流聲譽於無窮，垂功烈而不刊，不亦旨哉？孰與去味以卽淡，去樂以卽愁，悴悴然膚日皺，〔一八〕側救切。肌日虛，守無所師之術，尊不可傳之書，悲所愛而慶所憎，〔一九〕徒曰我能堅壁拒境，以爲強大，是豈所謂強而大也哉？無任疑懼之甚。某再拜。〔二〇〕

校勘記

〔一〕與李睦州論服氣書　「李睦州」下原脫「論」字，據音辯、世綵堂本、全唐文及本書總目補。

〔二〕旣言　音辯、游居敬、濟美堂、蔣之翹本及全唐文「旣」上有「是時」二字。

〔三〕而未得路　世綵堂、濟美堂、蔣之翹本注：「一無『路』字。」

〔四〕負固怙力　「怙」，音辯、游居敬本作「恃」。

〔五〕兄凡服氣之大不可者　音辯、游居敬、濟美堂、蔣之翹本及全唐文「凡」上無「兄」字。

〔六〕則皆得大笑曰　詁訓本「皆」下無「得」字。

〔七〕及年已長　「已長」，音辯、游居敬本作「少長」。

〔八〕亦不得碩師　音辯、詁訓、游居敬、濟美堂、蔣之翹本及全唐文「不」下有「能」字，「師」作「書」。

〔九〕獨得國故書伏而攻之　世綵堂、濟美堂、蔣之翹本注：「一無『國』字。『攻』，一作『工』。」

〔一〇〕始者獨見兄傳得氣書於盧遵所句下注　「遵，公之舅弟」。「舅弟」原作「妻弟」，據世綵堂本及韓愈柳子厚墓誌銘改。

〔一一〕又參取而大施行焉　詁訓本「取」下無「而」字。世綵堂本「施」上無「大」字。

〔一二〕號姻婭則左袒矣　世綵堂、濟美堂、蔣之翹本注：「『號』下有『於』字，『則』下有『皆』字。」

〔一三〕出而號於素爲將率胥吏者　世綵堂、濟美堂、蔣之翹本注：「『率』，一作『卒』。」

〔一四〕然則利害之源不可知也句下注　「一無『不』字」。按：何焯校本去「不」字，是。

〔一五〕臧獲僕妾欲久存其生　「生」，濟美堂、蔣之翹本及全唐文作「主」，近是。

〔一六〕則是背親而與讎夫背親而與讎　「夫」，全唐文作「矣」，斷句。

〔一七〕使讎者失望而懔　「懔」，詁訓本作「慓」，音辯、世綵堂、游居敬、濟美堂、蔣之翹本及全唐文作「慄」。按：作「慄」近是。

〔一八〕悴悴然膚日皺　「然」，音辯、詁訓、游居敬、濟美堂、蔣之翹本及全唐文作「焉」。

〔一九〕悲所愛而慶所憎　「慶」原作「愛」，據取校諸本改。

〔二〇〕某再拜　「某」，音辯、世綵堂、游居敬、濟美堂、蔣之翹本及全唐文作「謹」。

柳宗元集卷三十三

書

與楊誨之書

一云「與楊誨之再説車敦勉用和書」。

足下幼時，未有以異於衆童，僕未始知足下。及至潭州，〔韓曰〕貞元十八年九月，以太常卿楊憑爲潭州刺史、湖南觀察使。誨之，憑之子也。乃見足下氣益和，業益專，端重而少言，私心乃喜，〔孫曰〕永貞元年九月，公貶邵州刺史，十一月，再貶永州司馬，過潭州，見誨之。知舜之陶器不苦窳爲信然。〔劉曰〕史記：舜陶河濱，器皆不苦窳。窳，病也。音庚。而舜之德，可以及土泥，而不化其子，〔張曰〕孟子：舜之子亦不肖。何哉？是又不可信也。則足下本有異質，而開發之不早耳。然開發之要在陶煦，〔孫曰〕煦，温也。吁句切。然後不失其道。則足下亦教諭之至，固其進如此也。自今者再見足下，文益奇，藝益工，而氣質不更於潭州時，乃信知其良也。中之正不惑於外，君子之道也。然而顯然翹然，〔一〕秉其正以抗於世，世必爲敵讎，何也？善人少，不善人多，故愛足下者少，而害足下者多。吾固欲其方其中，圓其外，今爲足下作説車，〔張曰〕説在集中。可詳觀之。車之説，其有益乎行於世也。

足下所持韓生毛穎傳來，僕甚奇其書，恐世人非之，今作數百言，知前聖不必罪俳也。〔張曰〕公有題毛穎傳。及賀州，所未有者文又三篇。〔韓曰〕元和四年七月，憑自京兆尹貶臨賀尉。此言皆不欲出於世者，足下默觀之，藏焉，無或傳焉，吾望之至也。

今日有北人來，示將籍田勑。〔韓曰〕按憲宗紀：元和五年十月，詔以來年正月十六日東郊籍田。是舉數十年之墜典，必有大恩澤。丈人之冤聞於朝，〔二〕〔孫曰〕先是御史中丞李夷簡彈憑爲江西觀察使時贓罪，以是貶。今是舉也，必復大任，醜正者莫敢肆其吻矣。甚賀甚賀！僕罪大，不得與於恩澤，然其喜不減之足下者，〔三〕何也？喜聖朝舉數十年墜典，太平之路果辟，音闢。則吾之昧昧之罪，〔四〕亦將有時而明也。方築愚溪東南爲室，耕野田，圃堂下，以詠至理，吾有足樂也。足下過今年，當侍從北下，僕得掃溪上，〔五〕設肴酒，以俟趨拜。足下發南州，當先示僕，得與獵夫漁老，上下水陸，〔六〕擇味以給膳羞，雖不得久，亦一時之大願也。過是無可道。

福來辭行急，〔孫曰〕福來，誨之之隸。不可留。言不盡所發，不具。宗元頓首。

校勘記

〔一〕然而顯然翹然　「而」，音辯、游居敬、濟美堂、蔣之翹本及全唐文作「則」。

〔二〕丈人之寃聞於朝句下注　「先是御史中丞李夷簡」。「李」原作「呂」，據世綵堂、游居敬、蔣之翹本及新唐書卷一三一李夷簡傳改。

〔三〕然其喜不減之足下者　世綵堂、濟美堂、蔣之翹本注：「『然』下無『其』字，『滅』下無『之』字。」「之」，全唐文作「於」。

〔四〕則吾之昧昧之罪　世綵堂、濟美堂、蔣之翹本注：「『吾』下無『之』字。」

〔五〕僕得掃溪上　「掃」，音辯、游居敬、濟美堂、蔣之翹本及全唐文作「歸」。

〔六〕得與獵夫漁老上下水陸　「老」，詁訓本作「者」。

與楊誨之第二書

一云「與楊誨之疏解車義第二書」。

張操來，致足下四月十八日書，〔孫曰〕元和六年。始復去年十一月書，〔一〕〔韓曰〕卽前書也。言說車之説及親戚相知之道。是二道，吾於足下固具焉不疑，又何逾歲時而乃克也？徒親戚，不過欲其勤讀書，決科求仕，不爲大過，如斯已矣。告之而不更則憂，憂則思復之；復之而又不更則悲，悲則憐之。何也？戚也。安有以堯、舜、孔子所傳者而往責焉者哉？徒相知，則思責以堯、舜、孔子所傳者，就其道，施於物，斯已矣。告之而不更則疑，疑則思復之，復之而又不更，則去之。何也？外也。安有以憂悲且憐之之志而强役焉者哉？〔二〕吾於足下固具是二道，〔三〕〔孫曰〕公娶憑弟凝之女。雖百復之亦將不已，況一二敢怠於言乎？

僕之言車也，以内可以守，外可以行其道。今子之説曰「柔外剛中」，子何取於車之疏耶？果爲車柔外剛中，則未必不爲弊車；「弊」，一作「敗」。果爲人柔外剛中，則未必不爲恒人。夫剛柔無恒位，皆宜存乎中，有召焉者在外，則出應之。應之咸宜，〔四〕謂之時中，〔劉曰〕中庸：君子之中庸也，君子而時中。然後得名爲君子。必曰外恒柔，則遭夾谷武子之臺。〔五〕〔孫曰〕定公十年左氏：公會齊侯于夾谷，孔丘相。齊侯使萊人以兵劫魯侯。孔丘以公退，曰：「士兵之。兩君合好，而裔夷之俘以兵亂之，非齊君所以命諸侯也。」齊侯聞之，遽辟之。又十二年左氏：仲由爲季氏宰，將墮三都，公山不狃、叔孫輒帥費人以襲魯。公與三子入于季氏之宫，登武子之臺。仲尼命申句須、樂頎下伐之，費人北，二子奔齊。及爲蹇蹇匪躬，〔劉曰〕易：王臣蹇蹇，匪躬之故。以革君心之非。〔張曰〕孟子：大人格君心之非。莊以涖乎人，〔張曰〕語：智及之，仁能守之。不莊以涖之，則民不敬。君子其不克歟？中恒剛，則當下氣怡色，濟濟切切。〔六〕〔孫曰〕禮記祭義：子之言祭，濟濟漆漆然。今子之祭，無濟濟漆漆，何也？注：漆漆，讀如「朋友切切」。濟濟、切切，皆容貌。哀矜、淑問之事，書：皇帝哀矜，庶戮之不辜。詩：淑問如皋陶。君子其卒病歟？吾以爲剛柔同體，應變若化，然後能志乎道也。今子之意近是也，其號非也。〔童曰〕號，名也。內可以守，外可以行其道，吾以爲至矣，而子不欲焉，是吾所以惕惕然憂且疑也。

今將申告子以古聖人之道：「聖」，一作「賢」。書之言堯，曰「允恭克讓」；言舜，曰「溫恭允塞」；禹聞善言則拜；〔韓曰〕出孟子。湯乃改過不悋；與「吝」同。高宗曰，「啓乃心，沃朕心」；惟此文王，小心翼翼，〔孫曰〕詩大明之文。翼翼，恭謹貌。日昃不暇食，〔孫曰〕書：文王自朝至于日中昃，不遑暇食。一本無「暇」字。坐以待旦；〔孫曰〕孟子：周公思兼三王，以施四事，仰而思之，夜以繼日，幸而得之，坐以待旦。武王引天下誅紂，而代之位，其意宜肆，而曰「予小子，不敢荒寧」；〔孫曰〕書：高宗諒陰，三年不言；言乃雍，不敢荒寧。非武王也。周公踐天子之位，捉髮吐哺；〔七〕孔子曰，「言忠信，行篤敬」；其弟子言曰：「夫子溫良恭儉讓以得之。」今吾子曰：「自度不可能也。」然則自堯、舜以下，與子果異類耶？樂放弛而愁檢局，雖聖人與子同。聖人能求諸中，以厲乎己，久則安樂之矣，子則肆之。其所以異乎聖者，一作「聖人者」。在是決也。若果以聖與我異類，則自堯、舜以下，皆宜縱目卬鼻，〔孫曰〕縱目，謂非橫目。卬鼻，謂鼻向上。「卬」，卽「仰」字。又五剛切。四手八足，鱗毛羽鬣，飛走變化，然後乃可。苟不爲是，則亦人耳，而子舉將外之耶？若然者，聖自聖，賢自賢，衆人自衆人，咸任其意，又何以作言語立道理，千百年天下傳道之？是皆無益於世，一有「間」字。獨遺好事者藻繢文字，以矜世取譽，聖人不足重也。「重」，一作「道」。故曰：「中人以上，可以語上，唯上智與下愚不移。」吾以子近上智，今其言曰「自度不可能也」，則子果不能爲中人以上耶？吾之憂且疑者以此。

凡儒者之所取，大莫尚孔子。孔子七十而縱心。彼其縱之也，度不踰矩而後縱之。今子年有幾？自度果能不踰矩乎？而遽樂於縱也！傳説曰：「惟狂克念作聖。」〔孫曰〕書多方之辭，非傳説之言也。今夫狙猴之處山，叫呼跳梁，其輕躁狠戾異甚，然得而縶之，未半日則定坐求食，唯人之爲制。其或優人得之，加鞭箠，狎而擾焉，跪起趨走，咸能爲人所爲者。未有一焉，狂奔掣頓，掣，尺列切。踣弊自絶，〔補注〕踣，仆也。蒲北切。故吾信夫狂之爲聖也。一無「故」字。今子有賢人之資，反不肯爲狂之克念者，而曰「我不能，我不能」。一本無下三字。捨子其孰能乎？是孟子之所謂不爲也，非不能也。

凡吾之致書，爲説車，皆聖道也。今子曰：「我不能爲車之説，但當則法聖道而内無愧，乃可長久。」嗚呼！吾車之説，果不能爲聖道耶？〔八〕吾以内可以守，外可以行其道告子。今子曰：「我不能翦翦拘拘，以同世取榮。」吾豈教子爲翦翦拘拘者哉？子何考吾車説之不詳也？吾之所云者，其道自堯、舜、禹、湯、高宗、文王、武王、周公、孔子皆由之，而子不謂聖道，抑以吾爲與世同波，工爲翦翦拘拘者？以是教己，固迷吾文，而懸定吾意，甚不然也。聖人不以人廢言。吾雖少時與世同波，然未嘗翦翦拘拘也。又子自言「處衆中偪側擾攘，欲棄去不敢，猶勉强與之居」。苟能是，何以不克爲車之説耶？〔九〕忍汚雜囂譁，尚可恭其體貌，遜其言辭，何故不可吾之説？吾未嘗爲佞且僞，其旨在於恭寬退讓，以售聖人之道，〔一〇〕及乎人，一作「及乎生人」。如斯而已矣。堯、舜之讓，禹、湯、高宗之戒，文王之小心，武王之不敢荒寧，周公之吐握，孔子之六十九未嘗縱心，彼七八聖人者所爲若是，豈恒愧於心乎？慢其貌，肆其志，一作「支」。茫洋而後言，偃蹇而後行，道人是非，不顧齒類，人皆心非之，曰「是禮不足者」，甚且見罵。如是而心反不愧耶？聖人之禮讓，其且爲僞乎？爲佞乎？

今子又以行險爲車之罪。夫車之爲道，豈樂行於險耶？度不得已而至乎險，期勿敗而已耳。一作「矣」。夫君子亦然，不求險而利也，故曰「危邦不入，亂邦不居」。「國無道，其默足以容」。〔一一〕〔孫曰〕禮中庸之文。不幸而及於危亂，期勿禍而已耳。且子以及物行道爲是耶，非耶？伊尹以生人爲己任，〔劉曰〕孟子：伊尹曰：「天之生此民也，使先知覺後知，使先覺覺後覺，予天民之先覺者也。」孟子曰：「其自任以天下之重如此。」管仲舋浴以伯濟天下，〔孫曰〕「舋」，通作「釁」。國語：齊桓公使人請管仲於魯，比至，三舋三浴之。注云：以香塗身曰舋。論語：管仲相桓公，伯諸侯，一匡天下。孔子仁之。〔童曰〕論語：桓公九合諸侯，不以兵車，管仲之力也。如其仁，如其仁。凡君子爲道，捨是宜無以爲大者也。今子書數千言，〔三〕皆未及此，則學古道，爲古辭，尨然而措於世，其卒果何爲乎？是之不爲，而甘羅、終軍以爲慕，棄大而録小，賤本而貴末，夸世而鈞奇，苟求知於後世，以聖人之道爲不若二子，僕以爲過矣。彼甘羅者，左右反覆，得利棄信，使秦背燕之親己而反與趙合，以致危於燕。〔孫曰〕史記：甘羅年十二，事秦相文信侯呂不韋。時燕王喜使太子丹入質於秦，秦使張唐往相燕，欲與燕共伐趙以廣河間之地。甘羅使趙，說趙王曰：「王聞燕太子入質秦歟？」曰：「聞之。」曰：「聞張唐相燕歟？」曰：「聞之。」「燕太子丹入秦，張唐相燕者，燕、秦不相欺也；燕、秦不相欺者，伐趙危矣。王不如齎臣五城，以廣河間，請歸燕太子，與强趙攻弱燕。」趙王立割五城以廣河間。秦歸燕太子。趙攻燕，得上谷三十城，令秦有十一。天下以是益知秦無禮不信，視函谷關若虎豹之窟，羅之徒實使然也。子而慕之，非夸世歟？彼終軍者，〔孫曰〕漢書：終軍，字子雲，濟南人，武帝時爲諫議大夫。誕譎險薄，譎，古穴切。不能以道匡漢主好戰之志，視天下之勞，若觀蟻之移穴，翫而不戚；人之死於胡越者，赫然千里，不能諫而又縱踴之；〔孫曰〕縱踴，獎勸也。已則決起奮怒，掉强越，挾淫夫，以媒老婦，〔孫曰〕初，南越文王遣其太子嬰齊入宿衛，取邯鄲樛氏女，生子興。文王卒，嬰齊立。嬰齊卒，興立，尊其母爲太后。太后自未爲嬰齊姬時，嘗與霸陵人安國少季通。元鼎四年，武帝使少季往諭興，令入朝，比內諸侯，而令終軍等宣其辭，勇士魏臣等輔其決。少季往，復與太后私通。國人多不附太后。五年，南越相呂嘉反，攻殺興、太后及軍等。欲蠱奪人之國，智不能斷，而俱死焉。是無異盧狗之遇嗾，〔孫曰〕盧，田犬。詩有盧令是也。〔童曰〕冀、隴間謂使犬曰嗾。左氏宣二年：公嗾夫獒。嗾，音叟。呀呀而走，不顧險阻，唯嗾者之從，何無已之心也？子而慕之，非釣奇歟？二小子之道，吾不欲吾子言之。孔子曰：「是聞也，非達也。」使二小子及孔子氏，〔一三〕曾不得與於琴張、牧皮狂者之列，〔一四〕〔韓曰〕孟子：「敢問何如斯可謂狂矣？」曰：「如琴張、曾皙、牧皮者，孔子之所謂狂矣。」琴張，琴牢也。是固不宜以爲的也。

且吾子之要於世者，處耶，出耶？主上以明聖，一作「聖明」。一無「以」字。進有道，興大化，枯槁伏匿縲錮之士，縲，倫追切。皆思踴躍洗沐，期輔堯、舜。萬一有所不及，丈人方用德藝達於邦家，爲大官，以立於天下。吾子雖欲爲處，何可得也？則固出而已矣。將出於世而仕，未二十而任其心，吾爲子不取也。馮婦好搏虎，卒爲善士；〔劉曰〕孟子：晉人有馮婦者，善搏虎，卒爲善士。周處狂橫，一旦改節，〔孫曰〕晉書：周處，字子隱，義興人，縱情肆慾，州里患之。處自知爲人所惡，謂父老曰：「何苦不樂？」父老曰：「三害未除。」處曰：「何也？」答曰：「南山白額虎，長橋下蛟，并子爲三矣。」處乃入山射殺猛虎，投水搏蛟，勵志好學，志存義烈克己。期年，州府交辟。皆老而自克。今子素善士，年又甚少，血氣未定，而忽欲爲阮咸、嵇康之所爲，守而不化，不肯入堯、舜之道，此甚未可也。

吾意足下所以云云者，惡佞之尤，而不悦於恭耳。觀過而知仁，彌見吾子之方其中也，其乏者獨外之圓耳。屈子曰：「懲於羹者而吹虀。」〔孫曰〕屈原九章：懲於羹者而吹虀兮，何不變此之志也。吾子其類是歟？佞之惡而恭反得罪。聖人所貴乎中者，能時其時也。苟不適其道，則肆與佞同。山雖高，水雖下，其爲險而害也，要之不異。足下當取吾説車申而復之，非爲佞而利於險也明矣。吾子惡乎佞，而恭且不欲，今吾又以圓告子，則圓之爲號，固子之所宜甚惡。方於恭也，又將千百焉。〔一五〕然吾所謂圓者，不如世之突梯苟冒，〔孫曰〕屈原卜居：突梯滑稽。王逸云：轉隨俗也。以矜利乎己者也。〔一六〕固若輪焉：非特於可進也，「非特」，一作「亦將」，非是。鋭而不滯；亦將於可退也，安而不挫；欲如循環之無窮，不欲如轉丸之走下也。乾健而運，離麗而行，夫豈不以圓克乎？而惡之也？

吾年十七〔補注〕貞元五年，公年十七。求進士，四年乃得舉。〔補注〕貞元九年，公中進士第。二十四求博學宏詞科，〔補注〕貞元十二年，公年二十四。二年乃得仕。〔補注〕貞元十四年，公得集賢正字。其間與常人爲群輩數十百人。當時志氣類足下，時遭訕罵詬辱，不爲之面，則爲之背。積八九年，日思擢其形，鋤其氣，雖甚自折挫，然已得號爲狂疏人矣。及爲藍田尉，留府庭，旦暮走謁於大官堂下，與卒伍無別。居曹則俗吏滿前，更説買賣，商算贏縮。又二年爲此，度不能去，益學老子，〔一七〕「和其光，同其塵」，雖自以爲得，然已得號爲輕薄人矣。及爲御史郎官，自以登朝廷，利害益大，愈恐懼，思欲不失色於人。雖戒勵加切，然卒不免爲連累廢逐。猶以前時遭狂疏輕薄之號既聞於人，爲恭讓未洽，故罪至而無所明之。至永州七年矣，蚤夜惶惶，追思咎過，往來甚熟，講堯、舜、孔子之道亦熟，益知出於世者之難自任也。今足下未爲僕嚮所陳者，宜乎欲任己之志，此與僕少時何異？然循吾嚮所陳者而由之，然後知難耳。今吾先盡陳者，不欲足下如吾更訕辱，被稱號，已不信於世，而後知慕中道，費力而多害，故勤勤焉云爾而不已也。子其詳之熟之，無徒爲煩言往復，幸甚！

又所言書意有不可者，令僕專專爲掩匿覆蓋之，〔一八〕慎勿與不知者道，此又非也。凡吾與子往復，皆爲言道。道固公物，非可私而有。假令子之言非是，則子當自求暴揚之，使人皆得刺列，〔一九〕卒采其可者以正乎己，然後道可顯達也。一無「可」字。今乃專欲覆蓋掩匿，是固自任其志，而不求益者之爲也。士傳言，庶人謗於道，〔孫曰〕襄十四年左氏所載師曠之言。子産之鄉校不毁，〔孫曰〕襄三十一年左氏：鄭人游于鄉校，以論執政。然明曰：「毁鄉校何如？」子産曰：「何爲？夫人朝夕退而游焉，以議執政之善否，其所善者吾則行之，其所惡者吾則改之，是吾師也，若之何毁之？」獨何如哉？君子之過，如日月之蝕，又何蓋乎？是事，吾不能奉子之教矣！幸悉之。

足下所爲書，言文章極正，其辭奥雅，後來之馳於是道者，吾子且爲蒲捎、駃騠，〔孫曰〕史記：武帝伐大宛，得千里馬，號蒲捎。漢書：蘇秦相燕，人惡之燕王，燕王食以駃騠。孟康云：駿馬也。生七日而超其母。捎，所交切。駃騠，音決題。何可當也？其説韓愈處甚好。其他但用莊子、國語文字太多，反累正氣，果能遺是，則大善矣。

憂憫廢錮，悼籍田之罷，〔韓曰〕元和五年十一月九日，勑罷來歲籍田。意思懇懇，誠愛我厚者。吾自度罪大，敢以是爲欣且戚耶？但當把鋤荷鍤，決溪泉爲圃以給茹，其隟與「隙」同。則浚溝池，藝樹木，行歌坐釣，望青天白雲，以此爲適，亦足老死無戚戚者。時時讀書，不忘聖人之道，己不能用，有我信者，則以告之。朝廷更宰相來，〔孫曰〕元和六年正月，以李吉甫爲相。政令益修。〔二〇〕丈人日夕還北闕，吾待子郭南亭上，期口言不久矣。至是，當盡吾説。今因道人行，〔二一〕粗道大旨如此。宗元白。

校勘記

〔一〕始復去年十一月書句下注「即前書也」。「即」原作「復」，據詁訓本改。

〔二〕安有以憂悲且憐之之志而强役焉者哉 陳景雲柳集點勘：「『强役』二字義晦，似當作『復』，蓋蒙上『復』字言之。『强復』，殆猶强聒之義。且下云『百復』，即『强復』也。」按：陳説疑是。

〔三〕吾於足下固具是二道句下注「公娶憑弟凝之女」。按：此注誤，子厚娶憑女而非凝女。可參看本書卷一三亡妻弘農楊氏誌「醴泉生今禮部郎中凝」句下韓注，卷四二獻弘農公五十韻「舊好卽潘楊」句校勘記。

〔四〕則出應之應之咸宜 「咸」上原脱「應之」二字，據取校諸本補。

〔五〕則遭夾谷武子之臺句下注 「公會齊侯于夾谷，孔丘相」。「公會」下原脱「齊侯于夾谷孔丘相」八字，據世綵堂本及左傳補。

〔六〕則當下氣怡色濟濟切切　「色」下原脱「濟濟切切」四字，據取校諸本補。

〔七〕捉髮吐哺　「捉」，詁訓、濟美堂、蔣之翹本及全唐文作「握」。

〔八〕吾車之説果不能爲聖道耶　音辯、詁訓、游居敬、濟美堂、蔣之翹本及全唐文「不」下無「能」字。

〔九〕何以不克爲車之説耶　世綵堂本注：「一無『克』字。」何焯校本批注：「重校（指鄭定本）無『克』字。」

〔一〇〕以售聖人之道　陳景雲柳集點勘：「『售』字未詳，疑當作『讐』，合也。與送南涪州序中『適讐乎文』之『讐』同。」

〔一一〕其默足以容　「以」下原衍「有」字，據取校諸本及禮記中庸删。

〔一二〕今子書數千言　世綵堂本「子」下有「之」字。蔣之翹本注：「『子』下一無『書』字。」

〔一三〕使二小子及孔子氏　「氏」，詁訓本作「時」。世綵堂、濟美堂、蔣之翹本注：「一『孔』下無『氏』字。」章士釗柳文指要：「『氏』字疑『世』字音譌。」

〔一四〕曾不得與於琴張牧皮狂者之列　「牧」原作「叔」，據詁訓、世綵堂本及孟子盡心改。

〔一五〕又將千百焉　世綵堂本注：「『千』，一作『十』。」何焯校本批注：「『千』，重校作『十』。」

〔一六〕以矜利乎己者也　世綵堂本注：「『矜』，一作『務』。」何焯校本批注：「『矜』，重校作『務』。」全唐文亦作「務」。按：作「務」近是。

〔一七〕益學老子　世綵堂本注：「一無『老子』二字。」何焯校本批注：「重校無『老子』二字。」全唐文亦無「老子」二字。按：下文「和其光，同其塵」出自老子，有「老子」二字是。

〔一八〕令僕專專爲掩匿覆蓋之　詁訓本少一「專」字。

〔一九〕則子當自求暴揚之使人皆得刺列　世綵堂、濟美堂、蔣之翹本注：「暴」下「一無『揚』字」。「皆」下「一無『得』字」。

〔二〇〕政令益修　「令」，音辯、游居敬、濟美堂、蔣之翹本及全唐文作「事」。

〔二一〕今因道人行　何焯義門讀書記：「此『道人』當是道州人，非浮屠。」

答貢士沈起書〔一〕

九月，某白：沈侯足下無恙。〔童曰〕恙，病也。蒼頭至，〔韓曰〕蕭望之傳：出入從蒼頭盧兒。顏師古曰：官府給賤役者也。得所來問，志氣盈牘，博我以風賦比興之旨。〔張曰〕論語：謂「博我以文」也。一有「甚厚」二字。僕之樸騃專魯，樸，音朴。騃，語駭切。而當惠施、鍾期之位，〔韓曰〕惠施於莊子，鍾期於伯牙，皆知其音者也。深自恧也。恧，女六切。又覽所著文，宏博中正，富我以琳琅珪璧之寶甚厚。僕之狹陋蚩鄙，而膺東阿、昭明之任，〔韓曰〕東阿，謂魏志曹植。植字子建，武帝第三子，初封東阿王。左太冲魏都賦：才若東阿。昭明，謂梁昭明太子統，梁武帝之子，嘗集文選者。東阿、昭明，皆善論文。又自懼也。烏可取識者歡笑，以爲知己羞？進越高視，僕所不敢。然特枉將命，〔張曰〕論語：將命者出户。猥承厚貺，豈得固拒雅志默默而已哉！謹以所示，布露于聞人，羅列乎坐隅，「乎」，一作「于」。使識者動目，聞者傾耳，幾於萬一，用以爲報也。

嗟乎！僕嘗病興寄之作，堙鬱於世，辭有枝葉，〔童曰〕禮記：天下有道，行有枝葉；天下無道，辭有枝葉。蕩而成風，益用慨然。慨，口蓋切。間歲，興化里蕭氏之廬，覩足下詠懷五篇，僕乃拊掌愜心，吟玩爲娛。告之能者，誠亦響應。今乃有五十篇之贈，其數相什，與「十」同。其功相百。覽者歎息，謂予知文。此又足下之賜也，幸甚幸甚！勉懋厥志，以取榮盛時。若夫古今相變之道，質文相生之本，高下豐約之所自，長短大小之所出，〔二〕子之言云又何訊焉？

來使告遽，不獲申盡，輒奉草具，以備還答。不悉。宗元白。

校勘記

〔一〕答貢士沈起書　陳景雲柳集點勘：「貞元十八年韓子與祠部陸員外傪書薦士十人中有沈杞者，卽以是歲登第，疑『杞』卽『起』也。」

〔二〕長短大小之所出「大小」原作「小大」，據音辯、詁訓、游居敬、濟美堂、蔣之翹本及全唐文倒轉。

賀進士王參元失火書〔一〕

得楊八書，〔二〕知足下遇火災，家無餘儲。僕始聞而駭，下楷切。中而疑，終乃大喜，蓋將弔而更以賀也。道遠言略，猶未能究知其狀，若果蕩焉泯焉而悉無有，乃吾所以尤賀者也。

足下勤奉養，寧朝夕，〔三〕唯恬安無事是望也。乃今有焚煬赫烈之虞，〔童曰〕煬，暴也。音漾。以震駭左右，〔四〕而脂膏滫瀡之具，〔韓曰〕滫、瀡以滑之，脂、膏以膏之。見禮記內則篇。滫，息有切。瀡，息委切。或以不給，吾是以始而駭也。凡人之言，皆曰盈虛倚伏，〔劉曰〕老子：禍兮福所倚，福兮禍所伏。去來之不可常。或將大有爲也，乃始厄困震悸，於是有水火之孼，〔孫曰〕説文：衣服歌謠草木之怪謂之妖，禽獸蟲蝗之怪謂之孼。孼，魚列切。有羣小之慍，〔孫曰〕詩：憂心悄悄，慍于羣小。勞苦變動，而後能光明，古之人皆然。斯道遼闊誕漫，雖聖人不能以是必信，是故中而疑也。以足下讀古人書，爲文章，善小學，其爲多能若是，而進不能出羣士之上，以取顯貴者，無他故焉。〔五〕

京城人多言足下家有積貨，士之好廉名者，皆畏忌，不敢道足下之善，獨自得之，心蓄之，銜忍而不出諸口，以公道之難明，而世之多嫌也。一出口，則嗤嗤者嗤，音蚩。以爲得重賂。僕自貞元十五年見足下之文章，蓄之者蓋六七年未嘗言。是僕私一身而負公道久矣，「身」，一作「己」。非特負足下也。及爲御史尚書郎，自以幸爲天子近臣，得奮其舌，思以發明天下之鬱塞。〔六〕然時稱道於行列，猶有顧視而竊笑者，僕良恨修己之不亮，素譽之不立，而爲世嫌之所加，常與孟幾道言而痛之。〔補注〕幾道，名簡。乃今幸爲天火之所滌盪，音蕩。「天」，一作「大」。凡衆之疑慮，「疑」，一作「所」。舉爲灰埃。黔其廬，黔，音鈐。赭其垣，「赭」，一作「赫」。以示其無有，而足下之才能乃可顯白而不汙。其實出矣，是祝融、回祿之相吾子也。〔孫曰〕昭二十九年左氏：顓頊氏有子黎，爲祝融，是爲火正。十八年左氏：禳火於玄冥、回祿。注：回祿，火神。則僕與幾道十年之相知，不若茲火一夕之爲足下譽也。宥而彰之，〔七〕使夫蓄於心者，咸得開其喙，許穢切。發策決科者，〔八〕〔孫曰〕揚子：須以發策決科。漢之明經，必爲問難疑義，書之於策，量其大小，署爲甲乙之科，列而置之，不使彰顯。有欲射之，隨其所取得而釋之。故云。授子而不慄，雖欲如向之蓄縮受侮，其可得乎？於茲吾有望乎爾！一作「於子」。是以終乃大喜也。古者列國有災，同位者皆相弔；許不弔災，君子惡之。〔孫曰〕昭十八年左氏：宋、衞、陳、鄭災，陳不救火，許不弔災，君子是以知陳、許之亡也。今吾之所陳若是，有以異乎古，故將弔而更以賀也。〔孫曰〕元和二年，參元中第。顏、曾之養，其爲樂也大矣，又何闕焉？

足下前要僕文章古書，〔九〕極不忘，候得數十幅乃併往耳。〔一〇〕吴二十一武陵來，言足下爲醉賦及對問，大善，可寄一本。僕近亦好作文，與在京城時頗異。思與足下輩言之，桎梏甚固，未可得也。因人南來，致書訪死生。不悉。宗元白。

校勘記

〔一〕賀進士王參元失火書　陳景雲柳集點勘：「參元，濮陽人，鄜坊節度使栖曜少子。」

〔二〕得楊八書　陳景雲柳集點勘：「楊八，名敬之，子厚之戚，而參元深友也。敬之行八，見劉賓客詩。」

〔三〕足下勤奉養寧朝夕　「寧」，音辯、游居敬、濟美堂、蔣之翹本及全唐文作「樂」。

〔四〕乃今有焚煬赫烈之虞以震駭左右　「乃今」，音辯、詁訓、游居敬、濟美堂、蔣之翹本及全唐文作「今乃」。又，世綵堂本注：「一無『駭』字。」何焯校本批注：「重校無『駭』字。」

〔五〕無他故焉　音辯、詁訓、游居敬、濟美堂、蔣之翹本及全唐文此句作「蓋無他焉」。

〔六〕思以發明天下之鬱塞　「天下」，音辯、詁訓、游居敬、濟美堂、蔣之翹本及全唐文作「足下」。按：從上下文義看，作「足下」近是。

〔七〕宥而彰之　陳景雲柳集點勘：「按『宥』本訓寬，與上下文意不屬，疑當作『佑』，乃蒙上『相吾子』

言之。」何焯義門讀書記：「宥，猶助也。」

〔八〕發策決科者句下注　「必爲問難疑義」。「難」原作「文」，據世綵堂、濟美堂、蔣之翹本改。

〔九〕足下前要僕文章古書　「前」下原衍「章」字，據音辯、游居敬、濟美堂、蔣之翹本及全唐文删。又，世綵堂、濟美堂、蔣之翹本注：「一本『文章』二字作『學』字。」

〔一〇〕候得數十幅乃併往耳　「幅」，世綵堂本作「篇」。

柳宗元集卷三十四

書

與太學諸生喜詣闕留陽城司業書

〔集注〕城字亢宗，自諫議大夫遷國子司業，以事出爲道州刺史。太學諸生詣闕請留之，公遺諸生書，勉勵其志。

二十六日，〔一〕〔孫曰〕貞元十四年九月也。集賢殿正字柳宗元敬致尺牘，〔童曰〕說文：牘，書版也。長一尺，故云尺牘。太學諸生足下：始朝廷用諫議大夫陽公爲司業，〔韓曰〕陽城傳：德宗召城爲諫議大夫。及裴延齡誣逐陸贄、張滂、李充等，城乃約拾遺王仲舒，守延英閣，上疏極論延齡罪，且顯語曰：「延齡爲相，吾當取白麻壞之。」貞元十一年七月，坐是下遷國子司業。諸生陶煦醇懿，熙然大洽，于茲四祀而已，詔書出爲道州。〔韓曰〕貞元十四年，太學生薛約言事得罪，謫連州，城送之郊外。帝惡城黨有罪，出爲道州刺史。僕時通籍光範門，〔補注〕通籍者，按漢書注，爲二尺竹牒，記其年紀、名字、物色，懸之宮門，按省相應乃得入，是爲通籍。就職書府，聞之悒然不喜。非特爲諸生戚戚也，乃僕亦失其師表，而莫有所矜式焉。一有「既」字。而署吏有傳致詔草者，〔二〕僕得觀之。蓋主上知陽公甚熟，嘉美顯寵，勤至備厚，乃知欲煩陽公宣風裔土，〔三〕覃布美化于黎獻也。遂寬然少喜，如獲慰薦于天子休命。然而退自感悼，幸生明聖不諱之代，不能布露所蓄，論列大體，聞於下執事，冀少見採取，而還陽公之南也。翌日，退自書府，就車于司馬門外，聞之於抱關掌管者，道諸生愛慕陽公之德教，不忍其去，頓首西闕下，懇悃至願乞留如故者百數十人。〔四〕〔韓曰〕城之出，太學諸生何蕃、季償、王魯卿、李讜等二百人，頓首闕下，請留城。守闕下數日，爲吏遮抑不得上。輒用撫手喜甚，震抃不寧，不意古道復形于今。僕嘗讀李元禮、〔孫曰〕李元禮，李膺也。傳云：太學諸生三萬餘人，郭林宗、賈偉節爲之冠，並與李膺、陳蕃、王暢更相褒重。學中語曰：天下模楷李元禮。嵇叔夜傳，〔孫曰〕晉書：嵇叔夜名康，坐吕安事，將刑東市，太學生三千人請以爲師，不許。觀其言太學生徒仰闕赴訴者，僕謂訖千百年不可覩聞，乃今日聞而覩之，誠諸生見賜甚盛。

於戲！上音烏，下音希。始僕少時，嘗有意遊太學，受師説，以植志持身焉。當時説者咸曰：「太學生聚爲朋曹，侮老慢賢，有墮窳敗業窳，音庾。而利口食者，有崇飾惡言而肆鬬訟者，〔劉曰〕文十八年左氏：毁信廢忠，崇飾惡言。有凌傲長上而誶罵有司者，〔李曰〕漢書：立而誶語。誶，責讓也。蘇内切。其退然自克，特殊於衆人者無幾耳。」僕聞之，恂駭怛悸，恂，許勇、虚容二切。怛，當各切。悖，其季切。良痛其遊聖人之門，而衆爲是嗜嗜也。〔孫曰〕孟子：事君無義，進退無禮，言則非先王之道者，猶沓沓也。嗜，徒合切。與「沓」同。遂退託鄉閭家塾，音孰。考厲志業，過太學之門而不敢蹻顧，尚何能仰視其學徒者哉！今乃奮志厲義，出乎千百年之表，何聞見之乖剌歟？剌，盧達切。豈説者過也，將亦時異人異，無嚮時之桀害者耶？其無乃陽公之漸漬導訓，漸，子廉切。漬，疾智切。明效所致乎？夫如是，服聖人遺教，居天子太學，可無愧矣。

於戲！陽公有博厚恢弘之德，能并容善僞，來者不拒。曩聞有狂惑小生，〔孫曰〕卽謂薛約也。依託門下，或乃飛文陳愚，醜行無賴，而論者以爲言，謂陽公過於納汙，〔童曰〕左氏：川澤納汙。無人師之道。是大不然。仲尼吾黨狂狷，〔張曰〕論語：吾黨之小子狂簡，斐然成章，不知所以裁之。狷，古顯切。又古縣切。南郭獻譏；〔韓曰〕荀子法行篇：南郭惠子問於子貢曰：「夫子之門何其雜也？」子貢曰：「君子正身以俟，欲來者不拒，欲去者不止。良醫之門多病人，櫽栝之側多枉材，是以雜也。」曾參徒七十二人，致禍負芻；〔韓曰〕孟子：曾子居武城，有越寇。曾子曰：「無寓人於我室，毀傷其薪木。」寇退，則曰：「修我牆屋，我將反。」左右曰：「待先生如此其忠且敬也，寇至，則先去以爲民望；寇退，則返，殆於不可。」沈猶行曰：「是非汝所知也。昔沈猶有負芻之禍，從先生者七十人，未有與焉。」孟軻館齊，從者竊屨。〔韓曰〕孟子之滕，館於上宮。有業屨於牖上，館人求之弗得。或曰：「若是乎從者之廋也。」曰：「子以是爲竊屨來歟？」曰：「殆非也。」彼一聖兩賢人，繼爲大儒，然猶不免，如之何其拒人也？兪、扁之門，〔孫曰〕兪跗、扁鵲，皆良醫也。不拒病夫；繩墨之側，不拒枉材；師儒之席，不拒曲士，理固然也。且陽公之在于朝，四方聞風，仰而尊之，貪冒苟進邪薄之夫，庶得少沮其志，不遂其惡，雖微師尹之位，而人實具瞻焉。與其宣風一方，覃化一州，其功之遠近，又可量哉！諸生之言非獨爲己也，於國體實甚宜，願諸生勿得私之。〔五〕想復再上，故少佐筆端耳。勗此良志，勗，音旭。俾爲史者有以紀述也。努力多賀。柳宗元白。

校勘記

〔一〕二十六日句下注　「貞元十四年九月也」。陳景雲柳集點勘卷四文安禮柳集年譜附：文安禮年譜謂在十五年爲是。「集中與太學諸生書題下注『貞元十四年』，乃後人承通鑑之文而失之，當據譜釐正。」

〔二〕而胥吏有傳致詔草者句上注　「一有『旣』字」。音辯、游居敬、蔣之翹本及全唐文有「旣」字。按：有「旣」字近是。

〔三〕乃知欲煩陽公宣風裔土　世綵堂、濟美堂、蔣之翹本注：「一無『知』字。」

〔四〕懇悃至願乞留如故者百數十人句下注　「太學諸生何蕃、季償、王魯卿、李讜等二百人」。「季償」原作「李儻」，「讜」原作「譚」，據詁訓本及新唐書卷一九四陽城傳改。

〔五〕願諸生勿得私之　世綵堂、濟美堂、蔣之翹本注：「一無『得』字。」

答韋中立論師道書〔一〕

〔韓曰〕中立，史無傳。新史年表云：唐州刺史彪之孫。不書爵位。觀其求師好學之志，公答以數千言，盡以平生爲文真訣告之，必當時佳士也。中立後於元和十四年中第。

二十一日，宗元白：辱書云欲相師，〔二〕僕道不篤，業甚淺近，環顧其中，未見可師者。雖常好言論，爲文章，甚不自是也。不意吾子自京師來蠻夷間，乃幸見取。僕自卜固無取，假令有取，亦不敢爲人師。爲衆人師且不敢，況敢爲吾子師乎？

孟子稱「人之患在好爲人師。」由魏、晉氏以下，人益不事師。今之世，不聞有師，有輒譁笑之，以爲狂人。獨韓愈奮不顧流俗，犯笑侮，收召後學，作師說，因抗顏而爲師。世果羣怪聚罵，指目牽引，而增與爲言辭。愈以是得狂名，居長安，炊不暇熟，又挈挈而東，如是者數矣。〔洪興祖曰〕子厚與韋中立書云：韓愈奮不顧流俗，犯笑侮，收召後學，作師說，因抗顏而爲師，云云。報嚴厚輿書云：僕才能勇敢不如韓退之，故不爲人師。余觀退之師說，非好爲人師者也。學者不歸子厚歸退之，故子厚有此說耳。屈子賦曰：「邑犬羣吠，吠所怪也。」〔孫曰〕出屈原懷沙賦。僕往聞庸蜀之南，恒雨少日，日出則犬吠，余以爲過言。前六七年，僕來南，二年冬，〔三〕幸大雪，踰嶺被南越中數州，數州之犬，皆蒼黄吠噬狂走者累日，至無雪乃已，然後始信前所聞者。今韓愈既自以爲蜀之日，而吾子又欲使吾爲越之雪，不以病乎？〔李石曰〕退之爲蜀之日，子厚爲越之雪。夫師至二子，可無憾也，然尚以怪取敗，是知師道固難矣。非獨見病，亦以病吾子。然雪與日豈有過哉？顧吠者犬耳。度今天下不吠者幾人，而誰敢衒怪於羣目，以召鬧取怒乎？

僕自謫過以來，益少志慮。居南中九年，增脚氣病，漸不喜鬧，豈可使呶呶者呶，尼交切。早暮咈吾耳〔童曰〕咈，戾也。音拂。騷吾心？則固僵仆煩憒，憒，乎外切。愈不可過矣。平居望外，遭齒舌不少，獨欠爲人師耳。

抑又聞之，古者重冠禮，將以責成人之道，是聖人所尤用心者也。數百年來，人不復行。近有孫昌胤者，獨發憤行之。既成禮，明日造朝至外庭，薦笏〔孫曰〕薦，搢也。言於卿士曰：「某子冠畢。」應之者咸憮然。〔韓曰〕孟子：憮然爲間。憮，音武。京兆尹鄭叔則〔孫曰〕貞元初，鄭叔則爲京兆尹。五年二月，貶永州長史。怫然曳笏却立，怫，音佛。曰：「何預我耶？」廷中皆大笑。天下不以非鄭尹而快孫子，何哉？獨爲所不爲也。今之命師者大類此。

吾子行厚而辭深，凡所作，皆恢恢然有古人形貌，雖僕敢爲師，亦何所增加也？假而以僕年先吾子，聞道著書之日不後，誠欲往來言所聞，則僕固願悉陳中所得者。吾子苟自擇之，取某事去某事，則可矣。若定是非以教吾子，僕材不足，而又畏前所陳者，其爲不敢也决矣。吾子前所欲見吾文，既悉以陳之，非以耀明于子，聊欲以觀子氣色誠好惡何如也。今書來，言者皆大過。吾子誠非佞譽誣諛之徒，直見愛甚故然耳。

始吾幼且少，爲文章，以辭爲工。及長，乃知文者以明道，是固不苟爲炳炳烺烺，務采色、夸聲音而以爲能也。凡吾所陳，皆自謂近道，而不知道之果近乎，遠乎？吾子好道而可吾文，或者其於道不遠矣。故吾每爲

〔童曰〕烺，火明貌。音朗。又音郎。一本作「炳炳煒煒」。

文章，未嘗敢以輕心掉之，掉，徒弔切。懼其剽而不留也；剽，匹妙切。未嘗敢以怠心易之，懼其弛而不嚴也；未嘗敢以昏氣出之，懼其昧没而雜也；未嘗敢以矜氣作之，懼其偃蹇而驕也。抑之欲其奥，揚之欲其明，疏之欲其通，廉之欲其節，激而發之欲其清，固而存之欲其重，此吾所以羽翼夫道也。本之書以求其質，本之詩以求其恒，本之禮以求其宜，本之春秋以求其斷，本之易以求其動，此吾所以取道之原也。參之穀梁氏以厲其氣，參之孟、荀以暢其支，參之莊、老以肆其端，參之國語以博其趣，參之離騷以致其幽，參之太史公以著其潔，

〔孫曰〕太史公，謂司馬遷也。〔補注〕梁劉勰辨騷云：唐韓、柳爲後世辭宗，未嘗極道原，而間見於詩文若書。愈進學解云：下逮莊、騷，太史所録；子雲、相如，同工異曲。是以原介莊周、司馬遷之間也。宗元與韋中立書曰：參之莊、老以肆其端，參之國語以博其趣；參之離騷以致其幽，參之太史以著其潔。亦以其辭配莊、老、太史，與愈同。

此吾所以旁推交通而以爲之文也。凡若此者，果是耶，非耶？有取乎，抑其無取乎？吾子幸觀焉擇

焉，有餘以告焉。苟亟來以廣是道，子不有得焉，則我得矣，又何以師云爾哉？取其實而去其名，無招越、蜀吠怪，而爲外廷所笑，則幸矣！宗元白。〔四〕

校勘記

〔一〕答韋中立論師道書題下注「唐州刺史彪之孫」。「唐州」原作「潭州」，據詁訓本及新唐書卷七四宰相世系表改。

〔二〕辱書云欲相師　「書」下原無「云」字，據取校諸本補。

〔三〕二年冬　「二」，詁訓本作「三」。

〔四〕宗元白　音辯、詁訓、游居敬本「白」上有「復」字。

答貢士元公瑾論仕進書〔一〕

〔劉曰〕公嘗有送元秀才下第東歸序，卽公瑾也。序所謂「從計京師，受丙科之薦，獻藝春卿，當三黜之辱」，與書所謂「深寡和之憤，積無徒之歎」之意同。書當在序之前。

二十八日宗元白：前時所枉文章，諷讀累日，辱致來簡，受賜無量。然竊觀足下所以殷勤其文旨者，豈非深寡和之憤，〔二〕〔孫曰〕宋玉對楚王問：其曲彌高，其和彌寡。積無徒之歎，懷不能已，赴訴於僕乎？如僕尚何爲者哉！且士之求售於有司，或以文進，或以行達者，稱之不患無成。足下之文，左馮翊崔公先唱之矣，秉筆之徒由是增敬；足下之行，汝南周頌客又先唱之矣，〔三〕逢掖之列〔劉曰〕禮記：孔子少居魯，衣逢掖之衣。注：逢，大也。大掖之衣，大袂禪衣也。亦以加慕。〔四〕夫如是，致隆隆之譽不久矣，又何戚焉？

古之道，上延乎下，下倍乎上，〔五〕上下洽通，而薦能之功行焉。故天子得宜爲天子者，薦之於天；諸侯得宜爲諸侯者，薦之於王；大夫得宜爲大夫者，薦之於君；士得宜爲士者，薦之於有司。薦於天，堯、舜是也；〔孫曰〕孟子：堯薦舜於天。舜薦禹於天。薦於王，周公之徒是也；薦於君，鮑叔牙、子罕、子皮是也；〔六〕〔孫曰〕說苑：子貢問孔子：「今之人臣孰賢？」孔子曰：「吾未識也。往者齊有鮑叔，鄭有子皮。」子貢曰：「齊無管仲，鄭無子產乎？」子曰：「吾聞鮑叔之進管仲，子皮之進子產，未聞管仲、子產有所進也。」薦於有司而專其美者，則僕未之聞也，是誠難矣。古猶難之，而況今乎？獨不得與足下偕生中古之間，進相援也，退相拯也，已乃出乎今世，雖王林國、韓長孺復生，〔孫曰〕說苑：魯哀公問於孔子曰：「當今之時，君子誰賢？」對曰：「衛靈公。有士曰王林國，有賢人必進而任之，無不達也；不能達，退而與分其祿。而靈公尊之。」韓安國字長孺，所推舉皆廉士賢於己者，於梁舉壺遂、臧固，至它皆天下名士，士亦以此稱慕之。不能爲足下抗手而進，以取僇笑，矧僕之齷齪者哉！齷，音渥。齪，側角切。若將致僕於奔走先後之地〔補注〕詩：予曰有奔走，予曰有先後。而役使之，〔七〕則勉充雅素，不敢告憊。步拜切。

嗚呼！始僕之志學也，甚自尊大，頗慕古之大有爲者。汨没至今，自視缺然，知其不盈素望久矣。上之不能交誠明，達德行，延孔氏之光燭于後來；次之未能勵材能，興功力，致大康于民，垂不滅之聲。退乃偃僵於下列，〔八〕〔韓曰〕偃僵，無見貌。失道貌。禮記：治國而無禮，猶瞽者之無相。偃偃然，音根。又丑良切。呫呫於末位。呫，他協、日涉二切。偃仰驕矜，道人短長，不亦冒先聖之誅乎？固吾不得已耳，樹勢使然也。〔九〕穀梁子曰：「心志既通，而名譽不聞，友之過也。」〔補注〕昭十九年穀梁之文。蓋舉知揚善，聖人不非。況足下有文行，唱之者有其人矣，繼其聲者，吾敢闕焉！其餘去就之説，則足下觀時而已。不悉。宗元白。

校勘記

〔一〕答貢士元公瑾論仕進書題下注　「書當在序之前」。陳景雲柳集點勘：「貞元十四年作。書言『左馮翊崔公先唱之』。舊史：貞元十四年九月，以同州刺史崔宗爲陝虢觀察使。此稱『馮翊』，蓋在九月前也。是歲子厚始授集賢殿正字，故有『偃僵下列』二語。」

〔二〕豈非深寡和之憤句下注　「其曲彌高，其和彌寡」。「曲」下原衍「之」字，據取校諸本及宋玉對楚王問删。按：此注下，蔣之翹本續引：「漢書東方朔傳：水至清則無魚，人至察則無徒。」下句「積無徒之歎」當出此。

〔三〕汝南周潁客又先唱之矣　陳景雲柳集點勘：「汝南周潁客，疑是周君巢。殆因巢父隱潁水間，故以『潁客』爲字耶？」

〔四〕逢掖之列亦以加慕　蔣之翹本注：「『逢』，一作『縫』。『掖』與『腋』同。」句中注「大袂禪衣也」。「衣」原作「庇」，據音辯、世綵堂本及禮記儒行注改。

〔五〕上延乎下下倍乎上　「倍」，蔣之翹本及全唐文作「信」。

〔六〕鮑叔牙子罕子皮是也句下注　「孔子曰：吾未識也。往者齊有鮑叔，鄭有子皮」。「曰」下原脫「吾未識也往者」六字，據說苑卷二臣術補。

〔七〕若將致僕於奔走先後之地而役使之句中注　「詩：予曰有奔走，予曰有先後」。按：詩大雅文王緜原文是：「予曰有疏附，予曰有先後，予曰有奔奏，予曰有禦侮。」

〔八〕退乃倀倀於下列句下注　「治國而無禮，猶瞽者之無相」。按：禮記仲尼燕居原文是：「治國而無禮，譬猶瞽之無相與？倀倀乎其何之。」

〔九〕樹勢使然也　音辯、世綵堂本注：「一無『使』字。」又，陳景雲柳集點勘：「『樹』似當作『時』，上言『生(出)乎今世』，下言『觀時而已』，蓋皆以時勢言之。」按：陳說疑是。

答嚴厚與秀才論爲師道書

〔韓曰〕公嘗有答韋中立書，答袁君陳書，與此書意皆合。大抵皆避爲師之名，而不敢當。集又有送嚴公貺下第序，厚輿豈即公貺耶？

二十五日某白，馮翊嚴生足下：得生書，言爲師之説，怪僕所作師友箴與答韋中立書，欲變僕不爲師之志，而屈己爲弟子。〔一〕凡僕所爲二文，其卒果不異。僕之所避者名也，所憂者其實也，實不可一日忘。僕聊歌以爲箴，〔二〕行且求中以益己，慄慄不敢暇，又不敢自謂有可師乎人者耳。若乃名者，方爲薄世笑罵，僕脆怯，尤不足當也。內不足爲，外不足當，衆口雖懇懇見迫，其若吾子何？實之要，二文中皆是也，吾子其詳讀之，僕見解不出此。

吾子所云仲尼之説，豈易耶？仲尼可學不可爲也。學之至，斯則仲尼矣；未至而欲行仲尼之事，若宋襄公好霸而敗國，卒中矢而死。〔三〕〔孫曰〕僖二十二年左氏：宋公及楚人戰于泓。宋師敗績，公傷股。二十三年五月卒，傷于泓故也。仲尼豈易言耶？馬融、鄭玄者，二子獨章句師耳。今世固不少章句師，僕幸非其人。吾子欲之，其有樂而望吾子者矣。言道、講古、窮文辭以爲師，則固吾屬事。僕才能勇敢不如韓退之，故又不爲人師。人之所見有同異，吾子無以韓責我。若曰僕拒千百人，又非也。僕之所拒，拒爲師弟子名，而不敢當其禮者也。若言道、講古、窮文辭，有來問我者，吾豈嘗瞋目閉口耶？

敬叔吾所信愛，〔補注〕呂恭，字敬叔。今不得見其人，又不敢廢其言。〔四〕一作「又敢廢其言哉」。吾子文甚暢遠，〔五〕恢恢乎其闢大路將疾馳也。攻其車，肥其馬，長其筴，音策。調其六轡，〔童曰〕詩：六轡在手。注：駟馬六轡。中道之行大都，捨是又奚師歟？亟謀於知道者而考諸古，師不乏矣。幸而亟來，亟，丘異切。終日與吾子言，不敢倦，不敢愛，不敢肆。苟去其名，全其實，以其餘易其不足，亦可交以爲師矣。如此，無世俗累而有益乎己，古今未有好道而避是者。宗元白。

校勘記

〔一〕而屈己爲弟子　世綵堂、濟美堂、蔣之翹本「屈」上無「而」字。

〔二〕僕聊歌以爲箴　「聊」上原無「僕」字，據取校諸本補。

〔三〕卒中矢而死句下注　「宋公及楚人戰於泓」。「宋公」原作「宋人」，據左傳改。

〔四〕又不敢廢其言句下注　「一作『又敢廢其言哉』」。章士釗柳文指要：「一本無『不』字，『言』字下有『哉』字，是。」按：章說近是。

〔五〕吾子文甚暢遠　何焯校本批注：「『遠』疑作『達』。」

報袁君陳秀才避師名書

秀才足下：僕避師名久矣。往在京都，後學之士到僕門，日或數十人，僕不敢虚其來意，有長必出之，有不至必惎之。〔孫曰〕惎，教也。渠記切。雖若是，〔一〕當時無師弟子之説。其所不樂爲者，非以師爲非，弟子爲罪也。有兩事，故不能：自視以爲不足爲，一也；世久無師弟子，決爲之，且見非，且見罪，懼而不爲，二也。其大説具答韋中立書，今以往，可觀之。

秀才貌甚堅，辭甚強，僕自始覯，固奇秀才，及見兩文，愈益奇。雖在京都，日數十人到門者，誰出秀才右耶？前已畢秀才可爲成人，〔二〕僕之心固虚矣，又何鯤鵬互鄉於尺牘哉！〔童曰〕論語：互鄉難與言，童子見。「何」下一有「辱」字。秋風益高，〔三〕暑氣益衰，可偶居卒談。秀才時見咨，僕有諸内者不敢愛惜。

大都一有「爲」字。文以行爲本，在先誠其中。其外者當先讀六經，次論語、孟軻書，皆經言；左氏、國語、莊周、屈原之辭，稍采取之；穀梁子、太史公甚峻潔，可以出入；餘書俟文成異日討也。〔四〕其歸在不出孔子，此其古人賢士所懔懔者。求孔子之道，不於異書。秀才志於道，慎勿怪、勿雜、勿務速顯。道苟成，則慤然爾，「慤」，一作「勃」。久則蔚然爾。源而流者歲旱不涸，蓄穀者不病凶年，蓄珠玉者不虞殍死矣。殍，彼表切。然則成而久者，其術可見。雖孔子在，爲秀才計，未必過此。不具。宗元白。

校勘記

〔一〕雖若是　「雖」上原衍「其教也」三字，據世綵堂本及全唐文删。何焯校本批注：「三字誤以注入行。大字本無。『其』卽『甚』字之訛也。」按：何說是。

〔二〕前已畢秀才可爲成人　世綵堂、濟美堂、蔣之翹本注：「『畢』一作『必』。」全唐文作「必」。何焯義門讀書記亦云：「『畢』作『必』。」

〔三〕秋風益高　世綵堂本注：「『風』，一作『色』。」

〔四〕餘書俟文成異日討也　世綵堂、濟美堂、蔣之翹本注：「『討』下一有『可』字。」何焯義門讀書記云：「『討』字下有『可』字。」按：有「可」字近是。

答韋珩示韓愈相推以文墨事書

〔韓曰〕退之書不見於集，而其略粗見於此。韋珩，夏卿之姪，正卿之子。夏卿，史有傳。正卿，附見於傳。

珩，載于年表。公謂馬遷於退之固相上下，而揚雄不若退之，其相推遜亦至矣。集又有寄珩詩，在别卷。

足下所封示退之書，云欲推避僕以文墨事，且以勵足下。若退之之才，過僕數等，〔一〕尚不宜推避於僕，非其實可知，一無「可知」二字。固相假借爲之辭耳。退之所敬者，司馬遷、揚雄。遷於退之，固相上下。若雄者，如太玄、法言及四愁賦，〔二〕〔孫曰〕揚雄贊：以爲經莫大於易，作太玄；傳莫大於論語，作法言；詞莫麗於相如，作四賦。而此云四愁賦，后人妄加之也。退之獨未作耳，決作之，加恢奇，〔三〕至他文過揚雄遠甚。雄之遺言措意，「之」，一作「文」。頗短局滯澁，不若退之猖狂恣睢，肆意有所作。一作「猖狂恣肆，寓意有所作」。若然者，使雄來尚不宜推避，而況僕耶？彼好獎人善，以爲不屈己，善不可獎，故慊慊云爾也。〔張曰〕慊，恨也。音歉。一無「也」字。足下幸勿信之。

且足下志氣高，好讀南、北史書，通國朝事，穿穴古今，〔四〕後來無能和。〔五〕一作「加」。而僕稚騃，語駭切。卒無所爲，〔六〕但趑趄文墨筆硯淺事。今退之不以吾子勵僕，而反以僕勵吾子，愈非所宜。然卒篇欲足下自挫抑，合當世事以固當，〔七〕丁浪切。雖僕亦知無出此。吾子年甚少，知己者如麻，〔八〕不患不顯，〔孫曰〕貞元二十一年，珩中進士第。患道不立爾。此僕以自勵，亦以佐退之勵足下。不宣。宗元頓首再拜。

校勘記

〔一〕若退之之才過僕數等　「數等」，音辯、游居敬、濟美堂、蔣之翹本作「數人」。

〔二〕如太玄法言及四愁賦　世綵堂本注：「一作『四賦』。」何焯義門讀書記：「作『四賦』。」按：作「四賦」是。漢書揚雄傳贊即作「四賦」。四賦指甘泉賦、河東賦、羽獵賦、長楊賦。

〔三〕決作之加恢奇　「決」，蔣之翹本及全唐文作「使」。

〔四〕穿穴古今　「穿穴」，詁訓、世綵堂本注：「一作『牢籠』。」

〔五〕後來無能和句下注　「一作『加』。」按：「和」字費解，「加」字近是。

〔六〕而僕稚騃卒無所爲　陳景雲柳集點勘：「按書中目珩爲年少，則時作者之齒長矣。與杜溫夫書中『吾性滯騃（騃滯）』語，則此『稚』字或『滯』字之誤。」按：本書卷三二與崔連州論石鐘乳書有「山東之稚騃樸鄙」句，似仍作「稚」是。

〔七〕合當世事以固當　世綵堂本注：「一無『以』字。」何焯義門讀書記：「無『以』字。」按：無「以」字近是。

〔八〕知己者如麻　詁訓本無「者」字。

答貢士廖有方論文書〔一〕

〔韓曰〕廖生書欲求公爲序，其端見於此。公既許之，故集有送詩人廖有方序，見別卷。

三日，宗元白：自得秀才書，〔二〕知欲僕爲序。然吾爲文，非苟然易也。於秀才，則吾不敢愛。吾在京都時，好以文寵後輩，後輩由吾文知名者，亦爲不少焉。自遭斥逐禁錮，益爲輕薄小兒譁囂，羣朋增飾無狀，當途人率謂僕垢汙重厚，舉將去而遠之。今不自料而序秀才，秀才無乃未得嚮時之益，而受後事之累，吾是以懼。潔然盛服而與負塗者處，〔三〕〔孫曰〕易睽：見豕負塗。塗，謂泥塗也。而又何賴焉？然觀秀才勤懇，意甚久遠，不爲頃刻私利，欲以就文雅，則吾曷敢以讓？當爲秀才言之。然而無顯出於今之世，視不爲流俗所扇動者，乃以示之。既無以累秀才，亦不增僕之詬罵也，計無宜於此。若果能是，則吾之荒言出矣。〔四〕〔孫曰〕元和十一年，有方中進士第，改名游卿。宗元白。

校勘記

〔一〕答貢士廖有方論文書　章士釗柳文指要：「此書爲廖有方求作詩序而還答，並非論文，題應將『論文』二字改作『求序詩』。」

〔二〕自得秀才書　音辯、詁訓、濟美堂、蔣之翹本「得」上無「自」字。

〔三〕潔然盛服而與負塗者處句下注　「易睽：見豕負塗」。原無「易睽」二字，據世綵堂本及周易補。

〔四〕則吾之荒言出矣句下注　「改名游卿」。「卿」原作「方」，據世綵堂、濟美堂本及徐松登科記考卷一八引雲溪友議文改。

答貢士蕭纂欲相師書

一云「求爲師書」。

十二日宗元白：始者負戴經籍，退跡野廬，塊守蒙陋，坐自壅塞。不意足下曲見記憶，遠辱書訊，貺以高文，開其知思。二字并去声。而又超僕以宗師之位，貸僕以丘山之號，流汗伏地，不知逃匿，幸過厚也。

前時獲足下灌鍾城銘，竊用唱導於聞人，僕常赧然，赧，乃板切。羞其僭踰。今覽足下尺牘，懇懃備厚，似欲僕贊譽者，此固所願也。詳視所貺，曠然以喜，是何旨趣之博大，詞采之蔚然乎！鼓行於秀造之列，此其戈矛矣。舉以見投，爲賜甚大。俯用忖度，〔一〕不自謂宜，顧視何德而克堪哉！且又教以芸其蕪穢，甚非所宜，僕不敢聞也。〔二〕其他唯命。宗元白。

校勘記

〔一〕俯用忖度　「忖」，音辯、濟美堂本作「討」，游居敬本作「計」。

〔二〕僕不敢聞也　「不」上原缺「僕」字，據取校諸本補。

報崔黯秀才論爲文書〔一〕

〔韓曰〕崔黯，新史有傳，寧季弟密之孫也，後擢進士第。一本作崔翦。翦，新、舊史皆無傳。

崔生足下：辱書及文章，辭意良高，所嚮慕不凡近，誠有意乎聖人之言。然聖人之言，期以明道，學者務求諸道而遺其辭。辭之傳於世者，必由於書。〔孫曰〕書，謂字書。道假辭而明，辭假書而傳，要之，之道而已耳。〔孫曰〕之道，謂適道也。道之及，及乎物而已耳，斯取道之內者也。今世因貴辭而矜書，粉澤以爲工，遒密以爲能，遒，音酋。不亦外乎？〔二〕吾子之所言道，匪辭而書，其所望於僕，亦匪辭而書，是不亦去及物之道愈以遠乎？僕嘗學聖人之道，身雖窮，志求之不已，庶幾可以語於古。恨與吾子不同州部，閉口無所發明。觀吾子文章，自秀士可通聖人之説。今吾子求於道也外，而望於余也愈外，是其可惜歟！吾且不言，是負吾子數千里不棄朽廢者之意，故復云爾也。〔三〕

凡人好辭工書者，〔四〕皆病癖也。〔孫曰〕癖，腹病也。音僻。吾不幸蚤得二病。學道以來，日思砭鍼攻熨，〔童曰〕説文：砭，以石刺病也。悲廉、彼驗二切。鍼，音針。卒不能去，纏結心腑牢甚，顧斯須忘之而不克，竊嘗自毒。今吾子乃始欽欽思易吾病，不亦惑乎？斯固有潛塊積瘕，〔童曰〕病也。居牙切。中子之内藏，恬而不悟，可憐哉！其卒與我何異？均之二病，書字益下，「字」，一作「示」。而子之意又益下，則子之病又益篤，甚矣，子癖於伎也。

吾嘗見病心腹人，有思啗土炭、嗜酸鹹者，不得則大戚。其親愛之者不忍其戚，因探而與之。〔補注〕東坡醉墨堂詩云：乃知柳子語不妄，病嗜土炭如珍羞。用此事。觀吾子之意，亦已戚矣。吾雖未得親愛吾子，然亦重來意之勤，有不忍矣。誠欲分吾土炭酸鹹，吾不敢愛，但遠言其證不可也，俟面乃悉陳吾狀。未相見，且試求良醫爲方已之。苟能已，大善，則及物之道，專而易通。若積結既定，醫無所能已，幸期相見時，吾決分子其啗嗜者。不具。宗元白。

校勘記

〔一〕報崔黯秀才論爲文書題下注　「崔黯，新史有傳，寧季弟密之孫也」。「季弟密之孫」原作「之子」，據新唐書卷一四四、舊唐書卷一一七崔寧傳改。

〔二〕不亦外乎　「不亦」原作「亦不」，據取校諸本倒轉。

〔三〕故復云爾也　蔣之翹本注：「『云爾』，一作『云云』」。

〔四〕凡人好辭工書者　世綵堂本無「者」字。

答吴秀才謝示新文書

〔孫曰〕吴秀才，當是武陵族子。

某白：向得秀才書及文章，類前時所辱遠甚，多賀多賀。〔一〕秀才志爲文章，又在族父處，〔孫曰〕族父，言武陵。〔韓曰〕族父，公自言其族父也。豈吴生隨柳公綽在湖南耶？早夜孜孜，〔二〕何畏不日日新又日新也。〔三〕雖間不奉對，苟文益日新，則若亟見矣。夫觀文章，宜若懸衡然，增之銖兩則俯，反是則仰，無可私者。秀才誠欲令吾俯乎？則莫若增重其文。今觀秀才所增益者，不啻銖兩，吾固伏膺而俯矣。〔四〕〔孫曰〕禮記：得一善則拳拳服膺，而弗失之矣。謂奉持之也。愈重，則吾俯滋甚，秀才其懋焉！苟增而不已，則吾首懼至地耳，又何間疏之患乎？還答不悉。宗元白。

校勘記

〔一〕多賀多賀　詁訓本此句作「多荷」。世綵堂、濟美堂、蔣之翹本注：「一無『多賀』二字。」

〔二〕又在族父處早夜孜孜　世綵堂、濟美堂、蔣之翹本注：「一無『又在族父處』五字。」

〔三〕何畏不日日新又日新也　詁訓本「不」下無重出「日」字。

〔四〕吾固伏膺而俯矣　世綵堂、濟美堂、蔣之翹本注：「一無『膺』字。」句下注「得一善則拳拳服膺，而弗失之矣」。「服」原作「伏」，「之」下原脫「矣」字，據禮記中庸改補。

復杜温夫書

一云「復杜温夫所用乎歟耶哉已耳焉也八字書」。

二十五日，宗元白：兩月來，三辱生書，書皆逾千言，意若相望僕以不對答引譽者。〔一〕〔孫曰〕望，怨也。然僕誠過也。而生與吾文又十卷，噫！亦多矣。文多而書頻，吾不對答引譽，宜可自反。〔劉曰〕孟子：自反而縮。而來徵不肯相見，〔二〕「肯」，一作「日」。亟拜亟問，亟，并音丘異切。其得終無辭乎？

凡生十卷之文，吾已略觀之矣。吾性騃滯，多所未甚諭，安敢懸斷是且非耶？書抵吾必曰周、孔，周、孔安可當也？〔三〕儗人必於其倫，〔四〕〔孫曰〕倫，類也。出禮記之文。生以直躬見抵，〔孫曰〕論語：吾黨有直躬者。直躬，謂直道也。宜無所諛道，〔五〕而不幸乃曰周、孔，吾豈得無駭怪？且疑生悖亂浮誕，無所取幅尺，以故愈不對答。來柳州，見一刺史，即周、孔之；〔韓曰〕元和十年，公自永召至京，尋復謫柳州刺史。今而去我，道連〔韓曰〕元和十年三月，以劉禹錫爲連州刺史。而謁於潮，〔韓曰〕元和十四年正月，韓愈貶潮州刺史。之二邦，又得二周、孔；去之京師，京師顯人爲文詞、立聲名以千數，又宜得周、孔千百，何吾生胸中擾擾焉多周、孔哉！〔補注〕謝昌國曰：子厚之論正矣，然以史考之，方子厚與劉夢得附王叔文也，譬之以爲伊、周復出，是子厚自處初亦未善。温夫以子厚爲周、孔，若尚可也，子厚以叔文爲伊、周，其可乎？子厚爲司馬、刺史時，必覺今是而昨非者也。非其初之嘗蹈於佞，則温夫安得而周、孔之哉？

吾雖少爲文，不能自雕斲，引筆行墨，快意累累，倫追切。意盡便止，亦何所師法？立言狀物，未嘗求過人，亦不能明辨生之才致。但見生用助字，不當律令，唯以此奉答。所謂乎、歟、耶、哉、夫者，疑辭也；矣、耳、焉、也者，決辭也。今生則一之。宜考前聞人所使用，與吾言類且異，慎思之則一益也。庚桑子言藿蠋鵠卵者，〔孫曰〕莊子：庚桑子曰：「奔蜂不能化藿蠋，越雞不能伏鵠卵，魯雞固能矣。」藿蠋，豆藿中大青虫。越雞，小雞。「蠋」，一作「雞」。吾取焉。道連而謁於潮，其卒可化乎？然世之求知音者，一遇其人，或爲十數文，卽務往京師，急日月，犯風雨，走謁門户，以冀苟得。今生年非甚少，而自荆來柳，自柳將道連而謁於潮，途遠而深矣，「途」下一有「愈」字。則其志果有異乎？又狀貌嶷然類丈夫，「嶷」字，音鄂力切。視端形直，心無歧徑，其質氣誠可也，獨要謹充之爾。謹充之，則非吾獨能，生勿怨。「生」下一有「宜」字。亟之二邦以取法，時思吾言，非固拒生者。孟子曰：「余不屑之教誨也者，是亦教誨之而已矣。」〔六〕宗元白。

校勘記

〔一〕意若相望僕以不對答引譬者　「若」原作「者」，據文粹、全唐文改。

〔二〕而來徵不肯相見句下注　「『肯』，一作『日』」。按：從文意看，作「日」近是。來徵，疑是人名。

〔三〕書抵吾必曰周孔周孔安可當也　音辯、游居敬本不重出「周孔」二字。

〔四〕儗人必於其倫　「儗」原作「語」，據文粹、何焯校本及全唐文改。按：此句出禮記曲禮下。

〔五〕宜無所諛道　「諛」下原脫「道」字，據取校諸本補。

〔六〕是亦教誨之而已矣　「教誨」下原脫「之」字，據文粹及孟子告子下補。

上門下李夷簡相公陳情書

〔韓曰〕新史夷簡傳：元和十三年，召爲御史大夫，進門下侍郎同中書門下平章事。

月日，使持節柳州諸軍事守柳州刺史柳宗元，謹再拜獻書于相公閤下：宗元聞有行三塗之艱，一有「難」字。而墜千仞之下者，〔孫曰〕昭四年左氏：晉司馬侯曰：「四嶽、三塗、陽城、太室、荆山、終南，九州之險也。」杜氏注云：三塗，在河南陸渾縣南。仰望於道，號以求出。過之者日千百人，皆去而不顧。就令哀而顧之者，不過攀木俯首，深矉太息，〔童曰〕矉，張目也。〔韓曰〕恨視也。毗真切。又音賓。良久而去耳，其卒無可奈何。然其人猶望而不止也。俄而有若烏獲者，〔孫曰〕烏獲，秦武王時有力人也。持長綆千尋，〔韓曰〕綆，汲井繩也。古杏切。徐而過焉。其力足爲也，其器足施也，號之而不顧，顧而曰不能力，則其人知必死於大壑矣。何也？是時不可遇而幸遇焉，〔一〕而又不逮乎己，然後知命之窮，勢之極，其卒呼憤自斃，音弊。不復望於上矣。

宗元曩者齒少心鋭，徑行高步，不知道之艱以陷於大阨，窮躓殞墜，躓，職利切。殞，羽敏切。廢爲孤囚。日號而望者十四年矣，〔孫曰〕永貞元年至是元和十三年，爲十四年矣。其不顧而去與顧而深矉者，俱不乏焉。然猶仰首伸吭，〔韓曰〕吭，咽也。下浪、居郎二切。張目而視曰：庶幾乎其有異俗之心，非常之力，當路而垂仁者耶？及今閣下以仁義正直，入居相位，宗元實拊心自慶，〔二〕以爲獲其所望，故敢致其辭以聲其哀。若又捨而不顧，則知沉埋踣斃無復振矣，〔三〕伏惟動心焉。〔四〕

宗元得罪之由，致謗之自，以閣下之明，其知之久矣。繁言蔓辭，秪益爲黷。伏惟念墜者之至窮，錫烏獲之餘力，舒千尋之綆，垂千仞之艱，致其不可遇之遇，以卒成其幸。庶號而望者得畢其誠，無使呼憤自斃，没有餘恨，則士之死於門下者宜無先焉。生之通塞，決在此舉，〔五〕無任戰汗隕越之至。不宜。宗元惶恐再拜。

校勘記

〔一〕是時不可遇而幸遇焉　何焯義門讀書記：「『時』，疑作『特』。」

〔二〕宗元實拊心自慶　音辯、游居敬、蔣之翹本及全唐文「實」下有「竊」字。

〔三〕則知沉埋踣斃無復振矣　「則」下原脱「知」字，據取校諸本補。按：此句與前文「則其人知必死於大壑矣」句法相同，有「知」字是。

〔四〕伏惟動心焉　文粹「惟」下有「閤下」二字。

〔五〕生之通塞決在此舉　文粹此句作「生死通塞在此一舉」。按：疑文粹是。如作「生之通塞」，「生」卽指柳宗元自己，惟通篇柳均未稱自己爲「生」，而是稱「宗元」。

柳宗元集卷三十五

啓

上廣州趙宗儒尚書陳情啓〔一〕

〔孫曰〕宗儒字秉文，鄧州穰人，未嘗爲廣州節度使。按此啓云「天罰深重」，當元和初公喪母之時。元和元年四月，以安南都護趙昌爲廣州刺史、嶺南節度使，則此啓當是與昌，而後來傳寫誤耳。〔韓曰〕按新史，元和初宗儒檢校禮部尚書，充東都留守，三遷至檢校吏部尚書，荆南節度使，歷山南西道、河中二鎮，拜御史大夫，改吏部尚書，未嘗爲廣州。然公送趙大秀才序亦云：尚書「由交、廣爲荆州」，必有所據也。

某天罰深重，〔二〕餘息苟存，〔孫曰〕元和元年五月，公母盧氏卒于永州。沉竄俟罪，朝不圖夕，伏謁無路，不任荒戀之誠。伏念宗元初授御史之日，〔韓曰〕貞元十九年閏十二月，以公爲監察御史。尚書與杜司空〔補注〕杜黄裳也。先賜臨顧，光耀里閭，下情至今尚增惶惕。頃以黨與進退，投竄零陵，因縶所迫，不得歸奉松檟。古雅切。哀荒窮毒，人理所極，親故遺忘，音望。況於他人。

朝夕之急，饘粥難繼，饘，諸延切。亦作「𩞄」。宗祀所重，不敢死亡，偷視累息，已逾歲月。〔三〕伏以尚書德量弘納，義風遠揚，收撫之恩，始於枯朽，敢以餘喘，上累深仁。伏惟惻然見哀，使得存濟，慺慺荒懇，慺，音婁。叩顙南望。竊以動心於無情之地，施惠於不報之人，古烈尚難，況在今日？而率然干冒，決不自疑者，蓋以聞風之日久，嚮德之誠至，振高義於流俗之外，〔四〕合大度於古人之中，獨有望於閣下而已，非敢以尋常祈向之禮，當大賢匍匐之仁。〔童曰〕詩：凡民有喪，匍匐救之。匍，音扶，音蒲。匐，音伏，又蒲墨切。夙夜忖度，果於自卜，方在困辱，不敢多言。伏紙惶恐，不勝戰越。謹啓。

校勘記

〔一〕上廣州趙宗儒尚書陳情啓　詁訓本無「廣州」、「陳情」四字。陳景雲柳集點勘：「趙宗儒當作趙昌。孫注已辨其誤。啓言始除御史，尚書與杜司空同過邸舍。按子厚以貞元十九年入臺，時昌爲國子祭酒，杜司空黄裳則方官太子賓客也。」

〔二〕某天罰深重　音辯、世綵堂、游居敬、濟美堂、蔣之翹本「某」上有「某啓」二字。

〔三〕已逾歲月　「歲月」，音辯及游居敬本作「數月」。

〔四〕振高義於流俗之外　「義」原作「議」，「俗」原作「浴」，據取校諸本改。

上西川武元衡相公謝撫問啓

〔韓曰〕元衡字伯蒼。憲宗即位，蜀新定，詔元衡檢校吏部尚書兼門下侍郎同平章事，爲劍南西川節度使。元和八年，至自西川。

某啓：某愚陋狂簡，不知周防，失於夷途，陷在大罪，伏匿嶺下，于今七年。〔韓曰〕時元和六年。追念往愆，寒心飛魄，幸蒙在宥，〔孫曰〕莊子：聞在宥天下，不聞治天下。在宥，謂寬宥也。得自循省。豈敢徹聞於廊廟之上，見志於樽俎之際，以求必於萬一者哉！〔一〕相公以含弘光大之德，〔補注〕易坤卦之辭。廣博淵泉之量，〔補注〕禮記：溥博淵泉，而時出之。不遺垢汙，先賜榮示。捧讀流涕，以懼以悲，屏營舞躍，〔童曰〕屏營，恐懼之貌。屏，步丁切。不敢寧處。是將收孟明於三敗，〔韓曰〕僖三十三年左氏：秦繆公使百里孟明視將兵伐鄭，至滑，孟明曰：「鄭有備矣。」滅滑而還。晉人與師，敗孟明于殽。及三年，孟明帥師伐晉，報殽之役。戰于彭衙，孟明敗績。繆公猶用孟明，增修國政。次年，孟明伐晉，繆公遂伯西戎。責曹沫於一舉。〔韓曰〕史記：曹沫，魯人也。爲魯將，與齊戰，三敗北。莊公十三年，與齊桓公盟于柯。沫執匕首劫桓公，曰：「齊强魯弱，大國侵魯，亦以甚矣！」桓公乃許盡歸魯之侵地。沫，莫貝、莫佩二切。俾折脅臏脚之倫，〔孫曰〕鄒陽書：司馬喜臏脚於宋，卒相中山。范睢拉脅折齒於魏，卒爲應侯。臏，刖刑也。音牝。脅，迄業切。得自拂飾，以期效命於鞭策之下，此誠大君子并容廣覽、棄瑕録用之道也。自顧孱鈍，孱，助山切。無以克堪，祇受大賜，豈任負戴？精誠之至，炯然如日。炯，古迥切。拜伏無路，不勝惶惕！輕冒威重，戰汗交深。

校勘記

〔一〕以求必於萬一者哉　「必」原作「心」，據全唐文改。

謝襄陽李夷簡尚書委曲撫問啓

〔韓曰〕元和六年四月，以户部侍郎李夷簡檢校禮部尚書，爲山南東道節度使。啓云襄州，即此時也。

某啓：當州〔韓曰〕謂永州也。員外司馬李幼清傳示尚書委曲，〔補注〕委曲，書也。特賜記憶，過蒙存問。捧讀喜懼，浪然涕流，浪，音郎。慶幸之深，出自望外。

伏惟尚書鶚立朝端，風行天下，入統邦憲，出分主憂，控此上游，〔孫曰〕上游，猶言重地也。式是南服。〔劉曰〕詩：式是南邦。式，法式也。凡海内奔走之士，思欲修容於轅門之外，〔孫曰〕季孫之母死，曾子與子貢弔焉。閽人弗納，曾子與子貢入於其廄而修容焉。注云：修容，更莊飾也。轅門，以車爲門。躡履於油幢之前，〔童曰〕幢，麾也。躡，音聶。譬之涉蓬瀛，〔韓曰〕海中三山，曰方丈、蓬萊、瀛洲，皆神仙所居。登崑閬，〔一〕〔韓曰〕崑崙、閬風，二山名。十洲記：崑崙山有三角，一角正北，名閬風巔。一角正西北，名玄圃堂。一角正東，名崑崙宮。閬，音浪。不可得而進也。

某負罪淪伏，聲銷跡滅，固世俗之所棄，親友之所遺，敢希大賢，曲見存念。是以展轉歔欷，二字音虛希。晝詠宵興，願爲廝役，以報恩遇。瞻仰霄漢，邈然無由。網羅未解，縱羽翼而何施？囊檻方堅，雖虎豹其焉往？不任踊躍戀戀之至。謹奉啓起居，輕黷威嚴，倍增戰越。

校勘記

〔一〕登崑閬句下注　「一角正北，名閬風巔」。「風」原作「峰」，據音辯、世綵堂本及十洲記改。「一角正西北，名玄圃堂」。「堂」原作「臺」，據音辯本及十洲記改。

賀趙江陵宗儒辟符載啓

〔集注〕宗儒履歷，已具注前啓。作之時日，當先後也。符載字厚之，蜀郡人。有奇才，以王霸自許。

某啓：伏聞以武都符載爲記室，天下立志之士，雜然相顧，繼以歎息，知爲善者得其歸嚮，流言者有所間執。〔一〕〔孫曰〕左氏：願以間執讒慝之口。直道之所行，義風之所揚，堂堂焉實在荆山之南矣。幸甚幸甚！

夫以符君之藝術志氣，爲時聞人，才位未會，盤桓固久，中間因緣，陷在危邦，與時偃仰，不廢其道，〔孫曰〕韋臯鎮蜀，以載爲支使。劉闢時爲倉曹參軍。載爲闢真贊，略云：「行義則固，輔仁乃通。」它年良覿，麟閣之中。」及臯卒，闢擅總留務，載亦在幕中。闢敗，載素服請罪，高崇文以其贊有「行義」「輔仁」之語，禮而釋之。而爲見忌嫉者横致脣吻。房給事以高節特立，明之于朝；王吏部以清議自任，辨之於外。〔二〕然猶小人浮議，困在交戟。〔三〕〔孫曰〕劉向傳：今佞邪與賢臣並在交戟之内。注：交戟，謂宿衛者。與此意同。凡諸侯之欲得符君者，城聯壤接，〔四〕而惑於騰沸，環視相讓，莫敢先舉。及受署之日，則皆開口垂臂，悵望悼悔，譬之求珠於海，而徑寸先得，〔李曰〕廣雅云：有大珠徑寸，幾圍二寸已上。則衆皆怏然罷去，知奇寶之有所歸也。

嗚呼！巧言難明，下流多訕，〔五〕〔孫曰〕司馬遷書云：負下未易居，下流多謗議。自非大君子出世之氣，則何望焉！瞻望清風，若在天外，無任感激欣躍之至。輕黷陳賀，不勝戰越。不宣。謹啓。

校勘記

〔一〕流言者有所間執句下注　「願以間執讒慝之口」。「慝」下原衍「者」字，據左傳僖公二十八年删。

〔二〕房給事以高節特立明之于朝王吏部以清議自任辨之於外　陳景雲柳集點勘：「案房給事式先與載同爲西川從事，後擢給事中。王吏部仲舒時自南省出刺外州，故曰辨之於外。」

〔三〕困在交戟句下注　「今佞邪與賢臣并在交戟之内」。「并」下原脱「在」字，據漢書卷三六楚元王傳補。「交戟謂宿衛者」。「宿」原作「守」，據漢書楚元王傳師古注改。

〔四〕城聯壤接　「城」，全唐文作「域」。

〔五〕下流多訕　「訕」，音辯、詁訓、游居敬本及英華作「謗」。

與邕州李域中丞論陸卓啓

某啓：伏以至公之道，施恩而不求報，奬善而不爲功，所以振宣幽光，激勵頽俗，誠大君子所蓄積也。竊見故招討判官、試右衛胄曹參軍陸卓，〔韓曰〕卓不見于傳。生禀清操，長於吏理，累仕所隸，〔一〕必獲休聲，〔二〕再舉府曹，績用茂著。頃以狂賊李元慶劫取留後，擅樹兇徒，構災扇禍，期在旦夕，一夫見刃，莫爲己用。而卓以此時特立不懼，終翦强暴，以寧師人。既而不幸，嬰疾物故，不獲一日趨事，以受其職，有功未報，有善未録。

伏承閣下言論之餘，每所嗟異，優給家屬，恩禮特殊，行道之人，皆所欽伏。儻録其事跡，奏一贈官，使懷憤之魂知感恩於地下，秉志之士思受命於門庭，足以勸獎三軍，豈止光榮一族。伏惟不棄狂瞽，特賜裁量。幸甚幸甚！

某與卓未嘗相識，敢率愚直，以期至公。輕黷威嚴，伏增戰悚。謹啓。

校勘記

〔一〕累仕所隸　「隸」，音辯、世綵堂、游居敬、濟美堂、蔣之翹本及全唐文作「至」。

〔二〕必獲休聲　「獲」，音辯、游居敬本及全唐文作「有」。

謝李中丞安撫崔簡戚屬啓

〔韓曰〕此非前邕州李中丞，乃以下湖南李中丞。集凡有湖南李中丞啓三，此卷有其二，後卷有其一。公在永州，正隸湖南道，故云「凡在巡屬」，蓋其所部，明矣。

某啓：伏見四月六日勅，刺史崔簡以前任贓罪，決一百，長流驩州。〔孫曰〕簡字子敬，公之姊夫。元和初，爲連州刺史，徙永州，未至永而連之人愬簡，御史按章具獄，坐流驩州。伏奉去月二十三日牒，崔簡家口，牒州安存，并借官宅什器，差人與驅使。〔一〕

伏惟中丞以直清去敗政，以惻隱撫窮人。罪跡暴著，則按之以至公；家屬流離，則施之以大惠。各由其道，咸適于中。威懷并行，仁義齊立。繩愆糾繆，〔補注〕書問命之辭。列郡肅澄清之風；匡困資無，闔境知噢咻之德。〔二〕噢，威遇切。咻，吁尤切。凡在巡屬，慶懼交深。

伏見崔簡兒女十人，皆柳氏之出，簡之所犯，首末知之。蓋以風毒所加，〔三〕漸成狂易，〔孫曰〕簡餌五石，病瘍且亂。易，音亦。不知畏法，坐自抵刑。名爲贓賄，卒無儲蓄，得罪之日，〔韓曰〕簡權厝誌云：坐流驩州，幼弟謐于朝，天子黜連帥，罷御史，云云。連帥，即此中丞。百口熬然，叫號羸頓，不知所赴。儻非至仁厚德，深加憫恤，則流散轉死，期在須臾。某幸被縲囚，縲，倫追切。久沐恩造，至於骨肉，又荷哀矜，循念始終，感懼無地。謹勒祗承人沈澮，奉啓陳謝，下情輕黷。〔四〕

校勘記

〔一〕并借官宅什器差人與驅使　英華「驅使」下有「者」字。

〔二〕匡困資無闔境知噢咻之德　「咻」，英華作「咐」。按：噢咐，即嘔咐，愛養之意。淮南子本經訓：

「旁薄衆宜，以相嘔咐醞釀，以成育羣生。」疑作「噢咐」是。

〔三〕蓋以風毒所加　「加」，英華作「攻」。

〔四〕下情輕黷　「黷」，音辯、英華及游居敬本作「瀆」。

上湖南李中丞干廩食啓

〔韓曰〕即前啓李中丞也。公謫在永，故以廩食告之。

某啓：某嘗讀列子書，有言於鄭子陽者曰：「列禦寇，蓋有道之士也。居君之地而窮，君不好士使之然乎？」〔一〕子陽於是以君命輸粟於列子，列子不受。〔孫曰〕列子說符之文。固常高其志。又讀孟子書，言諸侯之於士曰，使之窮於吾地則賙之，賙之亦可受也。又怪孟子以希聖之才，命代而出，不卓然自異以潔白其德，取食於諸侯不以爲非。斷而言之，則列子獨任之士，唯己一毛之爲愛，〔二〕〔孫曰〕孟子：楊子取爲我，拔一毛而利天下，不爲也。故遁以自免；孟子兼濟之士，〔三〕唯利萬物之爲謀，故當而不辭。〔四〕

今宗元處則無列子之道，出則無孟子之謀，窮則去讓而自求，至則捧受而不慚，斯固爲貪淩苟冒人矣。董生曰：「明明求財利，唯恐困乏者，庶人之事也。」〔孫曰〕董仲舒答武帝之策。是皆詬恥之大者，而無所避之，何也？以爲士則黜辱，爲農則斥遠，無伎不可以爲工，無貲不可以爲商。抱大罪，處窮徼，音叫。以當惡歲而無廩食，又不自列於閤下，則非所以待君子之意也。「待」，一作「侍」，又轉作「示」。伏惟覽子陽孟子之説，以垂德惠，無使惶惶然控于他邦，〔童曰〕詩：控于大邦。控，謂控告也。重爲董生所笑，則縲囚之幸大矣。〔五〕

校勘記

〔一〕君不好士使之然乎　「君」原作「若」，據游居敬、蔣之翹本及列子説符改。按：列子説符原文是：「列禦寇，蓋有道之士也，居君之國而窮，君無乃爲不好士乎？」

〔二〕唯己一毛之爲愛　「愛」，音辯、游居敬本作「憂」。

〔三〕孟子兼濟之士　「濟」原作「愛」，據音辯、游居敬本及英華改。按：孟子盡心上：「窮則獨善其身，達則兼善天下。」

〔四〕故當而不辭　「辭」下原衍「命」字，據取校諸本删。

〔五〕則縲囚之幸大矣　英華、全唐文「矣」下有「謹啓」二字。

上桂州李中丞薦盧遵啓

〔韓曰〕盧遵，公之内弟也。公嘗有序送遵遊桂州，在元和四年，當與此書同時作。

凡士之當顯寵貴劇，〔一〕則其受賜於人也，無德心焉。何也？彼將曰，吾勢能得之。是其所出者大，而其報也必細。居窮厄困辱，則感慨捧戴，萬萬有加焉。是其所出者小，而其報也必巨，審矣。故凡明智之君子，〔二〕務其巨以遺其細，則功業光乎當時，聲名流乎無窮，其所以激之於中者異也。

若宗元者，可謂窮厄困辱者矣。世皆背去，顚頷曠野，獨賴大君子以明智垂仁，問訊如平生，光耀囚錮，若被文繡。嗚呼！世之知止足者鮮矣。既受厚遇，則又有不已之求，以黷閣下之嚴威，然而亦欲出其感慨捧戴而效其巨者。伏惟閣下留意裁擇，幸甚幸甚。

伏以外族積德儒厚，以爲家風。周、齊之間，兄弟三人，咸爲帝者師，解在二十四卷送内弟盧遵序。孝仁之譽，高於他門。伯舅叔仲，咸以孝德通于鬼神，爲文士所紀述。相國彭城公嘗號于天下，名其孝以求其類，則其後咸宜碩大光寵，以充神明之心。乃今凋喪淪落，莫有達者，豈與善之道〔孫曰〕老子：天道無親，常與善人。無可取耶？獨内弟盧遵，其行類諸父，静專温雅，好禮而信，飾以文墨，達於政事。今所以聞於閣下者，無怍於心，無愧於色焉。以宗元棄逐枯槁，故不求達仕、務顯名，〔三〕而又難乎其進也。竊高閣下之舉賢容衆，故願委心焉。則施澤於遵，過於厚賜小人也遠矣。以今日之形勢，而不廢其言，〔張曰〕君子不以言舉人，不以人廢言。使遵也有籍名於天官，〔劉曰〕天官，謂吏部。獲禄食以奉養，〔四〕用成其志，一舉而有知恩之士二焉，可不謂務其巨者乎？〔五〕伏惟試詳擇焉。言而無實，罪也。其敢逃大譴？一本止作「言而無實，罪其敢逃」。進退恐懼，不知所裁。不宣。謹啓。

校勘記

〔一〕凡士之當顯寵貴劇　英華「凡」上有「某啓」二字。

〔二〕故凡明智之君子　「智」下原脱「之」字，據取校諸本補。

〔三〕以宗元棄逐枯槁故不求達仕務顯名　「達」原作「遠」，據英華改。按：達仕，即達官，與「顯名」相對應。

〔四〕使遵也有籍名於天官獲禄食以奉養　陳景雲柳集點勘：「考唐制，桂州二十餘郡，州掾而下至邑長三百員，由吏部者十一，他皆廉使量才補授。故子厚特有是薦。曰『籍名天官』，蓋從廉使授官，後始升名吏部也。遵後令桂之屬邑全義，子厚作復北門記，殆由此薦而得之。」

〔五〕可不謂務其巨者乎　「不」下原脱「謂」字，據音辯、詁訓、游居敬本及英華補。

柳宗元集卷三十六

啓

上權德輿補闕温卷決進退啓

〔舊注云〕時年十八。〔韓曰〕權德輿,史有傳。初,德宗聞其才,召爲太常博士,改左補闕。貞元中,知禮部貢舉,真拜侍郎,凡三歲,甄品詳諦,所得士相繼爲公卿宰相。取明經,初不限員。史所載如此。韓昌黎有燕河南府秀才詩云:「昨聞詔書下,權公作邦楨,丈人得其職,文道當大行。」以此觀之,則德輿之在當時,誠多士之龍門也。公上書,求馳聲成名之資基,宜矣。

補闕執事:宗元聞之,重遠輕邇,賤視貴聽,所由古矣。竊以宗元幼不知耻,少又躁進,拜揖長者,自于幼年。是以簉俊造之末跡,簉,初救切。厠牒計之下列,厠,初吏切。賈藝求售,賈,音古。闃無善價。闃,苦鬩、苦覓二切。載文筆而都儒林者,匪親乃舊,率皆携撫相示,談笑見昵,尼質切。喔咿逡巡,〔舊注〕楚辭:寧喔咿嚅唲。喔,乙角切。咿,於祇切。逡,七倫切。爲達者嗤。音蚩。無乃覩其樸者鄙其成，狎其幼者薄其長耶？將行不拔異，操不砥礪，學不該廣，文不炳燿，實可鄙而薄耶？今鴛鷺充朝，而獨干執事者，特以顧下念舊，收接儒素，異乎他人耳。敢問厥由，庶幾告之，俾識去就，幸甚幸甚。

今將慷慨激昂，奮攘布衣，縱談作者之筵，曳裾名卿之門，抵掌峨弁，〔童曰〕弁，冠也。厚自潤澤。進越無恧，汙達者之視聽，狂狷愚妄，固不可爲也。復欲俛默惕息，疊足榻翼，〔一〕拜祈公侯之閽，跪邀賢達之車，竦魂慄股，兢恪危懼，榮者倦之，彌忩厥心，又不可爲也。若慎守其常，確執厥中，固其所矣。則又色平氣柔，言訥性魯，無特達之節，無推擇之行，〔孫曰〕漢書：以貧無行，不得推擇爲吏。瑣瑣碌碌，〔舊注〕晉書：瑣瑣常人，碌碌凡士。碌，音祿。一孺子耳。孰謂其可進？孰謂其可退？抑又聞之，不鼓踴無以超泥塗，不曲促無以由險艱，不守常無以處明分，不執中無以趨夷軌。今則鼓踴乎？曲促乎？守其常而執厥中乎？浩不知其宜矣。

進退無倚，宵不遑寐，乃訪于故人而咨度之。其人曰：「補闕權君，著名踰紀，行爲人高，言爲人信，力學掞文，掞，以冉切。朋儕稱雄。〔二〕儕，床皆切。子亟拜之，足以發揚。」對曰：「衷燕石而履玄圃，〔韓曰〕荀子云：宋之愚人，得燕石於梧桐臺之東，歸而藏之以爲寶。周客觀之，掩口而笑曰：「此燕石也，與瓦甓不殊。」十洲記：崑崙山有玄圃臺。〔孫曰〕衷，懷也。葛仙公傳：崑崙，一名曰玄圃。爾雅：西北之美者，有崑崙之墟璆琳琅玕焉。帶魚目而游漲海，〔韓曰〕文選盧諶贈劉琨詩序云：所謂咸池觴於北里，夜光報於魚目。注云：夜光，寶珠也。魚目，亂真珠也。言琨能疇詩，是以寶珠而報魚目也。〔孫曰〕雒書云：秦失金鏡，魚目入珠。秖取誚耳，曷予補乎？」其人曰：「跡之勤者，情必生焉；心之恭者，禮必報焉。況子之文，不甚鄙薄者乎？苟或勤以奉之，恭以下之，則必勗勵爾行，輝耀爾能。言爲建瓴，〔童曰〕漢高紀：田肯賀上曰：「陛下治秦中，地勢便利，其以下兵於諸侯，譬猶居高屋之上建瓴水也。」瓴，盛水瓶。建，音謇。瓴，音零。晨發夕被，聲馳而響溢，風振而草靡。可使尺澤之鯢，〔張曰〕説文：鯢，刺魚也。郭璞云：似鮎，四足。鯢，研奚切。奮鱗而縱海；密網之鳥，舉羽而翔霄。子之一名，何足就矣，庶爲終身之遇乎？曷不舉馳聲之資，挈成名之基，授之權君，然後退行守常執中之道，斯可也。」愚不敏，以爲信然，是以有前日之拜。又以爲色取象恭，〔張曰〕論語：色取仁而行違。書：象恭滔天。象，貌也。大賢所飫；依據切。朝造夕謁，大賢所倦。性頗疏野，竊又不能，是以有今茲之問，仰惟覽其鄙心而去就之。潔誠齋慮，不勝至願。謹再拜。

校勘記

〔一〕疊足榻翼　「榻」，世綵堂本及全唐文作「蹋」。何焯義門讀書記：「『榻』作『搨』。」何焯校本改作「搨」，近是。

〔二〕朋儕稱雄　「朋」，音辯、世綵堂、游居敬本作「時」。

上大理崔大卿應制舉不敏啓〔一〕

〔韓曰〕新史宰相世系表：崔同嘗爲大理少卿。崔鋭嘗爲大理少卿。然皆不見於傳。公此書蓋未中博學宏詞時作爾。

古之知已者，〔二〕不待來求而後施德，舉能而已。其受德者，不待成身而後拜賜，感知而已。故不叩而響，不介而合，則其舉必至，而其感亦甚。斯道遁去，遼闊千祀，何爲乎今之世哉！

若宗元者，智不能經大務、斷大事，非有恢傑之才；學不能探奥義、窮章句，爲腐爛之儒。雖或寘力於文學，勤勤懇懇于歲時，然而未能極聖人之規矩，恢作者之聞見，勞費翰墨，徒爾拖逢掖、〔孫曰〕逢，大也。掖，袂也。掖，音亦。曳大帶，游於朋齒，且有愧色，豈有能乎哉？閣下何見待之厚也。始者自謂抱無用之文，戴不肖之容，雖振身泥塵，〔三〕仰晞雲霄，何由而能哉？遂用收視内顧，頫首絶望，「頫」，與「俯」同。甘以没没也。今者果不自意，他日瑣瑣之著述，幸得流於衽席，接在視聽，閣下乃謂可以蹈遠大之途，及制作之門，決然而不疑，介然而獨德，是何收採之特達，而顧念之勤備乎？且閣下知其爲人何如哉？其貌之美陋，質之細大，心之賢不肖，閤下固未知也。而一遇文字，志在濟拔，斯蓋古之知己者已。故曰：古之知己者，不待來求而後施德者也。然則亟來而求者，誠下科也。

宗元向以應博學宏詞之舉，會閤下辱臨考第，司其升降。當此之時，意謂運合事并，適丁厥時，其私心日以自負也。無何，閤下以鯤鱗之勢，不容尺澤，悠爾而自放，廓然而高邁，其不我知者，遂排逐而委之。委之，誠當也，使古之知己猶在，豈若是求多乎哉！夫仕進之路，昔者竊聞于師矣。太上有專達之能，乘時得君，不由乎表著之列，〔孫曰〕昭十一年左氏：叔向曰：「朝有著定，會有表。會朝之言，必聞於表著之位。」注云：著定，朝內列位常處，謂之表著。表者，野會設表以爲位。著，張慮切。而取將相，行其政焉。其次，有文行之美，積能累勞，不由乎舉甲乙、歷科第，登乎表著之列，顯其名焉。又其次，則曰吾未嘗舉甲乙也，未嘗歷科第也，彼朝廷之位，吾何修而可以登之乎？必求舉是科也，然後得而登之。其下，不能知其利，又不能務其往，則曰：舉天下而好之，吾何爲獨不然？由是觀之，有愛錐刀者，以舉是科爲悦者也；有爭尋常者，以登乎朝廷爲悦者也；有慕權貴之位者，以將相爲悦者也；有樂行乎其政者，以理天下爲悦者也。然則舉甲乙、歷科第，固爲末而已矣。得之不加榮，喪之不加憂，苟成其名，於遠大者何補焉？然而至於感知之道，則細大一矣，成敗亦一矣。故曰：其受德者，不待成身而後拜賜。然則幸成其身者，固末節也。蓋不知來求之下者，不足以收特達之士；而不知成身之末者，不足以承賢達之遇，審矣。

伏以閣下德足以儀世，才足以輔聖，文足以當宗師之位，學足以冠儒術之首，誠爲賢達之表也。顧視下輩，豈容易而收哉！而宗元樸野昧劣，進不知退，不可以言乎德；不能植志於義，而必以文字求達，不可以言乎才；秉翰執簡，敗北而歸，不可以言乎文；登場應對，刺繆經旨，〔孫曰〕刺，乖刺也。力葛切。不可以言乎學，固非特達之器也。忖省陋質，豈容易而承之哉！叨冒大遇，穢累高鑒，喜懼交争，不克寧居。竊感荀罃如實出己之德，〔四〕〔韓曰〕成三年左氏：荀罃之在楚也，鄭賈人有將置諸褚中以出，既謀之，未行，而楚人歸之。賈人如晉，荀罃善視之，如實出己。罃，音鶯。敢希豫讓國士遇我之報。〔童曰〕史記：豫讓事智伯，趙襄子滅智伯，豫讓欲刺襄子，曰：「智伯國士遇我，故我國士報之。」伏候門屏，敢俟招納。謹奉啓以代投刺之禮，伏惟以知己之道，終撫薦焉。不宣。宗元謹啓。

校勘記

〔一〕上大理崔大卿應制舉不敏啓題下注「新史宰相世系表」。「宰相世系表」原作「新史年表」。又，「崔鋭嘗爲大理少卿」。「大理」下原脱「少」字。以上均據新唐書卷七二下宰相世系表二下改補。陳景雲柳集點勘：「柳子年二十四求博學宏詞，二年乃得仕。此啓蓋初試不利後作，貞元十三年也。唐制，試吏部者皆考功主其事，子厚應宏詞試時，適崔卿已自考功遷大理，故深以不遇知己爲恨，而更求其撫薦於再舉耳。崔卿名儆，歷右丞卒。又按儆遷右丞，宰相趙憬所擢也。貞元十三年儆方官丞轄，而此題仍稱前官，當更考之。」

〔二〕古之知己者　英華此句上有「宗元啓伏聞」五字。

〔三〕雖振身泥塵　「泥塵」，英華作「泥塗」。

〔四〕竊感苟辭如實出己之德句下注　「鄭賈人有將置諸褚中以出」。「置」下原脱「諸」字，據詁訓本及左傳補。

上裴晉公度獻唐雅詩啓

〔孫曰〕詩：雅者，正也。言王政之所由廢興也。政有小大，故有小雅焉，有大雅焉。公所作唐雅，見第一卷。

宗元啓：伏以周、漢二宣中興之業，歌於大雅，載於史官。〔一〕然而申、甫作輔，〔韓曰〕詩：維申及甫，維周之翰。申謂申伯，甫謂甫侯。方、召專淮夷之功；〔韓曰〕方，謂方叔；召，謂召虎也。詩江漢：尹吉甫美宣王也。能興衰撥亂，命召公平淮夷。又曰：方叔元老，克壯其猷。魏、邴謀謨，〔韓曰〕魏、邴，謂魏相、邴吉也。辛趙致罕羌之績。〔韓曰〕辛、趙，謂辛武賢、趙充國，同爲破羌將軍，有平先零之功。文武所注，中外莫同。

伏惟相公天授皇家，聖賢克合，謀協一德，〔一〕以致太平。入有申、甫、魏、邴之勤，出兼方、召、辛、趙之事。東取淮右，〔孫曰〕謂平吳元濟也。北服恒陽，〔孫曰〕謂成德節度使王承宗獻德、棣二州，遣子入侍。恒陽，謂恒州也。略不代出，功無與讓。故天下文士，皆願秉筆牘，勤思慮，以贊述洪烈，〔二〕闡揚大勳。宗元雖敗辱斥逐，守在蠻裔，〔孫曰〕時公爲柳州刺史。猶欲振發枯槁，決疏潢汙，潢，音黄。罄效蚩鄙，少佐毫髮。謹撰平淮夷雅二篇，〔補注〕一曰皇武，爲晉公作；二曰方城，爲李愬作。恐懼不敢進獻，私願徹聲聞於下執事，庶宥罪戾，以明其心。出位僭言，惶戰交積，無任踊躍屏營之至。不宣。宗元謹啓。

校勘記

〔一〕載於史官　「於」，音辯、世綵堂本及英華、游居敬本作「在」。

〔二〕謀協一德　「一德」，音辯、世綵堂本及英華、游居敬本作「德一」。

〔三〕以贊述洪烈　「烈」，英華作「業」。

上襄陽李愬僕射獻唐雅詩啓〔一〕

〔韓曰〕愬，字元直。既平淮右，元和十二年十一月，有詔檢校尚書左僕射、襄州刺史，充山南東道節度、襄鄧隨唐復郢均房等州觀察使，賜爵涼國公。山南東道，其鎮在襄陽。

宗元啓：昔周宣中興，得賢臣召虎，師出江、漢，以平淮夷。故其詩曰：「江、漢之滸，〔孫曰〕滸，謂江岸也。音虎。王命召虎。」〔童曰〕召穆公名虎。其卒章曰：「于周受命，自召祖命。」〔補注〕已上并詩江漢之文。以明虎者召公之孫，〔孫曰〕世本云：虎，康公十六世孫。克承其先也。今天子中興，而得閣下，亦出江、漢，以平淮夷，克承于先西平王，〔韓曰〕李晟封西平王，即愬之父。其事正類。然而未有嗣大雅之說，以布天下，以施後代，豈聖唐之文雅，獨後於周室哉？〔二〕

宗元身雖陷敗，而其論著往往不爲世屈，意者殆不可自薄自匿以墜斯時，苟有補萬分之一，〔三〕雖死不憾。〔四〕謹撰平淮夷雅二篇，齋沐上獻。誠醜言淫聲，不足以當金石，庶繼代洪烈，稗官里人，〔韓曰〕漢藝文志：小說家流，出於稗官。注云：稗官，小官也。街談巷語，道聽途說所造也。如淳曰：「王者欲知閭巷風俗，故立稗官，使稱說之。」師古曰：稗，音稊稗之稗。國語：爲里人所命次。注：里，宰也。稗，旁卦切。得採而歌之，〔五〕不勝憤踊之至。輕黷威重，〔六〕戰越交深。謹啓。

校勘記

〔一〕上襄陽李愬僕射獻唐雅詩啓題下注　「賜爵涼國公」。「涼」原作「梁」，據詁訓本及舊唐書卷一三三、新唐書卷一五四李愬傳改。

〔二〕獨後於周室哉　「獨後於」，英華作「獨愧」。

〔三〕苟有補萬分之一　「補」原作「輔」，據英華、全唐文改。

〔四〕雖死不憾　「不」，音辯、詁訓本及英華、游居敬本作「無」。

〔五〕得採而歌之　詁訓本「採」上無「得」字。英華「得」作「集」。

〔六〕輕黷威重　「威重」，英華作「威尊」，世綵堂本、何焯校本及全唐文作「威嚴」。

上揚州李吉甫相公獻所著文啓

〔韓曰〕吉甫罷相，爲淮南節度使，公時在永州，上此啓。揚州，卽淮南地也。

宗元啓：始閤下爲尚書郎，〔孫曰〕貞元初，吉甫爲尚書屯田、駕部二員外郎。薦寵下輩，〔劉曰〕漢書：灌夫稠人廣衆，薦寵下輩。士之顯於門闥者以十數，而某尚幼，不得與於斯役。及閤下遭讒妬，在外十餘年，〔孫曰〕貞元七年四月，陸贄爲相，出吉甫明州刺史，歷忠、郴、饒三州。又不得效薄伎於前，以希一字之褒貶。公道之行也，閣下乃始爲贄書訓辭，擅文雅於朝，以宗天下。〔孫曰〕永貞元年八月，以吉甫爲考工郎中、知制誥。十二月，爲中書舍人、翰林學士。而某又以此時去表著之位，〔孫曰〕野會則有表，朝會則有著位也。受放逐之罰，〔張曰〕永貞元年九月，公自禮部員外郎責刺邵州。未至，十一月，再貶永州司馬，員外置。荐仍囚錮，視日請命。〔孫曰〕命，謂死命也。進退違背，思欲一日伏在門下而不可得，常恐抱斯志以没，卒無以知於門下，冥冥長懷，魂魄幽憤。故敢及其能言，貢書編文，冒昧嚴威，以畢其志，伏惟觀覽焉。幸甚幸甚。

閣下相天子，致太平，用之郊報，〔孫曰〕報，謂報本反始。則天神降，地祇出；用之經邦，則百貨殖，萬物成；用之文教，則經術興行；用之武事，則暴亂翦滅。依倚而冒榮者盡去，幽隱而懷道者畢出，然後中分主憂，以臨東諸侯，〔韓曰〕元和三年九月，罷爲淮南節度使。而天下無患。盛德大業，光明如此，而又有周公接下之道，斯宗元所以廢錮濱死，〔二〕而猶欲致其志焉。閣下儻以一言而揚舉之，則畢命荒裔，固不恨矣。謹以雜文十首上獻。縲囚而干丞相，大罪也。寧爲有聞而死，不爲無聞而生。去就乖野，不勝大懼。謹啓。

校勘記

〔一〕斯宗元所以廢錮濱死　「濱」，英華作「擯」。

謝李吉甫相公示手札啓

宗元啓：六月二十九日，〔補注〕元和五年。衡州刺史呂温道過永州，辱示相公手札，省録狂瞽，收撫羈縲，沐以含弘之仁，忘其進越之罪。感深益懼，喜極增悲，五情交戰，不知所措。宗元性質庸塞，〔一〕行能無取，著書每成於廢疾，〔孫曰〕鄭玄別傳云：任城何休好公羊學，遂著公羊墨守、左氏膏肓、穀梁廢疾，玄乃發墨守，鍼膏肓，起廢疾云。進德且乏其馨香。〔童曰〕書：黍稷非馨，明德惟馨。常願操篲醫門，〔韓氏曰〕莊子：醫門多疾，願以所聞思其則，庶幾國有瘳乎？又：良醫之門，不棄衆疾。篲，音遂。掬溜蘭室，〔劉曰〕家語：與善人居，如入芝蘭之室。良辰不與，夙志多違。昨者踊躍殘魂，奮揚蓄念，激以死灰之氣，〔韓曰〕莊子：形如槁木，心若死灰。〔童曰〕漢韓安國云：「死灰獨不復然乎？」田甲曰：「然即溺之。」陳其弊箒之辭，〔二〕〔韓曰〕曹丕典論論文云：家有弊箒，享之千金。箒，與「帚」同。致之煙霄，分絶流眄。今則垂露在手，清風入懷，華衮濫褒於赭衣，〔三〕〔孫曰〕范甯穀梁序云：一字之褒，寵踰華衮之贈。赭衣，罪人之衣。顔師古云：罪犯則衣赭衣。賈山傳：赭衣半道。龍門俯收於埳井，〔四〕〔孫曰〕龍門，河流所下之口，在今絳州龍門縣。辛氏三秦記曰：河津，一名龍門，水險不通，魚鱉之屬莫能上。江海大魚，薄集龍門下數千，不得上，上則爲龍也。埳井，壞井也。〔韓曰〕莊子：埳井之蛙，休於缺甃之崖。埳，苦覽切。藻鏡洞開，而秋毫在照；〔童曰〕藻，謂文藻也。文律傍暢，而寒谷生輝。〔五〕〔孫曰〕寒谷生輝，借鄒子吹律之義。已見上注。化幽鬱之志，若覩清明；換兢危之心，如承撫薦。非常之幸，豈獨此生？伏以淮海劇九天之遥，〔六〕〔孫曰〕淮南子：何謂九天？中央曰鈞天，東方曰蒼天，東北曰變天，北方曰玄天，西北曰幽天，西方曰昊天，西南曰朱天，南方曰炎天，東南曰陽天。瀟湘參百越之俗。傾心積念，長懸星漢之上；流形委骨，永淪魑魅之群。魑，抽支切。魅，音寐。何以報恩？唯當結草。〔補注〕結草事出左氏傳。無任喜懼感戀之至。〔七〕

校勘記

〔一〕宗元性質庸塞　「性質」，音辯、詁訓、游居敬本及英華作「質性」，近是。

〔二〕陳其弊箒之辭句下注　「曹丕典論論文云」。「曹丕典論論文」原作「曹子建書云」，誤。按：下引「家有弊箒，享之千金」一語，見於曹丕典論論文。今據文選卷五二改。

〔三〕華衮濫褒於赭衣句下注　「赭衣半道」。「半」原作「當」，據世綵堂本及漢書卷五一賈山傳改。

〔四〕龍門俯收於埳井句下注　「上則爲龍也」。「上」原作「下」，據濟美堂、世綵堂、蔣之翹本改。又，「休於缺甃之崖」。「休」原作「伏」；「缺甃」原作「甃砌」。據世綵堂本及莊子秋水篇改。

〔五〕文律傍暢而寒谷生輝　「文律」，音辯、游居敬本作「文津」。

〔六〕伏以淮海劇九天之遥句下注　「何謂九天」。「九天」，淮南子天文訓作「九野」。按：「野」謂星宿之分野。吕氏春秋有始覽亦作「九野」。

〔七〕無任喜懼感戀之至　英華此句下有「謹啓」二字。

上江陵趙相公寄所著文啓

〔韓曰〕趙宗儒，字秉文，鄧州穰人。元和三年，自東都留守遷荆南節度使。公前後與宗儒啓凡三。

宗元啓：往者嘗侍坐於崔比部，〔一〕〔孫曰〕比部名鵬，字元翰。聞其言曰：「今之爲文，莫有居趙司勳右者。」〔孫曰〕宗儒，貞元中自翰林學士再遷司勳員外郎。自是恒欲飾其所論著，薦之閣下，病其未就，將進且退者殆十數焉。幸以廢逐伏匿，獲伸其業，類於嚮者，若有可觀。然又以罪惡顯大，甘死荒野，不能出其固陋，以求知於閣下，則固昧昧徒生於世矣。謹獻雜文十首。儻還以數字，定其是非，使得存於世，則雖生與蠻夷居，魂與魑魅游，所不辭也。輕瀆威重，伏增戰惶。〔二〕謹啓。「戰惶」，一作「惶灼」。

校勘記

〔一〕往者嘗侍坐於崔比部　音辯、游居敬本及全唐文「往」上有「宗元」二字。

〔二〕伏增戰惶　「惶」，英華及全唐文作「懼」。

上嚴東川寄劍門銘啓

〔韓曰〕嚴礪，字元明，震之從祖弟也。元和元年，劉闢反，自山南西道節度使討闢，以儲備有素，檢校尚書左僕射，節度東川。公作銘以紀其事，詳注劍門銘。

宗元啓：〔一〕伏惟僕射以仁厚蓄生人，以勇義平國難，而劍門用兵之事，最爲天下倡首。取其險固，爲我要衝，〔二〕〔孫曰〕礪與高崇文同征劉闢，拔劍州，斬其刺史文德昭。因分守險阻，潰其腹心。王師得以由其門而入，彷徉布濩，〔童曰〕布濩，散也。徉，音羊。濩，户故切。遂無留滯。是閣下之勳力，宜著於萬祀而不已也。

宗元負罪俟命，晷刻觀望，道里深遠，不得悉聞當時之威聲。然而竊以累受顧念，踴躍盛德，恐没身炎瘴，〔三〕卒無以少報於閣下。是以晝夜恟恟，許拱切。不克自寧。今身雖敗棄，庶幾其文猶或傳於世，又焉知非因閣下之功烈，所以爲不朽之一端也，敢默默而已乎？謹

撰劍門銘一首，惶恐獻上。誠無以稱宏大之略，亦足以發平生之心。不勝慚懼戰越之至。〔四〕

校勘記

〔一〕宗元啓　「宗元」下原脱「啓」字，據英華補。

〔二〕爲我要衝句下注　「斬其刺史文德昭」。「文德昭」原作「文昭德」，據世綵堂本及通鑑卷二三七憲宗元和元年正月甲申紀事改。

〔三〕恐没身炎瘴　英華「恐」上有「唯」字。

〔四〕不勝慚懼戰越之至　英華此句下有「謹啓」二字。

上江陵嚴司空獻所著文啓

〔孫曰〕嚴綬，華州華陰人，挺之從孫也。元和六年三月，以綬檢校司空，出爲荆南節度、觀察、支度等使，兼江陵尹。

宗元啓：伏念往歲司空由尚書郎出貳太原，〔孫曰〕貞元中，綬自刑部員外郎爲太原少尹，尋加北都副留守，又加行軍司馬。宗元獲於天長〔孫曰〕天長，驛名。專用候謁，伏蒙敘以世舊，許造門闌。自後司空累膺寵榮，位極公輔。〔韓曰〕綬累遷尚書右僕射，檢校司空。宗元得罪朝列，竄身湘南。〔孫曰〕湘南謂永州。霄漢益高，泥塵永棄，瞻仰遼絶，陳露無由。司空統臨舊荆，控制南服，道路非遠，德化所覃，是敢奮起幽淪，仰希光耀。伏惟憫憐孤賤，特賜撫存，則縲紲之辱，有望蠲除，鳴吠之能，猶希效用。謹獻雜文七首，伏惟以一字定其褒貶，終身之幸，無以加焉。輕黷威嚴，伏增戰越。

上嶺南鄭相公獻所著文啓

〔韓曰〕憲宗初，以鄭絪同平章事。繼出爲嶺南節度使、廣州刺史。

宗元啓：伏見與當州韋使君書，〔孫曰〕韋使君，永州刺史。猥賜存問，驚怍悼懼，交動於中。循念竟日，若無容措。幸甚幸甚。宗元素乏智能，復闕周慎，一自得罪，八年于今。〔孫曰〕時元和七年也。兢愧弔影，追咎既往，自以終身沉廢，無跡自明，不意相國垂愍，特記名姓。守突奥者，〔一〕〔孫曰〕突奥，謂幽隱之處。忽仰晞於白日；負泥塗者，遂自濯於清源。快心暢目，不知所喻。伏以聖人之道，與其進也不保其往，故敢藻飾文字，洗滌心神，致之門下，祇俟嚴命。

伏惟收撫獎勵，以成其終。謹獻雜文三十六首，冒昧上黷，無任踊躍惶恐之至。

校勘記

〔一〕守突奥者　「突」原作「突」。據音辯、世綵堂、游居敬本及全唐文改。

上李中丞獻所著文啓〔一〕

〔韓曰〕即湖南李中丞也，與前卷二啓同其人。此啓又與前卷啓中之意同。

宗元啓：宗元無異能，獨好爲文章，始用此以進，終用此以退。今者畏罪悔咎，伏匿惴慄，猶未能去之。時時舉首，長吟哀歌，舒泄幽鬱，因取筆以書，紉韋而編，〔孫曰〕紉，結也。女陳切。略成數卷。伏念閣下以文章昇大僚，統方隅，而宗元幸緣罪辜，得與編人齒於部内，〔童曰〕永州在湖南管内。不以此時露其所爲，以希大君子顧視，則爲陋劣而自棄也。敢飾近文，及在京師官命所草者，凡三卷，合四十三篇，不敢繁故也。儻或以爲有可采者，當繕録其餘，以增几席之污。去就鄙野，伏用兢惶。謹啓。

校勘記

〔一〕上李中丞獻所著文啓　英華題作「與湖南李中丞啓」。

上裴行立中丞撰訾家洲亭記啓〔一〕

〔韓曰〕元和十二年，以御史中丞裴行立爲桂管觀察使，故以桂州訾家洲亭記屬公。公至是移書獻記，當在十三年後柳州時所作。訾，卽移切，又音紫。

右伏奉處分令撰訾家洲亭記。伏以境之殊尤者，必待才之絕妙以極其詞。今是亭之勝，甲於天下，而猥顧鄙陋，使爲之記。伏受嚴命，不敢固讓，退自揣度，惕然汗流。累奉游宴，竊觀物象，涉旬模擬，不得萬一。竊復詳忖，進退若墜。久稽篆刻，則有違慢之辜；速課空薄，又見疎蕪之累。僁期廢事，「僁」，與「愆」同。尤所戰慄。謹修撰訖，〔孫曰〕記在集中。上獻。退自跼蹐，跼蹐，音局脊。不知所裁。無任隕越惶恐之至。

校勘記

〔一〕本篇題目「上裴行立中丞撰訾家洲亭記啓」「洲」下原脱「亭」字，據詁訓本及本書卷二七桂州裴中丞作訾家洲亭記補。又句下注「當在十三年後柳州時所作」。「十三」原作「十二」，據詁訓本改。按：桂州裴中丞作訾家洲亭記云：「元和十二年，御史中丞裴公來涖茲邦」，「期年政成，而當天子平淮夷、定河朔，告于諸侯。」據此，訾家洲亭記當作于元和十三年，詁訓本是。

上河陽烏尚書啓

一本題云「上河陽烏尚書重胤欲獻文啓」。

宗元啓：伏以尚書以碩德偉才，代著勳烈。〔孫曰〕重胤父承玭，事平盧軍有功。兩河定亂，〔韓曰〕重胤少爲潞州牙將，兼左司馬。節度使盧從史奉詔討王承宗，陰與賊連。吐突承璀將圖之，以告重胤。元和五年四月，重胤縛從史以獻。帳下士持兵合譟，重胤叱曰：「天子有命，從者賞，違者斬。」士斂手還部，無敢動。三城建功，〔韓曰〕憲宗嘉重胤功，擢帥河陽。河陽有三城，故曰河陽三城節度，後徙鎮横海。帝討淮蔡，詔重胤以兵壓賊境。鼎彝竹帛，未足云紀。進臨汝上，控制東方，〔孫曰〕元和九年閏八月，以重胤爲汝州刺史，充河陽、淮、汝節度使，徙治汝州。隱然長城，朝野倚賴。宗元雖屏棄遐壤，而飽聞德聲。所恨不獲親執鞭弭，〔孫曰〕僖二十三年左氏：晉公子重耳曰：「左執鞭弭，右屬櫜鞬。」爾雅：弓有緣者爲弓，無者爲弭。緣，骨飾首末。以備戎伍，夙夜踴躍，不克寧居。伏以威稜所加，狂狡已震，〔韓曰〕狂狡，謂吳元濟也。莫大之績，重復增崇。小子久以文字進身，嘗好古人事業，專當具筆札，拂縑緗，上音兼。下音相。賛揚大功，垂之不朽。瞻望霄漢，戀慕交深。〔一〕冒黷威嚴，伏增戰越。

校勘記

〔一〕戀慕交深　「戀慕」，詁訓本作「慕戀」。

柳宗元集卷三十七

表〔一〕

禮部爲百官上尊號表〔二〕

〔韓曰〕尊號，古所無有。自唐高宗始稱天皇，中宗稱應天，至明皇，遂有開元聖文神武之號，自是以爲法。肅宗卽位三年正月，遂加册號。代宗卽位次年七月，羣臣遂上尊號。至憲宗立於永貞元年八月，禮部百官當復遵此議。公是時尚爲禮部員外郎，故預作此表。然公是年九月黜爲邵州刺史，繼貶永州司馬焉。至元和三年，憲宗方上尊號。

臣某言：伏以聖王之纂承天位也，臣子必竭懇誠，獻尊號，安敢爲佞，禮在其中。一則以告天地神祇，二則以奉宗廟社稷，三則以安華夏蠻貊，巍巍大稱，其可廢乎？臣等誠歡誠望，頓首頓首。

伏惟皇帝陛下，協周文之孝德，〔張曰〕禮記：「文王之爲世子，朝於王季日三」云云，是其孝德也。齊大禹之約身，〔孫曰〕孔子言禹菲飲食，惡衣服，卑宮室，是其約也。弘帝堯之法天，〔張曰〕論語：惟天爲大，惟堯則之。過殷湯之解網。〔孫曰〕史記：湯出，見野張網四面，祝曰：「自天下四方皆入吾網。」湯曰：「嘻，盡之矣！」乃去其三面。未踰周月，四海將致於時雍；〔童曰〕書：黎民於變時雍。俯及元正，〔三〕率土更欣於再造。然神人之願，億兆之情，有所不安，率謂未盡善者，以爲帝德廣運而尊號猶闕。〔童曰〕書：帝德廣運，乃聖乃神。郊廟備禮而祝嘏無詞，〔韓曰〕受福曰嘏。嘏，古雅切。凡百兢懷，華夷屬望。

臣謹按昔臯陶之頌舜，伊尹之頌湯，皆臣子至公，面揚君父，以敷於當代，以播於無窮，夫豈飾哉！率由事實，帝王尊號蓋漸於此。皇家光被四表，祖宗烈文，〔劉曰〕詩：烈文辟公。時當大和，尊號表德，〔四〕耳目所接，簡牘斯存。稽之於前典則如彼，考之於聖朝則又如此。〔五〕今龜筮習吉，〔孫曰〕書：龜筮協從，卜不習吉。注云：習，因也。元正戒期，當品物維新之時，乃皇天大禮之日。〔六〕陛下郊天地，饗宗祧，〔韓曰〕祧，遠祖廟也。音挑。陰陽協和，動植交暢，不建至尊之稱，恐違列聖之心。所以臣等冒死陳聞，請上徽號。伏惟陛下小謙讓之節，安延企之情，特詔名儒禮官，百僚庶尹，詳明故實，議崇聖德，則人望永厭，〔七〕神心獲安。山川效靈，光贊無疆之壽；祝史陳信，〔孫曰〕「信」，或作「言」者，誤。永彰不朽之功。臣等蒙國寵榮，備位班列，無任懇望之至。

校勘記

〔一〕表　本卷標目原作「表慶賀」，據本書總目及音辯、游居敬、蔣之翹本改。

〔二〕禮部爲百官上尊號表題下注　「肅宗即位三年正月，遂加册號」。「三年」原作「次年」，據通鑑卷二二〇肅宗乾元元年正月戊寅紀事改。按：肅宗即位於天寶十五載（即至德元載），加册號在至德三載（即乾元元年）正月。又，「羣臣遂上尊號」。「遂」下原脱「上」字，據詁訓、世綵堂、蔣之翹本補。

〔三〕俯及元正　「俯」，英華、游居敬本及全唐文作「甫」，疑是。

〔四〕尊號表德　英華作「崇德明號」。并注：「類表作『崇號表德』。」

〔五〕考之於聖朝則又如此　音辯、詁訓本及英華「朝」下無「則」字。

〔六〕乃皇天大禮之日　「天」，音辯、世綵堂、游居敬、濟美堂、蔣之翹本及全唐文作「王」，英華作「上」。

〔七〕則人望永厭　「永」，音辯、詁訓、世綵堂本、英華、游居敬本及全唐文均作「允」。

第二表

臣某等言：臣等再陳丹悃，〔一〕謹獻鴻名，〔二〕天意未從，〔三〕隕越無措。臣某誠惶誠恐，頓首頓首。

謹按：堯曰「咨爾舜」，舜曰「格爾禹」，〔孫曰〕皆書之文。湯曰「吾甚武」，〔四〕自號曰武王。〔孫曰〕出史記。則堯、舜、禹、湯皆當時王者之號也。考皇帝之故實，徵往聖之憲章，允協禮經，焕乎圖諜。伏惟皇帝陛下，允恭克讓，約己謙尊，參天兩地之功，〔童曰〕易：參天兩地而倚數。爲而不有，安上理人之德，〔張曰〕孝經：安上治人，莫善於禮。置而不論。至哉王言，非羣下所仰望也。然臣等伏以爲尊號者，所以類上帝，〔孫曰〕書：肆類于上帝。類，祭名。饗祖宗，萬人所稱，百蠻所仰，表聖德於率土，播天聲於無疆。臣下請之之謂禮，帝王承之之謂孝，孝大於讓，禮先於謙，百王不刊之典，安可得而廢也？

臣等又以春秋本於五始，〔五〕〔孫曰〕五始者，謂元年春王正月，公卽位是也。王褒傳：記曰：共惟春秋法五始之要。元者，一歲之首；春者，四時之首；王者，受命之首；正月者，政教之首；郊天大禮者，立極之首。今天地交泰，俯臨元辰，正始之美，正當其運。陛下確違羣願，固守謙沖，此臣等所以兢惕失圖，悃愊無措，上冒嚴憲，敢逃厚責。伏乞俯垂天聽，察納微誠，詔禮官議臣所請，揆日推禮，〔孫曰〕詩：揆之以日，作于楚室。揆，擇也。虔奉鴻休，盡敬於此。〔六〕猶恐天光未照，三獻無徵，彷徨闕庭，伏待斧鑕。無任聳望之至。

校勘記

〔一〕再陳丹悃　「悃」，音辯、詁訓、世綵堂本及英華作「懇」。

〔二〕謹獻鴻名　「謹」，音辯、詁訓本及英華作「請」。

〔三〕天意未從　「意」，音辯、英華、游居敬本及全唐文作「心」。

〔四〕湯曰吾甚武　「吾」下原衍「自」字，據史記卷三殷本紀删。

〔五〕臣等又以春秋本於五始句下注　「王褒傳：記曰」。「記」原作「又有」，據漢書卷六四下王褒傳改。

〔六〕盡敬於此　英華此句上有「區區誠懇」四字。「盡敬」，英華作「期盡」。

禮部賀册尊號表〔一〕

〔韓曰〕古今集中皆題云禮部賀册尊號表，非也。憲宗元和三年，初加尊號睿聖文武皇帝，至元和十四年七月，再上元和聖文神武法天應道皇帝。公是時已爲柳州刺史，表疏贊尊號甚詳，且云「獲守蠻荒，遠承大典」，可見在柳州作，非禮部表也。當題云：柳州賀册尊號表。

臣某，伏奉月日制，〔孫曰〕元和十四年七月己丑，羣臣上尊號。陛下膺受尊號，率土臣子，慶抃無窮。臣聞立極之大，四海無以報神功；配天之尊，萬物不能崇聖德。唯有徽號，是彰中興，所以上探天心，下極人欲。中謝。

伏惟元和聖文神武法天應道皇帝陛下，統承千載，光被六幽，蟊蠈盡除，〔韓曰〕蟊、蠈，並食苗蟲。上音矛。下亦作「賊」。福應皆集。有首有趾，咸識太平。勳臣增爵禄之榮，戎士加賞延之寵，片善必録，微功盡昇。獨惟聖謨，事絶酬答，萬國觖望，〔韓曰〕觖望，怨望也，觖，古穴、窺睡二切。百功怨思。〔二〕〔孫曰〕「百功」，合作「百工」。是以啓元和之盛典，延穹昊之景祚，〔三〕理曆凝命，〔四〕實曰聖文；和衆定功，時惟神武；運行有法天之用，變化乃應道之方。鬼神協謀，夷夏同志，大禮既建，鴻恩遂行。歡呼遠匝於九圍，〔童曰〕帝命式于九圍。滲漉普周於八裔，滲，所禁、所錦二切。漉，音鹿。慶超遂古，美冠將來。

臣獲守蠻荒，〔孫曰〕公時爲柳州刺史。遠承大典。潢汙比陋，河清幸遂於千年；〔韓曰〕文選運命論：黄河清而聖人生。注：黄河千年一清。塵壤均微，山呼願同於萬歲。〔韓曰〕漢武帝元封元年，用事華山，登嵩，吏卒咸聞呼萬歲者三。無任慶賀屏營之至。

校勘記

〔一〕禮部賀册尊號表題下注　「表疏贊尊號甚詳，且云『獲守蠻荒，遠承大典』，可見在柳州作」。「疏」下原脱「贊尊號甚詳且云獲守蠻荒遠承大典」十五字，「見」下原脱「在柳州作」四字，據詁訓本補。

〔二〕百功怨思 「功」，音辯、游居敬本及全唐文作「工」。

〔三〕延穹昊之景祚 「穹昊」，音辯、詁訓、游居敬本及全唐文作「昊穹」。

〔四〕理曆凝命 「凝」原作「疑」，據取校諸本改。

爲京兆府請復尊號表三首

〔韓曰〕此爲德宗作也。下爲耆老等請復尊號表二首皆同。蓋公爲藍田尉時作。

臣某言：某月日諸縣耆老某等若干人詣臣陳狀，辭意迫切，以陛下尊號未復，請詣闕上表者。人心已鬱，安可久違；天意實勤，諒難固拒。撫狀感悦，深契微誠。臣某誠懇誠迫，頓首頓首。

伏惟皇帝陛下，聖神之功，貫於天地；文武之道，超乎古今。〔一〕〔孫曰〕建中元年正月丁卯朔，羣臣上尊號曰聖神文武皇帝。興元元年正月癸酉朔，詔中外書奏不得言「聖神文武」之號。盛德愈大，而謙光益深；玄化已成，而徽號未復。遂使神祇觖望，觖，音決。人庶怨思。一作「深」。沐浴鴻澤者，敢懷晷刻之安；捧戴皇恩者，不知寢食之適。負媿懷憤，萬方一心，日日以冀，〔二〕遂淹星歲。

況今地不愛寶，〔童曰〕禮：地不愛其寶。致百穀之豐穰；天惟降衷，〔孫曰〕書：惟皇上帝，降衷于下民。衷，善也。呈衆瑞而繁委。污萊瘠鹵之地，〔孫曰〕鹵，鹹地。混成大田；〔張曰〕詩：大田多稼。草木蟲獸之微，化爲神貺。萬靈垂鑒，昭然甚明。此而不從，臣所大惑。矧又兵戎永戢，夷狄咸懷，一作「夷夏懷柔」。昭然長春，「昭」，一作「煦」。樂以終日。「以」，一作「只」。是以耆老等深感聖育，踊躍不寧，上奉天恩，跼蹐知懼。跼蹐，音局脊。頓顙闕下，願復鴻名，不謀而同，無期而至。此皆上玄幽贊以誘其衷，列聖垂靈以悟其意。臣以爲陛下當敬于斯旨，〔三〕不可忽也。

臣又伏以陛下賞功與能，舉賢出滯，小言不廢，片善是褒。豈可使臣子之効，雖微而必旌；君父之德，盡美而無稱！凡在覆載，一有「孰不兢惶」四字。不勝懇禱惶恐之至。「惶恐」，一作「恐懼」。謹封耆老等狀，奉表昧死陳請以聞。謹言。

校勘記

〔一〕超乎古今句下注　「羣臣上尊號曰聖神文武皇帝」。「聖神文武」原作「聖文神武」。又「興元元年正月癸酉朔」。「癸酉」原作「癸亥」。以上均據舊唐書卷一二、新唐書卷七德宗紀改。

〔二〕日日以冀　「日日」，濟美堂、蔣之翹本及全唐文作「日月」。

〔三〕臣以爲陛下當敬于斯旨　「于」，英華注：「類表作『承』。」全唐文作「承」，近是。

第二表〔一〕

一本云，此第二表闕。此表乃下爲耆老等請復尊號第三表也。

京兆府長安縣耆老臣石靈等言：「靈」，一作「霳」。徒濫切。伏奉墨詔，〔二〕批臣所請復尊號一作「批答臣等」云云。未蒙允許者。捧對惶遽，不知所裁。天實命之，於臣何有！臣等誠懇誠懼，頓首頓首。

臣聞聖君以奉天爲心，不以謙沖爲德；〔三〕以順人爲大，不以崇讓爲優。今陛下深拒天人之誠，猶懷謙讓之道，臣等愚惑，未知所歸。且百祥荐臻，特表昊穹之睠；旨倦切。五穀蕃熟，用彰后土之勤。億兆嗷嗷，音熬。籲天請命，〔孫曰〕書：無辜籲天。注：籲，呼也。上下交應，幽明同心。舉而違之，臣所未識。況臣等共被仁育，同臻太和。陛下德達上玄，以豐臣之衣食；道躋壽域，以延臣之歲年。沐浴皇風，二十餘載，兒童感化，鰥寡知恩。故臣等出鄉之時，歡呼遍野，閭里勉臣以不進不止，妻孥誓臣以不遂不歸。唯竭血誠，退無面目，便當隕首闕下，終不徒還。伏惟陛下照臣懇迫之情，一作「誠」。哀臣羸老之命。臣等不勝嗚咽慚恨之至。謹奉表陳謝以聞。〔四〕

校勘記

〔一〕第二表題下注　「一本云此第二表闕。此表乃下爲耆老等請復尊號第三表也」。按：音辯、游居敬、蔣之翹本於此第二表題下注：「闕」。并將此表文移下列入爲耆老等請復尊號表第二表。

〔二〕伏奉墨詔　宋刻五百家本「奉」下無「墨」字。

〔三〕不以謙冲爲德　「謙冲」，音辯、世綵堂本、英華、游居敬本及全唐文作「執謙」。

〔四〕謹奉表陳謝以聞　「謝」，世綵堂本作「請」，疑是。

第三表

臣某言：臣伏以耆老等並皆發丹誠，一無「皆」字。將貫白日，請復徽號，〔一〕以光聖謨。臣以其懇款自中，不可禁止，遂抗表陳請，備述微誠。伏奉墨詔批答未蒙允許者，衆心尚阻，天意未從，懇迫逾深，兢惶無措。

臣某伏惟皇帝陛下道大益謙，化成彌損。雖江海善下，〔孫曰〕老子：江海所以能爲百谷王者，以其善下之也。每應朝宗之心；〔孫曰〕書：江、漢朝宗于海。而日月居高，久稱照臨之位。况復上承天命，下覩人誠，若然辭之，理有不可。伏以陛下功參造化，政體乾坤，萬邦宅心，百靈效職，此聖之至也。明并兩曜，信如四時，先天不違，窮神知化，此神之極也。道德純備，〔二〕禮樂興行，宸翰動於三光，睿藻窮於六義。〔童曰〕詩序：故詩有六義焉。此文之備也。五兵不試，〔孫曰〕周禮：司兵掌五兵。注云：戈、殳、戟、酋矛、夷矛。不試，不用也。七德咸宜，〔補注〕宣十二年左氏：武，禁暴、戢兵、保大、定功、安民、和衆、豐財者也。武有七德，我無一焉。殊方者知歸，負固者率服，此武之成也。黄龍皓兔，甘露慶雲，神禾嘉瓜，祥蓮瑞木，萬物暢遂，百穀茂滋，此天之至靈也。黎老班白，伏守闕庭，鰥嫠童幼，〔韓曰〕嫠，謂無夫也。力之切。謳歌道路，此人之至誠也。有其德而無其號，拒乎天而違乎人，雖陛下謙讓之至美，一無「謙」字。抑非臣心之所安也。伏以賤志難明，微誠莫達，戴天彌懼，〔三〕履地益慚，不任懇迫屏營之至。伏願早建大號，以稱天人之心。謹再奉表昧死陳請以聞。

校勘記

〔一〕請復徽號　「請復」，世綵堂、濟美堂、蔣之翹本作「復請」。

〔二〕道德純備　「備」，音辯、游居敬本作「被」。

〔三〕戴天彌懼　「戴」，詁訓本作「對」。

爲耆老等請復尊號表〔一〕

一本題云二首。卽以前爲京兆府請復尊號第二表爲次篇。

京兆府長安縣耆老臣石靈等言：「靈」，一作「霝」。臣伏以陛下尊號未復一十九年，〔孫曰〕時貞元十八年。盛德光大，玄化益被。一作「盛德彌光，大化益被」。加以休徵咸集，福應具臻，至於今歲，紛綸尤盛。風雨必順，生長以時，五稼盡登，〔二〕萬方皆稔。神意人事，正在於斯，天不可違，時不可棄。臣等誠懇誠迫，頓首頓首。

臣聞恩深必報，德盛必崇。以陛下九重之尊，推崇無上；以陛下四海之大，報効何施？唯有尊名，用光聖理，闕然未復，誰所敢安？臣心則微，天意甚重。伏惟皇帝陛下體昊穹以施化，虔上帝以致誠。今卽萬祥應期，〔三〕百神奉職，飛走之物皆已效靈，草木之類咸能應聖。天命降於上，人誠發於中，此而可辭，孰云有奉？況復野多滯穗，〔四〕〔童曰〕詩：此有滯穗，伊寡婦之利。畝有餘糧，足食之慶，充溢於京坻，〔張曰〕水中可居曰坻。方言云：坻，場也。梁、宋間，蚍蜉、犂鼠之場謂之坻。〔孫曰〕詩：曾孫之庾，如坻如京。坻，小丘。直飢切。俗作「坘」。阜財之謠，歡呼於道路。盡非人力，皆是天成。神祇之望既勤，遐邇之心又迫。況臣等得生邦甸，幸遇盛明。身體髮膚，盡歸於聖育；衣服飲食，悉自於皇恩。被玄化而益深，望鴻名而未覩，懇倒之至，夙夜不寧。謹詣光順門，昧死請復「聖神文武」之號，以副天地宗社之心，使海内赤子得安其所。臣等不勝懇倒迫切之至。謹奉表以聞。

校勘記

〔一〕爲耆老等請復尊號表題下注「一本題云二首。即以前爲京兆府請復尊號第二表爲次篇」。「第二表」原作「第三表」，據宋刻五百家、世綵堂、濟美堂本改。

〔二〕五稼盡登「稼」，詁訓本作「穀」。

〔三〕今即萬祥應期「即」，英華作「則」。「萬」，音辯、游居敬本作「千」。

〔四〕況復野多滯穗「況」下原脱「復」字，據音辯、詁訓、世綵堂本及英華補。

禮部爲文武百寮請聽政表三首

〔韓曰〕此爲順宗作也。德宗崩，順宗即位，百寮請聽政。公是時爲禮部郎官作。

臣某等言：臣聞大道必體於至公，大孝莫高於善繼。〔孫曰〕禮記：孝子善繼人之志，善述人之事。上觀列聖，旁考前王，罔不俯就禮文，仰承大事，嚴奉宗廟，慰安元元。然後德教惟新，邦家永固。

伏惟皇帝陛下寢苫泣血，〔韓曰〕苫，草也，居喪以爲覆席。貞元二十一年正月癸巳，德宗崩。丙申，順宗即位。號慕無時，貫于神明，動于天地。未臨庶政，猶徇至誠，凡在人臣，孰不哀懼。伏惟先聖遺旨，俾陛下抑哀而聽政。本朝乏人，使臣等竭忠以奉上。非敢懼死，輒布懇詞，期於必從，以慰寰宇。且王業至重，軍國方殷，一日萬機，〔一〕不可暫闕。伏願追遵顧命，〔二〕蹈履成規，恢王者華夷之望，〔三〕順上帝乃眷之懷。臣等不勝哀迫誠懇之至。

校勘記

〔一〕一日萬機　「機」，全唐文作「幾」。詁訓本注：「培常校『機』應去『木』。」

〔二〕伏願追遵顧命　「遵」，游居敬本及全唐文作「尊」。

〔三〕恢王者華夷之望　「華夷」，詁訓本作「華夏」。

第二表

〔晏元獻本〕據文苑英華，此表乃是林逢請聽政第三表。别有子厚第二表，今載于後。

伏奉大行皇帝知陛下至性自天，〔一〕恐陛下執哀過毁，上惟九廟之重，下念萬務之殷，故遺詔丁寧，俾遵舊典。今百辟卿士，顒然在庭，瞻望清光，已七日矣。〔孫曰〕貞元二十一年正月庚子。固陳誠請，猶未允從，内外憂惶，莫知所出。臣聞大孝之本，繼志爲難；酌禮之情，得中爲貴。是以哀迷期數，哭泣有常。俯而就之，〔二〕〔童曰〕禮記：過之者可使俯而就之，不至焉者可使企而及之。聖人所重；知難繼也，禮記：買道而葬，後難繼也。君子不爲。伏願少抑哀懷，仰遵理命，以副神祇之望，以安億兆之心。光祖業於無窮，流德化於天下，凡在臣子，孰不悲戴！

校勘記

〔一〕伏奉大行皇帝知陛下至性自天　「伏奉」，詁訓本作「伏惟」，近是。

〔二〕俯而就之句下注　「過之者可使俯而就之，不至焉者可使企而及之」。「過之者」原作「賢者」；「不至焉者」原作「不肖者」。均據音辯本及禮記檀弓上改。

又

此文苑英華所載子厚表也。

臣某等言：臣聞聖凡殊途，邦家異禮。故王者捨己從物，用身許天，雖居達喪，〔孫曰〕孔子曰：「三年之喪，天下之通喪也。」通，達也。猶以事奪。伏以大行皇帝道成鑄鼎，仙等御龍，〔一〕〔孫曰〕黃帝采首山銅，鑄鼎於荆山下。鼎既成，有龍垂胡顙下迎黃帝。黃帝上騎，羣臣後宮從上龍七十餘人。萬姓長號，九有顒望。陛下以聰明睿聖，嗣守寶圖，爰及宅憂，〔劉曰〕書：王宅憂，諒陰三祀。宅，居也。迨茲累日。而孝思罔極，〔孫曰〕詩：永言孝思。又曰：欲報之德，昊天罔極。尚輟乃讙之言；〔二〕〔童曰〕禮記：高宗諒陰，三年不言，言乃讙。庶政未釐，頗闕如絲之命。〔劉曰〕禮記：王言如絲，其出如綸。臣等嘗覽載籍，粗知喪紀，若成周顧命，〔韓曰〕成王將崩，命召公畢公率諸侯相康王，作顧命。歷代猶遵；西漢詔音，〔孫曰〕漢文帝將崩，有遺詔以令天下，以日易月。一本云「西漢遺詔」。前王所奉。我國家以孝理天下，文明應期，上用此法，胥以傳授。蓋事歸至當，則不可不遵；禮貴從宜，〔張曰〕禮記：禮從宜。則不得不守，理固然也。臣等是以上陳愚懇，〔三〕輕瀆宸嚴，冀遂血誠，俯親國政。而陛下執喪逾切，聽理未聞，億兆嗷嗷，不知所訴。臣以爲天子之孝，在於保安社稷，司牧烝黎，功超百王，慶流萬代。亦何必守臣下之小節，蔑皇王之大猷，固阻羣情，務成謙德。伏願以遺詔爲念，奪在疚之懷，就臨軒之制，天下幸甚。〔四〕

校勘記

〔一〕仙等御龍句下注　「黄帝上騎」。「上騎」上原脱「黄帝」二字，據史記卷一二孝武本紀補。

〔二〕尚輟乃讙之言　「讙」，音辯、宋刻五百家、游居敬、濟美堂、蔣之翹本及全唐文作「雍」。按：尚書無逸作「言乃雍」，禮記檀弓下作「言乃讙」，二字均通。

〔三〕臣等是以上陳愚懇　「以」，英華作「敢」。

〔四〕天下幸甚　此句下英華有「不勝哀惶懇迫之至」八字。

第三表

伏以萬機至重，遺旨難違，再獻表章，上塵旒扆。〔孫曰〕旒，謂冕旒。扆，謂斧扆。精誠徒竭，天意未迴，内外遑遑，人神企望。臣聞王者之孝，異於匹夫，禮不相沿，道資適變。當承平之代，故殷帝宅憂而不言；遇有事之時，則周王未葬而誓衆。〔孫曰〕周王，謂武王也。況今戎車猶駕，邊候多虞，兩河之寇盜難除，百姓之瘡痍未合。亂者思理，危者求安，天下嗷嗷，正在今日。誠宜抑其至性，以副羣心，成先帝之大功，繼中興之盛業。豈可寢苫啜泣，〔童曰〕詩：啜其泣矣，何嗟及矣。庶政闕然？九廟之靈何報，萬方之望何塞？臣等職參樞近，誠切邦家，若陛下未忍臨軒，尚持前志，臣等有死而已。不敢奉詔。不勝哀迫懇切之至。

賀踐祚表〔一〕

〔韓曰〕此表，順宗即位之日，公代一節鎮作也。

臣某言：太子中舍嚴公弼至，〔孫曰〕嚴公弼，山南西道節度使震之子，貞元五年中第。奉某月日勑書慰諭。伏承陛下以某月日虔奉典册，允昇寶位，〔二〕〔孫曰〕貞元二十一年正月癸巳，德宗崩。丙申，順宗即位。凡在羣生，孰不慶幸。臣某誠懽誠抃，頓首頓首。

臣聞天地泰而聖人出，雷雨解而品物榮。解，下隘切。是以五行迭用，木火更其位；十葉重光，〔三〕宗廟輔其德。殷宗龔默，〔四〕再開成湯之業；〔五〕漢文聰明，克承高祖之緒。陛下重離出曜，體乾繼統，主鬯彰孝恭之美，撫軍著神武之功。〔孫曰〕左氏：行曰撫軍，守曰監國。欽奉遺訓，「奉」，一作「承」。永保鴻業。遏密之中，施雨露以被物；遐邇之地，覩日月之繼明。則四維之外，八極之表，人神胥悦，草木皆春，煦嫗生成，〔韓曰〕以氣曰煦，以體曰嫗。上呼句切。下於武切。不失覆載。况臣謬膺藩守，累受國恩。爰自出身，洎乎領鎮，沐浴聖澤，優游昌時，不獲覲闕庭之禮，展臣庶之分。戴天賀聖，〔六〕倍萬恒情。

校勘記

〔一〕賀踐祚表　英華題作「賀登極表」。

〔二〕允昇寶位句下注　「貞元二十一年正月癸巳」。「二十一」原作「二十」，據世綵堂本及新唐書卷七德宗紀補。

〔三〕十葉重光　「十」，永州本外集作「千」，疑是。

〔四〕殷宗龔默　「龔」，英華、永州本外集及全唐文作「恭」。

〔五〕再開成湯之業　「開」，永州本外集作「闡」，疑是。

〔六〕戴天賀聖　「賀」，英華作「荷」。

禮部賀改永貞元年表

〔韓曰〕此憲宗卽位改元表也。貞元二十一年正月，順宗卽位。八月，立皇太子爲皇帝，是爲憲宗，改元永貞。公是時爲禮部郎官作。

臣某等言：伏奉今日詔，今月九日册皇帝，改貞元二十一年爲永貞元年。自貞元二十一年八月五日昧爽以前，〔一〕應犯死罪特降從流，流已下遞降一等者。〔孫曰〕貞元二十一年八月庚子，順宗制令太子即皇帝位，朕稱太上皇，制勅稱誥。辛丑，誥改元永貞元年。寶命方始，聖曆用彰，載宣臨照之明，遂施渙汗之澤。臣某等誠慶誠賀，頓首頓首。伏以重光下濟，積慶旁行，〔二〕漢祖推奉教之尊，〔孫曰〕漢高帝六年五月丙午詔曰：父有天下，傳歸於子。子有天下，尊歸於父。朕被堅執鋭，平暴亂，立諸侯，皆太公教誨也。今尊太公曰太上皇。文王遂無憂之志。〔劉曰〕禮記：無憂者其惟文王乎？以王季爲父，以武王爲子。正名紀曆，「名」一作「明」。表運行於萬方；宥過輕刑，流汪濊於四海。濊，音穢。歡呼抃蹈，遐邇攸同。臣某等親奉聖謨，仰承大化，踴躍之至，倍萬恒情。無任蹈舞欣慶之至。

校勘記

〔一〕自貞元二十一年八月五日昧爽以前　「日」上原脱「五」字，據取校諸本補。

〔二〕積慶旁行　「行」，英華作「流」。

禮部太上皇誥宜令皇帝即位賀表

〔韓曰〕順宗立皇太子爲皇帝，自稱曰太上皇。皇帝，即憲宗也。公在禮部作此表。

臣某等言：伏奉今日〔韓曰〕順宗本紀：永貞元年八月庚子。太上皇制命，陛下卽皇帝位。光奉寶圖，丕承鴻業，溥天率土，慶躍難勝。臣某等誠喜誠抃，頓首頓首。

臣聞皇建其極，存諸大訓，〔孫曰〕大訓，謂書洪範。帝出于震，著在易經。繼明以照于四方，〔童曰〕易：大人以繼明照于四方。重熙以臨於萬國。動植品彙，永賴昭蘇，山川鬼神，咸用欣戴。臣某等獲備班列，親仰聖明，踴躍之誠，倍萬恒品。無任抃躍喜慶之至。

禮部賀立皇太子表〔一〕

〔韓曰〕公爲禮部郎官時作。

臣某等言：伏奉今月二十四日制，廣陵郡王宜册爲皇太子，改名某。〔孫曰〕順宗貞元二十一年三月二十四日，立子廣陵王淳爲太子，改名純，卽憲宗也。仍令所司擇日備禮册命者。天序有奉，皇圖載寧。〔二〕臣某等誠慶誠賀，頓首頓首。

臣聞尚書載「以貞」之文，〔三〕〔劉曰〕書：一人元良，萬邦以貞。漢史傳早建之義，〔孫曰〕漢文帝元年，有司請早建太子。不唯立愛，〔韓曰〕書：立愛惟親。期在繼明。〔四〕〔補注〕易：大人以繼明照于四方。陛下奉率前規，敷揚盛典，顧兹守器之重，〔五〕〔張曰〕易：主器者莫若長子。爰正承華之位。〔孫曰〕承華，太子宫名。尊義方之教，〔補注〕左傳：愛子，教之以義方，弗納于邪。載錫嘉名；〔六〕〔孫曰〕離騷：皇覽揆予于初度兮，肇錫余以嘉名。此謂改名爲純也。崇建樹之禮，式光典命。以長而立，〔七〕〔孫曰〕春秋公羊傳：立嫡以長不以賢。自符於慎擇；必子之選，遂合于至公。邦本不摇，王業彌固。此皆宗社垂祉，啓祐皇心，乾坤合謀，〔八〕保安聖運，足以播休氣於四海，洽大和於萬靈，食毛含齒，所同歡慶。臣等奉承制命，蹈舞周行，踴躍之誠，倍百恒品。無任慶抃感悦之至。謹奉表陳賀以聞。

校勘記

〔一〕禮部賀立皇太子表　英華題作「百寮賀册皇太子表」。

〔二〕皇圖載寧　「圖」，英華作「心」。

〔三〕臣聞尚書載以貞之文　「尚」，取校諸本作「商」。按：句下注引「一人元良，萬邦以貞」，出尚書商書太甲下。

〔四〕期在繼明　「期」，音辯、世綵堂本、英華及游居敬本作「其」。

〔五〕顧兹守器之重句下注　「主器者莫若長子」，「主」原作「守」，據周易序卦改。

〔六〕載錫嘉名句下注　「皇覽揆予于初度兮」。「覽」原作「鑒」，據世綵堂、蔣之翹本及楚辭離騷改。

〔七〕以長而立句下注「春秋公羊傳：立嫡以長不以賢」。「傳」上原脱「公羊」二字，據春秋公羊傳隱公元年補。

〔八〕乾坤合謀「合」，英華作「叶」。

禮部賀皇太子册禮畢德音表

〔韓曰〕公爲禮部郎官時作。

臣某等言：伏奉今日制，〔一〕皇太子册禮云畢，思與萬方同其惠澤者。〔孫曰〕貞元二十一年四月戊申，詔曰：册禮云畢，感慶交懷，思與萬方同其惠澤。赦京城繫囚，大辟降從流，流已下減一等。盛典斯舉，鴻恩遂行，凡在率土，不勝抃躍。臣某等誠喜誠賀，頓首頓首。

伏惟皇帝陛下克奉神休，以正邦統。建天下之本，宗廟以安；致萬國之貞，兆人攸賴。典册既備，慶澤載流。既廣愛而推恩，亦好生而布德。緩刑而囹圄知感，進勳而嗣續增榮。〔孫曰〕詔云：文武常參并州府縣官子爲父後者，賜勳兩轉。崇教諭之方，忠良是舉；〔孫曰〕詔云：古之所以教太子，必茂選師傅以翼輔之，法於訓詞而行其典禮。左右前後，罔匪正人，是以教諭而成德也。給事中陸質、中書舍人崔樞，積學懿文，守經據古，夙夜講習，庶叶于中，并充皇太子侍讀。嚴贊襄之禮，「襄」，一作「相」。賜與有加。

旌孝悌以厚於人倫，〔孫曰〕詔云：天下孝子順孫先旌表門閭者，委所管州縣各加存卹。敬鬼神而修其祀事。況行禮之日，則屏翳收蹟，〔孫曰〕屏翳，雲師也。太陽宣精。用彰出震之休，〔童曰〕易：帝出乎震。更表重離之曜。神化旁暢，皇風遠揚，自華及夷，異俗同慶。臣等謬參著定，〔孫曰〕著定，位序也。倍百恒情。無任歡慶踴躍之至。

校勘記

〔一〕伏奉今日制　英華、全唐文「制」下有「書」字。

爲王京兆皇帝即位禮畢賀表

〔韓曰〕王京兆名權。貞元二十一年二月，自鴻臚卿爲京兆尹。憲宗即位，公爲代作賀表。下又有代作賀表，凡五首。

臣某等言：臣聞大人繼明，百神所以受職；天子有道，〔一〕〔孫曰〕左氏：天子守在四夷。萬國由是承風。伏以皇帝陛下纘聖垂休，順時御極，負扆而外朝夷夏，〔二〕〔孫曰〕禮記明堂位：天子負斧扆南面而立。注云：負，背也。扆，户牖間也。扆，隱豈切。踐祚而統和天人。〔童曰〕踐，履也。幽明感通，遐邇昭泰，遂使祥光下燭，嘉氣旁通。周王謝流火之符，〔韓曰〕書：武王渡孟津，白魚入于王舟，有火復于王屋，流而爲烏。魯史愧書雲之典，〔韓曰〕僖五年左氏：凡分至啓閉必書雲物，爲備故也。食毛含齒，〔孫曰〕食毛者，食土之毛也。歡抃無窮。臣某等幸覩昌時，獲奉大慶，踴躍之至，倍萬恒情。無任蹈舞欣躍之至。

校勘記

〔一〕天子有道句下注　「天子守在四夷」。「天子」下原衍「有道」二字，據左傳昭公二十三年删。

〔二〕負扆而外朝夷夏　「外」，音辯、詁訓、世綵堂本及全唐文作「會」，近是。

代韋中丞賀元和大赦表

〔韓曰〕憲宗卽位之明年，改元大赦。公到永之初，與刺史韋君作也。公在永凡十年，歷刺史者六人，韋其姓者二，而其名不可考。

臣某言：伏奉正月二日制，〔一〕大赦天下，永貞二年宜改元和元年。〔二〕太陽既昇，煦育資始，霈澤斯降，霈，普蓋切。膏潤無遺。臣某誠慶誠賀，頓首頓首。

伏惟皇帝陛下仁化旁流，孝理弘闡，紀元示布和之令，〔孫曰〕周禮：正月之吉，始和，布政于邦國都鄙。肆眚見恤人之心。〔三〕〔孫曰〕書：眚災肆赦。莊二十二年春秋云：正月，肆大眚。曠然滌瑕，得以遷善，渙發大號，申明舊章。農有薄征，〔童曰〕周禮：薄征緩刑，施舍已責。市無强價，〔四〕〔孫曰〕左氏「價」作「賈」。賈，買也。勳勤是録，爵秩以班。寵寧間於幽明，澤必周於夷夏，近甸輕榷酤之入，遠人忘水旱之災。既行慶於官僚，亦推恩於天屬，諸生喜黌塾之廣，庶老加絮帛之優。量入所以備凶，興廉期於變俗。爰褒有客，〔五〕尊賢之典惟新；載奉素王，宗予之道斯在。〔六〕綸言一降，庶政畢行，懷生之倫，感悦無量。臣某等守在遐遠，親奉詔條，踴躍之誠，倍百恒品。無任感恩抃舞屏營之至。〔七〕

校勘記

〔一〕伏奉正月二日制　英華、全唐文「制」下有「書」字。

〔二〕永貞二年宜改元和元年　英華、全唐文「改」下有「爲」字，「元和」下有「者」字。

〔三〕肆眚見恤人之心句下注　「書：眚災肆赦」。「肆」原作「律」，據世綵堂本及尚書虞書舜典改。

〔四〕市無强價句下注　「左氏『價』作『賈』。賈，買也」。兩「賈」字原均作「估」，據左傳昭公十六年改。

〔五〕爰褒有客　世綵堂本注：「詩周頌有客。謂二王之後爲客。」

〔六〕宗予之道斯在　「予」原作「子」，據音辯、世綵堂本、英華及游居敬、蔣之翹本改。世綵堂本注：「禮記檀弓：孔子曰：『天下孰能宗予。』」

〔七〕無任感恩抃舞屏營之至　英華、全唐文「至」下有「謹奉表陳賀以聞」七字。

禮部賀册太上皇后表

〔韓曰〕永貞元年八月，順宗立皇太子爲皇帝，自稱曰太上皇。立良娣王氏爲太上皇后。今表所賀卽此也。董氏册太上德妃，本紀不載。公時尚在禮部云。

臣某等言：伏奉今月日誥，良娣王氏册太上皇后，良媛董氏册太上皇德妃，宜令所司備禮册命者。〔孫曰〕永貞元年八月辛丑，太上皇誥曰：良娣王氏，家承茂族，德冠中宮，雅修彤管之規，克佩姆師之訓。自服勤蘋藻，祗奉宗祧，令範益彰，母儀斯著。宜正長秋之位，以明繼體之尊。良媛董氏，備位後庭，素稱淑慎，進升號位，禮亦宜之。良娣可册爲太上皇后，良媛宜册爲太上皇德妃。仍令所司備禮，擇日册命。母儀有光，坤道克順，陰教方行於萬國，内理克和於六宮。〔一〕〔孫曰〕周禮内宰：以陰禮教六宮，以陰禮教九嬪。禮記：天子后立六宮、三夫人、九嬪、二十七世婦、八十一御妻，以聽天下之内治。一本「克」字作「已」。臣某等誠慶誠賀，頓首頓首。伏惟皇帝陛下對若天休，奉揚睿旨，長秋既登其正位，〔二〕〔孫曰〕長秋，皇后宫名。褕狄亦被於恩光。〔孫曰〕內司服掌王后之六服：褘衣、褕狄、闕狄，鞠衣，緣衣、素沙。奉養見三朝之安，〔韓曰〕禮記：文王之爲世子，朝於王季，日三。雞初鳴而衣服，至於寢門外，問內竪之御者曰：「今日安否？何如？」內竪曰：「安。」文王乃喜。及日中，又至，亦如之。及暮，又至，亦如之。周旋有四星之輔。〔三〕〔集注〕史記天官書：後句四星，末大星，正妃；餘三星，後宮之屬。豈獨配乾稱大，助日爲明，所以表王化之源，知孝悌之本，冠映千古，儀刑四方。臣某等捧戴施行，踴躍無地。無任蹈舞欣喜之至。

校勘記

〔一〕內理克和於六宮句下注　「以陰禮教九嬪」。「嬪」下原衍「於六宮」三字，據世綵堂本及周禮天官冢宰下刪。

〔二〕長秋既登其正位　「正」，英華作「品」。

〔三〕周旋有四星之輔句下注　「後句四星」。「句」原作「宮」，據史記卷二七天官書改。

禮部賀太上皇后册畢賀表〔一〕

臣某等言：今月日太上皇后册禮云畢，率土臣妾，慶抃無窮。臣某等誠慶誠賀，頓首頓首。

伏以太上皇后著虞嬪之至德，〔孫曰〕書：釐降二女于嬀汭，嬪于虞。嬪，婦也。嗣周母之徽音，〔二〕〔孫曰〕詩：太姒嗣徽音。徽，美也。表率六宮，明彰萬國。陛下克修理本，以暢化源，神道知事地之方，〔童曰〕禮記：因天事天，因地事地。人倫識尊親之大。豈惟婦順斯備，〔三〕〔劉曰〕禮記：成婦禮，明婦順，又申之以著代，所以重責婦順焉者也。陰禮用脩，足以播正始於王風，〔補注〕詩：周南、召南，正始之道，王化之基。一本作「國風」。致時雍於帝典。臣某等謬塵榮位，〔四〕獲覩盛儀，踴躍之誠，倍百恒品。「百」，一作「萬」。

校勘記

〔一〕禮部賀太上皇后册畢賀表　英華題作「百寮賀册太上皇后禮畢表」。

〔二〕伏以太上皇后著虞嬪之至德嗣周母之徽音　英華「虞嬪」作「嬪虞」，「周母」作「母周」。

〔三〕豈惟婦順斯備　「順」，英華作「道」。

〔四〕臣某等謬塵榮位　「塵」，英華作「叨」。

賀皇太子牋

〔韓曰〕皇太子，憲宗也。時公尚在南宮，代一藩臣作。

某言：伏奉月日制書，〔一〕〔韓曰〕貞元二十一年三月癸巳，立廣陵郡王爲皇太子。殿下祗膺茂典，位副青宮，〔孫曰〕青宮，東宮也。神異經曰：東方有宮，青石爲牆，高三仞，門有銀榜，以青石碧鏤，題曰天地長男之宮。温文光三善之名，〔孫曰〕禮記：行一物而三善皆得者，唯世子而已。其齒於學之謂也。其一，知父子之禮；其二，知君臣之義；其三，知長幼之節。繼照協重離之慶。〔張曰〕易：明兩作離，大人以繼明照于四方。萬葉固本，羣方宅心，含生之徒，孰不欣戴！況某夙蒙期奬，職在藩方，懽抃之誠，倍萬恒品。

校勘記

〔一〕伏奉月日制書　「月日」原作「日月」，據音辯、游居敬本倒轉。句下注「貞元二十一年三月癸巳，立廣陵郡王爲皇太子」。「三月」原作「四月」，「陵」下原脱「郡」字。據新唐書卷七順宗紀改補。

御史臺賀嘉禾表

〔韓曰〕公貞元十九年尚爲監察御史，至二十一年方遷禮部員外郎，當是爲御史時作也。

臣某言：今月日宰臣以幽州所進嘉禾圖各一軸〔孫曰〕幽州節度使劉濟所進。示百僚者。〔一〕伏以嘉穀順成，靈貺昭格，天人合應，遐邇同風。臣某誠懽誠慶，頓首頓首。伏惟皇帝陛下睿謀廣運，神化旁行，植物知仁，祥圖應聖。靈岳不愆於贊祐，〔祈注〕靈岳，謂北岳也。燕谷用遂於生成。〔孫曰〕劉向別録曰：鄒衍在燕，燕有谷，地美而寒，不生五穀。鄒子居之，吹律而温氣至，百穀生。今名爲黍谷。豐稔既均，知朔南之被澤；〔童曰〕書：東漸于海，西被于流沙，朔南暨聲教，訖于四海。休嘉克協，見天地之同和。六穗慚稱於漢臣，〔韓曰〕司馬相如封禪書：導一莖六穗於庖。注：導，擇也。一莖六穗，謂嘉禾之米，於庖厨以供祭祀也。異畝耻書於周典，〔韓曰〕書：唐叔得禾，異畝同穎，獻諸天子。王命唐叔作歸禾、嘉禾。自中形外，均慶同歡。臣某謬職憲司，獲覩休瑞，無任抃躍之至。

校勘記

〔一〕今月日宰臣以幽州所進嘉禾圖各一軸示百僚者　「幽州」下永州本外集有「華州」二字，疑是。

禮部賀嘉禾及芝草表

〔韓曰〕公爲禮部員外郎時作。

臣某等言：伏見今月某日内出劍南所進嘉禾圖〔孫曰〕劍南西川節度使韋皐所進。及陝州所進紫芝草〔孫曰〕虢陝觀察使崔宗所進。示百寮者。珍圖焕開，瑞彩交映，遐邇偕至，〔一〕福應攸同。臣某等誠慶誠賀，頓首頓首。

伏惟皇帝陛下緝熙至道，保合大和，〔張曰〕易：首出庶物，保合大和。天惟發祥，〔童曰〕詩：濬哲維商，長發其祥。地不愛寶，嘉禾擢質，靈草抽英。獻于王庭，唐叔慚同穎之異；見上注。薦諸郊廟，班史謝連葉之奇。〔韓曰〕漢書武帝紀：甘泉宫生芝草，九莖連葉。乃作芝房之歌，以薦郊廟。既呈薿薿之祥，〔孫曰〕詩：黍稷薿薿，收介攸止。更覩煌煌之秀。豐年斯著，聖壽用彰，飲和之人，〔二〕懽抃無極。臣某等優游至化，披翫殊姿，慶抃之誠，倍百恒品。〔三〕

校勘記

〔一〕遐邇偕至　「偕」，永州本外集作「皆」。

〔二〕飲和之人　「人」，永州本外集作「又」，疑是。

〔三〕倍百恒品　永州本外集句下有「謹奉表陳賀以聞」七字。

京兆府賀嘉瓜白兔連理棠樹等表

〔韓曰〕當是公在藍田縣尉時作。

臣某言：今月日，〔一〕中使王自寧出徐州刺史張愔所進嘉瓜圖〔孫曰〕貞元十六年六月，以徐泗濠節度使張建封之子愔爲徐州刺史、節度觀察留後。及白兔兒一，并出陳、許等州觀察使上官説所進許州連理棠樹圖〔孫曰〕貞元十五年八月，以上官説爲陳、許等州觀察使。示百寮者。惟天眷命，〔劉曰〕書：皇天眷命，奄有四海。是降百祥，〔張曰〕書：作善降之百祥。惟聖欽承，用膺多福。臣某誠慶誠賀，頓首頓首。

臣伏以大和所蒸，至德斯應，圖物獻瑞，周於遠方。神瓜合形，式表緜緜之慶；〔孫曰〕詩：緜緜瓜瓞。異棠連質，用彰燁燁之榮。〔二〕燁，音葉。「榮」字一作「休」。況金風發祥，白兔來擾，〔孫曰〕擾，馴也。告有秋之嘉應，著成歲於神功。雜遝紛綸，遝，音沓。如山斯委。人盡登於壽域，物咸暢於薰風。況臣特感深恩，欣逢衆瑞，踴躍之至，倍萬恒情。

校勘記

〔一〕今月日　永州本外集「日」上有「十八」二字。

〔二〕用彰燁燁之榮　「燁燁」，何焯校本及全唐文作「韡韡」。「榮」，永州本外集作「休」。

禮部賀甘露表

〔韓曰〕已下四表，皆公貞元二十一年二月遷禮部員外郎掌尚書牋奏時作。

臣某言：中使王自寧至，伏奉宣聖旨，出延和殿前丁香樹甘露一大合示宰臣；未時，又出一大合，令明日示百寮，甘露見降未止者。〔一〕玄化昇聞，靈貺昭答，必呈尤異之應，以告天地之和。臣某誠懽誠慶，頓首頓首。

伏惟皇帝陛下均煦育之功，〔二〕敷滲漉之澤。〔孫曰〕司馬相如封禪頌：滋液滲漉，何生不育。滲漉，謂潤澤下究也。上山禁切。下音鹿。大和潛達，闕瑞克彰，發於天霄，特降宮樹。朝光初燭，方湛湛而不晞；〔韓曰〕詩：湛湛露斯，匪陽不晞。湛，丈減切。晷景轉炎，更瀼瀼而未已。〔韓曰〕蓼彼蕭斯，零露瀼瀼。音攘。綴葉而珠璣積燿，盈器而冰玉呈姿，芳襲椒蘭，味兼飴醴。〔張曰〕飴，餳也。音怡。然則零其庭而著異，〔孫曰〕揚雄云：昔二帝三王，國家殷富，上下交足，故有甘露零其庭。紀於年以標奇，〔孫曰〕漢宣帝元康元年，甘露降未央宮，大赦。於是以紀其年。徒矜往辰，孰并茲日。況樹有丁香之珍，殿即延和之號，所以著芳風之遠播，期聖壽於無疆。事絶古今，慶傳遐邇。臣謬承渥澤，獲覩殊祥，抃躍之誠，倍萬恒品。〔三〕

校勘記

〔一〕甘露見降未止者　永州本外集「甘露」上有「其」字，近是。

〔二〕伏惟皇帝陛下均煦育之功　「皇帝」下原脱「陛下」二字，據音辯、詁訓、世綵堂、游居敬本及全唐文補。

〔三〕倍萬恒品　永州本外集「品」下有「謹奉表陳賀以聞」七字。

禮部賀白龍并青蓮花合歡蓮子黃瓜等表

〔韓曰〕或注云「京兆」，恐非是。

臣某言：伏見今月日，〔一〕內出滄州所進白龍見圖，又出西內定禮池中青蓮花，并神龍寺前合歡蓮子示百僚。二十三日，又出鹽州所進合歡黃瓜圖者。二氣交泰，萬國同和，動植思協於殊祥，遐邇畢呈其嘉應，〔二〕披圖按牒，聖理彰明。臣誠懽誠慶，頓首頓首。

伏以天道非遠，〔三〕睿感必通，疊瑞重祥，累集宮禁，池蓮表異，靈化非常。〔四〕敷彼青光，〔五〕徵佛書而尤絶；成其嘉實，驗祥經而甚稀。積慶旁流，自中徂外。遂使龍騰白質，乘秋果應於金行；瓜合黄中，表聖更彰於土德。遠通邊徼，〔孫曰〕邊徼，謂滄州也。近出苑園，〔孫曰〕謂定禮池也。合慶同歡，周於億兆。況復邦畿之内，雨露必時，宿麥大穰，嘉穀滋茂，和風孕秀，〔六〕靈氣陶蒸。是皆發自帝心，達於天意，周流升降，成此歲功，惠彼羣生，自爲嘉瑞。臣某深惟多幸，獲遇斯時，觀靈貺之備臻，知人和之溥洽。無任慶抃躍蹈之至。

校勘記

〔一〕伏見今月日　永州本外集「日」上有「二十二」三字。

〔二〕遐邇畢呈其嘉應　「呈」，音辯、游居敬本及全唐文作「陳」。

〔三〕伏以天道非遠　「天道」原作「天地」，據永州本外集及王荆石本改。

〔四〕靈化非常　「化」，詁訓本作「兆」。

〔五〕敷彼青光　「青」，音辯、游居敬本作「清」。何焯義門讀書記亦云：「『青』作『清』。」

〔六〕和風孕秀　「秀」，音辯、詁訓、世綵堂本、永州本外集及全唐文作「育」。

禮部賀白鵲表

臣某言：伏奉進旨宣示前件白鵲者。霜毛皎潔，玉羽鮮明，色實殊常，性惟馴狎。臣聞聖王之德，無所不至，有感則應，無幽不通。伏惟陛下恩霑動植，仁洽飛翔，故得茲禽，呈休效質。伏以白者正色，實表金方，鵲以知來，〔一〕〔孫曰〕淮南子：乾鵲知來而不知往。式彰寇服。用符歸化之兆，克耀太平之階。臣職參禁垣，獲覩嘉瑞，無任慶抃之至。

校勘記

〔一〕鵲以知來句下注 「乾鵲知來而不知往」。「鵲」，今本淮南子卷一三氾論訓作「鵠」。

禮部賀嘉瓜表

臣某等，今日内出浙東觀察使賈全〔孫曰〕貞元十八年正月，以常州刺史賈全爲浙東觀察使。所進越州山陰縣移風鄉百姓王獻朝園内産嘉瓜二實同蔕圖示百寮者。寶祚惟新，〔補注〕貞元二十一年正月丙申，順宗即位。嘉瑞來應，式彰聖德，更表天心。臣某等誠慶誠賀，頓首頓首。

伏惟皇帝陛下，保合太和，緝熙庶類，德馨上達，〔童曰〕書：黍稷非馨，明德惟馨。神化旁行。〔劉曰〕易：神而化之，使民宜之。嘉瓜發祥，來自侯服。質惟同蔕，見車書之永均；地則移風，知化育之方始。雖七月而食，豳土歌王業之難；〔一〕〔孫曰〕詩七月，陳王業也。周公遭變，故陳后稷先公風化之所由，致王業之艱難也。七月食瓜，八月斷壺。又大戴禮：五月治瓜，七月食瓜。五色稱珍，東陵詠嘉賓之會，〔韓曰〕漢邵平故爲秦東陵侯，秦破，爲布衣，種瓜長安城東，瓜美，世號東陵瓜。阮嗣宗詩：昔聞東陵瓜，近在青門外。連畛距阡陌，子母相鉤帶。五色曜朝日，嘉賓四面會。未聞感通若斯昭著者也。臣某等遭逢聖運，〔二〕親仰珍圖，抃躍之誠，倍百恒品。無任慶悦之至。

校勘記

〔一〕豳土歌王業之難　「土」，永州本外集作「工」。

〔二〕臣某等遭逢聖運　「遭」，詁訓本作「遇」，永州本外集作「幸」。

爲王京兆賀嘉蓮表〔一〕

〔韓曰〕王京兆，權也。已見上賀皇帝卽位表題注。

臣某言：今日某時，中使某奉宣聖旨，〔二〕出西内神龍寺前水渠内合歡蓮花圖一軸示百寮者。祥圖焕開，異彩交映，贊天地之合德，表神人之同歡。臣某誠懽誠慶，頓首頓首。

伏惟皇帝陛下道協重華，〔孫曰〕書：重華協于帝。慶傳種德，〔孫曰〕書：皋陶邁種德。李氏，皋陶之後，故云。陶陰陽之粹美，孕造化之精英。吉慶每見於天心，發祥必自於禁掖。是使雙華擢秀，連蔕垂芳，香激大王之風，〔韓曰〕宋玉云：此獨大王之雄風也。影耀天泉之水。〔三〕〔韓曰〕沈約宋書：文帝元嘉二十一年，天淵池二蓮同幹。煥開宮沼，旁映給園，〔孫曰〕謂給孤獨園，指言神龍寺也。靈貺應期，天龍護聖。寶曆夐超於小劫，神功永洽於大千。〔四〕臣某獲覩昇平，濫居榮寵，聞瑞應而稱慶，仰繢事而增歡。〔張曰〕論語：繪事後素。「繪」或作「繢」。無任抃蹈喜躍之至。

校勘記

〔一〕爲王京兆賀嘉蓮表　英華題作「賀西内嘉蓮表」。

〔二〕中使某奉宣聖旨　英華「某」下有「至」字，永州本外集有「乙」字。

〔三〕影耀天泉之水句下注　「文帝元嘉二十一年，天淵池二蓮同幹」。「元嘉」原作「永嘉」，「天淵池」原作「天泉池」，「二蓮」原作「池蓮」，均據宋書卷二九符瑞志下改。

〔四〕神功永洽於大千　「永洽」，音辯、詁訓、世綵堂本及英華作「允洽」，永州本外集作「允協」。

爲王京兆賀雨表一

臣某言：臣昨日面奉進旨，以近日少雨，今月内無雨，即須祈禱，今日便降甘雨者。天且不違，〔孫曰〕易：天且不違，而況於人乎？神必有據，密雲與綸言繼發，時雨將天澤并流。臣某誠懽誠慶，頓首頓首。

伏惟皇帝陛下憂切蒸黎，慮深稼穡，思彼未兆，防於無形。滲漉每出於湛恩，變化亦隨於廣運。〔一〕宸衷暫惕，已矯御天之龍；〔童曰〕易：時乘六龍以御天。聖謨既宣，遂洽漏泉之澤。〔二〕〔孫曰〕吾丘壽王曰：「德澤上昭，天下漏泉。」霮䨴周布，〔韓曰〕霮䨴，黑雲也。上徒感切。下音隊。霏微四施，黍稷盡成，公私皆及。〔孫曰〕詩：雨我公田，遂及我私。野夫鼓舞，知帝力之玄通；官吏歡呼，見天心之默喻。臣某牧人京邑，動仰皇靈，渥澤徒加，涓滴無助。無任感悦屏營之至。

校勘記

〔一〕變化亦隨於廣運　「亦」，音辯、詁訓、世綵堂本、永州本外集及游居敬本作「必」，近是。

〔二〕遂洽漏泉之澤句下注　「吾丘壽王曰：『德澤上昭，天下漏泉。』」「吾丘」原作「吴丘」，「昭」原作

「周」，據漢書卷六四上吾丘壽王傳改。

王京兆賀雨表二

臣某言：伏見今月二十四日，時雨溥降。伏以聖心積念，天意遽迴，移造化之玄功，革陰陽之常數。臣某誠慶誠抃，頓首頓首。

皇帝陛下仁育蒼生，恩同赤子。自頃天雨未降，時稼或愆，貶食齋戒，至誠幽達。又慮宿麥無備，播種失時，出於宸衷，特令賑貸。〔一〕睿謨潛運，甘雨遂周。布濩垂陰，〔二〕〔孫曰〕司馬相如封禪書：匪唯雨之，又潤澤之；匪唯偏我，氾布濩之。布濩，布遍也。隨聖澤而俱遠；滂沱積潤，滂，普浪切。沱，音駝。與恩波而共深。臣某才術無聞，謬司邦甸，生成必資於帝力，進退何補於天工。〔補注〕書：天工人其代之。沐浴大和，慚荷無極。無任慶躍屏營之至。

校勘記

〔一〕特令賑貸　「特」，音辯、宋刻五百家、蔣之翹本作「將」。

〔二〕布濩垂陰句下注　「匪唯偏我，氾布濩之」。「唯」原作「爲」，「布」原作「大」，據宋刻五百家、世綵堂本及漢書卷五七下司馬相如傳改。

王京兆賀雨表三

臣某言：今月十三日面奉進旨，緣自春來少雨，宜卽差官精誠祈禱者。十四日，臣便差官分赴靈跡，其日雲陰四合，至十五日，甘雨遂降。

伏惟皇帝陛下言爲神化，動合天心，未成旱暵之虞，已積憂勤之慮。衆靈受職，薈蔚且躋於南山；〔孫曰〕詩：薈兮蔚兮，南山朝隮。薈，烏外切。蔚，紆勿切。百穀仰榮，〔劉曰〕左氏：猶百穀之仰膏雨也。滂霈遂沾於東作。睿謨朝降，膏澤夕周，知天人之已交，識陰陽之不測。然則周王徒勤於方社，〔一〕〔孫曰〕詩：以我齊明，與我犧羊。以社以方，我田既臧。謂有事於山川也。一本作「方岳」。殷帝虛美於桑林。〔二〕〔韓曰〕呂氏春秋：昔殷湯克夏，五年不雨。湯乃以身禱於桑林，剪其髮，割其爪，以爲犧牲，用祈福於上帝。豈若無災而早圖，未禱而先應。化超前聖，道貫重玄，徧野同歡，傾都相慶。臣之欣躍，倍萬恒情。

校勘記

〔一〕然則周王徒勤於方社　陳景雲柳集點勘：「『周王徒勤於方社』，乃用詩（大雅雲漢）『方社不莫』語。周王，謂宣王也。舊注引（詩小雅甫田）『以社以方』，與賀雨無涉矣。」

〔三〕殷帝虛美於桑林句下注　「割其爪以爲犧牲」。「犧」下原脱「牲」字，據呂氏春秋卷九順民補。

王京兆賀雨表四

臣某言：臣於三月二十九日奉進旨於諸靈跡處祈雨，至三十日甘雨遂降者。臣聞惟聖有作，先天不違，發令而祥風已興，〔孫曰〕班固傳云：習習祥風，祁祁甘雨。致誠而玄液旋被。臣某誠懽誠賀，頓首頓首。

伏惟皇帝陛下側身防患，道邁周王；〔一〕〔孫曰〕詩雲漢：仍叔美宣王也。宣王遇災而懼，側身修行，欲銷去之。盡力勤人，功超夏后。〔童曰〕論語：禹卑宮室而盡力於溝洫。聖謨廣運，驅百靈以從風；神化旁行，滋五稼而流澤。五稼，五穀也。油雲四合，〔張曰〕孟子：天油然作雲，沛然下雨。膏雨溥周，〔孫曰〕詩：芃芃黍苗，陰雨膏之。農壤遂一於肥磽，〔二〕丘交切。與「墝」同。滲漉盡霑於遐邇。蒸黎詠德，知必自於聖心；草木欣榮，如有感於皇化。有年之慶，實在於斯。臣以無能，謬領京邑，上勞宸慮，運此歲功。無任喜懼屏營之至。

校勘記

〔一〕道邁周王句下注「詩雲漢：仍叔美宣王也」。「雲漢」原作「江漢」，據蔣之翹本改。按：仍叔作詩美宣王，見於詩大雅雲漢小序。

〔二〕農壤遂一於肥磽　世綵堂本注：「『農壤』，一作『豐穰』。」

賀親自祈雨有應表五〔一〕

〔韓曰〕或亦以爲代王京兆。然觀表言得上都院官金部員外郎韓述狀報，必代外州刺史作也。

臣某言：臣得上都院官金部員外郎韓述狀報，以時雨未降，親自於龍堂祈禱，有靈禽羣翔，〔二〕自成行列，如隨威鳳，〔孫曰〕漢宣帝神爵元年詔曰：南郡獲白虎威鳳爲寶。晉灼曰：威鳳，鳳之有威儀者。以翼龍舟，其日降雨者。中謝。

伏以時或愆陽，〔孫曰〕左氏：冬無愆陽，夏無伏陰。歲之常候，式當聖日，無害豐年。陛下敦本務農，憂人閔雨，宸慮所至，天心自通。故得瑞鳥迎舟，〔三〕掩商羊之舞；〔四〕〔孫曰〕家語：齊有一足之鳥，舒翅而跳。齊侯遣使訪孔子，孔子曰：「此鳥名商羊。昔童謡云：天將大雨，商羊鼓舞。其應至矣，將有水災。」

仙雲覆水，協從龍之徵。〔張曰〕易：雲從龍，風從虎。初泛洒於上宮，遂滂霈於率土。自中徂外，皆荷生成，雨公及私，〔孫曰〕詩：雨我公田，遂及我私。私，謂私田也。靡不碩茂。殷后徒勤於自翦，見上注。周公空媿於舞雩。〔韓曰〕周禮春官：女巫掌歲旱，暵則舞雩。臣以庸虛，謬司垣翰，有年之慶，惟聖之功。臣某不任云云。

校勘記

〔一〕賀親自祈雨有應表五　陳景雲柳集點勘：「表首言『得上都院官金部員外郎韓述狀報』，案，上都者，京師也，院官者，進奏院也。唐代牧守得置院上都有事報闕者，唯諸道大帥及同、華二州耳，餘州刺史即皆無之。觀表中『謬司垣翰』語，當是代當時方鎮作。又同、華獨得置院如諸道者，因二州并不隸大府，異於支郡，故事權與連帥埒。或疑集有代劉同州謝上表，此表或亦代劉作。然以郎官掌上都留邸，恐同州幕吏尚不得有此，當更考之。」

〔二〕有靈禽羣翔　「羣翔」，詁訓本作「翱翔」。

〔三〕故得瑞鳥迎舟　「舟」，宋刻五百家、濟美堂本作「州」。

〔四〕掩商羊之舞句下注　「齊有一足之鳥，舒翅而跳」。「鳥」原作「烏」，「跳」原作「眺」，據音辯、宋刻五百家、世綵堂、濟美堂、蔣之翹本及孔子家語卷三辯政第十四改。

柳宗元集卷三十八

表

爲裴中丞賀克東平赦表

〔韓曰〕裴中丞，桂管觀察使裴行立也。

臣某言：伏奉月日德音，以淄青蕩平，褒功宥罪，布告遐邇者。〔孫曰〕元和十四年二月，淄青都知兵馬使劉悟，斬其節度使李師道以降，師道所管淄、青、登、萊、沂、密、鄆、曹、濮、齊、兗、海十二州皆平。詔天下繫囚死罪降從流，流已下并放。臣聞肅殺之後，每致陽和；雷霆既施，必聞膏澤。中謝。伏惟陛下體乾剛以運行，協坤元之翕闢，〔孫曰〕易：至哉坤元。又曰：坤，其静也翕，其動也闢，是以廣生焉。百靈受職，〔童曰〕百靈，百神也。六合從風。〔韓曰〕天地四方曰六合。阻兵怙亂者，〔補注〕左氏傳云：州吁阻兵而安忍。阻，恃也。必就梟擒；懷忠抱義者，無不甄録。〔一〕甄，陶甄也。居延切。激其效順，特加旄節之榮；〔孫曰〕是月，以悟爲義成軍節度使。寵以元功，遂兼鼎鉉之任。〔孫曰〕癸丑，魏博節度使田弘正加檢校司徒、同中書門下平章事。弘正亦討師道者，故有是命。易曰：鼎玉鉉。鉉，鼎耳也。胡犬切。戎行窮賞賚之重，〔童曰〕賞賚，賜予也。行，胡剛切。死事極褒䘏之優，〔二〕刼脅之役盡除，聚斂之名皆去。傷痍受煦，老疾加恩，豐財已復其征徭，〔孫曰〕復其征徭，謂復除徭役也。賜種更盈於穜稑。〔韓曰〕詩：黍稷穜稑。〔孫曰〕先種後熟曰穜，後種先熟曰稑。上音童，下音陸。嚴山川之祀，神必有依；中義烈之家，物無不感。周王推忠厚之化，〔韓曰〕詩：周家忠厚，仁及草木。漢帝慚愷悌之風，太平之德，斯爲至盛。一作「太平之業既崇，中興之德斯至」。然則虞巡可復，〔孫曰〕書：五載一巡守。告成將慶於岱宗；〔孫曰〕書：歲二月東巡守，至于岱宗，柴。岱宗在兖州，而兖屬淄青，今兖州既復，故及之。漢典方行，〔孫曰〕漢武帝元封元年，登封太山。應劭云：功成治定，告成于天。漢典，謂此也。講禮再榮於闕里。〔三〕〔韓曰〕漢章帝元和二年，東巡守，過魯，幸闕里，以太牢祠孔子。淄青蓋魯國之地也，故云。臣謬膺重寄，獲覩大和，〔童曰〕易曰：保合大和。抃蹈之誠，倍萬恒品。謹已施行郡邑，宣示軍戎。莫不動地歡呼，若醉千鍾之酒；〔孫曰〕孔融與魏武書曰：堯非千鍾，無以建太平；孔非百觚，無以堪上聖。騰天鼓舞，如聞九奏之音。〔孫曰〕周禮鍾師注云：王出入，奏王夏；尸出入，奏肆夏；牲出入，奏昭夏；四方賓來，奏納夏；臣有功，奏章夏；夫人祭，奏齊夏；族人侍，奏族夏；客醉而出，奏陔夏；公出入，奏驁夏。是爲九奏。無任慶賀踴躍之至。

校勘記

〔一〕無不甄録句下注　「甄，陶甄也」。蔣之翹本注：「甄，察也。」按：「甄録」在此作甄別、甄拔解。蔣説是。

〔二〕死事極褒䘏之優　「優」原作「憂」，據音辯、詁訓、宋刻五百家、世綵堂本及全唐文改。

〔三〕講禮再榮於闕里句下注　「漢章帝元和二年」。「漢章帝」，世綵堂本作「漢宣帝」，誤。

柳州賀破東平表

〔補注〕破李師道。

臣某言：即日被觀察使牒，〔孫曰〕桂管觀察使牒也。李師道以月日克就梟戮者。帝德廣運，〔補注〕大禹謨之文。唐命惟新，〔孫曰〕詩：周雖舊邦，其命惟新。霾曀廓清，〔孫曰〕詩：終風且霾。終風且曀。霾，雨土。曀，陰而風也。霾，音埋，又莫拜切。曀，音翳。天地貞觀，〔韓曰〕易：天地之道，貞觀者也。率土臣庶，慶抃無涯。中謝。

伏惟睿聖文武皇帝陛下，〔一〕威使百神，德消六沴，〔集注〕五行傳云：凡六沴之作。説曰，氣之相傷謂之沴。六沴，六事之沴也。沴，音戾。俗作「沵」。天降寶運，時歸太平。自克夏擒吴，〔孫曰〕夏，謂夏綏銀節度使楊惠琳。吴，謂鎮海節度使李錡。剪蜀平蔡，〔孫曰〕蜀，謂西川節度留後劉闢。蔡，謂淮西節度吴元濟。殊類稽顙，羣疑革心。唯此兇妖，尚聞悖慢，庭議既得，廟謨必臧。旌旗燭耀於洪河，金鼓震驚於靈嶽。〔童曰〕靈岳，太山。鄆城自潰，寧同莒、魯之争；〔孫曰〕昭元年左氏：莒魯争鄆，爲日久矣。二十九年十月，鄆潰。〔韓曰〕此謂師道初治鄆州城塹，修守備，而其將劉悟乃與諸公卷旗束甲，還入鄆州，以求效順故也。齊地悉平，無俟耿、陳之戰。〔二〕〔韓曰〕漢光武初興，時長安政亂，張步起琅邪。五年，帝乃遣耿弇率劉歆、陳俊二將軍討之，戰于臨淄，步衆大敗，步乃斬蘇茂以降。弇復引兵至城陽，降五校餘黨，齊地悉平。琅邪、臨淄，卽青、海二州之屬邑也。五兵永戢，〔孫曰〕周禮：司兵掌五兵五盾。七德無虧，〔孫曰〕左氏：武有七德，我無一焉。含生比堯、舜之仁，〔孫曰〕董仲舒策：堯、舜行德，則民仁壽。率土陋成、康之俗。〔三〕晏本更有「伏以舜念克勤，禹思受益。無疆惟卹，既聞致理之方；靡不有初，願獻持盈之一」六句。介丘霧息，已望翠華之來；〔孫曰〕介丘，太山。〔韓曰〕選南都賦：望翠華之葳蕤。注：翠華，車蓋也。沂水風生，更起舞雩之詠。〔韓曰〕沂水，屬沂州，亦淄、青十二州之一也。〔孫曰〕論語：浴乎沂，風乎舞雩，詠而歸。千歲之統，〔孫曰〕司馬遷自序曰：今天子接千歲之統，封太山，而余不得從行。實在於斯。臣守在蠻荒，獲承大慶，抃蹈之至，倍萬恒情。

校勘記

〔一〕伏惟睿聖文武皇帝陛下　「聖文」原作「文聖」。陳景雲柳集點勘：「案元和三年羣臣上『睿聖文武』尊號，『文聖』二字當乙。」兹據舊唐書卷一四、新唐書卷七憲宗紀改。

〔二〕無俟耿陳之戰句下注　「帝乃遣耿弇率劉歆、陳俊二將軍討之」。「耿弇」下原脱「率」字，據詁訓、宋刻五百家、世綵堂本補。

〔三〕率土陋成康之俗句下注 「願獻持盈之一」。「一」，詁訓、世綵堂、濟美堂、蔣之翹本作「誠」，音辯本作「戒」，疑作「誠」是。

代裴中丞賀分淄青爲三道節度表

臣某言：伏見某月日制，分淄青諸州爲三道節度、都團練、觀察等使者。〔韓曰〕元和十四年二月，命户部侍郎楊於陵爲淄青宣撫使，令分師道所管十二州爲三道。於陵按圖籍，視土地遠近，計士馬衆寡，校倉庫虚實，使之適均，以鄆、曹、濮爲一道，淄、青、齊、登、萊爲一道，兖、海、沂、密爲一道，此三道之所以分也。蛇豕之穴，〔孫曰〕左氏：吳爲封豕長蛇，荐食上國。忽爲樂郊；〔童曰〕詩：逝將去汝，適彼樂郊。氛沴之餘，盡成和氣。

伏惟皇帝陛下，天付昌期，神開寶曆，復昇平之土宇，拔妖孽之根源。自西自東，不違於指顧；我疆我理，〔孫曰〕詩：我疆我理，南東其畝。咸得其區分。山川備臨制之形，道途適征繇之便，俾侯既定，〔一〕〔孫曰〕詩：俾侯于魯，大啓爾宇。賜履以寧。〔補注〕僖四年左氏：管仲曰：「昔召康公命我先君太公曰：五侯九伯，汝實征之，以夾輔周室。賜我先君履，東至于海，西至于河，南至于穆陵，北至于無棣。」異青、兖之封，爰從古制；解曹、衞之地，實契雅謀。〔孫曰〕僖二十八年左氏：晉文公分曹、衞之地以畀宋人。一作

「新謀」。車甲永藏，馬牛勿用，俗被雍熙之化，代知仁壽之期。農事載盛於耨芟，儒風重興於俎豆。足使季札觀魯，更陳南籥之儀；〔韓曰〕左氏襄公二十九年：吳季札聘魯，請觀周樂。見舞象箾南籥者，曰：「美哉！猶有憾。」按注云：南籥，以籥舞也，文王之樂。此言魯地自是有禮之可觀也。山甫徂齊，復正東方之賦。〔二〕〔韓曰〕詩烝民：王命仲山甫城彼東方。仲山甫徂齊，式遄其歸。注：東方，齊也。蓋去薄姑而遷於臨淄。臨淄，已見上注。臣總戎遠地，不獲陪賀闕庭。云云。

校勘記

〔一〕俾侯既定　「侯」原作「疾」，據取校諸本改。

〔二〕復正東方之賦句下注　「臨淄，已見上注」。原脫「臨淄」二字，據詁訓、宋刻五百家、世綵堂、濟美堂、蔣之翹本補。

爲韋侍郎賀布衣竇羣除右拾遺表〔一〕

新、舊史皆云擢羣爲左拾遺，而諸本皆題云右拾遺，未知孰是。

臣某伏見今月日制，除布衣竇羣右拾遺者。〔孫曰〕羣字丹列，京兆金城人。以處士隱於毗陵，蘇州刺史韋夏卿薦之朝，并表其所爲書數十篇，不召。貞元十六年十一月，夏卿爲京兆尹，復言之，十八年三月，召羣爲左拾遺。〔韓曰〕按羣傳云：陛下卽位二十年，始自草茅擢臣爲拾遺。蓋自大曆十四年己未，至貞元十四年戊寅，德宗卽位，爲二十年。臣聞直道之行，〔劉曰〕論語：孔子曰：「斯民也三代之所以直道而行也。」四方嚮德，逸人是舉，〔孫曰〕子曰：「舉逸民，天下之民歸心焉。」天下歸心。中謝。

臣伏以竇羣肥遯居貞，〔孫曰〕易：肥遯無不利。又曰：遯，亨，小利貞。肥，優也。包蒙養正，〔孫曰〕易：包蒙吉。又曰：蒙以養正，聖功也。學術精果，操行堅明，讚詠道真，以求其志。〔二〕臣頃守藩服，〔補注〕謂在蘇州。特所委知，及歸朝廷，輒有聞薦。庶逃竊位之責，〔韓曰〕孔子曰：「臧文仲其竊位者歟？知柳下惠之賢而不與立也。」以塞曠官之尤。〔韓曰〕書：無曠庶官。曠，廢也。豈謂天聽曲從，瞽言無廢，況諫諍之職，政化是參。擢於布衣，久無其比，周行慶抃，〔孫曰〕詩：嗟我懷人，置彼周行。周行，列位也。林藪震驚。晦迹寧慮於遺賢，〔補注〕書：野無遺賢。懷才盡思於展效。臣以性本庸疎，動無裨益，唯思進拔，以報恩榮。區區懇誠，實貫金石。言而不廢，〔三〕〔孫曰〕孔子曰：「君子不以言舉人，不以人廢言。」微臣敢竊於薦雄；〔孫曰〕揚雄傳贊：雄年四十餘，自蜀來京師。大司馬車騎將軍王音奇其文雅，召以爲門下吏，薦雄待詔。德必有鄰，〔韓曰〕語曰：德不孤，必有鄰。鄰，謂朋鄰。聖代式光於尊隗。〔韓曰〕史記：燕昭王欲厚幣以招賢者，謂郭隗曰：「誠欲得賢士與共國，以雪先王之耻。」隗曰：「王必欲致士，先從隗始。況賢於隗者，豈遠千里哉！」「代」，一作「政」。自羣受命，冀復面陳，迫以疾病，接於休假。注心蓄念，寤寐兢惶。無任喜躍屏營之至。

校勘記

〔一〕爲韋侍郎賀布衣竇羣除右拾遺表 「右拾遺」，全唐文作「左拾遺」。正文同。

〔二〕讚詠道真以求其志 永州本外集「讚」作「潛」，「求」作「永」，疑是。

〔三〕言而不廢句下注 「君子不以言舉人」。「舉」原作「取」，據論語衛靈公改。

爲樊左丞讓官表

樊左丞或作韋左丞。

臣某言：伏奉今月二十八日制，除臣尚書左丞。寵命俯臨，慚顔自失。泛大鯨之海，但覺魂摇；戴巨鼇之山，〔孫曰〕列子：渤海之東，有無底之谷，其中有五山焉，常隨潮波上下，帝恐流於西極，乃命禺彊，使巨鼇十五舉首而戴之，五山始峙而不動。未如恩重。中謝。

臣聞尚書百揆，翊亮萬機，故天上尊北斗中樞，陛下有南宫左轄。〔孫曰〕李固策曰：陛下之有尚書，猶天之有北斗也。北斗爲天喉舌，尚書亦爲陛下喉舌。左轄，卽左丞。晉昇孔坦，諒直當時；〔一〕〔韓曰〕

孔坦，字君平。咸和初，爲尚書左丞，深爲臺中之所敬憚。卒贈光禄勳，謚曰簡諒。漢拜楊喬，閑練故事。〔二〕〔韓曰〕後漢楊喬，桓帝時爲尚書，後以黨錮坐獄。竇武上疏曰：「尚書郎楊喬等，文質彬彬，建明國典。陛下乃委任近習，專任饕餮，宜以次貶黜，信任忠良。」於是帝意稍解。庶得百僚有憚於會府，諸侯取法於京師。臣實謏才，〔童曰〕謏，小也。禮記：足以謏聞。先鳥切。謬登清貫。握蘭起草，〔韓曰〕漢官儀：尚書郎主作文書起草，直於建禮門内，懷香握蘭，趨走於丹墀。昔紊朝經；剖竹頒條，〔三〕〔韓曰〕漢文帝初與郡守爲竹使符。以竹箭五枚，長五寸，鐫刻篆書第一至第五。各分其半，右留京師，左以與之，故謂之剖竹。又武帝初置部刺史，掌奉詔六條察州。近貽人瘼。音莫。備歷中外，無聞聲彩。版圖再緝，〔四〕貢賦未均於九州；〔孫曰〕謂爲户部尚書。銅印更操，威儀不檢於三署。〔孫曰〕蔡質漢儀曰：尚書郎初從三署試，初上臺稱守尚書郎中。歲滿稱尚書郎。三年稱侍郎。次郎補闕，豈易其人？聖主求才，宜難此受。竊謂旁求俊乂，〔五〕〔童曰〕書：旁求俊乂，啓迪後人。側訪瓌奇，瓌，古回切。必使德合準繩，言成綱紀，興化致理，時無間言。況安上必在於薦賢，危身莫踰於曠職。儻蒙垂收紫涣，〔六〕〔集注〕紫涣，謂詔書也。舊傳武都紫泥用封璽，故詔有紫泥之名。今階州故武都，山水皆赤，爲泥正紫色。然泥安能作封？當是用爲印色耳。涣者，取易「涣汗其大號」之意。今本作「紫綬」，非。俯矜丹誠，愚臣保陳力之言，〔韓曰〕孔子曰：「陳力就列，不能者止。」聖鑒有責成之地。無任覥冒惶悚之極。覥，他典切。謹詣朝堂，奉表陳讓以聞。臣所讓人，别狀封進。

校勘記

〔一〕晉昇孔坦諒直當時句下注　「孔坦，字君平」。「君平」原誤作「方平」，據晉書卷七八孔坦傳改。

〔二〕漢拜楊喬閑練故事句下注　「竇武上疏曰」。「竇武」原作「賈彪等」，據世綵堂本及後漢書卷九九竇武傳改。

〔三〕剖竹頒條句下注　「掌奉詔六條察州」。「州」原作「詔」，據世綵堂本及漢書卷一九上百官公卿表上改。

〔四〕版圖再緝　「再」，音辯、游居敬本及全唐文作「載」。

〔五〕竊謂旁求俊乂句下注　「旁求俊乂，啓迪後人」。「俊乂」，尚書太甲上作「俊彦」。

〔六〕儻蒙垂收紫涣　「紫涣」，何焯義門讀書記云：「『紫涣』乃不成語，應作『紫泥』。」又，句下注「然泥安能作封？當是用爲印色耳」。按：古人用泥封書，不僅見於記載，近百年來且有大量「封泥」出土，王國維對此有詳細考証。舊注以爲泥不能作封，誤。

爲王户部薦李諒表

〔韓曰〕貞元二十一年五月，以王叔文爲户部侍郎，職如故。

臣某言：臣聞知賢必進，忠臣之大方；擇善而居，一作「舉」。明主之要道。況臣特受恩遇，超絶古今，報國之誠，寤寐深切。是敢竭愚臣之微分，助陛下之至明，恢張羽儀，弘輔治化。臣某誠惶誠恐，頓首頓首。

竊見新授某官李諒，清明直方，柔惠端信，强以有禮，敏而甚文，「敏」，一作「幹」。求之後來，略無其比。臣自任度支副使，〔一〕〔孫曰〕貞元二十一年三月，以叔文爲度支、鹽鐵副使。以諒爲巡官，未及薦聞，至某月日荆南奏官敕下赴本道。〔二〕諒實國器，合在朝行，臣之所知，尤惜其去。伏望天恩授以諫官，使備獻納，冀他日公卿之任，斯焉取斯。則聖朝無乏士之名，微臣緩蔽賢之罰。〔孫曰〕漢武帝詔：進賢受上賞，蔽賢蒙顯戮。無任誠懇屏營之至。

校勘記

〔一〕臣自任度支副使　音辯、世綵堂、游居敬本「度支」下有「等」字。

〔二〕荆南奏官敕下赴本道　英華「赴本道」上有「今見」二字，作二句讀。

爲户部王叔文陳情表

〔韓曰〕叔文本傳，言叔文母死，匿喪不發，置酒翰林，自稱親疾病，今當請急。左右竊語曰：「母死已腐，方留此，將何爲？」此表卽爲叔文請急者也。

臣某言：臣母劉氏，今月十三日，〔孫曰〕貞元二十一年六月庚戌。忽患瘖風發動，「瘖」一作「暗」。狀候非常，今雖似退，猶甚虛惙。〔一〕都活切。驚惶憂苦，不知所圖。臣唯一身，更無兄弟，侍疾嘗藥，難闕須臾。伏乞聖恩，停臣所職。今臣見在家扶侍，其官吏等并已發遣訖。

臣以庸微，特承顧遇，拔自卑品，委以劇司。夙夜兢惶，唯思答效，至誠至懇，天睠所知。豈慮未效涓塵，遽迫方寸，〔孫曰〕蜀先主南奔，諸葛亮、徐庶并從，爲曹公所追，獲庶母。庶辭先主而指其心曰：「本欲與將軍共圖伯業者，以此方寸之地也。今失老母，方寸亂矣。」以開塞重輕之務，〔孫曰〕謂爲度支、鹽鐵轉運副使。加焦勞憂灼之懷，雖欲徇公，無由枉志。況忠孝同道，臣子之心〔二〕，許國誠切於死生，報親忍忘於顧復？〔韓曰〕詩：顧我復我。進退窮蹙，昧死上陳。候母劉氏疾疢小瘳，冀微臣駑蹇再效。一本無此兩句。無任惶懼懇倒嗚咽之至。〔三〕〔孫曰〕是月丁巳，叔文以母喪去位。

校勘記

〔一〕猶甚虛惙　「惙」原作「掇」，據音辯、詁訓、世綵堂本及英華改。

〔二〕臣子之心　「之」，英華作「一」。

〔三〕無任惶懼懇倒嗚咽之至　「嗚咽」，英華作「哀鳴」。又句下注「是月丁巳，叔文以母喪去位」。

「丁巳」原作「丁丑」，各本無異文。按：據陳垣二十史朔閏表推算，貞元二十一年六月無「丁丑」，但資治通鑑卷二三六唐紀五二載：「永貞元年六月丁巳，叔文以母喪去位。」又本書卷一三故尚書户部侍郎王君先太夫人河間劉氏誌文記叔文母死於「貞元二十一年六月二十日」。句下注：「是日丁巳。」與通鑑所記正相符合，今據改。

代裴中丞謝討黄少卿賊表〔一〕

〔韓曰〕按史：貞元十年，黄洞首領黄少卿攻邕管等州，經略使孫公器請發嶺南兵討之，德宗不許。元和間，曰黄承慶，曰黄少度，曰黄昌瓘，皆迭起爲患。桂管觀察使裴行立與容管經略使陽旻争欲攻討，憲宗許之。新史行立傳謂黄家洞賊叛，行立討平之。而資治通鑑則曰行立、旻竟無功。其抵捂如此。

臣某云云：即日奉事官米蘭迴伏奉手詔云云者。〔孫曰〕元和十四年，詔桂管觀察使裴行立討黄洞蠻黄少卿。臣聞膚革既平，雖疥癬而必去；〔二〕〔孫曰〕國語：伍胥諫吳王夫差曰：「今王非越是圖，而齊、魯以爲憂。夫齊、魯譬諸疾，疥癬也。」豺狼已斃，在狐鼠而宜除。〔孫曰〕漢書孫寶傳：侯文曰：「豺狼當路，安問狐狸。」

臣某。中謝。

伏惟元和聖文神武法天應道皇帝陛下，受命上玄，底寧下土，兇渠盡殄，威武載揚。

蠢爾腥膻，尚聞凌暴，靈旗斜指，〔三〕〔孫曰〕漢武帝爲伐南越，告禱太一，以牡荆畫幡，日月北斗登龍，以象天一三星，爲泰一鋒，名曰靈旗。爲兵禱，則太史奉以指所伐國。銅獸俯臨。〔孫曰〕漢文帝二年，初與郡國爲銅虎符第一至第五。國家當發兵，遣使者至郡合符，符合，乃聽受之。三軍知必勝之方，萬姓喜永清之路，〔補注〕書曰：永清四海。微臣忝司戎律，親列顔行，〔孫曰〕漢嚴助傳：如使越人蒙死徼幸，以逆執事之顔行。注云：顔行，猶鴈行，在前行，故曰顔也。行，户郎切。躡伏波之舊規，〔孫曰〕漢光武建武十八年，遣伏波將軍馬援擊交趾賊徵側等。乘下瀨之故事。〔韓曰〕漢武征南越、東甌，有伏波、樓船、下瀨、横海之號。元鼎五年，遣伏波將軍路博德出桂陽，下湟水。甲爲下瀨將軍，下蒼梧。服虔曰：甲，故越人歸漢者也。臣瓚曰：瀨，湍也，吴、越謂之瀨。桂陽、蒼梧皆隸嶺南，所謂黄賊，正爲患於嶺南耳。瀨，音賴。盡瘁事國，〔童曰〕詩曰：或燕燕居息，或盡瘁事國。期畢命於戈矛；不宿於家，〔補注〕將受命之日，不宿於家。思奮身於原野。卽以今日某時出師就道，便披榛蹶石，摩壘陷堅，〔孫曰〕左氏宣十二年傳：楚許伯曰：「吾聞致師者，御靡旌，摩壘而還。」注云：摩，近也。蕩清海隅，永息邊徼。徼，境也。居吊切。竊以材非充國，敢自贊於無踰；〔韓曰〕漢神爵元年，西羌犯塞，時充國年七十餘，上老之，使御史大夫邴吉問誰可將者。充國曰：「無踰於老臣者矣。」志慕孟公，庶追蹤於不伐。〔韓曰〕論語：孟之反不伐，奔而殿。注：魯大夫孟之側與齊戰，軍大敗。不自伐其功，故獨殿後也。謬承重委，寤寐兢惶。無任感恩隕越之至。

校勘記

〔一〕代裴中丞謝討黄少卿賊表題下注「按史：貞元十年」。「十年」原作「十五年」，據詁訓本及資治通鑑卷二三五唐紀五一改。

〔二〕雖疥癬而必去句下注「而齊、魯以爲憂」。「憂」原作「愛」，據世綵堂本及國語卷一九吴語改。

〔三〕靈旗斜指句下注「以象天一三星」。「天一」，漢書卷二五上郊祀志上作「太一」。

爲裴中丞舉人自代伐黄賊表

伏以某官器宇端方，風姿詳雅，謙虚内敏，籌略共推。前佐湖南，悉心匡佐；後歷郡掾，〔一〕深負政聲。惠愛在人，姦邪屏息，勤勞已著，幹蠱無倫。〔孫曰〕蠱，事也。易：幹父之蠱。今黄賊尚據荒陬，犬巢未覆，儻以某代某之任，必能掃蕩氛祲，〔童曰〕氛祲，妖氣也。祲，子鴆切。廓清海濱。竊惟斯人，雅堪厥職。云云。

校勘記

〔一〕前佐湖南悉心匡佐後歷郡掾　陳景雲柳集點勘：「案佐湖南猶爲佽府從事，至郡掾乃州佐以下參軍之屬，若自府從事爲之，即下遷矣。況中丞方膺專征重任，不應薦郡掾末僚代爲元帥也。『掾』疑當作『篆』，或『守』字之訛。」

爲崔中丞請朝覲表

〔孫曰〕代桂管觀察崔詠作。〔韓曰〕或以爲崔能，非是。據能傳，元和六年，爲黔中觀察使。長慶四年，爲嶺南節度使。初不爲臨桂，而長慶初，則公已死矣。當是崔詠無疑。

臣歷刺三州，〔孫曰〕詠累遷鄧州刺史。連總二府，〔韓曰〕舊史：憲宗元和五年，以鄧州刺史崔詠爲邕管經略使。八年十二月，復自邕管移桂管。外任逾紀，入覲無階，就日望雲，魂飛心注。伏惟睿聖文武皇帝陛下覆載無私，邇遐同致，復昇平之故事，繼前聖之高蹤，中外踐更，出入迭用。臣以虛薄，叨受恩榮，徒竭夙夜之心，未申朝夕之敬。〔孫曰〕傳曰：朝不廢朝，暮不廢夕。天威咫尺，〔孫曰〕僖九年左氏：王使宰孔賜齊侯胙。孔曰：「天子以伯舅耋老，無下拜。」對曰：「天威不違顏咫尺，小白余敢貪天子之命，無下拜？」誠寤寐而無違；雲漢昭回，〔韓曰〕詩：倬彼雲漢，昭回于天。固瞻仰而何及。是以前在朗寧，〔孫曰〕朗寧，邕州。封章累上，及移臨桂，〔孫曰〕臨桂，桂州。星紀屢周。〔韓曰〕下卷有代上中書門下狀云：理戎典郡，十有四年。頃在邕州，累陳誠懇。又云：自領桂管，又逾再周。即謂此也。蓋自八年十二月，至十年是月，爲再周矣。微衷尚隔於戴盆，〔韓曰〕司馬遷書云：僕以爲戴盆何以望天。積望徒懸於窺管，〔集注〕莊子：用管窺天，用錐指地。東方朔傳：以管窺天，以蠡測海。葵藿之誠彌切，犬馬之戀逾深。人欲天從，〔童曰〕書：民之所欲，天必從之。於茲未驗，下情上達，終冀不誣。敢黷宸嚴，罄陳丹懇。伏乞賜臣除替，許至闕庭，厠蹈舞於羣僚，〔孫曰〕詩：手之舞之，足之蹈之。備班行於散地，足趨中禁，目覩大明。俾成九族之榮，以盡百生之幸。非敢竊國賓五獻之禮，希康侯三接之恩，〔孫曰〕易：晉康侯，用錫馬蕃庶，晝日三接也。一覩龍顔，萬死爲足。無任懇迫激切之至。〔韓曰〕至十一年，方以裴行立代詠爲桂管觀察使。

代柳公綽謝上任表

〔補注〕公綽，字起之，京兆華原人，史有傳。

肅恭休命，晨夜趨程，祗荷寵私，不遑寢食，以月日到所部上訖。云云。〔韓曰〕憲宗元和六年六月，公綽自御史中丞爲潭州刺史，兼御史中丞，充湖南觀察使。

臣聞古之制爵禄者，爵以居有德，禄以養有功。臣本書生，〔孫曰〕貞元元年四月，公綽再中賢良方正直言極諫科。宦不期達，值某皇帝，〔孫曰〕睿聖文武皇帝。文明撫運，〔韓曰〕書：濬哲文明。大闡玄猷，搜采衆材，幸忝甄録。甄，察也。居延切。歷踐中外，星霜屢移，曾無涓塵，上答鴻造。忘其薄陋，委以雄藩。顧無綏馭之能，謬忝澄清之寄，〔韓曰〕公綽先爲西川節度判官，召爲吏部郎中，踰月拜御史中丞。今又兼中丞，爲觀察，故云。將何以敷宣皇澤，普諭天慈？唯當察慝以爲防，視俗而爲教，蠲除細故，務安黎獻，庶幾清静無擾，以慰遠人。臣不勝忝冒荷恩之至。

代李愬襄州謝上任表

〔韓曰〕愬，隴右臨洮人。元和十二年，夜入蔡州，擒吴元濟。十一月，有詔進檢校尚書右僕射，爲襄州刺史、山南東道節度使。然襄州與嶺表遼絶，而公自柳州爲作謝上表，恐非公之文。

捧對絲綸，〔孫曰〕禮記：王言如絲，其出如綸。慚悸無地，拜命兢悚，不知所裁。臣凡賤瑣材，智略無取，幸賴先臣緒業，〔韓曰〕愬即西平王晟之子。晟有大功於唐。累忝國恩。天澤曲流，遂司節制，〔孫曰〕元和十一年十二月，愬自宫苑閑廄使，拜檢校左散騎常侍兼鄧州刺史，充隨唐鄧節度使。寄深分閫，任重專征。顧無將領之才，謬處衆人之上。豈謂宸私軫念，仁育爲心，霈澤無涯，德音屢降，士衆感悦，咸思竭忠，遂得潛師，暗入賊境，不意兇渠就戮。此皆聖謨，豈敢叨天以爲己力？〔韓曰〕僖二十四年左氏：介之推曰：「竊人之財，猶謂之盜，況貪天之功以爲己力乎？」仰荷殊造，重於丘山。臣以月日上訖。謹當敷宣皇化，普諭聖慈，綏撫三軍，乂安百姓，冀以塵露，上答鴻私。臣云云。

代節使謝遷鎮表

鴻私曲臨，獨越夷等，祇荷明命，寤寐不遑。臣才非器能，謬膺仕進，雖竭盡駑劣，力效忠勤，冀寡愆尤，敢望宦達？某宗皇帝〔孫曰〕德宗。不以臣儒術淺薄，超授禮官，尋遷正郎，遂忝符郡。某皇帝〔孫曰〕順宗。不遺臣小善，擢處諫曹，叨承厚恩，備職藩翰。顧惟瑣劣，多慚負恩。伏遇陛下〔孫曰〕憲宗。德紹唐、虞，無私庶政。臣尸素歲久，譴謫宜加，豈冀褒昇，更遷重鎮？再忝澄清之寄，仍同獻替之榮，將何以上答天慈，下安氓庶？臣當務修農稼，率勵遠人，鋤其奸慝，以副勤恤。無任云云。

爲劉同州謝上表

〔韓曰〕劉同州未詳。德宗貞元十八年，以同州刺史劉公濟爲鄜州刺史、鄜坊丹延節度使。豈即此人耶？

臣某言：伏奉某月日制，除臣同州刺史兼本州防禦、營田、長春宮使，某月日到州上任訖。臣初奉綸言，震抃無極，〔一〕及臨所部，驚懼逾深。投軀莫報於乾坤，陳力無裨於造化。臣某誠惶誠恐，頓首頓首。

臣出自諸生，不習爲吏，有恇懦之質，〔童曰〕恇懦，弱也。上音匡，下奴卧切。無區處之能。託跡儒門，乏仲弓南面之德；〔韓曰〕論語：雍也可使南面。雍，字仲弓。委身郎署，闕馮唐論將之對。〔二〕〔孫曰〕漢書：馮唐以孝著，爲郎中署長。文帝曰：「吾居代時，吾尚食監高祛數爲我言趙將李齊之賢，戰於鉅鹿下。吾每飲食，意未嘗不在鉅鹿也。父老知之乎？」唐曰：「齊尚不如廉頗、李牧之爲將也。」云云。嘗懼叨冒清列，蕪穢聖朝。豈意天聽忽臨，鴻恩荐及，八命作牧，〔三〕〔孫曰〕周禮春官：一命受職，再命受服，三命受位，四命受器，五命賜則，六命賜官，七命賜國，八命作牧，九命作伯。一麾出守。〔孫曰〕顏延之五君詠曰：屢薦不入官，一麾乃出守。拔自下位，寄之雄藩，非臣庸瑣，所宜膺據。況馮翊密邇王都，古稱三輔，〔孫曰〕漢世左馮翊、右扶風、京兆，謂之三輔。馮翊，即同州郡名。爰自近代，命秩逾崇。有兵食之虞，有宮室之制，〔孫曰〕同州防禦、長春宮使，同州刺史領之。皆公卿將相出入由之。仰徵甲令，〔孫曰〕甲乙丙丁，令之篇次。猶言第一至第幾也。俯窺圖記，跼蹐無地，〔孫曰〕跼謂跪跼不伸也。跼，渠足切。以兢以惶，恩重命輕，不知所效。庶當刻精運力，一本作「刓精畢力」。夙夜祇勤，上奉雍熙，旁流愷悌。以日繫月，儻或有成，庶幾之心，懍懍增惕。徒望雲而就日，〔孫曰〕史記：放勛其仁如天，其智如神。就之如日，望之如雲。喜近帝鄉，〔孫曰〕後漢：南陽帝鄉，多近親。將擊壤以成風，共歌堯代。天威咫尺，敢布丹誠。無任悃懇屏營之至。

校勘記

〔一〕震抃無極　「無極」，永州本外集作「無措」。

〔二〕闕馮唐論將之對句下注　「吾每飲食，意未嘗不在鉅鹿也」。「吾」原作「居」，據詁訓、宋刻五百家、世綵堂本及漢書卷五〇馮唐傳改。又，「未嘗」上原脱「意」字，據詁訓本及漢書馮唐傳補。

〔三〕八命作牧句下注　「五命賜則」。「五命」下原脱「賜則」二字，據世綵堂本及周禮春官大宗伯補。

代裴行立謝移鎮表

〔孫曰〕行立移鎮在公卒後，表蓋他人之文，誤編在此。

星言卽駕，〔童曰〕詩：星言夙駕。便道之藩，祇荷寵榮，不敢寧息。臣某爰自弱齡，卽忝推擇，階緣試吏，累忝清資。先聖以臣粗知兵要，俾統師徒。交蠻俶擾，黄賊不馴，奉詔俾臣，撲滅氛祲。〔孫曰〕元和八年八月，以蘄州刺史裴行立爲安南都護。安南，漢交趾郡也。十二年，遷桂管觀察使。十四年，令行立討黃少卿。士衆賈勇，〔孫曰〕左氏傳：高固曰：「欲勇者賈予餘勇」。思酬渥恩，冀因此時，得立微效。豈謂時多疫癘，不副憂勤。知臣特深，復洗瑕責。夙夜感戴，捐軀有期；徒增憤勇，力未從願。微臣不幸，釁故重重，泣血摧肝，載崩載咽。陛下龍興御極，〔一〕〔孫曰〕元和十五年正月庚子，憲宗崩。閏月丙午，穆宗即位。寰海求清，道暢八埏，地有八埏。〔孫曰〕八埏，八際也。相如封禪書曰：上暢九垓，下泝八埏。埏，音延。威加九域，鴻和普洽，〔二〕靡不周泰。伏蒙累垂休命，遂越等夷，循省何人，過膺抽擢。〔孫曰〕是歲二月，行立自桂管復徙安南。況臣比臨此鎮，備更夷險，故材舊壤，〔三〕宛在目前，〔韓曰〕蓋言前爲安南經略，今復爲都護也。雖則殊鄉，還同衣錦。量巨鼇之力，未足負恩；猶蚊蚋之微，焉能報德！將何以宣揚聖造，撫慰疲羸？唯當遵守詔條，貶棄奸慝，平勻徭賦，示以義方；持清靜以臨人，守無私以奉國；重修前志，再礪戈矛，展駑駘之效，駘，音臺。申鷹犬之用。庶荒陬夷獠，盡沐皇風；率土生靈，備聞斯慶。微臣之志也。限以云云。〔四〕

校勘記

〔一〕陛下龍興御極句下注　「元和十五年正月庚子，憲宗崩」。「正月」原作「三月」，據世綵堂、濟美堂本及舊唐書卷一五、新唐書卷七憲宗紀改。

〔二〕鴻和普洽　「和」，世綵堂本作「私」。

〔三〕故材舊壤　何焯義門讀書記：「『材』，疑作『村』。」

〔四〕限以云云　永州本外集作「限以職守，不獲奔詣闕庭，無任云云」。

代韋永州謝上表〔一〕

〔韓曰〕公謫佐永州，州刺史之見本集者六人：元和元年，刺史韋公，見賀改元表；二、三年，刺史馮公，見修淨土院記；元和五年以前，刺史崔君敏，見南池讌集序及墓後誌；又有刺史崔簡，未上被罪，見簡墓誌祭文等篇；元和七年八月，刺史卽此所謂韋永州也。表云「曠牧守於再秋」，正言簡以罪去後無其人耳。

臣某言：伏奉月日制書，除臣永州刺史，以月日到州上訖。受命若驚，臨職彌懼。臣以無能，累更事任，神州赤縣，〔孫曰〕史記：騶衍：「中國名曰赤縣神州。赤縣神州內自有九州，禹之序九州是也，不得爲州數。中國外如赤縣神州者九，乃所謂九州也。」神、赤，皆美言之。實所備嘗，過量逾涯，每深兢惕。不謂聖恩推擇，濫駕朱輪。〔孫曰〕漢志：中二千石、二千石，皆皁蓋朱兩轓。禄秩徒增，詎施乳哺之惠；服命虛受，寧興襦袴之謡？況此州地極三湘，俗參百越，左衽居椎髻之半，〔孫曰〕孔子曰：「微管仲，吾其被髮左衽矣。」陸賈使南越，南越王尉佗魋結箕倨見賈。魋，卽「椎」。結，卽「髻」。古字通用耳。可墾乃石田之餘。〔孫曰〕哀十一年左氏：子胥曰：「得志於齊，猶石田無所用之。」曠牧守於再秋，彌驕獷俗；獷，古猛切。代征賦於三郡，重困疲人。分災本出於一時，〔孫曰〕左傳：凡侯伯，救患、分災、討罪，禮也。積弊遂逾於十稔。撫安未易，知法出而姦生；〔孫曰〕董仲舒策曰：法出而姦生，令下而詐起。子育誠難，懼力勞而功寡。夙夜憂切，不敢遑寧。庶當宣布天慈，奉揚神化。以日繫月，儻或有成，少裨愷悌之風，用答生成之造。無任感恩隕越之至。

校勘記

〔一〕代韋永州謝上表題下注「公謫佐永州」。「佐」原在「永州」下，據詁訓、世綵堂本倒轉。「見簡墓誌、祭文等篇」。「祭」，原作「集」，據文意改。

謝除柳州刺史表

〔韓曰〕諸本表首云：「伏奉三月十三日制，除臣使持節柳州諸軍事、守柳州刺史，六月二十七日到任上訖。」惟通鑑云：三月乙酉除命，而長曆乙酉爲十四日，此云十三日，字誤。

早以文律，〔一〕參於士林，德宗選於衆流，〔二〕擢列御史。〔孫曰〕貞元十九年爲監察御史。陛下嗣登寶位，微臣官在禮司，〔三〕〔孫曰〕憲宗卽位時，爲禮部郎官。百寮稱賀，皆臣草奏。臣以不慎交友，旋及禍訩，許容切。一作「訩」。聖恩弘貸，謫在善地。累更大赦，獲奉詔追，違離十年，一見宮闕。親受朝命，牧人遠方，漸輕不宥之辜，特奉分憂之寄。銘心鏤骨，無報上天，謹當宣

布詔條，竭盡駑蹇，皇風不異於遐邇，聖澤無間於華夷，〔四〕庶答鴻私，以塞餘罪。云云。〔五〕

校勘記

〔一〕早以文律　英華此句上尚有「臣宗元言，臣伏奉三月十三日制，除臣使持節柳州諸軍事、守柳州刺史，以六月二十七日到州上訖。臣宗元誠惶誠恐，頓首頓首」五十字，近是。

〔二〕德宗選於衆流　英華「德宗」下有「皇帝」二字。

〔三〕微臣官在禮司句下注　「憲宗即位時，爲禮部郎官」。「郎官」原作「侍郎」。按：據新、舊唐書本傳，順宗即位，柳宗元轉禮部員外郎。世綵堂本作「郎官」是，今據改。

〔四〕聖澤無間於華夷　「間」原作「問」，據取校諸本改。

〔五〕以塞餘罪云云　英華「罪」下無「云云」二字，而有「無任感恩隕越喜懼之至。謹遣軍事十將劉伯通奉表以聞」二十三字，近是。

柳州謝上表〔一〕

〔孫曰〕貞元中代人作。

臣某言：伏奉詔書，授臣柳州刺史，以今月二日至部上訖。〔二〕中謝。

臣前歲以久停官秩，〔三〕去年蒙聖恩除替，便欲裂裳裹足，趨赴京師。以舊疾所嬰，彌年未愈，逮及今夏，始就歸途。襄陽節度使于頔，〔孫曰〕貞元十四年九月，以頔爲襄陽節度使。與臣早歲同官，見臣當暑在道，懇留在館，〔四〕尋假職名。意欲厚臣，非臣所願。伏惟陛下光被之德，道已洽於區中；憂濟之勤，心每徧於天下。常以萬邦共理，必藉於循良；一物不遺，尚延於愚藐。〔張曰〕藐，遠也。莫角切。假臣寵渥，重領方州，駑駘復效於奔馳，枯朽更同於華秀。〔五〕中謝。

臣聞潢汙易竭，〔孫曰〕潢汙，小水也。左氏傳：潢汙行潦之水。抑有朝宗之願；〔六〕〔韓曰〕書：江、漢朝宗于海。犬馬無識，猶知戀主之誠。揣分則然，惟天知鑒。況臣昔因左官，〔七〕〔孫曰〕漢書諸侯王表：武有衡山淮南之謀，作左官之律。漢因上古法，朝廷之列以右爲尊，故降秩爲左遷，仕諸侯爲左官。一紀于外，子牟馳心於魏闕，〔八〕〔孫曰〕莊子：中山公子牟曰：「身在江海之上，心居乎魏闕之下，奈何？」魏闕，象魏觀闕，人君門也。汲黯積思於漢庭，〔孫曰〕漢武帝以汲黯爲淮陽太守，黯曰：「臣今病，力不能任郡事，願爲中郎，出入禁闥，補過拾遺，臣之願也。」豈非夫人獨無斯戀？去就者，榮辱之主；朝廷者，仕進之源。臣子之宜，忠貞所志。臣雖心同犬馬，而分比潢汙；幸躡康衢，意非往蹇。〔九〕〔孫曰〕易：往蹇來譽。往蹇來反。言往則遇難，來則得譽，且得位也。。臣之此誠，口不能諭，意欲悉達，文非盡言。此臣所以自咎自恨，復乖志願。〔一〇〕猶冀苦心勵節，上奉詔條，惠寡卹貧，下除人瘼，恭宣皇化，少答鴻私。不勝慌欣之至。〔一一〕〔童曰〕慌，博雅云：忘也。音荒。

校勘記

〔一〕柳州謝上表題下注　「貞元中代人作」。英華卷五八五列此文爲李吉甫作。按：王應麟困學紀聞卷一七謂此文即李吉甫郴州謝上表。彭叔夏文苑英華辨証及陳景雲柳集點勘亦同此說。

〔二〕以今月二日至部上訖　英華「二日」作「二十五日」，「部」上有「所」字，「訖」下有「臣某誠惶誠恐頓首頓首」十字。

〔三〕臣前歲以久停官秩　英華「久」作「疾」，「官」下無「秩」字。

〔四〕懇留在館　「在」，英華作「就」。

〔五〕駑駘復效於奔馳枯朽更同於華秀　英華「奔馳」作「馳驅」，「秀」下有「臣某誠懽誠喜頓首頓首」十字。

〔六〕抑有朝宗之願　「抑」，英華作「徒」。

〔七〕況臣昔因左官　「左」原作「在」，據取校諸本改。

〔八〕子牟馳心於魏闕句下注　「身在江海之上」。「海」原作「湖」，據莊子讓王改。

〔九〕意非往蹇「非」，英華作「悲」，疑是。　句下注「易：往蹇來譽」。原脱「易」字，據世綵堂本及易蹇補。

〔一〇〕此臣所以自咎自恨復乖志願　英華「恨」上有「傷」字，「恨」字下讀。

〔一一〕不勝慌欣之至　英華「不勝」下有「感戴」二字。「慌欣」，英華、全唐文作「懽欣」，疑是。又，英華「至」下尚有「謹遣軍事衙前虞侯王國清奉表陳謝以聞」十七字。

代廣南節度使舉裴中丞自代表

〔孫曰〕此表當是長慶後廣南節度使舉桂中丞仲武自代，非裴中丞也。亦他人作，誤録于此。

前件官器宇深沉，天才間出，爰從撫字，逮于察廉，所職恪勤，庶務皆勸。日者安南夷獠反叛，〔一〕害其連帥，〔孫曰〕元和十四年十月，容管奏安南賊楊清陷都護府，殺都護李象古及妻子官屬部曲千餘。清世爲蠻酋，象古召爲牙將，清鬱鬱不得志。象古命清將兵三千討黄洞蠻，清引兵夜還，襲府城，陷之。毒痛黎人。〔孫曰〕書：毒痛四海。痡，病也。某皇帝以某威惠茂著，自某州刺史俾之撫臨。〔孫曰〕是月，憲宗以唐州刺史桂仲武爲安南都護。夙夜經行，盡除兵器，賊徒識恩，黨種歸義，炎荒之俗，靡不底寧。〔孫曰〕仲武至安南，楊清距境不納。清用刑慘虐，其下離心，仲武遣人説其酋豪，數月間，降者相繼，得兵七千餘人。後改鎮容州，〔孫曰〕長慶二年十一月，以仲武爲容管經略使。勛效彌顯，澄清庶類，邁德前修，深負能名，合遷重鎮。臣自惟凡懦，不逮前人。伏乞天恩迴授某，非惟旌德，是亦飾能。庶微臣免尸禄之憂，某獲無私之舉。

校勘記

〔一〕日者安南夷獠反叛　「日者」，詁訓本作「頃」。

奏薦從事表

某績茂戎軒，才優管記。操刀必割，〔孫曰〕賈誼傳：日中必彗，操刀必割。豈謝剸犀？〔孫曰〕王褒聖主得賢臣頌曰：巧冶鑄干將之樸，清水焠其鋒，越砥斂其鍔。水斷蛟龍，陸剸犀革。〔韓曰〕王粲刀銘云：陸剸犀兕，水截鯨鯢。落筆不休，〔孫曰〕傅毅，字武仲，爲文下筆不休。寧慚倚馬？〔孫曰〕世説：桓宣武北征，袁虎從行，時被責免。會草露布文，呼袁倚馬前令作，手不輟筆，俄得七紙，殊可觀。〔韓曰〕李白與韓荆州書：請日試萬言，倚馬可待。況早登科選，夙洽時譚。匪惟詞藝雙美，抑亦器能多適。比於流輩，頗爲滯淹。輒敢薦陳，伏希奬録。

代廣南節度使謝出鎮表〔一〕

〔韓曰〕鄭絪傳：初拜中書侍郎、平章事，加集賢殿大學士，轉門下侍郎。憲宗初，勵精求理，絪與杜黄裳同當國柄。黄裳多所關決，首建議誅惠琳，斬劉闢及它制置。絪謙默多無所事，由是出爲嶺南節度觀察使、廣州刺史。

鴻霈曲臨，惶駭交集，捧對綸綍，〔孫曰〕禮記：王言如綸，其出如綍。上音倫。下音紼。不知所圖。臣中謝。

臣聞蕭、曹佐漢，六合爲家；奭、望匡周，萬方同軌。〔孫曰〕記曰：書同文，車同軌。臣幸以芻賤，累忝殊榮，天德薦臨，遂加台政。不能翊宣明聖，增日月之光，俾兇渠勦絶，〔孫曰〕書：天用勦絶其命。勦，子小切。人用康寧。實由臣不稱職，使此艱患。「使」，一作「役」。伐檀興議，〔韓曰〕詩：伐檀，刺貪也。在位貪鄙，無功而受禄，君子不得進仕耳。負乘招譏，〔孫曰〕易：負且乘，致寇至。負也者，小人之事也。乘也者，君子之器也。小人而乘君子之器，盗斯奪之矣。常懷覆餗之虞，〔孫曰〕易：鼎折足，覆公餗。餗，鼎實也。餗，音速。敢望專征之寄。〔孫曰〕元和四年二月，絪罷爲太子賓客。五年二月，除嶺南。獻俘未遠，展效有期，希此微功，上答殊造。無任云云。

校勘記

〔一〕代廣南節度使謝出鎮表題下注「初拜中書侍郎、平章事」。「侍郎」下原脱「平章事」三字，據詁訓本及舊唐書卷一五九鄭絪傳補。陳景雲柳集點勘：「舊注『鄭絪』，案絪雖嘗在相位，然除廣帥非由政府出鎮，又時無『專征』『獻俘』事，不當有此作。疑是僖宗時宰相王鐸自請督軍誅剪羣盜，因除荆南節度使兼諸道兵馬都統，故謝表云爾。表中所言『凶渠』，蓋謂黄寇，『專征』，即謂都統之命也。編者誤入，又訛『荆』爲『廣』，注家不辨，遂以鄭絪附會之。」按：陳説可參改。

爲楊湖南謝設表

〔韓曰〕德宗貞元十八年九月，以太常少卿楊憑爲潭州刺史、湖南觀察使。癸亥，宴羣臣于馬璘山池，上賦九日賜宴詩六韻賜之。勑設豈亦此時耶？

臣某言：中使某乙至，奉宣聖旨，賜臣長樂驛設者。恩榮特殊，宴飲斯及，〔一〕顧茲厚禮，猥集微躬。臣某誠懽誠慶，頓首頓首。

臣以多幸，屬此昌時，任重方隅，職忝文武。甘受素餐之刺，〔孫曰〕詩：彼君子兮，不素餐兮。知無肉食之謀，〔孫曰〕左氏莊十年傳：齊師伐我，莊公將戰，曹劌請見，其鄉人曰：「肉食者謀之，又何間焉？」劌曰：「肉食者鄙，未能遠謀。」以憂以惶，寤寐無措。豈謂鴻恩繼至，豐膳爰來，陸海兼陳，〔童曰〕陸海，卽水陸也。飴醴皆設。〔孫曰〕説文：飴，米糵煎也。醴，酒名。飴，音怡。一作「酒」。庶當奉揚聖澤，覃布遠人，流愷悌於皇風，〔二〕均乳哺於赤子。少陳微效，上答殊私。無任感恩欣躍之至。

校勘記

〔一〕宴飲斯及　「飲」，何焯校本及義門讀書記作「飫」。

〔二〕流愷悌於皇風　「愷悌」，音辯、詁訓、世綵堂本、永州本外集及英華均作「愷樂」。

爲武中丞謝賜櫻桃表

〔韓曰〕武元衡，貞元二十年遷御史中丞。公集有諸使兼御史中丞壁記，曰「武公以厚德在位，甚宜其職」云。

臣某言：中使某乙至，奉宣聖旨，賜臣櫻桃若干者。天睠特深，時珍洊降，寵驚里巷，恩溢圓方。〔一〕〔孫曰〕圓方，謂俎豆。臣某誠喜誠懼，頓首頓首。

伏以含桃之羞，時令攸貴，〔韓曰〕禮記月令：仲夏之月，天子羞以含桃，先薦寢廟。況今採因御苑，分自天廚。使發九霄，集繁星而積耀；味調六氣，承湛露而不晞。〔孫曰〕詩：湛湛露斯，匪陽不晞。晞，乾也。盈眥而外被恩光，〔童曰〕眥，目也。疾智、才詣二切。適口而中含渥澤。顧慚素食，〔孫曰〕詩：彼君子兮，不素食兮。彌切自公，〔孫曰〕詩：委蛇委蛇，自公退食。豈圖君子所先，遂厭小人之腹。〔孫曰〕昭二十八年左傳：願以小人之腹，爲君子之心，屬厭而已。無任云云。〔二〕

校勘記

〔一〕恩溢圓方句下注「圓方，謂俎豆」。陳景雲柳集點勘云：「注：圓方，俎豆，非。毛萇詩傳：方曰筐，圓曰筥。皆竹器耳。張衡南都賦：『珍羞琅玕，充溢圓方。』此所本也。又集中巽上人贈新茶詩有『圓方麗奇色』語，亦謂貯茶竹器。」

〔二〕無任云云　永州本外集作「無任感恩喜懼之至」，英華、全唐文同。但英華「喜懼」作「喜荷」；全唐文「喜懼」作「欣喜」。

謝賜時服表

〔孫曰〕此表代它人作。

祇荷寵私，啓處無地。〔孫曰〕詩：不遑啓處。臣中謝。臣久忝朝行，歷職無效，荏苒星紀，偷榮歲時。不能少益聖猷，以副深寄，致使賊遺君父，〔一〕〔孫曰〕後漢耿弇征張步，帝在魯，聞弇爲步所攻，自往救之。未至，副將陳俊謂弇曰：「劇虜兵盛，可且閉營休士，以須上來。」弇曰：「乘輿且到，臣子當擊牛釃酒以待百官，反欲以賊虜遺君父耶？」艱難未息，合處嚴憲，以正國章。伏以陛下恢天覆之恩，廣地載之厚，不循彝典，〔二〕俾同冕紱，重劇丘山。〔三〕捧戴以入閨門，空知夕惕，〔補注〕易：夕惕若厲，無咎。裁縫而爲衣服，固可晝行。〔孫曰〕項羽曰：「富貴不歸故鄉，如衣繡夜行。」内省疲駑，將何答效。

校勘記

〔一〕致使賊遺君父句下注　「劇虜兵盛，可且閉營休士」。「虜」原作「盜」；「可且」原作「且可」，均據後漢書卷一九耿弇傳改。「休士」原作「休止」，據宋刻五百家、世綵堂本及後漢書耿弇傳改。

〔二〕不循彝典　何焯義門讀書記：「下疑脱一句。」

〔三〕重劇丘山　章士釗柳文指要謂此句上脱一四字句，下篇謝賜端午綾帛衣服表「叨承大貺，榮重丘山」句可証。

謝賜端午綾帛衣服表

〔韓曰〕公在柳州作。〔孫曰〕亦代他人作。

綸言曲臨，寵服薦至。跪捧殊錫，慶躍交并。臣中謝。臣謬典方州，效微涓滴，叨承大貺，榮重丘山，非才忝恩，俯伏慚荷。朱明啓節，〔孫曰〕爾雅：夏爲朱明。御府賜衣，沐聖澤而溟海方深，被仙衣而鶴龜齊壽。馳心向闕，跼影望天，跼，渠足切。慚分五嶺之憂，〔一〕〔孫曰〕裴氏廣州記云：大庾、始安、臨賀、桂陽、揭陽，是爲五嶺。五嶺者，西自衡山之南，東窮于海，一山之限耳，而别標名，則有五焉。莫副九重之詔。臣無任云云。

校勘記

〔一〕慚分五嶺之憂句下注　「五嶺者」。「者」上原脱「五嶺」二字，據世綵堂、濟美堂、蔣之翹本補。

柳宗元集卷三十九

奏狀

爲廣南鄭相公奏百姓産三男狀

〔韓曰〕鄭相公，鄭絪也。元和五年出爲廣南。

右臣所部貞節坊百姓某妻産三男者。臣詳究往例，實謂休徵。〔孫曰〕洪範：曰休徵。曰咎徵。徵，驗也。已量事給絹三十疋，充其乳養者。

伏以陛下勤邮黎元，感通天地，〔一〕靈心昭答，景福已興。〔孫曰〕詩：介爾景福。景，大也。方使億兆繁滋，〔孫曰〕書：紂有億兆夷人，離心離德。風俗通曰：十萬曰億，十億曰兆。區夏充牣，〔童曰〕牣，滿也。音仞。故表祥於字育，是啓運於昇平。事杳化源，慶延邦本，鱗羽之瑞，曾何足云。臣幸列藩維，嘗叨樞近，私賀之至！

校勘記

〔一〕感通天地　「通」，全唐文作「動」。

爲薛中丞浙東奏五色雲狀

〔孫曰〕元和三年正月，以湖南觀察薛苹爲浙東觀察。〔韓曰〕元和十二年，薛戎拜越州刺史兼御史中丞、浙東觀察使。

右臣得管内台州奏，〔孫曰〕浙東管越、睦、衢、台、明、處、温七州。月日五色雲見者。一州官吏僧道者老悉皆瞻覩，已具奏聞，并寫圖奉進者。

伏以景雲上瑞，〔孫曰〕景雲，慶雲也。孫氏瑞應圖曰：景雲者，太平之應也。一曰慶雲。王者祉符，焕彩彰之在天，知聖德之昭感。伏惟陛下化孚有截，〔孫曰〕詩：相土烈烈，海外有截。注：截，整齊也。道洽無垠。承天地之貞明，〔一〕〔韓曰〕易：天地之道，貞明者也。導陰陽之和氣。紛紛郁郁，〔二〕〔孫曰〕史記：若煙非煙，若雲非雲，郁郁紛紛，蕭索輪囷，是謂卿雲。自東而徂西；若煙非煙，一旬而再至。徵諸古諜，音牒。事罕前聞。伏乞宣付史館，〔三〕以昭簡册。

校勘記

〔一〕承天地之貞明句下注：「易：天地之道，貞明者也」。按：易繫辭下原文爲「天地之道，貞觀者也，日月之道，貞明者也。」

〔二〕紛紛郁郁　音辯、詁訓、游居敬本及全唐文「紛紛」上有「遂使」二字。何焯義門讀書記亦謂「四字上有『遂使』二字。」

〔三〕伏乞宣付史館　「館」，音辯、宋刻五百家、世綵堂本及全唐文均作「官」。

爲裴中丞奏邕管黃家賊事宜狀

〔韓曰〕裴中丞，桂管觀察使裴行立也。前卷有代裴中丞謝討黃賊表。

右今月四日，邕管奏事官嚴訓過，〔孫曰〕謂過桂州。稱押衙譚叔向等與黃家賊五千餘人，謀爲翻動，雖已誅斬，猶未清寧。當時差本道同十將某至邕管界首賓州以來，〔一〕迎探事宜，〔二〕兼爲聲援。昨得十四日狀，〔三〕并嚴訓狀報同，〔四〕其黃家賊并已退散，各歸洞穴訖。伏以鼠竊狗偷，非足爲患。陛下威靈遠被，神化旁行，遂使姦猾之謀，「猾」，一作「狡」。先期而自露；回邪之黨，不戮而盡夷。伏恐飛章已達，吉語未聞，尚軫天心，猶煩廟算。臣謬居方鎮，忝接疆界，所得事宜，不敢不奏。

校勘記

〔一〕當時差本道同十將某至邕管界首賓州以來　英華、全唐文「當」上有「臣」字，「將」下無「某」字，有「試光禄卿雷遶」六字。

〔二〕迎探事宜　「迎」，英華作「刺」。

〔三〕昨得十四日狀　英華、全唐文「得」下有「雷遶」二字。

〔四〕并嚴訓狀報同　英華、全唐文「同」下有「到」字。

讓監察御史狀

〔韓曰〕公拜監察御史裏行，諸本於此狀首尾或載名銜，無「裏行」字，後人妄削之耳。

右臣伏准名例律，諸官與父祖諱同者，不合冒榮居之。〔孫曰〕律十二篇，名例律其第一也。節文諸府號官稱犯父祖名而冒榮居之者，免所居官。臣祖名察躬，今臣蒙恩授前件官，以幼年逮事王父，禮律之制，所不敢踰，臣不勝進退惶恐之至。謹詣光順門奉狀以聞，伏聽勑旨。〔一〕貞元十

九年閏十月日，承議郎新除監察御史臣柳宗元奏。〔二〕

奉勑新除監察御史柳宗元，祖名察躬，准禮，二名不偏諱，〔三〕不合辭讓。年月日檢校司空同中書門下平章事杜佑宣。

校勘記

〔一〕伏聽勑旨　全唐文無此句以下至末尾六十七字。

〔二〕貞元十九年閏十月日承議郎新除監察御史臣柳宗元奏　詁訓本無此二十三字。音辯、游居敬本無「承議郎新除監察御史臣柳宗元」十三字，而作「具官臣某」四字。

〔三〕准禮二名不偏諱　何焯義門讀書記：「廖氏九經總例云：舊杭本作『不偏諱』，『偏』當作『徧』。」

爲京兆府昭應等九縣訴夏苗旱損狀

〔集注〕或曰：貞元十九年自正月不雨至於七月，時京兆尹李實也。然史傳謂關中大歉，而實爲政猛，顧百姓所訴，一不介意，其說恐未必然。按貞元二十一年二月，以鴻臚卿王權爲京兆尹。此狀訴夏苗旱損，而首云「謬領京畿，已逾兩月」，疑與此合耳。

右臣謬領京畿，已逾兩月，政術無取，誠懇莫申，遂使兩澤愆時，田苗微損，夙夜兢懼，寢食靡遑。今長安一十四縣，〔一〕〔孫曰〕當作二十四縣。并准常年例全徵。「并」，一作「皆」。其昭應等九縣，臣各得狀，並令詳審，各絶隱欺，謹具別狀封進。臣當府夏税，通計約二十九萬石已上，據所損矜免，秖當三萬石有餘。恤人則深，減數非廣。伏以聖慈弘貸，憫念蒸黎，臣忝職司，不敢不奏。無任慚懼之至。謹録奏聞，伏聽敕旨。

校勘記

〔一〕今長安一十四縣句下注「當作二十四縣」。按：舊唐書卷三八地理志，京兆府轄二十三縣。今除去昭應等九縣，正文作「今長安一十四縣」，無誤。孫注非是。

爲南承嗣請從軍狀故某官贈某官南霽雲男某官承嗣

右臣亡父至德之歲，死節睢陽，〔孫曰〕至德二載十月，安禄山陷睢陽，霽雲死之。陛下每降鴻恩，必加褒寵。〔孫曰〕霽雲初贈開府儀同三司，再贈揚州大都督。臣自七歲，卽忝班榮，〔韓曰〕承嗣七歲爲婺州別駕。垂五十年。常居禄秩，再守遐郡，〔韓曰〕歷刺施、涪二州。績用無成，終貽官謗，甘就嚴譴。

〔孫曰〕承嗣爲涪州，劉闢反，承嗣以無備謫永州。〔韓曰〕集有送南涪州量移澧州序云：始由施州爲涪州，捍蜀道勍寇，敵畏不敢犯。然而刀筆之吏，以簿書校計盈縮，受譴茲郡。茲郡，蓋謂永州也。無以負荷先志，報效殊私，以慚以懼，隕越無地。

伏見某月日勑，以王承宗負恩干紀，命將徂征，〔一〕〔補注〕元和四年十月，以神策左軍中尉吐突承璀討王承宗。雷霆所加，殄滅在近。臣竊不自揆，思竭忠誠，願預一卒之任，以答百生之幸。庶得摧鋒觸刃，摩壘搴旗，冀獲盡於微誠，儻不墜於遺烈。踊躍之至，夙夜不寧。〔二〕敢希皇明，俯鑒丹懇。

臣聞周官考藝，國子置車甲之司；〔韓曰〕周禮夏官：司馬有司車之職。其文闕。漢道推恩，孤兒備羽林之用。事詳注南府君睢陽廟碑及送南涪州量移澧州序。千秋思奮於事越，〔韓曰〕漢南粵傳：粵至武帝時，獨其相吕嘉不欲附從。韓千秋奮曰：「以區區粵，又有王應，獨相嘉爲害，願得勇士三百人，必斬嘉以報。」仲孺期死於奔吳，〔三〕〔孫曰〕漢書：灌夫，字仲孺。父張孟嘗爲潁陰侯灌嬰舍人，得幸，故蒙灌氏姓爲灌孟。吳、楚反時，灌何爲將軍，屬太尉，請孟爲校尉。夫以千人與父俱。孟年老，死吳軍中。夫奮曰：「願取吳王若將軍頭，以報父仇。」夫募軍中壯士所善願從者數十人，馳入吳軍。義激君親，名高竹帛。臣雖無似，有慕昔人，雖身塗草野，死而不朽。披肝瀝血，昧死上陳。無任懇迫忠憤之至。〔四〕謹録奏聞，伏候勑旨。

校勘記

〔一〕命將徂征句下注　「元和四年十月，以神策左軍中尉吐突承璀討王承宗」。「四年」原作「十四年」，據詁訓、世綵堂本及舊唐書卷一四憲宗紀改。又「神策左軍中尉」。諸本均誤作「神策右軍中尉」，據舊唐書憲宗紀改。

〔二〕夙夜不寧　「不」，英華作「靡」。

〔三〕仲孺期死於奔吴句下注　「漢書：灌夫，字仲孺」。「漢書」原作「史記」。按：「灌夫，字仲孺」一句，見於漢書卷五二灌夫傳，史記灌夫傳無此句。今據改。又，「吴、楚反時，灌何爲將軍」。「灌何」原作「嬰」，據史記卷一〇七灌夫傳及漢書灌夫傳顔師古注改。

〔四〕無任懇迫忠憤之至　「忠憤」，英華作「憤激」。

進農書狀農書三卷〔一〕

右伏奉某月日勑，宜以二月一日爲中和節，所司進農書，永以爲恒式者。〔韓曰〕貞元五年正月詔：自今宜以二月一日爲中和節，以代正月晦日，備三令節，内外官司休假一日。宰臣李泌請中和節日令百官進農書，司農獻穜稑之種，王公戚里上春服，士庶以刀尺相問遺，村社作中和酒，祭勾芒以祈年穀。從之。臣伏以平秩東作，虞書立制；〔孫曰〕書堯典之文。俶載南畝，周雅垂文。〔孫曰〕周頌良耜之詩。此皆奉天時以授人，盡地力而豐食。一作「於農食」。自陛下惟新令節，益勵農功，既立典於可傳，每陳書而作則。耕鑿之利，敷帝力於嘉謨；稼穡之難，〔二〕動天心於睿覽。勤勞率下，超邁古先。凡在率土，不勝幸甚。前件農書，謹函封進。謹奏。

校勘記

〔一〕進農書狀題下注　「農書三卷」。陳景雲柳集點勘云：「宋本題下有側注『農書三卷』四字。案此四字當作大字提行另起，低前一字，如前篇爲南承嗣請從軍狀，次行故某官一條，乃合體例，作側注非。」

〔二〕稼穡之難　「難」，英華作「艱」。

代人進瓷器狀

〔韓曰〕此狀必爲元饒州作。

瓷器若干事。〔一〕一無此句。右件瓷器等，並藝精埏埴，〔孫曰〕埏，和也。土黏曰埴。老子：埏埴以爲器。埏，式延切。制合規模。禀至德之陶蒸，自無苦窳；〔孫曰〕舜陶河濱，器皆不苦窳。窳，病也。音愈。合大和以融結，克保堅貞。且無瓦釜之鳴，〔二〕〔韓曰〕選：黄鍾毁棄，瓦釜雷鳴。是稱土鉶之德。〔韓曰〕土鉶，瓦器也，以盛羹。韓非子曰：堯、舜飯土塯，啜土鉶。又司馬遷傳：堯、舜飯土簋，歠土鉶。鉶，音刑。器慙瑚璉，〔三〕〔童曰〕孔子謂子貢：「女，器也，瑚璉也。」瑚璉，祭宗廟之器。夏曰瑚，殷曰璉，周曰簠簋。璉，力展切。貢異砮丹。〔孫曰〕書：厥貢，惟金三品，杶幹栝栢，礪砥砮丹。砮，音奴。既尚質而爲先，〔孫曰〕禮記：器用陶匏。尚質也。亦當無而有用。謹遣某官某乙隨狀封進。〔四〕謹奏。

校勘記

〔一〕瓷器若干事　陳景雲柳集點勘云：「『瓷器若干事』五字，當刊『右件瓷器』語之右，今合作一行，非也。」

〔二〕且無瓦釜之鳴句下注　「選：黄鍾毁棄，瓦釜雷鳴」。「選」原作「賈誼賦」，據詁訓本改。按：「黄鍾毁棄，瓦釜雷鳴」，語出屈原卜居，文選卷三三載此篇。原注作「賈誼賦」，誤。

〔三〕器慙瑚璉句下注　「孔子謂子貢」，「子貢」原誤作「子夏」，據宋刻五百家本及論語卷五公冶長改。

〔四〕謹遣某官某乙隨狀封進　「封」，英華作「奉」，疑是。

柳州舉監察御史柳漢自代狀

〔韓曰〕公元和十年三月，出爲柳州，六月二十七日到任後作。

右伏准從前赦文，〔孫曰〕元和六年十月十七日勅。常參官上後，〔補注〕上三日後。舉一人自代者。〔一〕伏見前件官，頗有才行，長於政術，久歷嶺南使職。臣之所知，敢舉自代。無任懇迫之至。

校勘記

〔一〕右伏准從前赦文常參官上後舉一人自代者　陳景雲柳集點勘謂此句及本卷柳州上中書門下舉柳漢自代狀并疑有誤。一曰「准從前赦文，常參官上後，舉一人自代」，一曰「准元和六年十月十七日勅，常參官授上後，三日内舉一人以自代」。按：常參官乃常朝日赴朝參者。若外州刺史非朝官，其薦人自代，不得援以爲比，當如韓愈量移袁州薦韓泰自代狀，引建中元年正月勅。子厚二狀當是貞元十九年初除監察御史日進。題中「柳州」二字及「准從前赦文」「准元和六年」云云，皆傳寫之訛。陳説是。

上户部狀

〔元注云〕左降官員外置同正員俸料，舊用户部省員闕官錢充，今請改授正官，占闕不用上件錢，每年約計數萬貫。〔韓曰〕柳州作。

右伏以左降官是受責之人，都不釐務，户部錢是准勑收貯，不合別支。又所授員外官，亦非舊制。宗元在永州日，見百姓莊宅公驗，有司户李邕判給處，足明皆是正官。今請悉依故事爲准，並廢員外所置。凡在貶黜，授以正員，責其成功，俾無虚授。貯錢既免，支用加數，足應軍須，實冀貨不濫分，官無曠職。謹狀。

柳州上本府狀〔一〕

〔元注云〕莫誠救兄莫蕩，以竹刺莫果右臂，經十一日身死，莫誠禁在龍城縣。准律，以它物毆傷二十日保辜内死者，依殺人論。〔孫曰〕本府，謂桂管觀察府也。

右奉牒准律文處分者，已帖縣准牒待秋分後舉處分訖。伏以中丞〔孫曰〕謂裴行立。慈惠化人，孝悌成俗，屬吏所見，皆許申明。至公之下，敢竭愚慮。竊以莫誠赴急而動，事出一時，解難爲心，豈思他物。救兄有急難之戚，〔補注〕詩：兄弟急難。中臂非必死之瘡，不幸致殂，揣非本意。按文固當恭守，撫事亦可哀矜。斷手方迫於深哀，〔二〕〔孫曰〕田桀曰：「蝮螫手，則斬手。螫足，則斬足。」斷手，卽謂此斬手也。周身不遑於遠慮。〔童曰〕周，防也。律宜無赦，使司明至當之心；情或未安，守吏切惟輕之願。〔孫曰〕書：罪疑惟輕。況俟期尚遠，稟命不遥。伏乞俯賜興哀，特從屈法，幸全微命，以慰遠黎。則必闔境荷慈育之恩，豈惟一夫受生成之賜。儻以律文難變，使牒已行，則伏望此狀便令廢格。音閣。輕肆塵黷，〔三〕惶戰交深。謹録狀上，奉聽處分。

校勘記

〔一〕柳州上本府狀題下注「莫誠救兄莫蕩」。「救」上原脱「莫誠」二字，「莫蕩」原作「傷」字，據音辯、世綵堂、濟美堂、蔣之翹本補改。「莫誠禁在龍城縣」。「莫誠」上原衍「人」字，今删。「以它物毆傷二十日保辜内死者」。「辜」上原脱「保」字，據唐律卷第二十一（見唐明律合編）補。按：據唐律鬥訟：諸保辜者：手足毆傷人，限十日；以他物毆傷人者，二十日；以刃及湯火傷人者，三十日；折跌肢體及破骨者，五十日。限内死者，各依殺人論。「二十日」，世綵堂本作「十二日」，誤。

〔二〕斷手方迫於深哀　「斷」原作「繼」，據取校諸本改。「哀」，音辯、游居敬本及全唐文作「衷」。句下注「蝮螫手，則斬手」。按：此注與正文不切。世綵堂本注：「漢王修諫袁譚曰：兄弟左右手也。將鬬而斷其右手，可乎？」

〔三〕輕肆塵黷　「肆」原作「賜」，據世綵堂本及何焯校本改。

爲裴中丞伐黄賊轉牒

〔補注〕裴中丞，行立也。

當管奉詔，〔孫曰〕當管，桂管。與諸管齊進，〔孫曰〕諸管，謂容管、邕管、廣南等路。誅討邕管草賊黄少卿。漢軍馬步等若干人，各具兵馬數及軍將若干，前牒奉處分。竊以天啓昌期，大功畢集，神開興運，微惡盡除。黄少卿等歷稔逋誅，舉宗肆暴，〔孫曰〕初，黄洞首領黄少卿、少度、少卿子昌沔、昌瓘等，自貞元以來，數爲邊患，前後陷十餘州。至是，行立與容管經略使陽旻欲徼幸立功，争請討之，上從之。恃狡兔之穴，〔一〕〔孫曰〕戰國策：狡兔有三窟，僅得免其死耳。窟，穴也。跧伏偷安；〔孫曰〕王文考魯靈光殿賦曰：狡兔跧伏於柎側。跧，蹜足也。憑孽狐之丘，〔孫曰〕莊子：步仞之丘陵，巨獸無所隱其軀，而孽狐爲之祥。孽，妖孽。祥，怪也。跳踉見怪。跳，音迢。踉，音良。以爲威弧不射，〔二〕〔童曰〕

易：弧矢之利，以威天下。天網可逃。〔張曰〕老子：天網恢恢，疎而不失。侵逼使臣，隳犯王略，恣其毒虐，速我誅鋤。敵國盡在於舟中，〔韓曰〕史記：吳起謂武侯曰：「君不修德，舟中之人皆敵國也。」還師已期於席上。〔三〕〔孫曰〕趙充國上屯田十二事，其一事曰：治隍陿中道橋，令可至鮮水，以制西域，信威千里，從枕席上過師。謂宜投戈頓顙，面縛乞身，〔四〕〔孫曰〕僖六年左氏：許男面縛銜璧。面縛者，謂縛手於後，唯見其面。歸郡邑於王官，效黎獻於天吏。〔孫曰〕書：萬邦黎獻。黎獻，黎民之賢者。又曰：天吏逸德，烈于猛火。而乃繕兵補卒，增壘閉途，正當天討之辰，〔韓曰〕書：天討有罪，五刑五用哉。更積鬼誅之罪。〔韓曰〕莊子：爲不善乎幽闇之中者，鬼得而誅之。衆輕鬭蟻，〔韓曰〕晉殷仲堪父嘗患耳聰，聞牀下蟻動，謂之牛鬭。勇劣怒蛙。〔集注〕韓非子云：越王伐吳，欲人之輕死也，出見怒蛙，乃爲之軾。從者曰：「奚敬於此？」王曰：「爲其有氣故也。」事亦見吳越春秋。纖縞當强弩之初，〔孫曰〕韓安國傳：强弩之末，不能入魯縞。縞，素也。孤豚僨肥牛之下。〔韓曰〕昭公十三年左氏：牛雖瘠，僨于豚上。僨，仆也。僨，弗問切，又音憤。事同拾芥，力易摧枯。杪忽蜂腰，虚見辱於齊斧。〔孫曰〕易旅卦：旅于處，得其資斧。子夏傳及衆家並作「齊斧」。張軌云：齊斧，蓋黄鉞斧也。張晏云：整齊也。齊，側皆切。突梯鼠首，濫欲寄於旄頭。勦絶有時，〔孫曰〕書：天用勦絶其命。勦，子小切。不索何獲？〔孫曰〕左氏云：上國有言曰：不索何獲？

某行立。拱稽致命，〔孫曰〕吳語：擁鐸拱稽。注云：拱，持也。稽，棨戟也。或云：稽，計兵名籍。執銳忘生。〔孫曰〕被堅執銳。銳，兵也。車甲既備於小戎，〔韓曰〕詩：小戎俴收。注云：小戎，兵車也。鯨鯢豈逃於誅戮！〔韓曰〕宣十二年左氏：古者明王伐不敬，取其鯨鯢而封之，以爲大戮。鯨鯢，大魚名。以喻不義之人吞食小國。竊觀上略，〔五〕〔補注〕兵法有上中下三略。總制中權。〔孫曰〕宣十二年左氏：前茅慮無，中權後勁。權，謀也。中權者，謂中軍制謀。戰士義激於身心，列校勢成於臂指。蹶張之技，〔韓曰〕漢申屠嘉傳：申屠嘉以材官蹶張，從高祖擊項羽。如淳曰：材官之多力，能脚踏强弩張之，故曰蹶張。盡出於山林；拔距之材，〔韓曰〕漢甘延壽傳：投石拔距，絶於等倫。顔師古曰：拔距者，有人連坐相把據地距以爲堅，而能拔取之。偏徵於川洞。〔孫曰〕南夷皆居洞穴，故云川洞。賞懸香餌，〔孫曰〕黄石公記曰：芳餌之下，必有懸魚；重賞之下，必有死夫。令布疾雷，莫不鼓舞戎行，虔恭師律。〔補注〕易：師出以律，否臧凶。律，法也。投軀不愆於羽檄，〔六〕〔韓曰〕漢高祖曰：「吾以羽檄徵天下兵，未有至者。」注：檄，木簡，長尺二寸，用徵召，急則插以鳥羽，示急也。跂足惟俟於牙璋。〔韓曰〕周禮典瑞云：牙璋以起軍旅，以治兵守。注：牙璋，瑑以爲牙。牙齒，兵象，故以牙璋發兵也。跂，舉踵也。跂，遣爾切。

今月某日，奏事官米蘭迴捧受詔命，神飛首勇，足蹈心馳，〔童曰〕蹈，舞蹈也。詩：足之蹈之。懽聲洽於萬夫，勝氣横於千里。國容不入，〔七〕〔孫曰〕漢書胡建傳：制曰：司馬法曰：古者國容不入軍，軍容不入國。屨且及於寢門；〔八〕〔集注〕宣十四年左氏：楚使申舟聘于齊。及宋，宋人殺之。楚子聞之，投袂而起，屨及於窒皇，劍及於寢門之外。窒皇，寢門闕也。家事勿開，〔九〕士已填於左闔。〔孫曰〕國語：勾越伐吴。入命夫人，自今日以後，内政無出，外政無入。内有辱，是子也。外有辱，是我也。王出，夫人送王不出屏，乃闔左闔，填之以土。即以月日全軍出次，〔孫曰〕莊三年左氏：凡師一宿爲舍，再宿爲信，過信爲次。分道並進，所期戮力，敢告同心。孔大夫〔韓曰〕御史大夫嶺南節度使孔戣。貞直冠時，清明格物，〔孫曰〕禮記：清明在躬。又曰：致知在格物。注云：格，來也。物，猶事也。全體許國，一心在公，兵精食浮，〔童曰〕浮，足也。爲日固久。容府楊中丞〔孫曰〕御史中丞容管經略使陽旻。本誤作「楊」耳。以義烈爲己任，勳襲太常；〔補注〕太常，以紀成績。安南李中丞〔韓曰〕御史中丞安南都護李象古。以英武爲家風，〔韓曰〕象古，嗣曹王皋之子。業傳彝器。〔補注〕彝，謂宗彝。並膺邦寄，克達皇威。南則浮海濟師，共集堂堂之陣；〔韓曰〕孫子：勿擊堂堂之陣。東則橫江誓衆，用成善善之功。〔一〇〕〔集注〕孫子：見勝不過衆人之所知，非善之善者也。詩緇衣序：以明有國善善之功焉。公此語，義取孫子，而句取緇衣序。以此鼓行，坐觀盡敵。刑惟勿喜，誅有可哀。徵側之勇冠一方，竟就伏波之戮；〔韓曰〕馬援傳：交趾女子徵側及徵貳反。於是璽書拜援伏波將軍，南擊之。軍至浪泊上與賊戰，遂大破之。援追徵側等，斬其首，傳洛陽。呂嘉之威行五嶺，終摧下瀨之師。〔一一〕〔孫曰〕漢武帝時，南越王願欲内附，其相呂嘉得衆心，遂殺王反。詔命路博德爲伏波將軍，楊僕爲樓船將軍，及歸義粵侯二人爲戈船、下瀨將軍，共討之。嘉遂與其屬數百人入海，尋復追降之。南粵乃平。見南粵傳。嗟此陋微，自貽擒滅，勉成良畫，速致殊勳。雖荒徼之地，固不勞於有征；而昇平之年，將自此而何事。書之竹帛，實謂揚名。事須移牒隣管，以成犄角。〔孫曰〕左氏：譬諸捕鹿，晉人角之，戎人掎之。舉牒者。

校勘記

〔一〕恃狡兔之穴句下注　「狡兔有三窟」。「三」原作「二」，據宋刻五百家、世綵堂本及戰國策齊策改。

〔二〕以爲威弧不射　「弧」原作「狐」，據音辯、世綵堂、游居敬、蔣之翹本及全唐文改。

〔三〕還師已期於席上句下注　「從枕席上過師」。「席」下原脱「上」字，據漢書卷六九趙充國傳補。

〔四〕面縛乞身句下注　「僖六年左氏：許男面縛銜璧」。「六年」原作「五年」，「璧」原作「壁」，據左傳僖公六年改。

〔五〕竊覩上略句下注　「兵法有上中下三略」。「略」原作「等」，據世綵堂、濟美堂、蔣之翹本改。

〔六〕投軀不愆於羽檄句下注　「木簡，長尺二寸」。「長尺二寸」原作「長二尺」，據漢書卷一下高帝紀下顔師古注改。

〔七〕國容不入句下注　「漢書胡建傳：制曰：司馬法曰」。「司馬法」上原脱「漢書胡建傳制曰」七字，據詁訓本及漢書卷六七胡建傳補。

〔八〕屨且及於寢門　「及」原作「入」，據音辯、世綵堂、游居敬、蔣之翹本及全唐文改。句下注「屨及於窒皇」、「窒皇，寢門闕也」。二「窒」字原作「室」，據取校諸本及左傳改。

〔九〕家事勿開　「開」，音辯、世綵堂、游居敬本及全唐文作「闕」，蔣之翹本作「聞」。

〔一〇〕用成善善之功句下注　「詩緇衣序：以明有國善善之功焉」。「緇衣」下原脱「序」字，據毛詩補。

〔一二〕終摧下瀨之師句下注　「及歸義粵侯二人爲戈船、下瀨將軍」。「下瀨」上原脱「戈船」二字，據漢書卷九五南粵傳補。

賀誅淄青逆賊李師道狀

中書門下狀，下同。

右今月三日，〔孫曰〕元和十四年三月初三日。得知進奏官某報前件，賊以前月九日〔孫曰〕二月九日斬李師道。克就梟戮者。

伏以天啓聖期，神資良弼，〔童曰〕書：夢帝賚予良弼。必有懲討，以致昇平。蠢爾兇渠，〔孫曰〕詩：蠢爾蠻荆。説文云：蠢爾，動貌。敢行悖亂，締交於雷霆之下，〔孫曰〕締，結也。締，音帝。效逆於化育之辰，逞豺聲以欺天，〔孫曰〕左氏：蜂目而豺聲，忍人也。恣狼心而犯上。〔補注〕左氏：狼子野心。嘉謨克協，威命旁行，破竹寧比其發機，〔韓曰〕杜預伐吳曰：「今兵威已振，譬如破竹，數節之後，迎刃而解。」走丸未喻於乘勝。〔一〕〔孫曰〕杜牧注孫子序：如丸之走盤。濁河清濟，〔童曰〕濁河，黄河。曾無溝洫之虞；大峴琅邪，〔二〕〔孫曰〕劉裕伐南燕慕容超，公孫五樓請據大峴，超不從，遂敗。〔韓曰〕河、濟、大峴、琅邪皆淄、青間山水名。峴，胡典切。不聞崖岸之阻。天兵四合，賊衆屢摧。然後赦劫脅之辜，許其歸復；寬詿誤之典，詿，古賣切。期以撫循。外怛皇威，中感聖德，雖在梟鏡，〔三〕〔韓曰〕郊祀志：古者天子祠黄帝，用一梟、破鏡。孟康曰：梟，鳥名，食母。破鏡，獸名，食父。梟，堅堯切。豈不知歸。是以未極誅鋤，遽聞內潰。〔四〕鯨鯢已戮，見東海之無波；氛沴盡消，沴，音戾。仰太陽之普照。功格于天地，化合于陰陽。一德方繼於商書，〔孫曰〕書：惟尹躬暨湯，咸有一德。降神自同於周雅。〔孫曰〕詩：維嶽降神，生甫及申。遂使垂白遺老，再逢天寶之安；〔五〕「天寶」一作「大寶」。搢紳諸生，遠期貞觀之理。某特承朝獎，謬列藩臣，常以突刃觸鋒，未爲效節，膏原潤草，豈足酬恩，寤寐撫心，不遑寧處。今則削平之際，慙無尺寸之功；開泰方初，徒受丘山之寵。無任憤激屏營之至。抃舞歡慶，倍百恒情。

校勘記

〔一〕走丸未喻於乘勝句下注　「杜牧注孫子序：如丸之走盤」。「杜牧注孫子序」原作「孫子」。按：孫子本文無「如丸之走盤」一語。而杜牧注孫子序有「猶盤中走丸，丸之走盤」句，據此，將「孫子」改爲「杜牧注孫子序」。

〔二〕大峴琅邪句下注　「公孫五樓請據大峴」。「據」原作「塞」，據世綵堂、濟美堂、蔣之翹本及宋書卷一武帝紀改。

〔三〕雖在梟鏡　「鏡」，全唐文作「獍」。世綵堂、游居敬本注亦謂「當作『獍』」。

〔四〕遽聞内潰　「潰」原作「遺」，據取校諸本改。

〔五〕再逢天寶之安　「天寶」，詁訓、宋刻五百家、世綵堂、濟美堂本作「大寶」。蔣之翹本注云：「『天寶』一作『大寶』，以貞觀偶之，非是。」按：蔣説是。

賀平淄青後肆赦狀

右伏奉二月日德音，一本云二十二日。以淄、青削平，慶賜大洽，率土之内，抃躍無窮。伏以周滅三監，俱明誅放之罰；〔一〕〔孫曰〕書：武王崩，三監及淮夷叛。漢書地理志：周既滅殷，分其地爲三國，詩風邶、鄘、衛是也。邶，以封紂子武庚；鄘，管叔尹之；衛，蔡叔尹之。以監殷民，謂之三監。漢平七國，更嚴斬殺之科。〔韓曰〕景帝紀：七國反，太尉周亞夫、將軍竇嬰將兵擊破之。六月，詔曰：今濞等已滅，吏民當坐濞等及逋逃亡軍者皆赦之。楚元王子藝等，與濞等爲逆，朕不忍加法，除其籍，毋令污宗室。未有翦覆兇渠，撫存疑類，威暫行而德洽，誅纔及而恩加。操兵者悉獲歸休，秉耒者更聞優復。與之種食，分以貨財，〔二〕疾苦盡除，鰥孤咸育。葬戰死之骨，增以賞延；憐刃傷之肌，存其廪給。滌山川之舊污，申節義之餘寃。功多受三事之榮，〔韓曰〕詩：三事大夫，莫肯夙夜。注云：三事，謂三公也。〔孫曰〕元和十四年二月丁巳，斬李師道。壬戌，田弘正奏捷到。癸酉，加弘正檢校司徒同平章事，故云。節著有十連之寵，〔三〕禮記：十國以爲連，連有帥。〔孫曰〕是月庚午，以淄青都知兵馬使劉悟爲義成軍節度使，故云。較然逆順，益以彰明。和氣遠周，罷七旬之干羽；〔韓曰〕書：舞干羽于兩階。七旬，有苗格。仁風溥暢，收六月之車徒。〔四〕〔孫曰〕詩：六月棲棲，戎車既飭。寰海永康，夷夏均慶。

某忝司戎旅，獲奉昇平，當伊尹無耻之辰，〔韓曰〕書：伊尹曰：予弗克俾厥后爲堯舜，其心愧耻，若撻于市。見咎繇惟輕之德。〔韓曰〕書：罪疑惟輕。抃躍之至，倍萬恒情。無任慶賀之至。

校勘記

〔一〕俱明誅放之罰　「俱」，音辯、詁訓、游居敬、蔣之翹本及全唐文作「但」，疑是。

〔二〕分以貨財　「分」，音辯、詁訓、世綵堂、游居敬本及全唐文作「豊」。

〔三〕節著有十連之寵句下注　「十國以爲連，連有帥」。後一「連」字原作「二」，據取校諸本改。

〔四〕收六月之車徒句下注　「戎車既飭」。「飭」原作「駕」，據宋刻五百家、世綵堂、濟美堂、蔣之翹本及詩小雅六月改。

賀分淄青諸州爲三道節度狀一作「使」。

右某伏見某月日制，分淄青諸州爲三道節度、都團練、觀察等使者。〔孫曰〕元和十四年二月，命户部楊於陵爲淄青宣撫使，并分師道地。於陵按圖籍，視土地遠近，計士馬衆寡，校倉庫虚實，分爲三道，使之適均。以鄆、曹、濮爲一道，淄、青、齊、登、萊爲一道，兖、海、沂、密爲一道。

害氣盡除，和風溥暢。〔一〕一作「遠溥」。裂壤既分其形勝，經野必正其提封，〔孫曰〕周禮：體國經野。注云：經，謂爲之里數。河、濟異宜，〔補注〕書：濟、河惟兖州。海、岱殊服。〔補注〕書：海、岱惟青州。八命作牧，〔韓曰〕周禮：八命作牧，九命作伯。無聞威福之源；十國爲連，見前篇注。已肅澄清之政。鼠無夜動，〔孫曰〕襄二十三年左氏：夫鼠晝伏夜動，不穴於寢廟，畏人故也。鴟變好音，〔韓曰〕詩：翩彼飛鴞，集于泮林。食我桑椹，懷我好音。惠澤豈俟於崇朝，仁化寧期於必代。〔孫曰〕孔子曰：如有王者，必世而後仁。遂使琅邪、卽墨，田生無慮其異謀；〔孫曰〕漢高帝六年，田肯賀上曰：齊有琅邪、卽墨之饒，南有泰山之固，西有濁河之限，非親王子弟莫可王齊者。聊、攝、姑、尤，晏子但聞其善祝。〔二〕〔韓曰〕昭二十年左氏：晏子曰：「祝有益也，詛亦有損。聊、攝以東，姑、尤以西，其爲人也多矣，雖其善祝，豈能勝億兆人之詛？」聊、攝，齊西界也。平原聊城縣東北有攝城。姑、尤，齊東界也。姑水、尤水皆在城陽郡東南入海。

恭以相公謨參禹績，〔三〕〔孫曰〕左傳襄四年：芒芒禹跡，畫爲九州。制出蕭規，〔孫曰〕揚子：蕭也規，曹也隨。光輔聖神，〔孫曰〕左氏：楚康王曰：宜夫子之光輔五君，以爲諸侯主。永康黎獻。某獲逢開泰，忝守方隅，抃躍之誠，倍百恒品。

校勘記

〔一〕和風溥暢句下注　「一作『遠溥』」。「遠溥」，世綵堂、濟美堂、蔣之翹本作「遠暢」。

〔二〕晏子但聞其善祝句下注　「姑、尤以西」。「西」原作「北」，據音辯、詁訓、世綵堂、濟美堂、蔣之翹本及左傳改。「平原聊城縣東北有攝城」。「平原」原作「平州」，據詁訓、宋刻五百家、世綵堂本及左傳改。「姑水、尤水皆在城陽郡東南入海」。「在」原作「出」，「城陽郡」下原脱「東」字，據詁訓本及左傳改補。

〔三〕謨參禹績句下注　「左傳襄四年」原作「詩云」。按：詩無「芒芒禹績，畫爲九州」句。此句見於左傳襄公四年，因據改。

爲裴中丞上裴相賀破東平狀

〔孫曰〕裴中丞，行立。裴相，度。

右伏以逆賊李師道克就梟擒，已具中書門下狀賀訖。某忝居末屬，〔孫曰〕行立與度同族。特受深恩，踴躍不寧，輒復披露。竊以自古中興之主，必有命代之臣，一德同功，以叶休運。故申、甫、方、召，〔一〕〔孫曰〕謂申伯、尹吉甫、方叔、召虎。成宣王復古之勳；〔二〕〔孫曰〕詩：車攻序，宣王復古也。宣王能内修政事，外攘夷狄，復文、武之境土。吳、鄧、寇、耿，〔韓曰〕謂吳漢、鄧禹、寇恂、耿弇。致光武配天之業。此皆上下齊志，中外悉心。雖成功則多，而陳力甚易。豈若閣下挺拔英氣，邁越常流，獨契聖謨，以昌鴻業。廟略初定，異議紛然，詆訕盈朝，萋斐成市。〔三〕〔孫曰〕詩：萋兮斐兮，成是貝錦。萋，音妻。斐，音匪。閣下秉心不惑，定命彌堅。〔孫曰〕詩：訏謨定命。討淮右之兇，則下車而授首。〔韓曰〕淮右，謂吳元濟。服恒陽之虜，則馳使而革心。〔孫曰〕恒陽，謂王承宗。度在淮西，布衣柏耆以策說度曰：「元濟就擒，王承宗破膽矣。願得書往說之，可不煩兵而服。」度遣之。承宗懼，請以二子爲質，及獻德、棣二州。況師道惡稔禍盈，鬼怨神怒，恣行悖慢，敢肆欺誣。天兵四臨，所至皆捷。次又拾其將校，許以歸還，罪止一夫，恩加百姓，豺狼感化，梟鏡懷仁。〔四〕梟、鏡，已見上注。自致誅夷，以成開泰，萬方有慶，四海無虞。遂令率土之人，盡識太平之理。盛德大業，振古莫儔。然則布政明堂，勒功東嶽，光垂後祀，輝映前王。神化永屬於聖君，崇勳實歸於宗衮。慶賀之至，倍萬恒情。

校勘記

〔一〕故申甫方召　「召」原作「卲」，蔣之翹本作「召」。世綵堂本注云：「『卲』，當作『召』。」今據改。

〔二〕成宣王復古之勳句下注　「詩車攻序：宣王復古也」。「車攻」下原脱「序」字，據毛詩補。

〔三〕萋斐成市句下注　「成是貝錦」。「貝」原作「具」，據音辯、宋刻五百家、世綵堂本及詩小雅巷伯改。

〔四〕梟鏡懷仁　「鏡」，全唐文作「獍」。

爲裴中丞上裴相乞討黄賊狀〔一〕

某材質無堪，授任非次。當有事之日，忠懇莫施；遇成功之辰，慙憤空積。陳力之志，誓死不渝，伏惟仁恩，終賜展效。

今者中華寧謐，異類服從，唯此南方，尚餘寇孽。伏以黄少卿等，憑培塿以自固，〔童曰〕自關而東，小冢謂之培塿。又云：小阜也。培，薄口切。塿，音郎口切。合莝脆以爲强。〔張曰〕莝，寸卧切。脆，此芮切。易斷也。劫脅使臣，侵暴列郡。雖狐鼠之陋，無足示威，而蜂蠆之微，蠆，丑邁切。猶能害物。必資翦伐，方致和平。庶盡駑蹇之勞，以答恩榮之重。撫心踴躍，夙夜不寧，私布丹誠，敢期明鑒。無任感激屏營之至。

校勘記

〔一〕爲裴中丞上裴相乞討黄賊狀　音辯、游居敬本無「上裴相」三字。陳景雲柳集點勘：「案：『中丞』下當有『上中書門下』五字。一本『賊』之下有『上裴相』三字。」

爲桂州崔中丞上中書門下乞朝覲狀

〔孫曰〕中丞，崔詠。

右某幸遇文明，叨承委寄，理戎典郡，十有四年，瞻戀闕庭，神魂飛越。頃在邕州，〔孫曰〕元和五年八月，詠自鄧州刺史除爲邕管經略使，故云。累陳誠懇，謬尸進律之寵，〔孫曰〕禮記：有功德於民者，加地進律。未遂執珪之願。〔一〕〔韓曰〕左傳：朝聘有圭。〔孫曰〕詩：以其介圭，入覲于王。相公膺賢輔聖，大敍彝倫，〔二〕〔童曰〕書：彝倫攸敍。中外之臣，出入更踐。某自領桂管，〔孫曰〕元和八年十二月，詠遷桂管。又逾再周。〔注〕見前卷爲崔中丞請朝覲表。企鸞鷺於紫霄，獨無羽翼；仰星辰於黃道，〔韓曰〕渾天圖：天有黃赤二道。禮記疏：日月四時遊於黃道，其方不同。徒竭丹誠。況正月會朝，遠夷皆至，〔韓曰〕周官：春見曰朝。六歲來見，要服有期。〔韓曰〕書：六年，五服一朝。國語：要服者貢。注云：要服，六歲一見。豈使班超之望長懸，〔三〕〔韓曰〕東漢班超傳：超以久在絶域，年老思歸。十二年上疏曰：太公封齊，五世葬周。狐死首丘，代馬依風。夫周、齊同在中土千里之間，況於遠處絶域，小臣能無首丘依風之思哉！子牟之戀空積。〔四〕〔孫曰〕莊子：魏公子牟曰：「身居江海之上，心馳乎魏闕之下。」伏乞特申微願，録受冗員，徵故事而不遺，揆夙志而斯畢。入天子之國，願附禮於小侯；拜丞相之車，〔孫曰〕袁盎爲吳相，告歸，道逢丞相申屠嘉，下車拜謁。敢希榮於下客。「下」，一作「上」。無任懇禱屏營之至。輕瀆威重，戰汗伏深。謹狀。一本止於「下客」，無後數句。

校勘記

〔一〕未遂執珪之願句下注「朝聘有圭」。「朝」原作「明」，據音辯、詁訓、宋刻五百家、世綵堂本及左傳昭公五年改。「以其介圭，入覲于王」。「介圭」原作「介介」，「于」原作「平」，據音辯、宋刻五百家、世綵堂本及詩大雅韓奕改。

〔二〕大敍彝倫「彝倫」原作「倫彝」，據音辯、詁訓、世綵堂、游居敬本及尚書洪範倒轉。

〔三〕豈使班超之望長懸句下注「十二年上疏」。「十二」原作「十三」，據音辯、詁訓、世綵堂本及後漢書卷四七班超傳改。

〔四〕子牟之戀空積句下注「身居江海之上」。「海」原作「湖」，據莊子讓王改。

爲南承嗣上中書門下乞兩河效用狀

右伏以越敗夫差，多會稽納宦之子；〔一〕〔孫曰〕越語：孤子寡婦疾疹貧病者，納宦其子。注云：宦，仕也。

仕其子而教之。趙擢栗腹，卽長平死事之孤。〔孫曰〕趙世家：「武成王十五年，燕王喜使丞相栗腹約歡於趙。還報燕王曰：『趙壯者皆死長平，其孤未壯，可伐也。』燕師至趙，廉頗逆擊之，破殺栗腹。」何者？義烈之餘，色氣猛厲，上將效於國用，下欲濟其家聲，所以憤激悽愴，常思致命者也。

某先父死難睢陽，〔韓曰〕至德二載十月，賊將尹子奇陷睢陽，害張巡、姚闇、南霽雲等。霽雲，承嗣之父。事存簡册，累降優詔，榮及子孫。爰自繦緥，超昇品秩，〔韓曰〕承嗣七歲爲婺州別駕，賜緋魚袋，故云。肉食廩給，未嘗暫停。頃守涪州，屬西蜀遘逆，〔二〕〔孫曰〕永貞元年八月，劍南西川行軍司馬劉闢自爲節度留後。將致死命，以盡夙心。寢戈嘗膽，志願未究。會刀筆之吏，置以深文，首級之差，〔孫曰〕馮唐對文帝曰：「雲中守魏尚，坐上功首虜差六級，陛下下之吏，削其爵，罰作之。」今復誰辯？薏苡之謗，〔韓曰〕馬援征交趾，常餌薏苡，欲以爲種。軍還，載之一車，時人以爲南土珍怪。後有上書譖之者，以爲前所載還，皆明珠文犀，光武大怒。不能自明，猶賴舊勳，謫居樂土。〔孫曰〕時承嗣謫永州。食人力之粟，守無事之官，拳拳血誠，無所陳露。伏見明制興師，討伐恒、冀，〔孫曰〕元和四年十月制，削奪成德軍節度使王承宗官爵，以左神策中尉吐突承璀爲招討處置使，往征之。蕞爾小醜，尚欲逋誅。某材非古人，志慕前烈，願得身當一隊，〔孫曰〕李陵曰：「臣所將屯邊者，皆荆楚勇士奇才劍客，願得自當一隊。」效死戎行。竭平生之忠懇，中幽明之寃痛，撫劍心往，發言涕零。

嘗聞漢法，有奮擊匈奴者，諸侯不得擁遏。又況丞相總軍國之重，定廊廟之謀，固當弘獎，無所棄捐。伏乞哀憫收撫，以成其心。無任懇迫惶恐之至。

校勘記

〔一〕多會稽納宦之子　「宦」原作「官」，據何焯校本及國語越語改。句下注同改。

〔二〕屬西蜀構逆句下注　「永貞元年八月，劍南西川行軍司馬劉闢自爲節度留後」。「劍南西川行軍司馬」原作「劍南支度副使」，據新唐書卷七憲宗紀改。

柳州上中書門下舉柳漢自代狀

與前舉監察御史柳漢自代表同作。

右伏准元和六年十月十七日勑，常參官授上後，三日内舉一人以自代。〔一〕便具所舉人兼狀上中書門下者。今奏請前件官自代，謹連狀。

校勘記

〔一〕右伏准元和六年十月十七日勑常參官授上後三日内舉一人以自代　陳景雲柳集點勘疑此句及

本篇題中「柳州」二字有誤。請參閱本書本卷柳州舉監察御史柳漢自代狀校勘記。

爲長安等縣耆壽詣相府乞奏復尊號狀

注已見三十七卷請復尊號表。

長安縣耆壽某乙若干人。一本無上文。

右某等伏以生長明時，游泳皇澤，鼓腹且知於帝力，食毛敢忘於君恩。〔孫曰〕左氏傳：食土之毛，誰非君臣。竊見近者祥瑞所陳，周於百郡，豐稔之報，均于四方。有以知上玄降靈，誕告嘉應，彰我君文明之化，仁育之恩。大道既行，鴻名未舉，是以殷勤昭著，如斯而不已者也。某皆陶煦純仁，〔童曰〕煦，温也。吁具切。成此耆老，生既無補，死而何求！唯願上聞帝閽，復建尊號，用彰聖德，以報皇慈。披露血誠，伏守天闕，糜軀碎骨，猶生之年。謹以今日詣光順門輒進表訖。「表」，一作「奏」。

伏惟相公贊翊明主，共致太平，而使名號尚鬱，天人失望，草野愚鄙，竊有惑焉！伏望敷奏之際，開陳其要，俾下情允達，大願克從，退就泉壤，樂而無恨。輕黷相國，伏待典刑。謹狀。

爲京畿父老上府尹乞奏復尊號狀

長安縣耆老某乙等若干人。一本無上文。

右某等幸以羸老，獲覩昇平，蹈舞薰風，謳歌壽域。譬之草木，何以報天？寤寐焦勞，不知所措。

伏見聖君臨御，玄化升聞，〔孫曰〕書：玄德升聞。瑞應匝於萬方，匝，作答切。與「帀」同。豐報窮於四海。神祇注意，天地傾心，覺悟生人，必有爲者。一作「必將有爲」。蓋以挹損徽號，近二十年，〔孫曰〕興元元年罷去尊號。盛德益光，大名未復，致遠邇積慮，幽明憤懷。故自古已來，嘉瑞之至，未有如今歲之盛也。〔一〕斯乃上玄深旨，下人懇誠，勤勤相符，正在於此。某等眷戀明時，朝夕是切，唯願早復大號，以契天心。庶得聖政益光，鴻化彌遠，少遂踊躍之甚。今請詣光順門進表，昧死上陳。

伏以侍郎〔孫曰〕貞元十七年十月，以吏部侍郎韋夏卿爲京兆尹。道合君臣，〔二〕惠敷黎庶，儻遂收採愚慮，致貢天庭，俾草萊微誠，得達萬乘，非所敢望，惶懼伏深。謹狀。

校勘記

〔一〕未有如今歲之盛也　詁訓本「今」下無「歲」字，「盛」下有「者」字。

〔二〕伏以侍郎道合君臣句中注　「貞元十七年十月，以吏部侍郎韋夏卿爲京兆尹」。「十七年」原作「十六年」。按：韋夏卿爲京兆尹，事在貞元十七年，見舊唐書卷一三德宗紀下，今據改。

柳宗元集卷四十

祭文

祭楊憑詹事文〔一〕

〔孫曰〕憑，字虛受，一字嗣仁，弘農人。公娶楊凝女，爲憑從子婿。〔韓曰〕公即憑婿也。

年月，〔韓曰〕元和十二年。子婿孫本有「使持節柳州諸軍事守柳州刺史柳某」一十五字。謹以清酌庶羞之奠，昭祭于丈人之靈。卿雲輪囷，〔孫曰〕史記天官書：郁郁紛紛，蕭索輪囷，是謂慶雲。慶雲，即卿雲，蓋五色雲也。天漢昭回，〔韓曰〕詩：倬彼雲漢，昭回于天。昭回，明也。自然物外，寧雜塵埃？公禀閒氣，閒，居莧切。心靈洞開，翺翔自得，誰屑羣猜？〔童曰〕屑，顧也。孝友忠信，〔孫曰〕憑工文詞，尚氣節，與母弟凝、凌相友愛。聞于九垓，〔孫曰〕楚辭：天子之田九畡。注云：九州之內，有畡數也。「畡」字，與「垓」同。摛華發藻，〔韓曰〕說文：摛，張也。抽知切，又音離。其動如雷。世榮甲科，〔孫曰〕大曆九年，憑舉進士甲科。亦務顯處，「務」，一作「矜」。公之俊德，有而不顧。御史之選，朝之所注，公勤于養，投劾引去。〔孫曰〕憑累事節度府，召爲監察御史，不樂檢束，輒自免去。時任方隅，威刑是務，公施其惠，〔孫曰〕貞元十八年九月，自太常少卿出爲湖南觀察使。永貞元年十月，遷江西。亦莫有遻。〔童曰〕遻，遇也。五故切。與「迕」字同。京兆之難，下多怨怒，或由以黜，瓦石盈路。〔二〕〔孫曰〕貞元二十一年二月，京兆尹李實貶通州長史，市里歡呼，皆袖瓦礫遮道伺之，實由間道獲免。公捍其强，仁及童孺，〔三〕〔孫曰〕元和四年，憑自江西入爲京兆尹。左遷而出，擁道牽慕。道峻多謗，德優見憎，煩言既詆，〔孫曰〕左氏：嘖有煩言。倚法斯繩。〔四〕〔韓曰〕書：無倚法以削。〔孫曰〕憑與御史中丞李夷簡素有隙。是歲七月，夷簡劾憑江西姦贓及它不法。詔刑部尚書李鄘、大理卿趙昌卽臺參訊。時憑治第永寧里，功役叢煩，又幽妓妾於永樂別舍，謗議頗讙，故夷簡藉之痛擿發，欲抵以死。既置對，未得狀，卽逮捕故官屬推攝，簿憑家貲。翰林學士李絳奏：「憑所坐贓，不當同逆人法。」乃止。憲宗以憑治京兆有績，丁卯，但貶賀州臨賀尉。南過九疑，〔孫曰〕九疑，山名，在永州界。謂謫臨賀。東逾秣陵，〔孫曰〕秣陵，江寧。謂自臨賀徙杭州長史也。顛沛三載，天書乃徵。入傅王國，〔孫曰〕自杭州入爲王傅。嘉聲聿興，詹事東宮，〔孫曰〕自王傅徙太子詹事。致政是膺。年唯始至，道則彌勵，頡頏今古，〔童曰〕飛而上曰頡，飛而下曰頏。頡，奚結切。頏，音杭，又音岡，與「亢」同。優游德藝。實期濬發，再光文陛，誰謂昊天，遽茲降厲。〔韓曰〕厲，惡也。詩：降此大厲。嗚呼哀哉！

某以通家承德，夙奉良姻，莫成子姓，早喪淑人。〔孫曰〕貞元十五年八月一日，公之夫人楊氏卒，年二十二，無子。恩禮斯重，眷撫惟新，綢繆其志，實敬實勤。迨今挈然，十有八祀，〔韓曰〕自貞元十五年己卯，至元和十二年丁酉，爲十八年。家缺主婦，身遷萬里。謗言未明，黜伏逾紀，〔補注〕十二年曰紀。德輝間絶，音塵莫俟。歲首發函，視遠如邇，雖當沉痼，心術猶治。撫膺頓首，流泣瞪視，〔張曰〕瞪，直視。丈證切。既歛而還，莫傳音旨。鄉風長慟，於兹已矣。嗚呼哀哉！

承訃之始，卜兆既逾，載馳斯文，出拜路隅。哀從海澨，視曳切。禮致皇都，寸誠相續，終歲不渝。天道悠遠，人世多虞，寄心雙表，〔孫曰〕表，謂墓闕。長恨囚拘。嗚呼哀哉！

校勘記

〔一〕祭楊憑詹事文題下注　「公娶楊凝女，爲憑從子婿」。按：此注誤。可參看本書卷一三亡妻弘農楊氏誌「醴泉生今禮部郎中凝」句下注。子厚娶憑女，非凝女。句下韓注是。

〔二〕瓦石盈路句下注　「貞元二十一年二月，京兆尹李實貶通州長史」。「二十一年」原作「二十二年」。按：查舊唐書卷一四順宗紀，李實貶通州長史在貞元二十一年二月辛酉。今據改。

〔三〕仁及童孺句下注　「元和四年，憑自江西入爲京兆尹」。「四年」原作「十四年」。按：楊憑拜京兆尹在元和四年。今據音辯本及舊唐書卷一四六楊憑傳改。

〔四〕倚法斯繩句下注　「憑與御史中丞李夷簡素有隙」。「李夷簡」原作「呂夷簡」，據取校諸本及新唐書卷一六〇楊憑傳改。「又幽妓妾於永樂別舍」。「永樂」原作「永寧」，據新唐書楊憑傳改。「簿憑家貲」。「簿」原作「籍」，「貲」原作「資」，據新唐書楊憑傳改。

祭穆質給事文

〔孫曰〕質，河内人，祕書監寧之子。〔韓曰〕一作「祭穆撫州文」。據傳，質自給事中出爲開州，卒。然此文謂「黜刺南荒，義言盈口」；又云「王命南下，郡符東剖。留滯湮淪，殲此遐壽」。必是自開移撫，未及行而卒耳。

昭祭于給事五丈之靈。自古直道，鮮不顛危，禍之重輕，則繫盛衰。矯矯明靈，克丁聖時，〔一〕形軀獲宥，三黜無虧。〔韓曰〕論語：孔子曰：「直道而事人，焉往而不三黜？」賢良發策，始振其儀，天子動容，敬我直辭。〔二〕〔孫曰〕貞元元年九月，德宗策賢良方正、能直言極諫科，問以天旱。質言兩漢故事，三公當免，卜式著議，弘羊可烹。德宗深嘉之，擢第三等。載之册府，命以諫司，〔孫曰〕質以制舉，自畿尉擢左補闕。抗姦替否，與正爲期。奏書百上，知無不爲，誰謂劉、賈，〔補注〕劉向、賈誼。英風莫追？給事黄門，奉職樞機，封還付外，動獲其宜，無曠爾位，惟公在斯。〔孫曰〕質累遷給事中，政事得失，未嘗不盡言。元和初，鹽鐵、轉運諸院擅繫囚，笞掠嚴楚，人多死。質奏請與州縣參決，自是不冤。王承宗反，用内官吐突承璀爲招討使。四年十月，質與度支使李元素極言其不可。明日，削承璀四道兵馬使，帝頗不悦，以質爲太子左庶子。達道之行，實惟交友，患難相死，其廢自久。公實毅然，誓均悔咎，挺身立氣，不改其守。黜刺南荒，〔韓曰〕元和四年七月，京兆尹楊憑貶臨賀尉，質坐與憑善，貶開州刺史。義言盈口，封章致命，志期隕首。邈矣高標，誰嗣于後？王命南下，郡符東剖，見題注。留滯湮淪，殲此遐壽。嗚呼哀哉！

公之伯仲，信惟先執，〔韓曰〕穆贊、穆質、穆員、穆賞，皆見於公之先友碑陰記。感激之風，道同義立。中司守直，奸權是襲，致之徽纆，〔童曰〕纆，索也。易：繫用徽纆。音墨。誣以賄入。瑣瑣其徒，榜訊愈急，〔三〕〔孫曰〕贊，字相明，累擢侍御史，分司東都。陝虢觀察使盧岳妻分財不及妾子，妾訴之，贊鞫其事，御史中丞盧佋欲重妾罪，贊持平不許。佋與宰相竇參共誣贊受金，捕送獄。侍御史杜倫希其意，鍛鍊甚急。榜，音彭。訊，音信。詔下三司，議于洛邑。噫我先君，邦憲是輯，平反羣枉，大迮三揖。危法旋加，譖言俄及，左官夔國，〔四〕〔孫曰〕贊弟賞詣闕，撾登聞鼓訟寃，詔三司使柳鎮、李覿、楊瑀覆治，無之。然猶出爲郴州刺史。鎮亦坐貶夔州司馬。三揖，三公也。義夫掩泣。邪臣既黜，乃進其級，〔五〕〔孫曰〕貞元八年，竇參貶，召贊爲刑部郎中。端于庶僚，直聲允集。虔虔小子，夙奉遺則，公在郎位，再罹擯抑。〔張曰〕擯，斥也。必刃切。時忝憲司，竊分枉直，抗詞犯長，有志無力。惟韓洎劉，〔韓曰〕謂監察御史韓泰、劉禹錫也。同憤霑臆，道之不行，銜媿罔極。公在左掖，議登秋官，先定于志，將發其難。決白無狀，以申禍端，秉心撰詞，義不可干。〔孫曰〕謂將白公之枉。會逢友累，〔張曰〕謂其坐楊憑遷斥。曾莫自安，感于褚中，褚者，絮裝衣也。事見上注。音展呂切。有涕汍瀾。嗚呼哀哉！

壽宮久翳，狼荒萬里，禮不可違，誠不可弭。抽哀洩憤，舒文致美，顧遡海風，以窮洛涘。清明如在，神鑒何已，嗚呼格思，以慰勤止。

校勘記

〔一〕克丁聖時　世綵堂、濟美堂、蔣之翹本注：「『丁』，一作『生』。」

〔二〕敬我直辭句下注　「卜式著議，弘羊可烹」。「弘羊」原作「洪羊」，據音辯、世綵堂本及漢書卷二四下食貨志下改。

〔三〕榜訊愈急句下注　「分司東都」。原脱「司」字。又「盧佋欲重妾罪」。「欲」原作「故」。均據宋刻五百家、世綵堂本及新唐書卷一六三穆質傳改。

〔四〕譖言俄及左官夔國句下注　「然猶出爲郴州刺史」。「郴州」，世綵堂、濟美堂、蔣之翹本注均作「邢州」。按：新唐書卷一六三穆贊傳作「郴州」。作「邢州」者誤。

〔五〕乃進其級句下注　「召贊爲刑部郎中」。「贊」原作「質」。陳景雲柳集點勘云：「質，當作『贊』，質之兄也。」按：陳説是。今據陳景雲説及新、舊唐書穆贊傳改。

祭呂衡州温文〔一〕

〔集注〕温，字和叔，一字化光，河東人。温之生平，公嘗爲之誄，極所稱道，蓋不獨見之此文也。

維元和六年，歲次辛卯，九月癸巳朔某日，〔二〕友人守永州司馬員外置同正員柳宗元，謹遣書吏同曹、〔孫曰〕同曹，人名，爲書吏。家人襄兒，奉清酌庶羞之奠，敬祭於呂八兄化光之靈。

嗚呼天乎！君子何厲？〔童曰〕厲，惡也。天實仇之；生人何罪？天實讎之。聰明正直，行爲君子，天則必速其死。道德仁義，志存生人，天則必夭其身。吾固知蒼蒼之無信，〔孫曰〕莊子：天之蒼蒼，其正色耶？莫莫之無神，〔三〕今於化光之殁，怨逾深而毒逾甚，〔四〕故復呼天以云云。

天乎痛哉！堯、舜之道，至大以簡，仲尼之文，至幽以默。千載紛爭，或失或得，倬乎吾兄，獨取其直。貫于化始，與道咸極。推而下之，法度不忒。旁而肆之，中和允塞。〔五〕道大藝備，斯爲全德。〔孫曰〕温從陸質治春秋，梁肅爲文章，勇于藝能，咸有所祖。而官止刺一州，〔孫曰〕元和三年十月，貶温均州刺史。議者不厭，再貶道州刺史。五年，移守衡州。年不逾四十，佐王之志，没而不立，豈非修正直以召災，〔六〕好仁義以速咎者耶？

宗元幼雖好學，晚未聞道，〔七〕洎乎獲友君子，乃知適於中庸，削去邪雜，顯陳直正，而爲道不謬，兄實使然。嗚呼！積乎中不必施於外，裕乎古不必諧於今，二事相期，〔八〕從古至少，至於化光，最爲太甚。理行第一，〔孫曰〕温在衡州，治有善狀。尚非所長，文章過人，略而不有，素志所蓄，〔九〕巍然可知。貪愚皆貴，險很皆老，則化光之夭厄，反不榮歟？所慟者志不得行，功不得施，蚩蚩之民，〔一〇〕不被化光之德；庸庸之俗，不知化光之心。斯言一出，內若焚裂。海內甚廣，知音幾人？自友朋凋喪，志業殆絶，唯望化光伸其宏略，震耀昌大，興行於時，使斯人徒，一無「徒」字。知我所立。今復往矣，吾道息矣！〔一二〕雖其存者，志亦死矣！臨江大哭，萬事已矣！〔一三〕〔孫曰〕六年八月，温卒于衡州。十月二十四日，藁葬江陵。窮天之英，貫古之識，一朝去此，終復何適？

嗚呼化光！今復何爲乎？止乎行乎？昧乎明乎？豈蕩爲太空與化無窮乎？將結爲光耀以助臨照乎？〔一三〕豈爲雨爲露以澤下土乎？將爲雷爲霆以泄怨怒乎？豈爲鳳爲麟、爲景星爲卿雲以寓其神乎？將爲金爲錫、爲圭爲璧以栖其魄乎？豈復爲賢人以續其志乎？將奮爲神明以遂其義乎？〔一四〕不然，是昭昭者其得已乎，其不得已乎？抑有知乎，其無知乎？彼且有知，其可使吾知之乎？幽明茫然，一慟腸絶。嗚呼化光！庶或聽之。〔一五〕

校勘記

〔一〕祭吕衡州温文　英華作「祭吕郎中文」，文粹作「祀吕衡州化光文」。

〔二〕維元和六年歲次辛卯九月癸巳朔某日　「九月癸巳」，文粹作「八月癸亥」。

〔三〕吾固知蒼蒼之無信莫莫之無神　「無信」，英華作「無知」。「莫莫」，英華作「寞寞」，文粹、全唐文作「漠漠」。

〔四〕怨逾深而毒逾甚　「怨」，文粹、全唐文作「悲」。

〔五〕中和允塞　「允」原作「永」，據取校諸本改。按：尚書舜典有「温恭允塞」語，作「允」是。

〔六〕豈非修正直以召災　世綵堂本注：「『修』，一作『循』。」

〔七〕晚未聞道　文粹作「未聞其道」。

〔八〕二事相期　「期」，英華、全唐文作「兼」，音辯、文粹及游居敬本作「勘」。

〔九〕素志所蓄　「素」，音辯、詁訓、英華、文粹及游居敬本作「夙」。「蓄」，英華作「著」。

〔一〇〕蚩蚩之民　「民」，文粹作「甿」。

〔一一〕吾道息矣　「息」，英華作「窮」。

〔一二〕臨江大哭萬事已矣句下注　「十月二十四日，藁葬江陵」。「十月二十四日」原作「十二月四日」，取校諸本同。按：本書卷九唐故衡州刺史東平吕君誄作「十月二十四日」，今據改。

〔一三〕豈蕩爲太空與化無窮乎將結爲光耀以助臨照乎　音辯、詁訓本及英華、文粹「蕩」、「結」下均有「而」字。「臨照」，英華作「照臨」。

〔一四〕將奮爲神明以遂其義乎　「神明」，音辯、詁訓、英華及游居敬本作「明神」。

〔一五〕嗚呼化光庶或聽之　英華及何焯校本「聽之」下尚有「尚饗」二字。

祭李中丞文〔一〕

維貞元二十年，歲次甲申，五月某朔，〔孫曰〕五月甲戌朔。二十二日，故吏儒林郎守侍御史王播、將仕郎守殿中侍御史穆贄、〔二〕〔孫曰〕穆質，誤作「贄」字。奉議郎行殿中侍御史馮邈、承奉郎守監察御史韓泰、〔孫曰〕泰，字安平。宣德郎行監察御史范傳正、〔孫曰〕傳正，字西老，貞元十年舉進士。文林郎守監察御史劉禹錫、承務郎監察御史裏行柳宗元、承務郎監察御史裏行李程等，〔孫曰〕程，字表臣。謹以清酌之奠，敬祭于故中丞贈刑部侍郎李公之靈。

惟公堅貞守道，潔廉成德，當官秉彝，卓爾孤直。高節外峻，純誠內植，臨事不回，執心無惑。矯矯勁節，〔三〕擢於天枝，〔孫曰〕中丞，宗室。式是邦族，粲其羽儀。發跡內史，〔四〕〔孫曰〕右內史，今鳳翔府。參其軍事，自下劘上，〔五〕〔孫曰〕漢書贊：賈山自下劘上。孟康曰：劘，謂剴切之也。劘，音磨。直詞屢至。于後受邑，歷撫疲人，公去逾久，人滋咏呻。〔童曰〕咏呻，歌咏。復從京邑，辟署司録，振其綱條，端我甸服，〔張曰〕甸服，謂畿甸也。黠吏屏氣，貪官窒慾。〔劉曰〕易：君子以懲忿窒慾。赫赫有命，登于王庭，邦賦以修，國用是經。實抗其長，以奉准程。〔童曰〕准程，法令。校其簿書，無失奇贏。奇，音畸。贏，音盈。進爲正郎，勾會是專。〔童曰〕會，總合也。古外切。乃刺于商，〔孫曰〕出爲商州刺史。虎節登山。〔韓曰〕周禮：山國用虎節。化塉爲沃，〔張曰〕塉，薄土也。音籍。致夷於艱，道途謳歌，有詔徵還。丞我御史，〔孫曰〕自商州召爲御史中丞。執其憲矩，糾逖之志，逖，音迪，又音惕。直清是舉，慎擇寮吏，必薪之楚。〔孫曰〕詩：翹翹錯薪，言刈其楚。注云：楚，雜薪之中，尤翹翹者。終始七載，不忘祗勤，事無覯瞻，道有屈伸，皁囊密啓，見上「屢皁其囊」注。忠懇屢陳。令望逾重，名卿是屬。拖紳遽聞，〔韓曰〕論語：疾，君視之，東首，加朝服拖紳。拖，徒可切。卷衣已復。〔六〕復，招魂、復魂也。〔孫曰〕禮喪大記曰：復者朝服，君以卷，夫人以屈狄，大夫以玄赬，世婦以襢衣，士以爵弁，士妻以稅衣，皆升自東榮，中屋履危，北面三號，捲衣投於前。禮備賵贈，〔補注〕隱元年穀梁傳：乘馬曰賵。賵，方鳳切。恩加命服。窀穸有時，窀，株倫切。穸，音夕。歲月逾邁。

播等猥備官屬，況當薦延，承其規模，奉以周旋，近或逾月，遠則累年。咸承至公，官守獲全。故事盡在，遺風藹然。俯仰庭除，顧慕潺湲。潺，鉏山切。湲，音爰。致誠一觴，拜訣堂筵。嗚呼哀哉！

校勘記

〔一〕祭李中丞文　李中丞，諸本注文均不詳其名字。陳景雲柳集點勘：「中丞名汶，出宗室大鄭王房裔。」「王播以汶薦由盩厔除監察御史，則自播以下諸人入臺皆出其薦可知，故曰『猥備官屬，況當薦延』也。」按：陳說是。可參閱新唐書卷一六七王播傳及新唐書卷七〇上宗室世系表上。

〔二〕將仕郎守殿中侍御史穆贊句下注　「穆質，」誤作『贊』字」。陳景雲柳集點勘：「案：穆贊，貞元八年登進士第，見唐科名記。穆質乃子厚先友，當柳子官御史，質方爲省郎，非同僚也。有祭穆給事文可參証。」按：孫注誤。

〔三〕矯矯勁節　「節」，音辯、世綵堂、游居敬、濟美堂、蔣之翹本及全唐文作「質」，近是。

〔四〕發跡内史句下注　「右内史，今鳳翔府」。「右」，音辯、濟美堂、蔣之翹本作「古」。陳景雲柳集點勘：「案：鳳翔乃漢右扶風地；秦之内史，則漢、唐京兆也。」

〔五〕自下劘上　「下」原作「上」，「上」原作「下」，據取校諸本及句下孫注改。句下注「謂劘切之也」。「劘」原誤作「劄」，據漢書卷五一賈山傳孟康注改。

〔六〕卷衣已復句下注　「大夫以玄赬」。「赬」原作「赭」。又，「中屋履危」。「履」原作「復」。均據取校諸本及禮記喪大記改。

爲韋京兆祭杜河中文

注具本篇。

維年月日甲子，京兆尹韋夏卿，〔孫曰〕夏卿，字雲客，京兆萬年人。貞元十七年十月，自吏部侍郎爲京兆尹。謹以清酌之奠，敬祭于故河中節度贈禮部尚書杜公之靈。〔孫曰〕貞元十五年十二月，以同州刺史杜確爲河中尹、河中晉絳觀察使。自古謀帥，恒在諸儒，晉登郤縠，亦以詩、書。〔韓曰〕左氏傳僖公二十七年：「晉作三軍，謀元帥。趙衰曰：『郤縠可。臣亟聞其言矣，説禮、樂而敦詩、書。』」爰及近代，二柄殊途，授鉞之臣，率由武夫。時惟明靈，道冠學徒，天子有命，總其戎車。何以邦之？維絳及蒲，〔孫曰〕卽謂河中。有山有河，殿此大都。焜燿昌時，焜，音混。燿，音耀。振宣後學，命服之盛，光于列岳。謂保豐福，永縻王爵，壽如何期，神不可度。嗚呼哀哉！

大曆之歲，詔徵茂才，時忝同道，一作「科」。俱起草萊。懷策既陳，綸言煥開，考第居甲，〔孫曰〕大曆二年，夏卿與弟正卿及確同舉賢良方正高第。自天昭回。分命邦畿，〔孫曰〕夏卿爲高陵主簿。步武獲陪，同志爲友，星霜屢迴。長我十年，禮宜兄事，周游歡洽，莫不如志。于後多幸，謬列周行，又同制書，並命文昌。及余稍遷，吏部爲郎，公屬中兵，此焉分行。〔孫曰〕夏卿爲吏部員外郎。確爲兵部員外郎。再獲聯事，東西相望，音忘。出處同道，樂惟其常。後余出刺，九載南服，〔孫曰〕夏卿自給事中出爲常、蘇二州刺史，前後九年。公自左輔，遂膺推轂。〔孫曰〕左輔，謂同州。自同帥河中，故云遂膺推轂也。馮唐曰：「王者遣將，跪而推轂。」我勤魏闕，爰總九流，〔孫曰〕貞元十六年，夏卿爲吏部侍郎。九流，謂九品也。誰謂河廣？顧言莫由。〔補注〕詩：誰謂河廣？一葦杭之。言自京至河中甚近，欲往而不能也。烹魚之問，往復相疇，〔一〕〔補注〕文選古樂府：客從遠方來，遺我雙鯉魚。呼兒烹鯉魚，中有尺素書。疇，音儔。惠好斯厚，惟以綢繆。綢，莫由切。繆，莫彪切。余弟宗卿，獲庇仁宇，〔二〕命佐廉問，〔孫曰〕宗卿爲河中從事。忘其愚魯。〔韓曰〕論語：柴也愚，參也魯。假以羽翼，俾之鶱翥，〔三〕〔張曰〕翥，飛舉也。章恕切。惠文峩峩，〔四〕〔韓曰〕惠文，冠也。漢張敞傳：秦時獄法吏，冠柱後惠文。峩峩，高貌。赤紱在股。〔孫曰〕小雅：赤芾在殷，邪幅在下。注云：芾，太古蔽膝之象也。榮映斯極，從容何補？承慶惟深，報恩無所。嗚呼哀哉！

天子震悼，哀我良臣，密印追贈，尚書禮殷。〔童曰〕殷，盛也。四方興嗟，況此故人，循念平昔，徘徊悲辛。卜葬斯及，禮儀畢陳，敬薦行潦，〔韓曰〕左氏：潢汙行潦之水，可薦於鬼神。洩哀茲辰。嗚呼哀哉！

校勘記

〔一〕烹魚之問往復相譸句下注　「文選古樂府」。「古樂府」原作「古詩」，據文選卷二七改。「客從遠方來」。「遠」原作「南」，據世綵堂本及文選卷二七飲馬長城窟行改。

〔二〕獲庇仁宇　「庇」原作「芘」，據音辯、詁訓本改。

〔三〕俾之鶱翥　「鶱翥」原作「騫翥」，諸本同。按：「鶱」「騫」二字音訓不同。張衡西京賦：「鳳鶱翥於甍標。」此處當作「鶱」字，今據改。

〔四〕惠文莪莪句下注　「秦時獄法吏，冠柱後惠文」。「法吏」上原脱「獄」字，據詁訓本及漢書卷七六張敞傳補。

爲韋京兆祭太常崔少卿文

〔韓曰〕崔少卿，考之史傳未詳。惟摭諸表系，有崔隱甫之孫溉者一人爲太常少卿，當卽此也。

維年月日甲子，京兆尹韋夏卿，謹以清酌庶羞之奠，敬祭于亡友故太常少卿崔公之靈。惟靈率是良志，蹈其吉德，〔孫曰〕左氏傳：孝敬忠信爲吉德。炳蔚文彩，周流學殖。孔氏之訓，專其傳釋，黄、老之言，探乎幽賾。六書奥祕，〔孫曰〕周禮：五曰六書。六書者，一曰象形，二曰指事，三曰會意，四曰假借，五曰形聲，六曰轉注。是究是索，叩爾玄關，保其真宅。藝成行備，披雲騁跡，康莊未窮，〔補注〕康莊，大道也。爾雅：五達謂之康，六達謂之莊。史記：有康莊之衢。濛汜已極。濛汜，日入之處。〔孫曰〕淮南子：淪于濛谷，是謂定昏。濛汜已極，言將死也。〔韓曰〕楚辭天問：出自湯谷，次于濛汜。注云：汜，水涯也。言日出東方湯谷之中，暮入西極濛水之涯也。濛汜，音蒙似。嗚呼哀哉！

夙歲同道，從容洛師，〔童曰〕謂在東都。接袂交襟，以遨以嬉。策駕嵩、少，〔韓曰〕嵩高、少室，二山名。在河南府登封縣。泝舟瀍、伊，〔韓曰〕書：伊、洛、瀍、澗。伊、瀍，二水名。在河南府河南縣，皆本洛州也。笑咏周星，〔劉曰〕周星，謂十二年也。其樂熙熙。丹霄可望，〔一〕青雲可期，洛中十友，談者榮之。〔韓曰〕據夏卿傳：始在東都，傾心辟士，頗得才彦，其後多至卿相，世謂之知人。惟鄭洎齊，各登鼎司，〔孫曰〕鄭餘慶、齊映，並仕至宰相。或喪或存，山川是違。緊我夫子，宜相清時，命之不遐，孰不悽悲？嗚呼哀哉！

往佐居守，〔孫曰〕謂佐東都留守。及爾同寮，笑遨交歡，匪夕則朝。入同其室，出聯其鑣，投文報章，既歌且謡。及我爲郎，優游吏部，〔孫曰〕夏卿自長安令入爲吏部員外郎。公爲御史，持憲天路。文陛徐趨，眷戀相顧，歡愛之分，有加于素。自我于邁，〔補注〕邁，往也。詩：從公于邁。歷刺東吳，〔孫曰〕夏卿自給事中出刺常、蘇二州。離憂十年，〔孫曰〕離憂，謂離別之憂。夏卿在二州凡九年。復會名都。余爲侍郎，銓總攸居，〔孫曰〕夏卿自蘇州召爲吏部侍郎。銓，謂詮次也。實得茂彦，奉其規模，聯事合情，又倍其初。我尹京兆，〔韓曰〕貞元十七年十月，以夏卿爲京兆尹。公亞奉常，〔孫曰〕謂爲太常少卿。步武相望，佩玉以鏘。謂保愉樂，長此翱翔，抱疾幾何？忽焉其亡。嗚呼痛哉！

原念往昔，愛均骨肉，我有書筒，盈君尺牘。寤言在耳，今古何速，失涕興哀，匍匐往哭。〔韓曰〕詩：凡民有喪，匍匐救之。撫筵一呼，心焉摧剥，普木切。日月逾邁，〔劉曰〕書：日月逾邁，若弗云來。佳城遽卜。〔孫曰〕西京雜記：佳城鬱鬱，三千年見白日，吁嗟滕公居此室。素車千里，逶迤山谷，〔張曰〕逶迤，委曲也。逶，於危切。迤，音夷。晦爾精靈，藏之斧屋。〔二〕〔韓曰〕禮記：孔子曰：「吾見封之若堂者矣，見若坊者矣，見若覆夏屋者矣，見若斧者矣，從若斧者焉，馬鬣封之謂也。」嗚呼哀哉！丹旐卽路，祖奠在庭，去此昭昭，就爾冥冥。敬陳洞酌，〔孫曰〕詩：洞酌彼行潦。注云：洞，遠也。行潦，流潦，水之薄者，遠酌取之。以告明靈，臨觴永慟，庶寫哀誠。嗚呼哀哉！伏惟尚饗。

校勘記

〔一〕丹霄可望　「可」，世綵堂、濟美堂本作「何」。

〔二〕藏之斧屋句下注　「吾見封之若堂者矣，見若坊者矣」。原脫「見若坊者矣」五字，據禮記檀弓上補。　「從若斧者焉」。「從」上原衍「吾」字，據禮記檀弓上刪。

爲李京兆祭楊凝郎中文

維貞元十九年，歲次癸未，四月辛巳朔，〔一〕某日，檢校工部尚書、京兆尹、司農卿李實，〔孫曰〕貞元十五年三月，以司農卿李實爲京兆尹。謹以清酌庶羞之奠，敬祭于故兵部郎中楊公之靈。〔韓曰〕楊凝，字茂功，弘農人。是歲正月卒。公嘗爲凝墓碣。

惟靈清標霜潔，馨德蘭薰，〔孫曰〕馨德，書所謂「明德惟馨」也。沖和茂著，孝友彰聞。濬發洪緒，激揚清芬，〔童曰〕芬，謂芬芳。芬，符文反。思侔德祖，〔程曰〕楊脩，字德祖。思，蘇恣切。學紹子雲。瑩彼靈府，彬其英文，吐論冠時，舒華軼羣。百氏之奥，一言可分，旁貫釋、老，豈伊典、墳？謂躡公相，躡，尼涉切。贊揚聖君，高山安仰？〔二〕〔補注〕詩：高山仰止。禮記：夫子歌曰：「泰山其頽乎？梁木其壞乎？哲人其萎乎？」子貢曰：「泰山其頽，則吾將安仰？梁木其壞，哲人其萎，則吾將安放？夫子殆將病也。」逝水沄沄。〔孫曰〕論語：子在川上曰：「逝者如斯夫！不舍晝夜。」嗚呼哀哉！

唯是伯仲，并爲士則，〔三〕〔孫曰〕凝兄憑、弟凌，皆有名於時。陳寔碑云：言爲世範，行爲士則。連擢首科，〔孫曰〕大曆九年，憑中進士第一。十三年，凝中第一。迭居顯職。公之懿美，發自朋僚，播于四方，令聞克昭。炯然獨識，卓爾孤標，翼翼其容，羽儀清朝。載筆東掖，動無不紀，〔孫曰〕禮記：史載筆，士載言。東掖，謂爲起居郎。禮記又曰：言則左史書之，動則右史書之。凝爲右史，書事不回，故云動無不紀。起草南宮，時論增美。〔孫曰〕遷尚書司封員外郎，革正封邑，申明嫡媵，事連權右，斥退勿憚，直聲彰聞。大梁有艱，天子是使，〔孫曰〕貞元十二年八月，凝自右司郎中、檢校吏部郎中，爲宣武軍節度判官。是時，宣武帥李萬榮新卒，其子迺擅領軍務，故此云大梁有艱。密勿之謀，〔四〕〔補注〕詩：密勿從事，不敢告勞。唯道是履。復歸郎署，一作「歸服郎署」。職茲中兵，〔孫曰〕十八年，凝起家爲兵部郎中。簡稽無撓，〔孫曰〕周禮：以八式經邦治，二曰聽師田以簡稽。遂人云：稽其人民，簡其兵器。簡稽士卒兵器簿書。簡，猶閱也。稽，猶計也，合也。合計其士之卒伍，閱其兵器，爲之要簿也。以考其成。英風未攄，沉痾遽嬰，孰云積善，降以促齡。昔歲江表，獲同宴語，〔孫曰〕嗣曹王皐爲江西觀察使，以實爲判官。謬爲好仁，不我遐阻。公之元兄，〔韓曰〕凝之兄憑。復惠德音，優游多暇，眷眄逾深。眄，音麪。情言盈耳，尺素相尋，冀茲競爽，〔孫曰〕左氏：二惠競爽。焜燿儒林。及此凋落，秪摧我心。嗚呼哀哉！

遣車就引，〔孫曰〕禮記：遣車視牢具。視牢具者，言遣車多少，各如遣奠所包牲體之數也。遣，去聲，詰戰切。哀挽先路，迅風凄悲，頹景幽暮。傾都殄瘁，〔韓曰〕詩：人之云亡，邦國殄瘁。揮涕相顧，矧茲故人，誰任痛慕！潢汙一觴，詎寫平素？尚饗。

校勘記

〔一〕維貞元十九年歲次癸未四月辛巳朔　「辛巳」原作「辛未」，各本無異文。按：陳垣二十史朔閏表貞元十九年四月辛巳朔，今據改。

〔二〕高山安仰句下注　「夫子殆將病也」。「病」原作「死」，據禮記檀弓上改。

〔三〕并爲士則句下注　「言爲世範，行爲士則」。按：文選蔡伯喈陳仲弓碑文作「文爲德表，範爲士則」。

〔四〕密勿之謀句下注　「詩：密勿從事，不敢告勞」。按：詩小雅十月之交作「黽勉從事，不敢告勞」。

爲安南楊侍御祭張都護文

〔韓曰〕張都護，安南都護、御史中丞張舟也。公嘗爲之誌，所載與此文皆合。

維年月日，故吏某職官某，敬祭于故都護、御史中丞張公之靈。交州之大，南極天際，禹績無施，〔孫曰〕禹績，謂禹治水之功。秦强莫制，或賓或叛，越自漢世。〔孫曰〕漢武帝元鼎六年，平南越，置交趾郡。聖唐宣風，初鮮寧歲，稍臣卉服，〔孫曰〕書：島夷卉服。卉服，以草木爲衣。漸化椎髻，卒爲華人，流我愷悌。士燮之理，〔孫曰〕吴志：士燮，字彦威，漢末爲交趾太守，在郡二十餘年，疆場無事。惟公克繼，勤勞遠圖，敷賛嘉惠。銅柱南表，前功載修，〔孫曰〕元和元年四月，舟自安南經略副使遷都護本管經略使。舟患疆場之制，一彼一此，乃復銅柱，以正封略。銅柱，本馬援爲之，至是興復，故云前功載修。空道北出，〔一〕〔孫曰〕張騫傳云：樓蘭、姑師小國，當空道。空，孔也。式遏蠻陬。梯航連連，旌旆悠悠，輻凑都會，輻，音福。凑，千候切。皇威以流。方荷天寵，宜公宜侯，聲馳帝鄉，魄降炎州。嗚呼哀哉！

公昔試吏，〔韓曰〕謂舟初爲蘄州蘄春縣主簿時也。時推清能。公昔乘軺，〔韓曰〕謂舟以左領軍衛兵曹爲安南經略巡官也。人知準繩，鰥嫠以安，征賦用登。柱史稍遷，〔孫曰〕謂舟三歷御史。郎曹繼升，〔韓曰〕謂舟檢校尚書禮部員外郎。程功佐理，海裔斯澄。〔孫曰〕謂轉禮部郎中，爲安南副都護，充經略副使。乃紀南方，專任是憑，〔二〕〔韓曰〕謂遷檢校太子右庶子，兼安南都護、御史中丞、充本管經略招討處置等使也。禮分五玉，〔三〕〔孫曰〕書：修五禮五玉。五玉，謂公執桓圭，侯執信圭，伯執躬圭，子執穀璧，男執蒲璧。分，賜也。恩錫百朋。〔韓曰〕詩：錫我百朋。箋云：古者貨貝，五貝爲朋。百朋，言得禄之多。開府辟掾，羣英攸屬，顧兹陋微，敢厠甄録。甄，稽延切。既受筐篚，載加命服，賜有楚冠，用慙豸角。〔孫曰〕胡廣曰：左傳有「南冠而縶者」，則楚冠也。或謂之獬豸冠，一曰柱後惠文冠，執法者服之。續漢志云：獬豸，神羊，能别曲直，楚王嘗獲之，故以爲冠。豸，丈蟹切。星言赴命，注望帷幄，視險如夷，瞻程非邈。伯氏左宦，〔孫曰〕伯氏，謂侍御之兄也。爰滯中途，流連隱憂，言念涕濡，子姓莫在，〔四〕使命頓殊。「命」，一作「令」。兢魂弔影，敢廢斯須，情留江徼，音叫。夢結天隅。恩切有裕，義乖從役，顧慕長慟，展轉增惕。膂力猶在，中腸屢激，方俟銷憂，永期投跡。謙德不福，〔孫曰〕易：鬼神害盈而福謙。言舟有謙德，而神不福也。法星降災，〔孫曰〕法星，熒惑。庭懸遽徹，〔韓曰〕禮記：大夫無故不徹懸。注云：懸，樂器鍾磬之屬。正義曰：無災變則不去樂也。駟訃爰來。駟，音日。撫躬益恨，循顧增哀，瞻容莫及，報德何階？輤車北轅，〔韓曰〕輤，載柩之車蓋。大夫以布，士以葦席。輤，七見切。中奠克諧，望拜徒至，音塵永乖。南州斗酒，〔補注〕後漢橋玄傳：曹操祭玄墓文曰：斗酒隻鷄，過相沃酹。庶寫幽懷！

校勘記

〔一〕空道北出句下注　「張騫傳」。「騫」原作「蹇」，據音辯、世綵堂、濟美堂、蔣之翹本改。又，「空，孔也」。「空」原作「孔」，「孔」原作「穴」，今據漢書卷六一張騫傳顏師古注改。

〔二〕專任是憑　「任」，王荆石本批注：「『任』恐爲『征』。」

〔三〕禮分五玉句下注　「伯執躬圭」。「躬」原作「恭」，據世綵堂本及周禮春官宗伯典瑞改。

〔四〕子姓莫在　「子姓」，世綵堂本作「子姪」。

祭萬年裴令文

〔集注〕萬年令裴墐，字封叔，河東聞喜人，太尉行儉之玄孫。公嘗爲墐墓碣云：元和十二年七月卒。

惟靈孝友之性，實惟天與，飾以儒書，洽其譽處。〔孫曰〕詩：是以有譽處兮。注云：遠國之君，稱揚德美，使聲譽常處於天子也。枵然其量，〔補注〕莊子：非不呺然大也。呺然，虛大貌。枵，許驕切。通作「呺」字。廓爾其宇，人以義來，我以身許。褰裳赴急，不避寒暑，交半域中，多容鮮拒。賢於博弈，〔孫曰〕孔子曰：不有博弈者乎？爲之猶賢乎已。墐喜博弈，故云。媢茲讒語，或泛或沉，兩得其所。攷禮成文，墜章克舉，〔孫曰〕司空杜黄裳聯奉崇陵、豐陵禮儀，以墐爲佐。墐離紛尨，導滯塞，闢百執事，條直顯遂，黄裳拱手以成。自開元制禮，諱去國卹章，累聖陵寢，皆因事擘綴，取一切乃已，有司卒無所徵。墐乃撰二陵集禮，藏之南閣。展樂承職，音官式序。〔孫曰〕墐爲太常主簿，搜逖疑互，探抉遁隱，宿工老師，不得伏匿，皆來會堂下。耆股肱，役喉喙，以集樂事，作坐立二部伎圖。卿奇其績，起以爲丞云。既聯奏復，〔孫曰〕奏復，卽謂集禮。亦圖筍簴，〔孫曰〕圖，畫也。筍簴，所以懸鍾磬者，横曰筍，植曰簴。上思允切。下其吕切。播在奉常，〔孫曰〕奉常，卽太常也。永傳儀矩。脱略細謹，〔一〕慠忽煩言，坦然自居，無顧仇怨。於元切。卒成官謗，莫究禍源，坐黜中徙，〔孫曰〕墐爲萬年縣令，會金州滑吏來，揚言恐喝，以煩褻事，曰：「不得三十萬，吾能爲禍。」墐大怒，召罵之。吏巧以聞，御史按章具獄，再謫道州、循州爲佐掾。再期騰騫。〔二〕孰云蓄憤，遽此歸魂。〔孫曰〕會赦，墐自循州量移吉州長史，卒。

嗚呼哀哉！

世稱姻黨，鮮克終吉，唯我與君，久而逾密。追惟淑德，嬪于君室，〔韓曰〕墐墓碣云：後夫人柳氏。〔孫曰〕墐夫人，公之姊也。上順尊卑，下歡儔匹。致其孝敬，式是仁卹，爰及童孩，處心勿失。君之仲季，〔孫曰〕墐兄弟四人：堅、墐、埴、塤。茂於文術，游藝相從，操觚散帙。顧余蹇劣，廁迹奔逸，二紀于今，交情若一。屢聞凋缺，互見遷黜，契闊伶俜，分形問質。方期末路，稍追曩日，時不我謀，於焉斯畢。謍謍衞尉，〔三〕〔孫曰〕衞尉，墐之兄弟。獨守邦秩，想其永哀，淮海蕭瑟。〔四〕嗚呼哀哉！

聞疾馳簡，其命未返，翩其訃書，來自番禺。〔韓曰〕番、禺，二山名，在南海，今廣州。與循爲近。上音潘。下音魚，又魚容切。塊守窮荒，山夔與居，〔孫曰〕山夔：獸名，如龍而一足。有眉不申，有志不舒。況逢零悴，當此囚拘，拊膺長慟，長慟何如？一作「天道何如」。菲禮無取，沉哀有餘。嗚呼哀哉！

校勘記

〔一〕脱略細謹　「謹」，世綵堂、濟美堂、蔣之翹本作「微」。

〔二〕再期騰鶱　「鶱」原作「騫」。音辯、世綵堂、濟美堂本注：「音軒，飛貌，下從鳥。」今據改。

〔三〕營營衛尉　陳景雲柳集點勘云：「『營營』，似當作『煢煢』。上云『屢聞凋缺』，言封叔悼亡外兼有天倫之戚也。蓋前此仲季二人，今止存其一，故有煢煢語。」

〔四〕想其永哀淮海蕭瑟　陳景雲柳集點勘云：「『想』當作『相』。李迴秀裴長史碑云：『烟隧蒼茫，風相蕭瑟。』疑子厚用此。」「蕭瑟」，宋刻五百家、鄭定、世綵堂、濟美堂、蔣之翹本及全唐文作「蕭索」。

祭呂敬叔文

〔韓曰〕呂敬叔，名恭，公嘗爲呂侍御恭墓誌，卒以元和八年六月，年止三十有七。此公所以重惜之也。

維年月日朔，當是朔日。友人從内兄守永州司馬員外置同正員柳宗元，謹以酒肉之奠，致祭于亡友呂敬叔之魂。嗚呼！鞠躬歷聘，〔韓曰〕謂孔子也。論語：入公門，鞠躬如也。歷聘，謂歷聘諸侯之國。或以不答，屠漁乖離，〔孫曰〕謂太公也。楚辭：呂望之鼓刀兮，遭文王而得舉。注云：太公屠於朝歌，釣於渭濱，文王舉以爲師焉。夫何克合？大或不容，小或見遺，往來逢迎，今古參差。惟子之中，忠勇充之，以誠與物，退受其疵。智謀宏長，辯論恢奇，巖峩博大，「巖」，一作「巍」。與世異姿。何付之器，而躓於時？〔童曰〕躓，跲也。知利切。嘗曰余武，王功是期，誓耆其力，〔韓曰〕詩：耆定爾功。耆，渠伊切，又音指。以達皇威。〔孫曰〕恭尚氣節，有勇略，不事小謹，讀縱横書，理陰符、握機、孫子之術，曰：我師尚父冑也，大父洎先人咸統兵，今天下將理平，蔡、兖、冀、幽洎戎猶負命。蚤夜呼憤，以爲宜得任爪牙，畢力通天子命。作文章，咸道其志。邊鄙不靖，俾供輿師，〔孫曰〕左氏：無令輿師，陷入君地。輿，衆也。諸侯順道，戎貊咸宜。〔孫曰〕恭爲山南西道節度掌書記、江西團練府參軍、桂管防禦副使、嶺南節度判官。今其没矣，哀志之違，知之無補，世又罕知。嗚呼哀哉！

昔與子游，尚疑其志，及觀其長，誠任其事。日異其能，歲增其智，進如川行，浩浩而遂。天乎有亡，中道是棄。余慎取友，惟心之虔，周遊人間，餘二十年。擯辱非耻，升揚非賢，一貫于道，無四五焉。子之我知，不以事遷，言而見信，貌阻心傳。我黜終世，子夭於前，徒稱子志，誰信我言？與子俱已，孰云後先！〔一〕惟子之兄，〔韓曰〕恭兄温，字化光。志同義比，〔童曰〕論語：義之與比。官刺一州，四十而死。〔二〕〔孫曰〕元和六年八月，温卒於衡州，年四十有一。子仕方初，百年有幾？如何默默，去我遄已！〔韓曰〕説文：遄，往來數也。淳沿切。有穉之妻，有弱之子，〔三〕〔孫曰〕恭妻裴氏，户部尚書延齡之女。有丈夫子三人：曰爽、曰瓌、曰特。女子三人：曰環、曰鸞、曰倩。穉，直吏切。海壖東周，〔孫曰〕海壖，謂循州。東周，謂洛陽。言恭死，其妻子以其柩如洛陽，附葬於大墓。壖，而宣切。號哭萬里。葬紖之行，〔童曰〕紖，直忍切。説文：牛系也。與「絼」同用。周禮封人：置其絼。獲出於此，〔孫曰〕謂喪過永州。爰陳酒肉，式嘉且旨。讀兹哀辭，以奠而誄，嗚呼敬叔！吾道已矣。尚饗。

校勘記

〔一〕與子俱已孰云後先　「後先」，世綵堂、濟美堂、蔣之翹本作「我先」。

〔二〕四十而死句下注　「元和六年八月，温卒於衡州，年四十有一」。按：新唐書卷一六〇吕温傳及本書卷九唐故衡州刺史東平吕君誄題下注記吕温卒年，均云「年四十」。本卷祭吕衡州文則云「年不逾四十」。

〔三〕有弱之子句下注　「有丈夫子三人：曰爽、曰瓌、曰特」。「特」原作「恃」，據本書卷一〇吕侍御恭墓誌改。

祭崔君敏文

〔韓曰〕崔君敏，即朝散大夫永州刺史崔公也。公嘗爲之誌。元和五年九月，在永州卒。

夫産崑崙者難爲玉，〔一〕〔孫曰〕爾雅：西北之美者，有崑崙墟之璆琳琅玕焉。植鄧林者難爲木，〔韓曰〕列子：夸父道渴而死，生鄧林，鄧林彌廣數千里焉。公以令望，顯于華族。藝邃六書，〔二〕〔韓曰〕周禮保氏：掌教國子六藝。五曰六書。注云：六書，象形、會意、轉注、指事、假借、諧聲。學該七録。〔孫曰〕梁普通中，有處士阮孝緒，字士宗，博采宋、齊以來王公之家，凡有書記，參校官簿，更爲七録：一曰經典録，紀六藝；二曰紀傳録，紀史傳；三曰子兵録，紀子書；四曰文集録，紀詩賦；五曰伎術録，紀數術；六曰佛録；七曰道録。耽此黄、老，耽，丁酣切。恬於寵辱。入補黑衣，〔三〕〔韓曰〕謂敏以千牛備身佐環衛也。戰國策：左師觸龍言於趙太后曰：「老臣賤息舒祺最少，不肖，願令得補黑衣之數，以衞王宫。」出參甸服。〔孫曰〕敏更盩厔、三原、藍田尉，仍有大故，三徙同位。三邑皆屬京兆，故云甸服。紀綱淮海，政令惟肅。〔孫曰〕遷揚州録事參軍。揚州，吳、楚都會。政令煩挐，貢奉叢沓，一日不葺，鐫譙四至，敏爲之優游有裕。書曰：淮海惟揚州。紀綱，即謂録事參軍也。宰制岳濱，周於仁育。〔韓曰〕謂敏爲許州臨潁、汝州龍興令。儲闈典議，直清攸屬。〔孫曰〕自揚州入爲太子司議郎。典，即司也。書曰：直哉惟清。屬，之欲切。久次推能，二州繼牧。〔韓曰〕謂爲歸州刺史，遷永州也。至于是邦，率由舊俗，和易勿亟，優游自足。既有少吏，勤於庶獄，〔四〕〔孫曰〕永之俗，户爲胥徒，凌虐鰥寡，以盜邦賦。敏修整部吏，黜侵陵牟漁者數百人，以付信于下，而征貢用集。妖巫殄除，〔五〕淫祠翦覆。〔孫曰〕永人家有禳禈，敺扇愚蒙以神訛言。敏擒戮妖師，毁薰蒿淫昏之祀千餘室，以舉正羣枉，而里閭克和。事詳見墓誌。出令三歲，人無怨讟，進律未行，〔韓曰〕禮記王制：有功德於民者，加地進律。律，法也。歸神何速？

某咸以罪戾，〔六〕謫兹炎方，公垂惠和，枯槁以光。鳴鑾適野，〔孫曰〕鑾，鈴也。鳴鑾，謂驅馬而鑾鳴。泛鷁沿湘，〔孫曰〕鷁首，船名。其首畫鷁，因以爲稱。沿，順流也。鷁，倪益切，亦作「鶂」字。廣筵命樂，華燭飛觴。高歌屢舞，〔補注〕詩：屢舞僛僛。終以無荒，〔童曰〕詩：好樂無荒。紛慮斯屏，〔七〕憂懷暫忘。良時不再，斯樂難常，今其奈何？顧慕感傷。〔八〕嗚呼！〔九〕室有迭去，川無息流，追懷曩辰，怳若夢遊。奠徹中寢，〔孫曰〕徹，去也。中寢，路寢也。魂遷乘舟，〔一〇〕〔孫曰〕謂遷神于舟，歸葬故里。邦人永思，匍匐隱憂。況我懷德，心焉若抽，潔誠可鑒，蘋藻非羞。

校勘記

〔一〕夫產崑崙者難爲玉句下注　「西北之美者」。「西北」原作「西方」，據爾雅釋地改。

〔二〕藝邃六書　「邃」原作「還」，據詁訓、宋刻五百家、世綵堂本及英華改。

〔三〕入補黑衣句下注　「左師觸龍言於趙太后曰」。「趙太后」原作「豆太后」，據詁訓、世綵堂、濟美堂、蔣之翹本及戰國策第二十一趙策四改。

〔四〕既有少吏勤於庶獄　英華「少吏」作「小吏」，「勤於」作「亦勤」。

〔五〕妖巫殄除　「巫」原作「誣」，據何焯校本改。

〔六〕某咸以罪戾　世綵堂、濟美堂、蔣之翹本注：「『咸』，一作『頃』。」王荆石本注：「『咸』，當作『頃』」。按：王說是。

〔七〕紛慮斯屏　「屏」原作「併」，據英華、何焯校本及全唐文改。

〔八〕顧慕感傷　「感傷」，英華及何焯校本作「增傷」。

〔九〕嗚呼　英華「嗚呼」下有「哀哉」二字，近是。

〔一〇〕魂還乘舟　「乘」，英華作「棄」，近是。

祭段弘古文

世病乎直，人悅其和，行而不容，雖聖奈何？提其信義，誰與同波？硜硜以終，〔孫曰〕孔子曰：「言必信，行必果，硜硜然小人哉！」硜，苦行切。堅不可磨。〔韓曰〕孔子曰：「不曰堅乎？磨而不磷。」游得其仁，〔一一〕友擇其益，始如可進，終會于厄。〔孫曰〕隴西李景儉、東平呂溫，高氣節，尚道藝，聞其名求見，大懽，留門下，或一歲，或半歲，夜與言不知日出。溫卒，景儉逐，前右拾遺張宿與然諾，南見中山劉禹錫、河東柳宗元，二人者言於御史中丞崔公。公時降治永州，知其信賢，儆其去。又南抵容州竇羣，途過桂，桂守拒不爲禮，憤怒，發病，死逆旅中。精誠介然，將貫金石，追恩懷舊，興詞憤激。

君昔來辱，〔孫曰〕謂初過永州。備聞嘉言，宵會北堂，晝宴南軒。去適于越，〔孫曰〕謂往容州。不日其旋，載除我居，望爾北轅。今者之來，丹旐有翩，閟兹英志，〔一二〕限此中年。〔孫曰〕元和九年閏八月十六日卒。嗚呼哀哉！

居實斯貧，〔三〕有子而幼，〔四〕〔孫曰〕弘古死時，二子知微、知章皆未冠。孰云履信，惟天所祐？〔程曰〕易：履信思乎順，又以尚賢也，是以自天祐之，吉，無不利。道途之資，敢廢干舊，〔孫曰〕弘古死時，崔公爲出涕，命特贈賻，致其喪來永州，哭而祭之。爲具道里費，歸葬澧州。志君之行，銘石斯授。〔孫曰〕公爲段弘古作誌銘。有潔其觴，有楚其豆，庶鑒于誠，臨茲饗侑。

校勘記

〔一〕游得其仁　「仁」，音辯、游居敬本作「人」。

〔二〕閟茲英志　「閟」原作「悶」，據取校諸本改。

〔三〕居實斯貧　「居」，詁訓本作「君」。

〔四〕有子而幼句下注　「二子知微、知章皆未冠」。「知章」原作「知彰」，據本書外集補遺處士段弘古墓誌改。

哭張後餘辭

後餘常山張氏，孝其家，忠其友，爲經術甚邃而文。少余七年，頗弟畜之。與之居，終日冲然，〔童曰〕冲，和也。持中切。忘其有，人與之言，鏗爾而厲，〔童曰〕厲，嚴正也。鏗，丘耕切。辯而歸乎中。凡人有道而不顯於世，則曰非其世也，一無「則曰」二字。道而得乎世，然而不顯，〔一〕則曰命。「然而」，一作「然猶」。命之微不可知，知而索乎外者，曰性與貌，後餘之性可謂良矣，其貌可謂肅矣。〔二〕一無「可謂肅矣」。博實弘裕，宜爲大官耈老，求其所以夭賤，無可得焉。既得進士，〔孫曰〕元和二年，中進士第。明年，疽發髀卒。〔張曰〕説文：髀，股也。音陛。疽，子余切。

後餘之死，人咸痛之，曰：天之佑善人而殺是子，何也？激者曰：天之殺，恒在善人，而佑不肖。莊周之説，以爲人之君子，天之小人，張君豈天所謂小人者耶？是二者，又非論之適也。吾謂善與惡、夭與壽、貴與賤，異道而出者也，無取喜怒於其中。道之出者多，〔三〕其合焉者固少，是以君子之難貴且壽也。後餘母老而喪良子，東西行者助之哭焉，况其知者耶？然後餘不與諂冒者同貴，不與悖亂者同壽，歸潔乎身，〔補注〕孟子：或遠或近，或去或不去，歸潔其身而已。聞道而死，〔補注〕論語：朝聞道，夕死可矣。雖勿哭焉可也。嗚呼！向使其聞道而且貴且壽，〔四〕則其顯庸也遠矣，又烏能勿痛乎？遂哭之以辭：〔五〕

嗟嗟張君！善不必壽，惟道之聞，一日爲老。人皆反是，百稔猶幼，〔孫曰〕百稔，百歲也。子之優游，是亦黄耈。〔孫曰〕詩：内尊事黄耈。黄耈，老者之稱。嗟嗟張君！寵不必貴，尊嚴爲人，〔六〕早服高位。淫諛肆慾，銀艾淪棄，〔孫曰〕銀，銀印。艾，艾綬。言雖服銀艾，猶爲淪棄也。子之崇高，無媿三事。吾見皤皤而童，〔童曰〕皤，老人白貌。皤，博禾切。赫赫而辱，進襦袴於几杖，負泥塗於冕服，己雖有餘，人視不足。子之跡不混乎其間者幸也，宜賀而弔，宜歌而哭，吾其過乎？與其寵而加貴，善而加壽，道施於人，慶及其母，一作「於母」。從容邦家，樂我朋友，豈不光裕顯大歟？而不克也，則弔而哭者，其無過乎？嗚呼！

校勘記

〔一〕然而不顯　「而」，音辯、蔣之翹本及全唐文作「猶」，何焯義門讀書記亦云「『而』作『猶』」。

〔二〕其貌可謂肅矣　「肅」，英華作「温」。

〔三〕道之出者多　鄭定本「出」下有「其離焉」三字，「多」上有「固」字。世綵堂、濟美堂、蔣之翹本注：「一作『道之出其離焉者固多』。」

〔四〕向使其聞道而且貴且壽　「向」下原有「更」字，「其」原作「既」，據英華删改。

〔五〕遂哭之以辭　英華「辭」下有「云」字。

〔六〕尊嚴爲人　「人」，音辯、世綵堂本、英華、游居敬本及全唐文作「仁」。

祭李中明文

〔孫曰〕李行敏，字中明，趙郡贊皇人。

致祭于亡友中明之靈。〔一〕夫子之道，邈以恒兮。恒，胡登切。夫子之志，勵以兢兮。求中慊末，若履冰兮。敦仁以孝，實烝烝兮。〔孫曰〕書：克諧以孝，烝烝乂。烝烝，孝貌。唯毁死虧禮，其他莫懲兮。〔二〕〔孫曰〕襄三十一年左氏：公薨，立公子野爲嗣，九月癸巳卒，毁也。注：過哀毁瘠以致滅性。一本作「帷毁無虧禮莫懲兮」。秉端守一，信厥明兮。〔三〕月踰歲長，行若登兮。外温其顔，内類直繩兮。謾言來加，不遽陵兮。舉世羣非，自視弘兮。庶優游於道，大賚是承兮。〔四〕〔孫曰〕論語：周有大賚，善人是富。掩寃舒抑，與類升兮。胡茫茫其不信，〔五〕卒以禍仍兮？豈韜忠哀信，「哀」，一作「裹」。「哀信」又作「履誼」，或作「履信」。鬼所憎兮？將教言吾欺，終不可徵兮。〔童曰〕徵，考也。吾方期子于暮，冀有興兮。今而棄余，志若崩兮。若將援而上，〔六〕援，于涓切。喪厥肱兮。恒其隕心，〔七〕交背膺兮。

水之綿綿，山萬層兮。又淫以雨雪，紆委硱磳兮。〔張曰〕硱磳，石貌。上綺今切。下子登切。鴟鵂夜啼，〔八〕〔孫曰〕莊子：鴟鵂夜撮蚤，察豪末；晝出瞋目而不見丘山。鴟與鵂鶹，二鳥名，皆惡鳥也。鵂，音鴞。群暝凝兮。魂鬼以行，「鬼」，一作「思」。中道殑殑兮。〔童曰〕殑殑，鬼出貌。上，力升切，又魯之切。下，集韻：巨興切。唐韻：其矜切。又，殑殑，欲死貌。其極切。魑魅揭呵，魑，抽知切。魅，音寐。曷可憑兮。聊致吾慎，〔九〕〔孫曰〕「慎」，當作「憤」。斯言孰稱兮。

校勘記

〔一〕致祭于亡友中明之靈　此句上英華尚有「維年月日柳某謹以清酌庶羞之奠」十四字，近是。

〔二〕唯毁死虧禮其他莫懲兮　英華作「雖毁無虧，禮莫懲兮」，近是。句下注「過哀毁瘠以致滅性」。「滅」下原脱「性」字，據左傳襄公三十一年杜預注補。

〔三〕秉端守一信厥明兮　「明」，英華作「朋」。

〔四〕大賚是承兮句下注　「論語：周有大賚，善人是富」。「論語」原作「書」，據世綵堂、濟美堂本及論語堯曰改。

〔五〕胡茫茫其不信　「其」，英華作「而」。

〔六〕若將援而上　「上」，英華作「止」，疑是。

〔七〕怛其隕心　英華作「怛殞而心」。

〔八〕鵩鶹夜啼　「啼」，英華作「號」。又，句下注「晝出瞋目而不見丘山」。「瞋」原作「瞑」，據莊子秋水篇改。

〔九〕聊致吾慎　何焯校本批注：「元板注『慎』一作『愼』。」句下孫注：「『慎』當作『愼』。」按：作「愼」是。

楊氏子承之哀辭并序〔一〕

〔韓曰〕考之表系，楊憑子姪皆以「之」字命名，曰渾之，曰後之，曰敬之是也。獨未詳承之所出，然必憑諸姪耳。

楊氏子承之，既冠，有成人之道。其明年四月，不幸而夭。其外姻〔孫曰〕左氏傳：天子七月而葬，同軌畢至。士踰月，外姻至。解人柳宗元。〔二〕〔孫曰〕公娶楊凝女，而承之，凝諸子也。爲之慟且出涕。噫！是子也，氣淳以愿，志專以勤，〔三〕確然而直方，〔四〕吾未知其止也。作辭賦書論，其言甚偉，余方愛之，謂可以爲器者，〔五〕故不知慟且出涕，況其親戚者乎？凡天之生物也，不類，精麄紛厖，〔童曰〕厖，雜也。一本作「精麄厖亂」。賢愚混同，或遠而合，或親而殊，〔六〕然則雖人親戚，〔七〕亦將有不克知其美者。若楊氏子者，其親戚皆賢，咸得知之者也；使知之，徒以增其悲愁怨號之聲，無爲也。〔八〕用是爲之辭，以相其哀焉。

葆醇熙兮〔韓曰〕葆，守也。承貞則，懿文章兮好循直。誠耿介兮又綽寬，學之勤兮行彌專。質圭璋兮文虎豹，超凌厲兮馳聖道。力未具兮志求通，道之遠兮足先窮。有母嗷嗷兮，嗷，音叫。有弟哀號；世父孔悲兮，〔孫曰〕父之兄弟，先生爲世父，後生爲叔父。孔，甚也。世父當是楊憑。湘水滔滔。去昭曠兮沉幽寞，魂冥冥兮竟難託。「難」，一作「誰」。死者静兮生者愁，子之淑兮徒增憂。志甚良兮命甚蹙，子之生兮又何欲！悲吾耳兮動吾神，〔九〕誰使子兮淑且仁？嗚呼已乎不可追，〔一〇〕終怨苦兮徒何爲！「徒」，一作「獨」。

校勘記

〔一〕楊氏子承之哀辭題下注　「獨未詳承之所出」。陳景雲柳集點勘：「承之與弟敬之，皆憑季弟凌之子。凌最早歿，故哭承之者獨有母及弟耳。」

〔二〕解人柳宗元句下注　「公娶楊凝女」。按：子厚非娶楊凝女，乃娶楊憑女。本書祭楊憑詹事文題下注校勘記已辨其誤。

〔三〕志專以勤　「勤」，英華作「强」。

〔四〕確然而直方　「然」，英華作「焉」。

〔五〕謂可以爲器者　「爲」，全唐文作「成」。

〔六〕或親而殊　「殊」，英華作「疏」。

〔七〕然則雖人親戚　英華「人」下有「之」字。

〔八〕無爲也　「爲」，英華作「益」。

〔九〕悲吾耳兮動吾神　「耳」，全唐文作「心」，疑是。世綵堂、濟美堂、蔣之翹本注：「『吾耳』，一作『于身』。」

〔一〇〕嗚呼已乎不可追　「乎」，英華作「兮」，疑是。

柳宗元集卷四十一

祭文

舜廟祈晴文〔一〕

〔韓曰〕史記：舜南巡狩，崩於蒼梧之野，葬于江南九疑，是爲零陵。零陵，永州治也。公在永州代其州刺史作。

年月日，某官某，敢用牲牢之奠，昭祭于虞帝之神。帝入大麓，雷雨不迷。〔孫曰〕書：納于大麓，烈風雷雨弗迷。說文云：林屬于山爲麓。麓，音鹿。帝在璿璣，七政以齊。〔孫曰〕書：在璿璣玉衡，以齊七政。注云：在，察也。璣、衡，王者正天文之器。七政，日月五星。九澤既陂，錫禹玄圭，〔二〕〔補注〕禹貢：九川滌源，九澤既陂。九澤，謂九州之澤。陂，澤障也。又曰：禹錫玄圭，告厥成功。注云：禹功加于四海，故堯錫之玄圭以彰顯之。至德神化，後誰與稽？〔三〕勤事南巡，祀典以躋，此焉告終，見題注。宜福遺黎。廟貌如在，精誠不睽。

今陽德愆候，有渰淒淒，〔孫曰〕詩大田之辭曰：有渰淒淒，興雨祈祈。注云：渰，雲興貌。降是水潦，混爲塗泥。岸有善崩，〔孫曰〕史記河渠書：自徵引洛水至商顏山下，岸善崩。注云：善崩，喜崩也。流或斷堤，泛濫疇隴，陂陁圃畦。恒雨獲戾，〔補注〕書：狂恒雨若。注云：君行狂妄，則常雨順之。戾，罪戾也。循咎增悽，忍茲嘉生，〔孫曰〕楚語：神降之嘉生。注云：嘉生，善物。均彼蓬藜？敢望誅黑蜧，〔韓曰〕淮南子：黑蜧神虬，潛泉中而居，天將雨則躍。蜧，音戾。一本作「蝓」。抶陰蜺，〔四〕〔韓曰〕春秋元命包云：虹蜺，陰陽之精。又月令章句云：陰陽不和，卽生此氣。蜺見有青赤色，常依陰雲而晝見於日衝。抶，擊也。音秩。式乾后土，〔童曰〕后土，謂地。見楚辭。以廓天倪。〔童曰〕倪，界也。粢盛不害，〔五〕〔孫曰〕桓六年左氏：奉盛以告曰，潔粢豐盛，謂其三時不害，而民和年豐也。餘糧可棲，〔孫曰〕棲，猶委也。或簸或溲，〔孫曰〕詩生民：誕我祀如何？或舂或揄，或簸或蹂，釋之叟叟，烝之浮浮。叟叟，聲也。爲酒爲醴。鎗鎗笙鏞，〔孫曰〕尚書：笙鏞以閒，鳥獸蹌蹌。坎坎鼓鼛，〔孫曰〕坎坎，鼓聲。鼛，小鼓也。百代祀德，〔孫曰〕左氏傳曰：盛德必百世祀。甿心不攜。〔童曰〕攜，貳也。豈獨蘋藻，徵諸澗溪？〔孫曰〕左傳：澗溪沼沚之毛，蘋蘩蘊藻之菜，可薦于鬼神，可羞於王公。帝其聽之，無作神羞！

校勘記

〔一〕舜廟祈晴文題下注　「葬于江南九疑」。「江南」下原脫「九疑」二字，據詁訓本及史記卷一五帝本紀補。

〔二〕九澤既陂錫禹玄圭句下注 「陂，澤障也」。「澤障」原作「章」，據尚書禹貢孔疏改。

〔三〕後誰與稽 「誰」，音辯、游居敬本作「王」。

〔四〕敢望誅黑蜧抶陰蜺句下注 「蜺見有青赤色，常依陰雲而晝見於日衡。抶，擊也」。「衡」、「抶」二字原倒，據取校諸本及藝文類聚天部下引蔡邕月令章句倒轉。

〔五〕粢盛不害句下注 「桓六年左氏」。「六年」原作「二年」，據世綵堂本及左傳桓公六年改。

雷塘禱雨文

〔孫曰〕柳州雷山，兩崖皆東西，雷水出焉。蓄崖中曰雷塘，能出雲氣，作雷雨，變見有光，禱用俎魚，豆彘修形，稰稌陰酒，虔則應。元和十年十月，公至柳州數日，同其弟宗直謁雨雷塘，故有此文。〔韓曰〕或載之於韓集，非是。

惟神之居，爲坎爲雷，〔一〕〔孫曰〕坎，北方。震，東方。雷，卽震也。震爲雷。專此二象，一作「狀」。宅于巖隈。風馬雲車，「馬」，一作「軿」。肅焉徘徊，「焉」，一作「然」。能澤地產，〔二〕〔孫曰〕澤，潤澤也。周禮：以地產作陽德。「澤」，一作「宅」。以祛人災。「祛」，一作「抶」。神惟智知，一作「誠爲致敬」。我以誠往。〔三〕「我」，一作「敬」。欽茲有靈，爰以廟饗。一作「享」。苟失其應，人將安仰？「將」，一作「神」。歲既旱暵，〔童曰〕暵，乾也。音罕，又音漢。害茲生長，敢用昭告，期于肸蠁。〔孫曰〕肸蠁，猶冥漠也。肸，黑乙切，又許訖切。蠁，音享。

某自朝受命，「朝」，一作「從」。臨茲裔壤，蒞政方初，或作「一方」。庶無淫枉。廉潔自持，忠信是仗，「是」，一作「猶」。苟有獲戾，神其可罔！擢擢嘉生，嘉生，見上注。惟天之養，豈使粢盛，夷于草莽！騰波通氣，〔童曰〕易：山澤通氣。出地奮響，〔孫曰〕易：雷出地奮豫。欽若成功，「成」，一作「神」。惟神是獎。

校勘記

〔一〕爲坎爲雷　「爲坎」原作「於坎」，據取校諸本改。

〔二〕能澤地産句下注　「周禮：以地産作陽德」。「陽」原作「陰」，據周禮春官大宗伯改。

〔三〕神惟智知我以誠往　音辯、詁訓、游居敬本及全唐文此二句在「爰以廟饗」句下。

祭纛文

〔韓曰〕元和十四年，裴中丞行立討黄賊時，公代之作。纛，音道，又音毒。

維年月日，某官以牲牢之奠，祭于纛神。〔孫曰〕纛，羽葆幢也，軍行則有之。〔韓曰〕纛，以旄牛尾爲之，在左騑馬首。惟昔澧有大特，〔一〕化爲巨梓，秦人憑神，乃建茸頭，〔二〕〔韓曰〕史記：秦文公二十七年，伐南山大梓，豐大特。徐廣曰：今武都故道有怒特祠。圖大牛，上生樹本，有牛從木中出，後見於豐水之中。〔孫曰〕列異傳曰：秦文公時，梓樹化爲牛。以騎擊之，不勝。或墮地髮解，被髮，牛畏之，入水。故秦因是置旄頭騎以先驅。與公所記，少有不同，未知孰是。旄頭卽纛也。漢官儀曰：舊選羽林爲旄頭，被髮先驅，蓋起於此。茸，謂厖茸，亂也。是爲兵主，用以行師。漢宗蚩尤，〔韓曰〕史記：高帝立爲沛公，祠黄帝、祭蚩尤於沛庭。應劭曰：蚩尤，古天子，好五兵，故祠祭之，求福祥也。亦作靈旗。〔三〕〔孫曰〕史記：漢武帝爲伐南越，告禱泰一，以牡荆畫幡日月北斗登龍，以象天一三星，爲太一鋒，名曰「靈旗」。爲兵禱，則太史奉以指所伐國。既類既禡，〔孫曰〕詩皇矣曰：是類是禡，是致是附。禮王制曰：天子將出征，類于上帝，禡于所征之地。類，祭天。禡，師祭也。禡，音罵。指于有罪，北面詔盟，抗侯以射。〔補注〕詩：終日射侯，不出正兮。抗侯以射者，謂張侯而射之。雖有古典，今棄不用，惟茲之制，神實守祀。

有蠢黄孽，〔四〕〔孫曰〕蠢，動也。黄，謂黄少卿。孽，妖孽也。保固虐人。〔童曰〕固，險固也。俾茲太平，猶用戎律。天子有命，施威于下，惟守臣某，〔孫曰〕桂管觀察使裴行立也。董衆撫師。〔童曰〕董，督也。秉羽先刃，〔孫曰〕莊子：叔孫敖甘寢秉羽，而郢人投兵。或云：羽，翼也。出用茲日，敢修外事，〔孫曰〕禮記：外事以剛日，內事以柔日。外事，卽謂兵事。爰薦求牛。〔孫曰〕周禮牛人：祭祀供其享牛求牛。求牛者，禱祀求福之牛。庶無留行，以殄有罪，國有祀典，屬于神明。傷夷大命，〔童曰〕傷夷大命，謂死也。無敢私顧，惟克勝敵，以全天兵。去茲螽蟚，〔五〕〔孫曰〕詩：去其螟螣，及其蟊賊。爾雅云：食苗心曰螟，食葉曰蟦，食節曰蟚，食根曰螽。皆食禾之蟲也。螽，音矛。蟚，音賊。達我涵育，收厥駼圉，〔孫曰〕駼，奴駼。左氏傳：馬有圉，牛有牧。圉，養馬者也。役于校人。〔六〕〔孫曰〕周禮：校人掌王馬之政。言收黃孽以養馬者也。海隅黎獻，永底于理。無或頓刃，以爲神恥。急急如律令。

校勘記

〔一〕惟昔澧有大特　「澧」原作「灃」，據取校諸本改。

〔二〕乃建茸頭句下注　「史記：秦文公二十七年」。「秦文公」原作「秦襄公」，據史記卷五秦本紀改。

〔三〕亦作靈旗句下注　「告禱泰一」。「泰一」原作「鋒一」，據史記卷一二孝武本紀改。又，「以象天一三星」。「天一」原作「太一」，據宋刻五百家、世綵堂本及史記孝武本紀改。

〔四〕有蠢黃孽句下注　「蠢，動也」。「動也」原作「動之物」，據宋刻五百家、世綵堂、濟美堂、蔣之翹本改。

〔五〕去茲螽蟚句下注　「食葉曰蟦」。「蟦」原作「螣」，據爾雅釋蟲阮元校勘記改。

〔六〕役于校人句下注「周禮：校人掌王馬之政」。「王馬之政」原作「王之馬政」，據周禮夏官校人倒轉。

禡牙文

〔韓曰〕與前篇同作。

維年月日，某官某，以清酌少牢之奠，禡于軍牙之神。〔一〕〔韓曰〕禡，師祭也。周官：典瑞掌牙璋以起軍旅，以治兵守。注云：牙璋，瑑以爲牙。牙齒，兵象，故以牙璋起兵。又兵書曰：牙旗者，將軍之精。凡始豎牙，必以剛日。剛日者，謂上尅也。兵牙之日，吉氣來應，大勝之徵。秦定百越，〔孫曰〕史記：秦始皇三十三年，取百越之地，以爲南海、桂林、象郡。漢開九郡，〔孫曰〕漢書：武帝元鼎六年定越地，以爲南海、蒼梧、鬱林、合浦、交趾、九真、日南、朱崖、儋耳郡。自兹編列，同于諸華。天寶兆亂，北方荐役，惟是南荒，〔二〕久稽討伐。藩蠻怙險，乳字生聚，悖慠威命，虐吏齊人。黄姓陋孽，孽，魚列切。「蠥」，通用。實恣盜暴，僮壯殺老，掠敓使臣，敓，古「奪」字。梟視洞窟，以逃大戮。

今皇帝受天景命，〔孫曰〕詩：景命有僕。景命，明命也。敷于有仁，凡百凶毒，罔不震伐。齊、魯誼殄，〔三〕〔孫曰〕書：我乃劓殄滅之。齊、魯，謂東平李師道。一作「齊青」。趙、魏顯化，〔四〕〔孫曰〕趙，謂成德軍節度使王承宗，以德、棣二州歸于有司。魏，謂魏博節度使田弘正，以所管六州歸于有司。故云顯化。溥天之下，咸順帝理。唯是瑣眇，〔童曰〕瑣眇，小貌。尚恣昏頑，致天震怒，〔孫曰〕書：皇天震怒。命底于罰。〔孫曰〕書：底商之罰。底，致也。

官臣某〔孫曰〕襄十八年左傳：官臣偃實先後之。注云：官臣，守官之臣也。欽率邦典，統戎于征。〔童曰〕于，往也。惟爾有神，懋揚迺職。敢告無縱詭類，〔孫曰〕詩：無縱詭隨。詭類，謂凶醜。無劉我徒。〔五〕〔孫曰〕劉，釋詁云：尅也，殺也。鏃刃鋒鍔，〔六〕〔童曰〕鏃，説文：利也。鍔，劍也。鏃，作木切。畢集于兇躬；鎧甲干盾，〔童曰〕鎧，亦甲也。盾，亦干也。鎧，可亥切。咸完於義軀。焚煬蕩沃，往如行虛。俾人懷于安，以靖離之隅，〔孫曰〕離，南方之卦。在是舉也。往，欽哉！無作神羞。急急如律令。

校勘記

〔一〕禡于軍牙之神句下注　「牙璋，瑑以爲牙」。「瑑」原作「琢」，據詁訓、世綵堂、濟美堂、蔣之翹本及周禮春官典瑞注改。

〔二〕惟是南荒　「荒」，取校諸本作「方」。

〔三〕齊魯誼殄　「誼」，全唐文作「劓」。世綵堂、濟美堂本注：「或作『青齊既殄』。」蔣之翹本注：「一作『齊青誼殄』。」

〔四〕趙魏顯化　世綵堂、濟美堂、蔣之翹本注：「『顯』，或作『亦』。」

〔五〕無劉我徒句下注　「劉」，釋詁云：「尅也，殺也」。「釋」下原脱「詁」字，據爾雅釋詁上改。

〔六〕鏃刃鋒鍔句下注　「鏃」，説文：「利也」。「利也」，原作「矢末也」，據説文改。

祭井文

致祭于水土之神。惟神蓄是玄德，〔童曰〕玄，幽也。演爲人用，〔張曰〕演，溢也。不窮之養，〔文曰〕易井：象曰：「井養而不窮也。」功齊乳湩。〔韓曰〕湩，乳汁也。覩勇切，又多貢切。惟古有制，八家所共，〔一〕〔孫曰〕孟子曰：「方里而井，井九百畝。其中爲公田，八家皆私百畝。」是八家共一井也。是邦闕焉，官守斯恐。蘊利滋久，閟靈則深，〔二〕爰告有神，惟測我心。〔三〕卜茲利兆，于彼城陰，神斯有仁，是鑒是臨。惟昔善崩，善崩，見上注。今則堅好，惟昔遞石，〔四〕「遞」，一作「匜」。今則順道。終古所無，聿從心禱，非神是與，人力焉保？發自玄冥，〔孫曰〕水神號曰玄冥。成于富媼，〔孫曰〕禮樂志：「后土富媼。」張晏注云：「媼，老母稱也。坤爲母，故稱媼。」克長厥靈，不愛其寶。敬修報禮，式薦蘋藻。

校勘記

〔一〕八家所共句下注　「方里而井」。「方里」，世綵堂、濟美堂本作「百里」，誤。

〔二〕閟靈則深　「閟」原作「閉」，據取校諸本改。

〔三〕惟測我心　「測」，音辯、游居敬本及全唐文作「惻」，疑是。

〔四〕惟昔遞石　陳景雲柳集點勘云：「舊注『遞』，一作『匝』，恐皆非也。似當作『遻』，與祭楊詹事文『亦莫有遻』之『遻』同。遻，逆也。乃對下文『順道』爲切。」

禜門文〔一〕

〔韓曰〕周禮鬯人：禜門用瓢齎。注云：禜，謂營酇所祭。門，國門也。春秋傳曰：日月星辰之神，則雪霜風雨之不時，於是乎禜之。山川之神，則水旱癘疫之災，於是乎禜之。禮記：雩禜，祭水旱也。禜，音詠。

禜于城門之神。惟神配陰含德，司其翕闢，能收水沴，〔童曰〕沴，妖沴。音戾。以佑成績。淫雨斯降，害于麰麥，〔孫曰〕左傳：天作淫雨，害於粢盛。麰，亦麥也。野夫興憂，官守增惕。諸陽既閉，〔二〕〔孫曰〕漢書：董仲舒治國，以春秋災異之變，推陰陽所以錯行。故求雨閉諸陽，縱諸陰，其止雨反是。謂若閉南門禁舉火，及開北門水灑人之類。休徵未獲，〔孫曰〕洪範：八庶徵。曰休徵。曰咎徵。敬用瓢齊，〔韓曰〕事見題注。瓢齊者，謂取甘瓠割去柢以齊爲尊。瓢，婢遥切。齊，在西切，或音咨字。以展周索。〔孫曰〕定四年左氏：疆以周索。索，法也。納其雲氣，復我川澤。惟神是依，式佇來格。

校勘記

〔一〕禜門文題下注「山川之神，則水旱癘疫之災，於是乎禜之」。「災」原作「不時」，據左傳昭公元年改。按：左傳原文先山川後日月星辰，此處反之。

〔二〕諸陽既閉「陽」，取校諸本皆作「陰」。按：句下孫注引漢書董仲舒傳：「求雨閉諸陽，縱諸陰，其止雨反是」。本文爲祈晴而作，據此，作「陰」近是。

祭六伯母文〔一〕

〔孫曰〕清池令從裕子二人：寮躬爲德清令，某爲臨邛令。六伯母，臨邛之夫人李氏也。

維貞元十七年，歲次辛巳，二月癸巳朔，二十五日丁巳，姪男華州華陰縣主簿纁，〔孫曰〕公叔父四，纁居其次。謹以清酌庶羞之奠，敬祭于六伯母之靈。伏惟天錫壽考，〔孫曰〕貞元十六年六月二十九日李氏卒，年八十一。神資淑德，高明而和，柔惠且直。敬長慈幼，宗姻仰則，不偕貴位，〔二〕孰不悽惻？嗚呼哀哉！

移天夙喪，丁此閔凶，〔孫曰〕移天，謂夫也。言臨邛令早卒。左傳云：少遭閔凶。主器繼夭，莫承于宗。〔孫曰〕易：主器者莫若長子。李氏子終於宣州旌德尉。懿彼賢女，孝誠自中，温温良人，競揚德風。〔三〕承順必敬，滑甘則豐，致養有榮，其道克終。〔孫曰〕李氏三女，皆得良婿。隴西李伯和爲揚子丞，太原王紓爲右補闕，潁川陳萇爲校書郎、渭南尉。貞元十六年，王氏女定省扶侍，自揚州至于京師，道路遇疾，遂館于陳氏。以諸婿之良，諸女之養，無不得志焉。天禍弊族，遠承哀訃，纏牽官事，〔四〕一作「仕」。奔哭無路。亦既請告，聿來京師，以號以呼，祇拜堂帷。子姓凋落，宗門日衰，託于外姻，陳此靈儀。〔五〕〔孫曰〕李氏卒于平康里陳氏之第。自小斂至于大斂，二婿實參主之。有孫二人，長曰曹郎，奉之以縗而正于位。幼女號戀，〔孫曰〕幼女，即陳萇之室也。誓言固之，仁賢見容，曲遂其私。內顧孱眇，祇益摧悲，誠愧于人，豈曰得宜。今歲調選，獲參士林，主其簿書，于華之陰。受禄雖微，莫遂曩心。夙駕東征，〔孫曰〕謂纁將往於華陰也。祖軷將臨。〔童曰〕軷，道祭也。朔望是違，哀懷豈任？嗚呼哀哉！

校勘記

〔一〕祭六伯母文　詁訓本題作「叔父祭六伯母文」。又題下注「清池令從裕子二人：察躬爲德清令」。「清池」原作「清河」，「德清」原作「清德」，均據本書卷一二先侍御史府君神道表及新唐書卷七三上宰相世系表三上改。

〔二〕不偕貴位　世綵堂、濟美堂、蔣之翹本注：「『偕』，一作『階』。」何焯校本改「偕」爲「階」。

〔三〕温温良人競揚德風　「競」原作「竟」，據何焯校本改。

〔四〕纏牽官事　「纏」原作「繼」，據取校諸本改。

〔五〕陳此靈儀句下注「二婿實參主之」。「二」原作「一」，據音辯、宋刻五百家、世綵堂、濟美堂、蔣之翹本及本書卷一三伯祖妣趙郡李夫人墓誌銘改。

祭獨孤氏丈母文

注具本篇。

維年月日，〔孫曰〕元和年。某以清酌之奠祭于獨孤氏丈母之靈。惟靈育德涵仁，克生賢子，生而不淑，未壯而死。〔孫曰〕獨孤申叔，字子重。貞元十八年四月五日卒，年二十七。禮記：三十曰壯，有室。名播九圍，〔孫曰〕詩：帝命式于九圍。注云：九圍，九州。望高羣士，雖微祿位，人羨其美。在抱無孫，承家乏祀，孝女良婿，式遵燕喜。〔一〕〔孫曰〕詩：魯侯燕喜。注云：燕喜，飲也。

某曩與子重，道契義均，知心爲貴，實在斯人。奉養宜繼，將致其勤，〔孫曰〕公言將致其勤於獨孤母也。竟罹禍謫，逾紀漂淪。〔孫曰〕公謫永、柳二州。〔韓曰〕自貞元乙酉謫官，至元和十一年丙申爲一紀矣。夙志斯阻，微衷莫申，冀榮末路，私願獲陳。遽此承訃，天胡不仁？〔二〕嗚呼哀哉！

昔也高堂，世悲其獨，今茲玄室，孝道當復。〔孫曰〕言申叔將孝于地下也。神感昭融，不疾而速，靈識逾濬，承歡載穆。式致其安，寧寘其毒！顧言有知，以慰幽躅。

校勘記

〔一〕式遵燕喜　「式」，音辯、詁訓、游居敬、濟美堂、蔣之翹本及全唐文作「適」。

〔二〕天胡不仁　「胡」原作「乎」，據全唐文改。

祭從兄文

〔孫曰〕公從兄名寬，字存諒。唐濟、房、蘭、廓四州刺史楷，生夏縣令繹，繹生司議郎遺愛，遺愛生御史開。開葬鄧州。生寬。

嗚呼！我姓嬋嫣，〔孫曰〕揚雄賦：有周氏之嬋嫣。注云：嬋嫣，連也。嬋，音蟬。嫣，于連切。由古而蕃，鍾鼎世紹，圭茅并分。至於有國，爵列加尊，聯事尚書，十有八人。中遭諸武，抑壓鯩冤，〔一〕踣弊不振，踣，蒲北、匝候二切。數逾百年。近者紛紛，稍出能賢，族屬旍曜，〔韓曰〕旍，與「旌」同。旌，旗也。曜，與「耀」同，照曜光也。期復于前。君修其辭，〔孫曰〕寬讀其世書，揚于文詞，南方之人，多諷其什。從事諸侯，〔孫曰〕寬從事嶺南，其地多貨，其民輕亂，寬能以簡惠和柔匡弼所奉。假乎郡藩，〔二〕〔孫曰〕寬假守支郡，海隅以寧，鬬狠仇怨，敦諭克順。從遷于荆，綏戎永安，仍專郡治，致用休阜。是時蜀寇始滅，邦人瘡痍，懷寬之澤，咸忘其痛。「假乎」，疑作「假守」。人謡吏畏，威惠咸宣。神乎我欺，命返不延，〔三〕〔孫曰〕荆南府罷，爲游士，出桂陽，下廣州，中厲氣嘔泄，卒於公館，元和六年八月七日也。年四十七。并見墓誌。興起之望，是越是愆。

歲首去我，將濱海堧，留遊歡娱，〔四〕涉月彌旬。夜爇膏炬，晝淩風煙，理策嶇嶔，〔童曰〕嶇嶔，高險貌。上音區，下音欽。縻舟潺湲。〔張曰〕潺湲，流水貌。上鉏山切，下于權切。將辭又醉，既往而旋。今者之來，徒御凄然，垂帷襜襜，〔韓曰〕襜襜，垂貌。又衣蔽前也。并蚩占切。飛旐翻翻。升拜無形，合哭誰聞？「合」，一作「洽」。逝歸從祔，于鄧之原。銘墓有詞，發我狂言，〔韓曰〕公嘗爲大理評事柳君墓誌，卽寬誌也。祇陳其悲，匪暇于文。觴有旨酒，豆有豘肩，豘，音豚。伊奠之菲，而誠孔繁。靈耶罔耶？有涕漣漣。

校勘記

〔一〕抑壓讎寃　「壓」，音辯、游居敬、濟美堂、蔣之翹本及全唐文作「遏」。

〔二〕假乎郡藩　「假乎」，詁訓本作「假守」。句下注：「『假乎』，疑作『假守』。」按：句下孫注引本書卷一一寬墓誌云：「假守支郡」。作「假守」是。

〔三〕神乎我欺命返不延 全唐文作「神胡不佑命不能延」。

〔四〕留遊歡娱 「遊」，全唐文作「連」。

祭弟宗直文

〔孫曰〕公同祖異父弟宗直，字正夫。〔韓曰〕集有誌宗直殯云，元和十年七月卒。祭文亦同是時作。

維年月日，〔孫曰〕維元和十年七月二十四日。八哥以清酌之奠，祭于亡弟十郎之靈。吾門凋喪，歲月已久，「已」，一作「自」。但見禍謫，未聞昌延，使爾有志，不得存立。延陵已上，四房子姓，各爲單孑，〔一〕一作「各有單緒」。慥慥早夭，慥，七到反。汝又繼終，兩房祭祀，今已無主。吾又未有男子，爾曹則雖有如無。一門嗣續，不絕如綫。仁義正直，天竟不知，理極道乖，無所告訴。

汝生有志氣，好善嫉邪，勤學成癖，攻文致病，〔孫曰〕宗直讀書，不廢早夜，以專故得上氣病，臚脹奔逆。每作，害寢食，難俯仰。時少間，又執業以興，呻痛咏言，雜莫能知。年纔三十，不禄命盡。〔孫曰〕宗直爲進士，凡業成十一年，年三十三不舉，卒。一作「年過三十不掛命書」。蒼天蒼天，豈有真宰？如汝德業，尚早合出身，由吾被謗年深，使汝負才自棄。志願不就，罪非他人，死喪之中，益復爲媿。汝墨法絶代，知音尚稀，〔二〕〔孫曰〕善操觚牘，得師法甚備，融液屈折，奇峭博麗，知之者以爲工。一本云「識者尚希」。及所著文，不令沉没，吾皆收録，以授知音。〔孫曰〕作文辭淡泊尚古，謹聲律，切事類。文類之功，更亦廣布，使傳於世人，〔孫曰〕撰漢書文章爲四十卷。賦、頌、詩、歌、書、奏、詔、策、辨、論之類，各以類分，號西漢文類，宗元爲之序，行於世。以慰汝靈。知在永州，私有孕婦，吾專優卹，以俟其期。男爲小宗，女亦當愛，延子長大，必使有歸。撫育教示，〔三〕使如己子，吾身未死，如汝存焉。

炎荒萬里，毒瘴充塞，汝已久病，來此伴吾。到未數日，自云小差，雷塘靈泉，言笑如故。一寐不覺，便爲古人。〔孫曰〕公爲柳州，是歲七月，宗直南來從之，道加瘧寒，數日良已。又從謁雨雷塘神所，還戲靈泉上，洋洋而歸。卧至旦，呼之無聞，就視，神形離矣。見誌。茫茫上天，豈知此痛！郡城之隅，佛寺之北，飾以殯紖，注見上祭吕敬叔文。寄於高原。死生同歸，誓不相棄，庶幾有靈，知我哀懇。

校勘記

〔一〕各爲單孑　「孑」原作「子」，據取校諸本改。

〔二〕汝墨法絶代知音尚稀　「知音」，音辯、游居敬本及全唐文作「識者」；濟美堂、蔣之翹本作「知者」。按：從句下孫注引本書卷一二志宗直殯原文看，似作「知者」爲是。「音」、「者」二字形近而訛。

〔三〕撫育教示　「示」，音辯、游居敬、濟美堂、蔣之翹本及全唐文作「視」。

祭姊夫崔使君簡文

〔孫曰〕簡，字子敬，博陵安平人，中書令仁師五世孫。娶柳氏，公之伯姊也。〔韓曰〕公集有永州刺史流配驩州崔君權厝誌，卽簡誌也。

永州刺史博陵崔公之靈。〔一〕天之生人，或哲或愚，君取其英，爰曜于初。譽動京邑，〔孫曰〕簡貞元五年中進士第，旋入山南西道節度府爲掌書記，至府留後。施于方隅，密勿書奏，元侯是俞。〔孫曰〕詩：密勿從事。密勿書奏。卽謂爲掌書記。俞，允也。蜀寇內侮，禍聯羌、髳，音矛。君出顯畫，披攘其徒，南平劍門，西獲戎俘。〔二〕〔孫曰〕劉闢叛命，簡說其節度嚴礪，請爲之備，礪從之。南敗蜀虜，西遏戎師，其慮皆簡之自出。書曰：及庸、蜀、羌、髳、微、盧、彭、濮人。注云：羌在西蜀，髳在巴蜀，皆夷狄名。超受刑曹，〔孫曰〕簡在山南，凡五徙職。六增官，至刑部員外郎。留總南都，〔孫曰〕謂爲府留後。移刺連州，〔孫曰〕自山南西道府遷連州刺史。下民其蘇。道不可常，病惑中途，悍石是餌，元精以渝。〔孫曰〕簡後餌五石，病瘍且亂，不承于初。渝，變也。雷謗爰興，按驗增誣，始雖進律，終以論辜。〔孫曰〕簡自連州徙永州，未至永，而連人訴簡，御史按章具獄，坐流驩州。溟海浩浩，而君是逾；嵩山茫茫，〔三〕〔孫曰〕「嵩山」，當作「崇山」。書曰：放驩兜于崇山。崇山，在驩州界。而君是居。厥弟抗憤，叫于康衢，〔四〕〔孫曰〕簡得罪，其幼弟詣闕訴冤。天子憫焉，訊以文書。御史既斥，連帥是除，〔孫曰〕天子爲之黜連帥，罷御史，及小吏咸死，投之荒外，而簡不克復。期復中壤，遽淪別區。〔孫曰〕元和七年正月二十六日，死于驩州。喪還大浸，又溺二孤，〔孫曰〕簡死，其子處道、守訥奉簡之喪，逾海水，遇暴風，二孤溺死。莊子：大浸稽天而不没。大浸，謂漲潦也。痛毒荐仍，振古所無。何譎于天，降此巔厝？柩不及歸，寓葬荒墟，〔孫曰〕簡柩至永州，八月甲子，宗元藁葬于社之北四百步。將葺將就，誓還里閭。嗚呼哀哉！

君之子姓，惟自我出，母儀先虧，〔孫曰〕簡妻柳氏先簡十年而卒。父訓又失。煢煢相視，〔五〕〔韓曰〕煢，憂也。與「惸」同。渠云切。撫悼增卹，咸冀其才，以大家室。

惟昔與君，年殊志匹，晝咨夕計，〔六〕期正文律。實契師友，豈伊親昵，誰謂斯人，變易成疾。良志莫踐，乖離永訣。嗚呼哀哉！永山之西，湘水之東，殯紖以出，斧屋爰封。殯紖、斧屋，注并見上。神非久留，息駕于中，書石爲誌，世德斯崇。見題注。手斞以酹，〔童曰〕斞，挹也，酌也。音拘。涕出焉窮！〔七〕

校勘記

〔一〕永州刺史博陵崔公之靈　英華「永州」上有「某年月日某謹以清酌庶羞之奠祭于」十五字，近是。

〔二〕西獲戎俘句下注　「擊在巴蜀」。「巴」下原脱「蜀」字，據音辯本及尚書牧誓注補。

〔三〕嵩山茫茫　「嵩山」，英華、全唐文作「崇山」，是。

〔四〕叫于康衢　「康衢」，英華作「天衢」。按：天衢，指帝都，而康衢乃指大路。作「天衢」近是。

〔五〕煢煢相視　「視」，全唐文作「值」。

〔六〕晝咨夕計　「計」，世綵堂本及英華作「討」，近是。

〔七〕手斞以酹涕出焉窮　英華作「拜手以酌，出涕無窮」。

又祭崔簡旅櫬歸上都文

〔韓曰〕據簡元和七年藁葬於永，公謂三年將復故葬。自七年至十年爲三年，然公十年正月已召至京，而此文謂「我生而留」，則當是九年作。一本無「旅櫬歸上都」字。

嗟乎崔公之柩！〔一〕嘻乎崔公！楚之南，其土不可以室。或坋而頽，坋，扶吻切。或确而崒，〔二〕〔童曰〕爾雅：确，山多大石也。音慤。崒，昨没切，又昨律切。陰流泄漏，瀸没渝溢。〔孫曰〕爾雅：泉一見一否爲瀸。瀸，思廉切。碩鼠大蟻，傍穿側出，虧疎脆薄，久乃自窒。不如君之鄉，式堅且密。嘻乎崔公！楚之南，其鬼不可與友，躁戾佻險，〔張曰〕佻，媮也。音超。睒眒欺苟，〔童曰〕睒，暫視也。眒，張目。睒，音閃。眒，書刃切。脞賤暗曶，〔三〕脞，坐果切。曶，古文「忽」字。輕嚚妄走，嚚，音銀。不思己類，好是羣醜。〔四〕不如君之鄉，式和且偶。

日月甚良，子姓甚勤，具是舟轝，〔童曰〕轝，舁車也。音預。寧君之神。去爾夷方，返爾故鄉，〔孫曰〕簡歸葬長安少陵北。奕奕其歸，宜樂且欣。君死而還，我生而留，遠矣殊世，〔五〕曷從之遊？酹觴于座，與涕俱流。

校勘記

〔一〕嗟乎崔公之柩　「嗟」，音辯、世綵堂本及英華，游居敬本及全唐文均作「嘻」。

〔二〕或确而崒　「崒」，世綵堂本作「萃」，誤。

〔三〕脞賤暗曶句下注　「曶，古文『忽』字」。按：此注誤。曶，説文：目冥遠視。廣韻：遠視，不正視。

〔四〕好是羣醜　「是」，英華作「事」。

〔五〕遠矣殊世　「遠」，英華作「永」。

祭崔氏外甥文

〔孫曰〕崔氏外甥，即簡之子處道、守訥也。奉簡喪，逾海水，遇暴風溺死。詳見上注。一本作崔君筵側祭二甥文。

年月日，八舅、十舅敬祭外甥韋六、小卿之魂。〔一〕一本無此上文。嗚呼！生有孝姿，淑且茂兮。謂吉其終，道克就兮。胡典而喪？典，主也。離厥咎兮。蹈道而違，死誰祐兮？豈汝之味，不能究兮？將奪之鑒，使昏霿兮？霿，與「霧」同。武賦切。反復攪予，哀何救兮？骨肉無從，魂焉覩兮？庶幾來歸，餕以侑兮。餕，熟食。〔孫曰〕食餘曰餕。言祭簡之餘以祭二甥也。酒實于觴，肉盈豆兮。豈伊異人？余所授兮。來耶否耶？歆氣臭兮。

校勘記

〔一〕八舅十舅敬祭外甥韋六小卿之魂　世綵堂、濟美堂、蔣之翹本及全唐文「十舅」下有「以酒肉之奠」五字。

祭崔氏外甥女文〔一〕

〔韓曰〕崔氏，卽簡之女，諱媛，嫁朗州員外司户河東薛巽。元和十二年六月二十八日卒。公集有誌。

叔舅宗元祭于二十六娘子之靈。〔二〕凡我諸甥，惟爾爲首，甥於我氏，一作「生於我氏」。恩顧彌厚。惠明貞淑，仁愛孝友，女德之全，素風斯守，播於族屬，芬馨自久。「芬」，一作「棻」。恭惟伯姊，道茂行高，上承下訓，克敬能勞。夙有儀則，刑于汝曹，雖云性善，抑自良陶。汝之先君，〔童曰〕崔簡。以文誨我，周流辯論，有疑必果。恒革其非，以成其可，孰云具美，易以生禍！汝及諸弟，流離莫從，幸獲我依，以慰困窮。歸之令族，有蔚其容，方冀榮壽，遽罹災凶。卒之年月見題注。嗚呼哀哉！

汝自艱酷，二弟繼終，海門之哀，今古罕同。駢也英文，敷暢洽通，實期振耀，弘我儒風。又茲夭閼，神理何蒙？盛德餘慶，宜福其豐，胡然降戾，惟禍之逢。嗚呼哀哉！

前歲詔追，廷授遠牧，〔孫曰〕元和十年三月十三日，以公爲柳州刺史。武陵便道，往來信宿，〔孫曰〕武陵，朗州。去柳最近。幸茲再見，緩我心曲。猶且輕别，瞻程務速，孰知自此，遂閒幽躅？除玉切。臨視無路，遡風慟哭，怛然自中，〔三〕如刃之觸。邙阜有位，〔韓曰〕誌云：某月日遷柩于洛。某月日祔于墓。在北邙山南，洛水東。青烏載卜，〔四〕〔韓曰〕相冢書曰：青烏子稱，山三重相連，名傘山，葬之出二千石。道途尚艱，歲月逾邁。方俟歸紖，再期奠沃，寄哀斯文，心焉往復。嗚呼哀哉！

校勘記

〔一〕祭崔氏外甥女文題下注　「元和十二年六月二十八日卒」。「十二年」，世綵堂、濟美堂、蔣之翹本均作「十三年」，誤。「六月」原作「五月」，據本書卷一三朗州員外司戶薛君妻崔氏墓誌改。按：墓誌云：「元和十二年五月二十八日，既乳，病肝氣逆肺，牽拘左腋，巫醫不能已。期月之日，潔服飾容而終。」是知崔氏之卒，當在元和十二年六月二十八日。詁訓本作「元和十二年六月卒」，亦是。

〔二〕叔舅宗元祭于二十六娘子之靈　世綵堂、濟美堂、蔣之翹本注：「一作維年月日叔舅宗元以酒肉之奠，祭于薛氏（世綵堂、濟美堂本誤作「蔡氏」）婦崔氏二十六娘子之靈」。

〔三〕怛然自中　「怛然」，音辯、世綵堂、濟美堂、蔣之翹本作「怛焉」。

〔四〕青烏載卜句下注　「青烏子稱，山三重相連，名傘山，葬之出二千石」。「傘山」原作「蓮華山」，「葬」下原無「之」字，據太平御覽卷五六〇禮儀部三九冢墓四引相冢書改補。

祭外甥崔駢文

〔韓曰〕駢，疑是處道、守訥之昆弟。

祭于卿郎之魂。嗚呼！天慳靈奇，慳，音吝。取不可貪，既睿又力，神誰以堪？汝不是思，而縱其志。盜其管籥，褰其篋匱，抽深抉密，擔重揭貴。〔童曰〕揭，舉也。丘桀切。負也。巨列切。又，高舉也。去列切。守吏失職，訴帝行事。果殄爾躬，以寧其位，豈不信耶？不然，無鬼誅之行，而中道夭死；有拔萃之材，而三見廢委。仁充其軀，毒中骨髓，其何以爲累也？

兄弟逾十，我出惟八，既孤數祀，中分存没。我爲汝舅，汝爲我甥，求仁具得，爲藝繼成。天下莫倫，古罕并行，人而思之，幾不欲生。嗚呼哀哉！既致其愛，祇極其哀，秦、越萬里，〔童曰〕秦，長安。心魂徘徊。念與汝別，桓公之臺，顧余猶壯，視爾如孩。戲抽佛筴，與「策」同。前次沲隈，〔韓曰〕沲隈，水曲也。沲，徒何切。隈，烏回切。笑領卽路，鳴鞘不迴。〔張曰〕鞘，鞭也。音箾。又，刀室也。音肖。豈云古今，自此而乖！孰爲鬼神，忍是陰誅？得疾之日，兄弟莫在，謁醫問巫，卒以幽昧。葬之東野，誰賵誰會？〔一〕〔孫曰〕公羊傳：車馬曰賵。既虞以奠，〔韓曰〕虞，祭名。禮記：豈若速反而虞乎？疏曰：葬既已竟，神靈須安，豈若速反虞祭安神乎？誰主誰酹？孤魂冥冥，何託何逝？嗚呼哀哉！刑曹繼之，以病告余，〔二〕銜憂驅使，褰藥操書。雖驚狀劇，〔三〕猶恃神扶，豈知所賴，終以誤吾。我自得罪，無望還都。想爾新墓，少陵之隅，何時歸祔，圮土下呼。〔童曰〕圮，毁也。被美切。漬淚徹壙，〔四〕〔張曰〕漬，漚也。疾智切。以沾以塗，此心未慊，秪益摧紆。累見于夢，寧知有無？寄之哀辭，惟俎及壺。嗚呼哀哉！

校勘記

〔一〕誰賵誰會句下注　「公羊傳：車馬曰賵」。「公羊傳」原作「穀梁傳」。按：「車馬曰賵」，乃公羊傳隱公元年文，今據改。

〔二〕刑曹繼之以病告余　陳景雲柳集點勘：「繼之，楊嗣復字也。嗣復父於陵，見石表先友記。則子厚與繼之蓋夙有通門之契者。繼之以元和十年遷刑部員外郎。」

〔三〕雖驚狀劇　「劇」原作「遽」，據取校諸本改。

〔四〕漬淚徹壙　「漬」原作「清」，據音辯、游居敬、世綵堂、濟美堂、蔣之翹本及全唐文改。